LES FOLLES ESPÉRANCES

Né en 1980 à Busto Arsizio en Lombardie, Alessandro Mari est spécialiste de Thomas Pynchon sur lequel il a fait sa thèse. *Les Folles Espérances*, son premier roman, a reçu un très bel accueil de la critique italienne.

ALESSANDRO MARI

Les Folles Espérances

ROMAN TRADUIT DE L'ITALIEN
PAR ANNA COLAO

ALBIN MICHEL

Titre original :

TROPPO UMANA SPERANZA

ISBN : 978-2-253-07090-0 – 1re publication LGF

À Mario,
conteur et bonimenteur.

Too much has been forgotten in the name of memory.

Don DELILLO

Car le sort de l'homme et le sort de la bête sont un sort identique : comme meurt l'un, ainsi meurt l'autre, et c'est un même souffle qu'ils ont tous les deux.

Ecclésiaste, III, 19

PREMIÈRE PARTIE
En trois pas

Gh'é ndei a àca in di vérzi[1].

Dicton lombard

1. Tout est parti à vau-l'eau.

I

Trimballer la merde n'est pas un sot métier après tout ; pour sûr, ce n'est pas pécher. On court des dangers, ça oui, et souvent. Mettons qu'on avance, sabots aux pieds, et que sans s'en apercevoir on écrabouille une bouse venue d'on ne sait où ; le bout des pieds s'enfonce, puis les talons de tout leur poids, et patatras : des giclures visqueuses remontent le long de la jambe comme les tentacules d'un être de merde, et voilà le sabot englouti. Et la puanteur ! Jalousement conservée, elle s'élancera à la première percée de la fiente comme le jet chaud d'une fontaine… En somme, la merde, quand on la manipule, elle a ses contretemps, mais avec un peu d'attention, on peut jouir du plaisir d'en faire commerce et vaguer ainsi par les sentiers et les petits chemins, jardins et porcheries, découvrir le moindre bras de terre et devenir familier de toutes les fermes. On apprendra où en récolter de la fraîche sans risquer des coups de bâton, comment la touiller et la mélanger, la délayer et la conserver jusqu'au moment de la bénédiction, puis on la trimballera à travers le bourg et dans tous ses environs, là où la terre engloutit chaque pluie sans en laisser une goutte pour les cultures, s'abandonnant à son âme de bruyère. Et à la trimballer, la merde, on se comprendra avec les fermiers et les braves femmes, on apprendra à distinguer une bête d'une autre par la qualité de ses excréments – comme disait l'autre, « on chie comme on est, autant pas l'oublier parce que la merde elle te rate pas. Un jour ou l'autre, tu la bouffes ou tu plonges dedans ». Avec une honnête besogne et un peu de chance, à la fin on verra les gens lever une main pour dire bonjour et de l'autre se boucher le nez du bout des doigts en voyant passer la carriole et son odorante marchandise : « Ah, v'là le trimballe-merde qu'est arrivé ! »

Le couchant n'est pas loin, l'air de mars déjà printanier. C'est un horizon de plaine, large, freiné au sud par les Alpes, et ailleurs il n'y a que du ciel. Souffle une brise légère, elle incline les panaches de fumée qui s'élèvent des champs et des cours, et partout l'on entend le crépitement sec des grands feux qu'on vient d'allumer. C'était la Saint-Joseph, et les flammes dévoraient tout ce que les paysans leur donnaient en pâture, chaumes ou gerbes humides, et jusqu'aux poignées de poussière restées au fond des meules et des pressoirs. On jetait au feu des vieilles tiges de maïs et les bogues de châtaigne, broussailles et branches tordues, et même les rameaux restés sur les mûriers après le dernier effeuillage. Des gamins, la morve au nez, s'ingéniaient malgré les menaces de torgnoles à voler quelques grains qu'ils jetaient au feu en se bouchant les oreilles par peur des craquements assourdissants ; vifs, alors, les éclats de rire se mêlaient aux rabrouements et aux adjurations répétées jusqu'à l'épuisement. On purifiait la terre par le feu afin que vînt une bonne saison et, dès que l'on croisait un paysan, on l'entendait marmonner la même prière impatiente : que les foyers de choléra s'éteignent avant qu'on ne replonge dans les jours sombres ; que tous ces baragouineurs d'Alboches, les Autrichiens et les Allemands – et les Croates avec, sales bêtes aussi ceux-là – retournent chez eux s'occuper des Habsbourg plutôt que d'embêter les gens d'ici ; que la vieille crève une bonne fois et qu'elle arrête de souffrir ; que la rousse rende enfin les armes et vienne se vautrer dans la grange ; que le mari ramolli du bas redevienne raide comme au bon vieux temps ; que le Tempesta, le forgeron, avec ses taloches qui tombaient dru comme grêle, ne se vexe pas pour la cargaison gâtée. Et que saint Joseph envoie la pluie qu'il faut et un été où on ne crève pas de chaud, que le Seigneur assure une bonne récolte pour qu'on ne meure pas de faim comme l'an passé quand les puits étaient à sec et les canaux aussi, les prés sans une goutte d'eau et les épis tout rabougris, et que les châtaignes, les vignes et les mûriers étaient gâtés, que les bêtes meuglaient de faim à en démolir l'étable, et que même les vers à soie étaient maigres…

Le printemps. À travers le bourg soufflait une brise qui sentait bon le renouveau et invitait à oublier toutes les peurs, qu'à seulement y penser elles risquaient même de devenir vraies par quelque diablerie. Il y avait bien les audacieux qui osaient imaginer les pires malheurs en se croyant capables de les exorciser par la seule force de leur pensée, mais dans le cœur de tous flambait le besoin d'espérance, et voilà pourquoi, par esprit de dévotion mais avec parcimonie – il fallait bien recommander la terre à saint Joseph, certes, mais sans gaspiller pour autant le peu que le Seigneur avait donné –, on allumait tous ces menus brasiers qu'on livrait à la nuit. Quand s'évaporerait la brume matinale, une fois éteintes les lueurs des cendres encore tièdes, on répandrait sur la terre noire des champs, des potagers et des pépinières quelques pelletées de fumier. Pas celui, pauvre, des rares bêtes qu'avaient les paysans, entassé dans les fosses à purin des fermes, et qui ne servait qu'à engraisser les mouches et autres bestioles. À la terre, on offrirait de l'engrais *saint*, celui que Colombino livrait à domicile dans le bourg de Sacconago. Du fumier béni.

« Eugenio, viens ! V'là le trimballe-merde ! »

En se traînant, cassée par les heures passées à filer, l'Emilia s'était avancée jusqu'à la fenêtre pour prendre une bouffée d'air et, en remontant son châle sur ses cheveux gris, elle avait inspiré une fois, puis encore une, paupières serrées car la lumière était rare sur le métier à tisser, et même si l'après-midi tendait vers le soir, au contact du jour la poussière de bombasin brûlait les yeux. Une vive douleur aux reins lui avait coupé le souffle et l'avait contrainte à s'appuyer de la paume au chambranle, mais le mal avait vite disparu, et l'Emilia avait trouvé juste de remercier saint Joseph par une prière. Les yeux levés sous ses paupières encore closes, elle s'était imaginé le ciel, et le saint, dans sa barbe, lui avait fait un sourire radieux : *Nous recourons à toi, bon saint Joseph, dans notre tribulation…* et ainsi de suite, avant d'ajouter à la fin de la prière sa touche personnelle : *Saint Joseph, toi qui comprends, toi qui pardonnes, les miséreux et les laissés-pour-compte, tu les connais, et c'est que je voudrais pas te faire de la peine en finissant comme les pauvres bougres pour qui tu te donnes déjà bien du mal, regarde les beaux feux qu'on a allumés pour toi ! Donne-nous une belle saison.* Et elle avait continué, dans une litanie de *Je t'en supplie*, jusqu'à ce que, convaincue de sa miséricorde, l'Emilia ouvre finalement les yeux et dilate les narines pour inspirer profondément. C'était à cet instant, précisément, qu'elle avait reniflé la pestilence, si pénétrante qu'elle en avait eu la bouche sèche et la mâchoire engourdie comme quand elle mâchait du radis noir. Elle avait aiguisé son regard et avait vu alors la carriole s'approcher dans un lent roulement, avec tout son cortège de bourdons, grosses mouches bleues et moucherons tourbillonnants qui rageusement semblaient dire : « Arrière, traîtres, c'est notre bien ! » Et ce n'était pas son mulet qui tirait la carriole, mais cet âne de Colombino.

Emilia cria de nouveau : « Eugenio, viens, v'là le trimballe-merde ! »

Et voilà que dans un grand claquement de portes, les occupants de la ferme apparurent sur le seuil ; les femmes au métier à tisser penchèrent la tête pour regarder, et aussitôt se précipita une horde d'enfants de tous âges, ceux qui avaient survécu, les sans chaussures et les vaguement chaussés, ceux qui rentraient de l'encabanage des vers à soie, et ceux qui étaient trop jeunes et aidaient seulement aux travaux domestiques. Même le mari de l'Emilia, le maître fermier Eugenio, revint des champs derrière la maison, avec tout ce tapage.

« Bonsoir, m'sieu Eugenio, lui dit Colombino.

— Mais quoi, m'sieu ! Si tu cherches un monsieur, tu ferais mieux d'aller voir ailleurs ! » le rabroua le fermier avec sa rudesse habituelle. « Parce que si ça finit comme l'an passé, on va tous devoir décamper ! » ajouta-t-il pour exprimer sa méfiance, mais sur un ton goguenard, en plaisantant à moitié, comme pour ne pas contaminer les autres avec ses préoccupations.

« Excusez-moi, je voulais vraiment pas », dit Colombino qui sentait un filet de sueur lui dégouliner le long des côtes.

« Et ton mulet ? » l'interrompit Eugenio en fronçant les sourcils. Cette tête de pioche de Colombino était arrivée en tirant lui-même sa carriole à bout de bras ! « Il serait tout de même pas tombé malade ?

— Si », fut obligé de répondre le garçon. Il maintenait toujours de son bras gauche l'un des brancards de la carriole tout en cherchant de sa main droite la branche de robinier taillée en fourche. Eugenio vit tout de suite les bûches, en évidence à côté de la grosse cuve posée sur le plateau de la carriole, et il comprit que le bois devait être le gain de la dernière livraison du trimballe-merde.

« L'est crevé ? » demanda un des villageois qui s'était mêlé à la conversation. Eugenio hocha la tête comme si on lui avait volé sa question, parce que, lui qui faisait marcher la ferme de la Formaggiana, qui calculait sur ses dix doigts le loyer, la récolte, les vignes, le filage, les vers à soie et tout ce qu'on pouvait tirer de la terre, il le savait bien, qu'une bête, même mal en point, c'était une richesse.

« Non, non. Juste une colique, mais pas grave ! » le rassura Colombino, souriant à la pensée d'avoir évité le pire tout en continuant à chercher de sa main libre la fourche à planter sous le brancard pour éviter que la carriole ne penche et que l'odorant chargement ne passe par-dessus bord.

Eugenio en parut soulagé et se tourna vers les autres paysans auxquels il adressa un vague signe. Colombino entre-temps sentit la fourche sous sa main, l'agrippa et l'ajusta.

« Quels beaux feux vous avez allumés !

— Qu'ils nous apportent une belle saison, répondit Eugenio.

— Qu'ils plaisent à saint Joseph, précisa l'Emilia en se signant.

— Pour sûr qu'ils lui plairont ! On dirait plein de cordes pour monter là-haut dans le ciel ! Ils sont drôlement beaux », conclut Colombino. Il s'accorda un instant pour contempler à nouveau les feux, l'horizon qui se teintait de violet, l'immense plaine qui courait jusqu'à ce que le regard voie flou. Puis il ramena son regard sur la ferme et, avec un léger battement de cœur, commença à scruter les visages au seuil des portes.

« Alors ? lui dit d'un air menaçant le fermier, tu veux peut-être coucher là ?

— Non, non ! » répondit gaiement Colombino pour masquer sa déconvenue ; il était de ces êtres incapables de contenir leurs émotions. Trimballer la merde n'était pas un sot métier, en fin de compte, surtout si on s'enfilait dans le nez deux petits bouchons de bois en guise de tampon et si, pour soulager sa peine, on avait une espérance.

« Colombino, attention à pas nous donner la maladie.

— Tout ça, c'est de la bonne marchandise.

— Aussi bonne que le choléra ? » grommela un des paysans au souvenir des mois de misère qui l'avaient laissé sans un seul enfant. L'idée qu'une nouvelle épidémie pût balayer les deux années auxquelles ils avaient plus ou moins survécu causait à tous une grande inquiétude.

« Grâce à Dieu, ce n'était qu'un foyer, pas comme en 37 », le rassura Colombino. Il se rendit compte en prononçant ces mots que cette date – ce 30 plus 7, ou même, comme disait et écrivait le curé, ce un et ce huit, et puis ce trois, suivi du sept, soit mille huit cent trente-sept – cette date, à dire vrai, s'était gravée dans son esprit après l'extraordinaire épidémie de deux ans plus tôt, et à cause aussi de l'ordonnance que l'officier de santé avait remise à don Sante avec, estampillée, bien lisible à côté du timbre, la date. Colombino eut une absence durant ce moment d'admirable lucidité, mais il se reprit aussitôt. « Ce soir avec don Sante, on va même déblayer l'oratoire.

— Ah. »

À cette nouvelle, le fermier et les paysans laissèrent échapper une bruyante bouffée de soulagement. Si le lazaret fermait, on pouvait dire que le danger était passé.

Finalement, Colombino se saisit de la bêche, souleva sa prise dégoulinante et exhiba la marchandise sans cesser de lancer de rapides coups d'œil alentour. Et ce fut pendant qu'il laissait humer le fumier béni que la chose se produisit. Voilà que d'un des nombreux pas de porte, trébuchant parmi parents et habitants ici réunis, surgit Vittorina. On aurait dit que le regard de Colombino avait su l'attirer dans la cour de la ferme, mais en vérité les choses s'étaient déroulées tout autrement : de retour à la maison, l'Emilia avait arraché sa fille au métier à tisser, parce qu'une mère sait bien qu'une jolie fille ne nuit jamais aux affaires.

« Bonsoir, Vittorina », dit Colombino, radieux de voir couronné l'espoir qui l'avait encouragé à pousser jusqu'à la plus lointaine ferme malgré la rude besogne de sa journée.

« Bonsoir, Colombino », dit Vittorina en posant son regard sur les larges épaules du garçon ; dans la douceur fraîche de l'après-midi, elles fumaient, peut-être échauffées d'avoir tiré comme un mulet.

« Bonsoir, Vittorina », répéta Colombino en rougissant. La jeune fille, rouge à son tour, agita la main.

« Et alors ? demanda Eugenio, brisant l'émotion.

— Excusez-moi, m'sieu Eugenio.

— Mais quoi, m'sieu ! Les messieurs, ils se tournent les pouces, et c'est pas ici que t'en trouveras ! Allez ! On se dépêche ! »

Colombino tendit la bêche jusque sous le nez d'Eugenio, puis à nouveau aux paysans réunis autour de la charrette : « Regardez, c'est de la fraîche. Pétrie et mise à reposer. Fourrage, bouse et pisse... et bénie de ce matin, déclara-t-il avec une pointe d'orgueil.

— Cette fois, si elle est aussi sacrée qu'elle pue, mon petit Colombino, on tient le bon bout ! » dit le maître fermier en inspirant et en se frottant les mains. L'odeur était si dense que le fumier béni se matérialisa presque sur sa langue et contre son palais.

Il s'ensuivit un grand affairement et, tandis que les paysans s'accordaient sur les quantités et les répartitions, Colombino attendit, joyeux de ce répit ; il chercha Vittorina des yeux tant et tant de fois, lui réservant des regards mouillés qui n'échappèrent pas à l'Emilia, ni à deux des frères de la jeune fille. Sans avoir conscience de rien, Colombino se laissa enchanter par ce visage aussi large que celui d'une poupée au milieu de ces cheveux châtains, sous ces sourcils touffus qui se touchaient presque, et par ces yeux si sombres et si grands qu'on ne comprenait pas où ils regardaient, comme s'ils n'avaient pas de pupille, semblables à des yeux de vache. Il s'imagina avec elle en train de courir à travers champs, dans l'air il y avait une odeur de peau imprégnée du parfum de la miellée des blés...

« Il se fait tard ! » protesta l'Emilio.

Colombino s'arracha avec amertume à ces visions intimes : « Oui, combien ?

— Et toi, combien de brassées de bois contre du fumier pour mettre dans le potager avec un peu de rabe pour les champs ? » dit alors l'Emilia en tirant par la manche Vittorina qui souriait.

*

« Vous êtes audacieux.

— Je dirais plutôt sincère. »

Sans mouvoir d'un millimètre son buste raidi par le corset, donna Teresa croisa et décroisa les jambes sous ses jupons de gaze en esquissant un petit sourire. La lumière du soleil couchant, tamisée par les tentures vertes et les vitres épaisses des fenêtres, filtrait et dessinait de larges lames, adoucissant l'atmosphère. Elle alanguissait la pièce. Le corset serrait les seins de la dame au point de les faire presque déborder.

« Le cher peintre a raison. Mon portrait nécessite de la discrétion. Veuillez nous laisser. »

Bastiàn, qui venait d'entrer pour les chandelles du soir, hocha la tête et s'empressa de rebondir d'une torchère à l'autre, puis, une fois les mèches allumées, glissa vers la sortie en baissant les yeux. Mais dès qu'il eut franchi la porte, il buta contre la Bini, Albina de son prénom, cinquante ans déjà, veuve d'un brave homme et néanmoins domestique, qui œuvrait au palais au titre de femme de charge et gouvernante. Une femme massive, la Bini, déterminée dans ses manières et dans son apparence, de celles qui n'ont que faire des solennités et des trop longs détours. Les pieds solidement plantés au sol, la gouvernante dévisagea Bastiàn qui lui répondit par un soupir car il détestait qu'on l'oblige à se mouiller, lui qui avait mis soixante ans à se gagner l'honneur de servir au palais, à l'abri des frimas et des vents qui nourrissent le catarrhe. Bini secoua la tête en signe de réprobation et, après avoir écarté Bastiàn de son chemin, gagna le canapé pourpre et crème sur lequel posait la dame fardée. Elle l'avait immédiatement compris, dès que le vil personnage avait franchi le seuil de la porte : ce petit barbouilleur aurait bien voulu lui rentrer dedans, à la dame, avec entrain et vigueur même, n'était la crainte de voir revenir avant l'heure le sieur patron Malesani, qui, alerté par l'odeur de roussi, aurait fait le diable à quatre ! « Ma dame, cela fait bien longtemps que vous posez et votre bustier vous empêche de respirer. Peut-être faudrait-il reprendre la séance demain. D'ailleurs, il n'est pas convenable de continuer avec si peu de lumière si vous avez encore une journée devant vous. » Et, en se penchant jusqu'à effleurer l'oreille de la dame : « Il ne faudrait tout de même pas que, le soir venu, le peintre soit obligé d'allumer sa… *propre* chandelle… »

Donna Teresa réfréna une toux rageuse et, sans rompre la pose, entrouvrit ses généreuses lèvres. « C'est votre impertinence qui est inconvenante, susurra-t-elle, et ce n'est certes pas par la faute de ce cher peintre si *votre* chambre est obscure depuis tant d'années. La dernière chandelle qui vous a éclairée fut probablement le gros cierge de la veillée mortuaire, si je ne m'abuse ? Vous devez avoir des toiles d'araignée. » Bini ne s'attendait pas à un compliment, mais cette méchanceté la blessa. Elle s'inclina, vaincue et attristée au souvenir de son mari, paix à son âme, et commença à reculer ; elle aurait voulu redresser les épaules, se tenir fière et droite, mais le poids des ans l'en empêcha, aussi repoussa-t-elle Bastiàn dans l'antichambre et ferma-t-elle les battants de la porte du salon. Donna Teresa, satisfaite, la regarda disparaître.

« J'espère que cette interruption ne vous a pas gêné.

— Je ne me laisse pas si facilement détourner de mon sujet. »

Donna Teresa inclina légèrement la tête : « Vous connaissez votre affaire, vous. À ce que j'ai entendu dire, vous avez suivi à l'Académie les leçons du maître Sabatelli, de la cour de Marie-Louise de Bourbon, la duchesse de Luc…

— Si je puis me permettre, ma dame », l'interrompit Lisander sur un ton qui ne manquait pas de morgue, « pendant les leçons, Sabatelli a souvent été remplacé par maître Hayez, duquel, à dire vrai, je n'ai pas peur de l'avouer, j'ai appris une délicatesse que Sabatelli ne possède pas. La touche de Hayez est légère comme une plume mais aussi intense que le feu. N'avez-vous jamais vu sa Vénus ? Une splendeur.

— Je l'ai vue, et comment. Mais c'est de vous savoir poète, en plus d'être peintre et gentilhomme, qui plus encore me laisse stupéfaite ! Si vous avez l'occasion de remonter la corsia dei Giardini, faites un détour et allez frapper à la porte du palais de messire Manzoni. Vous obtiendrez peut-être de lui une leçon qui vous permettra de vous perfectionner davantage. »

Quelle barbe ! se dit en lui-même Lisander, dans chaque salon le même discours… Du reste, « à toute demeure son raseur », selon le bon mot de Gégé la Clappe, ainsi nommé pour la manière qu'il avait de clapper de la langue quand il crachait et pour le mordant de ses commentaires ; Gégé faisait partie du cercle du portraitiste, les bien nommés Romantiques de Traviole. Caché derrière son chevalet, Lisander s'empressa de préciser avec ce semblant d'impudence qui – espérait-il – ferait mouche : « Je vous en prie, à chacun son art : à lui la plume et à moi le pinceau. »

Donna Teresa soupira, Lisander vit sa poitrine se gonfler, provocante, et se tut. La dame devait encore mijoter, se dit-il, et il retoucha donc nonchalamment les cheveux bruns et adoucit la ligne du nez, trop prononcée dans la réalité ; le dessin manquerait sans doute de vraisemblance, mais n'était-ce pas ce que voulait le beau monde de Milan ? Ce n'était pas l'image telle que la voyait l'œil sensible que l'on accrocherait au mur, mais telle que l'imaginait l'œil mental. La valeur d'un peintre, selon ces messieurs de la société, qu'ils soient notables, bourgeois ou patriciens, tenait tout entière dans la capacité de l'artiste à deviner l'image que le modèle se faisait de lui-même. Lisander voyait cela comme un tour de magie : pendant que la personne posait, il fouillait l'âme du Sujet d'une main invisible, et couchait sur la toile l'image que le monsieur ou la dame étaient impatients de donner, les traits sous lesquels ils désiraient se montrer ; c'est ainsi qu'il s'était attiré sa réputation d'« inégalable portraitiste » dans les nombreux palais de la ville. Non que sa réputation lui garantît un pécule suffisant, puisque Narducci, le patron de la boutique, ne dénouait jamais les cordons de sa bourse, mais les choses finiraient par changer, se disait Lisander, précisément grâce à ce don qu'il avait d'entrer en harmonie avec le Sujet, et plus particulièrement celui qui était en face de lui ; il saurait s'attirer les grâces de donna Teresa en fixant à jamais sur la toile la puissance érotique qu'elle croyait posséder, non sans lui donner un peu de noblesse. Et si le résultat satisfaisait la dame, Lisander ferait monter les enchères, de manière à poser de solides bases pour le futur et s'offrir un peu plus qu'une chambrette dans le quartier San Simone. Telle était la cause de la légère inquiétude que le peintre éprouvait ce jour-là : l'imminence du moment où il lui faudrait sceller la cour faite à donna Teresa l'effrayait un peu.

À dire vrai, à force de minauderies et de petits clins d'œil, de sous-entendus osés et de froissements d'étoffes, matrone d'un côté et portraitiste de l'autre donnaient l'impression que tout avait déjà été consommé, si ce n'est que tous deux avaient encore besoin que leurs respectifs et intimes desseins se prolongent un peu avant de prendre corps, surtout à cette heure où la femme de chambre et les serviteurs avaient été congédiés. Et bien que frustrant, le rituel de l'attente, qui déjà rapproche, servit à vaincre toute réticence et à les persuader l'un l'autre du caractère louable de leurs intentions personnelles : Lisander, convaincu qu'un peintre sans le sou qui badine avec l'art devait trouver refuge dans une riche dame ; donna Teresa, fermement décidée à introduire le jeune homme dans une société plus recommandable en lui faisant franchir le seuil de son entrejambe – au lieu de le laisser ignorant de l'amour, car c'est ainsi qu'elle se plaisait à l'imaginer tout en sachant que ce n'était qu'une vaine illusion.

« Quel âge avez-vous ? »

Lisander fit à nouveau disparaître sa tête bouclée derrière la toile et posa une pointe de jaune pour tempérer l'excès de châtain ; le silence se fit dans la pièce, bientôt rompu par les papotages des Milanais qui, au-dehors, s'apprêtaient à rentrer, leur journée terminée, ou à se mettre en chemin dans le soir approchant.

« Qu'importent les années ? Le poète n'a-t-il pas dit : *La vie est brève, et l'art éternel* », dit avec emphase Lisander, la voix chaude et basse, citant un sonnet qu'un de ses compères des Romantiques de Traviole, Igino la Rallonge, ne se lassait pas de déclamer et de commenter dans une débauche d'adjectifs.

« Vous êtes effronté.

— Je le suis. »

La dame sourit.

Lisander donna un coup de pinceau.

La dame frémit.

Lisander soupira, conscient d'avoir fait mouche.

« Approchez-vous.

— À vos ordres.

— Il faut encore longtemps avant que mon portrait ne soit terminé ?

— Je viens à peine de le commencer.

— L'inspiration vous manque.

— Je vous avoue, madame, que j'en ai plus qu'il n'en faut.

— Et alors ?

— C'est comme si je ne parvenais pas à avoir une vision d'ensemble. Je goûte trop les détails, si je puis m'exprimer ainsi.

— À trop s'attacher à certains points, on risque de ne jamais connaître complètement une personne. »

Lisander se tut.

« À quoi pensez-vous ?

— Je voudrais vous saisir tout entière, et cette pensée ne me laisse pas en paix.

— Il se pourrait que la pose ne soit pas appropriée.

— Je ne sais pas. On ne peut pas être sûr tant que l'on n'a pas vu le résultat.

— Préférez-vous changer de sujet ? Qu'aimiez-vous du temps de vos leçons à Brera ?

— Le nu, je dirais. »

II

Râpeuse comme une gifle. Une odeur familière.

« Vous avez terminé ? Madame est satisfaite ? » s'obligea à dire la Bini. Vraiment, ce jeune homme – quel âge pouvait-il bien avoir, vingt ans ? – était-il assez impudent pour franchir le seuil de la cuisine du palais comme s'il était chez lui ? Elle, des vauriens de tous âges, elle en avait rencontré plus qu'il n'en fallait dans sa vie, mais ce genre-là, avec une lueur torve dans les yeux, c'était vraiment une sale race.

« Chaque chose en son temps », dit Lisander, qui huma l'air. « La patience est la vertu des forts.

— La patience est la vertu des morts », rima la servante qui baissa les yeux sur la jatte de faïence dans laquelle elle remuait sa cuillère pour délier les grumeaux de sa pâte à beignets. « Surtout ceux qui font leur nid chez les autres.

— Comment dites-vous ? » Lisander fit un pas en avant et leva le menton. Mais, trahi par le contre-jour du soleil couchant, il ne prit pas garde à l'une des bestioles qui traînaient dans la cuisine et trébucha, provoquant les ricanements de la Bini.

Une fois son équilibre retrouvé, le peintre fila un coup de pied au chat repu de rogatons et de mulots, et la bête alla se réfugier en feulant près de l'âtre entre les jambes de Bastiàn qui, muni de deux linges, avait entretemps soulevé une des marmites de cuivre crépitant sur les flammes ; les langues de feu qui caressaient un instant plus tôt les flancs de la marmite se rejoignirent en une seule flamme et grimpèrent le long de la cheminée dans un claquement sourd.

« Je dis que je suis sûre que le sieur Malesani appréciera les progrès de votre œuvre, et plus encore vos attentions à l'égard de madame. »

Lisander chercha le regard de la Bini, mais celle-ci, sentant tout le poids de ses yeux haineux, garda la tête penchée. Qu'il se fasse un peu de mauvais sang, le gamin ! Elle cessa de remuer sa cuillère et, ignorant Lisander, donna des indications à la servante à ses côtés, qui pétrissait un mélange de farine et d'œufs sur la table, tout en observant à la dérobée le gracieux peintre au visage pur, presque enfantin.

« Je vous saurais gré d'envoyer un domestique dans les appartements de donna Teresa. J'y ai laissé l'œuvre avec le chevalet et tout le nécessaire. Voyez si cela gêne, et faites attention si vous devez la déplacer, avec les mains de bonniche que vous avez. »

Lisander se frotta les yeux, presque en larmes à cause de la fumée qui montait tout à coup du feu ravivé par Bastiàn, et s'apprêta à reculer, mais l'odeur qui lui avait fait parcourir les couloirs du palais se déploya à nouveau, lui picota les narines comme un hameçon qui pénètre le palais d'un poisson ; alors, le peintre la reconnut. Du chou, ou plutôt non, du chou frit au beurre ; mais pas n'importe quel beurre, du beurre *clarifié* qu'il fallait faire fondre et laisser reposer avant l'emploi, afin que toutes les impuretés cachées remontent à la surface ; une écumoire suffirait alors pour libérer ce délice – la quintessence du gras – des petits grumeaux blanchâtres qui se regroupaient à la surface. Sa mère lui avait appris à faire du beurre clarifié à l'époque où ils vivaient à l'Osteria della Cazzuola. On distinguait très nettement la différence à l'odeur, puisque, quelle que soit la durée de cuisson, ce beurre ne brûlait jamais, à moins de le réchauffer à feu vif pendant une heure.

Lisander s'approcha de l'âtre et, en allongeant le cou, il les aperçut. Ils grésillaient dans un gros poêlon.

« Du chou ?

— Holà ! » s'exclama Bini, maintenant que le peintre s'était dangereusement rapproché du souper que la servante avait soigneusement préparé à l'intention de son cher patron. Et vu qu'un crève-la-faim reste un crève-la-faim, et que les occasions de profiter d'un festin de roi sont rares, la Bini se décida à intervenir, certaine que le fripon avait l'intention de chaparder : « Arrière ! » lui intima-t-elle en agitant sa grosse cuillère en bois.

« Qu'est-ce que vous cuisinez ? demanda Lisander, insistant.

— Qu'est-ce que ça peut bien vous faire ? » lui cria la Bini. La spatule lui échappa des mains, et il s'en fallut de peu qu'elle ne renversât la marmite et ne répandît la pâte dense et huileuse sur la planche où la jeune fille de cuisine achevait de travailler le mélange qui devenait, à chaque coup, plus ferme tant elle y allait de ses poignets et de ses paumes.

« Des galettes de chou, mais qu'on marie avec de petites saucisses, parce que le patron, c'est une fine gueule », intervint alors, d'une voix de crécelle, une seconde fille de cuisine, laquelle surgit d'un réduit, une lèchefrite fraîchement astiquée à la main, avant de s'empresser d'illustrer de ses doigts la taille des susdites saucisses. Lisander la regarda traverser la cuisine en se dandinant avant de se hausser sur la pointe des pieds pour accrocher au mur la lèchefrite qui rejoignit la batterie de casseroles et poêlons – un autre œil de cuivre parmi ceux qui tapissaient déjà le mur. En s'étirant, la jeune fille lança un regard par-dessus son épaule à demi nue, et sembla pencher son popotin en arrière pour le mettre bien en vue.

« Des galettes de chou farcies ? » demanda le peintre. La question, plutôt que la demande d'une confirmation, était en réalité une tentative pour ouvrir une brèche dans ce mur d'oubli qui empêchait parfois Lisander de disposer à loisir de ses souvenirs. Il se souvenait de l'Osteria, du processus de clarification, mais la fois où il avait porté à sa bouche une galette de chou, non, ça, il ne s'en souvenait pas. Bini s'abstint de lui répondre et, glissant sur le sol crotté par toutes ces années d'énergique pratique culinaire, elle se précipita sur la fille de cuisine pour l'empêcher de répondre à sa place ; et elle lui flanqua un grand coup entre les omoplates. « Et voilà, dit-elle avec une ironie hargneuse, des fois qu'on aurait trop de mots dans la bouche, on risquerait de s'étouffer. »

La jeunette retourna tout endolorie dans l'obscurité du réduit, mais pas avant d'avoir décoché une œillade oblique et malicieuse à Lisander. Le peintre, malgré lui, ne sut la saisir, tourmenté qu'il était par le prurit qui lui rongeait le cerveau ; l'odeur de choux rissolés dans ce beurre délicieux lui chatouillait le sommet du crâne comme pour le réveiller d'un sommeil léthargique, mais Lisander ne parvenait pas à franchir la frontière du demi-sommeil.

« Vous devriez peut-être informer le maître Narducci de vos progrès », dit la Bini, presque vaincue par tant d'irrévérence. « Je pourrais envoyer Bastiàn aviser messire à la boutique. » Bastiàn hocha la tête, lui qui détestait qu'on l'embête et, pour montrer à quel point il était occupé, contrôla le poêlon dans lequel mijotaient des saucisses si appétissantes qu'on s'en serait mangé les doigts à force de saliver ; après quoi, le vieux serviteur jeta une autre bûche au pied de l'imposante hotte noircie par l'épaisse fumée de chêne.

« Au revoir », dit Lisander en partant.

Bientôt, l'obscurité envahirait les rues, la lumière des lampes à huile effilocherait le ténébreux manteau de la nuit. Les ultimes rayons de soleil scintillaient derrière les hautes flèches de la cathédrale, enveloppant d'or la Vierge perchée sur la plus haute d'entre elles, les allumeurs se pressaient, leur caisse à outils encrassée sous le bras et l'échelle sur l'épaule, vers les réverbères qu'il fallait remplir et allumer un à un. Six heures sonnèrent, et l'écho des cloches se propagea à travers la ville, par-delà les murs d'enceinte, embrassant la constellation de hameaux et de bourgs à l'abri des bastions, s'enfonçant dans les *Corpi Santi*, les faubourgs. Lisander se rendit compte qu'il avait tardé. Il devait se dépêcher. On était jeudi, et le jeudi, l'apothicaire de la pharmacie de Brera avait l'habitude de rentrer chez lui avec le gain de la journée un peu avant l'heure de la fermeture, laissant le soin de fermer boutique à Floro, le commis, qui n'aimait guère faire des heures supplémentaires.

Dans la rue, il y avait le va-et-vient de qui rentre chez soi et de qui se met en chemin par profession, pour se montrer, ou dans les pires intentions. En parcourant la corsia dei Giardini, le peintre passa à côté de la Scala, où le bavardage des cochers se mêlait aux rires aigus des dames et aux trépignements des sabots des chevaux. Les carrosses stationnaient en file sous les arcades afin que les dames en tenues à la mode n'abîment pas leurs souliers – il avait plu la veille et la chaussée était une vraie pataugeoire. La domesticité dévolue aux grands bourgeois et aux nobles grouillait à l'intérieur et à l'extérieur du bâtiment, disparaissait dans ses antres et réapparaissait un instant plus tard, chargée de paniers, de corbeilles et de plats : de nombreux spectateurs avaient décidé de dîner au théâtre avant le spectacle, tard dans la soirée, si bien que soubrettes et serviteurs étaient obligés de travailler sur place, dans les cuisines réservées à chaque loge, de transporter bancs et tabourets, de dresser le couvert. Ce soir, on jouait *Il Bravo* de Saverio Mercadante et les passionnés, ceux qui étaient capables de s'abstraire ne serait-ce qu'un peu des jacasseries diplomatiques et mondaines, affirmaient que l'œuvre était belle – histoire solide et style typiquement dramatique – élaborée et magistralement interprétée par le ténor Donzelli, même si d'aucuns faisaient perfidement remarquer que le quinquagénaire avait atteint l'âge mûr, voire blet. Parmi les interprètes, il y avait la ravissante Sophie Schoberlechner, que Lisander avait vue en train de se promener devant le Caffè Cova quelques jours auparavant. Quelle peau éblouissante ! Le succès de la première en ce mois de mars à la Scala avait été – comment avaient-ils dit ? – « universel », et certains des Romantiques de Traviole, en particulier Carlo, dit Charles (à la française), et Igino la Rallonge (surnom qu'il devait à sa manie d'argumenter outre mesure sur tous les sujets, au point d'épuiser ses auditeurs) avaient souligné l'originale « liberté pathétique » du compositeur et n'avaient pas manqué d'évoquer, avec transport, l'érotisme sopranesque – et précisément insurpassable – de la belle Sophie (c'était toujours Peppo le Grand Vocabuliste, autre membre de la clique des R.d.T., qui trouvait des définitions pertinentes et laconiques) ; Gégé la Clappe avait en revanche contredit les éloges point par point, jusqu'à décréter : « Ce spectacle est une effroyable cochonnerie. » Lisander salua des connaissances – notables et jeunes galants, la redingote parfaitement boutonnée, la canne pour certains, la pipe de bruyère pour d'autres – mais il ne vit aucun des Romantiques de Traviole lesquels, selon toute probabilité, vaquaient encore à leurs affaires respectives.

« Bonsoir, comment allez-vous ?

— Bien, mais je vous prie de bien vouloir m'excuser, j'ai rendez-vous et je suis en retard. »

Lisander pressa le pas et s'asticota le bout du nez de la pointe du pouce et de l'index. L'excitation olfactive essayait encore de ressusciter l'instant où l'odeur de beurre clarifié et de choux s'était gravée dans sa mémoire et, alors que le peintre se faisait à l'idée que ce souvenir disparu le tourmenterait toute la soirée, voilà qu'au coin de la rue, une image surgit : le visage de cette mère aimante qui lui avait permis de savourer une galette de chou farcie de toutes sortes de bonnes choses, en cachette de son père.

Le rendez-vous avec Ermanno, que tout le monde appelait le Mal-Né, était fixé à six heures de l'après-midi pour une partie au tripot avant de s'envoyer un verre à la taverne de la via delle Ore en compagnie des Romantiques de Traviole et, si Lisander ramassait assez d'argent aux cartes, il s'offrirait ensuite une nuit au bordel de la via San Giovanni sul Muro avec Chiarella, qui se rasait le pubis pour jouer les petites filles, chevelure fauve et éclatante, la pulpe des cuisses d'une blancheur enivrante et faussement prépubère – immaculée, par rapport aux vicieuses préférences de certains clients, à la peau décatie et aux attributs flasques des autres. Ses projets étaient donc des plus réjouissants mais, tandis qu'il tournait dans la via dei Fiori Oscuri, Lisander dut à nouveau se pincer le nez, cette fois pour chasser un accès d'angoisse. Malheureusement, il était bien conscient de la structure bizarre de sa propre mémoire, où le souvenir de sa mère tenait le rôle de la tige qui retient chaque grappe, support dont pendent des grains juteux. « Bon Dieu ! » : songeant avec effroi au jour où, baie par baie, la grappe tout entière surchargerait sa conscience, il sentit la respiration lui manquer mais, heureuse coïncidence, fut contraint d'esquiver une marmaille qui jouait au milieu de la rue avec une vessie de bœuf et, merveille de l'illogisme, la vue de la rondeur bovine le ramena à son point de départ : l'image des grosses mamelles de donna Teresa.

La dame avait presque quarante ans et deux fils et, à la taverne des curés – une gargote à deux pas de l'archevêché dont les prêtres se tenaient pourtant à distance car, c'est bien connu, les religieux « font la noce loin du bercail » – Lisander avait entendu dire que les femmes du royaume des Bourbons étaient d'une singulière ardeur, celles déjà passées à la casserole et les mariées en particulier, de préférence peu pieuses mais fort miséricordieuses. Donna Teresa était née à Naples, capitale du royaume, et Lisander voulait en savoir davantage avant de choisir sous quels jupons tenter sa chance. C'était formidable de voir la manière dont les nouvelles circulaient, dans un tourbillon de jalousies et de rivalités, parmi les Sujets dont le peintre avait fait le portrait et, plus extraordinaire encore, de constater que ces nouvelles se propageaient dans le cliquetis des godets d'eau-de-vie et des flacons de vin dans les gargotes, où les ragots finissaient par trouver confirmation ou démenti dans la bouche des garçons et des domestiques. Donna Teresa était la quatrième des sept enfants d'un certain marquis de Pedicelli, dont le père, disait la rumeur, aurait, comme d'autres, retourné sa veste en 1814, en persuadant le maréchal d'Empire et roi de Naples, Joachim Murat, de signer la convention fournissant à l'Autriche le soutien militaire des Deux-Siciles et trahissant Napoléon. Lorsque le Congrès s'était réuni à Vienne, le père du marquis, réjoui du retour des Habsbourg en Lombardie-Vénétie, avait remonté la Péninsule pour évaluer certaines possessions sur lesquelles il avait des vues. Ce même père avait donc regagné le Sud suite aux insurrections des *carbonari* de San Teobaldo, mais cette fois en compagnie de son fils, lequel, devenu à la mort de son géniteur, en 1832, l'héritier direct et majeur de ses biens, avait été obligé d'assumer le poids des responsabilités à cinquante ans sonnés. Profitant de ce voyage qui le contrariait beaucoup, le tout récent marquis Pedicelli avait tenté de caser sa fille la plus dévergondée, qui lui avait causé des ennuis si fâcheux qu'il avait été obligé de les faire oublier à coups de pots-de-vin et de meurtres. Donna Teresa avait été donnée en mariage à Alfio Malesani, un homme aisé qui avait su se procurer un titre de noblesse certes peu reluisant mais suffisant pour ne pas laisser dire aux mauvaises langues que le marquis Pedicelli avait marié sa fille au premier couillon venu. Qui plus est, Alfio Malesani, si peu blasonné fût-il, avait fait preuve de talent en tant qu'entrepreneur de la Société des parfums, savons et soufre Malesani, née d'un caprice de jeune homme, et rapidement devenue une florissante affaire, plus fructueuse que ce que rapportait le blé des propriétés du marquis Pedicelli, lequel avait par conséquent accepté avec un enthousiasme feint de se retrouver beau-père…

Il fallait en somme que Lisander se laisse tripoter par donna Teresa, vu qu'en un seul coup, il saurait s'attirer ses largesses et satisfaire cette délicieuse soif que la rumeur sur les femmes du Sud avait excitée en lui – il lui était venu le « Vouloir Heuristique » de découvrir comment les femmes du Sud aimaient, avait décrété l'inénarrable Grand Vocabuliste. Certes, ces derniers temps, ses préférences allaient aux jeunettes à peine pubères ; qu'importe ! Le portraitiste devait infliger à donna Teresa l'inguérissable blessure du désir afin qu'elle ne puisse plus se passer de ses services. Ainsi seulement, il pourrait bénéficier des dons de la matrone, et mettre son plan à exécution.

« Ouais, voilà ce qu'il faut faire, pas d'autre moyen ! »

L'ambition, que le peintre nourrissait depuis des années, se resserra comme un poing autour de son cœur et commença à marteler sa poitrine. Lisander se mit à suer. Que de soucis ! Battre la breloque était un vice de famille, se dit-il tout à coup avec ironie. Par chance, il était arrivé devant la porte de l'arrière-boutique de la pharmacie et il frappa, puis frappa de nouveau sans se douter que Floro lui ouvrirait en personne. Il comptait sur le garçon pour lui avoir mis de côté son petit paquet habituel. Ne pas être à court de ce distillat de passiflore, mélisse et grande absinthe. Lisander devait maîtriser son agitation. Il avait besoin de se détendre. De soulager son cerveau de toutes ses obsessions. C'était sur le corps qu'il lui fallait se concentrer.

« Oui ? » dit une voix qui venait de la pharmacie.

*

Perdre la tête, ça doit faire sacrément mal. Ou peut-être pas. Il y a de quoi se demander s'il vous reste encore un peu de vie en dedans, une fois que la hache s'est abattue sur les veines, les nerfs, les os, la peau, les muscles et tout le reste. « Je suis sûr qu'on reste éveillé ! » s'était exclamé le Crapa, « au moins pendant un petit moment », et si c'était le cas, ça devait faire rudement mal dans le cou. À en mourir. Et au-dessous, est-ce qu'on sentait qu'il n'y avait plus rien là-haut, ou est-ce qu'on avait la sensation de posséder encore tout ce qu'il y avait avant ? Et si la tête, en roulant toute seule, cognait contre un roc et, les yeux écarquillés, voyait le corps dorénavant tout mou ? Drôles d'idées, fantaisistes avec ça, des mots, rien que des mots, mais à y penser sans relâche, on pouvait se retrouver avec une image plaquée aux yeux, entre le cerveau et le monde à regarder. Voilà, une idée fixe dans le regard.

Du rythme lent de ses roues, la carriole avançait le long de la corsia San Donato, au beau milieu du bourg. L'oratoire n'était pas très loin, sur la gauche, et le clocher de l'église, qui s'élançait, massif, par dessus les toitures de tuiles rouge brique, venait à peine de sonner les six coups de l'après-midi. Le soleil, qui regardait derrière lui, s'offrait un dernier regard cramoisi avant de s'enfoncer parmi les cimes des Alpes à l'horizon, dans un arc du ponant jusqu'au septentrion.

Ce matin-là, Colombino s'était attelé à sa carriole et avait commencé par les cours dans les environs de l'église, mais sa tournée des livraisons l'avait mené à travers tout Sacconago, et même au-delà des confins, jusqu'aux bicoques les plus reculées, misérables forteresses paysannes perdues dans les profondeurs, à la lisière de la bruyère aride et des rares bosquets. De temps en temps, entre deux livraisons, le garçon était obligé de retourner au presbytère pour alléger sa cargaison de bois reçue en échange du don béni, et de remplir la grande cuve puante, mais, malgré le poids qu'il devait traîner sans son mulet, Colombino ne s'était pas découragé, et l'espoir d'une probable et heureuse rencontre avec Vittorina lui avait au contraire donné de l'enthousiasme pour la journée ; non que son humeur fût généralement mauvaise, mais la perspective lui faisait le même effet qu'un solide remontant. Colombino avait imaginé ce moment avec un battement de cœur, des tons orangés, les couleurs sous lesquelles cela s'était passé ensuite pour de vrai, mais pour l'heure, il rêvassait ; le vif souvenir de la jeune fille jaillissait de son esprit à ses yeux : ses bras galbés au-dessus du métier à tisser, furtivement aperçus un été, pendant que Vittorina lavait les draps, les attaches de ses muscles qui frétillaient à chaque coup contre la planche ; ses sourcils broussailleux de la couleur des mûres ; ses cheveux châtains aux reflets d'argile, si crépus qu'on aurait dit qu'ils allaient lui manger le visage ; ses yeux noirs tout en pupille, si sombres qu'ils ressemblaient à la nuit ; l'air candide et pourtant tragique.

Colombino était rentré par le chemin qui remontait depuis les champs à l'ouest jusqu'au bourg, et il s'était vite retrouvé aux confins de Sacconago ; quand il avait croisé le sentier qui menait à la ferme de la Speranza, il avait tourné dans la corsia San Donato, du nom du petit oratoire situé sur la placette homonyme. Après la fourche, il avait continué tout droit, et s'était noyé dans la pénombre entre les deux lignées de cours de fermes qui flanquaient le chemin, trente fenêtres qui débordaient de *Sinaghiti*, les habitants de Sacconago. Le cœur du bourg. Par-delà les deux murailles de bâtisses, protégé par des portails et des portes de planches assemblées, il y avait un monde impossible à cartographier, où la propriété de chacun se confondait à celle des autres, gourbis et baraques, boyaux de mauvaises herbes et cours où des chiens aboyaient et couraient après les poules jusqu'à ce qu'un coup de bâton enfin les calme ; balustrades, échelles en bois branlantes et rampes s'agrippaient à chaque bâtiment ainsi que des piles de bois qui s'abritaient sous des appentis de guingois, des potagers et des granges infestés de rats. Les étables ne pouvaient s'offrir le luxe d'un carreau aux fenêtres, et les coups de caisse des métiers à tisser comme le ronron du dévidoir ne se taisaient jamais, sauf à la nuit tombée, quand mourait jusqu'au plus menu petit bois qu'on avait mis à brûler au sommet d'un feu de fortune. Il était rare de rencontrer un fainéant dans ces cours. L'entassement urbain se déployait dans un enchevêtrement d'une sagesse séculaire jusqu'à ce que, tout à coup, on se retrouve dans les champs, au milieu des rangées de mûriers et des vignes. Là, les fermes surgissaient et ponctuaient la végétation, distantes de la civilisation mais pas trop, de façon à en tirer quelque avantage sans toutefois se laisser manger.

Sur son chemin vers la place de l'église des très saints patrons Pietro et Paolo, Colombino était passé devant la maison de *mastro* Gino, le menuisier, qui tenait boutique au rez-de-chaussée, et c'est alors que le sifflement était arrivé jusqu'à lui, suivi d'un cri : « Colombino ! » Le Crapa – le Crâne – était apparu sur le pas de la porte, le torse moulé dans sa blouse élimée et imprégnée de sueur, ses cheveux poisseux agglutinés sur sa tête énorme, bizarrement adulte et disproportionnée par rapport à son corps d'adolescent – une tête qui rappelait à Colombino celle des nouveau-nés macrocéphales qu'il avait vus, sanguinolents et visqueux, déjà morts dans les mains de Romana, la sage-femme, avant qu'ils ne soient enterrés ou jetés. Le Crapa était apparu le marteau à la main, dans l'idée de flanquer un bon coup dans les roues de la carriole pour que ce satané grincement cesse enfin, mais une fois en face de Colombino, le buste harnaché, les brancards à bout de bras, il s'était arrêté net : « Ben, c'est toi qui tires la carriole ?! » avait-il demandé avant de se boucher une narine du bout de l'index et d'expulser de l'autre un glaviot morveux plein de sciure de bois. Colombino avait répondu que oui, mais la bête allait mieux, et le Crapa, après s'être débouché le second orifice, avait pris un air entendu et, en lui montrant les bûches amoncelées sur le plateau autour du fumier : « Faut que tu fasses attention si tu vas à la Formaggiana. » En un seul battement de cœur, Colombino était devenu plus rouge encore qu'il ne l'était déjà après l'effort, et le Crapa avait ainsi eu confirmation que le teint de son ami n'avait pas grand-chose à voir avec la carriole qu'il traînait : « T'as vraiment perdu la tête pour Vittorina, mais un jour ou l'autre, ça va finir que tu vas la perdre pour de bon, ta tête. L'Emilia, elle va te la couper. » Colombino avait instinctivement baissé la pointe du menton, comme pour ne pas montrer son cou, et le Crapa avait ajouté en hochant sa grosse caboche : « Et tes noisettes avec. » Malgré le poids des brancards, Colombino avait serré un peu les jambes, par pudeur.

« Mais allez, c'est pour rigoler !

— …

— Colombino, je rigolais », avait répété le Crapa, et Colombino avait retrouvé sa sérénité. « Je le sais, que tu rigolais. » Alors, le Crapa avait fait courir son pouce d'une oreille à l'autre, et il avait souri. Voilà. C'était à ce moment-là que l'idée avait traversé l'esprit de Colombino, rapide et fracassante comme l'éclair qui avait fendu le grand châtaignier pendant le dernier orage : « J'ai comme l'impression que perdre la tête, ça doit faire rudement mal. Mais Vittorina, elle est tellement belle et tellement gentille, qu'elle peut vraiment pas faire de mal.

— Allez, ça va…, avait commenté le Crapa.

— Toi, tu crois que s'ils te la coupent, la tête, tu meurs forcément ?

— Oui, mais pas tout de suite. Peut-être qu'en dedans, ça vit encore un peu, et quand ta tête elle roule par terre, tu restes en vie un petit moment ; c'est quand on regarde son corps déjà mort qu'on se rend compte qu'on va mourir.

— Vraiment ? Tu crois ?

— Au travail ! » *Mastro* Gino, le père du Crapa, un solide gaillard aux cals épais et aux cheveux qui sentaient bon le robinier ; « Au travail », avait-il tonné en poussant son fils dans l'atelier à coups de pied. Alors Colombino avait saisi les brancards de la carriole et continué son chemin, la cervelle turlupinée par cette idée de décapitation. Aussitôt, les mots du Crapa s'étaient mis à ressembler à un invité malpoli, difficile à déloger, à tel point qu'il aurait peut-être mieux valu ne pas le laisser entrer. Mais Colombino, en lui accordant un asile inconditionnel, risquait de mal finir.

La carriole déboucha sur la place, devant l'église. Que Dieu me laisse jamais mourir la tête coupée, se dit le garçon en traînant la patte, ses semelles de bois s'embourbant dans la gadoue broyée par les sabots durant tout le jour qui tirait vers sa fin.

« Colombino ? »

Si on meurt tout de suite, alors, pour sûr qu'on sent pas grand-chose…

« Colombino, tu m'entends ?! »

Grisonnant et corpulent, moite de fatigue et un peu crotté, don Sante dégringola le parvis et attrapa Colombino par le bras ; il ne portait pas sa soutane, mais une blouse et des culottes de grosse laine marron comme n'importe quel paysan. Il avait un visage de pierre, dur sans être anguleux, et des sourcils arqués, foisonnants en comparaison de ses rares cheveux gris.

« Ohé, tu m'entends ? »

Colombino sursauta. « Mon père !

— Mais tu n'entends pas ? Tu es devenu sourd ?

— Non, mon père, j'étais en train de penser. Qu'est-ce que vous croyez, vous : si on perd sa tête, on reste vivant encore un peu ?

— Quoi ?

— Vous croyez que ça fait mal, dans la tête, si on vous la coupe ?

— Mais qu'est-ce que tu racontes ? »

Don Sante sembla agacé, mais il ne put retenir un franc sourire. La carriole, le plateau. « Très bien.

— J'ai fait tout le tour, je suis même passé à la Formaggiana. »

Don Sante lui donna une tape sur l'épaule, si fort qu'il le fit presque trébucher. « Ce n'est sûrement pas pour apporter le fumier que tu as été à la Formaggiana. »

Colombino rougit mais ne se laissa pas distraire de son dilemme. « Mon père, vous pensez que la tête, elle reste vivante même sans le corps ? Le Crapa y m'a dit que…

— Il ne faut pas l'écouter, parce que son père… », intervint le prêtre, qui resta tout à coup muet et, prenant à bout de bras un des deux brancards, se mit à tirer la carriole en direction du presbytère. « Avec ce bois, on en a suffisamment pour toi, pour l'église, et pour en vendre à Busto. Mais, allez, parce que…

— Monsieur l'abbé, mon père, excusez-moi, l'interrompit Colombino, moi, j'en ai pas besoin.

— Je te l'ai déjà dit. Mets de côté. Si le Seigneur me rappelle à lui, tu vas te retrouver le cu… » Don Sante se tut un instant en levant les yeux au ciel.

« Mon père ! Maudite merde et misère de misère ! Faut pas dire ça, même pour de rire ! » le rabroua Colombino, blême d'une terreur sincère.

« Qu'est-ce que tu as dit ? » s'indigna le curé en lui refilant une taloche en guise de *Pater Noster* et d'*Ave Maria* pour exorciser le blasphème. « Maintenant, tais-toi, tourne ta langue dans ta bouche et avance, on a encore l'oratoire à nettoyer. » Rien à voir avec ta « maudite merde », aurait voulu ajouter don Sante, histoire de faire remarquer à Colombino qu'il ne fallait pas cracher dans la soupe, façon de parler ; mais il laissa courir.

Le garçon frotta sa tête tout engourdie, parce que la main de don Sante, elle était pire qu'une pelle, et la carriole dépassa le presbytère pour rejoindre la resserre à bois. « Quand tu as fini, reviens », lui intima le curé en s'éloignant à grands pas.

Colombino obéit et s'attela à sa tâche mais, dans le silence de la solitude, l'hôte niché dans son crâne recommença à le tourmenter. Il devait savoir. Se libérer de cette pensée. Si bien qu'il déchargea sa cargaison à la va-vite, rassembla les bûches en quatrième vitesse, déposa la cuve et retraversa la place de l'église. Il remonta le passage et arriva sur la petite place de l'oratoire. À l'intérieur, on entendait les grattements du balai de sorgho sur la pierre. Colombino regarda l'inscription désormais défraîchie qui ornait le linteau. Non qu'il sût lire sans hésitation, mais don Sante s'était pris d'affection pour lui et empressé de lui apprendre quelques rudiments de lecture à la place du maître du bourg, sans le forcer, parce qu'à trop penser, Colombino finissait par s'écrouler par terre, le sang au nez et les yeux à l'envers, à se démener comme un enragé. Avec le scrupule de la patience, toutefois, don Sante lui avait enseigné l'alphabet et l'italien, et les secrets du latin, la grammaire et l'orthographe et les terminaisons, et puis, ce lambeau d'inscription, le curé le lui avait lu tant et tant que chaque fois que le regard de Colombino s'aventurait par là-haut, il entendait résonner dans sa tête le monotone *plebem sancti Donati* avec un écho surnaturel.

Il franchit enfin l'entrée, mais il s'arrêta aussitôt. Revint sur ses pas, essuya les semelles des sabots que lui avait confectionnés le Crapa, et il rentra en faisant son signe de croix ; il n'avait plus l'habitude de penser à l'oratoire comme le lieu du Seigneur.

L'habitude, il l'avait perdue deux mois plus tôt, une nuit au cœur de l'hiver, en dépit des hommes qui surveillaient les routes et des gardes forestiers qui faisaient le guet la nuit. La rumeur s'était répandue sans hésitation ; on déclara que le mal était revenu malgré le gel, et on condamna aussitôt un étranger qui, pour avoir fait halte à l'auberge du Battista, fut accusé de ne pas avoir avoué l'infection pour éviter la quarantaine. Après quoi on convoqua le « physicien » Daniele Ballarati, expert en médications et emplâtres, lequel avait confirmé qu'il semblait bien s'agir du choléra, de sorte que les autorités avaient décrété par un arrêté officiel que le bourg ne serait pas évacué, mais que personne ne devait franchir le cordon sanitaire défini par les limites du bourg. Sous peine de mort. Le docteur Ballarati avait affirmé que le mal avait pu venir de loin, d'au-dehors, mais qu'il devait quand même avoir couvé au-dedans pour devenir contagieux et, en entendant cela, don Sante était devenu fou de rage : personne, sauf lui, n'avait le droit d'affirmer que le Mal venait du dedans. Par principe scientifique, le docteur Ballarati avait contredit le curé en lui précisant qu'on ne parlait pas d'âme, mais bel et bien de merde, sans pour autant déformer de beaucoup la réalité vraie de la question, réveillant du même coup l'un des conflits qui faisaient le plus parler dans le pays. Avant de retourner à ses occupations, le physicien avait préconisé l'hygiène et l'établissement d'un lazaret où donner à boire aux malades pour nettoyer les entrailles du mal, c'est pourquoi don Sante, vite fait, avait préparé l'oratoire de San Donato, comme déjà deux ans plus tôt, dans les sinistres mois de l'année 1837, quand le choléra avait fauché une bonne partie des fidèles de Sacconago. Les mêmes vingt paillasses. Le prêtre avait aussi réquisitionné quelque honnête femme en guise d'infirmière, ayant foi en la sollicitude d'une dévote pour tenir lieu de vaccin.

Pour l'heure, enfin, le foyer semblait éteint, et on débarrassait les paillasses. À l'intérieur de l'oratoire, des chandelles brûlaient, ainsi que quelques feuilles de laurier et de molène récupérées au milieu des mauvaises herbes, car l'odeur de maladie stagnait encore dans l'air.

Colombino donna le dernier coup de balai et s'appuya sur le manche. Incrédule. Il se sentit idiot, coupablement irrité de ne pas s'en être souvenu. San Donato.

« Colombino, mais qu'est-ce que tu fais ? » dit don Sante, qui le surprit en surgissant furtivement derrière lui. « Allez, au boulot, sors la paille et les seaux, parce que sinon la puanteur de diarrhée va rester. »

Le garçon se retourna et, avant de se mettre au travail, il demanda : « Père, vous me racontez l'histoire de san Donato ? Je crois bien qu'il est mort décapité. Ils lui ont coupé la tête, pas vrai ?

— Dis donc, fainéant ! » coupa court le curé en lui arrachant le balai des mains, « ce n'est pas le moment de te faire le catéchisme. Ta bouche, sers-t'en pour respirer. » Mais don Sante se radoucit aussitôt et, presque paternel : « Tu sais bien qu'à force de penser, tu te rends malade. »

Colombino hocha la tête.

« C'est bien. La prière, Colombino, la prière, ça remet tout en place. »

Le garçon récupéra un seau et un râteau. Mais par malchance, cette satanée obsession dévora les premiers mots du *Pater Noster* qu'il récitait par cœur. « Maintenant, je ramasse tout bien comme il faut, oui, comme ça..., commença-t-il à dire sur un ton mielleux, mais, vous croyez que quand ils lui ont coupé la tête, à san Donato, il est resté un peu vivant ?

— Colombino, dix *Pater, Ave, Gloria* », gronda don Sante, furieux. « Non mais ! On ne peut tout de même pas continuer à parler d'un saint comme ça tout le temps ! » Le prêtre sortit sur la petite place en bougonnant.

Colombino le regarda s'éloigner. Il se sentait un peu mortifié, mais, en signe de protestation, il ne voulut pas réciter les prières et, après quelques instants, il sentit sa tête se soulever dans un vertige.

« Mon père... », voulut-il dire, mais il ressentait déjà un picotement au fond d'une narine et, un instant plus tard, une caresse chaude parcourut sa lèvre supérieure.

Le garçon tira la langue et reconnut la viscosité du sang. Il eut le temps de se dire que c'était peut-être pour cela que le Crapa avait une tête tellement grosse : pour contenir toutes ces idées balourdes qui lui donnaient tant à penser. Puis il s'écroula par terre, les yeux avalés par un tourbillon obscur.

La quiétude fut rompue. Entamée déjà par le murmure du Tibre et les cris perçants des coqs, le grincement des volets et les pas furtifs des derniers voleurs, l'immobilité intranquille de la nuit acheva d'être brisée par la cloche qui, au premier tintement, déchira l'air. Le battant de fer laissa échapper une note de bronze qui fit trembler les murs, et alors, le son s'allongea, s'élargit, dégringola le long du clocher et déferla dans la petite église où, bientôt, on allumerait les torches et les chandeliers pour le service du matin. La note d'airain se propagea le long des couloirs, se nichant dans tous les recoins, chassant la poussière accumulée sur les grosses dalles ; elle se faufila par-delà chaque entrée, combla chaque interstice, investit chaque vestibule et envahit les ateliers, rebondit et retentit dans le cloître, se rua dans le réfectoire : l'invisible visiteur s'insinua dans toutes les fissures, toutes les cellules – seul intrus à qui fût accordée la permission de franchir le seuil de l'église des Scalette et du Refuge du Bon-Pasteur sans avoir à arguer de son rang et de sa très respectable connivence avec les chères sœurs.

La cloche sonna une deuxième fois, et la nouvelle note se lança à la poursuite de la précédente qui parcourait déjà les corps étendus sur les grabats, sous les couvre-lits de laine à moitié dépliés. Les deux notes de bronze se pourchassèrent sur le coton grossier des miséreuses chemises de nuit, depuis les pieds nus jusques aux cuisses, le long du ventre et sur les seins, caressèrent les mamelons encore moites de sommeil, les lobes d'oreille duveteux des filles. Le cloître tout entier en fut ébranlé. Le tintement envahit chaque espace, parole aurorale annonçant le réveil, et suscita sur toutes les lèvres une faible plainte, chacune accueillant la vibration avec un soupir retenu, presque un gémissement. Toutes, sauf une.

Le printemps était aux portes, on le sentait déjà, là, dans le crépuscule du matin. Il était temps de se lever, d'étirer son dos raidi, comme le disait le rayon de lumière qui transperçait l'obscurité de la cellule en s'épaississant ; comme le disait le son de la cloche qui annonçait déjà la litanie de l'amendement, la répétition exaspérante qui aurait raison du désordre moral dont elles étaient souillées ; ainsi s'exprimait l'ordonnance du cardinal-vicaire Carlo Odescalchi, approuvée par son récent successeur, Son Excellence le cardinal-vicaire Giuseppe della Porta Rodiani. Et ainsi en avait-il été décidé à force de bans ou de chuchotements complices, et à cela elles avaient été vouées ; telle était la voie qui s'offrait à elles afin de retrouver une dignité. Condamnées. À la prière et à la peine, comme le leur murmuraient sans répit les sœurs qui, avec ténacité, ramenaient les naufragées sur le chemin de la piété et de la vertu, même si, parmi les recluses, certaines s'obstinaient à se dire éduquées – modeste groupe régulièrement renforcé par les nouvelles venues, corps fermement convaincu que tout cela n'était qu'un vaste projet d'asservissement et que les sœurs, comme les prêtres, les gardes pontificaux et les sbires, n'étaient rien d'autre que des gardes-chiourme. Le moindre souffle rebelle, à l'exception d'un noyau d'irréductibles, était pourtant voué à s'éteindre dans le rituel du couvent et, quelle que fût la vie que les filles avaient un jour menée, la dot ou le rang qui avaient été les leurs, toutes aujourd'hui partageaient la même existence, flétries ou fraîches encore, femmes de mauvaise vie ou âmes pures enterrées en ces lieux depuis le jour où elles avaient été déflorées par les gardes qui les avaient menées au pas de marche du tribunal jusque derrière les murs du Bon-Pasteur ; âmes tristes et menteuses, soubrettes prises en flagrant délit, avec la coiffe et le mouchoir de leurs nobles dames, dans les bras de vieux prélats nommés évêques puis cardinaux, filles accusées de rapineries, pilleuses d'argenterie, voleuses de raisin avec dans le regard cette lueur vulpine, femmes dévoyées, déshonorées, accusées de grossesses illicites, et puis les tueuses de nouveau-nés, fruits de passions adultères, et les prostituées infectieuses, mais aussi des esprits raffinés et cultivés qui avaient perdu le soutien de leurs protecteurs, des jeunettes trop vives pour leurs seigneurs de pères, lesquels, incapables de les dresser, s'étaient décidés à les enfermer afin qu'elles s'assagissent dans l'idée sainte d'être un jour mère supérieure. Qui qu'elles eussent été dans le monde, maintenant, au sein du Refuge, elles étaient de simples recluses. En guise de gardiennes, elles côtoyaient des sœurs et, pour célébrer les offices et les confesser, des prêtres aussi magnanimes que luxurieux, souvent caressants à l'excès. Chacune d'entre elles avait été mise à l'abri de ces murs, dans le ventre du pénitencier féminin, couvent et prison, pour y expier un péché. Toutes étaient prisonnières, et le bon Dieu était leur geôlier.

La cloche sonna une dernière fois.

On entendait déjà le bruit des pas dans le couloir et il fallait se dépêcher. S'habiller en un tour de main. Ouvrir la fenêtre de la cellule, remettre en ordre les rares affaires de nuit, refaire son lit en respectant une parfaite symétrie, preuve d'élévation spirituelle, brosser son uniforme, et tout cela en un quart d'heure. Les sœurs ouvraient alors tout grand les portes, et les recluses glissaient, calmes et obéissantes, du dortoir aux lieux d'aisance où, dans l'odeur âcre et tenace de pisse, elles vidaient leur pot de chambre, le rinçaient de leurs mains crevassées, le récuraient de leurs ongles rongés. Puis, penchées sur de grandes bassines de pierre, elles se lavaient le cou et le visage. Les sœurs surveillaient le jaillissement des éclaboussures, les frictions, le léger clapotis de l'eau dans les bassins des ablutions communes – et tout cela en un autre et un seul quart d'heure, car le temps est un don de Dieu. Bientôt viendrait l'heure de la prière du matin où, parmi les *oremus* du prêtre, les croyantes prieraient, et les autres, les rancunières, bâilleraient en se frottant les yeux même si, malgré elles, elles se préparaient déjà à succomber au rituel du couvent. Une fois l'exercice religieux terminé, les ministres du culte salués, la collation, et puis, hop, aux ateliers. Au travail.

« Lève-toi, chienne ! » chuchota une voix derrière la porte.

« Fiche-lui la paix », dit une autre voix, maternelle.

« Elle veut nous faire croire qu'elle a perdu sa langue. Et maintenant elle devient sourde. Il faut te lever ! » dit Faustina, la première voix.

Tambourinement contre la porte.

« Arrête », dit Vanda, la seconde voix, soudain plus dure, puis compatissante : « Leda, allez, il est tard. »

Dans la pénombre, Leda s'attarda en position fœtale, le dos offert au matin qui entrait dans la cellule en même temps que le chant des mésanges depuis le jardin du cloître. Elle garda les yeux fermés encore un peu et éloigna la main avec laquelle, jusque-là, elle cachait son bas-ventre, jouant de son index à entortiller les poils qui se déployaient d'une aine à l'autre ; ils lui semblaient plus rudes, comme s'ils avaient perdu le moelleux que leur donnait le contact avec l'extérieur. Leda s'assit sur le rebord du lit et, les pieds posés au sol, serra les lèvres. Durcit son expression. Quelques minutes plus tard, la porte s'ouvrit.

III

La nuit est parfois si noire qu'on ne peut rien y voir, et pourtant c'est beau, parce que dans le noir on peut être n'importe où, s'imaginer sur le seuil de telle porte ou de telle autre, en présence du plus mesquin des hommes ou du plus charitable des paysans, dans les champs fraîchement semés ou les mauvaises herbes et les orties qui envahissent la Madonna in Longu – puis, en l'espace d'un instant, dans les bras de Vittorina à la Formaggiana même si, en vrai, de la petite église à la ferme, il faut dix minutes en marchant d'un bon pas. Au fin fond de l'aveuglement, on est n'importe où, et n'importe où, c'est si vague que ça en devient poétique pour ne pas dire niais, car la nuit est un moment de rêverie, les sens s'aiguisent et l'esprit se met à galoper, trop vite pour qu'on puisse le rattraper. Pour dire : on peut s'imaginer à la foire et revenir en pensée au marché de Büsti Gràndi, se raconter les plus inoubliables gueuletons jusqu'à en savourer le goût et à se faire grimper les sucs gastriques pour digérer ce que l'on n'a même pas dans le ventre, ou bien faire pousser d'un coup des arbres de cocagne enguirlandés de tous les bienfaits du Seigneur même dans les jours maigres, avec les paysans qui en font l'escalade en se prêtant main-forte au lieu de se donner des coups. En pleine nuit, on pourrait tout bonnement célébrer sa propre foire : *Bienvenue chez messire Colombino, venez et voyez* – Colombino en riait, tout gêné, parce qu'il n'était pas présomptueux pour un sou, et les délires de grandeur n'étaient pas faits pour lui – *qu'ici les merveilles sont à frémir et les saveurs inoubliables*… Dans le noir, libre à soi de choisir qui participe au spectacle et qui reléguer sans mauvaise conscience au fond de la scène, derrière les figurants ; on pourrait même se dire que pour vendre la marchandise à la criée, les bêtes s'y mettent à la place des hommes : d'ailleurs, regardez-moi cet âne qui propose de la futaine de première qualité, et ce veau tout maigre, là, penché sur son enclume à taper du maillet pour redresser un harnais biscornu ; et là-bas, ce mulet qui se débarrasse de son patron ingrat, adjugé et vendu comme bête de somme ! Dans le noir, on peut visiter en un clin d'œil tout ce que l'on connaît déjà, et explorer plus longuement les limites de l'humaine condition, s'immiscer dans les recoins de la raison, là où se nichent les pensées les plus secrètes, les peurs les plus crues et les désirs les plus funestes. Allongés dans les ténèbres, on est égaux, tous pauvres et tous seigneurs, puisque au royaume de la nouvelle lune, seules comptent la liberté d'esprit, l'intensité de la peur, et la bonté de cœur – un agréable matelas ne gâcherait rien à l'affaire, mais ça, c'est autre chose… Le milieu de la nuit c'est le commencement du jour, disent les anciens de Sacconago, alors, s'abandonner à des visions belles et joyeuses, ce serait la meilleure manière d'entreprendre son labeur quotidien, si cette nuit noire ne cachait un danger, puisque à s'imaginer où bon nous semble, il se pourrait bien qu'une obscurité lugubre se referme sur nous, ou bien…

Le presbytère. À l'intérieur du presbytère, à côté de l'église paroissiale. Un débarras sous les toits. Coincée entre deux poutres vermoulues, il y avait une petite fenêtre et, sous cette petite fenêtre, un lit d'où l'on pouvait, en bombant le ventre et en tordant un peu la tête, une fois dans le bon angle, voir un petit morceau de ciel. Colombino avait décidé de ne jamais fermer les volets, de façon à avoir le ciel toujours à la portée du regard et à cueillir le scintillement de chaque étoile, ou la physionomie des nuages dorés de lune ; il aimait tellement regarder dehors qu'un jour il avait décidé de se coucher à l'envers, les pieds vers la petite fenêtre et la tignasse contre la porte, comme ça, pour ne plus avoir à chercher le bon angle et avoir ce concentré de monde sous les yeux, en baissant simplement son regard du plafond jusqu'à la pointe de ses pieds. Il avait choisi de s'installer ainsi en dépit de l'avis de don Sante, qui y voyait quelque chose de tordu et donc de diabolique, et surtout malgré les gamins du bourg, qui certaines nuits faisaient des concours de lancer de cailloux à travers le pertuis. Colombino laissait les volets ouverts du printemps à l'automne, jusqu'à ce que l'hiver se cramponne au bourg, quand le moment venait de se protéger des griffures du gel. Mais autrement, que vienne la nuit, et hop, la tête dans les étoiles !

Malgré les volets grands ouverts, l'obscurité était totale, les nuits sans lune, aussi insondables que l'eau du puits au fond duquel Colombino avait un jour plongé par la faute d'une réjouissante distraction – Vittorina –, incident qui aurait pu être fatal si, par bonheur, le garçon n'était mort que de trouille, lui qui, après le plongeon, avait tout de suite retrouvé ses esprits, reconnu le haut du bas, et avait réussi, toussant et se démenant, à attraper le seau que lui tendaient ses sauveurs. Sans lune, dans son débarras, il y avait de drôles de ténèbres qui effaçaient chaque chose et permettaient tout…

Toc.

Le caillou alla droit au but et rebondit sur les lattes du plancher, *toc toc toc*. Il l'avait touché à la rotule droite, une douleur aiguë.

« Aïïïe ! cria Colombino.

— Touché !

— Nooon… mais c'est toujours toi qui gagnes !

— C'est moi le champion du tir au couillon !

— Ah ah ah… le couillon ! »

À nouveau des éclats de rire et des huées depuis la placette.

« Vous allez arrêter ce boucan ! »

Colombino sauta sur ses pieds en se débarrassant de sa couverture et s'agrippa aux montants de la petite fenêtre. Il frotta ses paupières gluantes de sommeil, et il vit un vieux qui braillait en bas, le vieux Natale, et trois silhouettes qui s'éloignaient dans un nuage de fumée bleutée ; Giget et Ngiuletu – Luigi et Angelo – les deux fils du Gagliardi, des sacrés vauriens, et un troisième larron que Colombino n'eut pas le temps de reconnaître mais sur lequel il se jura d'en savoir plus. C'était l'avant-veille du dimanche et, depuis le dimanche passé, ce genre de choses s'était déjà produit par deux fois. Colombino n'aimait pas faire d'esclandre ni se disputer, et encore moins pleurnicher ou jouer les espions, mais en privé, même s'il s'en voulait un peu, il jubilait encore en pensant à ce jour où il était allé se plaindre au Crapa après que les gamins l'avaient tellement mitraillé qu'ils l'auraient presque envoyé au ciel ; l'ami, sans le lui dire, avait traversé tout le bourg et, chopant les deux fils du Gagliardi, il avait donné une sacrée leçon à ces deux énergumènes.

« Maudite merde et misère de misère ! »

Enfin, il réalisa. « Ce n'est pas possible… » Et pourtant si, il faisait jour. Pas encore grand jour, mais le soleil avait déjà décoloré la nuit, dissipant les fantasmagories. Le sommeil avait dû engloutir les premières lumières de l'aube et les cocoricos des coqs.

Colombino se dépêcha de descendre de son lit, boitilla jusqu'à la porte et s'avança le long du corridor. Il fit grincer les marches de bois et descendit au rez-de-chaussée. Le cœur d'une bûche de robinier brûlait encore dans le poêle, bien que le printemps ait déjà commencé à adoucir l'air, soudain amical. Colombino se rappela que don Sante devait assister à une assemblée de la paroisse, et il se rappela aussi la promesse qu'il avait faite la veille au curé : qu'il s'occuperait de tout, et il était déjà en retard pour ses tâches quotidiennes et même celles qui ne l'étaient pas !

Sur la table de la cuisine, dans une petite jatte recouverte d'un linge, il trouva une tranche de polenta ; il l'avala en buvant un verre de lait à peine sorti des mamelles et encore tiède – bénie soit la femme du Natale, l'Adele qui, chaque matin, en apportait un plein broc, plus pour s'assurer d'être dans le bon camp que par bienveillance ou par obligation. Colombino aurait volontiers coloré son lait, pour avoir un peu d'énergie, avec un filet de vin que don Sante consacrait pour la messe et dont on ne manquait jamais, même au presbytère, au goûter comme au souper. Mais les bouteilles étaient mises sous clé dans la crédence au-dessus de laquelle trônait un crucifix d'une taille intimidante par rapport à la petitesse de la pièce ; le meuble était fermé par une serrure que le Tempesta avait forgée lui-même, et don Sante portait toujours la clé sur lui, avec celle du buffet de la sacristie où était rangée la bouteille qui servait pour l'office et qui, dès qu'on la débouchait, faisait dire au curé : « La bouteille, quelle invention ! C'est une idée du Seigneur… »

Colombino acheva sa collation par une poire qu'il croqua jusqu'au trognon tout en massant sa rotule endolorie. Puis il se prépara et rejoignit l'étable à côté du bûcher.

« Astolfo ? » murmura-t-il dans la pénombre. « Tu es réveillé ? »

Le mulet, une bête aux oreilles aussi droites et longues que des spatules en bois, lui lança un regard torve, qui exprimait à la fois le contentement et la déception et, comme s'il avait compris la question, il baissa et releva la tête.

Colombino franchit l'entrée, souriant.

« Ça va ? »

Astolfo baissa et releva la tête et Colombino s'approcha, lui tâta les flancs, palpa son ventre décharné en faisant courir sa main sous la cage thoracique, sur le poil brun et roussâtre, et pendant ce temps répéta : « Maintenant, on doit toujours contrôler si tout va bien, il faut être patient. » La bête le laissa faire. C'était un cadeau du Natale, qui l'avait reçue en échange d'une affaire conclue avec un type venu d'au-delà du Tessin, en terre des Savoies, habitant de « Burbané » – Borgamanero en dialecte lombard –, un nom dont Colombino se souvenait depuis que Natale lui avait expliqué que Borgamanero était surnommé « le bourg des ânes » et la chose l'avait amusé, même s'il ne se rappelait plus trop bien ce que les ânes avaient à voir avec l'histoire de ce pays-là, pas plus que les mulets. Natale était le vieux cirier de Sacconago mais il faisait également office de sacristain et de carillonneur et, malgré ses excès et son parler pas tout à fait irréprochable, il était l'ami de don Sante ; il arrivait souvent que les deux hommes commentent leurs journées, jusque tard. « Le mulet, c'est une belle bête », avait dit le vieux à Colombino quand il lui avait présenté le futur Astolfo. « Toi, tu le sais peut-être pas, mais les mulets, c'est les fils des ânes qu'ont réussi à se cabrer assez pour s'enfiler une belle jument », avait-il ajouté en désignant l'engin qui se trouvait entre les jambes – le sien bien entendu. « Celui-là, en plus, c'est le fils d'un âne qu'a voulu se faire une jument tout seul, sans se faire commander par le premier couillon. Il s'est pris des bons coups de verge, et c'est sûrement à Burbané qu'ils l'ont mis à la casserole… pardieu, moi j'sais que c'était une bête de caractère… alors, ce mulet, tu dois bien le traiter, parce que c'est son fils. Tu le sais pas encore, mais une bonne bête, c'est mieux qu'un bon ami. Faudra que tu lui donnes un nom comme il faut, parce qu'une âme sans nom, c'est comme un fruit sans pépins. » Don Sante s'était plaint, craignant que le cadeau ne rapporte plus d'ennuis que de bonheur, mais Colombino avait fini par gagner – après tout un animal c'est toujours une richesse, avait-il arraché à don Sante qui, attendri par les yeux languides et les oreilles énormes et grotesques de l'animal et, sans doute plus sensible avec l'âge, s'était décidé à lui donner lui-même un nom. Pas un nom de bon chrétien, parce que ceux-là, ils étaient réservés aux brebis du Seigneur ; non, il fallait un nom plus prosaïque, voire romanesque. Don Sante avait repensé aux volumes soigneusement rangés dans sa petite mais riche bibliothèque – un minuscule péché qu'il cultivait avec passion depuis les années du séminaire, malgré les ennuis que cela continuait de lui causer avec les prélats supérieurs. Son espérance était que le mulet se révélât un compagnon digne de confiance pour un héros un peu bizarre : « On l'appellera Astolfo. Qu'en dis-tu ? »

« Aujourd'hui, il faut qu'on aille à Busto. Tu es prêt ? »

Cette fois-ci, Astolfo secoua la tête en signe de dénégation.

« Allons-y. »

Colombino le tira, Astolfo s'entêta, et il fallut presque une demi-heure pour l'atteler à la carriole. Après avoir chargé quelques bûches coupées sur les châtaigniers des bois qui appartenaient à la paroisse et une partie du bois récupéré en échange du fumier béni, le garçon éperonna l'ami mulet et ils dépassèrent ensemble le chemin pour Borghetto, tournèrent et puis tout droit, au-delà des pâtés de maisons et plus loin encore, jusqu'aux bicoques isolées. Mais ce jour-là, la destination était plus lointaine. Ils se rendaient dans la ville de Busto Arsizio.

L'humeur était des meilleures. Elle était au contentement. Quelques semaines plus tôt, Colombino n'aurait pas osé croire qu'Astolfo guérirait de la colique puisque, toute bénigne qu'elle était, c'était tout de même une colique, et les bêtes, elles mouraient de la colique par grappes. Mais Colombino avait prié san Donato tous les matins et tous les après-midi et, à la Saint-Joseph, le jour des feux, une fois qu'il était revenu à lui, après la crise à cause des drôles d'idées du Crapa sur la décollation, le garçon avait longtemps prié plutôt que de dormir ; il avait serré une bougie entre ses paumes comme si c'était une épée, jusqu'à ce que la cire, avec sa chaleur fugace, lui coule sur les doigts : « Je t'en supplie, Seigneur tout-puissant, fais qu'Astolfo guérisse. C'est mon bon ami. Don Sante dit que tu es notre guide, notre compagnon, notre aide et notre salut, alors voilà, Seigneur, toi tu le sais qu'un compagnon en chair et en os, tous les jours, c'est bien commode, et moi, Astolfo, je l'aime comme je m'aime moi-même, alors, je t'en supplie. Et puis qu'est-ce que tu pourrais bien en faire ? Il pense qu'à manger, il en fait qu'à sa tête et pète à qui mieux mieux : de ces vents, t'as même pas idée ! À suffoquer. Et il donne des coups de sabot à défoncer la poitrine ! Si tu le laisses encore un peu ici, sur la terre, je te promets de mieux l'éduquer, comme ça, quand il sera devant toi, il se tiendra bien. Seigneur, fais qu'il guérisse… Et toi aussi, saint Joseph, donne-moi un coup de main. » Et la colique avait disparu. Miraculeusement. Bien que le très estimé docteur vétérinaire Broggio, qui avait suivi des leçons à l'École vétérinaire de Milan, l'eût prédit.

« Courage, Astolfo, allons-y. »

Dans la ville de Busto Arsizio, grâce à l'intercession de don Sante, Colombino avait bonne réputation auprès d'un petit groupe de verriers parmi les plus dévots – le bois de châtaignier brûlait d'une flamme à nulle autre pareille, et ils en achetaient en grande quantité – et le garçon avait également entassé sur sa carriole quelques troncs bien secs destinés aux échoppes de menuiserie, pour la découpe. Don Sante lui avait interdit de vendre ces morceaux de choix, très appréciés, à *mastro* Gino, le père du Crapa ; Colombino, lui, aurait bien voulu, mais le curé lui avait donné comme règle de ne faire commerce qu'à Büsti Gràndi – autrement dit Busto Arsizio – puisque, comme disait le proverbe, « *l'è mez mondu* », c'est la moitié du monde, et, dans cette moitié de monde, un sans-le-sou comme lui pourrait grappiller quelques centimes de plus.

La carriole, au rythme lent de ses roues, s'achemina le long de la route qui courait du midi au septentrion, de Sacconago à Busto Arsizio, chef-lieu du XVe district du Haut-Milanais. Pendant un moment, Colombino fut contemplatif, puis plus loquace, et il ne s'écoula guère de temps que déjà le garçon et le mulet avaient atteint les environs de la petite église de l'Immaculée, qui surplombait l'esplanade où avaient lieu les foires au bétail pendant la fête de San Rocco. Don Sante leur avait raconté que Büsti comptait dix mille âmes, dix mille !, et ce chiffre, Colombino n'arrivait même pas à se l'imaginer. Pourtant, il le devinait au milieu de la cohue de Santa Maria et il l'entendait dans les cris des marchands, le martelage des forges et le tronçonnage au fond des menuiseries, il le voyait dans la succession des échoppes, des ateliers, étalages, épiceries, sabotiers, gargotes, cours de ferme et dépendances pour l'abattage d'où s'élevaient des hurlements bestiaux qui crevaient toutes les couches de bruit et qui vous pénétraient sous la peau. Quelle merveille que ce fourmillement vital, ces filles avec leurs nœuds colorés dans les cheveux qui se détachaient de la foule tels des papillons dans une nuée d'insectes, et ces hommes qui ne portaient pas l'éternel brun-gris des paysans.

Noyé dans ce vacarme, Colombino céda à un double sentiment, pour moitié peur, pour moitié soulagement car, si de se retrouver en présence de tant d'étrangers lui causait de l'agitation, l'indifférence des passants le rassurait. Aussi, quand il se présenta aux amis verriers, il sut se comporter, vendit son bois en les contaminant de sa bonne humeur ; et il finit par empocher un bon petit magot. Sur le chemin du retour, il se tint coi, comme souvent lorsqu'il rentrait de Büsti Gràndi, encore envoûté et un peu sonné. Astolfo parut courroucé de ce silence et, en retrouvant son étable, exprima son mécontentement par un râle caverneux. Colombino n'y prêta pas attention et, après lui avoir donné une caresse et esquivé un coup de sabot, se précipita à l'église sans décrotter ses semelles. Il devait passer un coup de balai, vider les troncs à offrande, détacher la cire des balustrades et astiquer les torchères.

Colombino acheva sa besogne une heure avant le coucher du soleil, mais sa journée était loin d'être terminée. Il se mit un quignon de pain entre les dents et sortit du presbytère en disant : « Je vais dire une prière à l'oratoire. » Don Sante, qui était rentré dans l'après-midi, se contenta de hocher la tête, et Colombino ne remarqua pas l'insolite pâleur du curé, pas plus qu'il ne fit attention à sa discrète expression de reproche ; il fila avec une idée en tête et un léger remords pour son mensonge qui, à bien y regarder, n'était pas un vrai mensonge ; pas même la moitié d'un mensonge. Il alla à l'oratoire de San Donato et dit une prière, une supplique vite expédiée pour demander à Dieu d'aider et de protéger tout le monde, à laquelle il ajouta en guise d'apostille de bien vouloir lui accorder la grâce de Vittorina. Ensuite de quoi il courut à la Formaggiana.

Quand il arriva à la ferme, il s'arrêta sous le premier mûrier dont les paysans récupéraient les feuilles pour nourrir les vers à soie. Il s'assit pendant que le soleil fondait sur l'horizon bas. Il attendit, impatient, et alors qu'il était sur le point de se désoler et de s'avouer vaincu, voilà qu'elle apparut dans l'encadrement du portail : elle sortait dans la cour, les mains sur les épaules du dernier-né de la Formaggiana, un petiot qui n'avait que deux toutes petites années mais beaucoup de cheveux et avançait en regardant obstinément ses pieds. Vittorina fit bien attention à ce qu'il ne tombe pas tandis qu'une horde de gamins et de gamines déferlait en braillant sur le terrain poussiéreux et, en la voyant prendre l'enfant dans ses bras pour le protéger de ce tourbillon de jeunesse, Colombino s'émut et se força à rester à sa place pour ne pas courir vers elle. Il l'entendit hausser la voix, se débattre au milieu des rires et des moqueries, de la pagaille et des taquineries, et la regarda faire asseoir la marmaille en lui faisant croire qu'écosser des petits pois était un jeu très amusant. Comme elle était belle. Les hanches à la fois maigres et larges, assez solides pour maintenir ses jambes bien plantées au sol. Colombino sentit ses oreilles s'embraser.

La jeune fille se retourna enfin, le visage radieux dans l'ultime et rougeoyant soleil. Elle avait toujours su qu'il était là, sous le premier mûrier. Colombino leva la main dans un geste retenu, mais avant que Vittorina pût lui répondre, les gamins avaient repéré le trimballe-merde et s'étaient mis à crier. Elle essaya de les faire taire, et elle sourit, non pas avec ses lèvres, mais avec ses yeux. Le cœur de Colombino se mit à battre la chamade et son cou commença à s'empourprer, mais son enthousiasme fut aussitôt refroidi par l'Emilia qui, intriguée par ce vacarme, sortit pour sermonner les gamins. La femme avisa l'intrus, prit un air menaçant, parla à l'oreille de Vittorina et mima une taloche ; Colombino tressaillit à ce geste de violence, qui n'était qu'un simple reproche maternel, et fit un pas en avant. Vittorina rentra et les gamins braillèrent de plus belle. Le soleil disparut dans la nuit. L'Emilia lança un dernier regard torve dans la direction de Colombino et rentra à son tour. Le garçon resta immobile un instant puis, tristement, il comprit qu'il était temps de retourner au presbytère.

*

« Je te hais ! »

Le silence afflige davantage celui qui l'écoute que celui qui s'y cloître car souvent, en faisant le choix de se taire, on finit par exiger de l'autre une explication, et cette invitation à répondre et à combler un abîme de silence constitue pour l'autre un effort qui peut sembler insoutenable.

« T'es une putain ! » siffla de nouveau la voix derrière elle.

Six mois déjà avaient passé depuis qu'ils l'avaient enfermée, mais le chant des mésanges qui peuplaient la cour intérieure avait su l'apaiser ; Leda avait obtenu la permission de se promener pour « prier et méditer », et elle l'écoutait avec bonheur. Le chant joyeux des oiseaux lui rappelait la vie du dehors, un monde sonore tristement différent des bruits de la monotonie quotidienne et de l'élocution monocorde des gens d'Église. Les gazouillis et autres prouesses mélodieuses des mésanges lui donnaient souvent l'impression d'être une tentative pour imiter le chant des autres oiseaux, et l'idée la faisait sourire, allez savoir pourquoi.

Les moments qu'elle pouvait passer en compagnie des volatiles, toutefois, étaient rares. Sur ordre du vicaire général de Sa Sainteté, après les exercices religieux du matin, chaque recluse, détenue mais également pensionnaire, recevait de la part des sœurs une instruction dans les domaines domestiques, de la garde-robe à la blanchisserie, des premiers soins à l'art de la cuisine et du tissage, des travaux de raccommodage et du tricot, du filage de la laine, du lin et du chanvre ; le tout afin que les pauvres créatures fissent pleinement acte de contrition et de conversion, de manière à se révéler, une fois rééduquées, d'habiles ménagères, de fertiles épouses, de bonnes mères pour toujours dignes de Marie-Madeleine. Quelques-unes iraient jusqu'à devenir novices, et rejoindraient celles qui avaient choisi le couvent pour demeure.

« Chienne, c'est à toi que je parle ! »

Le nouveau sifflement resta en suspens et, comme Leda ne le saisit pas, il mourut dans l'agitation de l'atelier, sous les coups de pédale des métiers à tisser, au milieu du frottement des fils de trame et de chaîne, dans le bruit sourd du fil glissé dans le chas des aiguilles à broder. Les autres filles ne l'entendirent même pas ou celles qui l'avaient entendu n'y firent volontairement pas attention. Imperturbable, Leda enfila l'aiguille pour parfaire son point, donnant vie au tissu presque impalpable, et c'est alors qu'elle sentit de nouveau sur son épaule le poids des yeux chargés de haine. Pesants. Faustina. Cela faisait deux ans qu'elle était au Bon-Pasteur, prise en flagrant délit de passion par un père qui, naturellement peu enclin au pardon, s'était de surcroît retrouvé avec une fille enceinte d'un fruit défendu et à peine goûté. On racontait que l'homme avait eu recours à un chirurgien afin que celui-ci provoque sur sa fille une indigestion de persil, après quoi il l'avait fait étendre, lui avait écarté les jambes, l'avait immobilisée grâce à une sangle et, l'ayant calmée en lui administrant de la teinture de laudanum – à petites doses pour qu'elle se souvienne bien de sa douleur –, il l'avait pénétrée avec un instrument métallique, long et courbe, en poussant bien jusqu'au fond du bas-ventre pour lacérer et arracher la créature qui, toute minuscule qu'elle était, s'était agrippée à l'utérus. Histoire de bien racler le péché, en somme. La mère de Faustina n'avait pas su s'opposer à son mari, ce qui n'était pas dans les us et encore moins dans les coutumes, mais elle avait trouvé le courage de piéger le chirurgien avec les moyens opportuns ; elle avait orchestré toute une mise en scène en se servant des lambeaux d'un petit goret et avait inventé un système de corsets et de gaines pour berner son mari tandis que ce dernier, croyant l'avortement consommé, adressait avec les hommages dus une requête au cardinal-vicaire Odescalchi, lequel avait favorablement accueilli le placement de Faustina au couvent afin qu'elle réapprenne à vivre après la terrible épreuve. Confiée aux sœurs, dans l'obscurité claustrale de sa cellule, Faustina s'était libérée des gaines et des bandages, et avait prématurément donné le jour à un fœtus déjà mort.

« Je te parle ! »

Tout en ne lui ayant jamais parlé, Leda connaissait son histoire ; elle possédait ce don inné de se trouver, avec un parfait à-propos, là où il fallait pour écouter en cachette, et elle n'oubliait rien, pas même le plus petit détail. Faustina avait souvent pleuré sur son passé, surtout auprès de Vanda, une édentée de cinquante ans si pauvre qu'elle ne pouvait pas être grasse et qui avait égorgé son mari par une nuit d'été. Faustina devait avoir une trentaine d'années, plus proche en âge de Leda que les autres recluses. La population du Refuge du Bon-Pasteur se composait davantage de femmes faites que de jeunettes.

« Traînée ! »

Leda continuait son ouvrage, mais à la voix succéda cette fois un violent coup dans le coude, qui précipita l'aiguille et eut raison de la résistance du tissu avant l'heure ; Leda ne put empêcher la pointe de lui transpercer l'extrémité de l'index, de s'enfoncer dans sa chair, provoquant une douleur pénétrante et passagère. Elle voulut se retourner, mais raidit son cou et coinça sa langue entre ses dents, assez pour ne pas proférer un son.

Dans un coin de la pièce, sœur Arcangela, les traits anguleux, veillait sur les pensionnaires, et Leda lut sur son visage de pierre polie la concentration de celle à qui rien n'avait échappé et qui maîtrisait tout. La sœur lui adressa un signe, comme pour lui dire de ne pas s'inquiéter, qu'elle était là pour la protéger et serait intervenue si la situation dégénérait, ce qu'elle craignait au fond. Faustina en réalité détestait Leda, du fait même de leurs confidences manquées : toutes deux, malgré leur jeune âge, ne s'étaient jamais parlé. Pour dissiper la rancœur de Faustina, il aurait suffi d'un moment d'intimité, mais Leda avait choisi de s'enfermer dans le silence ; elle n'avait ouvert la bouche que la première semaine, à son arrivée, mais sœur Arcangela n'avait pas réussi à en tirer grand-chose. Elle avait appris que la jeune fille avait perdu sa mère alors qu'elle était encore une enfant, puis son père, et qu'elle avait passé quelques années au couvent de Santa Chiara, à Naples, où les clarisses lui avaient enseigné non seulement l'art de la broderie mais également l'art du silence parce que, comme disaient les Lamentations : « *Le Seigneur est bon pour qui se tourne vers lui, pour celui qui le recherche. Il est bon d'attendre en silence le secours du Seigneur.* » En vérité, si sœur Arcangela avait cherché plus loin, elle aurait appris que l'infortunée ne cherchait pas le moins du monde à façonner son existence à ce précepte ; plutôt, dans sa précédente expérience du couvent, Leda avait pris la mesure de la vie religieuse. Elle avait compris que se taire, au couvent comme au pénitencier, était interprété comme une preuve de dévotion si ce n'est de rémission, et non, au contraire, comme un moyen de se dérober. Dans cet univers clos, son attitude était respectée, louée comme un effort de contemplation, et les sœurs s'employaient même à ce qu'elle pût s'y tenir. *Il est bon d'attendre en silence le salut du Seigneur*. Leda n'avait fait que réciter la lamentation sur un ton tragique et théâtral quand elle avait été conduite au Bon-Pasteur sous la protection des agents après l'arrestation de son Lorenzo ; elle avait fait montre de froideur, malgré son désarroi, et avait répété l'adage pendant une semaine durant, sur le ton dolent de qui, en proférant le Verbe, sait qu'il enfreint une règle de foi. Puis elle avait commencé à se taire. Sœur Arcangela avait pris la pauvre petite en pitié et mis ses consœurs dans la confidence ; même la supérieure avait vu dans son attitude une preuve de repentir. Si bien que Leda avait été exceptionnellement dispensée de chanter ou de réciter les oraisons à voix haute pendant une année. Ordre lui fut donné de les dire au moins du bout des lèvres ; sans proférer un son, bien entendu. Une récitation muette.

« Sainte nitouche ! »

À cette nouvelle injure, sœur Arcangela changea de place. Leda garda la tête baissée et regarda la goutte de sang qui s'écoulait lentement de l'extrémité de son index. Pendant ce temps, derrière elle, la sœur s'était assise à côté de Faustina qui, parce que blâmée, était sortie de ses gonds et se démenait tant qu'il fallut l'éloigner. Les autres recluses, intriguées, levèrent les yeux pour les baisser aussitôt, et quand l'atelier s'apaisa, Leda porta son doigt à ses lèvres couleur de lait et de vin. Elle les entrouvrit. Y posa son index. Sortit la pointe de sa langue et reconnut la saveur du sang ; elle suça à fond, assécha la blessure.

Puis elle éloigna son doigt et presque inconsciemment le pressa contre la broderie à laquelle elle travaillait. De l'invisible blessure perla une fine goutte, et une rondeur pourpre s'imprima dans la blancheur immaculée du tissu. Leda examina la tache et ses yeux, fatalement, réfléchirent l'image dans son esprit, qui s'élança vers Lorenzo. Le souvenir envahit Leda comme une flamme qui déferla depuis son ventre le long de sa poitrine jusqu'à lui brûler la gorge. De la tête aux pieds. Elle sentit son odeur, ses larges favoris hirsutes, la mèche qui se détachait au milieu du front. Elle se revit avec lui. Éprouva une sensation de vide à l'estomac. Lorenzo la rechercherait. Il trouverait le moyen de la faire sortir encore une fois. Comme il avait déjà fait à Santa Chiara. Elle en était sûre. Mais à la vue de cette minuscule tache de sang, un doute, tu parce que terrifiant, commençait à s'insinuer en elle.

*

« Sandro Duroni veut agrandir sa boutique de la galerie de Cristoforis. En plus des verres optiques, de toute sa quincaillerie et de ses foutus tubes de physique et de chimie, il veut se spécialiser et monter un cabinet de daguerréotypie.

— Ah bon ? » demanda distraitement Chiarella, qui finissait de se rincer le bas-ventre dans la bassine qui faisait office de bidet, dans un coin de la chambre. Sa toilette terminée, la jeune femme se dégourdit les jambes et remonta ses bas jusqu'à ses cuisses nues. Puis elle traîna ses mules jusqu'à l'escabeau de la toilette en laissant tomber au passage quelques gouttes sur le plancher ; Lisander, avec un enthousiasme renouvelé, reprit : « Tu ne comprends vraiment pas. En France, un type a capté la nature sur une plaque de cuivre ! C'est un prodige. Mieux que le dessin photogénique ! Il ne s'agit pas de poser une petite branche sur une feuille et d'attendre que la lumière en garde l'empreinte, l'ombre. Lui, il a réussi à reproduire l'image de la nature sans même se servir de ses mains ! Il paraît qu'à Paris, ils sont en train de construire cinquante établissements !

— Hum…

— Une brochure circule. On explique qu'il faut badigeonner une plaque, l'enfiler dans une boîte, une chambre *obscure* pour capter la lumière, et hop, voilà l'image ! » Lisander gesticula, ses mains semblaient des calices, et ses doigts des pétales à peine éclos.

« J'ai rien compris.

— Tout ce qu'il y a à comprendre, c'est que c'est un miracle, idiote ! C'est comme de retenir l'âme de la Nature ! La plaque humidifiée reçoit l'image à la manière d'un miroir, mais l'image ne bouge plus ! »

Chiarella avait remis ses jupons, s'était assise, et était en train d'attacher son corset en comprimant ses petits seins : « Tu veux bien m'aider ? »

Lisander, allongé, les pantalons encore en bas des jambes et la chemise ouverte sur son buste frêle et saillant, s'assit sur le rebord du lit ; son intimité exposée à l'air saturé d'humeurs, il se pencha et commença à tripoter les lacets du corset.

« Tu te rends compte d'une merveille ! Imagine, dans une foire, les autres comptoirs n'auraient plus qu'à décamper. Non, d'ailleurs, sûrement pas une exposition, ce n'est quand même pas une bagatelle qu'on peut montrer au premier venu. En janvier, ils ont publié un article dans la *Gazzetta privilegiata*, mais j'ai cru que c'était encore une des manigances de cette sale race d'ingénieurs qui pollue la ville, une ruse parmi tant d'autres. Mais si Duroni se prépare à acheter le matériel, il doit y avoir du vrai. Il voit loin, celui-ci ! Je devrais me remuer moi aussi.

— Alors, t'as fini ? » demanda Chiarella qui brossait ses boucles luisantes et emmêlées.

Lisander se remit à serrer le corset avec plus d'énergie, et sans lâcher sa prise, il ajouta, songeur : « Si tout se passait comme prévu, si l'intérêt prenait, alors on pourrait en faire un sacré commerce, réaliser des paysages, des portraits… » Le peintre se redressa et s'arrangea, releva ses pantalons et récupéra sa jaquette abandonnée sur la descente de lit. Il s'enflammait et, bien qu'une telle attitude se prêtât mal à la chaleur étouffante de ce mois de juin anormalement chaud, ce débordement d'enthousiasme le grisa et se propagea à travers la pièce. Chiarella, contaminée, se leva à son tour sans faire attention à son corset qui, très approximativement lacé, laissait encore entrevoir un téton rose. « Un sacré commerce », répéta la jeune femme qui, s'approchant de Lisander, l'enlaça et se laissa emporter par un tourbillon de pas de danse, au gré du rythme que le peintre battait en voltigeant. « De quoi s'en mettre plein les poches, imagine, quelle merveille ! Ils en demanderaient tous, et nous deux, on pourrait…

— On pourrait, on pourrait… Si vraiment on peut le gagner cet argent, pourquoi tu te grouilles pas ? T'as qu'à faire comme ces bons messieurs à moustaches qui viennent ici de temps en temps : ils ont pas les moyens de certains officiers, et me fais pas dire les horreurs qui leur passent par la tête, à ces sales Autrichiens ! Mais au moins, c'est pas des crève-la-faim comme vous autres artistes et bons à rien, ouvriers et apprentis. Mais toi, Lisander, tu as le feu en toi. Je le sens. Alors pourquoi tu fais pas comme on dit aujourd'hui : montre-toi industrieux !

— Parce que je ne sais même pas de quoi je parle. Je ne peux quand même pas me jeter la tête la première », répondit le peintre, soudain sombre, interrompant sa danse frénétique ; il était contrarié maintenant que quelqu'un donnait corps à ses aspirations confuses, y participait, en était témoin. « Il faut être prudent, parce qu'à trop demander, on se retrouve les mains vides.

— Oui, il vaut mieux se contenter de ce qu'on a. Déjà qu'on a pas grand-chose… », bougonna Chiarella en calant son sein rebelle dans son corset.

« Si tout ce qu'ils écrivaient était bel et bien vrai…, reprit Lisander. Mais le matériel a un prix et il faudra bien que je le paye. Et je ne sais pas à qui demander de l'argent. Et puis il faudrait aussi un atelier qui donne sur une rue passante ! La Nature imprimée ! Plutôt que des portraits, j'imprimerais le visage de tous les richards et je serais le plus courtisé », conclut Lisander avant de flanquer une bonne claque sur le derrière de Chiarella.

« Et moi, je t'aiderais », ajouta-t-elle d'un air entendu tandis qu'elle retournait à la toilette en se déhanchant de manière provocante.

« C'est vrai que tu pourrais, tu es plutôt habile de ta langue. Et en plus, tu as la marchandise qu'il faut », se réjouit le peintre en la rejoignant d'un bond avant de lui palper ce fessier de délices qui le charmait tant. « Tu as raison, toi », dit-il avec une ardeur exagérée, à tel point que Chiarella s'en amusa et l'embrassa, à la fois flattée et embarrassée ; la jeune femme se mit sur la pointe des pieds et du bout de son nez écarta les mèches rebelles de Lisander pour lui effleurer l'oreille de ses lèvres. « Et quand on fermera boutique, avant les fêtes du soir, on prendra du bon temps rien que pour nous, susurra-t-elle.

— Narducci s'en mordrait les doigts, et il regretterait le salaire de misère qu'il me donne !

— Et alors, pourquoi tu ne demandes pas de l'argent à tes oncles pour commencer ?

— Moi, je ne demande rien à personne, et surtout pas à mon oncle », dit Lisander en fulminant, et il repoussa Chiarella, les traits de son visage tout à coup transformés.

« C'est vrai, j'oubliais, la rengaine habituelle. » Sentant le danger venir, Chiarella se dirigea vers la porte. « La vie ne t'a pas gâté et patati et patata… Et moi qui suis seule, qu'est-ce que je devrais dire ? C'est au fond de toi que tu es malheureux, voilà le problème, mais tu n'es même pas capable de voir tout le malheur que les autres doivent supporter, eux aussi : et t'as le culot de dire que te retrouver avec tes deux oncles pour t'élever, ça t'a porté malchance ! lui lança-t-elle. Tu es un faux jeton, voilà ce que tu es. Eux, ils déboursaient parce qu'ils n'avaient pas de fils à la maison et qu'ils te voyaient comme leur héritier, et monsieur qui n'en faisait qu'à sa tête parce que monsieur est un artiste, jusqu'à ce que vous vous chamailliez. » Chiarella avait déjà franchi le seuil, mais hésita avant de prendre le couloir. De l'extérieur, on entendait résonner les grognements des autres clients. La semaine prochaine, elle devrait encore changer de bordel, c'était la période de rotation pour ne pas lasser les habitués, et elle n'avait pas le choix. Ou elle marquait le coup, ou tout avait été vain. En disant adieu au peintre désargenté, elle devrait aussi renoncer à ce sentiment ténu mais irrépressible qu'elle sentait s'insinuer dans son cœur. « Mais à n'en faire qu'à ta tête, j'ai l'impression que tu n'as plus que ton orgueil. Et l'orgueil, ça nourrit pas son homme. On dirait déjà que tu manques de vigueur, des fois..., osa-t-elle dire. Décide, ça vaut mieux ! Je te le dis par... par amour ! » conclut-elle en baissant d'un ton. Elle était sur le point de partir lorsque Lisander la saisit par le bras, la traîna vers la chambre et la frappa. Une gifle si forte que Chiarella tomba à la renverse. « Putain. »

Lisander sortit en claquant la porte et s'engouffra dans la nuit. Il n'y avait pas d'étoiles. Il descendit la via San Giovanni sul Muro et prit la via Meravigli. Quand il se présenta chez l'apothicaire de la via dei Fiori Oscuri le lendemain, il était mal en point. Il s'était bagarré avec un type. Il demanda Floro. Il fallait qu'il soigne son œil au beurre noir, et cette douleur à l'estomac, sûrement ses idées noires. Il n'arrivait pas à se calmer. Ce jour-là, il ne peignit pas. Il attendit seulement que la nuit tombe pour retourner au bordel. Chiarella lui plaisait. Et l'idée de s'enrichir aussi.

*

C'est quand elles s'écrasent sous la dent, *crac*, qu'on découvre ce que sont les choses ; certaines seulement, en vérité. Pour ces dernières toutefois, la méthode est presque infaillible, et il faut les goûter, les broyer sous les molaires pour arriver à saisir l'infime différence de texture, de consistance, de résistance. Le premier grain de blé ira dans la bouche du fermier le plus expert et si, en craquant, il renvoie le bon son et donne l'impression qu'il faut, alors un second grain partira vers le palais plus délicat – mais moins fiable – du prêtre, puisqu'on parle des fonds de l'Église et qu'il faut bien obtenir sa bénédiction. Quand on pourra déclarer sans risquer l'anathème qu'il ne manque au grain qu'un tout petit rien pour une parfaite maturation, on décrétera l'heure de la moisson.

« Il est l'heure ! »

C'était une semaine à ciel ouvert, de quoi se sentir écrasé par le poids du soleil, et les mouchoirs pour éponger la sueur étaient trempés. Les cals aux mains faisaient mal à force de manier la faux et, même s'il manquait quelques heures pour arriver à midi, les flasques de vin s'étaient déjà vidées. La campagne s'était transformée en un paysage de joie et de peine, mais aussi d'inquiétude, avec son bourdonnement de prières sourdes : que cette fois-ci la récolte suffise pour le loyer et pour la subsistance de toute la ferme, et qu'il ne pleuve surtout pas quand il faudra le faire sécher et le battre dans les cours, parce que s'il se gâte, il emportera avec lui la santé des paysans…

« Ça suffit, Colombino, boucle-la ! » s'exclama don Sante, à bout de patience.

Colombino obéit. Pendant la moisson, ça sifflait tant et plus. Il allait d'un champ à l'autre pour accompagner don Sante, qui contrôlait l'avancement du travail et distribuait de rapides signes de croix et, si le curé voulait s'entretenir avec un paysan, voilà que Colombino rapprochait la langue de son palais, coinçait la pointe derrière ses incisives et laissait éclater un sifflement strident, vibrant, un dard qui volait d'oreille en oreille en transperçant tous les tympans. Colombino sifflait si fort que même Astolfo se voyait obligé de plier ses gros pavillons auriculaires. La lumière sèche de la belle saison donnait au ciel la couleur des blés.

*

« Mer ! »

Cramponné au mât du *Seival*, dominant le raffut des marins qui accueillaient ce cri avec jubilation, John Griggs scrutait l'horizon, son épaisse crinière trempée, fouettée par les rafales qui transperçaient son manteau de meselaine. Le rio Tramandaí était proche, tout comme son embouchure qui se jetait dans l'Atlantique en une étreinte bouillonnante entre océan et rivière. La pluie avait cessé depuis peu, et si ce qu'il voyait là-bas était encore une hallucination, se répétait John avec confiance, l'odeur d'iode et de sel n'en était certainement pas une.

« Mer ! cria-t-il à nouveau.

— Foutre s'il crie, l'héritière !

— Mais dis donc, tu l'as quand même pas vue pour de vrai cette fois-ci ?

— Il serait temps !

— Hourra !

— L'héritière, il lâche pas prise ! Il est agrippé au mât qu'on dirait un macaque !

— Un macaque, ah, ah !

— Toi, celui qui t'comprend, il est vraiment fort !

— Tu parles toi, que…

— Écoute-le un peu, c'est moi qui t'le dis, lui, il s'y connaît en macaques !

— Quoi ?

— Tout le monde le sait que tu préfères astiquer le cul des jouvenceaux plutôt que celui des bonnes mulâtres !

— On fait ce qu'on peut ! »

L'équipage cracha un rire gras et laissa échapper une allusion gaillarde :

« Un cul c'est toujours un cul, j'…

— Vulgaires bâtards ! » hurla John Griggs du haut de sa position, à vingt-cinq pieds de la terre. « Je vous rosserai à coups de verge jusqu'à ce que vous pissiez le sang ! » Il goûtait assez l'exagération.

« Vous avez entendu le lieutenant ? » s'empressa de répéter comme un perroquet Ignacio, le maître d'équipage, qui n'avait rien du *maître* que l'équipage aurait voulu, un homme de compromis entre le commandement et les commandés, un esprit capable de lui éviter les coups de verge plutôt que de les donner au nom des supérieurs.

« Mais nous, on y est pour rien, et puis fallait pas écouter, on se marre parce qu'on est contents. Vous avez vu l'océan, ben voilà ! On est des hommes de la mer et la terre ferme, on l'aime pas », dit le parleur le plus habile de tous les marins.

« Faites silence ! » beugla Griggs et, une fois le calme revenu, il fit de nouveau glisser son regard sur la cime des arbres, par-delà la végétation luxuriante de la plaine côtière. On apercevait de hautes dunes de sable et, plus loin, l'étendue grise de l'océan. Le jeune lieutenant le vit à nouveau, tendit l'oreille par-dessus le halètement des bœufs et le crissement des grandes roues, par-dessus le grincement de la coque ; on entendait le grondement des lames au loin. C'était à n'y pas croire. Il n'aurait pas parié un seul centime qu'ils quitteraient un jour la lagune dos Patos, ni même un des dollars de l'héritage qui l'attendait. Plus de cinquante milles en seulement cinq jours. Dans la bonne direction. Entre les coups de vent glacials, le ciel bas et sans fin, les pluies accablantes. On n'avait jamais vu une chose pareille !

Plein d'ardeur, Griggs descendit du mât en étouffant un juron à cause d'une écharde plantée dans sa chair, un peu au-dessus du poignet, et se laissa tomber sur le plancher du pont. Campé sur ses deux pieds, souffrant davantage de la progression cahotante du navire sur la terre ferme que de la puissance de la mer, il approcha la blessure de sa bouche et chercha l'écharde avec ses incisives.

« Eh ! Regardez-moi ça, l'héritière macaque qui se débarrasse de ses puces !

— Hou, hou, hou ! » lança un autre en se grattant l'aisselle pour mimer un singe.

« Faites silence ! » cria l'énorme Ignacio en distribuant des coups de pied de tous les côtés.

John Griggs rejoignit le parapet, empoigna l'échelle de corde qui pendait par-dessus bord, prit son élan et toucha terre. Oui, la terre ; la sensation était dépaysante : chaque fois, il s'attendait à poser le pied sur le quai d'un port, sur le sable ou sur un banc de rochers. Mais c'était comme ça. Le lieutenant passa en revue l'équipage, une horde de rescapés, d'affranchis, d'exilés et d'exaltés, d'ivrognes, de révolutionnaires et de délinquants. Il marcha lentement, caressa une petite branche arrachée à un arbuste – il savait que l'idée de la douleur effraie davantage que la douleur elle-même ; il aurait pu passer à l'acte, il en avait envie, jusqu'à réduire en bouillie ces moins-que-rien. Mais on avait presque rejoint la mer, et la peine avait été grande. L'exaspération semblait légitime. Et certains de ces types étaient de véritables assassins.

Quand un silence respectueux se fit et que les yeux, intimidés, se baissèrent, Griggs avança. La pluie tombait à torrents, les nuages de ces premières semaines d'hiver austral se déversaient en un déluge presque incessant. Le lieutenant se traîna dans la boue gluante et rejoignit la queue de la caravane, fermée par une poignée d'Italiens rassemblés autour de dom José[1], à cru sur le dos d'un bai, les mains agrippées à la crinière de l'animal, cadeau du général de la révolution, Bento Gonçalves.

En le voyant, Griggs crut l'Italien plongé dans ses pensées. Il avait rencontré dom José dans le Rio Grande, alors qu'il étudiait des plans tracés à l'encre, silhouettes et squelettes de navires à armer, une montagne de papiers éparpillés sur une table de fortune dans un dépôt transformé en chantier naval sur les ordres de Bento Gonçalves. Il ne pouvait pas dire qu'il le connaissait très bien, d'autant qu'il s'était écoulé peu de temps depuis lors, mais Griggs savait que lui et l'Italien s'entendaient. L'équipage avait accueilli la scène avec joie, mais dom José, enveloppé dans un poncho qui tressautait sous

1. Dom José, c'est-à-dire Giuseppe Garibaldi, est le principal artisan de l'unité italienne. Pendant plus de quarante ans, il combat pour la cause républicaine en Amérique du Sud, en France et en Italie, et devient homme politique après 1861. (*N.d.E.*)

l'effet du trot, n'avait pas levé les yeux. Griggs s'approcha dans l'idée de l'arracher aux projets de batailles dans lesquels il le croyait absorbé. Le Nord-Américain se trompait.

« Messieurs… »

Dom José, plutôt qu'à de stratégiques desseins, était en proie à de grises mélancolies et se tourmentait depuis l'adieu à une femme qui lui avait causé une grande douleur, une souffrance aussi intense que l'espérance de pouvoir l'embrasser de nouveau, retrouver la chaleur de son corps – le sien ou celui d'une autre qui saurait le lui faire oublier. Le penchant naturel de José était de croire au lendemain, mais, alors, il ne pouvait s'empêcher de s'attrister en pensant à Manoela. La douce Manoela aux cheveux couleur acajou et à la peau qui sentait le pain, aux humeurs qui picotaient le nez. Grande amoureuse qui, en plus de se donner, avait presque réussi à lui faire oublier Teresa la mulâtre, le tourment de ses nuits, l'ombre qui le hantait depuis tant d'années. Quand il lui avait fait l'amour à Gênes dans sa jeunesse – quel délice – l'image de Teresa s'était incrustée au fond de ses yeux et, depuis lors, José ne l'avait plus oubliée ; chaque femme la lui avait littéralement remémorée et, dans les corps à corps amoureux, même au paroxysme des spasmes et de la touffeur âcre, José assistait chaque fois, par-dessus ses seins ballants, à la métamorphose du visage de sa maîtresse du moment, laquelle, à chaque coup de rein jusqu'au seuil de l'orgasme, prenait les traits ligures de Teresa. Et l'ombre du duvet ourlant ses lèvres généreuses toujours revenait. Manoela, elle, avait résisté, elle avait imposé sa propre image presque jusqu'à la jouissance. Puis elle s'était métamorphosée en Teresa, mais plus tard que les autres, et c'est ainsi que dom José ne pouvait s'empêcher de regretter les nuits passées dans la…

« Messieurs, nous y sommes presque », entendit-il finalement dire Griggs. La voix du jeune lieutenant fut interrompue par le cri alarmé de l'expert, en exploration un demi-mille plus loin avec un Riograndais – Abraão, dit le Gros, en raison de son gabarit et de la rage avec laquelle il se jetait sur tout ce qui lui tombait sous la dent – lequel étouffa aussitôt son cri : « Gens d'ici, *amigos do Rio Grande do Sul !* »

Des indigènes. Des gens d'ici. Bouche bée. Abasourdis. Au premier coup d'œil, la chiourme devait ressembler à une colonne de criminels à l'abordage avec des machines de guerre, et pourtant, les habitants restaient immobiles, sans chercher à fuir ; ils se frottaient au contraire les yeux tandis que les deux petites embarcations de trente et de vingt-cinq tonnes, en grinçant, s'avançaient sur huit paires de roues fixées sous la coque par de robustes essieux, tirées par des bœufs qui écumaient de sueur en pataugeant sur le terrain inondé : la vision de cette misérable flotte charretée qui surgissait de la forêt rappela à ces spectateurs de fortune certaines des légendes entendues dans l'enfance et perpétuées encore, vestiges d'une époque où la réalité était prodigieuse. De part et d'autre des cinquante paires de bœufs, plus de quarante hommes fouettaient avec la cravache, déboisaient à coups de lame, préparaient le terrain pour que les roues puissent rouler, trébuchant sous l'effet des vapeurs de l'alcool éclusé. Le froid humide de la côte les obligeait à avancer en voûtant les épaules et, sous la pluie qui reprenait de plus belle, noyé dans cette atmosphère de plomb, l'équipage avait quelque chose de fabuleux. Les habitants en avaient entendu parler, la rumeur de leur arrivée avait couru ; les rangs de l'armée des indépendantistes du Rio Grande avaient parlé d'eux. Les indigènes saluèrent les *farrapos*[1]. C'est ainsi qu'il fallait les appeler. Corsaires en haillons et républicains.

« Maître d'équipage ! » cria dom José, ressuscité par l'alerte. Luigi Carniglia, maître d'équipage du *Rio Pardo* et ami fraternel de José, s'approcha en boitant à cause de la blessure qu'il s'était faite au *galpòn*, le saloir où ils avaient pris leurs quartiers pendant les mois qu'avait duré la construction des deux lancions qu'il avait fallu défendre, avant même leur lancement en mer, des assauts d'un bandit, le Moringue, bras armé des partisans de l'empire de Rio de Janeiro, peu enclins à accepter tous les délires d'indépendance. « Voyons s'il y a moyen d'avoir quelque chose, Luigi. Un peu d'aguardente.

— Y'a de quoi faire, on s'est approvisionné hier dans les fermes.

— Les provisions ne sont jamais de trop, Carniglia », dit dom José avec une emphase appuyée. Mais, s'assombrissant sincèrement, il ajouta : « Comme l'amour d'une femme.

— Comme la liberté », dit Edoardo Mutru, autre précieux ami de dom José.

1. Entre 1835 et 1845, la guerre des *farrapos* (littéralement : « loques » en référence à la pauvreté de leur habillement) est un soulèvement républicain séparatiste de la province de São Pedro do Rio Grande do Sul contre l'empire du Brésil, colonie portugaise devenue indépendante en 1822. Garibaldi en est l'un des leaders. (*N.d.E.*)

IV

Un enfer, mais sans flammes. Non pas rouge, orange ou noir, mais cobalt et bleu pétrole, de la couleur plombée des nuages qu'apportait le *carpinteiro*, du sobriquet que les indigènes donnaient, avec un bon sens paysan et un certain respect, à ce courant capable de fracasser les arbres comme un infatigable bûcheron. Soufflant aussi fort que le sirocco, le vent soulevait des langues d'eau qui griffaient les deux lancions, et les flots fouettaient le pont, poussant les bateaux vers la côte, contre les bas-fonds des rochers. Les hommes flairaient la catastrophe.

À bord du *Seival*, planté sur ses jambes écartées, le lieutenant Griggs fermait les paupières pour résister aux embruns et, même si la mer montait vertigineusement haut et chargeait en assenant de violents coups d'épaule, pour la première fois, il sentit le *Seival* tenir ; les fibres ligneuses de l'entière embarcation gémissaient sous la pression de la mer et communiquaient leur propre tension au gouvernail de poupe, qui la transmettait aux mains du lieutenant qui, au milieu de cette poudrière d'eau, éprouvait la moindre impulsion, comme si le *Seival* était un prolongement de son corps, une prothèse accrochée à ses paumes. Et la coque disait qu'ils seraient les plus forts.

Griggs consolida sa prise, les jointures des doigts blanchies par l'effort, et de sa gorge s'échappa un cri qui transperça l'obscurité de cet après-midi d'orage et parvint jusqu'à l'équipage qui se débattait, effrayé, s'agrippant à tout ce qui lui tombait sous la main pour ne pas être englouti par les remous de l'océan. Triste ironie, s'il en fut : rescapés sur terre et naufragés à peine les navires avaient-ils repris la mer. On entendit un claquement, double, tendu, et les voiles ruisselantes capturèrent le vent. Le bateau se redressa, retrouva la route le long de la ligne de la côte. Griggs, la tête vidée de tout sauf de cet instant, hurla : « Courage, bâtards ! »

Cela durait depuis plus d'une heure et l'océan finirait bien par se lasser, il le fallait. Le lieutenant lança un coup d'œil aux mâts qui craquaient, tordus comme des lianes dans l'immensité verte et furieuse. Francisco Pedro, un Madrilène longtemps voué à la traite des esclaves et aujourd'hui hardi républicain, fut propulsé depuis le pont et disparut dans l'horizon gris. Des yeux rougis se tournèrent vers Griggs, qui ne donna aucun signe de renoncement ; au contraire, ceux qui s'étaient retournés s'aperçurent qu'il hurlait encore, avec arrogance.

Alors, la mer gigantesque écuma, fouetta le navire jusqu'à le faire basculer. Le parapet du *Seival* lécha la surface de l'eau et deux marins passèrent par-dessus bord, mais Griggs garda le cap : chaque fibre de bois criait, mais l'embarcation disait non, pas encore, et quand elle retrouva son équilibre, le lieutenant en fut certain : « Aaaaaaah ! » L'équipage reprit en écho, amplifiant son cri, le déchirant, le démultipliant et, malgré la rage du vent, le son se déploya et purgea l'air de la puanteur de poisse.

À bord du *Rio Pardo*, dom José comprit qu'il fallait toujours régler ses comptes avec le sort, sans exception car, pour autant que le destin nous sourie, on prend en s'obstinant à le défier des risques qu'il faudra tôt ou tard payer. Non seulement la modeste flotte charretée avait réussi à se traîner sur plus de cinquante milles à travers la forêt dans une expédition digne d'Hannibal, sans qu'un seul homme ne périsse ; non seulement les marins sous son commandement avaient remis à la mer les deux lancions après les avoir retapés avec l'habileté de charpentiers confirmés ; non seulement le *Rio Pardo* et le *Seival* avaient rejoint l'Atlantique à une vitesse de croisière dont aucun bateau n'aurait été capable dans des eaux trop basses, même à marée haute : comme si cela ne lui suffisait pas, après avoir jeté l'ancre à un demi-mille de la côte en attendant qu'un souffle de vent permette de déployer les voiles, dom José avait eu un mauvais présage et l'avait ignoré. Courage ou stupide obstination. Et quand la brise qui venait du sud était devenue le rugissant *carpinteiro*, ce vent qui, disait-on, avait précipité toute une escadre britannique sur la côte brésilienne, dom José n'avait pas eu le temps de mettre ses hommes à l'abri, et les avait éperonnés avec la détermination de celui qui sait qu'il n'a d'autre choix que de s'en remettre au hasard. Une colonne de l'armée du Rio Grande do Sul qui avançait sous les ordres du brigadier Canabarro pour prendre possession de la région de Santa Catarina, et la marine riograndaise, c'est-à-dire ces deux lancions et rien de plus : c'était le seul soutien auquel il pouvait s'attendre.

Dans chaque défi, si étonnantes soient les qualités du joueur et quelle que soit la mise qu'on réussit à rafler, mieux vaut laisser quelque chose sur la table de jeu. L'esprit de dom José voulut imaginer comment on évoquerait sa mort, les témoignages des survivants, que pourrait écrire le fidèle Rossetti dans *O Povo,* si l'ami lui consacrait les quatre pages de son journal, et la manière dont réagiraient l'Italie et « mamma Rosa » en apprenant la nouvelle, Nice et ces bâtards de royalistes génois, et le Maestro aussi, et toute cette vieille Europe qu'il n'avait pas revue depuis des années, qu'il méprisait tout haut mais qu'il aurait secrètement voulu retrouver, acclamé en héros. Pour que son père soit fier de lui malgré la haine. Il se souvenait bien de l'émotion ressentie en voyant, pour la première fois, son nom noir sur blanc : c'était dans *Il Popolo Sovrano*, un de ces bulletins qui naissaient et mouraient en l'espace d'un jour, à Marseille. Son nom, depuis lors, était celui d'un condamné à mort.

Une vague fouetta son visage, le ramenant à des préoccupations plus actuelles et beaucoup moins abstraites ; s'il voulait à nouveau sentir entre ses mains les courbes de Manoela, abandonnée depuis un peu plus d'une semaine à l'*estancia* de la Diga, il lui fallait survivre : « On y arrivera ! »

Un quart de mille plus loin, le *Seival* de Griggs, battu par les vagues, réussit à maintenir le cap. « Enfer et damnation ! » eut le temps de hurler dom José avant qu'une lame ne balaye le *Rio Pardo*, projetant son lieutenant une centaine de mètres plus loin.

*

La compagnie prolonge la tiédeur de l'été dans le soir qui s'éteint, et l'on peut en jouir à l'heure où le crépuscule est déjà un souvenir et le lent engrenage de la nuit encore silencieux. C'est le moment où, à travers le bourg, rôdent d'imprudents étrangers, un garde raide comme un I, et quelques silhouettes spectrales, égarées, quand, sous la voûte étoilée, les auberges s'apprêtent à se dépeupler, les verres, inutiles, à joncher le sol, les couches à se faire accueillantes ou à rester vierges. C'est le moment où les épis de blé, mis à sécher dans les basses-cours et dans les cours avant le battage, déploient leur arôme qui se faufile dans chacune des pièces de la ferme et chatouille l'estomac, délice et tourment ; c'est le moment où chacun ressent l'envie de respirer le souffle de l'autre, d'en partager les pensées. Se réunir, dans l'amitié et l'intimité.

« Allez, viens ! » dit le Crapa en poussant Colombino dans la pièce où les habitants de la ferme des *balòs* – les resquilleurs – avaient l'habitude de se rassembler ; c'était l'été, mais ils étaient à couvert parce que le ciel était voilé et que l'Italo avait prévu de l'eau, et personne n'osait contredire sa lecture des nuages. À l'intérieur, on bavardait, les femmes travaillaient à leur tricot et les petiots se faisaient espiègles ; quelques-uns des plus grands, par contre, luttaient, les paupières fatiguées, dodelinant de la tête en cédant au sommeil, puis la redressant aussitôt. À l'arrivée de Colombino, certains lui lancèrent un regard torve, d'autres au contraire lui sourirent : « Viens, assieds-toi avec nous », lui dit le Crapa en cherchant l'approbation de *mastro* Gino, lequel, après avoir cherché celle de sa femme, dit oui à son fils de mauvaise grâce.

Bien qu'il travaillât à l'atelier de son père et n'eût guère l'occasion de jouer les malins ou les délinquants, le Crapa possédait cette franchise violente de la rue, et il était si fourbe qu'il aurait pu se mêler à la bande de malfrats qui faisaient des descentes dans le bourg, peut-être même les commander, lui qui était assez costaud et nerveux pour éviter qu'on se paye sa grosse caboche ; il savait de surcroît montrer du respect envers les adultes, mais aussi – disons-le – leur tenir tête, et sa besogne de menuisier lui avait donné des mains si rêches qu'il se sentait un homme, un vrai. Côté boisson, il arrivait juste derrière le Tempesta, le forgeron et grand maître du fil de fer, et on racontait qu'il avait engrossé Carla, une gamine aux cheveux châtain clair qui ne s'était plus fait remarquer ces derniers mois. Malgré tout, le Crapa préférait Colombino à la compagnie des autres garçons et à l'idée de se faire une réputation, même si beaucoup des gars du bourg traitaient son ami d'idiot et le charriaient à la moindre occasion. Colombino avait ses extravagances, c'était sûr, n'empêche que le Crapa avait un jour esquinté les fils Gagliardi, de la ferme de la Speranza, pour avoir frappé l'ami à coups de pierre ; lui, il aimait passer son temps avec Colombino, parce qu'il savait écouter. Honnête. Il avait l'air d'un de ces types qui ont un petit grain bizarre, voire gâté, dans la cervelle, et il était timide aussi mais, s'il avait été élevé par don Sante, sa pudeur n'avait rien du sentiment de péché inculqué par l'Église. Le Crapa, il ne pouvait pas les souffrir, les curés, par une sorte de tare héréditaire : il avait grandi au milieu des ronchonnements de son père, *mastro* Gino, et de son grand-père, l'Italo, lesquels, à l'abri des murs de la cour, maudissaient archevêques et prêtres et tous les hommes qui couraient à leurs jupons pour la bonne raison qu'en 1817 le podestat, par une manigance ourdie pour satisfaire la curie après le retour de l'Aigle à deux têtes, avait extorqué à la famille des terrains à donner en métayage pour engraisser la paroisse. Colombino n'avait rien de cette pudeur cléricale et, à condition de ne pas parler des péchés qu'on pouvait commettre avec les femmes, on pouvait discuter de tout avec lui. Il était de ceux qui savaient entendre et penser une idée en entier, même si, parfois, ça lui causait des saignements de nez et des évanouissements. Jamais le Crapa n'oublierait les deux crises auxquelles il avait assisté : les membres qui se tordaient, les pupilles dilatées, la bave à la bouche comme un chien hydrophobe, et le sang qui coulait du nez, et puis, après tous ces tremblements, une raideur presque cadavérique. Sans la chaleur qui émanait de son corps et le martèlement qu'on entendait sous son thorax, ces deux fois-là, le Crapa aurait bien cru l'ami mort. Un jour, son père, *mastro* Gino, lui avait posé la question brutalement, et le fils avait répondu calmement, sans baisser les yeux, déjà prêt à se ramasser une raclée : s'il admirait Colombino, c'était parce qu'il n'était pas comme les autres ignorants. Le Crapa ne savait pas bien le dire, mais tout était dans la façon d'agir si spontanée de l'ami, dans sa manière d'être qui, Dieu sait comment, faisait penser que rien ni personne n'aurait pu le briser d'ici à cent ans. Au fond, la raison de sa préférence se réduisait à ceci : donner de son temps à une inconscience si sincère et si joyeuse qu'elle ne puait pas la mort, et espérer ainsi en être contaminé.

« Bonsoir *mastro* Gino, madame, bonsoir m'sieu Italo…

— Bonsoir, bonsoir. »

Dans la minuscule pièce, il flottait un joyeux désordre ; plus de vingt personnes s'y entassaient, des chiens qui flemmardaient dans les coins et des bestioles plus discrètes. Les hommes rapportaient des ragots et commentaient la bonne marche des travaux et des champs, les femmes continuaient leur ouvrage en commentant les phrases des hommes et en murmurant entre elles. Italo, le grand patron de la ferme, un vieux chauve, les mains et le cou abîmés par les restes d'une pellagre, se taisait et se régalait du petit vent qui, soufflant par la fenêtre et par la porte, diluait le résidu de chaleur des heures passées. Il avait l'air pensif, Italo, c'était comme s'il regardait la pièce pour en saisir l'essence ou qu'il imaginait un ailleurs, et tous ceux qui étaient là, occupés à jacasser, à écouter, à faufiler un ouvrage ou à lutter contre le sommeil, le regardaient en coin, ou plutôt faisaient de leur mieux en attendant qu'il se décide. Et de fait, dès qu'il entrouvrit la bouche après l'avoir humectée du bout de sa langue, toutes les voix se turent.

« Y a un gamin qui a dit à sa maman que s'il y avait bien une chose qu'il pouvait pas digérer, c'est que tout le monde doive mourir. C'est pourquoi, il partait pour un pays où on meurt jamais…

— Le pays où on ne meurt jamais ? murmura, étonné, Colombino.

— Eh oui ! » dit en souriant le Crapa.

Ainsi commença l'Italo, et avant qu'il n'eût à se taire, sa femme lui reprochant gentiment que les histoires qu'on racontait à l'auberge du Battista entre deux eaux-de-vie n'étaient peut-être pas bonnes à dire devant les tout-petits, on eut le temps de rêver un peu ensemble. Puis viendrait l'heure de la prière, et de se souhaiter bonne nuit.

*

Certains jours, l'angoisse s'emparait d'elle comme un intrus, et rien ne valait la compagnie des mésanges, ni la certitude que son aimé viendrait la sauver. Assaillie par un tremblement difficile à cacher aux autres recluses et aux sœurs, Leda luttait contre l'immonde sensation de ressembler à un cochon.

La bête, dans sa réalité de sang, elle l'avait connue à l'âge de douze ans, lors d'une tiède journée d'hiver, chez des métayers auxquels son oncle paternel avait confié des terrains qui lui appartenaient et, plus tard, Leda comprendrait que l'homme l'avait fait exprès, de se trouver là, à la métairie. Le cochon à l'abattoir. D'abord les gémissements de la mise à jeun qui durait depuis deux jours, puisqu'un cochon à jeun épargne aux boyaux bien des efforts, puis les cris qui succédaient aux vagues grognements de déception, quand les mains des métayers avaient ficelé le groin et les pattes avant de hisser la bête, égarée, sur une planche. Et pendant qu'une lame tondait les soies afin que l'aiguillon perfore l'artère qui viderait le corps de son sang, les cris s'étaient transformés en un gémissement monotone et lent, dénué d'espérance : dans sa voracité obtuse, le cochon avait flairé le but des hommes. Puis la plainte de l'animal mourant s'était noyée dans un gargouillement obstiné qui n'avait pas su exprimer ce que ses yeux, eux, avaient dit : le désaveu d'une créature consciente d'avoir été trahie par ceux qu'elle croyait amis ; ces mains qui l'avaient nourrie, ces individus qui l'avaient élevée maintenant la tuaient. Leda n'avait qu'à fermer les yeux. Elle retrouvait derrière ses paupières la source de sang que l'on recueillait dans une bassine, sous la gorge tranchée, et les gouttes qui, en tombant, s'élargissaient sur la terre battue. Le tremblement du corps et les yeux vitreux. Elle pouvait se remémorer cette journée avec une facilité inhabituelle et revivre chacune de ses émotions, la morsure à l'estomac et la chaleur des larmes, la pitié et l'avidité du regard. Et ce souvenir était d'autant plus vif que celui du lendemain était fade, quand, de retour du bref voyage avec son oncle, Leda avait retrouvé son père mort. Depuis lors, sept années seulement s'étaient écoulées, mais la douleur était encore cruelle. Après les obsèques, son oncle, frère cadet de son père, était devenu son parrain, et c'est alors que Leda, abrutie par la douleur, avait connu la mise à jeun du porc ; la privation injuste, sans raison apparente, de toute subsistance. Puis, par étapes, le malheur avait continué. À Naples, au monastère de Santa Chiara, où son oncle l'avait confinée afin qu'elle y fût éduquée, Leda avait appris la rage du désespoir. Un sentiment que jamais elle n'avait connu mais que, se sachant condamnée à une vie qui n'était pas sienne, elle avait senti déferler en elle jusqu'à dévorer, comme une maladie, d'autres, et plus souhaitables, sentiments. La rage, mais aussi l'orgueil blessé par la violence, y compris physique, subie. Elle avait hurlé son refus et son désespoir à se briser la voix, en s'empoignant avec les clarisses et les confesseurs qui se réfugiaient derrière la grille, au sommet des interminables marches du cloître de Santa Chiara, et elle avait finalement appris le silence et, avec lui, la résignation. Puis, l'esprit qui faiblit, le corps rongé par le doute qu'elle fût elle, et non son oncle, dans l'erreur, qu'elle fût en quelque sorte celle qui méritait cette punition si profonde qu'elle s'en trouvait vidée et comblée à la fois. Elle s'était arrêtée pour regarder son reflet dans les lavabos et les puits du monastère et, dans ses propres yeux, elle avait reconnu ceux, affolés et trahis, du cochon. Elle aussi, elle flairait qu'il n'y aurait pas de retour, que plus jamais elle ne serait la même enfant, pas encore jeune fille, d'avant le monastère, aussi s'était-elle résignée à l'ultime gargouillement : elle s'en remettrait à ce Dieu malin qui ne voyait pas ce qu'elle vivait ou, pire encore, qui fermait les yeux. Elle était déterminée à mettre fin à l'affliction : une grossière mise à mort, pendant le déjeuner. C'était la seule chose à laquelle elle pouvait penser. S'égorger comme un cochon. Mais le destin, jadis magnanime et aujourd'hui narquois, avait voulu qu'elle rencontre Lorenzo qui, habile, était parvenu à la ramener à l'extérieur.

Où es-tu ?

Après la mort de son père, face à la froideur d'un homme, son oncle, qui exerçait sur elle l'autorité d'un géniteur, Leda avait senti son cœur tout d'abord crier, puis se durcir d'avoir été trahi, et enfin, battre à nouveau. C'était Lorenzo qui l'avait sauvée. Ressuscitée.

Où es-tu ? Ne souffre pas, je t'en prie…

Il ne s'était pas agi d'affection, de la douceâtre confidence de deux âmes proches. Lorenzo avait su la délivrer par sa seule proximité ; lui laisser imaginer l'amour. *Lorenzo*, pensa Leda, incapable de ravaler ses sanglots au fond de sa gorge. Elle était coincée là, avec trop peu d'espace pour se mouvoir et trop d'abîmes où se perdre, recluse dans un monde encastré dans la Ville éternelle, elle ne pouvait rien faire d'autre que de céder aux divagations d'un cerveau en perpétuel mouvement, comme une horloge à l'infaillible mécanique, *tic*, *tac*, *tic*, *tac* : que se passait-il derrière les murs du Bon-Pasteur ? Comment Rome pouvait-elle ignorer son malheur ? Où était Lorenzo ? Où l'avaient-ils enfermé après son arrestation ? Était-il vivant ? Prisonnier ? L'avait-il abandonnée ? L'aimait-il encore ?

Les mésanges avaient pondu leurs œufs, éclos dans de stridents piaillements parmi les sombres cavités du mur de briques et dans les arbres. De retour du jardin, Leda avança d'un pas traînant le long du couloir. Les murs étaient frais ; le soleil irradiait la terre, et pourtant, les murs épais du Bon-Pasteur restaient frais. Chaque jour, aux heures les plus chaudes, Leda glissait son bras dans le vide des meurtrières de sa cellule et, sur la seule longueur de ce bras, elle arrivait à sentir l'impensable différence entre la fraîcheur silencieuse de l'intérieur et la chape qui enveloppait la ville qui, là-dehors, se mesurait à la vie.

Depuis des semaines, elle sentait le souffle lui manquer, mais ce n'était pas à cause de la chaleur étouffante, ni de la réclusion, et encore moins du souvenir si vif du porc qu'on allait égorger. Cette fois-ci, elle n'avait pas senti la fin venir. Parce qu'il lui restait un but, une illusion. Et c'était cette illusion qui l'accablait.

Leda avait peur que la police pontificale ait torturé Lorenzo, mais pas jusqu'à le tuer. D'après ce qu'il lui avait raconté, les frocards de Rome étaient d'impitoyables bourreaux, et les autres prélats, chargés d'informer, n'avaient aucun scrupule à recourir aux plus redoutables sbires et, comme Lorenzo détenait des connaissances, des informations et des dossiers qu'il n'aurait jamais dû avoir, Leda savait ses craintes justifiées. Pour réussir à arracher les mots de la bouche de Lorenzo, la police commencerait peut-être par lui arracher les dents.

Le visage est le miroir de l'âme, et ces néfastes présages ne la laissaient pas en paix, aussi Leda devait-elle à nouveau affronter l'insistance des sœurs, et en particulier sœur Arcangela qui, alertée par la pâleur de son teint déjà olivâtre, s'approchait d'elle chaque jour un peu plus, lui parlait à l'oreille, l'alléchait avec des promesses de paix, des lectures consolatrices. Et Leda, si résistante de prime abord, commençait à faiblir. Elle était certaine que la religieuse avait aperçu une fissure à travailler patiemment pour faire brèche dans son silence et, bien qu'elle sût se défendre, ignorait combien de temps elle pourrait résister. La seule chose à faire était d'attendre encore un peu, puisque Lorenzo viendrait cette fois-ci encore. C'était une question de jours. Quelqu'un finirait par se manifester. Il ne s'était écoulé que huit mois. Déjà huit mois. L'été se consumait trop lentement, mais Leda ne resterait pas longtemps enfermée là. Pas plus qu'elle ne se trancherait la carotide pour se vider de son sang. *Tu viendras ? Dis, tu viendras ?*

*

Le portrait de madone sur canapé à la fois tentatrice et on ne peut plus respectable était achevé, et donna Teresa en avait commandé un second, ou plutôt un deuxième pour elle et un troisième en compagnie de son époux, à accrocher dans la galerie qui menait au salon, et un quatrième avec ses enfants, ce à quoi le sieur Malesani n'avait rien eu à objecter. Avec les ennuis que lui rapportait déjà la conduite de son affaire – depuis peu, les fainéants censés s'activer dans son établissement se plaignaient de leurs conditions de travail, et Malesani en licenciait autant qu'il en embauchait –, il ne lui manquait plus que de se laisser pomper par les vétilles de son épouse. Malgré tout, il avait consenti aux dépenses nécessaires sans trop broncher, bien que la Bini eût tenté à sa manière de l'en dissuader, l'activité picturale au palais étant tout de même excessive.

« Oh ! Oui ! Oh ! Allez, plus fort, pousse !

— Vous aimez, ma dame ? »

Il n'était pas robuste, et la nature ne l'avait pas doté de largesses dont se vanter outre mesure, puisque entre ses jambes, il ne laissait rien pendre de semblable à certains des engins presque abominables aperçus à la sortie des *osterie* le long du mur, après un quart de vin ou un bock d'une médiocre bière verdâtre, au bordel ou pendant les pissades avec les Romantiques de Traviole – il va de soi que lors des pissades avec les R.d.T., le vocable « traviole » apportait toujours de nouveaux arguments pour des cabrioles verbales qui se terminaient par un bon mot sur les prétendues Inclinaisons Naturelles du Pénis (tournure proposée par Peppo le Grand Vocabuliste). Or, l'ami Floro, bien qu'il n'eût que vingt ans et une vilaine cicatrice qui lui défigurait le visage, lui avait un jour parlé de deux grandes vérités de l'existence ; l'une était que les dimensions n'avaient aucune espèce d'importance, l'autre que « la nature est magnanime : si, d'un côté elle n'a pas été généreuse, de l'autre elle saura procurer satisfaction ». Après quoi, l'apprenti avait vanté les étourdissantes qualités de l'onguent qu'il avait élaboré en secret ces derniers temps dans l'officine de l'apothicaire, à l'insu de son patron. Le remède promettait de « graisser l'engin » et devait être appliqué une heure avant chaque prestation amoureuse. La prodigieuse préparation officinale était un composé de *Citrus limonum*, *Lavandula angustifolia*, *Matricaria*, *Pelargonium graveolens*, *Calendula*, *Hypericum perforatum*, ainsi que de pépins de pamplemousse et elle garantissait, au dire de son inventeur, la rapide désensibilisation du gland avec plus d'efficacité encore qu'un coup de vent glacial par la fenêtre (si la saison voulait bien s'y prêter) ou une giclée d'eau de Seltz. Moyennant l'engourdissement de l'engin, l'amant viril pourrait résister au plaisir plus longtemps qu'il ne l'aurait fait en s'éteignant avant l'heure avec son grognement habituel – et même le moins endurant des amants ferait ses preuves face à la plus gourmande des maîtresses, malgré l'étroitesse – pour ainsi dire – naturelle dont sa naissance l'avait doté.

« Ah ! Ah ! Oui ! Grands dieux, plus fort ! »

Donna Teresa enfonça l'extrémité de ses doigts dans les fesses du peintre. Quelle sensation, ce peu de muscles ! Certes, le cul était un peu osseux, avait remarqué la dame mais, somme toute, le peintre était bien fait ; le seul défaut d'importance était la protubérance de son sternum.

Le petit salon privé de la signora Malesani était assombri par de lourdes tentures ; une chandelle solitaire brûlait. Elle gisait sur un petit divan dans un désordre d'étoffes, à moitié nue, un sein jaillissant du balconnet de son corset délacé, les cheveux ébouriffés, les yeux brillants. « Ah… », dit-elle, pas encore vaincue par les jeunes chairs mais à n'en point douter enflammée, bien davantage qu'avec son laborieux époux, devenu plus distant avec les années.

Aux pieds du divan, Lisander se démenait comme un forcené, soufflait, tendait ses cuisses et les relâchait, se hissait sur la pointe des pieds et se soulevait maladroitement, et il y mettait toute sa force afin que la dame en conservât un mémorable souvenir. « Hum, ah… » À chaque poussée, le peintre gagnait de l'assurance, et s'il devait sa hardiesse en grande partie à l'onguent retardateur que lui avait procuré Floro, la ressource sur laquelle il comptait le plus, il l'avait dans la tête car, bien avant la friponne rencontre, sentant l'affaire conclue, Lisander avait eu l'audace de demander les lumières d'Igino la Rallonge lequel, en bon Romantique de Traviole, lui avait déclamé la fine fleur de la littérature latine et contemporaine sur les secrets d'alcôve et l'art subtil du libertinage. Aussi, après un rapide coup d'œil à ces livres qu'il ne pensait pas qu'on pût écrire ni publier – « Des vrais dépravés ces Français ; les Latins, eux, sont plus jouisseurs » – et grisé par l'excès, Lisander s'inventa-t-il un credo, avec la permission de Floro : la nature est bel et bien magnanime, « mais ce qu'elle ne donne pas, c'est à l'homme de se le procurer ». Et, inspiré par ces excellentes lectures, le peintre développa la capacité de dire sans pudeur. Au début, avec affectation puis, une fois libéré de toute gêne, avec complaisance, tantôt sur un ton suggestif, tantôt avec une obscénité vicieuse : car le savoir-dire, ne tarda-t-il pas à découvrir, ouvrait petites et grandes portes bien davantage que le savoir-faire ; sous les draps, c'était la force du langage qui se frayait un passage parmi les étoffes, telle était la vérité vraie. Du reste, qu'est-ce qui nous distingue, si ce n'est cela, du plus bâtard de tous les chiens ?

Son bref apprentissage du libertinage n'avait cependant pas encouragé Lisander à partager certaines coutumes orales avec la femme qui incarnait alors l'étincelante, la flamboyante étoile à détourner de la constellation du bordel. Non qu'il eût fait mystère de ses lectures à Chiarella – au contraire, il les lui avait évoquées par vantardise, avant de se maudire quelques instants plus tard, terrorisé à l'idée qu'elle ne mît en pratique avec des clients certaines techniques raffinées – ni qu'il se fût privé d'expérimenter avec la jeune putain quelques-unes de ses découvertes les plus appétissantes ; malgré cela, il refusa toujours de s'adonner avec elle à un parler vulgaire : Lisander, en somme, faisait preuve de pudeur en présence de Chiarella, d'autant que la jeune femme voyait dorénavant en lui un aimé plus qu'un amant. En outre, tous deux n'avaient pas besoin de mises en scène pour avoir envie, et leurs débordements galants se manifestaient désormais comme l'élan d'un sentiment et non plus comme un pur exercice de plaisir. Chiarella était d'ailleurs tellement habituée aux plus aberrantes fantaisies que de renouer avec une pratique élémentaire la soulageait et lui insufflait une sensation de paix envers sa propre existence terrestre.

Les dames des riches patrons éprouvaient quant à elles une jouissance insensée à dire et à s'entendre dire les plus abjectes cochonneries, des mots à faire pâlir les plus vieux habitués du bordel. Jouer les licencieuses avec leur ton maniéré, ponctué de quelques boutades bien trouvées, les mettait en extase, parcourues par une onde de chaleur entre leurs jambes et dans tout leur corps et, si l'on savait les regarder – Lisander s'en vantait, lui qui était peintre et donc Observateur – on pouvait reconnaître de quelle façon la perspective de l'Accouplement Éloquent leur donnait de quoi tuer le temps, et comment l'écho de la bagatelle se déployait ensuite sur leurs corps pendant des jours ; l'éclat de la peau, le visage terne qui se faisait lumineux. Aimées ou plus simplement fréquentées dans le silence des plaisirs dictés par les salons et les palais de la noble Milan, les dames adoraient la débauche, à condition qu'elle restât cantonnée à certaines rencontres. Entre certains murs. Et bien qu'il ne s'agît pas d'une découverte anthropologique particulièrement éclairante, Lisander y avait bien réfléchi et s'était comporté en conséquence, et la vie semblait alors lui donner raison puisque, découvrit aussitôt le peintre, les propos graveleux qu'il tenait à donna Teresa lui procuraient un plaisir à sa manière vindicatif.

« Oui, comme ça ! »

Lisander ressentit une première vague de chaleur dans les parties honteuses. Enfin. Il avait redouté que l'onguent retardateur eût désensibilisé plus qu'il ne fallait.

« Mmh ! » miaula donna Teresa, avant de se jeter tête la première pour l'embrasser. Une fois dans sa bouche, elle franchit la barrière des dents, esquiva la virile langue, conquit le palais comme si elle voulait lui ôter le souffle de la gorge. On eût dit qu'elle répliquait à coups de langue à l'acharnement que mettait Lisander à la pénétrer.

Le peintre eut un vertige. Cela durait depuis des mois. Les soucis et l'effort l'avaient amaigri. Il avait fallu les premiers contacts, les fréquentations, les courbettes et les salamalecs, et puis le portrait du sieur Malesani avec ces énormes moustaches à la hongroise et une retouche à son nez qui mangeait presque les trois cinquièmes du visage. Et puis le tableau pour la dame, réalisé avec une lenteur exténuante et, entre-temps, les portraits de quelques-unes de ses amies embijoutées, toutes très dévouées à la Madonnina, à quelques allusions et pincements de fesse près, que Lisander avait bien été obligé d'accepter. Tout cela pour que donna Teresa ait peur de voir Lisander s'attacher à d'autres femmes qu'elle.

Pour l'heure, la dame gémissait, et tout se passait comme prévu.

*

Dom José hurlait, non de peur de se noyer, plutôt par empathie, d'avoir lu la terreur sur le visage de l'ami, proche et pourtant tenu à distance par les flots. Et c'était le deuxième, car malgré les tentatives pour le secourir, le maître d'équipage Carniglia, Luigi, l'homme qui lui avait sauvé la vie, avait déjà sombré sous la surface grisâtre.

Malgré le poids de ses vêtements qui l'attirait vers le fond, dom José restait à la surface de l'eau et hurlait à la vue d'Edoardo qui se débattait, sans rames, écoutilles ou un quelconque flotteur auquel s'agripper ; à chaque brassée, l'ami s'épuisait davantage, et il disparut bientôt, après un cri à l'attention de dom José, « Peppino ! », surnom donné par ses compagnons de virées et ceux qui l'avaient connu sous le nom de Cleombroto et Giuseppe Pane, un sobriquet pour chaque mission, « Peppino ! », comme l'appelaient affectueusement ceux qui avaient partagé avec lui la compagnie de la mer, les infections des premières maîtresses et les murmures des premières conspirations, les premières bouteilles au marché noir, et les premières casernes des carabiniers royaux, la flamme des premiers idéaux et le tintement des premières pièces gagnées, les premières désillusions et les premières blessures, les bagarres et la violence des premiers emprisonnements, en 1834, et pour certains – dont Edoardo – l'ignominieuse condamnation à mort qui lui avait été infligée, à seulement vingt-sept ans, à Gênes, pour conjuration et affiliation à la Giovine Italia[1].

1. Giovine Italia : Jeune-Italie, association politique secrète de Giuseppe Mazzini, dont l'objectif est de transformer l'Italie en république démocratique unitaire. (*N.d.E.*)

Edoardo lui jeta un ultime regard et, à cet instant, ses yeux, habituellement clairs, parurent noirs à dom José, de ce noir que le destin semblait lui infliger parfois ; jamais l'ami ne réapparut de sous la surface de l'océan. Dom José agitait les jambes pour rester à flot, mais il eut la sensation d'être paralysé ; après un moment, il se tourna en direction du littoral. Plongea un bras après l'autre, et continua à nager malgré le froid glacial qui lui griffait le dos. Les vagues le poussèrent jusqu'à la rive.

« Seigneur ! » soupira-t-il en enfonçant ses mains dans le sable. À bout de souffle. Un seul coup d'œil lui suffit pour compter ses hommes. Il reconnut ceux qui, poussés par l'énergie du désespoir, avaient survécu, et ceux qui en avaient réchappé par simple chance ; sur la rive, s'amassaient aussi les restes de la coque fracassée du *Rio Pardo*. Dom José ne mit pas longtemps à se rendre compte du mauvais sort qui s'acharnait sur ce naufrage : là, en train de se réjouir ou de geindre selon leur état, de recracher l'eau salée qui leur retournait l'estomac et asphyxiait leurs poumons, il y avait quatorze hommes. Dom José les recompta, frappa le sable de la rive dans le froid qui raidissait ses membres, tandis que son orgueil blessé de capitaine s'embrasait. Il n'en trouva pas d'autres. Le décompte prit fin. Seize, les morts ou disparus. Le mulâtre Rafael et Edoardo, Giovanni, les deux *carbonari* vénètes, Emilio et Giuseppe, Tomàs. José, le septième sur sept, était l'ultime et unique Italien survivant. Pendant un instant, il se sentit pitoyable ; il contempla l'enfer qui dansait sur les flots. Tous étaient des marins à la peau dure.

De la mer montait un vent qui devenait glacial au contact des vêtements trempés. De l'autre côté de l'Équateur, en terre des Savoies comme dans l'Empire ottoman, en Espagne ou en France, le soleil de juillet brillait haut, chaud même à cette heure du jour. Ici, au contraire, l'hiver ne laissait pas de répit. Dans cet hémisphère que dom José avait élu pour demeure, la saison de lumière blanche, née avec le solstice de juin, s'étirait en juillet.

Le cadavre de Patricìo l'affranchi gagna la rive, gisant le ventre à l'air, ballotté par le ressac, les lèvres livides, le visage défiguré, bouffi par la noyade. Avec lui, un baril de *pinga* échappé des provisions roula sur le sable, et Manuel le Catalan se rua dessus avec fougue, sans demander la permission à quiconque.

Les survivants se rassemblèrent comme autour d'un cercueil, mais ils ne perdirent pas de temps à rendre les honneurs aux morts qui, en marins, avaient trouvé parmi les flots une honorable sépulture. Ils essayèrent en revanche de déboucher la réserve d'eau-de-vie de mélasse chacun à leur tour, avec leurs mains et avec leurs ongles, pendant que d'autres hommes cherchaient un outil.

« Pousse-toi !

— Laisse-moi faire ! »

Deux hommes tombèrent d'épuisement, exténués déjà par les efforts pour gagner la rive, résignés face au destin qui s'acharnait sur eux en scellant le baril comme s'il était plombé.

« Pousse-toi de là, incapable !

— Infâme ! »

Les doigts engourdis commencèrent à perdre leur sensibilité, et les pieds aussi. La peau semblait s'être transformée en un vieil habit usé qui, au toucher, n'avait plus rien d'humain.

Enfin, une pierre passa de main en main et arriva jusqu'au bouchon, et puis une autre et, coup après coup, le bois se fendit. Les marins se précipitèrent comme des mouches sur cet excrément expulsé par l'océan, et dom José tenta de faire valoir son privilège, éleva la voix, mais il comprit vite qu'il ne pouvait pas se le permettre. Ces hommes n'étaient plus ses hommes, mais des bêtes qui luttaient pour survivre, et Luigi, le maître d'équipage, était mort. Une fois réchauffés par l'alcool, ils auraient retrouvé la raison, reconnu l'autorité, ou alors, perdu toute lucidité. L'accepter, pour dom José, signifiait s'humecter à peine les lèvres, car malgré les échardes qui perforaient un coup le palais, un coup l'œsophage, le baril fut vidé en un éclair au son de bourrades, d'empoignades et même de quelques coups de poing, dont l'unique effet fut d'éparpiller sur le sable un précieux décilitre.

« À moi !

— Et moi ! »

Des grognements de satisfaction, un rot pour l'air avalé dans la précipitation ; un homme trouva même la force d'uriner. Et quand il ne resta plus une seule goutte de *pinga*, les marins s'affalèrent. La vague de tiédeur échouée dans l'œsophage et remontée jusque dans la tête s'évapora bientôt, emportant avec elle le rictus hébété qui avait affleuré sur toutes les lèvres. La torpeur engourdit à nouveau la troupe décimée, et le vent n'eut pas la clémence de s'apaiser ; la sensation de froid intense remontait le long de chaque veine et allait finir par glacer chaque goutte de sang.

L'eau-de-vie eut au moins pour effet de diluer l'agonie : Manuel le Catalan se leva et se mit à bredouiller, à ôter ses vêtements. « Regardez… elle s'est toute ratatinée, j'peux même pas la trouver ! » hurla-t-il tout à coup, les mains entre les jambes, exagérant les gestes d'une grotesque quête. La scène arracha quelques rires boiteux et, à ce son, bien que de s'être défait de ses vêtements trempés ne l'eût pas guéri du froid, Manuel s'enflamma. Il commença à courir, ses genoux biscornus rougissant sous l'effort, ses pieds faisant jaillir le sable et creusant des empreintes sur l'ample et plate rive ; les autres le regardèrent se lancer à la rapidité d'une flèche, comme un nouveau Mercure, divinité chère aux voyageurs et aux canailles.

« Mais où tu vas ? »

Le Catalan retrouvait, dans la tension de ses cuisses et de ses bras déployés, de ses muscles crispés par l'effort, une bouffée d'espoir mais, pendant un long moment, les autres *farrapos* se contentèrent de l'observer, ahuris ou indifférents. Recroquevillé sur le sable, dom José, lui, trouva la solution.

Il se leva et exhorta les marins avec le peu d'énergie qui lui restait, à coups de pied, puisque, après tout, c'était lui le capitaine de cet équipage, même sur la terre ferme ! Il ne perdit pas de temps à forcer ceux qui opposaient une résistance : « Si vous voulez mourir, mourez ! Nous ne resterons pas ici pour nous farcir la puanteur de vos cadavres ! » Il réussit à convaincre quelques hommes de se lever et, alors que Manuel continuait sa ronde folle, dom José se mit en chemin. La tête secouée par les vertiges. Le ventre brisé par le froid. Ses membres toujours plus étrangers à lui-même. Mais il courut et, avec lui, les autres, renâclant violemment, à bout de souffle, d'abord pêle-mêle, s'entrechoquant et se disloquant, puis se regroupant comme un troupeau. Dom José ne fit pas attention à ceux qui ne tenaient pas le rythme ; un chef de troupeau ne perd pas son temps à traîner des poids morts, il évite l'extermination. Il ne sut jamais pourquoi mais, en se disant cela, son esprit courut vers Émile, philosophe et inlassable parleur, rencontré sur sa route vers les langueurs de l'Empire ottoman, quand il s'était embarqué comme mousse, et dom José sourit.

La poignée de coureurs s'enfonça à l'intérieur des terres, où la végétation dense tempérait le vent et où l'humidité stagnante, maintenue au sol par les feuillages, apportait un peu de soulagement. Ils descendirent une petite pente et aperçurent un ruisseau qui courait, parallèle à la côte. Ils le suivirent. Un homme tomba et personne ne se retourna. Ils coururent jusqu'à ce que l'obscurité les enveloppe, devenus fantômes. Aucun d'entre eux n'aurait su dire combien de temps ils continuèrent ainsi, jusqu'à ce qu'ils aperçoivent, tout à coup, une lueur. Devant eux, inattendue comme dans une fable, surgit du néant une clairière et, à travers cette trouée au milieu de la végétation millénaire, ils virent la lueur se transformer en une de ces petites bicoques comme on en rencontrait souvent à des milles de distance des concentrations urbaines le long de la côte – refuges de pauvres gens. En l'espèce, il s'agissait d'une famille : un père, une mère avec un petit et une fillette. Qui entendirent le souffle enragé se rapprocher. Les cris furieux s'amplifier. La porte grinça sur ses gonds. Il y avait des braises dans le foyer.

V

Trimballer la merde n'est somme toute pas un sot métier ; pour sûr, ce n'est pas pécher, et puis du travail, on en a chaque mois, puisque la terre demande de la chaleur, de l'eau et de la nourriture en échange de la vie donnée à chaque grain, et il n'y a rien de mieux que le purin mélangé à des déjections plus fermes, le tout généreusement béni. Quand la capricieuse lune s'y prête, on creuse pour ensemencer : il suffit d'enfoncer l'index ou le majeur dans le terreau de la cagette où on plante les semences pour qu'elles donnent des germes qu'on replantera ensuite dans le potager ; on peut aussi choisir la bêche et des outils plus sophistiqués pour ouvrir sillons et fissures dans le tissu des champs. Patiente, la terre accepte tout et, si on la nourrit en suffisance, et lui donne ce qu'il faut d'eau, chaque blessure se refermera et fera don de ses fruits. En plein juillet, avec le mois d'août qui approche, toutes les âmes de Sacconago se préparent à planter carottes et navets, radis et valériane, choux-fleurs et choux frisés pour les récolter en automne et jusque tard dans l'hiver, de manière à affronter le froid en ayant autre chose à se mettre sous la dent que du pain et de la polenta, si bien que personne ne manquera de réclamer du fumier béni, le baume saint dont on parsème les blessures infligées à la terre pour en tirer sa subsistance.

« À ce soir, mon père ! » cria Colombino en agitant une main et en tapant de l'autre le flanc gauche d'Astolfo ; les deux compères se mirent en chemin avec la carriole, au rythme lent de ses roues.

La scène était matinale : le soleil étirait des rayons obliques et chacun savourait l'illusion de voir naître une journée plus fraîche, mais ce n'était qu'une illusion, et bientôt le matin s'évaporerait dans la touffeur estivale. Don Sante salua Colombino et regarda autour de lui, en proie à cette petite sensation de gêne qui lui remontait au gosier chaque fois qu'il entendait le garçon prononcer à tue-tête ce mot, *père*. Il fut bien obligé de remarquer ses épaules devenues larges et ses jambes robustes, le garçon était aussi solide qu'un arbre maintenant, élevé en bon chrétien, et il se dit que son rire était le plus sincère et le plus limpide qu'il ait jamais entendu. Bientôt, il aurait l'air d'un homme, et cette pensée donnait depuis quelques mois à don Sante beaucoup de souci.

Le curé regarda Colombino descendre le chemin et, lorsqu'il l'eut perdu de vue, il poussa un soupir. Cette histoire de livraisons de fumier durait depuis trois ans. Elle avait commencé dans le froid de la Saint-Blaise quand, après l'office du matin, le cortège d'honnêtes femmes qui envahissait chaque jour l'église s'était avancé pour la bénédiction rituelle. Parmi elles, certaines portaient des mouchoirs qu'elles noueraient ensuite au cou de leurs proches, puisque saint Blaise soulageait tous les ennuis de gorge ; d'autres avaient apporté une miche de pain rassis enveloppée d'un torchon, un fruit ou une plante pour recevoir la même chose en don ; d'autres encore une poignée des semences pour la belle saison, car saint Blaise était aussi le protecteur de tous les paysans pieux et des bêtes qui aidaient aux champs et d'ailleurs, ce matin-là, droit sur ses quatre jambes devant le portail de l'église, se tenait Astolfo, que le vieux Natale venait tout juste d'offrir à Colombino. Mais la bizarrerie la plus mémorable de ce jour de février d'il y a trois ans était venue de la vieille Carmela, une ancienne dont on ne comptait plus les printemps, et qui mourrait quelques mois plus tard sans souffrir. La vieille s'était avancée, dernière de la file ; elle tenait dans ses mains un récipient en bois en forme de jatte, plus grand qu'un mortier et plus petit qu'un chaudron, poli et recouvert d'un linge de toile gris. « Qu'est-ce que c'est ? » avait demandé don Sante, alerté par la senteur suspecte d'excréments : « La puanteur que… » Le curé, bardé de tous ses ornements sacerdotaux, s'était interrompu pour éviter de glisser dans la grossièreté rustique dont il ne manquait pas de faire preuve. « C'est bel et bien de la merde », avait précisé Carmela, sans égard ni hésitation. Don Sante avait ouvert tout grand ses paupières et, à sa réaction, Carmela avait paru soudain fâchée : « Pardonnez-moi, mon père, mais la merde, elle fera fructifier la terre, et j'voulais pas pécher pardi. Entre ça et le pain, j'y vois guère de différence… » Don Sante avait dû faire appel à toute son autorité pour détourner la vieille de sa fichue idée de faire bénir l'engrais destiné à la pépinière, et l'épisode, dérisoire compte tenu des nombreuses bizarreries du bourg et de ses habitants, avait laissé à don Sante comme un doute, qui avait presque plus à voir avec la doctrine qu'avec l'éthique. À bien considérer la matière du problème, entre la merde et les semences, y avait-il une si grande différence ? Ce n'était qu'une question de rythme, après tout : d'abord l'une puis les autres, dans une éternelle répétition. Et s'il s'avérait que donner sa bénédiction au fumier, à l'engrais et à tout le reste n'ait ni offensé saint Blaise ni le Seigneur ? Pourquoi d'ailleurs s'en seraient-ils offusqués ? La merde faisait bien partie de la Création, après tout ? Dans son ignorance, Colombino avait été d'une aide précieuse en faisant remarquer, avec son ingénuité habituelle, tout déraillant qu'il était, que Dieu ne se vexerait sûrement pas s'il s'agissait de soulager la vie des fidèles de la paroisse ; du reste, personne n'y gagnait à crever de faim. Don Sante avait feuilleté quelques volumes du séminaire et pris l'avis d'un vieux compagnon qui tenait paroisse à Prospiano, mais les discussions et les lectures ne l'avaient pas éclairé et, plus guère habitué aux élucubrations mais très proche au contraire du travail des choses de la terre, il en vint à la sereine conclusion qu'il ne coûtait rien d'essayer. Peut-être la vieille Carmela avait-elle raison. Si Dieu se fâchait, ils n'auraient qu'à faire pénitence et, de toute façon, pire que la faim, il n'y avait que la mort, et une paroisse qui meurt de faim n'est pas une bonne paroisse. La seule condition incontournable que don Sante s'était fixée, et avait par conséquent imposée, était d'interdire que l'affaire dépasse les limites du bourg et échappe à son autorité. C'est pourquoi il avait réuni les paroissiens et, après les recommandations d'usage, avait ouvert le rite de la bénédiction en balançant l'aspersoir avec une certaine réticence sur quelques pelletées de fumier seulement. Hasard ou coïncidence qui tenait du miracle, les semences engraissées à la bourbe merdeuse et consacrée avaient bien germé, les plants avaient bien poussé et, une fois sur les espaliers des potagers, ils avaient même résisté à la grêle. Étant donné le succès de l'affaire, don Sante s'était vu obligé de répéter l'office, et il avait décrété que la distribution d'engrais béni reviendrait à Colombino et à Astolfo, histoire de donner une utilité au mulet. Avec les années, les livraisons étaient devenues une sorte de marché ; les paysans ne payaient pas, car don Sante ne voulait surtout pas commercer au nom du Seigneur, mais fournissaient à la paroisse une bonne rente en bois et en provisions diverses et variées. Le fumier, de plus, nourrissait les espoirs et, même si d'aucuns voyaient dans cette histoire une occasion pour le cureton de grappiller, don Sante se moquait pas mal de ses détracteurs.

Ce matin de juin, quand la silhouette de Colombino disparut dans le virage, suivie d'un cortège de grosses mouches bleues et de moucherons voraces, don Sante retourna au presbytère sans avoir pu accorder à cette affaire de fumier la moindre réflexion aboutie. Il avait bien autre chose en tête. Il se laissa choir sur une chaise dans la cuisine et, les bras ballants, resta ainsi un petit moment avant de se servir un verre de la fiasque de vin rouge. Il le but d'un trait et médita quelques minutes avant de se lever et, respirant un grand coup, il prit d'un pas décidé la direction de l'église. Une fois entré, il fit une génuflexion, alla jusqu'à un prie-Dieu et s'agenouilla. Il resta dans cette position pendant près d'une heure, au point de ne presque plus sentir ses jambes. Tout d'abord, il s'inclina devant Dieu et voulut demander ses lumières, mais en vain. Il était sans cesse distrait par les inquiétudes causées par la visite du docteur Ballarati, un mois plus tôt, à l'occasion d'une paralysie passagère qui lui avait pris tout le côté gauche, et dont il n'avait toutefois pas gardé de séquelles. Malgré sa fameuse antipathie pour l'homme d'Église, le docteur avait respecté le serment d'Hippocrate et émis son diagnostic : à en juger par l'incident, la fatigue et la somnolence dont se plaignait le curé, il s'agissait d'un problème d'estomac. Il lui avait par conséquent prescrit un traitement par les sangsues ainsi qu'une diète, qui avaient eu pour seul effet d'accentuer les vertiges, et le curé, plutôt que de solliciter une nouvelle visite qui aurait guéri les symptômes d'un mal opiniâtre, avait fini par interpréter ces manifestations comme des signes. Les vertiges étaient un message et confirmaient ce que certaines visions nocturnes, sous forme de cauchemars, lui avaient annoncé. Lorsqu'il sombrait dans le sommeil, don Sante se voyait souvent en train de marcher sur le chemin pour Borghetto, derrière l'église ; il s'éloignait, comme s'il partait Dieu sait où, puis, tout à coup les maisons disparaissaient et, à leur place, des créatures humaines apparaissaient, dont il ne reconnaissait le visage que lorsqu'elles se détachaient de la masse floue qui bordait le chemin pour lui barrer le passage de mille manières : en le prenant dans leurs bras, en lui tendant une main, le menaçant avec une fourche ou de vilains couverts en étain ; certaines lui lançaient même des chenilles par poignées, d'autres lui tendaient les lèvres, lui offraient des plats que don Sante savait empoisonnés. Seulement alors, confronté à ces ombres, le curé en reconnaissait les traits : c'étaient ses paroissiens, mais leurs visages, défigurés, étaient creusés par les rides, bouffis, ratatinés et crevassés par la maladie, leurs corps étaient répugnants, et par leur ventre déchiré s'évacuait, tour à tour, victuailles et entrailles.

Éduqué dans le respect de la volonté du Créateur, don Sante s'était fait à l'idée que le sommeil pût lui envoyer les signes de ce qui l'attendait dans l'au-delà pour le punir de certaines de ses faiblesses et de minuscules péchés de chair, enfin, que sa mort lui soit annoncée pour qu'il puisse expier ; or, angoissé par ces visions, il avait commencé par essayer de dormir moins pour soulager ainsi sa peine de mortel. Là, au cœur de ces nuits d'insomnie forcée, il était pris par une autre, et bien réelle hantise : s'il venait à disparaître, qu'adviendrait-il de Colombino ? Que deviendrait ce fils si bon mais malmené par le monde s'il n'était plus là, lui, pour le protéger ? Depuis qu'il avait décidé d'élever le garçon, don Sante avait déjà réfléchi à ces questions, et cette nouvelle vague d'insomnie ne fit que décupler ses angoisses. Dans les heures qui précédaient l'aurore, quand il finissait par céder au sommeil, le curé faisait un autre rêve. Là-haut, aussi léger qu'un des volatiles qui peuplaient le ciel, et survolant les champs autour de la Madonna in Longu, il apercevait un cadavre, le visage baignant dans le courant paresseux d'un canal. Don Sante planait, lentement, très lentement, et le corps étendu sur la rive de l'étroit canal à travers champs prenait une forme qui ne pouvait être que celle de Colombino. Les épaules robustes. Les cheveux châtain clair en bataille.

« Je ne peux pas laisser faire ça. »

Dans un élan de détermination, don Sante se releva, resta accoudé un instant au prie-Dieu pour combattre un vertige et, quand il se sentit bien droit sur ses jambes, il retourna dehors, saluant à peine les paysans qui lui donnaient le bonjour. De retour au presbytère, il monta les escaliers, traversa le couloir, gagna sa chambre et sortit de sous son matelas une boîte en bois ornée de clous, fermée par une minuscule serrure. Il extirpa son trousseau de clés du fond de la poche de son caleçon et choisit la plus petite de toutes. Il la glissa dans la serrure. Sortit de la petite boîte deux rouleaux de pièces et, après avoir remis chaque chose à sa place, redescendit les escaliers. La conscience éveillée par la peur achevait à cet instant de graver dans son esprit cette liste : *une boîte, une hérédité, une promesse d'avenir.*

Don Sante s'engagea dans la ruelle qui menait à l'oratoire et descendit les petites marches qui conduisaient chez le Tempesta, Aquilino de son prénom ; le ventre obscur de la boutique accueillit le curé dans une épaisse fumée, dissipée par la lueur incandescente du fer que le forgeron battait avec une impitoyable force pour en tirer un plateau de balance.

« Bonjour 'Quilino. »

Le Tempesta fit comme s'il ne l'avait pas vu, bien que ce ne fût pas le cas.

« Bonjour 'Quilino », répéta don Sante en haussant la voix.

Le forgeron répondit à cette note forcée en levant les yeux.

« Je suis venu vous demander de vous occuper d'une affaire pour moi. »

Le Tempesta donna deux coups et dit : « Que ce soit bien clair : ici, on ne paye pas avec des prières, cher père.

— Tu seras payé plus que tu ne l'imagines pour le dérangement », lui répondit le curé en s'approchant et en extirpant de sa poche la main qu'il s'était empressé d'y enfouir. À la vue des deux rouleaux de pièces, le forgeron resta un instant interdit et écarquilla les yeux plus qu'il ne l'aurait voulu ; tout ça d'un coup, tant de pièces à la fois, il ne lui était arrivé d'en voir que deux fois dans sa vie. C'était la deuxième fois. Il essaya de se ressaisir et, sans tendre la main, dit : « La somme juste suffira. »

Don Sante avança un rouleau mais le Tempesta ne bougea pas : « Vous paierez à la remise. Le coût de la matière première et de la main-d'œuvre. »

« Cher 'Quilino, je te paierai ce qu'il faut. Mais le prix doit compter ton silence. Parce que ça aussi, je l'achète », dit don Sante en regardant vers l'entrée, puis par-delà les épaules du forgeron, là où s'ouvrait la petite porte qui menait à la cour sur laquelle donnaient les autres pièces de la bâtisse. Les deux hommes étaient maintenant à deux mètres de distance à peine, et le Tempesta continuait de battre doucement le fer qui ne rougeoyait plus.

« Ne vous inquiétez pas, les murs entendent, mais ils ne parlent pas. »

Don Sante hocha la tête. « Tu me fabriqueras une boîte qui résiste au temps, pas plus grande qu'un poing, qu'on peut accrocher à son cou avec un cordon ; plus plate que ronde. Quand elle sera prête, je t'apporterai tout ce qu'elle doit contenir, ce sont des secrets, et tu souderas le couvercle de sorte qu'on ne puisse pas l'ouvrir à mains nues et qu'elle ne laisse pas entrer l'eau.

— Et jamais je ne me mêlerai de savoir ce qu'elle contient, ni pour qui elle est.

— Oui, mais afin que tu comprennes à quel point j'y tiens, tu sauras le pourquoi. »

Le Tempesta leva la tête et regarda le prêtre dans les yeux ; il abattit son marteau sur le plateau dans un jaillissement d'étincelles.

« Si tu connaissais le jour et l'heure, tu ne préparerais pas les choses ? »

Le forgeron retint malgré lui le énième coup.

« Ta pauvre femme, elle n'aurait pas tout préparé, si elle en avait eu le temps, si elle avait su qu'elle était sur le point de partir ? »

Le Tempesta sentit son nez le picoter. Il aurait pu lui fracasser la tête, à ce maudit curé, avec ses balivernes sur la miséricorde d'un Dieu qui lui avait pris sa femme et un enfant, d'un Dieu qui avait quelque chose qui ne tournait pas rond pour laisser advenir tout ce mal, mais il n'en fit rien. Ce que les mots n'arrivaient pas à dire, ce furent l'expression et les yeux du curé qui le dirent. Le forgeron se concentra à nouveau sur le plateau de la balance.

« Je la fabriquerai en fer-blanc, et vous me donnerez le contenu. On verra si la boîte convient. Sinon, on en fera une autre, dit-il.

— Une dernière chose : si tu la revois, tu feras comme si tu ne l'avais jamais vue, et jamais tu ne laisseras entendre que c'est ton œuvre. »

Le curé lui tendit la main. Le forgeron remarqua le léger tremblement de ses muscles. Il ne se leva pas pour le saluer. « Moi, je fais pas de boîte. Vous vous êtes trompé d'adresse.

— Merci. »

Il n'était pas encore dix heures et don Sante se sentait déjà épuisé, mais il affronta ce que la journée annonçait : la visite au maître du pays, les œuvres et les offices ; il lui fallut reporter certaines affaires prévues au lendemain et organiser un voyage. Il demanda à l'Adele de tuer un lapin pour le souper, et à Natale de vérifier la carriole afin qu'elle soit prête.

Colombino rentra de sa tournée sur la fin de l'après-midi, et quand tous deux s'attablèrent, le garçon, affamé, trouva devant lui de la viande, du bon vin et du pain. « Maudite merde et misère de misère ! Quelle fête ! »

Le curé fit semblant de lui donner une calotte : « Remercie le Seigneur plutôt que de parler mal ! »

Entre le travail de ses mâchoires et les renvois occasionnés par sa goinfrerie, Colombino essaya de raconter les nouvelles apprises d'une cour à l'autre, jusqu'à ce que le curé, après lui avoir accordé une vague attention, décide que le moment était venu d'engager le débat et, après avoir informé le garçon de son absence du lendemain, lui dise : « Tu as presque seize ans maintenant. »

Colombino trouva cette considération insolite ; il tendit l'oreille tout en continuant de suçoter la chair nichée entre les osselets d'une cuisse de lapin, mais avec moins de zèle.

« Je crois que le moment est venu de décider de ta vie. »

Colombino leva le nez de son assiette et redressa les épaules. Il laissa la cuisse de lapin en suspens dans l'air et, comme il ne comprenait pas, pensa bien faire en interrogeant don Sante pour chasser ses craintes.

« J'ai fait quelque chose de mal, père ?

— Mais qu'est-ce que tu vas chercher… », dit le curé, qui lui donna une caresse un peu trop semblable à une gifle. « Je suis simplement en train de te demander si tu as pensé à ce que tu voulais faire. Tu ne peux pas continuer à livrer le fumier et à contrôler les fonds de l'église, faire le bedeau et tout le reste pour toujours.

— Et pourquoi pas ?

— Parce que chacun doit se trouver un bon métier, gagner de quoi subvenir à ses besoins, et tant qu'à faire, que ce soit avec un autre commerce. On ne peut pas faire mille métiers, autrement on finit par n'en faire aucun.

— Mille métiers. Aucun, répéta Colombino.

— Exactement.

— Mais, excusez-moi, père, moi ça me plaît bien de faire les métiers que je fais.

— Oui, aujourd'hui tu peux les faire, mais demain ?

— Demain aussi. Je veux dire, demain, si je trimballe plus la merde, j'aurai de quoi faire avec les semailles. Et puis, je dois tresser les corbeilles avec les feuilles de maïs. Moi, j'aime bien les corbeilles. Il m'est venu une idée : vous croyez que les feuilles, elles sont suffisamment solides et que, si je les tresse et je fais une paillasse, elles tiendraient bon ?

— Colombino ! s'exclama don Sante. Tu dois penser à quelque chose qui puisse te garantir de manger à ta faim et d'avoir un toit sous lequel t'abriter pour le reste de ta vie.

— Mais, j'en ai un, de toit, j'ai même une petite chambre, et l'Adele, grâce à Dieu, elle fait des bons petits plats !

— Colombino, s'il n'y avait pas l'Adele, comment ferais-tu pour manger ?

— Maudite merde et misère de misère ! Vous voudriez tout de même pas me dire que l'Adele, la sainte femme, elle est malade ?

— Non !

— Tant mieux.

— Mais si demain elle n'était pas là, si un beau jour elle ne pouvait plus s'occuper de nous ?

— Père, à nous deux, on arriverait bien à s'inventer quelque chose.

— Oui, mais si tu devais rester… tout seul, disons, qu'est-ce que tu ferais ?

— D'accord, si demain vous devez aller loin, moi, je me débrouille. Et j'attends votre retour pour m'asseoir à table et manger comme un bon chrétien.

— Tu dois commencer à penser au métier qui te plaît, et à ce qui pourra te faire vivre quand tu seras tout seul… enfin, quand je ne serai plus là.

— Dites pas ça, même pour de rire, maudite merde et misère de misère !

— Colombino !

— Mais père, c'est tout de même pas que vous…

— Écoute-moi, je suis plus âgé que toi. Ainsi va le monde. Je ne dis pas que cela va arriver bientôt, mais le jour où Dieu le Père me rappellera à lui, je voudrais que tu ne restes pas seul et sans subsistance, compris ? »

Colombino avait baissé la tête et le regardait en dessous.

« Je te laisserai quelque chose, pour quand je ne serai plus là, mais tu dois penser à ce que tu veux faire et à ce qui te permettra de mener une vie honnête, dévote », dit don Sante avant d'ajouter, avec amour, « et autant que possible, heureuse. Tu comprends ? »

Colombino s'assombrit ; il aurait préféré se prendre une calotte plutôt que de répondre, mais jamais il n'avait vu don Sante ainsi.

« Tu dois penser à ce que je t'ai dit. »

Les yeux du curé reflétaient la lueur des chandelles qui se consumaient sur la crédence. Colombino porta ses mains à ses tempes, et fit comme il lui avait été demandé. Il réfléchit. *Honnête, dévote, heureuse*, une vie à vivre comme ça. Il commença à ressentir un léger chatouillement au fond du nez.

« Pense à ce qui te permettra de vivre une vie honnête, dévote, et heureuse… Et dès demain, on fera en sorte de te trouver une situation. »

Colombino eut un vertige, comme si on le secouait. Avec tout ce tourbillon dans sa cervelle, il risquait de mal finir, et il ne fallut pas longtemps avant qu'un filet de sang ne lui dégouline du nez. Le curé se leva, attrapa à l'aide d'un bâton une toile d'araignée qui pendait du plafond et, après l'avoir roulée en boule, l'enfila dans la narine du garçon. Le pansement amortit le saignement, mais Colombino sentit venir un autre vertige et pendant un instant sa vue se brouilla. Le curé fut bien obligé de lui administrer deux gifles pour éviter l'évanouissement, puis tout rentra dans l'ordre. La gêne au fond du nez s'atténua. Les vertiges cessèrent. Que voulait-il faire dans la vie ? Qui voulait-il être ? Il inspira profondément.

Don Sante sourit. « Alors, tu te sens mieux ?

— Je veux faire le mari.

— Comment ?

— Je veux faire le mari de Vittorina. »

*

Elles avançaient en file indienne dans le couloir et leurs pas résonnaient, s'amplifiaient. *Où es-tu ?* Encore une aube à se traîner vers la grande pièce pour les ablutions communes. *Tu avais dit que tu prendrais soin de moi.* Le silence était devenu épuisant. *Tu sauras prendre soin de toi ?* Et cela continuait, cela n'en finissait pas de continuer. Les yeux de Leda ne voyaient que Lorenzo : dans la forme des nuages et les cimes des arbres du jardin, le frémissement de l'eau des bénitiers et jusque dans les reflets du bouillon du soir lorsque les autres filles, penchées sur le même brouet poisseux, le sirotaient avec une égale faim et de petits hoquets de déglutition. Elle reconnaissait ses mains, ses jointures noueuses, basanées, dans les plis de sa jaquette ; le duvet derrière ses omoplates dans le clair-obscur d'une broderie. Et elle espérait en sa venue, désirait sa présence impétueuse qui emportait tout sur son passage, comme une avalanche. Et ses silences. Son mot préféré, « attends », les précautions et les astuces dues à son métier. Il lui avait fait croire qu'un jour elle deviendrait aussi forte que lui, aussi douée, pour construire un avenir de partage, mais il n'avait pas eu le temps de lui dévoiler les aspects les plus secrets de cette… comment la définir, activité ? Profession ? Leda adorait l'odeur de sa peau, mais elle ne pouvait pas en dire autant de son souffle, qui l'incommodait parfois au réveil, et l'obligeait à une grimace pour dissimuler un pincement de nez. Jamais elle ne le lui aurait avoué.

Elle ne cessait de voir Lorenzo en esprit, et l'image était souvent un mélange de tous les Lorenzo possibles : les grains de beauté de son dos et le creux de son aine mêlés, le duvet autour de son nombril et la dent brisée que cachait sa lèvre inférieure ; image monstrueuse où se rencontraient l'amant, l'aimé, le détesté, le sauveur et le condamné. À la pensée de sa disparition, de la fidélité absolue et de la maudite infidélité, l'arrestation, l'absence, peut-être la mort… *Je n'en peux plus.* Elle ne pouvait plus le supporter.

Avec le mois d'août, les volets s'ouvraient, et le Refuge était envahi par le grincement des chariots et des voitures postales le long de la Lungara, les aboiements des chiens chassés à coups de pied par les habitants du Trastevere, puis le feulement des chats, le piaillement des oiseaux et leur chant obstiné, le grignotement sec des rats et le chahut des gamins qui se disputaient en chemin, et les vomissements retentissants des ivrognes qui avaient dépassé la mesure. Leda tendait l'oreille au moindre signe, car chaque bruit qui lui parvenait pouvait annoncer un visiteur pour elle, mais le renouveau n'était pas encore venu et l'espérance languissait.

Où es-tu ?

Une lettre. Il aurait suffi d'une lettre. Leda n'arrivait pas à comprendre pourquoi il ne lui écrivait pas. Ils l'avaient certainement enfermé, mais bon Dieu, avec toutes les protections dont il jouissait, il aurait facilement pu demander une plume pour écrire autant de lettres qu'il le voulait ! Quand elle songeait que le cardinal vicaire lui avait peut-être interdit la correspondance, Leda se calmait enfin, car s'ils avaient découvert les activités de Lorenzo, ils l'avaient forcément empêché d'écrire. Non seulement de lui écrire à elle, mais à n'importe qui. Et s'ils lui avaient brisé les doigts ? Leda se força à chasser l'image de cette main réduite à un amas monstrueux et tuméfié.

Mais toute consolation, toute justification trouvée à force de bon sens se révélait vaine. Et nombreuses étaient les tentations de céder, à commencer par la bienveillance de sœur Arcangela. Si Lorenzo avait déjà été libéré, s'il s'était évadé et, plutôt que de venir la sauver, avait trouvé une autre femme, plus belle, qui l'aimait plus et mieux qu'elle ?

Une lettre. *Une lettre, une lettre de toi.* Ou si ce n'était pas de Lorenzo, au moins de son patron anglais, John John. Il devait être au courant de tout, il devait savoir ce qu'il était advenu de son élève. John John arrangerait les choses. Il lui donnait l'impression, avec son intelligence posée, d'avoir tous les pouvoirs.

Pourquoi personne ne m'écrit ?

Leda ne céda pas encore à la parole. Elle sut se taire. Emmurée dans son silence, elle tenta de retarder la question qu'elle sentait déferler en elle : quand serait-il saigné, le porc ? Et qui jouerait le rôle ? Elle ? À moins qu'il n'ait déjà été confié à Lorenzo ?

Dis-moi que tu es vivant, je t'en supplie.

*

La chaloupe se dirigeait vers la plage, fouettant la mer à coups de rames. Il ne lui fallut pas longtemps pour atteindre la rive, et le premier à se jeter à terre fut Abraão le Gros. Le mulâtre aux bras puissants traîna le bateau au sec, puis ce fut au tour de John Griggs, ou plutôt de João le Grand, comme tout le monde l'appelait maintenant, selon l'usage dans cette région où l'on traduisait chaque prénom dans l'idiome local afin d'acclimater ainsi l'individu qui le portait ; le surnom choisi était en revanche une expression de reconnaissance de la part de l'équipage, sauvé grâce à lui du naufrage, et c'était la corpulence du Nord-Américain qui l'avait inspiré. João le Grand, donc, descendit d'un bond et, en atterrissant sur ses jambes vacillantes, éructa violemment. Quand il retrouva son équilibre, il sentit son foie s'enflammer et lui rappeler qu'il avait peut-être trop levé le coude la veille au soir ; non qu'il eût abusé car, outre l'alcool, dans ses veines coulait le sang de ses ancêtres irlandais, et allez dire à un Irlandais qu'il a trop bu, mais le lieutenant s'était suffisamment soûlé la veille au soir pour se souvenir confusément de l'épisode. Il était certain d'avoir festoyé, à nouveau ; c'était ainsi depuis sept jours, malgré les premières rancœurs qui commençaient à apparaître, et João le Grand se rappelait avoir été un peu trop loin pour toute une série de raisons : d'abord, l'attente partagée avec les plus grandes gueules de l'équipage et de la soldatesque, auxquelles les citoyens de Laguna s'étaient à leur manière attachés, puis la charmante compagnie de quelques *mulheres* et enfin, le plaisir de la conversation.

Abraão qui, contrairement à João le Grand, avait nettement moins bu, gardait un souvenir assez précis de la soirée ; devenu depuis quelques jours l'ombre du lieutenant, il aurait pu raconter que ce diable d'Américain avait englouti tous les breuvages que lui tendaient les belles mains des femmes de Laguna, et qu'il s'était entretenu plusieurs heures avec ces créatures, charmées par sa saine robustesse et ses manières d'homme du monde qui n'avaient laissé aux natives nul répit. Mais, alors que tout le monde s'attendait à voir João le Grand ravir une femme et disparaître dans la nature, le Nord-Américain avait déconcerté l'assemblée en préférant la compagnie d'une bande de gamins. Confirmant ses qualités bien connues de conteur, Griggs s'était livré à d'incroyables récits d'aventures sur le continent américain, laissant libre cours à son imagination et empruntant de vertigineux détours. Et voici qu'étaient apparus les bateaux à vapeur dont le lieutenant se disait grand connaisseur et dont il aimait à retracer l'histoire en partant de leur génial inventeur, Robert Fulton ; le récit avait culminé avec le lancement du premier bateau, le *Clermont*, aussitôt suivi de son démantèlement après une révolte ouvrière, puis Griggs s'était lancé dans une improbable série d'anecdotes qui avaient en commun le fleuve Hudson, avant de sortir de sa besace un cahier qu'il se vantait d'avoir reçu d'un ami écrivain. Les jeunes Lagunais avaient alors entendu déclamer « l'extraordinaire » aventure de Rip Van Winckle sans en saisir un traître mot à cause de la traduction en portugais, aussi improvisée que rudimentaire, si ce n'est qu'il y était question d'un trop long sommeil, d'un réveil dans un monde nouveau et d'un chien. João le Grand avait ensuite décrit les vastes étendues de la république du Texas et les colonnes d'eau qui montaient jusqu'au ciel dans le golfe des Caraïbes, monstres naturels capables de balayer une flotte tout entière, fût-ce celle des loyalistes brésiliens, détail qui avait bien sûr provoqué les hourras des *farrapos*. Enfin, le lieutenant avait déliré sur les péripéties de la traite des esclaves d'Afrique et d'Orient, horrifiant les femmes au cœur tendre et heurtant plus d'une oreille. Impassible, il avait poursuivi son récit et les jeunes, envoûtés par son parler franc et imagé, s'étaient rapprochés de plus en plus, comme les points d'un cercle qui se resserre autour de son centre. Au fur et à mesure des heures qui passaient, l'alcool avait coulé à flots, jusqu'à ce que João le Grand se réveille à bord du *Seival*. La lourde tâche de le ramener était revenue à son fidèle assistant.

« Allons-y. »

Griggs et Abraão enfonçaient leurs pieds dans le sable, minuscules par rapport à l'immensité de l'horizon marin et à la terre qui se déployait comme une irréductible frontière résistant à l'acharnement des vagues. À Laguna, c'était l'heure de la sieste, et Griggs s'aperçut que la ville, enfin, s'était apaisée. Les *farrapos* avaient été accueillis avec un vibrant enthousiasme et, du reste, les loyalistes, sympathisants du gouvernement impérial de Rio de Janeiro, avaient plié bagage et pris la poudre d'escampette avant ou pendant le siège ; aussi, à l'arrivée des révolutionnaires du Rio Grande, les habitants de Laguna s'étaient-ils égaillés dans les ruelles de la ville, le cœur léger, sans se soucier des espions qui pouvaient les dénoncer aux autorités. Les femmes avaient tendu leurs bras, distribué des baisers, du *chimarrão,* et quelle sensation de se sentir bienvenus ! Mais dès que la ville avait été proclamée libre et républicaine, les *farrapos* n'avaient pas pu s'empêcher de se livrer au pillage, semant les premières discordes, les premières suspicions ; Griggs avait fait tout ce qui était en son pouvoir pour que soient respectés les ordres du brigadier Canabarro, mais c'était comme de vouloir s'opposer à une loi physique, de cause à effet : après un assaut, le trop-plein de ferveur des corps devait se libérer, comme un excès de pression s'échappe d'un tube. Bien sûr, Griggs n'encourageait pas ces exactions, lui qui avait reçu une éducation « comme il faut » en Amérique du Nord, mais il comprenait désormais les raisons de ces saccages et de ces pillages. Les Sud-Américains n'avaient que faire des beaux discours – un fatras d'utopies, de reproches et de pathos moraliste – dont se gargarisaient certains Européens qui, tout en prêchant le bien, ne se gênaient pas pour piller. Griggs avait compris depuis longtemps que cette terre aux frontières tourmentées, qu'on appelait le Sud, était la patrie d'une race différente ; qu'ils soient indigènes ou immigrés, les Sud-Américains étaient un peuple moins sophistiqué que les autres, indifférent aux simagrées, aux stratégies, et aux états d'âme. Ici, la lutte était évidente, animale, et tout le monde se battait pour pouvoir manger, car qui a connu la faim, comme la soif en mer, veut être sûr qu'il n'en souffrira plus. Personne, jamais, ne parviendrait à empêcher les razzias qui succédaient à chaque victoire, sauf par les armes ou les coups de bâton.

Le lieutenant lança un regard au bon Abraão. Cela faisait longtemps que les habitants de la région de

Santa Catarina accueillaient les prédicateurs libéraux en provenance du Rio Grande do Sul voisin, mais voici qu'était venue l'heure du bras armé de la révolution, une ère de *condottieri* et de manœuvriers qui, comme dans toute lutte, avaient su apprécier la noblesse des idéaux mais aussi leurs intérêts économiques. Qu'en pensait Abraão ? Les autochtones étaient-ils encore sûrs de vouloir se soulever contre les partisans de l'Empire ? S'il l'avait demandé ouvertement au Gros, Griggs en était certain, son ordonnance lui aurait répondu sans ciller que les libérateurs et les rebelles commençaient à ressembler un peu trop à des *caudilhos* en quête d'autres terres et à de nouveaux potentats, plutôt qu'à de sincères visionnaires. Du reste, la révolution des *farrapos* avait éclaté en réaction à l'augmentation de la taxe sur la *charque*, et la viande salée alimentait justement un des trafics du général de la révolution, Bento Gonçalves, l'homme qui avait convaincu João le Grand de rallier les rangs des combattants.

Quand ils traversèrent la rue des boutiquiers, Abraão s'arrêta un instant. Il promena son regard sur la baie. Les navires réquisitionnés à l'empire du Brésil tanguaient dans la rade. Il y avait également le *Seival*, mal en point, mais encore à flot. Par-delà les six bateaux se dressait le Morro do Barra, le promontoire qui fermait la baie ; l'ensemble comptait un fort avec quelques bouches à feu et des bicoques de pêcheurs, de charpentiers et de calfats, des gens peu causants, mais qui complotaient beaucoup ces jours-ci. Ceux qui étaient restés en ville ne l'avaient pas fait pour un idéal, mais dans l'espoir d'une vie meilleure, et donc dans leur propre intérêt, aussi les charpentiers se tenaient-ils prêts à réparer les six navires au premier tintement de pièces.

Un bruit de pas qui, dans la quiétude de la sieste, sonna comme une menace. Griggs posa la main sur son sabre ; Abraão, qui s'était éloigné de quelques pas, s'approcha du Nord-Américain, prêt lui aussi à dégainer son poignard – qui sait si João le Grand n'avait pas froissé quelqu'un la veille au soir. Quelques rares visages aux fenêtres, des mains agitées en signe de salut, l'enduit à la chaux craquelé par la salinité marine qui imprégnait les maisons à un seul étage, les toits plats. Et les voici venir, comme un troupeau de buffles lancés au galop. Les gamins. Ils avaient sûrement vu la chaloupe des deux *farrapos*, et ils s'étaient rassemblés. Ils étaient une dizaine et pas un n'avait plus de quatorze ans. Ils dévalaient un sentier et leur course en disait long sur leur soif de dignité et d'aventure.

« João le Grand ! »

Abraão le Gros fit une grimace, relâcha ses muscles et, dos au mur, regarda la horde se précipiter sur le Nord-Américain et l'encercler ; João le Grand se laissa bousculer par la marmaille, puis il éleva la voix, calma les leurs, prit une attitude bienveillante mais resta sur ses gardes. Il y avait en lui quelque chose qui échappait à Abraão et l'inquiétait. Affable dans les moments de calme, le Nord-Américain pouvait devenir impitoyable quand il s'agissait de passer à l'action ; c'étaient les deux faces d'une même pièce dont Abraão n'avait pas encore identifié la matière ni la valeur. Pour autant, le mulâtre était reconnaissant à João Grande : c'était grâce à lui si le *Seival* avait échappé au naufrage qui avait emporté le *Rio Pardo* de dom José. Le Nord-Américain avait su être plus fort que la mer, il avait guidé Abraão et l'équipage jusqu'à Camacho, où les hommes avaient rejoint l'avant-garde riograndaise menée par Texeira – un type qui s'était monté la tête, selon le Gros – et la troupe aux ordres de David José Martins Canabarro – Canabarro, en bref. C'était dans le village de Camacho, pendant que l'équipage du *Seival* se restaurait, que dom José était réapparu ; il était arrivé à pied, sans la plupart de ses hommes, mais déjà réconcilié avec le destin. Avec lui, plus de compagnons italiens. João le Grand l'avait accueilli chaleureusement, puis, avec un seul navire pour livrer bataille, ils n'avaient pas perdu de temps. Au lieu de concentrer les attaques sur Porto Alegre, dans le Rio Grande encore aux mains des troupes impériales, on avait prévu d'ouvrir un front au nord, à Laguna, et pour cela, le *Seival* devait s'arranger tout seul avec les six navires brésiliens et faire en sorte qu'ils le suivent jusqu'à l'embouchure du Tubãrao où Canabarro les attaquerait par surprise. Dom José au commandement, Griggs pour le seconder. Une folie. Qui était devenue réalité. On avait noté la date de la libération de Laguna, 21 juillet 1839, pour l'immortaliser.

« Reste encore un peu !

— João, emmène-nous avec toi ! »

Griggs prit congé des enfants, qui lui arrachèrent la promesse de le revoir, et lui et le Gros remontèrent les rues de Laguna vers la maison où cantonnait Canabarro. Le terrain avait été rebaptisé place de la República Juliana – la république ayant été proclamée en juillet, ainsi l'avait-on appelée sans trop se creuser la tête. Quatre énergumènes surveillaient le bâtiment. Deux d'entre eux, remarqua João le Grand, avaient eu le lobe de l'oreille droite arraché, signe distinctif des voleurs de bétail. Ils reconnurent le Nord-Américain ; celui-ci s'apprêtait à entrer quand, de l'intérieur, il entendit une voix s'élever.

« Nous devons écrire à Bento. Il faut des nouveaux fonds ! »

C'était cet homme, très proche de dom José, un certain Rossetti, l'idéologue républicain.

« Il faut faire réparer les navires. »

Justement, c'était dom José.

« On verra bien ce qu'on nous répondra du Rio Grande. »

Et cette voix en colère, celle de Canabarro.

John Griggs fit signe à Abraão de l'attendre devant la porte et le mulâtre obéit respectueusement ; il était reconnaissant à Griggs de lui avoir sauvé la vie, et il était également persuadé que l'héritage dont João Grande se vantait était bien réel, que rester fidèle à son supérieur lui rapporterait quelque chose.

« Je ne vais nulle part.

— Je n'en doute pas, dit Griggs. Espérons plutôt ne pas crever de faim ou de vieillesse dans ce trou. »

*

C'était un miracle optico-chimique des temps modernes. Un miracle manqué, mais un miracle tout de même. Relire tant et plus la *Méthode pour exécuter sur papier le dessin photogénique* et suivre le procédé d'après des informations confuses, grappillées de-ci, de-là, ne lui avait pas permis d'atteindre le but espéré ; il restait à affiner certains procédés, à améliorer le soin apporté aux opérations et puis, c'était certain, l'auteur inventeur n'avait pas révélé tous ses secrets ; les doses de nitrate d'argent n'étaient pas exactes, avait dit Floro à Lisander d'un air entendu quand ce dernier lui avait demandé conseil, puisqu'il devait s'y entendre, en matière de chimie, le commis apothicaire. Malgré tout, le prodige demeurait puisque Lisander, qui était peintre, savait bien qu'un trait de pinceau correspondait à un trait visible sur la toile : mouvement, résultat, un enchaînement direct, prévisible, vérifiable. Au contraire, la réaction qui poussait la lumière à laisser l'empreinte de la nature sur une plaque enduite d'un produit chimique avait tout d'une intervention si ce n'est divine, du moins surnaturelle ; c'était la différence entre quelque chose qui *a lieu*, lorsqu'une cause est suivie d'un effet, et quelque chose qui *s'accomplit* et se produit comme si rien ne l'avait laissé deviner. Comme si on assistait à sa création.

Il avait appris à utiliser le terme avec la morgue de qui maîtrisait déjà ladite *daguerréotypie* mais, en réalité, Lisander avançait comme un tout petit enfant qui découvre les lois de la gravité en crachant en l'air et se retrouve avec sa salive au beau milieu de la figure ; il progressait en mettant à profit ses expériences. Il avait compris qu'il fallait disposer d'une fine plaque de cuivre parfaitement plane et enduite d'une préparation précise, *sensibilisée* – comme on disait, ce qui semblait presque vouloir dire qu'on lui faisait prendre vie, qu'on la dotait de sens – afin que, en la glissant dans une boîte en bois, elle puisse capter l'image de la nature grâce à l'action de la lumière. C'était à l'intérieur de cette fameuse *camera obscura* que se nichait le cœur ténébreux du miracle ; il suffisait d'attendre une dizaine de minutes, le temps que la réalité s'imprime, vaniteuse.

Lisander avait acquis ses sommaires connaissances grâce à des lectures et à quelques entretiens louches, notamment avec Sandro Duroni, lequel réalisait déjà des vues de la capitale du royaume de Lombardie-Vénétie. Pour sa première expérience, il s'était servi d'une vieille boîte de cigares à laquelle il n'avait même pas ajouté d'objectif rudimentaire ; les composants chimiques pour la « sensibilisation » et la plaque, en revanche, c'est Floro qui les lui avait fournis. En voyant apparaître l'image floue – on ne distinguait rien d'autre que des taches, s'était plaint Floro qui l'assistait –, le peintre avait admis qu'il s'agissait d'un semi-prodige. Et si Floro avait opté pour le terme *cochonnerie*, Lisander lui avait opposé celui d'*apparition* et rien, dès lors, n'avait pu le dissuader ; bien au contraire, ce modeste résultat l'avait définitivement convaincu.

« Je peux y arriver. »

Pendant un instant, le peintre sentit son cœur vibrer et l'habituelle sensation d'angoisse qui l'empêchait de respirer relâcha son étreinte ; puis, tel un fantôme tombé du ciel, voici qu'apparut le visage livide de Bernardina, sa mère.

« Mais qu'est-ce… », murmura-t-il.

Lisander serra la petite lame entre ses doigts. Il affûta son regard. La femme qui émergeait par Dieu sait quel miracle des ténèbres de cette première expérience semblait lui faire un clin d'œil, et Lisander accueillit cette vision avec une légère déception : sa mère ne lui avait jamais fait de clin d'œil. Le peintre, incrédule, retourna l'impression comme pour s'assurer que le verso ne cachait pas un truc, puis il soupira. Il ne lui restait plus qu'à perfectionner sa technique, et à trouver l'argent nécessaire pour son affaire.

« Vous savez vous y prendre, vous.

— Le corps a ses penchants, il suffit de les cultiver. Certains les nomment vices, madame, mais jamais je ne me permettrais cette liberté.

— Ah non ?

— Non », dit Lisander d'une voix cajoleuse en laissant courir ses doigts sous les jupons, puis remonter le long des cuisses jusqu'à la proéminence duveteuse. « Et comment qualifieriez-vous – ah – cher peintre, ces penchants ?

— Moi, madame, je parlerais de vertus…

— Vous êtes, hum, philosophe donc ?

— Philosophe du corps. Disciple de quelques *raisonneurs*, les Romantiques de Traviole, connus durant mon voyage en terre de France. »

La vieille rengaine du séjour en France, un mensonge colossal, marchait toujours à merveille quand il s'agissait d'accréditer et d'enrober d'un peu de magie un épisode dont se vanter. D'un doigt, le peintre écarta les lèvres de chair, sentit la tête du clitoris se durcir, et commença à le caresser avec une insistance si délicate qu'en l'espace de quelques minutes donna Teresa fut emportée par une vague de chaleur qui l'obligea à se libérer de ses vêtements : « Vous êtes peut-être philosophe, mais prenez garde à ne pas trop philosopher pendant que nous foutons ! » s'exclama-t-elle en enfilant, d'un geste rapide, sa main dans le caleçon du peintre dont elle empoigna l'entrejambe. Lisander gémit, donna Teresa contracta ses doigts et sentit le peintre se raidir. « Ah ! » Lisander laissa courir sa main humide jusqu'à l'intérieur de la dame et, comme il la sentait prête à accueillir la semence qui, en l'espace de quelques semaines, donnerait avec un peu de chance de tintinnabulants fruits, il se résolut à offrir le meilleur de lui-même.

VI

« Griggs, soyez damné ! Vous avez une chance de cocu ! » bougonna dom José en jetant ses vieilles cartes d'un geste théâtral.

« De la réflexion, cher José. Et une pointe d'intuition. »

Le Nord-Américain sourit, bon enfant, et tendit la main vers la misérable mise en *reis*.

Ils se défiaient au poker, jeu que Griggs, avec la profusion de détails dont il était coutumier, racontait avoir appris à bord des bateaux qui naviguaient sur le Mississippi, à travers les territoires de la Frontière et de la toute nouvelle république du Texas. Cela rappelait à dom José le *pochen* qu'il avait vu jouer à Istanbul chez ces commerçants moustachus originaires de la Hesse, dans le quartier Galata si luxuriant d'odeurs, à cette différence près que la variante à laquelle Griggs l'entraînait chaque jour pour échapper à l'ennui était bien plus captivante.

En ces journées du milieu de l'hiver, oublieuses de toute joie, là, dans la baie de Laguna où se balançaient, à l'ancre, le *Rio Pardo* ressuscité, quatre lancions et le brigantin réquisitionnés auprès des Brésiliens, les fonds pour poursuivre la révolution tardaient à arriver, et le désœuvrement rongeait dom José qui, d'un tempérament exalté, retrouvait, chevillée au corps, une sombre impatience.

« On continue ? » lui demanda Griggs.

Dom José se leva de son tabouret. Il n'était pas né calculateur, tout au plus opportuniste, et on l'aurait plutôt dit homme d'instinct, ce même instinct canaille qui, à la vue de la dame de cœur reçue lors de la dernière partie de poker, lui avait dit : « Victoire, victoire, que l'on m'apporte les lauriers et que l'on trinque avec le nectar des dieux ! » Voilà ce que lui avait dit l'instinct, qui a sa langue bien à lui, évidemment influencée par une éducation nourrie d'histoire romaine.

« Demain, peut-être. »

Mais le lendemain, à la même heure, dom José se désespérait sur le gaillard de l'*Itaparica*, un brigantin fort de sept pièces de canon ; il avait poliment refusé la énième partie de poker, car la distraction tournait au vice, d'autant qu'il avait été la veille au soir promu *capitão-tenente* de la flotte riograndaise sur ordre de Canabarro, lui-même tout juste nommé général. L'autorité accordée lui avait procuré une certaine satisfaction – « Après des années à me torturer à l'idée que je ne peux pas progresser d'un pas et que je traîne une existence inutile, enfin, on me reconnaît un grand destin ! » – et, à la lueur d'une chandelle, dom José avait rédigé au fil de la plume une missive pour l'ami Cuneo à Montevideo, l'informant des événements du Rio Grande et de sa promotion.

Mais l'enthousiasme nocturne s'était estompé avec le sommeil et, pour l'heure, dom José se tenait les mains posées sur le parapet et les yeux rivés sur l'horizon citadin de Laguna, sans rien distinguer des horreurs du réel depuis que l'œil de son esprit, si enclin à rendre aveugle, le ramenait au naufrage survenu quelques semaines plus tôt. On sait, du reste, que la mémoire est une souffrance plus qu'un privilège, et dom José se rappelait chaque visage perdu. C'est Edoardo qu'il regrettait le plus, avec tout le respect qu'il avait pour Carniglia et les autres ; ils s'étaient connus sept ans plus tôt, et si la date pouvait susciter quelques doutes, le lieu n'en laissait aucun : en mer. Niçois comme lui, Edoardo avait travaillé en tant que copiste sur le navire marchand *Clorinda* en route vers le Levant, en particulier à Taganrog et à Odessa, et leur amitié était née à bord, se consolidant mois après mois, tandis qu'ils affrontaient ensemble la rudesse de la navigation, le pénible travail des voiles, l'attente sur le quai et les barbantes formalités de quarantaine, la pratique courante de se soulager par-dessus bord et les bavardages inutiles, les livres trop rares et les nombreuses et brumeuses idées, la paperasserie à en avoir la migraine et les nostalgies, les infections et la sagesse des vieux loups de mer ridés et bourrus. Mais dom José et Edoardo ne s'étaient pas contentés de cette fraternité de marins, ils avaient décidé de partager aussi l'enrôlement dans la marine piémontaise. Ils s'étaient donc retrouvés côte à côte à Gênes, saisis par la fièvre du soulèvement patriotique contre l'oppresseur, attirés par les chimères du maestro Mazzini, ils avaient coiffé le même vieux chapeau pour dissimuler leur visage et s'étaient passé de la main à la main les mêmes manifestes, ils avaient participé aux assemblées secrètes où flottaient des effluves de cigare, et fini brisés tous deux par la désillusion : l'un arrêté, l'autre obligé de fuir. Le destin avait voulu qu'ils se retrouvent en Amérique du Sud, par hasard mais également en exil, le cœur déchiré entre leur rêve de liberté et l'impossibilité de rentrer chez soi. Pauvre Edoardo, un homme « qui pouvait faire preuve de sévérité comme de galanterie », répétait dom José à la moindre occasion, quand il l'évoquait aux femmes qu'il rencontrait. Une fois, ils s'étaient même disputé une fille et, sans en venir aux mains ou aux armes, ils ne s'étaient plus adressé la parole pendant des semaines. Quelle blessure au cœur que sa perte. On se souviendrait de lui, arraché à la vie par une tragique et donc héroïque mort, alors qu'il luttait pour libérer un peuple opprimé par un tyran.

« Destin infâme. »

Dom José sentit le besoin de se soulager, dénoua son caleçon, se pencha et, par le plus pur des hasards, tandis qu'il se répandait dans la mer, les yeux fermés, il se rappela la croupe qu'il avait vue s'éloigner sur la place de l'église de Sant'Antonio dos Anjos durant les récentes célébrations de la République Juliana. À la sortie de l'église, il avait été harcelé de tous côtés par des compagnons, des officiers, des intrigants, ruffians et conspirateurs, suffoquant presque au milieu de tout ce monde, mais ce cul avait su attirer son attention et l'avait en quelque sorte apaisé. Et, tandis que son appétit montait, là, sur le parvis, dom José avait instinctivement fait un grand geste dans le vide, atteignant en pleines côtes Edoardo qui, à son tour, avait salué cette splendeur charnelle.

« Capitaine ? »

Dom José rajusta son caleçon, sourd à cet appel ; le souvenir de ce mirage pulpeux rouvrait la blessure jamais cicatrisée du désir, que la plaie plus douloureuse laissée par la perte d'Edoardo avait jusqu'à présent rendue muette. S'il avait pu sauter dans un canoë et, en abordant Laguna, y retrouver un lieu aussi magique que la propriété de la Diga de donna Antonia où, des années auparavant, il avait savouré la compagnie de la belle Manoela !

« Capitaine ? répéta Abraão le Gros. *Capitão-tenente ?* »

Dom José s'avisa finalement de la voix : « Ah, Abraão. Je ne t'avais pas entendu. »

Le mulâtre esquissa un salut militaire. « C'est le lieutenant Griggs qui m'envoie. »

Quelque peu sorti de sa torpeur, dom José se tourna de nouveau vers le parapet et dégaina la longue-vue qu'il portait à sa ceinture. Il frotta l'objectif contre son gilet, renifla l'odeur acidulée du corps de cuivre avant de plaquer la lentille contre son orbite. Cet objet n'avait jamais cessé de le fasciner. « Quelles nouvelles ? » demanda-t-il pendant que son regard courait sur Laguna, se faufilait à travers les ruelles et s'attardait par-delà les fenêtres ouvertes, au milieu des maisons basses et des bâtiments de style portugais.

« Les troupes impériales avancent pour lancer une offensive depuis le Nord. »

La ville ne semblant pas lui réserver d'agréables surprises, le *capitão* braqua sa longue-vue dans la direction diamétralement opposée, remonta les marécages et l'embouchure du Tubarão. « Quoi d'autre ?

— On dit que la flotte de Rio va faire voile vers nous », répondit Abraão d'une voix morne.

Dom José redescendit du promontoire, et ses yeux rencontrèrent la langue de terre qui fermait la baie en face de Laguna. Il parcourut la constellation de maisons de pêcheurs et de charpentiers, de commerçants qui faisaient des affaires en ville mais préféraient habiter là. Du gaillard du bateau, on pouvait presque entendre le jargon brutal des hommes de la mer et, dans le quartier de la Barra, on apercevait quelques robes frissonner sur les chemins de terre et des bandes de gamins sur la plage.

« Il y a autr… »

Imprévisibles et imprévues comme un miracle et d'autant plus extraordinaires. Deux fesses. Une vision arrachée à l'inconscient. Elles surgirent comme la foudre qui déchire un ciel noir de mélancolie. Elles apparurent, là. Elles surgirent. Rondes. Pleines. Une paire de fesses qui remontait une ruelle étroite et donnait naissance à un dos si droit qu'il dénotait la noblesse, même si les vêtements qui l'habillaient étaient modestes ; pas ceux d'une femme du peuple, mais à peine plus riches. Majestueux, le mouvement rapprochait la silhouette d'un tournant qui allait la soustraire au regard, et ce même mouvement soulevait alternativement, pas à pas, l'une et l'autre des rondeurs de chair que l'on devinait vives et jeunes sous l'étoffe. Dom José maintint son regard dans l'axe comme si une corde reliait sa pupille droite au centre de ces globes féminins. Il pressa sa longue-vue contre son orbite jusqu'au dernier instant, comme agrippé à une espérance, puis tout fut perdu. La croupe bifurqua, disparaissant entre deux maisons chaulées aux fenêtres bleu azur. Dom José aurait pu jurer, et pourtant il sourit. À la pensée de ces fesses pleines comme les deux moitiés d'un cœur. Était-ce, se demanda-t-il, un signe du destin ? Sans aucun doute, puisque ces fesses lui semblaient être les mêmes que celles qu'il avait vues s'éloigner du parvis de l'église le jour de la proclamation de la République Juliana. Dom José en était sûr. « Quel cul ! » murmura-t-il, et une vague de désir se déploya depuis son nombril. « Abraão, malheureux, allons-y. »

Sur la plage, quelques pêcheurs reprisaient leurs filets et levèrent les yeux pour saluer le commandant des *farrapos*. Dom José ne daigna pas leur rendre la politesse, obnubilé par ce cul qui le sommait de se hâter. Il commença à scruter la Barra, se creusant la tête pour trouver comment formuler une question convenable, car il ne pouvait tout de même pas arrêter un passant et lui demander : « Excusez-moi, vous n'auriez pas vu passer un cul à se damner, rond comme un melon ? » Il lorgna les entrées et les fenêtres, souleva la poussière des ruelles de son pas pressé, mais en vain. Aucun corps ne lui rappelait le mirage qui lui avait fait mettre pied à terre.

Deux heures plus tard, tandis que l'espoir commençait à s'estomper, José prit une petite rue qu'il était certain d'avoir déjà empruntée et se retrouva face à face avec une vieille édentée aux cheveux en bataille. Mais son visage avait quelque chose d'exceptionnel, qui tenait tout à ses yeux, semblables à des perles noires. De grands yeux comme dom José en avait déjà croisé sur ces terres, des yeux sud-américains, qui possédaient cette lumière déjà aperçue chez d'autres femmes, Caterina et Teresa, qui l'avaient sauvé de cet interminable mois de février 1834 en l'aidant à fuir Gênes pour Marseille. Cette même lumière qui brillait dans les yeux d'Edoardo, avant qu'il ne se noie. Et qu'il voyait là, à nouveau. Une lumière sombre, sagesse de l'âge. Cela faisait longtemps qu'il n'avait pas vu d'apparition aussi éblouissante, songeait-il.

« Madame, je vous connais ? » lança-t-il au hasard, ne sachant s'il fallait l'affirmer ou le demander. La femme se contenta d'un signe, puis reprit sa route. La ruelle était vide. Chaque fenêtre désertée. José la suivit. Il lui sembla s'enfoncer dans un labyrinthe et, bien que ce fût une vieille femme qui le précédât, il se retrouva essoufflé de marcher à son rythme. Finalement, arrivée au seuil d'une porte, l'inconnue s'arrêta en la désignant de son doigt osseux.

« C'est chez vous ? Dois-je entrer ? » lui demanda dom José, qui avait compris que son rôle était de chercher à savoir et de croire. Une voix brisa la magie : « *Capitão !* »

Dom José se retourna. Un homme d'une quarantaine d'années avec un double menton proéminent et des sourcils effilés. Il l'avait déjà croisé pendant la fête pour l'avènement de la République, et l'avait vu à plusieurs reprises traîner sur la plage en attendant qu'un malheureux marin de la flotte débarque. Il avait la langue assez bien pendue, et les intentions libérales et belliqueuses des *farrapos* l'intéressaient ; il disait avoir participé aux premières révoltes à Lages et s'être réfugié à Laguna après les répressions, et il ne perdait en effet pas une occasion de médire sur les loyalistes qui s'étaient défilés, ni de s'informer sur les prochaines opérations, les stratégies… De là venait l'ironique surnom dont Griggs l'avait affublé avec le Gros le jour où ils s'étaient approchés de la taverne du port – le Mudo, le Muet. Celui qui s'appelait en réalité Antonio lui dit, en remontant la ruelle : « Vos navires reprendront bientôt la mer, *capitão ?* Des commerçants d'Imbituba sont arrivés au port en disant que les troupes impériales… »

Dom José sentit ses narines frémir et ramena aussitôt son regard vers la vieille femme. Il éprouva comme une sensation de vide à l'estomac ; devant lui, il n'y avait rien d'autre que la porte. Les yeux d'un noir de perle n'étaient plus là.

Le Muet vint à lui en lui tendant la main : « M'accordez-vous l'honneur ? » Il était devant la porte près de laquelle la vieille avait disparu.

Dom José se taisait, ne sachant s'il fallait interpréter cette fatalité comme une farce ou comme un indéchiffrable mystère du destin.

Le Muet ouvrit tout grand la porte et lui fit signe d'entrer : « Je vous en prie. »

Qu'il en soit donc ainsi, se dit dom José avec le sourire indécis de qui se croit victime d'une mauvaise blague et tente de retourner la situation en sa faveur. « À condition que vous m'offriez un café. »

Les deux hommes entrèrent dans une pièce dépouillée. Au centre, une table grossière entourée de quelques chaises.

« Bonjour. »

Une jeune femme, vingt ans à peine. Dom José en fut si impressionné qu'il oublia presque de respirer. La robe laissait deviner des formes généreuses et fermes, celles d'une femme maigre qui semblait sur le point de s'épanouir et ne serait pourtant jamais grosse. Les membres puissants, les traits prononcés et doux, le menton qui s'estompait sous l'ovale du visage. Des cheveux de jais brillants, soigneusement peignés, mais prêts à irradier comme une couronne de soleil. Elle avait des yeux lumineux, aussi sombres que des perles. Dom José était incapable de détacher son regard d'elle et les mots que prononçait le Mudo semblaient trop lointains ; la jeune femme hocha la tête et se retourna, nonchalamment. Il s'en fallut de peu que dom José ne dégringole de sa chaise. Ne jamais en douter. Le hasard ! La croupe. Le fameux cul aperçu du gaillard du bateau !

La jeune femme quitta la pièce et elle se sentit suivie par ces yeux importuns, si bruns, d'une couleur de miel et de blé, mais venus de la mer. Quelle ironie : depuis toujours amoureuse des yeux de vieux gardien de troupeau de son père, ces pierres précieuses capables de lire l'aridité de la terre, la bonté de l'herbe et le poids des nuages, voilà qu'elle était séduite par ces yeux de mer. L'eau du monde.

« C'est votre fille ?

— La fille de mon frère Bentão, paix à son âme. Je m'occupe d'elle depuis que son mari a été enrôlé dans les rangs des troupes impériales. Elles ont quitté la ville à votre arrivée, *capitão* », lui dit le Muet d'un ton grave, presque amer. D'habitude, les femmes de la région suivaient leur mari quels que soient leur sort et leur destination, en épouses dévouées. La jeune femme avait commis un outrage presque impie et, de toute évidence, elle ne pactisait pas avec les Portugais de Rio[1]. « Mais il reviendra peut-être... »

Dom José tenta de redonner à son visage un peu de désinvolture : qu'insinuait le Muet ? Qu'il ne devait pas se faire d'illusions, que la femme était mariée et qu'elle n'était donc pas disponible ? « Ah... le hasard joue parfois d'étranges tours, bredouilla le *capitão*. Il me semblait avoir aperçu cette jeune fille à la messe en l'honneur de la République, mais j'ignorais qu'elle était votre parente. Si je l'avais su, je me serais permis de la saluer.

— Cela me fait plaisir que vous vous souveniez de moi. »

Pour la seconde fois, dom José sursauta. « Si vous voulez me faire mourir de peur », dit-il pour plaisanter à la jeune femme, retrouvant les mots que toutes ces coïncidences menaçaient d'étouffer au fond de sa gorge, « laissez-moi au moins faire votre connaissance avant.

1. Le Brésil faisait partie de l'empire colonial portugais jusqu'à son indépendance en 1822. (*N.d.E.*)

— Ana Maria de Jesus Ribeiro. Mais vous pouvez m'appeler Aninha. »

Le Muet toussa, une toux nerveuse. Aninha ne regardait que dom José, qui répétait : « Aninha. »

Le Muet toussa plus fort.

Dom José lui lança un regard et, revenant à Aninha, se leva, tendit son cou pour mettre à nu la cicatrice d'une blessure – une balle. C'était ici qu'il l'avait reçue, en Amérique du Sud, et elle faisait toujours sensation. « Depuis ma captivité à San Antonio de Gualeguay, on m'appelle José. Mais mon nom de baptême est…

— Giuseppe », dit-elle avant lui dans un italien mâtiné de portugais, aux sonorités stridentes, et pourtant enchanteur. « Vous êtes *o capitão-tenente* José… le capitaine… Giuseppe Garibaldi. »

Il sourit en entendant son accent, se grisa de son effort, et mouilla ses lèvres du bout de sa langue. « Vous, dans mon pays, vous vous appelleriez Anita. »

VII

« Quand nous reverrons-nous ?

— Bien plus tôt que vous ne l'imaginez, ma chère. » Lisander en avait assez de cette coquetterie de se vouvoyer encore malgré l'intimité. Les cochonneries. Ils se dirent adieu et le peintre quitta le palais.

Quand il ressortit, à la fin de cet après-midi d'automne, il se dit que ce serait peut-être l'occasion de se procurer un petit quelque chose à la pharmacie. Il se sentait fatigué. L'obsession de sa nouvelle affaire et ses activités d'alcôve, en plus de sa relation naissante avec Chiarella, l'avaient amaigri et, comme si cela ne suffisait pas, la boutique de Narducci ne lui accordait aucun répit depuis qu'on s'était aperçu qu'il « crevait d'envie de se mettre à son compte ». Par un heureux hasard, Lisander avait entendu louer les effets tonifiants du céleri et assisté au trafic de teintures-mères qui passaient de main en main à la taverne des curés parmi les amateurs de putains, et il en avait même vu circuler quelques fioles dans les nobles palais ; les dames en donnaient souvent à leurs époux, à leur insu, histoire de ravigoter le bouillon. On obtenait la teinture de céleri à partir du jus de la plante distillé que l'on mélangeait ensuite à des solutions alcoolisées et, pour l'avoir expérimentée, Lisander s'était trouvé aussi robuste qu'un portefaix, le cœur battant presque trop fort pour batifoler ; avec un peu de chance, s'il demandait à Floro, ce vaurien pourrait peut-être lui en procurer. Car il ne fallait surtout pas faire baisser la température de donna Teresa.

Leur liaison avait pris racine, centimètre par centimètre, entre les jambes de la signora Malesani jusqu'à ce que, la mi-juillet venue, celle-ci s'éloigne de la ville pour partir en villégiature sur les rives du second bras de ce lac soudainement promu à la renommée parmi les seigneuries de Milan depuis que messire Manzoni avait écrit un roman à son sujet – on clamait dans les salons qu'une nouvelle et énième édition des *Fiancés* était prête pour l'impression chez Guglielmini et Redaelli. Le mari de donna Teresa, le sieur Malesani, connaissait personnellement les typographes, tandis que madame se targuait de connaître le peintre Gonin qui, si on le flattait assez, avouait travailler à l'illustration des volumes. Donna Teresa avait parcouru le roman des années auparavant et, en toute franchise, elle trouvait l'histoire ennuyeuse, l'écriture laborieuse et trop « lombarde » ; mais l'amour est une chose qui vaut toujours la peine d'être lue.

Quoi qu'il en soit, dès le mois de juin, donna Teresa avait commencé à jouir de sa propriété dans les environs de Malgrate, une demeure plus fraîche que son palais milanais ; la signora Malesani s'amusait à y donner fêtes dansantes et réceptions, et aimait se languir de ne pouvoir partager avec Lisander ces moments merveilleux, ces jardins délicieux, ces fleurs capiteuses, les lucioles qui coloraient les nuits. La dame avait pris l'habitude de retourner chaque semaine et pour quelques jours seulement à Milan où, fuyant la compagnie de son mari Alfio qui avait fort à faire avec les Parfums, savons et soufre Malesani, elle exigeait que Lisander lui accorde ses faveurs lors de rencontres aussi rapides qu'échevelées. D'autant plus que le peintre avait commencé à lui laisser entendre certains de ses désirs : un interminable charabia où il était question de dessins photogéniques et d'images automatiques, de chambres obscures et autres absurdités scientifiques, lequel charabia avait bien failli refroidir les ardeurs de la dame, n'étaient les chuchotements lascifs de Lisander qui avaient su raviver chaque fois la flamme, alimentant le péché. Un jour, lors d'un rendez-vous d'alcôve plus brutal que les autres, Lisander lui avait d'emblée indiqué quelques-unes des sommes dont il avait besoin pour mettre sur pied un projet qui l'affranchirait du travail monotone à la boutique afin « d'avoir plus de temps et plus d'énergie pour eux » et, s'il fallait prendre de l'argent sur sa rente personnelle pour en donner au peintre, éventualité que donna Teresa avait envisagée, elle voulait être sûre que la dépense en valait la chandelle.

Pendant tout le mois d'août, la signora Malesani fut retenue dans sa demeure au bord du lac en compagnie de son époux et, à l'exception d'un fugace rendez-vous – au motif officiel de s'assurer que tout était en ordre dans son palais citadin où donna Teresa se rendit avec sa suite de serviteurs – Lisander put jouir d'une relative tranquillité, intermède qui se prolongea jusqu'à la mi-septembre, lorsque la dame revint de sa villégiature le long du Lario, la peau fleurant bon le soleil.

Grâce à Floro, qui continuait de lui procurer ses substances, le peintre put s'exercer aux impressions. Il n'était pas encore parvenu à obtenir une image nette, de la qualité des vues que Sandro Duroni faisait circuler, mais il s'était promis de nouvelles expériences et un voyage à Turin pour rencontrer un homme qui, d'après ce qu'il avait entendu, avait été capable de reproduire à la perfection l'église de la Gran Madre di Dio ; on disait en outre que le Turinois – comme l'appelait désormais le peintre en son for intérieur – savait fabriquer de remarquables instruments, et Lisander voulait en savoir plus sur les systèmes d'optique et les objectifs, et peut-être même s'équiper.

Dans la quiétude du mois d'août, le peintre décida de se consacrer avec un plaisir renouvelé à ses amis, et la fréquentation assidue des R.d.T. lui remonta le moral et le ragaillardit juste assez pour que, tout écrasé qu'il fût par la chaleur caniculaire de la ville, il se consacre à Chiarella et la tourmente de son amour et de sa jalousie.

Si elle répondait corps et âme à la passion du mauvais garçon, Chiarella continuait à se prostituer, et Lisander en était fou de rage. Parce que Chiarella était belle, avec ses airs de gamine, et que n'importe qui pouvait avoir envie de la lui voler ; et puis, si elle continuait ainsi, elle vieillirait avant l'heure, rechignant avec le temps à se laver le cou et les cheveux, et ses seins aux mamelons pointus et roses finiraient par se faner : Chiarella deviendrait une putain usée, affligée de mille infections, et quand elle aurait vingt-trois ans elle en paraîtrait cinquante, et puis un jour, après avoir arrosé le pot de fleurs qui ornait la fenêtre de sa chambrette en location, elle se suiciderait, laissant à Lisander le remords de ce geste. Le peintre avait tout imaginé, vision violente et sanglante, semblable à une immolation, aussi ne lui suffisait-il pas que Chiarella finisse d'œuvrer au bordel à minuit et qu'ils puissent profiter ensemble de la nuit et d'une partie de la matinée, lorsque la jeune fille redevenait gantière dans une boutique. Lisander en voulait plus, il exigeait de la posséder.

Mais Chiarella ne voyait pas les choses du même œil. Lisander avait beau la vouloir pour lui tout seul, il n'en restait pas moins que Chiarella ne s'affranchirait du bordel que pour des certitudes et non de simples promesses, et la chaleur de Milan, cet été-là, était de celles qui font monter le sang à la tête et échauffent les esprits, si bien que Lisander en vint plus d'une fois aux mains à la sortie de l'*osteria* à cause de certaines allusions sur sa Chiarella, menaçant même Carlo dit Charles à la française, coupable d'un mot d'esprit en commentaire à l'une de ses anecdotes, épisode qui suscita l'indignation de la majorité des Romantiques de Traviole. Et lorsque la jeune fille commit l'erreur de lui parler d'un client qui l'avait presque étranglée, le pire advint. Pour trancher la question sans avoir recours au jargon des gentilshommes, dont ce « bâtard d'étrangleur » ne faisait certes pas partie selon Lisander, il fixa rendez-vous au fidèle Mal-Né et, dans l'obscurité d'une nuit étoilée, tous deux filèrent la brute, un homme gras de presque cinquante ans, qui finit avec un coup de couteau dans le ventre.

Pendant ce temps, en ville, les travaux pour l'établissement qui devait se dresser au milieu des jardins de la porta Orientale battaient leur plein et, si le chantier était loin d'être terminé, les futurs bains avaient déjà su s'attirer un surnom dont on avait aussitôt oublié l'origine : les Bains de Diane, auquel Peppo le Grand Vocabuliste préférait, de manière beaucoup moins poétique, le méprisant « Chiottes Orientales ». Le Mal-Né avait trouvé du travail parmi les équipes d'ouvriers, pour la plupart occupées à creuser un gigantesque trou, et l'on fantasmait déjà sur les luxueux plongeons en compagnie des dames de la future école de natation, en vain puisque les bains ne seraient accessibles qu'aux nantis. On murmurait que le projet prévoyait cabines et petits salons, un café et un restaurant de gourmandises, et ceux qui connaissaient bien l'architecte Piazzala confirmaient ces rumeurs indiscrètes. Pour qui ne supportait pas la chaleur d'août, les Chiottes Orientales n'étant encore qu'à l'état de projet et de lubie, il y avait moyen de se rafraîchir en faisant trempette dans les *navigli* ou en plongeant dans l'un des bassins de l'enceinte des canaux. Une nuit, les Romantiques de Traviole organisèrent un Bain Communautaire, mais Lisander déclina l'invitation.

« Tu te souviens du type dont je t'avais parlé ?

— Quel type ?

— Celui qui avait levé la main sur moi au bordel : ils l'ont trouvé mort, un coup de couteau dans le ventre.

— Ah.

— …

— De toute façon, il l'a bien mérité, ce bâtard.

— T'es au courant de rien, pas vrai ?

— Non.

— Lisander ?

— Je t'ai dit que non.

— Dis-moi que ce n'est pas vrai.

— Qu'est-ce que tu veux que je te dise ?

— Grands dieux !

— Mais qu'est-ce qu'il y a ? Je t'ai dit que je n'ai rien fait.

— Tu n'aurais pas dû…

— Je ne sais rien. De toute façon, il méritait bien de crever ce chien, non ? »

Effrayée, mais flattée à sa manière de savoir que Lisander avait vengé l'injustice, Chiarella avait répété, sur un ton plus languissant : « Non, tu n'aurais pas dû. Ce n'est pas bien.

— Ah, *ce n'est pas bien ?* Tu sais ce qui n'est vraiment pas bien ? Que tu continues à faire la putain. Voilà.

— On ne va pas recommencer.

— Si, qu'on va recommencer ! Tu ne peux pas te contenter de travailler comme gantière ? Je pourrais te donner quelque chose, moi, si l'argent te manque.

— Mais bien sûr ! Avec tout le pognon que tu te fais à la boutique de Narducci ? Mais qu'est-ce que t'en as fait de toutes tes belles idées ? Tu avais dit qu'avec tes fameuses découvertes – comment tu disais, aide-moi, ignorante que je suis… libertines ? – tu trouverais de l'argent. Comment il s'appelle déjà, ce Français qui parle tant des bordels ? Tes copains ont toujours son nom à la bouche…

— Cela n'a pas d'importance ! Tu dois arrêter de faire la putain ! Sinon, je vais finir par penser que tu aimes ça.

— Pense ce que tu veux.

— Mais pourquoi tu continues ?

— Pour ne pas rester l'estomac vide, tête de lard », lui répondit-elle d'une voix sereine, taisant ce qu'elle n'était pas encore parvenue à lui avouer : la disgrâce et la honte d'avoir une fille de quatre ans qu'elle tenait loin des yeux de tous et qu'elle chérissait pourtant comme un don du ciel. C'était un de ses premiers amants qui la lui avait mise dans le ventre, mais lequel, Chiarella n'arrivait même pas à s'en souvenir. « Et puis, voyons voir : toi, pourquoi tu le fais ? »

Au fond de lui, Lisander espéra pouvoir répliquer par la même et pertinente formule, une réponse en tous points semblable à : « Pour ne pas rester l'estomac vide. Pour trouver l'argent avec lequel réaliser quelques rêves. » S'il avait réussi à s'exprimer ainsi, peut-être aurait-il fini par lui avouer qu'il travaillait dur pour perfectionner sa technique dans l'idée d'ouvrir un « Cabinet Pestagalli » ; Chiarella ne savait même pas que le nom de famille de Lisander était Pestagalli, alors, de là à s'imaginer les investissements nécessaires pour lancer une affaire qui restait à définir dans ses grandes lignes... Lisander aurait pu lui parler de la visite qu'il avait l'intention de faire à Turin, mais le peintre se contenta de lui faire cette réponse brutale : « Par jalousie. Je me tape la vieille par jalousie. Et j'arrive même à lui soutirer quelques ronds. »

Chiarella lui flanqua une gifle, Lisander lui lança un regard hargneux. Il fit mine de lui rendre sa gifle, mais il se retint malgré la frustration, et l'insolence de cette fille qui lui donnait toujours l'impression de jouer à armes égales. Elle avait décidément la mentalité d'une putain mais son visage était trop exquis pour qu'on puisse se permettre de l'abîmer.

À la mi-septembre, on avait célébré à la cathédrale la relique du Saint Clou, un « spectacle de dernier ordre » avait déclaré Lisander qui cherchait à renouer avec les Romantiques de Traviole, un peu froids à son égard depuis les récents événements, et au contraire passablement excités de s'être attiré les bonnes grâces de Pietro Grossi, lequel, logeant avec sa nouvelle épouse dans la galerie de Cristoforis, retrouvait souvent les R.d.T. en bas de chez lui, même s'il avait abandonné la carrière littéraire pour devenir notaire. L'insolence de cette bande de sales gosses qui ne portaient pas la redingote mais de vulgaires chemises fermées par une épingle sous une jaquette avait aussitôt conquis Grossi, d'autant que l'ancien lettré n'avait pas oublié son intérêt pour l'art et les idées ; il avait dû renoncer au plaisir de l'écriture pour se consacrer à d'autres questions plus personnelles, et la fréquentation de cette jeunesse « explosive », comme il aimait à la qualifier, le remplissait de joie.

L'immense cathédrale grouillait de fidèles et de curieux ce jour-là. L'archevêque et cinq chanoines étaient montés à bord de la Nivola, au sommet de l'abside, et les fidèles étaient restés bouche bée, les yeux levés, de plus en plus haut tandis que la nacelle se détachait en grinçant contre les colonnes de vitraux derrière l'autel. On avait entendu quelques chuchotements parmi les rangées de bancs, mais peu de gens avaient osé détacher le regard du nuage orné d'angelots qui prenait de l'altitude jusqu'à la croix de cuivre doré qui, à cette hauteur la mettant hors d'atteinte de toutes les mains, protégeait la sainte relique, un des clous qui par trois fois avait figé le Christ dans le bois. Le Mal-Né, comme par miracle, avait réussi à se trouver une place parmi les gros bras qui œuvraient à la mise en scène en tirant sur des cordages grâce auxquels on actionnait, par un système complexe de poulies et de leviers, la coque recouverte de papier mâché, véritable machinerie en lévitation. Certains spectateurs étaient si fascinés qu'ils tombaient en pâmoison et, pendant la célébration, comme le voulait la coutume, on avait évoqué l'épisode de saint Ambroise : en entrant dans la boutique d'un forgeron milanais, le futur saint patron avait reconnu le fer qui, bien qu'incandescent, ne cédait pas sous les coups. Le clou.

C'était à cette occasion que Lisander avait revu donna Teresa, assise et bijoutée aux côtés de son mari Alfio parmi les premiers rangs. Puis tout avait recommencé, de rendez-vous en rendez-vous, de subterfuge en subterfuge, car plus la clandestinité se prolonge, plus on prend de risques. Le peintre connaissait désormais tous les antres du palais Malesani et la gouvernante Bini semblait s'être résignée à leur liaison.

À l'équinoxe d'automne, le peintre se retrouva avec une bourse bien pleine, ce qui le fit glousser d'aise, enfin récompensé de sa peine et de la hantise d'être découvert par le sieur Malesani puis dénoncé aux gardes ; le poids tintinnabulant de sa bourse était à même de le rembourser de la ténacité qui lui avait fait courir le risque de perdre non seulement la face mais aussi sa liberté, sans parler de la clientèle fortunée que les fréquentations officielles – et non d'agrément – lui garantissaient au palais Malesani. Et puisque l'appétit vient en mangeant, un jour de grand courage, Lisander décida qu'il n'avait plus de temps à perdre : il désenfila la dame toute frémissante et lui dit, avec une excitation teintée de mépris : « Et maintenant, avec la bouche ! »

L'espace d'un instant, on eût dit que le regard de donna Teresa se voilait de pudeur et d'orgueil blessé. Le peintre était sûr d'avoir compris à quel genre de femme il avait affaire et, face à sa réaction, il sentit le cœur lui manquer. Se pouvait-il qu'il se soit trompé, que les méthodes françaises qu'il avait voulu lui inculquer pour mieux la piéger n'aient pas pris ? Qu'il ait poussé *trop loin ?*

L'angoisse se dissipa dès que Lisander vit les yeux de sa maîtresse s'embraser d'une lueur animale. La dame, avec ses grosses mamelles ballantes, se dégagea du peintre, l'expédia sur le matelas et, en un instant, l'aspira à pleine bouche. Lisander gémit et sut que c'était gagné. Au-dehors, les cloches sonnaient. Bientôt, il pourrait organiser son voyage à Turin dans les meilleures conditions. Il perfectionnerait sa technique et donna Teresa lui procurerait l'argent nécessaire pour payer son matériel et le loyer d'une boutique qui n'appartiendrait qu'à lui et qu'il partagerait avec Chiarella.

*

Le calendrier égrenait des jours semblables, l'espace semblait se faire plus étroit, toujours plus étroit, et chaque instant plus long. Inéluctable. Mais elle ne s'était pas encore résignée, même si tout vacillait.

Où es-tu ?

La lettre tant attendue de Lorenzo n'était jamais arrivée, pas plus que les nouvelles de John John, et le monde, en cet automne-là, commençait à se réduire pour de bon. L'espoir de sortir, si faible fût-il, lui avait permis jusqu'à présent de s'imaginer une vie hors des murs du Bon-Pasteur. Maintenant, au contraire, elle sentait le monde se recroqueviller autour du couvent-pénitencier. C'était une sensation terrible.

Faustina la harcelait à la moindre occasion en la narguant, en l'humiliant face aux autres, tandis que sœur Arcangela se délectait de sa faiblesse, de la moindre inconstance, de la plus infime grimace qui parcourait le visage de Leda, incitant la religieuse à croire que la pénitente était sur le point de briser le silence et de trouver la paix en s'ouvrant au Seigneur. Mais les oiseaux, circonspects, peuplaient *encore* le jardin. Ils avaient cessé de chanter, mais ils continuaient à mouvoir leurs petits yeux noirs à toute vitesse pour saisir le moindre signe de danger. Ils n'aimaient pas les êtres humains, mais ils étaient capables de les tolérer, de sentir à quel moment ils pouvaient partager l'espace avec eux. Les oisillons des nichées du printemps avaient grandi, ils s'envolaient, revenaient parfois, et ce mouvement avait su empêcher Leda de céder au désespoir. Et aux mots. Le jour où elle arracha des griffes d'un chat le cadavre d'une mésange devenue adulte, elle pleura comme jamais elle n'avait pleuré.

Par chance, la seule à la voir fut Vanda, la maternelle quinquagénaire qui avait assassiné son mari et qui, à sa manière, la protégeait ; elle acquiesça seulement, en posant sur le visage de Leda un regard que la jeune fille accueillit comme une caresse.

*

« Une minute. »

C'est la faute de l'amour s'il demeure une promesse, quand, plutôt que de brûler les jours au feu de la passion, il fait de nous les victimes d'un inquiétant gâchis d'instants. On espère ceci, on espère cela et, à force d'espérer, les peurs gonflent comme des ballons, on devient la proie des présages et, au lieu de vivre, justement, on ne fait qu'espérer. Mais Aninha ne voulait pas se résigner à une existence que l'on traîne péniblement derrière soi. Deux mois lui avaient suffi. Maintenant, plutôt que de subir l'éloignement de José et le fardeau d'angoisses qui allait avec – *qu'il revienne, qu'il ne me trahisse pas, qu'il ne souffre pas…* –, elle s'était décidée à partir. Elle l'avait regardé pendant les nuits passées ensemble. Le visage détendu, aussi candide que celui d'un petit enfant et, du cou jusques aux pieds, un seul et unique frémissement : un mouvement de bras sec, un timide coup de pied. Si elle ne le suivait pas, elle se retrouverait seule. Elle resterait une des maîtresses que José l'Italien avait laissées en chemin. Eh bien non ; elle sentait déjà avec l'intelligence des émotions qu'il était à elle et à elle seule, elle qui désormais était une paria à Laguna : la femme du *sapateiro* était devenue la putain du *capitão*.

« Une minute, je t'en prie. »

Abraão le Gros n'eut pas besoin qu'on lui en dise davantage. Avec une soumission presque attendrissante pour une brute de son espèce, il ramena les rames à l'intérieur de la barque. La lanterne oscillait et la chaloupe n'était qu'une bulle de clarté dans les ténèbres. Le navire à bord duquel dom José s'apprêtait à partir se trouvait à une cinquantaine de battements de rames.

Aninha éloigna un peu la lame du grossier couteau qu'elle pointait vers son sein et le Gros ne put s'empêcher de remarquer la forme pointue de ses mamelons sous sa robe. Elle lui sourit, de ses solides dents blanches, et tous deux restèrent un instant immobiles dans la bonace. Derrière Aninha, la ville sommeillait. Elle regarda derrière elle sans tourner complètement le dos au Gros. Elle abandonnait Laguna comme elle s'était juré de ne jamais abandonner quelqu'un : dans son sommeil. Elle avait toujours cru qu'il fallait, par dignité, regarder dans les yeux la ville et ses proches avant de prendre congé, mais les hasards de la vie sont imprévisibles. Elle partait sans craindre de perdre ses vieilles certitudes et Dieu sait qu'elle n'en avait pas beaucoup. Dans la fraîcheur de cette nuit d'octobre, elle repensa à sa première rencontre avec José – rencontre, c'était un bien grand mot ; cela s'était passé devant la paroisse de Sant'Antonio, durant la célébration de la République Juliana. Ce jour-là, elle était allée à l'église pour les festivités, avec Maria, et c'était son amie qui avait approché l'Italien dans l'intention de l'aborder ; c'était Maria qui lui avait narré les exploits de José l'Italien. Mais tandis qu'elles étaient à peine à vingt pas de lui, José, rayonnant parmi les officiers *farrapos*, jovial et triomphant, ne l'avait même pas remarquée. Aninha, elle, était restée sidérée. Comme si elle venait d'être renversée par un cheval fou. Pas sidérée par l'homme, ni par son aura de séduisant aventurier qui savait ensorceler les femmes, aura qu'il portait sur lui comme l'ombre infinie du couchant – quand les ombres s'étirent mollement et devancent celui qui tourne le dos au soleil. Ç'avaient été ses yeux. Mais pas leur couleur. Ou la profondeur du regard. C'est qu'Aninha les avait déjà vus, et cette coïncidence lui avait coupé le souffle comme l'eût fait un enchantement.

Quand elle l'avait vu pour la deuxième fois, les choses s'étaient passées différemment. Aninha l'avait retrouvé chez son oncle Antonio, et, quand elle avait vu devant elle ces yeux de miel et de blé, elle n'avait rien laissé paraître de sa stupéfaction ; mais les yeux de dom José avaient su l'approcher en trahissant un intérêt on ne peut plus clair.

Or, tout le monde le sait, trois est le nombre parfait, et ce fut lors de leur troisième rencontre que leurs sorts respectifs se nouèrent pour n'en former plus qu'un. Dom José, démangé par un désir désormais insoutenable, l'avait aperçue aux alentours d'une fontaine et l'avait suivie jusque dans la maison du Muet où, avec l'ingéniosité qui caractérise la concupiscence, il avait attendu que l'homme s'éloigne. Aninha se souvenait que José avait franchi la porte furtivement, elle était déjà debout, et ils étaient restés ainsi, tendus au point d'en avoir mal aux dents. Jusqu'à ce que José la prenne dans ses bras. Elle avait voulu lui résister, le suppliant de ne pas lui faire honte, car, mariée à un autre, jamais elle ne se donnerait, mais il l'avait embrassée et elle n'avait que dix-huit ans, et elle avait beau essayer de donner le change, la chair, lorsqu'elle parle à cet âge-là, dit toujours la vérité. Aninha lui avait alors répondu avec vigueur et la porte de la bicoque s'était refermée. Il l'avait embrassée et sa barbe piquait mais qu'importe, et puis le goût, le goût des lèvres de José. Elle avait imaginé, bêtement, qu'elles avaient un goût de sel, s'attendant à les trouver sèches et crevassées comme souvent les lèvres des marins. Elle les avait au contraire trouvées douces, de la saveur de la terre. Aninha connaissait ce goût, c'était celui de la terre que dans son enfance, plus d'une fois, il lui était arrivé d'avaler par faim, avant de continuer à en faire des petits bonhommes et des pâtés pour s'amuser. Cette terre que sa mère lui disait en hurlant de ne pas toucher, mais qu'elle s'obstinait à mettre dans sa bouche pour se remplir l'estomac. C'était cette saveur, toute cette saveur d'être petite fille, qui émanait des lèvres de José. Après la énième nuit d'amour, rompue par la jouissance, Aninha avait voulu confier à son amant l'histoire de ce goût retrouvé ; cela l'avait fait sourire : « Moi, j'ai sucé des cailloux quand je n'avais rien à manger. Et puis j'ai compris qu'on pouvait voler. »

Aninha soupira, dévisagea le Gros, puis baissa et releva brusquement le bras qui tenait le couteau volé au mulâtre. Elle commençait à avoir mal à l'épaule. Mais comme le Gros ne semblait pas prêt à la désarmer,

Aninha contempla une dernière fois la sombre silhouette du Morro, laissa courir son regard sur la jetée de pierres que les esclaves, à ce qu'on disait, avaient construite. Quelque part dans l'obscurité, plus au sud, au milieu des marécages à l'embouchure du Tubarão, il y avait le petit village de Carniça, la bicoque de sa mère Maria Antonia ; c'est là qu'Aninha avait passé son enfance. Au temps d'avant la mort de son père. Elle aurait tant voulu qu'ils comprennent ; mais sa mère, quand elle avait appris sa liaison avec l'Italien, avait décrété que sa fille était folle. Peut-être, si elles en avaient eu le temps, auraient-elles fini par se comprendre comme seules une mère et une fille savent le faire dans les accidents de la vie, mais Aninha partait, elle volait le temps qui leur en aurait donné l'occasion. Elle reviendrait peut-être pour se réconcilier. Cinq années avaient passé depuis cette soirée de fête estivale dans la puanteur de pourri du Tubarão qui saturait l'air déjà lourd. Une soirée illuminée par une de ces rares fêtes de pauvres gens, créoles, mulâtres et nègres qui se contentaient de faire glisser leurs doigts sur une guitare cabossée pour improviser des rengaines mélancoliques et s'offrir une part de *manuê*, délicieuse tartine de maïs et de miel dont Aninha raffolait. Les hommes et les femmes avaient dansé en ronde, les nègres battaient le rythme sur leur tambour, et il y avait même eu une bagarre ; on fumait du tabac ; les jeunes pinçaient les fesses des belles filles. Son père, Bentão, était déjà mort. Le soir de la fête, à un moment, dans le vacarme, pendant que certains s'éloignaient pour faire l'amour, on avait improvisé un bassin, et voici que les vierges – qui ne l'étaient pas toutes, à dire vrai – s'étaient bousculées autour et avaient interrogé le destin à travers ce misérable miroir d'eau, pour y chercher le visage de leur futur mari, l'apercevoir parmi les reflets des chandelles et des feux. C'était un rituel très ancien, et seules certaines jeunes filles allaient apercevoir leur futur époux et pouvoir le décrire ; d'autres, au contraire, ne le voyant pas, terrorisées à l'idée de devoir se résigner aux seuls amants, inventeraient des visages, trahies par leurs voix trop sûres d'elles. C'était peut-être un hasard si Aninha s'était retrouvée devant le bassin. Elle n'avait que treize ans. « Ana Maria, tu vois quelque chose ? » lui avait demandé sa mère sans crier gare, avec la grimace de quelqu'un qui croit que le moment n'est pas encore venu mais qui espère quand même. « Ana Maria ? » Sa mère était la seule à l'appeler Ana Maria. « Peut-être un avocat de Rio ? » avait-elle demandé de nouveau, plus précise. Aninha se taisait. À côté d'elle, une négresse ricanait. Aninha n'aurait pas su dire si c'était un avocat de Rio – destiné en vérité à une de ses sœurs – mais elle était sûre de voir quelque chose dans l'eau : deux yeux brillants, comme s'ils étaient prêts à pleurer, de la couleur du miel et du blé. Puis la fête avait cessé, s'estompant aussi vite que l'allégresse s'oublie, mais les deux yeux n'avaient pas disparu et, quand elle s'était retrouvée mariée à quatorze ans à Manuel Duarte de Aguiar, un cordonnier de Laguna bien plus âgé qu'elle et très loin de la vie que lui avaient promise les yeux aperçus dans le bassin, Aninha avait commencé à répéter à sa mère que certaines coutumes et superstitions ne sont que des bêtises qui font mal au cœur. Pourtant, Aninha avait revu la négresse qui était devant le bassin, et elle l'avait entendue dire « Tu les trouveras », mais elle n'aurait pas cru qu'ils viendraient d'un autre monde. D'un pays d'*Urope* – ainsi avait coutume de dire son père – et ainsi appelait-elle l'Europe.

Non, elle ne le laisserait pas partir seul. « Allons-y, merci », dit finalement Aninha en appuyant la pointe du couteau contre la naissance de son sein.

Le *capitão* attendait la marée. Parfois, il appréciait ces soirées de bonace, quand le vent s'arrête, que le ciel est sombre et qu'alentour, même à la veille d'une expédition, tout se tait. Le général Canabarro avait donné ordre d'intercepter des navires impériaux qui faisaient voile vers la ville et de tenter également des incursions plus au large contre les bâtiments brésiliens afin de mettre à mal le commerce de Rio de Janeiro, une stratégie corsaire à l'égard de laquelle le *capitão* avait quelques réserves : avec de nouveaux dégâts et des hausses de prix, la révolution apparaîtrait davantage aux yeux des habitants de la région comme une coûteuse conquête que comme une libération. Mais dom José n'avait pas argumenté face au général, car son grade ne le lui permettait pas, aussi avait-il averti Griggs et Lorenzo Valerigini, un officier italien rencontré à Laguna. Des six navires que comptait la flotte, trois prendraient la mer : le *Libertadora*, réquisitionné aux armées impériales et rebaptisé *Rio Pardo*, le nouveau vaisseau amiral commandé par le *capitão* en personne, le *Caçapava* aux ordres du lieutenant Griggs, et le *Seival* sous le commandement de Lorenzo. Sortir de la lagune qui faisait face à la ville n'était pas une mince affaire ; la flotte impériale avait prévu la contre-offensive et un vaisseau, dont la mâture évoquait un schooner, avait pris position au large de l'embouchure qui menait à l'océan, barrant ainsi le passage à la marine riograndaise. Bien sûr, le *capitão* Garibaldi avait eu une intuition : « un classique miroir aux alouettes, et ouste ! » ; aussi avait-il exigé qu'une embarcation rompue à la navigation des rivières, une agile *sumaca*, prenne le large sous le nez du schooner pour l'inciter à la suivre. Si le schooner mordait à l'hameçon, les trois navires des *farrapos* pourraient prendre la mer. Le départ était prévu pour le lendemain ; deux heures avant l'aube, la *sumaca* s'éloignerait et, si tout se déroulait comme prévu, dom José pourrait déployer ses voiles dans l'Atlantique.

Le *capitão* était excité à l'idée de l'aventure qui l'attendait, mais il ressentait aussi une certaine mélancolie. Il lui avait fallu prendre congé d'Aninha et il avait lu l'abattement dans ses yeux. Il sentait qu'il éprouvait pour elle des sentiments, mais lorsque la jeune femme lui avait demandé la permission de l'accompagner à bord, il avait refusé de manière péremptoire. Embarquer une femme ! Depuis que le premier rafiot a parcouru le monde, tous les marins répètent cet adage : *Une femme à bord, c'est une réputation perdue, des misères et la mort du capitaine.* Mais qui aurait pu croire que l'ennui de Laguna lui offrirait l'amour ? Cette pensée lui arrachait un petit sourire de satisfaction. Cette première fois ! Quelle créature. Comme elle était belle. Il l'avait serrée dans ses bras, avait mordillé ses tétons sombres et durs, et ces hanches pleines de femme déjà prête à donner naissance ! Il l'avait adossée au mur, avait maintenu ses jambes relevées et ouvertes, et s'était enfoncé dans cette jeune chair. Mais, entre les cris de plaisir, elle l'avait tout à coup repoussé, s'était mise sur lui et l'avait aimé avec une force rageuse, frottant son pubis contre lui avec une telle impétuosité qu'après quelques instants, elle s'était retrouvée ruisselante de sueur malgré l'hiver qui cognait à la porte, ses cheveux de jais dénoués, et l'odeur de leurs sécrétions qui imprégnait l'atmosphère. Aninha aimait de la même manière qu'elle l'avait regardé avant qu'il ne s'éloigne. Dans l'extase, mais avec désespoir. Un désespoir qui lui donnait de l'orgueil, ce même orgueil qui lui avait permis de garder la tête haute malgré les médisances nées le jour où, alors que la rumeur de leur liaison commençait à se répandre en ville, était tombée la funeste nouvelle que – comment diable s'appelait-il déjà ? – son époux, enrôlé dans les rangs des armées impériales, avait été fait prisonnier par une troupe de *farrapos* sous les ordres de Texeira. Il avait été transporté dans un hôpital, puis on avait perdu sa trace, et les bien-pensants avaient alors chuchoté plus fort, les mauvaises langues s'étaient faites plus méchantes encore : dans la rue, on répétait que l'épouse du *sapateiro* Manuel souillait son honneur, et peut-être même sa mémoire. Dom José ne s'en était pas davantage attristé, pas plus qu'Aninha n'avait semblé s'affliger outre mesure de la disparition de son mari ni de ces rumeurs infamantes. Elle avait expliqué à son José que, en vérité, l'abandon avait été réciproque – elle n'avait pas suivi Manuel quand il avait été enrôlé, et il ne lui avait pas demandé de le faire ; c'était à peine s'ils s'étaient salués : « N'en parlons plus. »

Dom José, pour lui épargner d'entendre chaque jour parler dans son dos, avait réquisitionné une maison dans le quartier du Rincão, et y avait passé avec elle tout le mois d'août et de septembre, et une partie de cet octobre au soleil printanier.

Maintenant, dom José partait, et il sentait qu'elle allait lui manquer. Pour une seule et violente raison : Aninha était la première femme à ne pas lui rappeler Teresa.

Jusqu'à en brouiller le souvenir. Teresa, perdue depuis sa jeunesse mais retrouvée à travers chaque corps aimé jusqu'à aujourd'hui, à trente-deux ans. Aninha était la première, la seule qui avait su conserver son propre visage. Le corps d'Aninha n'appartenait qu'à Aninha.

Mais l'aventure l'appelait et le *capitão* était certain que sa compagne tiendrait tête aux mauvais esprits et qu'il la retrouverait à son retour à Laguna. C'est à cela qu'il songeait lorsqu'il aperçut le canoë à rames s'approcher. Il remarqua quelque chose autour de la lueur de la lanterne sur la poupe et se pencha. En scrutant l'obscurité, il vit deux yeux scintiller. Un héros est bien peu de chose loin de la guerre, et s'il veut être un héros, il lui faut aller la chercher. Le scintillement au fond des yeux disait : « Je viendrai avec toi, au risque de ma vie. »

Dom José ne put retenir un léger sourire, malgré un élan de colère qui lui fit taper du poing sur le bois du parapet poli par la mer.

*

Les rares mésanges qui restaient sautillaient à travers le jardin au milieu des feuilles racornies par l'automne. Ces oiseaux étaient magnifiques. Le corps qui tenait entre la paume de la main et la pointe du majeur, le dos de plumes vert olive, et ces joues blanches qui tranchaient avec la tête noire, tout autour du bec, comme un défi contre les ténèbres du prochain hiver. Les arbres se dénudaient et dévoilaient les brèches où les mésanges avaient déposé leurs œufs au printemps ; Leda voulut les examiner une par une, encore habitée par le souvenir du piaillement affamé des petits. Elle avait vu les arbres se peupler en été, et le battement d'ailes s'était transformé avec le temps en un doux son qui lui tenait compagnie, un froissement de plumes capable de couvrir le tintement exaspérant des cloches du Bon-Pasteur – elle avait même remercié Dieu au nom de la Création, tant les oiseaux avaient su la distraire de ses obsessions. Une fois, il lui était arrivé d'assister à un combat entre un oiseau et une araignée aussi grosse qu'une noix ; la mésange l'avait immobilisée de ses pattes griffues et l'avait étourdie plusieurs fois avant de la transpercer avec son bec. La vision de ces deux animaux en lutte évoquait le mot « ennemis », or Leda s'était rendu compte que les bêtes n'étaient que des adversaires ; c'était la vie qui les avait mises l'une en face de l'autre. La violence n'était pas inhérente aux animaux, mais à la vie même.

Lorenzo, où es-tu ?

Plus que le pénitencier ou sœur Arcangela, qui avait encore essayé de lui parler, l'adversaire de Leda, à ce moment-là, c'était le silence. C'était son propre choix qui la défiait, la menaçait, lui faisait le plus mal. Parce qu'il la laissait seule face à son incertitude, laquelle, pour autant qu'elle puisse apparaître comme un espoir, restait un espoir tronqué, voué à s'éteindre au fil des jours qui s'égrenaient. Leda aurait pu facilement y mettre fin, mais cela voulait dire affronter le Bon-Pasteur tout entier, se dévoiler, mettre des mots sur sa douleur, et les événements prendraient alors consistance, gravité et poids, jusqu'à l'écraser. Cette seule pensée lui donnait la nausée, l'abattait, rendait les espaces déjà étroits plus exigus encore. Dans les couloirs, l'air lui manquait, et pendant les travaux de cuisine et de couture, elle avait été victime d'évanouissements, allant jusqu'à renverser un dévidoir. Les murs, l'atmosphère lui apparaissaient comme la morsure lente et insatiable d'un fauve insaisissable.

À Santa Chiara, lors de sa première expérience du couvent, elle se souvenait d'avoir ressenti ce même sentiment d'étouffement malgré la cacophonie de Naples autour du monastère, les marchands ambulants et les commères que Leda, en se promenant à travers le cloître, entendait tandis qu'elle laissait courir son regard sur les scènes évoquant des récits bibliques ou sacrés. Si la jeunesse aiguise la moindre souffrance, à Santa Chiara, son très jeune âge avait pourtant su accroître ses espérances, et c'est ainsi qu'elle avait trouvé le courage de s'agripper à Lorenzo. Qui l'avait sauvée. Au Bon-Pasteur, au contraire, bien que deux années seulement se soient écoulées, c'était comme si ses attentes s'étaient matérialisées en un bloc de bois qu'un funeste présage rabotait jour après jour avec patience, le rendant de plus en plus mince et sans relief.

Es-tu vivant ? Viendras-tu ?

Il était tout ce qu'elle avait. Parce que la vie menée avec Lorenzo était la seule que Leda eût jamais jugée digne de ce nom. Elle s'était échappée de Santa Chiara grâce à lui, elle avait changé d'identité grâce aux faux papiers que Lorenzo lui avait procurés. C'était avec lui qu'elle avait abandonné le royaume des Deux-Siciles, et elle se souvenait encore de la lumière sèche et aveuglante de la poussière pendant le voyage en carriole, les jambes qui frissonnaient de joie et de peur. Lorenzo avait représenté l'avenir, et pourtant, au Bon-Pasteur, dans la douleur quotidienne, Leda avait compris comment les choses s'étaient réellement passées. Elle s'était nourrie de la vie de Lorenzo comme un parasite. S'abandonner à son amant lui avait semblé l'unique moyen de rester en vie mais c'est ainsi qu'elle avait fini par devenir un miroir : elle était le reflet de ses joies à lui, de ses qualités, de son affection et même de ses besoins, de ses vices et, maintenant, la simple idée de la mort de Lorenzo lui faisait vomir des caillots verdâtres. Avec lui seulement elle avait fait l'amour. Personne d'autre n'aurait pu l'aimer sans lui donner l'impression d'être inutile. *Es-tu vivant ?* Si Lorenzo était mort, Leda n'avait plus qu'à mourir.

Elle se sentait dangereusement proche d'un geste suicidaire, si proche qu'elle sanglotait souvent et se mordait la lèvre à pleines dents, jusqu'à cet après-midi de fin d'octobre où Faustina l'agressa. Dans la faible lueur des torchères au mur du couloir. Elle l'avait probablement attendue longtemps, et quand Leda passa devant l'imposant pilier, Faustina bondit et l'attaqua en la frappant avec ses poings. Violemment. Sur le visage. Dans le ventre. Elle détestait le silence de Leda qui, de son côté, ne cria pas, et serait morte si son assaillante avait continué, mais, tandis qu'elle frappait, se libérant de sa haine, Faustina s'aperçut de quelque chose : Leda encaissait chaque coup avec résignation, et lorsqu'elle la *vit* dire « Faustina », alors seulement elle reconnut la désespérance que cachait son silence : « Je l'ai toujours su, que tu faisais semblant, mais que tu en crèves. » C'est ainsi que les choses se passèrent. Dans le monde du dehors, il aurait fallu plus de temps, ou peut-être cela n'aurait-il jamais eu lieu, mais au Bon-Pasteur, tandis qu'elle plaquait la paume de sa main sur les lèvres de Leda pour ne pas froisser le silence qu'elle avait conquis, Faustina regarda Leda et vit en elle une blessure en tous points semblable à la sienne. Et elle se sentit aussitôt comme sa sœur. Aussi, elle s'arrêta.

En compagnie de sa récente complice et amie, dans les moments qu'elle arrivait à partager avec elle loin des autres pensionnaires, Leda se remit à parler.

« Qui l'eût cru, dit Faustina ce soir-là, avant de lui souhaiter la bonne nuit. Deux semaines plus tôt, je t'aurais tuée.

— Eh oui. »

Il n'était pas encore temps de tout se dire, mais l'intimité que seuls l'enfermement et un secret partagé rendent possible était bel et bien née.

« Leda…

— Oui ?

— Pourquoi es-tu là ? »

*

Est-ce que c'était la faute des poils, ça, il n'aurait pas su le dire avec certitude, mais si c'était un hasard, c'était pourtant bien avec l'apparition de son duvet que les tribulations avaient commencé, parce que avant, il allait le cœur léger à la Formaggiana, chez Vittorina et chez l'Emilia, sans peurs, avec l'impression d'être le bienvenu. Mais l'an passé, quand à la fin de l'été il était arrivé à la ferme avec Astolfo et sa charrette de fumier, le torse nu, sa peau brunie par le soleil et par la floraison d'un duvet éclos par surprise pendant l'hiver en même temps que d'autres changements dont Colombino parlait timidement et seulement avec le Crapa, il s'était trouvé que Vittorina avait trébuché sur la terre sèche et, plutôt que de dégringoler par terre, elle était venue s'écraser contre son torse ; un torse qui, cela n'échappa pas à Vittorina – ni à sa mère qui les regardait – s'était fait puissant, velu, viril. Entre le blé qui séchait et les poules qui gloussaient, le temps de cette fortuite rencontre, le cœur de Colombino et celui de Vittorina avaient battu un instant l'un contre l'autre, puis la mère avait écarté sa fille qui, avec ses seins juvéniles, s'attardait contre le torse de Colombino, y mettait même les mains, abasourdie par la nouvelle et révolutionnaire sensation qui lui montait au ventre et qui, à son insu, tissait un pacte originel. Depuis lors, plus trace de gentillesse de la part de l'Emilia ni, par la même occasion, d'attentions de la plupart des habitants de la maisonnée, paysans et épouses, sans parler des frères de Vittorina, lesquels ne rataient pas une occasion pour dévisager Colombino avec une méchanceté appuyée. En tout cas, depuis l'incident, que ce soit à l'église ou dans les rues du bourg, Vittorina cherchait du regard ce garçon dans lequel, espérait-elle, résonnait encore l'écho de leurs deux cœurs synchrones. Et c'était bien le cas, Colombino ne l'avait pas oubliée, aussi, malgré le désagrément de se sentir rejeté, le garçon faisait-il bonne figure depuis presque deux ans devant chaque geste de reproche, sans donner jamais aucun signe de protestation ou de plainte, tant il accordait de valeur aux grands yeux de vache de Vittorina.

Dans le bourg, le mois de septembre était beau, et la venue du mois d'octobre avait quelque chose de magique ; l'atmosphère de Sacconago s'imprégnait de reflets ambrés et les feuilles se chargeaient de couleurs, s'enflammaient de rouges, de jaunes et de marrons dans un ultime élan avant de se faner. L'automne arrivait avec de brefs assauts de froid et les premières brumes matinales, et bien qu'il apportât les signes avant-coureurs de la rudesse et des inévitables malheurs de l'hiver, cela faisait du bien à l'âme, puisque chaque saison a son temps et dure ce qu'il faut, et qu'on est donc porté, naturellement, à en apprécier le passage. En septembre, la grande chaleur d'août, harassante dans la bruyère, se faisait plus sèche, un vent léger balayait les arbres, chassant l'été, et on rentrait tout ce qu'on avait mis à sécher. Jusqu'à la fin octobre, on cueillait les fruits tardifs et on regardait avec avidité les potagers.

« C'est qu'en plus des poils, il t'est poussé l'envie ! » lui avait dit le Crapa en portant sa main à la braguette de son pantalon rêche, « et l'Emilia, c'est pas les poils qu'elle voit, mais le gourdin ! » Colombino, lui, voulait simplement savoir s'il était possible que l'inflorescence pilifère soit à l'origine de l'attitude hostile de l'Emilia et de ses proches, mais quand il avait osé poser la question, la réponse du Crapa, plutôt que de dissiper ses doutes, les avait au contraire alimentés par des allusions à la fringale de tout homme, avec comme résultat de troubler Colombino pendant dix jours d'affilée, lui causant de multiples saignements de nez et deux de ces évanouissements si particuliers chez lui. Malgré le tourment, la sincérité du Crapa avait éveillé chez Colombino cette réflexion : tant qu'il avait pu passer pour un enfant, il avait été bien accepté et s'était entendu avec les frères de Vittorina ; avant les poils, il pouvait rester des après-midi entiers à la Formaggiana, à observer avec Vittorina le grignotement laborieux des chenilles qui, en mangeant, bavaient de la soie. C'était dans cette ferme, plus qu'avec don Sante, que Colombino avait appris la culture des vers à soie et l'art du paysan, chaque étape de la nature, comment on retourne les mottes de terre pour les faire respirer et comment on trace un sillon bien droit, comment on plante et on moissonne, quelles sont les semences adaptées à chaque lune, comment lire les nuages et la sécheresse, comment alterner les cultures pour ne pas épuiser le sol. Et, en vivant avec un prêtre dont il respectait les interdits, c'était à la Formaggiana, plutôt qu'à la cour des voleurs de m'sieu Italo, que Colombino avait connu les soirées qui s'étiraient jusqu'au moment de la prière en famille, autour de la cheminée ou dans les étables où l'on se rassemblait pour jouir de la tiédeur des bêtes que le plafond bas ramenait au sol, quand les femmes raccommodaient et que les hommes bavardaient, et les enfants – lui et Vittorina toujours proches – écoutaient les *asémpia*, les fables du vieux de la cour ou d'un vagabond de passage qu'on tolérait pourvu qu'il ne reste pas plus que nécessaire. C'était à la Formaggiana que Colombino avait vu *r'citer les Ae Maria*, c'est-à-dire réciter les *Ave Maria* de la couronne du rosaire quand la nuit se déployait, toute noire au-delà du rayon des chandelles de suif ou de l'âtre. C'était toujours la vieille qui commençait le rituel, la femme de l'Angelo, le roi de la ferme, lequel avait permis à Colombino de passer la nuit dans l'étable quand il s'attardait trop. Le garçon avait dormi à la Formaggiana depuis tout petit et don Sante, plutôt que de se fâcher, avait intercédé pour lui sur ce point, heureux qu'il fasse l'expérience de la vie à la ferme. Lui et Vittorina, une petite avare de mots mais riche de regards, avec ses yeux déjà grands de bovine, avaient été très liés. Puis quelque chose avait changé, et avant même que cela touche les gens qui les entouraient, c'est en eux que cela s'était passé. À partir du poil. Il y avait eu d'autres transformations : le grossissement des muscles et l'étirement des os, la voix qui devenait plus grave et la taille qui s'arrondissait, les fessiers qui se remplissaient et la peau qui se faisait plus sombre, la barbe et ce duvet sur les bras de Vittorina, le corps qui revendiquait sa propre forme.

« Quand on est enfant, on n'a pas envie de dévierger les filles », déclara le Crapa lorsque Colombino revint sur la question. « Et puis, on se retrouve avec l'envie », poursuivit-il en repensant à sa vieille flamme pour Carla, dont il avait volé la virginité, tandis que maintenant, à seize ans sonnés, bien que l'appétit lui vînt encore en mangeant à l'arbre de la chair, il se mourait d'amour platonique ; l'heureuse élue était une brunette de Busto Arsizio du nom de Renza, entraperçue à la foire de San Rocco. « L'Emilia, elle pense que tu veux lui faire l'amour.

— Quoi ? demanda Colombino, aussitôt cramoisi.

— L'autre là, elle pense que tu veux commettre des actes impurs avec sa fille avant de la marier, t'as compris, fils de curé ?

— Pour de vrai ?

— Oui. »

Quand vint le 23 octobre, don Sante, qui tout au long du mois de juillet, et du mois d'août, et du mois de septembre, n'avait cessé d'aller et venir en se débattant entre les choses quotidiennes et extraordinaires comme une grosse mouche prise au piège d'une bouteille, enfin s'arrêta ; hanté par ses cauchemars divinatoires, occupé à régler tout ce à quoi il parvenait à penser pour un futur qui n'était pas sien, tourmenté physiquement et affairé comme jamais Colombino ne l'avait vu, il se relâcha pour reprendre son souffle devant un coucher de soleil qui semblait vouloir défier la nuit et les étoiles. Le curé était radieux. Il avait donné à l'Adele des ordres pour un souper copieux, et cette dernière avait suivi les indications à la lettre, soulagée de savoir que la note allait sur le compte de l'église. Elle avait donc acheté une grosse cervelle de bœuf, dont elle avait ôté la peau fine et qu'elle avait fait cuire dans l'eau salée ; après quoi l'honnête femme avait fait un fond avec du beurre et une tranche de lard, puis elle avait passé le tout à la casserole avant d'ajouter un bouillon préparé à l'avance qui recouvrait à peine la cervelle, agrémenté d'un oignon piqué de clous de girofle et d'une carotte coupée en dés. Pendant qu'elle mettait ce mets de choix à refroidir, l'Adele avait préparé la pâte à frire : après avoir fait fondre une once de beurre, elle l'avait liée avec une cuillerée de farine, une pointe de sel, du jus de citron, en travaillant bien le tout avec un jaune d'œuf et un blanc battu en neige. La bonne cuisinière avait obligé son mari, Natale, à allumer un nombre si impressionnant de chandelles que la crédence semblait en feu, alors elle avait coupé la cervelle en morceaux et, après l'avoir passée dans la pâte, elle l'avait fait frire et l'avait servie avec une pointe de persil. La table resplendissait de tant d'abondance qu'on aurait dit qu'il y avait quelque chose à célébrer et que Colombino n'en avait pas été averti.

« Maudite merde et misère de misère ! » s'exclama gaiement le garçon en croquant un morceau de poire à la moutarde que la servante avait servi sur une petite assiette à dessert. Le fruit était fort en goût, au point de lui picoter le palais et le nez, et de remonter jusqu'aux yeux et aux oreilles.

« Elles sont bonnes, pas vrai ? Le moût ardent, comme l'appelaient les Romains… »

Colombino sécha une larme, car pour être ardente, la poire l'était, et il se réjouit de voir que don Sante était redevenu jovial comme il pouvait l'être au souper, avec ses yeux gris tout gais et non plus sombres.

« Alors », dit le curé entre deux bouchées de cervelle dégoulinante de moutarde. « Comment ça va avec Vittorina ? »

La question prit Colombino au dépourvu, à tel point qu'il faillit recracher son repas. Don Sante échangea entre-temps un rapide regard avec l'Adele, puis revint aussitôt à Colombino en lui souriant ; son sourire avait quelque chose de paternel, remarqua l'Adele, comprenant qu'il était temps de prendre congé.

L'au revoir de l'honnête femme résonnait encore entre les murs du presbytère quand Colombino enfin retrouva ses mots : « Moi j'aurais bien voulu lui parler, mais j'ai pas pu », dit-il, désolé, puisque l'idée de cette fin d'été était, justement, de déclarer ouvertement à Vittorina son affection. Tout ça, c'était la faute de l'hostilité qui régnait à la ferme, de l'impossibilité de trouver un moment avec elle, de l'opposition des frères de la jeune fille. « Je crois bien que l'Emilia elle veut pas de moi parce que je suis devenu poilu. » Don Sante leva un sourcil. « Parce que en plus des poils, il m'est poussé l'envie », ajouta Colombino, croyant que les mots du Crapa pouvaient éclairer sa pensée.

Don Sante se redressa et haussa son épaule droite, comme si elle devait guider son bras, son avant-bras, son poignet et la paume de sa main pour administrer une claque au garçon, mais il se retint. Colombino qui, instinctivement, s'était reculé, essaya de mieux s'expliquer : « Mon père, je veux dire, l'Emilia, elle croit qu'avec les poils, il m'est poussé aussi l'envie de faire l'am-amo… »

Don Sante attendit que Colombino termine sa phrase ; ce que le garçon ne fit pas.

« Tu as parlé avec ton ami ? »

Colombino opina du chef.

« Eh ben, pour une fois, je dois dire qu'il ne pense pas complètement de travers », commenta le curé en croquant à pleines dents un reste de friture. « Tu dois comprendre qu'une mère, quand elle voit sa fille devenir une femme, elle pense à qui elle va la marier. Et quand elle voit un garçon comme toi, qui est devenu un homme maintenant, avec toutes les œillades que tu fais à Vittorina, elle croit que tu veux en profiter.

— Moi, Vittorina, jamais je la toucherai ! Je veux pas... » Il aurait voulu ajouter *lui faire l'amour*, comme il avait entendu dire le Crapa, mais il blêmit. « Moi, je veux juste rester avec elle.

— Je sais, tu veux faire son mari, mais... bon, peut-être qu'un jour il te viendra aussi l'envie de la toucher, comme dit ton ami *crapone*, fils d'un menuisier », dit don Sante sur un ton qui laissait entendre que lui aussi, à sa manière, il savait quelles tentations recelait la chair. Colombino pensa que le curé savait toujours tout grâce au confessionnal ; qui sait ce qu'il avait dû entendre, là-dedans. C'est pour cela qu'il donnait toujours de bons conseils sur n'importe quel sujet.

« Mais l'Emilia, elle y pense moins, à ça, poursuivit don Sante. Eugenio, lui, si tu touchais Vittorina avant les noces, pour sûr qu'il te tordrait le cou, et pareil à sa fille. L'Emilia, par contre, elle se demande si tu peux être un bon parti pour Vittorina.

— Moi, je rendrais Vittorina heureuse tous les jours, si elle le voulait bien.

— D'accord, seulement il ne suffit pas de penser à ce que tu *ferais*, mais à ce que tu *as* pour le faire. »

Don Sante se tut et surprit dans le regard de Colombino une lucidité toute nouvelle. Le garçon, de son côté, l'avait ressentie presque comme un coup de foudre ; rapide, inattendue et brûlante, voilà ce qu'avait été la pensée qui l'avait traversé : « L'Emilia, elle croit que moi j'ai rien à offrir à Vittorina ? » demanda-t-il, avec le chagrin qui lui remontait à la gorge. « Rien qu'une charrette de fumier et des paniers de paille.

— Eh oui », dit don Sante en changeant le ton de sa voix, comme s'il parlait avec quelqu'un de plus âgé que Colombino, une personne plus consciente des choses de la vie et certainement pas un fils. « Mais, à tresser des paniers, on peut monter un beau commerce. Et puis tu dois savoir une chose : pour l'Emilia, tu n'avais rien à offrir jusqu'à aujourd'hui. Mais cet après-midi, j'ai fait une visite à la Formaggiana, et après avoir dit deux mots à Eugenio par respect, j'ai parlé à l'Emilia de ton intérêt. Je crois que si on arrange deux ou trois petites choses… »

Si Colombino avait ouvert les yeux plus grand encore, ils auraient dégringolé de leurs orbites.

« On va avoir du pain sur la planche, toi et moi, mais j'aurai peut-être le temps d'organiser les noces et, avec un peu de chance, de les célébrer… », dit en souriant tristement le curé à la pensée des secrets qu'il avait confiés au Tempesta afin qu'il les enferme dans la boîte de fer, laquelle, après d'éprouvants ajustements, devait être prête à cette heure.

Colombino ne put se retenir ; il se leva, hors de lui. Don Sante se laissa embrasser, rit timidement, puis éloigna le garçon en le prenant par les épaules. « Mais patience. Avant tout, je do…

— DON SANTE ! DON SANTE ! »

Quelqu'un criait par la fenêtre. Une alerte, des instants qui courent, inexorables.

« DON SANTE ! DON SANTE ! Le Gigino de m'sieu Bruno, y meurt ! »

Luigino, un petiot de cinq ans, se mourait.

Le curé hocha la tête. Ce soleil rouge au couchant : il avait eu peur que ce ne soit pas bon signe. Déjà, ils frappaient à la porte.

« Allons-y », dit don Sante ; il ouvrit la porte, écouta et, après avoir rassemblé ses os vieux de cinquante ans, se mit en chemin en emportant l'huile. Colombino le suivit, sens dessus dessous à cause de la conversation mais aussi à l'idée d'une mort qui s'approchait.

C'était un soir d'ombres ; la brume recouvrait chaque chose pour la restituer à la vue juste avant qu'on ne vienne s'y cogner. La lanterne avançait à travers le bourg comme une luciole au milieu d'une étendue de lait dilué. Il y avait une atmosphère qui prenait à la gorge.

Lorsqu'ils arrivèrent à la ferme du Bruno, une unique lumière défiait la nuit. À l'étage supérieur, une pièce accueillait les lits ; ils étaient tous vides, sauf un.

« La fièvre est montée et ne s'arrête plus », dit en pleurant la femme du Bruno, la Piera.

Don Sante se pencha sur l'enfant. Il l'examina, posa la main sur sa joue, puis sur son front. Il brûlait comme si on l'avait mis à cuire sur le gril. Et ses yeux perdaient déjà la lueur de l'espérance.

« Le docteur Ballarati a dit qu'il tiendra pas jusqu'à demain matin ! gémit la Piera.

— On est désolés, mais on a pas pu vous prévenir plus tôt. Ça a empiré qu'on s'y attendait vraiment pas », dit le Bruno avec une tristesse tranquille ; il savait bien que l'extrême-onction venait un peu tard, mais la maladie s'était aggravée à l'improviste et voilà qu'on en était réduit aux derniers moments.

« Ça va », lui répondit don Sante, compréhensif. Était-il seulement possible que ces jeunes os aient un péché à se faire pardonner ?

Dans la chambre, un silence noir tomba, et il ne resta plus que la respiration traînante de l'enfant et le bruissement de la couverture de laine qui remuait au rythme des frissons du corps rongé par la fièvre. Le curé tendit les mains, les posa sur la petite tête et, comme cela lui arrivait toujours avec les enfants, il éprouva en célébrant le sacrement une morsure au cœur, presque une culpabilité. Il prit l'huile et traça une croix sur le front du malade ; il essaya de rester concentré et choisit la formule la plus brève : « *Per istam sanctam unctionem, et suam piissimam misericordiam, indulgeat tibi Dominus quidquid deliquisti.* » Mais en quoi aurait bien pu pécher celui qui n'avait eu que le temps de vivre la joie bouleversante de la naissance, aussitôt éteinte par la rudesse des jours, par la faim, par la cruauté des autres ? Seul un péché originel pouvait habiter ce corps, ce crâne si petit qu'il faisait de la peine, et certainement pas l'impureté du souvenir ou de l'imagination, de l'esprit ou du désir. Ni des sens et, pour s'en convaincre, il n'y avait qu'à regarder ses mains décharnées où affleuraient les premiers cals, bien que l'instituteur du bourg obligeât tout le monde, paysans, tisseurs et boutiquiers, à envoyer les enfants à l'école et à ne pas les accabler seulement de travail. « *Amen.* » Don Sante baisa la petite main du mourant avec le respect que le peuple vouait habituellement aux prêtres. La chambrée l'observa, stupéfiée. Effarée.

Il faisait nuit quand ils rentrèrent. Ils avançaient, solitaires et songeurs dans la brume de la corsia San Donato. Ce n'était pas le premier trépas auquel Colombino assistait, mais ce soir-là, le garçon avait éprouvé une gravité toute particulière. Il se sentait vieilli, et même si les mots échangés pendant le souper avec don Sante résonnaient encore, appelant toute son attention, il se dit que le curé lui aussi préférerait attendre le matin et une fraîcheur d'esprit retrouvée pour reprendre la conversation là où elle s'était interrompue. Mais Colombino savait aussi que ce fardeau d'émotions contradictoires l'empêcherait de fermer l'œil de la nuit : qui sait ce que s'étaient dit don Sante et l'Emilia… Le garçon sentit son nez le picoter. Un signal clair et net. Il valait peut-être mieux demander avant de se trouver mal, se dit-il à contrecœur.

« Don Sante ? » lança-t-il dans la brume.

Le garçon fit encore un pas, dans l'attente de la réponse, puis il entendit un bruit sourd derrière lui.

« Père ? »

Il se retourna et, dans les ténèbres vaporeuses qui étranglaient la faible lueur de la lanterne, il vit sa silhouette à terre.

« Père, qu'est-ce qu'il y a ?

— À l'aive, Covommbin… », bafouilla don Sante.

VIII

À une demi-lunaison de la terre ferme ; quelques mois plus tôt, quand le temps s'écoulait, monotone, sans José, elle n'y avait pas prêté attention, mais elle songeait maintenant à quel point c'était à la fois peu et beaucoup, un demi-cycle lunaire seulement – intervalle durant lequel la vie avait enfin pris les traits d'un destin. Pirate des mers et, plût au ciel, du maquis comme son père car, à bien y penser, la vie qu'elle désirait n'était peut-être pas qu'une vie en mer. Des idées précises, elle n'en avait pas, mais elle avait l'impression de vivre une existence nouvelle, sentant confusément que c'était ce qui lui était réservé. Partir lui avait procuré une ivresse obscure. Un an plus tôt, en cette même saison, où l'astre nocturne se fait pourpre, elle avait rêvé de Laguna en flammes ; la vision représentait un paysage diurne en plein chaos, dont le soleil, bien que la lumière fût totale, était absent. Aninha avait confié son rêve à son amie Maria qui, à son insu, avait demandé l'interprétation d'une négresse venue de Bahia, laquelle en savait long sur les vérités cachées des *orixás*. « Une vie qui naît du sang », avait rapporté Maria. « Et alors ? » avait demandé Aninha, impatiente à la nouvelle de la consultation, « Un enfant ? Ou un malheur ? » Maria n'avait pas su lui répondre, et l'histoire était morte là, en même temps que le printemps austral et, tandis qu'elle retraversait le canal, il lui semblait reconnaître la même lune inspiratrice de ses rêves d'alors. Le soleil n'était pas couché, mais le disque nocturne se dessinait déjà, et bientôt il se métamorphoserait en un phare capable de déployer sur le paysage enchanté une clarté perlée, diaprée de rouge.

Aninha regarda le Morro do Barra, le fortin de l'Ataluja en haut, et l'enchevêtrement de bicoques parmi lesquelles elle aussi, elle avait habité ; elle n'éprouva d'autre émotion qu'une vague nostalgie pour ce dont on s'est éloigné avec un sentiment de libération, et qui toutefois ne peut que nous manquer, ne serait-ce qu'un peu.

Quand le *Rio Pardo* vira, laissant la ville à tribord, Aninha eut l'impression de la voir pour la première fois. Elle était plus grande que dans ses souvenirs, plus étendue, et se déployait comme un poulpe fracassé sur un rocher. De là où elle était, du gaillard d'un navire de ce tonnage, elle ne l'avait jamais vue, et elle dut bien admettre que le spectacle avait quelque chose de fascinant ; un halo l'enveloppait qui ne pouvait être que l'empreinte laissée par le passé sur les choses. Aninha était partie en pointant un couteau contre son sein, sachant ce qu'elle abandonnait et confiante dans ce qui l'attendait, et voici qu'elle revenait à Laguna la tête haute, laissant ses longues boucles noires resplendir sans éprouver de honte. Il émanait d'elle, sans qu'il lui soit besoin de la cacher, cette capacité rare à établir avec les hommes un rapport d'égal à égal. « Tout va bien ? » lui demanda son José, et elle sourit en guise de réponse. Elle revenait avec un cœur neuf, comme si elle était morte et ressuscitée en mer. Dans la cabine de José et sur le pont du *Rio Pardo*, elle avait connu une existence où l'enthousiasme et l'entêtement de son âge avaient un sens et pouvaient s'exprimer sans qu'elle eût à le regretter ;

la fièvre des émotions, y compris des émotions charnelles, n'était pas vue à bord comme une maladie qu'il fallait soigner auprès de docteurs, de prêtres ou de négresses bigotes. La fièvre des émotions, ici, disait vrai, et la vérité n'était jamais une faute. L'espace de cette demi-lunaison, ses dix-huit années écoulées lui étaient enfin apparues pour ce que, dans le fond, elles avaient toujours été, bien qu'elle n'ait jamais osé l'admettre : une bouteille vide ; une enveloppe que personne n'avait su remplir. Parfois, à Laguna, du temps où elle était la femme du *sapateiro* Manuel, elle avait eu conscience de ce temps qui filait en pure perte, ce temps dont la précipitation monotone fait qu'on se retrouve vieux avant l'âge. Et ces dix-huit années ne lui avaient pas donné d'enfant. Ses nuits avec Manuel, quand entre eux la passion brûlait encore – cette excitation qui naît de la proximité – Aninha n'avait pas senti pleinement son corps. Elle avait commencé à croire qu'elle était handicapée, incapable de vie, et puis à bord, avec José, elle avait senti en l'espace de cette demi-lunaison le temps se dilater et ralentir pour faire de la place, afin que toutes les choses qui pouvaient arriver s'accomplissent. Pendant ces paisibles nuits en mer, elle se laissait ravir par le charme du clapotis, elle avait senti son ventre s'ouvrir. Elle n'était pas enceinte. Elle avait conscience de ne pas l'être, mais elle sentait aussi qu'elle accueillerait bientôt un fils et, chaque fois qu'elle faisait l'amour, elle retenait son José un peu plus longtemps, soulevant légèrement le bassin afin qu'il dépose entre ses jambes un enfant.

Après avoir obligé le Gros à la conduire à bord, elle s'était attiré le respect, malgré la méfiance initiale de l'équipage à son égard. Certains marins la regardaient avec concupiscence, mais Aninha s'était comportée de manière à dissiper toute mauvaise intention, sans compter qu'en l'espace de cette demi-lunaison, elle avait découvert quels trouillards se cachaient parmi l'équipage, et la façon brutale dont elle s'était adressée à eux lui avait donné du crédit. Le *capitão* l'avait protégée des pires lascars et elle, de son propre chef, comptait bien ne pas se laisser faire ; bientôt, elle demanderait à José ou au Gros de lui apprendre à se servir de fusils et de canons à balles ou à mitraille. Parce qu'elle aimait cette sensation. Le frisson de peur et l'excitation du combat quand, quelques jours auparavant, elle avait aperçu à l'horizon le profil d'un navire de guerre impérial avec vingt canons en batterie couverte, prêts à faire voler en éclats leur flotte corsaire. C'était dans cette atmosphère, entre l'haleine des marins prisonniers de l'attente, la puanteur mâle et la tension qui emplissait l'air, qu'Aninha avait appris la lutte, et la vie.

Entre-temps, le temps de cette demi-lunaison, une missive était arrivée dans la ville de Laguna. Elle colportait la nouvelle selon laquelle João le Grand, ce Griggs dont tout le monde se moquait en le surnommant « l'héritier », avait fini par hériter pour de bon de la fortune en dollars américains dont les mauvaises langues et les envieux, à bord comme dans les tavernes, lui avaient reproché de se vanter. La missive attendait Griggs au point d'accostage et le premier à s'en réjouir fut Abraão le Gros. Lorsque la nouvelle commença à se savoir, la plupart de l'équipage se dit que l'officier ne tarderait pas à partir pour mener la belle vie, et les autres souhaitèrent au plus profond d'eux-mêmes que la fortune le rende fou. João le Grand se désola de la mort que la missive annonçait et se réjouit de la fortune qui en découlerait. Mais plutôt que de retrouver le Nord pour jouir d'une existence douce et paisible, entre d'épais cigares et de profonds verres de fines liqueurs britanniques, il décida de rester là, suscitant stupeur ou déception. Ce pays, ses délices, sa volonté de changer, ses frontières tourmentées et ses révolutions : Griggs aimait tout. Dom José, de son côté, se dit heureux de la décision du Nord-Américain qu'il avait désormais appris à estimer. On avait festoyé et l'aguardente avait coulé à flots.

Mais le *capitão* Garibaldi ne put rester pour savourer le breuvage que Griggs, euphorique, continua à offrir aux officiers des jours durant. Cette fois-ci, de surcroît, avant même qu'Aninha ne menace de son couteau une autre splendeur de son corps, dom José l'affronta. Il n'entra pas dans les détails, mais le malaise qu'il cherchait à dissimuler persuada Aninha de lui obéir. Le général Canabarro avait donné l'ordre de faire voile sur le village d'Imaruhy, en rébellion contre les révolutionnaires, et Aninha, qui avait appris à connaître José et la manière dont il pesait chaque mot, ne manqua pas de remarquer que le *capitão* avait volontairement dit « Canabarro a donné l'ordre » sans ajouter d'épithètes dont « bâtard », « nullité » ou « casse-couilles » comme il en avait l'habitude quand il s'insurgeait contre un ordre à exécuter ; le ton grave de son aimé ne trahissait au contraire pas le moindre enthousiasme et Aninha frémit. Imaruhy. Elle connaissait le village de nom et se souvenait d'en avoir entendu parler par les boutiquiers et les marchands dans sa précédente vie à Laguna. Le village avait soutenu les *farrapos* avant de se rebeller pour revenir sous l'aile protectrice de Rio de Janeiro, et Aninha comprit que le *capitão* ne voyait pas d'un mauvais œil la décision d'exercer des représailles, même s'il ne mourait pas d'envie de donner des coups d'épée à tour de bras. À Imaruhy comme à Laguna vivaient des hommes et des femmes, et la moitié de l'équipage, ce même équipage qu'elle avait vu en action, était constituée de racaille, une bande de brutes et d'assassins. Son José le lui avait confié. Dans la cabine du *Rio Pardo*, sur le grabat, il lui avait avoué mépriser certains de ses marins, mais quand il avait été nommé *capitão* de la marine riograndaise, avec six navires à gouverner, il lui avait bien fallu recruter des hommes au hasard, pourvu qu'ils soient bons en mer, comme on a l'habitude de le faire quand on a des navires mais qu'on manque de matelots. Aninha n'osait penser à ce qui allait arriver.

Les jours précédant le départ auguraient mal de la suite. Aninha espéra jusqu'au dernier instant que José ne partirait pas, elle avait peur pour lui, mais elle accepta de rester bien qu'il lui en coûtât énormément. Elle ne retourna pas dans la maison que José avait réquisitionnée pour eux au Rincão et regagna en canoë Carniça, la bicoque de sa mère ; elle voulait la revoir et embrasser à nouveau ses sœurs, parce que, après son expérience en mer avec le *capitão*, elle se sentait plus adulte. Durant son séjour dans la baraque qui, jusqu'à ses quatorze ans, avait été sa maison, elle vécut pourtant de silences et de gestes, particulièrement avec sa mère, qui ne manqua pas de lui reprocher vertement sa passion pour l'Italien : « Tu es partie avec lui en bateau ! Tu ne sais même pas ce qu'est devenu l'homme que tu as épousé à l'église. Tu as ruiné ta réputation, et la mienne avec ! »

Aninha tapa du poing sur la table, mais malgré sa colère, elle resta dans la bicoque de sa famille ; un jour, sa mère laissa à côté de son lit un petit crucifix qu'Aninha apprit à serrer dans le creux de sa main, confiante, jusqu'à ce que José soit de retour. Le *capitão* revint avec les mains rougies de sang. Pas du seul sang d'Imaruhy. Du sang de ses marins aussi, qu'il avait dû fouetter quand ce n'était pas tuer pour rétablir l'ordre. Il avait fallu des jours pour débarrasser ses doigts longs et fins de leur puanteur. Pour qu'ils retrouvent leur parfum naturel.

La situation s'aggrava lorsque, ses mains lavées de leur sang, la puanteur persista ; alors, les événements se précipitèrent comme l'eau dans un tourbillon. Laguna replongea dans l'agitation, déchirée tour à tour entre courants adverses. Dans chaque ruelle, on se plaignait des augmentations incessantes de la farine, de la *charque*, et des privations que les *farrapos* infligeaient à la population sous prétexte de faire la guerre. Le peuple devait maintenant se serrer la ceinture pour pouvoir tenir et semblait regretter le passé. À peine revenu en ville, le *capitão* Garibaldi avait fait un rapport sur Imaruhy, mais le général Canabarro, coupant court aux propos sur l'issue des représailles, avait apporté des éclaircissements sur la situation actuelle. Il avait fait courir sa main sur les cartes, parmi les gribouillis à l'encre qui indiquaient les positions des troupes impériales, et le bout de son doigt avait caressé Desterro, Pinheira, Imbituba ; son index était ensuite redescendu le long de la côte jusqu'aux eaux en face de Laguna. Partout, dans la région de Santa Catarina, l'armée impériale se déployait pour asséner le coup fatal aux *farrapos* et, dom José l'avait compris, plutôt que de préparer la défense, le général songeait à battre en retraite. Il avait d'ailleurs déjà donné l'ordre de faire passer, à l'aide des rares barques disponibles, les soldats sur la rive de la lagune qui menait à l'arrière-pays, pour rallier la division de Texeira qui descendait du nord. Le *capitão* avait pour mission de veiller au transport, mais également d'organiser la résistance dans le port, histoire de compliquer la tâche des troupes impériales si elles décidaient d'attaquer la ville par la mer. « Mariath fait voile sur nous avec une flotte de treize navires, et une brigade de deux mille unités se rapproche. Vous, *capitão,* vous devez nous couvrir. »

*

« Je ne t'ai jamais demandé quel âge tu avais.

— Dix-neuf ans.

— Seulement ?

— Je les aurai dans un mois. Et toi ?

— Vingt-six.

— Tu fais plus.

— C'est cette vie de merde.

— …

— Tu n'as peut-être que dix-neuf ans, mais tu avais un homme, hein ? C'est à lui que tu penses toujours ? »

Dans leur fougue de se confier l'une à l'autre, elles avaient épuisé les premiers sujets et avaient cessé de commenter, de jaser, de s'échanger leurs antipathies et leurs préférences sur la population du Bon-Pasteur. Ce soir-là était un moment de pure confidence.

« Oui.

— Comment il s'appelait ?

— Lorenzo.

— Il est beau ?

— Merveilleux.

— Grand, brun ?

— Oui, avec des larges épaules.

— Qu'est-ce qu'il fait comme travail ?

— Un travail compliqué.

— C'est quand même pas un prêtre ?

— Non.

— …

— Qu'est-ce qu'il y a ?

— T'es pas bavarde.

— Des informations, des nouvelles… il faisait commerce de mots.

— …

— Je ne saurais pas t'expliquer mieux, crois-moi.

— T'es là à cause de lui, pas vrai ? C'est sa faute s'ils t'ont enfermée ?

— Je ne sais pas.

— …

— Je crois que oui.

— Et ça ne te rend pas folle ?

— Pourquoi ?

— Alors, c'est que tu l'aimais.

— Oui.

— Hum… et vous le faisiez ?

— …

— Alors ?

— Tu n'as pas de pudeur, toi…

— Oh, Sainte Vierge ! Mais Leda, moi aussi j'avais un homme, et j'ai déjà fait l'amour. Il m'a même laissé un enfant dans le ventre, nom de Dieu !

— Oui, je faisais l'amour.

— Tu dis ça comme si tu te sentais coupable.

— Oui, mais pas à cause de lui.

— Ah…

— Oui.

— Pourtant Lorenzo t'aimait et ne t'en a pas voulu.

— C'est vrai.

— Une grande chance. Ça doit vraiment être quelqu'un de bien, ce Lorenzo.

— Oui.

— Et alors, qui c'était ?

— …

— Excuse-moi, je ne voulais pas me mêler de ce qui ne me regarde pas.

— C'est pas grave.

— Moi…

— Mon oncle. Après la mort de mon père. Quand il est devenu mon parrain.

— Quel âge tu avais ?

— Douze ans.

— Tu étais déjà formée ?

— Non.

— …

— …

— Je suis désolée.

— C'est affreux que les êtres humains puissent s'accoupler en se regardant dans les yeux. Si nous étions des chevaux, au moins, je ne me souviendrais pas du visage de ce salaud.

— Et après, que s'est-il passé ?

— Il m'a enfermée dans un monastère. Santa Chiara, à Naples.

— Vraiment ?

— Oui, mais il a fini par mourir. »

*

Chiarella avait repris son service au bordel de la via San Giovanni sul Muro et, après leurs ébats, elle s'était laissé emporter par l'amour de Lisander. Le peintre n'avait pas su se contrôler ; il lui avait fait de grandes promesses, à la condition qu'elle mette un terme au plus vite à l'existence qui la consumait. Puis Lisander avait rejoint les Romantiques de Traviole, via delle Ore – il y avait également le Mal-Né – et la clique avait chanté à l'*osteria* en bredouillant des paroles sur un rythme en 6/8 battu du plat de la main tandis qu'ils faisaient rebondir leurs tabatières sur les épaisses tables crasseuses.

Elle n'est pas vilaine la vie,
Parce qu'à se donner trop de mal, on devient bête
Et on n'est pas des andouilles pardi,
On est les Romantiques de Traviole,
Une compagnie sensationnelle !

Et quelqu'un, en contrepoint : *Et on n'est pas des andouilles pardi, non, on n'est pas des andouilles pardi, porom-pom-pom !*

*

Le soleil se levait et le Gros, exaspéré, escortait Aninha. Dom José l'avait affecté à son intendance, en accord avec Griggs, et la décision avait mis le mulâtre dans une rage folle parce qu'il espérait encore mettre la main sur une petite partie de l'héritage de João Grande. Mais c'était ainsi. Dans les rues, entre les murs blancs des maisons et les tortueux chemins de terre, c'était le chaos. Les troupes riograndaises, des hommes partis des mois plus tôt des villages pour instaurer une république, se dirigeaient vers les quais selon les ordres du général Canabarro et traînaient avec eux des sacs de jute pleins de poules, de coqs et d'aliments de toutes sortes, des bourses remplies de pièces et de bagues serties de pierres merveilleuses, peu importe le trésor ou la femme qu'ils avaient réussi à piller. Le Gros devait donner des coups de coudes, se frayer un passage, car la soldatesque se déployait parmi des bataillons de misérables qui avançaient, tête baissée, avec dans les yeux un avant-goût de ce qui les attendait : ils fuyaient pour ne pas se faire massacrer par les Brésiliens fidèles à l'empereur et par le *deguello*, rituel de pillage et de violence qui allait succéder à la probable défaite.

Aninha et le Gros se dirigeaient eux aussi vers un des navires, ils ne suivaient pas les autres vers l'arrière-pays. Ils devaient rejoindre le canal qui séparait Laguna du quartier de la Barra : dom José y avait fait disposer la flotte pour empêcher les bateaux brésiliens d'approcher la ville et de canonner ceux qui l'abandonnaient.

« Ôtez-vous de là ! »

Jusqu'à midi, le *capitão* eut le temps de passer ses troupes en revue, puis, du haut du Morro, il observa ses bateaux : à l'embouchure du canal, à ses pieds, l'*Itaparica*, confiée à João Henriquez ; puis le *Rio Pardo*, dont il avait la responsabilité personnelle, et la *Caçapava*, aux ordres de Griggs. Enfin le *Seival* et les deux canonnières : *La Lagunense* et la *Santa Ana*. Entre les navires, dom José avait voulu que cinq chalands remplis à ras bord de fusiliers, au risque de couler, prennent position. Il voulait croire qu'il pouvait résister, mais lorsqu'il scruta l'horizon et repéra la flotte ennemie, il lui suffit d'un seul coup d'œil pour constater la disproportion que les éclaireurs avaient annoncée. Le Gros était à côté de lui, il avait escorté Anita à bord du *Rio Pardo*, et le *capitão* lui donna l'ordre d'envoyer un messager au général Canabarro ; la requête était la suivante : il lui fallait des carabines et des renforts, au moins trois cents hommes, sinon ils allaient tout droit à la défaite.

Mais aucune réponse ne vint de Canabarro. « Trouillard et fils de pute », pesta dom José qui, après avoir relevé sa longue-vue, jeta un rapide coup d'œil sur la flotte impériale. Il se mordit la lèvre, braqua son objectif sur Aninha. Elle était sur le pont, et regardait alternativement les navires ennemis et le Morro. Elle portait une tunique de coton qui cachait ses formes et avait rassemblé ses cheveux en une longue queue nouée en chignon. Appuyée contre la paroi, les bras déployés, elle avait quelque chose de masculin. Cette manière de redresser les épaules, de pencher un peu la tête. Quand elle se retourna tout à coup, dom José reconnut la courbe de ses seins sous l'étoffe de coton, et imagina ses mamelons sombres et larges.

Des semaines plus tôt, quand elle s'était menacée avec son couteau, dom José lui avait permis de monter à bord par curiosité et par malice ; une femme parvenue à faire tant pour lui, non, il n'en avait jamais connu. L'amour qu'Aninha répandait était passion et désespoir, et il n'y en avait pas de plus profond. Une fois à bord, elle s'était faite plus gracieuse encore, et quand ils avaient dû affronter les navires impériaux, elle avait été jusqu'à injurier les froussards de l'équipage, courant sur et sous le pont pour porter assistance aux blessés. Depuis lors, dom José n'avait plus eu de doutes. Il lui avait fallu faire toute cette route, arriver jusqu'en Amérique du Sud, mais il l'avait trouvée. Les choses auxquelles il était destiné étaient de grandes choses, mais il avait besoin d'une impulsion, subtile et féminine, et il était certain de l'avoir dénichée. Une fille qui, en faisant l'amour, ne prenait pas les traits de Teresa. Une femme qui se battait comme une héroïne, de celles que chantaient les poètes d'Europe. Seule, unique femme parmi les hommes.

Dès qu'elle le vit monter à bord, Aninha courut à sa rencontre et sentit exploser en elle cette vigueur soudaine des jours où, quand elle était petite, elle se disputait avec les autres marmots, donnant des coups et tirant les cheveux. Puissante même, avec un fond de fierté adulte. « Ils arrivent », dit-elle. « Je sais », lui répondit-il. Ils s'effleurèrent seulement, dans l'atmosphère imprégnée de la sensation d'un équilibre prêt à se briser.

Puis le temps sembla s'arrêter. L'alcool passait de main en main, et les cris se retenaient à grand-peine. « Ils ont le vent en poupe, et la marée est bonne », dit le Gros avant d'empoigner la fiasque de vin qui passait par là.

L'attente. Le vent agitait les haubans, le bois des navires lançait d'interminables grincements, les vagues se soulevaient et les mains s'affairaient aux canons, chargeaient les fusils, mais sur les eaux du canal, on se serait cru projeté dans un tableau, dans l'immobilité de la matière des couleurs. Le calme avant la tempête, pensa le *capitão*, le regard rivé sur les étendards impériaux de la première canonnière qui fendait la surface du canal, ouvrant une blessure jaillissante de blancheur.

Alors une salve déchira le ciel.

L'équipage du *Rio Pardo* retint son souffle un instant avant de pousser un rugissement. Un mince panache de fumée sortait d'une des bouches de feu : « Mais nom de Dieu ! lança le *capitão*, qui vous a donné l'ordre de tirer ? » L'écho fracassant de la canonnade ne s'était pas encore éteint que, depuis la rive, on entendit le cri des fusiliers postés aux murets de la Barra : « Mort aux Portugais ! » Aussitôt un crépitement assourdissant se déversa dans l'air et dom José lança un coup d'œil à Aninha. Qui soutint son regard. Le *capitão* passa une main sur la blessure laissée par la balle qui lui avait transpercé le cou en Uruguay, un tic dont il avait pris l'habitude pour saluer le début de chaque bataille. Il cria : « À mort les Portugais, vive l'indépendance et vive la République ! »

Le tonnerre des bouches de feu se transforma en un grondement continu, assourdissant, à même d'ouvrir plus grand encore les lézardes des baraques de la Barra. La flotte impériale ne put se dérober aux tirs de canon. Chaque balle, chaque projectile tiré par les *farrapos* défonçait les flancs des bateaux, arrachait la voilure, déchiquetait un torse ou tranchait bras et jambes, répandait des trombes de sang sur les ponts. « Faites feu ! » hurlait dom José pendant qu'Aninha fulminait contre ceux qui chancelaient. « Lâches. Bouffons ! » Touchés, les bateaux impériaux ripostèrent en lâchant des bordées à hauteur d'homme. Le fracas était tel qu'on aurait dit que le flanc du Morro entrait en éruption. Devant les yeux de dom José, chaque coup ennemi balayait une partie de sa flotte, telles des lèvres qui, au moindre souffle, feraient tomber une carte, ou pire encore, arracheraient un lambeau de peau, dénudant des faisceaux entiers de muscles et de nerfs, comme fait le temps avec les cadavres en décomposition.

Alors l'effroi se mêla à l'excitation qui alourdissait l'air, et les cris de fureur des marins se confondirent aux gémissements des corps mutilés, broyés. Le *capitão*, carabine en mains, continuait de tirer. « Ils vont nous écraser, confia-t-il au Gros. Il faut qu'on fasse quelque chose, autrem… »

À cet instant précis, à quelques pas d'Aninha qui tirait comme une forcenée à la carabine, une balle atteignit le parapet, soulevant une pluie d'échardes. Le *capitão* fut presque vaincu par l'horreur de l'avoir perdue. Il resta immobile, les yeux fixés sur la fumée, lorsqu'une balle le blessa à la jambe, de biais, et la brûlure aussitôt le ranima. Alors il la vit. Elle se remettait en position sur le pont, tentait de se relever. Dom José courut vers elle. « Tu dois aller voir Canabarro et demander des renforts. Dis-lui que la situation est désespérée. Va ! Et ne remonte pas à bord ! Sinon, je te tue de mes propres mains. Je le jure. » Aninha ne bougea pas, encore étourdie. « Porte-la à terre ! » cria dom José au Gros, et l'intendant, cramoisi par la chaleur et la charge, la souleva d'un seul bras et l'amena jusqu'au parapet du côté du quai de la Barra. Et l'aida à descendre sur une chaloupe.

Quand le Gros fut de retour, surprenant dom José de dos, ce dernier n'avait presque plus la force de lever les bras. Sa blessure à la jambe saignait, la puanteur de la poudre à canon coupait le souffle et irritait les yeux. « Canabarro ne nous donnera pas d'hommes, *capitão*. La division est en sûreté, elle s'apprête à partir. Le général dit d'abandonner les navires et de les brûler.

— Où est Anita ?

— En dessous, dit le Gros, dans la chaloupe.

— Prends un chargement d'armes, des munitions et mets-la à l'abri. Rejoignez Canabarro. »

Abraão le Gros opina du chef, et dom José s'approcha du parapet. Il la vit, dans sa tunique noircie et tachée de sang.

« Retourne auprès de Canabarro, je te rejoins », lui cria-t-il. Elle approuva d'un signe de tête. « Fais-le ! »

Le Gros se glissa dans la chaloupe et se dirigea vers la *Caçapava* à coups de rames.

Le *capitão* ordonna aux matelots de son *Rio Pardo* d'abandonner le navire. Il les rejoindrait après s'être acquitté de sa mission ; les officiers des autres bateaux ne répondaient pas aux signaux, c'était donc à dom José de s'en occuper et, du reste, si tel devait être le destin de sa première flotte, c'était à lui seul de l'accomplir. Il récupéra des mèches de coton, réussit à monter sur une chaloupe et, tandis que les tirs de canon faisaient jaillir les flots, il rejoignit l'*Itaparica*. L'équipage gisait, anéanti, et João Henriquez, l'officier, était affalé sur le plancher ; on pouvait voir son cœur. Le *capitão* descendit sous le pont. Il devait faire vite, avant que les marins impériaux n'abordent. Il ne leur laisserait pas ses navires. Il dut donner des coups de pied pour éloigner les mains qui s'agrippaient à sa jambe. Il était trop tard pour les blessés. Après avoir rejoint le dépôt des munitions, il disposa une des mèches entre deux barils de poudre à canon, pria pour qu'elle lui laisse le temps nécessaire, puis il l'alluma, la regarda brûler un instant. Et prit la fuite. La chaloupe s'éloigna et une détonation retentit : l'*Itaparica* explosa, et ses débris en feu retombèrent sur l'un des navires impériaux.

Le *capitão* se dirigea vers la *Caçapava* dont, entretemps, le Gros s'éloignait chargé de munitions et de mousquets en compagnie d'Aninha et de deux autres marins. Dom José jura. Quand les embarcations se croisèrent, il cria : « Je t'avais dit de la mettre à l'abri ! », mais il n'avait pas fini de prononcer ces mots qu'Aninha se jetait à l'eau, l'obligeant à arrêter de ramer et à la ramener à bord. Le *capitão* la dévisagea, elle était trempée, et lui flanqua une gifle. Elle redressa la tête, et quand José grimpa à bord de la *Caçapava*, elle le suivit. Ensemble, ils se frayèrent un chemin parmi les corps. Tout à coup, le *capitão* s'arrêta car Aninha le secouait ; il la menaça de la main – ce n'est pas le moment, nom de Dieu ! – puis il s'aperçut qu'elle lui montrait quelque chose. Le *capitão* suivit son bras, son index, la ligne imaginaire tracée sur le pont. L'héritier. Le voilà, John. João le Grand. Il souriait presque. Son buste corpulent était intact, touché seulement par un projectile planté sous l'épaule. C'était tout le reste qui manquait. De la ceinture jusques en bas, un coup de mitraille avait broyé chair et os : la pluie de balles avait transformé ses jambes en un tentacule rougeâtre. Aninha fit le signe de croix. Dom José, lui, leva les yeux : dans quelques minutes, les marins impériaux allaient aborder.

Un instant plus tard, on alluma la longue mèche sur la *Caçapava* et la chaloupe du *capitão* s'éloigna à grands coups de rames au milieu des cadavres, par-dessus les cadavres, et, visée par une fusillade, elle se cognait contre les corps et les débris de bateaux en produisant des bruits sourds et macabres. Les deux amants débarquèrent, s'enfuirent, abandonnèrent la Barra et, à l'embouchure du Tubarão, retrouvèrent le Gros et les hommes de Canabarro. La *Caçapava* explosa tandis que le soleil se couchait à l'horizon, cédant la place à une autre nuit. Dom José regarda les navires en flammes, imagina les cadavres de ses matelots transformés en charbon. Laguna faisait à nouveau partie de l'empire du Brésil. La République Juliana tombait. Aninha, malgré cet après-midi de mort, eut la sensation qu'on lui avait coupé une seconde fois le cordon ombilical ; elle ne put s'en réjouir, mais esquissa un sourire qui était déjà presque une conquête. Elle et son José levèrent les yeux, attirés par les criaillements qui envahissaient l'air et, ensemble, ils virent le ventre spectral des canards qui prenaient leur envol au passage des survivants.

IX

Hors de Porta Tosa, il pleuvait à torrents, un vrai bourbier. Pendant tout l'après-midi, des nuages noirs avaient défilé dans le ciel, et la pluie qui tombait maintenant à grosses gouttes privait le soir de toute lumière.

« On avait vraiment besoin d'aller jusque-là ? » demanda le Mal-Né, davantage pour soulager son besoin de se plaindre que pour jeter la pierre.

Lisander lui répondit par un regard vide. Sous son pardessus couleur tabac, il avait l'impression d'être trempé. Le froid filtrait à travers les vêtements mouillés et pénétrait les os ; on le sentait piquer sous la peau, aussi releva-t-il son col jusqu'aux oreilles avant de se pincer le bout du nez entre le pouce et l'index. « Oui », dit-il. Dans la brume pluvieuse, on apercevait enfin la petite lumière rouge. Ils avaient encore une centaine de pas à faire.

Au-delà des deux arcs de la porta Tosa, une fois passé le pont, on s'enfonçait dans les *Corpi Santi* en suivant le Naviletto ; quiconque empruntait la rue pouvait rejoindre facilement la route pour Linate et tomber ainsi sur l'Osteria della Cazzuola. C'était de là que venaient Lisander et le Mal-Né. Ils avaient poussé au-delà des bastions, dans les faubourgs qui se déployaient comme des racines autour de la souche citadine, parce qu'on était le 16 novembre et depuis des années, le 16 de chaque mois de novembre,

Lisander parcourait cette même route, repérait l'orme séculaire sur le flanc est de l'*osteria* (celui au tronc le plus rugueux, dont les branches lui avaient offert l'assise la plus confortable et la plus heureuse) et, sans se faire remarquer des clients qui entraient et sortaient, les uns avinés, les autres assoiffés, il déposait une fleur. Une fleur des champs. La première qui lui tombait sous la main. Cela fait, il restait là un instant et frottait du bout de son index une entaille au couteau qui, maintenant qu'il était devenu grand, lui arrivait à la taille et non plus sous les yeux comme quand il était petit. C'était lui qui l'avait faite ; elle représentait un garçon qui prenait la main d'une fille, laquelle, à son tour, tenait la main d'une femme plus grande qu'elle ; derrière les trois personnages, on voyait un soleil briller, couronne de rayons enfantins en tous points semblables, dans leur facture, aux traits qui composaient le bâtiment naïvement dessiné à la droite du groupe. C'était Lisander, sa sœur Marta, et sa mère, Bernardina. Quand il avait taillé dans l'arbre, Lisander s'était fait une méchante coupure : la pointe du couteau avait glissé sur l'écorce, et la lame avait ouvert la paume de sa main sans toutefois toucher les nerfs. Il y avait encore la trace de son sang sur l'entaille et, bien qu'elle ait pâli avec le temps, elle résistait. Elle endurait la pluie et le soleil, les insectes et les curieux. Elle était là pour témoigner de ces années qu'ils avaient passées à l'*osteria* et du désastre dans lequel elles s'étaient achevées.

« Ohé ! » lui dit le Mal-Né, le tirant de sa rêverie.

La lumière s'approchait. La pluie ne cessait de tomber. Lisander se taisait.

« Ohé ! »

Chaque soir, après avoir salué les serveurs, son père éteignait les lumières et comptait le gain de sa journée, se penchant à la lueur de la petite lampe de cuivre à côté de la caisse ; les derniers clients partis, il ne laissait brûler qu'un seul des trois bras du chandelier, pour ne pas consumer les autres, si bien que le plafond de la salle, à cette heure tardive, s'imprégnait lentement d'une clarté orangée et se peuplait d'ombres évocatrices et menaçantes. Son père avait des doigts noueux et, à les voir, jamais on ne les aurait crus capables de la rapidité dont ils faisaient preuve : ils jonglaient avec les pièces, les recomptaient, mettaient l'argent de côté, fouillaient le fond du tiroir pour s'assurer de n'avoir pas oublié la moindre lire. Pendant ce temps, Lisander donnait quelques coups de balai dans les coins, tandis que Bernardina, sa mère, dispensée de participer aux comptes, préparait le lit de son mari, les yeux rougis par la fumée et la fatigue. Le dos cassé. Certains jours, Lisander lui faisait des massages avec ses poings, et elle riait de bon cœur ; le son de son rire était un de ses plus beaux souvenirs. L'un des pires, l'expression de son visage un après-midi de printemps, et cette phrase : « On finit par traiter les chrétiens comme on traite les bêtes. » Il y avait des chiens errants dans le coin, qui s'approchaient avec circonspection de chaque cour, prêts à détaler au premier signe d'hostilité. On en voyait aussi passer par la Cazzuola, et lorsqu'ils flairaient un os ou un quignon de pain sec, ils le raflaient aussitôt et s'éloignaient pour le ronger tranquillement à pleines dents, la tête baissée et les yeux en l'air, à l'affût du danger, la queue droite et la truffe à terre, aussi tendus que les cordes d'un violon. Pendant les cinq années passées à l'*osteria*, Lisander avait appris à en reconnaître plus d'un, et il s'était même pris d'affection pour le bâtard le plus mal fichu, une bestiole au pelage roux. Mais un jour, il avait trébuché sur un des plus vieux chiens et, plein de rage après une prise de bec avec son père, suivie d'une torgnole qui lui avait dévissé la tête, il avait tué la bête à coups de bâton. Il était revenu la trouver après l'incident, et il avait porté le premier coup en traître, derrière la nuque, et lorsque le chien avait compris ce qui lui arrivait, le choc et la vieillesse l'avaient cloué sur place. Les aboiements avaient vite cessé, en même temps que les grognements, mais Bernardina était apparue sur le seuil et avait vu Lisander achever l'animal dans les buissons ; il avait bien essayé de se justifier en racontant n'importe quoi, mais sa mère l'avait regardé avec une tristesse infinie, sans colère. C'était cette absence de colère qui avait fait comprendre à Lisander que l'accident n'avait rien à voir avec de la mauvaise humeur ou un accès de fureur qui l'aurait brusquement pris après la gifle de son père, ou encore une colère inconsciente à mettre sur le compte de la rancune qu'il avait gardée au fond de lui ; du reste, il l'avait toujours su, et la tristesse dans les yeux de sa mère ce jour-là n'avait fait que le confirmer. Il était capable du mal. C'était de naissance. « On finit par traiter les chrétiens comme on traite les bêtes », lui avait-elle dit, et elle avait fait le signe de croix.

De son père, en revanche, il n'avait jamais eu grand-chose à faire, ou disons plutôt qu'il ne s'était jamais entendu avec lui. Depuis son premier souvenir, à l'âge d'environ cinq ans, depuis que l'homme lui avait confié pour la première fois la corde attachée au cou d'un veau que Lisander avait failli laisser filer, s'attirant un prodigieux coup de pied au cul. Comme si c'était un penchant naturel chez eux de ne pas se supporter, père et fils ne passaient pas une journée sans se disputer, mais l'un était adulte et l'autre enfant, puis adolescent, et c'était donc à Lisander de supporter les attitudes, les gestes, les perfidies mesquines, l'autorité et la sévérité de son père. Aussi le garçon avait-il grandi avec cette habitude de crier sur n'importe qui pour n'importe quoi, comme quelqu'un qui est justement forcé à obéir en silence et à accepter. C'était pour cette raison qu'il haïssait la petite tache de naissance qu'il avait sur le menton et qui se transformait en une minuscule crevasse quand il riait. Il en avait hérité de son père Enrico, et rien que l'idée de lui ressembler le dégoûtait. Quand il était mort, ce dernier ne lui avait laissé d'autre vide que le vide quotidien, d'autre choix que celui de devoir reconstruire sa vie, de trouver assez d'argent pour payer les créanciers sans finir la tête la première dans le canal. Des emmerdes, qu'il lui avait laissées. Et sûrement pas un trou dans le cœur. Sa mère s'en était chargée. Un trou dans le cœur pour lui et un trou dans la tête pour sa sœur Marta, à ce qu'il semblait.

Un coup de tonnerre fit une pirouette au-dessus des nuages. Lisander s'arrêta et regarda la bâtisse imbibée de pluie, les trombes d'eau qui se déversaient des gouttières débordantes et engorgées de feuilles. Le Mal-Né s'arrêta derrière lui et dit :

« Ohé.

— Qu'est-ce que tu veux ?

— On y va. Tu vois pas qu'il pleut comme vache qui pisse…

— Vas-y, toi, j'arrive.

— Quoi ?

— Continue sans moi. »

Le Mal-Né ne bougea pas. Il laissa s'échapper un *pff* de colère et cracha, affront inutile puisqu'il n'eut même pas le loisir de savourer son crachat, aussitôt noyé par l'averse.

Du temps de l'*osteria* – il y avait vécu de dix à quinze ans, après que sa famille eut quitté une ferme en pleine campagne – Lisander donnait un coup de main aux tables, réprimandé dès qu'il renversait par terre l'âpre et modeste vin ; son père l'envoyait souvent faire la tournée des fermes, où fermiers et vachers produisaient les meilleurs beurres et fromages, *stracchino* et *quartirolo* dont on se servait à l'*osteria*, et parfois même à l'abattoir acheter tout ce qu'il y avait de tripes pour une *busècca* de roi. Ces corvées, surtout si elles l'éloignaient de l'*osteria*, n'avaient jamais ennuyé Lisander, lequel cependant, avec sa tignasse déjà bouclée et ses joues toujours souillées d'un voile de crasse, préférait si l'occasion se présentait se terrer dans un coin de la salle ou même en plein air, à côté d'un buisson ou sous le premier orme, quand la saison s'y prêtait ; là, quand il avait trouvé une feuille et un fusain ou bien un tison éteint, il se mettait à dessiner. Des portraits. Il avait commencé dès son plus jeune âge, avec des brindilles, sans que personne ne lui ait montré comment faire ; il dessinait dans la cour de ses grands-parents, au milieu des gloussements stridents des poules. La famille avait accueilli ce don avec admiration mais suspicion aussi, presque comme le symptôme d'une nature pernicieuse qui risquait d'inciter le gosse à perdre le peu de sous qu'il avait dans sa besace plutôt que de lui en faire gagner. On ne pouvait donc pas vraiment dire qu'ils avaient encouragé son talent. Ni contrarié. Le grand-père Tommaso surtout, et puis la maman. Il leur suffisait que ce caprice ne gêne pas les autres besognes. À l'*osteria*, maîtrisant désormais un dessin aux traits assurés, né de la terre et des brindilles (une technique qui offrait à l'évidence peu de nuances), Lisander se mettait à fixer sur le papier un client, au risque de se ramasser une volée, et faisait son portrait en quelques lignes essentielles, décisives – le choix du sujet tombait souvent sur les solides gaillards du marché aux légumes, les *verzeràtt* qui, entre le chargement et le déchargement des caisses, des charrettes et des chariots, venaient écluser un godet pour oublier les peines du marché après une journée passée à trimballer les légumes pour les vendre au détail. Sa galerie de personnages se composait dans une large mesure d'une humanité à la peau épaisse et aux nez prononcés si ce n'est crochus, fronts éternellement plissés et sourires édentés, orbites caves et cernes creusés. Admirables aussi, les visages des joueurs – qu'il copiait en partie de la réalité, et qu'il comblait avec son imagination – dessinés quand ils se retrouvaient sur le terrain de boules à l'extérieur de l'*osteria ;* ils ne restaient jamais en place et parlementaient comme si leur vie était en jeu, s'abandonnaient à de retentissants hurlements et des élans de colère, pour se calmer aussitôt et se réconcilier enfin lorsque vibrait un coup grandiose, un lancer capable de déchaîner la liesse. Le *toc* des boules de bois était aussi familier que les odeurs de la cuisine et du garde-manger, la puanteur de l'urine quand on a mangé des asperges, dont on faisait usage à l'*osteria* pour plus d'un plat. La Cazzuola était célèbre pour ses asperges autant que le Pilastrello pour son sanctuaire.

« Moi, j'y vais, dit finalement le Mal-Né, prêt à se mettre en route. Je m'en vais, foutre Dieu, je vais quand même pas m'attraper une pneumonie ! »

Enrico, son père, était fils de paysans de l'Acquabella, grands-parents dont Lisander se souvenait, bien que très tôt disparus ; mais son père n'était pourtant pas né avec l'obstination des paysans, plutôt la rage de mettre sur pied une affaire, parce que après quinze années de vie, il avait compris qu'à travailler la terre on se casse le dos et on finit par se faire commander par le premier patron venu, intraitable pour le loyer et malhonnête sur les pesées. Et donc, quelques années après la mort de ses propres parents, il avait vendu et choisi les risques de l'auberge. Sa mère, au contraire, était une bâtarde sans dot, et quand elle avait compris qu'elle l'aimait, son Enrico, elle avait fait de son mieux pour fonder une famille, mais, à cause de sa condition, elle s'était laissé marcher dessus et avait dû subir toute sa vie les brimades d'un homme qui aimait le vin autant que pisser dans la chambre à coucher quand il était soûl et lui filer une raclée de temps en temps. Pour Lisander, Enrico – il ne l'avait jamais, ou rarement, appelé « père » – aurait pu mourir d'un moment à l'autre, il s'en fichait bien, et le jour où il le retrouva poignardé à l'entrée de l'*osteria* à cause d'un règlement de comptes dont il ne savait rien, il n'éprouva aucune tristesse. Mais la vision de sa mère, les yeux écarquillés et la poitrine lacérée à coups de lame, lui avait arraché un filet de vomi.

« On se voit demain, dit Lisander, je veux être seul. »

Le Mal-Né secoua la tête.

« Fais comme tu veux. »

Lisander ne s'était jamais laissé aller à confier son secret aux Romantiques de Traviole : il était certain que Peppo le Grand Vocabuliste qualifierait cette réticence de « Refus Évocateur » ; le Mal-Né, qui l'avait accompagné jusqu'ici, avait évidemment compris, mais c'était un type inoffensif. En parler avec les R.d.T., c'était une autre histoire.

Le peintre observa son imposant compagnon qui s'éloignait sous la pluie puis il tourna à nouveau son regard vers la bâtisse en face de lui. Elle se dressait au milieu des prés et des petits canaux, entourée de fossés gorgés d'eau. Les trombes de pluie recouvraient les hurlements et les souffles animaux que pouvaient produire les voix, parmi lesquelles, en tendant l'oreille, on distinguait des gémissements humains. Sur un des murs de la bâtisse, on avait peint un arbre, au-dessous duquel on lisait cette phrase de l'Évangile : *Ex granum sinapis, omnibus oleribus minimo, fit arbor* (comme un grain de sénevé, plus petit que tous les légumes, qui devient arbre).

Tout à coup, un éclair déchira le ciel, et le bruit retentit à travers les campagnes ; dans l'atmosphère crépusculaire, les seules sources de lumière venaient de la foudre, et se réverbéraient comme des taches jaunes sur le plafond de nuages.

Quand il avait retrouvé sa sœur Marta dans un coin de la salle de l'auberge le jour où des types avaient poignardé leurs parents, Lisander n'avait pas reconnu son regard. On aurait dit qu'ils lui avaient gobé l'âme par les yeux, comme quand on suce un escargot avant de laisser la coquille vide. Tout juste bonne pour siffler dedans. Lisander l'avait relevée et emmenée dehors, pensant qu'elle retrouverait ses esprits. Mais les choses ne s'étaient pas passées comme ça. Marta avait continué à se taire, à le regarder avec des yeux stupides. Alors, Lisander s'était adossé à l'angle de la baraque amoché par le frottement des roues des charrettes et, le bras autour de son épaule, il avait attendu que quelqu'un se manifeste. Puis les jours avaient vite passé. Le croque-mort et les cercueils, la sépulture, les ballots, les oncles. Lui et Marta étaient partis habiter chez le frère de leur père, Romualdo, qui s'était fait une petite fortune grâce à une boutique de chaussures qui avait les faveurs de certaines tanneries et s'était vite spécialisée dans la maroquinerie, le marché des déplacements étant alors un des plus rémunérateurs. Romualdo nourrissait une passion innée et immodérée pour la belle peinture, aussi

Lisander avait-il pu exercer ses talents et étudier les arts. Marta s'était contentée de devenir complètement folle.

« Pas trop tôt. »

L'orage semblait se calmer. Lisander fixait la maison des fous, le spedale della Senavra, l'hôpital du Sénevé. Non qu'il ait envie de s'occuper de sa sœur ni de prendre des nouvelles de sa santé ; il se disait qu'avec le temps, leur lien de sang s'était rompu. Mais il éprouvait une certaine curiosité. Il avait toujours eu envie de voir comment on vivait, là-dedans, et de découvrir comment elle, elle vivait. Il avait fait la connaissance d'un certain Pietro, chargé de couper les cheveux des malades, avec lesquels il réalisait des perruques qui lui rapportaient un bon petit magot ; ses récits l'avaient laissé un peu effaré, mais intrigué. Cette année, c'était la quatrième fois que Lisander, pour une raison ou pour une autre, se retrouvait en face de la Senavra.

D'ici une semaine au plus tard, il allait partir pour la capitale des États sardes où il discuterait avec le Turinois de la marche à suivre pour obtenir une image automatique et, alors, il pourrait mettre en train son laboratoire. Donna Teresa, après un énième défi au lit, s'était entretenue avec l'agent de la Caisse d'épargne des provinces lombardes, le signor Giobatta Boyer, et lui avait organisé une rencontre au palais des jurisconsultes. Ce n'était pas exactement ce que Lisander espérait obtenir de ses exploits d'alcôve, mais il s'en était contenté. Après un nouveau coup de tonnerre, il tendit encore l'oreille, mais la Senavra se taisait. Il ne voulait pas d'ennuis. Il sentait qu'un changement était proche. En partant pour Turin, il allait tourner une page.

*

Les mésanges n'étaient pas revenues. Mais Leda avait réappris à parler, de tant chuchoter ses lèvres lui faisaient mal. Elle savait attendre, se cacher des autres recluses et des sœurs. Profiter des rares mais intenses moments de liberté. Leda avait tout raconté de Lorenzo à Faustina, comment il avait organisé l'assassinat de sa brute d'oncle. Elle l'avait contaminée avec son affection pour les oiseaux, lui révélant leurs habitudes et lui apprenant à observer le miracle que cachait chacune de ces créatures ailées. Ce fut un soulagement de savoir qu'au lieu de ruminer sa question, elle pouvait maintenant la lui poser, partager son obsession. *Tu es vivant ?* Mais au moment où elle céda à l'urgence de prononcer ces mots, l'heureux intermède était près de s'achever.

« Tu crois qu'il est vivant ? Il m'écrira ? »

*

Comme l'automne qui se résigne à devenir hiver puisqu'il ne peut, hélas, faire autrement, ainsi se fane chaque feuille, et la terre même perd toute trace de fragrance estivale et se durcit, épuisant les bêches et les socs des charrues. Le travail demande alors une peine plus grande encore, la peau de chaque paysan perd l'odeur du soleil, et c'est toujours plus rarement qu'on bute sur des châtaignes et des champignons ; même les bruits s'estompent sous la couverture automnale, laquelle, en remontant le bourg, se transforme en hiver. La métamorphose s'accomplit jour après jour, spectacle de la nature d'une infinie lenteur – on croirait sombrer dans un grand sommeil. Les étables commencent à s'animer le soir aussi, parce qu'on vient s'y réchauffer auprès des bêtes et de leurs flatulences, et dans les foyers brûlent des bûches encore humides qui se consument à petit feu ; les journées raccourcissent, obligeant à hâter son ouvrage, imposant l'empressement, puisque la saison, en somme, exige de concentrer le temps. Et à Sacconago, en même temps que toutes les autres choses, don Sante s'éteint, ou plutôt, le curé s'était déjà éteint, mais brusquement, et non au rythme du lent glissement d'une saison vers une autre. Il s'était écroulé comme ça, un bruit sourd dans la neige un soir de deuil, et l'événement, si inattendu, avait surpris le monde qui tournait autour de lui, déclenchant, à une petite échelle, une révolution copernicienne. Le curé était tombé à terre, et à terre il était resté, enroulé dans son pardessus ; il avait bavé entre deux gémissements, les yeux enfoncés dans la tête, le visage crispé dans une grimace atroce, la langue toute dure dans sa bouche, et quand les frémissements l'avaient quitté, il était resté étendu comme un tronc sec, mort aurait-on dit, n'étaient les deux fentes vivantes des yeux creux et gris. On avait espéré que ce n'était qu'un choc, un incident passager que le temps, quelque mixture, une médication rapide et le repos guériraient avec les prières, mais le physicien Ballarati avait perdu tout espoir. Le visage triste, au matin qui s'achevait déjà après une nuit de veille, le docteur avait déclaré qu'il ne restait que la foi, puisque la science, concernant le saint homme, ne pouvait plus rien. Condamné. De l'admettre, malgré tout, avait coûté beaucoup au docteur, lui qui ne s'était pas du tout attendu à tant déplorer l'imminente disparition de cet adversaire affronté plus d'une fois dans l'éternelle querelle entre la foi et la raison. La sentence tomberait-elle tôt ou tard, de surcroît, il n'en savait fichtre rien, et c'était don Sante en personne qui avait aggravé la situation déjà dramatique en perdant, quelques jours après le choc, le résidu de langage indéchiffrable que Colombino commençait à comprendre comme seule une personne intime, un proche ou un fils, en est capable. Bref, le curé était devenu plus raide au fil des heures, malgré la vie dans ses yeux. Eux seuls communiquaient depuis l'intérieur de la cage, sans pouvoir évacuer vers l'extérieur le tourbillon de pensées qui grimpait dans sa gorge cassée et désormais incapable du moindre son, tout comme de déglutir quelque chose de plus consistant qu'un bouillon.

« Qu'est-ce qui se passe, don Sante ? »

« Vous voulez quelque chose, mon père ? »

« Vous avez mal ? »

« Vous voulez une gorgée d'eau, don Sante ? »

« Essayez de manger un peu, mon père. »

Et ainsi de suite, jusqu'au jour où Colombino cessa de poser des questions qui ne trouveraient pas de réponse et feraient encore plus de peine à don Sante.

Si quelqu'un avait regardé avec une morbidité impudique les yeux du curé, il y aurait reconnu une acceptation dévote de la punition que Dieu lui avait infligée afin qu'il expiât ses péchés sur terre avant de se présenter, serviteur lavé de tout soupçon, à saint Pierre pour l'ultime bilan. Acceptation, oui, mais aussi rancune, qui ne résultait pas seulement de la triste condition dans laquelle il avait sombré ; une grande partie de cette colère muette venait plutôt d'un regret pour une chose restée inachevée.

Pour les habitants du bourg, fidèles ou non, ce fut un découragement de s'apercevoir du peu de valeur de cet infime univers sur la terre, décidément bien insignifiant s'il était voué à aller à vau-l'eau à la première contrariété dans le corps d'une seule personne. Et ce fut encore plus décourageant de prendre conscience qu'un univers dont le centre existait au nom de Dieu était condamné à durer si peu.

Pour Colombino, l'affaire prit une tout autre valeur. Elle représentait pour lui quelque chose de désolant, de très intime et de nocturne, et pas seulement parce que les nuits sont sombres et solitaires, et que la nuit, on a le temps de bercer sa peine. Il y voyait quelque chose d'intime et de nocturne parce que l'accident de don Sante avait aussitôt donné à ses semaines la consistance d'un cauchemar les yeux ouverts, presque comme si quelqu'un l'avait couché de force dans sa petite chambre du presbytère, face à la fenêtre ouverte, et l'avait brutalement obligé à assister aux événements. Et la douleur... Une douleur que Colombino ne se serait jamais cru capable d'éprouver et que peut-être, songea-t-il un jour jusqu'à se faire saigner du nez, les animaux comme son brave Astolfo ne pouvaient pas connaître, créatures plus sincères qui jamais n'avaient appris à pleurer. Colombino aurait voulu demander si c'était comme ça pour de vrai, mais il n'avait plus personne pour satisfaire les mille et une questions par lesquelles il se laissait distraire, ce qui l'attrista et lui donna le sentiment d'être idiot. Quand don Sante s'était écroulé, le garçon l'avait cherché à tâtons dans le brouillard, il s'était agenouillé à côté de lui, l'avait serré tandis qu'il tremblait, il avait crié à l'aide et il l'avait baisé sur les joues alors que le vieux bavait déjà, et depuis ce soir-là, chaque nuit, Colombino avait la sensation qu'une main spectrale serrait son cœur entre ses doigts pour le lui voler, une main patiente, heure après heure.

Le curé n'avait pas de proches en vie, parents ou frères. Lorsqu'il était arrivé à Sacconago en 1819 pour remplacer don Antonio, qui venait de décéder, il ne lui restait que sa mère. C'est l'Adele qui l'avait raconté, elle qui, à force d'égrener son rosaire, s'était fait venir des gros durillons. Un des notables du bourg avait transmis un message à la paroisse, et un prêtre plus jeune que don Sante mais plus tout jeune non plus était arrivé ; il s'appelait Luigi, avait des bonnes joues rouges et une belle bedaine. On ne l'annonça pas tout de suite comme le successeur de don Sante pour ne pas avoir l'air inconvenant, mais dans les faits, c'était le cas – et il y eut même quelqu'un, insensible ou fâcheux, pour oser dire que cette place aurait dû être la sienne depuis 1819.

Colombino, de son côté, ne prêta jamais attention à ces indécences ; il ne s'intéressait plus à rien, à vrai dire. Il s'était mis à s'occuper de don Sante, à négliger le fumier que personne ne bénissait plus, et puis les champs, les paniers, et toutes ses corvées. Maintenant que le prêtre ne répondait plus à ses appels et que lui-même avait cessé de l'interroger, il lui semblait naturel de ne plus l'appeler « don Sante » ; il s'était mis à l'appeler seulement « père ». Leurs repas à tous deux, c'était l'affaire d'Adele qui, selon toute probabilité, resterait la gouvernante du prochain curé ou plutôt sa « perpetua », comme on commençait à appeler depuis peu les femmes qui veillaient aux affaires des pasteurs de la paroisse.

Le bourg était en effervescence à cause des nouveautés qui s'annonçaient, comme c'était le cas dès qu'un nouveau curé prenait la relève, mais Colombino ne s'en rendit pas compte puisque don Sante *n'était pas* mort, « maudite merde et misère de misère ». Pas encore. Dans les moments où il regardait à nouveau ce qui se passait autour de lui, le garçon avait la désagréable impression que tous les habitants étaient déjà prêts à accepter cette disparition, que le monde était en train de tourner la page, désireux d'oublier, et de prouver ainsi la malveillance que toute maladie éveille même dans le cœur le plus pieux. La paroisse avait envoyé un substitut, les paysans s'habituaient à se passer de don Sante, mais il était encore là, mort dans ce tronc tout sec et pourtant vivant dans ces yeux gris. Alarmés comme s'ils avaient un mot au bord des cils, une perle vouée à rester prisonnière, là, dans ses pupilles arides, ou chassée par une larme sans que quiconque puisse la comprendre.

Depuis cette nuit de misère, Colombino avait rencontré Vittorina à deux reprises. La première fois en compagnie de l'Emilia, venue s'assurer en personne de l'état du curé. Toutes deux étaient entrées avec un voile sur la tête comme si l'heure de la veillée funèbre avait déjà sonné, et ce manque de délicatesse avait irrité Colombino, qui n'avait pas fait d'effort pour se montrer aimable. L'Emilia ne s'en était pas pour autant repentie, elle qui avait déjà fait les comptes à la ferme, et n'était venue que pour confirmer certaines intentions qu'elle avait susurrées à l'oreille du prêtre : « Père, que Dieu vous rende gloire. On était d'accord, vous et moi », elle avait fait le signe de croix, « mais vous avez pas eu le temps d'honorer notre pacte. Alors, moi et ma fille, on se considère libres de tout engagement. Je suis sûre qu'on ne doit rien, ni à vous ni à Notre Seigneur, gloire à lui *in secula seculorum.* » Après quoi, Vittorina à son bras, elle était sortie de la pièce en accordant à Colombino un regard qui, pendant un instant, avant que n'y réapparaisse l'habituelle et distante réalité, avait brillé d'un amour que tout adulte devrait éprouver pour un jeune dans la difficulté. Une lueur pas vraiment digne d'une mère, et pourtant maternelle. La seconde fois, au contraire, Colombino avait retrouvé Vittorina devant sa porte et il avait compris que la jeune fille était venue en cachette, puisque non seulement elle était seule, mais elle continuait à lorgner autour d'elle avec son regard qui ne décollait jamais trop du sol. Elle s'était arrêtée un instant ; avait prié pour don Sante, baisé sa main avec retenue, et avait laissé ses yeux se mouiller un peu. Colombino l'avait trouvée plus vive et généreuse de gestes, moins retenue qu'elle ne l'était devant ses proches. Ils étaient restés longtemps tous les deux silencieux, puis Vittorina avait dit « *Gh'é ndei a àca in di vérzi* – comme une vache dans les choux », et Colombino avait hoché la tête. Eh oui. Comme une vache qui va dans un champ de choux et abîme tout, c'est vrai qu'il avait mal fini. Le garçon avait tenté de réprimer un pleur au fond de sa gorge puis s'était mis à sangloter ; elle lui avait souri avec tendresse et, en la regardant de si près, Colombino s'était aperçu qu'il lui manquait une dent du bas. Alors il lui avait souri à son tour, un sourire triste, et elle avait caressé une de ses grandes mains. Et sa joue voilée de barbe rêche. En silence. Puis elle était partie. Cet après-midi-là, quand le Crapa était venu, Colombino lui avait raconté la chose, et les deux amis étaient restés à parler de Vittorina devant don Sante.

« Tu vas voir que t'as vu juste, t'en as tant dit et tant fait, ça va finir que tu vas te la marier…

— Maudite merde et misère de misère, tu parles sérieusement ? »

Mais Colombino était devenu sombre tout à coup. Même s'il avait pu la marier, maintenant que don Sante gisait, tout raide, dans le lit, qui allait célébrer les noces ?

Colombino cessa de faire le compte des semaines qui se succédaient hors de la chambrette, où les relents de déjections et une puanteur douceâtre commençaient à saturer l'atmosphère. Le monde se réduisit toujours davantage à ces quatre murs et guère plus. De temps en temps, le garçon sortait pour satisfaire ses besoins corporels ou se dégourdir les jambes, prendre une bouffée d'air et se promener avec Astolfo que Natale faisait paître et obligeait à travailler pour qu'il ne s'ankylose pas. Et puis une petite conversation avec le Crapa, qui venait lui rendre visite. Rien de plus. Son seul monde, c'*était* cette chambre. L'univers était vissé au chevet de don Sante. Tout s'était réduit, pour l'essentiel, à un toucher. Une main dans une autre main. La vieille dans la jeune, comme pour dire la succession des générations.

*

« Selon toi, Lorenzo est vivant ? Il m'écrira ?

— Leda… ça suffit ! Arrête avec ça, tu dois penser à autre chose.

— Je ne peux pas.

— Fais-le.

— Tu crois qu'il écrira ?

— Si tu t'arrêtes pas, je reprends par où j'ai commencé : je te bourre de coups…

— …

— …

— Il écrira ?

— J'en sais rien !

— …

— Pourtant…

— Pourtant ?

— Ben, s'il ne l'a pas fait jusqu'à maintenant…

— Oui ?

— Je crois que non. Je crois qu'il ne le fera pas. »

*

Cet après-midi-là, il avait envie de sortir, il avait l'impression d'étouffer. Il s'excusa auprès de don Sante, pria pour qu'il ne s'éteigne pas en son absence, et partit se promener en compagnie d'Astolfo ; dans les champs gelés et sombres, il pleura, sous le regard compatissant du mulet. Il voulait que don Sante se reprenne et ce fut précisément à son retour de promenade, lorsqu'il s'endormit sur sa chaise, au chevet du curé, à la tombée de la nuit, que surgit pour la première fois le cauchemar qui allait souvent le hanter. En sombrant dans le sommeil, le garçon se retrouva au milieu des oliviers, dans une nuit limpide et sans étoiles ; non loin de lui, il pouvait apercevoir un homme vêtu d'une tunique claire, agenouillé, les mains jointes en prière. Colombino voulait lui parler, lui demander qui il était, mais voici que tout à coup on entendait au loin le bruit retentissant du pas des soldats. La cadence martiale se rapprochait, Colombino voulait s'échapper, mais il n'y parvenait pas et se jetait à terre dans l'espoir de se camoufler derrière un arbre d'où, recroquevillé sur lui-même, il trouvait enfin le courage de lever les yeux. Il voyait alors les soldats et comprenait que c'étaient ceux que le Seigneur avait envoyés pour arrêter Jésus dans le jardin des Oliviers et sauver le Christ de l'amer calice grâce à un baiser. Combien de fois avait-il été impressionné par ce passage de l'Évangile, chanté par la voix de don Sante, qui lui collait la frousse ? Le seul soulagement que Colombino trouva au sortir de son cauchemar, ce fut ce baiser, traître mais salvateur. Libérateur. Le matin s'était levé. Il voulut poser ses lèvres sur le front de cet homme qu'il était le seul à appeler « père ».

X

Une rue dans la nuit, un réverbère qui défie l'obscurité. La lune éclatante, sur la gauche, ruisselait de clarté. Une maison se rapprochait, puis, descente le long d'une rampe d'escalier. L'image était fuyante. Une perspective. Une porte faite de modestes planches, rafistolée en plusieurs endroits. Puanteur de sous-sol et d'eau qui suinte. En grinçant sur ses gonds, la porte s'ouvrait sur une épaisse obscurité. La pestilence ici était différente. Un mélange de sueur, d'humidité, et d'une note plus aigre. Ce n'est qu'alors qu'on entendait le roulement lointain de la masse d'eau entre les rives : le Tibre. Le bruit de l'eau lui avait toujours procuré un sentiment d'apaisement, sauf en cet instant. Le couloir se rétrécissait pour la mener devant une autre porte. Elle s'y arrêta. Sans pouvoir encore voir à l'intérieur, par-delà le chambranle. Des voix d'hommes. Deux. Et une femme. L'un des hommes avait un accent étranger. Français. Non. Allemand, peut-être. On crevait de froid. La vision l'attirait irrésistiblement.

Puis vint le hurlement. L'onde sonore bouleversa la scène, amplifiant et distordant l'image, comme si le son pouvait s'échapper dans l'espace : « AH ! » Un cri déchirant qui fit frissonner Leda. La curiosité la poussa cependant à avancer. Elle laissa la pièce venir à elle et concentra sa vision sur la remise, au-delà de l'encadrement de la porte. Le lieu faisait probablement office de magasin. Il y avait plusieurs rayonnages et deux barriques qui transpiraient. Par terre, les dalles de pierre luisaient et, le long des murs, on voyait remuer des ombres et des silhouettes noires : une colonie de blattes. Quelqu'un avait posé deux candélabres sur une table grossière. Les mèches brûlaient et les coulures de suif formaient un puits qui avait coagulé sur le bois. Dans l'obscurité, les petites flammes dessinaient des bulles de lumière. Tout en haut du mur en face d'elle, la lune surgissait à travers deux lucarnes. On aurait dit des yeux. Des yeux d'argent.

Au milieu de la pièce, une chaise. Un homme inerte. Tête baissée. Par-dessus son visage, ses cheveux longs reflétaient la lueur des bougies en toutes petites étincelles. Deux autres hommes – l'un grand et sec, l'autre plus trapu – étaient plantés devant lui, raides et sinistres. L'homme assis portait une blouse ouverte sur une chemise blanche tachée de sang. Il avait les mains derrière le dos et si, de là où elle était, Leda ne pouvait voir ses poignets, elle savait qu'ils étaient liés. À côté de la table, sur la droite, se tenait une femme aux cheveux acajou et à la peau très blanche.

« Alors, pour qui tu travailles ?

— …

— Donne-lui une petite idée.

— Hum.

— *Verstehst du nicht ?*

— Une petite idée, j'ai compris… »

Puis, en se tournant vers le prisonnier :

« Alors, pour qui tu travailles ? Les Anglais ? Avec ta tête de bellâtre, ça pourrait bien être les Anglais. Alors ?

— …

— Essaye ça. »

L'homme sur la chaise tressaillit. Un poinçon. Leda le reconnut, ou plutôt elle sut sans l'ombre d'un doute que c'était ce même objet qui avait été utilisé ce jour-là à la métairie ; le poinçon qui avait vidé le cochon de son sang. Mais là, ce n'est pas à la gorge qu'on le pointa. L'homme le plus fluet, sous la supervision de l'autre, souleva la lame et, dans la lueur tremblante des chandelles qui faisait scintiller la pointe, fit un pas en avant, s'accroupit en équilibre sur ses talons, et posa une main sur la cuisse du prisonnier. Dont, inexplicablement, Leda n'arrivait pas à distinguer les traits, voilés par une ombre étrange, comme dans un rêve.

La femme aux cheveux acajou se déplaça à son tour. Elle se posta derrière le prisonnier et toucha ses cheveux d'apparence crasseuse après des jours de détention. Leda eut un élan de jalousie et sentit un cri lui remonter dans la gorge ; elle hurla, mais personne ne sembla l'entendre. L'homme maigre pressa lentement le poinçon contre le genou de l'homme assis et patienta. Leda ne le voyait que de dos, mais elle le devinait en train de sourire.

« Alors, pour qui tu travailles ? Tu pourrais t'épargner des souffrances. On va te foutre en prison, et puis, dans quelques années, va savoir…

— …

— D'accord.

— AAAHHH ! »

Puis la main de la femme étouffa le cri en plaquant sa paume sur la bouche du prisonnier. Leda sut alors pourquoi elle avait été jalouse.

« Lorenzo ! »

Il hurla tandis que le poinçon, dans la rotule, la broyait, se frayait un chemin centimètre après centimètre. Lorenzo se débattait, ce qui ne faisait qu'aggraver la situation. La lame toucha l'articulation, entailla l'os. Une goutte de sang affleura sur le pantalon de toile. Lorenzo hurla plus fort encore, les veines gonflées sur son cou écarlate, les yeux exorbités, mais le hurlement s'éteignit dans un murmure étouffé au moment où retentissait un nouveau bruit, révoltant : un petit craquement, comme une fracture. Leda aurait voulu courir, taper, mordre, griffer, dévisser la tête de cette putain, mais elle ne pouvait pas bouger. La lame revint en arrière et se dégagea de la chair dans un *plop*. Lorenzo laissa retomber sa tête en avant. Le trapu fit un pas, lui flanqua deux claques, qui le ranimèrent presque, et lui tendit une timbale en fer. « Bois ! dit-il, c'est seulement le début. » Leda eut envie de vomir. Elle voulait courir vers son aimé, mais sa volonté et ses sensations ne déclenchaient aucune action, car telle est la nature des rêves : ils excluent le déroulement logique des choses.

Elle se réveilla en sursaut, sa vision brisée par la cloche qui lacérait le voile de la nuit à chaque tintement. Le battant en fer-blanc laissa échapper l'habituelle note de bronze et, tandis que le son se déployait, se jetant depuis la tour du clocher, Leda s'aperçut qu'elle tremblait. Elle cracha un filet vert et visqueux. Le son de la cloche parvint jusqu'à elle, et elle frissonna à nouveau. Le mois de décembre entrait dans le Refuge du Bon-Pasteur, mais le souffle hivernal n'était pas la cause des décharges qui parcouraient sa colonne vertébrale et lui tordaient l'estomac, comme un torchon sur la planche du lavoir. Elle ne pouvait plus attendre que quelqu'un vienne à elle. C'était à elle de partir. *Je ne peux pas rester, je ne peux pas attendre*.

Elle en parla à Faustina, et il s'en fallut de peu que sœur Arcangela ne les surprenne. Noël approchait, les festivités entraîneraient leur lot de célébrations. Et les célébrations rompraient la monotonie, inviteraient aux déplacements, offriraient des occasions dont il faudrait profiter. *Dis-moi que tu vis, je t'en prie*, ne cessait-elle de répéter, comme si elle invoquait Dieu.

*

Maintenant que João le Grand était mort, Abraão le Gros regrettait sincèrement d'avoir raté une occasion de s'enrichir : « Coquin de sort ! » Il n'arrivait pas à admettre que Griggs ait pu partir avant de le faire profiter de sa fortune même si, en vérité, lorsqu'il avait appris la nouvelle de sa mort de la bouche du *capitão* Garibaldi, il avait éprouvé une certaine tristesse car, tout Blanc du Nord qu'il était, l'héritier avait su se montrer sympathique et magnanime. Quoi qu'il en soit, dom José lui avait confié pour mission exclusive de ne pas lâcher sa femme des yeux, et l'intendant Abraão pensait bien qu'une telle responsabilité lui vaudrait une récompense digne de ce nom. Cette nouvelle promesse d'enrichissement avait un peu amélioré son humeur.

Le Gros était dans le camp à quelques lieues du village d'Ararangua. Il était occupé à tailler une petite branche avec son couteau au manche d'os et il ruminait. Parce qu'il n'avait que mépris pour la plupart des imbéciles avec lesquels il avait effectué l'exténuante retraite qui les avait conduits loin de Laguna. Contrairement à eux, il avait des intérêts, lui, il était curieux de connaître les plans ; il ne se contentait pas d'avancer et de combattre, comme une bête qui n'obéit que pour avoir le ventre plein. Comprendre, avait-il découvert aux côtés de João le Grand, était quelque chose qui procurait de la satisfaction ; oh que oui, cela procurait de la satisfaction ! Et même s'il considérait qu'une femme ne disposait pas des facultés nécessaires pour comprendre le pourquoi du comment, Abraão avait commencé à échanger avec la maîtresse du *capitão* les rares informations que, l'un sachant écouter aux portes, l'autre profitant de confessions plus intimes, ils réussissaient à grappiller à eux deux.

C'est ainsi qu'il avait appris que le général Canabarro s'apprêtait à retourner dans le Rio Grande avec une partie des troupes pour intégrer les contingents qui assiégeaient Porto Alegre. Une décision prise malgré l'hostilité de dom José, mais surtout de Rossetti, l'ami du *capitão*, qui n'avait pas pu se retenir et avait reproché au général d'avoir non seulement perdu Laguna mais aussi la vie de nombreux combattants. Dans le Rio Grande, la bataille exigeait de nouvelles forces, et Canabarro avait par conséquent décidé de diviser les bataillons puisque les nouvelles transmises entre-temps par les éclaireurs du Nord parlaient d'une brigade aux ordres de Francisco da Cunha en route vers Lages. L'armée impériale voulait prendre le contrôle du haut plateau qui se déployait à perte de vue dans l'arrière-pays pour pouvoir descendre ensuite dans les territoires du Rio Grande. C'était donc là-haut, sur le haut plateau, que dom José se dirigeait avec son ancien équipage qui, après avoir rendu l'uniforme marin, intégrerait la troupe sous les ordres du *capitão*. À la tête de la cavalerie et de l'expédition sur le haut plateau, il y avait Texeira.

« Bonjour Abraão », dit Aninha, surgissant de l'arbuste derrière lequel elle s'était cachée pour se soulager.

« Bonjour », lui répondit le Gros.

Derrière elle, le maquis s'épaississait et au loin, comme une large griffure dans le ciel limpide, la Serra.

Elle s'élevait avec dédain, en surplomb, immense escalier de roche sur lequel un géant aurait pu poser le pied.

« On part pour le haut plateau », lui dit-elle, presque dans un sourire.

Le Gros ne répondit pas. Ils lui avaient donné un cheval, mais Aninha ne le montait presque jamais. Elle ne se servait que de la besace accrochée à la selle pour transporter ses rares affaires : peignes, miroir, le crucifix que lui avait offert sa mère. Plutôt que de marcher, le Gros aurait préféré qu'on lui coupe le petit doigt de la main gauche. Mais ce matin-là, il avait plutôt intérêt à avancer.

« Eh oui. »

Il adorait ces seins. Pleins et faits pour accueillir les mains. S'il y avait bien une création de la nature à louer, c'était ces mamelles. Il adorait les caresser au réveil tandis que leurs corps s'attardaient pelotonnés sur le grabat, esquisser de ses doigts les fines nervures de la couronne autour du mamelon, et sentir la pointe de chair sombre se planter au milieu de sa paume. Il aimait traîner encore un instant, même si l'aube se levait et que la route déjà l'attendait. Depuis des jours, ils suivaient des sentiers qui s'engouffraient dans la forêt, mais le lacis de branches et d'arbustes était devenu impénétrable et les routes toujours moins battues. L'humidité était telle qu'on avait peine à respirer. Ils avaient dû s'enfoncer dans le lit d'un fleuve pour pouvoir avancer. Le moral des hommes – surtout les loups de mer, devenus marins des bois – commençait à faiblir, mais dom José ne se plaignait pas.

« Tu es fatiguée ?

— Non. »

Quand ils cantonnaient le soir, elle se blottissait contre lui pour se réchauffer et, dans ces moments dénués de repos, plus rien n'existait autour d'eux. Ni la soldatesque, ni le hennissement des chevaux ou le bruit métallique des armes aux ceintures, ni les plaintes, les pleurnichements des petits qui suivaient les combattants aux côtés de leurs mères.

À la lumière des feux de camp qui pénétrait le tissu des tentes, Aninha contrôlait la rougeur sur son aine ; chaque fois qu'elle montait à cheval, la selle imbibée de sueur – celle de la bête plus que la sienne – lui provoquait cet effet. Puis elle se peignait, à petits coups secs sur ses cheveux de jais, en insistant comme si elle affilait une lame sur un bandeau de cuir. Elle sentait une légère démangeaison ; par pitié, que Dieu lui épargne lui épargne les poux : « Si ce n'est pas moi qui en ai, c'est peut-être toi… » Alors elle obligeait son José à s'asseoir. L'examinait. Puis, trop fatigués pour entreprendre quoi que ce soit, ils se contentaient de dormir enlacés l'un à l'autre, sous l'œil protecteur de la nature. Les arbres et les pierres, les animaux qui se cachaient dans la broussaille, et les gouttes de pluie.

Dom José avait emporté avec lui la longue-vue de Laguna, la longue-vue par l'entremise de laquelle ils s'étaient rencontrés, et chaque matin il constatait qu'ils approchaient du but. Les guides escortaient l'expédition du colonel Texeira dans des gorges rocheuses et étroites où résonnait l'écho de leurs pas, laissant craindre une catastrophe imminente, mais dom José trouvait toujours l'endroit – un escalier dans la roche, un arbre rare auquel s'agripper – pour explorer les lieux. Aninha n'avait pas besoin de regarder, elle sentait qu'ils s'approchaient du ciel, et elle sentait aussi que le combat de José, sur le haut plateau, reprendrait bientôt.

XI

Elle détestait moustiques, moucherons, guêpes, fourmis, couleuvres et scarabées. Elle ne les détestait pas en général, elle qui avait grandi cul nu dans la terre, jouant avec tout ce qui lui tombait sous la main, la figure toujours crottée, mais elle les détestait ici, dans cette attente au milieu de la végétation, à un demi-mille du rio Pelotas. Parce que ces sales bestioles s'enfilaient partout, et que pour s'en débarrasser, il fallait se secouer, faire du bruit et ameuter les autres. Ils avaient enfin atteint le sommet du haut plateau, une étendue de prés et de brume moelleuse et, comme Aninha l'avait deviné, on avait déjà repris les armes. Le colonel Texeira avait tendu un piège et les hommes de l'empereur étaient tombés en plein dedans. Têtes de pioche. Texeira avait donné l'ordre à ses troupes d'attendre pendant qu'une avant-garde essayait d'attirer l'ennemi, et les hommes du brigadier impérial da Cunha, convaincus qu'ils ne feraient qu'une bouchée d'un modeste bataillon de *farrapos*, s'étaient lancés à leur poursuite ; jusqu'au soir, ils s'étaient laissé mener par le bout du nez, en direction des vieilles enceintes du Passo de Santa Vitória, murets de pierres derrière lesquels jadis on entassait le bétail. Puis la nuit fraîche de décembre était tombée.

Aninha apprenait à acquérir, à la veille de chaque combat, une nouvelle conscience de soi. Ses sens lui semblaient plus aigus que jamais, elle prenait conscience du sang qui coulait dans ses veines. D'habitude, ses paupières devenaient lourdes au fur et à mesure que passaient les heures de la nuit, mais là, au contraire, l'excitation avalait le temps et chassait le sommeil. L'ordre vint en même temps que l'aube. Le brigadier impérial da Cunha – on racontait qu'il avait coupé une des deux pointes du chapeau bicorne qu'il arborait pour pouvoir mieux viser – et ses hommes aux casaques bleues et aux larges bretelles croisées avaient pris position près des grandes clôtures de cailloux ; le soupçon d'avoir été embobinés, finalement, les avait effleurés.

Alors, la charge des troupes riograndaises sonna, et la cavalerie surgit des buissons. Elle se déploya sur l'herbe des prés voilée de rosée, telle une faux, au galop, et dévora le terrain, crevant le silence de la Serra au son des sabots.

Autour d'Aninha, parmi les soldats de son José qui pendant ce temps discutait passionnément avec son frère et ami Rossetti, l'excitation grandissait. On s'extirpait de la moiteur nocturne en buvant à grosses goulées. Les obscénités dépassaient toute décence et les rires, les bourrades, les insultes, les encouragements réciproques à voix plus très basse, la pisse qui giclait sur les pieds du voisin étaient un spectacle inconvenant mais dont Aninha ne s'indignait pas le moins du monde ; l'atmosphère était électrique et, bien qu'un peu apeurée à l'approche de l'assaut, dès qu'elle mit la main sur une carafe de terre cuite venue de Dieu sait où, Aninha prit le temps de boire une longue rasade, s'éclaboussant le visage. Elle sentit dans sa poitrine une vague de chaleur, inspira à fond, et regardant autour d'elle, elle se sentit gagnée par la fièvre générale, plus que jamais membre du groupe ; le Gros lui arracha la bouteille des mains avec un air sarcastique et s'abreuva à son tour.

La funèbre faux de la cavalerie remontait pendant ce temps le creux du terrain qui menait aux clôtures de pierres. On entendait le souffle rauque des chevaux, la respiration des cavaliers brisée par les chocs en retour dans les reins, puis vint le sifflement des balles des fusiliers impériaux.

Alors, la bataille commença pour de bon.

Les premiers chevaux touchés par les projectiles s'écroulèrent, traînant leurs cavaliers derrière eux, les fusillades redoublèrent, les cris ébranlèrent le ciel. À côté d'Aninha, se leva un barouf retentissant d'encouragements et d'insultes envers les indignes mères des soldats impériaux et leurs postérieurs, accusés d'accueillir d'innommables choses.

José arriva. « Toi, tu ne bouges pas, tu restes ici », lui dit-il simplement. Son visage était lumineux.

Le Gros n'avait que dégoût pour ce qui se cachait sous la peau, du sang à la merde, mais il était capable de soutenir la vue tant de l'un que de l'autre. C'était tout le reste qui lui posait problème : intestins qui se déversaient des blessures tels de gluants rouleaux de corde, lambeaux de muscles et faisceaux de nerfs, moignons grisâtres qui crevaient la peau réduite à de flasques haillons, semblables à ces déchirures de vieux tambours jamais rafistolés ; et la matière cérébrale qui dégoulinait des crânes fracassés par un coup de mousquet ou par un sabot ; et le visage… S'il y avait bien une chose qu'Abraão le Gros avait du mal à supporter, c'était un visage qui perdait toute forme : les dents cassées et la bave dégoulinante, pommettes enfoncées, oreilles tranchées, bouches défigurées par d'immenses balafres, nez brisés, cloques de chair violette à la place des orbites, mâchoires pendantes, démantibulées. Mais la femme du *capitão* portait secours aux blessés, et comme il était chargé de veiller sur elle, il se retrouva très vite aspergé par une multitude de liquides humains.

Tout à coup, tandis que le soleil commençait à réchauffer la terre, on entendit se lever le rugissement des hommes de José. Aninha cessa de tamponner un œil à moitié liquéfié : dans un fracas de ferraille, épées, carabines et baïonnettes à la main, les soldats s'étaient lancés dans la course, mais les troupes impériales, après avoir décapité la cavalerie, dirigeaient à présent leurs tirs sur les nouveaux bataillons. Aninha retint son souffle. De nombreux soldats tombèrent du premier coup, d'autres résistèrent et, dans le vacarme, on entendit dom José hurler : « À l'arme blanche ! On va les égorger, ces bâtards ! » *Tu es fou, survis, je t'en prie*, supplia Aninha au spectacle des hommes qui se recroquevillaient dans d'affreuses convulsions, enduits de terre comme des morceaux de viande qu'on aurait roulés dans la farine. *Tu dois être fou pour envoyer ainsi tes hommes à la mort*, songea le Gros indigné devant pareille scène. *Tu es habitué à la mer,* estúpido*, mais sur terre, c'est autre chose.*

La progression des troupes sembla durer une éternité, et la fusillade des troupes impériales n'épargna aucune cartouche, mais les hommes de José atteignirent finalement les clôtures du Passo, et l'on entendit un choc fracassant. La collision des bataillons.

Elle avait encore dans les yeux les blessures, les bras amputés des vivants, et elle marchait maintenant au milieu des cadavres. Par certains aspects, la puanteur de larmes et d'excréments, de terre et de poudre à fusil, l'odeur d'épée qui avait cogné une autre épée étaient stupéfiantes. Puis vint le silence qui dévorait les ultimes cris de victoire, et le moment de compter les morts. C'était la première bataille loin de la mer, pour elle, et elle se sentait terriblement fatiguée. Mais José était vivant.

*

À la taverne des curés, c'était l'habituel vacarme de fin de soirée. Dans la via delle Ore, sous le lumignon mélancolique éclairant l'entrée à l'écart de l'archevêché, on voyait déjà des clients passablement cuits dériver sur les pavés. À l'intérieur, l'air vicié était dissipé par quelques lanternes qui projetaient des ombres changeantes sur les voûtes et les murs de la grande salle. On bavardait aux tables, dans les recoins on protestait contre la vie, et on profitait de la proximité de l'archevêché pour déverser sa bile sur la religion et les curés : « Moi, la Bible, ça me plaît bien. J'me sers des pages pour m'rouler des cigarettes et me torcher le cul avec ! » L'alcool coulait à flots, dans le tintamarre des centimes de cuivre jetés sur le comptoir et le glouglou en cascade des brocs et des goulots de bouteilles. Les Romantiques de Traviole feuilletaient des revues, parmi lesquelles *Le Courrier des dames* – « faut bien savoir reconnaître l'éternelle amie amante infidèle ennemie » – avec un supplément dédié aux gravures de mode et un numéro du fascicule citadin de l'année, le *Polytechnique*, observatoire renommé autrement appelé *Répertoire mensuel d'études appliquées à la prospérité et à la culture sociale.* Igino la Rallonge avait corné la page où figurait un article au titre prolixe – et qui avait pour cette raison retenu son attention : *Description d'un nouveau reptile fossile de la famille des Paléosaures et de deux poissons fossiles trouvés au-dessus de Varenne.* Igino dissertait, agitant l'image du bassin de Dieu sait quelle créature antédiluvienne sous le nez de ses amis avachis sur les bancs et les chaises, les coudes sur la table ou carrément sur l'épaule du voisin. Il interpella un client inconnu, qui ne trouva rien de mieux à répondre que : « Allez vous faire foutre ! »

« Je trouve que cette obsession envahissante de la technique est un signe de décadence. Si les sciences dépassent les humanités, on va vers des temps obscurs. »

« Ouais, c'te foutue société d'ingénieurs nous brise les marrons. Des idées, on a besoin d'idées ! » dit Gégé la Clappe dans un numéro qui lui attira les applaudissements des R.d.T. La discussion qui s'ensuivit approfondit la nécessité de la technique et pondéra les bienfaits de la science jusque dans ses plus industrieuses applications mais, surtout, elle décréta l'indiscutable utilité de l'art sous toutes ses formes, valeur ultime à atteindre pour élever la civilisation, sous peine d'un retour à la barbarie qui mènerait tout droit à l'exploitation de l'homme, réduit à un simple « Ustensile de la Grande Machinerie Scientifique » – c'était toujours Peppo le Grand Vocabuliste qui trouvait les définitions. Lisander s'intéressait davantage à la conversation derrière lui.

« Tu l'as jamais connu, toi, l'Ernesto ?

— Qui ça ?

— Le boucher du Verziere – le marché de Milan – le type pas plus haut qu'un mètre.

— Le petit, laid et méchant ?

— Sa quatrième femme, elle vient de passer.

— Et comment ?

— Il lui flanquait des raclées jour et nuit.

— Sans blague ?

— Une qui part, l'autre qui vient, jamais il s'est lassé. Toutes, qu'elles se prenaient des coups, et toute la sainte journée.

— Misère…

— Ça fait trois jours depuis le dernier enterrement, et aujourd'hui on l'a retrouvé qu'il était devenu dingue. Il savait plus qui il était.

— Faut dire qu'il l'a jamais su !

— Ah ah ah !

— Ils l'emmènent à la Senavra.

— Des gens, y'en a de toutes sortes, faut faire gaffe… »

Tout à coup, Lisander aperçut Floro. L'ami apprenti referma la porte de la taverne derrière lui et lui fit un signe. Il avait un œil au beurre noir. Il prit place parmi les R.d.T., bien qu'il n'ait pas encore mérité l'honneur de faire partie de leur congrégation, qui le jugeait apparemment dénué de tout intérêt humaniste, défenseur au contraire de ladite Horde Scientifique. Il avait toutefois su inspirer la sympathie de la plupart d'entre eux, notamment grâce aux mixtures dont il faisait contrebande à moindre prix, et les R.d.T. s'étaient promis de le « purifier » ; Igino la Rallonge et Carlo, dit Charles à la française voyaient cela comme une épreuve. Le prosélytisme est la règle de survie de toute congrégation.

« Mais qu'est-ce qui t'est arrivé ?

— Le *padron* m'a foutu à la porte.

— Quoi ?

— Il a fait les comptes et, entre le grand livre, les stocks, tous les reçus et les dossiers, il m'a dénoncé aux agents. Il m'accuse de vol, dit Floro, scandalisé.

— Ben, tu l'as pas vraiment volé…

— Peut-être, mais ce bâtard pouvait me traiter avec un peu de respect, moi je dis, depuis les années que je travaille pour lui !

— Et ton œil ?

— J'y suis retourné pour lui passer un savon, mais c'est un malin : il m'attendait avec deux complices, et j'ai dû partir en courant comme un dératé. »

Cris de joie et applaudissements. Les R.d.T. lui offrirent à boire avec leurs derniers sous et se réjouirent de ce qu'ils baptisèrent aussitôt la Purification Spontanée du Sujet Scientifique. Lisander eut du mal à retenir une grimace incrédule et accablée, car le licenciement de Floro portait un coup dur à la récolte de médicaments et substances en tous genres. La soirée traîna une heure encore et le peintre s'assombrit peu à peu. Quand il salua ses compères à la sortie de la taverne, il n'eut pas le temps de faire dix pas qu'il entendit derrière lui, fredonnée sur une mesure à deux temps, la chanson de la congrégation : *Num semm nassùu de sbiess, semm fradej di maramàn, che san pèrdes in de la voeuja de poesia e menàss l'usell, num semm i Romantic di Sbiess.* Lisander rit, leva la main sans se retourner, et esquissa un pas de danse. *Nés de traviole, frères des Mal-Nés qui aiment se perdre dans la poésie et remuer la queue, nous sommes les Romantiques de Traviole.*

Tandis qu'il traversait la ville émaillée de lampions, Lisander se réjouit à l'idée de son départ. Il n'avait jamais affronté un aussi long trajet en diligence et, plutôt que son habituelle angoisse, c'est un espoir confiant dans les choses de la vie qui s'empara de lui, ce qui décupla sa rage quand, une fois rendu au bordel de San Giovanni sul Muro, il lui fallut attendre que Chiarella termine son affaire avec un client. Lisander faillit devenir fou. Quand il l'eut en face de lui, les yeux fraîchement maquillés d'un mélange de vaseline et de cendres, il ne trouva rien d'autre à lui dire que « putain ». Elle hocha la tête. « C'est ça, et surtout, bon voyage ! » et elle lui claqua un baiser sur ses joues rasées de frais. « Y'a plus qu'à espérer que quand tu reviendras, tout ira comme il faut. » Lisander, qui s'apprêtait à se dérober, accepta pourtant cet adieu glaçant, lèvres gonflées de vœux amers, et quand Chiarella fut rentrée, à la vue de cette peau nivéenne sous la lune hivernale, le peintre s'en voulut. Il sortit alors le couteau qu'il avait dans sa poche et, en travaillant avec la lame, extirpa un pavé de la chaussée. Il ôta le foulard qu'il portait autour du cou et l'en enveloppa. Il hésita un instant avant de baiser le paquet et de le lancer en direction de la fenêtre du premier étage. Il n'attendit pas de savoir si le message était arrivé à destination. Il s'enfuit en courant ; les lampions ne suffisaient pas à éloigner les ténèbres. Au bout de quelques instants, il ralentit, rongé par le remords et plein de haine pour Floro qui s'était fait licencier.

Avant de regagner sa chambrette dans le quartier San Simone, Lisander se soulagea contre le mur de la bâtisse et, au moment de franchir le seuil de sa mansarde, une hésitation inattendue lui donna le tournis. Il laissa courir son regard : le lit avec son matelas tout cabossé et le bahut ; à côté de la porte, le trépied et la bassine pour se laver et puis, entassé dans un coin sous la fenêtre, son matériel de peinture. Il pouvait avoir plus que le peu qu'il avait là ; bientôt, peut-être, il abandonnerait ces quatre murs trop étroits.

Quelques heures plus tard, mais trop tôt pour que son corps, bien qu'accoutumé à l'ivresse, eût pu évacuer le trop-plein d'alcool, il se leva, empoigna sa valise déjà prête, enfila son pardessus et, coiffé de son chapeau, descendit dans la rue. L'idée l'effleura de passer à la boutique où Chiarella travaillait comme gantière le matin, puis il y renonça. Il aurait tout arrangé à son retour.

Il prit place dans la malle-poste. Dans le sens inverse de la marche. Le crâne encombré. Milan défila à toute allure par la fenêtre, abaissée malgré le froid, car l'odeur pestilentielle qui s'échappait de sous les manteaux empêchait déjà de respirer. Le givre qui saupoudrait les mauvaises herbes aux bords des routes de campagne remplaça bientôt le paysage urbain. Entre ses mains, Lisander tripotait le carnet qu'il avait acheté pour noter doutes, questions sans réponses, projets. La voiture grinçait, impossible de se concentrer sur cette route cahotante. Il avait fait ses adieux à donna Teresa la veille et s'était plaint qu'à la CaÉpPlo (Caisse d'épargne des provinces lombardes), où il avait été reçu grâce à l'intercession de la dame, on ne lui ait pas accordé de prêt, sauf à fournir une garantie hypothécaire. Mais Lisander était un minable locataire, et les maigres lires qu'il récoltait à la boutique de Narducci ne lui avaient rien permis de plus. Il maudit la signora et se prit à espérer que durant son congé, en l'absence d'exercice sexuel, donna Teresa, torturée par le désir, se décarcasserait pour arranger ses affaires.

Mais la vie l'avait dégourdi et Lisander avait répondu au refus partiel de la CaÉpPlo par une résolution qu'il avait en réserve : mettre le projet du laboratoire en veilleuse. Il n'abandonnait pas pour autant son idée de mettre sur pied sa propre affaire. Il ferait en sorte que donna Teresa lui avance une somme plus raisonnable qu'il investirait dans l'achat de lentilles, filtres, plaques et outils ; il achèterait aussi une charrette à bras et trouverait un endroit où l'entreposer et, plutôt qu'une chambrette, il en louerait deux. L'idée, qui avait reçu l'approbation des R.d.T., à qui il n'avait cependant pas encore révélé quelle serait la marchandise, était de joindre les deux bouts comme vendeur ambulant : il réaliserait des vues et des portraits dans les rues de Milan. On aurait pu croire que Lisander bradait ses grandes ambitions sauf qu'avec un peu de chance, le petit commerce pourrait devenir plus fructueux grâce à certaines œuvres que le peintre écoulerait à l'abri des regards indiscrets. Parce que la nuit dernière, au lieu de dormir, Lisander était retourné à Porta Tosa et était resté une heure devant la maison des fous où on avait enfermé sa sœur. La Senavra passait pour un lieu bestial, mais si, comme Lisander, on faisait le chemin depuis là-bas jusqu'à San Giovanni sul Muro pour aller voir Chiarella, alors, comme lui, on pouvait relier la maison des fous et le bordel spatialement mais aussi mentalement. Et, ce faisant, l'image automatique miraculeusement vomie par la *camera obscura*. Si on y réfléchissait, la Senavra était une mine d'or. Ce fameux Pietro, grand joueur de Watten que le Mal-Né traînait parfois avec lui, il coupait bien les cheveux des fous pour les revendre sous forme de perruques, et c'était cela qui avait révélé à Lisander les possibilités de la baraque de la démence. Si on mettait entre de bonnes mains un rouleau de pièces assez long pour remplir le creux d'une paume, qui trouverait à redire devant le portrait d'une malade légèrement vêtue ou, pourquoi pas, complètement nue ? Combien pouvaient valoir ces clichés libidineux ? Personne ne pourrait deviner que ces beautés charnelles seraient celles d'une folle : par chance, malgré le prodige, les images automatiques restaient immobiles et muettes. Ce ne serait guère différent du fait de revendre, disons, une modeste copie de la Vénus du *maestro* Hayez, avec ses grosses fesses pulpeuses, lesquelles, quoique très charmantes, stimulaient certes le plaisir esthétique mais aussi l'entrecuisse, qu'elles faisaient vibrer de désir… Rares étaient les personnes assez honnêtes pour l'admettre, mais n'en était-il pas ainsi ? C'était tout de même bien le désir qui inspirait l'art et faisait valser le pognon ! Et puis les images obtenues grâce à la daguerréotypie offriraient quelque chose de différent et d'exceptionnel : une aura dont les peintures étaient dénuées : l'illusion de la possession, de la réalité. Ce que Milan, plus que tout autre lieu, demandait, et ce à quoi ses habitants aspiraient.

*

Ils avaient repris la route vers Lages et ils marchèrent jusqu'à ce que la nuit tombe. Alors, on alluma des feux pour le bivouac et dom José et le Gros montèrent la tente. Aninha s'installa une couche : la fatigue qu'elle éprouvait était oppressante, mais elle sentait encore couler dans ses veines l'extase et l'horreur de la violence découverte pendant la bataille du Passo de Santa Vitória. Quand son José vint vers elle après s'être baigné dans l'eau d'une rivière, il était glacé. On l'aurait dit ivre ; on avait grandement fêté la victoire républicaine – sans évoquer les morts afin de ne pas démoraliser les troupes. Une ombre d'inquiétude voilait le regard de dom José et, bien qu'elle l'ait remarqué, Aninha décida de l'ignorer ; encore pleine d'excitation, elle enlaça son amant et se frotta contre lui jusqu'à ce qu'il se retrouve nu. Alors il lui empoigna les seins avec violence et elle le massa. Il la prit par ses solides hanches, elle ne sut pas résister, et elle baisa son corps tout entier. Comme affamée. Il gémit. Quelques instants. Puis plus rien. Aninha eut l'impression que José perdait de sa vigueur et elle leva les yeux.

Il s'était endormi.

Elle resta là, à le regarder, incrédule. C'était une insulte de la laisser ainsi, comme si sa présence ne suffisait pas à maintenir son amant éveillé, mais bientôt la respiration de José se fit régulière, et il ne resta plus à Aninha, fâchée, qu'à rajuster ses vêtements et à essayer de dormir. Elle resta ainsi, inquiète, jusqu'au moment où elle sombra dans un sommeil douloureux, pendant lequel lui apparut Manuel Duarte, son malheureux mari – torturé en songe. Aninha rêva jusqu'au matin. Quand elle se réveilla, José était déjà debout, et il lui restait le souvenir d'une mauvaise nuit et la puanteur d'une bataille qu'elle aurait voulu étouffer dans la moiteur des corps et le parfum des sécrétions. Pourtant, elle sourit. En abandonnant Laguna, c'est cette vie qu'elle avait choisie.

*

« Vous pouvez encore retrouver le droit chemin », dit sœur Arcangela, à genoux, les mains jointes. « Agenouillez-vous avec moi et priez pour que le Seigneur vous pardonne comme il a pardonné à Marie-Madeleine. »

Faustina écarquillait les yeux. Elle se sentait soudain perdue. La détermination des semaines passées à préparer leur fuite s'était brutalement effritée, la laissant seule face à l'immensité du monde hors du Bon-Pasteur, et la liberté lui apparaissait tout à coup comme un vide hostile qui menaçait de l'avaler. Leda entrouvrit ses lèvres et humecta ses dents de la pointe de sa langue pour articuler un son. Il s'était écoulé plus d'une année, une année de silence presque total, des mois d'absence pendant lesquels chaque visage familier l'avait en quelque sorte empêchée d'embrasser à nouveau son Lorenzo, des mois au fil desquels chaque forme humaine s'était révélée responsable à son niveau d'une missive jamais reçue, de mots jamais lus, d'un réconfort désiré et chaque fois déçu. Depuis peu, Faustina savait calmer sa douleur, mais pas la lui faire oublier. Leda empoigna le voile qui cachait les cheveux de la sœur. Ce visage lui avait souri, presque maternel, et s'était chaque fois révélé un piège. Ce sourire était l'appât auquel mordre, le filet et, du reste, la vérité n'était-elle pas tout entière dans le Verbe ? Cette lecture qu'elles lui avaient répétée inlassablement : *Comme il cheminait le long de la mer de Galilée, Jésus aperçut deux frères, Simon – celui qu'on appelle Pierre – et André, son frère, qui jetaient le filet dans la mer*. Et Jésus avait dit : *Venez à ma suite et je vous ferai pêcheurs d'hommes*. Le souvenir de ces mots déchaîna un irrésistible élan de colère et ce que sœur Arcangela vit au fond des yeux de Leda fit jaillir la terreur dans les siens. « Leda, j'ai voulu ton bien ! » supplia la sœur qui, voyant qu'elle ne pourrait éveiller sa compassion – son instinct, affiné au fil des ans dans la fréquentation des pénitentes et des pauvres gens, le lui dit – se mit à hurler dans l'espoir de voir accourir à son secours les autres sœurs : « Vite, venez ! » Leda inspira une profonde bouffée d'air. La liberté était enivrante. « Allons-y », murmura Faustina d'une voix tremblante tandis qu'elle jetait des regards circonspects autour d'elle. « Laissons-la ici, fuyons. »

Le premier mot que Leda voulut adresser au monde du dehors fut : « Non. »

Alors elle tapa de sa main gauche. Dans ce poing où confluaient tous les sentiments : la fureur, la rancune, le découragement, la stupeur. Et la confiance, l'ultime confiance. La sœur du Bon-Pasteur essaya de se protéger, mais Leda s'acharna, habile et souple comme si elle était habituée à ce geste où se concentrait toute la force de son corps svelte et nerveux. Un coup de poing. Puis un autre. Un dans le vide, puis les articulations du majeur cognèrent la lèvre supérieure de la sœur dont une dent se brisa sous la gencive. Elle hurla, déjà les larmes coulaient sur ses joues. Leda insista : ce visage qui, pendant ces mois interminables, lui avait interdit de s'échapper était en train de se métamorphoser, et elle découvrit qu'elle y prenait du plaisir. Elle frappa au même endroit. Du même poing. Elle tapa encore, et la sœur se mit à gémir. Leda s'arrêta un instant et tira le voile avec plus de violence encore, et puis les cheveux. Faustina avait plaqué ses mains sur sa bouche ; son expression incrédule réfléchissait les lueurs dorées du couchant de la veille de Noël, et la lumière du monde donnait à sa peau une tonalité plus blême encore. Leda sourit, fit un mouvement vers le bas pour relever le visage de sœur Arcangela. « Vous n'y êtes pas arrivés », puis elle décocha un autre coup, sur la bouche, lèvres fendues, souffle et voix coupés, peu importaient les cris qu'elle pouvait lui faire pousser. La sœur s'écroula sur le sol. Elle gémissait, divaguait, presque évanouie.

Enfin Leda s'arrêta. Elle haletait, ses bras tremblaient. Faustina se mit à genoux, en larmes, et avec Leda surmonta son dégoût et fixa le visage livide afin que ce masque brisé et rebutant reste à jamais gravé au fond de ses yeux. Sœur Arcangela perdit connaissance. Faustina sanglota : « Vous n'y êtes pas arrivés », voulut-elle dire à son tour en tendant sa main pour caresser le visage de la sœur quand Leda la releva. *Lorenzo, j'arrive.*

« Allons-y.

— Où ? »

Leda scruta ces traits qui lui avaient offert un refuge : la mâchoire prononcée, les pommettes saillantes, le menton en pointe, et cette fine couche de duvet diaphane près des oreilles. *Lorenzo.* « Ou tu viens, ou tu restes ici », dit-elle avec une dureté proche de la cruauté avant de dévaler la ruelle et d'entendre un brouhaha de voix humaines résonner entre les murs, s'amplifier.

Faustina se demandait pourquoi l'amie lui avait parlé ainsi lorsqu'elle la vit trébucher. Leda faillit tomber, se raccrocha au mur poreux du Bon-Pasteur, mais un vertige lui brouilla la vue ; elle avait l'impression que son souffle, toujours plus court, emportait avec lui la lumière. Leda eut la sensation d'être sous l'eau – bruits à la fois feutrés et palpables – et elle retrouva derrière ses paupières l'image du visage défiguré de sœur Arcangela. Une larme de bonheur mouilla ses yeux. *Lorenzo, je suis libre.* Sa main gauche palpitait de douleur. *Où es-tu ? Je t'en prie, dis-moi que tu es vivant.* Elle lutta pour essayer d'éloigner la pensée terrifiante de sa mort et maîtriser la fureur qui l'avait engourdie. Enfin, une voix toute proche parvint à ses oreilles.

« Tout va bien ? »

Leda entrouvrit ses paupières, fit le point sur les blocs de tuf du mur contre lequel elle s'appuyait et là, oppressée par les émotions, elle fut happée par une réminiscence. Les muscles de ses épaules se relâchèrent, son dos s'assouplit et voilà qu'affleurèrent les cris des bonimenteurs du marché de Fiumicino, et les têtes difformes, les globes oculaires enflés, les tentacules déployés, ventouses encore palpitantes. Des bêtes répugnantes, en rien différentes, au toucher, du mélange de bave et de sang qui s'échappait de sœur Arcangela. Présences spectrales. Lorenzo, qui discutait beaucoup avec les marchands, s'était un jour attiré les confidences d'un pêcheur plus bavard que les autres qui lui avait raconté que ces mollusques adoraient les profondeurs, qu'ils changeaient d'apparence selon leur milieu, de couleur aussi, et cachaient dans leur intestin une poche noire ; dans la nature, une arme singulière. De l'encre. À les voir dans les bourriches et sur les grosses tables de bois, ils faisaient horreur, mais cette couleur, si douce et vaporeuse… Un marron réconfortant. Presque gris, une fois les bêtes mortes, mais lumineux de leur vivant. Leda ne pouvait s'empêcher de les regarder, offertes aux chalands, et Lorenzo l'avait embrassée, en arrivant derrière elle, et elle avait sursauté. Il lui avait susurré « Je t'aime » et elle s'était laissé embrasser, se tordant le cou pour lui donner un baiser, de travers ; elle lui avait dit : « On achète une seiche ? » Puis la garde pontificale était arrivée. La confusion. Le fracas. Le cœur prisonnier de la peur. La séparation. Le commencement de ces mois d'angoisse silencieuse. *Tu es vivant ? Tu vas bien ? Tu m'aimes encore ?*

Leda revint à elle. Sa main avait laissé une empreinte sanguinolente, une tache sur le mur de tuf, de cette même couleur sépia qui s'étalait sur la Ville éternelle, un voile gris et marron qui s'écaillait comme une vieille peau, se craquelait en sinistres croûtes.

« Ça va ? » entendit-elle dire. Alors elle se retourna et reconnut le visage de Faustina et, en se relevant, prit sa main. Elle se remit lentement en route pour tester son équilibre, puis avança vers le torrent de fidèles en chemin pour les festivités de Noël. Ils remontaient la *via sancta* en direction des quatre arcades du pont Sixte pour rejoindre Santa Maria in Aracoeli et gravir les marches à genoux afin d'obtenir des grâces de toutes sortes, et généreusement distribuées, du moins c'est ce qu'on se disait entre vieilles filles et futures mères. On entendait un brouhaha pieux et bavard, pénitent et médisant, de bouches qui savaient passer de la prière à la curiosité mal placée, de l'oraison aux racontars : « L'ami d'Untel a dit que ce type a vu… » Les fidèles, emmitouflés dans leurs manteaux, passèrent devant elles, et Leda serra ses bras autour de son buste à cause du froid. Depuis le Refuge du Bon-Pasteur, d'autres sœurs arriveraient bientôt, il ne fallait pas perdre de temps ; cette fois, les gardes n'oseraient peut-être pas, mais ils la battraient, la tortureraient à tour de rôle jusqu'à s'en lasser. Le tribunal du cardinal-vicaire n'exigerait pas une seconde détention, pas plus que la libération d'une repentie : il la ferait pendre. Elle avait presque tué une religieuse. Leda sentit ses jambes la lâcher au souvenir de l'arrestation de Fiumicino et elle s'écroula.

« Ça va ? Qu'est-ce que tu as ? » lui demanda Faustina, impressionnée. Leda la rassura d'un signe de tête et se roula par terre pour délayer l'excès de rouge qui souillait sa tunique et maculait ses mains. Faustina, en la voyant, l'imita. *Lorenzo, où es-tu ?* Un homme pouvait le savoir, le seul qu'elle connaissait : c'était John John Frye.

« Les voilà !

— Là-bas !

— Bon Dieu, que s'est-il passé ?! »

Elles sentirent toutes deux leurs cœurs battre très fort. Leda se fondit dans la foule en traînant Faustina derrière elle. Entre les effluves et la chaleur humaine, la température monta brusquement. Les deux fugitives avancèrent sous les regards inquisiteurs, tête baissée, main dans la main, comme des amies d'enfance. Tous ces bruits, ces odeurs, ces sollicitations incessantes qui les poursuivaient jusqu'à les étourdir. Leda observa les murs, les colonnes et les renfoncements pour retrouver, de mémoire ou d'instinct, la direction. Surtout, sortir de là. Par la via della Lungara, mais en allant vers Saint-Pierre, à l'écart de la foule. « Où on va ? » entendit-elle de nouveau Faustina, dubitative, lui demander, et pendant un instant, la colère menaça de reprendre le dessus. Tirant sa compagne vers elle, Leda fit demi-tour, fonça dans la foule : un coup contre le sein, un coude dans le ventre, un morveux entre les jambes. Les deux fugitives transpercèrent cette humanité de chair compacte sous le poids de mille regards, tandis qu'à leur gauche, la colline les regardait fuir : Leda s'accorda un sourire moqueur en songeant qu'hier encore elle n'avait d'autre choix que de l'admirer depuis sa cellule. On l'appelait le Janicule ; en tout cas, c'est ce que lui avaient dit ses sœurs, et Leda ne l'avait pas oublié, elle qui emmagasinait tout dans son crâne : en plus d'une beauté trop adulte pour ses dix-neuf ans, la vie l'avait dotée d'une grande faculté à se souvenir.

À l'entrée d'une ruelle, trois joueurs de *zampogna* achevaient une pastorale devant la Madonnella, à l'angle. Un petit groupe de spectateurs s'était rassemblé, et quand les musiciens se lancèrent dans une saltarelle pour contenter ceux qui ne demandaient qu'à s'amuser, un sursaut de vitalité envahit la rue. « On dirait deux naufragées », entendirent-elles murmurer par une grosse femme un peu moustachue à quelques pas des musiciens, « elles viendraient pas du Bon-Pasteur, par hasard ? »

Les habitants du Trastevere étaient réputés pour être des sacrés filous, Lorenzo l'avait prévenue, et Leda sentit toute la fourberie de ces yeux-là sur sa peau. Alors elle continua tout droit en faisant semblant de rien pendant une cinquantaine de pas et, arrivée au commencement de la Lungara, dégringola quatre à quatre les escaliers du port Leonino. Elle ne se retourna pas avant d'avoir posé son dos contre la muraille et, une fois qu'elle se fut assurée que personne ne les avait suivies, laissa échapper un long soupir pour apaiser sa tension. Leda et Faustina restèrent là, sur le quai de déchargement du Vatican, tandis que, en face d'elles, le serpent d'eau rampait dans un gargouillis sourd et que le coucher de soleil flamboyait de mille teintes orangées. L'air était devenu plus froid et le hasard voulut qu'il n'y eût là qu'un vieux vagabond qui ronflait ; Leda et Faustina s'assirent plus confortablement, décidées à attendre au pied de ces vingt marches. Presque sans s'en rendre compte, elles s'embrassèrent. Sur l'autre rive du Tibre, chaque boutique semblait fermée. Chaque porte barricadée. C'était un jour de fête. Il leur fallait d'autres vêtements pour pouvoir se perdre dans le dédale des rues et des venelles. Leda voulait croire que dans cet enchevêtrement labyrinthique de possibilités, il existait un chemin qui la mènerait saine et sauve jusqu'à John John.

« Elles sont forcément passées par là. »

Le bruit retentissant du pas vif des gardes armés les paralysa ; Faustina ouvrit la bouche, mais Leda plaqua aussitôt sa main dessus.

« Venez ! »

Il n'y avait aucune échappatoire, à part plonger. Faustina grelottait de peur. Le soir était tombé avec ses longues ombres. Leda dévisagea son amie et songea un instant à la jeter à l'eau afin que ses cris, en attirant les gardes, protègent sa propre fuite, mais les voix dans la rue s'éloignèrent, et tout sembla s'apaiser. Elles restèrent immobiles jusqu'à ce que le soir se noie dans l'obscurité de la nuit. Alors Leda serra Faustina contre elle et décida d'attendre encore un peu.

L'homme les toisa de la tête aux pieds. Elles ne devaient pas offrir un spectacle très rassurant. Leda prononça son nom, demanda poliment au majordome à être annoncée à Sir John Frye, et le vieux s'éloigna dans son uniforme sombre en lui lançant un regard torve. Leda, revenue au monde, trouva enfin de quoi remercier ce Dieu qui lui avait tenu lieu de geôlier : John John habitait encore la villa, à ce qu'il semblait, et cela lui suffit pour nourrir un espoir qui sut la réconforter. À côté d'elle, Faustina claquait des dents.

Lorsqu'un homme d'une cinquantaine d'années se présenta, vêtu de pantalons à l'américaine et d'un frac,

Leda bredouilla : « Sir John, je… » Il avait des petits yeux ronds, enfoncés dans un visage de gentilhomme à la carnation claire quoique légèrement empourprée par le brandy, et d'épaisses moustaches jaunies par le tabac à la commissure des lèvres. Un cigare se consumait entre l'index et le majeur de sa main droite. Sir John Frye l'invita d'un geste aimable à entrer tandis qu'elle surveillait la grille qui donnait sur la rue. « Viens, Leda, mets-toi à l'aise », dit-il dans un italien mâtiné d'un fort accent anglais. Ces mots, leur simple inflexion, suffirent. Leda comprit, et elle sentit son cœur se ratatiner, broyé par une main cruelle. Il ne lui restait plus qu'à mourir, ou à vivre pour combler le vide laissé par Lorenzo.

*

De rares nuages tourbillonnaient innocemment dans le ciel de décembre et s'évanouissaient dans une lente pirouette. Ils étaient arrivés à Lages et avaient trouvé la ville à l'abandon. Les foyers de révolte et les représailles étaient pain quotidien. L'écho des cris se propageait dans les ruelles et, dès le début, Aninha avait eu l'impression de se retrouver dans une demeure de démons et non parmi des êtres humains. Les loyalistes, fidèles aux Portugais de Rio, avaient battu en retraite, ouvrant la voie à de féroces règlements de comptes. On voyait des hommes égorgés et castrés, abandonnés le long des murs, des gamins au crâne fracassé, et des femmes violées à chaque coin de rue. Les notables qui n'avaient pas pu s'enfuir à temps avaient été pendus par les jambes et crevaient sur les places. Les *farrapos* restèrent sur le qui-vive pendant trois jours et trois nuits avant de pouvoir savourer le repos des vainqueurs.

Dom José réquisitionna dès son arrivée la riche demeure d'une des personnalités de la ville et ne fit qu'occasionnellement appel au Gros, dispensé de la surveillance quotidienne d'Aninha une fois l'agitation passée. Aninha fut follement heureuse de jouir de l'ombre des pièces tandis qu'au-dehors le soleil consumait la poussière. Pendant des jours, elle promena ses pieds nus sur les dalles de pierre fraîches pour apaiser les cloques dues à la marche, et enfin elle put laver sa tunique, désormais imprégnée d'une odeur qui ne voulait plus partir.

Son séjour à Lages lui donna l'occasion de mieux connaître Rossetti, l'ami de José, qui venait souvent dîner avec eux, et qu'elle appela bientôt plus intimement Luigi. Avec son visage en lame de couteau et son air rêveur, il parlait beaucoup de politique. S'il marchait dans la rue, il se retournait brusquement, à l'affût des regards, interprétant chaque signe. Il ne s'écoulait pas une heure sans qu'il se penche sur une feuille pour rédiger un ordre du jour, une proclamation à lire à la population pour l'exalter ou la rappeler au calme, selon les cas. Ses mains étaient infatigables, toujours en train de noircir des missives, des circulaires, Aninha se demandait même si ce n'était pas du gâchis. Un jour pourtant, elle le surprit avec José en train de s'amuser à se battre. Ils riaient comme des gamins et c'est vrai, en y pensant, qu'ils avaient à peine trente ans.

Avant que l'année ne s'achève, Aninha et José faisaient l'amour, toujours de la même manière, les yeux dans les yeux, le souffle écourté par le plaisir, contents à l'idée de pouvoir s'offrir ensuite un bain dans une grande bassine. Dehors il pleuvait, tous deux appréciaient ce modeste confort, et cette nuit-là, Aninha retint José en elle jusqu'au dernier instant, et un instant encore. Elle s'endormit épuisée au petit matin et, dans un demi-sommeil prophétique, elle se vit en train d'avancer à cheval au milieu des fourrés. Elle serrait contre elle un ballot ; elle criait, criait désespérément le nom de José.

Aninha se releva sur le lit et, sans s'en rendre compte, se mit à masser son ventre avec de petits mouvements circulaires. Autour du nombril. Elle éprouva de la peur. Plutôt que de la joie. Une peur subtile et sournoise qui la happait toujours plus irrémédiablement. Terrible lucidité. De ce jour, elle sut qu'elle ne se sentirait plus à l'abri. Sa mère lui avait enseigné que la chance tourne comme le vent, et elle en était convaincue. Avec un enfant dans le ventre, elle devait faire attention, d'autant que la tranquillité de ces quelques jours à Lages s'envolerait très vite.

*

Et puis, allez savoir comment, voici que vint le jour qui ne pourrait pas durer davantage, ce moment où une poignée d'heures à souffrir encore, bon Dieu, ce serait vraiment de trop, alors, s'il doit venir, qu'il vienne. Et ainsi soit-il.

Inerte contre ses quatre coussins, don Sante reposait sur un lit de camp près du poêle pour profiter d'un peu de chaleur ; une odeur d'iodoforme stagnait dans la chambrette, où le petit corps rabougri et desséché du curé gisait, enseveli sous des couvertures de laine rêche. Colombino franchit le pas de la porte, prêt à s'installer sur sa chaise pour le veiller comme à son habitude, mais il pressentit que le petit homme ne tiendrait pas jusqu'au lendemain. Ce sentiment d'une conclusion imminente lui coupa les jambes même si la vue du corps soulagea un peu son malaise. La maladie avait beaucoup amaigri le curé, qui souffrait maintenant d'escarres, et à qui la station allongée avait donné un râle qui résonnait en s'amplifiant abominablement depuis le fin fond de sa cage thoracique et venait mourir dans un sifflement. S'il avait dû se confesser, ou s'il avait pu profiter de la compagnie d'une personne à qui parler, Colombino aurait avoué en toute sincérité que cela faisait déjà un petit bout de temps qu'il sentait que don Sante allait partir. C'était un sentiment qui le hantait, l'empêchant de dormir, et le protégeait en même temps de son récent cauchemar du jardin des Oliviers. Il passait des nuits entières à contempler le ténébreux hiver derrière la fenêtre, et en toute tranquillité de surcroît, depuis que les gosses du bourg avaient cessé, peut-être par respect, de lancer des cailloux par le pertuis ; et ces derniers temps, ce n'était pas la tristesse qui viendrait après la perte qui l'inquiétait, mais l'état de permanent adieu dans lequel il avait l'impression de vivre, comme s'il n'arrêtait pas de dire au revoir à un père qui ne se décide pas à partir et qui, au lieu d'un douloureux départ, finit par infliger à ses proches une épuisante éternité qui donnerait presque envie de lui flanquer un grand coup et de le mettre à la porte : « Mais allez, ouste, va-t'en ! » Voilà ce que c'était. Une impatience ingénue, pas malveillante pour un sou, tristement physiologique ; celle que chacun peut éprouver, même pour la personne la plus chère quand cette dernière, désormais à mi-chemin, décide de rester rien que pour souffrir encore un peu, finissant ainsi par transformer, insondable alchimie, la plus aimante compassion en rancœur. Parce que la vision du malheur est comme une atteinte à notre propre vie, et qu'il ne suffit pas de fermer les yeux pour se sentir à l'abri.

« Père, comment ça va ? Vous voulez quelque chose à manger ? » demanda machinalement Colombino comme chaque jour, sachant pertinemment qu'il n'obtiendrait pas de réponse. Il remarqua sur la crédence une petite lampe à huile en cuivre ; c'était sûrement l'Adele qui l'avait déposée, prévenante.

Le garçon s'assit pour se relever aussitôt et, s'affairant de ses bras, de ses mains, il redressa légèrement don Sante qui glissait de ses coussins ; il l'allongea sur le côté pour le changer de position et éviter que les plaies ne dégénèrent et s'infectent. Puis il se rassit, laissa vagabonder son esprit jusqu'à ce soir d'avril, dix ans plus tôt, lorsqu'il avait accompagné le curé à l'enterrement d'une vieille, elle aussi pleine d'escarres : sa chère mère, celle du prêtre s'entend, puisque Colombino ne savait même pas qui était la sienne. La pauvre femme, emportée par un *máa brütu*, un vilain mal, était morte à Gorla, un petit patelin à quelques lieues de Sacconago, mais don Sante n'avait rien voulu savoir : intraitable, il avait tenu à célébrer – et non à concélébrer – l'ultime adieu, pour avoir lui-même le privilège de dire ce qu'avait ou n'avait pas fait la femme de son vivant, ce dont elle était digne ou indigne, les bonnes actions à garder en mémoire et les fautes à oublier. Revêtu de son étole, le curé avait entonné les prières funéraires et aspergé le cercueil d'un peu d'eau bénite avec le même geste qu'il réserverait, des années plus tard, à la merde. Colombino était resté avec lui toute la journée, petit étranger haut comme trois pommes, mal à l'aise au milieu de tous ces regards inconnus, et d'être ainsi observé lui avait causé une émotion si vive que le souvenir prenait dans sa mémoire les contours d'une image déformée par des triangles de lumière acérés. L'office terminé, une fois arrivé au cimetière, don Sante avait prié pour que sa mère soit pardonnée de tous ses péchés, parce que tout de même, ça devait bien valoir quelque chose que lui se soit fait prêtre malgré certaines ardeurs ; il s'était carrément disputé avec le croque-mort qui négociait sur la fosse et traitait le cercueil comme n'importe quelle caisse prête à pourrir ; bien décidé à ne pas se laisser escroquer, don Sante lui avait arraché la bêche des mains et, les joues en feu, s'était mis à la besogne avec l'aide de Colombino, un gamin aux mains de travailleur déjà – « pour qu'une besogne soit bien faite, il faut la faire soi-même, n'oublie jamais ça », lui avait dit le curé sur le chemin du retour, ses yeux débarrassés à présent de leur rougeur triste pour laisser place à une langueur mélancolique. « J'ai compris, mon père », s'était contenté de lui répondre Colombino.

L'unique et continuel bruit dans la pièce, à l'exception du crépitement des bûches dans le poêle, était le duo du râle et du sifflement, alors on peut imaginer la frayeur qui s'empara du garçon – et le fit tomber de sa chaise dans un tintamarre digne d'une mêlée – quand don Sante, sans crier gare, prononça un mot ! Colombino voulut se mettre sur ses pieds, mais il ne put que s'agenouiller à côté du lit et s'agripper à une des barres, serrant de toutes ses forces la main de son père bien-aimé. Cela faisait des semaines que don Sante ne parlait plus, depuis ce coup qui l'avait démoli dans cette nuit de neige, et voilà que maintenant, comme ranimé par un souffle divin, il essayait de redresser un peu la tête, tendait ses lèvres, s'évertuait à parler. Le curé tourna ses yeux vers Colombino, et le garçon y lut ce même regard qu'il lui avait déjà vu quand il l'avait assisté pour donner l'extrême-onction : le scintillement épouvanté des pupilles devant la mort qui attend au pied du lit.

Les lèvres de don Sante, engluées par la maladie, avaient du mal à se desserrer, mais Colombino eut aussitôt l'idée de les humecter avec le linge de coton laissé par l'Adele dans une jatte avec l'eau du jour, et quand le garçon les vit se tendre comme la peau d'un tambour, il cessa presque de respirer. Don Sante commença à parler une langue très hermétique, difficile à comprendre, idiome ancestral et naturel, comme celui qui montait des tripes de chaque paysan, fait de mots bredouillés et lents, durs comme les cailloux qu'on découvrait sous la bêche dans ces bruyères argileuses. Mots décharnés, dépouillés de leurs oripeaux, à l'image des visages des paysans et des bêtes dans les étables, des mots que les ans et les épreuves avaient abîmés mais qui jamais ne se tairaient. De ses premières phrases, Colombino ne comprit que le sens général puis, distinctement, il entendit : « Je t'ai aimé, Colombino, comme on aime un fils. Notre Seigneur te rend gloire et sait qui sont ta mère… et ton père. Dieu est miséricordieux et ne te considère pas comme fautif. Sois fier, marche la tête haute. Souviens-toi : Dieu sait tout. Aie confiance en lui. Demande-lui. Il saura te répondre. Et si sa voix ne devait pas parvenir jusqu'à tes oreilles, le Seigneur saura te désigner un de ses messagers à qui tu pourras poser tes questions. » Malgré la peine qu'il lui en coûtait, don Sante semblait vouloir évacuer tout ce qui était resté coincé dans son corps pendant ces longues semaines, jusqu'à ce qu'une lueur illumine son visage presque éteint. Ce fut comme si la foudre lui avait traversé le cerveau et que Colombino en avait simultanément aperçu l'éblouissante lueur au fond des yeux gris du prêtre. Ses lèvres dirent deux mots que le garçon décida de ne pas entendre – il crut d'abord à une insulte, mais il jura ses grands dieux que ce n'était pas possible – puis don Sante s'embrouilla : « J'ai laissé quelque chose pour toi chez le Temp… » Une coupure, deux hoquets remontés de sa gorge réduite à un faisceau de muscles et de nerfs. Puis plus rien. Comme si don Sante avait reçu un coup de poignard à la naissance de la gorge. Son visage se figea dans une grimace. Il resta ainsi, les yeux grands ouverts, tandis que les râles et les sifflements rejoignaient le macabre lamento de la respiration.

« Père ? »

L'Adele vint comme d'habitude écouter aux portes, mais ce jour-là, poussée tout de même par le sentiment de désolation qui accable quiconque se trouve dans la proximité d'un mourant, elle vint en traînant les pieds plus vite que d'ordinaire, et quand elle vit Colombino agrippé à la main du curé, à genoux, le visage penché comme en attente d'un commandement, elle prit garde à ne pas faire trop de bruit avec ses savates. Bêtement, elle demanda : « Il meurt ? » Il n'y eut pas de réponse, si bien que la *perpetua* s'approcha sur la pointe des pieds, avec gravité, et voulut poser sa main sur l'épaule du garçon, mais finalement y renonça. Elle sortit en toute hâte et envoya son mari Natale chercher le docteur.

Quand Daniele Ballarati arriva, Colombino ne prit même pas la peine de le saluer, alors le docteur s'installa de l'autre côté du lit, tâta le pouls, ausculta le rythme du cœur, scruta les yeux vitreux – il ne vit rien là-dedans, la fulgurance apparue à Colombino s'était évanouie.

« Combien qu'il lui reste ? lui demanda l'Adele depuis la porte.

— Jusqu'à ce que son cœur lâche. De toute façon, il ne passera pas la nuit. »

Colombino baissa la tête, posa sa bouche sur le dos de la main osseuse et hérissée de poils blancs de don Sante. Il n'avait plus aucune espérance, ni qu'il continue à vivre ni qu'il arrête de durer pour retrouver la sérénité que redonne toute mort. Lorsque le garçon détacha ses lèvres de sa peau, le prêtre émit un son plus aigu, inachevé et léger, bref – le temps du passage d'ici à l'au-delà.

Colombino leva les yeux, vit ses lèvres trembler, puis se figer. Il commença à pleurer. Sans un sanglot. Avec dignité. Sobriété. Comme le lui avait enseigné son père.

La journée du lendemain fut étourdissante et chaotique. Adele et Natale se chargèrent d'accueillir les paysans et le nouveau prêtre, autres visages, et tout ce petit monde se mit à chuchoter, à jaser, à envahir la pièce et à prier, à se mettre d'accord, un vrai remue-ménage ; certains faisaient le signe de croix tandis que d'autres, au fond d'eux-mêmes, se réjouissaient : tout un paysage humain qui bouffait l'oxygène, comme les plantes, la nuit, quand personne ne les regarde. Colombino, lui qui avait vu mourir le curé, et avait pu l'embrasser seul à seul, fut assailli par une inquiétude brutale, sentiment nouveau chez lui, qui lui donna envie de chasser toutes ces grosses mouches qui bourdonnaient autour du cercueil. Mais il n'osa pas, car cela n'était pas dans sa nature. Il préféra se réfugier dans l'étable en compagnie d'Astolfo et là, où tant de fois il s'était roulé de bonheur sous la paille et la balle, il s'abandonna à la tristesse dans la tiédeur de sa fidèle bête. Le silence d'un ami est un bien précieux, mais Colombino avait aussi besoin d'une parole de réconfort, si bien que le bon mulet, qui ne pouvait pas grand-chose en tant qu'interlocuteur, voulut se rapprocher, effleurer du museau le visage de son patron. Alors, le garçon se sentit libre de sangloter, parce que les larmes sont le sang blanc jailli de plaies béantes qui ne se voient pas et, en même temps, ironie du sort, le trop-plein de soulagement et de contentement que le cœur ne parvient plus à contenir. Et quand Astolfo commença à lécher le cou de Colombino de sa grosse langue qui le chatouillait, la douleur et le rire trouvèrent moyen de coexister pour affronter la réalité du deuil.

Cet après-midi-là, sur le tard, une heure seulement avant le coucher du soleil, la nouvelle avait fait le tour du bourg, qui l'avait accueillie avec insouciance, ayant déjà accepté la disparition du prêtre depuis des semaines. Colombino caressa Astolfo et sortit de l'étable. Il avait besoin de se promener. De faire circuler un peu de sang dans son corps. Dehors, l'air était vif et, après tous ces jours de maladie, pour la première fois, le garçon s'accorda le temps de lever les yeux vers le ciel. Il le trouva nébuleux. Une étendue dont la teinte blanche et uniforme annonçait la neige. Le garçon aspira une grande bouffée d'air, sentit le froid enflammer les parois spongieuses de ses poumons, et resta là, à contempler l'immensité. Puis il ferma les yeux et se mit en chemin. Astolfo le suivit sans que Colombino ait besoin de le lui demander.

Le long de la route, quelques passants lui adressèrent leurs condoléances puisqu'en fin de compte, le curé faisait un peu partie de sa famille, et Colombino se limita à un hochement de tête. Il passa devant la boutique du Crapa, lorgna à l'intérieur, mais l'ami n'y était pas

– l'aventure avec la brunette de Busto l'occupait certainement plus qu'à l'habitude.

Une fois arrivé au croisement à l'ouest du bourg, Colombino prit la route pour Bienate et, en ressortant du passage à l'ombre des bâtiments de ferme, il regarda à nouveau le ciel dans son entier. Il emplissait le cœur, mais c'est de Vittorina que Colombino avait besoin. De ses grands yeux de vache. Parce que s'il y avait bien une chose qu'il avait comprise pendant ces dernières semaines de poisse, c'était qu'il voulait quelqu'un avec qui passer sa vie, et même mourir.

Pendant le trajet, Astolfo ne cessa de secouer la tête, comme pour dire « n'y va pas », et il finit par freiner des quatre fers ; mais les mulets ne sont pas aussi têtus qu'on le dit, surtout s'ils sont de bons amis. Astolfo accompagna Colombino jusqu'à la Formaggiana.

Le hasard voulut que le garçon, arrivé devant le portail toujours grand ouvert de la ferme, n'eut pas à se donner beaucoup de mal. Vittorina traversait en effet la cour pour aller au bûcher, emmitouflée dans un châle noir, de son pas léger mais décidé. Astolfo s'arrêta, agita ses grandes oreilles et renâcla, exhalant deux filets de vapeur dans le froid glacial de décembre. Une vague silhouette là-bas, sur l'escalier, et la voix d'un enfant qui fredonne.

« Vittorina.

— Colombino.

— Vittorina. »

Ils se regardèrent. Elle se blottit dans son châle. Lui dans le pardessus hérité de don Sante.

« Je…

— Oui ?

— Je suis venu parce que je voulais te dire que…

— Oui ?
— Moi et toi… je voudrais…
— Moi aussi.
— Pour de vrai ?
— Oui.
— Don Sante est mort.
— Quoi ?
— Mort.
— Oh, mon Dieu ! Je suis désolée.
— …
— Alors ma mère ne voudra plus, dit-elle, soudain pâle.
— Mais toi ?
— Oui », répondit Vittorina en le caressant de ses grands yeux de vache. Et elle l'embrassa. Tout près du coin de la bouche. Furtivement. Sur la joue. En se tenant sur la pointe des pieds, les bras et les mains plaqués le long du corps. Lèvres sèches sur peau craquelée par le froid. Léger, fugace, mais un baiser. Colombino se souviendrait du contact de ces lèvres pendant des jours.

« Je… »

Ce fut alors que tout finit. Le silence incrédule des habitants de la ferme – fouineurs circonspects aux fenêtres, jamais cois jamais contents – s'était entre-temps transformé en un bougonnement, puis en propos échauffés et pour finir en hurlements. Colombino comprit qu'il avait déjà épuisé toute l'hospitalité qu'ils voudraient bien lui accorder. Enfin résonna l'avertissement tonitruant de l'Emilia : « Eugenio, v'là le traîne-merde ! Il embête Vittorina ! » Puis un grand claquement de portes, de pas dans la cour, un ébrouement général, une bourrasque de vapeurs humaines qui se soulevaient dans un brouillard qui durait un instant et disparaissait aussitôt. Colombino recula pour essayer de dire qu'il l'aimait, lui, mais l'Emilia criait plus fort que tout : « Eugenio, faut que ça cesse une bonne fois pour toutes ! » et, en faisant un signe à ses deux fils : « Allez donner un coup de main à votre père. Qu'on m'en parle plus. Jamais plus. »

Une bousculade, des pas pressés, des voix fâchées. Astolfo faisait marche arrière, derrière son patron ; il était agité, piaffeur, hésitait à donner un coup de sabot en guise d'avertissement. Devant l'élan de haine des proches de Vittorina, Colombino resta stupéfait : « Mais j'croyais vraiment pas que… », dit-il en marchant à reculons, jusqu'au moment où il se retrouva au milieu d'un champ de choux derrière la ferme. Les feuilles, presque gelées, craquaient sous ses semelles. Derrière lui se déployait la bruyère sauvage et, dans le lointain, on entendait hurler un loup dans le grand bois de tilleuls. Les choux dans le champ n'en finissaient pas de craquer sous ses pas et, dans un coin de sa tête, Colombino s'en voulut de les abîmer ; le fouillis restant de sa cervelle, à ce moment précis, se mit à palpiter de lucidité. De peur seulement un peu. Le courage, d'ailleurs, est l'affaire des audacieux et des idiots. Le garçon se rendit compte qu'un projet venait de tomber à l'eau ; c'était une pensée qui lui était presque étrangère mais absolument évidente. Il n'eut pas le temps d'y réfléchir. À la vue d'Eugenio et de ses deux fils qui s'avançaient, raides et menaçants, il retint son souffle. Le ciel tamisait le jour en l'enveloppant de son lourd manteau ; la nuit tombait, plus sombre sous le voile de nuages qui annonçaient la neige. La Formaggiana était maintenant derrière le père et les deux fils, et Vittorina enfermée là-dedans, inaccessible.

Colombino se retourna et fit une chose dont jamais il ne serait cru capable à une autre occasion : il donna un coup de pied et tapa très fort avec son sabot dans le ventre d'Astolfo ; pas aussi fort qu'il aurait pu, mais suffisamment, et il cria : « Hue ! Hue ! » La bête se mit à braire, prête à répondre, puis s'immobilisa. Colombino lui décocha un second coup de pied et chercha à faire peur à l'ami, même si ses yeux, en vérité, l'imploraient. Alors Astolfo, indifférent à la seconde estocade – nettement plus faible – que Colombino lui avait assénée sur le flanc droit, opina de son museau râpé, et partit en trottinant, lançant de temps en temps de rapides coups d'œil derrière lui.

Colombino sourit et n'attendit pas de savoir si son compagnon était parti suffisamment loin. Il laissa échapper un soupir de soulagement, heureux de n'avoir pas à s'inquiéter pour la bête, et se retourna tandis qu'Eugenio se plantait devant lui et que les deux frères lui barraient la route de chaque côté.

« Tu vas laisser notre sœur tranquille, bâtard ! » lui intima l'un des deux frères. « Notre mère te l'a déjà dit : Vittorina, elle est pas pour les fils de putain comme toi ! » hurla l'autre.

Ils beuglaient et gesticulaient, excités par la haine, vomissant une vieille rancune, la hargne des Mal-Nés. Comment avait fait don Sante pour arranger l'affaire ? Aucun des deux cependant n'osa passer à l'acte. À chaque menace, les frères se tournaient vers Eugenio, puisque c'était de son devoir. Le fermier lança un regard noir à Colombino, même si, au fond de ses yeux de bruyère, surgit une lueur de compassion, de paternelle compréhension. Celle-là même qui lui fit décocher un droit. Ses articulations rugueuses visèrent l'estomac de

Colombino. Le garçon s'écroula sur ses genoux en toussant.

« Ne t'approche jamais plus de Vittorina ! »

S'ils avaient été des taureaux, les deux frères auraient gratté le sol gelé de leurs sabots, mais ils se contentèrent de baisser la tête, les yeux torves. Seulement alors, Colombino perçut la nature de leurs regards : jamais ils n'avaient connu la pitié égoïste que les hommes apprennent dès leur tout jeune âge quand un malheur touche autrui, et c'est pourtant seulement ainsi, en compatissant, que l'on peut fugacement échapper à la peur de voir cette même infortune nous toucher le lendemain.

« Idiot ! lui dit l'un d'eux en lui crachant dessus.

— C'est bien vrai ! répliqua l'autre. Not' sœur, elle épousera un type comme il faut, qu'a d'la famille. Et sûrement pas un nigaud ! »

Ils regardèrent leur père, fiers qu'il ait fait plier Colombino en deux, mais un instant plus tard, ils furent bien obligés d'écarquiller les yeux. L'Eugenio faisait marche arrière. Il avait déjà dans l'idée de retourner à la ferme pour se réchauffer devant l'âtre et s'accorder une gorgée de grappa aux herbes après tous ces efforts. Mais voilà que, nom de Dieu, l'idiot se relevait ! Bien sûr, c'était un solide gaillard, et Eugenio n'avait tout de même pas cru qu'il lui suffirait d'un seul coup de poing pour l'abattre, et puis, il ne s'agissait pas de le réduire en bouillie ; Eugenio se serait contenté d'une bonne leçon, comment dire, symbolique, et il pensait que Colombino n'était pas dupe et ferait preuve d'un peu de bon sens. Mais celui-là, à la place du cerveau, c'était vraiment du fumier qu'il avait, se dit Eugenio quand il le vit poser ses deux mains sur son genou, prendre son élan et se remettre sur ses pieds. En nettoyant ses pantalons de toile.

L'Eugenio le regarda de travers, comme pour lui dire « Reste où t'es », mais il était déjà trop tard. Les deux fils l'encourageaient, encore affamés. Il ne pouvait pas se dérober. C'était lui le père, l'affront aurait été de trop. Il se décida. Un coup de poing dans la mâchoire.

Colombino plia une jambe et manqua de s'effondrer sur ses genoux. Il resta ainsi pendant un instant, cracha un glaviot de sang salé, et pria pour que sa mâchoire ne se détache pas. « Pardonnez-moi, *signore* », osa-t-il dire, comme un prétendant qui demande la main de sa future épouse à son père, « mais moi et votre fille, on s'aime. Le Seigneur nous bénir… » Un autre coup de poing, sous l'œil droit, brisa sa pommette, barbouillant de sang les articulations d'Eugenio. Colombino tomba en arrière, recroquevillé sous son pardessus. Les frères ne résistaient pas à l'excitation : « Bâtard ! » beuglèrent-ils, exaltés. « Cassez-lui la gueule, père ! » Les poings d'Eugenio tremblaient. L'homme avait son âge, on le voyait bien, et la vieillesse lui donnait des yeux tout rouges. « Reste là où t'es », dit-il tandis que Colombino se relevait, et *paf*, os contre os. Une douleur après l'autre. « Reste là où t'es », murmura l'Eugenio, les yeux exorbités comme seuls ceux d'un père furieux peuvent l'être. Ses fils bouillonnaient. Colombino ne se résignait pas. « Reste là où t'es », répéta l'Eugenio en criant. Colombino cracha encore du sang. Il pleurait, mais pas à cause de son nez cassé. Il planta ses pieds dans la terre. Ses mains. Son pardessus de traviole sur ses épaules. « Reste là où t'es », le supplia presque Eugenio quand il le vit qui essayait à nouveau de se relever…

Quand il rouvrit l'œil le moins tuméfié – bien que le froid ait atténué le gonflement, l'autre avait tant grossi qu'on aurait dit une pomme et il lui était impossible de l'ouvrir – Colombino s'aperçut que le ciel pleurait. Des larmes tendres. Apaisantes. La neige. Il était dans un champ et il avait mal partout. Le silence était merveilleux. Il tremblait et claquait des dents et ce n'est qu'alors qu'il s'en aperçut. C'était le gel. Ses jambes et ses bras étaient tout engourdis. Il réussit tant bien que mal à se mettre sur ses genoux, en grognant, se nettoya la figure, qui dégoulinait d'une bave rouge sang, en se frottant d'avant en arrière avec la manche de son pardessus, crottée pour de bon. Lorsqu'il effleura son visage, ce qu'il reconnut du bout de ses doigts lui donna le vertige. Le silence était vraiment merveilleux. Au-dessus de la nappe de brouillard qui se tassait contre la terre, la lune devait briller d'une blancheur de perle semblable à celle d'une pluie de neige, et l'atmosphère resplendissait d'une clarté magique qui caressait tout, apaisant chaque chose. Colombino regarda autour de lui pour se repérer. La Formaggiana se dressait dans le lointain, sombre profil. On apercevait le reflet de deux fenêtres, regard hostile dans la nuit blanche. Il lui en coûtait de garder les paupières ouvertes, mais Colombino voulut observer la silhouette de la ferme. Il renifla. Cela faisait un mal d'enfer. Le bout de ses doigts tâta une ligne irrégulière, brisée. Le garçon se mit sur ses pieds. Ses semelles crissaient sur le manteau de neige et les flocons, en tombant, semblaient entraîner dans leur chute l'hostilité de la nuit, soudain plus amicale. Colombino dut presser son bras contre ses côtes pour soulager sa douleur et il s'arrêta un instant ; cette fois-ci, il s'accorda le temps de regarder la nature qui l'entourait : c'était la seule chose qu'il lui restait.

Il arriva au bourg, se traîna le long de la corsia San Donato et, quand il se retrouva sur l'esplanade de l'église, il se réfugia devant le presbytère où il avait vécu avec don Sante. Il se laissa tomber maladroitement. Il ne pensa à rien, même si ce moment était le plus adéquat pour penser énormément, laisser couler le sang de son nez, et chasser avec lui toutes les idées qui pouvaient le tourmenter.

Quand il entendit le bruit des pas ferrés s'approcher du jardin des Oliviers, Colombino essaya de sortir de son rêve et de revenir à la réalité. Il se leva comme il le put à cause de la sensation de malaise qui augmentait et laissait imaginer qu'elle augmenterait encore. Une seule pensée résonnait dans son esprit. *Dieu sait tout. Aie confiance en lui. Demande-lui. Il saura te répondre. Et si sa voix ne devait pas arriver jusqu'à toi, le Seigneur saura te désigner un de ses messagers.* Il se mit en chemin. La neige formait maintenant une couche aussi épaisse que les semelles de ses sabots. Il avançait parmi les trente fenêtres au cœur du bourg quand une main l'agrippa par l'épaule. Il s'en fallut de peu que le garçon ne s'effondre ; il aurait pu jurer que, pendant quelques secondes, son cœur avait cessé de battre.

« Bon Dieu, mais qu'est-ce qui t'est arrivé ? »

La silhouette gigantesque du Tempesta planait au-dessus de lui. Colombino n'eut pas le temps de proférer un mot ; le forgeron l'empoigna et le traîna vers sa boutique.

« Viens. »

Dans l'obscurité, Colombino resta immobile pendant que le forgeron se déplaçait au jugé. Une lumière s'alluma et un escabeau surgit des ténèbres. Colombino s'y assit, et le Tempesta apparut quelques instants plus tard avec un chiffon, un peu d'eau vinaigrée, et une demi-fiasque de vin rouge. « Bois. » Colombino fit mine de poser une question, mais le Tempesta lui désigna le verre et alors le garçon tendit une main, contracta ses doigts et avala. D'un trait. Il trouvait le vin dégoûtant. Entre-temps, le Tempesta trempa le chiffon dans l'eau vinaigrée et, avec une délicatesse insoupçonnable chez pareil colosse, il commença à nettoyer le visage de Colombino. Le garçon gémit, se plaignit, le moins possible cependant.

« Bois. »

Colombino voulut dire quelque chose et le Tempesta le fit taire : « Bois ! » Il continua ainsi, à la lumière de la chandelle, jusqu'au cinquième verre.

« C'est à la Formaggiana qu'ils t'ont mis dans cet état, pas vrai ? »

Colombino fit signe que oui.

« Je le savais ! Eugenio est venu en courant chercher le docteur. Il gueulait comme un fou. Il répétait tout le temps que ton mulet avait fracassé une côte au plus jeune de ses gamins. C'était avant ou après ? »

Colombino écarquilla le seul œil encore ouvert. « Après, j'dirais, moi, j'étais dans les pommes », parvint-il à articuler.

Le forgeron hocha la tête et, dans un élan de colère, écrasa son poing sur le plan de travail. Puis, avec une moue moqueuse : « Eh ben, sacrée belle bête, ton mulet ! » Il lui désigna à nouveau le verre du doigt.

Colombino, que ce dernier récit avait achevé de déboussoler, but.

« C'est bien. »

Quand le Tempesta lui dit : « Ça va faire mal », Colombino entrouvrit les lèvres, mais fut incapable de demander quoi que ce soit. Le forgeron le saisit par la nuque, de sa main gauche, pendant que, de sa main droite, il lui coinçait le nez entre ses doigts ; il le redressa et réduisit la fracture. Le garçon cria, mais le Tempesta lui ferma la bouche. Colombino commença à voir flou. Il se sentit défaillir. Le forgeron le laissa perdre connaissance, épargnant à ce pauvre visage tuméfié quelques torgnoles pour le réveiller.

Il revint à lui une heure avant l'aube. Il était étendu sur la grosse table de la boutique et le Tempesta, assis sur un tabouret dans le noir, buvait un petit verre. Colombino se tâta le nez. Le bout de ses doigts lui dit qu'il était plus droit que deux heures plus tôt.

« Merci.

— Avant que tu t'en ailles, il faut que je te donne quelque chose. »

Le Tempesta tendit la main.

« Qu'est-ce que c'est ?

— Je l'ai faite pour le curé. Je crois que c'est pour toi. »

Il lui montra une boîte en fer doux munie d'une cordelette en cuir pour l'accrocher à son cou.

Le matin se leva dans une clarté neigeuse et le ciel fondit en flocons jusqu'à ce que le soleil crève l'horizon caché par les nuages. Puis, lentement, la nappe brumeuse s'ouvrit et le reflet des rayons du soleil sur ce manteau de blancheur fut un spectacle aussi vivifiant que l'air frais. Colombino sentait son visage peser, presque comme si ce n'était pas le sien ; qui sait quel aspect il pouvait bien avoir, se demanda-t-il. Il se moquait de son apparence, c'était plus par curiosité – pour ainsi dire – naturelle. Il avait presque la sensation de porter un masque. Son nez et son œil gauche lui faisaient terriblement mal. Son œil droit était à moitié fermé, mais il pouvait s'en servir. Ses côtes, son dos n'étaient plus qu'une même douleur.

Il s'avança d'un pas incertain, la tête fracassée par les vertiges, convaincu que c'était à cause de la fatigue et du vin. Il croisa la Piera qui, en le voyant, colla sa main à sa bouche et pressa le pas, comme si elle avait vu un monstre prêt à l'attaquer. Le garçon n'y fit pas attention. Il laissa derrière lui la ferme de la Speranza et continua à travers champs. Il espérait qu'Astolfo allait bien, confiant à l'idée que son mulet saurait le retrouver.

Quand il atteignit la Madonna in Longu, il trouva le portail de la petite église fermé. Il l'ouvrit tout grand en deux coups d'épaule. À l'intérieur il faisait un peu froid. Colombino essuya ses sabots et se dirigea vers le prie-Dieu au premier rang et, après avoir posé ses genoux sur le bois, il commença à prier, parce que avant de demander, il faut respecter les préambules : le cérémonial. Alors il commença à murmurer d'une voix rauque : « Qui est mon père ? Qui est ma mère ? Qui sont mes parents ? J'ai de la famille ? Si j'ai quelqu'un, je pourrais ne pas déshonorer Vittorina, pas vrai ? » Et ainsi plusieurs fois, les questions devenant une litanie : « Qui est mon père ? Qui est ma mère ? J'ai de la famille ? Je ne veux pas rester seul… je veux Vittorina. J'ai tout moi à lui offrir. »

Le soleil brillait haut maintenant à l'extérieur de la petite église quand retentit l'écho des sabots. Colombino se retourna. Astolfo était là, qui le regardait avec ses yeux de bête. Son petit patron se leva, se dirigea vers la porte et l'enlaça, puis il retourna au prie-Dieu. Astolfo fit un pas en avant, circonspect.

« Astolfo », dit Colombino en effleurant la boîte que lui avait donnée le Tempesta et qu'il portait déjà autour du cou, « il faut qu'on sache si je peux mériter Vittorina. Sinon, je ne pourrai pas vivre en paix. » Un filet de sang, à cause de tout ce travail de sa cervelle, commença à lui couler du nez, mais Colombino ne s'en aperçut pas, vu l'état de sa figure ; il continua de penser, et bientôt le sang vint s'ajouter à celui de la veille. Ce n'était pas le moment de s'évanouir.

« Le Seigneur me dira quelque chose. »

Astolfo secoua la tête, mais Colombino ne put pas le voir ; il resta à genoux, tourné vers le tabernacle. Toute la journée. Et la nuit aussi.

Et ainsi pendant sept jours, cédant rarement au sommeil.

Le septième jour, l'espoir de recevoir une réponse du Créateur commença à céder place à l'impatience. Il avait été victime d'une injustice. Lui, il aimait Vittorina. Il voulait pouvoir être à ses côtés.

Pendant l'hiver, personne ne venait à la Madonna in Longu, et Colombino put y rester quelques jours encore sans être dérangé, se nourrissant de choux volés à travers champs et buvant de la neige. Il espéra que le Crapa se manifesterait, mais l'ami ne vint pas, et Colombino se dit qu'il devait avoir bien du travail pour éviter les coups de bâton de la famille de la brunette de Büsti Gràndi. Vittorina aussi, il aurait bien voulu la revoir.

Il passa une autre nuit à genoux, et dehors ce fut à nouveau le matin. Colombino se leva, épuisé par l'attente. Il avait les jambes engourdies, les lèvres sèches. Il lui fallut quelques minutes pour reprendre une complète mobilité. Dehors, il trouva Astolfo. La bête lui montra ses grosses dents jaunes. Il était planté à côté d'une touffe d'herbes surgie de dessous la neige ; bien que les timides brins verts fussent glacés, le mulet essayait d'en tirer quelque chose. Colombino s'approcha de lui, et il lui posa délicatement la main sur le flanc. Il était décharné. Il lui dit seulement, d'une voix rauque : « D'accord. Si le Seigneur ne me parle pas, ça veut dire que je dois suivre le conseil de don Sante. Je dois demander à un de ses messagers. Je ne connais personne, parce que le seul messager de Dieu que je connaissais, c'était don Sante, alors il nous faudra parler avec la seule personne qui m'est venue à l'esprit. Sa Très Sainte Sainteté. Don Sante m'a raconté un tas de choses et je t'en parlerai en chemin. Un voyage nous attend… il sera long, je crois, et il vaut mieux manger un morceau avant de partir. »

Astolfo opina vigoureusement du chef. Colombino regarda ses pieds, enfilés dans ses grosses chaussettes de laine et ses sabots. Trois pas, et tout allait commencer. Trois pas seulement. Parce qu'au premier on est seulement parti, au deuxième on peut encore renoncer, alors qu'au troisième, il est trop tard, on a tout juste le temps de regarder derrière soi. Colombino en fit deux et, avant de faire le troisième, il jeta un dernier regard à la Madonna in Longu. Une rafale de vent chassa la neige des branches sèches d'un arbre, et une fine poussière glacée lui souffla dans les yeux. Si c'était ça, l'épreuve que la vie lui imposait pour se gagner l'amour de Vittorina, il l'affronterait. Il sentit gonfler sous sa poitrine la sensation que beaucoup de choses allaient changer. Il leva le pied. Au troisième pas, il était parti.

DEUXIÈME PARTIE

Le bon sens de la chair

Lo Spirito Santo nun abbotta[1].

Proverbe romain

1. L'Esprit-Saint ne remplit pas la panse.

I

Un pas puis un autre, voilà la promesse de chaque heure, puisqu'il ne faudra jamais s'arrêter quand bon nous semblera, même si on pourrait c'est vrai, s'accorder une pause, se laisser aller et reprendre son souffle, laisser son sang couler en paix. Mais alors, le temps poursuivrait inexorablement sa course, et il sert donc d'insister, un pied devant l'autre, parce que la destination est lointaine, le chemin inconnu, seule la volonté constante. Vivifiante. Surtout si l'on marche à travers la plaine lombarde de janvier, dans le froid hostile, voire fatal faute de baraques et de gargotes fumantes où trouver refuge, alors on comprend en quoi le mouvement aide sincèrement le corps à se réchauffer. Et si, grâce à la gentillesse des amis, on s'est retrouvé avec une charrette bourrée de provisions, c'est tant mieux ; en résistant à la clarté des nuits lourdes de neige, on pourra profiter des heures plus tièdes du jour, quand le soleil blanc pénètre d'énergie les membres et l'esprit.

« Allons-y, Astolfo ! »

Elle était telle, la charge émotive du départ, que Colombino s'était persuadé qu'il avait entendu sonner un cor, et quelle ardeur avait déchaîné en lui la vigueur de ce son rond et retentissant !

Il n'y avait pas sérieusement réfléchi. L'urgence l'avait assailli comme une inflammation, et aucune idée de bon sens ne lui avait même effleuré la cervelle, alors de là à lui provoquer des saignements pour se l'être trop triturée ! Mais en y pensant tandis qu'il marchait, il se rendait compte qu'il avait agi comme un inconscient. Tout ça, c'était la faute de l'enthousiasme, de l'envie soudaine de désarçonner de sa croupe infâme l'existence devenue sienne à la mort de l'homme qu'il considérait comme son père.

Après la semaine passée à genoux dans la petite église à interroger Dieu, il s'était éloigné en trois pas de la Madonna in Longu et, parvenu au carrefour – en continuant tout droit, il arrivait au bourg, à droite il débouchait au contraire sur la route qui menait à Bienate, au sud – il avait hésité ; dans le ciel gris à travers lequel il cherchait une fulgurance ou une pirouette des nuages, il n'avait vu d'autre signe qu'une merlette qui planait très haut, et il s'était mis à fixer la gadoue durcie par le gel de la corsia San Donato. Il avait laissé courir son regard le long de la route qui fendait l'entassement des maisons – combien de fois l'avait-il parcourue ? Tant et tant que s'il fermait les yeux, il pouvait deviner chaque bras de terre, l'écho du moindre pas entre les deux alignements de trente fenêtres. Puis une violente torsion du cou, à vouloir suivre le son de ce cor venu de loin, et ses yeux avaient caressé la route pour Bienate, nette dans son échappée méridionale. Alors, un souvenir lui était revenu en mémoire. Don Sante qui racontait l'Italie en faisant glisser son doigt sur la carte jaunie qu'il déroulait parfois sur l'écritoire pour extravaguer ; un affreux cafard avait étranglé Colombino en repensant à la main noueuse et velue du curé, à ses doigts qui dansaient sur la musique des mots décrivant une lande tourmentée. Et comme elle était drôle, la forme de la Péninsule ! « Père, vous vous moquez de moi, maudite merde et misère de misère ! » Découvrir qu'il habitait tout en haut d'une botte avait arraché au garçon un rire d'incrédulité, puis de soulagement : lui, il était né à l'abri du risque de finir écrasé sous la semelle et le talon du Mezzogiorno, ou encore de suffoquer à cause de la puanteur de pied qui régnait en bas, probablement très semblable à celle qu'il lui était déjà arrivé de sentir quand il aidait le curé à ôter ses chaussettes les soirs de rhumatismes – une puanteur à arracher un haut-le-cœur, et qui reste collée aux murs. Tellement dense qu'elle donnait la nausée, même si on respirait par la bouche.

Désemparé au croisement, envahi par le souvenir de la petite carte de don Sante, donc, Colombino avait offert son nombril au midi. « Sa Sainteté habite à Rome, où saint Pierre a posé la première pierre de la maison du Seigneur », lui avait appris don Sante, et Colombino se remémorait le gribouillis sur la carte pour indiquer la ville au milieu de la botte, à l'endroit précis où une boucle aurait dû maintenir la chaussure au pied, à la cheville italienne. « Rome. » Il prendrait la direction du sud, pour Vittorina, et en l'honneur de don Sante, lequel s'était donné beaucoup de mal pour arranger le mariage. Sans compter que saint Pierre éveillait depuis toujours chez Colombino une curiosité particulière, pour son caractère à la fois soumis et intraitable, lui qui s'était si aimablement laissé amadouer par Jésus, et s'était révélé si féroce en tranchant des oreilles à l'heure de la trahison. Aussi, le garçon avait serré la boîte que le Tempesta lui avait remise au nom du curé, et il s'était mis en chemin, avec son nombril pour pilote et un mélange bouillonnant de sentiments nichés dans le triangle qui allait de l'entrejambe aux oreilles. L'avenir, c'était Rome, mais beaucoup plus concrètement, il fallait commencer par prendre la route pour Bienate, qui courait à côté de la ferme de la Formaggiana : alors pourquoi ne pas passer saluer Vittorina et l'informer de son projet d'aller demander les lumières de Sa Très Sainte Sainteté ? Le pape lui accorderait un entretien et, avec un peu de chance, Dieu convoquerait une apparition. Il demanderait à la Madonna ou à un autre saint – Colombino aimerait bien que ce soit saint Joseph – de bien vouloir se manifester à l'Emilia, c'est pourquoi Vittorina devait l'attendre, il n'en avait pas pour longtemps, il serait de retour pour l'été, quand les yeux se font paillettes de soleil et que la terre exhale ses parfums. Ils pourraient enfin vivre ensemble.

« Colombino ! »

Sauf que, tandis qu'il se mettait en chemin, le premier à le voir avant les autres fut Natale, lequel était parti à sa recherche depuis cette nuit scélérate où il avait été passé à tabac, un méfait qui avait aussitôt divisé les esprits et partagé les paysans en deux camps : défenseurs et détracteurs. En sept jours, Natale avait comme sombré dans les sept cercles de l'enfer, entre demi-sommeil et angoisse existentielle, parce que lui et l'Adele, ils avaient perdu trois enfants du choléra et, dans leur malheur, Colombino incarnait une espérance, si bien qu'à la vue du garçon, il s'en fallut de peu que le sacristain ne tombe à la renverse. Voilà qu'il était là, Colombino, tout barbouillé de sang coagulé, les joues couvertes d'un duvet plus adulte que le *peu da ratu* – le poil de rat – typique des jeunes garçons de son âge !

Natale laissa échapper un de ses irrévérencieux jurons de joie, « Sainte Vierge ! », puis il se dépêcha, mais bien inutiles furent ses tentatives, comme celles de l'Adele qui, en empathie avec son époux et guidée par un « certain pressentiment », était arrivée elle aussi au croisement. Pour dissuader Colombino, il n'y avait rien à faire. L'Adele aurait bien voulu qu'il se remette les idées en place et qu'il reconnaisse l'absurdité de son projet, parce qu'au monde, il n'y avait tout de même pas que Vittorina, mais pas mal de belles filles en chair et en os, et ce n'était pas la peine de lui faire porter une auréole de sainte et de confondre la foi et l'amour. En somme, il ne fallait pas qu'il laisse la tristesse dicter sa conduite à sa conscience, même s'il avait ses raisons, parce que l'Emilia, elle s'était comportée « comme une putain » – c'est ce qu'il dit, Natale, avant d'ajouter : « On peut pas laisser quelqu'un se faire malmener de ct'e manière après la mort de son, de son… » Le sacristain et l'épouse gesticulèrent, incapables d'exprimer la relation entre le prêtre et le garçon. « Gardien », finirent-ils par choisir.

Colombino, inébranlable, cria à pleins poumons que son projet était sacré, et alors Natale, entre l'abattre d'un coup de bêche pour le retenir et l'aider au nom de l'amitié qu'il avait partagée avec don Sante, fit plutôt son signe de croix et se mit à la besogne. Il retourna au pays, le vieux sacristain, et après avoir demandé en prêt un cheval, il l'attacha à la charrette qui, jusqu'à il y a peu, avait servi à trimballer la merde ; sur le plateau, il entassa tout ce que lui inspirait son imagination afin que Colombino ne manque de rien pour l'odyssée qu'il s'apprêtait à accomplir.

L'Adele, judicieuse comme seules les femmes savent l'être, se présenta quant à elle à la boutique de *mastro*

Gino, le menuisier, et en deux mots persuada le Crapa de venir donner un coup de main : le gredin, enfin rentré de Busto Arsizio avec un œil au beurre noir et bien d'autres misères, s'inquiétait de la disparition mystérieuse de l'ami, et préparait déjà une féroce vengeance contre les fils de l'Emilia.

Les opérations de chargement demandèrent deux bonnes heures car chaque fois que Natale déclarait le bagage prêt, voilà qu'une dernière chose lui revenait ; ce fut l'Adele qui décida que les préparatifs étaient achevés, autrement, il allait se faire tard, trop, surtout que Dieu sait où était déjà arrivé cette tête de pioche de Colombino : il avait foncé tête baissée, comme un mulet, même encore plus buté, puisque à vrai dire, Astolfo, qui était bien un mulet, lui, titubait. Le Crapa et Natale trouvèrent un second cheval et se lancèrent à sa poursuite, laissant l'Adele en pleurs.

Si Colombino avait continué à marcher aussi vite que quand il était parti, les deux poursuivants ne l'auraient pas rattrapé avant le crépuscule mais, par chance, Astolfo soupçonnait les affres du voyage et de la faim auxquels le départ hasardeux de son patron le destinait, et il avait fait de son mieux. À l'improviste, le mulet avait planté ses sabots et, sans aller jusqu'à s'arrêter, il avait su faire ralentir Colombino, tant et si bien que le garçon, devinant que le comportement du mulet était un subterfuge pour contrarier son projet, lui avait carrément demandé : « C'est pas que tu le ferais exprès, tout de même ? » Astolfo avait aussitôt opiné énergiquement du chef et soufflé des naseaux en guise de confirmation.

Quand Natale et le Crapa rattrapèrent Colombino, ils n'étaient pas seuls. Un bataillon misérable et désordonné les accompagnait. La charrette pleine à rompre les roues et les réponses élusives du drôle de couple de poursuivants avaient chatouillé la curiosité morbide du bourg, et des curieux s'étaient précipités, alléchés par la nouvelle du départ imprévu que l'Adele avait promptement diffusée pour envenimer les esprits contre les mal-nés de la Formaggiana qui obligeaient un garçon éduqué et pieux à fuir son chez-lui. La poursuite s'était conclue tard dans l'après-midi dans les environs de Dairago, au milieu des célèbres vignes dont on entendait souvent parler par les marchands. Un trio de gamins venus de la ferme de la Speranza avait même lancé une pierre, comme un ultime défi au « tir au couillon », mettant le Crapa hors de lui, lequel se promit des représailles pour le soir même. Colombino, au contraire, ne céda pas à la provocation. L'arrivée de l'ami et de Natale l'émut. Il ne pouvait pas s'arrêter, leur dit-il à la fois gêné et déterminé, puisqu'il avait déjà mis ses pieds en mouvement. Mais il les salua affectueusement, déclara qu'il partait pour revenir, il ne voulait pour sûr pas abandonner le bourg ; sa vie était ici et il n'y avait pas besoin de se donner du mal avec toutes ces cérémonies.

Le cortège de curieux, ayant vu, de leurs yeux vu que Colombino était devenu complètement fou, tourna les talons, et il ne resta plus que le Crapa et Natale. Astolfo montra ses grosses dents jaunes, presque dans un ricanement, mais il oublia aussitôt cette expression satisfaite dès qu'il comprit que la charrette traînée par le cheval et apprêtée par Natale lui était destinée. « On a mis un peu de tout, on sait jamais. Il va faire froid, vaut mieux avoir quelque chose pour dormir à la belle étoile », commença à dire le vieux sacristain ; il était écarlate d'avoir marché à si vive allure. Il fit un clin d'œil et tendit une bourse : « Mon Adele, elle le sait pas, et elle devra jamais le savoir. Compris ? »

« Mais tu peux pas t'arrêter un moment ? lui demanda alors le Crapa.

— Je peux pas. J'ai un projet. Je pourrai m'arrêter que pour me reposer, faire mes besoins et manger. Parce que le temps passe, et don Sante – paix à son âme – il a dit que pour moi, c'était le moment de fonder une famille. Je veux revenir pour la belle saison, faire des enfants et ouvrir un commerce de paniers, comme ça, Vittorina elle devra pas rester toute la journée penchée sur le métier à tisser… »

Il poursuivit quelques minutes encore ses plans abracadabrants et désarmants. Le Crapa secouait la tête comme pour le blâmer, mais un petit sourire déridait ses lèvres. Natale, lui, était béat, envahi par un délicieux sentiment d'accomplissement. Astolfo complétait cette drôle d'équipe, fouettant l'air de ses oreilles, inquiet à l'idée du poids qu'il devrait traîner par la faute de cette bande de bouseux.

« Tu as raison », dit Natale après un moment de réflexion, avec ce rare timbre de voix que l'on réserve aux vérités de la nature, « il faut pas trop attendre. La Vittorina, elle est belle, et elle a vraiment l'âge de faire des enfants.

— Ah… j'oubliais, ajouta le Crapa. Prends. » Il lui tendit un gros couteau à cran d'arrêt qu'il avait fait pour lui-même ; le pivot qui maintenait la lame dépassait un peu, déjà rouillé, mais c'était un beau travail.

La vision de cet objet de violence qui scintillait dans la lueur du couchant apparut aux trois hommes comme un sombre présage. Colombino s'écarta un peu de l'ami, mais le Crapa insista. « Sois pas bête. Pour sûr que tu rencontreras des gens qui voudront te voler ta charrette… Peut-être même qu'ils essaieront de te prendre Astolfo.

— De toute façon, l'Adele, elle t'a même mis une bible de don Sante, comme ça, si tu veux faire pénitence… », ajouta Natale avec ironie en indiquant le plateau.

Il fut inutile d'invoquer d'autres arguments. Colombino tendit sa main, paume ouverte.

Ils arrivèrent à l'auberge de Dairago. S'arrêtèrent sous le lumignon de la porte cochère. Natale refusa de passer la nuit à l'intérieur, convaincu que les escrocs de ce maudit pays lui voleraient ses chevaux et dépouilleraient la charrette, aussi dormit-il avec les bêtes en compagnie d'Astolfo. Colombino préféra un banc à partager avec le Crapa. Ils discutèrent jusqu'au bout de la nuit. Ils dirent tant de mots. Tous ceux que Colombino éprouvait le besoin de prononcer avant que le voyage ne lui en donne plus l'occasion, tous ceux que le Crapa avait envie de dire à l'ami avant de désapprendre à parler.

« C'est une bêtise.

— Non.

— Si, je te le dis, moi. La mort du curé t'a rendu couillon.

— NON !

— …

— …

— Excuse-moi.

— Toi, qu'est-ce que tu vas faire ?

— La boutique, mais un jour ou l'autre, je m'en irai.

— Où ?

— En ville… ou alors je ferai venir la ville jusqu'à Sacconago », dit-il, songeur.

Ils se turent jusqu'au moment où le Crapa demanda : « Colombino, tu dors ?

— Non.

— Pas vrai que c'est une bêtise. T'as raison, pars. Et reviens pour ct'été. Tarde pas trop. »

Aux premières lueurs de l'aube, quand la lune est de perle et le soleil encore une idée sous l'horizon, la compagnie se dispersa. Natale et le Crapa s'acheminèrent vers Sacconago. Colombino pointa son ventre au sud. Astolfo s'ébrouait dans le froid glacial du matin. La charrette se mit en route, cette fois-ci sans sa bonne vieille charge de merde, mais avec le souvenir de son odeur.

*

« Et maintenant, vous allez me dire où est Anita, bande d'abrutis et d'incapables ? »

Échevelé, livide, le poncho trempé, le sabre dégainé. La colline était imprégnée de sang et la petite pluie fine qui tombait en affaiblissait la couleur, atténuant la souffrance que la vue de ce massacre éveillait au fond des rares yeux compatissants de la troupe.

Don José se lança du haut de la pente, les semelles de ses bottes dérapant sur la bave écarlate que les cadavres répandaient dans l'herbe tandis qu'alentour, les cris implorant le ciel s'étouffaient en une lamentable plainte. Le *capitão* s'enfonça jusqu'au cœur des bosquets, évita chaque sentier et clairière, fit taire enfin le plus infime bruit. *Chut*. Partout, les soldats impériaux, féroces, vengeurs. Le colonel des républicains du Rio Grande,

Texeira, avait sonné la retraite, et il allait couvrir la fuite avec l'aide des rescapés de la cavalerie, des hommes à bout de forces chevauchant des bêtes boiteuses ; il fallait à tout prix éviter l'extermination des soldats.

« Où foutre a-t-elle atterri ? Où ? OÙ ? »

Lorsqu'une voix lui parvint. « Elle a disparu. » Le Gros apparut, le visage dévoré par l'ombre d'un arbre, et assombri plus encore par la peur que la nouvelle ne déchaîne la folie de dom José. La pluie redoublait, crépitait sur le feuillage qui se refermait au-dessus de leurs têtes. Abraão avait les épaules tombantes et le menton rentré dans la poitrine, presque comme s'il voulait y appuyer sa tête, tant le poids des peurs prisonnières de son crâne pesait lourd sur son cou. Il haletait, preuve qu'il s'était démené.

« Ce n'est pas possible.

— On ne la trouve nulle part.

— Je te dis que c'est impossible !

— Ils l'ont vue sortir des buissons.

— Et après ? coupa court dom José.

— Ils nous ont écrasés. Personne n'a eu le temps de voir ce qui se passait. Quelqu'un dit que…

— Quoi ?

— Une balle.

— Quoi ?

— Elle a été visée par une balle. »

Une gifle vola, toute la force de la paume contre la joue. Les yeux du Gros scintillèrent. Pleins de haine.

« Prie pour qu'elle ne soit pas morte. Parce que je te couperai la tête. »

À ces mots, le Gros se redressa, et sa réaction laissa dom José interdit. L'intendant ouvrit tout grand ses yeux et le *capitão* comprit alors qu'il ne s'agissait pas d'un acte d'orgueilleuse insubordination. Ce n'était qu'un signe. Le Gros désignait avec effroi quelque chose derrière lui, aussi dom José se retourna. Les fusils des soldats impériaux menaçaient. Les projectiles les poursuivaient, les balles s'enfonçaient dans les troncs des arbres, lacérant l'écorce. Il n'y avait plus de temps à perdre.

« Merde. »

Dom José tapa du pied. Cette fois-ci, il n'abandonnait pas une femme pour laquelle mourir de regret ; il ne partait pas pour désirer un retour auquel seule une présence féminine aurait donné un sens. Cette fois-ci, dom José subissait l'inclémence du destin. Il partait pour ne pas revenir, et cette conscience soudaine l'obligea à soupeser toute la valeur d'Aninha. Il en fut mortifié ; l'impossible qui devient possible, et qui, dans de rares moments, nous restitue à la dimension individuelle de nous-mêmes. Il comprit qu'il ne serait pas capable de mourir pour l'attendre. Alors, il hurla aux siens de courir pour sauver leur peau, et il voulut croire qu'il pourrait retrouver dans la touffeur de la végétation ces yeux de perle noire semblables à un sourire moqueur mais bienveillant : « Je t'avais dit de rester cachée. Tu n'en fais qu'à ta tête », murmura-t-il entre ses dents tandis qu'il partait en courant. Elle lui manquait déjà.

Son bras lui faisait mal. Comme s'ils l'avaient marquée au fer. Ou du moins était-ce ainsi que, depuis toute petite, elle avait imaginé la souffrance des troupeaux de bœufs : ardent le fer, brûlante la douleur. Elle avait soigné la blessure avec un morceau de sa robe, mais l'hémorragie ne voulait pas cesser. Il pleuvait et l'eau finirait bien par nettoyer cette écorchure gorgée de sang.

« Les hasards de la vie, ah, ah, ah ! »

La poitrine gonflée comme un dindon, l'énergumène, qui se nommait João Padilha, éclata à nouveau d'un rire sarcastique qui s'éternisa dans une série de hoquets sourds. Il escortait Aninha à cheval, et n'avait même pas la pudeur de détacher un instant ses yeux de ses fesses qui, sous sa robe trempée lui collant à la peau, balançaient au rythme des pas.

Cachée avec le bataillon en défense des renforts, les genoux enfoncés dans le terrain mou des bosquets, Aninha avait vu les troupes de José affronter les soldats impériaux, un assaut forcené à l'arme blanche, implacable, et elle avait voulu récupérer les blessés parmi ce magma de corps, de coups de fusils et de baïonnettes... Alors, bien que José lui ait donné l'ordre de rester cachée, elle avait exhorté les soldats de réserve à recharger en poudre de nouvelles cartouches, et elle était sortie au grand jour. Les hommes, envoûtés par ce courage de femme, l'avaient suivie.

« Quel crétin, ton père, de t'avoir donnée en mariage à ce *sapateiro*. Comment il s'appelait déjà, cette lavette ? Moi je t'aurais traitée comme une dame », dit Padilha en se caressant l'entrecuisse, ce qui déclencha l'hilarité générale. Il força tant son geste outrancier qu'il faillit tomber de cheval.

Pour la première fois depuis qu'elle était née, Aninha maudit le Créateur qui avait inventé les saisons et, avec elles, la succession des jours, parce que c'est de la répétition des événements, au-delà des minimes différences, que naissent les coïncidences. Pour quelle raison ne pouvait-on vivre, toujours, dans un jardin magnifique et luxuriant, un Éden éternel, pacifique, dénué d'âge, de faux-semblants, de pièges tendus à dessein ? Pourquoi s'amuser à regarder comment se comportaient les êtres humains face à une coïncidence ? Aninha posa sa main sur son nombril tendu, en forme de bouton. Là-dessous, il y avait son enfant, l'enfant de José. « Je t'en supplie, dis-moi que tu es vivant », bredouilla-t-elle.

Padilha et les soldats de Rio lui avaient dit qu'il était mort. Ils lui avaient répété qu'il était mort. Ils s'étaient vantés d'avoir trucidé les *farrapos*, de les avoir achevés à coups d'épée, égorgés, sans accorder à aucun d'entre eux une miséricordieuse balle en plein front. Aninha y avait d'abord cru, avec la crédulité de l'abattement qui l'avait assaillie en même temps que la culpabilité de s'être laissé prendre. Mais elle comprenait maintenant quelle consolation, parfois, peut apporter le doute. Le hasard avait voulu qu'elle fût tombée entre les mains de Padilha, ce même homme qui l'avait beaucoup courtisée quand elle n'avait encore que quatorze ans, seins pointus et lèvres pâles ; son père, Bentão, avait cru qu'un soldat au cœur de serviteur – si ce n'est d'esclave – n'était pas fait pour son Aninha, belle et sincère, et il avait décrété que jamais sa fille ne finirait entre les mains d'un militaire aviné l'après-midi, et le soir aussi. Maintenant que son père n'était plus, et qu'Aninha avait abandonné Laguna et son premier et religieux mari, le passé revenait et demandait des comptes par le truchement d'une coïncidence. Aninha savait ce qui allait se passer. Elle n'était pas idiote, et encore moins naïve. Elle était prisonnière et, une fois arrivés au campement, Padilha la conduirait sous une tente – elle espérait qu'il aurait au moins la généreuse décence de dissimuler ses faveurs à la vue de ses soldats –, la déshabillerait, déchirerait l'unique vêtement qui lui restait, la mordrait, la forcerait, la prendrait. Aninha comprit que si cet avenir hypothétique la dérangeait, ce n'était pas tant comme le cauchemar d'une violation que comme un malaise lointain, une piqûre de guêpe déjà ancienne. Elle saurait accepter l'outrage de cet homme resurgi du passé et l'oublier après s'être accroupie dans la forêt pour se soulager dans un acte libératoire en pleine forêt. Si ce n'est que derrière son nombril elle cachait une créature. Elle pouvait bien se laisser foutre, mais elle avait un enfant dans le ventre, et elle ne pouvait pas laisser Padilha entrer en elle et s'enfoncer jusqu'à troubler la quiétude de ce bébé encore agrippé à ses poumons. Plutôt que de permettre à la protubérance de chair de caresser le fœtus qu'elle portait, elle préférait la vider de son sang en une seule morsure.

Elle retrouva sur son palais un goût familier depuis que, deux ans plus tôt, son mariage à Laguna n'étant déjà plus qu'une routinière vie à deux, elle avait agressé Manuel, son mari. Elle l'avait mordu à pleines dents, avec toute la force de sa haine, parce qu'il lui avait mis les mains au visage, ses mains qui puaient le cuir à cause des chaussures, et l'avait humiliée pour un détail. Elle lui avait manqué de respect, selon lui. Aninha avait réagi instinctivement, mordant la partie charnue sous le petit doigt, sur le côté de la paume, laissant une entaille sur le dos de sa main poilue. Manuel avait regardé le sillon incurvé laissé sur sa peau par le tracé des dents, et il avait attendu de le voir saigner un peu. Alors, il avait attrapé Aninha par les cheveux, et l'avait barbouillée de sang en lui flanquant les lèvres sur sa blessure, avant de la gifler : « Essaye, essaye encore… »

Lorsqu'ils arrivèrent au campement, Aninha avait un peu la nausée. Elle avait peur en s'en prenant à Padilha de s'exposer à de terribles coups, peut-être même à une exécution. Mais mourir avec son enfant valait mieux que de faire porter à la pauvre créature l'affront d'un viol. Un haut-le-cœur la plia presque en deux. L'angoisse lui avait retourné l'estomac et, comme si cela ne suffisait pas, le mouvement de la marche lui avait remis en tête l'idée, aussitôt repoussée, du massacre des *farrapos*. Et de José. Si Padilha avait dit la vérité ? Si José gisait, exsangue, une baïonnette plantée entre ses yeux couleur de miel et de blé ?

À sa grande surprise, alors qu'elle essayait de masquer l'angoisse qui envahissait son visage, Aninha s'aperçut que les regards dont elle était la cible sur le campement ne faisaient qu'exprimer fugacement la prétention que tout homme éprouve au passage d'une femme dont il peut disposer sans déclencher la colère d'autrui. Les grattements de guitare pour passer le temps se faisaient plus lents, les hommes lorgnaient ses formes mais n'osaient pas rencontrer ses yeux que le désespoir rendait audacieux. L'étincelle de bestialité de la soldatesque, masquée par la visière de la casquette militaire, brillait un instant puis faiblissait pour se diriger ailleurs. Les corps retournaient à leur oisiveté, savouraient d'être toujours en vie. Comme si le mirage d'Aninha était un aperçu de l'enfer, la promesse d'un bonheur terrifiant. Elle en fut heureuse. S'ils avaient abusé d'elle, ils n'auraient pu déshonorer la femme qu'elle était devenue.

« Avance ! »

Padilha lui palpa une fesse avant de la pincer, geste qu'Aninha refoula d'un revers de la main, déclenchant le rire de l'homme dont la grimace lui promit sans équivoque des représailles bestiales. Sur le campement, on voyait circuler d'énormes cruches dignes des grandes occasions et des bonbonnes pansues venues de Dieu sait où, prêtes à être vidées depuis l'écrasement des *farrapos* riograndais parmi les vivats qui déjà rendaient les paroles inaudibles. L'escorte refoula Aninha jusque dans une petite bicoque. On la poussa dans un coin et, après que Padilha lui eut lancé un dernier regard libidineux, elle resta sous la surveillance paresseuse de deux soldats aux pantalons blancs. On aurait dit une folle avec sa robe crottée et barbouillée de sang. Elle commençait à souffrir d'un terrible mal de crâne. Son estomac affamé gargouillait et se tordait en même temps d'écœurement. Elle devait pisser.

Presque sans s'en apercevoir, Aninha commença à se caresser le ventre. Sa grossesse, par trop récente, ne se voyait pas, mais il n'y avait pas un seul moment où elle ne l'éprouvait. Elle n'avait pas les mots pour le dire, mais son corps lui donnait une conscience qui n'avait rien à voir avec l'intelligence et, tandis qu'à l'extérieur résonnaient les pas rythmés des soldats et les chansons paillardes, se mêlant aux ordres et aux mélodies mélancoliques grattées à la guitare, Aninha croisa les doigts et laissa son esprit voguer toujours plus à la dérive.

Des minutes, peut-être des heures s'écoulèrent ainsi, et elle accueillit presque avec soulagement l'homme qui vint la chercher, la vareuse maculée de sauce verte. Le militaire la releva de force et l'obligea à se dépêcher car le colonel l'attendait. Aninha rajusta sa robe fripée, se dégagea d'un violent coup de coude, releva la tête ; elle fut conduite vers une tente ruisselante de pluie et trouva en y entrant une atmosphère accueillante, étrangement sèche. Le soldat la poussa vers un officier aux moustaches tombantes et soignées, aux sourcils broussailleux et, à ce qu'il semblait, peignés ; il était assis derrière un bureau de fortune – une table en planches grossièrement rabotées – dont débordaient cartes et plans griffonnés sur lesquels trônaient des petits blocs de bois de couleur ainsi que des cailloux. Aninha le regarda se lever pour lui transmettre ses hommages avant de l'inviter à s'asseoir sur la chaise qu'une de ses ordonnances avait poussée derrière ses genoux.

« Je suis le colonel Melo de Albuquerque, officier de l'armée de Sa Majesté Pedro de Alcântara João Carlos Leopoldo Salvador Bibiano Francisco Xavier de Paula Leocádio Miguel Gabriel Rafael Gonzaga », dit l'homme en reprenant son souffle comme s'il avait besoin d'oxygène. « Autrement dit Sa Majesté Pedro II », conclut-il tandis que la veine qui avait gonflé sur son cou se fondait à nouveau sous sa peau. « On me dit que vous êtes l'épouse de ce bandit italien qui se nomme José Garibaldi. Corsaire et envahisseur.

— Nous ne sommes pas *encore* mariés, moi et le *capitão*.

— Ah… Jamais je n'aurais soupçonné que vous étiez… si vous me permettez… une putain. »

Les mots ne lui vinrent pas immédiatement, aussi lorsqu'elle répondit déplora-t-elle ce retard involontaire : « Dès que les bâtards que vous êtes serez morts, nous pourrons vivre en paix, comme une famille au nom de Dieu, et aucune mauvaise langue ne se paiera le plaisir de dire des saloperies. »

Le colonel sourit, avec un froncement harmonieux de ses grosses moustaches. L'agressivité d'Aninha l'excitait. « On raconte beaucoup de choses à votre sujet. Que vous êtes une femme… ardente. On m'a dit que vous avez blessé plusieurs de mes soldats avant de vous rendre. » Le colonel fit quelques pas. « Ils ont été obligés de vous tirer dessus », dit-il en souriant, le regard fixé sur le bandage si serré qu'il lui comprimait le bras. « Je dois donc en conclure que ceux qui vous décrivent *fougueuse* disent vrai… Malheureusement », il fit encore deux pas, « je vais être obligé de vous causer du chagrin, madame », et, une fois derrière elle, conclut : « Mais voilà, on m'a confirmé que votre compagnon a trouvé… la mort. » L'officier se dirigea vers le bureau et plongea son index et son pouce dans une tabatière. Aninha serra les poings. Comme il était âpre, le son de cette phrase, si violent que la tente sembla se refermer sur elle comme l'eau après un plongeon. Ces yeux de miel et de blé qu'elle avait rencontrés, elle ne pouvait pas les imaginer éteints ; elle était incapable de les imaginer privés de lumière. Depuis le premier instant, malgré l'existence aventureuse de José, Aninha était persuadée que la mort viendrait d'abord la trouver elle. Elle n'avait aucune raison de le croire, ce n'était qu'une pensée insensée d'amoureux. La conscience née d'un sentiment. Dans son for intérieur, elle savait que la dame en noir, au regard vide, l'inviterait, elle, la première à danser le dernier bal dans la lande, et elle eut du mal à accepter qu'il pût en être autrement. Mais le doute est certains jours un réconfort, d'autres une souffrance à laquelle peu savent résister, aussi, épuisée par sa mésaventure et désespérée pour son amant et l'enfant de lui qu'elle portait dans son ventre, Aninha prit une décision qui, quelques semaines plus tôt seulement, lui aurait répugné. Du reste, en continuant à jouer les petits coqs, elle finirait par se faire plumer.

« Je vous implore, colonel… » Et elle implora tant qu'elle obtint qu'on la ramène sur le champ de bataille. Elle l'explora pendant des heures. Les restes humains puaient déjà. Les bustes qui n'avaient pas été mutilés se boursouflaient sous l'effet des gaz intestinaux, et, de la même manière, les poumons d'Aninha se dilataient de soulagement. La pluie avait cessé. Un soleil timide se réverbérait sur les cadavres ruisselants. Aninha s'arrêtait sur ce qui lui rappelait le plus celui qu'elle cherchait. Cheveux longs imbibés de sang, bras amputés assez semblables dans leur puissance, jambes tout aussi musclées mais fines. Malgré les doutes que lui soufflait la peur, elle était déjà certaine qu'aucun de ces corps n'avait d'orbites capables d'accueillir ces yeux. Quand on la ramena de force, elle pleurait. Les soldats crurent que c'était de désespoir pour le sort de son homme. C'était de bonheur de ne pas l'avoir trouvé. Son José était vivant. Il ne pouvait en être autrement. La flagrante vérité que le premier amour avait inscrite dans sa chair. Elle le sentait. C'est elle qui mourrait la première.

*

La corde poissée par les mains de générations de carillonneurs se mit en mouvement et le battant arracha du ventre de la cloche un son que le vent propulsa quelques mètres plus loin. La note glissa sur les toits, dégringola les ruelles de la ville dans un souffle impalpable et se propagea, s'enfonça aussitôt au-delà des rives du Tibre, sur les eaux, franchit les portes des rez-de-chaussée, s'infiltra dans les fentes des fenêtres, donna le signal que beaucoup de volets attendaient pour s'ouvrir tout grand, caressa les plantes potagères, les merlans et les truites éviscérés et granuleux, les abats de porc sur les brouettes déjà en chemin vers les étalages du marché ; la note en faiblissant fouetta le dos des débardeurs qui se pressaient sur les petits ports le long du fleuve, les yeux bouffis de sommeil, et elle ricocha entre les marbres antiques des vestiges populaires et populeux, secoua les branches sèches des plantes grimpantes qui pendaient des balcons et effleura les édicules pieux aux carrefours ; elle chercha même à réveiller les pierres tombales voilées de givre et les recoins dans les porches habités par de pauvres bougres. Quand le tintement fut presque éteint, une note pleine de fraîcheur prit gaiement la relève, lui redonnant de la vigueur, et atterrit dans une chambre drapée de pénombre, au premier étage d'une noble villa entourée de hauts murs, luxuriante de jardins et de plantes. C'était le matin, et les fastueuses tentures indigo peinaient désormais à le retenir. Le souffle vibrant enveloppa le lavabo de céramique, le broc jauni dans l'angle, le pot de chambre sec. Même l'armoire en orme ouvrit ses veinures pour l'accueillir. Lorsqu'il eut envahi l'atmosphère, le son fronça le velours de la banquette turquoise et du petit divan de la même couleur, puis la trame de la descente de lit d'inspiration exotique – elle venait des Indes, racontait la domestique – et fit trembler la poussière qui recouvrait le baldaquin au-dessus du lit ; effleura les boucles de cheveux qui reposaient, macabres, au pied du miroir doré de la coiffeuse, remonta l'édredon moelleux, par-dessus les couvertures avec ses longs doigts de fantôme. Et le voilà enfin parvenu à l'oreille, transie maintenant qu'avait disparu la jeune crinière qui, quelques jours plus tôt, protégeait le frêle et blanc lobe de chair. Les doigts sonores touchèrent le corps svelte puis, devenus voix, chuchotèrent à la jeune personne qu'il faisait jour. *Donnnnnn*. Leda le savait déjà depuis le cocorico, mais elle accueillit néanmoins la vibration avec un soupir. La nuit était une souffrance interminable. Trop noire.

Trop vaste, l'espace pour les pensées, loin des choses du monde. Un tourbillon inextinguible d'images et d'émotions à faire exploser la tête, défoncer le matelas et, toujours plus bas, précipiter le corps dans les abîmes de l'angoisse.

« Bienvenue », susurra-t-elle au matin avant de porter ses mains à sa tête. Elle se protégea encore un moment. Puis se leva.

Très rares, si l'on voulait les évoquer, étaient les événements des mois passés au Bon-Pasteur, et pourtant si accablante et envahissante l'immobilité ; il semblait au contraire maintenant que tout fût déjà advenu et que rien ne fût encore à advenir. Voilà ce qu'avait provoqué la tragique nouvelle accueillie sur le pas de la porte – une déflagration qui exauce et efface tout à la fois – et à laquelle rien ne peut succéder hormis le vide. Ses articulations tuméfiées par la violence des coups portés à sœur Arcangela avaient guéri, les bleus pâli sur sa carnation olivâtre. La douleur qui lui chuchotait à l'âme, en revanche, ne s'était pas assoupie : on ne savait même pas où ils avaient enterré Lorenzo, où reposait son beau corps ; personne n'avait réclamé sa dépouille pour la sépulture. Depuis le Bon-Pasteur, fuyant à travers les rues d'une Rome vouée aux festivités de Noël et enfin, pantelante au seuil d'une demeure aussi solide qu'une espérance : en quelques heures seulement, Leda avait chevauché une chimère et avait été vaincue par une violente impuissance. Ses oreilles avaient désappris à entendre.

Tandis qu'elle cédait à un découragement très proche du déracinement, on l'avait pourtant accueillie dans la villa de Sir John Frye, et les heures s'étaient transformées en jours, durant lesquels Leda avait compris qu'elle n'avait pas le courage de s'ôter la vie. Quand elle avait appris la mort de Lorenzo, elle avait tout de suite trouvé refuge dans cette pensée, parce que l'être humain ne possède pas d'autre instinct : face aux intempéries du destin, quand tout nous semble se dérober sous nos pieds, la réaction la plus immédiate est de nous dérober à notre tour, et crier ainsi au monde : vous m'avez poussé à mourir. Or cette pensée n'avait pas généré d'intention véritable, d'action. Dans la villa, on lui avait permis de se reposer dans une chambre à elle, et le suicide avait commencé à lui sembler insensé, non pas en vertu du simple instinct de conservation, mais parce que, après la disparition de Lorenzo qui soulignait la folie de toute espérance, se trancher la gorge n'aurait donné aucun sens aux choses qu'elle laissait derrière elle. L'absence d'une personne qui puisse accueillir son désespoir, le *sien*, et pas n'importe quel désespoir, privait son geste d'une partie de sa signification. Voilà tout.

Depuis la nuit de son arrivée chez Sir John Frye, Leda s'était laissé submerger par son humeur sombre, et le personnel de la villa – majordomes, jardiniers et serviteurs, femmes de chambres et domestiques – l'avait prise en pitié et crue en danger de sombrer dans l'opaque abrutissement des mauvais traitements que la vie lui avait infligés. Mais un jour, plongée dans une baignoire où une sage domestique, Immacolata, lui administrait une bonne toilette, Leda avait eu une lueur de lucidité ; encore suspendue entre la folie d'une mort désirée et une vie qu'elle n'arrivait pas à s'imaginer, elle avait entrevu une possibilité et s'y était agrippée.

Sir John John était passé à son égard de l'indifférence à la compassion, pour finir par l'aiguillonner, la stimuler.

Il était allé jusqu'à lui serrer le bras de toutes ses forces : l'hématome se voyait encore. Il le faisait en mémoire de Lorenzo et par affection pour lui, lui avait-il répété dans chacune des nombreuses pièces où ils s'étaient rencontrés. Lors d'entretiens toujours plus fréquents, le gentilhomme venu d'Angleterre avait renoncé à son regard détaché pour lui accorder un peu de confiance, s'animant même comme s'il souhaitait raviver la malice et la lueur rusée aperçue dans les yeux de la jeune fille lorsqu'il l'avait connue en compagnie de Lorenzo, là, à la villa, elle encore ignorante de tout, si ingénue et candide, lui, un amoureux qui travaillait comme informateur sans mesurer le danger qu'il courait.

Leda avait commencé à remarquer les attentions de John John mais si, dans un premier temps, elle les avait accueillies avec agacement, presque comme des vexations, elle avait fini par les trouver flatteuses. Ce fut pour cette raison que, en cet unique instant de lucidité, plongée dans cette grande bassine d'eau, Leda en était arrivée à la conclusion que la vie ne lui avait vraiment pas fait de cadeaux, et qu'il valait mieux s'en remettre aux événements et voir où ils la mèneraient. Peut-être arracherait-elle finalement à la mort une bonne raison de lui céder.

« Vraiment ? lui demanda Immacolata. Tu acceptes la proposition de milord ?

— Oui. »

John John la lui avait faite avant de l'autoriser à goûter le whisky. Il l'avait félicitée en affirmant voir en elle des qualités rares qui ne devaient pas être gaspillées, de manière que la tragédie qui s'était abattue sur Lorenzo ne fût pas vaine. Un être humain normal n'aurait jamais réussi à s'évader du Bon-Pasteur ; n'importe quelle femme aurait renoncé à son instinct de survie, s'obligeant à trouver un sens dans la résignation. « Je sais que tu as tout perdu. Je pourrais t'aider. Tu pourrais travailler pour moi », avait-il commencé par dire avant d'ajouter, avec une franchise toute anglo-saxonne, « de toute façon, tu n'as plus rien. Avec un peu de chance, tu pourras te refaire une vie… et découvrir que cela te plaît. » Elle avait sifflé son whisky et était allée se coucher, mais n'avait fait que somnoler. Le matin suivant, elle avait accepté de prendre un bain. La brosse souple de la domestique Immacolata avait comme par miracle attendri toutes ses réticences.

Cela faisait tout juste quatre semaines que Leda séjournait à la villa et ce jour-là, après le bain, elle demanda à Immacolata de s'occuper un peu de ses cheveux. Elle avait déjà accepté qu'on les lui raccourcisse, détail utile pour ne pas être reconnue, du moins c'était ce qu'on lui avait répété ; les sbires de la police pontificale, depuis son délit, étaient à sa recherche, et ils la feraient bastonner puis écarteler en place publique si par malheur ils lui mettaient la main dessus. Leda aimait ses boucles brillantes. Délier ses nœuds le soir, devant la coiffeuse, avait été pour elle une consolation, un geste qui apaisait comme par miracle sa solitude. Faustina avait été confiée à une connaissance de Sir John Frye pour éviter de cacher les deux fuyardes dans la même maison, et les deux amies s'étaient saluées joue contre joue, se murmurant au revoir avec des larmes que seules deux rescapées d'un même naufrage savent verser. Elles se reverraient, lui avait promis John John, ajoutant, *tôt ou tard*, dès que Leda revenait lui demander des nouvelles de Faustina. Elle n'osa jamais se plaindre à son bienfaiteur de cette séparation. Elle finit par comprendre que c'était une bonne décision, mais le départ de l'amie avait instillé en elle une souffrance supplémentaire. L'évasion du Bon-Pasteur semblait l'avoir amenée dans un monde inconnu : sans Lorenzo et sans Faustina, elle errait à travers une nouvelle planète, infinie, d'une immensité propre à éveiller une peur foudroyante. Si elle avait su que c'était ça qui l'attendait, elle n'aurait peut-être pas cherché à fuir.

« J'ai décidé. » Voix ferme, ton résolu.

Le sourire que lui adressa Sir John une fois la nouvelle apprise de la bouche d'Immacolata ne fit pas que souligner le bon sens de sa décision. Plus qu'une vie invivable à attendre la mort, mieux valait une *autre* vie. C'était une évidence, *of course*, mais la véritable intelligence, l'instinct originel que John John lui attribuait, tenait précisément au fait qu'elle avait su reconnaître que tel était le cours à donner aux choses. C'est tout cela qu'exprima le sourire moustachu de ce gentilhomme venu d'Angleterre quand il la félicita de son choix et de sa coupe de cheveux qui, indubitablement, lui allait à merveille. Il tint à lui préciser que sa formation commencerait dès le lendemain.

« Mais que devrai-je faire ? » demanda-t-elle.

*

Le lent roulement le long des rives qui endiguaient le flux policé du monstre d'eau, le gargouillement à la fois lancinant et apaisant. Il semblait venu du fond des âges, imperturbable et éternel. Quand Lisander s'approchait du Pô, il sentait resurgir l'émotion qui l'avait envahi la première fois qu'il avait perçu ce bruit. Il en avait entendu, des mélodies aquatiques, depuis l'écoulement des pots de chambre vidés à l'aube jusqu'au grognement las du Lambro ou du Seveso, et puis les canaux, les *navigli*, le plus grand qui coulait le long des chemins de halage et les autres, plus petits. Rien de comparable à celui-ci. Quand il s'arrêta, que le crissement des brindilles et des cailloux sous ses semelles cessa, Lisander eut la fulgurante impression que le Pô ne lançait rien d'autre qu'un cri, une plainte pour une blessure qui ne veut pas cicatriser. Comme si les rives étaient les bords d'une plaie rêvant de se rejoindre, et le fleuve, gris et fluide, l'entaille sanglante dans la chair.

Turin lui plaisait, par son tracé urbain on ne peut plus éthéré, l'atmosphère pétillante quand on passait parmi les dames faussement effarouchées et les bandes de gamins qui jouaient le long du fleuve, à courir après un cerceau en se donnant des coups retentissants sur les tibias dans leur fougue. « Aïe, Dario, sale bâtard ! » Aussi, quand il se remit en chemin, il lui prit l'envie de siffloter un des airs d'opéra qu'il préférait. Les Romantiques de Traviole en connaissaient chaque fioriture, la prosodie de chaque phrase, l'enchevêtrement tentaculaire des styles. Ils parlaient du spectacle avec ironie, voire une suffisance dégoûtée, comme s'ils voulaient s'en défendre. Elle était « d'un tel classique », répétaient-ils, eux les R.d.T., cette célébration du passé, mais seulement parce qu'ils sentaient que, à travers ce classique-là, l'opéra parlait de chacun d'eux. De la punition qui guettait tous les impénitents. *Pappa pappa pappa pà, farafà, pappa pappa pappa pà, farafà…* Lisander se promenait, absorbé par cet après-midi blanc d'hiver, et il se dit pourquoi pas, pourquoi ne pas chanter quand on se promène et, jetant un caillou dans le fleuve, il commença à siffloter ; le caillou disparut, englouti par les flots : qui sait s'il existait au monde une force pareillement capable d'occulter chaque pensée désagréable, chaque malaise – une « Chasse d'Eau Existentielle » aurait improvisé Gégé la Clappe, exprimant le tout en deux mots empruntés à *Don Giovanni. Fi, fififif... Notte e giorno faticar per chi nulla sa gradir...*

Dans le lointain, on entendait le clapotis du courant contre les flancs des barques des sablonniers. Lisander les avait distancés depuis un moment, et il avait aussi dépassé le bosquet et l'arrière du château du Valentino, avec ses trois rangées de fenêtres et ses hautes lucarnes décrépites qui lui donnaient l'air d'un roi fatigué, si peu sûr de lui et terriblement misérable en comparaison de la souveraineté militaire de Milan, magistralement représentée par le grand déploiement de fortifications. Il continua droit devant lui, longea la muraille de bâtisses aux gouttières de guingois, le menton en l'air, à nouveau surpris par les uniformes de la garde civile de Savoie qu'il salua d'un respectueux signe de tête. Il déboucha sur la majestueuse esplanade de la piazza del Ritorno del Re – la place du Retour-du-Roi : de là, en remontant le solide pont de pierre, en face du temple *ordo populusque taurinus ob adventum regis*, on pouvait continuer jusqu'à Gênes. Mais au lieu de prendre le pont, Lisander tourna par les venelles derrière l'avenue bordée d'arcades. Si bien ordonnées, si simples. Dans son Milan à lui, le lacis à l'intérieur des murs évoquait l'image d'un écheveau mal débrouillé que quelqu'un se serait maladroitement obstiné à dénouer avec pour résultat de l'emberlificoter davantage, de jour en jour ; dans la capitale étrangère, au contraire, malgré les tournants et les cabrioles, le tracé souvent illogique qui mourait dans des ruelles aveugles, la succession des rues semblait inspirée par un certain sens de l'ordre. Une prédisposition à l'orthogonalité.

Lisander dépassa une église, s'arrêta pour laisser passer une charrette de sacs de riz et poursuivit sa route, le nez en l'air. Une centaine de mètres plus loin, il franchit l'entrée d'une gargote. De subtiles lames de soleil découpaient les murs du lieu. Le peintre avisa un petit coin et s'y dirigea.

Parfois, il lui venait l'envie d'une paire d'yeux, d'une bouche et de deux oreilles avec lesquels se mesurer, parler, échanger à propos du choix à faire, du pari pour ce futur qu'il avait décidé d'accepter en venant une seconde fois dans le royaume sarde.

Puis il se disait qu'il valait mieux être seul et peinard, parce qu'il sentait que le jeu en valait la chandelle et n'avait donc pas besoin de quelqu'un pour lui servir de mauvaise conscience. D'obstacle.

Ayant dilapidé la quasi-totalité de ses économies en nuits d'hôtel, taxes et transports, il ne lui restait guère de temps pour se remettre les idées en ordre – ou plutôt, à dire vrai, il ne lui restait pas beaucoup de temps pour leur donner une première tournure, pour la bonne raison que cette tournure, il ne l'avait même pas échafaudée. Il lui faudrait de la rigueur et de l'invention, deux forces apparemment contraires qui ne devaient pas le trahir dans ce moment crucial. Parce qu'on est tous capables de se bercer d'illusions et d'avoir des envies, et c'est même un vice commun que de rêver les yeux ouverts, tout au moins jusqu'à ce que la dèche tue l'oisiveté ; l'audace d'entreprendre est au contraire l'apanage de rares personnes. C'est la conséquence de la peur de la débâcle, l'alternative à une vie misérable. Voici donc Lisander assis, le cerveau malaxant son grain sous la lourde meule de la faisabilité, voire du pessimisme, sans pour autant renoncer à s'agripper à un petit espoir, pas vraiment irréalisable mais pour le moins extrême.

La galette de pois chiches était exquise, pour ne rien gâcher, et incitait à penser un peu de bien de ce bas monde. Elle valait la peine de délester sa main des modestes pièces raclées au fond de sa bourse. La découverte de ce plat remontait à quelques semaines, à son premier séjour dans la capitale de l'État sarde. Jamais il ne serait venu à l'idée de Lisander de le commander, lui qui connaissait trop bien l'habituelle *farinata* de misérables que l'on avalait à Milan, si populaire dans les institutions de charité des paroisses, les dépôts de mendicité et les clapiers d'honnêtes crève-la-faim. À Turin, il avait découvert que la mixture à déguster sous la même et funeste appellation n'était pas du tout préparée avec une grossière farine d'avoine ou de maïs. On préférait un mélange plus riche, une poudre dorée de pois chiches, et la *farinata* que l'on obtenait à feu vif était huileuse et salée. La saveur, selon Lisander, était « délicieuse », épicée, sans compter que lors de la cuisson sur une plaque brûlante, la chaleur formait à la surface une pellicule brunâtre qui apportait un je-ne-sais-quoi d'alléchant sous le palais. Un détail d'une rustique délicatesse.

Quand l'homme au comptoir lui présenta trois abondantes tranches jaunes, un bol d'oignons passés au vinaigre et un verre de vin sec au goût d'amandes, Lisander inspira profondément : après tout, l'odeur faisait aussi partie de la note. Il réglerait ensuite son compte à la caissière, une femme toute en cheveux et en poitrine, au coin de la rue sous la bise, les poignets épais, dont l'un arborait deux coquets fils d'or tintinnabulants de breloques. L'homme s'éloigna en silence une fois les plats déposés sur la table ; Lisander déchira un lambeau de pâte jaune d'un coup de dents flegmatique et mastiqua avec une égale lenteur. Il mangea comme il n'en avait guère l'habitude, lui qui faisait montre d'une voracité forcenée, à tel point que Chiarella, un jour qu'elle s'était risquée à lui manifester son affection en lui préparant un bon petit plat, était restée interdite en le regardant. Elle avait pris soin d'enfiler un ravissant vêtement d'intérieur à petits carreaux turquoise et ses pantoufles, avant de mettre à cuire à feu doux un pied de bœuf ; elle avait attendu que le cartilage se détache de l'os et, après l'avoir laissé refroidir en posant le mortier par-dessus afin qu'il se solidifie en un bloc, elle l'avait coupé en tranches, auxquelles elle avait ajouté un oignon haché, du persil, de l'huile, du vinaigre et du sel. Mais en voyant Lisander se bâfrer avec indifférence, comme s'il voulait se débarrasser au plus vite de l'affaire, elle lui avait dit, sans s'énerver : « Tu manges comme un porc. » À la pensée de Chiarella, Lisander fut démangé par une envie violente de faire l'amour avec cette tignasse rousse, et alors il se régala de chaque bouchée avec avidité, rassemblant les miettes sur la table crasseuse pour accompagner les dernières lamelles d'oignon sous les yeux indiscrets de l'aubergiste, lequel discutait avec le seul autre client, un jeunot à l'air bien trop éduqué pour un local de ce genre, mais suffisamment avisé pour y venir à l'heure la moins fréquentée de la journée et jouir de l'art culinaire tout en partageant sa passion pour les insectes avec le propriétaire, autre amateur insoupçonné d'entomologie : « *Dottor* Antonio, vous… »

Le peintre s'attarda sur le banc et alluma un *mezzo* toscan qu'il avait eu la chance de ramasser le long du fleuve. Il tira de vigoureuses bouffées pour faire brûler la croûte de tabac dure et carbonisée, et se fit porter une anisette qu'il sirota avec modération au fur et à mesure que son nez se débouchait et que le goût puissant des oignons s'estompait sous l'effet de l'alcool. Trois nouveaux clients entrèrent, qui aussitôt trempèrent du pain dans de larges terrines fumantes sans même prendre le temps de souffler. Le local commençait maintenant à se remplir, et une grande partie des visages auraient mérité, par leur aspect, une place dans la galerie des portraits d'enfance de Lisander. Le peintre se brûla les lèvres en tirant une dernière bouffée de toscan, se leva, s'acquitta à son grand regret d'une note somme toute honnête et sortit. Il était temps.

Chaque fois, l'air de Turin lui semblait plus froid. À l'aube, le gel était si poignant qu'on avait du mal à se défendre des coups de poignard que provoquait le moindre frisson. Et la couleur des couchers de soleil. Lie-de-vin. Et ces cimes qui cachaient à la vue l'autre côté des Alpes, lointaines et pourtant si présentes en face des collines qu'on aurait presque cru les toucher. Avec le ventre bien rempli, il avait l'impression que les espaces les plus vastes et les moins tarabiscotés de cette ville lui permettaient de mieux déployer les replis de son cerveau, comme on étale un grumeau de pâte sous le rouleau à pâtisserie. Mais l'aide la plus déterminante, bien qu'il ne le rencontrât plus du regard, lui venait du fleuve et de la paix douloureuse qu'il prodiguait. Peut-être que s'il parlait ainsi à l'âme, c'était parce qu'il réveillait l'instinct que les hommes portent en eux, héritage des générations passées, quand, tel un animal, on luttait chaque jour contre une terrible faim ; une source d'eau à portée de main, riche en poissons – les pêcheurs grouillaient à toute heure sur les rives du Pô, déchargeant des créatures argentées et charnues –, cela rassurait, quelle que soit la durée de la halte, dans l'attente de la prochaine et nomade partance ; à Milan, au contraire, l'enceinte de canaux n'avait rien d'une bête d'eau, une mère auprès de laquelle étancher sa soif. Répéter « la bête d'eau » donnait à Lisander l'illusion de pouvoir transmettre la dimension naturelle de l'homme que lui suggérait l'idée du fleuve ; il voyait quelque chose de juste dans l'association de ces deux mots, et c'était ainsi qu'il avait décrit le Pô aux R.d.T. au retour de son premier voyage. L'eau de Milan résultait de l'effort de l'homme, avait-il disserté avec Igino la Rallonge et Carlo, dit Charles à la française, elle permettait aux gens de circuler, tandis qu'à Turin, le fleuve faisait partie de la nature que l'homme côtoyait sans intention de la plier à son usage. Et puis, plus que tout, la brume le rassurait, elle qui à Turin ne reflétait pas seulement les caprices du climat, mais plutôt une qualité de vie, une aptitude à calmer les excès quand bien même on bouillonnait. L'atmosphère piémontaise, en somme, libérait Lisander de la tenaille asphyxiante de la frénésie milanaise et, à plusieurs reprises, les jours précédents, il s'était même arrêté en chemin pour lier conversation avec des passants, lesquels, en vérité, s'étaient montrés défiants devant son exubérance : « Au revoir, veuillez m'excuser, je ne suis pas d'ici. »

Sous ce tourbillon d'émotions, d'évocations extatiques, Lisander savait bien qu'il n'avait pas changé. Tout cela n'était qu'une duperie. Il ne s'agissait pas de préférer Turin, l'essence de sa citoyenneté, l'odeur de cette autre nation si proche. Le sentiment de liberté qu'il éprouvait ici n'était que la simple absence de racines et, devant la Gran Madre qui, de tout son lustre, étincelait dans le soleil de cristal, Lisander ne s'y était pas trompé : ce sont les racines qui nous font tant désirer la liberté de mieux vivre. Le reste n'est que dérive. Ce qu'il découvrait en errant, tel un vagabond, à travers des rues qui n'étaient pas siennes, n'était que le vertige euphorique de l'éloignement, cette ébriété qui nous apaise, parce qu'elle ne dure pas. Et cette conscience, une fois acquise, produisit l'effet inverse, embellissant l'idée de Milan, et lui donnant hâte, en ce dernier après-midi turinois, de rentrer et de mettre en pratique ce qu'il avait tramé ces mois passés, et manigancé pour préparer le terrain.

Les deux jours d'attente s'étaient écoulés. Lisander s'était contenté de se promener, en plus de se payer une femme étrangère dont les talents amoureux, toutefois, l'avaient laissé sur sa faim : « Trop vite, vous êtes pressée ? » *Solvitur ambulando* lui répétait son cerveau pendant qu'il luttait contre l'attente, reconnaissant envers ce peu de latin appris à l'école primaire en préparant l'Académie, et c'était bien dans la quiétude turinoise qu'il avait déambulé, médité, et surtout consacré ses pensées à un daguerréotype de la Gran Madre. Une réalisation grandiose. D'une pureté rare. Presque effrayante. Les contours nets, la réalité si exacte. La vision de cette image semblait justifier à elle seule l'existence du monde. Il y avait eu un imprévu, mais Lisander avait été prévoyant ; il avait pris avec lui un magot suffisant pour survivre. Cet après-midi, on allait enfin lui remettre le prodigieux appareil. L'*oculus artificialis*. La chambre *obscure* qu'il fallait désormais appeler *optique* précisément parce qu'on y appliquait une lentille particulière.

Lisander avait fait la connaissance de la famille Jest lors d'un premier voyage. Père et fils. Des spécialistes. Il s'était fait passer pour le fils d'un riche hobereau lombard apparenté à un célèbre entrepreneur fort passionné par les futurs développements de la chimie et de l'optique, désireux d'investir dans le royaume sarde – il était très bon pour se faire passer pour d'autres que lui, cabotin qu'il était, et cela à force de lancer des blagues avec les R.d.T. et de délirer de pichets en quarts de vin dans toutes les tavernes et gargotes à la ronde ; un don acquis par inadvertance, en quelque sorte.

La famille Jest travaillait avec la Regia Università de Turin ; le vieux Jest, bourru et méfiant de nature, occupait depuis vingt ans la fonction de machiniste, ce qui lui avait garanti une tranquillité, voire une disponibilité financière qui avait fait de lui un des plus grands connaisseurs d'appareils. Il avait transmis sa manie à son fils et, dans son bureau, en face de son laboratoire, il exhibait – quelque peu caché toutefois par un vase de fleurs à moitié sèches pour que le geste n'apparaisse pas de mauvais goût – l'exemplaire de la *Gazzetta piemontese* qui, le 8 du mois d'octobre de l'année à peine écoulée, avait écrit : *Nous sommes heureux d'annoncer qu'hier s'est produite devant nous, avec une singulière facilité, et en présence de plusieurs personnes remarquables, une des plus curieuses merveilles de la chimie optique de nos jours, nous voulons parler de la reproduction, avec le daguerréotype, d'une des plus belles perspectives de notre capitale*.

Lisander avait convaincu les Jest de réaliser un appareil, une boîte en bois poli, dotée d'une optique « professionnelle et de la dernière ingéniosité ». Le rendez-vous était fixé à quatre heures de l'après-midi. Mais quelle que soit l'heure, lui avaient-ils assuré, il trouverait la chambre optique prête et bien briquée, présentée de plus dans une boîte adaptée au transport – « et qui ne serait pas trop gênante pour les contrôles à la douane », lui avait dit avec un petit clin d'œil le fils Jest. Tous deux s'étaient immédiatement pris de sympathie. Quelques semaines plus tôt, ils s'étaient tenu compagnie jusque tard dans la nuit, discutant au début de bagatelles telles que l'art et les spectacles de théâtre, les exigences des âmes romantiques, puisque le jeune Jest, tout scientifique qu'il était, adorait la culture, puis ils avaient fini par abandonner les arguments abstraits pour s'engager avec un intérêt nettement plus vif sur des terrains plus concrets, à savoir les gamines, les jeunes mères et les femmes mûres, se lançant dans des études comparatives avec cette tendance à se confier et à passer du coq à l'âne que seuls les jeunes gens possèdent et dont ils tirent un incomparable plaisir. Au fil de cet aimable entretien, ils avaient sauté d'une question à un verre, d'un verre à une question et, sous l'effet de l'alchimique sérum, le jeune et candide Jest était tombé dans le piège, révélant ses compétences et éclairant quelque peu les idées de cet étranger de Milanais si jovial. Ainsi, Lisander avait pu se faire deux idées : d'un côté, il y avait la daguerréotypie, dont Jest, père et fils, se déclaraient grands amateurs, et qui exigeait un matériel cher, dont les plaques de cuivre, de l'argent et d'autres agents chimiques pour la sensibilisation et ladite fixation (opérations que Lisander ne comprenait pas tout à fait, mais dont Floro s'occuperait, surtout si on l'alléchait avec l'idée de l'associer au projet) ; l'autre technique, que les Jest définissaient également sous le terme de daguerréotypie, mais qui était en réalité une « daguerréotypie différente », s'obtenait à partir d'une simple feuille de papier *salée* et, au lieu de reproduire une image fidèle de la réalité, elle en offrait une copie à l'envers, non pas falsifiée mais *négative*, aux couleurs inversées, qui retrouvait son aspect positif lors d'une autre étape. L'une ou l'autre, l'autre ou l'une, le dilemme avait tourmenté Lisander durant les nuits passées à l'auberge du Tortillon où il avait logé, jusqu'à ce que le peintre choisisse instinctivement de miser sur la « daguerréotypie différente ». Le jeune Jest le lui avait pourtant déconseillé : la première technique donnait des résultats beaucoup plus fidèles à la réalité. Mais Lisander avait prétexté mille et une raisons, sans avouer la principale, qui n'était certes pas la seule, mais la plus importante : la seconde technique était plus rentable. Peu importait que l'image obtenue apparaisse plus « douce », moins nette, et qu'elle intervertisse les clairs et les obscurs, exigeant une étape ultérieure. D'autant que, d'après ce qu'il avait compris, la seconde technique lui permettrait un développement en série, et entre une œuvre unique et la possibilité de dupliquer, pensa Lisander en prévision du commerce bien particulier qu'il avait en tête, la seconde saurait se révéler plus lucrative.

« Comme vous voudrez », lui avait dit, résigné, le jeune Jest en levant une fois de plus son verre, « *prosit* », lorsque Lisander lui avait communiqué son choix. « Pour nous, ça ne fait pas de différence. La chambre optique est la même.

— Alors, affaire conclue. »

C'était tout de même bête, avait gambergé Lisander, sous l'effet du vin et par conséquent par trop sincère, d'annoncer au monde entier de telles découvertes gratuitement, « non ? ». Le jeune Jest ne s'était pas senti visé et s'était au contraire lancé dans un long débat sur des questions compliquées de brevets et de droits, de sociétés et de garants d'État, de notaires et de faux jetons, même si l'argument s'était révélé sur le moment difficile à exprimer pour l'un et à comprendre pour l'autre. « De toute façon », avait tenté le jeune Jest en débitant une des anecdotes dont il était le plus fier, « on crie à qui veut l'entendre que le Daguerre, il a révélé son louable projet et en a autorisé l'utilisation à l'Académie de France parce qu'il avait plus un rond, en gros parce qu'il était à poil, ah, ah, ah ! » et les mauvaises langues de dire en effet qu'il en avait tiré une rente mensuelle de six mille francs. L'Anglais qui avait développé la « daguerréotypie différente », un certain Tralbòt, Tibòt ou Talbot, qu'importe, s'employait quant à lui à divulguer ses découvertes sous le conseil d'avocats londoniens aguerris : de peur que la technique de capture d'images et le processus de préservation permettant de les fixer soient semblables à ceux mis au point par le Français, il fallait établir clairement, grâce à un document écrit, qui était le premier inventeur ; après, on pouvait bien se lancer dans une terrible « guerre de brevets » ! De toute façon, ni Daguerre ni Talbot ne livraient dans leurs publications respectives les détails de leur méthode : « Mon cher Lisander, s'il est vrai que les nouvelles, comme les mensonges, vont à toute allure, il faut y mettre un peu d'argent. » Et, goutte à goutte, c'est justement un apport personnel et décisif que Lisander avait réussi à soutirer de son interlocuteur, comme on fait pour obtenir le vin le plus précieux de la meilleure barrique de chêne.

Nous y voilà. Le peintre évita une calèche qui faillit le renverser, ôta ses poings de ses poches, enfonça son chapeau sur la tête et resserra son foulard autour du cou. Il n'avait plus un sou. Il avait payé la chambre optique à l'avance, pour les impressionner, et il ne lui restait que quelques piécettes pour le voyage de retour. Dès qu'il aurait l'appareil entre les mains, il rentrerait à Milan et se mettrait à peindre. Ses talents d'Artiste de l'Observation ne s'étaient pas gâtés, seule sa pratique dépérissait quelque peu ; il remettrait trois sous de côté et rallumerait aussitôt l'idylle entre lui et donna Teresa, puisqu'on sait que toute coucherie est une alliance. Avec les gains de sa peine, il avait bien l'intention d'expérimenter la chambre optique. Il irait sur la piazza del Carmine, et là, il choisirait parmi les modèles qui attendaient les peintres. Il essayerait, réessaierait, inviterait Floro à participer à ses activités pour exploiter ses connaissances et faire ainsi face aux questions purement chimiques. Il savait que son intuition disait juste. Il ne lui manquait plus qu'à s'attirer la petite dose de chance qui ferait de sa chimère un commerce.

Quand il franchit le seuil du laboratoire des Jest, Lisander sentit monter à ses oreilles un ouragan de musique. Un ouragan de mots. Tout recommençait là. Il allait réaliser des vues, dont il ferait de nombreuses copies, et doublerait ainsi, voire triplerait ses gains, rembourserait ses investissements. Il s'enrichirait, échappant à la hantise des créanciers auxquels il aurait peut-être été obligé de faire appel et qui, telle une meute de chiens, lui auraient mordu les chevilles en aboyant : « Canaille ! Insolvable ! » Et sortir Chiarella de la rue avant qu'il ne soit trop tard. Avant que ne lui vienne l'envie de la tuer plutôt que de la savoir au bordel. Avant qu'une maladie ne l'emporte, ou qu'elle ne finisse défigurée par la lame tranchante d'un salaud parti se défouler au bordel. *Voglio far il gentiluomo, e non voglio più servir, no no, no, no, no, no, non voglio più servir !*

*

Elle se sentait épuisée et elle avait soif. Très soif. Prise à la gorge par l'adversité. L'estomac retourné par les crampes de la faim. Elle s'était enfourné dans la bouche une poignée de terre comme elle en avait l'habitude quand elle était petite, histoire de calmer sa faim, aussi, pour un petit moment.

Elle s'était approchée avec prudence tandis que les reflets du couchant s'estompaient dans le soir. Elle était descendue de cheval, redoutant qu'il puisse s'agir de soldats, mais elle avait compris qu'il n'y avait pas lieu de s'inquiéter. Elle arrivait aux abords d'un paisible village où, se rendit-elle compte en battant l'unique rue le long de laquelle s'alignaient vingt portes, on festoyait, ce qui expliquait le boucan qui l'avait alertée. Les habitations, pour la plupart de simples cabanes, étaient fragiles, voire branlantes. L'agitation disproportionnée. Un gamin remarqua Aninha et attira aussitôt l'attention des autres. Elle expliqua qu'elle était en fuite, et puisque la compassion anime les fêtes les plus sincères, elle fut aussitôt accueillie avec joie et chaleur. Aninha recula de quelques pas, mais quelqu'un lui retira des mains la bride de son cheval et l'attacha à un volet. Elle voulut protester, mais on lui présenta une assiette de friandises. Et un broc d'eau. On dansait, des hommes et des femmes encore jeunes s'enlaçaient, tournoyaient au rythme des mains qui tapaient sur les tambours. Aninha se rassasia avec gratitude. Elle essaya de parler, il lui en coûta, et elle parvint à comprendre ce qu'ils voulaient lui dire. Elle refusa poliment quand un jeune homme qui la trouvait belle l'invita à danser, s'excusant d'une fatigue que son allure ne faisait que confirmer. Une vieille aux yeux sages comprit que quelque chose l'inquiétait et lui offrit un endroit où dormir. Aninha la remercia de tout son cœur, et au moment où elle allait se coucher, ce fut comme si une force invisible lui ôtait la respiration de la bouche. Impression de suffoquer. « Mais comment ? » Elle aiguisa sa vue. Éloigna le spectre d'une hallucination en ouvrant et en fermant les paupières. Frotta ses paumes noires de terre contre ses yeux, irrités, et sentit de ses doigts émaner la touffeur âcre du cheval dont ils étaient imprégnés. Tout fut inutile. La silhouette resta là, debout. La négresse. Dents blanches soulignées par des lèvres charnues, proéminentes. Alentour, une lumière surnaturelle se propagea, de feux qui se répandent à terre, qui font reculer la nuit. *Ce n'était pas possible*. Et pourtant c'était la négresse, celle qu'elle avait rencontrée quand elle était petite, un an après ses premières règles : la femme du bassin dans lequel Aninha avait vu deux étincelles de lumière, ces yeux couleur de blé et de miel. La silhouette ne bougea pas ; elle ricanait, hochait la tête, puis un homme lui apparut, lui prit les mains. Ses longs cheveux resplendissaient dans la lueur du feu ; l'homme avait le dos nu. Tout à coup, un marmot balafré fit son apparition et tendit une bassine en bois à la négresse. L'homme au dos nu regarda au fond de l'eau, et Aninha assista à la scène pendant que le gamin courait aux quatre coins de la fête et disparaissait derrière les maisons, dans les ténèbres. L'homme finalement s'éloigna, se confondant en courbettes, et alors la négresse s'avança, les yeux aussi blancs que les dents, percés par des pupilles noires. Elle inclina la bassine pour l'offrir à Aninha, incapable de bouger. Voici venir l'image. Lugubrement silencieux, un bébé joufflu et à la peau blanche affleura…

Aninha s'extirpa de son rêve en proie à une inquiétude floue. Elle était étendue à terre. Sa cheville lui faisait très mal – « la cheville de la liberté », comme elle l'avait baptisée avant que l'angoisse ne coupe son élan de joie. De retour de ses recherches pour retrouver son José, elle avait été escortée jusqu'à la baraque occupée par le colonel Melo de Albuquerque en attendant que l'officier en personne, ou à sa place le gros sergent Padilha, vienne consommer, l'obligeant à se mettre à quatre pattes comme une chienne pour se venger du bandit italien et de ces gueux du Rio Grande qui n'avaient que le mot « révolution » à la bouche. Mais, pendant que les soldats s'amusaient, Aninha avait laissé le génie de l'évasion s'emparer d'elle et, oubliant sa docilité, elle avait sauté par la fenêtre après avoir feint de s'assoupir, confiante dans l'obscurité et la bêtise du garde qui surveillait la porte. Lequel, en effet, ne s'était aperçu de rien.

Malgré l'entorse due au choc, Aninha s'était précipitée dans les fourrés, terrorisée à l'idée d'entendre un cri d'alarme. Elle s'était frayé un passage parmi les murmures fantomatiques de la nuit, claudicante, sans craindre le bois car ce n'était pas de lui qu'elle devait se protéger. Puis la chance avait mis sur son chemin un cheval ; il était sellé, et broutait dans une clairière éclairée par la lune. Aninha était restée à l'écoute, avait fouillé de son regard pénétrant les arbustes et les branches autour de l'étendue d'herbe. Elle avait retenu son souffle afin de repérer le moindre signe du maître du cheval, dont elle redoutait la présence, mais la bête s'était simplement éloignée du troupeau de la cavalerie entassé dans des enclos improvisés aux abords du campement. Alors Aninha s'était approchée, le cheval l'avait humée. Avec ces mêmes vêtements, elle avait lutté et s'était fait prendre, et du tissu émanait l'odeur lourde de la sueur, de la peur. Mais la peau d'Aninha parlait aussi de confiance, et la bête le sentit ; elle permit à l'insolite cavalière de se hisser sur son dos. Ils partirent à vive allure, et le cheval fut parfois obligé de ralentir jusqu'à s'arrêter, la végétation se faisant plus dense et masquant la lune. Aninha n'avait pas donné de direction : le but de cette chevauchée était le mouvement en soi, et non une destination à atteindre ; « Plus vite ! » chuchotait-elle, penchée à l'oreille de l'animal. Elle s'était éloignée avant qu'ils ne s'aperçoivent de sa fuite, le plus loin possible, jusqu'à ce que la prudence lui dise qu'elle pouvait faire une halte. Alors elle avait attendu que la nuit se noie dans l'aube. Trop nombreuses étaient les émotions pour qu'elle puisse s'endormir, puis elle avait fini par perdre connaissance.

Son rêve dissipé, elle s'éveillait enfin, menacée déjà par les morsures obstinées de la faim. Plus douloureuse encore fut l'angoisse à l'idée que son cheval s'était enfui. Mais il était là, qui arrachait quelques maigres herbes. Amples, les cambrures de lumière rosée à l'horizon, le chant des oiseaux, la fraîcheur qui montait pour s'évaporer tandis que la terre restituait les premiers rayons du soleil. Aninha se leva. Marcher avec cette grosseur qui palpitait à sa cheville n'était pas sans provoquer de douleur, mais elle le fit quand même. Elle se mit à mastiquer une feuille humide de rosée pour apaiser sa soif et, pendant ce temps, chercha à s'orienter. Elle voulut croire qu'il ne serait pas difficile de retrouver son José qui, à n'en pas douter, se désespérait et avait lancé ses hommes à la recherche de son aimée.

« Allons-y », murmura-t-elle à son cheval en caressant sa crinière. Elle eut du mal à sauter en croupe, mais la bête ne donna aucun signe d'impatience. Et accepta de la guider à nouveau.

Au couchant, on entendit le tintement d'un ruisseau contre les rives caillouteuses. Aninha sombrait peu à peu dans le sommeil au risque de se casser le cou dans une chute aveugle, mais elle se reprit comme sous l'effet d'un sifflement magique, une mélodie à la puissance surnaturelle. L'épuisement embrumait ses sens, aiguisait et rendait chaque ombre plus inquiétante, alors elle descendit de selle et mena son cheval au cours d'eau. Elle put enfin boire et le liquide résonna dans sa gorge ; des bruits sourds et rythmés, toujours plus brefs, jusqu'à ce qu'elle se sente pleine. Une lune d'argent se reflétait sur l'eau, étincelante. Aninha se recroquevilla contre un tronc d'arbre et sombra dans une torpeur agitée.

Les boucles lumineuses d'une nouvelle aube. Aninha n'aurait pas su dire combien de temps elle avait dormi. Elle se sentait écrasée par la moiteur mais reposée, même si déjà la sensation de faim revenait ; non plus sous la forme de crampes d'estomac mais de vertiges. Son cheval ne l'avait pas abandonnée et, à la lumière du soleil, Aninha reconnut les ombres exubérantes des arbres alentour. Elle sentit une légère vague de chaleur envahir sa poitrine. Elle était déjà passée par là. Quand, avec José, elle avait rejoint Lages, ce lieu d'une fugace tranquillité. Aninha éperonna son cheval qui se lança à bride abattue.

Pendant le trajet, elle eut peur que le frottement de la selle contre ses cuisses puisse nuire à l'enfant qu'elle portait dans son ventre, mais elle ne voulut pas s'arrêter ; les troupes impériales ratissaient la zone à la recherche des fuyards. Elle évita les sentiers les plus visibles et avança sur une terre qui, sans son José, ne lui semblait même plus sienne.

Le soleil et la lune se pourchassèrent plus d'une fois jusqu'à ce que, par une nuit pourpre d'étoiles, Aninha s'abandonne ; la faim vaguement apaisée par les tubercules arrachés avidement à la terre, la soif, constante, qui asséchait sa salive, le sommeil jamais reposant et l'épuisement eurent raison d'elle. Le cheval sentit le fardeau s'alourdir, s'assouplir, mais il maintint sa cavalière en selle jusqu'à ce qu'il eût rejoint un village. Seulement alors, avec une délicatesse infinie, il se mit sur ses genoux pour la laisser descendre.

Lorsque Aninha se réveilla, elle trouva autour d'elle un village dépeuplé par la guerre, fort semblable à celui qui lui était apparu en rêve : l'accomplissement partiel d'une prémonition. Une fois qu'elle eut retrouvé la maîtrise de ses sens, puis la conscience de son corps, elle s'aperçut que la douleur à sa cheville s'était atténuée. Elle se leva, se massa le cou. Et soudain les cris retentirent, à l'improviste. *Le cheval !* Misérable animal, pensa Aninha avec rancune. Il l'avait trahie. Elle n'eut pas de mal à imaginer ce qui s'était passé : l'animal était parti à la recherche d'un peu d'herbe, les soldats dans les parages l'avaient vu, le fait qu'il fût attelé avait éveillé leur suspicion, et les voilà qui approchaient. C'étaient des soldats, Aninha en fut certaine dès le premier instant, mais elle ne se sentait pas capable de fuir, les forces lui manquaient, alors elle déchira sa robe pour laisser apparaître un sein, se jeta à l'intérieur de la cabane la plus proche et, après s'être blottie dans un coin, elle découvrit une cuisse. Elle commença à sangloter. La scène était vraisemblable ; ces derniers jours l'avaient échevelée, salie, et même rougie là où il fallait.

Quand deux soldats la virent à l'intérieur, l'un la main sur la garde de son sabre, l'autre brandissant déjà son mousquet, ils tombèrent dans le piège ; si habitués à la bonne fortune, ils crurent que le cheval appartenait à un de leurs compagnons d'armes, lequel, évidemment, s'était éloigné après la noce. Sans doute pour aller pisser, content de son affaire. Un des deux soldats commença à appeler du renfort, pendant que le second s'avançait ; la vue de la beauté d'Aninha, éclatante même sous la couche de crasse de ces derniers jours, et l'émerveillement de ce sein au mamelon sombre le firent bander aussitôt, et déjà il laissait tomber bretelles et ceinturon. Aninha se mit à pleurnicher, comme si elle craignait un viol imminent. Suppliante. Elle fit semblant de se dérober, lutta jusqu'à recevoir une gifle, et seulement alors, elle se relâcha. Le soldat crut l'avoir vaincue et, une fois à genoux, lui écarta les jambes, les yeux pleins d'une concupiscence bestiale ; Aninha le laissa faire mais, pendant qu'il essayait d'entrer en elle, elle empoigna le couteau laissé à terre à côté de ses pantalons et, avec une rapidité insoupçonnable, le lui planta tout entier dans le ventre, remontant en diagonale et perforant les poumons depuis le bas des côtes, comme elle avait vu faire son José pendant le combat. Le soldat émit un râle étouffé par un filet de sang noir, recula. Aninha était prête. Elle serra fort le manche du couteau et tira vers elle. L'arme ressortit de la chair avec un bruit mou. Aninha se leva, le sein rebondissant. Quand le second soldat franchit le seuil de la cabane, alarmé par le raffut, elle sauta en deux bonds, féline, et lui planta la lame à la naissance du cou. Elle se cramponna au manche, comme agrippée au rebord d'un gouffre.

Ceux qui la virent arriver à Lages sur le dos de son cheval la reconnurent malgré la crasse et les croûtes de sang, et la trouvèrent vieillie. En ville, il n'y avait pas de *farrapos*. Un homme, républicain déclaré et décrépit, lui rapporta que son José, « ce Garibaldi », était depuis peu parti avec les rescapés, et il se permit d'ajouter auprès de ses compagnons que la jeune fille, Aninha précisément, plutôt que d'avoir vieilli comme certains le disaient, avait probablement vu un mort ; personne ne sut jamais que les événements avaient déjà donné doublement raison au décrépit. Elle, elle repartait.

Deux jours plus tard, le visage terreux et l'allure spectrale, Aninha se laissa tomber de cheval, brûlante d'une fièvre à travers laquelle son corps, jeune, criait au secours. Avant qu'elle ne s'écroule par terre, les bras robustes du Gros la saisirent au vol.

*

L'hiver est un souffle qui sait glacer le corps en entier et, avec lui, tout ce qu'il y a à la ronde, qui fait frissonner les aiguilles de pin et le feuillage persistant, et même trembler un peu la terre, déjà dure comme pierre, qu'on dirait prise de fièvre tant elle gémit dans le vent. Et puis les doigts, les genoux tout rouges et les articulations… de chaque gramme de chair transie se lève le cri strident du gel, mais l'hiver ne s'émeut pas, il n'en démord pas, au contraire, il attaque le bout du nez avec la morve incrustée comme une barrière de cristaux. Elle est si dense, granuleuse même, l'haleine qui s'échappe des lèvres dévastées par les nuits à la belle étoile, et l'eau des canaux, plus qu'un infrangible miroir de soleil. Le froid est inéluctable, il agrippe l'âme pour la transformer de ses doigts en une matière plus palpable et lourde, il lui donne corps. Partout, le froid. Nuit et jour, jour et nuit, jusqu'à ce que Colombino, se traînant vers le sud, succombe à la soif et au souffle qui lui brûlait la poitrine : il se jeta sur un ruisseau, brisa le bouchon de glace avec une grosse pierre. Il se blessa méchamment, mais l'air durci par le froid sut refouler le sang à l'intérieur et anesthésier la douleur. Qu'elle était cruelle, la lumière diaphane du jour, autant que l'obscurité hurlante de loups lors des nuits passées sous la charrette, dans un cocon de laine – bénie soit l'Adele qui, avec une prévoyance de mère, lui offrait la tiédeur casanière des couvertures si loin de Sacconago. Le manche du couteau du Crapa et le fer lisse de la boîte que don Sante avait voulue pour lui étaient si froids eux aussi qu'ils en devenaient brûlants, mais la violence du contact entre le métal et la peau ravivait le souvenir de Vittorina.

« Il faut résister. »

Natale avait amassé de larges croûtes de pain dans un sac de jute, et au début, Colombino avait été fâché ; elles étaient tellement sèches qu'il fallait les garder en bouche un bon moment, avec pour résultat de se retrouver en manque de salive. Puis le garçon avait compris qu'il fallait les laisser tremper dans le peu d'eau que le givre recrachait aux heures diurnes ; alors le pain devenait comestible et obligeait Colombino à imaginer un moyen de boire même dans les pires conditions. Astolfo se nourrissait de la réserve de foin et d'avoine que Natale avait amoncelée avec ingéniosité sur le plateau de la charrette, à la manière d'un lit pour les victuailles.

« Ce n'est qu'un moment de la nature. Ça finira bien, non ? » se dit Colombino dans la douce chaleur d'un midi. La passion était au centre de son monde. Dans un certain sens, il l'habitait comme une région plus que comme une condition. Il était né ainsi. Dans sa langue, l'amour qui lui bouleversait le cœur, auquel son cœur se pliait, pouvait mériter l'honneur de ce terme, *passion*, le même mot pour dire la souffrance, l'épreuve morale et spirituelle. Souffrance et désir, deux mots qui brûlaient en Colombino à la pensée des yeux de vache de Vittorina, qui incarnaient la matière même de ses pensées. Il ferait part au pape de son affliction et confesserait son désir. Il donnerait voix à la passion du bon Colombino. Mais pour l'instant, il lui fallait résister à l'hiver, au risque nuit et jour de mourir de froid.

II

Souveraine et inaccessible. Dominant largement les autres saillies rocheuses qui de toute façon demeuraient cachées à la vue. Tout juste effleurée par un glaive de soleil transperçant le ciel et qui diffusait une lumière presque palpable. En bas, sur la gauche, émergeant d'une épaisse touche de couleur, deux silhouettes, taches humaines, conquéraient petit à petit le sommet de la montagne et, tout autour, un dégradé de nuages gris, enveloppe d'ouate céleste. En reculant de trois pas pour embrasser le spectacle d'un seul regard, on était saisi par un sentiment magnétique d'inaccessibilité et de peur.

En cette fin de matinée, alors qu'elle contemplait le tableau délimité par son cadre de noyer qui, du mur, lui renvoyait son regard, Leda se remémora la première sensation qu'il avait suscitée en elle. La stupéfaction. Et tandis qu'elle se concentrait sur les deux grimpeurs juste au-dessous du sommet – le corps de la montagne était demeuré une idée ; plutôt que de s'imposer comme une figure, elle conservait l'éclat d'une chimère – elle se demanda s'ils n'étaient pas par hasard en train de fuir. Elle ne comprit pas tout de suite clairement comment elle en était arrivée à cette question. Pour ainsi dire, ce fut la question qui vint à elle. Elle la retrouva plantée dans sa tête comme un clou auquel accrocher un cadre. Fuyaient-ils ? Et si oui, quoi ? Quelle faute avaient-ils commise ? Était-elle si terrible, impardonnable ? Voulaient-ils s'isoler au sommet du monde ? Ou, si ce n'était pas aux hommes, était-ce au sort qui s'acharnait sur eux qu'ils cherchaient à échapper ? Une injustice, peut-être ? Deux amants, jadis rivaux, se dérobant aujourd'hui au déluge d'encre qui déferlait sur eux et rendait chaque jour plus ténébreux depuis la mort de l'aimée que jamais, de son vivant, ils n'auraient pu partager, et dont désormais ils cultivaient ensemble, comme des frères, le souvenir ?

La mort pouvait être une bonne raison, se dit Leda tandis qu'elle s'installait en face du miroir, l'inclinant pour avoir une meilleure vue : finalement, elle dut admettre que la perruque lui allait très bien. La mort. Elle, elle avait appris à ses dépens à quel point elle pouvait se révéler catastrophique ; une nouvelle capable d'interrompre le fil des événements, de produire une rupture qui bouleversait tout. Une mort ne faisait pas que ravager l'existence, elle la redéfinissait.

« Peut-être qu'ils montent parce qu'ils ont simplement envie de monter », murmura-t-elle. Seulement alors, après des semaines d'observation tantôt distraite tantôt méticuleuse, il lui vint l'idée que, si les deux personnages fuyaient, c'était simplement pour s'abandonner à la majesté du sommet. Elle, au contraire, elle était en train de s'abandonner à un être humain, pointu lui aussi comme une saillie rocheuse, puisque le manque absolu d'un être, son Lorenzo, avait fait naître en elle la nécessité d'un autre point d'appui. Nulle intention n'avait concouru à sa décision ; c'était quelque chose qui venait de plus loin, un instinct, un geste qui faisait partie de la nature humaine : s'agripper. Pour ne pas tomber. S'accrocher à une branche comme les singes dans les arbres.

« Une des dernières coqueluches de l'art anglais. Cadeau d'un ami. Discret, vous ne trouvez pas ? À propos, vous devrez aussi acquérir quelques notions en matière d'art, ainsi que des bribes de mythologie. Pour savoir déchiffrer les sous-entendus. Quelle formation avez-vous ?

— Comment ? » répondit Leda en tressaillant.

John John était entré dans la chambre à coucher.

« Je parle du tableau. L'histoire de l'art.

— Ah, excusez-moi. C'est que… Comment dire ? Je ne m'attendais pas à vous trouver *à l'intérieur*.

— J'ai frappé, *of course*. Vous ne répondiez pas », dit John John en portant l'index à ses moustaches d'un air fanfaron. Il l'examina, fit un pas en arrière, puis en avant. Il tendit le bras, plongea les doigts dans sa chevelure et libéra la tête de Leda de l'amas de crins. « J'avoue que cela vous va très bien », dit-il en souriant ironiquement tandis qu'il replaçait la perruque sur le gros œuf en bois posé sur la coiffeuse. « Mais pour notre sortie, vous serez parfaite ainsi », dit-il, faisant allusion aux cheveux courts, fraîchement coupés et récemment retouchés. « Ou plutôt… parfait, mon cher neveu. Courage ! Ne tardons pas. Préparez-vous. Je vous attends à l'entrée. »

Il ne referma pas la porte, ce qui indisposa Leda, à tel point qu'elle se faufila jusqu'au seuil pour la claquer. Elle retourna à la coiffeuse. L'image de soi, réfléchie ; le profil s'était fait plus décidé, ses oreilles qui lui plaisaient depuis toujours semblaient plus grandes, elles se remarquaient. Elle ajusta la perruque que John John lui avait donnée jusqu'à ce qu'elle soit parfaitement stable sur son support arrondi, et enfin elle ouvrit un minuscule écrin de majolique dans lequel elle s'obstinait à conserver quelques boucles, bien que Sir John et les domestiques lui eussent conseillé de s'en défaire, parce que c'était un caprice macabre, et elle avait plutôt intérêt à les écouter, sinon ils s'en chargeraient eux-mêmes ; Leda plongea ses doigts dans ces cheveux morts qui un jour avaient été siens.

L'apprentissage en question, le parcours « social, scientifique mais aussi philosophique » que John John lui avait annoncé, avait déjà commencé sans qu'elle le sache, avec cette nouvelle coupe de cheveux ; la prudence nécessaire après son évasion n'avait été en réalité « qu'une des raisons », lui avait confié l'Anglais tandis que Leda était déjà installée sur un tabouret dans la cuisine, sous les ciseaux d'Immacolata, la domestique ; cela s'était passé le vingt et unième jour de son arrivée dans la villa, et l'événement présentait en soi une particulière et évidente concordance. Le premier soir, à la nouvelle de la mort de Lorenzo, Leda avait perdu la faculté de s'exprimer et, pendant sept jours, elle avait bafouillé, presque aphone ; les sept jours suivants, en revanche, elle avait pleuré, tandis qu'on éloignait d'elle Faustina pour des raisons de sécurité et de convenance. Puis Leda avait commencé à se reprendre, avant tout grâce aux tendres attentions d'Immacolata, qui s'était immédiatement prise d'affection pour elle, devinant avec son instinct de mère les malheurs qu'elle avait traversés. C'est une fois son estomac rempli, donc, quand pour la première fois elle avait mangé le repas entier qu'Immacolata lui avait servi – chicorée et porc braisé, fruits secs –, que la pensée était passée de son esprit à son cœur, transperçant ce dernier à la manière d'une épingle. Leda avait accepté qu'on lui coupe les cheveux le vingt et unième jour, et qu'on la lave dans une bassine comme une petite fille ou une incorrigible idiote ; pendant son bain elle avait choisi l'apprentissage. Du reste, lorsqu'il était en vie, Lorenzo lui avait promis de lui enseigner le métier, il l'avait flattée avec l'appât de l'intelligence, prétextant ces « capacités » qu'elle possédait ; il lui avait répété qu'elle, sa Leda, était capable d'apprendre si elle le voulait, parce qu'« elle avait toutes les cartes en main ». D'abord il avait confirmé son intention avec l'enthousiasme des caresses, puis plus paresseusement quand Leda s'était faite pressante, accumulant les questions de plus en plus précises sur la nature de sa profession. À cause de laquelle il avait été assassiné. John John et la domestique n'avaient rien dit de plus. Perdu dans le fort Sant'Angelo, emprisonné pour cause d'activité politique et d'espionnage sans même que soit respectée la lenteur administrative des tribunaux ; on ne savait pas ce qu'était devenue sa dépouille après son exécution – fusillé pour délit de conspiration, parmi les nombreux chefs d'accusation.

« Oui, il ne me reste rien d'autre. Dites à Sir John que je veux apprendre, je vous prie », avait-elle annoncé à Immacolata qui, de ses grandes mains, rinçait ses maigres épaules brunâtres, déclenchant sa joie et celle de toute la maison. Le sir ferait le nécessaire pour la former au métier, lui avait assuré la domestique ; et si elle se montrait fidèle, il saurait la récompenser. Ainsi, Leda retrouverait sa dignité. Elle pourrait désormais gagner sa vie et ne pas avoir à dépendre de qui que ce soit.

Et, avec l'apprentissage, la vérité lui était apparue dans sa déchirante évidence, précisément comme la cime sur le tableau de sa chambre à coucher. Leda s'en était approchée au Bon-Pasteur, dans la contemplation solitaire de la réclusion, et plus encore en se confiant à Faustina mais, dans cette villa romaine anonyme, elle sut enfin voir les choses telles qu'elles étaient, telles qu'elles avaient été. Au-dessus des nuages. C'était Lorenzo qui l'avait arrachée à Santa Chiara, qui lui avait redonné la lumière, qui lui avait offert une vie qu'elle n'aurait autrement pas vécue, et maintenant qu'il n'était plus là il ne lui restait plus qu'à accomplir l'acte ultime, radical : incarner le parasite qu'elle avait été, prendre possession et vivre l'existence que Lorenzo lui avait imposée. À plus forte raison maintenant qu'elle commençait à lui en vouloir puisqu'en mourant, il l'avait abandonnée, après l'avoir bercée d'illusions et dupée. La vie pour laquelle elle était née, Leda l'avait perdue le jour de la visite à la métairie avec son oncle, et le Bon-Pasteur avait tenté de lui voler son autre vie, celle qui avait commencé à l'arrivée de Lorenzo ; et pourtant c'était lui, en se montrant assez naïf pour se laisser prendre, qui l'avait à nouveau poussée à la dérive.

Leda s'était promenée à travers le jardin sur les conseils de John John et, serrée dans son paletot, elle avait longuement médité sur ces pensées et sur d'autres, plus douloureuses, tandis qu'elle partait à la chasse aux nids dans le périmètre de la villa. Elle n'avait pas trouvé une seule mésange, ni d'autres oiseaux, pas même une coquille qui aurait pu lui révéler une nichée depuis longtemps éclose et peut-être même passée entre les griffes d'un des chats qui pullulaient alentour et qui se défiaient, la nuit, en équilibre sur le rebord des murs. Pas une seule, comme si ces créatures faisaient partie d'un autre monde et qu'il ne restait d'elles qu'un souvenir antédiluvien. Aussi avait-elle attendu le soir et, quand une grande partie des lampadaires et des torchères s'était éteinte, elle s'était dirigée vers la chambre du sir anglais. Il faisait nuit et bien qu'elle eût, au fond d'elle, espéré le contraire, elle l'avait trouvé éveillé. Alors, elle n'avait pas perdu de temps et s'était jetée dans ses bras, comme s'il ne pouvait en être autrement : agrippée à son corps, tel un singe à l'unique branche. Le sir avait feint d'en être surpris, comme s'il ne l'avait pas incitée, par d'incessantes allusions, à se donner. Elle s'attendait à ce que ce soit lui qui fasse tout, elle n'aurait que subi, mais John John n'avait pris aucune initiative et, pour rompre la gêne, Leda l'avait embrassé, dévêtu de sa robe de chambre, ne lui laissant sur le corps que son tricot et ses moustaches jaunies. Elle l'avait retrouvé devant elle, avec ses jambes maigres et laiteuses, ses muscles inertes, la peau ridée qui préludait à cette sécheresse écaillée de la vieillesse, l'enchevêtrement dense des vaisseaux sanguins en piteux état autour des chevilles. Il s'était approché d'un petit fauteuil comme si tout ce qui était train de se passer était depuis longtemps prévu, dicté par un drame italien pathétique. Il s'était assis, son scrotum distendu par l'âge posé sur le velours pourpre, le membre sombre et avachi. Comme Leda s'était sentie ingénue et ignorante à ce moment, malgré les expériences déjà traversées. Elle avait senti monter en elle un sentiment de hâte, il fallait qu'elle le fasse et pourtant elle désirait que tout fût déjà consommé, aussi, ne sachant comment faire, elle avait empoigné John John. L'Anglais n'avait pas réagi à la prise, Leda l'avait regardé avec de grands yeux, et lui s'était contenté d'incliner la tête. Alors, elle l'avait pris dans sa bouche comme il était, flasque et flétri, inspirée malgré elle par un geste pénible, inscrit dans sa mémoire de petite fille. Elle avait vécu cet instant immergée dans un tel sentiment d'absence à elle-même que jamais elle n'aurait pu se souvenir de la saveur, mais jamais elle ne pourrait l'oublier non plus. John John avait laissé échapper un gémissement, davantage par perversité que par jouissance, puis il l'avait éloignée, lui effleurant le bras et la main : « Vous avez besoin d'un peu d'éducation dans le grand monde, ma chère. » Il avait tapé dans ses mains. « Vous êtes belle, trop jeune. Et je ne voudrais pas vous offenser… » lui avait-il dit en lui caressant la lèvre de son doigt, « c'est que, désormais, je préfère faire ça tout seul. » Leda s'était sentie mourir, elle aurait voulu qu'un coup lui fasse tomber le cœur, puis elle avait vu les petites flammes des chandelles posées sur la commode ployer toutes dans la même direction sous l'effet d'un courant d'air venu d'on ne sait où. Elle avait suivi du regard la direction indiquée par le vacillement et avait remarqué la présence d'un jeune garçon, un Italien poilu, certainement pas un Anglais ; il se tenait sur le seuil d'une petite pièce secondaire. « *Come here*, Nando. » Il lui avait offert un verre de vin liquoreux, elle l'avait bu. La nuit avait glissé jusqu'à ce que le matin se lève et Leda était passée à travers vaincue par une telle inconscience que, à la lumière du soleil, elle s'était retrouvée avec la tête vidée, sans avoir pu accueillir l'événement dans la spirale de ses souvenirs. Mais le reste du corps, oui. Les autres habitants de la maison, ceux qui savaient, avaient reçu la nouvelle comme si de rien n'était. Leda avait fait semblant pendant un temps, puis il lui avait bien fallu l'admettre : la douleur d'avoir perdu Lorenzo, sans toutefois s'être évanouie, s'était faite plus distante, plus normale, moins tragique. Comme si *cette* nuit, tandis que leurs chairs s'unissaient sous les yeux de l'Anglais qui assistait au spectacle depuis son fauteuil, jambes nues, en se tripotant avec un faible grognement de satisfaction, eût aplani le cours des choses.

Alors seulement le véritable apprentissage avait commencé. John John s'était empressé de lui faire acquérir une pointe d'accent anglais en lui donnant en personne des cours de diction. « Cela te servira quand tu quitteras l'Italie, répétait-il, sibyllin, si tout se passe comme prévu. » Jamais il ne répondait aux questions de Leda. Il la confiait souvent, au contraire, aux bons soins d'un prêtre assez cultivé, le père Peter, chargé de lui donner un vernis de connaissances dans de nombreux domaines.

Un soir, Leda était restée à la fenêtre à regarder la nuit tomber, transparente et froide, sur la Ville éternelle. Personne ne la retenait. Le jardin était là, quinze pieds plus bas : la chute ne l'aurait pas tuée. Une fois en bas, elle aurait trouvé moyen de s'échapper. Elle était restée longtemps appuyée sur le rebord. Pas le moindre oiseau en vue. Finalement, elle avait compris que, pour se laisser aller à la dérive, il lui manquait la force nécessaire ; elle préférait s'accrocher à ce qu'elle avait de plus proche. Nando était arrivé derrière elle sans prévenir, l'arrachant à la fenêtre après s'être faufilé dans la pièce. Leda n'avait pas mis longtemps à découvrir que le pousser sur le lit, l'enfoncer en elle, lui insufflait une sensation de paix ; comme si le moindre contact de leurs bassins, le moindre frottement, chaque assaut, leurs corps qui s'imbriquaient l'un dans l'autre pendant ces nuits romaines, pouvait faire reculer la douleur. Laver le présent du passé.

« Tu es vraiment le neveu que je n'ai jamais eu, lui dit en riant Sir John John Frye quand il la vit se présenter à l'entrée.

— …

— Je parle sérieusement, *my dear.* »

Leda fit une imperceptible grimace, habituée pourtant désormais à cet humour et, à la vérité, quand elle s'était regardée dans le miroir avant de descendre, elle en était restée elle-même étonnée : l'effet de la coupe de cheveux et des bandages autour de ses seins, des pantalons et de la chemise, le collet, le nœud et la jaquette : tout concourait à la faire passer pour un jeune homme. Peut-être un peu efféminé, au premier abord, mais comme le lui avait expliqué Sir John Frye, la mode de se donner des airs de femme gracieuse était bien ancrée chez les Anglais et elle n'attirerait pas trop les soupçons ; seulement l'ironie de quelques Latins.

Un voiturier les attendait au pied du perron. La calèche démarra dans un grand bruit, dépassa la grille et prit de la vitesse sur la route caillouteuse, le long de chemins sales et accidentés. Après un long trajet, le véhicule s'engagea sur un pont de pierre et pénétra dans l'enceinte du Vatican sur la rive ouest du Tibre.

Leda et John John descendirent de voiture en face d'une église à la façade de gypse, dotée d'un seul portail et d'une rosace semblable à un œil noir. Ils continueraient à pied, lui expliqua l'Anglais dans sa langue, pour donner plus de vraisemblance à la mise en scène, « et puis, il est bon de humer la ville de temps en temps ».

John John remonta le parvis en se servant de sa canne pour éloigner les voyous qui s'approchaient dans l'idée de lui voler l'imposante chaîne où pendait son oignon, *tic tac.* À quelques pas de lui, Nando les surveillait, les pantalons un peu élimés, une lueur vive au fond de ses yeux noisette. Il avait enfoui une main sous sa veste, Dieu sait quelle arme il cachait.

« Il est encore tôt », dit John John en l'invitant à entrer dans l'église, « l'heure de la réflexion. » Elle hésita, il insista et ils entrèrent. Il y avait le silence, de l'espace pour l'écho des pas ou du moindre murmure. L'intérieur sembla sobre aux yeux de Leda.

« Elle est belle, tu ne trouves pas ? Vous êtes passés maîtres, vous autres Italiens, en matière d'architecture et de constructions. Tu sais, toi, où nous sommes ?

— Non. »

Il la regarda avec une réprobation amusée : « Il faudra que je rappelle au père Peter de se montrer plus sévère. Santo Spirito in Sassia. Tu as envie de dire une prière ?

— Non merci.

— C'est bien dommage. Je trouve que la foi est un privilège, parfois. »

John John la prit par le bras. « Viens, cher neveu, sortons.

— Pourquoi sommes-nous entrés ? » demanda Leda, impatiente, à sa manière agacée par l'inutilité de cette visite et encore plus insatisfaite de ne pas connaître la raison qui l'avait amenée là, à l'air libre, en compagnie de John John.

« Je voulais seulement que tu savoures le spectacle : je trouve les églises propices à la méditation. Qui sait, peut-être qu'un jour tu voudras y revenir pour profiter d'un peu de solitude, quand tu seras prête à sortir par toi-même. »

John John la ramena au soleil après avoir déposé une pièce dans une petite boîte destinée aux offrandes. Les calèches qui filaient à toute allure le long de la route soulevaient une poussière qui collait à la bouche et anesthésiait le visage. L'Anglais fit quelques pas et s'appuya au mur de la bâtisse en face de l'église. Il sortit son oignon. *Tic tac.* « Que sommes-nous venus faire ? » demanda à nouveau Leda. Le vacarme de la rue, se retrouver hors des frontières de la villa pour la première fois après toutes ces semaines la troublaient, la désorientaient.

« Encore un instant, patience », lui dit John John en s'allumant un cigare.

Leda eut envie d'en tirer une bouffée et elle en resta sonnée. Elle se ratatina en s'appuyant à son tour contre le mur, mais l'attente se prolongea outre mesure. La ville entière semblait peser sur elle.

« Combien de temps devons-nous attendre… »

Finalement, l'Anglais lui désigna la route d'un coup d'œil. Un homme venait. Raide, calvitie prononcée, démarche assurée, épaules redressées comme pour dire la crainte et le respect de Dieu dont il était investi. « Le brave homme se confesse avant de se mettre à l'œuvre », lui murmura John John.

« Quelle œuvre ?

— *Give time a chance.* »

Ils attendirent. Il fallut une demi-heure. Entre-temps, Nando s'empoigna avec un mendiant qui importunait le gracieux « neveu » de Sir John Frye pour lui extorquer quelques sous.

Lorsque l'homme resurgit de l'église, il se protégea les yeux de sa main ; le soleil était aveuglant. Il se mit en chemin.

« Allons-y. »

Le trio lui emboîta le pas d'une démarche désinvolte, se coula le long du mur de l'Arcispedale di Santo Spirito dont les salles de soins, les dortoirs et les réfectoires étaient les lieux où se décidait la vie ou la mort des corps dont les âmes étaient sauves. Ils arrivèrent au fort Sant' Angelo. Les gardes pontificaux pullulaient, au garde-à-vous ou en mouvement. Leda sentit son estomac se nouer, sans pouvoir exprimer aucun des sentiments de malaise qui l'assaillaient à l'idée qu'elle était là, dans le ventre du donjon, où peut-être son aimé était mort, et qu'elle aussi était recherchée, en fuite. « Ne sois pas mélodramatique, neveu », lui dit John John sur un ton cinglant. « Il faut savoir se contrôler, un peu de contenance. Allez, fais-moi un beau sourire. » Leda voulut lui exprimer son mépris. Mais elle en fut incapable. Il avait beau la tyranniser, il avait beau y prendre du plaisir, il lui garantissait une liberté qui, bien que surveillée, faisait reculer le désastre ; John John lui offrait la possibilité de posséder quelque chose à elle. C'était comme si l'Anglais lui mettait des armes en main afin qu'elle puisse se battre et construire sa vie. Peut-être Leda se trompait-elle, mais elle voulait croire qu'il en était ainsi.

Ils dépassèrent le pont. Le Tibre s'écoulait, imperturbable et nonchalant, sous les voûtes antiques. Le trajet fut tortueux, interminable ; Nando ne perdit pas un instant son expression tendue, le regard aux aguets. John John se taisait. Leda comprit qu'elle devait en faire autant.

La petite place du Velabro grouillait de monde. Les gens s'entassaient dans la moindre anfractuosité, sous l'arc de Janus on entendait résonner les cris des gamins, entre les blocs de pierre dégrossie on voyait poindre des touffes d'herbes. Rares et desséchées par l'hiver. La cacophonie ricochait au-delà de la colonnade de la

Cloaca Maxima, jusqu'à la petite estrade montée en face de l'arc. La foule l'entourait de part et d'autre et emplissait l'atmosphère de son haleine, un brouillard âpre d'odeurs. À l'arrière de l'estrade, on avait préservé un passage, dont un détachement de soldats disposé en rectangle pour repousser les spectateurs assurait l'ouverture. L'homme que John John avait suivi se présenta aux agents qui le laissèrent passer, en regardant par terre, puis il sortit de sa besace un long manteau qu'il déroula et secoua avec précaution avant de l'endosser. Il avait une cagoule, qu'il enfila sur sa tête.

Une lugubre procession pendant ce temps commençait. Au centre, entre les argousins, un prisonnier, la chemise ouverte sur une poitrine rouge de peur, pour lequel Leda éprouva instantanément de la sympathie, bientôt atténuée par la curiosité. L'homme au manteau monta les marches de bois à l'arrière de l'estrade ; le grincement se perdit dans la rumeur de la foule. Leda n'avait jamais assisté à une chose pareille, elle n'avait rien vécu qui eût pu l'y préparer, mais elle comprit. C'était le bourreau. La foule aussi remarqua la présence de cet homme ; un bruissement de voix se déploya comme une onde sur la marée de spectateurs.

Le condamné avançait, les yeux bandés. Les sbires le poussaient, lui donnant de violentes bourrades et l'insultant, sans une once du respect ou de la pitié qu'on prétendait offrir à qui va mourir dans la Rome chrétienne. Et encore moins respectueux du condamné se montrèrent les silhouettes tourbillonnantes qui se jetèrent sur lui comme une meute de chiens affamés, chacun dans son uniforme, étendard vivant des couleurs des confréries. Leda, perplexe, observait la scène, et l'intervention de Sir John fut nécessaire. L'Anglais lui expliqua qu'il existait des confréries pour tous les goûts et toutes les saisons, et selon la préférence de chacun, ici, à Rome : la confrérie du Très Saint Crucifix et celle de la Très Sainte Immaculée, la confrérie de la Mort, de l'Oraison et des Flagellants, des Génuflecteurs et des Prostrés, du Très Saint Rosaire et du Gonfalon. À chaque exécution, de fervents religieux se présentaient en psalmodiant, on eût dit qu'ils voulaient arracher au condamné une pénitence à mettre au crédit de la confrérie, qu'ils offraient un acompte à récupérer par la suite, au cas où le pénitent ne remettrait pas son âme à Dieu et subirait les châtiments de l'enfer jusque dans l'au-delà, en plus de ceux qu'il s'apprêtait à vivre ici-bas, alors qu'il se décide, qu'il implore le pardon que ces ombres tournoyantes se disputaient. La procession atteignit l'échafaud sous les anathèmes, les insultes et les suppliques. Le condamné était à bout de souffle.

« Comment s'appelle-t-il ? »

John John ne lui répondit pas.

« Le bourreau, comment il s'appelle ? » répéta-t-elle en précisant.

Alors, l'Anglais sourit. Une expression dénuée de toute ironie. Il porta son index à ses moustaches qu'il lissa comme pour dire *Je savais que tu ne me ferais pas perdre mon temps* ; Leda ne comprit pas le motif de cet air si satisfait. Elle ne se rendait pas encore compte qu'elle commençait à raisonner selon des formes et des figures que John John s'employait à fixer dans son esprit – peut-être avait-elle toujours raisonné comme il le demandait, et l'apprentissage, en réalité, n'était-il rien d'autre qu'un entraînement. « Il habite vers la ruelle du Campanile, près de l'église où nous sommes allés. Prénom de baptême : Gianbattista, dit Mastro Titta.

Pas loin de trois cents exécutions. Il a commencé avant le début de ce siècle, et il est probable qu'il continuera longtemps encore, à moins que quelqu'un ne lui plante un couteau dans le cœur pour se venger, ou que la mort de ses nombreuses victimes ne lui arrache son dernier souffle. » John John la regarda droit dans les yeux. « Mais je crois qu'aucune de ces deux hypothèses se réalisera. C'est un élu du Seigneur. Et, de toute façon, la chose importe peu en ce qui nous concerne. » Leda acquiesça et se tut ; elle avait l'impression que l'Anglais voulait lui en dire plus long sur l'autre, mais John John poursuivit : « Il conserve des *notes* sur nombre de condamnés. Une lecture éclairante. J'ai eu l'occasion d'y jeter un coup d'œil. À son insu, *of course.* »

Enfoui sous sa cape, Mastro Titta sortit de la poche de ses pantalons une tabatière – on disait, avec beaucoup d'imagination, qu'elle était en forme de cercueil mais d'en bas de l'estrade, il était impossible de dire si c'était vrai – et en offrit une prise au condamné, qui l'accepta dans l'espoir que le geste fût un signe de clémence. Il n'en fut rien. La foule hurlait, et le motif n'était pas uniquement l'exaltation devant la mort qui, d'ici peu, aurait lieu ; les cris étaient le seul moyen d'exorciser la conscience que cette même mort s'était déjà abattue et qu'elle s'abattrait sur des milliers d'âmes encore, chacune probablement plus honnête et meilleure encore que celles qui étaient présentes. Tant il est vrai que dans le malheur d'autrui, dans la souffrance d'autrui, on trouve confirmation de soi-même.

« Pendaison et écartèlement, annonça Sir John Frye. Le péché est vraiment abominable. Il a tué sa femme et blessé le novice dont la dame appréciait la compagnie. »

Mastro Titta ôta le foulard des yeux du condamné, les narines encore sales de tabac. Il y avait une potence et une grossière table recouverte d'un tissu. L'homme posa les yeux sur l'une, puis sur l'autre, et la respiration commença à lui manquer. Sa poitrine se dilatait mais il ne semblait pas capable d'emmagasiner suffisamment d'air à l'intérieur de son thorax. Leda tendit l'oreille, presque convaincue de pouvoir isoler, parmi le grondement de la foule, le battement animal de ce cœur voué à l'exécution. L'homme commença à crier. Les sbires l'immobilisèrent et Mastro Titta le saisit agilement par la nuque, le poussa en avant à l'aide d'un seul bras, et le plaça sous le gibet. Il respecta la pause prévue par la liturgie de la douleur. La foule se figea. Le bourreau obligea le condamné à monter sur un marchepied, attendit un peu, puis lui passa autour du cou la corde qui glissa avant de s'arrêter sur un imperceptible bruit sourd : le nœud contre le sternum. Une autre pause. La foule passait d'un silence chargé d'attente à des exhortations, des insultes. Mastro Titta serra la corde, le condamné se débattit comme un forcené et pour le calmer il fallut un coup de poing d'un des deux sbires. Le bourreau lut la sentence. La foule l'acclama. Le condamné ne s'évanouit pas, comme tant d'autres l'auraient fait sous l'excès de la peur ; il ne s'évanouit pas, malgré lui, malheureusement. Chaque mot prononcé par Mastro Titta le pétrifia un peu plus. Il versa une larme et, au terme de la sentence, maudit à voix haute la vie, et avec elle sa putain de femme qui l'avait trahi avec ce chien qui se disait berger de Dieu alors qu'il n'avait pas encore de poil sur les joues. Qu'ils crèvent tous, puis la corde lui arracha les mots de la bouche.

Son visage s'embrasa de rouge et de violet avant de s'assombrir. Les yeux écarquillés. À cet instant, sur la place, on entendit l'écho de gifles qui claquaient. Celles que les pères donnaient à leurs fils pour qu'ils s'en souviennent. Qu'ils sachent quelle fin ils pourraient connaître.

Mais le couronnement du spectacle était encore à venir. Le condamné avait à peine recraché sa langue gonflée par l'asphyxie que Mastro Titta se dirigea vers la table, choisit scrupuleusement un instrument et, pour achever la sentence, commença à lui briser les os bien qu'il frémît encore. Il lui ouvrit le ventre avec la lame crochue d'un couteau de boucherie, un travail d'expert, digne d'un maître boucher. La tramontane soufflait, les mains des hommes et des femmes étaient écarlates, les sillons sur la peau, durs et exsangues. Le condamné fut parcouru d'un tremblement d'agonie poussé à son paroxysme, puis d'un spasme. La foule réagit très différemment à l'écartèlement ; il y avait ceux qui regardaient sans un battement de cils, les pupilles sèches, ceux qui, écœurés, regardaient ailleurs ; d'autres, étouffés par la compassion, fuyaient, assaillis par le soupçon qu'un tel massacre ne devrait peut-être pas avoir lieu dans la ville de saint Pierre. Les viscères fumaient au contact de l'air glacial.

Quand il eut terminé de lui ouvrir le ventre, le bourreau nettoya la lame et quelqu'un, qui fit en sorte de ne pas être vu, jeta une livre de savon sur le gibet. Un don afin qu'il puisse se laver les mains. Celui qui l'avait lancé croyait ainsi s'attirer les bonnes grâces de l'impitoyable main de la mort, ignorant du fait que la dame possède des mains par centaines, et qu'elle n'est pas toujours obligée de s'en servir.

« Ils en font souvent, dit John John avec légèreté, ici, sur la piazza del Popolo et sur la via dei Cerchi. Si tu continues tout droit et que tu coupes par les jardins, tu y arrives. Et si tu continues encore et que tu dépasses l'esplanade, tu arrives à San Giovanni. Après la Porte, tu te retrouves sur la strada Campana. Avec un petit effort, tu trouves le monastère où ton oncle t'a enfermée. » Il extirpa son oignon de sa poche. *Tic tac.*

Quand Leda était sortie du monastère de Santa Chiara grâce à Lorenzo, c'est avec lui qu'elle avait quitté le royaume des Bourbons en logeant chaque nuit dans une auberge différente. Dans la Rome pontificale, ils s'étaient adressés au contraire à un logeur, et ils s'étaient déclaré leur amour, certains de partager une affinité élective qui leur donnait une sensation de force – un sentiment de libération permanent en même temps que la promesse d'un infini de possibles, le commencement de mille routes. Une fois dans la chambre aux environs de Tor de' Conti, Leda s'était réjouie de cette vie à deux, elle avait savouré avec avidité les caresses et la rencontre des corps, la sérénité de se montrer nue face à son homme sans l'armure des vêtements, des couvertures ou de l'obscurité, la complicité pendant les bains dans la bassine à se frotter l'un l'autre, les promenades entre les fils tendus dans les ruines, sur lesquels ils faisaient sécher le linge. Ils ne s'étaient jamais disputés, elle et Lorenzo, mais un soir qu'il était rentré plus tard qu'à l'habitude, elle avait, pleine d'angoisse, commencé à fouiller dans ses affaires, à la recherche d'un indice qui pourrait lui révéler où il était parti, pourquoi il ne rentrait pas. C'est ainsi qu'elle était tombée sur des enveloppes, le cachet de cire brisé pour certaines, pour d'autres intact, mais elle n'avait pas osé les examiner. Elle était restée là à se tourmenter, trop honnête. Quand Lorenzo était rentré, ils s'étaient disputés : il n'avait pas le droit de la rendre malade d'inquiétude, sans lui dire en plus où il était, toujours avec cette excuse de son métier, et puis, quel foutu métier c'était, ça, elle ne l'avait toujours pas compris : comment un métier pouvait-il lui assurer toutes ces faveurs de la part de nombreux inconnus, hein, c'était quoi ce métier ? Et puis la joie du retour l'avait emporté, il lui avait demandé pardon, jamais il n'avait voulu l'inquiéter, et ils avaient fait l'amour. Ils s'étaient écroulés, épuisés, endormis malgré le bourdonnement têtu d'une mouche au-dessus de leur lit. Ou plutôt Leda s'était endormie, Lorenzo, lui, était resté éveillé, respirant fort pour faire croire qu'il dormait, et quand il avait entendu le souffle de Leda trouver son rythme, il l'avait couverte comme il faut, s'était faufilé hors du lit pour s'asseoir à son bureau. Elle, déjà suspicieuse après ce qu'elle avait découvert dans la journée, s'était vite réveillée et la mouche, qui continuait de bourdonner, l'avait complètement tirée du sommeil. Alors elle l'avait vu, là, dans la lueur tremblante et jaune : il écrivait une lettre. Et elle s'était contentée d'avaler sa salive. Le matin, Lorenzo était descendu pour échanger deux mots avec le logeur, et Leda s'était précipitée à son bureau ; elle avait pris des lettres décachetées ou qui ne l'étaient pas encore. Deux, au hasard. L'une dont l'écriture n'était pas celle de Lorenzo, signée par un certain Girolamo Pallotta ; l'autre, d'une femme, comme l'indiquaient l'écriture harmonieuse et la signature : *Ta Lidia*. Leda avait délaissé la première, résistant à l'idée qu'elle valait la peine d'être lue, parce qu'il lui semblait au contraire que Lorenzo était capable à l'occasion de modifier son écriture pour en imiter une autre… La seconde missive, quoi qu'il en soit, s'ouvrait sur une longue plainte de phrases nerveuses : *Ton silence me tenaille le cœur, mon amour. Je suis inquiète de ne pas avoir de tes nouvelles, écris-moi vite, tout de suite, ces mots que tu sais écrire et qui, délicieusement, savent remplir mon cœur. Mais d'abord, parle-moi de toi.* Leda lut et fut prise d'une fureur hystérique, à en avoir les cheveux dressés sur la tête. À son retour, bien qu'il l'eût assuré qu'elle était son unique âme sœur, Lorenzo n'avait pas pu la calmer. Il s'était vu contraint à des aveux incomplets, à dire vaguement que sa profession l'obligeait à surveiller les correspondances ; en somme, à lire à l'insu de l'expéditeur et du destinataire certaines communications. Ou à en falsifier d'autres. Besoin de savoir. De s'informer. D'espionner. Leda avait accueilli la nouvelle avec incrédulité, comme une banale excuse, de celles qu'invente un amant pris en flagrant délit, et elle lui avait donné une gifle. Mais plus il lui parlait, plus elle se laissait convaincre et intriguer ; elle se découvrait un penchant morbide.

« Pourquoi m'as-tu emmenée ici ? » demanda Leda à John John tandis qu'ils s'éloignaient du Velabro. La foule aussi commençait à se disperser.

« Pour trois raisons », lui dit-il et, en la prenant par le bras, il la traîna dans une ruelle. Il la plaqua au mur, pointant le bout de sa canne contre son épaule. Nando, à quelques mètres de distance, les surveillait du regard et cachait la scène aux curieux.

« La première, c'est que si tu acceptes le métier, c'est la mort que tu pourrais connaître. »

Leda se contenta de hocher la tête pour acquiescer.

« La deuxième, c'est que si tu acceptes ce métier, c'est la mort que tu pourrais infliger à beaucoup d'autres. »

Leda resta silencieuse.

John John approcha son visage de celui de Leda.

« La troisième, c'est que Lorenzo est mort comme ça. Pendu et écartelé. »

Leda n'enregistra pas l'information. Elle l'entendit, mais son cerveau s'y opposa. John John lui avait dit que Lorenzo avait été fusillé. Que son cadavre n'avait pas été remis par les autorités.

« C'est comme ça que ça s'est passé », dit l'Anglais, en baissant la pointe de sa canne, laissant Leda se dégager du mur.

Elle se redressa, planta ses yeux dans ceux de John John tandis qu'une larme lui montait aux yeux, une seule larme.

« J'aurais dû te le dire avant, mais il fallait que tu te calmes. J'ai dû te laisser imaginer une mort que tu pouvais accepter. Je l'ai vu souffrir. Nous n'avons rien pu faire. Il s'était trop exposé. Trop compromis. Trop d'erreurs, trop de traces. »

Leda inspira profondément. Rage, désolation.

« Le corps, ils l'ont laissé pendant quelques jours dans une cage, tout en haut de la porta di San Giovanni, puis ils l'ont enterré dans une fosse commune. Je t'ai indiqué la route. Si tu veux voir de tes propres yeux où ils l'ont exécuté, va. » Il lui fit un signe de la tête pour lui désigner à nouveau la direction à suivre. « Barbares », conclut-il en baissant les yeux pour renforcer la vraisemblance de ce mélodrame.

Leda aurait voulu le rouer de coups, comme elle avait fait avec sœur Arcangela, mais John John la regardait sans peur. « Le moment est venu », dit-il en tapotant le gousset de son gilet où reposait la montre qu'il avait fait venir de France. « Pour moi, tu es prête. À toi de décider. »

Le tourbillon d'émotions ne l'empêcha pas de comprendre. Ou bien elle acceptait, ou Dieu sait quoi ; peut-être que Nando était là pour la tuer ; en aurait-il été capable, malgré toutes ces fois où ils avaient fait l'amour ? Il l'observait avec des yeux fats. Et si elle survivait, qu'aurait-elle pu faire ?

Elle n'avait pas encore parlé, pas même un frémissement des lèvres, mais John John sourit comme s'il avait lu dans ses pensées. « Je suis content que tu aies décidé de rester avec nous. Tu es douée, je te le garantis. Et cela lui aurait fait de la peine, à Nando, d'être méchant avec toi. Tu fais partie de la famille, après tout, cher neveu. »

*

Ils avaient laissé Porto Alegre depuis quelques jours mais, dans chaque entreprise, de la plus infime à la plus unique, c'est le dernier mille qui est fatal, déchire les poumons et fait ployer les plus solides motivations. Jusque-là, ils avaient avancé à marche forcée, d'une pleine lune à l'autre, quinze heures par jour sans se préoccuper de la physionomie du terrain ou de l'hostilité de la végétation, et ils avaient ainsi laissé le haut plateau derrière eux ; la moiteur de la forêt avait fauché la colonne des *farrapos*, gâtant leur humeur et leur corps tourmenté par les ampoules et la toux, suscitant les récriminations ; les hommes demandaient à regagner au plus vite les zones planes et ensoleillées de la région. Retrouver la flamme d'un foyer.

Un soir, lors d'une de leurs nombreuses haltes, dom José regarda son Aninha se rafraîchir le visage dans un petit ruisseau et, pour la première fois depuis qu'il errait à l'aventure sur ces terres, loin des attachements de sa jeunesse, il éprouva le désir de s'arrêter pour reprendre son souffle. C'était moins l'urgence physique de respirer tranquillement pour relâcher la fatigue qu'il s'imposait, à lui et aux autres, qu'un élan de l'âme, si pressant qu'il contaminait tout son corps. Les embuscades, l'heureux retour d'Aninha, disparue des jours durant, avaient laissé des séquelles. L'avoir retrouvée le ventre gonflé par la faim, même si le gonflement était minime, avait attristé José comme rarement ; lui, il en avait tiré une leçon. Il avait appris qu'il détestait se trouver idiot, incapable de garantir à la femme qu'il aimait une existence décente, et la protection dont elle avait besoin. Il n'était pas naïf, il savait qu'il existait des familles où une bénédiction ne vient jamais seule, mais toujours accompagnée d'une malédiction ponctuelle, et c'était la même chose dans la lutte, où il fallait accepter les vicissitudes et les souffrances à côté des succès les plus satisfaisants et inespérés. Ainsi parlaient les poètes, lui-même était tombé sur l'un d'eux qui en était le vivant témoignage, dans la solitude, la misère, avec les cicatrices, la gloire et l'honneur. Mais cela ne voulait pas dire que de telles souffrances n'étaient pas regrettables, que l'on pouvait les réduire à de simples incidents de parcours plutôt que d'y voir des épreuves qui portaient en elles la blessure du doute. Dom José s'était fait une promesse. Il ne permettrait pas que le retour de son Anita, presque à bout de forces, se transforme en une anecdote quelconque. Il en ferait une histoire qui ne mettrait pas en valeur sa négligence à lui, mais son courage à elle, indompté.

Il la regarda tandis qu'elle se lavait, le visage qui se crispait au contact de l'eau jaillissante, puis se détendait, réconforté par le sentiment de propreté. Elle était encore belle. Quand elle leva les yeux, elle vit son regard et sourit, un sourire fatigué mais apaisé. Par quel miracle, durant sa longue marche, avait-elle trouvé le temps de se couper tant bien que mal, avec la lame de son poignard, les cheveux qu'elle portait maintenant retenus par une petite branche de bois pour avoir moins chaud ? Les marches et les jours passés à suivre dom José l'avaient éreintée, durcissant ses traits. Ils laissaient présager ce qu'il adviendrait de ce visage, une fois effleuré par la caresse de la déchéance. Vieilli.

Elle lui avait raconté l'épisode des deux soldats, et l'événement avait suscité chez le *capitão* des émotions contradictoires. D'un côté José s'était plu à l'imaginer en train de lutter, mais secrètement il avait éprouvé de la peur et un élan outragé de jalousie. Parce que dans la lutte, Aninha aiguisait plus que jamais son appétit ; le *capitão* avait commencé à distinguer autour de ces deux yeux de perle noire, ses seins et ses hanches, à travers son Anita callipyge, affranchie mais sévère, un quelque chose de masculin, et ce quelque chose, en plus de l'impressionner, l'excitait. Charnellement. La vigueur, le rugissement qu'elle cachait sous sa poitrine l'attirait. Et le terrorisait en même temps. Son Anita semblait avoir conservé l'humaine nostalgie de la totalité androgyne, l'homme et la femme unis en une créature qui se suffit à elle-même, et si cette image harmonieuse était en soi tranquillisante, dom José y trouvait quelque chose de redoutable ; il avait peur qu'elle puisse se suffire à elle-même tandis qu'au contraire, il voulait lui être indispensable ; en fait, il était en train de tomber amoureux, vraiment. *Que la foudre me frappe*. Il comprit qu'il avait plongé dans cet amour qu'il avait lu, un sentiment de papier et qui pourtant ne l'était pas. Pas une femme à combler, comme celles qui tombaient de cheval, célébrées par son poète guerrier tant aimé, Foscolo, mais une femme qui, au besoin, savait prendre un poignard, veiller et se battre pour ce qui était sien. Une Judith. Il revoyait sous ses yeux la fascination suscitée par un tableau aux teintes sombres, vu à Rome quand il s'y était rendu avec son père, Domenico. La Judith. Veuve irréprochable et séduisante. À tel point méprisante à l'égard de la vie qu'elle en dégoûtait ouvertement les sages et laissa croire à l'oppresseur qu'elle était prête à se donner pour dévoiler les secrets de son peuple. Au lieu de quoi, le moment venu, elle avait donné deux coups d'épée ; Judith, dom José ne pouvait l'imaginer avec un visage angélique, un visage de femme. Au moment de décapiter Holopherne, José lui devinait une expression brutale, masculine. Ce récit biblique l'avait toujours fasciné ; c'était une des histoires qu'il s'était obstiné à apprendre au cours des leçons de sa jeunesse, à la maison du quai Lunel. Il l'avait apprise avec don Giaccone, puis commentée avec le signor Arena, l'ami de *mamma* Rosa, un vieux militaire à la retraite qui avait été associé à l'autre, et plus ennuyeux, enseignant.

Il ne le faisait plus depuis longtemps, mais dans les monotones heures de marche, il se mit à penser à son père, Domenico. Il ne l'avait jamais aimé, ne serait-ce que pour son timbre de voix, bourdonnement rauque et lassant. Contrairement à *mamma* Rosa, *padron* Domenico en avait toujours voulu au jeune José de son impatience devant l'état des choses, comme si la vie, avec ses règles, ses préceptes et ses lois, était trop étroite pour lui. Par nature, Domenico n'était pas une brute, mais il avait de sacrées mains de marin et, quand son

« Peppino », contrairement à l'aîné, Angelo, ne l'écoutait pas, l'homme tapait et devenait sombre, comme si en tapant, à défaut de savoir faire autrement, il éprouvait un remords infini. Quand les coups s'arrêtaient, Domenico sortait et se perdait dans le dédale des ruelles derrière le port, parce que la ville était là tout entière, retranchée sur l'eau dont elle tirait sa subsistance, et tout en marchant il se demandait si l'écho des gifles et les cris de sa femme avaient alerté les voisins de leur dispute. Il finissait toujours sur la promenade, Domenico ; il en avait pris l'habitude depuis que le commerce du poisson avait commencé à partir à vau-l'eau, pas tant à cause de son maigre talent pour les affaires que des augmentations du prix du sel et des cent trente barques de pêche qui écumaient les fonds marins en face de la baie de Nice avec des filets trop fins, à ce qu'on disait. Domenico aimait à se perdre là, parmi les gens qui se réunissaient, comme si la promenade était un café plutôt qu'une bande pavée, se consumant dans la nostalgie de Chiavari, où il était né : là-bas, la mer avait une autre odeur, répétait-il. La promenade était de bon augure : Domenico y retrouvait le calme, parce que c'était là qu'il avait décidé de se consacrer au commerce de l'huile et des oranges, du vin à l'occasion, qui étaient restées les marchandises qu'il préférait, celles qui ne lui avaient pas créé d'ennuis ou de complications.

Jamais dom José n'oublierait cette fois où Domenico et lui avaient été à Rome pour le jubilé. Non que chez les Garibaldi, surtout du côté paternel, on se passionnât outre mesure pour les fêtes liturgiques, le jeune Peppino mijotait même déjà une fracture entre les prêtres et l'Évangile que le futur dom José creuserait toujours davantage ; toutefois le jubilé était un moment exceptionnel, il symbolisait la fin d'une époque, presque d'une ère, d'autant qu'il avait lieu avec un quart de siècle de retard. Don Giaccone avait expliqué à son élève comment le pape Boniface avait institué l'événement, et dom José avait encore en mémoire ses exploits, grâce à la *Comédie* de Dante, lequel avait ouvertement maltraité l'apôtre en enfer et au paradis, suscitant tantôt les ricanements, tantôt l'effarement du petit Peppino qui apprenait, penché sur ses vers dans l'après-midi niçois. Parce que si dans sa jeunesse dom José ne s'était pas montré très fort pour la logique et la symétrie, ou la rigueur de la pensée – des mathématiques à la grammaire qui lui donnait des boutons –, il dévorait avec une passion débordante l'histoire de l'Antiquité grecque et romaine, au risque de les confondre parfois mais, « qui s'en plaindra jamais », et la littérature connaissait un sort identique, qui faisait plutôt naître en lui un sentiment. Cette capacité de mémoire émotive avait toujours stupéfié certains instituteurs et en avait vexé d'autres.

« Celui qui usurpe. »

Il allumait le feu pour la énième nuit, et il lança un regard à ses hommes qui ronflaient déjà. Même Aninha s'était endormie sous la tente. Lui était encore debout, et il pensait à ce que Dante avait fait prononcer à saint Pierre pour railler le pape Boniface : « … Si je me transcolore, ne t'étonne pas ; car durant ma parole, tu verras transcolorer tous ceux-ci. Celui qui usurpe sur terre mon siège, mon siège, mon siège qui est vacant en la présence du fils de Dieu… » En cette année lointaine de jubilé, dom José était maintenant un homme de mer depuis quatre ans, officiellement ; il s'était inscrit au registre des mousses en 1821, et il était parti sur la tartane de Domenico, la *Santa Reparata*, avec la promesse d'une paye et un chargement de vin qui devait servir à abreuver les assoiffés, à savoir les pèlerins qui se précipiteraient à Rome pour l'année de rémission des péchés, prévue pour 1800, puis reportée à cause des efforts et des empêchements de la guerre – ce qui constituait, au dire de la misérable chiourme, la preuve par neuf que l'Église, éternelle, sait s'adapter aux circonstances. Jamais la tartane ne prendrait la mer, avait assuré Domenico à sa femme Rosa, même si cela constituait une infraction au code tacite en vigueur parmi les familles du port : que les femmes ne se mêlent pas de ce qui se passe en mer ! Domenico, toutefois, sachant sa chère Rosa inquiète, l'avait rassurée sur la route : ils feraient halte à Livourne et à Civitavecchia. Peppino n'avait pas très envie de naviguer avec son père, mais il voulait voir de ses propres yeux la ville au sujet de laquelle il avait tant lu, capitale d'une histoire passionnante : l'homicide de César, le sac des Germains et les aventures d'un de ses *condottieri* préférés, Hannibal, qui n'était pas romain, mais s'était beaucoup battu pour conquérir la Ville éternelle, sans y parvenir à son grand dam. Le voyage avait duré plus longtemps que prévu et les marins avaient dû s'arrêter à Porto Longone ; ils étaient arrivés à Fiumicino au début du mois d'avril. La traversée s'était déroulée dans un calme relatif, mais la proximité de la mer pour le jeune Peppino n'avait pas été une expérience agréable. Son père, il le supportait ; il ne le contredisait jamais franchement devant les autres marins, mais ses actes révélaient à quel point il le trouvait inadapté. Un homme qui affrontait la vie avec incertitude, comme hors du temps, toujours à regretter le mirage de la république de Napoléon, qui était devenue un empire, brisant ses rêves.

Pour arriver à l'*Urbs*, il leur avait fallu remonter le Tibre et payer pour les buffles avec lesquels se faire traîner car le fleuve était à sec. Quelle vision, ces collines ! Les boucles du fleuve, qui offrait et dérobait à la vue le profil des siècles écoulés, et ce fouillis de maisons nouvelles et décrépites. Cette teinte dominante, terreuse, du paysage. Plus jamais il ne l'oublierait, et d'ailleurs dom José, au cours de ses interminables marches, renoua plus d'une fois en pensée avec la ville. Comme si l'image le réconfortait. Rome. La couleur qui émanait d'elle et qu'elle restituait au soleil. Assoupie et lasse sous la poussière, cette antique lueur du centre du monde qui résistait, bien qu'il n'en reste que les reliques.

Six lieues de Porto Alegre. Le gros de l'armée avait établi son camp à douze milles de la ville, près de Viamão, ainsi nommé parce que, depuis la localité, on voyait, comme les doigts de la main, cinq fleuves. Les *farrapos*, de toute façon, l'âme moins poète que révolutionnaire, avaient rebaptisé la ville Settembrina, puisque c'était en septembre qu'on avait instauré la république.

Dom José se trouvait à une lieue de distance du campement, et son Anita était brûlante de fièvre, à tel point qu'il fut obligé de la soutenir. Il remarqua qu'elle se massait le ventre, le nombril proéminent, en forme de bouton, si semblable, quoique plus grand, aux boutons qui surmontaient l'obscure auréole de ses mamelons.

Ils atteignirent le campement alors qu'il faisait presque nuit, mais les feux du bivouac brûlaient, nombreux, et, à la lumière de ces flambeaux de la civilisation, Aninha sembla se reprendre et le rassura, lui qui lui trouvait un visage sombre ; tout allait bien, lui dit-elle, c'était une bénédiction que cette marche fût enfin terminée. Elle voulait se reposer. Une nuit de sommeil entière, à ses côtés.

Ce fut Bento Gonçalves en personne qui accueillit le *capitão* avec des hommages et des félicitations. Dom José insista pour avoir une tente où dormir, et Aninha, épuisée, lui fut reconnaissante de ce confort : elle se laissa tomber aussitôt sur la paillasse. Elle voulut serrer sur sa poitrine le petit crucifix de sa mère, dont elle s'était convaincue qu'il ne fallait pas se séparer, pour chasser la peur et, avant de fermer les yeux, regarda son José, prit sa main et la posa sur son nombril. Il le sentit se placer au centre de la paume de sa main rugueuse. « J'attends un enfant », dit-elle, presque vaincue par le sommeil. Dom José avait voulu croire qu'elle avait le ventre gonflé par la dénutrition. Pourtant, il n'ôta pas sa main. « Comment le sais-tu ? » lui demanda-t-il, presque certain qu'elle délirait. Elle rouvrit un instant les yeux. Ils brillaient. « Je ne saigne plus », dit-elle, formelle, avant de le répéter une seconde fois tandis qu'elle s'endormait. Comme pour dire *Je suis guérie*.

*

Il court sous nos pieds à tous, sous les sabots, et on sera parfois bien en peine de le rattraper. Quiconque s'essaye à une telle entreprise, qui n'est bien entendu pas une simple question de vue, ni de bonne ou de mauvaise intention, accepte de se lancer dans une aventure risquée, tant il est vrai qu'en se déployant, le sentier de la vie opère mille et un revirements, se resserre et s'interrompt, se cabre même. Au gré de son déroulement indiscipliné, on manquera parfois de perdre l'équilibre puisque, un jour ou l'autre, il arrivera à chacun de sentir le terrain s'effondrer sous ses pieds, l'obligeant, de but en blanc, à se décider : *trancher* ; par ici ou par là. Si on en arrive à de telles extrémités, c'est qu'on allait d'un pas rapide, acharné presque, obtus comme seule une conviction peut rendre – le regard rivé sur le bout de ses sabots : on était en train de marcher, et voilà qu'on a pris un chemin qui n'était pas exactement le bon. On s'est aperçu de l'erreur après un sacré bout de route, alors on s'est arrêté, mais alentour, pas le moindre signe familier ou révélateur. Cogiter. Extirper de son crâne un moyen de s'en sortir et le visualiser, réagir, animé par l'excuse d'avoir entrevu une vie meilleure, *la bonne*. Elle est là, la voilà. On croit dur comme fer qu'elle n'est pas loin et que, en changeant de chemin, on a réparé l'erreur, mais on se trompe. Certains sentiers sont impossibles à quitter, tellement hostiles qu'ils nous poussent à rattraper notre ombre par peur de la voir s'égarer, et ils ne permettent pas de revenir en arrière, mais seulement de s'enfoncer dans le danger. En somme : « Astolfo, on a pris le mauvais chemin ! »

C'est ce qui s'était passé. Tout au bout d'un coucher de soleil, Colombino avait été cueilli à l'improviste par les hâtives ténèbres appelées en renfort par la nuit, il n'avait plus su s'orienter et, par la faute d'une ardeur renouvelée qui lui disait de ne pas trahir sa mission, il ne s'était pas pour autant arrêté. Du reste, quand on l'avait abandonné sur le parvis de l'église des très saints patrons Pietro et Paolo, à Sacconago, un don Sante encore jeune, en le voyant, avait commenté : « Il a les pieds qu'on dirait un lapin » et cela dit, il avait salué ces grands pieds par une caresse dans l'espoir que le nouveau-né n'ait pas aussi, de l'animal, le cœur. Colombino avait pris son courage à deux mains, donc, et choisi une autre direction puis, après s'être enfoncé dans un buisson de ronces sèches, le voilà qui s'était mis à répéter : « On s'est à nouveau trompés de chemin ! » Et comme il espérait encore retrouver le bon chemin raté, le garçon s'était tourné ailleurs, vers le sud, croyait-il. Astolfo avait bien essayé de le freiner, mais en vain ; tous deux s'étaient aventurés dans une chênaie sans remarquer un talus. Ils avaient dégringolé jusqu'en bas, rebondissant sur les feuilles, les épines, la caillasse ! Il s'était cogné la tête, Colombino, et, en poussant un cri, s'était écrasé au fond d'un gouffre plus profond que sa vue ne l'aurait cru.

En y repensant après coup, l'accident était peut-être à mettre sur le compte du fleuve qui serpentait, gras et luisant, responsabilité qui non seulement trouvait sa concrétisation dans l'élément naturel, mais aussi dans le moment. La treizième nuit.

Au commencement du treizième jour, en fait, Colombino s'était dégourdi les jambes ; l'errance l'avait réduit en piteux état, et il avait besoin d'une patiente gymnastique matinale pour remettre son corps en mouvement, en particulier depuis qu'il avait rejoint ce terrain légèrement en pente à l'aspect immobile, une étendue interminable de parcelles qui s'enfonçaient d'un bras par rapport aux sentiers – des « rizières » d'après ce que lui avait raconté un passant. Sur la lande, presque à toute heure, stagnait un brouillard qui, où qu'il se pose, savait s'insinuer, mouillant tout et attaquant les os, pour renforcer un peu plus la morsure de fer du gel. Le voile perlé se décolorait seulement à certains moments du jour, et c'est à ceux-là que Colombino était contraint, malgré lui, de réduire sa marche ; aussi, le temps se dilatait, lui faisant perdre patience, mais il était inutile d'essayer autrement, puisque dans ce monde de lait et d'eau, on était voué à perdre inexorablement le nord. Par chance, Natale avait glissé parmi les objets rassemblés sur le plateau de la charrette une pierre à fusil que le vieux sacristain avait récupérée d'un mousquet obsolète ; c'était une boîte qui contenait un tambourin métallique ; il fallait tourner une clé afin de remonter un ressort et, une fois ôtée la dent qui faisait office de verrouillage, le tambourin s'abattait avec une force décuplée par le ressort sur une pierre à feu dont jaillissaient des étincelles. Dans les ténèbres, quand Colombino campait, ces infimes fulgurances étaient un soulagement, parce que le garçon, sans nourrir de craintes capables de rendre la nuit lugubre, était impressionnable, si bien qu'il s'imaginait des fauves lui rendre visite, ou des brigands embusqués sur un arbre prêts à bondir des branches pour le voler et le pendre.

Et voici qu'un matin, enveloppé par une brume moins dense qu'à l'habitude, Colombino avait fait craquer sa carcasse et pris son courage à deux mains ; c'était le treizième jour, se disait-il, et, une fois lancé sur sa route, le garçon avait continué, imperturbable, jusqu'au moment où les deux grandes spatules qu'Astolfo avait en guise de pavillons auriculaires s'étaient dressées. Un bruit fendait le brouillard. On aurait dit le crépitement d'une averse, mais plus rapide et plus insistant. Un canal, non, un fleuve. Garçon et mulet s'étaient dépêchés. Ils interrogeaient le bruit de leurs sens dépareillés, la vue dans les oreilles, l'ouïe dans les yeux. Le crépitement s'était petit à petit amplifié, et enfin le brouillard s'était ouvert ; la vision les avait laissés ahuris. Tous deux. Un serpent s'étirait à droite et à gauche, à perte de vue, éventrant la terre.

Et comme celui-ci pointait vers le sud-est, Colombino et Astolfo avaient longé le fleuve et rejoint une maison, ladite *ca' de biss* – la maison de la couleuvre – où ils avaient fait la connaissance d'un certain Luigi, un type soupçonneux aux manières rudes, et d'inattendus problèmes d'oreille et de langue n'avaient rien arrangé : « J'ai pas bien compris, vous pouvez répéter, m'sieu Luigi ? » À Busto Arsizio, en période de foire, Colombino avait senti qu'il existait des nuances bien marquées entre les différentes formes du dire, mais le parler des rares personnes – passants, travailleurs, ou villageois – sur lesquelles ils tombaient maintenant, était la preuve manifeste que la langue, comme le territoire sur lequel elle était martelée, évoluait avec une rapidité généreuse et insoupçonnée. Entre bougonnements et gesticulations, donc, Luigi et sa famille avaient proposé un accord : en échange d'une faisselle de fromage – la première des deux que l'Adele avait déposées sur le plateau de la charrette –, Colombino pourrait passer une nuit dans l'étable avec Astolfo. Le mulet, lui, trouvait dans la présence de l'eau une source de tranquillité imperturbable, pour l'évidente raison qu'on a tant d'eau dans le corps et on en a tant besoin, quelle que soit notre espèce animale, qu'une réserve à portée de museau, comme on peut le comprendre, apaise. Colombino, au contraire, blotti sur un peu de paille, sous les couvertures de l'Adele, était resté éveillé. Quelle force lui avait donnée le grondement de cette masse bondissante ! Une force antique. Quand enfin il s'était endormi, l'insistance de ce cri de la nature l'avait secrètement travaillé, et l'opiniâtreté de l'eau avait contaminé, par un miracle nocturne, son sentiment. Aussi, le lendemain, Colombino avait pris congé des habitants de la *ca' de biss* le sourire aux lèvres et avait suivi le fleuve jusqu'au bourg de Vigevano, où il avait trouvé un pont ; ç'avait été une expérience à la fois simple et terrifiante de le traverser et d'atteindre l'autre rive du fleuve, et de là remonter une gentille petite colline et arriver aux alentours du funeste bosquet de chênes. Alors Colombino et son compagnon avaient été surpris par l'obscurité et une brume marmoréenne, mais le garçon avait fait sa tête de mule, presque pour donner la preuve de l'imbécillité qui pouvait jaillir de l'ardeur avec laquelle le fleuve – au mépris des lois de nature – lui avait enflammé le cœur, comme de l'eau sainte sur le front d'un dément. Il rejoindrait Rome d'ici à quelques jours, s'était-il promis dans la fougue de ses pas et, après une causette avec Sa Très Sainte Sainteté, il reviendrait à Sacconago, devant le portail de la Formaggiana où, la tête haute, il demanderait Vittorina, sans plus avoir honte de rien ni se sentir à la mauvaise place, parce que le Saint-Père aurait répondu à chacun de ses doutes concernant la marche à suivre pour marier son aimée et lui faire des enfants. Colombino avançait, si absorbé que ses yeux, plutôt que de regarder le monde, s'étaient tournés pour explorer les recoins de son cerveau, et voilà comment le garçon avait fini par trébucher et, patatras, par faire une sacrée chute. « Aaaaaahhhhh ! »

Le cri déchira la somnolence de la chênaie ; quelques animaux qui avaient résisté à la léthargie filèrent, d'autres s'approchèrent pour jeter un coup d'œil. Colombino dégringola et Astolfo l'imita, car le terrain éboulé n'avait pas de fin ; la charrette aussi dérapa, avec son roulement de roues, lequel s'éteignit pour toujours dans le craquement du bois qui se brisait en mille morceaux.

La chute, toutefois, au lieu de s'arrêter au niveau du sol, se poursuivit. Colombino fut le premier ; c'était lui qui avait entraîné la charrette et le mulet au bas de la pente, lui qui le premier avait plongé dans le creux du terrain au-delà duquel s'ouvrait une cavité pansue, née de l'érosion d'un ruisseau souterrain qui avait désormais dévié son cours. Un gouffre. À sa suite se précipitèrent Astolfo, un peu de sa camelote et du nécessaire entassé sur la charrette, une roue et quelques débris. Quel vacarme. Quel évanouissement.

La nuit qui tomba fut la nuit la plus froide de l'hiver, mais Colombino gisait, inconscient et meurtri ; la chaleur de la terre, bien que le trou ne fût profond que d'une dizaine de pieds, sut le protéger et le réchauffer. Cette même hauteur qui le soustrayait au froid en surface, pourtant, suffit à le prendre au piège, puisque la chute lui avait abîmé une jambe, et l'entreprenant Astolfo, un peu amoché, n'y put rien, lui qui, se cabrant sur ses jambes postérieures comme un être humain, fut bien incapable de grimper. Après quelques râles frustrés, le mulet déclara forfait, se blottit contre Colombino, et aux côtés de son patron partagea la rudesse des heures sans lumière.

La fièvre s'était emparée de lui, elle s'agrippait à ses poumons, s'insinuant dans son esprit et privant ses pensées de toute corrélation. *Je meurs*, délira-t-il, revenant d'un profond sommeil plein de suées, se demandant s'il n'était pas en train de mourir, pris au piège, et elle eût été si bête, cette mort, si on pouvait dire qu'une mort était bête ; il en vint à se demander si ça n'était pas sa naissance, surtout, qui était bête, si on pouvait dire ça d'une naissance. Chacun de ses sens, à la fois exalté et embrumé par la sensation de mal-être, lui parlait de manière décousue, contraignait son esprit à de vertigineuses pirouettes, effleurant des questions philosophiques jamais abordées : où était-il né ? Qui était sa mère ? Il y avait bien pensé quelquefois dans son enfance, mais l'affection de don Sante avait su l'apaiser, faire taire les sursauts de sa conscience. D'où venait son sang ? De quelles veines avait-il jailli ? Colombino gisait de tout son long, se voyait en train de dilater et de contracter sa poitrine, écoutait son propre souffle languissant. Il pleura. Souillant son visage qu'il frottait en même temps de ses doigts salis par la terre noire. Il saigna copieusement du nez, incapable de bouger, car sa jambe l'en empêchait. Astolfo fut à ses côtés, le réconfortant d'un râle amical, risquant à son tour de mourir, le cœur brisé ; c'était un supplice que la vision de Colombino. « Pourquoi suis-je tombé ? Pourquoi m'as-tu fait tomber ? » criait son patron avant de s'évanouir, et quand il se réveillait, il rabâchait cette idée fixe. Il s'interrogeait sans relâche sur la raison pour laquelle Dieu l'avait fait naître et lui avait donné l'illusion de se débrouiller dans la vie alors qu'il le retenait là, maintenant, sous terre : « Pourquoi tu me laisses tout seul ? À part toi, Astolfo, mais t'avais compris, non ? » Il délirait, retrouvait des moments de lucidité, puis sombrait à nouveau. Le mulet baissait ses grandes oreilles pour refouler ces mots. Le chemin vers Sa Très Sainte Sainteté s'était transformé en une sépulture, le gouffre en un sépulcre. Le voyage pourrait-il arranger quelque chose ou n'était-ce qu'une pure folie, comme l'avait dit le Crapa ? Pour la première fois depuis qu'il était parti, Colombino se laissa vaincre par la terreur. Une peur écrasante, qui le rendait tout petit, jusqu'à lui faire murmurer : « À l'aide. »

Les parois du gouffre alternaient entre couches de roche et terreau, et guère loin de lui, une source laissait couler un faible jet, aussitôt absorbé par le terrain : une vraie bénédiction. Dans une heure de lumière, Colombino se traîna à la force de ses bras, s'approcha pour s'abreuver. Il n'arrivait pas à chasser de son esprit l'idée qu'il allait mourir, il s'efforça même de se rappeler la formule de l'extrême-onction et de se la donner tout seul, pénitent, pour ne pas s'éteindre sans le sacrement et errer éternellement dans des limbes stériles. Dans un accès de forte fièvre, il délira jusqu'à s'absoudre, puis il abandonna. De quoi s'inquiétait-il ? Il avait déjà une tombe, au moins, se consola-t-il.

C'est Astolfo qui délivra Colombino, sans défense, du gel mortel ; la chaleur qui émanait de son corps, et l'obstination avec laquelle le mulet soufflait sur son patron et le réveillait pour l'obliger à boire se révélèrent une thérapie efficace. Il souffla tellement, Astolfo, il resta tellement près de son maître que Colombino retrouva finalement un brin de confiance : « Je le sais qu'au paradis, on est si bien qu'on a même pas envie de revenir sur terre mais, don Sante, je t'en prie, descends et aide-moi, moi et Astolfo. » Dès lors, Colombino cessa de pleurer et, après avoir prié, combien d'heures il n'aurait su le dire, une épée de lumière illumina enfin deux vilaines couvertures de laine qui avaient atterri dans un coin sombre du gouffre avec les décombres de la charrette ; le fait que le plateau ait transporté du fumier pendant des années les avait imprégnées d'une odeur inimitable, un relent familier de merde. Colombino s'y blottit, la misère au corps, et cette puanteur lui apporta un peu de réconfort.

À la surface, entre-temps, il s'était mis à neiger, et quelques flocons tombèrent dans le trou. Colombino en profita. Il attrapa par petites poignées la poussière de glace, la but en la laissant fondre sur sa langue. Puis il enfouit à nouveau ses mains sous sa couverture, entre ses cuisses, le seul endroit chaud. Il rêva qu'il entrait dans un champ de blé doré, comme du temps de la moisson à Sacconago ; il retrouva la sensation des mauvaises herbes frottant ses genoux, les tiges jusqu'à la taille et les épis qui lui chatouillaient les lèvres. Colombino fermait les paupières pour ne pas être aveuglé par le soleil, puis il sortait du champ, rouvrait les yeux là où il y avait moins d'épis, se hissait sur un petit monticule de terre et voyait alors resplendir les têtes moites des paysans, le scintillement des faux posées sur l'épaule, retenues par la pression du coude, les lames courbes, rayées par le travail, bonnes à affiler.

Dans la fièvre de l'infection, au milieu des douleurs à sa jambe maculée de taches noires qui commençaient à jaunir, il n'eut pas d'hallucinations ; rien que des rêves nostalgiques, et une vision. Elle surgit quand il s'éveilla, débarrassé de sa fièvre et baigné de clarté, signe que là-haut, il devait être à peu près midi. Dans l'image, il y avait don Sante et Vittorina, tous deux assis et souriants, repus, l'un un verre de vin à la main, l'autre qui agitait la sienne, comme pour lui dire : « Laisse donc, parle d'autre chose. » Et entre les deux convives, en face – de son point de vue – un homme avec une tunique d'une blancheur immaculée, le visage jeune mais voilé d'une longue et sage barbe châtain. Les yeux aimants quoique inquisiteurs. Ça devait être Sa Très Sainte Sainteté qui l'attendait, se dit Colombino, puisque le pape était le premier représentant de Dieu sur terre et don Sante avait sûrement parlé de Colombino à Dieu et, comme Dieu et le pape étaient probablement en contact…

Entre-temps, un escargot intrépide et étrangement alerte s'était approché du bord du gouffre ; il était si fonceur, même dans son existence solitaire, qu'il se pencha suffisamment pour tomber. *Chtoc.* Le son résonna comme un coup de tonnerre sur les parois, en rond. La coquille visa Colombino sur la membrane où, à sa naissance, la fontanelle triangulaire entre l'os occipital et les pariétaux du crâne avait pris place. Il était si faible que le coup l'étourdit, et quand il revint à lui, il trouva l'escargot posé sur sa cuisse ; une traînée de bave signalait son chemin désespéré le long de sa jambe. Il ne put s'en empêcher. Il l'attrapa, avec rage le mordit pour détacher sa petite tête cornue, et à la fin goba tout ce qui se cachait à l'intérieur de la coquille. La chair était savoureuse, bien que visqueuse. Elle avait un arrière-goût de champignon. Colombino s'assoupit.

C'est un caillou qui tomba. Il roula à l'intérieur du gouffre par la faute d'un renard qui partit en trottinant après avoir lancé un coup d'œil au garçon qui s'éveillait, réveillant à son tour le mulet. Une lumière éclatante se déployait sous terre, estompant les ténèbres, et enfin Colombino regarda autour de lui pour de vrai. S'il voulait arriver jusqu'à Sa Très Sainte Sainteté, il devait s'assurer que sa jambe guérisse ; seulement ainsi, il pourrait sortir de là. Alors il récupéra quelques débris de la charrette, ceux qui étaient à portée de main ; la vue des grosses échardes de bois, l'odeur que chaque arbre cache à l'intérieur de lui, rappelèrent aussitôt le Crapa à son esprit. Qui sait comment il passait le temps, se demanda-t-il, et l'image de l'ami le réconforta et inspira son ingéniosité. Avec des gestes fatigués, Colombino positionna les restes les plus droits du plateau et déchira quelques morceaux de tissu de son tricot. « Ça m'a l'air d'un bon travail », déclara-t-il en étudiant sa jambe éclissée. Astolfo acquiesça.

Puis ce fut une petite branche. Une bande de lapins blancs fouineurs la fit tomber dans le gouffre. « Bonjour », dit Colombino aux quatre museaux qui se dessinaient là-haut. Maintenant que la fièvre n'accablait plus ses sens et lui restituait son corps, il se rendit compte qu'il avait terriblement faim. Une nécessité ancestrale. L'estomac déchiré par les crampes et les grognements. Avec sa jambe attelée, il pouvait risquer quelques mouvements, et il jeta un coup d'œil alentour. Les parois du gouffre étaient composées d'un mélange de grosses pierres et d'une terre sombre, compacte, qui en certains endroits semblait s'agiter. Des lombrics. Colombino s'en enfila quelques-uns dans la bouche, puis ce fut le tour de cafards excavateurs dotés d'antennes et de petites pattes fines mais croquantes, d'un goût légèrement amer ; il les recracha avec un filet de bile mais, pas démoralisé pour autant, il goûta une poignée de terre qui sut lui donner une sensation de trompeuse satiété. Enfin, il voulut extirper quelques-unes des racines les plus proches. Il les mordit à pleines dents et rongea ces bourgeons ligneux, crachant l'écorce et mâchant la pulpe.

Dans la fosse, il ne faisait pas aussi froid que Colombino s'y attendait. La vérité était probablement que plus on allait en profondeur, plus la chaleur de la terre augmentait, et les traces de cette énergie vitale étaient partout : sur la mousse qui recouvrait la roche et dans la terre d'où, au milieu des racines et des créatures qui s'y cachaient, affleuraient de petites plantes atrophiées, en quête désespérée de lumière. Astolfo en avait probablement goûté quelques-unes, et quand il vit Colombino se précipiter sur les végétaux, le mulet se secoua : maintenant que son patron n'avait plus besoin de sa tiédeur pour survivre, voilà qu'il pouvait se déplacer librement ! La fosse était plus spacieuse que prévu, une vraie chambrette accueillante, et quel râle de bonheur gronda du ventre de la terre quand Astolfo vit ce qu'il vit ! Dans la dégringolade de la charrette, une faisselle de fromage et quelques choux avaient roulé à l'intérieur, cachés dans un petit coin. Colombino s'était endormi – lesté par ce frugal repas – et comme ce braiment ne le réveilla point, Astolfo commença à lui donner des coups de museau.

« Qu'est-ce qui se passe ? »

Quand il comprit, ses bras chiffonnés se tendirent en souvenir de leur vigueur passée, et ses jambes en firent tout autant ; Colombino parvint à se traîner, et découvrit quels trésors cachait la pénombre de la fosse. Il retrouva son couteau à cran d'arrêt, et le fromage finit coupé en deux gros morceaux. Il en donna un à Astolfo qui n'appréciait pas trop le goût mais s'en moquait un peu.

En dernier, c'est une petite boule marron et fumante qui tomba. Le sanglier s'éloigna en émettant un grognement et retourna dans la chênaie, juste à côté. Colombino reçut le projectile en pleine poitrine. Il ne s'en offusqua pas. Il se mit en position assise, huma, profita quelques instants de cette insolite source de chaleur et, avec beaucoup d'imagination, la vit comme une polenta de graines de lin à l'effet bénéfique bien qu'on reconnût encore les pépins des baies que les intestins de l'animal n'avaient pas su broyer. Il se nettoya. But à la source. Le cortège des mets précipités du ciel s'épuisait, et la faim le taraudait. Colombino serra alors la petite boîte que lui avait forgée le Tempesta jusqu'à faire pâlir ses articulations déjà blanches. *Je ne peux pas mourir ici. Je ne dois pas* et, seulement alors, après avoir caressé la possibilité de survivre, il hurla sans rage, sans reproche. Sa volonté de désobéir à cette mort. Ses hurlements résonnèrent, Colombino rassembla ses forces et se remit sur ses pieds. Astolfo, terrifié par ce rugissement, sentit ses gros yeux trembler en voyant son patron ressusciter.

La jambe, bien que douloureuse, se tenait, grâce à l'armature de chiffons de tricot et de débris de charrette que Colombino n'avait cessé d'articuler et de solidifier. Il rit, le garçon, et de se retrouver sur ses pieds fut une joie immense malgré les vertiges. Il savoura cette sensation, arracha d'autres racines – situées plus haut et qu'en position debout il pouvait dorénavant atteindre – et après les avoir partagées avec Astolfo, remit un peu de bois autour de son attelle : « Il n'y a plus de temps à perdre, maudite merde et misère de misère. » Après avoir écrasé l'excrément de sanglier, Colombino se plaça sous l'ouverture, dans la voûte de la fosse. Il lui fallait se hisser, malgré ses muscles endormis par l'inaction et le froid. Il fit un petit saut, s'agrippa à tout ce qui dépassait, posa la pointe des pieds sur les pierres, et tant il souffla, tant il grogna et sua, qu'à la fin, avec la complicité d'Astolfo, lequel se mit en travers pour servir de marchepied, il rejoignit la trouée de ciel terrestre. « Maudite. Merde. Et. Misère de misère. » Colombino enfonça ses doigts dans le terrain glacé, planta le couteau à cran d'arrêt que le Crapa lui avait offert, trouva une prise, se propulsa dans l'air, et y arriva.

Le brouillard dans le monde du dehors s'était évaporé.

Quand il se rendit compte qu'il était revenu à la surface pour de vrai, il se sentit presque défaillir. Pas seulement à cause de ses efforts. Le poids de la réalité, qui ployait presque sur lui émergeant de la fosse, était si concret, si beau qu'il en devenait insoutenable. Il s'abandonna de tout son long sous le soleil d'hiver et, à la lumière du jour, le corps dévoila les transformations subies durant son séjour sous terre. Sa carnation était d'une pâleur spectrale ; ses habits pendaient, trop grands, comme des tissus recouvrant une structure tout en pointes, et les vêtements, dont il manquait des lambeaux, lui donnaient un air sauvage. Les zébrures de terre sombre de-ci de-là ne faisaient que renforcer cette impression. Il avait les yeux caves, les ongles longs, jaunes et sales. Il lui était poussé une grosse barbe, et malgré la crasse qui le recouvrait, la cascade de poils était étrangement souple et soignée. Tout le monde, en la voyant, l'aurait décrite comme une belle barbe à la nazaréenne.

Même la lumière au fond de ses yeux avait changé. L'obscurité de la fosse avait rendu sa vue plus sensible, et le va-et-vient des ombres durant la course du soleil dans les heures diurnes avait su donner à ses pupilles une nouvelle faculté de créer des images. Parce que, en filtrant de manière appropriée dans le sous-sol, la lumière avait projeté des profils sur lesquels les yeux de Colombino, brûlants de fièvre, s'étaient attardés dans l'espoir de saisir la réalité au-delà des apparences. Ils devaient représenter quelque chose, même s'ils se manifestaient comme des ombres qui glissaient sur la pierre : au-dehors, ils étaient sangliers ou oiseaux, loups ou lapins, qui sait. À l'intérieur de la fosse, le soleil se jouait de Colombino en déployant un éventail de silhouettes : qu'était cette créature qui avait tourné en rond des jours durant ? Un oiseau ? Qui donc s'était blotti près de l'ouverture pour l'espionner dans cette prison ? « Maudite merde et misère de misère, je vois clair, au moins ça. »

Pour libérer Astolfo, le garçon eut recours à toute sa science. Ne trouvant rien qui ressemblât à une corde ou une poulie avec laquelle l'extraire en vertu du principe de la pesanteur, il fut obligé de raisonner à l'envers. Ce qui, à dire vrai, lui vint assez naturellement. Il lui suffit d'étudier la fosse d'en haut, et sa vue, recouvrée depuis peu, fit le reste. Cette drôle de blessure dans le terrain, le mulet là en dessous, qui se hisse pour ressortir, ou plutôt le trou qui se comble pour mieux se vider. Colombino se mit à renverser dans le trou tout ce qui lui tombait sous la main : les restes de la charrette en morceaux, des branches sèches, des arbustes complètement déracinés, des poignées de terre, des gros cailloux qu'Astolfo esquivait avec des yeux terrorisés. Tout cela afin de matérialiser une grande marche. La faim s'approcha avec ses coups de griffes, et voilà qu'aux pieds de Colombino vint mourir le sanglier décrépit qui l'avait réveillé avec sa bouse ; grâce à la pierre à fusil retrouvée à la surface et à quelques broussailles, le garçon le fit cuire à point. Les nuits, il les passa à l'intérieur, avec Astolfo, pour éviter d'attraper froid, mais le louable zèle dont il fit preuve pendant des jours ne suffit pas : la marche était instable, mouvante, et pas assez haute.

Colombino ne s'avoua pas vaincu. Il l'étaya avec d'autres branches, remplit les vides avec de la terre mouillée à la source afin qu'elle soit plus résistante, plus compacte, et à la fin, il y arriva. « Ho hisse ! Lève les jambes ! » et, dans un ultime effort, il extirpa Astolfo de la fosse.

« Hourra ! »

Ils ne voulurent pas se reposer après l'opération, ni se nettoyer. Pleins d'espoir de trouver un peu de réconfort dans une étable ou une cabane, tous deux se remirent en marche, pieds devant sabots le long de cette route qui leur avait joué un sale tour. Cette fois-ci, ils ne se risquèrent pas à avancer à l'aveugle, mais prirent le temps qu'il fallait pour s'orienter. Et ainsi, Colombino s'aperçut avec joie qu'il ne l'avait pas perdu. Il le reconnut sous ses semelles. Le sentier qu'il poursuivait se déroulait vers le sud.

*

Chaque fois qu'il revenait d'une absence prolongée au bordel de la via San Giovanni sul Muro, le sang lui montait à la tête. Fou, qu'il devenait, en surprenant Chiarella à la fenêtre, penchée, la poitrine offerte, pour inviter les clients en ces journées qui avaient mal commencé et risquaient de très mal finir ; et quelle torture de rester à l'affût et de compter les minutes sous les volets ouverts, avant de monter les escaliers quatre à quatre, désormais à bout de patience. Et cet enchevêtrement de rues où il rôdait, déchaîné, en jurant… Rouge et violet comme un gland, qu'il devenait. Gueulard. Il donnait des coups de pied dans les cailloux, comme un gamin enamouré. Prêt à lancer une pierre et briser une vitre, ou à attendre le énième client, le couteau dégainé. Dans ces moments, l'idée de tous les efforts qu'il devait faire et qu'il devrait continuer de faire lui pesait infiniment, ses espérances de rêveur lui semblaient irréalisables. La vie le contrariait, s'acharnait contre lui, « putain de salope », et une vague de colère l'enflammait, comme une étincelle qui embrase une poignée de poudre à canon, mais une heure passée avec Chiarella déchaînait en lui semblable folie – après l'amour, il passait une nuit blanche à lui parler, une nuit qui semblait ne plus vouloir finir, et les mots prenaient vie, effleuraient la réalité avec la promesse de s'accomplir ; il sifflotait même, après les ébats et leurs conversations, parce qu'il n'avait pas trente ans, et que quand il était heureux, Lisander aimait siffler. Il emmena carrément son aimée dans le quartier de San Simone, peu soucieux de mettre à mal son orgueil en la laissant entrer dans la misérable chambrette qu'il habitait. Il lui montra avec fierté la chambre optique achetée à Turin, lui raconta la courageuse entreprise qui lui avait déjà demandé et lui demanderait encore tant de préparatifs et d'ingéniosité.

Un jour de grande joie, malgré le froid, il accompagna même Chiarella dans les jardins près du château. Les soldats de garde qui faisaient la ronde autour de la citadelle si vaste qu'elle semblait un bourg isolé dans le tissu urbain, les plaintes des prisonniers : Lisander la fit poser sous le soleil clair, la dévêtant à peine, découvrant ses épaules malgré le petit vent du nord. Elle resta tout d'abord un peu figée, au pied d'un petit arbre sinistre tant il était nu, à contrecœur, trop de minutes à rester sans bouger pour permettre à la lumière d'imprimer son corps sur la feuille salée. Mais la vision des images que, par d'obscurs procédés, son Lisander arrivait à restituer dans sa chambre transformée en laboratoire la flatta énormément : Chiarella se revit sous les branches sèches et se découvrit malgré elle attrayante, elle se *vit* comme si elle était une autre, à la manière d'un tableau des messieurs du grand monde. C'est sûr, elle avait des rides creusées, le visage abîmé par la vie, quelques vergetures sur ses hanches et sur ses seins pâles, mais une dentition éclatante et symétrique qui aurait rendu jalouse n'importe quelle dame pomponnée à la mâchoire chevaline ; pour ne pas parler du menton et de ses hauts sourcils. Elle se trouva belle dans cette impitoyable vision, face à la nature morte, ou peut-être seulement assoupie dans l'hiver.

Chiarella ne s'intéressait pas aux procédés, aux obstacles que Lisander devait affronter et qu'il ne manquait pas de lui raconter, friand de détails ennuyeux, mais elle donna au peintre l'occasion de s'entraîner et lui servit bien volontiers de modèle. Et sans s'en rendre compte, elle lui donna du courage, le dernier coup de pouce dont il avait besoin. Parce que quand elle était contente, Chiarella n'était pas avare de compliments : quel beau portrait il avait fait d'elle, et comment il avait eu l'idée d'une telle pose, c'était un vrai artiste ! Tout en se félicitant, applaudissant à la fois le peintre et sa propre beauté, elle massait la tête de Lisander, et de plonger ses doigts dans sa chevelure hirsute donnait de la force à son amant. Ravivait son désir. Lisander planta, à l'insu de Chiarella, un clou au mur de sa chambrette pour y accrocher un cliché plus osé que les autres, où elle avait accepté de poser avec sa chemise de nuit et rien d'autre. Le peintre aimait cette image, qu'il ne trouvait pas seulement excitante : les cheveux d'un châtain cuivré rassemblés sous une breloque typiquement féminine, les courbes tendres et les cernes, car avant de poser, Chiarella avait travaillé à la boutique de gants, et puis le bordel, peu d'heures de sommeil, si bien que…

L'apprentissage de la chambre optique, en somme, permit à Lisander de comprendre qu'il tenait beaucoup à elle, malgré les tourments qui ne le lâchaient pas, son expérimentation exigeant de l'argent, l'obligeant à se précipiter d'un bout à l'autre de Milan, entre une visite à donna Teresa et un rendez-vous avec un créditeur, pour demander d'une voix misérable mais jamais trop plate, tendre la main en jurant qu'il rendrait car bientôt il deviendrait le commerçant le plus renommé. Malgré les obstacles, Lisander comprit qu'il désirait une créature qui soit là pour l'écouter, même distraitement, chaque soir, de l'automne au printemps, qui l'attende après les efforts quotidiens ; l'avoir à nouveau, savoir qu'il pouvait retrouver Chiarella le rassérénait. Elle ne représentait plus seulement un moyen de remplir certains moments ; il était important pour Lisander qu'elle soit là, et ce ne fut pas le moindre de ses soucis de constater que le portrait de Chiarella accroché au mur, sous l'action quotidienne du soleil, avait pâli au point de disparaître, avec la même magie qui l'avait fait apparaître. Il y avait probablement un défaut dans le processus de fixation de l'image, et comme Lisander n'y comprenait rien, il en informa Floro, lequel remédia à son ignorance en lui suggérant d'essayer avec un autre iodure.

La rage de devenir quelque chose de plus qu'un simple peintre, la lubie d'être un nouvel artiste, d'ouvrir un atelier où vendre ses vues prodigieuses et ses portraits : le projet demandait de l'énergie, et devoir abandonner Chiarella au bordel pour qu'elle y poursuive sa carrière de demi-putain l'épuisait. Lisander revint donc à la charge pour qu'elle laisse la chambre où elle habitait depuis des années et s'installe avec lui. Il voulait qu'il en soit ainsi. Si elle n'était pas trop bête, elle comprendrait que c'était une manière de lui dire qu'il l'aimait. Et Chiarella le comprit clairement, avant tout parce que le sentiment était réciproque, limpide comme l'eau dans un baquet pour se rafraîchir, et elle finit presque par se laisser convaincre. Mais elle fut ensuite incapable de lui parler d'Anna Lucia, la fille qu'elle cachait avec la complicité d'une gentille vieille, celle qui lui louait justement sa chambre. Une fois de plus, elle n'en fit rien, et la routine reprit, épuisante valse-hésitation.

Il trotte le cher Lisander, il trotte
De-ci, de-là il trotte, un pinceau
Pour sa toile, un autre pour la madame,
Et le pinceau naturel de la Chambre Optique
Pour la quête de la célébrité.
Quelles affres et quelles épreuves pour Lisander !
C'est le démon de l'entreprise qui se l'est bouffé
Et au lieu de partager avec nous une chanson
Et le verre de l'amitié, avec un peu de chance nous faire une surprise,
Le voilà tous les soirs au bordel
À dilapider son argent et soupirer d'amour !

Si Lisander avait regardé autour de lui, si la curiosité l'avait poussé à se demander ce qui se passait parmi le peuple des travailleurs, il se serait évidemment rendu compte que la plupart des relations amoureuses, à l'image de la sienne, reposaient sur un équilibre précaire – des relations flottantes, lesquelles souvent finissaient en queue de poisson, comme l'éclair du magnésium qui pâlit en nuage de fumée. Les jeunes de la ville s'aimaient en se jurant fidélité, et ô combien ils s'épuisaient, assis au pied des murs ou au sommet des remparts, se cachant pour chuchoter au détour d'une rue ou dans une chambre de la plus sordide des auberges, poussant parfois hors les murs pour aller s'échouer, faute d'un sou pour s'offrir un endroit où dormir, dans le bouge de la Berrini. Là ils s'enlaçaient, au milieu des poux et des draps crasseux, se barbouillaient le cou de baisers et de suçons, découvraient leur propre corps et perdaient leur virginité, acceptaient leur nudité et s'avouaient leur émoi en déclamant ce qu'ils avaient entendu mille et une fois de la bouche des poètes, dont ils ne volaient les mots passionnés que pour s'en servir de monnaie d'échange dans la liquidation sacrée des sentiments. Mais nous étions en ville, et soudain le vent de la réalité balayait le mirage de cette liberté effleurée et voilà que l'amour s'achevait, en même temps que les relations secrètes et piquantes, et la vie imposait contrats et combines matrimoniales auxquelles on souscrivait à toute heure, dans toutes les familles, bénissant telle ou telle union ou s'en accommodant.

L'obsession de Chiarella le rendait souvent buté et sourd, le poussait à en vouloir à ses parents qui, morts assassinés, l'avaient laissé orphelin. En somme, il délirait, Lisander, plantant les dents dans son matelas de crin déformé par le sommeil, alors il se disait qu'un mariage arrangé lui épargnerait peut-être un sacré paquet d'ennuis. Il se le répétait souvent, quand il s'aventurait dans un autre bordel, aux Fiori Chiari, ou quand il courait aux trousses d'une gamine, par dépit ; mais c'était une idée qui lui venait quand il se faisait du mauvais sang, juste histoire de, sans y croire vraiment, et de fait il n'en parlait à personne, et surtout pas aux Romantiques de Traviole, lesquels étaient en pleine phase de ladite « suprématie des désirs sur les choses du monde et sur les moralisateurs », et affirmaient par conséquent avec ardeur vouloir « bannir les intérêts de tout contrat social, organe de l'exploitation d'État, oppresseur des jeunes passions », louant les palpitations du cœur, celles-là même qui leur permettaient d'ensanglanter les draps de jeunes filles vierges et d'en engrosser beaucoup d'autres, bien que de telles infractions à la règle eussent un coût pour les seules pucelles, créant de douloureuses déchirures au sein des familles.

Lisander, de son côté, las de bavarder avec les R.d.T. de splendeurs et de saloperies, se traînait certains jours parmi ses nombreuses obligations, accablé par un vague cynisme, qui n'est rien d'autre que le luxe des couillons effarouchés par la vie, vils de naissance ou devenus tels sur le chemin de la contemplation. Il méditait avec des grands airs sur la « question de l'effort » de devoir plaire à quelqu'un, alors que la majorité des jeunes de son âge s'accouplaient et *basta*, comme le font étalon et jument ; on finissait ensemble même si on ne se supportait pas, en s'abaissant, tandis qu'il lui appartenait d'affronter les risques et les affres du plaisir, d'entretenir l'attirance réciproque. Mais en bon rêveur, plus il se tracassait, plus il se complaisait dans ses illusions, et un beau matin, tandis qu'il mordait à pleines dents un quignon de pain offert par un ami *prestinée* – boulanger –, il se retrouva avec une nouvelle absurdité en tête. Non pas une certitude, mais une hypothèse. L'idée d'un enfant, une union avec Chiarella pour l'attacher à lui et faire valoir ses droits de mari, et puis, qui sait…

« Je vous trouve mauvaise mine. Revenez me voir, mais pas tout de suite, laissez-vous le temps de reprendre des forces. »

La chienne, se dit Lisander avec rage, tandis qu'il enfilait le couloir ; il écarta Bastiàn et regagna la rue. À son retour de Turin, il s'était vu contraint de redoubler de galanterie auprès de donna Teresa et de subir d'autres humiliations de ce genre, car même en retournant trois fois sa bourse, il n'était pas fichu d'en extirper le moindre sou d'entre les plis, sans compter que le Narducci, à la boutique, lui confiait toujours moins de clients, jaloux de la bonne place que Lisander avait su se faire grâce au salon du palazzo Malesani. Et, pour ne rien arranger, dans cet abîme quotidien toujours plus vertigineux, il y avait aussi le licenciement de Floro, qui interférait avec les nouveaux besoins de Lisander en matière d'iodure et de sels pour la pratique de la chambre optique.

Les quelques sous qu'il réussissait à faire cracher à donna Teresa, réticente, il les dépensait avec les emprunts pour s'acheter le matériel et les accessoires, qu'il n'avait pas prévus au début : chevalets pour monter les toiles de fond, appuie-tête pour remédier aux poses les plus dégoûtantes des modèles les moins musculairement gâtés, et une pléthore d'autres engins qui, jamais imaginés, devenaient tout à coup indispensables. Et l'espace, il manquait d'espace. Floro, qui assistait Lisander, avait mis à disposition le sous-sol d'un parent, mais cela ne suffisait pas.

Une heureuse nouvelle, toutefois, parvint à Lisander grâce à une missive en provenance de Turin. Non sans flair, il avait décidé de rester en contact avec le jeune Jest, et le Turinois lui écrivait pour lui faire part des plus récents développements dans le champ de sa spécialisation. Le bruit courait, l'informait-il, qu'un autre diable d'Anglais, un certain astronome nommé Herschel, avait trouvé une méthode infaillible pour traiter chimiquement la feuille au sortir de la chambre optique, confirmant donc, dans un certain sens, la théorie de la création que le peintre avait adoptée au temps de sa mission dans l'État sarde, et qu'il perfectionnait maintenant grâce à l'habileté et à l'inventivité de Floro. C'était un signe. Le hasard, devenu providence, prouvait que l'enthousiasme devait dans un certain sens être récompensé.

*

De nouvelle lune en pleine lune, s'accorder aux caprices de l'astre, marcher en dessous dans les moments de nécessité ou s'étendre si l'on peut pour sommeiller, et ne pas s'exposer aux intempéries et aux menaces, puisque c'est dans la lumière de la lune que souvent les ennuis surviennent, c'est aux heures sombres qu'il arrive de tomber sur des créatures suspectes aux traits humains. Ainsi devait apparaître le pèlerin Colombino, maintenant que le printemps à l'horizon lui donnait envie de marcher jusqu'à la nuit. Crasseux et de fraîche condition bestiale il allait en effet, mais il dégageait aussi une aura qui laissait à qui le rencontrait l'impression de quelque chose de fort différent d'un diable. Quiconque tombait sur lui, en somme, était plus porté à le confondre avec un ange, un être dont la bonté est bonne à prendre, oui, mais à petites doses, jamais quotidiennes ; à la longue, on finit toujours par préférer un bon petit diable, tout d'abord parce que avec lui, jamais il n'arrivera qu'on se découvre inférieur et manquant de courage. Les passants qu'il croisait, les habitants des villages où il débarquait, se comportaient en conséquence : on lui offrait une gourde d'eau, on l'accueillait et on lui permettait de reprendre des forces, pour le convaincre ensuite de repartir bientôt.

Colombino n'avait pas beaucoup parlé et ne s'était pas non plus donné de mal pour se gagner un tel respect, en vérité. Avec Astolfo, sorti de la fosse, il s'était limité à rejoindre le premier village et là, à grand regret, parce que mendier est la dernière ressource, selon les préceptes légués par don Sante, il avait demandé, les yeux rivés au sol, si quelqu'un pouvait lui faire la faveur de quelque reste, une peau de poire par exemple, même si ce n'était pas de saison. La vision du jeune barbu avait énormément impressionné une dévote, à qui les traits de Colombino avaient immédiatement rappelé certains personnages bibliquement saints et concrètement timbrés, et voici qu'elle lui avait offert une hospitalité éblouie. Les manières courtoises mais non désintéressées d'Erminia – tel était son prénom – avaient mis Colombino un peu mal à l'aise, réaction d'une pudeur sans cesse sollicitée, tant et si bien que le garçon avait été envahi par une véritable inquiétude, et qu'il avait commencé à répondre aux invitations d'Erminia hâtivement, sans trop y penser, comme s'il s'apprêtait à lui faire ses adieux dès que possible.

« Vers où allez-vous ?

— Vers Sa Très Sainte Sainteté, à Rome. Je dois lui parler.

— Oh ! Et comment irez-vous ?

— À pied.

— Oh !

— …

— Et dites, dites, vous priez beaucoup ?

— Beaucoup.

— Ah oui, et où donc, vu que vous voyagez ?

— Partout. Pensez que je remonte à peine d'un gouffre qui s'était ouvert sous mes pieds, pire qu'un sépulcre… »

Et ainsi de suite jusqu'à ce que la vieille Erminia s'enflamme et, une fois la table dressée avec une générosité inhabituelle, s'exhibe dans une litanie de suppliques, de prières et de souhaits, si innombrables et obsédants que Colombino en fut affolé et, à la première occasion, se remit en chemin avec une rapidité d'autant plus convaincue. Erminia lui fit ses adieux avec le sentiment d'avoir reçu en don une rencontre rare, comme un acompte à de futures faveurs.

Le même sort lui fut réservé dans d'autres maisons, où il eut la chance de se voir offrir un potage dans lequel nageaient de gros morceaux de patate, le tout accompagné de pain à mouiller ; et chaque fois, voilà que se manifestaient les plus extravagantes demandes.

Un soir, en revanche, un garde forestier le surprit à la lisière d'un bosquet de châtaigniers, et il s'en fallut de peu qu'il ne l'abatte d'une balle de carabine, persuadé qu'il s'agissait là d'un trafiquant de bois et non d'un voyageur surpris par la nuit et installé tant bien que mal. Quelle frousse il avait eue, Colombino ; il essaya de se relever et, devant les questions, bafouilla ses arguments tandis qu'Astolfo, discrètement, se préparait à lâcher un coup de sabot. Mais après le malentendu initial, le garde forestier baissa son arme et déclara que les nuits étaient encore inhospitalières, malgré la faible morsure du froid ; que Colombino lui fasse donc le plaisir de venir siroter un bon petit verre dans la bicoque tout à côté. Quand ils se séparèrent au matin, l'homme insista pour que le garçon accepte une petite fiasque de sa grappa de genièvre, et même un levraut auquel il avait déjà tordu le cou et qu'il prépara en un tour de main afin que Colombino puisse le rôtir en chemin : « Et je t'en prie, rappelle-toi de moi dans tes prières. Et fais attention, c'est que le dégel enfle les rivières. »

De temps en temps, s'il voyageait sur des sentiers de terre battue, il lui arrivait de croiser des calèches, lancées à vive allure ; les passagers le regardaient par la fenêtre, et peu d'entre eux lui montraient le même respect que ceux qui lui offraient l'hospitalité pendant ses pérégrinations. Des calèches, Colombino n'en avait jamais vu autant, qui bringuebalaient sur leurs suspensions élastiques, très modernes, la traction agile, les moyeux des roues solides ; il en avait admiré quelques-unes à Busto Arsizio, un vrai spectacle de la technique, une industrie combinée de carrossiers et ébénistes, artisans forgerons et serruriers, selliers, charpentiers et tapissiers. Une fois, il était même monté à bord, très curieux de ce confort itinérant, mais il ne se rêva pas en train de voyager de cette manière. Lui, il avait Astolfo, qui transportait le reste des provisions de Sacconago : des couvertures de vilaine laine et les rares biens récupérés après la chute dans le trou, et maintenant à l'abri au fond d'une besace trouvée dans un patelin. À son cou, Colombino, lui, portait la boîte du Tempesta et, à sa ceinture, le cran d'arrêt du Crapa, caché sous son tricot afin de ne pas attirer les regards ou causer quelque affront.

« Oh, je suis désolé. Mais qu'est-ce qu'elle a ?

— Depuis le dernier quartier de lune, elle n'arrête pas d'éternuer.

— Pauvre petite.

— Le prêtre est venu, il pense qu'elle est endiablée.

— Et pourquoi donc ? »

Colombino exprima sa surprise avec tant de spontanéité en entendant une telle fadaise à propos d'une créature candide aux boucles collées par la maladie, on lisait dans ses yeux incrédules une telle sincérité que la femme prit encore plus en sympathie le nouveau venu, lequel décidément lui semblait aussi malodorant qu'un saint. Le hasard voulut que la petiote, une gamine maigrelette qui, entre les éternuements incessants, mangeait à grand-peine et ne fermait pas l'œil de la nuit à cause des spasmes et des sécrétions nasales qui enflammaient les muscles de son ventre, le hasard, donc, voulut que Colombino insistât pour lui rendre visite, pris de compassion et de curiosité mêlées. Et peut-être à cause de sa mauvaise odeur, voilà que le nez de la malheureuse s'étira avec un pincement après le énième éternuement, coula un peu et puis, plus rien. Il s'était remis à fonctionner.

Quelle fête ! Colombino dut protester pour qu'ils arrêtent de le secouer tant et plus et le laissent repartir. Astolfo eut l'occasion de paître tranquillement et de se mettre dans le corps un bon gueuleton de foin ; il mangea tant que, le jour suivant, il eut du mal à marcher. Sans compter que les paysans avaient comblé son patron de dons sincères, et le mulet se retrouva le dos écrasé par des salamis longs comme le bras, de la tripaille moisie et quelques fromages doux à la croûte fripée.

Au fil des semaines, Colombino devint le plus infatigable des voyageurs, jour après jour il montait et descendait des côtes escarpées, et il poursuivit sa marche, imperturbable, parmi le gazouillement des oiseaux qui peuplaient à nouveau les ondulations du ciel. Il s'avança le long d'une antique route du sel, le nombril toujours pointé au sud, s'orientant grâce au soleil et aux étoiles, demandant parfois son chemin ; autour de lui, hêtres et cytises allaient bientôt fleurir en grappes jaunes, de petits torrents devenaient gros. L'hiver avare d'odeurs, déjà affaibli par les estocades plus tièdes du printemps, s'éteignait dans la rondeur des saisons. Il fut accueilli avec allégresse, Colombino, presque comme si sa réputation de guérisseur d'éternuements – et de fait, de toutes les maladies de l'hiver et, en grossissant l'histoire, de guérisseur en général – l'eût précédé ; il se contenta de parler respectueusement avec tout le monde, de ne pas abuser de l'hospitalité, de ne pas manquer d'éducation, de dire et de respecter la vérité si ce n'est le vraisemblable. Il s'intéressa même aux histoires de cette terre si âpre et pourtant si pétrie de mystères, presque comme si une sagesse perdue reposait là, engloutie par une ombre, au fond de quelque gouffre à explorer. Tout au plus se permettait-il de répéter quelques phrases entendues auprès de don Sante et, quand il était au pied du mur, conseillait certains des remèdes de l'Adele qu'il avait testés sur lui-même : un marron d'Inde dans la poche, deux, seulement si le cas était grave…

Mais voici qu'un jour, un regard lancé au loin s'avança plus que prévu et atterrit sur quelque chose qu'il n'avait jamais vu auparavant. Colombino s'arrêta. Là-haut, la terre se fronçait plus encore de montagnes, se hissait vers le ciel. La cordillère enneigée que l'on apercevait de Sacconago avait une apparence plus majestueuse, et pourtant ces concrétions rocheuses trahissaient une certaine ressemblance. « Regarde, là, Astolfo. » Le mulet brailla, agita ses gros pavillons auriculaires. Colombino ne pouvait pas savoir ce qui se cachait derrière cette rangée d'alpes, cet entrelacs de gorges, mais la variation du panorama lui donna du courage. La voie semblait toute tracée, de village en village. Alors il se mit en route.

*

Il l'avait annoncé dans la *Literary Gazette* en Angleterre. Le baptême officiel avait eu lieu. Il fallait appeler cela un *calotype* : « La Calotypie ». Sous la forme succincte et hâtive des présentations qui ne veulent pas révéler aux autres de fructueux secrets, on donnait la description finale du processus obtenu au terme de deux années d'expérimentation : répandre une solution de nitrate d'argent sur un bon papier à lettres, immerger celui-ci dans une solution d'iodure de potassium, laisser sécher, puis traiter à nouveau avec deux solutions, nitrate d'argent et acide acétique pour la première, acide gallique et eau distillée pour la seconde. La carte ainsi *salée* permettait de capter par l'intermédiaire de la chambre optique les images naturelles en un temps très bref, « cent fois plus bref qu'un autre type de papier », disait-on, et de faire apparaître l'image latente une fois le développement achevé.

La nouvelle venait du jeune Jest, depuis Turin, et Floro était fou de joie ; à bon droit, il se considérait comme l'artisan de l'opération grâce à laquelle lui et Lisander travaillaient désormais les feuilles. Ç'avait été un sacré boulot, mais se retrouver à peu de chose près en accord avec un processus aussi « internationalement reconnu » était une satisfaction ; sur leurs lèvres, on lisait un sourire resplendissant, l'orgueil de savoir qu'ils avaient cherché et trouvé, si ce n'est devancé. L'ivresse de la concurrence. Pour commencer, selon ce qui avait été établi par le Romantique et néanmoins Scientifique de Traviole, il fallait un récipient de contenance moyenne doté de quatre pieds à vis afin de pouvoir le maintenir au-dessus d'un fourneau, que Lisander avait choisi à charbon. Dans le récipient, rempli d'eau à ras bord, on plaçait un second récipient, plat, qui devait être en cuivre ou en laiton. Une fois l'eau à température pour le bain-marie, on déposait dans le récipient plat une touche de cire blanche de la meilleure qualité, et on la laissait se liquéfier, puis on veillait à étendre une feuille de papier fin, aussi fine que du papier à lettres, on lui faisait bien absorber la cire et on la laissait reposer sur une table, ainsi imbibée. Pour ôter l'excès de cire, afin de ne pas laisser d'imperfection au cours du développement, on plaçait la feuille entre des papiers fortement absorbants, par deux, et on passait le fer à repasser préalablement chauffé au-dessus du fourneau à charbon jusqu'à ce que la feuille devienne translucide.

Maintenant, le vrai traitement. Un vase, Lisander en avait un en terre cuite, à l'intérieur duquel on versait du riz et des litres d'eau – c'est Floro qui avait noté les proportions avec un crayon sur un carnet qui renfermait les précieuses questions *de nature chimique et de physique optique*. Lorsque le liquide arrivait à ébullition, on filtrait avec un tissu en toile et, à la mixture encore tiède, on ajoutait du sucre de lait puis, après avoir laissé un peu refroidir, on procédait à la colature, mais cette fois-ci avec un papier fin, pour permettre de le filtrer. Le liquide obtenu était très clair, et on y ajoutait quelques grammes d'iodure de potassium et du bromure du même métal. On immergeait dans cette solution les feuilles imbibées de cire et on les y laissait trois heures avant de les retirer avec précaution, à l'aide de baguettes de verre, pour les mettre à égoutter sur une cordelette au moyen des pinces de bois américaines que Chiarella s'était procurées par un mercier qui fournissait la boutique de gants où elle travaillait. Les feuilles enfin séchées, on les reposait afin qu'elles ne s'abîment pas et, pour cela, Lisander avait acheté du carton et construit un portefeuille.

Une fois achevée l'« ioduration », comme l'appelait Floro en se donnant des grands airs, on procédait au vrai prodige alchimique : la sensibilisation. Eau distillée, nitrate d'argent et acide acétique, le tout filtré à travers du papier dans un récipient de porcelaine précieuse, où on laissait ramollir le papier ioduré. On chronométrait six minutes, on rinçait la feuille à l'eau de pluie afin que le nitrate ne se corrode pas outre mesure, et on la séchait ; il était possible de la conserver dix jours, avant qu'elle ne perde ses propriétés magiques.

La première fois que Lisander tenta de l'expliquer à Chiarella, la jeune fille s'endormit, et quand il l'obligea à assister au processus intégral après l'avoir immortalisée dans une pose « magnifique », elle resta presque sans voix : « Quelle corvée ! » Le portrait lui plut tant qu'elle se le fit offrir, mais maintenant qu'elle avait découvert les coulisses, peut-être la magie s'était-elle un peu éventée.

III

José fut péremptoire : « Cette fois-ci, tu restes ici ! Et ne va pas me foutre en rogne ! » lui dit-il, autoritaire. Maintenant, il y avait un enfant entre eux, et cela changeait les choses. Dom José adorait Aninha la combattante, comme si sa manière bien à elle d'accomplir des gestes aussi virils perpétuait et lui rappelait sa prestance, le rugissement érotique et précieux enfoui à l'intérieur de son corps, son ardeur nullement encombrée de préceptes ou de questionnements intellectuels, le déferlement de l'instinct primordial qui était en elle. Mais maintenant, ils partageaient une hérédité de sang, et José découvrait qu'il n'était pas prêt. Il n'avait jamais réfléchi à l'éventualité concrète de donner vie à un enfant, sans compter que, exception faite de sa robuste constitution et de son redoutable flair, si approprié au combat et à l'action, il n'avait pas grand-chose à offrir en héritage, là, dans cette parenthèse sud-américaine. Et puis le doute d'avoir laissé derrière lui quelques marmots dans le ventre de ses maîtresses connues ici et là l'avait souvent envahi, mais il avait pris l'habitude de vite oublier, même si c'étaient là des dilemmes existentiels qui avaient fait du gamin qu'il était un homme capable d'être père – trop occupé à fuir la condamnation qui lui pendait au cou, trop envoûté par ses idées, par la possibilité d'infliger un coup à l'inexorable et impitoyable cours des événements quotidiens, de forcer le destin. Dorénavant, blotti derrière le nombril de son Anita, il y avait *leur* enfant, et Aninha qui pendant ce temps grossissait sans engraisser ; qui ne faisait que s'arrondir, même dans les lignes du corps éloignées du ventre. Dans un certain sens, elle devenait plus belle. Elle l'appelait à elle. Comme une sirène, Ulysse. Le principe même de la digression. Se laisser entraîner vers une autre pensée.

Elle avait enfin cessé de souffrir de nausées. Non qu'elles lui aient déchiré l'estomac comme les haut-le-cœur dont elle avait entendu parler sur un ton dramatique – et qu'elle avait constatés, parfois – par les femmes de Laguna ou par sa mère dans ses souvenirs ; l'amie Maria les avait souvent fantasmées, ces douleurs de la grossesse qu'elles vivraient ensemble, puis elle avait cessé de partager avec elle ces mirages quand Manuel, l'époux disparu d'Aninha, n'avait pas su l'engrosser, lui inoculant le doute de ne pas être née profondément femme.

Maintenant que ses légères nausées avaient disparu, Aninha se sentait bien. Elle avait repris des couleurs, des forces, et le sommeil avait redonné à son visage un peu de sa fraîcheur passée. Du reste, elle n'avait que dix-neuf ans, et le corps à cet âge sait se reconstruire, régénérer ce qu'un instant plus tôt on croyait irréparable. Le séjour au campement lui avait offert en outre la tranquillité nécessaire pour que son organisme s'habitue aux nouvelles fonctions qui seraient les siennes dans les prochains mois ; Aninha sentait se mouvoir en elle une créature et maintenant, elle s'en réjouissait.

Dom José venait beaucoup plus souvent la contempler. Il prenait une attitude ahurie, les yeux rêveurs, et elle, elle faisait semblant de ne pas l'avoir vu pour savourer ce supplément d'attention ; il lui semblait, à lui, que sa peau était plus éclatante encore, ses cheveux plus brillants. Même la saveur, l'odeur de son Anita étaient devenues uniques, *meilleures*. Comme si la grossesse était une mythique corne d'abondance au travers de laquelle grandir, magnifier et décupler les sortilèges du chant d'Aninha la sirène. Quand ils se retrouvaient, dom José satisfaisait son instinct en l'aimant par-derrière ; il avait déjà une certaine prédilection pour cette pratique, même s'il adorait contempler le plaisir dans les yeux de l'autre, mais maintenant que le ventre d'Aninha s'arrondissait, il faisait tout ce qu'il pouvait pour l'aimer de dos, de manière à éviter l'angoisse ; il ne voulait pas courir le risque que, dans les secousses répétées, dans le choc de leurs pubis, ils se heurtent trop violemment au risque d'étourdir l'enfant à naître. Lequel avait déjà dû subir suffisamment d'épreuves dans le ventre de sa mère. Aussi Aninha et José s'embrassaient longuement, se caressaient, jouaient l'un avec l'autre avec une joie et une affection renouvelées, bien que moins fougueusement. Puis soudain, dom José faisait un bond, se dressait, la guidait, la retournait et, après avoir mordu les globes de chair coquins et ronds qui l'avaient rendu amoureux, il lui soulevait le bassin. S'agrippait à ses hanches, ne détestait pas non plus s'étendre sur le flanc et inviter son aimée à l'imiter. Aninha cédait. La soldatesque, qui écoutait derrière la tente, se mettait alors à gesticuler, larges grimaces vulgaires, gestes grossiers, masturbations mimées, obscénités susurrées ; les hommes faisaient injure à ces deux êtres qui, très candidement au contraire, s'aimaient sans le poids accablant de la pudeur. Car que ce soit à l'endroit ou à l'envers, c'est-à-dire qu'on s'y conforme avec zèle ou qu'on la profane dans un élan de rébellion, elle finit souvent par corrompre chaque étreinte où s'insinue l'amour.

Elle ne l'avait pas prévu, Aninha, même pas dans les nuits magiques de son enfance, mais un jour peut-être, même si elle aimait maintenant voyager et batailler, à l'écoute de ce cri qu'elle entendait rugir en elle, un jour, peut-être, elle serait contente d'avoir quatre murs où vivre avec son José. Une vie sobre, pas comme celle qu'elle avait connue avec son précédent mari, mais une vie qui ne soit plus seulement faite de tumulte, de départs, de poudre à canon. Qui sait, une fois qu'elle aurait accouché de cet enfant, si elle n'apprécierait pas un peu de tranquillité.

Quand elle se reposait, José était incapable de résister, et la regardait à la dérobée. Parce que ce qui la rendait plus fascinante encore, c'était la lumière. Comme si la grossesse avait donné à la femme qu'il aimait le pouvoir de transmettre au monde l'éclat de ce lent miracle. Comme si le soleil venait la chercher plus souvent, délibérément, et son corps, plutôt que de se contenter d'en refléter les rayons, les sublimait pour fulgurer et ternir toute autre attraction possible. Il l'épiait, et Aninha comprit que jamais il ne l'abandonnerait. Peut-être irait-il voir ailleurs, goûter une autre chair, mais il la voyait si belle qu'ainsi il la désirerait pour toujours. Dans la lumière d'une grossesse.

Malheureusement, cette même lumière faisait planer sur leurs pensées à tous deux l'ombre sinistre de la mort, et ce fut justement de savoir qu'ils allaient mettre au monde un enfant qui les incita à craindre comme jamais l'un pour l'autre.

De retour d'un énième conseil de guerre avec Bento Gonçalves, général d'une armée républicaine désormais si bariolée et bigarrée qu'elle n'avait plus un seul vêtement que l'on eût pu précisément qualifier d'« uniforme », José lui dit qu'il repartait. Aninha protesta : il voulait l'abandonner, elle et *son* enfant ? Elle se rembrunit, masque impitoyable. Il lui répéta qu'il partait, qu'il n'y avait rien à faire, qu'elle devait rester. Et qu'elle ne commence pas à poser des questions. Qu'elle ne le mette pas en colère. Elle hurla, il hurla plus fort, alors elle ne voulut pas savoir où il allait ni quelle mission l'attendait. Quels dangers. Mieux valait l'ignorance. Il arrive très souvent qu'on se leurre volontairement, la prenant pour une espérance.

*

Elle était sympathique, Immacolata la domestique, à répéter tout le temps que si elle devenait grosse, c'est qu'elle était obligée de tout goûter pour s'assurer que c'était *superb*, comme s'exclamait Sir John devant une suite de plats réussis. Bien que ses activités ne lui laissent pas beaucoup de temps libre, Leda avait pris l'habitude de se faufiler en cuisine comme une petite écolière fuyant un maître trop exigeant et rigoureux : par certains aspects, maintenant, la villa de John John lui paraissait plus oppressante que le Bon-Pasteur, sauf qu'ici l'activité était frénétique, diversifiée, régénérante, tandis qu'elle avait été là-bas monotone et exaspérante. Elle se réfugiait dans la cuisine avec la domestique romaine qui lui rappelait tellement Vanda, la mère assassine du

Bon-Pasteur ; elles avaient toutes deux des yeux attentifs, vifs comparés à leur corps, flegmatique, et aussi la même petite pointe d'arrogance. Lui dire adieu et s'en séparer lui ferait de la peine. À sa manière, elle avait appris à l'aimer, et pourtant, elle devrait lui dire adieu.

John John l'avait convoquée devant la cheminée du salon, où un des jeunes habitués grattait une épinette flamande en souriant béatement et sans raison pour ramener aussitôt ses yeux sur les touches. L'Anglais avait parlé avec de savantes modulations, tantôt d'une voix forte, tantôt dans un murmure. Il l'avait déclarée prête. Bien sûr, il lui manquait nombre de connaissances nécessaires, mais elle comblerait ses lacunes sur le terrain. John John adorait répéter que Leda incarnait un *work in progress*, ce à quoi elle souriait, même si elle ne comprenait pas ce qu'il voulait dire. Des leçons d'anglais, il lui en avait de toute façon donné, et avec un peu d'exercice, Leda maîtriserait la langue de A à Z, non seulement les mots, mais aussi le sens secret des phrases. John John avait annoncé que les semaines d'apprentissage s'arrêtaient là, après des mois. C'était suffisant. Maintenant que le printemps revenait chanter, chassant la tristesse hivernale, Leda devait mettre en pratique ce qu'elle avait appris. Ils avaient besoin d'elle, lui avait rapporté l'Anglais, et quand Leda avait cherché à savoir qui se cachait derrière ce *ils*, John John avait hésité avant d'ajouter qu'elle saurait tout en temps voulu. Il lui garantirait un revenu hebdomadaire et un logement décent. Pas une vie de reine, *of course not*, mais de dame sans nul doute. Elle prendrait avec elle peu d'affaires, quelques accessoires pratiques, et deux cages pour les pigeons. Le reste, elle l'achèterait une fois arrivée à destination. « Tu verras », lui avait-il dit, faisant allusion au fait que les finances ne lui manqueraient pas.

Si elle était triste à l'idée de se séparer d'Immacolata, Leda avait accueilli la nouvelle avec bonheur. Durant son séjour à la villa, Nando, en plus de la combler physiquement, l'avait instruite sur le maniement et l'élevage des pigeons voyageurs, et Leda avait fini par s'attacher à quelques-unes de ces bestioles ; elle emmènerait ses deux préférés, qu'elle avait baptisés Remì et Mimmì. Les oiseaux avaient une apparence presque banale, des pigeons aux yeux rouges avec, au milieu, une tête d'épingle noire, comme si la nature avait voulu enfoncer dans ces minuscules orbites quelque chose qui ressemblait à s'y méprendre à un haricot. Au sommet du bec, ils avaient une petite bosse blanche que Leda trouvait ridicule ; on aurait dit un tampon d'ouate. Mais derrière cet aspect apparemment banal, ces créatures étaient capables d'exploits extraordinaires ; Nando lui avait montré comment les dresser. L'opération demandait beaucoup d'attention. De la rigueur et de la patience. Les nouveaux volatiles, par exemple, avaient tendance à suivre les anciens pour finir dans la gueule des prédateurs, sans compter que, dans le périmètre de la villa, un vieux chat pelé par de multiples batailles contrôlait le jardin. Le félin était un chasseur hors pair. Il s'embusquait, aussi immobile qu'une statue et, en clin d'œil, bondissait toutes griffes dehors pour s'abattre, en fendant l'air, sur sa proie. Il fallait donc agir avec prudence, libérer les petits du colombier et laisser la grille ouverte afin qu'ils rentrent après d'amples mouvements giratoires pour reconnaître l'atmosphère comme seuls ces oiseaux, uniques dans le monde animal, savent le faire en vertu d'une insondable intuition ancestrale. À de rares exceptions près, les adultes revenaient toujours, et quand ils regagnaient leurs colombiers, Nando les examinait un moment, manipulait le minuscule écrin qu'ils portaient à la patte et annonçait d'où ils venaient. Dans certains cas, la couleur de l'écrin, selon un code, obligeait le garçon à attendre que Sir John Frye donne son consentement afin d'extraire le message. Nando savait reconnaître les oiseaux en un coup d'œil, il les caressait avec joie, comme lorsqu'on accueille un ami au retour d'un long voyage ; et quelle tristesse de savoir que leur séjour ne durerait que peu de temps. John John avait recommandé à Leda d'écrire clairement et lisiblement la date sur chacune des missives à confier aux messagers ailés car il arrivait que certains se perdent, et nul ne savait dans quel état on les retrouverait après des années de migration, entraînant malentendus et ambiguïtés aux inimaginables conséquences.

Nando lui avait fait partager une découverte dont il était fier, bien qu'il n'y ait rien à y voir d'extraordinaire ; la chose se produisit à la lumière d'une chandelle, un des rares soirs où Leda s'était attardée dans la chambre au rez-de-chaussée où ils avaient l'habitude de faire l'amour. Nando avait sorti une bible qu'il cachait sous son matelas car John John ne supportait pas « l'obéissance aveugle aux mots », comme il aimait à dire en citant à son tour, à l'insu du garçon, le passage d'une épître de l'apôtre Paul. Le serviable Nando avait imploré Leda, nue et encore odorante sous la couverture propre, de lire l'Ancien Testament pour retrouver la trace et le témoignage de l'oiseau voyageur. Le monde submergé par le déluge universel, Noé qui navigue, harassé, dans une vaste étendue d'eau, et voici que, comme si déjà alors c'était une coutume admise, voici que le saint homme prend une colombe, et s'obstine à la libérer une, deux fois. La troisième fois, la bête, après s'être éloignée de l'arche grinçante, revient avec un rameau d'olivier dans le bec, accueillie par des hennissements, grouinements, bêlements, beuglements, aboiements, piaillements et gazouillements, sifflements et coassements, stridulations et cent autres cris animaux : un rameau d'olivier, symbole d'une plante vivante qui a où plonger ses racines, promesse d'une terre entretenue. Peut-être est-ce pour cela, se dit Leda tandis qu'elle demande à Nando de lui tendre sa robe, que l'on se fait tant souffrir à attendre un message, quel qu'il soit, comme si nous avions reçu en héritage l'attente d'une promesse depuis que l'homme est homme. Nando l'avait regardée, stupéfait. Leur relation n'était pas assez intime pour permettre de telles divagations. Et puis Leda ne savait même pas quel âge avait ce garçon, ni où il était né. Quelle importance. Leur relation n'en était pas une. Avec lui, elle avait seulement essayé d'habiter à nouveau ce monde.

Elle devrait se servir des pigeons, une fois arrivée à Gênes, lui avait signifié John John. Sa destination était l'auberge du Lion-Blanc. Les deux oiseaux reviendraient vers la villa romaine, apportant la nouvelle de son arrivée en terre étrangère.

Pendant les mois de son apprentissage, quand elle allait se coucher, habitée par ses pensées les plus refoulées, elle s'était découverte capable d'y imposer un ordre. Pour pouvoir vivre avec. La mort de Lorenzo, si douloureuse fût-elle, s'éloignait désormais, et Leda commençait enfin à apprendre beaucoup plus sur elle que ne lui avait enseigné sa misérable vie ou la pieuse réclusion au Bon-Pasteur. Son apprentissage entrait dans une nouvelle phase, lui avait précisé John John, un cadeau à la main, en lui annonçant son départ : « Cette épreuve est un commencement. » Si elle le désirait, et si elle s'en montrait capable, ce serait le vrai point de départ. Il lui fit don d'une canne en bois marquetée pour souligner sa récente et trompeuse masculinité. Le cadeau ne plut ni ne déplut à Leda, qui éprouva seulement une vague crainte quand elle découvrit que l'objet était creux et qu'en son centre il cachait savamment un estoc. La lame de la fine épée était dépourvue d'arête tranchante, mais elle était pointue, et elle se glissait sans difficulté dans sa gaine de bois ; la poignée ne possédait pas de garde. Belle, brillante, la canne reflétait les flammes crépitantes de l'âtre : « Ce ne sera pas un travail comme les autres. Il t'apprendra des choses. Une dame doit savoir se défendre. »

Immacolata la persuada de donner un dernier coup de ciseaux à ses cheveux afin de ne pas courir de risques ; à Rome, la situation se gâtait et le départ pressait. La garde papale était sur le qui-vive en raison de la situation politique agitée, et il fallait que Leda parte, vers Fiumicino d'abord, puis de là à Civitavecchia, et enfin, à Gênes. Nando ferait une partie du trajet avec elle, et elle se débrouillerait ensuite toute seule. Le capitaine du navire marchand anglais qui la mènerait à destination savait que la discrétion était de rigueur : l'homme ne lui créerait pas d'ennuis, lui avait assuré John John, qui s'était empressé d'ajouter que le capitaine saurait bien évidemment calmer l'équipage au cas où les esprits s'échaufferaient, sachant la présence à bord d'une petite pucelle aux chairs basanées et fermes comme les siennes, si semblables à celles des petits mousses dont les marins se contentaient pendant les traversées. Si elle arrivait à Gênes saine et sauve, elle rencontrerait le dénommé Massèi. Leda ne prit pas note. Sortie de sa convalescence, elle avait récupéré son incroyable mémoire, et les enseignements du père Peter, l'obstination maïeutique du religieux, avaient eu entre autres résultats de renforcer sa faculté de réfléchir et de se souvenir.

Le soir précédant son départ, Leda frissonnait, excitée à la pensée des surprises que lui réservait le futur. Elle partait. Seule. Les projections d'une vie possible s'enchevêtraient dans les replis de son cerveau. Elle avait envisagé de revenir une dernière fois à la Lungara. Un affront au passé, de bon augure pour l'avenir. Elle se promènerait, la main sur l'épée camouflée dans la canne, sûre d'elle et, libre, elle rejoindrait l'église des Scalette, l'unique portail, le couvent du Bon-Pasteur à l'abri de la route. Elle marcherait sur les pavés qui filaient jusque sous l'arc de pierre blanche de la porta Settimiana, autour des maisons du Trastevere. Ici, des cascades de plantes grimpantes masquant les façades et les balcons des petits immeubles décrépits, là une gargote, que signalait un lumignon et, à peine plus loin, les baigneurs sur la plage devant le pont Sixte, qui braillaient, heureux, sous le premier soleil, deux bâtons enfilés dans le sable, une corde tendue pour les quelques vêtements qui pendaient afin de protéger des regards indiscrets leur nudité et leur passion. Elle passerait, la tête haute, dans chaque rue, devant les rez-de-chaussée des boutiques d'artisans, parmi les chats errants, sous le linge en train de sécher, d'un pâté de maisons à l'autre…

Elle s'attendait à ce que John John vienne la saluer, qu'il profite de l'intimité scabreuse à laquelle l'apprentissage avait donné naissance, d'autant que Leda commençait à mesurer à quel point elle s'en trouvait changée. Depuis peu, il lui était venu le doute que cette nuit-là, ce n'était pas tant, ou pas seulement, du fait de l'état dans lequel l'avait plongée la disparition de Lorenzo qu'elle n'avait pas su se dominer : si elle ne s'était pas sentie en possession de ses moyens, incapable de maîtriser ses sensations, c'était pour une raison beaucoup plus pragmatique. Et humiliante : on lui avait administré une drogue que, de surcroît, le père Peter lui avait appris à identifier, à doser, à utiliser. Le vin liquoreux. Des bribes d'images de l'orgie émergeaient maintenant plus distinctement des brumes de ses souvenirs, comme si une digue au fond de son cerveau s'était rompue au moment seulement où elle s'apprêtait à partir.

Sir John n'avait pas osé l'approcher avec concupiscence, mais le dernier soir, avant que Leda ne rejoigne Immacolata à la table de la cuisine pour partager une tisane d'anis et de réglisse, l'Anglais s'était entretenu avec elle au salon. John John avait voulu discuter d'auteurs britanniques et français, ultime épreuve de conversation en société. Il adorait un écrivain en particulier, un certain Dickens, « populaire, mélodramatique à en vomir, mais quelles histoires, ma chère ! Le courage du pathétique sans l'excuse du drame. Tout ce qui n'est pas Dickens, autant le laisser à la philosophie, à quelques sciences humaines extravagantes et tarabiscotées ! Lui, ce qu'il décrit, c'est dans vos yeux qu'il le laisse ». Ces semaines-là, John John avait pris plaisir à lui lire et à lui présenter quelques-uns des fascicules mensuels au titre abscons, *The Posthumous Papers of the Pickwick Club* et, comme le père Peter s'offusquait de l'œuvre de son contemporain, l'Anglais avait demandé poliment à Albert, un vieux domestique qui travaillait à la villa, d'enseigner non seulement l'écoute et la compréhension, mais aussi la lecture en langue anglaise à la bonne Leda. Afin qu'elle se crée un vocabulaire. Albert avait satisfait la demande de son patron avec une totale abnégation. Il avait une voix suave, le vieil Albert, et ne s'exprimait jamais de manière incorrecte ; ses cheveux ivoire étaient magnifiques. Leda ne l'entendait parler que pendant ces rares leçons et, pour faire plaisir à ce vieil homme au regard apaisé par Dieu sait quelle résignation, elle s'y était mise sans se faire prier. Alors elle avait lu, à la fin plus par plaisir que par conscience professionnelle, et quand elle avait senti qu'elle maîtrisait la lecture avec une discrète assurance, elle avait décrété que ces histoires fantaisistes étaient des sornettes, mais de bien agréables sornettes. Typiquement masculines. Elle avait fait preuve d'une telle assiduité en la matière qu'elle avait fini par développer ses propres goûts : elle appréciait certains Français, beaucoup plus attentifs aux dames, ou quelques compatriotes de Dickens, comme Mme Midford ; mais ce qu'elle vénérait plus que tout, c'était le livre, très difficile mais éclairant, et plus authentique, qui narrait les aventures d'un voleur, Jack Sheppard. Pendant cette dernière soirée en compagnie de John John, Leda confirma son opinion, et tous deux s'en amusèrent. John John la salua avec une sobre poignée de main. Le regard pénétrant et pétillant : « Nous nous reverrons, mais pas avant longtemps. » Leda le prit alors au dépourvu, insistant pour revoir Faustina. Elle voulait s'assurer qu'elle allait bien. Elle n'osa pas dire qu'autrement elle ne partirait pas, John John était trop subtil pour ne pas flairer le bluff, mais elle sut toutefois communiquer l'intérêt qu'elle portait à son amie. Avant de lui souhaiter une bonne nuit, John John lui dit que la jeune fille était elle aussi sur le point de partir. Il ne l'avait sauvée que par estime pour Leda, et qu'elle n'oublie jamais cela ; elle lui était doublement redevable. Parce que chaque chose implique une dette, avec le passé et avec l'avenir. « Bonne nuit », alors, et qu'elle se repose car le voyage serait fatigant. « Vous vous saluerez à Fiumicino. » Leda avait couru en cuisine le dire à Immacolata.

*

Alors, bienvenue sois-tu, extravagance, si tu mêles l'obscurité et la lumière, si tu brouilles le sens le plus immédiat, et de chaque chose dévoiles une autre substance, car c'est peut-être ça, au fond, le truc ultime de la réalité. Prenons au hasard une histoire que l'on connaît en vertu d'une répétition minutieuse, harassante et rituelle, une histoire entendue par plusieurs voix, retrouvée dans les gestes d'autrui, et donc apprise en partage, et ainsi seulement, selon un ordre préétabli. Considérons ensuite l'éventualité, lointaine mais pour sûr plausible, que cette histoire, finalement, on ne l'a pas toujours intelligemment comprise malgré le jugement répandu, autant dire qu'on ne l'a pas toujours vue avec ses propres yeux. Et voilà que le hasard offre une occasion d'extravagance ; le récit alors tombe en panne, on se retrouve avec des mots butés, écrits mais démantibulés : des mots si immobiles et dépouillés de leur sens que n'importe qui pourrait les prononcer comme bon lui semble, même à l'envers. Enfin, prenons l'hypothèse que, sous une nouvelle lumière, ces mêmes mots puissent commencer de nous apparaître différents, et que dans le désordre moyennant lequel on les dévore, on découvre une saveur nouvelle, à tel point qu'en lisant des histoires tellement ordinaires que même le diable rebrousserait chemin d'entendre toujours la même rengaine, voilà qu'en lisant l'histoire habituelle, on en reste interloqué. Désorientation. Souffrance peut-être. Car quelles insoupçonnables différences on pourrait y dénicher. Surtout si l'on affronte la prospère mésaventure d'avoir non seulement à dévorer les mots des yeux, mais à le faire au sens propre, c'est-à-dire à les lire en préambule au vrai gavage, dans l'étrange dessein de calmer les crampes de la faim : « Pas si mal. »

Un après-midi, Colombino avait fait son signe de croix avec conviction, pour chasser le doute, puis, après avoir roulé en boule une page, le cœur brisé, il s'était mis à la mâcher ; s'il en avait été capable, il l'aurait même ruminée, pour prendre le temps de la déguster, tant il était épuisé. « Non, pas si mal. T'en veux, Astolfo ? » Le mulet avait décliné l'offre, il préférait fouiller patiemment les rochers pour mordre les rares touffes d'herbe, arracher les fleurs à peine écloses et, au risque d'attraper la colique, essayer une nouvelle diète. Colombino, au contraire, après avoir apprécié les succulents présents de celles et ceux rencontrés en chemin, et avoir vu disparaître comme par miracle d'autres pays où aborder, avait dû s'inventer un moyen de se débarrasser de la faim que de délicieux saucissons et fromages avait aiguisée. Mais la nature alentour ne suffisait pas, et il avait découvert que certaines pages renfermaient une saveur à le faire pleurer de culpabilité, tandis que d'autres s'avéraient indigestes. Il l'aurait avoué à grand-peine, croyant comme il était, mais rien qu'en les regardant noir sur blanc, certaines pages de la Bible se révélaient inopinément malfaisantes, et ce fut précisément par celles-là, les plus indigestes, qu'il commença, dans le but désespéré de conserver les bonnes à défaut d'avoir trouvé un autre principe que celui de la préférence et de la sympathie.

Dans la besace qu'Astolfo portait attachée sur son dos, Colombino conservait les liasses d'une bible en plusieurs volumes, celle que l'Adele avait déposée sur la charrette, en dépit du précepte qui veut que les livres inspirés soient dûment commentés à l'ignorant, quelle que soit la manière dont on veut les présenter et les porter à sa connaissance : par les oreilles, les yeux, ou bien, cas particulier, par la bouche. La pauvre Adele, dans son ingénuité, n'était pas à blâmer : Colombino partait en quatrième vitesse, comme un inconscient, et elle avait seulement voulu s'assurer que les nourritures spirituelles ne lui manqueraient pas. Il s'agissait de plusieurs volumes d'une des bibles de don Sante, que le garçon avait récupérés après sa libération du gouffre, quand il était remonté à la surface ; c'est en cherchant ce qu'il restait de la charrette, réduite en bouillie, qu'il les avait vus. Éparpillés, dos brisés. Colombino avait rassemblé les précieuses feuilles et essayé d'y remettre de l'ordre et, tandis qu'il gravissait des montagnes abruptes où les sentiers étaient hostiles et les villages absents, où la providence n'incitait plus les passants à voir sous ses traits un saint à séduire, voilà que le garçon avait décidé de s'en repaître de temps en temps. Au début, il avait lutté contre l'abominable idée, puis il avait capitulé. C'était tout ce qu'il lui restait et, ses forces étant limitées, Colombino s'était dit qu'il valait mieux les garder pour la marche plutôt que de les dépenser à chasser ou à récolter des champignons, des baies et des glands. Il demanderait pardon à Sa Très Sainte Sainteté en lui expliquant comment il en était arrivé là, et puis, quoi qu'en pense la physique ou la science médicale, dès la première bouchée de papier, Colombino s'était senti revigoré ; peut-être une simple impression, puisqu'on sait que l'esprit sait nous séduire et nous flatter, mais tout de même, il en avait tout de suite tiré un bienfait. Le voyage l'avait peut-être bien rendu un peu timbré, comme si le sens de cette errance était de rallier ce corps crasseux avec sa longue barbe à la réputation de fou qui le précédait, et pourtant, si se nourrir de papier n'avait pas été une décision banale, on pouvait l'estimer raisonnable, surtout vu les circonstances – on sait que la solitude est une condition capable d'écorcher l'âme et d'y laisser de profonds sillons.

« Non, celle-là, j'peux pas, elle est trop belle. »

Colombino choisissait de soumettre la page à la déchirure de ses incisives, à ses canines tranchantes et au broyage de ses molaires et prémolaires seulement après l'avoir repêchée de sa besace et examinée, évaluation qu'il exprimait à cœur ouvert. Par exemple, bien qu'il l'eût sortie à deux reprises, il n'avait pas osé approcher les lèvres de la feuille sur laquelle était imprimé cet extrait : « Vous avez entendu ce qu'il a été dit : tu aimeras ton prochain et tu haïras ton ennemi. Mais moi, je vous le dis : aimez vos ennemis, faites du bien à ceux qui vous haïssent. » À chaque lecture, cela lui paraissait si beau, si limpide qu'il en oubliait sa faim et les vertiges qui lui brouillaient la vue à cause de la fatigue et de la dénutrition. Il n'y avait même pas besoin d'homélies et de savantes exégèses : il suffisait de lire, et voilà, le sens était clair comme le soleil de midi, aussi vaste que le ciel. À déchiffrer ces mots, il lui venait une envie de caresses, et le premier à en profiter était Astolfo. Quand Colombino repêchait l'extrait, il pensait aux cailloux reçus pendant les tirs au couillon à Sacconago, tandis qu'il dormait devant sa petite fenêtre ; déjà alors, il s'était demandé : pourquoi ? C'était si simple de ne pas se faire du mal ou, pris par une pulsion de violence, de se défouler seul à seul, contre un rocher, plutôt que de nuire à une autre créature. L'Emilia, par exemple, pourquoi lui avait-elle parlé si méchamment ? Et l'Eugenio et ses fils, pourquoi ils l'avaient frappé ? Colombino ne possédait ni l'insolence ni l'orgueil de se proclamer, lui, sage, et les autres imbéciles, aussi admettait-il que l'Emilia ait eu de sacro-saintes raisons pour le regarder d'un mauvais œil, et même s'il ne les partageait pas, il était prêt à les accepter. Mais cela ne voulait pas dire que ce que l'Emilia croyait juste devait se retourner contre lui, maudite merde et misère de misère. Au contraire, le fait même que quelqu'un qui se disait juste se comporte avec désinvolture voire avec violence, parce que les actes qu'il estimait nécessaires pour appliquer son instinct de justice étaient violents, voilà, ça c'était une pensée qui le faisait souffrir. L'idée d'un mal justifié par la justice. On devait être bon et juste, mais tout de même pas juste sans être bon. Non ?

Les lectures qui précédaient chaque repas lui permirent ainsi de méditer longuement sur l'idée que certaines personnes avaient en elles un fond de méchanceté plutôt qu'un instinct inconditionnel d'amour, et ce soupçon, né avec les violences subies à Sacconago, trouva sur le papier plus d'une confirmation. Il arrivait souvent que Colombino, d'effroi, serre entre ses doigts les pages de la bible et y retrouve un mal commis au nom de Dieu, une brutalité sacrée, une vengeance désirée, une miséricorde à n'offrir qu'à une poignée d'élus. Dans le livre de Josué, il découvrit avec angoisse l'assaut que le peuple du Seigneur avait livré à l'exotique ville de Jéricho, qui sait où elle se trouvait, peut-être justement au sud, à côté de Rome : « Les murailles tombèrent subitement, et chacun y entra par l'endroit qui était vis-à-vis de lui ; ils prirent ainsi la ville. Et ils tuèrent tout ce qui s'y rencontra, depuis les hommes jusqu'aux femmes, et depuis les enfants jusqu'aux vieillards. Ils firent passer aussi au fil de l'épée les bœufs, les brebis et les ânes. » « Je suis sûr qu'ils se sont même bagarrés avec les mulets », avait tristement murmuré Colombino à Astolfo, lequel avait lancé un regard haineux ; le garçon avait arraché la page et, la bouche grande ouverte, l'avait mâchée avec rage. Cette fois-ci, Astolfo, lui aussi, en avait savouré un petit morceau tombé par terre.

Et ses découvertes qui prouvaient que les Saintes Écritures attribuaient décidément un fond malin à l'homme se multiplièrent. Dans un des Évangiles, il lut ceci : « Car du dedans, du cœur des hommes sortent les mauvaises pensées, les adultères, la fornication, les meurtres », et quand vint un après-midi de grosse pluie à pourrir les membres, avec quelle fougue Colombino se jeta sur une autre délicieuse page, avant que le passage d'Ézéchiel ne fasse pâlir la fureur qui s'était abattue sur le fils d'Israël : « Celui qui est loin mourra par la peste, celui qui est près mourra par l'épée… Et vous saurez que je suis le Seigneur quand les vôtres auront été tués. » Page après page, ses yeux devenaient plus incrédules, et il n'était plus sûr que c'était ce même livre avec lequel don Sante lui avait fait le catéchisme. Il lut tant, Colombino, que son crâne se transforma en un chaudron où bouillonnaient viols, fratricides, vengeances, ors et métaux précieux, incestes subis et flammes prêtes à dévorer des chèvres et mille autres bêtes vouées à la mort, sacrifices injustes et autres erreurs, grincements de dents et villes dévastées, pluies de grêle assassines, grosses mouches et grenouilles, sauterelles, chancres et poux, la main armée d'un père qui acceptait de perdre un fils au nom de la foi : un cauchemar les yeux ouverts qui, d'épisode en épisode, s'endormit au fond de l'estomac de Colombino, au bout de kilomètres d'intestins, bouchées entières de Deutéronome et lambeaux du Livre des Nombres mêlés au peu de végétaux ramassés en chemin.

Ailleurs, au contraire, Colombino découvrait de tendres doutes qui le faisaient hésiter et l'incitaient à remettre la feuille à l'intérieur de sa besace dans l'espoir d'en trouver une autre, plus évidente. Les paroles d'Isaïe le déboussolaient, et le prophète comptait parmi ceux que les doigts de Colombino rencontraient très fréquemment : « Objet de mépris, homme de douleur, familier de la souffrance. » Colombino, s'émouvait et préférait jeûner plutôt que de mordre le papier. « Il a été transpercé à cause de nos crimes, écrasé à cause de nos fautes. Le châtiment qui nous rend la paix est sur lui, et dans ses blessures nous trouvons la guérison. » Il sanglotait, Colombino, tout en caressant Astolfo. « Il a été maltraité et opprimé, et il n'a point ouvert la bouche, semblable à un agneau qui se laisse mener à l'abattoir. » Fallait-il contraindre une créature à être trop humaine au point d'accepter de s'immoler, de refuser toute vengeance, et d'aimer son tortionnaire ? Pour quelle raison un innocent devait-il réparer le tort d'autrui ? Des questions, il s'en posait Colombino. Don Sante lui avait enseigné que « ce que tu manigances, c'est à toi de le réparer, et sûrement pas aux autres », et donc, même si l'idée d'un homme capable de souffrir pour les autres était captivante et exemplaire, Colombino n'était pas prêt à accepter que cet homme meure pour lui. Il ne voulait pas être responsable d'un meurtre : « Je la mange sans attendre qu'à force de penser je me fasse venir aussi le mal au ventre, en plus du sang dans le nez. »

Quand la cène des apôtres lui tomba entre les mains, il ne dormit pas pendant deux nuits, et soupira faiblement en découvrant le lavement de pieds que Jésus proposait à ses disciples. Mais Judas ! Colombino l'imaginait avec une barbe rousse, une tunique de la couleur du lait, montré du doigt et maudit, bien que voué à la trahison. Le Seigneur le proclamerait-il innocent le jugement dernier venu ? Comme il devait avoir souffert, Judas, avant de se pendre à l'arbre avec ses trente deniers dans sa bourse : peut-être avait-il éprouvé la même souffrance que le Christ trahi, ou même pire, parce que lui, il portait toute la responsabilité de la faute, et personne avec qui partager la mort, le dernier cri, même pas deux vilains voleurs. « Moi, Judas, j'le mange pas. » Que savait-on de l'angoisse de l'apôtre le plus offensé : avait-il éprouvé une folie irrésistible qui lui disait d'agir, tout libre arbitre oublié pour l'amour de Dieu ? « Pauvre Judas. » Colombino s'attristait sincèrement, et éprouvait une semblable compassion pour le retour du fils prodigue. « Et l'autre frère, qui se plaignait de son père parce qu'il avait tué le veau gras pour célébrer le retour du dilapidateur : Colombino se réjouissait autant de la clémence du père que de l'enfant retrouvé, mais il ne pouvait s'empêcher d'éprouver une sympathie plus forte encore pour le frère, respectueux de la vie, mis à l'écart malgré l'honnêteté dont il avait toujours fait preuve. « Celle-là, je la mets de côté, jusqu'à tant que je comprenne bien. » Astolfo acquiesçait, ne sachant que faire d'autre. « Espérons qu'on va bientôt arriver. »

Ces divagations perverses eurent pour résultat de le maintenir en éveil, vigilant, signe que le Seigneur ne lui en voulait pas au point de le tuer. Et bien que le travail de son cerveau consumât une large partie des maigres ressources d'énergie que le papier procurait à son corps, Colombino trouvait toujours de nouveaux passages d'une franche cruauté à ingurgiter sans trop d'états d'âme, des séries de condamnations à mort et d'anathèmes, des massacres de prêtres sur les montagnes et des vengeances *sept fois* plus graves et plus terribles encore. Une fin de matinée, pourtant, par chance il vit un faisan mort et alluma un feu avec sa pierre pour le faire rôtir. Il se réjouit de son repas et, désireux de le conclure dignement, se mit à examiner une page avec la lucidité de l'estomac repu. Il fut frappé par sa beauté, semblable à un chant : « Sur les rives des fleuves de Babylone, nous nous sommes assis, et là, nous avons pleuré à ton souvenir, ô Sion. » Sion lui remettait en mémoire – ne serait-ce que par une légère assonance – Sacconago, elle lui insufflait la force de la déchirante nostalgie de chez lui. Il décida aussitôt d'épargner la page, à l'exception des derniers versets, à déguster en guise de dessert : « Et toi, des fils d'Édom, souviens-toi, ô Seigneur, et de ce jour à Jérusalem, où ils criaient : "Détruisez-la, détruisez-la de fond en comble. Rasez tout, sans pitié, jusqu'aux racines mortes. Fille de Babel, la dévastée, heureux qui te rend la pareille, le mal que tu nous as fait. Heureux qui saisit tes enfants et les écrase sur le roc." » Écraser sur le roc les fils de Babylone, la tête contre la pierre pour leur fracasser le crâne et leur faire gicler la cervelle ? « Non, non ! »

Il réfléchit beaucoup, plein de culpabilité quant à ses singulières pratiques alimentaires, régime à base de baies, d'animaux déjà morts et de pages bibliques et, tout en s'interrogeant, il lui sembla deviner un dessein. Il visait le sud et pendant ce temps, son choix retombait toujours sur les histoires les plus antiques ; c'était de celles-ci qu'il se nourrissait principalement ; à l'inverse, au risque de mourir d'inanition, jamais il n'oserait mordre le cœur du Nouveau Testament, les pages qui racontaient Marie et la naissance de Jésus, malgré l'inhumanité d'Hérode, Dieu sait quelles injures il s'était pris celui-là, et avec lui l'enfant saint peut-être, pour lequel tous les autres avaient été trucidés. L'histoire du Sépulcre le réjouissait, Lazare qui revenait, l'aveugle qui voyait de nouveau, la multiplication des pains et des poissons pour rassasier tout le monde, il n'y avait qu'à se présenter et demander à partager la compagnie, écouter. Pêle-mêle, dans sa besace, il conserva presque en entier la dernière partie des Saintes Écritures, sauf un passage grignoté çà et là, bien sûr.

Certaines pages de la Genèse, d'inspiration divine qui donne la vie, furent elles aussi épargnées, échappant aux coups de dents et aux glouglous intestinaux, tandis que l'Apocalypse qui, dans le détail, s'avérait d'une cruauté tordue, fut vite avalée. Colombino garda ses distances avec certains autres passages. Il les remettait en circulation parce qu'il n'y comprenait rien, et l'histoire la plus inaccessible de toutes resta pour lui celle de Jonas, englouti par le ventre d'un poisson et renvoyé dans la ville où Dieu l'avait dépêché. Colombino avait un besoin urgent d'en parler, alors il embêtait Astolfo : « Il est resté dans le ventre d'un poisson pendant trois jours ? Tu crois, toi, qu'on peut respirer dans le ventre d'un poisson ? Et c'est grand comment ? En tout cas, ça lui a fait du bien, ce poisson, parce que lorsqu'il est sorti, il a eu la force de prêcher, et ses paroles ont eu de l'effet. Mais lui, il était pas content. » Colombino expliqua à l'ami mulet – qui, à la vérité, s'en foutait royalement – que Jonas avait en fait quitté la ville dans le but de voir si Dieu accorderait une grâce aux mécréants, ou s'il anéantirait au contraire ce ramassis immoral de putains et ces maisons peuplées de brutes. Hors de Ninive, la terre était un désert, la chaleur infernale, et Jonas, qui n'était guère patient, avait imploré la mort : « Il arrivait pas à digérer que les habitants de la ville soient pardonnés. Il comprenait plus rien. » Mais le Seigneur, plutôt que de lui ôter la vie, avait fait germer une plante de ricin pour le soulager par un peu d'ombre, et quelle ne fut pas sa fureur, à Jonas, le lendemain, quand il découvrit que la plante avait été dévorée par un ver ! « Et alors le Seigneur il lui a dit que s'il voulait s'affliger pour une plante morte, qu'il ne se gêne pas, mais qu'il sache que Lui aussi, avant de laisser mourir une ville de quelques milliers d'âmes, même des rebelles et des fous, il y penserait à deux fois. » Pour Colombino, l'image d'un Dieu charitable était belle, aussi bonne qu'une miche de pain toute chaude mais, instinctivement, il avait de la sympathie pour Jonas. Comme lui, il était désorienté. Parce que Dieu se montrait terrible, vengeur, puis charmant et compréhensif. Et Jonas, il ne s'y retrouvait plus, il voulait que le Seigneur fasse justice par un geste de violence, pour réparer les torts que les faibles avaient subi. Est-ce qu'il existait quelque chose qui pouvait mettre d'accord la justice, la violence et la pitié ? « Beuh… Y'a de quoi se demander. »

Au fil de ses longues marches lestées par le poids de la lecture et de la digestion, Colombino progressait, imperturbable, et sans s'en rendre compte, un jour, il escalada une hauteur dépouillée. Un belvédère naturel. Le garçon fut alors bousculé par une soudaine rafale de vent et, en décollant les yeux de sa page – il avait appris à lire en marchant, et se débrouillait très bien – il crut rêver. Il eut peur. Il ne sut pas dire ce que son regard avait rencontré. Il cligna des yeux. De la terre, du vert et du marron qui descendaient jusqu'à un bord en dents de scie, une côte, au-delà de laquelle s'étirait une étendue immense d'une couleur intense, un bleu sombre, presque gris. Elle arrivait jusque sous l'horizon.

« Qu'est-ce que… »

Astolfo ruminait une touffe d'herbe surgie d'entre les cailloux du sentier, à côté de Colombino et, inconscient de la vision mirobolante, il ne daigna même pas lever sa grosse caboche. Alors son patron lui donna une tape et se mit en chemin bouche bée, le pas timide, les yeux rivés sur l'étendue au-dessus de laquelle s'appuyait le ciel. Après quoi, pendant que le génie de la curiosité lui remontait le long de la poitrine et s'installait confortablement dans sa cervelle et jusque derrière ses yeux, voilà que Colombino se mit à accélérer et, sans repos, de jour comme de nuit, à aller droit devant lui, redescendre vers l'aval. « Dépêchons-nous, allons, allons ! » Il n'aurait su dire le temps qu'il mit, mais il dormit probablement quelques heures puisqu'il perdit connaissance et s'écroula sur le bord du sentier qu'il parcourait avant de reprendre sa course obstinée le long des crêtes montagneuses qui s'effilochaient à travers la campagne tournant le dos à la ville avec, en toile de fond, l'omniprésente et infinie étendue d'eau. Il franchit une porte à la périphérie urbaine, avança, se retrouva tout à coup face à un mur aveugle puis, une fois revenu sur ses pas, dévala ruelles et marches. L'étroitesse des rues coupait le souffle, beaucoup de gens haletaient, gobant le peu d'air disponible, mais Colombino avançait en tirant derrière lui Astolfo ; tous deux dépassèrent des palais Renaissance aux bossages dangereusement pointus et des entrepôts qui résonnaient de voix. Le garçon traversa une place de marché grouillante d'étalages sans se laisser distraire par ce qu'il voyait. Son nombril, pointé sur l'étendue d'eau, lui pliait le dos en avant, lui donnant l'air d'un sauvage fou et enceint. « Par là, viens Astolfo ! » Il se fraya un passage, l'ultime carrefour, encore un pas et enfin la lumière explosa sous ses yeux. Le môle du port, les cris des débardeurs, le bruit sourd de paquets et de barils sur les quais…

Ce fut ainsi qu'il arriva à l'interminable lac, salé découvrit-il lorsque l'eau fouetta son visage dans le tangage d'un voilier amarré. Il se mit à genoux, éberlué, et commença à montrer l'eau aux passants. Qu'est-ce que c'était ? Un homme vêtu d'une jaquette printanière lui dit : « Crétin, t'as jamais vu la *mer* ? »

« Mer », voulut répéter Colombino avant qu'un profond sommeil ne lui tombe dessus. La faim, la fatigue, la stupeur. « Mer. » Il se sentit défaillir au milieu de la foule. Le noir qui s'engouffra dans ses yeux, les privant de la vue, fut absence. Ce sentiment de vide qui s'évanouit quand les lumières se rallument, mais dont on gardera à jamais le souvenir. Qui sait combien de temps il aurait pu sombrer dans cet abîme si, une heure plus tard, deux mains masculines de docteur ne l'avaient tout d'abord secoué par les épaules puis giflé avec vigueur pour le retenir au port de Gênes.

*

Un jour particulièrement sombre, où il s'était vu contraint et forcé de dépenser ses ultimes lires pour acheter du matériel qui lui manquait, il lui était venu un doute. *J'aurais quand même pas fait une connerie ?* Les essais réalisés sur Chiarella et quelques autres modèles souriants, un ruban sur la tête pour garder les cheveux attachés, ne mentaient pas. Ils possédaient une beauté très différente de celle que célébrait la peinture. La beauté des calotypes était synonyme de pureté, quelque chose qui, dans l'esprit de Lisander, s'approchait du souvenir des esquisses dessinées dans la terre, puis des croquis qui représentaient les visages de la galerie de son enfance ; lignes et contours essentiels, traits cruciaux. Mais si, par le passé, il s'était contenté d'exalter selon son désir les caractéristiques qui le frappaient le plus, aujourd'hui, armé d'une chambre optique et de feuilles de papier salé, les œuvres qu'il produisait étaient incapables d'embellir le visage, elles ne se pliaient pas au mensonge, ce qui expliquait pourquoi la plupart des amies de donna Teresa, malgré les efforts tenaces de Lisander pour s'implanter dans le commerce et la mode, ne s'étaient pas laissé prendre.

Il avait cependant convaincu Chiarella de poser sein nu. Un, seulement. Minuscule corolle maltraitée par les amants, les sales types qui les lui pelotaient quand elle faisait la putain au bordel. Ce peu de chair était sorti indemne des tripotages, des souillures de salive et, sous le faisceau de lumière que renvoyait la fenêtre, débarrassé du léger vêtement, une bretelle tombant de l'épaule, il était apparu comme la chose la plus sacrée que Lisander ait jamais représentée. Une telle charge érotique explosait à travers l'authenticité des lignes. Pas un érotisme fantasmé, qui titillait l'imagination, mais un érotisme fruste, immédiat, de ceux qui faisaient monter l'envie de se mettre à poil et de soulager son corps. Celui qu'il cherchait.

*

La mer Tyrrhénienne, elle l'avait déjà vue, aussi n'en fut-elle pas étonnée. À bord de l'imposant navire, pourtant, elle se mit à envisager ce monstre d'eau, non pas comme une caresse liquide et salée, généreuse, mais plutôt comme une idée abstraite, digne des représentations religieuses. Qui lui donnait pourtant une nausée terriblement réelle. Leda effectua le voyage entre un vague ennui et un profond malaise qui promettait toujours de disparaître pour réapparaître aussitôt. Elle vomissait et soupirait, essuyait la bave qui s'écoulait de ses lèvres fines et recrachait, à force de hoquets, l'acidité qui s'accumulait sur son palais. De la mer, qui se brisait contre le bordage, elle adorait pourtant le bruit. Le plus délassant qu'il lui ait jamais été donné d'entendre, un bruit de fond pour se laisser bercer. Dont profiter couché, si seulement ses terribles crampes d'estomac lui en avaient laissé la possibilité.

Malgré la gêne physique, le glissement ininterrompu des flots contre la coque du navire réussit à lui vider l'esprit de manière assez semblable, curieusement, à la sensation qu'elle avait éprouvée à califourchon sur Nando ; dans la précipitation du sang attiré par le bas-ventre, les pensées de Leda s'étaient diluées et ses muscles avaient gagné de l'épaisseur, confisqué l'oxygène aux raisonnements tandis que le garçon insistait, les mains enfoncées dans la chair de ses fesses jusqu'à les écarter presque, le voile translucide des baisers déposés sur le ventre. Le bruit de la mer l'engourdissait tout autant. Il libérait les yeux des ombres qui s'agitaient dans son crâne et leur donnait une couleur unique, au risque de l'abrutir, presque de l'endormir. Repenser à Nando ne faisait qu'empirer ses maux d'estomac. Surtout maintenant qu'elle s'en était séparée, elle trouvait leur image à eux deux dégoûtante, et comme si cela ne suffisait pas, la pensée devenait palpable, et elle détestait la saveur qu'elle lui laissait en bouche. Pourtant, la sensation que lui avait procurée le fait de grimper sur lui et parfois de se laisser foutre en s'accordant au rythme de son bassin lui avait permis de se retrouver. La mer, maintenant, lui offrait le même bienfait sans lui imposer une présence humaine ; les eaux qui ruisselaient au-dessous et autour de l'humide cabine où ils l'avaient logée n'avaient besoin de personne si ce n'est de Leda, là, pour écouter. Et, reconnaissante d'être écoutée, l'eau délavait son esprit et son cœur. Atténuait la violence de l'âme.

Elle avait pu à nouveau serrer Faustina entre ses bras, dans une poissonnerie aux alentours du port. Que de pleurs. Elle l'avait trouvée en bonne santé, désemparée et presque chauve par nécessité, mais heureuse. Bonne chance, avait dit l'une. On se reverra ? avait demandé l'autre. Prends soin de toi, sois en paix. Leda avait quitté Fiumicino sur une chaloupe à bord de laquelle elle s'était rapprochée d'un bateau de plaisance blanc. À bord, un Français l'avait accueillie, entouré d'une nuée de gandins et de jeunes garçons qui savaient vraisemblablement comment se comporter avec les autorités portuaires ; Leda s'était instinctivement fondue parmi ces créatures imberbes, et elle avait salué Nando d'un baiser furtif, histoire de ne pas lui laisser un mauvais souvenir. Il ne lui manquerait pas. Pourtant, elle lui était d'une certaine manière reconnaissante. Avec lui, elle avait eu la preuve qu'elle pouvait à nouveau plaire aux hommes, elle avait senti qu'elle possédait encore ce charme qui, en son temps, avait ensorcelé feu Lorenzo. Elle était vivante, et chaque étreinte avec Nando le lui avait confirmé. Elle avait encore des jambes et des bras, un thorax et un dos, un cou et des chevilles, des poignets, des doigts, le crâne arrondi et harmonieux, plus de la moitié de son être. Avant qu'il ne soit trop tard, Nando lui avait apporté une lettre ; la seule chose que Leda avait à faire, c'était de la remettre au capitaine du navire qui l'attendait au large. La force des mots, lui était-il venu à l'esprit et, Dieu sait pourquoi, elle s'était retrouvée avec dans les yeux l'image des seiches de cette lointaine et malheureuse arrestation à Fiumicino. Ironie du sort, c'était grâce au pouvoir de l'encre qu'elle partait maintenant.

« Je vous remercie beaucoup capitaine. *Thankyoù.* »

*

Il y avait de cela des années, en sillonnant les eaux de la baie de Guanabara, malgré la tristesse de l'exil auquel il était contraint, dom José se souvenait d'avoir éprouvé un éclair d'espérance, cette soif d'avenir qui est la religion de la jeunesse, du moins jusqu'à ce que vienne, tôt ou tard, le temps où l'on regrette les jours anciens. Alors, quand il était arrivé au port à bord du *Nautonier*, il était loin de s'attendre à une telle merveille pour l'accueillir : un rocher immense, conique, comme si la terre, dans un élan de mépris et de vitalité folle, voulait se faire ciel. *Pão de Açúcar*. Une sonorité douce et puissante à la fois, comme avait dû être douce et puissante la force qui avait soulevé ce monolithe de granit et de quartz, ou peut-être enseveli les autres rochers alentour, parce que géant, on ne l'est que par rapport aux autres, qui eux-mêmes peuvent être dans la norme ou bien nains. Dom José avait battu les côtes d'Asie et d'Afrique du Nord, comme un marin, et si par le passé la nature l'avait déjà impressionné en exhibant toute sa majesté, jamais il ne s'était senti si humain. En ce temps-là, dom José abordait les côtes du Brésil sous un nom d'emprunt, adapté à la fuite, Giuseppe Pane, né à Livourne, profession maître d'équipage, et quand le brigantin avait jeté l'ancre dans la rade du port, le jeune marin avait accueilli au fond de lui la sensation tant attendue que, finalement, quelque chose allait donner une nouvelle tournure aux événements. Sur le pain de sucre, ce jour-là, s'il avait sorti et pointé sa longue-vue, peut-être aurait-il aperçu l'éclat de deux yeux noirs comme des perles.

Tandis que, du haut d'une petite colline boisée, il dominait les environs, l'émerveillement que dom José ressentit fut différent, mais exactement comme lors de son arrivée en terre sud-américaine, il eut la sensation que ce moment contenait tout à la fois le souci de funestes circonstances et la certitude que les choses lui réservaient une surprise. La lutte pour l'indépendance du Rio Grande do Sul traversait des moments cruciaux et le moral des *farrapos* était loin du souffle puissant de la liberté et de la soif de bien-vivre qui avaient animé la révolte. Mais selon dom José, cela ne devait pas signifier inéluctablement la fin de tout.

L'automne austral épaississait les nuages, longues cordillères de boucles moelleuses qui écrasaient le ciel jusqu'à le réduire à une mince bande, tandis qu'une brume compacte s'amoncelait de toutes parts, happant chaque regard comme un rassemblement de spectres sordides. Dans les lumières de l'aube, la brume avait pourtant commencé à se dissiper, et ce fut comme si, ce faisant, six mille hommes apparaissaient. Le rideau s'ouvrait : la puissance des révolutionnaires du Rio Grande tout entière déployée, des régiments auxquels chaque réserve apportait du renfort, des affranchis à la peau sombre armés de lances. Dom José commandait le bataillon de son infanterie de marine.

En face des Riograndais, tandis que la terre émergeait de la brume, une armée de sept mille soldats impériaux surgit à son tour. Compacte, armée, massive. La bataille rangée menaçait. Les minutes s'écoulaient, lentement, et il en fut ainsi jusqu'à ce que les troupes impériales prennent l'initiative ; à l'approche du premier contact, dom José se raidit, puis les heures se succédèrent, midi vint, et le soleil illumina une scène immobile. Les armées hésitaient, l'une en face de l'autre. Il fallait donner l'assaut, le moment était venu de solder les comptes, tempêtait José, qui foulait d'un pas nerveux l'herbe sous ses bottes, mais le commandant en chef des forces armées, Bento Gonçalves, avait opté pour l'attentisme. Tout à coup, on entendit dire que Rodriguez, vieux général des troupes impériales, voulait se retirer, ce qui exaspéra José davantage. Bento hésitait, la disproportion des deux armées l'effrayait. Le mépris d'antan avait disparu, quelque chose dans la révolution *farroupilha* s'était coincé. Ou peut-être ce vice avait-il toujours existé. Comme un péché originel que José avait refusé de regarder en face.

*

Les choses allaient mal. Tout d'abord à cause d'une infection que donna Teresa avait contractée. Tout de même pas la syphilis, non, quelque chose de plus bénin, mais comme toute explosion virale, elle était contagieuse et, à son insu, c'est à Lisander que revint l'honneur de la diagnostiquer, au hasard d'une inspection imprévue lors d'un après-midi galant, dans le parfum des premiers élagages qui se répandait dans l'air. Avec l'arrivée de la belle saison, les barques avaient envahi la Martesana en direction des villas, les nobles partaient en villégiature, glissant sur les eaux du *naviglio* avec leur chargement de coffres, de chiens et d'enfants, de précepteurs, de domestiques et de poètes galants, et donna Teresa aussi était partie pour son habituel séjour sur le lac de Côme, où « cette année, les Anglais sont nombreux, et si agréables ! ». La signora Malesani, toutefois, revenait avec une infaillible ponctualité à Milan afin que la liaison clandestine qu'elle entretenait avec le jeune peintre n'ait pas à subir de temps mort. D'autant que la dame s'était mis en tête d'entretenir au mieux sa beauté grâce à une très efficace thérapie sexuelle, l'été offrant l'occasion de profiter de la nuit, splendide exception, particulièrement en fin de semaine, quand son mari Alfio quittait leur palais en ville pour regagner la villa lacustre. Alors son épouse infidèle et Lisander pouvaient s'entretenir plus longuement, boire, nus, des verres de liqueurs, elle remplie d'orgueil de se montrer sans fard, lui presque affligé. Cet après-midi-là, quoi qu'il en soit, Lisander baisait la dame, laquelle l'avait contraint à aventurer son museau entre ses jambes où, fort affairé, il avait justement rencontré sous sa langue une anomalie qu'il n'avait pas tout de suite voulu dénoncer. Le peintre s'était contenté de se retirer de la toison en prenant appui sur l'intérieur des cuisses de la dame, avec pour résultat de l'exciter davantage, mais en vain, son mouvement ayant été suivi d'une pause : « Ah, tu as senti quelque chose de bizarre, toi aussi ? Alors, je crois que j'ai vraiment une infection ! »

C'est ainsi qu'elle l'avait dit. Pas la moindre modulation dans sa voix qui exprimât le peu de honte coupable auquel on se serait attendu, la pudeur propre à toute maladie. Comme si d'avoir forcé les lèvres de Lisander à descendre si bas, au contact de ce voile blanchâtre et malsain, n'était pas une brimade déguisée en invitation à la jouissance. Pouah ! s'exclama le peintre en son for intérieur avec la rage du dégoût, et il s'en fallut de peu qu'il n'explose ; il crevait d'envie de flanquer deux gifles à la dame, mais il se retint, tandis que donna Teresa, qui enfilait déjà ses jupons et se rasseyait comme si de rien n'était, se contentait d'énumérer les symptômes annonciateurs de l'indisposition. Et sur ce même argument, elle s'entretint avec Lisander pendant dix minutes encore tout en feuilletant un article du *Courrier des dames* qui narrait l'assassinat d'une poissonnière du marché de Milan ; les soupçons se portaient sur un jeune homme de la bonne bourgeoisie, mais déjà on rapportait des indices qui accusaient un groupe de *magùtt* – des maçons – travaillant sur un chantier de la Contrada degli Omenoni.

Lisander en eut assez et interrompit la dame : « Alors, vous me présenterez à une autre de vos *remarquaaaables* amies ?

— Je ne sais pas… Je dois y penser. »

Ce refus tenait à la jalousie que, dans une certaine mesure, donna Teresa éprouvait envers son bel amant, mais surtout à la malveillance de la dame envers ladite calotypie. Elle n'était pas du tout emballée par la chose, d'autant que l'unique portrait que Lisander lui avait consacré ne s'était pas révélé aussi magnifique qu'elle l'espérait : « Quelle horreur ! » L'avare humanité de la chambre optique excluait presque totalement l'indulgence de l'Observateur Artistique qui avait fait ses classes à l'Académie, favorisant au contraire une imitation plus incisive, ce pourquoi le résultat pouvait apparaître repoussant, en particulier lorsque le Sujet, à la différence de la gracieuse Chiarella, n'était pas à la hauteur du regard de la lentille en lieu et place du pinceau. Mais donna Teresa devait savoir que pour obtenir un résultat correct, avait dit Lisander pour tenter de minimiser le drame, il fallait poser aux pieds du modèle une meilleure lumière, et que souvent la rigidité artificielle quasi convulsive qu'on était obligé de respecter à défaut de la clarté nécessaire, ne contribuait pas à améliorer le résultat. « Correct, as-tu dit ? Et qu'est-ce qu'il faudrait améliorer ? »

Lisander et donna Teresa ne se reverraient pas pendant un mois, et leur désunion eut des retombées préoccupantes sur les finances, déjà mal en point, du feu peintre devenu calotypiste ; la situation en arriva à un tel point que Lisander, pour ne pas être considéré comme insolvable par ses créditeurs, fit taire son orgueil blessé et se tourna vers les Romantiques de Traviole. Il ne leur demanda ni ouvertement secours, ni une vulgaire aumône tant l'humiliation lui semblait déjà difficile à supporter ; il tenta une ruse, malin qu'il était. Il les introduisit dans le monde, à l'entendre « révolutionnaire », de la calotypie, dans l'espoir que ses soi-disant amis qui, parmi les vantardises dont ils faisaient étalage en se professant « de Traviole » prétendaient également ne pas être « chichiteux envers les gens *sine nobilitate* : on est quand même des crapules de *snobs* ! », lui fassent de la publicité auprès de l'armée de comptables, copistes, statisticiens, experts-comptables, employés chargés de l'enregistrement des affaires de l'État, avocats, superviseurs et ingénieurs des ponts et chaussées. En somme, que les R.d.T. présentent leur ami à l'armée de prétentieux à peine sortis du moule de l'université, gens de bonne famille, tous passionnés de « culture » et avides d'une vie de « bien-être ». Pour Lisander, ils incarnaient une frontière à conquérir et, au tout début, la stratégie du calotypiste s'avéra fructueuse, surtout grâce à l'entremise d'un nouveau membre de la clique, Carlino dit la Ride, à cause du sillon qui se creusait au milieu de son front quand, en face d'un interlocuteur, il faisait montre d'agacement ou, pire, de colère. La Ride travaillait à l'Intendance générale des finances, accumulait les connaissances, et n'avait jamais offert à Lisander sa Ride d'Intolérance, aussi le calotypiste put-il s'exercer non seulement sur les proches de Carlino, lesquels voulaient un portrait pour leur salon, à mettre sous la pendule, mais également sur nombre de ses connaissances. Tous le payèrent en argent comptant, sans tergiverser, ce qui lui permit d'éloigner le piège des créanciers qui venaient lui rappeler ses dettes jusqu'en bas de chez lui. Pourtant, ses espoirs se brisèrent avec l'apparition – délectable – des premières questions d'esthétique philosophique. Si Lisander avait agi ainsi, c'était à la seule fin de voir les R.d.T. faire circuler quelques portraits, les premières vues du château et de Porta Tosa qui, grâce à la clarté plus franche et durable de la saison, lui donnaient l'occasion de s'exercer. Mais au regret du jeune calotypiste, le fait d'avoir ouvert aux R.d.T. les portes de la chimie et de la physique optique appliquées à l'art du portrait donna lieu au contraire à d'interminables discussions. Et les sempiternels et incorrigibles caquetages, à dire vrai, dont il fut cette fois la cible, s'avérèrent indigestes. La taverne des curés s'était transformée en arène et, pendant bien des soirées, le combat esthétique opposa peinture et calotypie, talent artistique et artifice, subjectivité ou mimesis mécanique. « Y'a de quoi se demander si on parle de *kalos* ou de *cagade* ! » remarqua, pensif – regard dans le vide, menton dans la main, bras en équerre, visage contracté et incapable du moindre sourire – Igino la Rallonge qui, avec cette entrée en matière, avait fait preuve d'un esprit de concision insolite, quoique fallacieux ; c'était le prélude à une interminable discussion. « Ca-quoi ? » eut le malheur de demander Floro, et Igino sauta sur l'occasion de faire son laïus, presque légitimé : « Mon cher Floro, je vais m'expliquer, au profit de ton ignorance de Scientifique : il faut voir si une chose est bonne et belle, *kalos kai agathos*, ou rien qu'une prodigieuse cagade ! » Il s'ensuivit une éruption de rires moqueurs et, à la première occasion, quand l'hilarité se fut un peu calmée, Igino poursuivit tandis que Lisander se rongeait les ongles devant la chope de bière verte qu'il avait extorquée à Gégé la Clappe. Carlino la Ride tenta de prendre la défense du calotypiste, mais la polémique tourna court. Les R.d.T. n'avaient pas compris l'enjeu : il ne s'agissait pas de concept, mais de blé ! Non que Lisander eût envoyé des signaux clairs pour faire comprendre la gravité de la situation dans laquelle il avait sombré, tout au plus était-il resté semblable à lui-même, d'humeur peut-être un peu plus maussade. Le débat, quoi qu'il en soit, les ramena au prétendu nœud de la discorde : l'éternelle dispute entre anciens et modernes, classiques et romantiques, chaud et froid. Et voici lancés les anathèmes contre l'esprit classique d'un art despotique qui puisait ses racines dans un passé vieux de deux mille ans, ce même esprit qu'avaient tourné en dérision le très cultivé Carlo Porta et tous ceux qui, guidés par leur seule inspiration, croyaient presque s'émanciper – « Hourra ! Bien dit ! » s'exclama la tablée des R.d.T. à cette première réplique, signée Gégé la Clappe. Pour agrémenter le spectacle, Carlo, dit Charles à la française, prit alors la responsabilité de jouer les avocaillons au service de la défense de l'innocence classique, et contre-attaqua : harmonie, fruit de l'ordre naturel, reflet du Divin, mimesis qui magnifie la nature et, en même temps, Dieu et son geste céleste. Les Romantiques ? Des merdeux qui ne comprenaient rien à la supériorité de l'art sur les humaines, et plus barbares, pulsions. Imitateurs froids et sans âme, rétorquaient alors les Romantiques de Traviole, attirés même par l'équilibre ; et Carlo, dit Charles à la française, de répliquer que ceux-là, ils se gavaient de rêves individualistes et de légendes d'une époque révolue. Et ainsi de suite, entre chopes, pissades et baignades dans la piscine de Diana qui, cette année, avait ouvert ses portes avec une inauguration en grande pompe, et dont les R.d.T. profitaient aux dernières heures de la nuit, en cachette, grâce aux subterfuges de ce rôdeur de Mal-Né. Le débat sur la calotypie dura des semaines : « Qu'ils aillent tous se faire foutre. D'ici peu, moi, je vais être obligé de faucher. »

Vinrent pour Lisander des nuits sans sommeil, le fiel des regrets, puis un salut matinal à Chiarella, et son baiser candide à elle, rassurante : « T'es trop fatigué, faut que tu te reposes. » Enfin, par un effort décisif de son esprit, Lisander comprit qu'il lui fallait feindre ; il ne lui restait plus qu'à participer au spectacle.

Il demanda alors l'aide de Gerolamo le Grammairien, ainsi nommé parce qu'il était impossible de le prendre au dépourvu sur quelque point que ce soit en matière de langue – il en connaissait au moins cinq – entraînement désarmant qui se reflétait dans l'attitude avec laquelle il affrontait les événements et les choses quotidiennes. Et voilà qu'en sollicitant l'aide de Gerolamo, Lisander parvint au moins à fixer une trajectoire aux flottements du débat sur la calotypie. La Sentence Grammaticale de Gerolamo fut la suivante : le dessin, au moyen d'une chambre optique, semblait au premier abord une technique plus conforme à un esprit classique. Tout était dit, rien à ajouter. Donc, d'un côté, la virtuosité manuelle, le talent de l'artiste qui modelait la matière selon ses instincts, donnant vie et souffle à l'œuvre, et de l'autre, la quête obstinée d'une harmonieuse fidélité représentative, l'exaltation du geste artisanal qui introduisait la feuille salée dans la chambre optique, dosait l'iodure d'argent pour permettre le prodige grâce à la sensibilisation. Lisander s'en foutait pas mal, tant ces bavardages étaient loin des difficultés du quotidien, mais il voulut aller au bout de sa patience, et un soir, il en vint à s'époumoner en voulant expliquer – tu parles d'expliquer, en réalité c'était la première fois qu'il y pensait – qu'il ne s'agissait pas d'une activité sans âme, car d'âme, le geste du calotypiste n'en était pas dépourvu ; la preuve, c'est que récemment, Lisander avait commencé à corriger au pinceau certaines imperfections sur ses portraits, ce qui constituait non seulement une preuve de rébellion face aux contraintes et aux faiblesses de la technique, mais ajoutait un quelque chose qui témoignait justement que rien de la virtuosité artistique de l'Observateur n'était gaspillé.

Le débat de ces chaudes semaines se transforma en un des plus intenses que les R.d.T. eussent jamais affronté, et l'argument grâce auquel Lisander écrasa à plates coutures les offensives de ses amis fut le suivant : le prix d'un portrait exécuté au moyen d'une chambre optique n'avait rien de comparable à celui d'un portrait classique, si bien que tous ceux qui n'auraient jamais pu s'offrir les services d'un peintre pourraient en revanche, pour un coût bien plus modeste, se payer une image pour se faire plaisir, à eux et à leurs proches.

« Beh… en effet, il a pas complètement tort », fut obligé d'admettre Igino la Rallonge.

« Ah ! » lui lança, cinglant, Carlino la Ride, lui présentant le sillon rancunier de son front, puisqu'il n'attendait que ça.

C'est ainsi que les réticences les plus dures s'écroulèrent, de guerre lasse et, les uns après les autres, à l'instar de Carlino la Ride, les R.d.T. présentèrent nonchalamment Lisander à quelques-uns de leurs amis.

Cela ne fut pas suffisant. La question du loyer le menaçait toujours, en même temps que la subsistance quotidienne, et maintenant que donna Teresa semblait se refuser, ses finances n'avaient jamais été aussi bas. Un jour, au comble de l'abattement, le calotypiste franchit le seuil du palais Malesani ; il tenta tout d'abord d'interroger le vieux Bastiàn, qui déguerpit aussitôt ; Bini, au contraire, à mi-chemin entre la rancœur et la compassion, se contenta de ces quelques mots : « Décampe, parce que ici il n'est plus question des envies de madame ; monsieur le patron a flairé vot' manège. »

Ce soir-là, Lisander franchit les portes avec Floro. Il devait ourdir un complot, et ils avaient choisi l'ambiance appropriée : l'auberge de la Berrini et sa fine fleur de racaille et de miséreux. Le calotypiste avait cru qu'il pouvait abandonner la Senavra. Il y était retourné une fois, un soir de pleine lune où les premiers moustiques sautaient comme des grillons sur la peau ; il était resté là, hébété, en face du bâtiment, avec l'idée de réaliser un nu.

« Il faut qu'on essaye, c'est une idée époustouflante ! » lui dit Floro pour l'encourager. Il leur fallait convaincre le fameux Pietro de les laisser entrer. Il n'y avait plus de temps à perdre. Les querelles théoriques et vaines des R.d.T. avaient éclairci les idées de Lisander. Ses amis rentraient du travail, leur père les accueillait avec froideur, les obligeait à se taire pendant le dîner, mais, après les avoir rassasiés, leur autorisait toutes les libertés, de sortir et d'aimer. Et il leur garantissait un toit, en plus de la possibilité de jouir d'un salaire. Lisander n'avait pas ce privilège, et il avait commis l'erreur de s'éloigner de l'idée la plus prometteuse, mais il s'en félicita. L'humiliation, quand on en sonde les profondeurs, apporte un certain soulagement : la conscience de savoir d'où on est tombé, et où au contraire on pourrait arriver, est le plus puissant, le plus efficace des moteurs. Il commencerait par ce que, dans un moment de pur esprit de traviole, il baptisa les « érotypies » avant que son audace visionnaire ne rectifie le terme en « calopornies ».

IV

Le hasard, bien bête qui se refuse à l'admettre, est par définition et par nature fortuit, il arrive quand il arrive, aussi, une fois la tautologie soulignée, il semblerait qu'on ait tout dit. Il n'échappera pourtant pas aux plus malins que ce serait négliger ce que nous possédons peut-être de plus humain, à savoir le libre arbitre de nous résigner, tant pis, qu'on n'en parle plus, ou de pester de rage. Le hasard peut bien faire comme il veut, n'empêche qu'on a le droit de râler et de lui reprocher ses mauvaises intentions, voire sa grossièreté. En l'occurrence, le hasard fut bienveillant, puisqu'il voulut qu'un homme le vît là, submergé par une vague plus haute que les autres, sa barbe à la nazaréenne ruisselante d'eau salée. Il était tellement évanoui qu'il ne tremblait même plus. La faible tiédeur de son corps ne pouvait rien contre la mer qui, au lieu de lui redonner de la chaleur, l'engloutissait comme une pierre.

Le charitable passant était un vieux docteur à l'allure digne, avec une veste trois-quarts légère, une chaînette en or qui dépassait du gousset de son gilet, et des favoris taillés en triangle jusque sous les mandibules ; en voyant le jeune garçon échoué sur le môle et abandonné là, dans le va-et-vient des débardeurs et des ouvriers, il s'approcha, parce que la charité lui procurait toujours un sentiment de bien-être, d'accomplissement. D'autant plus ce jour-là, tandis qu'il passait par là, rouge de colère à cause d'un commerce d'huile naufragé au large des côtes d'Espagne. Il marchait en tapant du pied et en maugréant, parce qu'il n'y avait pas assez d'argent et que son fils exilé lui coûtait une fortune dont sa femme, Maria, s'acquittait tous les trois mois en sortant de la maison à la hâte, toujours dans l'angoisse qu'il soit trop tard. Il marchait en martelant le sol avec sa canne, Giacomo, malgré la discrétion propre à un homme de son envergure. Colombino, au contraire, gisait là en compagnie de son mulet, la bête pétrifiée sur ses quatre jambes, égarée car jamais de sa vie elle n'avait contemplé un panorama urbain aussi délirant et aussi bruyant, tout ramassé sur lui-même à l'abri de la mer – sans compter qu'en trottant aux côtés de son patron, Astolfo avait entendu de lointains cris venant des abattoirs, cochons et veaux agonisants, et tout avait contribué à l'affoler.

« Mon garçon, mon garçon ! »

En observant attentivement le malheureux tandem, monsieur Giacomo resta un instant interdit puis, retrouvant ses aptitudes de médecin, se hâta, déterminé au milieu de l'indifférence générale ; il se fraya un chemin en braillant contre le je-m'en-foutisme des Génois, et posa son genou à terre sans se soucier de saloper son pantalon. Quand, au bout de trois claques, il eut constaté la perte de connaissance mais noté les battements du cœur, il sortit sa montre de son gousset et positionna le cadran sous les narines de Colombino ; et voici que l'haleine, la substance de sa respiration se propagea sur le verre et s'évanouit. Monsieur Giacomo recommença à secouer le garçon avec vigueur.

Astolfo se contentait de jouer les spectateurs, ne sachant s'il devait envoyer des coups de sabot dans le dos du nouveau venu ou prendre ses jambes à son cou pour apaiser sa peur, parce que, dans cette ville, les bouchers s'habillaient peut-être comme les gens normaux et employaient des tactiques sournoises pour appâter les bêtes. Par fidélité, pourtant, le mulet préféra attendre ; l'évanouissement de Colombino n'était pas comme ceux dont il avait d'habitude, annoncés par l'odeur cuivrée des saignements, et il valait mieux que le nouveau venu examine le problème et y mette fin, et le plus tôt possible. Astolfo monta la garde, mitraillant la scène de regards envenimés par la peur. Le monsieur bien habillé, dans le fond, avait l'air d'une créature innocente, et pour sûr, il ne puait pas l'abattoir.

« Mon garçon, tu m'entends ? Ho hé ? »

Il était vraiment en mauvais état, pour sûr. Giacomo posa une main sur son front crasseux ; il brûlait. L'ancien docteur espéra qu'il ne s'agissait pas d'une inflammation du cerveau, palpa la zone du ventre pour chercher d'éventuelles grosseurs, et s'aperçut au passage que le garçon n'avait rien dans les poches. Il en était ainsi, en effet, mais le sale voleur qui une heure plus tôt avait tenté d'arracher du dos du mulet la besace qui contenait la bible avait été refoulé grâce à un retentissant coup de sabot d'Astolfo qui, abruti de fatigue, ne s'était d'abord aperçu de rien ; le vaurien, toutefois, remercié par une belle blessure à la hanche, avait déjà fouillé Colombino comme il fallait, avant de se volatiliser avec les couvertures en vilaine étoffe de laine de l'Adele et le couteau du Crapa. L'intervention déterminante d'Astolfo avait au moins permis de sauver son bien le plus précieux : la boîte en fer-blanc que son patron portait autour du cou. Elle était là, sans même une tache de rouille, pour témoigner du savoir-faire du Tempesta. Et comme la boîte était cachée sous le tricot que

Colombino portait sur lui, la seule chose que Giacomo vit en cherchant les rares biens du malheureux, ce furent les feuilles de la misérable bible en lambeaux dépassant de la besace de l'étrange mulet qui n'arrêtait pas de le fixer : « Mais si je m'appesantis là-dessus, je vais perdre l'envie de m'intéresser, alors dépêchons-nous ! »

Son diagnostic posé, et voyant s'avancer vers lui un jeune garçon fort gracieux, Giacomo lui demanda de l'aide. Non loin de là, il y avait deux gardes qui n'auraient certainement pas fait preuve de beaucoup de clémence à l'égard de l'évanoui, et l'ôter du chemin ne semblait pas une tâche si difficile : il suffisait de le hisser sur son mulet, si fidèle à son patron et si méfiant pourtant. « Excusez-moi, pourriez-vous me donner un coup de main ? » demanda l'ancien docteur au frêle jeune homme qui, vu de si près, lui sembla vraiment ressembler à une femme. Et il s'y connaissait en matière d'anatomie. Voulait-il bien lui faire le plaisir de l'aider ? Et s'il ne voulait pas se salir les mains, il ou elle pourrait demander au gamin qui lui tenait lieu de livreur et de guide, après tout ? Mais l'homme – Giacomo décida que c'en était un – répondit, presque contrarié : « Comment dites-vous ? » La brindille était étrangère et traînait un accent du Sud, et quelle drôle de voix… « Donnez-moi un coup de main », articula Giacomo du mieux qu'il put en montrant Colombino.

Il fallut une minute pour charger le corps à dos de mulet, après quoi le jeune homme disparut sur les pas de son guide, et monsieur Giacomo se retrouva seul. Il arrangea son pantalon qu'il avait sali en s'agenouillant, parce que autrement il allait l'entendre, sa femme, Maria ! « Et maintenant ? » Seulement alors – Colombino installé à plat ventre sur le dos d'Astolfo, les jambes et les bras ballants, car les secousses pouvaient causer un petit vomissement et, pour un évanoui, il faut empêcher la moindre obstruction des voies respiratoires… – seulement alors le docteur Giacomo calma sa frénésie de bienfaisance et médita sur ce qu'il convenait de faire. Lui, d'une intelligence si rationnelle, n'avait pas réfléchi à la chose d'un œil avisé, « gros balourd », et c'était la faute de la mort. Parce que si la mort faisait rage dans les rues, comme d'habitude, elle qui, depuis des siècles et des siècles, inlassablement, fauchait le genre humain et adaptait le nombre de créatures aux réserves de l'univers, il ne s'était écoulé que deux années depuis que monsieur Giacomo avait perdu sa fille adorée, Cichina, et le deuil ne s'était pas éteint mais déployait au contraire son ombre râpeuse sur ses pensées et ses actes. Il y avait ce deuil, à l'origine de sa défaillance d'esprit, admit Giacomo avec découragement ; de la douleur presque évanouie, il conservait encore le spectre, qui s'alliait de surcroît au ver rongeur de la vieillesse, et le spectre et le ver le rongeaient nuit et jour. « Allons-y », se dit le docteur, guère disposé à tolérer la mort d'éventuels procréateurs de futures générations, parce que cela aurait non seulement causé bien du chagrin à une foule de personnes, mais également bousculé tout le mécanisme de l'existence en mettant en péril la survie de l'espèce humaine. C'était un sentiment compliqué, qui mêlait le pratique à l'idéal, un sujet très terrestre – terre-à-terre, à dire vrai – à des élans métaphysiques douloureux, presque de caractère ontologique et, quoi qu'il en soit, s'il ne savait encore que faire, monsieur Giacomo ne se sentit pas la force d'abandonner ni le garçon ni le mulet. Et celui-ci n'étant pas muni d'un licou, c'est avec sa canne que Giacomo dut le convaincre : « En route ! »

Astolfo souleva deux fois le museau, secoua ses grandes oreilles comme pour dire qu'il n'y avait pas besoin de faire la grosse voix, il n'était pas sourd pardi, il n'avait qu'à se mettre en route, puisque lui ne savait par où aller. Et surtout, pas de mauvaise blague en passant à côté d'un abattoir…

Un sol aride, des pierres âpres, des traînées de terre et, un peu plus loin, un tronc tordu. Les nœuds épais d'une plante. Puis une autre, sur la gauche. Il baissa de nouveau les yeux. Les ongles, les doigts, les poignets. Les mains. C'étaient les siennes. Jointes en prière. Il regarda autour de lui sans trop tourner la tête, le cou tendu, penché en avant, comme si une force faisait pression de chaque côté, et sur sa nuque. Il y avait d'autres arbres. Un olivier. Un feuillage tenace, comme des fruits secs à grignoter. Et voici l'habituel, l'épouvantable vacarme. Distant. Cadencé. Menaçant, qui avance… *Clan. Clan. Clan. Clan.* Impérissable et répété jusqu'à l'épuisement, un peu comme les douces questions qui résonnaient à chaque battement de paupières quand il revenait au monde, où il se découvrait sur une confortable couche domestique. Alors, il voyait les yeux inconnus et verts d'une femme, Benedetta – Bénie, pas seulement de nom –, laquelle lui caressait le front, s'attardait sur sa poitrine où elle posait, brûlante, une petite polenta de lin pour désengorger les poumons catarrheux et faire sortir la toux. Elle lui demandait seulement : « Comment tu vas ? Mieux ? Oui ? » Lui, de son côté, ne comprenait pas. Faible d'oreille, obnubilé, incapable d'attraper les sons de celle qui parlait. « Quelque chose à manger, ça te va ? » Manger. « Monsieur Giacomo, je crois que ça va mieux. Oui. » *Clan. Clan. Clan.* Le vacarme se superposait au bruit des pas dans le couloir de la maison, le pas domestique sur le pas militaire. Et ce dernier prenait le dessus, l'image d'un olivier rongeait les images de la chambre, les éclipsait. Colombino sentait autour de lui un sentiment de protection, mais à l'intérieur, l'angoisse montait. Elle était là tout entière, concentrée. D'ici quelques jours, dans plusieurs années, il mourrait peut-être dans d'atroces souffrances, mais la terreur de cet instant était au-delà de toute imagination même la plus macabre. Un instant qui vide tout. Une angoisse aussi palpable qu'une balle de plomb en plein cœur. La scène était baignée d'une lumière bleue. Derrière lui, les voix, les cris grossissaient. Tapage, chahut. Les esprits s'échauffaient. Des âmes sillonnaient le ciel nocturne. Finalement, il se leva. Regarda autour de lui. D'où pouvait bien provenir ce bleu de brumes et d'ombres ? Il nettoya ses genoux, se tourna, bougea alors que tout le monde disait qu'il ne fallait pas, puis deux lèvres se tendirent vers lui. Tristes. Colombino ne reconnut pas qui se cachait derrière cette bouche, seulement deux lèvres et des yeux brillants dans les ténèbres indigo. Il y avait la lune. Incroyablement blanche mais incapable de clarté. « Quelque chose à manger, ça te va ? » murmurait Benedetta depuis l'autre monde, « si grand et gros, espérons que tu ne sois pas *abelinàto* – stupide. Qu'est-ce que tu n'auras pas vu, mon pauvre garçon ! » Colombino sentait l'angoisse l'étreindre de ses doigts noirs, par-derrière, en traître. Lui, il criait…

Et il se réveillait en sursaut. Benedetta accourait aussitôt. Elle apportait à sa suite, rituellement, un bouillon de légumes à la surface duquel flottaient des taches d'huile parfumée et onctueuse, ainsi que des croûtons de pain.

Lorsque Colombino se fut un peu remis, le cher *monsieur* Giacomo – au lieu d'employer le terme en génois, le garçon continuait d'appeler les messieurs qui le méritaient dans sa propre langue, même en terre étrangère – lui confia que cette soupe, elle lui donnait envie de vomir et, après une semaine de convalescence, tandis que Colombino réclamait avec insistance de se lever, l'ancien médecin l'emmena secrètement devant un plat de pâtes fumantes ; au réfectoire d'un monastère près de chez lui. Si cela ne tenait qu'à lui, il se ferait un plaisir de la renvoyer, cette Benedetta, pour ses piètres qualités de cuisinière, avoua-t-il au garçon en train de se bâfrer, mais pour le reste, c'était une sainte femme. « C'est bon, pas vrai ? Mange, que ça va te donner des forces ! » et puis un autre plat, et pour Colombino aussi. Le tintement de quelques piécettes suffisait à régler la note. Et ce fut précisément devant une assiette fumante de *trofie* à la mode de Bogliasco que Colombino retrouva la capacité d'articuler d'abord et de parler ensuite. Il remercia monsieur Giacomo pour son accueil miséricordieux, se limita à dire qu'il allait vers le sud parce que le pape l'attendait et, n'y tenant plus, lui fit part de quelques doutes qui lui étaient venus pendant le voyage. « Tu dois comprendre que ce sont des questions compliquées », lui dit après l'avoir écouté monsieur Giacomo au cours d'un de leurs repas suivants, satisfait à sa manière de pouvoir faire valoir ses études classiques bien que la mémoire, désormais, le trahît par plus d'une imprécision. « Je crois bien qu'il y en a un, dans l'Antiquité, qu'on a déclaré "hérétique" parce qu'il avait préféré l'Ancien au Nouveau Testament. » Giacomo réfléchit pendant plus d'une demi-heure, mais comme Colombino ne renonçait pas à l'idée – en train de se fixer dans sa tête et surtout dans son estomac – qu'il y avait un Dieu magnifique dans les Évangiles et un autre un peu moins bon, pour ne pas dire presque méchant, dans l'Ancien Testament, le docteur fut obligé de revenir plusieurs fois sur le dilemme et, pour ne pas paraître ignorant, de demander conseil à un proche.

Ils discutèrent longtemps, Giacomo et Colombino, et lorsque le garçon put se dire totalement rétabli, une autre question, plus obsédante encore, s'ajouta au dilemme théologique, si l'on peut dire, allant jusqu'à assombrir le repas que tous deux se faisaient un plaisir de partager. Maria, la femme de Giacomo, après avoir appris que le fou qu'ils avaient accueilli chez eux pour satisfaire les pulsions de charité de son mari était guéri, Maria, la femme de Giacomo, avait déclaré avoir fait preuve de toute la mansuétude dont elle était capable. Elle en avait assez, autrement dit, de donner le gîte et le couvert à un détraqué d'étranger ! Lequel en plus refusait de se laisser couper sa pouilleuse barbe à la nazaréenne, un vrai nid à puces, elle en était sûre ! « Maintenant que tu vas mieux, il faut qu'on te trouve un endroit. Sinon, ça va mal finir. » Mais puisque le hasard est particulièrement insondable dans ses desseins, si tant est qu'il en ait, et limpide quand il s'agit de les mettre en pratique, il se trouva que dans le quartier de la Zecca, le commis du croque-mort Armando, dit Mandén, ami de Giacomo et abatteur de grande réputation, mourut d'un mal inconnu de la médecine. Mandén était un homme de cinquante ans qui avait déjà perdu un enfant, son seul garçon et, plutôt que de confier sa boutique à sa fille Pina, ce qui aurait été inopportun et inconvenant, il préférait former des apprentis et chercher ainsi de bons partis pour l'héritière, ou même un sans-le-sou du moment qu'il serait armé des meilleures intentions et n'enverrait pas l'entreprise familiale à la ruine.

Monsieur Giacomo le savait honnête, et c'était un vieux jacobin avec lequel il avait partagé l'ardeur qui avait préludé à l'annexion sarde, aussi profita-t-il de l'occasion. D'autant que l'évanoui, Colombino qu'il se faisait appeler, lui avait confié avoir un ami à Sacconago, un certain Crapa, lequel lui avait enseigné quelques rudiments ; en somme, mieux valait le confier à Mandén en attendant que le croque-mort trouve chaussure à son pied.

Colombino tout d'abord refusa poliment. « Non, non. J'ai vraiment pas le temps. Le pape m'attend, Vittorina l'été, elle est plus belle, et moi je veux vite rentrer. J'ai déjà trop tardé. » Et, après avoir remercié monsieur Giacomo, il lui annonça qu'il repartirait le lendemain avec le brave Astolfo, et merci encore pour tout ; il lui revaudrait ça au retour. C'est alors que Giacomo, inconscient de la tornade qu'il allait déclencher, demanda en toute innocence : « Mais pourquoi ne trouves-tu pas de quoi voyager jusqu'à Rome en bateau ? » Advienne que pourra. Voyager sur la mer ? Sur cette étendue mouvante d'eau ? Colombino l'accabla de questions auxquelles Giacomo, intelligent et cultivé comme il était, s'entêta à répondre pour transmettre et se prouver sa propre instruction et, de question en réponse, on passa des balbutiements du transport naval à l'ingénierie, de l'archéologie aux interrogations sur les origines de l'homme et ses instincts migrateurs. En somme, ils y passèrent la nuit : Colombino qui n'en démordait pas malgré le nez qui ne cessait de le démanger, et Giacomo qui tenait bon, malgré son âge qui ne faisait plus de lui un adulte mais un ancien, lui qui, en voyant le jour se lever, avait l'impression de retrouver sa jeunesse et d'avoir les idées en ébullition. Au petit matin, ils abordèrent un second débat, qui portait sur la possibilité de « retarder le départ ». L'excuse officielle de Giacomo, très pertinente, était de devoir gagner quelques sous pour faire face aux dépenses du voyage qui, par la mer, serait plus rapide, et ensuite du séjour dans la Ville éternelle, arguments qui sous-entendaient autre chose : inciter le garçon à réfléchir et, dans le meilleur des cas, à rentrer chez lui, s'il avait un chez-lui, ou à rester ici pour apprendre le métier du Mandén. En plus, ajouta Giacomo, dont le mensonge était inspiré par les meilleures intentions, « Sa Sainteté ne va pas bien du tout, ce sont des amis médecins de l'université qui me l'ont dit, de véritables autorités en la matière, personnalités d'une grande intégrité. Ils sont rentrés il y a quelques jours de Rome, et il vaut mieux que tu ailles déranger le pape quand il aura la force de te répondre. Tu ne voudrais tout de même pas l'importuner ? ».

Puis, à l'improviste, la jeune femme que Colombino croisait de plus en plus souvent pendant ses brèves promenades pour se rafraîchir le sang se mit elle aussi à essayer de le convaincre que reporter son départ n'était pas une si mauvaise idée. Albertìn, c'est ainsi qu'elle se faisait appeler. Il la rencontrait toujours en train de flâner près de la maison de monsieur Giacomo, et elle lui demanda un jour de l'aider à la débarrasser d'un vaurien qui l'importunait. Albertìn n'employa pas les arguments rationnels de Giacomo pour dissuader Colombino ; elle balaya d'un rire méprisant l'idée du voyage lorsqu'il lui en parla : « Ah ah ah ! Tu n'es vraiment qu'un idiot ! On aurait dû te laisser crever sur le quai du port !

— Comment ?

— …

— T'étais là toi aussi avec monsieur Giacomo ?

— Non, j'ai dit ça comme ça. *On* en général », lui avait-elle répondu dans une grimace.

*

L'été indomptable se prolonge,
Outre mesure, il embrase l'audace.
Aussi rien ne vaut les plongeons aux bains
De Diane, l'eau qui crépite, comme offensée
Par une incandescente épée.
De Traviole Romantiques nous sommes nés,
Et chauds comme la braise à jamais nous resterons !

*

Le Lion-Blanc se trouvait sur la salita San Siro, non loin de San Pancrazio et du Fossatello. « Nous ne sommes plus très loin maintenant, ne vous inquiétez pas », lui avait dit le garçon qui l'avait accompagnée depuis la darse, d'un pas svelte, en maillot à rayures usé, un béret campé sur la tête. Ils avaient pris une ruelle et Leda s'était sentie soudain cernée, elle avait ressenti le besoin de se dérober au regard des femmes de la rue. Elles appelaient, s'offraient à celle qu'elles prenaient pour un dandy du beau monde : « Joli garçon, milord, vous venez ? Par-dessus, par-dessous, ou par-derrière ? Vous voulez pas un petit cadeau de bienvenue ? Monsieur, Herr, senhor, d'où vous venez ? » Le garçon du port s'était arrêté pour boire à une fontaine et après avoir recraché un jet d'eau entre ses incisives, il lui avait dit : « Si aucune putain vous intéresse, on s'en va. »

Leda l'avait invité à poursuivre le chemin et le garçon s'était remis en route en traînant derrière lui la sacoche de cuir et les deux cages de pigeons voyageurs. Les bâtiments aux façades écaillées par les embruns qui montaient de la mer, les bossages rugueux qui puaient la pisse et les épices, les taches visqueuses qui disaient le frottement quotidien, le passage des hommes par ces lieux, depuis des siècles ; Leda s'était laissé envahir : le parfum puissant de pivoines et d'immortelles, les passiflores à certains balcons, étincelles violacées et orange, roses et rouges parmi les ténèbres dont l'architecture urbaine les enveloppait. Une faible lumière filtrait, malgré le soleil qui irradiait, flamboyant. Les rues, semblables à des sillons creusés au milieu d'une couche de bâtiments, l'asphyxiaient tout en lui donnant le sentiment d'être bien, à l'abri. Des chiens bossus et décharnés battaient chaque recoin à l'affût de rats, de chats ou de déchets. Mais il n'y avait pas que les bêtes qui avaient l'air d'errer. Les hommes, la ville entière était sans maître. Leda marchait, s'efforçait de garder une attitude affectée, la démarche faussement masculine pour ne pas laisser deviner les courbes de ses fesses, ce déhanchement involontaire propre à sa nature. Sur les pas du jeune guide, elle avait traversé les arcades, était passée devant les entrepôts qui se perdaient dans une pénombre coupée de toute perspective, remplis de marchandises, se dilatant dans le ventre des immeubles, sous terre. On y marchandait avec des doigts agiles, lires et doges, piastres et écus, baïoques et monnaie courante, les espèces fabriquées par n'importe quel atelier étaient reconnues et échangées pendant qu'aux carrefours on entendait jouer à la mourre, les jurons dénonçant ceux qui avaient perdu la main. « Venez, lord, par là. » Elle ne s'était pas laissé vaincre par le désarroi, mais pendant un instant, en débouchant sur une petite place traversée de lumière, elle avait éprouvé la sensation que la ville tout entière pesait sur ses épaules. Le poids d'une toute nouvelle liberté, sans racines. Parce qu'on parlait bien de liberté, dût-elle être surveillée. Un assujettissement positif.

Le jeune garçon avait poursuivi son chemin, ils avaient pris à gauche à une bifurcation, avaient escaladé une petite montée et étaient passés devant la cathédrale. Quelques nuages agiles s'enroulaient, obscurcissant un instant le ciel, rafraîchissant la température.

Une fois arrivés à l'auberge, le jeune garçon avait posé la sacoche et les deux cages à côté de ce qui avait tout l'air d'être une flaque de pisse de chien. « On y est. » Il lui avait tendu la main, et Leda avait hésité, peu habituée au monde extérieur. Le gamin avait dû insister, avec des mouvements incessants de l'avant-bras, et alors elle avait compris. Ne sachant combien il était d'usage de donner pour ce genre de prestation, elle avait tendu une pièce à l'effigie de Carlo Felice, *rex sard* au grand nez et aux cheveux ébouriffés. Le garçon avait examiné la lire avec méfiance, essayant de la rompre de ses doigts, puis, flairant qu'il pouvait obtenir plus, il avait osé : « Une, ça suffit pas, sir. Il en faut deux. » Quand Leda lui avait tendu une seconde pièce, il avait fait une moue grimaçante et, guère convaincu, l'avait glissée sous ses canines, deux molaires manquant déjà à l'appel ; satisfait, il avait filé en soulevant son béret peu avant qu'un gros homme sorte du Lion-Blanc et d'une voix intraitable lui demande de ne jamais revenir, sinon c'était à coups de pied au derrière qu'il l'accueillerait. « Combien il vous a demandé ? » La réponse de Leda avait déchaîné les plus violents reproches et, finalement, l'homme l'avait invitée à entrer, prenant son bagage avant de la recevoir derrière son épais comptoir. Leda avait décliné les informations mentionnées sur les papiers que John John lui avait fournis, et l'aubergiste, en entendant le nom d'« Albertìn Pigeon », s'était montré fort courtois, à tel point que Leda s'était demandé si elle ne pouvait déjà en finir avec ce ton affecté par lequel elle tentait d'imiter une voix masculine. Monsieur Bruno, l'aubergiste, l'avait fait monter par une volée de marches, entre des murs étroits et tapissés à la va-vite, jusqu'à une petite chambre modeste mais accueillante, munie d'un lit, d'un bureau et d'une armoire, avec une fenêtre qui donnait sur la rue et, à quelques pas, en pleine lumière, un lavabo et un broc avec un vague linge de coton en guise d'essuie-mains. « Pour nos clients particuliers », lui avait dit l'aubergiste avec un clin d'œil, avant de déposer son sac et ses deux cages pour enfin quitter la chambre. Elle avait refermé la porte, s'était approchée du lit, et s'y était laissée tomber. En s'affalant sur le matelas dans un long soupir, elle avait enfin dénoué le bandage qui comprimait ses seins.

« Où tu habites, Albertìn, tu veux bien me le dire ? Si tu vas pas bien, où je peux venir te chercher ?

— Ça me regarde. Et puis je vais très bien.

— Mais quand même », objecta Colombino de retour de la promenade qui les avait quasiment menés au fort dello Sperone. Ils longèrent l'arcade et poussèrent au-delà d'une auberge sordide et selon toute probabilité malfamée.

Le jour de son arrivée, étendue de tout son long sur le lit, Leda s'était efforcée de se souvenir du bruit de la mer contre la coque du bateau. Ce clapotis incessant, apaisant. Elle avait peur, mais elle était calme, à tel point qu'elle s'était endormie sans pour autant relâcher sa prise sur la canne qui cachait l'estoc offert par John John.

« Une auberge dans les parages. Si tu me promets de le dire à personne, je te montrerai où c'est, comme ça tu arrêteras de me harceler avec ça.

— Promis. Alors, je viendrai peut-être avec Astolfo. Lui, il faut qu'il sache.

— Comment ?

— Je le dirai à Astolfo.

— C'est qui, un ami à toi, un autre apprenti du croque-mort ?

— Le mulet. »

Leda se contenta de secouer la tête.

Elle s'était réveillée avec l'obscurité. Chatouillée par l'odeur d'un grossier cigare. Dans la maison de John John, elle avait humé des tabacs raffinés d'outre-Atlantique, des cigares débarqués à Rome depuis l'Amérique du Sud ou le Kentucky. Celui-ci lui avait au contraire rappelé un des petits cigarillos de Lorenzo, du tabac qu'on fumait pour tromper l'ennui, et sûrement pas pour sa saveur, qui répandait une fumée âcre.

Au début, elle avait douté de l'existence même de cette odeur. Recroquevillée sur le lit, dans le silence immobile de la pièce, elle avait joué avec l'idée de l'odeur en soi, le parfum. Puis elle avait ouvert les yeux. Allongée. Elle se rappelait s'être couchée, à Gênes, mais rien de plus ; la fatigue avait pris le dessus, faussé l'ordre de ses souvenirs. Alors elle avait remarqué un bruit bizarre. Tendu l'oreille. On aurait dit le bruit que font les gamins quand ils imitent les poissons en recrachant d'un coup une bouffée d'air. Et la lueur instantanée de la pointe du cigare, ravivée comme un iris des ténèbres, puis aussitôt affaiblie. Le corps de Leda s'était tendu, ses muscles l'avaient contrainte à s'asseoir en sursaut. En un seul geste, elle avait saisi sa canne et dégainé l'épée, instinctivement, et en jetant son étui de bois sur le côté, elle avait demandé : « Qui es-tu ? »

« Pas la peine de s'affoler », lui avait répondu une voix posée, masculine. « Je t'aurais déjà tranché la gorge, si j'en avais eu l'intention. »

Par un mauvais tour de son esprit – elle qui n'avait peut-être pas su dans son réveil défaire les nœuds qu'elle avait emmêlés dans son sommeil –, elle crut qu'il s'agissait du garçon à la longue barbe, le sauvage sur lequel elle était tombée au port. Tout ça, c'était la faute du vieux croulant qui l'avait interpellée et s'était approché d'elle, bien que Leda se soit bouché le nez à cause de la puanteur qui émanait de la créature et du mulet qui la surveillait : « Cela ne vous embête pas si je vous demande de m'aider à le soulever, n'est-ce pas ? » Leda avait dû se baisser et prendre sa grosse voix pour tenir son rôle. Puis elle avait donné des ordres au guide qu'elle avait choisi en débarquant. Par chance, l'affaire s'était conclue en quelques secondes, parce que après avoir soulevé ce tas de chair, d'os et de barbe, Leda avait trouvé une excuse et s'était éloignée en un clin d'œil grâce à son jeune cicérone au maillot rayé, lequel avait filé tout droit vers la muraille de bâtiments qui bordait le port, l'obligeant à se dépêcher, car il devait rentrer et se trouver un nouveau patron, histoire de ne pas perdre son temps.

« Pas la peine d'allumer la lumière. »

Les yeux de Leda s'étaient accoutumés à l'obscurité. Quelle heure pouvait-il bien être ? Puis elle entendit une suite de sons : « *He went like one that hath been stunned, and is of sense forlorn*. » L'accent coupant articulait les mots comme un burin qui dégrossit la pierre en lui donnant forme. La voix avait répété, agacée : « *He went like one that hath been stunned, and is of sense forlorn* » et seulement alors, Leda avait compris et ajouté, comme John John le lui avait recommandé : « *A sadder and a wiser man, He rose the morrow morn.* » La voix qui s'était introduite à la dérobée dans sa chambre avait soupiré à ce moment-là, comme pour réfréner un rire sur le point d'éclater, puis elle avait repris son rythme. *Ba-ah*. La lueur orangée, maintenant que les pupilles de Leda s'étaient habituées aux ténèbres, lui avait permis d'entrevoir une peau rasée depuis la pomme d'Adam jusqu'au nez. Et de fines lèvres.

« Notre ami commun a la manie de l'excentricité… » La voix se déplaça. « Il sera content de savoir que tu es arrivée jusqu'ici. Demain matin je te laisserai des documents. J'aimerais que tu les lises. Ils te seront utiles. Le temps, malheureusement, ne nous est d'aucune aide, il faut agir vite. » Le corps dont provenait la voix s'était probablement éloigné du bureau, le plancher émettait un grincement. Puis une nouvelle bouffée de cigare. Leda avait laissé glisser ses jambes aux pieds du lit.

« C'est tout ?

— Pour l'instant.

— …

— Tu n'as rien à craindre pour le moment.

— Pourquoi moi ? » Leda n'y avait pas réfléchi, elle n'avait pas même l'intention de les prononcer, mais les mots étaient sortis tout seuls.

L'ombre n'avait pas semblé s'en agacer.

« Il est un peu tard pour se poser la question. Je suis sûr que tu en as déjà parlé avec notre ami commun.

— Pourquoi moi ? » avait-elle répété, presque comme si briser le silence revenait à ne pas donner à la voix la possibilité de partir.

« Parce que tu n'existes pas. Mais tu fais l'affaire. Tu es intelligente, tu apprendras ; cela te plaira. Nous évaluerons tes progrès.

— Vous, qui ?

— Ce n'est pas le moment.

— Je pourrais m'échapper », avait-elle murmuré, comme une fillette blessée qui se défend en s'agitant, tapant des pieds à la première occasion, de peur que ce soit la dernière.

« Si on te tuait, personne ne te regretterait… Contente-toi de l'endroit où tu es. Bruno est une personne fiable. Mais pas trop, comme tout le monde du reste ; il y a toujours quelqu'un prêt à payer plus. Fais attention. »

Il avait ouvert la porte.

« À propos, j'ai déjà réglé la note. Nourrie-logée le temps que tu restes ici. Et je t'ai laissé une bourse. Profites-en, apprends à vivre un peu. » Il venait de franchir le seuil quand il avait ajouté :

« Et trouve-toi quelqu'un avec qui passer le temps. Tout le monde se connaît à Gênes. Comme une famille nombreuse et indiscrète. La compagnie n'attirera pas les soupçons. Et ça te fera du bien de parler. De te délasser. Ça sera utile pour ton personnage.

— C'est toi, Massèi ? » lui avait-elle demandé, bien que la réponse fût évidente.

Il n'avait pas claqué la porte, mais les gonds recouverts d'une graisse sèche et poussiéreuse avaient émis un léger crissement.

« Laisse-toi pousser les cheveux, achète-toi des vêtements. On a besoin de toi en femme. Et si tu flaires un danger, brûle tout. Fie-toi à ton instinct ; John John dit que tu en as plus qu'il n'en faut. »

Leda était restée assise quelques instants à imaginer la silhouette en train de descendre le couloir, puis elle s'était levée pour aller à la fenêtre. On voyait une échappée de ciel étoilé. Dieu sait quelle heure il pouvait bien être. Son estomac avait gargouillé. Elle était restée quelques instants à regarder dehors, puis elle s'était affairée à son bureau et, après avoir trouvé la bourse dont Massèi lui avait parlé et qu'elle avait glissée sous le bandage qu'elle portait autour de la taille, elle était descendue. S'était aperçue qu'il était dix heures du soir et avait tout de même pu manger ce qui restait dans la cuisine de l'auberge. « Allez, goûtez-moi ça », lui avait dit monsieur Bruno, cordial malgré l'heure tardive, « c'est un plat de *mastro* Martino. » Sir John Frye et Massèi la mettaient donc à l'épreuve. Leda avait l'impression que sa propre vie était arrivée à un de ces carrefours où il est possible de prendre une multitude de routes car aucune direction n'a été décidée. Là, devant un plat de pois chiches, elle commençait à découvrir ce que Lorenzo lui avait caché lorsqu'ils s'aimaient comme des enfants. Il lui avait promis qu'il l'initierait au « métier », mais il lui avait raconté des sornettes. Peut-être qu'il ne l'avait pas crue à la hauteur. Pas assez intelligente. Maintenant, elle se débrouillait, au contraire. Et elle sentait qu'elle allait aimer ça. *Pauvre con*.

Le lendemain matin tôt, quelqu'un avait frappé à la porte. Quand Leda avait ouvert, armée d'un bâton, une silhouette dévalait l'escalier. Sur le pas de la porte, un paquet fermé par un petit cordon de cuir. Leda avait regardé autour d'elle et l'avait ramassé. Elle s'était installée au bureau. Comme ils étaient nouveaux, ces gestes dont elle faisait l'expérience, et comme c'était gratifiant de les accomplir. Le soleil se levait mais elle avait allumé une chandelle. C'était la première fois. Elle avait ouvert le paquet, déployé entre les paumes de ses mains les papiers qu'il contenait. Mais elle ne les avait pas lus. Au contraire, elle avait éteint la chandelle et choisi un vêtement bleu ciel, près des hanches. Puis elle avait mis la perruque que lui avait offerte John John et était descendue dans la rue. Depuis combien de temps ne s'était-elle pas promenée, libre, dans une ville ?

De retour, heureuse, elle s'était assise à son bureau. Un nécessaire d'écriture y trônait. Plume et encrier, papier buvard, baguette de cire à cacheter pour sceller les enveloppes, feuilles de chez un des meilleurs maîtres papetiers, ainsi qu'un récipient avec un bouchon percé rempli de cendre et un chiffon de cuir sur lequel s'accouder. Pour la première fois, elle avait perçu l'odeur des vieux brins de lavande abandonnés au fond de l'armoire à côté.

Elle avait accompli chaque geste, chaque mouvement avec lenteur. Pour se souvenir de tout. Une respiration profonde avant de rédiger deux missives en indiquant le lieu et la date. Elle s'était limitée à un *Je suis arrivée à destination*, faisant preuve d'un laconisme éprouvé, et en bas la signature : *Leda*. Elle s'était approchée de la fenêtre et avait soulevé les cages. Elle avait salué Remì et Mimmì, glissé les missives dans l'étui à cet effet attaché à une patte. Un dernier baiser soufflé, et elle avait lancé le premier, puis le second. Les oiseaux avaient pris leur envol tandis que le vacarme tourbillonnait, remontait le long de la façade de l'auberge et déferlait dans sa chambre. Mimmì s'était posé sur une cheminée. Il était resté là un petit moment. Puis, ensemble, les deux pigeons avaient dessiné une spirale toujours plus ample, comme s'ils se poursuivaient l'un l'autre, et ils avaient disparu au-delà des toits. En direction du sud.

Elle était naïve, mais pas sotte. Elle suspectait déjà qu'on lui offrait en réalité une forme de captivité. Une liberté de pigeon, libre seulement de revenir, comme lié à une laisse invisible. Mais ce serait déjà tellement beau de vivre cette semi-liberté.

*

« Je suis là, tu vois ?

— Lio-lion-Blanc ?

— Oui, mais il faut le dire à personne.

— Non, non, sois tranquille. Maintenant, faut y aller, parce que autrement monsieur Mandén, on va l'entendre. J'voudrais tout de même pas faire faire mauvaise figure à monsieur Mazzini.

— Qui ?

— Monsieur Mazzini, Giacomo, docteur et grand gentilhomme.

— Et c'est qui ?

— Celui qui m'a sauvé au port, j'te l'ai pas raconté ?

— Ah... »

*

Certaines journées sont de la musique. Quand le cerveau, ayant activé le mauvais faisceau de cellules, au lieu de traduire les pensées en mots clairs et en images, libère mélodies et rythmes, floraisons de sentiments. Et dans la tête de Lisander, ce jour-là, trottait une rengaine insolente, sur une simple mesure à quatre temps.

Dame putain est bel et bien guérie,
L'alcôve ouverte et l'idylle repartie,
À nouveau, l'espoir de grappiller quelques sous.
Et le mari de la cocue ?
Qu'il se fasse une raison,
Autrement, je le provoquerai en duel !

Donna Teresa, guérie de son infection et malade de désir, l'avait convoqué au moyen d'un billet parfumé à la vanille laissé par Bastiàn à San Simone, et les amants s'étaient payé deux baisades retentissantes, littéralement, à tel point que Bini la servante avait été obligée de se boucher les oreilles par décence et d'éloigner les autres invités des pièces contiguës au salon afin que les mauvaises langues ne ravivent pas la panique et l'émotion du patron. Le rapprochement valut au calotypiste un joli petit magot et comme, grâce aux R.d.T., les calotypes commençaient à lui rapporter quelques sous, le fruit de la liaison avec donna Teresa put être pleinement consacré à l'investissement. Lisander en fut extrêmement heureux.

En se promenant devant le château, Lisander s'attarda à regarder un groupe de gamins. Ils se passaient un ballon avec de vigoureux coups de pied, se couraient après. Ils avaient un air ingénu et lui donnèrent envie d'en faire le portrait avec sa chambre optique. Ce serait amusant, un échantillon de vie, qu'il était toutefois impossible de saisir, car comment immobiliser ces gamins le temps nécessaire si, justement, leur quintessence était le mouvement ?

Songeur, le calotypiste s'appuya contre un arbre et, tandis que les mioches rafistolaient la vessie avec une poignée du crottin d'un cheval qui était passé par là tirant un omnibus, enfin, il repéra sa proie. Pietro, le barbier de la Senavra. Lisander avait appris que l'homme avait fait partie de la Compagnie de la Teppa et, bien que vingt années se soient écoulées depuis, la réputation de la Compagnie hantait encore les établissements de la ville. Avant la vague de l'agitation politique de l'année 1820, une horde de débauchés avait pris l'habitude de se retrouver sur l'herbe autour du château pour baguenauder et s'amuser, puis la troupe avait grossi, se transformant en une jeunesse jacobine et, dans ce retour à l'état sauvage nécessaire à la lutte, elle avait fini par attirer des crapules, toujours plus nombreuses. Jusqu'à ce qu'un jour ils décident de fonder tous ensemble, avec les orgies et les applaudissements qui s'imposaient, la redoutable Compagnie de la Teppa qui, à force de tapages, de saccages et de bagarres, avait troublé les nuits des Milanais et des milices autrichiennes de retour depuis 1814 ; ils avaient fini par se faire prendre tandis qu'ils tenaient tripot dans une gargote, devant tout le monde, et quand les agents les avaient accusés de s'adonner aux jeux de hasard, ils avaient rejeté l'accusation sur l'aubergiste, et ainsi de suite, et le débat avait continué jusqu'au moment où deux membres de la Teppa avaient fracassé le visage d'un garde si bien qu'ils avaient fini tous ensemble au fond d'un cachot, déportés et condamnés à la prison à vie, adieu les mondanités nocturnes, et diurnes par la même occasion ! Ils en avaient après les Habsbourg, les membres de la Teppa, et si les revendications étaient aujourd'hui plus tièdes qu'aux premières années de la restauration du gouvernement étranger, Pietro parlait volontiers tout bas de politique. D'avoir découvert qu'il avait été un des membres de la Teppa donnait à Lisander non seulement une occasion idéale de lui tenir le crachoir, mais lui offrait aussi le moyen de s'en faire un compagnon. Il lui suffisait de déblatérer sur les Autrichiens, même si les choses n'allaient somme toute pas si mal ; bien sûr, les occupants profitaient, mais le vent de renouveau qu'ils apportaient semblait pouvoir gonfler les voiles à tous ceux qui aspiraient à une vie meilleure. Ce vent titillait le point névralgique de Milan. Le retard. La condition ultime des Milanais. Un retard ontologique. *Nullus locus sine Genio*, et c'était précisément cela, la condition sine qua non de citoyenneté, afin de comprendre dès le début le danger de rester à la traîne. Non pas d'être *laissé* à la traîne, parce qu'il en allait de la responsabilité de chacun. L'esprit qui émanait de la rue était le suivant : donnez-vous d'abord de la peine, la prospérité et la compassion des autres suivront.

« Pietro, Pietro, quel plaisir de vous rencontrer ! »

*

Le premier document était la copie d'un procès-verbal rédigé à Gênes par l'autorité de sécurité publique sarde. On y apprenait que deux étudiants de la Regia Università, un certain G.M. et un certain A.C., avaient été mis aux arrêts pour mauvaise conduite dans la petite église de San Luigi, à l'occasion de la fête du saint patron, à la suite de heurts qui avaient éclaté entre universitaires et étudiants du Collège royal à cause d'une interminable dispute sur la répartition des places assises. Le litige, d'après ce que Leda put comprendre du jargon administratif, avait dégénéré par la faute d'universitaires déchaînés (ledit A.C. portait des moustaches séditieuses, selon les annotations) qui s'en étaient aussi pris aux pères jésuites, en les traitant de « bâtards zélés », coupables, au dire de la horde des fripouilles intellectuelles, de visées secrètes sur les chaires libérales de l'université, des fois qu'elles seraient « jansénistes ». En résumé, la dispute s'était terminée en bagarre, et quelqu'un s'était retrouvé avec une côte fêlée.

Elle ne devait pas seulement emmagasiner des informations, mais aussi comprendre pour pouvoir signaler ce qu'elle jugeait important, c'est pourquoi, débutante mais dégourdie et désireuse de se montrer apte à la tâche, Leda avait commencé à pointer les mots qu'elle ne comprenait pas dans l'idée de demander à Massèi ses lumières. Elle disposait encore des talents manuels et des pratiques apprises au couvent de Santa Chiara et au Bon-Pasteur, mais il ne s'agissait pas cette fois-ci d'être la meilleure en tissage ou en cuisine, en prière ou en discipline, aptitudes dont toute femme pouvait témoigner si elle était un tant soit peu éduquée et décidée à le faire. Cette fois-ci, on lui avait confié une mission qui faisait appel à sa perspicacité et à sa responsabilité. Aussi s'était-elle laissé emporter par le séduisant tourbillon d'un enthousiasme lucide, mesuré, orgueilleux.

Le second document était en moins bon état, daté de 1833 – étrange, cette capacité du papier à traverser le temps, à être à la fois passé et présent, à parler d'alors et un peu d'aujourd'hui, avait songé Leda tandis qu'elle estimait la qualité et le grammage de la feuille entre ses mains. Elle s'aperçut que la peau de ses doigts, autour des ongles, se détachait, fragile et mourante, peut-être asséchée par le climat de cette nouvelle ville ; cette imperfection lui déplut, et elle se promit d'acheter une huile ou un onguent. Le document en question était une fiche signalétique, et bien qu'elle n'en ait jamais vu, il apparut aussitôt à Leda pour ce qu'il était : un document rédigé pour servir un but particulier, fonctionnel. Le titre, en caractères typographiques, était *Signalements personnels de*, auquel avait été ajouté avec deux traits de plume *G.M.* Les initiales attirèrent aussitôt l'attention de Leda, qui fit preuve de cette rapidité d'esprit dont John John la croyait dotée. Elles revenaient souvent, dans le premier document mais aussi sur la fiche. S'ensuivaient plusieurs entrées qu'un officier de Turin avait complétées ligne par ligne avant d'apposer sa signature en guise de validation en pied de page.

Ci-nommé - -
Natif de Gênes
Profession avocat
Situation familiale - - -
Taille moyenne
Âge 26
Cheveux lissés, raides
Front clair
Yeux noirs, brillants
Teint livide
Nez - - -
Bouche fine
Visage oblong
Menton prononcé, rond
Corpulence maigre
Marques visibles - - -
Signes distinctifs petites moustaches
Habillement gentilhomme

Le G.M. arrêté à l'université de Gênes avait donc obtenu son diplôme et était avocat. Depuis Gênes, il avait probablement transité par Turin, se dit Leda.

Il y avait un troisième document dans l'enveloppe laissée par Massèi. Il était daté de 1827, à Gênes. Il concernait un certain Raimondo Doria, *carbonaro*. Le père Peter et John John avaient donné à Leda quelques repères sur les desseins de ladite Charbonnerie, mais l'Anglais, surtout par plaisir, avait aussi voulu l'informer des rituels très pittoresques de la confrérie. Elle avait écouté avec attention, mais à Rome, dans la villa, tout lui avait semblé absurde, invraisemblable ; maintenant qu'elle lisait, au contraire, sa défiance disparaissait. La note datée de 1827 était concise et, à sa manière, indéchiffrable : on y disait en substance que G.M. avait été initié à une *vente* par Doria.

Le fait que les feuilles ne respectent pas un ordre chronologique contraria Leda, qui les remit en ordre et rédigea un index. Elle descendit pour demander à monsieur Bruno qu'il lui indique un papetier. L'aubergiste satisfit sa demande et Leda acheta une feuille cartonnée, à plier en guise de chemise, ainsi que quelques pages blanches qui serviraient pour les notes. Mettre de l'ordre la rassurait. Dominer les éléments qui lui étaient soumis lui donnait l'impression de pouvoir s'affirmer.

Ce n'est qu'en examinant le quatrième document que Leda aiguisa sa vue pour en analyser les particularités : les papiers qu'elle avait sous les yeux semblaient avoir été rédigés de la même main. Elle regarda plus attentivement, certaine qu'il s'agissait de la même graphie. Étaient-ce des copies ? Quelqu'un avait-il transcrit ces documents afin qu'elle puisse les regarder ? Peut-être avait-on voulu cacher le nom de cet homme né à Gênes, avocat de profession, que Leda avait deviné être un révolutionnaire, un jeune impatient d'agir – qui s'était choisi pour nom, en tant que *carbonaro*, Strozzi – mais aussi de vivre, puisque le quatrième document, précisément, n'était rien d'autre qu'une lettre d'amour adressée à une certaine Giuditta. Poignante, la lettre d'un admirateur qui s'adresse à une femme dont il se sait à son tour admiré. La lettre avait ému le jeune cœur de Leda.

À la fin de la seconde journée de lecture, après avoir consulté les nombreuses notes que Massèi avait compilées en personne pour la tenir informée de sujets plus complexes, d'ordre politique, Leda s'était retrouvée avec les yeux rouges et un mal de tête à la fois affreux et bienvenu puisqu'il lui prouvait qu'elle avait durement travaillé. Et c'est ce qu'elle désirait : une reconnaissance. Rares étaient ses certitudes, nombreux ses doutes, et la curiosité déjà ancrée qui contractait les muscles de son cou lui donnait des fourmis dans les jambes. Pour bien commencer, elle avait affronté une tornade de noms : conspirateurs italiens et étrangers, informateurs et agents provocateurs, même si tout tournait autour de la figure de G.M. D'après l'image qui se dégageait de ces notes, ce G.M. devait avoir énormément voyagé et, grâce aux traces qu'il avait laissées et dont aucune n'avait échappé aux « mouchards » – Leda avait pris l'habitude de les nommer ainsi, comme pour exorciser sa propre implication – on pouvait esquisser un parcours. G.M. avait vécu en Suisse et en France, sous la protection d'amis et de sympathisants, puis il avait trouvé refuge en Angleterre ; à en juger par ses actes et ses revendications, c'était un radical, voire un fou, un fils à maman et un amant d'une fougue digne d'un adolescent. Une des lettres préférées de Leda venait de l'ambassade du royaume de Sardaigne en Angleterre ; elle détaillait la rente que G.M. retirait tous les trois mois, somme mise à disposition par une certaine Maria Drago. Leda était certaine qu'il s'agissait de sa mère.

Parmi les papiers laissés par Massèi un samedi matin, Leda avait retrouvé d'autres exemplaires de lettres de G.M. et un discours adressé auxdits Savoyards qui lui avait arraché un petit rire bienveillant. Mais c'était une réaction qui, peut-être, visait plus à la protéger du sens ultime des mots, qui avaient su chatouiller en elle des cordes qu'elle ne pensait même pas posséder :

SAVOYARDS !
L'absurde et brutal despotisme qui vous opprime depuis trois ans touche enfin à son crépuscule ; les généreux fils de la Savoie, de l'Italie, de la Pologne, de la France et de la Suisse accourent pour briser vos chaînes.

Et ainsi de suite, de *Rassemblez-vous à la voix de ces véritables frères*, en passant par *N'écoutez pas les mensonges de vos ennemis agonisants*, jusqu'à l'appel final, semblable presque au son du cor en pleine forêt, lancé par une petite bande de chasseurs débutants : *La révolution de la Savoie est gagnée, celle du Piémont et de l'Italie lui succède et la soutient ; partout, la foudre se déchaîne sur la tête des tyrans et l'émancipation de la Savoie aura comme premier objectif la sauvegarde de l'honneur et des intérêts des peuples situés à ses frontières.*

Mais G.M., ou plutôt l'image en train de se construire dans l'esprit de Leda – les lettres qui jaillissaient des manches et du col d'une redingote noire de « gentilhomme » s'assemblaient pour dessiner une silhouette sinistre, armée d'une plume et suant d'ardeur –, péchait aussi par mégalomanie. Il avait la morgue et l'audace d'écrire aux têtes couronnées. Parmi les derniers documents que Leda avait passés au crible, il y avait une lettre emphatique datée de l'année 1831, adressée à son roi par l'exilé G.M., déjà menacé de se voir passer la corde au cou.

Si je vous croyais un vulgaire roi incapable ou tyrannique, je ne vous adresserais pas ma parole d'homme libre. Les rois d'une telle trempe ne laissent au citoyen que le choix des armes ou du silence. Mais vous, SIRE, *vous n'êtes pas ainsi.*

Et il poursuivait, méprisant dans sa manière de s'adresser à lui d'égal à égal ; le respect dont il témoignait n'était qu'une pure formalité et il arrivait à l'incitation finale sur un ton presque menaçant, comme des flammes qui jaillissent de l'abîme avec la puissance fatale d'une bombe.

ATTENDEZ LES SOLENNELLES PROMESSES. *Conquérez l'amour de millions de personnes. Entre l'hymne des courageux et des hommes libres, et le gémissement des esclaves, choisissez le premier. Libérez l'Italie des barbares et soyez éternel !*
Saisissez le moment.
SIRE *! Moi je vous ai dit la vérité. Les hommes libres de l'Italie attendent votre réponse dans les faits. Quelle qu'elle soit, sachez bien que la postérité fera de vous* – LE PREMIER PARMI LES HOMMES, LE DERNIER DES TYRANS ITALIENS. *Choisissez !*

À ce dernier mot, Leda avait senti une vague de chaleur l'envahir et, la plume à la main, elle avait tracé d'instinct un profil sur le mur de la chambre. Son fantôme. Parce qu'elle était sûre que c'était lui, l'objet de ses recherches. G.M. Giovanni, Giambattista, Giuseppe, Gavino, Gerolamo, Gabriele, Galeazzo, Galdino ou Gaetano, Glauco ou Goffredo, Gregorio, Graziano, Giacomo ? Elle lisait à la lueur d'une chandelle, relisait dans la clarté du matin et divaguait sur l'endroit où il pouvait bien habiter, sur les souffrances qu'il affrontait, les bassesses qui l'incitaient à se révolter, sur ce qu'il aimait manger et ce qui le dégoûtait, qui saccageait secrètement son cœur, le tabac qu'il aimait fumer parce qu'il fumait sûrement, quelle était son odeur, et que signifiait Londres dans la réalité, l'empreinte des bâtiments sur la terre, une projection urbaine qui prenait toute sa mesure dans cette chambre d'hôtel, grâce aux maigres indices trouvés dans les lettres : rues, ponts et maisons, théâtres et immeubles, noms. Des perspectives, voilà ce que les papiers de Massèi ouvraient, et Leda en réclamait toujours davantage. Dans l'antre secret de sa chambre d'hôtel, un nouveau monde apparaissait, balbutiant, et quand Leda sortait dans les rues de Gênes, tellement bruyantes qu'elles en devenaient vraies, ce monde restait en elle. Pour cela, avec une passion renouvelée, Leda brûlait de découvrir qui habitait cet ailleurs, qui se dissimulait derrière ces deux fragiles lignes courbes, complices et traîtresses, G, et puis M, une baie arrondie à côté de deux pics montagneux, la sérénité des eaux et l'âpreté de la roche. La mer et la montagne, le front et les épaules de Gênes.

« Mazzini ? »

Quelle surprise de découvrir à quel point l'énigmatique G.M. lui était, dans un certain sens, proche. En recevant la nouvelle, dans la banalité de sa formulation, elle se sentit comme frustrée. Blessée. Parce qu'elle avait tracé dans l'air tant de châteaux et de profils imparfaits que même le mur en était barbouillé. Au milieu d'un après-midi, elle descendit après l'orage ; dans la rue, il y avait une odeur de terre mouillée qui montait et se mêlait à la fraîcheur, l'humidité qui, absorbée par les bâtiments, colorait l'atmosphère. Une très brève promenade et puis, au retour, elle avait découvert la énième intrusion. De nouveaux papiers sur le bureau. Et un billet. Il disait : *Ne laisse jamais de traces. Si tu sors, cache*. Un reproche. La première feuille était blanche, n'y apparaissait qu'un nom et un prénom. Giuseppe, G. Mazzini, M. « Mazzini ? » Sa respiration se brisa au fond de sa gorge ; l'homme qui avait offert secours et hospitalité à ce garçon un peu fou, Colombino, ne s'appelait-il pas Mazzini ? Il se prénommait Giacomo et quand, quelques jours plus tôt, une illumination lui avait traversé l'esprit, lui signalant que ces initiales étaient exactement celles de l'ancien médecin, l'éventualité lui était apparue comme une stupide coïncidence. « Qu'il soit… » Son fils. Il pouvait être son fils, se dit Leda tandis qu'elle s'asseyait et se penchait sur le document caché sous la page avec le nom. C'était un journal. L'*Apostolato popolare*.

*

En Italie, il avait connu un Piémontais, affilié à la Giovine Italia, irascible et charmant avec les femmes et qui, comme lui, avait été condamné. Il ne se souvenait pas de son nom, Piero peut-être, mais il se souvenait du dicton qu'il ne perdait pas une occasion de répéter – et comme ça faisait des jours et des jours que les choses étaient précaires, changeantes, l'occasion se présentait très souvent : « Se sentir comme une barque dans un bois. » Piero prononçait l'adage avec un air soupçonneux dès que quelque chose n'allait pas et, tandis qu'il parcourait de nouveau les terres qui avaient vu naître sa réputation de capitaine de la marine du Rio Grande, dom José se retrouva avec ce souvenir collé à l'esprit au point qu'il lui encombrait la vue. Il en sourit. Parce que cette région, il l'avait sillonnée sur cinquante milles, et non avec une, mais avec deux barques, à travers forêts et marécages. Il s'était écoulé plus d'une année mais quand il se souvenait de cette aventure, il retrouvait l'émotion exacte d'alors, la satisfaction d'avoir accompli une folie, la conscience de ce hasard qui s'était montré si insidieux. Une histoire à transmettre. Et alors qu'il se promenait nonchalamment, le moral en berne, ce sentiment lui parut très lointain, et il espéra qu'en avançant il pourrait le retrouver, comme quelque chose qu'on a oublié. Qu'il le ramasserait comme on le fait d'un objet laissé en chemin.

Les canards avaient déserté la lagune dos Patos. Ils avaient retrouvé leur nid peut-être, ou migré à cause de l'hiver austral, ou bien la pluie les avait chassés. Après la énième hésitation des troupes, José ruminait ; lui et ses marins attendaient la livraison des troncs d'arbres dont ils feraient des canoës qui leur permettraient de naviguer agilement sur la lagune et d'accélérer leur passage d'une rive à l'autre. Mais les troncs n'étaient pas encore arrivés ; à dire la vérité, on n'avait même pas vu la couleur d'une branche, et José, refusant de céder à l'ennui, avait commencé à s'occuper des poulains. Il y en avait beaucoup. Les champs cultivés alentour étaient désertiques, la terre infructueuse à cause de la saison et de la guerre, impossible de lui arracher le moindre légume, comme d'apercevoir à l'horizon des bœufs bons pour l'abattoir. Les eaux de la lagune, Dieu sait pourquoi, s'étaient appauvries en poisson. Au moins, les chevaux pour la monte ne manquaient pas, et les marins essayaient de les apprivoiser. Dom José, de son côté, ne s'y était pas opposé. Son Anita s'était arrondie. Il était sur le point de voir naître son enfant. Tout le reste l'ennuyait, surtout l'immobilité, et il avait depuis peu la terreur que l'enfant vienne au monde retardé ou malformé, non par un caprice du destin ou une vengeance divine, mais à cause des accidents qu'Aninha avait endurés. Cette pensée le réveillait en sursaut la nuit, le tourmentait à certaines heures de la journée. La moindre blessure, le moindre bleu sur ses hommes, même la vue des plus débiles l'incitait à s'imaginer un enfant estropié. Jamais Aninha ne le refuserait, tout mal foutu ou monstrueux qu'il soit. José, lui, voulait qu'il soit robuste, à son image. Il rejetait l'idée d'un futur différent.

Tout à ses pensées, dans la brise froide qui montait de l'océan, José aimait marcher, serré dans son poncho à rayures, seul, ou emmener un poulain pour de brèves promenades ; il le tenait par une mince corde parce qu'il savait que l'animal ne s'enfuirait pas. Le cas échéant, il cédait à son envie de le monter et le guidait au trot, sans forcer son allure. Il ne le lançait au galop que rarement et savourait le vent salé. Les dunes de sable alternaient avec de vastes et vertes étendues, pâturages dont les poulains raffolaient, et alors l'animal se mettait à courir sur cet échiquier ocre et vert émeraude à une vitesse stupéfiante, parcourait l'isthme de terre qui séparait telle une digue la placide lagune salée de l'océan. La saison, dans un soleil finissant, ployait sous le gris. Dans l'air, on sentait s'épaissir un indéchiffrable présage qui, comme une bouffée de passé, ramena inopinément dom José aux vers qu'il avait répétés tant de fois dans l'hémisphère Sud, imaginant qu'un jour quelqu'un les chanterait pour lui.

Ainsi s'avance le héros ; des braves suivi,
Le républicain au premier rang,
Clamant son nom en lettres de sang ;
Ici une montagne de blessés et d'estourbis,
Là de couards allemands offrant leur dos
Et le drapeau tricolore flottant haut
Dans les mains du chef qui, dans une lutte féroce,
Fustige, assaille, provoque et, de mille manières, véloce,
Vole d'une ligne à l'autre tel un dieu,
Incertain est le combat ;
Avec les siens il se lance pourtant,
Dans le sang où s'embourbe le sabot des chevaux,
Sang qui jaillit et pleut,
Là où domine dans sa lutte acharnée le trépas,
Mais le guerrier invaincu la fortune défie
Sans relâche guerroie parmi les flammes,
Et triomphe et crie : « À la libre Italie ! »

Il revenait d'une chevauchée, c'était un jour semblable à tant d'autres. Le Gros était assis, adossé à un petit mur.

São Simão était une ferme à moitié délabrée, encastrée dans ce damier de sable et de végétation ; elle n'était pas loin de l'endroit où, l'automne passé, le *capitão* avait dit adieu à la belle Manoela avant de partir avec l'héritier Griggs, mort plus tard criblé de balles, et les amis italiens, Luigi et Edoardo en tête, noyés. L'équipage et dom José avaient occupé la ferme après un nouvel accrochage entre républicains et troupes impériales, une vague fusillade qui avait mis quelques hommes à terre mais n'avait mené à rien de définitif. On disait qu'elle avait appartenu à un comte français, et José aimait à penser qu'il fût parent de ce Saint-Simon dont les idées l'avaient tant fasciné lors de ses premiers voyages dans les ports d'Europe. Alors, plutôt que de l'appeler São Simão, le capitaine s'obstinait à appeler le lieu à la française, et il avait demandé la même chose à ses hommes, même si ce son ne faisait que le troubler, ramenant des souvenirs de Nice ; la nostalgie était un sentiment qui, malgré l'exil, ne l'avait pas souvent atteint, mais voici qu'elle venait, sournoisement, bercer son cœur.

Non loin de la ferme, il y avait un grand pré que les marins avaient enclos pour s'entraîner à l'équitation. Par plaisir, disaient-ils tous, mais si certains s'éreintaient au dressage, c'est qu'ils nourrissaient le désir secret de s'enrôler dans la cavalerie ; ils se disaient que ce serait certainement mieux que d'être pris dans l'infanterie pour se faire massacrer, si par malheur ils avaient de nouveau à livrer bataille sur la terre ferme plutôt qu'en mer.

« Bon retour *capitão*.

— Anita, elle est où ?

— À l'intérieur. Avec la senhora di Mostardas », lui répondit le Gros.

La senhora di Mostardas était une paysanne joviale et cependant autoritaire ; elle habitait aux portes du pays de Mostardas, à quelques dizaines de milles de là ; Aninha s'en était fait une amie, Dieu sait comment, et celle-ci venait de temps en temps s'assurer de l'évolution de sa grossesse. En franchissant le seuil, dom José fut aussitôt emporté par un torrent de mots. Les mots de son Anita, laquelle lui adressa un bonjour très affectueux, mais surtout de la senhora qui parla à en perdre le souffle pour dire à quel point c'était bien, que ce serait mieux ainsi, qu'il ne fallait pas s'inquiéter, au contraire, c'était la meilleure solution. Elle dit et se dépensa tant que dom José finit par comprendre que la femme avait convaincu Anita : « C'est mieux pour elle, vu qu'on approche maintenant de l'accouchement », alors que le *capitão* accepte de bon cœur ou se fasse une raison.

« D'accord, merci, vous êtes bien aimable, mais je voudrais rester un peu seul… », lui dit José tout en l'accompagnant poliment à la porte, mais lorsque la senhora, très réticente, eut pris congé, le flot de paroles continua par la bouche d'Aninha : la senhora avait dans son domaine une sage-femme, et il valait mieux partir tant que les douleurs n'avaient pas commencé pour éviter un nouveau déplacement et un nouveau traumatisme pour l'enfant à naître qui, dans le ventre de sa mère, avait déjà accumulé plus de chocs que nombre de soi-disant aventuriers ; qu'ils partent maintenant, tant qu'à faire, parce que ici, à Saint-Simon – Aninha le prononça à la française pour l'amadouer – il faisait froid, et les désagréments étaient nombreux : « Et puis, disons-le clairement : ici, on n'a pas à manger. Il faudra abattre les chevaux ; c'est une souffrance à briser le cœur. »

Dom José grommela et se déroba au contact physique, elle voulait prendre ses mains, mais il ne put faire autrement que de l'écouter ; l'éclat au fond de ses yeux noirs l'ensorcela. Son aimée n'avait pas changé de caractère, elle avait seulement changé dans ses manières, ses expressions, limité les occasions où laisser son ardeur déployer ses grandes ailes. Elle le fascinait, et dom José s'en voulut, car quand elle était ainsi, il avait du mal à lui résister. Elle n'avait pas changé et, en demandant son consentement, elle ne protesta pas contre la difficulté des mois passés, ou l'indigence dans laquelle ils vivaient depuis des semaines ; maintenant, elle était libre, parce que libre intérieurement, elle l'avait toujours été. Muets de mots mais aussi éloquents que des poèmes vivants, tous deux partageaient encore une volonté d'exister.

Le torrent de mots d'Aninha, donc, fut plutôt une revanche de bon sens, et la scène que l'aimée et l'aimé jouèrent fut pour chacun un divertissement, puisque l'un comme l'autre en connaissaient l'épilogue. Elle commença par le clouer sur une chaise afin qu'il s'en veuille de l'avoir accablée de récits durant leur séjour à São Simão ; il se métamorphosait en raconteur d'histoires dès qu'il s'ennuyait. Il rappelait à Aninha un petit enfant devant un fossé : c'était comme si, en attendant l'avenir, il faisait un pas en arrière dans sa mémoire pour préparer le saut qui le propulserait en avant. Dans les semaines passées, José était revenu mille et une fois sur son arrivée à Rio de Janeiro et plus loin encore, sur l'Italie : « Ils les ont condamnés à la peine infamante de la potence, lui et Borelli. Ils les ont jetés en cage en l'accusant d'être un ennemi du peuple et de la religion, mais lui, il a toujours revendiqué le bien-fondé de ses idées. Il est mort après le supplice. On dit qu'il a écrit une lettre à sa femme, Cecchina, adressée aussi à ses fils. Il l'a confiée à un aumônier, un de ces sales curetons, dont je ne connais même pas le nom, mais je suis sûr que celui-là, il l'a donnée à la police, ou qu'il l'a fait disparaître. Quand nous retournerons en Italie, je ferai tout ce que je peux pour qu'on la retrouve, je le jure sur la tête de ma mère, Rosa. » Aninha soupirait habituellement à ce pluriel qui voulait dire une autre terre à explorer, un autre voyage ; son gros ventre lui pesait, mais elle aussi adorait le mouvement.

« Tu les as connus ?

— Non.

— Ah…

— Qu'est-ce que ça veut dire *ah ?*

— Rien, tu les appelles par leur prénom.

— Parce qu'ils sont comme moi, prêts à mourir en martyrs pour la cause de l'humanité et de la patrie, pour qu'enfin, au lieu d'un cloaque de papistes et de courtisans prêts à aller mendier à la table du premier roi venu, cette terre devienne un pays dont on pourra être fier. » Aninha s'efforçait de comprendre même s'il lui manquait des références essentielles ; ville, idées, ce qui s'était passé avant ; en somme, un cadre général. Et son José y mettait tant de passion qu'il donnait souvent l'impression que le récit avait été inventé pour un spectacle ; ce Ciro et cette Cecchina, par exemple, qu'il n'avait jamais connus et dont il parlait comme si c'étaient des amis. Toute cette exaltation ! Les sentiments que son José y mettait lui permettaient de s'approprier les autres à travers leurs histoires… Mais elle aimait sa façon de faire. Elle l'adorait. Elle le trouvait tellement hors norme. Tellement vivant.

« Alors, c'est d'accord, on va à Mostardas ? » lui demanda-t-elle.

Le lendemain, ils partirent, et le Gros les escorta en croupe d'un jeune cheval assez nerveux. Dom José fut taciturne. Ils n'y passèrent que trois jours, au terme desquels, dans le domaine de São Luiz de Mostardas, on entendit résonner les cris d'Aninha ; le travail commençait. Dom José resta avec elle dans la petite chambre qu'on avait mise à leur disposition, sourd aux requêtes de la sage-femme et des autres femmes de maison, mais lorsqu'il vit une rondeur du calibre d'un petit boulet de canon tenter de se faufiler par un passage qu'il avait connu plus étroit, il fut pris d'un vertige. Il en avait vu, des chairs purulentes, des plaies béantes, mais là, c'était son Anita ! Alors il se mit à l'écart, un demi-cigare en bouche, et quand la sage-femme donna une tape sur les fesses blanches du nouveau-né qui se mit à crier parce qu'on l'avait attiré de force dans ce monde, il sourit. Non pas un sourire de satisfaction, mais un sourire de rédemption. Puis il s'approcha pour embrasser son premier-né, aventurier de naissance, mais Aninha, plutôt que de le lui laisser comme le voulait la coutume, le lui ôta des mains. Dom José regarda longtemps cette image de nativité : elle, épuisée, les traits tirés, en sueur et pourtant belle ; son fils, avec un creux au milieu du crâne. Marqué par la grossesse.

*

Par cette soirée particulièrement chaude, Lisander revenait suffoquant de Porta Nuova. Quelle cohue, quelle foule ! Toute la ville se réunissait pour admirer les prémices du chemin de fer pour Monza. Sacré phénomène que cette bête à vapeur ferrailleuse. Le caisson cylindrique de faisceaux de bois, deux roues aussi hautes que des chevaux, quatre plus petites, en renfort, et la cheminée noire avec son embouchure large comme un crachoir, qui soufflait des bulles noirâtres, comme un incendie mouvant : la locomotive ! Ainsi l'appelaient l'espèce des scientifiques et les représentants de la philosophie naturelle, et le vocable avait circulé, porté par l'avidité collective comme si, en prononçant le mot, les spectateurs pouvaient participer à la merveille, se l'approprier même, ne serait-ce qu'un peu. Les Autrichiens l'avaient payée de leur poche, cette locomotive, et c'était là un excellent argument pour titiller le barbier de la Senavra. Le calotypiste avait rencontré Pietro au château, et avait su attiser sa curiosité en un clin d'œil. « Le monstre ! Il rugit sur commande, et il suffit d'une main ! » avait-il dit avec dédain, dans le but, raté, de dissimuler son propre étonnement. « Tous là en train de baver, à croire que le progrès, c'est dans la poche. Et les ingénieurs qui gueulent qu'elle va bouffer la route jusqu'à Monza ! Tu verrais le plan de la gare !

— L'os à ronger avant de nous jeter une nouvelle laisse autour du cou, rutilante comme un sou neuf. La carotte avant le bâton ! Les voituriers vont perdre leur boulot », avait dit le barbier de la Senavra.

« Ouais », lui avait répondu Lisander, en acquiesçant, « et nous, les honnêtes Milanais, on finit toujours par crever la faim. » Et voici que le calotypiste avait commencé à faire la liste de ses tourments, des épreuves qu'il affrontait en se lançant dans sa nouvelle affaire. Il ne parvint pas à lui dire qu'il avait besoin de modèles désinhibées auxquelles on pouvait demander de vrais accouplements pour les fixer sur papier dans cet instant d'animalité du réel, parce que sans cela, l'Observateur ne se serait pas identifié de la même manière. Il n'avoua pas son intention d'écraser la concurrence, car concurrence il y avait déjà. Et puisque l'hameçon était jeté, tel un pêcheur patient, il préféra ne pas trop tirer sur la ligne.

*

Ils s'étaient parlé pendant deux heures. Surtout Rossetti, pour l'informer des ennuis des forces républicaines, du fait que le « bébé », à savoir Pedro II, avait grandi, était devenu majeur. L'ami n'avait pas ménagé ses attaques contre les conseillers du général Bento Gonçalves : des lâches et des fanfarons, des laquais et des putains, une « vraie bande de couillons ». Il semblait y avoir des tractations avec le gouvernement de Rio de Janeiro pour obtenir l'autonomie de la région, en vertu de la bienveillance que l'accession du roi au trône et la chute de la régence de Feijó avaient inspirée. En attendant, le spectre d'un prochain massacre de *farrapos* planait sur la discussion, étant donné les manœuvres des troupes impériales en réponse aux requêtes de Bento.

« On verra », se limita à dire dom José, tristement.

Rossetti se leva de sa chaise, sortit de derrière le bureau, et s'approcha du *capitão*. C'était un ami qui lui était cher. Le lien de la révolution qui les unissait remontait à un lointain passé, il avait le goût à la fois de la jeunesse et de l'avenir, si bien qu'il aurait été très difficile d'abandonner la lutte. Il était né par hasard, ce lien, sous la forme d'un sentiment capable de canaliser une énergie autrement gaspillée, comme une vague inattendue qui avait su les renverser et les emporter, les étourdir de l'idée de ce qui était juste, et les armer de violence pour l'obtenir, donner à chacune de leurs vies une direction. Puis avait surgi ce petit peu de conscience qui leur avait imposé un examen plus poussé, et les choix qui en découlaient.

« Il ne faut pas se décourager. Aujourd'hui, on combat ici, mais un jour nous combattrons en Italie.

— Je sais. »

Dans leurs entrailles à tous deux, le passé remuait, caisse de résonance sur laquelle battre et cadencer les notes du présent, qui prenaient ainsi des couleurs et des sonorités nouvelles ; tous deux espéraient et attendaient que cette musique, un jour, retentisse dans les rues de leur ville. De leur nation.

Quand José vit l'ami prêt à repartir, comme il ne voulait pas laisser Aninha seule avec son fils tout juste né, Rossetti lui fit signe qu'il comprenait. Avec le visage radieux de celui qui savoure le sort d'un frère, il se réjouit de l'heureux augure en cette année mauvaise selon lui. « Je te ferai savoir le moment venu, s'il devait y avoir de nouveaux développements », ajouta-t-il enfin, « et transmets mes salutations à Anita, embrasse-la même de ma part. »

Ce qui les unissait, c'était un sentiment, la pudeur sacrée de la malchance, et ils ne se sentirent pas le moins du monde gênés quand le *capitão* décida de ne rien lui cacher. C'est là, lors de cet adieu, que dom José fit enfin allusion aux restrictions que lui et sa compagne subissaient depuis que Bento n'envoyait plus les fonds pour la marine, maintenant qu'on ne pillait même plus les villes et les caisses des partisans de l'empereur. C'était une véritable catastrophe. Alors chacun se tut. Puis dom José tendit une main, comme pour lui dire qu'il s'en allait, plus léger d'avoir partagé le poids qui pesait sur ses épaules, mais Rossetti le retint : « On pourrait… » Et ils purent, parce que José ravala son orgueil comme le lui avait demandé Aninha tandis que Rossetti se montrait à la fois poétique et politique : « Parce que la famille est notre première patrie. » Et comme à son habitude, il se montra bel orateur, le cher Luigi. Un parleur prodigieux. Pas tant pour ce qu'il disait que pour le discours en soi, la prosodie des mots, entre la mélodie, l'invective, et l'invocation. Le cercle d'amis et de connaissances, là, à Settembrina, s'attendrit et, dans un élan de fierté et de charité, réunit tout ce qui était possible pour l'impavide *capitão* Garibaldi. Une caisse arriva. Linge pour la femme et langes pour l'enfant, couvertures et service en argent volé on ne sait où. Et une bourse, minuscule mais pleine de *reis* et *milreis* pour les dépenses courantes. Une aumône.

Dom José ne voulait pas remercier en personne ceux qui avaient participé, comme un pouilleux ; ce fut Rossetti qui le lui conseilla et qui arrangea tout. José dut dormir à Settembrina et, ensemble, les deux amis rédigèrent une note à faire circuler parmi les bienfaiteurs. La nuit que dom José passa avec l'ami à ressasser les expériences qui avaient confusément fait de lui ce qu'il était aujourd'hui fut à sa manière reposante. Avant de fermer les yeux, il pensa à Aninha et à son fils.

Quand le lendemain le *capitão* repartit, il salua Rossetti par une étreinte chaleureuse : « Nous nous reverrons bientôt. J'en suis sûr. »

Il y avait des panaches de fumée noire si hauts qu'on aurait dit qu'ils retenaient le ciel prisonnier. Le *capitão* jura, et éperonna son cheval.

Devant le domaine où logeait son Anita, quelques hommes gisaient à terre, exsangues, la tête tranchée. Partout, le chaos suggérait un assaut. Dom José s'obstina à tout explorer, le sabre dégainé, prêt à se battre ; la ferme semblait abandonnée jusqu'au moment où un vieux sortit du fond d'une étable : « Le Moringue nous a attaqués. À l'aube. Tout le monde a fui », dit-il quand le *capitão* le ramena à la lumière du soleil, en montrant le maquis. Le Moringue. Cette crapule qui, à quelques dizaines de milles d'ici, un an plus tôt, avait attaqué le *capitão* et ses hommes pendant qu'ils construisaient les deux bateaux à traîner sur terre. À l'époque, il avait été repoussé, blessé, mais voilà qu'il revenait comme une âme damnée, comme s'il avait une mission à accomplir avant de pouvoir descendre dans le royaume des morts. Sauf que, à en juger par le chaos désolant que le Moringue et les siens avaient laissé derrière eux, cette âme était revenue avec une escouade de soldats bien réels, en chair et en os, armés jusqu'aux dents.

*

Massèi lui avait remis la missive d'un informateur de Londres. Elle révélait sommairement que la Giovine Italia se relevait, consolidait ses contacts à Paris, dans le royaume sarde et les légations, en Lombardie-Vénétie et dans le royaume des Deux-Siciles, en Amérique du Sud et même à New York. Mazzini se donnait beaucoup de mal, en d'autres mots, ses amis anglais contribuaient à renforcer son prestige international, et l'idée lui était en outre venue de mettre sur pied une école. Il rallumait la flamme des revendications, la nécessité imprescriptible des droits, en prêchant des devoirs. Massèi avait passé un après-midi entier dans la chambre de Leda pour l'informer de tout. Puisqu'elle devait partir, qu'elle apprenait vite et s'était montrée douée, il était inutile de remettre à plus tard. C'était ainsi. « Tu es prête. » Massèi la mit au courant de l'actualité politique et religieuse, et lui demanda de se construire une fausse identité que, grâce à ses interventions, il rendit au fur et à mesure crédible : « Tu partiras pour Londres dans cinq semaines. Avant que la neige ne perturbe le passage du Mont-Cenis. » La simple allusion à la neige lui fit penser au tableau accroché à côté du lit dans la villa de John John.

Lorsque Massèi sortit du Lion-Blanc dans un épais nuage de fumée de tabac, Leda se coucha sur son lit et pleura. Au début, elle ne comprit pas la raison de ses larmes. Elle était un peu triste d'abandonner Gênes et l'existence de ces derniers mois. Mais si elle pleurait, c'était d'impatience, elle en avait assez de continuer à lire, à se préparer : elle ne voulait pas que Giuseppe Mazzini, l'homme, reste pour elle un séditieux gentilhomme de papier. Elle en avait par-dessus la tête d'apprendre ce qu'il pensait, quels actes il s'apprêtait à commettre, quel blasphème il allait prononcer contre les oppresseurs, quelle justice et quelle liberté il désirait pour lui et pour ses compagnons ; du reste, la curiosité finit par s'évanouir quand l'objet de notre intérêt n'évolue plus à proximité. Elle voulait le voir en face. Plus de mots, de doctrines qui ricochaient de page en page. Elle avait envie de savoir comment il s'habillait, si ses doigts étaient jaunis par le tabac ; elle voulait savoir quels étaient ses plats préférés, elle voulait le raconter à son tour. Parce que en l'espace de ces quelques mois, le fantôme londonien avait éveillé en elle une singulière sympathie, mélange d'admiration et de mépris : le mépris suscité par les opinions de Massèi et par la perspective que ces mêmes opinions lui offraient pour regarder l'homme, l'admiration pour le fait que G.M. avait su donner un sens au vide de ses jours, comme une sorte d'entité en évolution permanente, présence à la fois incorporelle et matérielle. Leda le sentait peser sur son bureau, comme s'il était assis là, tel un séducteur venu la traquer. Elle pleurait parce qu'elle partait, donc, non pas à cause du départ en soi, mais de l'espérance que ce voyage exauçait.

Elle s'était donné du mal pour tout connaître du pays qu'elle découvrirait d'ici cinq semaines, de la ville où elle vivrait. Leda traverserait la France et rejoindrait l'Angleterre, où régnait une femme, ladite reine du Royaume-Uni et impératrice des Indes, Victoria. La reine née elle aussi en 1819, comment l'oublier : Leda était venue au monde la même année.

« Tu as de beaux cheveux, lui dit un jour Colombino. Longs. Avant, ils étaient pas du tout comme ça. »

Elle le regarda avec bienveillance. Elle le croyait simplet et son opinion, au lieu de s'estomper, n'avait fait que se confirmer. Mais comme tous les fous, Colombino cachait un irréductible noyau de vérité, que le garçon affichait avec la naïveté de la simplicité. Et Leda appréciait son inhabituelle et sauvage candeur ; elle avait commencé à le fréquenter par nécessité, comme le lui avait demandé Massèi, pour ne pas éveiller les soupçons, puisqu'il était la seule personne qui lui fût venue à l'esprit, mais elle avait fini par s'en faire un ami. Leda n'aurait peut-être jamais pensé à employer ce mot, mais l'évidence du cœur ne mentait pas.

« Merci. Pas toi. Au contraire, tu devrais vraiment la débroussailler, cette forêt ; et à propos, quand est-ce que tu te débarrasses aussi de cette barbe ? Pour qui tu te prends, Mathusalem ? Un jour, tu vas te prendre les pieds dedans et te fracasser les dents, la seule chose saine qui te reste.

— Je me la couperai quand j'arriverai devant Sa Très Sainte Sainteté. Puis je la laisserai repousser, jusqu'à ce que je revoie Vittorina.

— Dis-moi un peu, comment elle est, cette Vittorina ? »

Ils se promenaient au pied du phare, au couchant, les nuages à l'horizon alternaient entre pirouettes et traits d'aquarelle. La côte se déployait, résistant au scintillement las de la mer. Astolfo, libre des obligations que monsieur Mandén lui confiait dans son entreprise de pompes funèbres, agitait ses grandes oreilles en spatules.

« Très belle.

— Oui, mais comment ?

— Plein de cheveux, pas lisses comme les tiens. Ondulés, on dirait presque qu'ils veulent lui manger le visage, tellement il y en a ! Et sa peau n'est pas sombre comme la tienne, elle est plus claire, blanche. T'as toujours envie de la caresser, sans l'offenser, bien sûr.

— Mmh…

— Et elle a des beaux yeux, tout noirs.

— Ah.

— Oui, des grands yeux de vache très beaux. »

Le regard de Leda tomba sur les chaussures de paysan de Colombino. Comment pouvait-il marcher là-dedans, c'était un mystère. Massèi lui donnant suffisamment d'argent pour remplir sa bourse, Leda décida qu'elle offrirait au garçon une belle paire de solides chaussures. Il était peut-être bête, mais sa compagnie en valait la peine, et dans un certain sens, il les méritait.

« Allons-y, je t'emmène t'acheter une paire de chaussures. »

Il ne l'entendit pas. Il avait pris un peu d'avance, le nez pointé vers le phare des marins. Il dévalait les rochers et il s'en fallut de peu qu'en trébuchant il ne valdingue dans la mer.

*

Le premier-né porterait le nom du père de son José. Domenico. Mais Aninha avait pris l'habitude de l'appeler *pepino* Domío, parce que ses petits doigts lui faisaient vraiment penser à des cornichons biscornus, et que Domenico, c'était bien peu musical. Elle avait du lait plus qu'il n'en fallait, Aninha, mais ses mamelons lui faisaient mal, et son estomac aussi. Elle n'avait pas mangé depuis deux jours. Elle avait pris une poignée de terre avant de revenir sur son idée de peur de gâcher son lait ; pourtant, le second jour, à l'affût dans le maquis, elle s'était dit que la faim finirait par le gâcher de pire manière, et elle avait avalé tout ce qu'elle avait trouvé de végétal – et de terreux – avec le maigre espoir de ne pas s'empoisonner.

Elle ne s'était pas laissé abattre, mais elle craignait que l'enfant ne cède bientôt à la peur, pour n'importe quoi, l'inhospitalité du lieu, la désorientation qu'il devait éprouver lui aussi, l'appréhension qu'il flairait à travers l'odeur de sa mère, si âpre, là, sur le sternum, entre ses seins. Elle l'avait serré fort dans ses bras avant de l'envelopper dans un châle noué autour du cou pour pouvoir mieux en supporter le poids.

Les cris des hommes du Moringue avaient retenti pendant des heures, puis le silence. Aninha avait égaré son cheval ; elle avait dû en descendre pour se soulager, elle ne voulait pas mouiller ses vêtements avec Domío sur le ventre, et il lui fallait calmer la douleur du récent accouchement, réveillée par le galop ; et la bête lui avait échappé. Alors elle s'était postée en embuscade. Prête à tuer. La peur estompée par le sang, par la rage, qui n'était rien d'autre qu'une peur plus grande, plus aveugle.

Ce fut le Gros qui la retrouva. Aninha reconnut sa voix mais ne voulut pas tout de suite aller à sa rencontre. Tout était fini, la rassura le gros mulâtre qui avait l'air, à sa manière, d'avoir maigri.

Quand José put l'étreindre à nouveau, elle et son petit enfant, Aninha sanglota de soulagement. Avec son José, elle se sentait un peu moins en danger. Il souleva *pepino* Domío en l'attrapant par les aisselles. Le marmot écarquilla aussitôt les yeux, méfiant, puis il éclata d'un rire plus animal. « Dorénavant, on l'appellera Menotti. J'y ai pensé ; il est juste qu'en plus du nom de mon père, il porte celui d'un martyr. » Elle secoua la tête, comme pour dire qu'elle n'en croyait pas ses oreilles, parce que Menotti, c'était tout sauf un prénom. Mais au fond, elle s'en moquait ; elle aimait trop l'enthousiasme de son homme. « Tu te souviens de l'histoire de Ciro ? » Comment oublier, à vrai dire ? Elle se souvenait de tout, Aninha, et cela lui permit de comprendre qui ils étaient, elle, son José et le petit *pepino* Domío Menotti : une famille de la révolution. « Ça va », dit-elle alors, même si, dans les moments à venir, loin des niaiseries maternelles, elle continuerait à l'appeler *pepino* Domío. Qu'ils l'appellent Menotti, les autres, soulevant la pierre tombale d'un mort pour en faire le credo d'un destin.

Quelques jours plus tard, la nouvelle tomba. Deux missives. Une signée de Rossetti. L'autre du commandement de l'armée. On partait. Le *capitão* Garibaldi, Aninha et les survivants de l'équipage iraient au nord. La missive de Rossetti ne le disait pas clairement, mais elle laissait entendre des doutes fondés quant à l'efficacité et à la nécessité d'une telle opération. Surtout, l'ami les informait qu'on abandonnerait bientôt le siège de Porto Alegre et, en même temps que la ville, les visées d'indépendance et de bien-être des Riograndais, que ce soient de splendides et nouvelles utopies, des spéculations ou, plus probablement, d'irréalisables compromis. « Ici nous nous sommes retrouvés, ici nous achèverons notre œuvre », concluait la lettre avec confiance. Elle ne détenait pas la vérité ; mais elle frôla la dure, fatale réalité des choses à venir.

*

Expérimenter. Il travaillait maintenant avec deux boîtes optiques, l'une à peine plus grande qu'une main, l'autre haute d'un pied et demi, et grâce à elles il captait – avec une lenteur au début exaspérante puis, de progrès en progrès, avec une rapidité qui se rapprochait de l'instantanéité – l'éblouissante illusion du vrai : l'objectif, admirable récepteur, savait le happer à l'intérieur de l'instrument et le fixer sur le papier sensibilisé.

Lisander examinait chaque fois le résultat avec des yeux avides. Dans l'immeuble où il logeait, dans le quartier San Simone, une chambre spacieuse s'était libérée, avec deux fenêtres, et Lisander avait insisté pour l'avoir. La femme qui la louait la lui laissa pour un loyer modeste, et Lisander vit dans ce changement un signe. La lumière du nouveau laboratoire était meilleure, elle venait du nord comme prévu par l'architecture de tout atelier qui se respecte. Le calotypiste faisait poser les modèles recrutées sur la piazza del Carmine ou les prostituées – qu'il ne racolait jamais près de San Giovanni sul Muro, mais aux Fiori Chiari – et découvrait l'objectif. Il imposait l'immobilité. L'implorait. Une fois l'image saisie, il tirait les lourdes tentures que Chiarella lui avait procurées par le biais d'une amie. L'obscurité envahissait alors la chambre et, à la lueur d'une chandelle, Lisander travaillait au développement, assistant à l'apparition. Quels beaux rais de lumière, fragiles et d'autant plus précieux. Ils laissaient tout d'abord leur trace puis se dissolvaient, presque comme si l'œil se métamorphosait en bouche et dévorait, satisfaisant l'appétit de la vue.

Les premières « érotypies », des nus de femmes dans des poses classiques à fourguer aux peintres qui s'en serviraient de modèles pour des compositions plus alambiquées, ou encore aux petits-bourgeois pas bégueules qui s'excitaient sur n'importe quelle image pourvu qu'elle leur donne la trique, et les premières « calopornies » qui représentaient des prostituées assises sur un tabouret, jambes écartées offertes à la chambre optique tandis que de leurs doigts elles écartaient leur sexe : chaque calotype devait être savouré à la lueur d'une chandelle, dans une obscurité langoureuse et indispensable si l'on voulait retarder la débandade. Comme si la calotypie, dans sa coupable fragilité, portait en elle son propre châtiment.

Le processus de conservation devait être amélioré, et Floro se montrait le plus fiable et le plus laborieux de tous les assistants ; il expérimentait inlassablement. Lisander se préoccupait pour sa part des questions plus artistiques : il évaluait l'orientation de la lumière, l'angle de la mise en scène, l'expressivité des poses. Son plus grand tourment, pourtant, demeurait le matériel humain. Pour les simples nus, les modèles déjà connus des peintres, des ateliers de peinture et des élèves de Brera faisaient l'affaire, mais comme de se voir *si* nues leur faisait froncer le nez et faire la moue, elles se révélaient complètement inadaptées auxdites calopornies. « Du nerf ! De la chair, il n'y a aucune intensité ! » Les prostituées, de mœurs beaucoup plus arrangeantes, ne fût-ce que par habitude, ne valaient pas mieux. Elles posaient avec désinvolture, désinhibées et, si on les payait bien, elles acceptaient de se toucher, se résignaient à d'improbables pénétrations, mais chaque fois on aurait dit qu'elles le faisaient pour s'amuser. Une blague en somme, propre à faire venir un rire obscène aux lèvres plutôt que de provoquer le rut. Elles parvenaient difficilement à exprimer l'immédiateté intense, la vraisemblance que recherchait Lisander. Sans compter que, du point de vue financier, payer les prostituées pour les poses, nombreuses puisque le calotypiste ne se refusait aucune occasion de s'exercer, revenait cher. C'est la raison pour laquelle il fréquentait sans cesse – au moins deux fois par semaine – Pietro, le barbier de la Senavra, et parvint à convaincre le Mal-Né de se débrouiller pour le faire entrer aux bains de Diane.

Le gril exige un soin patient,
mais permet de cuisiner à point,
avant de laisser reposer sa proie
dans son jus. Et de la mordre à pleines dents.

V

Floro rejoignit l'entreprise avec un acte notarié rédigé par une connaissance de Carlino la Ride, et pour remercier Lisander de l'avoir officiellement choisi pour associé, il commença aussitôt à participer – bien que modestement – aux dépenses. Où trouvait-il l'argent, c'était un mystère. Probablement qu'il fricotait avec le Mal-Né. Tous deux trafiquaient au marché noir : du tabac pourvu qu'il ne soit pas autrichien, de miraculeuses préparations pour ravigoter le bouillon, des caisses de sirop, liqueurs et poudres à base d'opium venues des plantations d'Inde, le tout subtilisé aux chargements en direction de la mère patrie. Et, ultime et grande nouveauté de l'année, un poison vert qui faisait paraît-il des ravages parmi les canailles, les libertins français et les increvables Polonais : de l'Est, d'entre les brumes des Carpates, jusqu'aux brûlantes rives des Colonnes d'Hercule.

« Ça suffit. Trop c'est trop. »

Lisander était un peu éméché. Il était entré de bonne humeur car l'amitié avec le barbier de la Senavra se consolidait et d'ici peu il pourrait accéder aux grandes salles de l'hôpital des fous, histoire de réaliser de stupéfiantes calopornies. Mais Gégé la Clappe et Igino la Rallonge lui avaient aussitôt reproché ses absences aux réunions de ces derniers mois : ils voulaient savoir à quoi il se consacrait avec tant d'ardeur parce que, va pour la calotypie mais, techniquement, c'était à la lumière du soleil qu'elle se pratiquait alors que Lisander marinait dans une obscurité mystérieuse, d'où sa mine de déterré, ignorant les dernières modes littéraires et mondaines. Pendant toute la soirée, ils l'avaient asticoté, effrontément maltraité ; en d'autres termes, ils l'avaient pompé. Alors Lisander s'était levé d'un bond, avec les mains qui le démangeaient, et il avait salué ses compagnons sur ces mots : « Moi, quand je marche, je ne regarde jamais en arrière, alors allez vous faire foutre. »

Il avait franchi la porte de la taverne des curés à l'heure où les *lampedée* n'avaient pas encore allumé les réverbères ; il sortait dans la nuit noire. La lune tremblotait, maigre et indifférente. Lisander se dirigea vers la cathédrale, et bientôt il se retrouva avec la majestueuse bosse de l'abside et les vitraux sombres au-dessus de la tête. On n'y voyait rien, et le calotypiste fit courir sa main à la poche qui cachait son couteau, sans intention particulière. Il tituba d'un angle à un autre, dans les tentacules du marché noir. La moindre brèche était en effervescence. Les larges bords des chapeaux dérobaient à la vue des passants les visages des contrebandiers, le pied posé sur des caisses de bois, tendus comme des limiers, parce que cette zone n'était pas reconnue comme une zone de marchandage, alors ils flairaient l'atmosphère, prêts à détaler dans les venelles avant que les agents ne leur mettent la main dessus pour les jeter au fond du trou, voire dans les cachots du château d'où, certaines nuits, tandis que Milan paressait sagement, se levaient des hurlements de bêtes.

Lisander se traînait le long de la façade nord de la cathédrale – la puanteur de pisse était âcre et expliquait l'habitude d'appeler ce flanc de pierre de la cathédrale, surtout aux heures de la nuit, « le pissoir de Milan » – quand il avisa deux silhouettes. On aurait dit Floro et cet énergumène de Mal-Né, aussi Lisander s'avança-t-il, tentant de chasser les vapeurs d'alcool. Il n'était qu'à une vingtaine de pas des deux hommes quand, à l'improviste, émergeant des ténèbres, un homme aux cernes profonds et aux longs cheveux sales lui rentra dedans : le type regardait par terre, Lisander n'eut pas le temps de s'écarter, et ils se cognèrent. « Oh ! »

Ils reculèrent chacun d'un pas en se massant l'épaule et le thorax. L'inconnu avait un visage émacié et portait des vêtements de la plus belle facture quoique complètement fripés ; il donnait l'impression de n'avoir pas dormi depuis des jours. Dans ses yeux brûlait la lueur propre à ceux qui ne craignent pas la rue, non par habitude de la violence, mais par insouciance. Il dégageait une odeur de taverne, de journée passée à errer. Les deux hommes se firent face, remuèrent la tête de gauche à droite, dessinant une virgule imaginaire, comme le prélude à un duel. Mais, de même que l'alcool sait enflammer les esprits, il sait les réconcilier, et ils se sourirent. On vit une main tapoter une épaule, et les deux larrons s'entendirent comme si les vapeurs qu'ils exhalaient l'un et l'autre s'étaient rejointes à mi-ciel pour ouvrir le dialogue, exploitant l'éther ensorcelé comme moyen de communication.

« Il va pleuvoir.

— Eh oui.

— …

— …

— Bonsoir, je voulais aussi dire.
— 'soir à vous.
— D'où veniez-vous ?
— Et vous, où alliez-vous ?
— Par là.
— Moi, je viens de là-bas.
— Belle nuit, non ?
— Comme les autres, à dire vrai.
— …
— Quoi qu'il en soit, je suis désolé pour le coup, je ne vous avais pas vu. Vous savez ce que c'est, on est perdu dans ses pensées…
— Ah, soucieux, donc. Et qu'est-ce qui vous brise ainsi les couilles ?
— Je regrette que la vie soit une chienne. »

On entendit des bruits de pas. Des murmures. Le choc de fioles sorties d'une caisse, de nouveaux chuchotements, et enfin l'inimitable tintement des pièces passées de main en main, étouffé dans la paume une fois le marché conclu.

« Ben… pour une chienne, c'est une chienne. Vous avez de la jugeote à revendre. Je me nomme Lisander.
— Giuseppe. »

Et, comme s'il s'agissait d'un événement totalement attendu, pour ne pas dire qu'ils s'étaient cherchés et retrouvés à l'occasion d'un rendez-vous prévu de longue date, tous deux se mirent en chemin côte à côte sous un ciel avare d'étoiles où les nuages s'amoncelaient. Tandis qu'ils dépassaient le parvis, Lisander se souvint toutefois qu'il devait se procurer quelque chose auprès de Floro : « Je suis vraiment tête en l'air… » Alors il se retourna, retrouva les deux silhouettes aperçues un instant plus tôt, et sans même la pudeur ou la prudence d'une hésitation, il fit part de ses intentions au nouveau venu avec la dangereuse sincérité de l'ivresse ; l'autre leva la tête avec un mouvement ample, un peu de travers. Si vous avez vraiment à faire, allez-y, sembla-t-il vouloir dire, résigné à la compagnie du calotypiste.

Les deux ombres n'étaient pas du tout celles de Floro et du Mal-Né, mais de deux sinistres individus qui faillirent bien les empoigner vu les mouvements incohérents de Lisander, et après une difficile et interminable exploration qui les balada de la *manica lunga* – la manche longue – du Palazzo Reale à l'*isolato* du Rebecchino pour finir au Coperto dei Figini – les deux îlots qui bordaient la place de la cathédrale –, le calotypiste et son accompagnateur dénichèrent Floro dans les ténèbres des arcades, seul à l'abri d'un pilier : « On l'a trouvé ! »

Lisander ne se donna pas la peine de faire les présentations et choisit une bouteille de porto, l'enfila dans sa poche et fit glisser dans l'autre une bouteille de madère. Il rigola avec Floro, lui refila une grande tape dans le dos pour lui dire qu'il les prenait à l'œil, ils s'arrangeraient ensuite, et retourna auprès de son nouvel accompagnateur qui pendant ce temps traînassait, se dandinant de tout le poids de son corps tantôt sur le pied droit, tantôt sur le pied gauche, les poings dans les poches, le col de son manteau relevé. « On peut y aller. J'ai des réserves. »

L'humeur était au mouvement, aussi firent-ils demi-tour et se mirent-ils en chemin pour croiser aussitôt un cortège de casaques blanches. Par chance, personne ne s'approcha d'eux, et ils firent en sorte de ne pas être remarqués, si bien que, à quelque distance de la cathédrale, ils passèrent sous quatre rangées de fenêtres, volets clos, la lueur languide de quelques chandelles à l'intérieur. Rares étaient les bruits de la ville à cette heure ou plutôt, différents et épars, rien à voir avec la muraille sonore compacte de la respiration urbaine en plein jour. À la place du claquement rythmique du fouet des voituriers, du raffut des roues des carrioles, du martèlement des sabots et des cannes, des cris des marchands ambulants et de mille autres vendeurs, boursiers, joailliers et parfumeurs, et de tous ceux qui s'égosillaient dans les vieilles et grandes poissonneries, du babillage mondain des cafés, que ce soit Del Duomo, les Sette Colonne, le Nuovo ou le Verri, à la place de ces bruits quotidiens, la nuit réservait aux passants attardés les murmures des femmes de mauvaise vie, le sifflement menaçant des malfaiteurs, l'ultime claquement des portes du Corona, du Falcone, de la Lanternetta ou de telle autre auberge, un faible bruit de pas, une discussion, l'allure cadencée et martiale puis le grondement du « *Halt* » lancé par les gardes, mais aussi le tapage et les lointaines foires, les susurrements au tréfonds des foyers avec leurs petits cris aigus de reproche et de colère, les flatulences et les torrents de pisse, de seaux et de pots de chambre vidés des balcons sans même un coup d'œil sur la rue, les chéneaux qui se libéraient d'un coup, une baffe retentissante à s'en décrocher la mâchoire… Lisander et son accompagnateur dépassèrent l'enseigne de l'auberge accrochée à l'angle de l'avenue et poursuivirent en direction de la porta Orientale. La large rue qui menait aux monumentales barrières d'octroi à l'entrée de la ville était, aux heures du jour, un lieu de promenades en calèche ; ici, une partie du tout-Milan, la société élégante qui se levait à onze heures du matin, s'affichait vers deux heures en été et six heures en hiver, et il n'était pas rare de rencontrer quelques lions coiffés d'un haut-de-forme, une épaisse chaîne en or en travers du gilet, des dames pomponnées aux décolletés alléchants grâce aux copies des colliers mis en sécurité à la maison sous le matelas ou dans les coffrets à bijoux cachés au fond des chambres. De nuit, le décor de la rue et la promenade publique avec sa succession de pavillons, de petits jardins et de bancs sur lesquels pratiquer les joutes amoureuses et le racolage étaient déserts. Seuls quelques ivrognes s'y affalaient avant d'être chassés manu militari par les autorités. Les étoiles étaient rares, la lune délavée, la brume épaisse, mais il y avait suffisamment de clarté pour que Lisander et son accompagnateur ne tombent pas sur des voleurs attirés par une prometteuse obscurité.

Au début, ils ne parlèrent pas beaucoup, pas trop du moins, et se contentèrent de se promener, mais le porto englouti tantôt par l'un tantôt par l'autre les incita peu à peu à discuter. Et malgré les lampées répétées, le mouvement des jambes contribua à accélérer la circulation du sang et adoucit les effets indésirables du vin, et de fait la conversation un peu molle s'anima vite. Lisander s'aperçut ainsi que l'autre n'avait pas un accent d'ici, mais une façon de moduler un rien différente, et ce dernier lui confirma qu'il n'était pas du tout né à Milan ; il était originaire d'une ville plus au sud, dans la région de Parme, et était venu ici étudier le clavecin, « rêver, chienne de vie », dit-il avant de cracher par terre, avec aigreur. Ce fut le début, puisque ce geste, semblable à la pause qui précède le « et voilà ! » du prestidigitateur, inaugura les confidences. L'homme raconta qu'il était compositeur : il avait créé une œuvre de théâtre musical, une bagatelle burlesque qu'on lui avait commandée, plus pour faire rire qu'autre chose, qui avait au contraire donné lieu à un spectacle à faire fuir, « une nullité pour crétins ». S'il avait su éveiller une chose chez les spectateurs, c'était une tristesse noire. Il fallait voir comme on l'avait sifflé ! Incroyable qu'une salle pût vomir autant de commentaires assassins, un vrai peloton d'exécution. « Chien de public ! » grogna-t-il pour lutter contre la sensation de décalage qui le plombait. L'année passée, au contraire, il avait fait ses débuts avec une œuvre brillante, et on l'avait applaudi ! « Un débutant ! », un débutant à la Scala ; Merelli, l'impresario du théâtre, impressionné par son audace et son succès, lui avait sur-le-champ confié une seconde composition à mettre à l'affiche : lui, il avait pris ça pour la confirmation de sa chance, mais en fait, c'était une invitation à la catastrophe ! Du mauvais boulot, ah oui, ça, il avait mal travaillé, et il ajouta dans un soupir en baissant la tête : « Je n'ai pas travaillé comme j'aurais dû. Les soucis. Lisander, vous savez, vous, ce que c'est que les soucis. Ils nous bouffent et nous retournent le cœur. » Et Lisander d'acquiescer, compréhensif : « Je comprends bien, oui. Mais c'était quoi cette œuvre ? » Il allait cracher le morceau, oui ou non, ou peut-être le ferait-il plus tard : « Ça vous embête de me donner encore une gorgée de votre bouteille ? Je n'ai jamais eu de faible pour la boisson, je vous avoue, mais ce soir si je n'avale pas quelque chose, je crains de suffoquer.

— Tenez, mais doucement, après on n'en a plus. »

Le compositeur but à grandes goulées comme pour faire passer à tout prix de trop grosses bouchées qui lui seraient restées en travers de la gorge.

« Du calme, il ne va plus m'en rester ! Je suis obligé de racler le fond du baril, nom de Dieu, vous n'allez pas vous y mettre, vous aussi, à tout me pomper.

— Peut-être que vous y prenez du plaisir, au fond. »

C'était idiot, mais ils en avaient ri. Le compositeur but une dernière lampée sans commenter la qualité du vin, et Lisander en fit autant. Ils poursuivirent, en retournant vers San Babila. Sur leur route, ils rencontrèrent deux autres ivrognes qu'ils saluèrent.

« Vous êtes un sacré marcheur », dit Lisander tandis qu'il enjambait un petit ruisseau d'eau sale.

« Tous ces va-et-vient qu'il faut supporter pour arriver à quelque chose dans la vie. J'étudiais le contrepoint, l'harmonie, les compositions et les fugues et entre-temps, j'ai fait deux enfants, je me suis marié ; je me suis abîmé les doigts à jouer les organistes à l'église delle Roncole, dans mon pays. Avec ça, je gagnais une centaine de lires à l'année ; pas de quoi en jeter par la fenêtre…

— C'est bien vrai. Mon père avait une taverne et il m'obligeait à aller et à venir pour chercher les fournitures. Au-delà de Porta Tosa, l'Osteria della Cazzuola, vous voyez ? Aujourd'hui, le vieux est mort assassiné, peut-être qu'il le méritait, moi pendant ce temps je me suis diplômé peintre et maintenant, je dois courir d'un portrait à un calotype, pour ainsi dire. Et au beau milieu, j'y glisse même… vous savez, une bonne baise. »

À cette vulgarité, le compositeur ricana, mais il ne chercha pas à en savoir plus.

« Mon père aussi tient une taverne. Il vend du vin, et quelques produits de droguerie.

— Ah.

— Eh oui, les hasards…

— Mais cet opéra, alors, vous voulez bien me dire comment il s'appelait ? »

Le compositeur arracha avec désinvolture la bouteille des mains de Lisander et, les lèvres collées au goulot, il sirota un peu de madère, « si bon, si liquoreux », dit-il joyeusement en sentant sur sa langue la saveur, la consistance et, à plein nez, le parfum. Il se tourna tout à coup vers Lisander :

« Vous ne feriez tout de même pas partie des cons qui m'ont sifflé ? » Lisander leva les bras dans un geste de consternation incrédule.

« Vous m'offensez. Une œuvre de vous me plairait sans aucun doute. Nous nous entendons à merveille nous deux, j'en suis sûr » ; il avait maintenant exagérément ouvert les bras, et il conclut par une révérence qui sut arracher un soupir à son compagnon de promenade.

« Si vous êtes un homme pas trop raffiné et sincère de sentiment, un homme de cœur, nous saurons nous entendre.

— Je le jure !

— *Un jour de règne.*

— Comment ?

— *Un jour de règne*, le titre. Et le *libretto* était une merde.

— Je n'en ai pas entendu parler, honnêtement. Entre nous, les Romantiques de Traviole, nous discutons beaucoup d'opéra et de littérature, mais je suis distrait, depuis quelque temps : j'ai été pris par le vice de la calotypie ; figurez-vous que je me suis fait faire un passeport et que je suis allé à Turin. Si vous saviez, ce fleuve, et ce froid ! Quels gueuletons… Bon, de toute façon, je n'ai pas d'argent pour le théâtre.

— Romantiques de Traviole ?

— Oui, Romantiques mais pas trop larmoyants, parce qu'à force de se prendre trop au sérieux, on finit avec le mal de vivre des pénitents, ah, ah ! » déclara Lisander, surpris lui-même et content de la rime improvisée. *Nous sommes nés de traviole, frères des Mal-Nés, qui aimons nous perdre dans la poésie et remuer la queue. Nous sommes les Romantiques de Traviole*... Il l'entonna sur une mesure à deux temps et, devant le compositeur tout ouïe et tout yeux, il voulut s'afficher avec une autre chanson de la congrégation, afin que soit tout à fait clair ce qui distingue les Romantiques de Traviole de tous les autres.

Elle n'est pas moche la vie,
Qu'à se donner trop de mal, on devient bête
Et nous, on n'est pas des couillons pardi,
On est les Romantiques de Traviole,
Une compagnie sensationnelle !

Et au moment précis où il déraillait, le *se donner trop de mal* le foudroya.

« Chienne de misère.

— Comment ? » s'empressa de demander le compositeur.

Et Lisander de répondre :

« La vie est vraiment chienne, vous aviez raison. Les investissements, je les ai réussis, j'ai un équipement raffiné, j'ai acquis de l'expérience, mais je crève encore la dalle. Trop de mal, que je me suis donné, mais dans la mauvaise direction.

— Moi, j'ai perdu deux enfants, et maintenant, ma femme aussi est morte, saleté de vacherie.

— Je suis devenu un couillon. »

Ils s'étaient remis en route, s'accordant l'un l'autre à la lenteur de leur démarche. Pendant un moment, on n'entendit plus qu'un seul et même traînement de pieds.

« Je suis désolé pour votre femme », reprit Lisander. Alors le compositeur, ayant gagné sa commisération, se laissa envahir par une sombre mélancolie : « Ma Ghita à moi ! » Et le voilà qui se mit à sangloter à chaudes larmes, insouciant de se trouver en compagnie d'un inconnu, parce que lorsqu'on a quelque chose sur le cœur, il faut le dire sans tarder. Lisander fut stupéfait de ce débordement de désespoir si sincère.

« Je vous en prie, je suis vraiment désolé… »

Dépassé par les émotions, le compositeur se lança alors dans le récit douloureux de sa jeunesse, lorsque le père de Ghita, oui, lui, le père de sa femme était passé par hasard à l'église et l'avait entendu jouer et depuis lors il s'en était donné, du mal, le cher Tonino, son beau-père, qu'il appelait encore le signor Barezzi ; il l'avait soutenu dans ses études et dans son entraînement, avec de l'argent sonnant et trébuchant tous les mois, lui qui jamais ne ratait un paiement, jamais ne lui laissa endurer des soucis d'argent pendant qu'il s'instruisait. Il avait dû en passer par le mont-de-piété, le signor Barezzi, son beau-père, il s'était démené de tout son cœur, tout ça pour que son gendre devienne compositeur. Et quand, enfin, il l'avait vu se produire à la Scala l'an passé, il avait presque failli tomber à la renverse sur le carrelage de la galerie tellement il était content. « Un saint homme. Il m'a ouvert sa maison comme à un fils », et lui, pour rendre la pareille, il s'était mis à étudier la nuit, tout en montant la garde parce que la femme de Tonino avait peur des voleurs qui avaient cambriolé la maison des voisins. C'était ainsi qu'il avait connu Margherita et, de la proximité étaient nées les affinités, puis les fugues, non pas musicales, mais sentimentales, les astuces pour se retrouver seuls ; certaines nuits, le compositeur avait eu l'audace de se faufiler dans le couloir et d'entrer dans la chambre de Margherita qui, dans les effusions, était devenue « ma Ghita à moi ». Ils avaient tout fait en bonne et due forme, s'étaient rapidement fiancés. Et mariés. Qu'elle était belle, Ghita, dans sa robe de mariée, toute resplendissante.

Lisander écoutait. Ce type tombait incroyablement bien ; il dirigeait un orchestre, et avec un peu de chance il pourrait le présenter à quelque gros richard du monde musical, lui donnant l'opportunité de divulguer son nouvel art. Malgré la misérable aura qui émanait de lui ce soir-là, on reconnaissait la crânerie du compositeur, la morgue condescendante et si nécessairement sans pitié de celui qui est conscient de sa valeur, d'être doté d'un talent qui inspire le respect, une envie de rayonner.

« Et vous, qu'avez-vous à me raconter sur vous ? » le prit alors de court son interlocuteur, décollant les yeux de la route, alors que la vie de Lisander semblait reléguée au second plan.

Ce fut donc au tour de Lisander, et Dieu sait que l'intimité fugace que l'on partage avec un inconnu peut vraiment vous ramoner l'âme. Le calotypiste vida son sac. Que d'efforts pour articuler ses pensées et trouver les mots et, en même temps, quelle étrange sérénité puisqu'il savait que jamais plus ils ne se reverraient, et quelle libération alors de dire ce qu'il éprouvait pour Chiarella ! Il ne fut aucunement gêné de confier au compositeur qu'elle se prostituait, et l'autre, intempérant de nature, qui l'avait écouté avec attention, se mit à chanter les louanges du « bel amour », libre des conventions, et surtout qu'il ne capitule jamais ! Le destin le lui aurait fait payer, de laisser passer une telle chance.

« Salut à vous, Lisander, né de Traviole ; tout droit vous irez, car je suis sûr que de grandes qualités vous disposez », lui souhaita le compositeur en levant à la verticale la bouteille de madère pour faire tomber la dernière goutte sur sa langue.

Les adieux durèrent plus longtemps que prévu. C'était presque le matin, et les nuages se préparaient à accoucher d'une averse.

« Au revoir.

— Bonne chance. »

Lisander se sentait plus léger mais néanmoins chagrin, car voici qu'aux premières lueurs de l'aube, il se retrouvait avec un brusque sentiment de manque, et c'était évidemment à cause de cette rencontre. Son compagnon de promenade irradiait une intensité électrique qui se remarquait dans sa gestuelle déterminée, son regard. Un regard conquérant. « Va te faire pendre », murmura le calotypiste tandis que le compositeur disparaissait à un coin de rue, sous les premières fines gouttes de pluie. Jaloux, non de ses biens, mais de ses moyens. Une pareille stature, un pareil éclat du visage, qu'il soit dissimulé sous une barbe de quelques jours, ou alors évident sur une peau lissée du nez à la gorge par un maître barbier : Lisander espérait posséder un pareil talent, aussi lumineux, celui que cet homme possédait indubitablement : « Bâtard. »

Il monta les escaliers tandis que la pluie tombait à grosses gouttes et prépara le nécessaire. Il passa vingt feuilles à la cire. Floro acheva la sensibilisation et ils discutèrent sur la façon de procéder. Lisander s'endormit pendant que les feuilles séchaient et Floro s'en alla. Il revint avec les moustaches pleines de sucre, Dieu seul sait quel régal il s'était offert grâce à ses bonnes affaires au marché noir.

Il commençait à faire nuit quand Lisander ressortit dans la rue. Il mangea un morceau à l'Osteria della Foppa : trois plats pour une lire autrichienne, avec un risotto *giàld* – jaune – riche en moelle, et en plus des artichauts croquants à souhait. Il alla voir Chiarella, un bonjour et un baiser, rien d'autre. Il rentra chez lui et dormit d'un sommeil de plomb, apaisant.

L'aube se levait à peine que le calotypiste rôdait déjà vers Porta Tosa, pourvu d'une chambre optique et de feuilles, un petit foulard noué autour du cou. Floro arriva un peu plus tard en compagnie du Mal-Né. Tous deux s'étaient procuré un peu d'absinthe et avaient apporté leur lot de piécettes. Elles suffiraient à dédommager Pietro pour le dérangement, pour son silence, et pour qu'il n'aille surtout pas dire que les trois énergumènes n'allaient pas tarder à franchir le seuil de la Senavra.

*

Elle contemplait son fils. Les bourrelets de graisse autour des poignets comme des bracelets, et la femme d'un soldat qui lui avait dit que c'était une question de régime alimentaire. Pourtant, Aninha s'était sentie rassurée de savoir ses mamelles lourdes, et c'est vrai que dès que Menotti le demandait, elle découvrait son mamelon et le fourrait dans la bouche du petit. Ce n'était pas d'avoir peu de lait, mais peu de nourriture qu'Aninha avait souffert ces mois passés, et dont elle souffrait encore. Les menottes de gras autour des petits poings de Menotti étaient peut-être le prix à payer pour cette vie. Assurément, elles en étaient le symbole.

Ils étaient en marche. Novembre les prenait par surprise avec des averses redoutables, des torrents qui transformaient le sol en fange et faisaient déborder les rivières, et disparaissaient ensuite avec les nuages, mais pour mieux revenir. Dom José et son Anita, Menotti, le Gros et ce qui restait de l'équipage avançaient à la file avec les mille hommes qui retournaient sur la Serra. Le Gros avait renoncé à comprendre la logique des choses, si toutefois il y en avait une, et ne cherchait plus à soutirer des informations auprès de dom José ou des autres officiers.

Le général Canabarro remontait le haut plateau avec l'ordre de freiner les troupes de Rio de Janeiro, mais la soldatesque républicaine se traînait sans plus aucune envie de trouver l'ennemi. Tout le monde avait compris que la débâcle était imminente. La marche était pénible : les sabots brisés de la cavalerie, le pas traînant des hommes d'armes en tête, fantassins sans cheval ou marins à pied, officiers et affranchis, et derrière eux la démarche douloureuse des femmes avec les gamins. On crevait de faim. Des familles entières qui pendant des années avaient erré au cri de « Révolution » avançaient maintenant avec le misérable espoir de pouvoir retourner d'où ils étaient partis. Ou de survivre, au moins.

Un après-midi plus pluvieux que les autres, un cavalier aussi rapide que l'éclair arriva au galop pour annoncer que Rossetti était mort, et bien qu'il l'ait entendu de ses propres oreilles, le *capitão* voulut se le faire répéter par le messager blessé et hors d'haleine. L'ami Luigi, l'intelligent Italien, était tombé aux mains du Moringue, le spectre diabolique de l'empire. « Ce n'est pas possible. » Ils avaient massacré son corps, et les en informaient. Le cavalier rapporta que le Moringue avait fait sonner en guise de fête lugubre les cloches de Viamão – maintenant, plus personne ne l'appelait Settembrina – et exterminé les républicains. Un carnage sans pitié. On n'avait pas récupéré la dépouille de Rossetti. Sa tête avait été hissée sur un pic.

Dom José mit quelques instants à comprendre pleinement le sens de la nouvelle, puis il maudit la terre entière. Il s'éloigna sous prétexte d'aller pisser et, après avoir défait le bouton de son pantalon, il pleura, le membre au vent. Des pleurs sobres, et ce murmure, de mémoire : *Tu me verras assis sur ta pierre, ô mon frère*. « Je te ferai construire une tombe, un monument pour qu'ils puissent se souvenir de toi. » Finalement et heureusement il pissa, car sans cela les autres se seraient aperçus que dom José avait fait semblant, et durant le temps de cette mince miction, un éclair ramena sous ses yeux, tous ensemble, les premiers mois de l'année 1836, quand, arrivé depuis peu en Amérique du Sud avec Rossetti, José avait arboré la bannière de la Giovine Italia et avec son bateau *Mazzini* s'était livré au commerce peu fructueux de pâtes alimentaires, sucre et eau-de-vie, millet et farine, sans succès jusqu'à cet après-midi de bonasse où leur était venue à tous deux l'idée d'aller à Montevideo pour échapper à ce frustrant train-train ; or, quelques jours plus tard, sur un de ces brusques coups de tête de jeunesse, José et Luigi s'étaient regardés droit dans les yeux et avaient décidé de partir pour le Rio Grande do Sul. Ce n'était ni un caprice ni une idée tordue qui les avait motivés, mais la rencontre avec le comte bolonais Zambeccari, franc-maçon et mazzinien, idéologue et agitateur, prisonnier au fort de Santa Cruz. Février 1837, la date de cette rencontre, dom José s'en souvenait comme si c'était hier : « Qu'est-ce qui s'est passé ? Pourquoi tu es mort ? »

Ce soir-là, on ne vit pas d'étoiles. Aninha tremblait de froid et dom José resta longtemps à regarder Menotti. Les yeux de son fils. Il les trouva aussi noirs que ceux de sa mère, à peine nés et pourtant profonds. Les yeux de la faim. « Menotti », dit-il en soupirant. La fossette au milieu du crâne, plutôt que de s'estomper, semblait se creuser en un sillon dément. Le petit refusait de manger ; dom José avait voulu croire que ce n'était qu'un caprice. Ce n'en était pas un.

Au matin, ils reprirent la route, et le *capitão*, qui n'avait pas dormi, trop peiné pour Rossetti, fut envahi par une colère froide. On avait appris que Bento Gonçalves n'avait pas exigé de récupérer à tout prix le cadavre de l'ami. « Barbares. » Dom José injuria tous ceux qui lui tombaient sous la main et, pendant toute la journée, rumina : le gros serpent des *farrapos* était en train de muer, et les écailles mortes n'en cachaient pas de nouvelles. On ne faisait que mourir, maintenant. Chaque jour, les marches épuisaient, noyaient les éclaireurs dans les gués, brisaient les enfants qui suivaient les soldats à coups de fièvres inguérissables et d'inflammations. Les mères poussaient des lamentations, habituées aux horreurs de la guerre, mais moins disposées à les accepter. L'année semblait ne plus vouloir finir.

Au couchant, José prit Menotti dans ses bras, le soupesa. Le flaira franchement. Il avait l'air d'un spectre, ne manquait que l'odeur. Alors, il attira le Gros vers lui et lui dit de prendre deux chevaux. Qu'il parte au galop et rejoigne le haut plateau avec Aninha et son fils, qu'il trouve les éclaireurs qui devançaient la colonne et s'installe avec eux, à l'abri, loin de l'humidité de la forêt. « Tu seras récompensé. »

Le Gros acquiesça. Médita toute la nuit. Il aurait pu vendre la femme aux soldats impériaux qui n'étaient pas loin. La situation était désespérée, et il n'aurait peut-être pas d'autre occasion pour en tirer quelque chose. Le *capitão* lui-même, d'ailleurs, ne semblait plus capable de grand-chose, et en toute logique ses hommes ne l'étaient pas plus. À l'aube, quand il partit avec Aninha, il alla droit vers le haut plateau.

« Je te remercie, Abraão », lui murmura-t-elle doucement, bénissant Dieu, serrant le petit contre son sein. Lui se maudit en grimaçant.

*

Grande, avec ses façades habillées pour le regard et ses antres ignominieux, ses ouvertures et ses coins d'ombre, humaine et de pierre, dévergondée et pourtant chaste aux yeux de qui vient de loin, vraiment unique, la ville ! Parce que grande, elle l'est par définition, rien à voir avec les bourgs ou les patelins comme ceux qu'il avait croisés à travers la basse plaine, pour ne pas parler des quatre âmes qui se serraient les unes contre les autres pour se tenir chaud dans les gorges glaciales de cette poignée de montagnes qui lui avaient barré la route à quelques pas de Gênes ; les versants pentus, les cultures en terrasse écrasées par la pluie, les petits torrents aux rives éboulées, les baraques, rares, que l'on pouvait compter sur les doigts d'une main. La ville au contraire semblait démesurée, bien qu'entourée par une enceinte tarabiscotée de murs et de portes, protégée par les armes pour repousser la misère et les assauts, elle se déployait comme une tache de sang qui absorbe la poussière alentour. Si prodigue en parfums et en miasmes délétères, en lames de lumière et en barricades d'immondices aux coins des rues : quand on se met à la travailler au corps, Gênes dévoile sans cesse de nouveaux mondes, et il serait prétentieux de vouloir l'attraper en un clin d'œil, de la réduire à une idée, même s'il est possible de la maîtriser avec un minimum de sens de l'orientation : en effet, il s'écoula peu de temps avant que Colombino ne choisisse ses nouveaux points cardinaux pour réorienter sa boussole. « Par là… non, par ici ! » Peu de repères, mais suffisamment solides pour lui permettre de dissiper les vertiges de l'égarement et de fendre la pulpe urbaine comme un chirurgien ou un boucher, en sachant non seulement d'où partir, mais aussi où arriver. Les points cardinaux, donc : les pompes funèbres de monsieur Mandén, la maison de monsieur Giacomo, l'auberge où logeait Albertìn et, enfin, une minuscule crique non loin du phare, où s'ouvrait un petit lit de cailloux au milieu desquels l'eau disparaissait dans un va-et-vient de mousse blanche. Cette sensation, quand il y enfonça ses pieds malgré les crabes translucides qui pinçaient sous l'effet de la peur, lui plut à jamais.

À ces lieux, Colombino ajouta vite l'église sur la route qui menait à l'auberge d'Albertìn, et sur les bancs de laquelle il s'arrêtait pour réciter une prière pour Vittorina, ou pour l'Adele et Natale, et même pour le Crapa, et toujours un *Requiem æternam dona* en hommage à don Sante, *Domine*. Ce temple était si riche de couleurs que certains jours, la lumière, filtrant par les grandes fenêtres, les embrasait jusqu'à l'éblouissement. Une représentation au mur avait éveillé la curiosité de Colombino qui avait questionné une honnête femme, grappillant quelques informations ; il s'agissait de saint Siro et de son « *miracolo del basilisco* », mais Colombino dut se le faire répéter plusieurs fois, peu sûr du mot, tant et si bien qu'il continua pendant un temps à parler du « miracle du basilic ».

Chaque fois qu'il ressortait de l'église, il retrouvait, incroyablement présent, presque palpable, le majestueux remue-ménage citadin : le grommellement de la mer qui tenait lieu de fond sonore au chant des plantes vibrant sous la brise, le papotage des bâtiments à cinq étages, le pas et les moqueries des carabiniers royaux de service, les ricanements des bandes rassemblées autour des tables disposées dans la rue pour jouer aux cartes, le trafic et le frôlement des mains à l'ombre des entrepôts, le laborieux boucan du port avec son claquement de voiles enfin tendues, le bruissement brûlant des cordages entre les doigts des travailleurs à quai, la percussion des marteaux des maîtres calfats, le tintement précis des clochers. Et au milieu de la rumeur des choses, la rumeur des gens. Les milliers de cellules d'un organisme sonore hétéroclite qui incorporait tout jusqu'aux lisières, là-bas, où arrivaient les agriculteurs avec leurs primeurs, et au-delà, plus au fond en direction de la mer, une mélodie de fileurs, tisseurs et couturiers, gantières et couseuses qui œuvraient aux chaînes et aux trames, et puis les mendiants, les fainéants et les employés, les fonctionnaires et les bedeaux. Les pavés au débouché des rues et sur les places crissaient sous les allées et venues incessantes, et l'on entendait semblable musique le long des sentiers étroits et des chemins en pente, mêlée à la voix des poètes fous qui composaient à l'ombre d'arbres jaunes d'agrumes. On entendait gronder toute l'industrie des porteurs, des cordonniers et des barbiers, matelassiers et tanneurs, peintres en bâtiment et tailleurs de pierre et, à l'oreille de Colombino parvenaient les doux cris des charcutiers, des vendeurs de pâtes et des boulangers, contre son tympan le chant des blanchisseurs, les admonestations des maîtres à leurs élèves, le bruit de ferraille des chaudronniers, ferblantiers et rémouleurs, les hurlements des poissonniers : « Qu'il est beau mon poisson ! » Colombino sortait de l'église et, comme s'il avait volé l'ouïe des expertes oreilles d'Astolfo, il fermait les yeux, écoutait, et le son projetait dans sa tête tout un spectacle d'ombres, en partie réelles, en partie imaginaires, un attroupement bigarré qui se lamentait en racontant son propre métier et ses propres occupations…

Au milieu de cet écho perpétuel, Colombino éprouvait parfois le besoin d'un peu de calme, d'un sentiment de protection, et c'était pour cela qu'il appréciait Albertìn : elle parlait juste ce qu'il fallait et le mettait à l'aise malgré son ironie. En compagnie de la jeune fille, le garçon se risquait même à flâner sur le port, mais seulement à l'aube ou au couchant. Il descendait à ces deux moments, libre des obligations que lui avait confiées monsieur Mandén, parce qu'à ces heures-là, le trafic des bateaux s'apaisait, les quais se dépeuplaient, et c'est seulement aux alentours des bateaux en quarantaine encore pleins de marchandises qu'il restait un peu d'animation, des policiers et des contrebandiers. De nuit, au contraire, le port s'éveillait à d'autres trafics, et Colombino n'y allait jamais. Tout d'abord parce que monsieur Giacomo lui avait expliqué que c'était dangereux, pour lui, un étranger, et qu'on avait vite fait de se prendre un coup de couteau dans le dos ; mais la raison principale était tout autre et bien plus personnelle. Dans le noir, lorsqu'on n'entendait plus que les flots fouetter les quais et les flancs des bateaux, la mer inspirait à Colombino de l'effroi. L'élément noir qui respirait la nuit, telle était la vraie raison. Alors le garçon se dépêchait de rentrer chez lui peu après le crépuscule, quand il ne prenait pas les rues situées plus à l'intérieur ou ne retardait pas sa sortie si, au matin, le soleil temporisait, mince faisceau de lumière à l'horizon, à la lisière du linceul indigo des ténèbres.

S'il ne déambulait pas à l'aube ou au couchant, et s'il ne pouvait s'offrir une promenade ou un morceau avec Albertìn, Colombino se terrait dans la boutique. Au travail. Il s'était déjà fixé de gagner le pécule suggéré par monsieur Giacomo, qu'il retrouvait souvent pour bavarder un peu parce que le vieux docteur, à qui les jeunes ne plaisaient guère, et surtout ceux des nouvelles générations, si enclins aux excès, appréciait beaucoup Colombino. Il avait donné au garçon un conseil très utile : « Quand tu sens que le nez te pique, fais un ou deux petits sauts en l'air. » Colombino et Giacomo discutaient à fond des questions les plus éclectiques, et cette petite faiblesse corporelle du garçon – l'hémorragie de trop penser – était vraiment gênante. Mais Giacomo, en vertu de ses compétences en physiologie, était d'avis qu'il s'agissait d'un problème de tension, un afflux excessif de sang provoqué par la turbulence du cerveau. On pouvait donc essayer de fatiguer d'autres organes, afin de répartir la masse de sang disponible, en courant peut-être le risque que la pensée soit un peu ralentie, voire viciée, mais en évitant ainsi l'hémorragie. Colombino utilisait toujours les toiles d'araignée, comme le lui avait enseigné don Sante, mais comme à la boutique de monsieur Mandén, c'était lui qui était chargé de la propreté et que, sans aller jusqu'aux coups de bâton, les engueulades et les reproches, ça oui, ça ne manquait jamais, Colombino préférait que des toiles d'araignée, dans les angles du plafond, sous les volets ou même dans les coins, il n'en reste aucune. Il balayait même les copeaux des planches rabotées. Il ne lui restait donc qu'à écouter monsieur Giacomo.

Le ronron du rabot, mais aussi de la râpe quand elle dégrossissait et donnait son poli au bois, était pour Colombino une musique purificatrice. Il fallait bien raboter pour que « les morts n'abîment pas leurs vêtements » et arrivent dans l'au-delà sur leur trente et un, et que ça soit profond ; il savait s'y mettre Colombino quand il le fallait, aux ordres de monsieur Mandén, et il faut voir avec quelle force il enfonçait la lame de sa bêche, en souvenir de la sépulture de la mère de don Sante, quand le prêtre s'était disputé avec le croque-mort de Gorla. Monsieur Mandén, à voir le cœur qu'il y mettait, son apprenti, ricanait en se frottant les mains avec une avidité coupable, heureux de pouvoir le sous-payer. Et à rendre service à l'ami Giacomo, le Mandén y avait gagné aussi un mulet, buté que c'en était insupportable, mais solide. Astolfo vivait dans une étable à côté du local des pompes funèbres, avec deux chevaux noirs qui servaient au dernier voyage. Lui, il s'occupait du transport du matériel.

Pendant sa première semaine de travail, Colombino avait dormi à la boutique, au milieu des débris de bois et des cercueils, parce que la femme de monsieur Mandén avait peur que le garçon puisse voler, ou pire, tuer. Mais, par le même phénomène qui avait incité les gens que Colombino avait croisés sur sa route pour Gênes à ne pas le caillasser ou le faire arrêter, histoire de l'interner à l'asile, la dame se dit que c'était finalement un brave garçon. Alors elle lui fit une petite place dans un cagibi, lui mit un grabat à même le sol et quelques cintres auxquels pendre deux maillots rayés et ses caleçons marron. Colombino, lui, préférait souvent l'étable et la compagnie d'Astolfo, toujours furibond d'avoir à supporter la présence hautaine des autres chevaux.

*

« Je ne te comprends vraiment pas », dit Leda. Ses cheveux tombaient maintenant plus bas que ses omoplates, qui affleuraient sous sa peau brunâtre comme le vestige de deux ailes.

« Pourquoi ? » demanda Colombino en avalant une autre grosse cuillerée de pâtes relevées par un coulis verdâtre qui, à certains endroits de l'assiette, coagulait pour former des taches plus sombres ; le garçon les grappillait du bout des doigts.

« Tu pouvais pas l'emmener, cette Vittorina ? Un enlèvement comme dans les romans, je sais pas, moi… »

Colombino leva les yeux, essuya sa grosse barbe avec sa manche, posa la cuillère en fer-blanc sur le rebord du plat et, avec une expression solennelle, dit :

« Vittorina, il faut la traiter avec respect. C'est sa famille qui doit me donner sa main et bénir notre union. Don Sante, il était presque arrivé à convaincre l'Emilia, mais… » Colombino hésita, puis trouva les mots. « Il s'est endormi pour toujours, et l'Emilia, elle a changé d'avis.

— D'accord, mais qu'est-ce que tu vas faire à Rome ? » lui demanda aussitôt Leda, parce que les aventures de don Sante, de l'oratoire transformé en lazaret et des champs de Sacconago, elle les connaissait par cœur, comme les mille et une autres histoires de la vie campagnarde de Colombino, les contes de m'sieu Italo, les fermes toutes pareilles, les poulets et les chapons. « Je ne sais pas si tu te rends compte des bêtises que tu dis. Avec l'énergie que tu y mets, il suffirait que tu fasses marche arrière…

— Je parlerai à Sa Très Sainte Sainteté, coupa court Colombino. Je lui demanderai si j'ai au moins des garanties à offrir, et comment je dois m'y prendre. Si don Sante était sûr que je pouvais être un bon mari pour Vittorina, alors c'est vrai. Je me suis dit que peut-être Sa Très Sainte Sainteté, elle pourrait apparaître en rêve à l'Emilia… »

Leda secoua la tête. Elle n'arriverait pas à le dissuader. Elle avait déjà essayé, mais Colombino était une tête de pioche et ce n'était pas la peine d'insister. L'enthousiasme du garçon la réjouissait et elle était certaine que s'il retournait au pays, c'est à coups d'escopette, et non de poings, qu'ils l'accueilleraient. Il valait mieux qu'il s'éloigne. Qu'il vadrouille à travers la Péninsule.

« Dépêche-toi de finir, il faut que j'y aille », lui dit Leda. Elle prit sa canne, qu'elle avait posée dans le coin, à côté du banc ; elle s'y appuyait maintenant comme si elle souffrait d'une infirmité, pour ne pas se faire remarquer, la vue d'une jeune femme enveloppée dans un bel habit bleu ciel qui se promenait avec une canne étant pour le moins insolite. Elle fit un signe à l'aubergiste, lança deux pièces sur la table. Colombino s'empressa de vider son plat.

« Merci, mais c'est pas juste.

— Toi, tu dois mettre de l'argent de côté pour le voyage à Rome, pas vrai ? »

Ils regagnèrent la rue. Un chien menaça d'arracher le bâton des mains de Leda qui lança de but en blanc :

« Je pars demain. »

Colombino ne comprit pas. Ou du moins il comprit sans deviner qu'elle voulait lui dire qu'elle partait pour ne pas revenir.

« Où tu vas ? »

Massèi lui avait remis le passeport sur lequel était inscrit son nouveau nom : Lorenza Maranto. Le nom de famille était répandu dans la région des Marches et confirmerait sa prétendue provenance des légations de l'État pontifical, conformément à l'identité qu'elle et Massèi avaient peaufinée. Elle avait choisi ce prénom en s'inspirant de la fleur, l'amarante. Vito, son père, l'adorait. De longues tresses rouges en forme de piment. Elle l'avait aimé, son père, et certaines nuits, en scrutant les montagnes qui tournaient le dos à Gênes, Leda se surprenait à se remémorer les collines et la vallée de l'Ufita, et avec elles, le grand domaine qu'ils avaient habité, les interminables rangées d'oliviers et d'arbres fruitiers au milieu desquels, quand elle était petite, et seulement pendant les jours de récolte, son père l'autorisait à cavaler.

« Je vais loin.

— Loin où ?

— Un autre pays. Au sud.

— Pourquoi ?

— Je dois rendre visite à quelqu'un.

— Et c'est quand que tu reviens ?

— … »

Colombino se retourna.

« Bientôt. Mais toi, demain, viens à l'auberge pour me saluer », lui dit-elle. Elle n'aimait pas l'idée de partir sans laisser personne derrière elle.

VI

Ils croisèrent en chemin une petite carriole qui croulait sous le poids d'un tonneau. Elle rejoignait un débit de boisson à l'intérieur des fortifications et vendait au détail de ce petit vin râpeux des terres alentour. En voyant le robinet de bois déjà inséré là où il fallait, tous trois échangèrent un regard : autant se siffler un coup, se dirent-ils, histoire d'alléger le chargement du pauvre charretier ; il leur suffisait de mettre un sou chacun, une affaire de trois sous en somme, et l'occasion d'une sacrée bonne affaire : « *on sold al fiàa* », « un sou la gorgée », leur avait dit l'édenté qui poussait la carriole. Les malheureux vendeurs au détail étaient voués à céder leur marchandise au rabais, au moins avec le Mal-Né, mais cette fois-ci, Floro et Lisander se montrèrent eux aussi mauvais clients, pompant à qui mieux mieux, *glou glou glou*, jusqu'à ce qu'un rot tonitruant annonce la capitulation de l'organisme, vaincu par la pureté de ce jus de raisin et par le besoin d'air : c'est qu'il ne fallait surtout pas interrompre le flot, autrement on devait payer aussitôt un autre sou, ce pourquoi le charretier restait le nez collé à hauteur du robinet, les yeux rivés aux lèvres et au gosier du client sans même un battement de ses cils chassieux. Tous trois, à tour de rôle, s'attirèrent les injures du vendeur – « Ah, vraiment, tu parles d'un cadeau ! » « Allez en enfer ! » – et si le vin vermillon faisait son effet, comme il était légitime de s'y attendre, d'ici peu un voile tomberait sur l'esprit de Lisander, Floro et le Mal-Né, à même d'engourdir l'émotivité de la clique ; et c'était à espérer, non que le trio se distinguât par son extrême sensibilité, mais la scène qui avait surgi devant eux dans cette grande pièce du rez-de-chaussée la première fois les avait bouleversés. Choqués. Et si Lisander avait du mal à l'admettre quand on le lui demandait, eh bien oui, c'était ainsi : la salle dite des « Bacchanales » les avait tellement stupéfiés qu'entre le temps de s'habituer au spectacle et celui qui était nécessaire pour savoir comment s'y prendre pour faire le portrait d'une demeurée, ils n'avaient pu ouvrir la chambre optique qu'une ou deux fois, avec de minables résultats. La folle sans nom qu'ils avaient choisie comme premier modèle, de son côté, ne s'était pas bornée à satisfaire aux demandes, comme Lisander l'avait espéré : elle avait au contraire continué à s'agiter, malgré la promesse du Mal-Né de lui donner d'abord une bonne dérouillée et ensuite de la baiser dans les grandes largeurs. Ainsi, malgré la généreuse lumière qui avait traversé l'objectif grâce au travail aussi rigoureux que possible – étant donné les circonstances – de Lisander, le résultat s'était révélé irregardable ; la silhouette floue ne correspondait pas à l'image recherchée.

C'est qu'ils n'avaient pas bricolé grand-chose, à vrai dire, pendant ce qu'ils avaient ironiquement appelé la « première invasion de la Senavra », histoire d'estomper le souvenir sans pour autant se libérer de l'impression exotique produite par les aliénés. Voilà en plus que Pietro, le barbier corrompu, s'était mis à hurler au bout d'une heure parce que le directeur de l'hospice, l'éminent docteur Capsoni, n'allait pas tarder à revenir, alors que le secrétariat lui avait assuré qu'il prolongerait son absence jusqu'au lendemain, obligeant Lisander à déguerpir avec ses associés – le « Trio Obscuriste », comme Peppo le Grand Vocabuliste avait surnommé la clique un jour peu inspiré après avoir surpris les trois lascars en train de s'exercer avec la chambre optique sur une fille du peuple un peu simplette qui s'était emballée pour Floro. Les trois « obscuristes » s'étaient retrouvés les mains vides, tout penauds sur la grand-route communale qui courait le long de la Senavra, à râler et à donner des coups de pied dans le vide.

« Faut qu'on se bouge ; on peut quand même pas rater un soleil pareil ! Je veux rentrer avec toutes les feuilles bien imprimées, d'accord ? Cette fois, on reste à l'intérieur jusqu'à ce que quelqu'un nous foute dehors. De toute façon, cette charogne de Pietro ne nous rendra pas notre argent.

— C'est une vraie sangsue ce type-là.

— Et je peux te dire qu'il adore aussi se faire sucer… par les putains », renchérit Floro qui regretta aussitôt le mot « putain » à cause de Chiarella, comme si la jeune fille était l'unique, l'éminente représentante du genre. Que d'exagération ! Lisander ne sembla pas s'en offusquer et Floro insista : « De toute façon, on le tient. » Et c'était le cas, car Pietro souffrait d'une sorte de nostalgie permanente, un appétit obsessionnel, non pour l'argent que lui versait le Trio Obscuriste, mais pour le poison vert dont Floro faisait contrebande et qui était devenu indispensable au barbier de la Senavra.

Au rez-de-chaussée de l'asile – la bâtisse comptait trois étages et de nombreuses fenêtres munies de barreaux ainsi qu'un modeste campanile, héritage des jésuites et des séminaristes –, se trouvait une vaste pièce réservée aux « fous furieux », les indomptables, que Pietro avait présentée au Trio Obscuriste comme le « salon des Bacchanales », avant tout par honnêteté philologique, pour ainsi dire, les murs et les voûtes du plafond étant ornés d'antiques images d'orgies dont certaines remontaient au XVIIe siècle, disait-on pour souligner la vétusté du bâtiment. Mais quiconque fréquentait par profession la Senavra savait que si le salon s'était attiré l'épithète de « Bacchanales », c'était pour la principale raison que, peu importait le sexe des internés, une vague de désir universel déferlait chaque jour, et plusieurs fois par jour, sur les corps qui peuplaient cet enfer, leur arrachant des grimaces de concupiscence, des hurlements et des grognements : une horde libidineuse qui s'exaltait comme à la suite d'une secousse terrestre, et brisait l'équilibre fragile de cet univers aliéné, le réveillant malgré l'administration d'une sévère dose de bromure tous les matins. On était parfois obligé de se protéger des projectiles organiques errants – « quand ça arrive, on les bourre de coups, ces sales bêtes » –, les avait prévenus le barbier de la Senavra, lequel souffrait encore de la blessure infligée à son orgueil par le missile qu'un certain Umbertino avait fait gicler de son engin avant de finir avec trois côtes brisées et un œil tellement noir qu'il ne s'était jamais rouvert. Salon des Bacchanales car, sans même être consommées, les orgies menaçaient à chaque instant, et ô combien elles auraient calmé les esprits en vérité, puisque les êtres humains tous autant qu'ils sont, et pas seulement les fous, ressemblent aux chiens : pour les apprivoiser et les assagir sans aller jusqu'à les tuer, il faut les castrer ou les laisser s'épuiser à forniquer.

Lisander n'avait pas manqué de remarquer, grâce à sa nature d'Observateur, que si le salon méritait l'épithète de « Bacchanales », c'était également à cause du personnel chargé de surveiller les malades – les plus déments gisaient, enchaînés, tandis que d'autres, plus chanceux et inoffensifs, pouvaient jouir du luxe de courroies et de poignées de cuir, hululant à la lune –, véritables colosses qui ne détestaient pas l'ivresse des vendanges ; d'ailleurs, les qualités requises pour travailler dans la grande salle n'étaient ni la bonté d'âme ni la compassion, voire la rigueur qui s'imposait, mais une solide carrure et une prédilection pour la boisson, association qui permettait aux infirmiers de recourir à une imparable méthode pour faire taire les fous : les coups de bâton.

Ces mêmes qualités se révélaient utiles pour les thérapies réservées aux malades. Dans la salle, on avait l'habitude d'organiser un véritable chemin de croix dont les stations ajoutaient à la science médicale et à la pharmacologie de solides et brillantes considérations psychologiques. On commençait par une poudre vésicante, obtenue au mortier, de la *lytta vesicatoria* (un coléoptère marronnasse aux antennes noires et au thorax quadrillé que l'on trouvait sur les frênes à la fin du mois de mai) à appliquer sur la nuque, puis on passait aux bains tièdes, si prolongés que la peau partait en lambeaux, ensuite les jets et les douches gelées, les sangsues derrière les oreilles, un régime à base de fer pour éviter les substances excitantes, et enfin les purgatifs, de la glace pour refroidir les inflammations du crâne et autres bouillonnements démoniaques. En traversant pour la première fois les Bacchanales, Lisander, Floro et le Mal-Né avaient assisté d'emblée à une saignée pratiquée selon une méthode très ingénieuse : après avoir allongé le toqué et l'avoir enchaîné, les fesses à l'air, deux infirmiers, armés de coupelles en tous points semblables à des verres à cognac, avaient découvert son dos, martelé quelques coups de poing bien sentis, pour y poser ensuite le bord des coupelles – chacun en tenait une – et ce, après avoir glissé dedans un tampon d'ouate imprégné d'alcool, allumé au moyen d'une allumette en cire ; le malheureux avait alors crié à cause de cette soudaine brûlure, et la coupelle, vide une fois que l'ouate à l'intérieur avait brûlé, avait commencé à happer sa peau et à la gonfler ; les vaisseaux sanguins avaient affleuré comme l'image de la feuille sensibilisée dans la calotypie. La coupelle enfin détachée de la peau, les infirmiers avaient eu recours à un terrifiant engin destiné à vider le bubon violacé : une sorte de main de fer longue et étroite, munie de trois doigts, comme un râteau miniature. Le sang avait jailli des minuscules entailles parallèles, puis les infirmiers avaient procédé à une nouvelle application, histoire de soutirer encore un peu de sang. « Miséricorde », avait commenté le Mal-Né. Le remède principal de toute thérapie, malgré les effets secondaires très désagréables des plaies, demeurait toutefois les chaînes, l'immobilité offrant l'occasion de se confronter à soi-même dans la contemplation.

Dès leur première intrusion, Pietro, le barbier de la Senavra, après avoir compté les pièces et soupiré à la vue de la fiole de poison vert procurée par Floro, avait mis à leur disposition un débarras qui jouissait de la lumière d'une petite fenêtre ; il les y avait laissés préparer leur matériel et était revenu quelques minutes plus tard avec une jeune fille bien faite, le premier modèle sans nom. « Pas mal… », avait admis Lisander. Le Trio Obscuriste l'avait déshabillée et lui avait expliqué avec des mots et des gestes la scène à venir, mais la jeune fille s'était rebellée, et ce que l'on devinait derrière les teintes ocres du calotype obtenu lors de cette première séance faisait

plus penser à un morceau de viande exposé sur l'étal d'une boucherie qu'à une folle, tête baissée, pompant à pleine bouche le Mal-Né.

« Cette fois-ci, j'ai pensé à tout. »

En effet, Lisander s'approchait de la Senavra avec le matériel nécessaire pour monter une scène dont il avait personnellement vérifié l'efficacité : il ferait asseoir le fidèle Mal-Né – pantalons couleur aubergine et chapeau sur la tête – et flanquerait par-dessus le modèle à califourchon, de manière que la fille n'offre à la chambre optique que la vue de ses épaules et de ses fesses. La vision du derrière de Chiarella d'un semblable point de vue faisait bander Lisander en un rien de temps, aussi le calotypiste, au lieu de se fatiguer à chercher, avait-il choisi de développer ses propres préférences et de les mettre en pratique dans l'idée – ou du moins dans l'orgueilleuse hypothèse – que sa propre sensibilité d'Observateur représentait le plus haut degré auquel pouvait atteindre celle de toute la population masculine de la ville. Comme s'il en était l'apôtre ; le premier et avide consommateur de calopornies. Il s'était également procuré des bottines auprès de Chiarella pour donner une touche esthétique et titiller le spectateur, car le seul fait de cacher, c'est bien connu, augmente l'excitation. Le Mal-Né devait enfiler le modèle par-devant tout en lui écartant la fesse gauche de sa main droite, laissant ainsi voir la raie de son cul. Pour la pose, la folle dissimulerait avec son épaule le visage du Mal-Né, lequel, ne brûlant pas encore d'envie d'être identifié comme le Braquemart Suprême, l'avait expressément demandé.

La Senavra disposait de débarras, de plusieurs remises et de vastes pièces ; il n'y avait pas de cabinets d'aisance, mais on s'apprêtait à les construire. On voyait d'inter-

minables couloirs se dérouler dans toutes les directions, le long desquels il arrivait parfois de se cogner contre un malade qui aidait à transporter le linge. Il régnait une sévère séparation entre les sexes, aussi Lisander et ses deux compagnons ne pouvaient-ils se déplacer que dans la zone réservée aux hommes ; mais le barbier de la Senavra, étant l'ami de Gustén, le gardien en chef, savait comment franchir la frontière et il n'était pas rare de voir s'y aventurer quelques infirmières en quête de divertissement, si forte était l'attente de jouissances abusives.

La vague crainte de tomber sur Marta, sa sœur, avait troublé Lisander ; il en arrivait à se l'imaginer, le regard vide, la bave au coin de la bouche, démunie, en train de traîner sa mélancolique panière de linge à roulettes. Cette image dérangeante, en raison de ses visites à l'hôpital, s'était mise à le tourmenter de plus en plus souvent, mais il avait magistralement su se libérer de l'emprise de cette obsession par une insolite pirouette : « Moi, j'ai une sœur... » Il était parvenu à exprimer ses pensées et de leur donner corps l'avait apaisé. À dire vrai, le calotypiste s'était promis d'en parler uniquement comme prélude à une rencontre d'amour, mais, devant ce secret partagé et le visage si étonné de Chiarella, l'amour justement ne les avait pas embrasés : cette fois, cet instant d'intimité très différent de ceux qu'ils partageaient d'habitude leur avait suffi. Tous deux avaient pris leur plaisir dans la confession. Aussi, le moindre scrupule qui franchissait le seuil de la Senavra était-il tombé sous les coups de la conquête de cette nouvelle complicité.

« On y est presque.

— Les moineaux, mauvais signe.

— Quoi ? » demanda Lisander alors qu'ils n'étaient plus qu'à une centaine de pas.

« Les moineaux, là-haut ! Ils s'en vont. L'hôpital est truffé de nids », expliqua le Mal-Né en désignant le ciel au-dessus des mûriers qui cachaient la vue de l'hôpital.

Les moineaux prenaient leur envol dans un rapide battement d'ailes, comme s'ils voulaient échapper à un coup de fusil, pour se rejoindre en une seule masse harmonieuse qui se cabrait soudain en quête d'un lieu sûr où atterrir. Quand Lisander, Floro et le Mal-Né eurent fait vingt pas, ils comprirent pourquoi les oiseaux avaient déserté les toits et les nids des murs : un épais nuage de fumée s'élevait au-dessus de la Senavra.

« La cuisine ! »

Pietro avait montré au Trio Obscuriste les grandes salles où l'on préparait n'importe quoi, « même la merde » pour les malades, cuisines aux vastes fourneaux et aux conduits de fumée encrassés et bouchés par la suie depuis des lustres, au risque de provoquer des incendies qui dévoraient chaque mois un morceau de plafond dans le meilleur des cas ou au pire se propageaient dans les pièces contiguës. Les flammes affolaient les fous, que l'on entendait hurler, beugler de terreur ; en tendant l'oreille jusqu'à percer le crépitement des flammes, on pouvait percevoir les gémissements des furibonds, recroquevillés à terre dans les coins, enchaînés aux lits et résignés à leur sort, suffoquant déjà, si près de s'enflammer que leurs fers et leurs chaînes brûlaient leur peau gonflée de cloques qui, en se contractant et en se dilatant, semblaient respirer.

Les membres du Trio Obscuriste approchèrent un groupe de femmes aux larges hanches, longues jupes sombres et châles sur les épaules. Certaines d'entre elles avaient le visage calme, apaisé, le regard détaché de qui sait comment tout cela va finir, « parce qu'on peut pas l'éviter » ; d'autres au contraire priaient pour éviter la catastrophe. Une seule, honteuse juste ce qu'il faut, puisqu'il n'y a pas de honte à être sincère, disait que le Seigneur, il pouvait bien en prendre quelques-unes, de ces âmes prisonnières de corps fous, ce ne serait pas une grande perte mais une chance, parce que ça va de dire que dans l'existence il faut souffrir pour se mériter l'éternité, mais quand même, il y a souffrir et souffrir.

Le Trio dut se résigner et assista, impuissant, à l'incendie qui se propageait ; ils se cramponnaient tout de même à l'espoir, car si les flammes ne cédaient pas, c'était leur activité qui partait en fumée. Devant l'entrée secondaire de l'hôpital, un groupe d'aliénés qui, quelques instants plus tôt, travaillaient aux champs, s'étaient mis à chahuter, à taper dans leurs mains ; d'autres couraient vers les chambres, guidés par l'instinct qui leur disait de sauver un ami enfermé. Les infirmiers tentaient de les calmer en employant les méthodes douces ou plus souvent fortes, mais en vain, alors ils s'éloignaient, cherchant déjà une excuse pour le directeur et les inspecteurs de l'hôpital principal : « On n'a rien pu faire... »

Deux hommes sortirent finalement de la Senavra, dont Pietro, en dernier ; ils se dirigèrent vers le canal qui flanquait la grand-route et y plongèrent la machine pour les incendies qu'ils réussirent à faire rugir avec l'aide d'un malade à la carrure de mastodonte. Lisander finit par convaincre le Mal-Né d'aller aider les autres. La pompe manuelle émit un jet, aspergea les flammes, soulevant des vapeurs crépitantes, et le dingue, sur les conseils de Pietro, se démena avec tant d'abnégation que la machine se démantibula lamentablement et définitivement. Semblables à des tirs, on entendait l'écho des toux, âpres et étranglées, et le bruit de fouet des seaux d'eau lancés par la chaîne humaine déployée dans la cour.

Lisander installa sa chambre optique. Il imprima quelques clichés.

Infirmiers et malades se donnèrent tant de mal qu'au bout du compte, grâce à quelques paysans du coin, l'incendie fut maîtrisé sans que personne n'ose s'en réjouir : trop de morts, de blessés et déjà d'ennuis.

L'après-midi touchait presque à sa fin lorsque Lisander remit le petit couvercle sur son précieux objectif. Floro et le Mal-Né s'attendaient à l'entendre hurler, puisque toutes les séances de pose prévues pour ce jour étaient à recommencer, si tant est qu'après le désastre on pouvait encore espérer travailler ; au contraire, ils le virent ricaner. « C'est le Seigneur », dit le calotypiste, comme extasié ; qui sait si les flammes avaient emporté Marta, sa sœur. « Il déploie ses doigts de feu pour nous empêcher d'accomplir une mauvaise action. Il est en train de nous dire de nous tenir à distance, qu'à pécher par ambition et par luxure, on commet des fautes impardonnables.

— C'est vrai ? » lui demanda le Mal-Né, qui n'avait rien d'un bigot, mais restait tout de même influençable.

Lisander éclata de rire. Floro se joignit à lui pour dissiper le malaise.

« Non, c'est de la foutaise. »

*

Elle savait maintenant qui régnait sur la France et sur l'Espagne, le royaume des Bourbons et celui de

Sardaigne, la Savoie et Nice, l'Angleterre, les duchés de Modène et de Reggio, de Massa et Carrare, de Parme et Plaisance, de Lucques, et sur le grand-duché de Toscane. Elle disposait de nombreuses informations, et pour éviter de les confondre les unes avec les autres dans un inextricable amalgame, elle avait dû faire des schémas et gâcher quantité de papier. Mais cela avait porté ses fruits.

« Nous y sommes. Tu es prête, et finalement les conditions sont bonnes. »

Il y avait eu quelques « complications extérieures », et Massèi avait jugé plus sage de retarder le départ. Il avait fallu attendre le dégel des cols alpins. Mais pour l'instant, une brise qui venait de la mer soufflait dans sa chambre du Lion-Blanc, semant le désordre dans ses notes : la saison de calme plat du sirocco s'annonçait, la *macaia*, la lumière magique de l'été qui vous égarait les sens dans la torpeur de la canicule.

Plus prononcée ces jours-ci, peut-être exaltée par les premières tiédeurs et le frémissement éblouissant des flots à l'horizon, une sensation réapparaissait, que Leda était sûre d'avoir déjà connue. Un murmure remontant d'un gouffre, un souvenir du temps où elle habitait encore avec sa famille, avant la mort de son père, don Vito : la joie de courir dans la fraîcheur luxuriante des plantations du domaine, au milieu des fermiers bourrus et toujours accablés par la vie. Le plaisir innocent de regarder tout autour de soi, de courir après les animaux qui peuplaient l'étendue des montagnes de l'Irpinia.

Depuis qu'elle avait débarqué à Gênes, cette sensation revenait cogner contre son cœur avec une insistance sans cesse renouvelée, lui disant qu'à présent elle y avait droit, qu'il était temps de recommencer à jouir du monde et de tous ses sens. Leda s'allongeait sur le matelas de sa chambre du Lion-Blanc et elle écoutait les bruits de la nature qui s'endormait et se réveillait, elle inspirait les odeurs qui se faufilaient par la fenêtre pour se mêler au parfum de lavande échappé de l'armoire. Alors lui revenaient des odeurs et des saveurs d'enfance, dont une, en particulier : un délicieux et rugueux pain jaune. Le souvenir de ce goût faisait naître en elle une avidité de saveurs nouvelles. Elle oscillait, en équilibre instable, entre passé et présent, les prédilections d'autrefois lui inspiraient ses envies d'aujourd'hui, et sans plus pouvoir revendiquer l'exceptionnelle capacité qu'ont les enfants à tromper l'ennui, elle s'obstinait à trouver des moments d'insouciance. L'arôme du basilic, les kumquats, les gros citrons cultivés sur les terrasses à l'abri des fortifications et les feuilles d'armoise qui poussaient dans le moindre interstice et débordaient des pertuis aux marges de Gênes, près des collines, dans les quartiers des gens riches, l'émouvaient. Tout l'appelait, et elle se laissait faire. Là, pendant son séjour en ville, elle recommençait à désirer. La mer salée, se promener sur les galets sans chaussures, la plage et les coquillages.

Ses cheveux avaient poussé jusque sous les épaules. L'humidité les faisait friser, mais elle avait pris l'habitude de les lisser longtemps le soir, en face du misérable miroir de l'auberge, avec une brosse achetée dans un magasin d'articles de toilette. Parce qu'elle ne vivait pas seulement pour retrouver des plaisirs de petite fille et les conjuguer au présent, elle en découvrait de nouveaux. Dépenser l'argent que lui donnait Massèi en était un : satisfaire tous ses caprices rien qu'en dénouant le cordon de sa bourse lui procurait une sensation de puissance euphorique ; découvrir que chaque désir comblé en entraînait un nouveau la laissait au contraire beaucoup plus inquiète. Les brosses de crin, par exemple. L'achat incessant de nouveaux modèles selon les propriétés – lustrantes, démêlantes, et même revitalisantes – que leur attribuaient les vendeurs. Ou les valises. Les articles de bagagerie lui étaient inconnus il y a peu, mais un matin, Leda avait demandé à monsieur Bruno, et il lui avait conseillé une boutique. Le monde du bagage s'était alors ouvert à elle sans plus aucun mystère, l'ensorcelant avec tous ses modèles et ses nomenclatures : les malles de cuir rigide et leurs couvercles munis de courroies, pour le coffre ou le capot de la voiture, les différents *veaux*[1], les sacs en cuir souple, beaucoup mieux adaptés pour s'entasser partout dans la maison, les bagages plus articulés, munis de soufflets pour augmenter leur capacité et de poignées à enveloppe, et les malles, au châssis en peuplier, avec des boucles résistantes, des courroies tressées, et des renforts de fer forgé avec toute une gamme de clous.

« Alors, tu pars ? »

Elle l'aimait bien maintenant, ou peut-être était-ce seulement l'imminence du départ qui amplifiait ses sentiments. Étrange ironie que celle qui les liait : lui qui voulait rejoindre Rome, elle qui s'en était échappée. Même le docteur Mazzini s'était pris d'amitié pour elle, mais Leda ne s'était jamais sentie très à l'aise avec lui. Elle n'avait pas avoué à Massèi qu'elle le connaissait, ce qui lui avait valu de violents reproches : quand il l'avait découvert, il l'avait menacée de rompre leur accord.

« Oui, je pars.

— Je te donne un coup de main avec ta malle ?

---

1. En français dans le texte.

— Cela s'appelle une *vache*[1].

— Quoi ?

— Laisse tomber. Mets-la là-haut. »

La voiture attendait. Les chevaux hennissaient.

« Ici, ça va ? » demanda Colombino. Il était venu lui dire au revoir, et il essayait de l'aider avec son bagage en vache.

« Oui. »

Le garçon lui fit un sourire.

« Alors, bon voyage.

— Salut, Colombino », lui répondit-elle et, en le prononçant pour la première fois, elle se concentra sur son prénom ; il n'avait même pas été baptisé comme un bon chrétien, le pauvre.

« Salut, Albertìn. »

Leda resta un instant immobile, puis elle l'embrassa.

« Je ne m'appelle pas Albertìn. » Puis, reculant d'un pas, elle ajouta : « Je t'ai dit un mensonge, parce que…

— Tu ne t'appelles pas Albertìn ?

— Lorenza, dit-elle, Lorenza Maranto.

— Lorenza ?

— Oui.

— …

— Qu'est-ce qu'il y a ?

— Tu m'as menti !

— Je sais, c'est une longue histoire. »

Leda avança son visage vers lui, succombant à l'envie de lui donner un baiser d'adieu, mais avec tous ces poils, là, au milieu, avant d'arriver à la joue, elle parvint seulement à faire claquer ses lèvres sur ses pommettes.

Colombino, se déroba, fâché, parce qu'on ne plaisante pas avec les noms, toute notre âme en dépend.

1. En français dans le texte.

« Retourne auprès de ta Vittorina, crois-moi. Ça ne te servira à rien d'aller voir le pape. Rome, c'est à vomir », lui dit-elle sans prendre garde à sa propre colère. « Et puis, de toute façon, le pape ne va pas mal du tout. » Elle avait déjà le dos tourné et montait en voiture. « Dis-lui, à monsieur Giacomo, que le pape est guéri. Si tu dois partir, pars, ou alors retourne d'où tu es venu. Ici tu perds ton temps. Tu te laisses traiter comme un crétin. »

*

C'est une croyance répandue autant qu'une intuition évidente que toute partance est un événement contagieux, et de cela on pourra convenir ; mais si différentes sont les fièvres virales déclenchées par un départ, et qui ensuite se développent et prolifèrent sur ceux qui restent – diverses catégories de maux, d'abord, selon la nature de l'adieu et ensuite selon les qualités et la typologie de la personne qui s'en est allée – si différentes, disions-nous, sont ces fièvres, qu'elles rendent crédibles l'éventualité qu'un individu, sous leur action aiguë et mordante, puisse être influencé plus que de raison, poussé à partir même : « Je vous comprends, monsieur Mandén, vous avez été bon avec moi. Et je vous remercie. Mais j'ai besoin de mon solde. »

Albertìn-Lorenza était partie, lui avait menti, l'avait traité de crétin, lui avait reproché de s'être laissé et de se laisser encore rouler par Mandén et par monsieur Giacomo comme le premier idiot venu, mais, surtout, elle l'avait égayé par sa présence pendant leurs longues et brèves balades à l'aube et au couchant ; elle lui avait même offert des chaussures d'un confort inédit pour Colombino, habitué qu'il était à ses sandales aux semelles raides comme les paysans ont l'habitude d'en porter. Sans compter que pendant sa malheureuse expédition vers Gênes, le garçon n'avait eu personne pour l'écouter et avait été privé d'une innocente compagnie, proche de son âge – les braiments d'Astolfo n'avaient pas su, par leur nature même, lui apporter une réponse toujours satisfaisante et efficace durant leurs conversations – et Lorenza l'avait abordé, de sa propre initiative, elle l'avait écouté, l'avait contredit avec l'affection et l'honnêteté dont on doit faire preuve dans un authentique dialogue ; elle lui avait même raconté être allée à Rome où elle avait assisté à une exécution, elle lui avait parlé des oliviers du sud de l'Italie où elle était née, et elle lui avait fait partager sa table. Alors, son départ à elle, sa façon de s'attarder au loin, de demeurer ailleurs, avaient fini par décupler de manière insupportable son impatience à lui. Colombino s'en était voulu pour la manière dont ils s'étaient dit au revoir, mais, sa rancœur apaisée, qui du reste ne convenait pas à sa nature, il était retourné au Lion-Blanc, avec une obstination polie, jour après jour : vêtu de son maillot rayé, il se présentait au comptoir et demandait après Lorenza. Si bien que Bruno l'aubergiste, plutôt que lui flanquer une bonne gifle à cause de tant d'insistance, s'était pris un jour de pitié, et lui avait ôté toute illusion : « Calme-toi une fois pour toutes, mon garçon. Elle ne reviendra sûrement pas. » Une grande tristesse s'était alors emparée de Colombino, lui pourrissant le moral à l'idée qu'elle était partie pour toujours et qu'il ne lui restait rien d'autre à faire que de rester là, pour l'éternité. L'allergie à la solitude, que monsieur Giacomo savait apaiser quelque peu lors de leurs rendez-vous pour déjeuner ou pour dîner, s'était depuis lors transformée en inquiétude, elle avait sillonné les veines de Colombino, contaminant une cellule après l'autre, et son séjour à Gênes était devenu douloureux : « Astolfo, qu'est-ce qu'on fait ? » demanda-t-il à son mulet. Il avait grandi sans sautes d'humeur, Colombino, jamais un excès, sauf celui de demander, d'où l'étonnante impression de se découvrir capable d'une frénésie si violente qu'il lui fallut la maîtriser de force, comme on fait avec un pet indésirable qu'on sent glisser et qu'on renvoie là-haut, d'où, calfeutré dans les replis de nos boyaux, il menace toujours d'exploser.

Il ne voulait pas croire que monsieur Giacomo lui avait joué un sale tour avec son idée de mettre de l'argent de côté pour le voyage en bateau, et en même temps il ne supportait pas le doute d'être pris pour un crétin, d'autant qu'avec la belle saison, le souvenir de Vittorina qui l'attendait à la Formaggiana planait sur toutes ses nuits ; il se couchait dans le cagibi que la femme de monsieur Mandén avait mis à sa disposition, et là, sans nulle étoile à contempler, il voyait surgir le profil de la jeune fille parmi les taches qui maculaient le mur, et s'imaginait Vittorina dans la cour où elle faisait asseoir les enfants en rond, parce que, avec le soleil, la marmaille avait envie de crier en plein air, et Vittorina alors enlevait le châle qu'elle mettait pour travailler au métier à tisser, et laissait étinceler ses bras pâles dans la lumière de l'été.

« Je n'en peux plus d'être ici. »

Les couchers de soleil ne le distrayaient même plus, pas plus que ne savait le consoler la crique au pied du phare des marins ; maintenant que Lorenza était partie, Colombino se promenait rarement, malgré l'air tiède qui insufflait de la bonne humeur à toute la ville. Il n'avait plus envie de rien, et tout ça à cause de cette fièvre de pape et de Vittorina, dont le départ de l'amie avait réveillé le souvenir : phénomène diaboliquement anormal, parce qu'à l'inverse de la relation entre l'allumette et la chandelle, celui qui part est vraiment dans l'éloignement, et non dans le contact qui allume une mèche éteinte.

Le docteur Giacomo s'était aperçu du triste état de Colombino et, après l'avoir examiné, l'avoir fait parler, il lui avait prescrit une compresse froide sur le crâne pour conjurer la funeste perspective à laquelle le fantôme de sa fille Cichina le ramenait sans cesse. Colombino, pourtant, avait poliment mais irrévocablement refusé toute sorte de soins puisqu'il sentait que son malêtre était juste. Il devinait le bon sens de sa propre chair, et en effet la fièvre, plutôt que de baisser au fil des jours, avait grimpé à tel point que, pour la première fois, le garçon avait appris l'insolence et la mauvaise éducation. Il n'alla jamais jusqu'à perdre tout contrôle, lui que la seule idée de décevoir et de s'attirer les reproches de son tuteur, ce don Sante qui le surveillait du paradis, suffisait à modérer ; mais rien ne pouvait calmer ses fréquents accès d'intolérance, physiologiques et salutaires : « Je vous comprends, monsieur Mandén, mais je vous l'ai déjà demandé il y a un mois. Je dois aller à Rome, maudite merde et misère de misère, je peux plus attendre. J'en ai besoin, de cet argent… »

« Colombino, ne t'énerve pas, hein ! » lui répondit pourtant le Mandén sur le tard d'un après-midi d'avril, un jour de mer agitée ; le croque-mort prit sa grosse voix, non qu'il voulût le menacer, mais plutôt pour se défendre : « Je te paie demain, d'accord ? »

Il s'en fallut de peu que les yeux de Colombino ne dégringolent le long de ses joues embroussaillées de barbe.

« Au moins, tu pourras aller à Rome, même si j'ai pas bien compris ce que tu vas y faire, à part foutre ton argent en l'air. De toute façon, tu vas avoir besoin de passeport, parce que la route est longue, d'ici à la Ville éternelle, et il y a des frontières, des douanes… »

Colombino fit un bond et lui sauta au cou dans une vigoureuse étreinte.

« Merci, m'sieu Mandén ! »

En dépit de la médisance qui veut que l'avarice des Ligures et des Génois en particulier soit légendaire, monsieur Mandén avait à la vérité déjà décidé de payer son apprenti le lendemain, pas du tout pour calmer la colère de Colombino, mais par acquit de conscience. Depuis des mois, le garçon travaillait sans qu'on lui ait versé son dû, et Mandén se rendait bien compte de son indécence à hésiter ainsi ; la nuit, dans son lit, il sentait comme un reproche lui pendre au-dessus de la tête, pour le réprimander de profiter de la sottise d'une créature qui faisait preuve d'une extraordinaire inexpérience pour les choses du quotidien. Sauf qu'un fâcheux contretemps avait freiné cet élan d'honnêteté, car ce même après-midi d'avril, l'ami conspirateur de Mandén, Fabrì, *carbonaro* bien avant le glorieux mouvement de 1820, puis enfin mazzinien, était tombé d'une échelle en équilibre instable sur les lattes d'un banc et, sous le poids de la caisse qu'il portait sur l'épaule, s'était brisé le fémur : qui donc allait s'occuper de livrer la circulaire programmée pour ce soir-là ? Tandis qu'il rabotait distraitement mais sûrement une planche, devenue aussi épaisse qu'une feuille de papier à lettres, Mandén avait imaginé plusieurs solutions. Retarder la diffusion de la nouvelle missive du Maestro était impossible : il ne s'était écoulé que quelques semaines depuis sa présentation en Angleterre, et on ne pouvait pas reporter la date et décevoir les esprits qui avaient jusque-là fait de Gênes une ville où on était fier de vivre ; de plus, tout le monde parlait déjà du message, on s'interrogeait sur les actions à entreprendre, et l'envie grandissait de commenter ensemble le moindre mot. Tout était prêt à la porta Soprana, il ne manquait qu'un courrier pour assurer la livraison à la place de Fabrì, et Mandén, en dépit de ce qui avait été proclamé, n'avait aucune envie de se lancer dans de périlleuses aventures. Avant de remarquer dans quel état il avait réduit la planche à force de travailler perdu dans ses pensées et de jurer comme un charretier, parce qu'il fallait bien trouver un autre employé, le croque-mort eut une illumination : « Mais c'est bien sûr ! » La probable colère de l'ami Giacomo n'était pas à négliger, car s'il l'apprenait, il serait furieux, mais tant pis, Mandén décida d'enrôler Colombino. Il n'y avait pas d'alternative, s'était-il dit, et quand le garçon était venu réclamer sa paye, voilà comment le croque-mort l'avait entourloupé : « Alors, on est d'accord. Demain, je te donne ton solde et tu pourras partir. Je t'aiderai même pour tes papiers. Tu es un brave garçon. Mais ce soir, tu dois faire une dernière chose pour moi. Jusqu'à demain matin tu es encore mon apprenti. Il faudrait que tu livres un cercueil… »

Mandén lui expliqua qu'il fallait monter jusqu'à Sant'Andrea, prendre la ruelle à droite avant les deux grandes tours de la porta Soprana, et rejoindre le quatrième grand escalier du côté sud de la route, une heure avant le crépuscule : « T'as tout compris ? C'est une livraison spéciale. Pour une famille d'amis. » C'était la troisième semaine du printemps, les jours rallongeaient un peu, le soleil languissait à l'horizon, déjà nostalgique du spectacle du monde qui émergeait de la torpeur hivernale.

« Mais comment je vais faire, moi, pour monter les escaliers avec le cercueil et Astolfo ? Celui-là, les marches, il veut pas en entendre parler, il se bute, et puis la charrette… Vaudrait peut-être mieux que vous veniez avec moi. » Qu'il ne s'inquiète pas, il trouverait de l'aide là-bas, lui dit Mandén avec des éclairs dans les yeux, parce que, en attendant, il jubilait, affirmant mordicus que *Gênes était aux Génois, et plus jamais aucun étranger ne la souillerait* ; l'annexion au royaume de Sardaigne, il ne l'avait jamais digérée : il voulait l'Italie pour tous les Italiens, et Gênes aux Génois pour commencer. « D'accord, si c'est comme ça, alors ça devrait aller », dit Colombino avant de sortir à la hâte pour annoncer à monsieur Giacomo la nouvelle de sa paye et l'imminence de son départ pour Rome. Mandén essaya de l'en empêcher, mais en vain.

Le garçon ne trouva hélas pas le docteur, lequel allait parfois à l'université pour comploter Dieu sait quoi entre vieillards, membres mélancoliques du gouvernement de la République ligure, chimère d'indépendance désormais égarée dans les spirales ingrates de l'oubli ; Maria, son épouse, ne fut pas aimable, mais d'apprendre que Colombino se préparait à partir la rendit très gaie, parce que les départs peuvent susciter des réactions diverses, tout comme certaines fièvres s'expriment par la joie et l'insouciance.

« Au revoir, chère madame Maria. Je reviendrai dire au revoir à monsieur Giacomo, sans vouloir déranger, pass'qu'avant j'ai un cercueil à livrer à Sant'Andrea pour monsieur Mandén. »

Deux heures plus tard, Colombino attela Astolfo à la charrette, hissa le cercueil que lui avait préparé le croque-mort, et s'apprêta à s'acquitter de l'insolite livraison sur la fin de l'après-midi. Astolfo avançait d'un pas soupçonneux à cause de l'heure, joyeux à sa manière, parce que dans l'étable de l'entrepreneur de pompes funèbres Mandén, le manger ne manquait pas, et de savoir qu'il avait de l'avoine lui donnait une bonne humeur qui compensait l'ennui d'avoir à partager les lieux avec ces chevaux noirs et prétentieux.

« Ça doit être celle-là, la rue. Ça, c'est la porte, alors faut tourner. »

Ils tournèrent, et au bout d'un moment on entendit des bruits de pas. Colombino n'eut pas le temps de se retourner. Un sifflet retentit.

« Attrapez-le ! Attrapez-le ! »

« Et tu veux me faire croire que tu n'en savais rien ? N'essaie pas de me prendre pour un imbécile, compris ?

— Mais m'sieur le commissaire, je prends personne pour un imbécile, ni vous, ni les autres messieurs carabiniers, maudite merde et misère de misère ! J'en savais rien, moi, de ces papiers dans le cercueil. Je croyais que c'était un mort qu'on devait y mettre. Faut me croire, monsieur le commissaire ! »

Un voile d'un violet funèbre tombait lentement sur la mer et sur la ville, soudain assourdie ; les cris de la course-poursuite, le raffut de la mêlée et de l'arrestation avaient déjà cessé. Les carabiniers royaux avaient repéré le garçon, étaient convenus que le cercueil était bel et bien suspect et, persuadés que c'était là la combine imaginée pour cacher la circulaire à laquelle le récent mouchardage à la caserne faisait allusion, ils étaient passés à l'action ; surgissant du rez-de-chaussée réquisitionné à cet effet, sous le regard vigilant du commissaire, quatre des leurs avaient mis Colombino à terre en deux rapides coups de bâton derrière les genoux. « Qu'est-ce que t'as là-dedans ? » avaient-ils hurlé, penchés sur le malheureux plaqué au sol, lui ordonnant de rester là où il était ; ils lui avaient marché dessus, l'empêchant de respirer et, après avoir ouvert et fouillé le cercueil, ils l'avaient attaché avec une corde et traîné par les pieds. Le commissaire s'était approché et l'avait assailli de questions, avant de daigner accorder à l'accusé Colombino le droit de répondre – « espèce de révolutionnaire, ne fais pas l'innocent ! » – pour se défendre de l'inculpation de trahison, car le cercueil cachait un double fond.

« Quoi ? »

Colombino se l'était en effet demandé, pourquoi il devait transporter un cercueil avec un couvercle déjà fixé, vu qu'il fallait encore y déposer la dépouille, mais il avait péché par ingénuité ; il avait cru que Mandén préférait, pour une fois, ne pas lésiner sur les moyens : peut-être que les sept clous qui avaient servi à fermer le couvercle étaient pour empêcher de laisser entrer la saleté et la poussière de la rue avant le mort ; une fois chargé de son contenu normal, le cercueil serait scellé sans regarder à la dépense en matière de quincaillerie. Pour renforcer l'impression qu'il s'agissait d'une simple livraison, bien que spéciale, Mandén avait astucieusement déposé un marteau et une boîte de clous sur la charrette que traînait Astolfo, histoire de dissiper les derniers doutes. Les carabiniers avaient au contraire découvert, cachées sous un panneau mobile, la quarantaine de copies de la circulaire de l'Union des ouvriers italiens dont on avait eu vent à la caserne ; le communiqué disait ceci : *Profondément convaincu de l'importance vitale du travail d'éducation et d'association que la Jeune-Italie a développé parmi les ouvriers italiens, et dans le devoir de le promouvoir de toutes ses forces ; considérant que par la nature de leurs occupations et du fait de leur condition intellectuelle et matérielle, les ouvriers italiens constituent au sein de la grande association nationale un élément qui requiert aujourd'hui une instruction spécifique, homogène, et uniforme en tous points ; que l'élément populaire, en tant qu'il est appelé à devenir le nerf de l'entreprise italienne et de la nation future, exige un effort particulièrement vif, assidu et concentré sur son but ; que la reconnaissance des meilleurs éléments, des méthodes les plus efficaces pour défendre l'association, des besoins moraux, intellectuels, matériels les plus urgents parmi les ouvriers incombe naturellement à qui vit, travaille et débat avec eux. Qui gouverne la Jeune-Italie, dans la mise en place de l'organisation définitive, en a décidé ainsi.* Suivaient sept points précisément listés et enfin, date – 25 mars 1841 – et signature : *pour la Jeune-Italie, Giuseppe Mazzini ; pour la Congrégation centrale de l'Union, Pio Tancioni.*

« Et tu veux me faire croire qu'ils t'ont embobiné, que tu n'es pas de mèche avec ce traître de Mazzini ? On les reconnaît tout de suite, les provocateurs comme toi, fais-moi confiance.

— Mazzini ? Vous voulez dire monsieur Giacomo ? » demanda courageusement Colombino, le visage soudain illuminé.

Le commissaire lui lança un regard noir puis, prenant la question pour une blague, intima à la « fripouille » de se dépêcher, car il ne lui restait plus beaucoup de temps : s'il continuait à nier ses propres responsabilités, ça barderait pour lui. Il explicita son message par un signe à un carabinier, qui décocha un coup de poing à Colombino, tandis que deux de ses collègues l'immobilisaient par les bras. Pendant ce temps, le quatrième gendarme tenait Astolfo à distance, brandissant sous son museau le gourdin avec lequel il l'avait déjà frappé, lui arrachant un bruit sourd tout droit sorti des naseaux, sans pour autant recevoir un coup de sabot en guise de représailles ; le mulet, désorienté, voulait d'abord comprendre ce qui arrivait à son maître.

« On t'a pris en flagrant délit, tu vas finir en prison, mais tu peux peut-être améliorer ton sort. Qui est avec toi ? Où ils sont, tes complices ? Où ils vont se retrouver ? Je veux des noms !

— Quoi ? »

Alors le commissaire ne voulut plus rien savoir : « À la caserne, et emmenez aussi le mulet et la charrette ! Ce sont les preuves du délit ! » lança-t-il à ses subalternes. Puisque les éventuels complices de la prétendue livraison de cercueil avaient sûrement filé, autant se concentrer sur ce qu'ils avaient sous la main, ce garçon qui lui donnait une terrible urticaire.

« En avant, marche ! »

Colombino, résigné, se mit en chemin et serra la boîte forgée par le Tempesta contre sa pommette gauche pendant le trajet, dans l'espoir que le fer-blanc apaise au moins une des blessures que le passage à tabac lui avait laissées en souvenir.

« Allez, avance ! »

Quand l'escouade de carabiniers, après avoir dépassé le puits, arriva en vue des deux rangées de fenêtres de la caserne de la piazza Sarzana, Colombino se ressaisit juste assez pour lancer un regard à Astolfo ; le mulet était à quelques pas de lui, tiré par un carabinier à la mine circonspecte. « Tout ira bien », voulut-il dire du bout des lèvres à son compagnon, avant qu'une gifle ne lui intime de regarder droit devant lui.

« Ne te retourne pas ! »

Une fois le seuil de la caserne franchi, Colombino se retrouva seul ; Astolfo rejoindrait l'étable en attendant les consignes du commissaire.

« Halte ! »

Ordre lui fut donné d'attendre et, en l'espace de ces quelques minutes d'immobilité, Colombino eut si peur de se voir prendre ce qu'il avait de plus cher, outre son ami le mulet bien sûr, à savoir la boîte du Tempesta, qu'il commença à la serrer très fort, jusqu'à ce que lui vienne l'idée géniale de l'enfoncer sous sa barbe, entre la pomme d'Adam et le menton ; il poussa et l'entortilla tant qu'il se retrouva avec un gosier semblable à celui de cet oiseau exotique au bec assez large pour y entreposer le poisson ; il fit disparaître le cordon et glissa dans sa poche la cordelette de cuir qui tenait lieu de collier afin que personne ne se souvienne de ce qu'il portait autour du cou une minute plus tôt.

« Avance ! Par là ! »

On l'escorta jusqu'à une petite pièce claire avec une large fenêtre protégée par des barreaux ; les murs enduits d'un jaune délavé s'écaillaient, le mobilier se réduisait à un bureau, une vilaine table et deux chaises. On fit asseoir Colombino sans trop de manières, et quand arriva le commissaire, qui entre-temps s'était sifflé un bon petit remontant – du *chinotto* –, l'interrogatoire reprit avec beaucoup moins d'excitation car l'enthousiasme était retombé. Le commissaire annonça immédiatement à Colombino qu'un de ses compagnons de la Jeune-Italie l'avait trahi, et qu'il était par conséquent inutile de s'obstiner à nier ou d'inventer encore des sornettes. « J'comprends vraiment pas », pleurnicha le garçon, toujours plus abattu, lui qui ne se reconnaissait pas dans ces accusations et ne comprenait pas non plus ce qu'on lui reprochait ni pourquoi on l'interrogeait. « Alors ? » Entre une bourrade et une insulte, un sourire et un coup, le commissaire l'interrogea à nouveau sur ses complices ; il le mit en demeure de cracher les noms des autres affiliés ou confrères, qu'il les appelle comme il voulait. Sinon, c'est le gourdin qui l'attendait. Colombino tenta d'expliquer qu'il ne connaissait aucune Jeune-Italie et qu'il n'en avait même rien à faire, pour être franc ; lui, il voulait seulement aller à Rome pour rencontrer le pape, et il ne savait fichtrement pas comment les quarante circulaires avaient atterri dans le cercueil. Le commissaire le regarda, agacé, puis, à bout de patience, donna l'ordre de lui briser un doigt. Colombino voulut croire à une exagération de mauvais goût, jusqu'à ce qu'un des carabiniers qui surveillaient la pièce lui attrape le poignet et, d'un geste décidé, lui brise le petit doigt. « Aaah ! » Le commissaire ricana, exprimant un mécontentement sarcastique : « Alors, t'as retrouvé la mémoire ? »

La ténacité de l'enquêteur n'extorqua aucun nom à Colombino : le garçon n'en avait pas et n'était pas assez malin pour en inventer. La douleur de la fracture au doigt servit au moins à le secouer. Dans un sursaut de lucidité, il rétorqua au commissaire que le seul monsieur Mazzini qu'il connaissait était un brave homme, dont personne ne devait dire du mal ; qu'ils lui cassent tous les doigts, osa-t-il dire, jamais il ne le critiquerait, jamais il ne serait déloyal, parce que monsieur Giacomo, il lui avait sauvé la vie, et que ce soit clair ! C'est ainsi qu'on lui brisa l'auriculaire de la main droite d'un coup de bâton, après lui avoir fait bien écarter tous les doigts sur la table. « Qu'est-ce que tu disais ? » Mazzini était un conspirateur, reprit, toujours plus agressif, le commissaire, il était professeur rétorqua Colombino malgré la terrible douleur, peut-être bien avocat, qu'il se débouche les oreilles et soit poli avec les autorités, repartit à la charge le commissaire ; non, il était docteur et éminent professeur d'université, il le lui avait déjà dit ! Mazzini Giuseppe était devenu avocat avant sa condamnation à mort, il avait fui à l'étranger, et il se contentait maintenant de faire le scribouillard dans les journaux et de conspirer contre Sa Majesté en prônant le régicide, riposta alors le commissaire, écarlate, une veine sur sa tempe menaçant d'exploser ; qu'il fasse attention, parce que monsieur Giacomo, il habitait là tout près, sur la montée qui menait au couvent des Sœurs bleues, dans une petite maison avec plein d'étages, et même qu'il y avait une belle arcade au bout de la rue. Colombino parla ainsi, avec candeur, et le commissaire de demander, enfin : « Mais qui c'est ce Giacomo ? » « Monsieur le docteur Giacomo Mazzini », et ainsi de suite dans une partie de ping-pong qui, au lieu de dissiper le quiproquo, exténua les participants, avant que ne soit décrété clos ce premier et insatisfaisant interrogatoire.

« La prison te rafraîchira peut-être la mémoire et te fera passer l'envie de jouer les provocateurs.

— Quoi ?

— En prison, ouste ! Et virez-moi ça d'ici avant que je le fasse condamner sans procès. »

Colombino protesta, mais il fut aussitôt soulevé du sol et flanqué dehors par deux carabiniers qui lui firent quand même la courtoisie d'une question : voulait-il qu'on avertisse des proches ? Le garçon répondit qu'il n'avait pas de proches, lui, qu'il était orphelin, qu'il ne pouvait compter que sur des amis et des âmes charitables, avant de conclure, amèrement : « Prévenez l'honorable monsieur Giacomo Mazzini, autrement il va s'inquiéter. J'avais dit à la Maria, sa femme, que je viendrais lui dire au revoir. » S'ils voulaient vraiment être gentils, ajouta-t-il, qu'ils préviennent également Mandén, l'entrepreneur de pompes funèbres pour qui il travaillait ; la charrette qu'ils avaient confisquée lui appartenait. Les carabiniers se promirent aussitôt de lui faire cette faveur, et quelques heures plus tard, Mandén le croque-mort faisait des pieds et des mains pour tenter de se justifier.

Pendant ce temps, on accompagna Colombino le long d'un interminable couloir, au-delà du seuil terrifiant qui ouvrait sur l'alignement de cellules provisoires de la caserne. L'air putride dans lequel il se retrouva lui rappela la fosse à fumier du presbytère où don Sante avait souvent célébré la bénédiction de la merde. « Misère, quelle puanteur ! » Les carabiniers le poussèrent sans ménagement à l'intérieur, cœur noir du bâtiment, où chaque fenêtre était barrée par des grilles, et où de surhumaines et misérables espérances s'échappaient comme des esprits par de minuscules ouvertures au-delà desquelles le monde libre s'éloignait à perte de vue. On annonça à Colombino qu'il passerait quelques jours là, avant la vraie prison.

« Et qu'est-ce que vous allez faire d'Astolfo ? demanda-t-il effrayé.

— Astolfo qui ? Tu t'es décidé à parler de tes complices les conspirateurs ?

— Le mulet qui tirait la charrette. »

La gifle qui vola tomba sur sa nuque, rouge de douleur, et le coup de poing qui lui succéda lui vida les poumons, le propulsant sur le sol de la cellule.

« Qu'est-ce qui va arriver à Astolfo ? »

Avant que le plus âgé des carabiniers ne referme la porte, le plus jeune prit Colombino en pitié :

« On le confiera aux bons soins de… » La porte de bois massif claqua, emportant les derniers mots, au grand désespoir de Colombino.

La première nuit tomba comme tombent les nuits sans lune, subitement ; un sac de toile rêche qui nous enveloppe tout à coup la tête et qui, en nous privant de la vue, entrave aussi la respiration. Encapuchonné de la sorte, Colombino s'agrippa aux deux épais barreaux de la fenêtre et ne parvint pas à s'endormir. « Maudite merde et misère de misère, mais qu'est-ce qui se passe ? » Il voulut croire que monsieur Giacomo viendrait dissiper tous les malentendus, mais les heures qui passaient emportèrent cet optimisme. La nuit tenaillait la cellule, et le moindre son apportait à Colombino une désillusion : chaque fois, il pensait que les pas qu'il entendait étaient ceux d'un carabinier venu lui annoncer que tout cela n'était qu'une erreur, qu'il était libre après cette méprise née Dieu sait comment, alors le garçon se levait de la banquette sale contre le mur et s'approchait de la porte ; puis quand les pas s'éloignaient, il rebroussait chemin, écrasant les blattes qui grouillaient par terre, et fermait les yeux. Il était si confiant qu'il restait à l'écoute, au cas où tout cela ne serait qu'une blague de mauvais goût, une erreur, un retard, attendant que les pas reviennent. Mais la main tant attendue ne venait jamais frapper à la porte, et Colombino retournait sur son banc, et s'y recroquevillait ; il essayait de garder l'équilibre pour éviter que les cafards ne remontent le long de ses pieds et de ses bras si par malheur il les laissait pendre. Et lorsque dans la nuit noire on n'entendit plus un seul bruit humain, Colombino se leva et commença à marcher. Il arpenta sa cellule sans se rendre compte que ses souliers confectionnés dans les règles de l'art, ici, en ville, parcouraient le trajet circulaire que des centaines de détenus avant lui avaient gravé dans les grosses pierres imprégnées de pisse et d'humidité qui constituaient le sol de sa geôle.

Déjà l'aube, des boucles de clarté sur l'horizon. Colombino avait les yeux rouges, la barbe un peu plus sale et, au premier rayon de soleil, il s'approcha de ses barreaux. Ses deux doigts cassés étaient tumescents et bleuâtres. En les observant, le garçon réhabitua ses pupilles à la lumière. Au-dehors, de nombreuses citernes surplombaient les toits des immeubles bas autour de la place, et l'on apercevait la croix au sommet d'un lointain clocher. Colombino ne vit que cela, et puis le ciel de Gênes qui se teintait de bleu.

Dans l'après-midi, une patrouille le fit sortir de sa cellule ; à le voir si ahuri, un des carabiniers lui annonça qu'on allait le transférer à la prison de Sant'Andrea. Ironie du sort, il s'agissait des deux tours de la porta Soprana et d'une partie du cloître attenant – ce n'était pas pour rien qu'on parlait des « geôles de la Tour ». Une tempête chargeait le ciel d'une brume déjà estivale ; un sinistre présage planait.

« Qu'est-ce qu'on va faire de mon mulet ? »

Pour toute réponse, il reçut une énième gifle.

Son séjour dans les geôles de la Tour fut comme un long sommeil à la lisière d'un cauchemar, dans un équilibre précaire. On lui annonça qu'on lui couperait bientôt la barbe et le garçon protesta, se défendit et délira tant qu'il finit par convaincre le geôlier, et accessoirement barbier de la prison, d'avertir l'aumônier pour savoir s'il ne valait pas mieux l'enfermer dans un asile de fous. « Il a perdu la tête ! » Avant même le diagnostic du médecin, Colombino fut soumis à l'avis du prêtre, événement qui joua en sa faveur : la vaste, quoique confuse, connaissance que le garçon avait acquise des Saintes Écritures était, aux dires de l'homme d'Église, un indice de bonne santé mentale, d'autant plus que Colombino en déclamait des passages entiers comme un prédicateur passionné. Au terme de trois jours d'observation – qui pouvaient lui valoir d'être accusé d'hérésie – la menace de l'asile fut écartée, le prêtre soigna ses doigts, et une patrouille de carabiniers revint le chercher.

« Je suis libre ? »

Ils le ramenèrent à l'air libre quand l'après-midi vint. Hors des geôles, une voiture à cheval avec des barreaux aux fenêtres l'attendait. Se rebeller ne servirait à rien, et Colombino ne voulait pas fuir comme un coupable qu'il n'était pas ; toutefois, dans un élan presque inconscient, tandis qu'ils le conduisaient vers le véhicule, il esquissa un grand pas de course, qu'un coup de bâton sur le bras interrompit aussitôt. Une fois en voiture, on bloqua les portières, et les chevaux partirent sous les coups de fouet du cocher.

« Où on va ? »

Les suspensions à ressort de la voiture grinçaient sur les pavés irréguliers. Colombino soupira et regarda par la fenêtre grillagée ; il lui sembla que ce n'était pas seulement lui que l'on avait emprisonné, mais toute la ville qui défilait sous ses yeux, au-delà du métal immobile des barreaux.

Ils arrivèrent au port, la voiture s'arrêta non loin du môle. Un officier des douanes attendait à côté d'une grande barque pourvue d'une lanterne. Quand Colombino comprit qu'ils allaient l'embarquer, il essaya de résister, car déjà le crépuscule tombait, et la mer dans les ténèbres jamais ne se taisait, mais cachait au contraire à la vue qui sait quelles horreurs, et son ressac obsédant faisait chavirer l'âme de quiconque l'écoutait, comme si tout le monde avait sur la conscience une dette à se faire pardonner ; il fut pris par un tel délire de terreur que les carabiniers furent obligés de l'étourdir. Il suffit d'un coup à la nuque, et c'est ainsi qu'ils le portèrent au fort de Savone, sur la Riviera du Ponant.

Pendant son transfert, Colombino vagabonda dans les profondeurs de l'inconscience en compagnie de l'image rassurante de monsieur Giacomo. Parce que avant de monter en voiture, après s'être pris un coup au bras, là, sous les tours de Sant'Andrea, Colombino avait vu le vieux docteur surgir de l'ombre d'une rue et se frayer un passage ; il s'était approché de son pas fier, monsieur Giacomo, et il avait su esquiver un carabinier avec une agilité insoupçonnable. Ses yeux de père et d'ami lui avaient dit : « Montre-leur, ne te laisse pas faire. » Puis on avait bouclé Colombino dans la voiture, il était parti tandis que le docteur Giacomo susurrait : « Au revoir. » Il n'avait pas su retenir une larme, semblable aux pleurs versés quand on avait infligé ce même traitement à ce fils rebelle qu'il aimait tant, même s'il condamnait ses actes, parce que en tant que père, il se sentait dépassé, impuissant devant l'audace du sang de son sang : il ne l'avait pas revu depuis cette date, son fils, 1831 ; plus de dix ans avaient passé ! « Nous nous reverrons bientôt, Colombino, sois-en sûr. » Les roues de la calèche et les sabots des chevaux qui s'éloignaient sur les pavés avaient soulevé un fracas déchirant ; le docteur Mazzini avait repris sa route, muet.

Colombino retrouva ses esprits au fort de Savone, déjà enfermé dans sa cellule. La lune était éclatante et déployait sa caresse de perle jusqu'à lui. « Où suis-je ? » Un local de dix pieds sur dix pieds. Une minuscule fenêtre fermée par des barreaux qui découpaient les rayons de la lune en quatre faisceaux. Il s'assit sur le sol dallé, par-dessus la grille d'écoulement au centre de la pièce. La mer. On entendait la bête salée s'agiter, lointaine mais indomptée, une alternance de longs frottements et de coups de fouets contre les rochers. « Mer », dit Colombino sans l'émerveillement et le respect craintif avec lesquels il avait prononcé ce mot pour la première fois, dans le geste sacré et à la fois illusoire de s'approprier les choses à travers les mots. « Mer. » Il se campa sur ses pieds et, en s'approchant de la fenêtre, devina que le cri de la mer, le son aussi majestueux que la dimension même de l'élément, parlait de l'infinie patience de la terre ; et ce son attira à l'intérieur de ses yeux l'éclair d'un souvenir involontaire ; il revit la cuisine du presbytère, l'Adele qui cuisinait pour lui et don Sante. La patience de la mer et celle d'un geste, la même, millénaire patience avec laquelle l'Adele et chaque femme de Sacconago tournait, lentement et régulièrement, la cuillère dans le chaudron de polenta jaune. Vittorina, elle aussi, connaissait probablement cette patience, ce geste capable d'exprimer le temps de l'accomplissement des choses.

Les premiers symptômes de l'angoisse ne tardèrent pas à se manifester et à rendre sa captivité insupportable. Ses geôliers lui offraient un infâme bouillon incolore, une tranche de pain et une tasse d'eau trouble, mais ils ne lui donnèrent pas de bible. Colombino commença malgré tout à prier, mais après quelques tentatives, il dut se résigner au fait que quelque chose, dans la fonction même de cet acte, s'était enrayé, car son angoisse ne faisait que grandir au lieu de diminuer. Quand ils lui expliquèrent qu'il était en prison parce qu'on l'accusait de collaborer avec la Jeune-Italie et d'être un traître, toutes ses résolutions de sagesse dans cette attente pleine d'espoir s'effondrèrent ; les gardes lui annoncèrent que, en conséquence des accusations portées contre lui, il passerait des années en prison, alors, autant se faire une raison et arrêter de leur casser les couilles. S'il lâchait les noms des autres conspirateurs, le tribunal ferait peut-être preuve d'indulgence, quelques coups de verge en moins et la compagnie d'un autre détenu ; s'il se la fermait, on lui donnerait quelques feuilles et la plume d'un condamné récemment exécuté, histoire qu'il puisse « se défouler ».

« Comment j'ai atterri ici ? »

Dieu sans nul doute avait tout prévu et disposé chaque chose selon son admirable dessein, et Colombino était prêt à admettre cette vérité de toute sa foi, mais à la nouvelle des probables années de prison que le juge allait lui infliger suite aux accusations des carabiniers, le garçon porta ses mains à sa bouche tandis que de sa gorge remontait un sanglot sec très semblable, dans sa réalité sonore, au bruit d'un clou planté dans le couvercle de bois d'un cercueil : « Non, je veux pas rester. Seigneur, je ne veux pas rester ici. » Il devait aller à Rome, parce que Vittorina l'attendait et que la barbe commençait à le démanger tellement elle avait poussé !

Aussitôt, les pensées abandonnées par les détenus qui l'avaient précédé, rebondissant follement entre les murs de sa cellule, le contaminèrent lui aussi ; en se cognant au passage contre le crâne du garçon, ces spectres laissaient échapper de longs échos inquiétants : « Fichez-moi la paix. Faites-moi sortir d'ici ! »

*

Ils vont et viennent depuis l'hôpital des fous
Se jettent sur la chair,
Comme une horde de rats.
Le Mal-Né rigole, Floro aussi,
Et Lisander rigole avec eux.
Jamais on ne les a vus aussi heureux,
Ils rient tant qu'on dirait qu'ils sont tristes.

*

Quand, pour l'avoir vu si affligé, un gardien lui fit passer par le guichet de sa cellule une plume et une feuille, Colombino accoucha rageusement, d'une écriture très improbable dans sa forme et plus hésitante encore dans sa grammaire, d'une lettre à remettre à monsieur Giacomo. Il lui demandait comment retrouver sa liberté, à qui s'adresser, où exiger d'être traité comme un innocent. Il implorait également le cher docteur de prendre soin d'Astolfo jusqu'à son retour et de lui donner des nouvelles de sa bête. Et de lui pardonner d'avoir peut-être un peu sali sa belle réputation ; il ne l'avait pas fait exprès. Les papiers dans le cercueil, il n'en savait rien. *Merci beaucoup*.

Il ne reçut pas de réponse mais, dans sa quatrième semaine de détention, une heureuse rencontre sut adoucir un peu la rudesse de sa solitude. L'homme qui vint lui rendre visite se présenta sous le nom de Jacopo Giuseppe Canale. C'était un homme d'âge mûr, au physique robuste malgré la prison, qui fit aussitôt preuve de gentillesse à l'égard de Colombino en l'invitant à l'appeler Jacopo Framassone – franc-maçon – comme ses amis les plus intimes, ses frères et cousins les plus fidèles. Jacopo était détenu au même étage que Colombino et, apprenant le motif de son incarcération grâce aux chuchotements de geôliers arrangeants, aussitôt convaincu du caractère ignominieux de la délation dont le garçon était victime, il avait exprimé le désir de le connaître et œuvré pour qu'on lui accorde cette faveur. Il voulait le féliciter pour son courage de ne pas en démordre ; il savait qu'on lui avait brisé deux doigts mais qu'il avait résisté et avait eu le cran de ne pas donner les noms de ses complices.

« De mes quoi ?

— C'est bien, c'est bien. Moi non plus je ne veux même pas le savoir. Moins on divulgue un secret, moins on court le risque qu'ils nous l'arrachent sous la torture. »

La singularité de Colombino fascina très vite Jacopo Framassone, d'autant que le garçon profita de sa compagnie pour se réapproprier sa faculté de parler, se lançant dans des méditations et divagations volontaires. Au bout de quatre rencontres seulement, Jacopo Framassone était si épaté que, certain de l'affiliation de Colombino, il décida de lui donner une brève mais intense leçon sur le *charbon* et sur les *ventes*. À dire vrai, Jacopo se donna du mal pour convaincre Colombino, lequel continuait à essayer en toute honnêteté de lui faire comprendre qu'il ne pouvait pas se consacrer à la vente de charbon en vrac : il avait comme grand projet de rejoindre Rome et de parler au pape. « *Carbonaro*, on l'est avec son cœur », et pas avec ses mains noires de charbon, lui expliqua patiemment Jacopo Framassone, car s'il est vrai que les paysans détiennent le secret de blesser la terre, et connaissent donc la nature intime et violente du monde, les charbonniers détiennent une vérité cachée et essentielle : ils savent l'énergie qui donne de la chaleur à la vie, et se cache dans les recoins les plus ténébreux du monde souterrain, d'où il faut l'arracher à coups de pioche, avec l'étincelle du fer qui frappe la pierre jusqu'à la briser. L'essence sauvage de la connaissance et de sa réalisation, en somme.

« J'sais pas si j'ai tout bien compris, moi je suis tombé dans un fossé et… »

Les propos délirants de Colombino et l'authenticité avec laquelle il manifestait infatigablement son désir de liberté achevèrent de convaincre Jacopo Framassone du bien-fondé de son initiation. Et comme le détenu avait deviné et retrouvait chaque fois chez le garçon quelque chose d'unique, il lui remit la précieuse copie des *Statuts généraux de la franc-maçonnerie* qui circulait clandestinement dans les geôles du fort, avant même que Colombino eût fait preuve d'une quelconque capacité dans les choses du quotidien. Jacopo lui apprit comment déplacer une des pierres du mur de sa cellule avec la cuillère en étain destinée à la tambouille, afin d'y cacher le livre et éviter ainsi qu'il ne tombe entre les mains des geôliers qui ne s'étaient pas encore laissé soudoyer. Enfin, il lui remit le fascicule des *Rituels du Premier Degré ;* il se familiariserait ainsi avec le Grand Orient de France en attendant que l'Italie se dote à nouveau d'un Suprême Conseil.

« Je vous remercie beaucoup, Jacopo Framassone.

— C'est moi qui te remercie, Colombino, mon cousin, mon frère. »

L'habitude de désigner les francs-maçons comme des « frères » et les charbonniers comme des « cousins » décontenançait et mettait mal à l'aise Colombino qui, en tant qu'orphelin, avait toujours idéalisé les liens de parenté ; à ce détail près, toutefois, le garçon fut toujours reconnaissant à Jacopo de ses visites : le seul fait de voir sa porte s'ouvrir renouvelait l'air rance de sa cellule et la débarrassait des idées stupides qui l'imprégnaient dans ses moments de solitude, qu'il finit par ne plus employer à tourner en rond, inlassablement, avec autant de frénésie que d'inutilité, mais à lire comment la franc-maçonnerie se vouait au *perfectionnement des hommes au moyen des Membres qui la composent,* en quoi la *Vertu forgeait le caractère propre du Libre Maçon*, lequel devait aspirer à améliorer non pas le sort des individus, mais de l'espèce humaine tout entière, ce qui semblait à Colombino une belle affaire. Quand il levait le nez de ses pages, il arrivait souvent que le garçon pense à Astolfo, aussi parla-t-il enfin de son mulet à Jacopo Framassone. Et, pendant que le garçon apprenait que *les rites principaux sont au nombre de deux, c'est-à-dire le rite ancien et le rite moderne, autrement dit l'écossais et le français*, mais que tous deux, l'écossais et le français minoritaire, dépendaient du Suprême Conseil, ses nouveaux frères, les Libres Maçons, se mirent au travail de l'autre côté des murs du fort et, avec l'aide de leurs cousins charbonniers, retrouvèrent la trace d'Astolfo à Gênes. Des bandes d'inconnus, unis par un semblable projet, se mirent à battre les rues de la ville, s'y engouffrèrent, passèrent en revue les entreprises de pompes funèbres : on cherchait un mulet qui, quand il entendait prononcer son nom, répondait en dressant ses oreilles.

Jacopo Framassone ne voulut jamais dire ouvertement qu'il était également membre de la Jeune-Italie, puisque Colombino avait été arrêté précisément pour cette raison, mais il répéta plusieurs fois, à mots couverts, que c'était une bonne chose de participer comme on le pouvait à l'action, d'autant qu'il avait été l'ami du Maestro en personne.

« Le Maestro ? »

En deux mois, Colombino devint donc charbonnier, mazzinien et frère ou cousin de toute une bande d'*Amis de la Patrie* – autrement dit maçon –, et l'appui de Jacopo lui procura quelques avantages pratiques. Tout d'abord, le garçon put profiter de la gentillesse d'un des deux geôliers qui surveillaient à tour de rôle son secteur ; le gardien s'appelait Samuele, il avait quarante ans, était fluet, avec des traits tirés. C'était lui qui rendait possibles les visites de Jacopo Framassone, et malgré l'isolement auquel Colombino était tenu sur ordre des juges, le Libre Maçon fournit le garçon en livres qui étaient arrivés jusque dans les cachots du fort au nez et à la barbe de la loi. Colombino qui, dans sa solitude d'avant, sur son chemin vers Gênes, avait connu la Bible jusqu'à l'indigestion, put donc se mesurer à d'autres et très humanistes écritures : romans et publications qui remplirent pour moitié ce vide que quelques rares êtres humains, durant ces premiers mois, achevèrent de combler, avec plus ou moins de bonheur : une dizaine de carabiniers royaux, une série de geôliers, un avocaillon et quelques détenus, au premier rang desquels Jacopo Framassone.

Un soir, obsédé par la pensée d'Astolfo, Colombino finit avec une hémorragie qui le cloua au sol, à la grande frayeur du pauvre Samuele : « Maudite merde et misère de misère ! Si c'est le Mandén qui l'a entre les mains, pour sûr qu'il le fera pas crever d'ennui, et il le laissera vivre. Au pire, je le retrouverai tout maigre, ou je devrai retrouver celui à qui il l'a vendu. » Il avait en effet accueilli avec une grande joie la nouvelle que Samuele lui avait communiquée au nom de ses frères maçons : « Monsieur Jacopo il dit que ton mulet il est chez le croque-mort pour lequel tu travaillais. » Le geôlier aida Colombino à se remettre de sa copieuse hémorragie nasale, et le garçon versa des larmes qui, en dégringolant de ses pommettes, parvinrent à se faufiler dans le fouillis de sa barbe. Or le Tempesta avait soudé les jointures de la boîte avec du plomb afin qu'elle résiste aux infiltrations, et cette fois-ci encore la menace liquide ne s'infiltra pas ; quand Colombino sécha ses larmes, il se sentit soulagé. Un soulagement pourtant éphémère, qui n'allait pas tarder à disparaître au fil des mois.

*

Elle fendait la masse grise à bord d'un des nombreux bateaux qui grouillaient de travailleurs en transit. L'immense estuaire de la Tamise s'élançait dans son désir à jamais inassouvi de mordre et d'engloutir une mer dans laquelle il finirait par se perdre, tandis que, sur ses flancs, les marécages soutiraient de leurs doigts noueux et maléfiques de la terre à la terre. La percée de l'estuaire se fit sans encombre, malgré le tumulte des flots qui se soulevaient dans le choc sans cesse renouvelé entre le doux et le salé, puis, enfin engagé dans le fleuve, le bateau avança à une vitesse soutenue, au gré du vent. Il s'écoula peu de temps avant que ne surgissent les premiers villages avec leurs cheminées basses et fumantes, suivis par des bassins abrités et des petits ports fortifiés par le commerce, et puis enfin, la boucle se rabattait vers le nord. Leda resta penchée au parapet, les chevilles gonflées par l'immobilité fascinée de son corps posté en observation ; elle ne fit pas un seul mouvement, de peur de vomir par-dessus bord, mais surtout pour ne rien perdre de ce qu'elle voyait, pour tout embrasser du regard.

Le bateau dépassa vite la boucle du fleuve, puis une autre, et peu à peu la première perspective urbaine apparut : une lande de bâtiments et de carcasses de fer, encaissée entre la terre sombre et un ciel de cendre, implantation laborieuse qui se déployait en tous sens pour se perdre dans un horizon de campagnes, où la vue déformait ce que l'œil rencontrait. Le remous du bateau obligea Leda à s'agripper au parapet sans pour autant bouger de sa place, et quand les bruits de la ville finirent par se confondre avec le fouettement de l'eau contre la quille et par le couvrir tout à fait, Leda sentit qu'elle était enfin arrivée à destination. « Londres », murmura-t-elle pour elle-même, et malgré la terrible impression de s'être trompée de moment, de saison peut-être, voire d'époque, elle s'en réjouit : elle imaginait que la ville avait été, dans son passé séculaire, semblable à Rome, Gênes ou Dieu sait quelle autre cité, et là, dans cet enchevêtrement de toits et d'immeubles plus élevés, elle la découvrait déjà en avance de plusieurs décennies, vieillie par rapport aux agglomérations du continent. On aurait dit que la capitale britannique avait été propulsée dans le temps par le halètement rauque des fumées de l'industrie qui imposait ses teintes au paysage. Beaucoup de bateaux parcouraient la Tamise, dévorant le courant et laissant derrière eux un sillage vaporeux, tandis que sur les rives, voitures, ouvriers et marchands en tous genres se bousculaient. Le bateau poursuivit son trajet à une vitesse réduite et s'approcha des bastions de la Tour de Londres dont les meurtrières en croix faisaient penser à des yeux intimidants auxquels rien n'échappait ; vinrent ensuite des petits immeubles noircis par les crachats granuleux de centaines de cheminées, puis les gargouilles de la cathédrale de Southwark, le clin d'œil d'un parc incroyablement vert. Quand Leda atteignit les cinq arcades d'un pont de pierre antique et bas, elle comprit que son état n'avait rien à voir avec la période à laquelle elle arrivait : c'était la première semaine de mai, le soleil du Nord brillait, et la désagréable impression de se sentir hors saison ne la quitterait pas, puisqu'elle débarquait, littéralement, dans un monde différent ; pas un nouveau monde, mais un autre monde, enclavé là, dans les eaux qui délimitaient au septentrion le Vieux Continent.

Une heure plus tard, tandis qu'elle faisait ses premiers pas le long de larges routes boueuses, Leda se promit une fois de plus de s'acheter des chaussures adaptées. Londres. Il y avait de quoi en tomber amoureuse. Les noires étincelles qui s'élevaient des immeubles, plutôt que les signes d'une civilisation décadente, lui semblèrent annoncer une nouvelle ère. Ce qui l'intéressait, c'était le présent et, face à elle, dans cette ville, elle imaginait déjà le sien. Elle voulut sentir Londres traverser tout son corps, par les yeux, par les oreilles. À travers son souffle.

En lui apprenant son départ, Massèi lui avait dit qu'elle voyagerait dans la berline d'une certaine madame Antoinette, veuve d'un officier supérieur français, laquelle s'apprêtait à quitter la ville ligure avec trois places libres à l'abri de son spacieux véhicule familial, malgré l'encombrement de coffres, malles à chapeaux, nécessaires de broderie pour passer le temps, sans oublier une bibliothèque portative. La disponibilité de la dame était un heureux hasard, lui avait dit Massèi, et c'était l'occasion pour Leda de profiter des commodités d'une véritable maison ambulante, traînée par des « chevaux français » qui, aux dires du cocher, étaient bien meilleurs que les chevaux italiens : « À la différence de nos bêtes, elles ont du bon sens, et y'a pas besoin d'utiliser le fouet pour se faire comprendre, il suffit de se servir de sa voix, à moins qu'on n'ait besoin de passer ses nerfs ! » Il est vrai que les chevaux transalpins avaient grimpé avec agilité les hauteurs du royaume sarde, via Turin, avant de s'engager sur la route carrossable qui, de courbe en courbe, gagnait le col du Mont-Cenis ; elle avait été construite vingt ans plus tôt selon les désirs du général Napoléon, lui avait raconté en pavoisant madame Antoinette ; Leda n'avait pas pu s'empêcher de dire que la route était terriblement cahoteuse et qu'elle en était toute courbatue. Une fois atteint le col alors déneigé, les plaintes de Leda s'étaient évanouies sous le charme de l'air raréfié, du spectacle fascinant des montagnes : le dos de ces toupies de mousse blanche, une sensation de sublime domination. Madame Antoinette, les deux servantes et Leda avaient été hébergées à l'hospice du Passage ; le bâtiment abritait plusieurs chambres et quelques grandes salles et, pendant que l'on réparait les courroies de suspension de la berline, éprouvées par la montée, que l'on donnait, avant de les étriller, à manger aux chevaux déjà libérés de leurs mors que l'on rincerait à l'eau et au vinaigre, les dames avaient pu jouir du luxe d'une toilette et d'un repas chaud. Après le souper, Leda avait profité de la somnolence de madame pour bavasser avec l'une des deux servantes, puis, une fois seule, elle s'était promenée dans les environs de l'hospice. Elle s'était emmitouflée dans le manteau qu'elle avait dû extirper de son bagage car le froid, à cette altitude, devenait plus vif encore avec le crépuscule, et l'air coupant entrait dans les poumons comme une aiguille ; imperturbable, Leda avait résisté et déniché un rocher lisse. Après avoir balayé la neige d'un revers de la main, elle s'était assise pour contempler le soleil tomber au-delà de la lisière de l'occident. Le tableau où l'on voyait deux grimpeurs au-dessus des nuages cotonneux lui était aussitôt revenu à l'esprit : et si cette retraite était comme un sommet qu'on franchit, non pour fuir, mais pour laisser derrière soi une partie du monde et redescendre sur une nouvelle terre ? Le matin suivant, Leda était remontée en voiture d'excellente humeur, et les chevaux avaient dévalé le flanc rocheux de la montagne avec une telle impétuosité qu'elle en avait mal aux fesses. C'est ainsi qu'avait commencé la descente des régions d'outre-Alpes pour rejoindre Chambéry, où madame Antoinette avait demandé une première halte avant de filer au grand galop vers Paris, les chevaux redoublant de vigueur depuis qu'ils avaient retrouvé leur patrie ; une fois dans la campagne française, les bêtes avaient comme par miracle changé de rythme, galopant à grandes foulées, et elles avaient souvent été remplacées, presque à chaque relais, dans lesquels on trouvait toujours une demi-douzaine d'attelages à quatre chevaux. Malheureusement, la traversée de la plaine française, fenêtres closes pour ne pas laisser entrer la poussière, était devenue monotone à partir de Vichy, et pour tromper son ennui, Leda s'était consacrée à la lecture d'un livre appartenant à ce que l'on appelait la « bibliothèque de voyage » de madame Antoinette, laquelle n'avait pourtant eu aucun scrupule à l'interrompre pour lui poser des questions. Un peu agacée, Leda avait joué les ingénues et, avec cette distance qui lui venait de son intelligence, elle avait récité au mieux son propre drame : « Vous savez, chère madame, avait-elle dit tristement, je suis veuve, malgré mon jeune âge. » Un brave homme originaire d'Ancône, tué d'un coup de fusil pendant les émeutes révolutionnaires, voilà qui était son mari ! Leda s'était surprise à s'amuser de se moquer ainsi de la dame avec des sornettes qui auraient pu être vraies, et elle avait fait preuve de toute la perspicacité qu'exigeait son nouveau métier en passant sous silence un épisode de l'histoire imaginée avec Massèi, à savoir que le regretté mari assassiné à Ancône était un radical – madame Antoinette avait des convictions « conservatrices » et mieux valait faire attention.

Leda n'était restée que quelques jours à Paris, le temps de se présenter au guichet d'une filiale de la banque Rothschild à laquelle Massèi avait envoyé une lettre de change ; le fonctionnaire lui avait aimablement demandé d'attendre, avant de se plonger dans les méandres des archives dont il avait extrait la copie reçue quelques semaines plus tôt par courrier ; il avait confronté les deux écrits et s'était dit satisfait : « tout est en ordre », aussi, si mademoiselle Lorenza Maranto avait l'amabilité de bien vouloir revenir le lendemain, il satisferait sa demande, car ainsi l'exigeait la procédure, d'autant que la somme était coquette. Le lendemain, le fonctionnaire lui avait remis une bourse contenant des centaines de livres sterling. L'idée de posséder tout cet argent avait déclenché chez Leda une angoisse inattendue : un tremblement des mains, une méfiance alarmée dans ses mouvements, une pâleur sur son visage, qui pouvaient facilement être interprétés comme des signes typiques de quelqu'un qui n'avait pas la conscience tranquille, susceptible d'attirer des canailles ou la suspicion des autorités. Mais Massèi s'était montré plus prévoyant que ce à quoi Leda s'attendait : à la sortie de la banque, un homme l'attendait, un certain Filippo, émigré italien, chargé de l'escorter jusqu'à Calais. La diligence à bord de laquelle ils étaient montés ensemble à Paris s'était révélée particulièrement inconfortable, et n'avait fait qu'accentuer les courbatures de Leda.

« Cela ne prendra pas longtemps, vous verrez, chère Lorenza. »

Pendant la traversée de la Manche, ils avaient été surpris par une tempête fulgurante et Leda avait passé le trajet penchée au-dessus d'une bassine, à vomir.

Filippo était descendu avec elle à Douvres et lui avait annoncé qu'il s'arrêtait là.

« À partir de maintenant, vous devrez vous débrouiller toute seule.

— Je vous remercie. Adieu. »

Leda avait continué à bord d'un second bateau, beaucoup plus légère et alerte, responsable d'elle-même et de l'argent, et son premier exercice avait été de parler l'anglais de tous les jours, effort couronné de succès puisqu'elle avait rapidement lié conversation avec un jeune homme à la peau très claire, dont elle avait fini par prendre congé parce que trop importun. Après avoir dépassé la boucle qui marquait l'entrée dans Londres, la vue des usines de misère lui avait fait sentir tout le poids de l'argent reçu en France ; c'était une grosse somme, mais la ville lui coûterait cher.

Dans l'enveloppe que Massèi lui avait remise pour son départ, avec ordre de ne l'ouvrir qu'après avoir traversé la Manche, Leda avait trouvé de nombreuses informations. Tout d'abord, il fallait qu'elle se rende dans l'ouest de la ville, à King's Road, au numéro 10 de la rue, et qu'elle ne néglige pas le pourboire du voiturier, gent peu fiable, pour ne pas risquer de le voir monnayer des informations auprès du premier délinquant venu, dont elle ferait les frais. Une fois la lettre refermée et l'enveloppe dissimulée dans un pli de son vêtement, Leda avait attendu de débarquer pour se retrouver propulsée sur un quai grouillant de marmots et de clochards. Elle avait souri pour dissimuler son trouble et s'était comportée avec une contenance polie, comme le lui avaient appris Albert et le père Peter quand elle était à la villa de John John : en tendant ses papiers aux officiers, elle avait fait preuve d'une légère impatience, pour signifier qu'elle n'avait pas que ça à faire, puis elle avait hélé un porteur qui s'était chargé de ses bagages avant de s'adresser au cocher d'une calèche.

« King's Road, *please.* »

Elle ne savait encore rien des pratiques en matière de logement, à savoir que la majeure partie des chambres dans ce district de la ville, Chelsea, demandaient la garantie de témoins pour pouvoir être louées, aussi ne fut-elle pas surprise qu'une dame d'un certain âge l'accueille sans méfiance ni agacement. Elle s'appelait Margaret et, dès qu'elle sut que la jeune femme à sa porte était la signorina Lorenza Maranto, la dame lui présenta ses hommages, fit des manières et des cérémonies, se répandit en politesses et courbettes, et lui montra la chambre réservée à son nom ou plutôt, pas seulement la chambre, mais la chambre et l'antichambre dignes d'un hôte de renom.

Pendant ce premier après-midi londonien, Leda ne voulut pas se perdre dans la ville. Elle se contenta de l'observer depuis sa fenêtre, et prit son temps pour s'installer en attendant de recevoir un message qui, elle en était sûre, ne tarderait pas à arriver. Elle se mit au lit avec le coucher du soleil, et s'endormit avant que la nuit n'envahisse le ciel. Dans son sommeil, elle serrait contre elle la bourse avec l'argent. Dormir lui redonna des forces.

« Je vous attendais, cher monsieur. »

Deux jours s'étaient écoulés. Enfin, on frappa à sa porte. Un homme élégant, foulard noué autour du cou et jaquette de coton couleur sucre. Il se présenta comme étant Oliver, un prénom anglais bien que celui qui le portait fût d'origine italienne, et invita Leda avec une galanterie un peu mièvre à le suivre au salon où Margaret avait préparé du thé et des biscuits aux amandes ; tous trois discutèrent mollement jusqu'à ce que Mrs Margaret s'éloigne pour satisfaire un besoin naturel ; alors Oliver dit à Leda que le *bogeyman* qu'elle recherchait logeait quelques numéros plus haut ; « Quel hasard, vous ne trouvez pas ? » dit-il en ricanant. Il lui révéla que son G.M. habitait avec un ami, un certain Giovanni

Ruffini, et que dans la maison d'à côté, il avait une sorte de maîtresse, Susan, laquelle était pourtant mariée à un autre. Oliver lui remit l'enveloppe et lui dit qu'elle n'aurait aucun mal à trouver la maison qu'elle cherchait : les allées et venues étaient pour ainsi dire constantes dans les heures de la journée. Avant de s'en aller, il lui remit un billet avec une adresse où elle pourrait le trouver en début d'après-midi : il y avait là un pigeonnier pour les communications aériennes.

Le lendemain, les yeux bouffis par un sommeil inquiet, Leda choisit un vêtement vert et impeccable, contrairement à ses chaussures pleines de boue, et elle prit son poste dès la fin de la matinée jusqu'au crépuscule, ne cessant de se promener avec l'air le plus désinvolte possible, obligée pourtant de regagner l'appartement de Margaret à l'heure du déjeuner à cause de deux rôdeurs qui la fixaient avec insistance. Du petit bâtiment situé au numéro 5 de la rue, deux étages de pierre brune et un grenier avec des lucarnes, contrairement à ce que lui avait dit Oliver, Leda ne vit sortir personne ressemblant au *mister* qu'elle avait façonné à travers ses lectures génoises et peaufiné ensuite avec sa fantaisie et son intuition : un galant homme sec et tout en nerfs, agité, de taille moyenne, élégant malgré ses vêtements froissés, le regard hautain et sombre, un grand front, de la barbe ou des moustaches, les cheveux en bataille péniblement plaqués en arrière.

Quand les réverbères s'allumèrent, Leda aperçut pourtant une ombre se faufiler par la deuxième sortie de l'immeuble : elle descendait le petit escalier de bois qui émit un grincement. L'inconnu, vêtu de noir, ou d'une autre couleur impossible à distinguer dans cette pénombre, s'avança, armé d'une canne. Leda se tint à distance, incapable de distinguer ses traits, de vérifier que le profil correspondait bien à celui qu'elle avait imaginé mais, d'instinct, elle décida de le suivre. L'homme en noir se mit en chemin, et gagna sans détour la ruelle d'Eaton, où il frappa à la porte d'une maison de maître. Leda resta de l'autre côté de la rue et fit semblant d'attendre un retardataire. La porte d'entrée s'ouvrit et la silhouette que Leda avait pistée fut accueillie par un « *Good evening*, signor Mazzini, Sir Thomas Carlyle vous attend au salon. »

Avant d'entrer, l'homme se retourna un instant, comme gêné par le regard qu'il sentait peser sur sa nuque, mais il ne fit pas attention à Leda. Elle le saisit en un seul coup d'œil : elle l'avait imaginé exubérant, bohème et intellectuel à la fois, boucles folles, avec sous le bras les pages d'un quotidien ou d'une édition du soir. Il portait au contraire un petit col raide et dégageait quelque chose d'austère ; le noir de ses vêtements, si dense dans la lumière des lampes de l'entrée, était presque monacal. Ce seul coup d'œil suffit à Leda pour comprendre que l'austérité de cet homme n'était rien d'autre qu'un simulacre insolite pour dissimuler son enthousiasme : deux extrêmes que les circulaires et les déclarations, les messages d'affection et de bienveillance que Leda avait attentivement lus dans sa chambre d'hôtel à Gênes laissaient clairement apparaître. Enthousiasme et austérité, deux qualités qui se mariaient parfaitement à ce qui, à cette époque, était le surnom le plus employé pour qualifier son fantôme. Maestro.

*

Il tournait en rond, écartelé entre la haine et la résignation. Les armées s'étaient acharnées pendant plus de cinq mois, tout ça pour maintenir des positions finalement inexploitables ; elles s'étaient traquées le long de sentiers parallèles qui se frôlaient pour mieux se séparer, et un seul affrontement digne de ce nom avait été engagé : les troupes, l'une désorganisée, l'autre rompue à l'exercice, s'étaient prises en chasse comme des loups trop vieux pour se servir de leurs crocs, des loups peureux et ridicules qui montrent leurs dents et détalent la queue entre les jambes.

Dom José, d'humeur sombre depuis la disparition de Rossetti, se rongeait les sangs et ne se préoccupait même plus de l'état ni du moral de ses hommes, rescapés de mille assauts ; quand ils se permettaient de lui demander si, entre le Rio Grande et le gouvernement de Rio de Janeiro, on voulait la paix ou la guerre, il les foudroyait du regard et pestait, dès qu'ils s'étaient éloignés : « Qu'ils ne viennent pas me casser les couilles ; s'ils veulent s'en aller, qu'ils s'en aillent, de toute façon, cela n'a plus de sens maintenant. » Il essayait de se convaincre qu'il n'avait pas lutté pour rien tout en doutant que cela vaille la peine de continuer. Aninha était son seul réconfort, ce que ces terres lui avaient offert de plus beau. Elle, sublime mère d'à peine vingt ans, se reposait enfin dans une cabane au village de São Gabriel, où les survivants avaient installé leur quartier général et proclamé la énième capitale de la République riograndaise, au mépris des partisans de l'empereur – un acte qui s'était toutefois révélé assez ridicule. Aninha s'inquiétait de l'humeur massacrante de José, qu'elle n'avait jamais vu comme ça, même si elle se réjouissait en son for intérieur de cette halte obligée qui lui donnait l'occasion de prendre soin de Menotti, qu'elle pouvait réchauffer chaque soir au coin de l'âtre. L'irritabilité de dom José était pourtant si puissante que, pendant l'amour, quand il s'enfonçait en elle avec toujours la même fièvre, il gardait dans ses yeux ce voile d'inquiétude que l'élan de son bas-ventre était incapable d'évacuer dans une cascade purificatrice ; elle était si puissante, l'irritabilité du *capitão*, qu'elle commençait à contaminer Aninha.

Mais avant qu'elle puisse lui en faire le reproche, il le comprit. Et comme il avait déjà dans l'idée de crever l'abcès, il passa une nuit à la belle étoile, hors de la cabane, serré dans son poncho, le reste d'un cigare à la bouche. Au matin, il demanda à parler au général Bento Gonçalves. Il n'avait pas encore épuisé sa confiance, mais la rencontre ne sut pas le convaincre de rester.

Le Bento qu'il avait connu était un brigand visionnaire, et voilà que cet homme était aujourd'hui rongé par l'amertume, comme s'il n'attendait plus rien pour les générations à venir. Les vieux idéaux lui donnaient des boutons, alors autant en rester là, se disait-il. Après quelques pirouettes, les meneurs italiens avaient quitté le dernier bal, fatal ; seul dom José était resté pour jouir de l'étreinte d'une femme avec laquelle danser.

La rencontre entre José et le général Gonçalves s'acheva de manière inattendue : il fut tout de suite clair que la famille Garibaldi ne recevrait pas un sou, et Bento ne se priva pas de déplorer les restrictions dont ses caisses, et par conséquent celles de la République itinérante, faisaient l'objet ; le général se dit cependant fier de pouvoir obtenir du ministre des Finances l'autorisation pour le feu *capitão* de la marine du Rio Grande do

Sul de réunir un cheptel de bœufs qui n'excéderait pas mille têtes. Eux-mêmes, ajouta Bento avec les manières complices d'autrefois, essayaient de se remettre des pertes de l'expédition en s'appropriant des têtes de bétail à revendre, et il n'y avait pas de quoi se vexer.

D'abondantes bouffées de fumée embrumèrent leurs adieux, que le général conclut par une poignée de main.

« Au revoir, Garibaldi.

— Ce fut un honneur de me battre pour le peuple du Rio Grande. »

Bento lui sourit.

« Voici venu le temps de la diplomatie », dit-il comme avec regret. Ou peut-être avec reproche.

Dom José n'en fut pas trop peiné, parce qu'au fond il comprenait les raisons du général : maintenant que la ferveur des premiers temps était passée, l'heure de la politique et des négociations avait sonné. Le seul vrai grief qu'il avait contre lui, c'était de ne pas avoir récupéré la dépouille de Rossetti.

Quand il s'apprêta à regagner la cabane où l'attendait Aninha, il contempla le ciel : « C'est mieux comme ça. Ici, je ne peux même pas écrire ou lire la moindre lettre. » Pour la première fois depuis des mois, voire des années, il avait envie de savoir comment vivaient ses frères dans cette patrie ratée. Il éprouva l'urgence de connaître dans le détail ce qui se passait à Nice, dans sa famille ; il en avait assez des ragots, des lettres laconiques d'un ami. Maintenant qu'il avait une famille à lui, il était obsédé par celle de ses parents, de ses concitoyens, celle de tous ces amis exilés, disséminés à travers le monde en attendant de rentrer chez eux.

Dans cette aventure qui se terminait, les regrets ne lui pesaient pas. Il s'était déjà demandé s'il avait quelque chose à se reprocher. Le Rio Grande et son peuple l'avaient accueilli pour d'intenses années. La femme qu'il avait rencontrée dans cette région de soleil était à ses côtés, et lui, pour la garder, s'était courageusement battu. Alors, entre les additions et les soustractions, il était quitte.

Arrivé à la cabane, il délaça son ceinturon. Il n'était plus un soldat du Rio Grande et ne pouvait plus porter l'épée que Bento, au début de la lutte, lui avait donnée. Elle resterait là, parmi ses compagnons *farrapos*, avec l'empreinte grasse sur sa poignée.

Deux semaines plus tard, un troupeau de neuf cents bœufs quitta le corral das Pedras. C'était juin, l'automne austral. L'ancien équipage du *capitão* se rassembla dans l'enclos, contre la barrière. Ils étaient nombreux, ses compagnons de la première heure, surtout ce Catalan de Manuel, devenu à moitié fou à la suite du naufrage ; quand dom José passa à côté de lui sur la croupe d'un moreau, le Catalan lui dit : « Ça a été un honneur de partager votre folie ! Notre frère et *capitão* pour toujours ! » Des hourras s'élevèrent, nombreux, et quelques grands gestes pour rendre hommage à ce jeune homme à la crinière sauvage qui avait su leur insuffler un désir de revanche ; d'autres lui firent leurs adieux, heureux au contraire de se débarrasser de cet enragé qui prenait un malin plaisir à les envoyer à l'abattoir à la première occasion, à bord d'un bateau ou sur un champ de bataille. En le voyant s'éloigner dans son poncho rayé, quelques-unes des femmes des marins de l'ancien équipage poussèrent un long soupir, le cœur encore meurtri par le désir de se donner au magnétique Italien, furieuses et navrées qu'Aninha ait survécu à l'accouchement. Le seul à partir avec la famille Garibaldi qui, aux yeux de l'Église et de la loi n'était pas vraiment une famille bien qu'elle le fût de fait, était Abraão le Gros, l'ordonnance. L'homme en qui le *capitão* avait le plus confiance. Et qui esquissait un drôle de sourire. Dom José lui avait promis une centaine de têtes.

Les cartes disaient que Montevideo était à peu près à quatre cents milles de São Gabriel : impossible de faire le voyage au galop. Le troupeau avait besoin de haltes pour paître et s'abreuver, et dès le début, les *troperos* recrutés dans les parages voulurent s'assurer qu'on ne forcerait en aucun cas l'allure des bêtes pour ne pas les épuiser.

De son côté, Aninha partait heureuse ; la grossesse lui avait fait caresser l'idée de s'éloigner un peu de la lutte. Une chose toutefois l'inquiétait. Elle en avait déjà eu l'impression une fois, et de nouveau elle soupçonnait le Gros de vouloir filer à l'anglaise, et peut-être même de les trahir. Malgré tout, elle se révéla naïve, ou peut-être préféra-t-elle ne rien voir. Elle se dit que l'ordonnance ne demanderait pas plus que son dû, que les aventures partagées et la proximité avaient créé une confiance réciproque que rien ne pouvait détruire. Au contraire, Abraão le Gros avait tout prévu, avec la ruse que les *Indios* reçoivent en héritage des générations qui ont subi l'injustice d'un passé d'extermination, d'esclavage, d'abus.

L'expédition rejoignit le rio Negro dans l'après-midi. Le Gros suggéra à dom José de traverser à gué en premier, après les deux gardiens de troupeau, et c'est ce qu'il fit. Mais le crépuscule les surprit bien vite : la nuit tomba comme seules tombent les nuits de nouvelle lune. Comme un orage. Deux cents bœufs moururent, emportés par le courant, au milieu des hurlements de dom José qui, après s'être gagné la réputation de *capitão*, s'improvisait *gaucho*.

Les beuglements désespérés s'éloignèrent dans le flot tumultueux se dissipant en aval, et le Gros, comme l'avait prévu son plan, fut incapable de passer le gué ; il resta sur l'autre rive avec trois cents têtes. Les deux groupes parvinrent à s'entendre en se déchirant la voix : le lendemain matin, hurla le Gros, il traverserait à son tour. « D'accord », cria dom José.

Une heure avant l'aube, quand le jour était encore loin et que déjà les bêtes se réveillaient, Abraão rebroussa chemin ; à sa suite, les *troperos* qui jusqu'ici avaient servi le *capitão* mais qui, peu sûrs de la paye qu'on leur avait promise avec la récupération du bétail, encaissaient en avance, avec des quintaux d'intérêts.

« Voleurs. »

Aninha, José et Menotti furent obligés d'avancer seuls au milieu de cette épaisse végétation, qui jamais n'avait été aussi luxuriante ni aussi impitoyable, comme agacée que ces créatures humaines troublent sa quiétude. Le voyage rappela à dom José avec quel émerveillement il avait découvert cette terre, six ans auparavant ; sensations d'une région vierge, un monde où la nature, millénaire, puisait sa force dans les arbres, les taureaux, bœufs à cornes, gazelles et créatures ailées et, en son sein, l'homme rare, qui se déplaçait sur ses étendues nues, à dos de cheval, entouré par d'autres bêtes à monter pour dévorer des distances qui s'étalaient à perte de vue. Alors, le regard influencé par des désirs de jeunesse, José avait cru voir se réaliser une illusion d'Européen : cette nature était bienveillante. Mais celle-ci, dans sa démesure, n'était que la nature, et si l'homme s'y aventurait imprudemment, elle savait se montrer impitoyable.

Ils arrivèrent en vue de Montevideo et de la baie au début de juillet. Un charretier qui quittait la ville avec un chargement de sucre de canne leur adressa son bonjour. Du troupeau, il restait trois cents peaux. Le voyage avait duré cinquante jours, et José et Aninha l'achevaient de la pire des manières : le charisme du *capitão* de marine et de sa belle compagne n'était déjà plus qu'un souvenir. En entrant à Montevideo avec dans leurs bras un enfant décharné aux airs de retardé, ils faisaient penser à une famille de miséreux venus de l'arrière-pays pour chercher fortune.

Le ciel au-dessus de la ville était pourtant si limpide qu'on ne remarquait que son bleu. Un ciel aussi bleu que la mer Égée, jadis mer des dieux, songea José, même s'il ne savait rien des divinités qui s'amusaient avec le sort des hommes à Montevideo. Leur destin, pensa-t-il en regardant son Anita, était entre leurs seules mains. Et il n'aurait rien de martial. Du moins pas dans l'immédiat.

À mille lieues des lubies de son compagnon, Aninha serra *pepino* Domío dans ses bras. Au lieu de se réjouir à l'idée que la guerre les laisserait tranquilles pendant quelque temps, elle se demandait déjà comment sa famille survivrait dans cette ville.

VII

La pluie avait cessé et Leda se promenait dans le cœur du West End. Elle traversait sans but précis la grande esplanade bordée des nombreuses entrées et colonnades de Her Majesty's Theatre, Italian Opera House, à l'occasion d'une de ces sorties de reconnaissance dont elle avait l'habitude, quand, tout à coup, un arc-en-ciel de fin d'averse se leva sous ses yeux. Un mélange de vert et de jaune duveteux. Un marchand ambulant déguenillé était planté sous un réverbère ; quelques heures plus tôt, bien qu'à moitié mort de faim, il avait finalement résisté à son envie de bouffer ses bestioles et s'était plutôt mis à brailler pour qu'on les lui achète : des « phénomènes » exotiques venus des Indes, dont justement ils avaient rapporté les odeurs, si on voulait bien se donner la peine de les renifler. Le clochard avait continué à baratiner de la sorte jusqu'à ce moment où Leda, s'approchant pas à pas, s'était retrouvée avec les oiseaux lui battant de l'aile sous les narines. Rien de très exotique, se dit-elle, avant de sortir de sa bourse une poignée de schillings en échange du couple de *Great Tits*. Deux mésanges.

Dès que l'emballage de papier qui protégeait les oiseaux fut entre ses mains, Leda sourit avant d'accélérer le pas, soudain inquiète. Elle se dirigea vers un fiacre ; elle sentait monter en elle le besoin irrépressible de mettre les volatiles à l'abri, angoissée par le battement obsédant de leurs deux petits cœurs. « King's Road. » Le papier exhalait une odeur d'excréments et le cocher se pinça le nez. Leda lui dit de se dépêcher, sans se soucier des regards noirs qu'il lançait en direction des oiseaux. En arrivant à la maison, le papier de l'emballage céda.

Leda craignait que Margaret ne soit pas d'accord, mais la maîtresse des lieux vint au contraire à sa rencontre en tapant dans ses mains : « *So sweet, sooo cute they are !* » Quelle charmante idée d'apporter un peu de musique dans le salon, surtout en prévision de la mauvaise saison : « Ils auront le temps de s'acclimater d'ici à l'automne ! » On trouva aussitôt une vieille cage chez une proche voisine, et on fêta la nouvelle avec Leda, autour d'un verre de *rosolio* que Mrs Margaret recevait en cadeau de la part de connaissances qui vivaient en Sicile depuis que son fils était parti pour l'Amérique, la laissant seule et veuve. Quel délice que ce *rosolio*, très agréable et réconfortant, malgré la chaleur.

Le lendemain, la maîtresse de maison se leva de bonne heure et partit en voiture après un copieux petit déjeuner. Elle revint avec une superbe volière en érable, spacieuse et élégante, qu'elle fit disposer par la femme de chambre sur une petite table, en face de l'imposant poêle en céramique. Mrs Margaret supervisa scrupuleusement l'opération, hochant la tête d'un air à la fois songeur et concentré pour considérer la petite révolution esthétique qu'apportait cette nouvelle décoration. Enfin, on plaça sous la volière un napperon de dentelle pour donner au tableau une touche d'élégance naturelle, et le tissu fragile, qu'il fallait laver tous les deux jours à la main à cause de la suie et des saletés que les oiseaux jetaient de leur cage, se souleva sous les bouffées de vent qui passaient par le bow-window, lequel fut laissé plus souvent ouvert ; la rue sentait pourtant la crasse et, aux heures les plus chaudes de la journée, la puanteur devenait insupportable, mais Margaret était d'avis qu'un courant d'air extérieur donnait une impression de fraîcheur. Chaque matin, quand les voix de la maison se souhaitaient le bonjour, les mésanges gazouillaient sans harmonie, mais cela suffisait à donner à Leda une agréable sensation de paix, cette même sensation qu'elle retrouvait en leur donnant à manger des épluchures de légumes et des graines. Ce geste d'amour gratuit lui donnait presque l'impression de solder ses comptes avec le destin. Les mésanges étaient prisonnières, et non plus libres comme dans le jardin du Bon-Pasteur, mais cela n'avait pas d'importance, pas plus que de savoir si elles étaient nées en captivité ou y avaient été contraintes par le vendeur ; Leda savait qu'elle ne pouvait pas les libérer, à moins de vouloir les condamner à une mort dont le premier mendiant affamé ou les griffes d'un chat se seraient chargés. Alors, autant les accueillir et les confiner dans une prison un peu spéciale, faite de graines et d'affection. « Vraiment délicieux, ce *rosolio* » : cette phrase, Leda apprit à la répéter après le dîner, sur un ton toujours plus convaincu, depuis l'arrivée des oiseaux.

Les premières semaines de son séjour, Leda avait erré à travers Londres : les places étaient démesurées, si larges qu'elles en devenaient écrasantes, et dans certaines zones, les magasins bien trop chers et élégants, même pour elle à qui Massèi ne manquait jamais de verser les livres sterling qui lui étaient nécessaires ; les échoppes malfamées étaient par contre de véritables repaires de crapules édentées et d'escrocs balafrés, et les parcs, foisonnants nids d'humidité, des trouées de verdure qui s'ouvraient dans une brume aux mille nuances, s'enroulant en spirale au-dessus du terrain bourbeux et impénétrable à certaines heures de la journée et le long des sentiers fréquentés. Partout, maintenant que la belle saison dissipait le brouillard, on voyait des paumés, des vagabonds et des policiers prêts à bastonner ; partout, filant à toute allure, des calèches menaçaient d'écraser les passants à chaque coin de rue ; le bruit des roues était incessant. Les pieds s'enfonçaient dans la gadoue – que le soleil ne séchait qu'en surface, comme une croûte –, et la puanteur de brûlé s'échappait inexorablement des cheminées. L'air semblait crépiter et Leda, qui dans ses explorations se livrait à la nature électrique de la ville, vibrait de stupeur.

Elle arpenta Londres à pied avec tant d'obstination et de méticulosité qu'un jour, en atterrissant dans une ruelle remplie de boutiques du nom de Leather Lane, elle s'acheta une deuxième paire de bottines ; les semelles de ses anciennes chaussures n'étaient pas si usées à vrai dire, mais Leda, excitée par la coquetterie, voulut faire peau neuve. C'était une sensation agréable, voire nécessaire.

Les compliments d'Oliver lui apportèrent la preuve que le genre de femme qu'elle s'imaginait être ne laissait pas indifférent et qu'il fallait le perfectionner. Leda, pour sa part, s'était contentée d'aguicher le jeune homme par quelques clins d'œil, mais qui sait combien d'Anglaises connaissaient déjà cet Oliver, avec ses manières et son parler de gandin ; aussi, découvrir que sa beauté était capable d'émouvoir plus que les mots, découvrir qu'elle possédait même une beauté que les autres remarquaient dans une ville aussi immense, où la concurrence ne manquait pas, fut un signe engageant. Oliver acceptait parfois de l'accompagner dans ses explorations ; il se présentait, élégant de pied en cap, en haut-de-forme et jaquette, veston à la mode et pochette aux motifs recherchés, sans oublier l'immanquable chaîne de sa montre de poche ; il arborait toujours une nouvelle couleur, turquoise ou canari, vert clair ou rouge vif. D'habitude, il attendait Leda au salon ; il s'asseyait, croisait les jambes, et discutait avec Margaret ou Jane, la domestique, et lorsqu'il s'impatientait, il faisait quelques pas et taquinait les mésanges ; penché sur la cage, il soufflait ses miasmes de tabac d'outre-Atlantique sur le bec des petites bêtes. Leda prenait le temps de se faire désirer, puis s'abandonnait à son accompagnateur, glissant sa main autour de son bras le long de routes aux sublimes panoramas.

Il fallut peu de temps à Leda pour être capable de s'orienter dans la jungle urbaine, elle apprit même à reconnaître les modulations des sabots et des roues qui annonçaient le risque de se faire écraser. Oliver lui interdisait de parler italien avec lui, et cette habitude, en plus de la cohabitation avec Mrs Margaret et la gentille Jane, permit à Leda de se familiariser avec la langue et de la maîtriser avec toujours plus de désinvolture.

L'incroyable mémoire qui la caractérisait lui jouait parfois des tours, mais la quantité de nouveautés – lieux, habitudes, bizarreries, plats, interdictions – que Leda était obligée d'emmagasiner dans le tourbillon d'une réalité si différente de Gênes ou de Rome, était tellement impressionnante qu'il était impossible de pas oublier quelques détails. C'étaient surtout les noms des districts et des différents quartiers qui la désorientaient ; Leda découvrait la ville avec ses yeux mais, comme par caprice, son cerveau se refusait à en assimiler la toponymie.

Certains noms en revanche s'inscrivirent immédiatement dans son esprit. Parmi ceux-ci, Hatton Garden, qui lui servait à identifier une rue dans les environs de l'église de St. Peter, un quartier surpeuplé d'immigrés italiens ; Leda retint aussi très vite Greville Street, une petite rue dans les parages de Hatton, cette même Greville Street où, en novembre 1841, avait été inaugurée l'École libre pour les travailleurs, créée à l'initiative du Maestro, et qui avait fini par accueillir, à la place des adultes, les cris las et espiègles de très jeunes créatures assoiffées de connaissances, une horde d'apprentis et de porteurs rachitiques, de musiciens ambulants et de petits esclaves de la harpe, minuscules revendeurs de bibelots et de breloques qui avaient été vendus, à leur tour, par leur propre famille à des escrocs venus eux aussi d'Italie pour trouver fortune à Londres. « L'école de Hatton Garden », comme on avait baptisé cette baraque délabrée située au numéro 5 de Greville Street, était le nom le plus souvent prononcé parmi les fidèles de la maison du Maestro, surtout en cette fin du mois d'août où le sujet le plus débattu semblait justement être la lutte contre l'analphabétisme à laquelle la toute nouvelle institution commençait à se consacrer grâce à des cours du soir de langue, de géographie et d'arithmétique, ou encore des cours de morale et d'histoire dispensés le dimanche par des personnalités de renom. Le rôle de l'école était de former l'intellect des classes laborieuses expatriées, et les cinquante et un premiers inscrits du mois de novembre étaient des cabochards au corps nettement plus développé que la cervelle ; très vite, pourtant, personne n'avait pu résister à la tentation bienveillante de dispenser, surtout aux plus petits, un enseignement pour les dégourdir et les armer contre les stupides et grossières manigances de ceux qui leur promettaient une vie meilleure à seule fin de mieux les exploiter. À voir ces garçons rassemblés dans l'entrée, à les regarder se disputer une place assise, on éprouvait une sensation particulière. Une confiance retrouvée.

Quelques Italiens fauchés travaillaient d'arrache-pied au projet de l'école, dont un certain Pistrucci qui se disait artiste, un autre du nom de Bucalossi, et un troisième, Michele, un grand gaillard toujours pressé que Leda se plaisait à observer durant ses filatures entre King's Road et Greville Street. L'activité de l'école et le fait que le Maestro en fût l'initiateur faisaient de la bâtisse un objet de curiosité, aussi Leda avait-elle pris l'habitude d'y aller souvent et d'en parler par écrit à Massèi, même s'il ne semblait pas se tramer grand-chose entre les murs sales et sur les rares tableaux noirs du bâtiment. Le Maestro ne fréquentait pas l'école, ou très rarement. Il s'en tenait aux dimanches, et à certains dimanches seulement, quand il venait pour une des leçons de l'après-midi ; il y consacrait alors tout son temps et, en semaine, s'il devait se rendre dans le centre, il passait toujours par Greville Street sur le chemin du retour à Chelsea ; il observait l'école de l'extérieur.

Bien que situé à une demi-heure du quartier italien, le petit immeuble du numéro 5 de King's Road où se terrait le Maestro était une oasis dans le désert grisâtre d'incompréhension que Londres offrait à la plupart des immigrants de la Péninsule. Il était en effet fréquent que les Anglais, dans la rue, se moquent d'eux, les insultent, les montrent du doigt. Aussi, devant la porte du Maestro, une bâtisse ni assez vieille ni assez louche pour éveiller les soupçons de l'administration de la ville, se bousculaient des compatriotes de toutes les provinces d'Italie : Ligures et Piémontais, exilés des terres des Bourbons ou des légations, débarqués des îles ou descendus des Apennins, tous venaient, comme attirés par un aimant, depuis qu'ils avaient entendu parler de la miséricorde dont l'illustre Maestro tout de noir vêtu était capable. Celui-ci avait le soutien de nombreux intellectuels anglais et se dépensait sans compter, il faisait tout ce qui était en son pouvoir pour secourir les émigrés qui venaient demander de l'aide pour leur correspondance, ou pour se défendre d'une plainte injustement déposée contre eux : « Certains jours, le temps ne suffit pas. » C'est justement grâce à ces misérables que la veuve Lorenza Maranto s'attira les premières sympathies ; Leda proposa ses services en tant que copiste, et le courage et la compassion dont elle fit preuve suscitèrent une grande admiration.

La première rencontre avec le Maestro l'avait angoissée. Trop de mois à fantasmer sur cet événement ; le moment venu, pourtant, Leda s'était comportée de manière irréprochable. Elle l'avait suivi patiemment, pendant des semaines, avait découvert ses habitudes, passé au crible les ragots qui circulaient à son sujet, décrypté chacun des écrits qu'il se donnait la peine de publier – qu'il s'agisse de l'*Apostolato popolare* ou des circulaires de l'association, sans parler des nombreuses interventions dans les revues londoniennes à travers lesquelles le Maestro donnait son opinion sur tous les sujets d'actualité politique, littéraire ou culturelle dignes d'intérêt qui accaparaient le débat public parmi les sujets de Sa Majesté. Puis le jour était venu où, tandis qu'elle sirotait son énième verre de *rosolio*, elle s'était sentie prête, avertissant aussitôt Massèi qu'elle tenterait la rencontre comme ils en étaient convenus, mais plus tôt que prévu. Pour envoyer sa correspondance, Leda allait chez Oliver, dont le bureau possédait un petit balcon avec un pigeonnier ; la procédure voulait que l'on envoie les messages en double exemplaire : une copie par voie aérienne et l'autre par le courrier que le galant homme mettait à sa disposition de temps en temps. Pour cette première, et très importante décision toutefois, Leda n'avait pas voulu attendre la confirmation ; sachant que la réponse pourrait prendre des semaines, elle avait suivi son instinct. L'envie était trop forte. Le moment était venu, il ne fallait pas le rater. L'incomparable talent avec lequel elle avait joué son rôle lui avait donné raison.

Elle s'était présentée comme une de ces nombreuses veuves qui frappaient à la porte de King's Road ; elle avait emmené son épée, dissimulée dans son fourreau de bois, et l'avait brandie en s'exclamant : « Cette épée appartenait à mon mari, abattu d'un coup de fusil. » Pendant ses mois de préparation à Gênes, elle avait appris que le Maestro avait lui aussi possédé ce genre d'arme, ce qui avait joué en sa défaveur dans une affaire dont on l'accusait, aussi la trouvaille lui avait-elle semblé excellente ; mais devant l'air soupçonneux de son interlocuteur, intrigué par la coïncidence, Lorenza Maranto avait clamé son malheur depuis la mort de son père et de son républicain de mari, le pauvre Giovanni, avant d'éclater en sanglots – elle n'avait pas eu de mal à s'identifier à son personnage et les larmes lui étaient venues naturellement. Ses « deux amours », son père et son Giovanni, étaient morts dans cette maudite Ancône prise en étau par les Autrichiens et les Français après les joies et les illusions de 1831, sans que le pape ne bouge le petit doigt, ou plutôt, sans que le roi de Rome ne rappelle les troupes papales aux ordres de « cet assassin du prince de Canosa », lequel, à la tête d'une armée de brutes impitoyables, avait semé la terreur de Forlì à Ancône, violé les femmes, et s'était payé quelques copieux larcins. Son père et son mari Giovanni étaient tous deux charbonniers, avait déclaré Lorenza, avouant son ignorance en politique, aussi que le vénérable Maestro ait la gentillesse de ne pas lui poser de questions, autrement elle risquait de fondre en larmes ; déjà qu'elle avait dû affronter la honte de fuir l'Italie comme une paria, avec sa sœur Faustina, qu'une terrible maladie lui avait arrachée il y a peu – un détail que Leda avait improvisé et qui ne faisait pas partie du plan mis au point avec Massèi, mais que lui avait inspiré Colombino en lui parlant du docteur Giacomo Mazzini et de sa fille Cichina pendant leurs promenades : « Jusqu'à maintenant, la chance ne m'a pas souri ! » Mais tant de bonnes âmes l'avaient aidée, hommes ou femmes, tout particulièrement un jeune garçon venu de Lombardie qui lui avait conseillé de s'adresser à lui. À l'Exilé. Au Maestro. Pippo, comme l'appelaient les quelques rares personnes à partager son intimité dans le *parlour*, le petit salon, du numéro 5 de King's Road ; Joseph, comme l'appelaient les autres, à l'anglaise. La répression qui avait sévi sur sa terre avait brisé sa vie, s'était exclamé Leda, mais maintenant, elle, Lorenza Marantò, exigeait un futur pour l'Italie et, s'il savait se montrer bienveillant à son égard, elle serait la femme qui servirait sa cause.

Le Maestro était resté debout à l'écouter, songeur, puis s'était approché et lui avait dit, ému : « C'est Dieu qui m'a confié le sort de l'Italie. Nous vous aiderons comme nous le pourrons, et vous aiderez nos compatriotes. » Seulement alors, après l'avoir piégé et conquis en abusant de sa compassion, Leda avait eu envie d'un échange sincère, étranger à ce rôle qu'elle avait joué et répété devant sa coiffeuse, observant son regard dans le miroir, choisissant la meilleure expression de ses yeux, l'inclinaison de son visage à chaque repartie : « Vous me réconfortez. Vous ne pouvez pas imaginer à quel point. Je sais que vous êtes un des nôtres, le premier parmi nous, les Italiens, aussi j'ai envie et je veux vous parler en toute franchise, comme je le faisais avec mon père. » Le prologue était travaillé, puis vint le credo, que Leda avait longuement mûri depuis son évasion du Bon-Pasteur, et qui puisait ses racines dans son enfance : « Vous voudrez bien excuser ma brutalité, mais s'il y a une chose que j'ai apprise dans la vie, c'est que personne ne devrait jamais s'habituer à la pourriture… à la merde. On ne devrait pas accepter que tel soit notre destin ; la seule chose que l'on devrait tolérer, c'est d'y sombrer, parfois. Pardonnez-moi si je vous parle ainsi, mais je sais que vous comprenez. Je crois avoir trouvé en vous le soutien le plus sûr. » Elle avait relevé son visage dans un mouvement très étudié et avait dit, en guise d'épilogue : « Pour beaucoup, vous êtes la main qui nous sortira de la fange. Je vous parle sincèrement. Et veuillez m'excuser si je ne m'exprime pas comme il conviendrait à une dame. »

La compassion, en dépit de l'habitude qu'il avait de se méfier, avait eu raison du Maestro, et l'avait trahi ; et la franchise de cette Lorenza avait suffi pour qu'il se décide à l'accueillir, à décréter les présentations faites, et à accepter de la fréquenter.

« Où logez-vous ?

— Pas loin d'ici, chez une amie.

— Alors revenez demain, nous parlerons plus longuement. »

Mais l'expérience qui lui fit le plus d'impression, ici, dans la capitale du Royaume-Uni, ne fut pas sa rencontre avec ce fantôme de papier qui ne sentait finalement pas l'encre, mais l'homme, la fumée, le café et le talc ; non, la confrontation avec la créature qu'elle avait découverte, lettre après lettre, ne la stupéfia pas autant que ce qu'elle vécut à deux pas de l'école de Hatton Garden, dans la pénombre d'une ruelle qui tenait lieu d'antichambre aux labyrinthes fétides de l'immeuble, où la lumière des réverbères ne s'aventurait pas, où chaque antre menait à d'insoupçonnables caves et rampes d'escaliers, à des étages apparemment inhabités mais qui grouillaient en réalité de multiples formes de vie.

Un jour de septembre, avec un peu plus de vague à l'âme que d'ordinaire, Leda traînassait dans Greville Street. Elle regardait du coin de l'œil des gamins italiens qu'elle avait appris à reconnaître : l'un d'eux jouait de l'orgue de Barbarie, deux autres avaient l'habitude de se planter entre Farringdon et St Cross avec une petite carriole de fruits ou de légumes récupérés chez un grossiste en quête de vendeurs au détail, les autres se débrouillaient dans les ateliers textiles ou se prenaient des coups de bâton pour les ridicules acrobaties qu'ils improvisaient dans la rue ; un des gamins de la bande, avec dans les yeux une lueur de grande sauvagerie malgré son air candide, se risquait à revendre de la marchandise volée aux receleurs de plusieurs boutiques, s'attirant la haine des escrocs du coin.

Leda ne connaissait pas les prénoms des membres de la bande, qui passaient leur temps à se chamailler et à s'attribuer des surnoms impossibles à retenir, mais elle les avait pris en sympathie. Elle sentait que d'une certaine manière ils lui ressemblaient et, ce jour-là, en les observant, vaincue par une sorte de déformation professionnelle, elle fila celui que, d'instinct, elle préférait, le seul à fréquenter l'école de Hatton : un gosse à la tignasse claire, avec une jaquette lie-de-vin. La nuit commençait à tomber quand le garçon salua ses compères, et Leda commit l'erreur de le suivre sans trop y faire attention, distraitement, si distraitement que, sans le cri d'alarme d'un mendiant, elle aurait fini sous les roues d'une voiture : « *Watch out !* » Leda secoua sa jupe couverte de poussière et, sans répliquer aux insultes du voiturier, continua à suivre le gamin le long d'un chemin de traverse entre deux bâtiments qui permit à la proie et au chasseur de resurgir ailleurs à la nuit tombée. Le gamin se faufila au rez-de-chaussée d'un grand immeuble décati et Leda leva la tête pour regarder le ciel ; les premiers nuages apportés par l'automne éclipsaient la lune et les étoiles. Vu l'heure, elle ne voulut pas le suivre à l'intérieur, et elle se dirigea d'un pas incertain vers la sortie de la rue, sur ses gardes, prête à dégainer son épée ; par chance, alors qu'elle se rapprochait de deux voleurs à la tire qui faisaient le pied de grue à l'entrée d'un bâtiment, elle heurta de plein fouet deux agents de la police métropolitaine qui, après l'avoir interrogée, se laissèrent charmer par l'innocente sympathie de la jeune fille qu'ils escortèrent, entre un frôlement et un clin d'œil, jusqu'à un fiacre qui la ramena à Chelsea.

Le matin suivant, Leda se prélassa sous sa couverture légère, réjouie de cette tiédeur retrouvée dès le réveil et, une fois debout, se mit à faire son lit, bien que Margaret insistât pour que Jane s'en occupe. Leda refusait que quelqu'un entre dans sa chambre, aussi se chargea-t-elle elle-même de dépoussiérer le plancher et de mettre de l'ordre. Sa chambre lui plaisait ; elle était envahie de fleurs : des pétales rouges décoraient les murs tapissés, de jolis boutons verts descendaient du plafond le long des tentures, des fleurs jaunes habillaient le dossier du petit fauteuil devant la coiffeuse. Seule la chaise du bureau était en bois naturel, du noyer sculpté.

Quand elle se fut acquittée de ses tâches ménagères, Leda sortit et, pourtant chargée d'intercepter la correspondance du Maestro, elle décida de retourner du côté de Greville Street. Poussée par une curiosité morbide, elle courut tous les risques que ce démon nous force inconsciemment à courir : elle frôla dangereusement des individus louches, se fit remarquer par des hésitations suspectes, brandit inutilement dans une venelle sa canne qu'elle portait encore avec elle, bien qu'Oliver lui eût proposé de la remplacer par un stylet à dissimuler sur sa cuisse dans un étui conçu à cet effet, une astuce certes plus appropriée à une lady. Leda fit preuve d'une telle obstination et d'une telle mémoire qu'en parcourant le chemin de la veille elle se retrouva devant le bâtiment à l'intérieur duquel le garçon s'était engouffré. En l'espace d'une heure, elle comprit que ce lieu n'était rien d'autre que le refuge de la marmaille d'Italiens qui se retrouvaient dans les environs de Hatton Garden pour se répartir le boulot ; mais au lieu de s'estimer satisfaite, Leda céda au démon de la curiosité et se faufila dans l'immeuble. L'endroit était sordide, apparemment abandonné. La saleté qui filtrait depuis la rue envahissait les pièces du rez-de-chaussée, et les chambres du premier étage étaient noires de la suie que recrachaient d'énormes cheminées hors d'usage. Au troisième étage, elle tomba sur les restes d'un début d'incendie, et ce fut justement parmi les décombres carbonisés d'un salon que Leda aperçut un foyer vraisemblablement à peine éteint. Elle jeta un coup d'œil et reconnut autour d'elle d'autres signes de vie. Éparpillées çà et là, des caisses de bois qui servaient d'escabeau, avant de servir à raviver, une fois brisées, le feu dans les nuits glaciales ; sous une fenêtre, une petite table sur laquelle traînaient un jeu de cartes et des chandelles à moitié brûlées ; dans un recoin, une lampe à huile crasseuse. Leda dégaina l'épée de son fourreau : la lame brillante et pointue contrastait avec la saleté du cadre. L'air était vicié. L'écho d'une quinte de toux lui parvint par la rampe d'escalier. Silence, puis, à nouveau, un raclement gras de catarrhe ; le bruit semblait venir d'en haut et puait la maladie. Leda grimpa les marches. En arrivant à l'étage, un chat qui enfonçait sa langue râpeuse dans la carcasse d'une souris s'enfuit à toute allure.

La pénombre là-haut était épaisse ; Leda frotta du plat de la main le carreau d'une fenêtre, et un rai de lumière pénétra enfin. Fuir, elle aurait pu fuir, mais elle était certaine qu'en se retournant, elle offrait son dos au probable assassin toussotant qui se cachait ; il valait mieux aller à sa rencontre, l'affronter, alors Leda avança en braquant avec agilité sa lame qui remuait par saccades, traquant le moindre bruit, le spectre d'une vision. Une nouvelle quinte de toux la guida le long d'un couloir, puis trois petites marches. Leda se retrouva dans une mansarde. Vide, mais pas déserte. Dans un coin, une paillasse ; un peu plus loin, de pâles tisons empourpraient vaguement l'âtre d'une cheminée. La toux venait de là. Leda s'approcha, hésitante, remit son arme dans son fourreau. L'enfant avait sûrement de la fièvre, car on voyait par terre une bassine cabossée et un mouchoir tellement usé qu'il ressemblait à un filet de pêche ; à nouveau, le petit corps rachitique toussa, et Leda fut presque réconfortée d'entendre que sa toux était grasse ; si elle avait été sèche, on aurait pu craindre que les poumons ne soient atteints.

Elle ne put rien faire d'autre que de lui laisser une pièce et partir, mais pas avant d'avoir ravivé le feu avec une planche que maintenaient à peine trois pauvres clous plantés dans le châssis d'une fenêtre ; pas avant d'avoir trempé son propre mouchoir dans l'eau de la bassine et de le lui avoir posé sur le front. Le gamin avait les cheveux bruns, Leda fut déçue ; elle avait espéré un instant qu'il s'agissait du petit avec la jaquette lie-de-vin, le blond. « Tes amis vont revenir ? » Il ouvrit les yeux et lui fit signe que oui. Leda lui massa le front avec son mouchoir. « Avec les sous, demande-leur de t'acheter des médicaments, ne les gaspille pas. » Elle se leva et redescendit les trois marches qui l'avaient menée à la mansarde.

*

« Dors bien », murmura-t-il. *Pepino* Domío s'était assoupi. Aninha posa ses mains sur ses reins fourbus, et une fois le rideau tiré pour tamiser la lumière et isoler le petit, elle laissa courir son regard. La cloison accaparée par les réchauds et une console, l'évier, quelques tasses en fer-blanc, un poêlon pendu à un clou et une jarre avec l'herbe pour le *chimarrão*. En face de l'entrée, une porte à deux battants sur des gonds rouillés et, appuyés contre le mur, un bahut et un minuscule coffre contenant le nécessaire à écriture de José, pris depuis peu par la fantaisie de rédiger des lettres. Au milieu de la pièce, une table avec un pied plus court que les autres ; trois chaises, dont l'une avec l'assise à moitié défoncée. Contre le mur ouest, derrière une tenture accrochée à un anneau fixé au plafond, le petit lit de *pepino* Domío, une panière avec le peu de linge familial, et puis leur lit, à elle et à José, que les amis avaient repris l'habitude d'appeler Peppino, signor Garibaldi, voire Giuseppe Pane, exhumant le nom d'emprunt dont il s'était servi par le passé ; Aninha, elle, s'obstinait à l'appeler à la sud-américaine, à sa manière, José. Une brise légère entra par la fenêtre. C'était le mois de décembre, l'été austral commençait, mais l'océan apportait de la fraîcheur avec son souffle qui n'en finissait plus.

« Dors bien », répéta-t-elle du bout des lèvres pour elle-même et pour le petit, et elle tendit l'oreille. Elle entendit la respiration de Domío prendre un rythme régulier. Puis un gémissement. Aninha parvint à ne pas se retourner, retint son souffle pour pouvoir mieux écouter. Il l'avait empêchée de dormir toute la nuit pour une dent de lait qui sortait ; de près, on pouvait voir la grosseur, à deux doigts de déchirer la gencive et, comme si cela ne suffisait pas, le petit quadrupède avait pris la mauvaise habitude de ramasser et de se fourrer dans la bouche tout ce qui lui tombait sous la main, petite branche ou couvert, avec pour résultat de réveiller chaque fois la douleur. Mais il dormait enfin, et ce son, ce petit sifflement qui accompagnait l'expiration après le silence de l'inspiration était inimitable. Rassurant.

Aninha s'assit à table. Elle prit la bonne position, ajusta l'inclinaison du petit miroir oxydé, et commença à peigner ses boucles noir de jais. Elle sourit en montrant ses dents, pour vérifier qu'elle n'avait aucune carie. Elle scruta l'ovale de son visage, profil droit, profil gauche, et se trouva enlaidie. *Pepino* Domío avait peut-être pris les yeux de son père – curieuse, cette expression qui voulait que ce fût l'enfant qui vole aux parents et non les parents qui imposent leurs traits à l'enfant – Domío avait les yeux de José, cette même fente gaillarde, presque assassine, mais la mâchoire, les pommettes, et le menton rond lui venaient de sa mère.

« Aïe ! » Un nœud plus résistant que les autres l'obligea à tirer trop fort. L'humidité de la baraque, qui contrastait nettement avec l'aridité du vent, était une vraie torture pour ses cheveux.

En grandissant, *pepino* Domío avait perdu ses drôles de petits doigts en forme de cornichons et Anhina le regrettait. Façon de parler. Pendant plus de six mois, le petit avait pâti d'un corps squelettique malgré des doigts potelés, tandis que maintenant la chair enrobait ses os comme il fallait ; c'était le premier effet de la vie à Montevideo. Domío avait déjà eu un an, et il essayait continuellement de se lever sur ses petites jambes pour marcher, même si ses tentatives s'étaient révélées jusqu'à présent décevantes. Il se relevait toujours, esquissait un petit pas en soulevant sa jambe qu'il tendait au maximum, mais le poids de sa tête l'attirait irrémédiablement vers le sol et, d'instinct, le petit se jetait en arrière ; la plupart du temps, il tombait sur ses petites fesses, qui s'étaient arrondies avec le régime citadin. Elles sentaient merveilleusement bon, une odeur de noix de cajou ; maintenant qu'il avait fêté ses quinze mois, elles étaient plus pleines que jamais. Et il était temps. *Pepino* Domío était venu au monde pendant la bataille et finalement, la vie domestique lui redonnait des forces, sa vilaine marque à la tête commençait à disparaître presque complètement. Bien en chair, il devenait beau.

Aninha débarrassa sa brosse des cheveux qui y étaient restés accrochés et les roula en boule pour les jeter dans le fourneau ; ils partiraient avec le prochain feu. Une fois la brosse et le miroir à leur place, elle se dirigea vers la minuscule cour arrière. Elle était fraîche, il y avait un puits en pierre. Elle espérait que tôt ou tard, elle et José pourraient se payer une cuve en bois pour offrir une vraie toilette à *pepino* Domío.

Le petit aimait bien entendre chanter. Les amis de José s'en donnaient à cœur joie, incorrigibles sentimentaux entonnant des airs français ou des mélodies italiennes ; Aninha avait découvert que son José avait une belle voix, une voix de ténor comme on disait en *Urope*. Si les accents d'une guitare accordée à la va-vite se répandaient lors des nuits chaudes et suaves, le petit se mettait à rire de bon cœur, d'un rire contagieux. Un rire sain, ce même rire qui déchirait l'air quand José s'amusait à le chatouiller. Chaque soir, à côté de son lit, Aninha priait Dieu pour que son fils devienne grand et fort comme son père, vif d'esprit et surtout pas débile. *Amen*.

Le soleil se couchait. Aninha avait cuisiné le *manuê*, mélancolique tourte dont elle raffolait. Où était José, qui n'était toujours pas rentré, se demanda-t-elle. Elle savait qu'il n'allait pas tarder.

L'océan. Ce n'était pas la mer. De l'eau salée oui, mais pas la mer. Quand José avait traversé la Méditerranée pour la première fois, il n'était qu'un gamin. Fuir. Il en avait eu assez des sempiternelles leçons de don Giaccone, et filait en douce à la première inattention de son maître, « j'ai besoin d'air », pour s'aventurer avec quelques amis au milieu des rochers jusqu'aux cordages qui reposaient sur les quais du port ; lui et sa bande avaient déniché un petit bateau à rames à l'abri des regards et avaient sauté à bord, prenant sans attendre la direction du levant ; mais une patrouille de la marine n'avait pas tardé à les ramener au port et, le soir, *padron* Domenico lui avait flanqué une sacrée raclée, malgré Rosa, sa femme, qui continuait à lui dire que ce n'était qu'une gaminerie, la désobéissance d'un fils débordant d'énergie ; *padron* Domenico n'avait rien voulu savoir et, ce jour-là, il l'avait tellement frappé que les flammes des chandelles et des lampes en avaient tremblé, et qu'il s'était senti mortellement coupable. Quand José était allé se coucher, sans verser une larme, Angelo, son aîné de trois ans, lui avait donné à son tour une gifle ; José l'avait reçue sans broncher. Pour la lui faire payer le lendemain, en jetant une pierre dans le dos de son frère.

Le bruit de l'océan qui fouettait les quais du port lui chavirait le cœur ; l'agaçait et le troublait en même temps. Comme s'il était là pour lui rappeler, vague après vague, qu'il était temps de s'y mettre. Rester là à écouter ce bruit, cela n'avait jamais plu à José, à plus forte raison maintenant que l'océan, en ramenant un navire marchand du royaume de Sardaigne, lui avait apporté la triste nouvelle de la mort de son père, le 3 avril de cette même année. Il avait eu beaucoup de peine et la nouvelle l'avait vieilli plus que toutes ses aventures. Un chagrin d'enfance, à en avoir des sanglots dans la gorge. Il ne s'était jamais entendu avec Domenico, ça, il ne s'en cachait pas, mais qu'il meure, non, jamais il n'aurait pensé qu'il mourrait comme ça, avant qu'ils ne se revoient, avant que José ne rentre en Italie à la première étincelle, avant que l'insurrection ne rappelle à leur patrie rêveurs, penseurs, républicains et radicaux, délinquants indirectement amnistiés par la violence des événements. Il s'était écoulé presque dix années depuis que José avait trouvé refuge en France, depuis que sa mère l'y avait rejoint grâce à la bienveillance des autorités ; *padron* Domenico lui, n'était pas venu, et José ne l'avait plus revu, sans songer un instant que plus jamais il ne le reverrait dans sa Nice natale.

La nouvelle du décès l'avait catapulté dans l'univers qu'il avait abandonné là-bas, au-delà de l'océan – ou plutôt, elle avait brusquement ramené cet univers à lui – et, tout à coup, le tourbillon d'idées et de revendications purement italiennes était revenu lui embrouiller le cerveau et encombrer, de son incessant bourdonnement, cette « tête fêlée » que *padron* Domenico lui reprochait d'être, contrairement à Rosa qui disait que son petit était une bénédiction et qu'il deviendrait prêtre ; tu parles d'un prêtre, avec son insatiable soif de femmes, il en aurait des choses à se faire pardonner devant les portes du paradis ! « Tu as tôt fait d'être mort. » Domenico partait avant que José n'ait accompli ce geste qui aurait brisé de fierté le cœur de son père : « Trop tôt. » José se sentait incarner cette nouvelle génération qui allait changer le monde, mais il n'avait pas eu le temps de transmettre à la postérité le geste exemplaire ; bien sûr, on avait parlé de lui dans les journaux d'Amérique et d'Europe mais, il le savait, cela n'avait pas suffi à *padron* Domenico.

Quand il avait appris sa mort, il avait écrit à sa mère une lettre passionnée ; il l'adorait ; il avait aussi écrit à Michele, son frère cadet qui vivait à New York. Dans un moment de lucidité, il avait même envoyé une missive à Felice, le petit dernier, un grand gaillard aux cheveux blonds, auquel il rappelait sa passion pour la barbe – plus qu'une barbe, la sienne ressemblait à une toison qu'on lui aurait arrachée de la poitrine ; il était parti dans les Pouilles, Felice, où il faisait commerce d'huile.

« Je deviens vieux, ici. »

Il détestait le clapotement monotone de l'eau contre le quai et pourtant, on l'y voyait souvent, au port ; parce qu'il adorait ce lieu, en vérité, et dorénavant tout le monde le reconnaissait et le saluait. José répondait par de vagues signes, sans trop bouger la tête, offerte au vent qui se glissait dans ses cheveux. S'il faisait froid, il se promenait emmitouflé dans un banal pardessus, auquel il préférait le poncho à l'approche du printemps ; il se servait d'une canne, à cause d'une mauvaise chute et des rhumatismes qui, à force de ne plus bouger, commençaient à se faire sentir. Il vadrouillait vers le port de commerce et s'arrêtait souvent pour parler des derniers événements politiques et de filles avec Paolo, un des frères Antonini, qu'il avait connus là, à Montevideo. Paolo avait un entrepôt et passait toutes ses journées sur le port, parce qu'il fallait bien « avoir l'œil », et il se donnait du mal pour contrôler les bateaux qui chargeaient et déchargeaient sa marchandise et celle de ses collègues ; il était si malin qu'il était capable de jurer en pas moins de huit langues et en une quinzaine de dialectes.

La baie était remplie de bateaux, les voiles occultaient parfois davantage l'horizon que l'annonce d'une tempête. Montevideo vivait de l'importation, et sur ses quarante mille âmes, deux tiers étaient des étrangers, si bien qu'au milieu des grands mâts, on voyait battre dans le vent des pavillons français, anglais ou sardes, et même des bannières brésiliennes ; ces dernières flottaient par-dessus les mâts d'un escadron qui mouillait au large, sous le commandement des officiers Mariath et Greenfell, contre lesquels le *capitão* Garibaldi, la terreur du Rio Grande, avait combattu au nom de la révolution *farroupilha* en des temps glorieux et pas si lointains, mais déjà voués à l'oubli.

José avait une prédilection pour un muret de grosses pierres usées et rongées par le sel, quand il n'était pas occupé par un flâneur ou pris d'assaut par une bande de gamins, auquel cas il s'asseyait où il pouvait, sur une caisse en attente d'être embarquée, un tas de cordages, avec un peu de chance sur une confortable voile à repriser ; il s'asseyait et il se consumait à regarder la baie d'où il avait dû fuir pendant ses toutes premières aventures corsaires, là, en Amérique du Sud, quand il avait écrit à Mazzini afin qu'il le laisse mener la lutte pour l'indépendance des peuples, sans jamais recevoir de réponse claire de sa part ; le comte Livio Zambeccari, détenu au fort de Rio, lui avait en revanche donné l'idée d'une mission et l'avait adressé à Bento Gonçalves. Allez savoir où vous mèneront les hasards de la vie et la rapidité du courrier.

Comme il lui semblait flou déjà, le souvenir des débarquements et des guérillas, mais comme elle était vive, l'envie d'éprouver à nouveau ce besoin d'action jamais assouvi. Les journaux avaient cessé de parler de lui : c'était le cas d'*El Nacional* et même de *L'Italiano*, que l'ami Gian Battista Cuneo (José s'entêtait à l'appeler Farinata, comme Farinata degli Uberti, le nom que son compagnon s'était choisi en tant que charbonnier) rédigeait depuis peu à Montevideo et qu'il envoyait avec de longs préambules au Maestro en Angleterre pour recevoir ses directives et ses compliments.

Quand l'océan Atlantique respirait de son lent souffle du sud et agitait les vagues, José restait là à l'écouter, assis, un livre à la main ; c'était l'abbé Paul Semidei, un ancien prêtre avec lequel il avait lié amitié en ville, qui l'avait pris dans sa bibliothèque pour le lui donner. En vérité, José le feuilletait plus qu'il ne le lisait, tandis qu'il ressassait, plein de lassitude, et tout ça par la faute de ces salauds de Brésiliens qui se plantaient là, au large, et l'attendaient au passage. Qu'il mette un seul pied sur le pont d'un bateau, et ils le lui feraient payer, son combat *farroupilho,* l'avait prévenu l'ambassadeur de Rio de Janeiro à Montevideo ; ils le lui avaient promis, et ils n'étaient pas près de l'oublier. Et puis José, depuis l'année 1837, avait aussi un compte à régler avec l'Uruguay, même si le nouveau président de la République orientale, Rivera, ne semblait pas avoir l'intention de se venger. « Cette vie-là me vieillit », répétait-il tandis qu'il sentait affleurer un mal-être ancien ; continuer à se laisser aller, c'était céder du terrain à la mort, la laisser l'approcher. Son seul réconfort était de retrouver chaque soir à la maison les yeux noirs de perle enchâssés dans le visage d'Aninha. « Elle me vieillit, cette vie, nom de Dieu. »

Et pourtant, la vie de José à Montevideo n'était pas si ennuyeuse ni misérable. Le *capitão* avait promis à son Aninha un moment de sédentarité, de normalité, le temps que la famille se remette des aventures et mésaventures de ces vingt derniers mois, et si Aninha avait salué le compromis par un sourire et s'était remise à faire l'amour avec lui, José s'en était vite voulu ; il s'était tellement habitué à la lutte qu'il avait du mal à imaginer comment gagner son pain autrement. À Montevideo pourtant, la communauté italienne était importante : pour la plupart, des exilés et des commerçants de gros, dont beaucoup de Ligures et de Vénètes, des gens débrouillards, très doués pour le marchandage et le cabotage le long du Paraná ou de l'Uruguay ; la plupart avaient entendu parler des hauts faits du *capitão* Garibaldi, « le fou », l'Italien si méprisé par la presse brésilienne et pourtant acclamé. La ville comptait aussi beaucoup de vieilles connaissances de José. À son arrivée, l'ancien *capitão* avait pu compter sur l'hospitalité de Napoleone, ce même Napoleone qui l'avait hébergé lors de sa première venue en 38, et qui se présentait comme un prosélyte des idéaux de la Jeune-Italie ; Napoleone adorait José, il voyait chez l'ancien *capitão* un infatigable raconteur d'histoires, en plus d'un homme à femmes, quelqu'un avec qui jamais on ne s'ennuyait.

Pour ne pas trop profiter de l'ami et de son épouse, après leurs deux premiers mois à Montevideo, José, Aninha et Menotti avaient pris en location la pièce principale d'une maison à un étage sur la route du Portón. La maison offrait l'avantage d'une terrasse au-dessus du toit et d'une toute petite cour où un puits de pierre brute déployait son ombre. Ce serait un refuge idéal pour se remémorer les aventures passées, s'entretenir des derniers événements, bâtir de futures chimères.

Grâce à l'aide des Italiens, José avait trouvé le moyen de se faire un peu d'argent facile pour subvenir aux besoins d'Aninha et du petit Menotti : « Tout ce que demande un enfant, mon Dieu, jamais je ne l'aurais cru !

Et quand il crie parce qu'il fait ses dents ! » On lui avait proposé un emploi de courtier, et José avait accepté de jouer les intermédiaires, peu importe le produit qui arrivait au port : tissus, alcools, épices ; il était particulièrement doué quand il s'agissait de convaincre les gens d'acheter. Il les séduisait en leur faisant peur. Mais sa nature lunatique l'empêchait parfois de réussir la transaction, si bonne soit la marchandise, et les finances de la famille auraient fini par s'en ressentir, si ce défroqué d'origine corse, avec son humour inimitable, le fameux abbé Paul, ne lui avait offert un autre travail. L'abbé, qui dirigeait un collège à Montevideo, proposa à l'ancien *capitão* de donner des cours de mathématiques. Avec son mauvais caractère, José faisait tourner sa classe en bourrique, et comme il n'était pas très doué en calcul et se montrait incapable de reconnaître ses erreurs et son incompétence, il avait fini par produire de drôles d'élèves : mais seulement en mathématiques. En langues, domaine qu'il connaissait particulièrement bien, il se révéla être un professeur passionné, bien que peu scrupuleux en matière de grammaire : il s'était formé sans passer par les livres, ce qui lui permettait de rebondir – souvent involontairement – du vocabulaire français au vocabulaire allemand, ou du portugais à l'italien en farcissant le tout d'anglais, de turc, de grec moderne, de dialecte niçois et de génois, en plus de l'espagnol bâtard des colonies. Son entraînement, par contrecoup, fit de ses étudiants de grands communicateurs.

Ces deux occupations permettaient à José de payer le loyer de la calle del Portón, et si la maison apportait à Aninha et à Menotti un repos bien mérité, les quatre murs de chaux étaient pour l'ancien *capitão* le symbole de la captivité qui le faisait tant souffrir : comme si on l'empêchait de courir, qu'on le retenait de force sur le terrain domestique. Il restait assis à table, les doigts vissés à sa tasse d'étain, à ruminer ; il connaissait son penchant à la vantardise, aussi ne s'étonnait-il pas, dans son mal-être, de se comparer à Hannibal. Il admirait le Carthaginois et avait pour lui de la compassion : ce formidable *condottiere* avait traversé Gibraltar, franchi les Alpes et, pourtant dépouillé d'un tiers de son armée, avait envahi la péninsule italienne, en vain. Ses ennemis l'avaient laissé gambader à son gré, tyranniser les provinces tandis que par de savantes attaques d'avant-garde ils poussaient ses hommes à bout, l'empêchant de lancer sur Rome l'ultime offensive.

José était frustré, voilà, et c'est pour cette raison qu'il avait des accès de colère que son Aninha blâmait aussitôt : ils s'étaient brouillés le jour de son anniversaire à lui, le 4 juillet, et le soir de son anniversaire à elle, le 30 août, une nuit qu'ils auraient dû fêter, ayant eu le jour précédent confirmation de la location de la calle del Portón. Au lieu de cela, José et Aninha s'étaient furieusement disputés pour une broutille. José n'était pas incapable de vivre le quotidien ; il l'affrontait en retenant son souffle, en attendant de reprendre sa respiration, sur mer, sur terre, dans la bataille. La compagnie des Italiens le distrayait un peu.

Une nuit qu'Aninha se retournait dans le lit, elle lui demanda s'il dormait. Il lui répondit oui. Pendant quelques instants, ils restèrent ainsi, l'un écoutant la respiration de l'autre, puis, sous la protection des ténèbres, ils se mirent à parler, et il lui manifesta enfin la franchise que l'on se doit d'égal à égal : « Il n'y a pas que la mort de mon père. Dans le Rio Grande, j'ai rêvé, et maintenant, j'ai du mal à me réveiller. Je crève d'envie et de nostalgie. Je ne sais plus. » Aninha n'était pas une femme de grande ambition ou du moins elle ne se sentait pas telle ; elle avait accepté avec une résignation neutre sa propre ignorance. Elle ne se forçait pas à apprendre à lire, et quand elle écoutait parler les Italiens, elle s'énervait au bout de quelques minutes, parce qu'elle trouvait leurs discours ronflants, coupés du sens premier dont elle percevait l'évidence à travers d'autres choses bien plus terre-à-terre. Les pauvres, qui étaient si instruits ! Malgré les jeux de mots souvent obscurs de son José, elle comprit cette fois ce qu'il voulait lui dire. « L'Italie, tu veux dire. L'*Urope.* » Lui, dans l'obscurité, sourit. « Je voudrais l'Italie. Je voudrais l'*Urope.* » Elle l'écouta sans la moindre émotion : ni tristesse, ni joie. « Je viens avec toi, où qu'on aille. » Et ils avaient fini par faire l'amour.

*

« C'est moi, Miss, bonsoir. »

— …

— Miss, vous me reconnaissez pas ? »

Elle était devant le portail de l'école de Hatton. Quand elle vit le gamin à la tignasse brune s'avancer vers elle, elle se sentit prise au piège. *Ce n'est pas un élève de l'école, alors que fait-il ici ?* se demanda-t-elle, flairant le danger. Elle n'avait pas pensé qu'on pouvait la reconnaître, et le gamin l'appelait, le visage radieux, enfin guéri. Se pouvait-il qu'il sabote sa couverture ? Sa présence, le fait qu'il la reconnaisse, allaient-ils réduire à néant les mensonges sur lesquels elle avait fondé et imposé sa crédibilité ? Non, se dit Leda, *non*, elle devait tout simplement rester calme, réfléchir vite, agir froidement. C'était un hasard, voilà tout, un hasard dû tout au plus à la curiosité innée qui l'avait poussée à s'intéresser à de pauvres gamins, et à sa *bonté*, oui, *à sa bonté*, se jura-t-elle d'ajouter au cas où on l'interrogerait et on lui demanderait de se justifier ; la bonté ferait mouche, c'était sûr.

« Je savais que je vous voirais à nouveau.

— …

— Je dois vous remercier.

— …

— Le mouchoir, je l'ai pas sur moi, mais je l'ai gardé. Il est propre. Je l'ai même pas revendu. Je vous promets que je vous le rapporte », lui dit le garçon en croisant ses deux index en forme de X pour les embrasser d'un claquement de lèvres, deux fois de suite.

« Ne te…

— Dis donc, toi, qu'est-ce que tu fais là ? »

Le gamin regarda derrière Leda.

« Tu vas rater le début de la leçon. Tu as à peine commencé. Ne prends pas de mauvaises habitudes. Allez, va », poursuivit la voix en s'approchant de la nuque de Leda ; elle était en train d'inspirer et elle bloqua tout à coup ses poumons.

« J'y vais tout de suite, monsieur, j'voulais pas être en retard. Je remerciais la miss. Elle a été gentille. »

Le gamin dit au revoir en baissant la tête et répéta :

« Je vous le ramènerai, promis. Je vous donne ma parole. Si vous passez à l'école, demain ou une autre fois, je vous le rapporte pour sûr, maintenant j'ai cours. » Il disparut au-delà de l'entrée, la géographie l'attendait.

Leda se retrouva seule avec le Maestro. Il passa lentement à côté d'elle, les mains derrière le dos ; puis il se posta en face d'elle et leva les yeux pour la scruter de pied en cap :

« Je savais que vous étiez bonne. Mais vous l'êtes de façon imprévisible. »

Leda sourit.

Le Maestro avait une vilaine grosseur sur le visage, et on lisait dans ses yeux un léger embarras. C'était probablement un poil incarné ; s'il était allé chez le barbier ne serait-ce qu'une fois par semaine, sa peau aurait respiré, et il aurait évité de tels bubons. À moins qu'il ne s'agisse de quelque chose de plus grave, un méchant abcès, la manifestation d'un mal plus inquiétant ?

Il lui poussait parfois ce genre de pustules ; elles suppuraient pendant quelques jours puis dégonflaient, toujours prêtes à refaire surface. Le Maestro avait un visage effilé, une démarche sans défauts même s'il se servait d'une canne pour s'obliger à ralentir ; ses mains, particulièrement sèches, faisaient peine à voir, et l'emprise constante et mordante du froid empirait encore leur état. On lui voyait souvent une trace noire sur le front qui n'avait rien d'une ecchymose ; c'était la marque de son doigt sali par la poussière de charbon qu'il utilisait pour rendre lisibles des feuilles autrement vierges, et dont l'écriture n'apparaissait que lorsqu'on les faisait chauffer, afin que le mélange de blanc d'œuf et de lait s'amalgame à la poussière de charbon. Le Maestro portait toujours des vêtements sombres, ce qui rendait son visage plus mince encore à la lumière du jour ; dans l'obscurité du soir, il disparaissait presque derrière ces couleurs sombres.

« Vous le connaissez ? »

La posture, les traits, l'attitude contribuaient à renforcer l'impression de se trouver face à une personne intelligente, presque illuminée : les yeux creusés et les orbites rougies par la lecture et la fumée, l'étincelle à la fois assassine et rêveuse dans le regard, une alternance de gestes lents et brusques pour exprimer les états d'âme et les intentions, de longues pauses quand il parlait, du flegme mais une grande gueule et un sacré souffle dans les poumons quand il s'agissait d'élever la voix. On lui sentait un sérieux penchant pour la réflexion mais son incompétence notoire dans le domaine pratique le rendait nettement plus accessible. Le visage était le centre du personnage : le visage tout entier, et pas seulement les yeux ou la bouche, les oreilles et leurs poils épars, ou encore le menton. Il inspirait sympathie et respect, il disait que l'homme avait été jeune, mais que les désillusions l'avaient jeté dans les bras du peuple, qu'il fréquente les salons ou les pires lieux de misère ; il disait qu'en donnant un sens à sa propre vie, il s'était attribué un âge toujours égal à lui-même, jamais plus vieux, jamais plus jeune : un présent ni soluble dans l'avenir, ni démenti par le passé.

« Il vous embêtait ? »

Il était malin, cultivé, mais il n'avait pas peur de remuer la merde avec ses mains. Tout chez lui laissait à penser qu'à partir du moment où l'on avait sa confiance, on pouvait en profiter, demander, crier contre lui ou s'y fier aveuglément. Peu de personnes se souciaient de l'ombre de la défaite, du tourment muet à tordre l'estomac qui le suivait partout.

« Nous nous sommes rencontrés par hasard il y a quelques jours », dit Leda après l'interminable œillade par laquelle elle s'était glissée dans son regard. On aurait pu le prendre pour un esprit vif parmi les abrutis, un fou parmi les sages, un colosse parmi les nains. Il ne vivait pas dans la misère, on pouvait même dire qu'il était gâté dans un certain sens, et pourtant, on lisait à travers les crevasses de son visage la trace des souffrances dues au manque d'argent.

« Par hasard ? »

Le Maestro dégageait une puanteur de fumée terrible qui le précédait d'au moins trois pas, mais l'effluve toxique était aussi une arme de séduction. Ses dents étaient jaunies par le café insipide qu'il buvait en grandes quantités, et il était parfois tellement absorbé par ses pensées qu'il oubliait des jours durant de se rincer la bouche ou de se frotter les dents avec une brindille de margousier ; il n'était pas rare qu'il lui reste, coincée entre les prémolaires, une miette de ce pain qu'il aimait tremper dans sa boisson, fumante ou froide.

« Oui, il avait un peu de fièvre. Alors je lui ai prêté un mouchoir pour se tamponner le front.

— Vraiment ?

— Oui, pourquoi ? demanda-t-elle avec un sourire inquiet.

— C'est étonnant qu'il se soit laissé aider. Il est buté, mais vous autres femmes, vous savez y faire avec les enfants. Il joue de l'orgue de Barbarie, l'homme qui le tenait sous sa coupe a été arrêté. Il n'a jamais voulu nous dire où il habitait. Où l'avez-vous rencontré ?

— Pas loin d'ici. Mais dites-moi, comment s'appelle-t-il ?

— Angelino. Mais il préfère la déformation à l'anglaise.

— C'est-à-dire ?

— Ngely. »

Le Maestro craignait que sa présence, à lui, l'agitateur notoire, n'éloigne certains bienfaiteurs ou ne les dissuade d'exprimer leur propre indulgence pour ces classes de misérables ; aussi ne venait-il qu'occasionnellement à l'école. Mais les détails, il les connaissait. Il connaissait tous les détails de sa création.

« C'est un beau nom, mais je le préfère à l'italienne », dit-elle avec une malice fort à propos.

La première fois qu'elle était restée seule à son bureau, elle avait difficilement résisté à l'envie de tout jeter en l'air pour tout remettre dans un autre ordre. C'était un meuble en bois de tulipier, avec des veinures claires et des flammes verdâtres décolorées par l'usure, corrodées par le contact de la peau. Sur le plan de travail, submergé de papiers au point d'être presque invisible, un sous-main craquelé ; à chacun de deux angles extérieurs du meuble, deux parallélépipèdes pourvus de minuscules tiroirs luisants, reliés par une série de petites colonnes finement polies. Deux supports soutenaient le plan de travail : un bloc de quatre tiroirs sur la gauche, et à droite un autre qui n'en avait que trois ; des trois, le dernier avait une plus grande contenance, le double des autres, et c'était là qu'on gardait les « papiers du Foscolo », puisque le Maestro, comme Leda l'avait découvert lors des rencontres en petit comité dans le *parlour*, adorait s'étendre sur « le grand Italien » et, quand il était d'humeur, raconter avec passion la chasse aux œuvres et aux correspondances que le poète, exilé comme lui à Londres, avait laissées avant de mourir. Le Maestro rêvait de leur consacrer une édition.

Le plan de travail n'avait vraisemblablement pas vu la lumière depuis que la maison avait été louée, et les objets qui l'accablaient de leur poids n'étaient pas répartis en couches régulières, comme sédimentés au fil du temps ; au contraire, la pagaille semblait récente, renouvelée selon une liturgie quotidienne. De part et d'autre du plan de travail, on entrevoyait deux bibliothèques avec des tiroirs, cachées derrière la pile de paperasses, un bloc à la fois compact et instable qui menaçait à tout instant de s'écrouler. À l'extrême gauche du bureau s'amoncelaient des papiers dont l'épaisseur et la qualité variaient, ainsi que des enveloppes de différentes dimensions ; par-dessus, se détachant sur le fond ivoire, une croix de bois posée de travers pour protéger le trésor d'une rafale de vent qui l'aurait éparpillé. En continuant vers la droite, l'ordre sommaire de la montagne de papier se dispersait en petits monticules de plumes et de rognures de crayon, morceaux de sucre et couvertures fleuries de l'hebdomadaire *Master Humphrey's Clock* maculées d'auréoles de tasses de café et de gouttes de cire provenant de quelque chandelle. Un examen plus attentif révélait également des cadavres durcis de cigarettes, trois exemplaires des *Fiancés*, des brouillons chiffonnés et des épreuves de l'*Apostolato popolare*, des brochures, des premières épreuves prêtes à l'envoi et pourtant déballées, des miettes de pain, des écailles de peau morte, des pastilles vraisemblablement médicinales, une plume imprégnée d'encre sèche, du papier absorbant et des allumettes, des pots contenant de la poussière de charbon, un récipient en terre cuite où mélanger le lait et le blanc d'œuf, une montre et un cœur en argent, une carte de vœux avec les mots *I miss you* mise sur des coupons du mont-de-piété où l'on avait déposé des biens précieux, un exemplaire de la *Foreign Review* vieux de quelques mois et des petits cailloux lisses qui servaient de presse-papiers, un rasoir à la lame usée et des pinces pour marquer les pages, des paquets de lettres ficelés et des journaux dégringolés d'une pile de volumes récemment reçus, dont deux s'offraient au regard : *Génie des religions* et *Archivio Storico Italiano, fondato da G.P. Vieusseux, deputazione di storia patria per la Toscana.*

« Il aurait besoin d'une femme ou d'une mère. »

Leda fréquentait maintenant avec une certaine régularité le numéro 5 de King's Road où elle était accueillie par de grands sourires. Elle avait été brillante. Une excellente espionne. Tout d'abord, elle avait mis à disposition de la cause un petit magot de sterlings, pris sur la somme récupérée à Paris et sans grand préjudice, puisque Massèi lui faisait périodiquement parvenir une sorte de salaire. Elle avait su se montrer un peu perdue mais volontaire, abattue et en mal d'attention mais altruiste, et avait aidé nombre d'émigrés isolés qui venaient demander un coup de main. Grâce à la proximité de son logement, elle pouvait passer à la maison du Maestro plusieurs fois par jour, ce qui, du fait de son utile et agréable présence, lui avait valu d'être acceptée parmi le cercle des intimes. Elle avait si bien joué son rôle qu'elle avait même eu l'honneur de pouvoir se charger de temps à autre de la correspondance du Maestro tout en s'occupant de la corvée de la poste, ce qui facilitait évidemment sa mission. Elle s'était tellement bien intégrée à cette communauté d'exilés et d'intellectuels qu'elle aurait pu s'adresser au Maestro sur un ton familier sans que cela crée le moindre malaise, mais malgré cela elle continuait à l'appeler par son surnom, c'est-à-dire Joseph, à l'anglaise, sans abuser de ce « Pippo » que lui attribuaient Giovanni, Susan, Pio, et le petit enfant du nom de Procida, et Michele aussi. Le Niçois.

Michele avait trente ans et se baladait éternellement emmitouflé dans une houppelande reprisée. Il avait les cheveux hirsutes et se laissait pousser un épais collier de barbe sous ses joues glabres ; cette touffe lui rappelait un peu Colombino. Michele avait convaincu le Maestro de se lancer dans le commerce pour ramener un peu de sous, lui-même étant toujours impliqué dans un trafic ou un autre : il envoyait en Italie dentelles et broderies d'excellente facture, et recevait en échange macaronis, salamis, huile d'olive et fromages qu'il revendait au cercle d'Italiens et aux domestiques de quelque fine gueule de la haute.

Leda le trouvait sympathique, Michele, et comme l'apprenti romain avait brisé le sceau de pudeur dont on l'avait marquée depuis son plus jeune âge, elle avait bien vite eu l'envie de faire l'amour avec lui. Elle voulait étreindre ses larges épaules et aurait volontiers goûté la sensation d'aimer ici, à Londres. Elle en avait tellement envie qu'un soir, Mrs Margaret, étouffant une quinte de toux gênée au creux de sa serviette, leva les yeux de sa soupe rougeâtre et, avec une expression autoritaire, lui dit : « Dans cette maison, ne sont autorisés que les gentlemen, pas les amants », surtout s'il s'agissait d'un de ces bellâtres barbus avec lesquels il lui était arrivé de la croiser. Oliver, ajouta Mrs Margaret, était un garçon comme il faut, ce qui n'était pas le cas de tout le monde, et certainement pas des Italiens. Leda se pétrifia, sa cuillère à mi-chemin entre sa bouche et son assiette, puis se leva dignement, alla dans sa chambre et récupéra sa bourse sous la petite commode. Elle prit ce qui lui paraissait convenir. Elle garda les yeux baissés, comme si elle se sentait coupable, et vint se rasseoir avec grâce, calmement, les muscles tendus comme quand elle avait frappé sœur Arcangela, plus sereine toutefois. « Ça suffira ? »

Margaret regarda le tas de pièces éparpillées sur la nappe blanche. Quel mauvais goût, quel geste lamentable. Ces Méridionaux qui arrivaient la bourse pleine et se croyaient tout permis ! Mais Margaret était veuve, et les économies héritées de son très cher Edward ne suffisaient pas à combler son besoin urgent de sécurité financière, pas plus que les versements reçus de la part d'Oliver pour l'hébergement et la pension de Leda. Alors elle soupira. Ne dit pas un mot. Et prit l'argent. « Les Anglais, que la Bible et les chiffres », répétait souvent le Maestro en commentant un article de journal qui l'irritait ; jusqu'à maintenant, Leda n'avait pas compris, mais elle sut que c'était juste. Sauf, se disait-elle, qu'on devrait peut-être intervertir les termes. Cela changeait les choses. Et comment.

*

La captivité mène toute créature sur de fangeux et obscurs flots d'infortune, vers un horizon de néant, et quiconque affirme le contraire, à savoir qu'il s'agit d'une expérience édifiante, autrement dit instructive ou originale, s'exposera à l'accusation d'ignorance et d'imposture, car voici quel est l'authentique panorama de l'emprisonnement, qui n'a rien de réconfortant : un homme assis au centre d'un espace de dix pieds sur dix et, de l'autre côté des parois de sa cellule, le monde qui presse et cogne pour mieux se dérober et anéantir par son absence la créature enfermée et abandonnée. Et si, au lieu d'une culpabilité qu'on dissimule jusqu'à l'indécence on a le malheur de garder au fond de soi le trésor de l'innocence, la situation n'en sera que plus dramatique : « Maudite merde et misère de misère. »

La foi en sa propre innocence et la confiance en la justice sont la première mer que le prisonnier, sans autre guide que lui-même, traversera dans une obscurité d'enfer au long des premières semaines, sans céder au fatalisme puisque après tout, une méprise ou un malentendu peuvent arriver et seront vite dissipés par l'évidence des faits et l'épreuve de la réalité ; il ne nous reste alors qu'à patienter, optimistes et cois pour éviter les vexations des matons et des plus ignobles des détenus, et jouir de la compagnie de quelques bonnes âmes. On s'élancera sur la deuxième mer, nettement plus houleuse, au moment où l'on commence au contraire à douter de la solidité et de l'accessibilité d'un point d'accostage qui, un instant auparavant, nous semblait ferme comme le roc et nullement lointain ; quelle colère se déchaîne alors qu'on se convainc du préjudice subi ! La seconde partie de la traversée libérera une fureur plus terrible encore si le prisonnier a observé une conduite irréprochable dans sa vie d'avant la détention : dans ce cas, la dégringolade dans la folie de l'enfermement sera comme un plongeon dans le vide, à s'en faire péter les chevilles et les genoux sans pour autant y laisser sa vie, histoire de sentir passer la douleur qui paralyse sur place, au milieu de la cellule, sur le dallage de pierre. À la fin, avant d'être balayé de la surface de la terre, le malheureux se jettera à corps perdu dans l'ultime et extrême recours, toujours là, à portée de main, inoffensif et bon marché : Dieu. L'innocent n'a pas trouvé en l'homme de quoi pourvoir à ses besoins, mais comme le Seigneur est volonté de justice capable de solder tous les comptes, si déséquilibrés ou déficitaires soient-ils, rachetant erreurs et vexations, à qui d'autre que lui avoir recours à l'approche de son propre anéantissement ?

« Prêt, Colombino ? Attention, ça va faire mal, hein ? »

Mais si on a été élevé comme un fils de curé, et que l'orgueil de sa propre innocence n'est que l'expression de l'amour que l'on porte aux choses de l'univers, lesquelles précisément incluent sa propre personne, si la proximité naturelle avec le divin et la modestie sont la rive dont on se jettera pour s'aventurer sur les flots houleux de l'emprisonnement, alors, c'est au parcours inverse que l'on est destiné : plutôt que de s'en remettre à Dieu, parce que, en somme, il sait tout et qu'il veille sur tout, on découvrira ô combien salubre peut se révéler la sensation de s'opposer aux caprices du destin, on apprendra à vomir sa rage contre l'injustice et finalement, miraculeusement, on se remettra à croire en la justice des hommes, ou du moins, en la détermination de quelques-uns d'entre eux. Ainsi seulement on pourra essayer de résister à la noirceur des nuits passées au cachot, les jambes croisées par-dessus la grille d'écoulement.

« Je suis prêt. »

La douleur à la molaire était apparue d'abord comme une banale petite gêne, mais en l'espace d'un mois, elle était devenue pire qu'un clou planté au fond de l'os de la mandibule. Pendant plus de deux semaines, Colombino l'avait sentie monter, jusqu'au jour où elle ne lui avait plus laissé fermer l'œil. Le garçon avait demandé qu'on ait la gentillesse de lui procurer un remède pour faire un bain de bouche comme le lui avait appris l'Adele, mais pour toute réponse, le pire des matons, un dénommé Giovanni, était entré dans sa cellule et lui avait flanqué un coup de poing : « Si ça te suffit pas, je t'en donne un autre, qu'on voie au moins si ta dent tombe ; ça te dit ? » Colombino avait décliné l'offre. La nuit, quand la douleur se faisait plus forte, il se recroquevillait au milieu de la cellule, se mettait à trembler, les mains serrées contre ses tempes, s'agrippait à sa barbe comme s'il avait voulu l'arracher, se tortillait tandis qu'il entendait le ronflement rauque des autres prisonniers. Aux heures du jour, tel un possédé, il sillonnait l'espace exigu de sa cellule ; inlassablement, il parcourait les mêmes chemins puis, décrivant une trajectoire à peine différente, il se fixait un nouveau trajet qu'il répétait à l'identique, et ainsi de suite en une succession d'innombrables, et pourtant minimes, variations. S'enrouler un vêtement autour de la tête pour créer une vague tiédeur anesthésiante n'avait aucun effet, pas plus que de sautiller comme le lui avait appris monsieur Giacomo pour éviter les saignements. À certains moments, Colombino en arrivait à bourrer les murs de coups de poing, si bien que sa main finissait par lui faire plus mal que sa dent : le corps, plein de bon sens, choisit toujours la douleur la plus grande et oublie les autres, mais son doigt fracturé par les carabiniers étant depuis déformé, le garçon avait cessé de s'acharner contre la pierre. Il s'obstinait à affronter chaque activité comme si le fait de se concentrer sur elle pouvait créer en lui une euphorie capable d'estomper son mal de dents qui, hélas, survivait chaque fois – le clou restait fourré dans l'arrondi de l'os, palpitait comme si un marteau ne cessait de taper dessus dans une pluie d'étincelles tranchantes. Une vraie saloperie stomatologique, voilà ce qu'il lui arrivait, vu que, dans ces conditions, Colombino était bien incapable d'avaler son affreuse lavasse ou de mâcher un morceau de pain. « Il faut faire quelque chose, autrement tu vas mourir de faim. » Par chance, Jacopo Framassone s'était démené pour obtenir une corde. « Mais non, j'vais pas m'en servir pour me prendre, sois tranquille... », avait-il dit pour rassurer Samuele, le gentil maton, tandis qu'il s'apprêtait à intervenir, là, tout de suite.

« Quand je dirai trois. Un... »

Jacopo Framassone l'avait prévenu : pour faire mal, ça allait faire mal, mais ce petit moment de torture laisserait place au soulagement et à la joie, donc, inutile de résister. Colombino avait confiance, aussi avait-il permis qu'on lui attache les mains dans le dos, assis sur un tabouret. Samuele avait pris place derrière lui.

« ... deux ! »

La rapidité avec laquelle Samuele cueillit le garçon fut admirable : d'un seul bras, il lui immobilisa la tête tandis que de sa main libre il lui ouvrait tout grand la bouche. Jacopo Framassone en profita pour y glisser une pince de forgeron ; elle venait d'un atelier du fort, et le franc-maçon l'avait cachée avant de se révéler mauvais joueur en lui tombant dessus au « deux ».

Le seul contact entre la dent et l'outil déchaîna une explosion de douleur qui déferla sur la mâchoire, sur le nez, là-haut jusqu'au front et en bas au menton, pour se propager ensuite dans un frisson à travers tout le corps avant de retomber avec une lenteur accablante. On lui donna une bouteille de rhum de mauvaise qualité. Histoire de désinfecter. Et qu'il ne fasse pas de chichis. Alors Colombino but.

« C'est bien. Maintenant, tu vas faire un gros dodo. Tu verras que demain ça ira mieux. »

Au lieu de s'assoupir, Colombino perdit conscience et, après avoir chassé de son esprit l'image de Samuele le maton, de Jacopo Framassone et de toute la cellule, il se retrouva en compagnie d'un vieux qui lui tournait le dos ; il avait l'habitude de s'abandonner au monde des rêves, aussi en fut-il heureux ; il s'approcha du vieux, le prit par la main comme s'il ne pouvait faire autrement, et se laissa guider. Le clair de lune illuminait la scène mais l'astre se dérobait à la vue. Tous deux se mirent en chemin et arrivèrent bientôt au pied d'une colline. Ils ne s'arrêtèrent pas, remontèrent le flanc jusqu'au sommet aride. La plaine alentour était interminable et, dans la clarté lunaire, se teintait de violet comme une mer de pluie. Tout à coup, la scène se brouilla, et une grille circulaire surgie de nulle part commença à se resserrer autour d'eux – les barreaux d'une prison, étouffants et hostiles, qui disparurent dans un souffle de vent. La plaine se reforma, le violet de la lumière revint, et alors le vieux allongea son bras et indiqua l'horizon. Colombino laissa courir son regard jusqu'à ce qu'il rencontre l'astre de la nuit. Il était là, tout rond, invisible un instant plus tôt, capricieux au milieu des étoiles. « À force de regarder la lune, on a oublié le doigt, fous que nous sommes. » Le corps que Colombino habitait dans le rêve fut parcouru par un vague remords, et ses yeux revinrent au doigt osseux, remontèrent le long du bras jusqu'au visage du vieux. Alors, dans un halo de nacre, les traits de don Sante prirent forme. Il était très vieux. Décrépit. Il lui sourit. Il n'avait plus une seule dent.

Lorsqu'il se réveilla au matin, il était transi de froid et fatigué. Le sommeil ne l'avait pas reposé, et sans doute était-ce là un des effets du rhum. Il se leva, et le sang qui se remettait à circuler lui rappela la gencive dont Jacopo Framassone avait extrait une dent. Colombino approcha prudemment la pointe curieuse de sa langue. Il subsistait une petite gêne, à peine perceptible, on aurait presque dit que la partie gauche du visage avait perdu toute sensibilité.

« Je suis en train de guérir, quel soulagement. »

Il voulut boire un peu d'eau et trouva la tasse de fer-blanc dont il avala quelques précieuses gouttes. À midi passé, une clé s'enfonça dans la serrure de la cellule.

« Comment vas-tu ? »

C'était Jacopo Framassone. Dès qu'il l'eut reconnu, Colombino lui sauta au cou pour le remercier.

« Content de voir que le mal de dents t'est passé, mais y'a vraiment pas de quoi me remercier comme ça. Je suis venu t'apporter une belle nouvelle, mais tu dois me promettre de ne pas te faire d'illusions. »

Colombino relâcha son étreinte et se fit sérieux :

« Je promets.

— C'est bien », lui dit Jacopo Framassone pendant que Samuele le gardien, qui ne voulait rien savoir de ces subterfuges illicites, refermait la porte.

« J'ai parlé de ton cas à une connaissance ; on va essayer de demander un nouveau procès. C'est pas une mince affaire, il faudra du temps, et c'est pas sûr que ça marche. Si tout se passe bien, on pourrait peut-être te faire sortir d'ici un an, deux au maximum. »

Colombino le regardait sans bouger un muscle, pétrifié ; il avait promis, alors il dit seulement, en maîtrisant son enthousiasme :

« Je suis très content.

— Faut pas trop se réjouir, que le destin il se fait toujours un malin plaisir de nous berner. »

L'ami Jacopo s'assit alors, avec l'envie d'échanger deux mots ; Colombino se mit lui aussi à l'aise et, comme la douleur s'était apaisée, il essaya de raconter à l'ami son rêve de cette nuit-là.

« J'sais pas moi. Le vieux qui s'est transformé en don Sante, avec plus une seule dent, il a seulement dit qu'à force de regarder la lune, nous autres fous – “nous”, ça doit être lui et un de ses copains, j'dirais – on a oublié notre doigt… ben avec ça… »

Jacopo Framassone lui expliqua l'histoire de l'homme qui ne peut pas voir pour de vrai parce qu'il s'obstine à regarder le doigt de l'âme, laquelle, en revanche, lui indique la lune. C'était une allégorie, cela voulait dire beaucoup de choses.

« C'est une belle histoire, dit Colombino, on arrive à la voir pendant que tu la racontes. »

Cette nuit-là, enfin, le garçon s'endormit tranquillement et se leva avec la lumière du jour. Il s'assit et se gratta la barbe. « Bonjour », se murmura-t-il à lui-même avant de bâiller ; puis il sentit une vague douleur. Tâta et s'aperçut d'un gonflement suspect à la joue. Il pensa tout d'abord que c'était la suite logique de l'arrachement de deux jours plus tôt, n'y fit pas attention, et essaya même de mâcher un peu de sa bouillie de poisson. Or, ce soir-là, le gonflement se transforma en un citron juteux, et Colombino fut bien obligé de s'enfiler un doigt dans la bouche. Il l'enfonça en profondeur, lentement. Au-delà du vide laissé par la tenaille du forgeron. En tâtant, il sentit exploser à nouveau une douleur infernale et se rendit compte que Jacopo Framassone lui avait arraché la mauvaise dent, ne lui offrant que la fugace anesthésie due à cette première, et inutile, ablation : « Non ! Maudite merde et misère de misère ! »

*

Aninha ne connaissait pas la maxime selon laquelle trois indices constituent une preuve, mais quand le troisième indice se planta là, sous ses yeux, elle comprit qu'elle vivait cet instant particulier où l'expérience humaine devient sagesse, échappant à toute abstraction. Et elle comprit la tournure que prenaient les choses.

Ils étaient tous venus, du ruffian au trafiquant, à vrai dire il y en avait beaucoup plus que d'habitude. Trop. Depuis le Rio Grande, dernier arrivé, Manuel le Catalan avait rejoint Montevideo, ce fameux Manuel que José remerciait encore secrètement dans ses conversations évoquant le bon vieux temps : « S'il n'avait pas commencé à devenir dingue, je te le jure, on ne s'en serait jamais sortis. Congelés, qu'on aurait fini, durs comme de la morue séchée. » Devant l'entrée, le sourire aux lèvres, se pressaient l'abbé Paul et le bon Napoleone à qui Aninha était et serait éternellement reconnaissante de les avoir accueillis, mais dont elle n'appréciait guère les regards grivois ; il y avait aussi les deux Antonini, Paolo et Giacomo, et même Angelo et d'autres magouilleurs du port, brunis par le soleil, fleurant bon l'océan, et un certain Pasqualino, qui travaillait dans la fabrication de pâtes et venait parfois avec un cadeau, et puis Vincenzo, qui se trimballait une petite poussette remplie de poupées, de quoi rendre folles les mères de bambins capricieux. Il y avait même le jeunot amputé d'un bras, ce Culiolo que tout le monde appelait « Leggiero » – Léger –, lui qui abusait de l'hospitalité d'autrui avec un aplomb consternant. À la calle del Portón par bonheur ce jour-là, il y avait l'amie Feliciana, et le hasard voulut qu'il y eût également Sebasta l'Indienne, la vieille femme aux cent rides que Feliciana vénérait, et qui avait su s'attirer les bonnes grâces d'Aninha ; elle passait juste pour savoir comment allait le petit Domío, mais elle prêta main-forte pour repousser cet assaut d'Italiens.

« Attendez dehors, le petit se repose. »

José n'était pas là. Il n'était pas encore rentré du port.

Ce n'était pas la première fois que tant de gens venaient leur rendre visite. Ç'avait été le cas quand on leur avait livré le matelas pour le « petit républicain Menotti », cadeau à la famille du courageux *capitão*, tombé dans la désespérante oisiveté urbaine. Pour l'occasion, les visiteurs s'étaient entassés dans la cour, agglutinés autour du puits à parler tout bas, titubants, et seuls quelques-uns avaient osé pointer le bout de leur nez à l'intérieur de la maison ; une légère gêne dans leurs mouvements et dans leurs gestes les en empêchait, comme s'ils craignaient que le don du matelas ne souligne la misère dans laquelle vivaient José et Aninha – une idée si *italienne*, avait-elle songé en utilisant l'adjectif pour la première fois, maintenant qu'elle vivait parmi les immigrés et commençait à découvrir les croyances de ces gens-là. Aninha était allée droit au but et avait pris le matelas, tandis que José avait préféré s'égosiller en compliments qui n'étaient, comme chacun le savait, rien d'autre qu'une comédie, un jeu de rôles.

L'affaire du matelas remontait à l'époque où la bande d'Italiens n'avait pas encore l'habitude de parler publiquement de politique, même si déjà on imprimait des proclamations sur le journal de ce fameux Gian Battista Cuneo ; il suffisait alors aux amis de José de camper dans la cour de la calle del Portón pour s'avouer leurs affinités et leurs sympathies, et chanter au son d'une guitare désaccordée car le chant était le meilleur moyen de s'épancher et d'accorder les esprits. Ces crépuscules de musique à Montevideo étaient devenus de plus en plus fréquents, laissant le temps aux instruments, à l'interprétation, à l'harmonie des voix de s'améliorer chaque fois tandis que l'abbé Paul, omniprésent, distribuait des petites fiasques de vin sur lesquelles il jetait son dévolu et qui lui valaient de radoter en français sur des choses chères à son cœur mais incompréhensibles aux autres.

« Aninha, calme-toi, il va revenir, José », lui dit Feliciana à voix basse en serrant fort son bras si bronzé par rapport à la blancheur de sa tunique. Feliciana la poussa vers les fourneaux où un poêlon se déformait sous l'effet de la chaleur ; un rugueux et épais mélange de lait, de clous de girofle, cannelle et coco était en train de bouillir.

Aninha et Feliciana se voyaient tous les jours et, à force de combler ensemble l'absence de leurs maris travailleurs, elles avaient fini par nouer une amitié faite de proximité et de confidences réciproques. Feliciana avait franchi pour la première fois le seuil de l'unique pièce de la calle del Portón en entendant les cris de *pepino* Domío ; l'enfant, très fragile, souffrait à cette époque d'une hernie de l'aine, traitée avec maestria par le docteur Germán, que Feliciana était allée quérir ventre à terre à travers les rues de la ville. Au tout début, la Montévidéenne s'était montrée méfiante envers ces nouveaux voisins à la réputation louche, autant Garibaldi qu'Aninha : qui était-elle d'abord ? Une compagne, une putain de guerre devenue concubine ? Les cris du petit avaient finalement dissipé toute défiance, déjà que la mort avait pris à Feliciana un petit de deux ans, fauché par une maladie de l'intestin. Depuis, elle et son mari Alfonso baisaient avec la vigueur apathique de la tristesse et une assiduité programmée, histoire de lui mettre un autre enfant dans le ventre. La relation entre les deux voisines s'était transformée en amitié après une brouille au motif que Feliciana s'obstinait à appeler Aninha par son nom de baptême, « Ana », trois lettres que la nouvelle venue acceptait d'entendre de sa mère seulement, comme elle le lui expliqua en haussant le ton ; une fois réconciliées, elles étaient devenues plus intimes. Feliciana apportait deux aiguilles et quelques coupons de tissu et, toutes les deux, elles s'asseyaient et se mettaient à la couture ; quand Feliciana retrouvait dans une caisse un vêtement de son fils défunt, elle l'apportait à Aninha qui hésitait, superstitieuse comme elle était, de peur que l'haleine du mort n'ait imprégné l'étoffe et n'empoisonne son petit Domío, déjà si fragile.

« Très chère Aninha », commença ce beau parleur de Gian Battista sur le perron. Il soufflait une brise estivale qui fleurait bon la mer, et l'homme s'avança, ses cheveux sombres et crasseux collés sur son visage. Il laissait toujours des journaux à travers la maison, l'encre salissait le linge propre et, avec la chaleur, restait parfois sur le plan de table ; mais le papier était une matière souple : on pouvait se servir des feuilles pour conserver la nourriture ou même pour la toilette intime, ou encore pour les brûler en cas d'extrême urgence, vu que les chandelles étaient rares.

« Nous sommes venus t'embêter… »

Le fameux GianFarinata, comme elle l'appelait, elle, amalgamant son nom au surnom que José lui attribuait, tendit le cou, se détacha de la masse des têtes agglutinées dans l'embrasure de la porte, et se prépara à entrer malgré l'absence du maître des lieux. Quel sans-gêne ! « On ne va pas t'importuner, très chère madame. »

« Espérons ! » intervint Sebasta en lui lançant un regard noir.

« Nous venons en paix », ajouta alors Leggiero ; comme il était tout au fond, il sautilla pour se faire remarquer, ce qui eut pour résultat d'amplifier sa voix.

« CCCCHHHHHHHUUUTTTTT ! Le petit dort », dit Feliciana.

Maudit soit ce jour de la terrasse. Maudit soit le port, se disait pendant ce temps Aninha qui, instinctivement, tapa du pied. Parce que le deuxième des trois indices dont naît une preuve venait de se concrétiser sur la terrasse de la maison en ce mardi après-midi de décembre. Un soleil de printemps tardif réchauffait les toits, et José avait grimpé le petit escalier pour la quatrième journée consécutive, emportant avec lui la longue-vue qu'il gardait dans le petit coffre à côté de la porte – cette longue-vue sur laquelle il aimait fantasmer avec ses amis quand il racontait ses aventures dans le Rio Grande, en la faisant tournoyer à la manière d'un couteau. Cette même longue-vue qu'il avait rapportée de Laguna, l'objet qui avait su unir l'œil italien aux chairs créoles. Ce quatrième jour sur la terrasse, Aninha avait compris que quelque chose était en train de bouillir dans la marmite, au sens figuré s'entend, puisqu'il manquait encore deux jours avant la paie de José, et qu'on faisait aller du mieux qu'on pouvait, aussi elle avait rejoint son aimé et s'était blottie contre son dos, l'oreille tendue pour le petit Domío qu'elle avait laissé tout seul à l'étage du dessous ; José avait gonflé la poitrine pour se remplir de son étreinte. Ils étaient restés tous les deux ainsi, le regard perdu dans le ciel, à se demander quel visage pouvait bien cacher ce soleil qui s'enfonçait lentement dans la mer ; parce que forcément le disque ardent qui brûlait les pupilles cachait un autre visage. « Qu'est-ce que tu faisais ? avait-elle demandé. Tu penses encore à ton père ? » José avait répondu que oui, mais s'il venait sur la terrasse, c'était en réalité pour observer les lointains et se vider la tête grâce à sa longue-vue. Aninha avait posé sa joue contre l'omoplate de José et fermé les yeux ; elle aimait scruter le réseau lumineux et foisonnant à l'intérieur de ses paupières. À ce moment-là, il lui avait dit qu'entre la République orientale d'Uruguay et la proche Argentine, les choses allaient mal depuis qu'un vieil ennemi, le dictateur Rosas, s'était proclamé « le sauveur envoyé par le Seigneur » et s'apprêtait à occuper Montevideo pour soutenir Oribe qui attaquait le président Rivera. Aninha n'y comprenait pas grand-chose, et les racines de ce très vieux conflit ne l'intéressaient pas du tout, mais elle comprenait José, qui traduisait tout à sa manière. « L'étincelle, disait-il, on ne la voit pas venir d'Italie. Et à force de l'attendre, j'ai l'impression de crever. Parce que j'ai un cri à l'intérieur de moi, Aninha, un désir d'humanité. J'ai besoin de lutter, autrement, j'arrête de croire. » Il s'était ensuivi une tirade qui promettait une coexistence plus paisible entre les hommes, la fin des abus, curetons et usurpateurs réduits au désespoir. Elle lui plaisait bien, à Aninha, la vision du monde de son José, mais elle se faisait du mauvais sang parce qu'elle savait ce que signifiaient ses paroles, là, maintenant : manque, encore moins à manger. Davantage de privations. Et puis des batailles, des marches et des traversées et, comme si ça ne suffisait pas, elle avait un enfant maintenant, et José qui restait toujours en elle quand ils avaient fini de faire l'amour, comme s'il voulait encore la mettre enceinte. Avec des enfants et une maison à charge, elle ne pourrait pas rester à ses côtés, et alors, il y aurait d'autres femmes, peut-être. « Un jour ou l'autre, ça arrivera, il faudra même que je parte », avait ajouté José, sibyllin, quand le soleil disparaissait déjà au large, souillant l'océan de ses reflets cuivrés. Aninha l'avait serré plus fort ; déjà, elle redoutait le pire.

C'était le second indice, auquel Aninha avait relié un événement ultérieur : au lendemain de leur rencontre sur la terrasse, dans l'après-midi, José était revenu à la maison la mine réjouie et avait annoncé avoir accepté le poste d'inspecteur du port que le ministre uruguayen, en réponse aux pétitions de la communauté italienne, lui avait proposé : « C'est une bénédiction ! » En réalité, José n'aurait jamais accepté cette mission, n'était la providentielle et très louche amnistie que l'empire du Brésil avait bien voulu accorder à ce corsaire révolutionnaire qui s'était battu avec les rebelles du Rio Grande : « Je n'ai pas à m'inquiéter, Anita, Giovanni a tout arrangé. » Justement. Ce franc-maçon de Giovanni, qui venait souvent leur rendre visite en compagnie de Leggiero, avait joué un rôle déterminant dans l'affaire ; l'homme s'était donné tellement de mal auprès de ses confrères qu'il avait obtenu l'intervention d'un type qui écrivait dans les journaux, lui aussi franc-maçon, un certain José Indarte, lequel avait à son tour usé de son influence jusqu'à ce que l'affaire de l'ancien *capitão* Garibaldi arrive aux oreilles de l'officier chargé des affaires brésiliennes à Montevideo, José Diaz da Cruz Lima. C'était ce Cruz Lima qui avait rédigé une déclaration que José n'avait eu qu'à signer, s'engageant à ne commettre aucun acte hostile contre l'empire de Sa Majesté Pedro II ; l'amnistie lui permettrait de fréquenter le port avec un titre officiel, et des quais à la mer, évidemment, il n'y avait qu'un pas ; un saut à pieds joints dans une barque qui tanguait sur les flots, trois foulées sur un pont qui menait aux soutes d'un navire marchand. Bien sûr que son nouveau travail d'inspecteur renflouerait leurs finances, avait amèrement conclu Aninha.

« Nous aimerions déposer un cadeau pour ton José », revint à la charge GianFarinata. « Il en a laissé une dans le Rio Grande, signe du destin accompli : cette lutte est terminée. Mais en Europe, le Maestro rassemble des forces. Et sans une épée digne de ce nom, chère Aninha, un combattant tel que votre José est un homme sans nom. Un homme sans forces.

— Oui, bien sûr », dit Aninha, agacée, tandis que cette phrase – *un homme sans forces* – commençait à lui trotter dans la tête et faisait resurgir dans son esprit le souvenir d'une récente nuit. Une image : elle et José, nus au lit, assis l'un en face de l'autre. Ils s'embrassaient dans la clarté qui filtrait à travers les persiennes ; Domío Menotti respirait dans son sommeil. Aninha mourait d'envie de faire l'amour, haletante, mais José, pour la première fois, n'avait pas montré la même ardeur virile que d'habitude. Elle avait remarqué cette anomalie, d'autant que, depuis son accouchement, elle s'était faite plus désirante, plus fougueuse, mais d'un feu moins franc, un feu de jalousie, ce même feu qui, depuis les fourneaux de la cuisine, se reflétait sur le canon du pistolet qu'elle s'était procuré auprès de Leggiero en lui faisant croire que c'était à la demande de l'ancien *capitão*. Il était pour elle, en réalité, ce gros pistolet ; et elle s'en servirait si José la trompait.

« On aimerait laisser l'épée et l'attendre… peut-être sur la terrasse ? Sans qu'il le sache. Pour voir sa réaction.

— Si vous montez tous sur le toit », dit Feliciana avant qu'Aninha ne devienne folle, « ça va finir qu'il va s'écrouler ! »

José rentra tard ; il avait décidé d'emmener son ancienne classe du collège en mer, faire un cours de géographie. Son nouveau titre d'inspecteur ne lui laissait pas beaucoup de temps à consacrer aux élèves, mais il ne disait pas non à quelques sous en plus. Dans les eaux du port, sur la barque mise à sa disposition par l'abbé Paul, José s'était longuement attardé sur la rose des vents lorsque, tout à coup, il avait aperçu sous l'eau deux yeux enfoncés dans les orbites d'un noyé ; l'espace d'un instant, il avait bien cru reconnaître les traits de son père. Évidemment, c'était une vision, le cadavre était celui d'un inconnu : le visage, malgré le gonflement, était de ceux qui naissent avec la particularité de mêler la couleur de peau des Blancs aux pommettes saillantes et à l'épaisse et sombre tignasse des Sud-Américains. José avait donné l'ordre à son équipage de gamins d'attacher une corde à la jambe du mort pour le ramener sur la terre ferme.

José rentra inquiet à la maison, et sur la table de la calle del Portón, il trouva l'épée qui l'attendait. Un instant, il contempla la lame scintillante, scruta son propre regard dans le reflet de l'acier espagnol. Quand il leva les yeux, les perles noires d'Aninha le transpercèrent. Une joyeuse impatience s'exprima alors depuis la cour, d'où l'on improvisa une chanson : *Capitaine dans l'âme, capitaine en armes, tous ensemble on part à la bataille, poussez-vous, le capitaine Garibaldi arrive !*

L'épée plut à José. C'était une arme discrète, au fil parfait, forgée pour lui. La poignée était crénelée, avec un embout en métal pour renforcer l'extrémité. L'étreindre de ses doigts, en tester la souplesse et le poids, l'attacher à sa ceinture lui avait procuré une joie que seule la moue d'Aninha avait gâchée. Elle y voyait le prélude à une imminente séparation. Dans ces premiers mois de vie à Montevideo, elle avait cru, égoïstement, qu'elle pourrait garder son amant rien que pour elle. Et le fait est que José – ou plutôt Garibaldi, l'Italien venu de l'autre monde –, à la voir si triste, avait laissé parler son cœur, et lui avait demandé, au pied levé : « Tu m'épouses ? » Il était venu jusque-là pour échapper à une condamnation à mort, lui dit-il, mais au lieu de la gloire du combat, il avait trouvé un bien plus précieux encore : l'amour. Il fallait célébrer le destin : « Épouse-moi. » Aninha avait porté ses mains à la bouche ; elle se sentait déjà sa femme, mais maintenant, ce serait officiel, et tous ceux qui voudraient encore dire du mal d'eux, comme à Laguna, seraient obligés de se taire pour toujours.

Mais l'organisation avait posé quelques problèmes à cause du spectre frustré de Manuel Duarte de Aguiar, le cordonnier qui, d'après la loi et l'Église, était encore le mari d'Aninha puisque personne à Laguna n'avait déclaré sa mort. José et sa future épouse s'en chargèrent, en jurant savoir où il était enterré devant un brave notaire que leur avaient présenté des amis. On établit ainsi les certificats prématrimoniaux nécessaires, et le curé de l'église de San Francisco fixa la date des noces sans attendre le temps de la publication des bans : en un jour, la nouvelle fut communiquée à toute la ville, et nul n'y trouva à redire.

Le matin du 26 mars 1842, un résidu de nuages s'éclipsa du ciel de Montevideo pour se noyer dans l'horizon de l'arrière-pays. Tandis que deux chiens aboyaient sur le parvis de l'église, Menotti, avec l'aide de Feliciana, gagna l'autel et remit leurs alliances à ses parents. Elles avaient été achetées grâce à un don de la communauté italienne. Elles étaient simples, presque trop pauvres dans leur facture : légères comme un métal bien plus modeste que l'or. Et pourtant, elles remplirent leur rôle. Elles disaient qu'à partir de ce jour-là, comme ils l'avaient déjà fait sans que personne ne le dise à leur place, Aninha et José se déclaraient unis et partageaient le même joug.

*

Les demeurés et les cinglés étaient des modèles incomparables, la fille de Chiarella avait de fines taches de rousseur, et les Romantiques de Traviole, qui continuaient à entretenir de futiles querelles à propos de la calotypie, avaient eux aussi pris l'habitude d'aller au comptoir de la taverne des curés pour demander après l'Ambrogio : l'aubergiste, en l'absence de tronches louches dans la salle, s'improvisait vendeur, heureux d'honorer l'accord qui, chaque fin de semaine, avec sa permission voire son aimable collaboration au trafic d'érotypies et de calopornies, lui rapportait un bon petit magot. Le même genre de trafic avait déjà lieu dans d'autres locaux, à l'intérieur des bastions, grâce au zèle du Mal-Né : « Les gens crèvent d'envie d'agiter la queue », répétait-il, incrédule, en se frottant chaque fois la bedaine. Le commerce s'implantait, les clichés sur papier salé pas plus grands que la paume d'une main circulaient.

Le calotypiste Pestagalli, comme se faisait désormais appeler Lisander, satisfait de voir son esprit d'initiative récompensé, avait tout d'abord accueilli la nouvelle de la fille qui lui était échue avec indifférence, puis à contrecœur, et enfin avec colère. C'était depuis longtemps un mystère que sa nature l'oblige à passer d'un sentiment à l'autre, mais quand il avait annoncé que, malgré tout, il prendrait avec lui la misérable petite bâtarde, sa première réaction avait trahi son orgueil paternel : « sa » fille ne finirait jamais putain, déjà qu'une femme de mauvaise vie, c'était trop, alors à partir de maintenant, si Chiarella avait l'intention d'officialiser leur relation, elle n'avait qu'à laisser tomber le bordel une bonne fois pour toutes ; Chiarella avait posé une main sur l'épaule de sa fille et avait dit : « Je le veux. » Depuis lors, Lisander n'avait plus su se montrer aussi direct quand il s'agissait d'exprimer un peu de bienveillance envers la petite Anna Lucia. Au contraire, un jour qu'il s'était retrouvé avec la gamine entre les jambes, il lui avait filé une torgnole à lui dévisser la tête, et Chiarella l'avait menacé en hurlant d'envoyer valser leur vie de famille. « Mais va-t'en, putain que tu es, même pas capable d'éviter de te retrouver avec un polichinelle dans le tiroir, qui deviendra putain comme sa mère ! » Lisander s'en était vite mordu les doigts, parce qu'il sentait que Chiarella, il l'aimait pour de bon, obsédé qu'il était par l'idée de l'épouser, et la petite aussi, au fond, à tel point qu'avec les premiers bénéfices des calopornies, il avait pris en location un atelier désaffecté dans le quartier de la porta Vercellina, pas trop loin de l'orphelinat des Stelline. « C'est un bel endroit, tu verras », avait-il dit à Chiarella en la prenant par la main, « tu mérites une maison de dame », et il lui avait ouvert le chemin en évitant de lui parler du seul petit problème, à savoir que, non loin de la maison, passait la fosse interne d'évacuation des eaux usées qui se traînaient hors de la ville, répandant d'irrespirables effluves. L'atelier était spacieux et possédait une grande fenêtre qui puisait la lumière au nord, avec trois petites chambres au premier étage, aussi Chiarella, après avoir passé deux nuits blanches et mécontenté quatre clients du bordel, avait-elle décidé de réfléchir à son avenir devant l'autel de la Madonna in Duomo ; quand elle s'était relevée du prie-Dieu, c'était pour courir à toutes jambes trouver Lisander à qui elle avait déclaré qu'à partir de cet instant, elle ne se donnerait plus qu'à lui. Et puis, fabulait Lisander dans les soirées qu'il consacrait à la compagnie de ses amis à la taverne des curés, via delle Ore : « De fil en aiguille et jusqu'où va l'amour… moi et la Chiarella, on a fini par se fiancer à la maison. » Alors, au signe de Peppo le Grand Vocabuliste, les R.d.T. se levèrent et commencèrent à crier avec une ardeur toute calopornienne : « Hourra pour l'amoureux né de Traviole et pas qu'un peu redressé ! » Parfois, l'auberge tremblait de tant de raffut.

« Si je viens vivre avec toi, plus jamais tu ne lèveras la main sur *notre* fille, plus jamais.

— Je promets. Cette fois-là, j'ai fait une connerie. »

Certains après-midi, pendant qu'il travaillait dans son nouvel atelier, Lisander jubilait en pensant à ses victoires : son bénéfice était si copieux que ses créditeurs n'avaient plus qu'à se la boucler et que lui pouvait réinvestir, sans compter la satisfaction d'avoir donné naissance à une activité fructueuse, et à un amour. En plus, la belle saison s'annonçait, et la lumière permettait de travailler en plein air. Malgré tous ces bonheurs, Lisander ne pouvait s'empêcher de constater à chaque coucher de soleil, avec sa fâcheuse manie de se plaindre, que chacun des tours du cadran de l'horloge était comme un « cercle de l'enfer » entre la production frénétique de calopornies et les nouveaux cataclysmes familiaux puisque, c'est bien connu, la vie commune exige, pour devenir harmonieuse, les mêmes efforts et la même obstination méticuleuse qu'un clavecin désaccordé.

La Senavra était au contraire un paradis à ses yeux. Malgré les spectacles affolants auxquels il assistait à l'intérieur de l'hôpital et le barouf des furibonds brimés par les infirmières, il arrivait qu'une quiétude angélique se répande dans les couloirs. Les malades n'étaient pas ces fauves dont on parlait ; il suffisait de savoir s'y prendre. Lisander en était arrivé au banal constat que, comme tous les êtres humains, ils ne cherchaient ni plus ni moins qu'à satisfaire leurs besoins naturels ; ils se contentaient de vouloir ce que le corps demandait avec une régularité infaillible : de la nourriture, du sommeil, du sexe, et parfois, le repos de l'esprit.

Le Mal-Né, de son côté, réjoui de ne plus avoir à se tuer à la tâche comme maçon pour participer à l'effervescente construction urbaine, était devenu grossiste en chef et acteur principal : il se chargeait de l'écoulement clandestin des clichés et posait avec une incroyable puissance expressive.

Avec le temps, Pietro le barbier se révéla lui aussi être un précieux collaborateur, tout d'abord à cause de cette légère dépendance à l'absinthe qu'il avait développée grâce aux approvisionnements dosés de Floro, mais aussi parce qu'il avait flairé que le jeu en valait la chandelle ; il assurait au moins deux séances de pose par semaine.

Se créer une clientèle fidèle n'avait pas été difficile, pas plus que de la garder. Les beaux messieurs du tout-Milan, ceux-là mêmes qui achetaient et débattaient du *Politecnico* et de l'actualité politique, qui faisaient trembler l'Université et animaient les précieuses et irréprochables conversations dans les cafés et les salons mondains, méprisaient la calotypie et la daguerréotypie de tous ces Duroni et Pestagalli qui poussaient en ville comme des champignons, persuadés que ces miracles de l'optique et de la chimie étaient fades et incolores comparés à l'art du portrait ou du paysage. Pourtant, en privé, ces hommes si respectables se mêlaient aux plus misérables, à la queue leu leu, affamés comme des loups tous autant qu'ils étaient, couronnant de manière insolite le grand rêve de l'égalité sociale.

D'un naturel inquiet, Lisander préférait ne pas crier victoire avant l'heure mais plutôt élaborer une méthode pour écarter la concurrence, projet auquel participèrent sans le savoir Gerolamo le Grammairien et Carlino la Ride. En effet, un jour que Lisander les avait surpris à la sortie d'une taverne en train d'échanger une calopornie toute fripée à la faible lumière d'un réverbère, les deux lascars, pour dissiper le malentendu, avaient improvisé une conversation avec une fausse nonchalance, concluant qu'« entre la routine d'une banale partie de baise, et l'excitation d'une partie de baise pas banale », la seconde était de loin préférable. Lisander laissa galoper son imagination avec un enthousiasme renouvelé, commença à projeter des éléments de scénographie, et l'on entendit bientôt dans l'atelier de la porta Vercellina, qui avait accueilli avant lui un menuisier en faillite, les raclements de la scie et les aigus que le marteau arrachait aux clous résonner à nouveau.

Le Mal-Né prenait volontiers en charge les finitions des planches qui arrivaient déjà façonnées, au prétexte, disait-il, de se défouler un peu, même si à le voir taper et au plaisir qu'il prenait à raboter et à passer le bois au papier de verre, on aurait dit qu'il se défoulait davantage que le « peu » dont il parlait. Lisander se contentait quant à lui d'enrouler les tentures peintes, de porter les fausses petites colonnes en carton et les éléments de décor en plâtre. Le chariot qui sortait de la porta Tosa deux fois par semaine était de plus en plus chargé, et passait désormais un peu moins inaperçu.

Il revenait d'un rendez-vous au Caffè del Duomo pour convenir de plusieurs portraits particulièrement pudiques lorsqu'il vit arriver du château un homme à l'allure très semblable à celle du promeneur avec lequel il avait partagé cette drôle de nuit l'an passé. Il l'appela. L'homme lui lança un rapide coup d'œil tandis que Lisander s'approchait de lui ; non qu'il eût spécialement envie de sa compagnie, mais il était curieux de savoir si, maintenant qu'il s'était en quelque sorte affirmé, le compositeur lui inspirait toujours autant d'antipathie. Ce n'aurait pas dû être le cas, vu qu'il n'avait plus rien à lui envier.

« Bonsoir. »

Le compositeur s'arrêta à peine et Lisander fut obligé de lui barrer la route.

« C'est à vous que je m'adresse. Bonsoir.

— …

— Toujours perdu dans vos pensées ?

— Excusez-moi, mais qui êtes-vous ? »

Son antipathie se réveilla, intacte, pourtant Lisander s'obstina à vouloir engager la conversation. « L'homme qui vous a filé une bouteille de madère et de porto à l'œil, lui dit-il.

— Oh, c'est vous ! Je ne vous avais pas reconnu », dit le compositeur en caressant sa barbe qu'il laissait pousser en pointe.

Maintenant qu'il était sûr de s'être rappelé à son bon souvenir, Lisander, ragaillardi, proposa à son interlocuteur une tasse de chocolat ou une boisson plus raffinée :

« J'arrive du Caffè del Duomo : ils nous donneront probablement le même petit coin.

— J'en serais ravi, mais je dois être franc ; je serais très agacé qu'on nous importune. Cela m'arrive depuis peu, surtout dans les cafés à cette heure. »

Lisander apprit ainsi que la carrière du compositeur avait pris son envol depuis cette nuit vagabonde passée ensemble – à dire la vérité, le seul fait qu'en l'espace de quelques minutes, plusieurs personnes l'aient respectueusement salué avait déjà mis la puce à l'oreille du calotypiste.

« Lisander ! Bonsoir ! Je n'aurais jamais pensé que tu connaissais le *maestro !* »

Igino la Rallonge venait à sa rencontre avec à son bras une jeunette du nom de Giovanna, à laquelle les R.d.T., bien qu'elle ne fît pas officiellement partie de la congrégation et qu'elle fût une femme, avaient fait l'honneur d'un petit nom, rapport à la relation passionnelle qu'elle entretenait avec Igino : la Tisonnière ; en effet, si elle donnait l'impression d'être aussi inoffensive qu'un tison mourant au fond du foyer, il suffisait de la charrier ou de s'amuser à la pincer pour s'apercevoir qu'elle avait le feu au corps. Leur arrivée fut un désastre. Igino la Rallonge était un fin connaisseur et un passionné de toute l'œuvre de ce « talent mirobolant », si novateur et « rien qu'à nous, un Milanais », à savoir le *maestro*, qu'il admirait « depuis 1839 » et qu'il jalousait en outre pour avoir dirigé la Strepponi au mois de mars de cette année-là. Les inconditionnels de la Scala, c'était connu, ne se lassaient pas d'entendre la soprano originaire de Lodi, qu'Igino la Rallonge vénérait comme seule la jeunesse en est capable avec les grands artistes, et ce au risque de réveiller la jalouse ardeur de la Tisonnière. En parlant de la Strepponi dont il évoquait les qualités – musicales et physiques –, Igino la Rallonge déroulait bien entendu des tomes entiers d'adjectifs, s'extasiant au souvenir de ses « cheveux aussi fins que ceux d'un ange, et son petit menton fuyant comme les premières notes d'une mélodie rare, à peine murmurée… » Le coude pointu que Giovanna la Tisonnière lui planta dans les côtes le fit taire.

Lisander tenta d'éviter le désastre : « Nous étions en train de parler de… »

Igino ne s'avoua pas vaincu pour autant : « Maestro, je saisis cet heureux hasard pour vous renouveler mes plus sincères et profondes félicitations pour le magnifique drame que vous avez mis en musique avec une telle bravoure, une telle… »

L'œuvre mise en scène en mars avait fait grand bruit en effet. Les R.d.T. en avaient parlé pendant des semaines : toujours aussi efficace, Peppo le Grand Vocabuliste l'avait qualifiée d'« irrésistible bordel » et, bien qu'il détestât le librettiste, un certain Solera (aux vues selon lui trop cléricales, si ce n'est encore pire, papistes), il ne se lassait pas d'applaudir cette sensation de fièvre, cette envie de remuer son corps qui s'emparait des spectateurs au rythme de la musique, cette effusion capable de « te faire chavirer le cœur en t'étourdissant à coup de cymbales… *shh-chiaff, shh-chiaff,* secs comme des balles, et puis ce roulement de percussions, cette tonitruance ; aucune femme n'aurait pu chanter un rôle aussi intense, avec tant de bravoure : ah, la Strepponi ! Notre Giuseppina ! Maestro, vous êtes l'orgueil de Milan. »

« Igino, tu veux bien nous excuser, nous avions une discussion avant que tu ne nous déranges.

— Mais peut-être…

— Non. »

Quand Igino la Rallonge s'éloigna, traîné de force par Giovanna la Tisonnière, rouge de colère pour l'affront que Lisander venait de lui infliger et qui trahissait leur fraternité, le calotypiste essaya de dédramatiser la situation : « Je vous ai parlé de nous autres Romantiques de Traviole, pas vrai ? Vous venez d'en voir un exemple. » Après quoi, il se fit un plaisir de vexer à son tour le compositeur en l'informant des récents changements dans sa vie. Lui aussi, après tout, avait une meilleure situation, et cette nuit d'errance avait été à sa manière déterminante.

« Et votre bien-aimée ? demanda alors le compositeur, prouvant sa grande mémoire.

— Fiancés.

— Inouï !

— Eh oui, fiancés. »

En le répétant, Lisander fit glisser ses doigts sur le col de la jaquette que Chiarella lui avait fait coudre par une amie et qu'elle avait impeccablement repassé ; depuis qu'ils vivaient ensemble, elle ne cessait de l'encourager : il était bourré de talent, il devait viser les *messieurs* et faire bonne figure. Pourquoi le compositeur ne viendrait-il pas leur rendre visite dans son nouvel atelier de la porta Vercellina ? Lisander serait heureux de lui faire un portrait digne de lui.

« Là, tout de suite, je ne suis pas sûr, mais... », lui répondit son interlocuteur qui tentait de se défiler.

« J'en suis désolé, mais cette fois-ci encore, je n'ai pas trouvé le temps d'assister à votre dernière œuvre », précisa alors le calotypiste, hargneux. « Le *Nabuchodonosor* », voulut-il spécifier, en remerciant mentalement Gégé la Clappe, lequel, au lendemain de chacune des représentations – il n'en ratait pas une – disait toujours : « Ça te laisse complètement sonné », pour énumérer ensuite les impressions, sensations et évocations : « La musique, c'est comme un marathon, ça te coupe le souffle ; et celui-là, pour sûr qu'il est pas du côté des curés, parce que autrement Abigaïlle, elle serait pas aussi belle, aussi authentique. Il la fait gueuler aussi fort que la mort, il l'aime, je suis sûr qu'il l'aime. Pour être fort, il est fort, ce *Nabuchodonosor.* » À ce moment, Carlo, dit Charles à la française, intervenait : d'accord, c'était une musique nouvelle, bien qu'un peu « bestiale », ce qui ne l'empêchait pas d'admettre que l'unisson des sopranos, contraltos, ténors et basses sur cet absurde *fa* dièse majeur était formidable : « Ça se plante dans tes oreilles, comme un clou. » Carlino la Ride, bouffe-curé notoire, répliquait immanquablement : « Moi, j'ai l'impression d'entendre un truc un peu biblique, j'dirais » ; les Saintes Écritures, Carlino les avait depuis toujours en horreur, mais lui non plus n'hésitait pas à souligner la fiévreuse beauté, la puissance de la composition.

« Je suis désolé mais je dois vous laisser, ils m'attendent », dit le compositeur qui piaffait en regardant sa montre de poche.

« Oh, toutes mes excuses », répondit alors Lisander.

Le calotypiste lui tendit la main, le compositeur la lui serra.

« Adieu. »

Après dîner, Lisander courtisa Chiarella, et cette nuit-là, il lui fit l'amour deux fois, étreignant rageusement ses hanches marquées de vergetures ; quand ils s'affalèrent sur le matelas, enfin repus, il lui annonça qu'il l'emmènerait au théâtre. C'était une dame maintenant. Ils pouvaient se le permettre, ils n'étaient plus des minables.

« Tu dis ça pour de vrai ? »

Il s'en fallut de peu que Chiarella ne s'évanouisse, d'autant qu'elle était un peu faible ces derniers temps. Elle craignait que Lisander ne l'ait mise enceinte et elle ne lui en avait pas encore parlé.

« Oui. »

Lisander s'endormit, le visage plongé dans l'oreiller, et il commença à ronfler jusqu'à ce qu'un cauchemar le surprenne. Il s'agita, réveillant Chiarella qui le caressa pendant qu'il dormait.

Quand le soleil réchauffa les premières heures du jour, le calotypiste se leva ; il ne se souvenait pas de son rêve, mais il éprouvait un vague trouble. Il avala un bout de brioche en descendant l'escalier et, le temps de bâiller, se retrouva dans la rue. Il se dirigea vers la maison des fous, sans son matériel cette fois-ci. Arrivé à destination, il demanda à Pietro le barbier de la Senavra à faire la connaissance du responsable. Pietro le lui présenta, se volatilisa, et responsable et calotypiste surent s'entendre, surtout après que Lisander lui eut tendu une bourse remplie comme il fallait. Son interlocuteur ne se fit pas prier. Le calotypiste demanda au secrétaire à voir la liste de la Senavra et, au besoin, celle de l'hôpital principal ; il voulait savoir ce qu'il était advenu d'une demeurée. Elle avait onze ans quand elle était entrée à la Senavra. Déficiente parce qu'elle avait perdu ses parents, assassinés.

« Sale histoire », commenta avec une compassion toute professionnelle le secrétaire.

Depuis, il n'avait eu aucune nouvelle, lui dit Lisander. Qu'il veuille bien se donner la peine de consulter ses dossiers. Elle se prénommait Marta.

« Et son nom de famille ?

— Le nom de famille ? Je crois qu'elle s'appelait…

— Comment ? Si je n'ai pas le nom de famille, je ne peux rien faire.

— Bah, le nom de famille, comme si c'était facile après toutes ces années !

— Ben oui, c'est facile, il suffit de s'en rappeler et de me le donner.

— Justement, il ne me revient pas.

— Et donc ?

— Débrouillez-vous avec le prénom. Je saurai vous récompenser de vos efforts. »

VIII

Cocasse. Susan, la mère, se serrait dans son manteau décousu tandis que l'autre homme, Pio, les cheveux pommadés bien plaqués en arrière, crachait des nuages de brume avec son air éternellement triste. Tous deux ne lâchaient pas du regard le petit Procida aux joues toutes rouges à force de crier et qui, indifférent au froid, s'exaltait, son visage prenant une expression très sérieuse pendant les assauts ; ils l'observaient, partagés entre fierté et désapprobation, et lui, malgré son torse tout maigre, hurlait pour chaque coup dans le mille, se maudissait pour chaque coup reçu. Le Maestro lui faisait face, armé comme lui d'un bâton qu'il brandissait à la manière d'une épée. Tous deux se battaient en duel, comme cela arrivait parfois devant l'entrée du petit immeuble où logeaient Susan et Pio, son mari, et le Maestro, dans ces occasions, utilisait toujours son corps généreusement ou, plutôt, maladroitement. On avait en effet l'impression que chacun de ses mouvements comportait un incorrigible défaut ; ses estocades facétieuses, ses esquives prestes, sa manière de se fendre dans l'attaque, ce petit saut dans le ballet des épées qui s'observent : tout trahissait un mélange d'exubérance et de rigidité qui projetait alentour la gêne qui était la sienne, mais aucun sens du ridicule. Seul l'enfant était à l'abri de cette pudeur vis-à-vis du jeu. Ceux qui assistaient au duel luttaient quant à eux contre l'envie de se retourner au moment où Procida bondissait, en quête d'un coup décisif que le Maestro, en escrimeur aguerri, parait en levant son bras désarmé ; la pose aurait pu inspirer un désir de grâce face au geste homicide, elle faisait éclore à la place un sourire indulgent.

Dans ces moments-là, le visage du Maestro se transformait du tout au tout : il passait de la sévérité au comique. Sa barbe, épaisse et soignée, devenait complètement hirsute, comme chez ces bouffons de cour bien trop excités pour se raser et jaloux de l'impression de sérieux qui se dégage d'une barbe grisonnante. Le jeu de cartes aussi – que le Maestro détestait en public mais qu'il s'accordait en privé une fois par semaine – altérait ses traits, mais dans ce cas, le silence de la concentration et le désir de gagner l'emportaient sur le divertissement ; un plaisir différent se reflétait sur son visage pendant qu'il maniait les cartes, faisant naître un tout autre sentiment chez ceux qui assistaient à la partie. Au contraire, le voir s'amuser à se battre en duel avec le petit Procida malgré le malaise qui le bridait ouvrit une brèche dans la froideur que Leda éprouvait à l'égard de sa victime désignée : le prince des hommes sous surveillance.

« Sacré phénomène, ce Procida, tu ne trouves pas ? » lui demanda tout bas Michele qui était à côté d'elle, fasciné par le spectacle.

Leda se contenta d'acquiescer, heureuse que le manteau rouge récemment acheté dissimule le frisson qui remontait le long de ses bras.

Les journées cavalaient vers la Saint-Sylvestre, chargées d'attente pour l'année à venir que l'on espérait généreuse, mais que l'on craignait déjà sourde à toute prière, surtout aux dires des voyantes gitanes de Londres, lesquelles mettaient en garde leurs fidèles clients sur la signification néfaste du passage de l'année 42 à 43 – le premier chiffre symbolisant la bienveillance et l'harmonie, l'autre, les querelles, le chaos et les catastrophes. Toute la matinée, une petite pluie fine et impalpable avait tenté de se transformer en neige tandis que Leda, jambes croisées sur un fauteuil aux coutures effilochées, lisait la paperasse – sommations, avertissements, protestations – apportée par les émigrés et dispensait ses conseils. « Tu es parfaite », lui avait dit pour la rassurer le Maestro quand, avant de se mettre à la tâche, elle avait émis l'habituel et hypocrite doute de ne pas être à la hauteur ; elle éprouvait une satisfaction perverse à s'entendre répondre que la talentueuse Lorenza faisait preuve d'intelligence et que sa « noblesse innée » ne gâchait rien à l'affaire, mais était au contraire un atout aux yeux de tous ceux qui venaient chercher conseil. Leda avait pris ses mains dans les siennes et l'avait remercié, jubilant secrètement, puis elle avait parlé du mauvais temps avec Giovanni, le compagnon et colocataire du Maestro, avant de remonter sa minuscule écharpe bleu clair sur sa bouche en prétextant un léger mal de gorge. C'était en réalité pour se protéger des postillons des misérables venus mendier de l'aide ; nul mépris dans ce geste, d'ailleurs, quand elle lisait et donnait des conseils pratiques arrangée de la sorte, sa voix devenait suave à travers l'étoffe.

Ce vendredi-là, Leda passa son premier après-midi à régler des broutilles grâce aux rudiments de droit qu'elle connaissait maintenant sur le bout des doigts, et elle ne lâcha pas prise jusqu'à ce que ses yeux deviennent rouges de fatigue et que sa gorge s'enflamme pour de bon, lui donnant une voix rauque. Son estomac commençait à gargouiller ; elle avait toujours bon appétit, surtout après les heures de service, mais à King's Road, on préférait fumer plutôt que manger comme les chrétiens et, même en fouillant le garde-manger, elle n'aurait pas trouvé grand-chose.

À plusieurs reprises pourtant, Leda avait surpris Pio, Giovanni et Michele autour d'une table incroyablement garnie, en compagnie du Maestro, qui ne crachait pas sur les gargantuesques gueuletons de fromages et de salamis en provenance d'Italie. Les occasions étaient cependant plus que rares, la plupart du temps liées à de nouvelles opérations commerciales à lancer et, au terme de ces insolites agapes, le garde-manger restait de toute façon vide. Le Maestro avait l'habitude de boire de l'eau noire[1], se contentant d'un quignon de pain et mâchouillant des cigares comme un drogué, ce qui finissait par lui couper un peu plus un appétit déjà malmené ; mais en le fréquentant tous les jours, Leda s'était dit qu'il choisissait exprès ce genre de régime, histoire d'économiser sur les dépenses. Peut-être la pauvreté de certaines périodes, qui l'avait obligé à mettre en gage la bague de diamants que sa mère Maria lui avait offerte – et qu'il récupérait chaque fois, bien sûr – l'avait-elle initié à la frugalité, bien qu'il se contentât de peu même dans les périodes fastes, mais les rares fois où elle avait déjeuné avec lui, il avait semblé à Leda que le Maestro vivait l'obligation de se nourrir comme une torture. Le rituel de la table lui apparaissait sans doute comme une perte de temps ; en l'observant attentivement, on

1. C'est ainsi qu'on désignait le café. (*N.d.E.*)

voyait bien qu'il maltraitait son corps comme si c'était un obstacle et non un bien qu'il fallait entretenir pour pouvoir mettre en œuvre de nouveaux desseins. C'était sans doute la raison pour laquelle il était toujours plus maigre, comme s'il souffrait d'un mal obscur, ou se punissait inconsciemment. Ses pommettes se creusaient après chaque nuit, chaque matin son visage s'affaissait vers son menton effilé par sa barbe ; sa calvitie, déjà avancée, s'acharnait sur son cuir chevelu, accentuant à l'excès la brillance de son front.

La minceur du Maestro, naturellement, n'était pas seulement due à ses habitudes alimentaires. En plus de son rôle d'agitateur, qu'il avait repris ces derniers mois avec plus de conviction encore, rédigeant lettre sur lettre, tenant des conciliabules et bataillant par l'intermédiaire de proclamations tonitruantes, s'étaient ajoutées en cette interminable année 42 les rencontres et les visites auxquelles il se consacrait depuis qu'il s'était mis en tête d'organiser un concert pour récolter des fonds pour l'école. Il parlait souvent de la propension des protestants à la charité et croyait en la bonté des amis et des Anglais en général : en gonflant le prix des billets, il espérait récolter d'un seul coup une bonne partie des deux cent quarante livres sterling que l'école de Hatton lui coûtait chaque année.

Si, au début, le projet de concert avait pu apparaître comme une broutille à régler en un rien de temps, c'était vite devenu un fardeau, et par la seule faute du Maestro, qui non seulement voulait avoir le dernier mot sur les morceaux à choisir, mais trouvait à redire sur l'orchestration et ne se privait pas de commentaires désagréables sur l'incompétence des musiciens pendant les répétitions. Après deux semaines de préparation, persuadé que l'événement serait un fiasco, il décida de s'occuper personnellement de la vente des billets, traînant derrière lui Leda et Michele sous une pluie cinglante, dans le vent glacial ; il obligea même quelques-uns des gamins de l'école à venir avec lui, y compris Ngely le petit brun, pour attirer un peu de compassion.

Comme une des activités du Maestro consistait à se gagner l'amitié des personnalités pour les rallier à la cause italienne et à celle de l'Europe asservie par les monarques, la vente des billets au porte-à-porte ne fut pas une aventure très périlleuse, mais lui demanda néanmoins un effort qui l'acheva. Les déplacements qu'il faisait dans la journée l'obligeaient à rester éveillé jusqu'au bout de la nuit pour rédiger des lettres à la lumière d'un nombre incalculable de chandelles, et le matin, après avoir lutté contre le sommeil, le Maestro se levait déjà fatigué. Têtu comme il était, il retournait aussitôt s'occuper de la vente des billets et des opérations commerciales dans lesquelles Michele l'impliquait pour échapper, un mois encore, à la menace de la pauvreté ou des huissiers, toujours nouveaux, toujours plus avides. Il consacrait en revanche son après-midi à la lecture des revues, fascicules, périodiques, bouquins sans intérêt ou manifestes, quand ce n'étaient pas les énormes volumes qu'il se procurait de sa propre initiative, mais que ses admirateurs et ses adversaires intellectuels lui faisaient remettre à leur tour pour avoir son opinion et se confronter à ses critiques. Et lui, pour ne pas disparaître comme un fantôme, répondait à tout le monde, maigrissant à vue d'œil.

Comme si son épuisement ne suffisait pas, l'ambassade du royaume de Sardaigne à Londres commençait également à lui porter sur les nerfs. Depuis la mi-novembre, elle s'acharnait sur l'école de Hatton. Leda n'avait jamais vu le Maestro aussi à cran. Dans sa politique de déférence à l'égard de l'Église et de l'État pontifical, l'ambassadeur prenait sa mission à cœur et, pour se faire remarquer par les hauts dignitaires de l'Église, avait déclaré la guerre à l'école, semant la terreur parmi les analphabètes.

« Pourquoi tu ne te reposes pas un moment ? » lui demanda Giovanni en s'approchant de son fauteuil et en éloignant avec son bras la vieille qui, penchée du haut d'un tabouret, soufflait son haleine à la figure de Leda en attendant un conseil de sa part. « C'est sûr qu'ici il n'y a pas grand-chose à faire », lui répondit-elle entre le regret et l'ironie, « on pourrait aller manger un bout. »

Les morsures de la faim. Tout le monde avait entendu gronder l'estomac de Leda : « Pour être franche, je commence à ne plus y voir clair. J'ai besoin de manger quelque chose et de m'allonger. »

Tour à tour, on lui conseilla de faire une pause, de rentrer chez elle pour reprendre des forces, d'autant que cela faisait des heures qu'elle travaillait, parbleu ! On insista pour qu'elle repose ses yeux, qui étaient précieux.

« D'accord, d'accord. »

Un heureux hasard voulut qu'à ce moment précis, ce colosse de Michele rejoigne la maison de King's Road. Il était là, sur le pas de la porte. Il n'avait même pas frappé ; il avait simplement tourné la poignée et s'avançait déjà, un large sourire aux lèvres. Engoncé dans son pardessus, bien droit sur ses jambes avec son air de fanfaron ; de son corps, planté comme un chêne, émanait une odeur de stabilité. Et une pointe d'eau de Cologne.

« Michele ! »

Leda avait cessé de fantasmer. Elle ne s'imaginait plus en train de caresser ses épaules, son dos, son torse ; le regarder à la dérobée pendant qu'il déchargeait un arrivage d'Italie ou ficelait énergiquement un paquet de brochures ne lui suffisait plus. Maintenant, elle désirait avidement ses baisers, et elle savait à quand remontait cette envie violente qui humectait ses yeux, la faisait saliver et l'obligeait à se triturer les mains qu'elle aurait tant voulu employer autrement chaque fois qu'elle se retrouvait à côté de lui : le soir des échauffourées à l'école. Celui qui avait mis le feu aux poudres, c'était l'aumônier de l'ambassade du Piémont ; depuis novembre, « l'infâme provocateur », comme l'avait défini Giovanni, n'avait pas raté une occasion de menacer d'excommunier enseignants et élèves de cette démoniaque école de révolutionnaires criminels et, à l'approche des fêtes de Noël, il s'était mis à arpenter Greville Street avec deux gardes du corps : « Les flammes de l'enfer attendent celui qui ne se repentit pas ! » Les anathèmes avaient bien sûr semé la panique au sein de la communauté italienne d'ouvriers, très catholique, mais ils avaient surtout réveillé les espoirs déçus des patrons des gamins inscrits à l'école. C'étaient eux, en fait, qui en voulaient le plus au Maestro et à l'école, car les cours rendaient les enfants plus conscients et moins à enclins à se laisser berner, ils leur inculquaient des bases qui leur permettaient enfin de relever la tête. Et comme, depuis que le monde est monde, l'union fait la force, les patrons redoutaient à juste titre que les gamins puissent, pendant les leçons, partager leurs expériences, se plaindre et s'entraider et, pire, se révolter. Aussi, un soir de fin novembre à la brune, les exploiteurs – ou leurs sous-fifres – avaient-ils décidé de monter un piquet devant l'entrée de l'école :

ils réclamaient leur butin, criaient aux gosses de ne pas rester là, à traînasser au tableau noir, mais de reprendre le boulot, d'aller gagner leur pain, puisque ce n'était quand même pas aux patrons de bosser à leur place, sinon autant les mettre à la porte, les noyer dans la Tamise une pierre autour du cou, ou les rendre à leurs familles qui les avaient elles-mêmes vendus. Tout avait commencé par des protestations, puis on était passé aux hurlements et aux crachats, jusqu'à ce qu'éclate une véritable émeute entre le piquet et les sympathisants de l'école. Leda y avait assisté depuis le trottoir d'en face, car le Maestro, informé de l'événement, était arrivé à toute allure à bord d'une voiture à cheval et l'avait amenée avec lui, au cas où il aurait fallu soigner des blessés après la bagarre. Et puis, un peu plus tard, Michele était arrivé et avait foncé dans le tas, sa houppelande grande ouverte, sans s'épargner, déjà hors de lui à cause d'un arrivage de pâtes invendables. Et le voilà qui s'était mis à flanquer des coups à toute volée, lui qui dépassait en taille la plupart des autres ; il s'était précipité dans le camp adverse et avait fait fuir deux Londoniens qui, excités par le barouf, en profitaient pour taper au hasard. À la fin, les couteaux avaient scintillé dans la nuit, l'atmosphère était devenue irrespirable, jusqu'au moment où la police métropolitaine, alertée par le Maestro, avait heureusement débarqué armée de sifflets et de gourdins avant que quelqu'un n'y laisse sa peau. À la suite de cet événement, une déclaration signée par Pio au nom de l'Union des travailleurs italiens avait lancé un appel parmi les plus libéraux des émigrés pour organiser des tours de garde. Michele avait été parmi les premiers à accepter ; il mourait d'envie de se poster devant le portail, les poings dans les poches. Le Maestro, pour ne pas être en reste, était allé frapper aux bonnes portes. Pas chez son ami et protecteur le plus influent à Londres, Sir Thomas Carlyle, l'intellectuel clairvoyant et râleur qui détestait cette école réputée être un nid de petits conspirateurs auxquels on apprenait le *reading, 'riting, 'rithmetic and revolution*, les quatre R du programme d'émancipation ; non, plutôt que se présenter à la résidence de Sir Thomas, le Maestro s'était adressé à des amis moins puissants mais tout aussi importants et déjà investis dans le projet de l'école, et dont Leda avait cité les noms dans les notes envoyées à Massèi, histoire de cartographier les connaissances du Maestro : Carlo Pepoli, Dante Gabriel Rossetti…

« Viens, je t'emmène manger quelque chose », lui dit Michele en souriant au énième murmure désespéré de l'estomac de Leda. Elle baissa les yeux comme pour se dérober à sa proposition insolente avant d'acquiescer, contente : « Allons-y. »

Et la chose advint. Ils entrèrent dans une taverne, s'assirent dans un coin et, tandis qu'ils bavardaient et se laissaient aller à quelques sous-entendus, le repas s'embrasa des couleurs d'une bière ambrée et d'une autre plus brune encore, les mains se cherchèrent, les bouches aussi, et le soir s'imprégna de la sueur des corps avant que la nuit glaciale ne prolonge l'effleurement, le choc des bas-ventres. À la lumière d'une chandelle oubliée sur la commode, Leda apparut à Michele comme une beauté rare, fraîche, une femme qui ne craignait pas la nudité, toute en nerfs et en courbes fragiles, d'une carnation qui, dans le vacillement de la flamme, semblait d'un brun caramel, si différente de la blancheur des femmes du Septentrion. Elle s'était assise sur lui et, pendant qu'ils s'aimaient, avait plongé ses doigts dans la forêt de poils bouclés et noirs de son torse. Alors, en ce jour où elle avait souffert des morsures de la faim, Leda apaisa aussi son désir.

Le lendemain, quand elle se réveilla, enlacée à Michele dans une chambre qui n'était pas la sienne, Leda voulut profiter un instant de la tiédeur de ce corps d'homme, puis elle se glissa hors du lit et se rhabilla à la hâte. Michele essaya de la retenir, mais elle regagna la rue et héla un cocher pour rejoindre Chelsea. À son arrivée, Margaret afficha un air de reproche, que Leda fit taire d'un seul geste ; elle entra dans sa chambre, changea de tenue et, une fois dans le salon, donna quelques graines aux oiseaux qui gazouillaient dans la volière. À partir de ce jour-là, elle aurait toujours envie de faire l'amour, ici, à Londres, elle en était sûre.

*

Le calotypiste et la gantière délurée
Partageaient désormais plus d'une soirée.
À la place du bordel, ils jouissaient d'un trois-pièces,
Commode en hêtre, pendule, sofa et balcons de géraniums,
Lui, fier de sa virtuose maîtresse, fanfaronnait,
Elle s'offrait même un bouquet de rarissimes tulipes.

Le concubinage ne causait pas de grands dégâts,
Comme dans toute famille respectable, des hauts et des bas,
On respirait un air sain et, de fait, enceinte
Chiarella se retrouva, heureuse comme un mois de mai ensoleillé
Pendant que l'autre se répandait en plaintes,
Car qui sait si les fruits de son commerce suffiraient.

Si ce n'est qu'une maudite nuit
Transpirante de fièvre, elle se surprit,
Et quelle angoisse la prit alors en voyant un caillot
Noir de sang couler entre ses cuisses pâles.
Lisander l'assura qu'il ne pouvait en être ainsi
La petite Anna Lucia se mit à pleurer
Agrippée à ses épaules épuisées.

L'avortement avait eu lieu à la barbe de la foi,
Pour autant que l'héritier ait eu le temps de se sentir vivant.
Chiarella se maudit, puisque le Seigneur
Se vengeait. Putain elle avait été
Et le fœtus mort, de son con tombé,
C'est elle qui l'avait cherché en se conduisant de la sorte.
Elle l'avait bien mérité.

Ce fut alors au tour de Lisander de la consoler,
Jusqu'à ce que la pauvre Chiarella se mette à penser
Que rien n'était perdu ; du temps, il y en avait
Pour réessayer : un nouvel enfant, un garçon on l'espère,
Dans son ventre pendant les neuf mois réglementaires.

*

Elle avait essayé de lui apprendre à faire le signe de croix. Elle s'asseyait sur le bord du matelas, lui restait debout au milieu, avec juste son petit maillot, cul nu. Alors elle se signait en l'obligeant à faire bien attention : « Au nooooom du Pèèèèère, du Fiiiiils, et duuu Saint-…

Esprit » et lui, au lieu de l'imiter, se mettait à taper dans ses mains. Elle répétait alors : nord, sud, ouest, est, sur cette base rythmique ancestrale, mais Domío, tout au plus, faisait nord, sud, « Au nom du Père et du Fi… » et deux battements de main, aussi fermes que des gifles, et puis un gros baiser, *mouah*, en faisant claquer ses lèvres et en soufflant pour que le baiser s'envole très loin. Il avait du mal à admettre qu'il fût destiné à Jésus. Cela pouvait continuer ainsi à l'infini, elle, patiente, lui avec cette frénésie de gestes qui n'appartient qu'aux enfants ; tous deux contents, une mère et un fils qui prennent le temps de s'apprécier.

Une nouvelle année commençait et José était parti depuis six mois. L'ancien *capitão* avait été enrôlé dans la marine, avec le grade insolite de colonel, pour rejoindre la lutte que la République orientale d'Uruguay du président Rivera était appelée à mener contre le général Oribe et son allié argentin Rosas. José avait échappé à sa vie d'homme de la ville. Les voiles de son bateau s'étaient éloignées de Montevideo à la fin du mois de juin. Bizarres, les arabesques que trace parfois la main du destin. Aninha avait fui Laguna aux côtés de son aimé en luttant, submergée par la passion, et voilà qu'elle l'attendait, affligée, dévouée au fils né de leur rencontre. Mais armée. En s'asseyant quelques instants pour réfléchir tandis que Domío dormait, elle était prête à reconnaître une lueur de bon sens dans la parabole de son existence, et pourtant, elle était incapable de se calmer.

L'inquiétude, elle l'éprouvait à chaque instant, parce que savoir son mari à la guerre, c'est une hantise en embuscade, on vit dans un sentiment de précarité, on se force à ne pas surveiller la porte, à ne pas faire attention aux pas qui s'approchent sur la route pour semer la ruine en annonçant que le combattant est mort, bouffé par les balles Dieu sait où, mais loin. Le seul soulagement d'Aninha était de retrouver, au plus profond d'elle, l'intuition qu'elle mourrait avant lui ; de quoi la rassurer un peu. Mais la vraie torture, c'était la jalousie. Il lui suffisait de laver une tasse dans l'évier, de jouer avec Domío, et un coup de folie pouvait lui éclater dans la tête, avec des hallucinations et des visions délirantes d'accouplements, de caresses, de jambes entremêlées, son torse de marin contre deux seins, cette manière bien à lui de baisser ses caleçons en un rien de temps, son odeur savourée par d'autres qu'elle. Lui en train de leur murmurer des mots qu'il lui avait susurrés à elle.

Parfois, Aninha s'approchait du mur et tapait à pleines paumes, ou alors, occupée à essorer une serpillière, elle se mettait à hurler dans un acte libératoire, se délestant du fardeau de la jalousie pour le reconstituer aussitôt. À Montevideo, elle s'était déjà donné le rôle ingrat de protéger José des aguicheuses qui lui sautaient au cou dans un froissement de gaze et de rubans venus d'*Urope*. Maintenant, il était ailleurs. Et elle, elle se torturait en se terrant à la maison parce que les mondanités lui faisaient horreur. Elle s'asseyait avec Feliciana et emballait dans du papier les cartouches pour le pistolet que lui avait procuré Leggiero, posé en évidence sur l'étagère, au-dessus des fourneaux ; elle avait caché dans un pot deux petits cornets de papier semblables à des têtes d'ail pour éviter que Domío n'y goûte – lui et sa fâcheuse manie de découvrir le monde avec sa bouche. Deux cartouches parce que, comme Aninha l'avait dit haut et fort en encourageant Feliciana et Sebasta à le répéter pour qu'on sache qu'à la calle del Portón, les putains et coureurs de putains connaîtraient le même sort : « La première c'est pour lui, l'autre pour celle qu'il baise. »

Elle avait deviné l'épée des Italiens chargée d'un mauvais sort que le mariage ne suffirait pas à conjurer et depuis, elle s'en voulait : elle se reprochait de ne pas avoir saboté le cours des événements. À la lumière d'un cierge, Sebasta, la femme aux cent rides, lui avait lu l'avenir, solitude et mal au ventre, mais Aninha n'avait pas voulu l'écouter ; elle s'était résignée à l'idée que José s'en aille, parce qu'elle était la première à ne pas cracher sur la bataille. Au contraire : quand il partait à la guerre, les finances se portaient mieux, et elle mourait elle-même d'envie d'aller à l'aventure, de s'embarquer avec son homme comme elle l'avait déjà fait, puisque l'essence de la jeunesse n'est que contradiction et mouvement. Et puis, que se serait-il passé si elle avait voulu l'en empêcher, le retenir prisonnier d'une existence bourgeoise ?

Une nostalgie malsaine pour un passé très récent et exaltant, aggravée par sa solitude au lit et le vide que Domío, tout proche, était incapable de combler, lui faisait pousser de longs soupirs. Abandonner son fils, elle en était incapable, d'abord parce que la vision du petit lui procurait une joie qui était déjà en soi une trêve ; il avait à peine deux ans et il était en bonne santé, lui qui se mettait à courir après les *chachalacas* et les autres oiseaux quand elle l'emmenait se promener à la lisière de la ville. Mais elle lui en voulait un peu de devoir rester à la calle del Portón et de ne pouvoir partir à l'aventure avec José.

Le soir, Aninha ouvrait le coffre de son mari et sortait la longue-vue, la fameuse longue-vue ; elle avait insisté pour que le tout nouveau colonel la laisse à Montevideo. Elle lui rappelait la naissance de sa nouvelle vie.

La troisième semaine de janvier, une domestique de doña Bernardina lui apporta en cadeau un petit sac de farine de manioc. Doña Bernardina était l'épouse du président Rivera, une matrone qui aimait organiser dans sa demeure des rencontres entre les femmes des officiers et des notables de la ville. La femme du colonel Garibaldi était elle aussi régulièrement invitée, mais Aninha n'avait accepté qu'une seule fois. Elle avait confié Domío à Feliciana – ce qui lui avait valu des reproches de la part de doña Bernardina, qui aurait volontiers accueilli le petit – et elle s'était rendue à la villa présidentielle, un bel édifice de deux étages avec un patio ombragé. Elle n'y était plus retournée depuis, non que doña Bernardina n'ait renouvelé son invitation ; la femme du président aurait apprécié la présence d'une jeune créole à anoblir, mais cette première fois, à la villa, Aninha s'était sentie menacée. Entre ces murs blancs, il lui avait semblé que tout lui disait de craindre sa propre inadéquation, de considérer sa propre ignorance comme un obstacle, et puis ces façons de traiter les esclaves noirs la mettaient mal à l'aise ; elle ne recherchait pas à tout prix la vie en société et, plutôt que de s'abaisser et d'essayer de se changer pour être acceptée par le beau monde de Montevideo, elle avait tout simplement préféré se dérober. Au fond, elle était née parmi les pauvres, et elle avait grandi en mangeant de la terre par poignées, une saveur que jamais elle n'oublierait.

Malgré la misanthropie de l'épouse du colonel Garibaldi, doña Bernardina lui envoyait souvent des serviteurs chargés de cadeaux qu'Aninha avait appris à accepter. Aussi ce matin-là, quand on lui remit le paquet, elle remercia de tout son cœur et eut l'idée de se servir d'une des pièces de monnaie qu'elle cachait dans un pot pour acheter de quoi pétrir quelques *pães de queijo ;* l'ingrédient principal était la farine de manioc, et celle que lui avait offerte doña Bernardina était acidulée, de la meilleure qualité, mais il fallait aussi un peu de *banha* de porc et du *queijo* frais qui coûtaient une fortune. Domío raffolait de ces petites bouchées, ces « pains au fromage » comme les appelaient les Italiens.

À la calle del Portón, on recevait des nouvelles de José beaucoup plus fréquemment que des cadeaux de doña Bernardina. C'était souvent le même messager du ministère de la Guerre qui venait, un certain Rufio, un gamin aux yeux cupides et aux cheveux rasés sur les côtés ; il avait commencé à faire des études de riche mais avait préféré se mettre quelques personnes dans la poche pour faire plus vite carrière. Et le voici sur le pas de la porte en train de tendre les lettres que le Colonel envoyait à sa femme. Comme elles étaient bienvenues. Et douloureuses. Elles consolaient le cœur et causaient de nouveaux chagrins. Rufio s'asseyait à la table, se faisait offrir un peu d'eau, et lisait avec le ton neutre de quelqu'un qui s'ennuie et reste étranger à l'affaire. Pendant ce temps, Aninha parcourait la pièce de long en large en se mordant les mains, grommelait des questions, répétait des bribes de phrase pour les retenir par cœur et peser ensuite le pour et le contre. Elle s'imaginait les événements d'après les expériences de Laguna, les batailles en mer auxquelles elle avait participé. José sillonnait le Paraná, et la flotte à ses ordres s'était aussitôt distinguée contre l'ennemi. Le Colonel avait écrit pour la première fois à son arrivée à San Nicolás, après avoir capturé des navires marchands et avoir trouvé de quoi rassasier l'équipage en pillant les propriétés le long des rives ; c'était également de San Nicolás que provenait la lettre intime dans laquelle don José lui écrivait qu'il l'aimait, qu'il pensait à elle et qu'il comptait sur elle pour donner une solide éducation au petit Menotti. Bientôt, il la prendrait à nouveau dans ses bras. Il avait envie d'elle. Il fallait qu'elle soit *sereine*. Cette dernière expression était la plus traîtresse aux yeux d'Aninha : elle apaisait la femme mais éveillait les soupçons de l'épouse.

Les nouvelles, bonnes jusqu'à la fin de l'hiver austral, avaient changé de ton à partir d'août. La flotte de José avait subi une déculottée dont tout Montevideo avait parlé. *El Nacional*, le journal local, avait dépeint la défaite sous des couleurs héroïques et déclaré avec un irréfutable sens du détail que José avait débarqué de bateaux désormais vaincus, la bannière de la République orientale à la main, lavé de toute calomnie, et qu'avec ses derniers hommes, il avait retenu l'ennemi le temps nécessaire pour faire exploser les saintes-barbes. Les dégâts qu'il avait réussi à provoquer dans ce malheur étaient énormes : vive Garibaldi ! Honneur à l'Italien qui avait sauvé l'honneur de la République orientale. S'étaient ensuivies des semaines de silence, que la clameur de la défaite et l'ultime grisaille de l'hiver avaient rendues interminables. Puis José avait défrayé la chronique, comme si, tout à coup, il explosait et s'éparpillait en mille morceaux sur le papier de dix, cent journaux : certains le disaient courageux et indomptable, d'autres inconscient et stupide, corsaire, Belzébuth venu des Enfers. Pour rassurer Aninha en cette saison d'appréhension et d'impatience, il y avait Feliciana, qui se chargeait en outre d'accueillir ou de mettre à la porte GianFarinata, lequel venait souvent déposer une copie de *L'Italiano* pour José : « Je veux être sûr qu'il voie quels services nous lui avons rendus ! Vous m'avez compris ? »

Rufio avait réapparu en novembre ; José écrivait avoir marché dans l'Entre Ríos et, au début du mois de décembre, une lettre très tendre était arrivée, une lettre d'amour brûlant. Dès la première ligne, le Colonel exigeait que ce soit GianFarinata, Gian Battista Cuneo, qui la lui lise. Aninha avait brutalement mis Rufio à la porte et, après avoir trouvé l'ami de José, l'avait obligé à s'asseoir dans la lumière rouge des deux uniques chandelles :

> *Je t'ai aimée donc, je t'ai aimée, et je t'aime encore d'un amour que nul autre que moi ne peut concevoir. Elle a bien peu de prix la mort, ô mon ange, pour qui a pu s'entendre dire que tu l'aimais, et se sent parcouru dans toute son âme de la volupté de ton baiser, et pleure avec toi – j'ai un pied dans la tombe ; et pourtant, même dans cette épreuve, tu reviens, telle que je t'ai connue, devant ces yeux mourants qui se fixent en toi, en toi qui, sacrée, resplendit de toute ta beauté.*

Magnifique. L'œuvre d'un véritable Italien qui arborait un collier de barbe et que le Colonel adorait depuis tout jeune. « Ce n'est pas lui qui l'a écrite ? » GianFarinata était stupéfait, mais il s'était empressé de préciser : « Oui… non… enfin, c'est lui qui l'a écrite, mais avec les mots d'un autre. Tu comprends ? S'il y a déjà les mots, s'ils sont beaux, et si c'est leur faire honneur que de les répéter, c'est normal de les employer. » Aninha avait mis un peu de temps pour y croire, puis elle avait pleuré. Même si elle ne comprenait pas grand-chose à cet italien abstrait et, à vrai dire, si elle était à moitié déçue, elle avait saisi au vol, avec ses oreilles, avec sa peau, une musique. Elle avait remercié GianFarinata en reniflant et, serrant sur son cœur ce papier si muet à ses yeux, elle s'était assise sur le bord du lit. Pour penser à l'amour. À la trahison. Pour réécouter la mélodie de ces mots. Comme elle aurait voulu savoir lire. Ça n'avait servi à rien d'essayer : elle ne savait pas par où commencer.

Au mois de décembre, le bruit s'était répandu comme une traînée de poudre que les ennemis fédéralistes marchaient sur Montevideo après avoir écrasé l'armée du président Rivera. Contrairement à la majorité de la population, Aninha avait accueilli la nouvelle avec soulagement. Mais Sebasta avait troublé ce sentiment quand Aninha lui avait demandé si son José avait eu d'autres femmes. L'Indienne aux cent rides ne savait rien de la façon dont on peut lire l'avenir sur le papier, aussi elle improvisa en se fiant à son instinct ; elle fit courir ses mains sillonnées de veines et de taches. La peau de ses doigts traîna sur la pâte rêche des lettres. Un froissement bruyant. La vieille rouvrit les yeux. Se tut. Son expression en disait long. Aninha fit courir son regard sur le pistolet. Une heure plus tard, elle se dit qu'elle l'interrogerait et qu'elle le croirait, quoi qu'il lui dise. Le miracle était qu'il revenait. Et elle le sentait.

*

Le geste ultime du silence n'est rien d'autre qu'un vacarme à l'envers, la tête en bas, puisque c'est en l'absence de paroles, de sons, qu'on entend éclater un tintamarre de timbales et de cloches et de casseroles tambourinées à toute volée ; mais gare, ce n'est pas un air de fête, plutôt un lugubre tumulte, un air de folie. Le silence est capable d'engloutir, de s'approprier des bruits pour ne les restituer qu'en partie, mais à l'inverse, les bruits sont incapables d'habiter le silence et de se fixer, alors ils se dispersent en même temps que les êtres, les choses et la matière, et ainsi, de soustraction en soustraction, le monde entier finira par se taire, et seul le silence retentira.

« … »

Colombino, lui, n'avait jamais aimé le silence. Le silence comblé de son imaginaire ou de ses obsessions, ou encore le silence des moments où il lisait, oui, celui-là, il lui plaisait bien, mais le silence au regard fixe et à l'esprit vide, ravagé, ça non. Un silence la tête en bas, piqueté de rares bruits, Colombino ne s'y ferait jamais, et pourtant, il se retrouvait dans un vide assourdissant qui avait absorbé tout l'univers alentour. Il s'asseyait sur la grille d'écoulement au milieu de la cellule, entendait une goutte tomber, un murmure, et de nouveau le silence. Alors il posait sa langue au fond, dans le sillon en bas à gauche de la gencive. *Maudite merde et misère de misère, il est parti*, *Jacopo, il m'a laissé tout seul*, aurait-il pu se morfondre, regrettant l'ami qui avait égayé sa détention, mais seulement s'il avait abordé une autre saison de la vie, ou plutôt s'il avait été en condition d'entendre sa propre voix vibrer dans son crâne. Or, son cerveau ne voulait rien savoir, infoutu qu'il était de recracher une pensée. Il restait coi. Sourd aux sentiments, il réagissait en donnant des ordres inutiles à ses membres, comme si quelqu'un avait coupé les cordes vocales de l'âme de Colombino, devenu aphone et, de fait, immobile. Si Vittorina l'avait vu comme ça, peut-être qu'elle aurait renoncé, qu'elle serait retournée au rez-de-chaussée de la ferme de Sacconago et aurait demandé qu'on barricade portes et fenêtres ; elle aurait eu la tristesse d'annoncer aux autres que chez son Colombino, le cœur était aux abonnés absents.

Jacopo Canale avait été libéré sans préavis. Un jour de février, pendant qu'une mer de plomb avalait le moindre flocon de neige en s'échouant nonchalamment sur la côte ; la serrure avait grincé, la main du maton Samuele avait entrouvert la porte, et Jacopo Framassone était entré. Au visage radieux de son ami, Colombino avait vu venir le moment déchirant d'une grâce et d'un supplice interminable.

« Colombino...

— Oui ?

— Ils m'ont... je suis libre. Je m'en vais, mais je te ferai sortir d'ici, crois-moi. »

Comme elles avaient été réconfortantes les visites de Jacopo Framassone ; sa compagnie avait presque apaisé l'intolérable impuissance que Colombino éprouvait devant l'enfermement. Le garçon attendait l'ami avec impatience, et dès que la porte de la cellule s'ouvrait, venaient pour lui des demi-heures, parfois des heures si gaies qu'il avait trouvé le courage d'avouer à Jacopo pourquoi il préférait Vittorina à tout autre être humain : il sentait entre eux une affinité venue d'ailleurs, greffée dans leurs corps, comme s'ils étaient les deux moitiés jumelles d'une même semence, d'une même plante, et c'est pour cela qu'il allait à Rome. « Je peux pas faire autrement. » Pendant leurs longues conversations, Colombino avait voulu revenir, avec son habituelle et peut-être assommante obstination, aux doutes ruminés tandis qu'il digérait la Bible sur sa route pour Gênes, et Jacopo Framassone, plutôt que de se plaindre d'être à court d'arguments, l'avait écouté. Il avait montré une telle soif de comprendre que Colombino lui avait raconté des anecdotes très personnelles sur don Sante dont il avait révélé, pour la première fois, les ultimes instants : « Mais c'était ton père ? » Colombino s'était contenté de répondre, comme une évidence : « C'était le père de tout Sacconago. »

Jacopo Framassone avait à son tour harcelé le garçon, lui avait expliqué ce qui tourmentait ce pays qui pour sûr était une femme, et les raisons intimes qui le poussaient lui, ses frères francs-maçons et les mazziniens, à se démener de la sorte pour défendre cette jeune fille alanguie à demi nue entre l'Adriatique et la mer Tyrhénienne, les seins sur la plaine Padane et le ventre sur Rome, le dos tourné vers l'orient et le cul sur le Gargano, une fine cheville abandonnée dans le Salento, l'autre qui s'étirait jusqu'au détroit de Messine. Colombino lui avait prêté toute son attention, en faisant bien attention à ne pas oublier un seul mot, et il avait ainsi pu se faire une idée – un peu confuse, certes – de la Péninsule. Il avait même fait preuve d'une intelligence pénétrante, suivant son ami dans cette aventure philosophique avec l'espoir d'en tirer un précepte. Tous deux s'étaient interrogés comme des disciples zélés sur le lien entre le bien et le mal, et Jacopo Framassone, qui connaissait désormais l'imaginaire de Colombino, avait prévenu ses éventuels déraillements en affirmant que oui, dans la Bible, on peut trouver l'idée du bien. « Si tu l'affirmais, ça voudrait dire que tu es sensé », sans pour autant y voir une vérité absolue : « Qu'est-ce qu'on en a à foutre ? Nous, ce qui nous intéresse, c'est l'essence ou je me trompe ? » Jamais Colombino n'aurait osé s'exprimer ainsi, parce que don Sante, de là-haut, aurait sûrement trouvé le moyen de lui refiler une taloche et l'aurait obligé à réciter un *Confiteor*, mais au fond, il était d'accord. « On se comprend, toi et moi, pas vrai ? Dans la plupart des livres, il y a souvent une grande utopie : un monde qui veut être juste et qui, pour l'être, accepte la cruauté. Tu me suis ? Je vais te donner un exemple qui va te plaire : pour recevoir la gifle et tendre l'autre joue, il faut bien une main pour la donner, cette gifle ? Oui ou non ? On en a besoin, Colombino, tu comprends ? C'est ça, la vérité. Le mal est l'étincelle qui propage le feu sur lequel, tôt ou tard, tombe l'eau purificatrice. »

Ces discours et tant d'autres encore lui avaient causé bien des hémorragies nasales, mais Colombino aurait préféré se vider de son sang plutôt que de renoncer à son ami. Au fort de Savone, un lien éthéré les avait unis, puisque l'amitié est un souffle, aussi la libération de « monsieur Jacopo Giuseppe, mon cher ami Framassone » avait-elle plongé Colombino dans un retentissant silence d'abandon.

Depuis, le quotidien était devenu infiniment triste, et le froid qui enveloppait la prison en cet hiver de glace se révéla peu clément. La mer s'agitait, avec son grondement de flots lointains, mais aucun bruit ne pouvait pénétrer là-haut dans sa cellule et y demeurer. Jacopo Framassone lui avait offert lecture et réconfort, et voilà que Colombino se retrouvait dans la solitude, et seul le respect qu'il éprouvait pour don Sante l'avait empêché de commettre des gestes abominables ou de céder à la tentation de blasphémer. Une nuit, il rêva de Vittorina, une vision libératoire, et le matin, il se crut soulagé. Il s'agenouilla sur les dalles, en face de la petite fenêtre qui striait la lumière avec ses barreaux, se pencha, toucha la pierre de son front. Il entrelaça ses doigts et, de sa poitrine, laissa s'échapper une phrase : « Si tout ça c'est pour Vittorina, alors, je l'accepte. Pourvu que ça finisse, un jour ou l'autre. »

Mais chaque chose se mesure avec le temps, et malheureusement, le moment vint où les fugaces paroles que le gentil maton Samuele adressait à Colombino ne furent plus d'aucun secours : le silence devint effroyable, assourdissant : « Ça suffit ! Pourquoi ? Qu'est-ce que je t'ai fait, Seigneur ? Qu'est-ce que j'ai fait ? » À défaut de réponse, il fut pris par une furieuse envie de déchirer avec ses dents et ses mains quelque chose de vivant, mais, faute d'un objet sur lequel se défouler, il se mit à hurler. Il ouvrit la bouche et poussa un cri sinistre, amplifié par le sol dallé qui faisait caisse de résonance, et insista pendant des heures, respirant juste les quelques secondes nécessaires, jusqu'à ce que sa voix se brise. Alors il se tut, de nouveau assailli par le silence. En attente. Il mangea avec appétit sa tambouille pour renouveler ses forces et reprendre son souffle, et dès qu'il retrouva sa voix, se remit à hurler, debout sur ses pieds, cramponné aux barreaux de sa cellule comme s'il avait voulu les arracher. Ses cris furent si bestiaux qu'ils effrayèrent Samuele qui, du couloir, bénissait le ciel de finir son tour de garde. Un parfum de rage se propagea dans la cellule ; Colombino s'en gonflait les poumons et se précipitait contre le mur, se jetant contre la pierre et s'acharnant sur ses vêtements qu'il déchirait en lambeaux. Il s'en prit aussi à sa paillasse, bientôt réduite en pièces, au tabouret, qu'il fracassa contre la grille d'écoulement. Il voulait hurler. Cela le rassurait. Il voulait crier jusqu'à faire taire le bruit tonitruant du silence. Il buvait sa soupe de légumes pourrie, la gardait dans son estomac, tenait le bol entre ses mains et, avec sa cuillère, tapait sur cette caisse improvisée. Souvent, la fureur lui arrachait un haut-le-cœur et un grumeau de bile débordait de ses narines. Le vomi empâtait sa bouche quand l'effort était trop grand. La pestilence saturait l'atmosphère et Colombino la recrachait dans un cri.

Le gentil Samuele finit son service à une heure de l'après-midi ; Giovanni prit la relève. C'était un grand échalas de trente ans, le front bas et les cheveux clairs. Colombino hurlait comme à son habitude, ignorant le changement de service dans le couloir, et il hurla jusqu'à ce que ses poumons cèdent d'épuisement. Alors il devint muet et s'assit par terre. Il reprit son souffle, cracha un peu de la salive qu'il arrivait à produire en abondance en suçant une pierre arrachée du mur avec sa cuillère, puis se remit à hurler. Et ainsi, de trois à cinq heures de l'après-midi, sans interruption, comme s'il avait appris à inspirer par le nez tandis qu'il expirait par la bouche, dans l'éternel recommencement du supplice. La nuit commençait déjà à tomber quand la porte de la cellule s'ouvrit toute grande. Giovanni sourit. « Tu nous as assez cassé les couilles. »

Le bâton s'abattit sur Colombino : « Idiot, bâtard, fils de pute, tu vas te taire, oui ou non ? » Et, de coup de bâton en coup de bâton, sur les côtes et sur le dos, les hanches et les cuisses, le garçon se mit à gémir sans exprimer outre mesure sa douleur. Giovanni le laissa en pièces et en sang, et s'en alla.

Colombino gisait sur le sol. Il ne pleurait pas, mais quand la serrure grinça de nouveau, il se pétrifia. Il ferma les yeux, prêt à recevoir une nouvelle salve.

« Tiens, je t'ai fait un cadeau. T'as plus qu'à l'attacher à la fenêtre. »

Le bruit sourd d'un rouleau de corde atterrit sur le visage de Colombino.

« Accroche-la autour de ton cou, fais-nous plaisir. »

Le méchant maton s'en alla. Colombino resta recroquevillé sur lui-même ; la douleur était partout et, avec les ténèbres, se mit à palpiter plus fort encore, se transforma en un bruit, un bourdonnement corporel. Il faisait nuit noire quand le garçon cessa de gémir. La lune étirait ses doigts de perle jusqu'à l'intérieur de la cellule. Le silence confisquait les saisons, vieillissait Vittorina, éloignait Sacconago, enterrait don Sante toujours plus profond, faisait peut-être mourir de faim Astolfo. Colombino regarda fixement la corde. Il voulut la ramasser. Il était incapable de bouger son bras gauche, et il lui fallut du temps pour attacher l'extrémité du rouleau à un barreau ; l'autre bout était déjà pourvu d'un nœud coulant : Giovanni avait pensé à tout. Colombino jeta un regard au ciel. Il ne pouvait pas se lever sur la pointe des pieds tant il avait mal à une jambe, alors il scruta les étoiles qui tremblaient dans la nuit froide et limpide ; il n'avait pas la force de les défier. Il tourna le dos à la fenêtre, souleva le bon bras, et fit maladroitement passer par-dessus sa tête le nœud coulant qu'il laissa retomber autour de son cou. Il chercha une pensée pour les êtres les plus chers, mais rien ne lui vint à l'esprit. Il commença à se laisser tomber en s'abandonnant. Sans prier. Puis il s'arrêta. Sentit quelque chose le piquer au niveau de la gorge. La douleur, pourtant infime, étouffait toutes les autres, puisque l'intelligence du corps est capable de choisir non seulement le mal le plus aigu, mais aussi le plus juste. Colombino plongea ses mains dans sa barbe et, sous ses doigts, retrouva la boîte du Tempesta nichée à hauteur de sa pomme d'Adam, plantée là comme un bouclier entre la peau et le nœud coulant. « Je dois aller à Rome », dit-il alors. Telle fut la suite de lettres qu'il aligna à voix basse, malgré sa lèvre fendue par un coup de bâton. « Rome. » Le son flotta un instant dans la cellule et s'évanouit dans un silence semblable à un tourbillon qui dévorait tout sur son passage : *rome, ome, me, e,* puis plus rien. L'écho toutefois se fixa et, avec lui l'idée, soudain retrouvée.

*

Les yeux dans les yeux. L'odeur de sel marin, de crasse accumulée depuis des mois l'avait annoncé. Il apparut sur le seuil. Aninha plaqua sa main sur sa bouche et courut embrasser José, sa robe s'ouvrant sur ses cuisses ramollies par sa première grossesse. Elle caressa sa barbe, toucha son torse, et l'embrassa encore malgré la puanteur par trop guerrière de la sueur concentrée dans les plis de son poncho. Domío était debout sur le lit dans un coin de la pièce et, en apercevant la silhouette sur le pas de la porte, il fit le signe de croix ; il mima un baiser, *mouah*, et plutôt que de l'envoyer à Jésus comme le lui avait enseigné sa mère, il l'adressa à la créature barbue et chevelue qui était de retour. Mais bien avant ses yeux, c'est son ouïe qui reconnut son père ; la joie d'entendre sa voix déclencha le plaisir de sa vision. « Tu vas bien ? Ils t'ont causé des soucis ? » demandait José à son Anita en étreignant ses épaules ; il avait une sacrée voix, son père. Puis le son se réchauffa, jusqu'à ce que Domío soit écarté du lit, « voilà, comme un grand », et les murmures de ses parents se muèrent à l'unisson en spasmes que la tenture qui fermait le coin du lit étouffa. Le grincement, les bruits des corps qui se retrouvaient après huit mois : des oreilles dotées de pouvoirs surnaturels auraient pu reconnaître la douce vibration de la conception d'une petite fille. Puis José prononça à nouveau des mots tendres, jusqu'à ce que l'écho menaçant des hurlements inquisiteurs d'Aninha envahisse la calle del Portón. Domío était dans la cour, attendant de voir ressortir ses parents du château d'étoffe qui les avait emprisonnés. José arriva derrière lui, le prit dans ses bras et le chatouilla, déclenchant un de ses fous rires contagieux : « Menotti ! » Domío sentit une décharge électrique parcourir ses poignets, ses jambes et son cou ; le bonheur.

Aninha apparut dans l'encadrement de la porte, les cheveux ébouriffés, une arme à la main : « Combien ? » Domío voulait rire encore : les bras forts, les muscles tendus de son père qui le soulevait du sol étaient une sensation insolite, enivrante. Il rit à gorge déployée, exhibant deux rangées de petites dents encore incomplètes. Un reflet. Domío fixa entre les mains de sa mère le pistolet qu'elle pointait contre son père. Cela faisait des mois que l'enfant observait l'arme sur l'étagère au-dessus des fourneaux et qu'il essayait de grimper là-haut ; l'arme était là maintenant, à la hauteur des seins d'Aninha qu'il ne tétait plus mais dont la saveur de lait et de sel, avec ce petit arrière-goût épicé, ne l'avait pas quitté.

L'époque des menaces, des yeux creux et des regards noirs était révolue. Le Colonel le prit sur ses épaules et l'emmena à Montevideo. De tout là-haut, le monde apparut à Domío comme quelque chose de vertigineux.

Pendant ses promenades main dans la main avec Aninha et Feliciana, il n'avait jamais pu voir autre chose que le ciel au-dessus des immeubles bas, ou le plafond des maisons à côté desquelles il passait. Sur les épaules de son père, il pouvait lorgner par-delà l'encadrement des fenêtres et découvrir les tableaux de l'humanité qui se cachait à l'intérieur des bâtiments. Quelle sensation de voir les grands plus petits que lui ; s'il avait voulu, il aurait pu voler leurs chapeaux, tendre la main pour attraper la mèche d'un passant. Il était si fasciné qu'il ne vit pas la corniche devant lui et se cogna le front. José soigna son égratignure en passant par-dessus son pouce humecté de salive.

Père et fils arrivèrent sur la place, histoire que tout le monde voie l'enfant du Colonel, revenu en ville sans navires – ces crétins du ministère de la Guerre lui avaient donné l'ordre de les brûler avant de battre en retraite –, mais éclatant de gloire. Enfin, ils se dirigèrent vers le port : on pouvait compter sur les doigts d'une main les fois où Domío y était allé et, dès son arrivée, il fut assailli par une horde de gamins italiens, les enfants des amis de José. Au début, il se protégea, effrayé, puis, sentant sur lui le regard de son père, il se mit à gesticuler, à donner des coups, et il les trouva bien froussards. Il se lança avec eux à la poursuite d'un chat.

« Elle se rend malade. »

Les pensées du Colonel se portaient à nouveau sur Aninha et sur les affaires de guerre, et Domío en était chagriné. L'enfant ne le savait pas, mais sa mère aurait pu pousser José à se consacrer affectueusement au petit en choisissant des arguments féminins parmi les plus convaincants, mais aussi les plus mauvais ; pourtant, folle de jalousie, Aninha n'osait continuer à se dérober, mais elle ne lâcherait jamais la laisse pour que son sale bâtard de mari se mette à courir d'autres chiennes, ne découvre d'autres basses-cours, d'autres garces. Elle avait renoncé à se servir du pistolet, en tout cas avec José, pour la bonne raison que si elle le surprenait avec une maîtresse, elle n'hésiterait pas à traîner la malheureuse par les cheveux et à lui tirer une balle dans la peau ; son mari avait su la reconquérir avec des attentions et avait retissé entre eux une intimité en se montrant vulnérable, avouant à son Anita une tristesse que jamais il n'aurait dévoilée à d'autres : l'angoisse qui l'étreignait à la pensée de la centaine de combattants faits prisonniers dans la défaite sur le Paraná. « Ce sont des fantômes », avait-il dit, allongé sur le lit, à sa femme, « ils viennent pendant mon sommeil. » Aninha avait tout répété à Sebasta, qui s'était promis de protéger José avec ses rituels de *santeria*.

Un après-midi de mars, tandis que l'été s'effilochait pour laisser place à un automne qui ne demandait qu'à naître, un délégué du ministère de la Guerre fit transmettre au Colonel l'ordre d'armer une nouvelle flotte. José accueillit le message avec mépris. « Mais qu'est-ce qu'ils croient, ces imbéciles ? On n'a même pas de bateaux, et ce sont eux qui m'ont donné l'ordre de les brûler. » Se plaindre faisait partie du rôle qu'il avait appris à jouer depuis longtemps ; inventer mille et une manières de résoudre ces casse-tête l'excitait au contraire. Ces lamentations étaient devenues une liturgie.

José décida de descendre tout de suite au port et prit Menotti avec lui, malgré la légère fièvre du petit ; traîné par la main de son père, il faillit tomber plusieurs fois, mais il sourit, content, presque hébété par cette escapade entre hommes. Le Colonel lui fit donner de l'eau sucrée et complota à la buvette du môle de la douane avec Napoleone et GianFarinata ; tous trois se mirent d'accord pour convaincre quelqu'un de saisir deux bateaux à des Italiens réputés nuls en matière de commerce, voire insolvables, et d'autoriser ensuite, document officiel à l'appui, l'utilisation des navires par la marine uruguayenne en prévision de futurs services. C'était la première étape. Quelques jours plus tard, après une violente bagarre entre José et le énième délégué, le ministère de la Guerre lança une souscription pour s'équiper d'un brigantin et d'une goélette. Mais les jours étaient comptés. La baie de Montevideo, sans navires armés pour la défendre, était à la merci de l'ennemi qui occupait les eaux, prêt à attaquer. L'horizon, déjà masqué par les voiles des navires marchands anglais et français, s'effaçait d'heure en heure derrière les mâts de nouveaux navires de guerre.

Montevideo jouissait d'une position qui aurait pu, selon le cas, se révéler fatale ou providentielle. L'agglomération s'étendait à l'est de la baie et, pour l'œil, les maisons évoquaient une fleur aux pétales imparfaits que protégeait le mur qui longeait l'intérieur des quais, dissimulant une batterie de canons. À l'ouest, en face de la ville, se dressait le Cerro, au-dessus duquel trônait une forteresse. À l'annonce d'un assaut imminent, le nouveau général en chef des forces uruguayennes, José María Paz qui, ironie du sort, était argentin, décida de renforcer la défense sur le Cerro : de cette position, l'artillerie pourrait garder le contrôle du port, aussi José commença-t-il à se rendre de plus en plus souvent là-haut, pour superviser les travaux en cours, mais également pour mettre au point des tactiques de défense. Il se postait là, jambes écartées, et scrutait l'horizon avec la longue-vue que lui laissait finalement Aninha. Elle, elle l'attendait à la calle del Portón, contente malgré tout que la guerre, plutôt que d'emmener au loin José, soit venue à lui. Et au fil des semaines, quand il commença à rentrer au petit matin après une nuit en mer, ramenant l'odeur de la poudre à canon laissée sur sa blouse par les premiers accrochages avec les Argentins, Aninha le réclamait avant même qu'il se couche pour se reposer. Elle l'aimait pour avoir un peu de ce frisson qui le parcourait encore, et un midi, tandis qu'elle était allongée, en sueur, les seins alanguis, les mamelons moites, elle recommença à caresser son ventre dans un mouvement circulaire.

Quand ils baptisèrent Domío, elle lui avoua qu'ils attendaient un enfant. Elle sentait que c'était une fille et Sebasta, après un lancer de coquillages, le lui avait confirmé. José l'enlaça, à l'instant il la vit embellie. Il lui dit que si c'était une fille, ils l'appelleraient Rosa, comme sa mère.

Le lendemain, le tonnerre d'un canon déchira une atmosphère étrangement étouffante, et avisa la population que le redoutable Oribe était arrivé en vue de la ville. Ses hommes, les *blancos* comme on les appelait, encerclèrent Montevideo sur deux fronts, et positionnèrent le commandement sur une petite colline à quelques lieues de distance. La population était en ébullition. Jusqu'à présent, il avait fallu jongler entre l'augmentation des prix et la rareté des approvisionnements, mais les protestations s'étaient limitées à des mots, tout au plus à quelques pleurs, au pire un coup de couteau pour voler un sac de patates desséchées. Mais voilà que la guerre se matérialisait ; malgré tout, ici en ville, elle était passée pour une rumeur, un racontar, une nouvelle qu'on lisait dans les journaux ou dont on parlait dans les tavernes sans pour autant lui consacrer un coup de clairon et encore moins une chanson. Mais voilà qu'elle tombait sur la tête de chacun et plantait dans les cœurs une angoisse bien palpable. Le surnom que s'était déjà attiré le général Oribe, Mozzateste – Coupe-Têtes – ne faisait qu'accentuer le sentiment de désespoir.

Les assaillants ne pouvaient cependant pas bombarder la ville. Il y avait trop d'étrangers à Montevideo, et les ambassadeurs se bousculaient déjà dans les palais du gouvernement à Buenos Aires : « Ils ne peuvent pas se mettre à dos la France et l'Angleterre », affirmait Gian-Farinata. José l'écoutait et acquiesçait. Même si on faisait l'économie des coups de canon, le siège resserrait un peu plus les mailles du port et des routes qui menaient à l'arrière-pays d'où provenaient les marchandises et le ravitaillement. La perspective imminente était la faim et, logiquement, la colère. La population divisée. La ville déchirée. Aninha n'avait plus le droit d'aller au marché.

« Pourquoi ?

— Fais ce que je te dis. Sinon je te tue avec ton pistolet. »

Le Colonel sentit que la situation s'aggravait au début du mois d'avril. Une circulaire arriva en ville ; le général Oribe en personne l'avait signée. Elle fut transmise à tous les ambassadeurs de Montevideo et José, en sa qualité de commandant de la marine, en fut immédiatement informé. On déclarait que les assaillants seraient sans pitié, y compris avec les étrangers. « Ce chien veut couper la tête à tous ceux qui croisent son chemin », commenta José en crachant par terre. GianFarinata s'enflamma : « Il faut résister, travailler en liaison avec les diplomaties européennes. Le moment est venu de dire notre façon de penser, nous autres Italiens. » Aninha, qui était en train de changer le maillot de Menotti, hocha la tête. Le Colonel ne saisit pas vraiment ce que voulait dire l'ami et oublia cette conversation.

GianFarinata s'expliqua plus clairement quelques jours plus tard, quand il prit à part José qui supervisait les affranchis en train de creuser un fossé défensif – le Colonel avait une prédilection pour un mulâtre qui se faisait appeler Andrea, et qu'il voulait enrôler avec d'autres éléments méritants. « Qu'est-ce que tu veux dire ? » GianFarinata lui annonça que la Commission gouvernementale soutiendrait l'enrôlement volontaire des minorités de Montevideo en offrant en échange des biens et des têtes de bétail. Chaque soldat étranger y aurait droit une fois la victoire obtenue. « Il faudrait être sûr qu'ils respectent le pacte », coupa court José qui se souvenait du troupeau qui lui était passé sous le nez après les aventures dans le Rio Grande. « Entre-temps, les hommes auront droit à la même ration que les autres. Les vivres bénéficieront aussi aux familles. En temps de siège, ce n'est pas si mal. » Cette observation retint l'attention du Colonel. Peut-être que GianFarinata, en bon intellectuel qu'il était, avait vu juste. Le siège pouvait durer des mois, voire des années, mais il y avait sûrement quelque chose à en tirer.

*

L'erreur n'est pas d'attendre que le destin se manifeste, de l'exiger presque, mais plutôt de s'attendre à une sorte de miracle, et s'illusionner ainsi, aveuglé par cette certitude d'avoir la capacité de saisir le signe dès qu'il est là. Voici venir un sifflement dans l'air. Le bruit inédit ouvrit une trouée dans le fracas du silence. Un bruit très bref et très long à la fois, qui s'évanouit en laissant un chaos sourd derrière lui. C'était un oiseau ; il remua une dernière fois son aile brisée par la violence du choc et mourut dans un spasme. Colombino posa ses paumes à terre et bougea. Il lui en coûta énormément, mais il parvint à se traîner à quatre pattes comme quand il était bébé. Il manœuvra de façon à avoir le volatile en face de lui. Sous ses doigts, il sentit son corps encore chaud et ne put rien faire d'autre que de le déposer dans un coin et l'étendre sur un petit tas de paille arrachée à son matelas. Il s'assit et resta à le regarder. Le temps s'écoula, et tout à coup son estomac se mit à gargouiller tellement fort, sa faim monta si haut, que Colombino éprouva le besoin de manger. Il ne savait pas quelle heure il était ni combien de temps il faudrait attendre encore avant la prochaine pitance. En vérité, il s'en fichait. Ce n'était pas la faim qui lui disait de se jeter sur l'oiseau. Ce fut un instinct, ce même instinct qui avait précédé le déferlement de cris par lequel il avait voulu vaincre le silence. Il pluma la minuscule cuisse et, sans attendre, ouvrit tout grand la bouche. Il mordit à pleines dents, les os cédèrent et, quand il sentit sur son palais l'amertume de la chair et le goût cuivré du sang, il s'arrêta. C'était assez. La proie encore en bouche, il inspira. Deux, trois fois. Puis il reposa le cadavre sur la paille et, au fur et à mesure que la désagréable saveur descendait le long de son œsophage, il essaya de se mettre sur ses pieds. Il tituba jusqu'à la fenêtre à travers laquelle était venu mourir ce messager du monde extérieur. Glissa une main par-delà les barreaux. Regarda. Le doigt. C'était le sien. Un index crasseux. L'ongle long, ourlé de noir. Il le pointa vers l'horizon, bien que de sa cellule on ne vît autre chose que le ciel. Il ne savait pas si, là-bas, il y avait Sacconago, et pourtant il quitta des yeux son index et suivit la trajectoire invisible qu'il dessinait dans l'azur. Elle indiquait, de son propre doigt, sa propre lune. Jacopo lui avait promis qu'il ferait tout pour le faire libérer. Sinon, Colombino trouverait bien un autre moyen pour sortir innocent de cette cellule ou, à défaut, pour s'évader. Il tenterait n'importe quoi. Il regarda pour la dernière fois l'index et la ligne qui courait vers une lune aux grands yeux de vache et, avant que sa douleur à l'épaule ne l'oblige à baisser le bras, il imagina ce nom. Et dit : « J'ai perdu la peur. »

*

Elle n'avait guère plus de vingt ans, un passé de poisse sur ses frêles épaules, et beaucoup de choses à faire avec Michele, outre l'amour. En sa compagnie, elle pouvait se découvrir de jour en jour, lui faire la tête en jouant les prétentieuses, ou le laisser la regarder nue, de dos, la colonne vertébrale bien droite tandis qu'elle remontait lentement ses bas le long de ses mollets et se rendre compte qu'elle le forçait ainsi à désirer encore ; elle pouvait lui demander de l'accompagner chez un bouquiniste et l'ennuyer à force de fouiller les rayons sous l'œil suspicieux du libraire. Parfois, elle aimait se refuser, surtout lorsqu'elle était d'humeur sombre, d'autres fois au contraire, elle s'accrochait à Michele comme si elle le voyait pour la dernière fois, le reniflant de toutes ses forces pour ne jamais oublier son odeur avec sa petite touche d'eau de Cologne. Il arrivait aussi que Leda s'abandonne pour se montrer telle qu'elle était et lui fasse partager des souvenirs qu'elle maquillait un peu, sans pour autant trahir le passé de Lorenza Maranto imaginé avec Massèi. Elle et Michele se promenaient sur les berges du fleuve, s'arrêtaient devant les grilles austères de Buckingham Palace, se moquaient à voix basse des bonnets à poil des gardes en tunique rouge, s'aventuraient sur Trafalgar Square, affolés à l'idée de se lancer sur cette place qui n'en finissait plus et où les ouvriers poursuivaient l'incessant travail de construction. En face de la structure prodigieuse de Charing Cross – un bâtiment de sept étages encerclé par des grillages et des guérites avec son toit constellé de chiens-assis –, ils rêvaient les yeux ouverts de monter en voiture et partir n'importe où puisque, où qu'ils aillent, ils s'aimeraient, assez prudents pour ne pas faire un enfant, et puis, une fois leurs vêtements rajustés, ils reviendraient en mangeant un morceau en chemin. Tout le temps possible, ils voulaient le passer ensemble, comme quand on vit la naissance d'une passion ; ils se cherchaient avec une inlassable envie l'un de l'autre et, au fil de ces jours comblés, Leda ne se rendit pas compte qu'elle négligeait sa mission d'espionne. Elle n'avait pas décidé d'y renoncer comme on fait dans le cas d'une obligation qui nous rebute ou nous gêne tout à coup, elle y mit seulement moins de cœur, d'attention, et laissa les choses se faire sans en garder la trace minutieuse et exhaustive.

Elle ne pouvait pas échapper à son devoir, mais elle préférait maintenant la présence de Michele à celle du Maestro sur qui elle devait, selon les accords conclus avec Massèi, rendre des comptes de manière régulière, tous les dix jours, et dans les moindres détails. Parce qu'il était agréable, le matin, de se réveiller avec la venue du printemps et, au milieu du chant des mésanges, de s'attarder avec Jane la domestique pour lui confier à elle, presque inconnue et pourtant déjà proche parce qu'elle avait le même âge, ses sentiments naissants pour le jeune Italien, s'inventer des doutes pour le plaisir de pouvoir en discuter à n'en plus finir, explorant les joies et les inquiétudes, oser des détails intimes qui, après une première rougeur, déchaînaient des petits rires et des indiscrétions pas toujours raffinées. Puis sortir, et après quelques pas se présenter devant le petit immeuble quelques mètres plus loin, franchir le seuil et être accueillie avec la même affection que l'on voue, d'instinct, aux infirmières ; aider les misérables et, quand midi sonne, attendre que Michele vienne la chercher pour une collation à la cantine du Puledro, tenue par un Anglais ventripotent et deux Italiens qui faisaient venir du pays natal des délices toujours nouveaux ; s'aimer l'après-midi, avant le soir, parce que en plein jour les corps ont une autre fragrance et une autre attente, jouir alors du crépuscule en se baladant, admirer les furtives apparitions de verdure ou les chantiers sur les rives de la Tamise, flâner dans les boutiques pour satisfaire un caprice vestimentaire... Le luxe de ne pas avoir à payer de sa poche le loyer à Margaret et la certitude que, à la fin de la troisième semaine, Oliver lui donnerait de l'argent pour la dédommager des services rendus, l'éloignaient d'une certaine manière encore plus des liens qui la retenaient à Massèi : ces paiements étaient à la fois si indirects et si habituels qu'ils semblaient à peine en rapport avec ce qu'on lui demandait.

Elle n'avait pas le train de vie d'une grande bourgeoise, parce que la vie lui avait appris le manque, mais sa relation avec Michele, lequel ne cessait de la courtiser, accrut son envie de prendre soin d'elle. D'offrir une image inoubliable. Comme elle désirait qu'il vienne lui dire qu'elle était belle et se permette une caresse en public, un mot osé, parfois des obscénités, mais susurrées avec la sincérité du désir, sans mauvaise intention. Toujours impatient de la serrer contre lui, il mettait dans ses mains une force incroyable quand il l'enlaçait. Il vivait en Angleterre depuis des années et il avait beau répéter sans cesse qu'il avait perdu sa virginité en Italie, c'était ici, à Londres, qu'il avait appris à aimer. C'était ici que l'élan de satisfaire une exigence physique s'était métamorphosé en un plaisir qui n'était plus seulement animal et pas encore cérébral. Et c'est vrai, comme elle était différente, sa manière à lui, de celle de Nando ou de Lorenzo ; eux s'étaient approchés de Leda à la hâte, comme s'ils se sentaient coupables. Michele l'aimait entièrement, patiemment rassasié chaque fois et aussitôt en appétit. Quelques mois passèrent, tel un tourbillon, où il l'arracha à sa maison de King's Road pour l'entraîner dans une danse folle à travers Londres.

Tout en réclamant une plus grande liberté, Leda ne cessa pour autant de graviter autour du Maestro, lequel, à cause d'une série de malheureux hasards, traversait un des cercles du purgatoire qui l'enverrait, au choix, en enfer ou au paradis. L'an passé, au mois de mai, il avait fait la connaissance d'un certain Edward, qui l'avait lui-même mis en relation avec une congrégation religieuse américaine, la Christian Alliance, que Leda avait décrite dans son rapport à Massèi comme une sorte d'organisation missionnaire protestante vouée à la promotion de la liberté de culte. Mais le projet de cette association était en réalité beaucoup plus politique : il consistait à divulguer la connaissance des textes religieux parmi les natifs d'Italie et des États pontificaux, en dehors des préceptes de l'Église de Rome, avec la promesse d'une émancipation. Leda ne jugeait généralement pas ces batailles avec les mouvements d'opinion dignes de l'attention de Massèi, mais un nouvel élément l'avait poussée à y consacrer de nombreux rapports. En octobre, un autre représentant de la Christian Alliance était venu frapper à la porte de l'école de King's Road pour parlementer avec le Maestro auquel il avait aussitôt fait miroiter un bon paquet de dollars, monnaie qui commençait à prendre de la valeur ; et ce n'était pas tout. L'homme lui avait dit que la congrégation protestante encouragerait ses propres fidèles et ses financeurs à appuyer, par des prises de position publiques et d'alléchantes offres, toutes les autres écoles laïques que le Maestro voudrait fonder en plus de celle de Hatton Garden. « Et moi, que devrais-je vous donner en échange ? » La réponse avait été on ne peut plus claire : tous les membres de ses sociétés patriotiques devraient participer à l'acheminement, grâce à leur réseau privilégié de contacts, notamment dans les ports, des caisses de bibles de la Christian Alliance vers la Péninsule. En février, à la suite de cette rencontre, les dollars avaient commencé à affluer, sous la forme de grosses sacoches livrées par des messagers chaque fois différents. Avec cet argent, le Maestro, vibrant d'enthousiasme comme quand il s'amusait à se battre avec Procida, se préparait à acheter des armes destinées à l'Italie pour l'insurrection ; une nouvelle de ce genre ne pouvait évidemment pas laisser Massèi indifférent.

Et pendant que Michele ne cessait de courtiser Leda, le Maestro avait développé une nouvelle obsession dont elle avait dû, par ricochet, s'occuper. À Londres, on recevait des nouvelles d'un Niçois exilé en Amérique du Sud, un certain Garibaldi, dont les correspondants d'outre-Manche parlaient plus amplement. Peut-être en raison de vieilles rancunes dont Michele et les autres, mis à part Giovanni, ne savaient pas grand-chose, le nom de Garibaldi n'éveillait pas chez le Maestro une grande sympathie. Or, pendant ces semaines d'avril, il se consacra comme un enragé à la rédaction d'articles dans lesquels il magnifiait les actes héroïques de celui qui luttait pour la cause de l'humanité, guidé par la sainte vérité qui voulait que les droits de l'Italie ne fussent pas seulement italiens.

Dans ce contexte, Leda fut obligée de redoubler de vigilance, d'autant que Massèi en personne lui avait écrit de Gênes, chose assez rare, exigeant de sa part une attention particulière pour tout ce qui concernait le sud de l'Italie, lui demandant d'intercepter toute enveloppe ou paquet au départ ou à destination de Malte. Leda s'introduisit donc dans le petit bureau du Maestro en cachette ou en prétextant un peu de rangement ; elle fut obligée de fouiller dans son ancienne correspondance que l'insouciance des mois de folie avec Michele lui avait fait négliger. C'est ainsi qu'elle retrouva les brouillons des lettres que le Maestro envoyait à un certain Fabrizi, précisément réfugié sur l'île de Malte.

Cher Nicola,
Deux lignes à peine : la goélette Parga *t'envoie un paquet d'exemplaires du journal l'*Apostolato *: je ne sais quelle erreur, probablement due au grand nombre de paquets préparés, m'incite à te demander si tu y trouves des copies de l'Instruction générale.*

Je t'ai écrit une longue réponse à ta lettre en date du 1er octobre, et je serais peiné d'apprendre que ma lettre s'est égarée ou que tu n'as pas jugé utile d'y répondre. Je ne comprends pas pourquoi tu ne m'as pas encore donné une adresse moins connue que la tienne. Incertain du sort de ma première missive, je ne peux en conscience t'en écrire une autre…

Leda se réfugiait dans sa chambre, fermait la porte à clé, s'asseyait à son bureau. Mais elle perdait vite patience, d'autant que depuis qu'elle avait commencé à fréquenter Michele, elle avait besoin d'un brouillon. Au tout début, elle avait eu tout le temps pour rédiger des phrases brèves, synthétiques, dans un style efficace, presque télégraphique ; aussi s'était-elle toujours contentée d'une copie au propre ; les rares brouillons lui servaient davantage à éviter la routine. Maintenant, dans l'espoir de passer plus de temps avec Michele, elle cherchait à se débarrasser au plus vite de ses notes et finissait par mal faire. Elle écrivait d'un seul jet, s'acharnait sur la syntaxe de manière à communiquer un maximum d'éléments en un minimum de mots, pour conclure à la hâte, pressée de se repoudrer, de se faire belle. Mais elle faisait bien sûr des erreurs, alors elle rayait une ligne, effaçait, chiffonnait le papier pour décrire sommairement ce qui se tramait autour du Maestro. Elle reprit une correspondance sérieuse après qu'on eut découvert à King's Road qu'Antonio, un Catanais, était un espion à la solde des Bourbons ; il s'en fallut de peu que Michele et Pio ne lui fassent la peau, mais le traître, amoché et en sang, détala vers le quartier malfamé de Newgate à une rapidité que seule la peur rend possible. De là, il réussit à s'enfuir, plus tout à fait sain mais encore sauf.

L'événement fut un choc pour Leda. Elle n'avait rien vu venir. Quand elle était arrivée en Angleterre, Antonio faisait déjà partie du cercle des amis et des collaborateurs les plus fidèles du Maestro, et elle avait passé une soirée plutôt agréable avec lui. Le Catanais avait insisté pour que Michele l'amène dans un bouge où on pariait sur d'ignobles combats d'animaux et dont les femmes étaient exclues. Mais Michele, certain que son audacieuse compagne apprécierait le spectacle, l'avait tout de même conviée. Leda avait révisé les leçons de camouflage apprises à la villa romaine de John John et, faisant disparaître sa chevelure de jais sous un chapeau, elle s'était habillée en jeune homme, en pantalons et bottes à revers ; elle avait bandé ses seins seulement après avoir permis à Michele de les baiser en faisant claquer ses lèvres comme pour un adieu : « Vous autres Italiens, vous êtes tellement comédiens », lui disait-elle, moqueuse. « Nous qui ? » rétorquait-il. Antonio, Michele et son joli compagnon avaient remonté Farringdon Street dans la nuit noire et s'étaient engouffrés dans une taverne bondée d'Islington. À l'intérieur, on entendait brailler des voyous et des messieurs venus assister aux combats de coqs, de chiens, de rats et de blaireaux ; Leda et Michele avaient parié sur les blaireaux ; ils savaient déjà ce qu'il fallait savoir, qu'il n'y avait que les pigeons pour se laisser plumer, mais ils avaient voulu en rire ensemble. Afin de dissiper le moindre doute, Leda avait parlé à Michele de ses propres finances : elle lui avait parlé d'un vague oncle qui lui faisait parvenir d'Italie une rente que sa famille avait prudemment mise à disposition. Il l'avait crue et avait accepté que ce soit elle qui fasse les paris. À la fin, Antonio s'était empoigné avec un type, et Michele avait dû le traîner de force dehors avant qu'on ne dégaine les couteaux. Et voilà que Leda apprenait que le Catanais, lui aussi, était un espion. Elle se sentit trahie. Dépassée. Le monde qu'elle avait devant les yeux cachait plus de secrets qu'elle ne l'avait imaginé. Elle s'était crue maligne ; après sa formation à Rome, une fois le Maestro dans la poche, elle avait péché par orgueil, comme quelqu'un qui se croit prêt et déjà vainqueur. Choisi par le destin, presque. Au contraire, un détail lui avait échappé, et d'autres étaient peut-être encore en train de lui échapper.

Massèi lui écrivit, exigea des explications précises et voulut savoir si l'incident l'avait mise en danger ou avait compromis sa mission. La réponse de Leda ne le satisfit guère. Aussi Oliver lui remit-il une nouvelle lettre en provenance de Gênes. Ce n'était pas une menace, plutôt un avertissement. Il fallait qu'elle fasse attention. Le Maestro était à l'œuvre, et si quelque chose leur échappait, c'est elle qui paierait l'addition.

IX

L'alternance des saisons, il la connaissait par cœur, il l'avait sur son corps, dans les os et dans le sang. Mais cette répétition toujours égale à elle-même ne voulait pas dire que les saisons fussent toutes égales ; ce printemps-là, justement, avait l'air d'un hiver, et on s'attendait d'un jour à l'autre à voir dégringoler des montagnes ligures une belle avalanche de neige.

À Gênes, la chaleur devenait écrasante, elle brûlait les routes et coupait le souffle, la mer aveuglait de ses reflets, les rues étaient plus peuplées, et travailler avec son chargement sur le dos l'épuisait. Mais le raclement au fond de sa gorge n'était pas dû à la seule fatigue. Tous les matins, il retrouvait l'air libre le museau creusé et les yeux, déjà ronds et écarquillés, plus cernés et inexpressifs encore à cause du manque de sommeil. Avec cette chaleur, il lui était venu un mal de vivre glaçant, à en avoir le cœur transi, et quand il traînait ses sabots, on le remarquait tout de suite parmi les passants à son allure à la fois ridicule et pathétique : la cage thoracique creuse, les articulations saillantes. Décharné. Les chevaux dont il partageait les nuits étaient lustrés, lui éternellement terne ; eux transportaient les cercueils tout pomponnés, lui n'exécutait que les basses besognes. Vieilli. La seule idée d'avoir une nouvelle colique lui flanquait une trouille noire.

L'absurde pérégrination de son patron ne l'avait jamais emballé. Il avait même eu faim, très faim. Mais ils avaient souffert ensemble, et partager la peine soude l'amitié. Et puisqu'on dit que les mulets sont butés, lui, justement, il l'aurait suivi jusqu'au bout du monde. Mais va savoir ce qu'elle est devenue, cette tête de lard qui se trimballe cette grosse barbe de clochard ; va savoir ce qu'il est devenu, Colombino.

*

Un soir, une brise légère fit vaciller l'étouffante chaleur estivale. Le rideau à fleurs, en frémissant, donna à Leda l'impression de se trouver au milieu d'un véritable champ de pétales parfumés ; derrière la fenêtre, à l'horizon, aucun nuage, rien que le soleil qui déclinait, poussé par la nuit. Mais il y avait une odeur de pluie lointaine qui redonnait courage.

Le rideau se figea, et Leda le caressa avec tristesse. Elle avait envie de route, de mouvement, mais elle fut obligée de regagner son bureau, à bout de patience et agacée à l'idée que la sueur de cette journée de gratte-papier ait abîmé sa robe blanche qu'il lui faudrait laver avec des cendres et de l'eau bouillante avant que Michele ne l'en déshabille ; elle demanderait à Jane d'ajouter un brin de lavande dans l'eau de trempage. Elle aimait sentir cette fragrance sur l'étoffe.

Il restait peu de temps pour profiter de la lumière diurne ; une dizaine de minutes encore, et elle serait obligée de se fatiguer les yeux à la lueur d'une lampe. Il y en avait, du travail à boucler : un sacré nombre de lettres, selon l'ultime requête de Massèi. Elle s'était déjà empressée d'envoyer en temps voulu notes et transcriptions concernant les plans auxquels se consacrait depuis peu le Maestro, nettement plus sérieux que ses délires passés, mais de Gênes on lui avait demandé une nouvelle copie : « Qu'est-ce qu'ils ont donc fichu ? Ils ont perdu celles que j'ai envoyées ? » avait-elle demandé, agacée, à Oliver tandis qu'il préparait le matériel à expédier par les pigeons ; le dandy s'était contenté de lui dire d'obéir sans demander son reste.

La lettre qui l'attendait sur son bureau, première d'une série de missives en provenance de Smyrne, datait du mois d'août de l'année passée ; Leda avait dû faire preuve de beaucoup d'imagination pour la récupérer de la liasse que conservait le Maestro : elle avait pris l'excuse des premières chaleurs, et de son lot de vers et de mites, pour l'extraire du fond d'un tiroir et la faire disparaître parmi les autres papiers qui avaient atterri, comme par hasard, entre ses mains. Peu importe qu'elle arrive à tout remettre à sa place : si le Maestro s'était aperçu de quelque chose, les soupçons se porteraient sur les autres. Tout ce que faisait Leda, même les choses les plus équivoques, attirait l'indulgence. Trop proche de Michele. Trop nombreux, les espions déjà démasqués, et que des hommes. Le dernier en date, un certain Vespasiano, venait du grand-duché de Toscane ; il ne comptait pas parmi les intimes du Maestro, mais s'en était suffisamment approché pour obtenir des informations monnayables. Leda commençait à comprendre pourquoi John John l'avait choisie, elle, une femme.

Cela fait plusieurs années que je vous estime et vous admire, depuis que j'ai compris que vous êtes le chef des cœurs généreux qui, aujourd'hui, incarnent l'opposition nationale face à la tyrannie et aux autres affronts qui souillent sans relâche l'Italie. Je vous sais à l'origine d'une société patriotique que vous avez appelée Jeune-Italie ; je sais également que vous publiez, sous le même titre, un journal destiné à propager les idées de ladite société, et je n'ai pu me procurer ni celui-ci ni aucune de vos œuvres, en dépit de mon ardent désir ; mais, il y a de cela quelques jours, j'ai pu trouver le premier et le deuxième numéro de votre Apostolato popolare *et leur lecture m'a été fort précieuse, d'autant qu'à la satisfaction de voir publiées, par un homme tel que vous, mes propres idées politiques, s'ajoute un autre, et non moins considérable honneur, d'avoir l'opportunité d'échanger avec vous par la présente lettre.*

Le seul fait de relire ce passage pour le retranscrire provoqua chez Leda une réaction de colère qui lui fit à nouveau désirer la route, l'air libre, une échappatoire à ce cachot fleuri. Les pensées que les phrases soulevaient disparaissaient aussitôt, ce qui en soi n'était pas grave, si Leda n'avait chaque fois oublié un mot ; ce n'est qu'à la dernière relecture, quand elle s'obligeait à se concentrer et à garder les yeux collés à sa feuille, qu'elle s'apercevait de ses erreurs, ce qui la mettait dans une colère noire et lui faisait rouler le papier en boule.

Je suis italien, homme de guerre, et ne suis pas proscrit. J'aurai bientôt trente-trois ans. Je suis d'un physique plutôt fragile ; plein de ferveur, je suis très souvent froid en apparence. Je m'efforce tant que je peux de suivre les doctrines stoïques. Je crois en un Dieu, en une vie future et en l'humain progrès : j'ai pour principe de consacrer mes pensées à l'humanité, à la patrie, à la famille et à l'individu ; je considère résolument que la justice est la base de tout droit ; j'en ai donc conclu il y a déjà longtemps que la cause italienne ne dépend que des hommes et, rendant hommage à cette indiscutable vérité, je me console des tristesses et des difficultés de notre époque en me disant que servir l'Italie, c'est servir l'Humanité tout entière.

Comme si l'exaspération ne suffisait pas, Leda commençait aussi à avoir la conscience lourde ; attablée à son bureau, elle lui apparaissait sous les traits d'un témoin qui la harcelait, assis à côté d'elle. Et pas seulement quand elle était au travail : le matin, sous les draps légers, sa conscience venait l'extirper de son demi-sommeil, l'empêchait de vagabonder parmi d'agréables images, de se replonger dans un de ses nombreux rêves en suspens, lui répétant qu'elle ne résisterait pas longtemps. Inutile de feindre le calme, de se mentir. La proximité avec Michele, la complicité qui les unissait désormais, menaçait chaque jour sa sécurité. Elle risquait de plus en plus souvent de se trahir, et sa conscience, infatigablement, ne ratait pas une occasion de le lui faire remarquer et de la pousser à avouer ; elle ne lui reprochait rien concernant le Maestro, ni d'écouter aux portes, de rôder, de profiter de Michele et des Italiens ; c'était plutôt un cri d'alarme pour la prévenir d'un danger auquel elle s'exposait, elle aussi : Leda tirait trop sur la corde. S'ils la démasquaient, que deviendrait sa vie à Londres ?

En repensant à l'état de notre patrie, je n'ai pas eu de mal à me convaincre que la voie la plus probable pour parvenir à émanciper l'Italie de son présent opprobre consistait nécessairement dans le ténébreux manège des conspirations. Par quel autre moyen, si ce n'est le secret, l'opprimé peut-il se préparer à lutter pour se libérer ? La récente lecture de votre Apostolato popolare *m'a confirmé dans mon idée. Je vous répète vos propres paroles :* Échangeons, discutons, œuvrons fraternellement. *Ne dédaignez pas ma proposition. Vous trouverez peut-être en moi ce bras qui, dans la bataille qu'il s'apprête à livrer, osera relever l'étendard piétiné de notre indépendance et de notre renaissance.*

Au mois d'août précédent, les nouvelles de Smyrne avaient déclenché une joie extraordinaire ; elles apportaient une fois de plus la preuve que le sentiment patriotique revenait animer la jeunesse de la Péninsule. Mais après l'enthousiasme des débuts, le Maestro avait dû affronter le détail ô combien indigeste inscrit au bas de la lettre qu'à ce moment précis, à un an presque de distance, Leda achevait de transcrire ; un nom dont la découverte avait soulevé un tollé. Attilio Bandiera disait la signature, Vénitien de naissance, venu au monde en l'an de grâce 1810. Leda avait assisté à la discussion qui avait suivi la réception de la missive : Pio, Giovanni et deux autres hommes, l'un polonais, l'autre anglais, s'étaient réunis dans le petit salon : elle ne se souvenait pas du nom du premier, sans regret puisqu'elle ne l'avait plus jamais revu ; le nom du second, en revanche, elle ne l'avait pas oublié. William, William James Linton, un homme poli et posé. « Bandiera, vous comprenez, comme cette maudite girouette ! » Attilio, l'auteur de la lettre, était le fils du baron Bandiera, contre-amiral des forces navales autrichiennes qui, en 1831, après les insurrections dans les Marches et en Romagne, avait capturé le voilier *Isotta* avec à son bord des marins fuyant vers la France. Le bon sens invoqué par Pio, le calme de William et la qualité des lettres suivantes des Bandiera – on avait découvert que non seulement Attilio, mais également son frère Emilio, fomentaient une révolte – l'avaient finalement apaisé. La rencontre avec un messager de vingt-deux ans débarqué à Londres avec pour mission, entre quelques stocks de coton à écouler, de présenter officiellement les frères et de s'en porter garant auprès du vénérable Maestro, avait marqué le tournant décisif. Il s'appelait Domenico et il avait frappé à la porte vêtu d'une belle chemise, en sueur ; après avoir obtenu la permission d'entrer, il avait expliqué avoir servi lui aussi la marine autrichienne en qualité de lieutenant mais avoir choisi aujourd'hui l'exil volontaire ; comme Attilio qui écrivait de Smyrne, il faisait partie d'une société secrète, l'Esperia, et cette société était italienne dans l'âme et accueillait fraternellement les officiers qui avaient servi les Autrichiens mais ne voulaient que l'indépendance. Depuis cette rencontre, le Maestro avait entamé une longue correspondance avec les frères vénètes.

Mon frère et moi-même, convaincus du devoir qui incombe à chaque Italien de se vouer corps et âme à améliorer le destin de notre infortuné pays, avons tenté par tous les moyens de rallier cette Jeune-Italie que nous savions formée pour l'insurrection patriotique. Pendant trois ans, nos efforts se sont révélés vains ; vos écrits ne circulaient plus en Italie ; les gouvernements vous disaient désunis et brisés par la malheureuse issue de l'expédition en Savoie... Sans connaître vos principes, nous les partagions. Nous voulions une patrie libre, unie, républicaine.

L'histoire des Bandiera avait été dès le début un vrai casse-tête pour Leda. Le Maestro se plaignait parfois d'une inflammation probablement due à une activité d'écriture trop intense qui lui paralysait le poignet, et le hasard avait voulu que cela tombe au moment le plus intense de sa correspondance avec les frères. Ayant déjà eu l'occasion de voir la calligraphie de Lorenza, le Maestro lui avait demandé de l'aider jusqu'à ce qu'on remédie à son problème. « Nous devons leur accorder toute notre estime. Le sort de l'Italie dépend d'eux. Ce sont des jeunes qui n'ont pas vécu les révolutions et ne les ont pas non plus reniées une fois passées ou dégénérées. Ils les attendent pour ne pas avoir le passé comme seule perspective d'avenir. » Leda ne pouvait y couper, et le Maestro avait affronté la dictée avec un certain embarras car, s'il était flatté à l'idée qu'une amie puisse le voir improviser dans un domaine où il excellait, la présence d'une étrangère démystifiait totalement le rituel de l'écriture.

Dieu, la Patrie et l'Humanité. Trois termes sur lesquels vous édifiez votre croyance politique. De l'idée de Dieu, vous concluez à l'unité et à la vie collective de l'humaine race, à la loi de développement progressif et harmonieux imposée à la Création, et la sainte théorie du Devoir confiée à la créature en tant que principe régulateur de ses propres actes. À partir de la notion d'Humanité, interprète et applicatrice progressive de ladite loi, vous déterminez, à raison, les caractéristiques de la mission assignée à la Nation, à la Patrie ; et à partir de celle-ci, la sainte Patrie, vous désignez les critères de la mission assignée à l'individu. Et à ces idées, que le siècle a péniblement conquises, au prix de lourdes erreurs et de sanglants sacrifices qui, mis en relief par les circonstances du mouvement intellectuel européen, incarnaient la vision d'une âme encore pure, riche d'enthousiasme et d'amour, à ces idées donc, chers frères, vous associez le culte religieux d'une infatigable action, ravivé par la pensée que l'étendard qui vole au-dessus de vos têtes, et dont les apparences vous accusent d'être les défenseurs, est autrichien. Je vous engage à propager vos idées : et qu'il incombe aux hommes de la Lombardie-Vénétie d'entreprendre l'aventure italienne et de frapper l'ennemi au cœur.

Un mercredi, après l'averse, Michele voulut lui faire une surprise. Il vint à bord d'un fiacre, vêtu d'une chemise échancrée, fermée par une épingle d'argent, et l'appela par la fenêtre. « Lorenza, descends, on y va ! » Elle se pencha, un peu gênée par le bruit, mais intriguée. Il ne lui en dit pas plus. Qu'elle se dépêche, c'est tout. Leda reposa sa plume et ses feuilles, choisit une ombrelle couleur aigue-marine et ne traîna pas devant son miroir ; elle descendit en saluant Jane et sauta dans la voiture.

« On part. »

Le cocher donna un coup de bride et partit dans le fracas des roues trempées et des sabots des chevaux, éclaboussant de boue les passants.

« Où allons-nous ? »

Michele se rendit compte qu'il adorait la surprendre.

Quand Londres s'effilocha au-delà de ses ultimes ramifications, la grisaille de la ville se dissipa dans le spectacle d'une lande scintillante s'étirant à perte de vue. Une palette de teintes terreuses et vertes que le voile de rosée qui s'était déposé après l'orage rendait incroyablement lumineuses. Le feuillage des arbres s'égouttait en musique dans la brise, çà et là un renard passait comme un éclair, on entendait les oiseaux chanter à nouveau. Les flaques d'eau miroitaient. La paix régnait sur la terre. « C'est magnifique. » Leda eut l'impression d'avoir traversé le ciel en calèche pour rejoindre une planète parmi les constellations, perle des dieux. On vit même un arc-en-ciel.

Ils se dirigèrent vers une petite chaumière. Michele descendit le premier et ne laissa pas Leda régler la course. Il l'aida à descendre telle une noble dame puis, incapable de dissimuler plus longtemps son enthousiasme, il la prit par la taille et la souleva pour qu'elle ne salisse pas ses beaux souliers. Ils déjeunèrent sur une table encore humide de pluie, en plein air, à l'ombre d'un saule ; le *beef royal* fut exquis : un gîte à la noix d'un beau brun, cuit au point d'être un peu filandreux, mais qui se mariait parfaitement avec la farce d'épices qui donnait à ce muscle sec et exsangue toute sa saveur. Et quel délice, ces tranches de lard qui enrobaient le tout ! Le plat se mangeait froid, tout comme sa sauce légèrement amère, qui sentait bon l'anchois et les noix marinées. La bière brune se chargea de les réchauffer. « Bien tenue, cette auberge », commenta Michele avec des airs de boutiquier après avoir épuisé les marques d'affection d'usage auprès de sa dame. Leda l'écoutait, terriblement heureuse et lasse. Et là, sous le saule, pour la première fois, lui vint le doute qu'elle n'appréciait pas seulement sa compagnie. Elle était peut-être en train de céder. De tomber amoureuse.

Ce fut une balade féerique, malgré le cadavre aperçu au bord de la route sur le chemin du retour et, ce soir-là, Leda eut du mal à demander à Michele de la déposer chez Margaret. Il voulait qu'elle s'arrête chez lui, et Leda fut obligée de refuser. Elle invoqua des excuses qui la mirent, elle la première, mal à l'aise. Elle ne pouvait lui avouer la raison qui la clouait à son bureau, et son refus vexa Michele, gâchant cette splendide journée.

« Michele, attends ! Michele...

— Bonne nuit. Dors bien... dans ton lit ! »

Leda trouva Oliver en train de l'attendre, ce qui eut le don de l'énerver davantage ; l'intensification des relations et des initiatives du Maestro exigeait une surveillance accrue, ciblée, ce qui incitait le galant à venir plus souvent, au risque de rendre jaloux Michele, qui se révélait ainsi une incarnation de sa propre conscience à elle, un témoin prêt à la surprendre à la moindre hésitation. Leda avait raconté qu'Oliver était le neveu de Mrs Margaret, mais Michele était un fin limier qui ne lâchait pas sa proie et, régulièrement, après une rencontre fortuite – comme s'ils étaient deux soupirants se disputant les attentions d'une dame – il exigeait d'elle des explications.

« C'est un plaisir de te retrouver enfin », lui dit Oliver en se levant, le sourire aux lèvres. « Comment était la campagne ? Crasseuse et sauvage ?

— Resplendissante, lui répondit-elle.

— Quelle poésie ! » s'exclama-t-il en lui désignant le petit fauteuil en face du poêle de faïence tandis qu'il reprenait sa place à côté de la volière où les mésanges reposaient sous une étoffe rouge. « Chère Jane, sans vouloir être impoli, est-ce qu'il vous reste un peu de ce délicieux mélange de thé blanc que madame m'a offert la dernière fois ? »

La domestique comprit qu'elle devait les laisser, Dieu seul savait où était Margaret.

« Lorenza, *pardon me*, Leda, dit Oliver, j'ai l'impression que tu négliges le travail. Tes protecteurs ne sont vraiment pas contents… Aujourd'hui, j'étais même inquiet pour toi, poursuivit-il, sarcastique. Je suis déjà passé te prendre après déjeuner. Je croyais qu'on t'avait enlevée ; une hypothèse envisageable, étant donné que tu continues à fréquenter les bouges sordides de Bloomsbury, de Hatton Garden et des environs. J'ai même eu peur qu'une des nombreuses catins qui courent après ton amant italien ait voulu se venger. »

Leda se taisait, torturée par la rage et par un sentiment de culpabilité encore vague.

Oliver ricana de la voir ainsi. « Tu ne te rappelles vraiment pas quel jour nous sommes ? »

À cet instant seulement, Leda se rendit compte que c'était le dixième jour ; la note pour Massèi aurait déjà dû être prête, ainsi qu'une bonne partie des transcriptions.

« Bon. Ça me fait plaisir de voir que tu t'en souviens. »

*

Il se penchait sur sa comptabilité de la première quinzaine du mois à la lumière de trois chandelles quand une pensée familière revint l'importuner. « Mais comment est-ce possible ? Une année que je demande partout et rien. » Il essaya malgré tout de se concentrer et reprit son crayon : des 54 lires de la semaine passée pour les portraits, il devait soustraire les 33 lires dépensées pour les nouveaux bacs de cuivre puis ajouter les 21 que lui devait… « C'est absurde. » Son étonnement n'avait d'égal que le sentiment de soulagement qu'il éprouvait à l'idée de ne pas être encore fixé sur le sort de sa sœur.

Les recherches du secrétaire de la Senavra n'avaient rien donné, pas plus que les enquêtes, grassement payées, du secrétaire de l'hôpital principal, un éminent *dottore* avec un triple menton et un râle caverneux qui menaçait d'asphyxier ce gros corps en pleine respiration. Plus de traces de Marta, semblait-il. À l'hôpital des tarés, on avait gardé le reçu de son entrée et son enregistrement pour l'internement, et puis c'était comme si sa sœur s'était transformée en un chiffre à ajouter ou à soustraire, un élément à inscrire sur les registres pour le calcul périodique des patients à transférer d'un département à l'autre, ou à ranger dans les différentes catégories – « nubiles, mariées ou veuves », « furibondes, démentes ou folles » –, et tant d'autres encore, fruit de la frénésie classificatoire du docteur Capsoni, le directeur. Une exubérance à laquelle Lisander répondait en imaginant les dix, les cent manières dont Marta s'était évaporée des registres : morte dans un incendie, disparue dans la débandade pour échapper à la terreur des flammes, égarée dans la campagne à l'est de la ville pendant les travaux forcés, enlevée par un cul-terreux, démolie par un traitement expérimental…

« Aux 13 lires d'iodure avancées par Floro, il faut ajouter le prix du bois acheté par le Mal-Né. Il coûtait combien ? »

Outre l'inquiétude régulière que l'infructueuse recherche de sa sœur lui causait, Lisander avait dû affronter cette même année la tristesse de Chiarella au lendemain de son avortement. Pour sa part, le calotypiste avait accueilli l'infortune d'avoir perdu un enfant avec amertume mais sans chagrin ; du reste, il n'était pas rare que les enfants, on en perde en chemin, aussi s'était-il consolé à l'idée de se dévouer corps et âme à une nouvelle conception. Seule l'image de la marmelade violacée échappée des cuisses de sa compagne pour atterrir dans le pot de chambre l'avait troublé quelque temps.

Chiarella, au contraire, avait sombré dans un état d'abattement qui l'avait sonnée, la laissant aussi inerte qu'une poupée, même quand Lisander voulait lui faire l'amour en lui promettant une grossesse plus chanceuse. Mais le temps panse les blessures, et elle retrouva elle aussi les forces nécessaires pour se résigner. Quand il lui prenait l'envie de passer en revue les calotypes que Lisander avait réalisés pour assouvir sa morbidité d'Observateur, le processus de retour à la vie était spectaculaire : les jours qui avaient suivi l'avortement, Chiarella n'était plus qu'une ombre aux cheveux gras, défaite par la violence de la perte, un spectre méconnaissable digne de hanter les couloirs de la Senavra ; puis, en se raccrochant au présent, elle avait retrouvé des traits de femme et le plaisir de prendre soin d'elle. Elle n'avait pas récupéré tout le poids perdu pendant la dépression qui lui avait laissé en outre une pâleur indélébile, mais sa vigueur oui, et avec l'arrivée de la belle saison, quand les familles de vieille et plus récente noblesse s'éloignaient sur les bateaux le long des *navigli* pour rejoindre leurs résidences d'été, Chiarella avait senti renaître le désir de s'occuper de sa maison, de dépenser un peu d'argent pour un sofa couleur turquoise, dans ce geste d'appropriation que l'on accomplit pour compenser le bien-être qui nous manque. Les géraniums, avec l'arrivée de l'automne, s'étiolaient, mais Chiarella ne renonçait pas à les arroser comme pour défier, elle si automnale avec sa carnation transparente et ses cheveux châtain fauve, l'inexorable flétrissement : « Je veux que tout le monde voie comme il est beau, le Cabinet de Calotypie Pestagalli ; il faut que les passants s'arrêtent. On doit reconnaître la touche de la maîtresse de maison. »

En retrouvant sa Chiarella, Lisander découvrait un sentiment de justice accomplie, car sa conquête lui avait coûté bien des efforts, des sursauts et des palpitations : il avait suivi la putain au cul de rêve sous tous les porches, dans toutes les chambres des bordels. Aussi, voir ses fesses rebondies retrouver leur profil d'origine le satisfaisait et le tranquillisait, d'autant que la détente, ou plutôt la possibilité de relâcher ses nerfs maintenant qu'il découvrait le confort de la vie domestique, ne dépendait plus que de la présence de Chiarella.

À la différence de sa maman, Anna Lucia, en cette année finissante, avait causé au calotypiste une inquiétude qui allait de pair avec la curiosité mal placée et agaçante de la petite, perturbant le train-train du Cabinet.

Les premières semaines de vie commune, Lisander s'était montré bourru pour lui faire peur, convaincu que c'était le meilleur moyen pour se faire respecter, mais Anna Lucia avait au contraire appris à se méfier et à le craindre comme on craint un étranger. Puis le cataclysme. Un banal accident, au départ : la gamine, qui jouait en haut des escaliers, avait dégringolé la rampe jusqu'à la boutique du rez-de-chaussée où Lisander, alerté par le vacarme, s'était précipité : « Anna Lucia ! » En la voyant sonnée au pied de l'escalier, il avait demandé au Mal-Né d'aller quérir un docteur au plus vite. Le diagnostic – une vilaine bosse et un genou écorché – avait calmé les esprits mais avait appris à Lisander la frousse : « Tu m'as flanqué une trouille à me faire passer le cœur par-dessus bord ! » Le reproche libérateur avait arraché un petit rire à Chiarella et avait été aussi doux qu'une caresse aux oreilles d'Anna Lucia, si bien que, malgré ses larmes et ses cris interminables, la voilà qui s'était jetée, avec une agilité providentielle, au cou de son beau-père. En somme, elle s'était attachée à lui et, en subissant volontiers ses reproches, avait commencé à combler, pas à pas, le fossé qui les séparait. Elle lui lançait des petits clins d'œil affectueux, demandait son attention comme les enfants à cet âge, l'attendait le soir pour lui souhaiter la bonne nuit, s'accrochait parfois à sa jambe pour qu'il l'emmène en promenade ; et si Lisander se penchait sur ses gros livres de comptabilité, elle essayait de lui grimper sur le dos.

Anna Lucia descendait à la moindre occasion, dès que Chiarella relâchait son attention, et lors de ses virées dans le Cabinet, mettait son nez partout, dans les calotypes des familles honorables et les décors de scènes exotiques, les feuilles mises à sécher et les bassines où Floro mélangeait les solutions pour la sensibilisation ; elle minaudait assez pour trouver le meilleur angle de lumière, là où on réalisait les portraits. « Je peux le prendre ? » Elle se faufilait parmi les trépieds et les appuie-tête, les petites colonnes en bois que le Mal-Né devait finir de façonner, fouillait avec ses petits doigts les chemises en carton, tant et si bien que Floro était souvent obligé de la tirer par le bras pour l'empêcher de tomber sur les calopornies à reproduire pour le commerce clandestin.

Mais la fillette avait réussi à extirper un calotype d'une pile et l'avait peinturluré. Lisander était devenu furieux ; il avait hurlé à la mère et à la fille de descendre pour voir l'œuvre toute barbouillée ! Anna Lucia, malgré la menace de recevoir une gifle du calotypiste, s'était contentée de secouer sa tignasse crépue et de tirer une grosse langue toute rose et papilleuse avant de se cacher dans les jupons de sa mère. « N'essaie même pas ! Compris ? » Pour toute réponse, Lisander avait élevé la voix et menacé de s'en aller et de les abandonner à leur sort puis, dans un accès de colère, écartant Chiarella, il avait attrapé la petite et l'avait frappée à pleines mains. Sur le derrière. « Ne fais plus jamais ça ! » Anna Lucia s'était pétrifiée ; la mine, habituellement gaie, tout à coup très sombre. Elle avait retenu à grand-peine ses larmes et, avant de remonter dans sa chambre, lui avait craché : « Vilain ! » Chiarella avait préféré lui donner à son tour une gifle, l'accusant d'être une brute, d'avoir trahi leur confiance, ce à quoi Lisander avait répliqué avec une telle violence que la tête de Chiarella avait failli tourner sur elle-même.

« Eh ben… », dit Lisander en faisant ses comptes pour la deuxième fois, rassuré par les bénéfices que la série de nombres qui se terminait par plusieurs zéros confirmait : « Maintenant, je peux aller me coucher. » Aussitôt, il éteignit les lumières et monta. Une fois dans sa chambre, il trouva Chiarella endormie ; elle était belle, quand elle dormait, malgré sa pâleur dans la pénombre. « Bonne nuit. » Il lui vint l'envie d'un petit verre. Novembre était là, avec ses averses et ses gelées. Alors il se couvrit et s'engouffra dans la rue.

Les Romantiques de Traviole s'étaient entichés d'une auberge dans les parages des colonnes de San Lorenzo. La taverne des curés, où leur confrérie de Mal-Nés avait été fondée, restait leur point de ralliement préféré, le lieu où ils se sentaient comme chez eux, à tel point qu'Igino la Rallonge et sa fiancée la Tisonnière se bagarraient à chaque occasion pour qu'on aille plus souvent à La Stella – L'Étoile – comme avait été rebaptisée la taverne après l'installation d'une petite lanterne dépolie au-dessus de l'entrée pour signaler le refuge astral à tous les paumés de passage via delle Ore. Mais par une nuit estivale de sévère beuverie, Carlino la Ride, Peppo le Grand Vocabuliste, et Gerolamo le Grammairien s'étaient laissé entraîner par un mariole, qui les avait ensuite quasiment dépouillés, à la taverne de la Lupa – la Louve – et depuis lors, ils ne se lassaient pas de vanter la magie du lieu : un antre de crapules qui s'ouvrait derrière une porte aux carreaux vert émeraude et rouge vif, nichée au fond d'un porche. La Louve était enchâssée, comme un joyau, dans l'entrelacs de cours et de ruelles des environs de la porta Ticinese et de la basilique de Sant'Eustorgio, et l'obscurité bruissante de pas qui tombait à la brune faisait de cette zone l'une des plus lugubres et malfamées que le progrès avait données à la ville. Mais cette atmosphère de légalité en suspens, d'insoumission permanente à l'ordre exerçait justement une attirance irrésistible sur des jeunes gens insatisfaits et exubérants tels que les R.d.T. Il ne s'écoulait pas trois soirées de suite sans que la Louve fût mise à sac par des douaniers sur les traces d'un trafic de contrebande ; ils débarquaient armés des pires intentions, perquisitionnaient, plaquaient les clients contre le mur, bien décidés à punir la fraude aux dépens de la Finance Publique. Ils envoyaient valser, les unes après les autres, les tables disposées avec une précision géométrique sous les arcades, renversaient tabourets et bancs pour regarder dessous, tapaient les murs de brique pour voir s'ils sonnaient creux et, dans leur quête désespérée d'un détail qui prouverait le commerce criminel, se précipitaient tête la première dans les tonneaux, ivres des vapeurs de vin, avant de fracasser les étagères où s'entassaient les verres, dans l'espoir de découvrir un cagibi secret, aussi riche que la caverne d'Ali Baba.

Lorsque la soirée n'était pas consacrée aux forces de l'ordre et aux douaniers, des tandems de sales trognes se chargeaient de réchauffer l'atmosphère, dont un en particulier, Orecchio et Francesco : le premier ainsi nommé parce qu'il avait laissé une oreille dans une bagarre, le second parce que tout simplement c'était son nom de baptême. Entre deux verres (jamais plus de quatre « parce qu'après faut bien travailler »), les deux lascars faisaient affaire, s'aventurant dans la nuit noire au-delà des bastions, et il suffisait parfois de tendre l'oreille pour apprendre d'abominables histoires. Pour connaître la vraie nature des règlements de comptes qui ensanglantaient la rue. Dans ce bouge, bien sûr, on courait le risque de se prendre des coups, mais les R.d.T. s'étaient toujours distingués par leur à-propos : ils savaient se mettre à l'abri le moment venu et, si nécessaire, se servir de leurs poings, exception faite de Gégé la Clappe qui, en dépit de sa réputation de cinglant orateur, était plutôt faiblard dès qu'il s'agissait d'en venir aux mains. À la Louve, la clique avait su s'attirer la sympathie de quelques crapules en offrant des coups à boire, bien que Giovanna la Tisonnière eût dès le début fait un esclandre vu qu'elle supportait mal les compliments vulgaires et s'était mise à brailler, obligeant Igino la Rallonge à la défendre. Maintenant, elle était respectée. C'était même la mieux acceptée du groupe, et on savait pourquoi : on la buvait des yeux.

Pour leurs rendez-vous mondains, les R.d.T. auraient évidemment pu choisir un lieu plus conforme à leurs communes manies d'esthètes et d'hommes du grand monde mais, comme ils étaient tordus par profession de foi, et se laissaient volontiers ensorceler par ces antres à la fois périlleux et innocents – réminiscences des minables gargotes de théâtreux au fond desquelles, entre les vociférations, les torgnoles et les coups de couteau, cela se terminait toujours par le romantique trépas d'un pauvre hère –, il était naturel qu'ils dédaignent les cafés et se laissent aller à leur attirance magnétique pour la misère des bas-fonds. D'autant que chacun d'entre eux, camouflé par les nuages de fumée et la pestilence qui viciait l'atmosphère, se sentait si à son aise qu'il s'y livrait avec une désinvolture que nul autre lieu ne lui aurait autorisée.

Pour sûr qu'on le voit moins
Non qu'il ait viré crétin
La vie au Cabinet Pestagalli
N'a pas éteint le feu en lui ;
Il court auprès de ses amis par plaisir
Dès qu'il a un moment pour se divertir
Le voilà d'ailleurs qui s'approche, siffloteur
Notre cher Lisander, timide calobservateur,
Bienvenu sois-tu à toute heure.

« Toi, là-haut, serre-moi ces nichons comme il faut. Comment tu t'appelles déjà ?

— Linda.

— Bon, Linda, sors-moi cette langue… T'as déjà mangé de la langue de veau ? Qu'est-ce qu'on vous donne à manger ici ? Je parie qu'à Noël, on vous prépare une petite langue. Alors, tu me la tires, cette langue ? On doit bien la voir, aussi longue et raide qu'une bite ! »

Floro glissait une feuille salée dans la chambre optique et se préparait à ouvrir l'objectif après avoir vérifié la hauteur du chevalet.

« Toi, au-dessous, écarte-moi bien ces fesses. Ohé, de la main droite ! Tu sais reconnaître ta droite de ta gauche ? Pas celle-là, l'autre, espèce de débile ! Voilà, c'est bien, maintenant, t'empoignes et t'écartes, qu'on voie bien le trou. Là… c'est bien. Toi, on y va avec la langue, Linda, s'il te plaît…

— Et si, pendant qu'elle lèche, je la prenais par-derrière ? » intervint le Mal-Né en s'approchant des modèles. Avec tous ces préparatifs, l'envie lui était venue.

Lisander lui jeta un des coussins qui n'avait pas trouvé de place sur scène : « Pousse-toi donc… Déjà qu'elles comprennent rien, ces deux-là !

— Oh ! En voilà des manières ! »

La composition était complexe il est vrai, et cette confusion était le fruit d'une mauvaise nuit. La veille au soir, angoissé à l'idée de ne pas avoir fait une seule esquisse pour la séance de pose du lendemain, Lisander avait voulu allier la théorie à la pratique, et il était monté dans la chambre où, après avoir soulevé Chiarella à bout de bras, il l'avait jetée sur le lit dans la ferme intention de lui faire l'amour sans la regarder dans les yeux. Mais voilà que dans le feu de l'action, Anna Lucia avait atterri entre leurs pattes ; elle se plaignait d'avoir mal au ventre, ce qui avait enlevé à sa mère l'envie de satisfaire les instincts de son aimé. Or, celui-ci avait continué son affaire, imperturbable. Chiarella l'avait brutalement repoussé, en plein devant la petite pleurnicharde, le laissant raide et frustré. La nuit de mauvaise lune qui s'était ensuivie avait donné aux fantasmes de Lisander une saveur amère et vengeresse, et voilà pourquoi une des deux abruties que lui avait fournies le barbier de la Senavra était à plat ventre, le cul bien en l'air pour prendre de profil la forme d'un sabot ; derrière elle, Lisander avait placé une autre femme, accroupie et nue qui, tout en faisant un clin d'œil à l'objectif, approchait sa langue du trou de balle de la fille en dessous, laquelle, simultanément, le visage plongé dans un coussin, écartait ses fesses avec ses mains.

« Comme ça. C'est bien. Tu es parfaite. Et toi là-dessous, arrête de bouger !

— Je vais me casser le cou ! Et puis tu m'avais pas dit que je devais être avec elle. J'en veux pas ! Non, non et non !

— Mais depuis quand des abruties ont leur mot à dire ? » demanda Lisander à Floro. « Ne t'inquiète pas », dit-il ensuite plus aimablement à celle d'en dessous en désignant le Mal-Né. « Après, c'est son tour. T'as vu comme il en a une grosse ? Ça va te plaire. Vous avez une scène ensemble. »

En entendant qu'on parlait de lui, le Mal-Né pardonna aussitôt à Lisander la façon détestable dont il l'avait écarté peu avant et retrouva sa superbe. « Ah bon ? Tu ne me l'avais pas dit. Et comment devrai-je me la faire ? » Il se rua sur le coffre que le Trio Obscuriste avait apporté à l'hôpital avec les coussins, le fond de scène humoristiquement appelé « intérieur dame exotique » et une nappe pour recouvrir la table qu'on avait imaginée comme support pour la scène de lèche saphique.

« On improvisera », lui répondit Lisander tandis que son compagnon était plongé tête la première dans le coffre. Il lui était venu la manie de porter un grand chapeau pour cacher ses yeux et ne laisser voir que ses moustaches sculptées au couteau chaque jour, aussi il resta plié en deux jusqu'à ce qu'il le trouve.

L'urgence du chapeau n'était pas due qu'à sa seule vanité. Depuis peu, les habitués des gargotes, mais aussi quelques messieurs de la via dei Mercanti, s'arrêtaient pour fixer le Mal-Né qui refusait rarement de se vanter d'un accouplement avec une femme mais qui était gêné à l'idée que des étrangers aient pu l'admirer le cul à l'air et « le battant de la cathédrale » – d'après ses propres mots – dans la bouche ou entre les cuisses d'une dame aux yeux hagards. À tel point que, véritable catastrophe, le Mal-Né avait baissé plus d'une fois la tête, chose très grave pour un lascar comme lui, qui mettait un point d'honneur à lever le menton. Pour ne pas parler des agents, toujours plus pressants, qui réquisitionnaient des piles entières de calopornies par pur plaisir ou par nécessité pour les besoins d'une enquête. Des précautions s'imposaient donc.

« Ne bougez plus ! Encore une minute… T'en penses quoi, Floro ?

— Pour moi c'est bon.

— Sûr ?

— Moi je dis que oui. Il y a une belle lumière aujourd'hui.

— T'as raison. Alors on a fini. Mal-Né, t'as qu'à te les faire, mais magne-toi. »

Une heure plus tard, ils retournaient au Cabinet de la porta Vercellina. Le Mal-Né s'arrêta pour acheter un petit pain, histoire de calmer sa faim, et quand il eut déposé son matériel, ressortit en traînant Floro derrière lui. Lisander soupa quant à lui avec Chiarella et Anna Lucia qui avait retrouvé l'appétit malgré ses problèmes d'estomac. Après avoir jeté un œil à quelques journaux, le calotypiste, encore vexé de la veille, refusa les avances de Chiarella et se réfugia en bas, où il attendit que Floro, de retour avec le Mal-Né, le convainque enfin de s'abandonner à la fée verte.

Lisander n'avait jamais cédé à la tentation, effrayé par l'expression hébétée sur le visage du barbier de la Senavra, et épuisé d'avance par le processus de préparation, d'une lenteur pompeuse. Mais ce soir-là, il était énervé, et Floro insista ; cela faisait des semaines qu'il répétait qu'on pouvait jouir du poison sans en devenir esclave, il suffisait d'un peu de modération, et le petit diable avait même apporté au Cabinet une caisse remplie de tout le nécessaire – trois verres à pied, une drôle de cuillère percée, et des éclats de glace précieux et fragiles qu'il s'était procurés dans une chambre froide. Le Trio Obscuriste se retrouva bien vite immergé dans la lumière orangée des lampes à huile. Floro versa avec solennité pendant que le Mal-Né, très impatient, tapait du pied sans discontinuer. Le poison reposa quelques instants au fond des verres, après quoi il fallut poser la petite cuillère en travers du verre avec un morceau de sucre par-dessus et verser un peu d'eau refroidie par la glace. Le sucre s'écoula alors lentement dans le liquide vert de chlorophylle qui prenait, goutte après goutte, un louche aspect laiteux, la tentation prenant forme, tandis que Floro déclamait les composants distillés comme une invocation d'esprits indulgents : *feuilles d'absinthe et de mélisse, angélique et fenouil, hysope et camomille, anis vert et marjolaine et coriandre et génépi*. Lisander but la première gorgée, hésitant. La saveur se présenta comme quelque chose de plus qu'une saveur ; la légère amertume du début, en fait, s'épanouit dans un bouquet de parfums et d'odeurs, et le calotypiste but plus avidement. Il fut ensuite incapable de dire s'il s'était endormi ou s'il était tombé dans les spirales d'une obnubilation proche de l'inconscience ; il erra à travers des régions vierges de l'esprit, anéantissant les sympathies et les antipathies avérées, la distance temporelle des souvenirs jusqu'à les superposer, établissant de nouveaux liens entre ses pensées…

Quand Chiarella le réveilla, le soleil était levé depuis longtemps. Lisander maudit Floro, sortit prendre une eau noire au café et, une fois remonté chez lui, demanda à ne pas être dérangé, surtout par la petite Anna Lucia. Il ferma la porte du Cabinet à clé. Le café n'avait pas chassé les ultimes fantasmes de l'absinthe, mais il lui avait mis le diable au corps.

Les heures les plus chaudes de la journée apportèrent la pluie et, tandis que les gouttes tambourinaient contre la grande fenêtre exposée au nord, Lisander se mit devant le calotype barbouillé par Anna Lucia pour le regarder avec un œil neuf. Il représentait les six membres d'une famille bourgeoise : au premier rang, assis sur de robustes petits fauteuils, deux vieux, mari et femme ; derrière les époux décrépits, debout, deux fils souriants et une bru à côté d'un petit garçon en culottes courtes. À l'exception des deux fauteuils, l'espace était vide et, sur le mur qui servait de fond, on apercevait un cadre ainsi que la partie inférieure d'un tableau qu'on avait du mal à distinguer à cause des teintes défraîchies du calotype. Armée d'un pinceau et d'un peu de peinture à l'huile, Anna Lucia avait fait une belle grosse paire de moustaches rouges à la bru à l'air contrit ; elles étaient si bien faites qu'en regardant plus attentivement, elles se révélaient être la copie conforme des moustaches en abat-jour, assorties à une paire de favoris en pattes de lapin, d'un des deux frères. L'autre frère, imberbe, riait, et Anna Lucia lui avait dessiné sur la tête un grand chapeau bleu pour cacher une cruelle calvitie. Le gamin qui ricanait de trois quarts en serrant la patte de son pantalon avait été épargné, comme le vieux au premier rang. La grand-mère à la mine renfrognée s'était en revanche transformée en arbuste au tronc d'un marron vif et d'un vert un peu trop jaune. Le tableau et le cadre qui trônaient au-dessus des têtes, dans le fond, avaient également été méchamment barbouillés : on y voyait un disque censé représenter le soleil.

« Pas mal. »

Des compliments, non, il ne lui en ferait pas à la petite impertinente, mais il lui offrirait bien un calotype raté pour qu'elle le barbouille à nouveau. Pas aujourd'hui. Ce soir, ils allaient à la Scala. Chiarella avait hâte. On donnait la représentation d'automne des *Lombards à la première croisade*, du *maestro* Verdi. Et s'il le rencontrait à nouveau, Lisander ne voulait pas être pris au dépourvu.

*

Elle avait des cheveux noirs comme l'ébène et elle vagissait tant, d'une voix si perçante, que Domío devait se boucher les oreilles pour résister à l'envie de la frapper. Elle avait à peine plus d'un mois, et tout le monde semblait l'aimer : ses parents, Feliciana et Sebasta, et même l'abbé Paul, que Domío détestait à cause de son père, lequel avait demandé à ce défroqué d'apprendre à son fils un peu d'italien et de français en prévision d'un retour « à la maison », comme il disait, en Italie ; Aninha avait râlé parce que le petit n'avait que trois ans et qu'il ne fallait pas surmener ce cerveau qui avait déjà dû lutter avant de venir au monde, mais José s'était entêté. Dès qu'il voyait l'abbé Paul, Domío essayait de se cacher, s'aventurant dans les escaliers qui menaient à la terrasse, s'écorchant les genoux et les mains, en vain.

La pire torture pour lui était de voir Rosita accrochée au sein de sa mère. Il ne tétait plus et était incapable de retrouver le souvenir précis du sein ou de la saveur du lait maternel, mais il gardait pourtant en lui, ineffaçable, sa trace. Aussi la vision d'Aninha approchant son mamelon du petit visage de sa sœur lui inspirait parfois une réaction immédiate, incitait sa main à donner une gifle qui, comme l'épée de Salomon, séparerait le mamelon des lèvres, histoire de confirmer que cette chose avait fait partie de sa bouche à lui et que personne d'autre n'avait le droit d'y toucher. Il n'était ni un casse-cou ni un polisson ; il agissait en toute innocence, incapable de faire autrement sans se rendre compte que c'était mal.

Les reproches de son père lui causaient autant de chagrin. Il adorait quand José le prenait dans ses bras ou lui racontait une bataille en déplaçant sur la table des pierres et des petits bouts de bois qui comme par magie se transformaient en soldats, en canons, en navires ou en canonnières fendant les flots ; mais depuis que la petite était née, en novembre, son père rentrait toujours avec l'intention de le gronder, et la fois où José l'avait vu donner une claque à Aninha et Rosita, il lui avait flanqué une sacrée leçon, sur les fesses et sur la nuque ; Domío avait beaucoup pleuré.

Son père le consola en lui offrant un drapeau noir dont le petit s'enveloppa aussitôt à la manière d'un manteau. À dire vrai, la cérémonie du cadeau fut très ennuyeuse : en lui annonçant qu'il avait quelque chose pour lui, José lui demanda de s'asseoir et de l'écouter. Domío s'approcha, et son père commença à lui expliquer qu'il allait recevoir quelque chose d'important, une copie du drapeau de la toute jeune Légion italienne de Montevideo, noire parce que le noir était une couleur noble, la couleur du désespoir, comme le destin de l'Italie et des exilés. Aninha hochait la tête, elle qui n'aimait pas les initiatives de la communauté italienne, et s'y opposait parfois ; mais n'osa pas, cette fois-ci, l'interrompre. C'était beau de voir père et fils réunis. Quand enfin José déroula le baluchon, il montra de son doigt la silhouette brodée sur l'étoffe : « Ça, c'est le Vésuve, une montagne qui brûle d'un feu qui ne s'éteint jamais, et qui peut faire disparaître des villes entières par la seule force de ses flammes. Je l'ai en moi, ce feu, et toi aussi. Tu es né avec. C'est une chance. » Domío ne comprit pas, mais quand son père, en lui disant, *toi aussi*, frappa sa poitrine, il ne sut s'il fallait pleurer ou taper dans ses mains d'allégresse. Le drapeau le rendit fou de joie, et il l'attacha à son cou. Il s'improvisa « *capitão* Vesuvio », exterminateur de fourmis ; il jouait son personnage dans la cour où, des heures durant, il se déchaînait jusqu'à ce que José rentre à la maison, fatigué et irrité, et lui donne une petite tape, parce que, en se démenant comme ça, il risquait d'abîmer son drapeau. Puis, pris de remords, il l'emmenait à la chasse aux lucioles et lui apprenait les premiers maniements de la poudre à canon.

*

Les moustaches autour desquelles se dessinait le visage de John John pendant la débauche et la lueur du cigare de Massèi dissipant les ténèbres de la nuit de Gênes ; ces deux images venaient la chercher dans son sommeil, éclairs sans queue ni tête lui rappelant d'où elle venait comme si on placardait sa mémoire sur un poteau au coin d'une rue ou sur la façade d'un immeuble : John John l'avait accueillie, sauvée, Massèi l'avait définitivement formée. C'étaient eux qui avaient imposé, et dans le même temps donné, un nouveau sens à sa vie. Et quand Leda se penchait sur sa propre existence, elle ne manquait ni de lucidité ni de gratitude. Elle se sentait d'une certaine manière coupable envers eux, mais l'idée que sa relation avec Michele puisse lui offrir une plus grande et plus insouciante liberté faisait malgré tout son chemin dans son esprit et s'y installait plus solidement.

Cet après-midi-là, elle s'était rendue à l'entrepôt que Michele avait récemment loué à Bloomsbury en vue d'un commerce qui pourrait déboucher sur l'ouverture d'un bazar. Son increvable fiancé avait fait venir de Lombardie du velours dont il avait offert à Leda un coupon à grosses côtes, emballé dans du papier marron pour qu'il ne s'abîme pas.

« Si on vivait ensemble, on pourrait s'en servir comme linge de maison », lui dit-il en lui montrant la qualité du tissu, entre la blague et le reproche.

« Bonne idée, les rideaux en velours : mais tu devrais t'y prendre autrement si tu veux qu'on puisse en vivre », lui répondit-elle en essayant de tourner la conversation à la plaisanterie.

Quand ils arrivèrent ensemble devant chez Margaret, il faisait déjà nuit. Michele l'embrassa sur les marches en lui disant qu'il devait filer, il avait promis à des amis d'aller jouer dans un tripot, et s'il raflait autant qu'il l'espérait, Leda pourrait venir lui réclamer un petit cadeau : la montre qu'ils avaient vue ensemble en se promenant sur Oxford Street, par exemple.

« À demain ! »

Leda monta les marches en serrant son paquet contre elle et trébucha sur le tapis dans l'entrée. Elle appela, mais ni Jane la domestique ni Margaret ne répondirent ; la maîtresse de maison s'était peut-être couchée tôt et Jane avait sans doute eu quartier libre pour aller guincher avec le menuisier dont elle parlait depuis peu, aussi Leda n'insista pas et s'enfonça dans la pénombre. Elle se pencha sur la volière pour jeter un coup d'œil sur les mésanges ; l'une d'elles l'inquiétait un peu. Dans son dos, le grand poêle de faïence avait été chargé plus qu'il ne fallait ; il diffusait dans le salon une délicieuse tiédeur et Leda poursuivit son chemin à contrecœur. Sa chambre était beaucoup plus froide.

Une fois sa porte refermée, sans même avoir enlevé son manteau, elle déballa le paquet de Michele et le mit dans l'un des tiroirs de sa commode pour que le tissu ne prenne pas la poussière, puis elle se déshabilla, peigna ses cheveux, assise à sa coiffeuse et, après avoir laissé ses vêtements s'aérer un peu, elle les rangea dans son armoire. Enfin elle se coucha. Elle n'avait pas sommeil et elle reprit la lecture du dernier épisode de *The Life and Adventures of Martin Chuzzlewit*. Elle suivait le vieux Martin et sa très cupide famille depuis le tout début de la publication et bien qu'elle ne raffole pas de ce genre d'histoires à rebondissements un peu bavardes, elle s'était attachée à la pauvre Mary et au méchant Jonas.

Quand elle sentit le sommeil s'approcher, elle posa la revue sur sa table de nuit et, pour la première fois depuis bien longtemps, presque inconsciemment, remonta ses couvertures jusque sous son menton et joignit ses mains dans un geste de prière. Elle ne voulait pas demander une grâce, ni obtenir le pardon ; on l'avait trop fait souffrir au nom de Dieu pour qu'elle puisse se rapprocher de l'idée du divin. Pourtant, elle joignit les mains, parce qu'il y a des journées qui s'écoulent agréablement, et ainsi vient l'envie, dans un moment de contemplation, de dire merci à quelqu'un. Alors sa mémoire voulut lui faire un cadeau précieux : sa mère qui lui apprenait à prier. L'élan involontaire et inattendu du souvenir la troubla, Leda pointa ses mains au ciel et se redressa en s'adossant contre les coussins ; elle inspira profondément, ferma les yeux, entrelaça à nouveau ses doigts. Sa mère lui réapparut sous des couleurs nostalgiques, voilées. Elle la revit avec ses yeux d'enfant, à cinq ans, peut-être plus petite encore ; elles étaient dans la chambre à coucher du domaine, deux lampes brillaient. Leda était agenouillée sur une descente de lit un peu élimée et elle avait posé ses coudes sur le matelas, si haut qu'il l'obligeait à se cambrer. Elle priait en fixant les articulations de ses doigts : *Ave Maria, gratia plena, Dominus tecum*… Elle récitait sans exagérer le goût de l'exhibition propre à cet âge-là, elle ne murmurait même pas d'une voix impatiente et pressée comme pour dire *j'ai sommeil et j'en ai marre*. Depuis toute petite, elle avait toujours aimé la musicalité de l'*Ave Maria* – c'est plus tard, déjà recluse à Santa Chiara, qu'elle avait appris que la prière parlait du salut qu'un archange accorde à la mère de Jésus – et elle aimait encore plus le fond sonore, ceux qui, dans son dos, murmuraient avec elle. Dans la chambre à coucher, il y avait une deuxième femme, une domestique au visage velu, une femme très affectueuse, mais sa mère était la flamme de ce souvenir. Une silhouette élancée, mince du buste et ronde des hanches. Enveloppée dans un habit sombre, ses cheveux chastement attachés. Elle répétait du bout des lèvres ce que sa fille venait à peine de réciter, *fructus ventris tui*, prête à relever un défaut dans l'expression ou dans la prononciation, et tout aussi prête à la féliciter d'un baiser. La beauté de cette vision lui fit monter aux lèvres un sourire d'émotion, puis Leda s'endormit. D'un sommeil sans rêves.

Et terriblement bref.

« Mais que… ? »

Elle se réveilla en sursaut. Une main inconnue s'abattit sur sa bouche, et Leda sut aussitôt qu'il ne s'agissait pas de la main d'un fantôme, ni d'un cauchemar, et elle comprit tout aussi clairement que le matin était bien loin, et la lumière aussi, parce que trop pure fut sa frayeur, trop réelle la main contre son visage, les doigts parallèles à ses lèvres fines et desséchées par le sommeil. Si âcre la puanteur du cuir du gant qui l'empêchait de respirer. Trop sonores, bien que murmurés, les mots qu'elle entendit : « Ne fais pas de bruit. Ne bouge pas. »

Leda voulut se débattre, mais la main appuya plus fort encore : « T'as peut-être fracassé la tête d'une bonne sœur, mais moi je vais mettre un bon moment à te défoncer la face » et puis, après cette phrase terrible, à nouveau plus fort, les doigts qui essayaient de pénétrer de force l'ossature frontale pour arriver jusqu'au crâne. Leda sentit une douleur aux dents, aux incisives supérieures. C'était celle d'un homme, cette main qui tout à coup remplissait la nuit, qui incarnait l'obscurité – masculine comme la force qui l'écrasait contre le matelas qui se dérobait sous elle comme un gouffre.

« N'essaye même pas. Calme. »

Il était italien ; l'accent anglais lui venait d'un séjour en terre étrangère et n'était pas de naissance.

« Ils t'avaient prévenue. »

Elle enfonça ses doigts et ses ongles dans le poignet qui l'écrasait, mais l'homme l'empoigna par la tête avec l'autre main et la souleva. La douleur que le geste provoqua sur son cuir chevelu fut instantanée. L'homme la traîna hors du lit.

« Calme. »

Leda atterrit sur le plancher l'épaule la première avec un bruit sourd, alors l'homme la tira vers lui, souleva sa proie. Alentour la nuit écoutait.

« Ferme-la et ne bouge pas. »

Elle se retrouva assise, le dos plaqué contre le rebord du lit. Elle essaya de crier mais un coup sur la bouche lui fendit la lèvre.

« Tais-toi. »

La main se remit à appuyer, Leda se débattit jusqu'à ce qu'elle sente le souffle lui manquer.

« Crois-moi, je te tuerai. »

Un vertige dû à l'asphyxie lui brouilla la vue.

« Personne ne viendra », siffla la voix.

C'était une menace redoutable et Leda le comprit, alors elle se radoucit. L'intrus la prit par les cheveux, la tira en arrière jusqu'à ce que sa nuque tape contre le rebord du lit, le menton en l'air et la gorge découverte, sa chemise de nuit laissant voir à travers son décolleté le sillon entre ses seins.

« Écoute-moi bien, je ne te le dirai qu'une seule fois. »

L'homme éloigna la main qui paralysait sa bouche et l'approcha de ses propres lèvres ; il fit glisser ses gants avec ses incisives.

Penchée de la sorte, Leda s'efforça de voir plus précisément en tournant le plus possible les yeux vers le bas ; elle apercevait un profil et sentit la main nue de l'homme lui effleurer la cheville et remonter le long du creux entre le mollet et le genou.

« Tu n'existes pas. La Lorenza que tu prétends être n'existe pas. Tu n'existes que si tu fais ton devoir. Sinon, tu disparais. »

La main arriva à l'aine, et c'est alors que le corps de Leda réagit, se remémorant à quel point la sensation de se défendre était glorieuse, à quel point celle de se dérober à un bourreau était satisfaisante. Elle leva brusquement un bras en serrant les doigts, et son poing rencontra l'entrejambe du pantalon de celui qui lui faisait face.

L'homme vacilla en arrière et Leda s'apprêta à se lever ; mais l'intrus parvint à s'appuyer sur un bras, et de l'autre lui lança une gifle qui la fouetta en plein visage, la projetant vers la table de nuit.

« Putain. »

Leda s'écroula, lutta contre sa perdition, s'efforça de résister. De ne pas perdre connaissance. Elle devait se relever. Courir chez Michele. Ngely aussi l'aurait défendue. Elle redoutait la plus infime des vengeances, mais l'intrus était venu avec un message. Aussi se contenta-t-il de l'assommer avec un second coup de poing.

Quand elle revint à elle, elle avait les chevilles attachées par une courroie au châssis du lit, les bras grands ouverts, également attachés à la hauteur des poignets. Sa pommette et le côté gauche de sa mâchoire lui faisaient très mal, mais une fois ses paupières ouvertes, elle réhabitua facilement ses yeux à la lumière. Il y avait une faible lueur maintenant, provenant d'une lampe à huile sur la coiffeuse. Leda regarda autour d'elle, scruta les ombres de la pièce. Elle était seule. Elle attendit un instant pour en être sûre, puis agita ses pieds dans l'espoir de libérer ses chevilles, avança une épaule, puis l'autre, afin de dégager ses bras des courroies qui la crucifiaient. Tout fut inutile, mais Leda essaya malgré tout, bavant à cause du mouchoir dans sa bouche, donnant des coups avec sa langue pour faire de l'espace, jusqu'à ce qu'elle entende la porte grincer. Alors elle se figea.

« Tu es réveillée ? »

Une silhouette s'avança ; elle tenait quelque chose dans sa main. Un objet long et fin. Leda écarquilla les yeux. Une pointe en fer. De l'extrémité émanait une lueur orangée, incandescente.

« Bien dormi ? »

Elle secoua la tête, mais l'homme s'arrêta à côté du lit et posa une main sur sa cuisse, l'étreignant, enfonçant ses doigts dans le faisceau de muscles.

« Calme. »

La frayeur lui dilata les yeux ; Leda hurla dans le mouchoir, sentit la respiration lui manquer. Un vertige fit basculer la pièce. Leda s'agita frénétiquement. L'homme fut obligé de dégager la main de sa cuisse et d'enfoncer un peu plus le mouchoir avec lequel il l'avait bâillonnée.

« Ça suffit. »

Leda sentit un haut-le-cœur remonter de son estomac et l'espace d'un instant elle pensa qu'elle allait mourir, les poumons ratatinés, sans air ; mais la main de l'intrus recommença à serrer sa cuisse, et le souffle revint, coincé de force dans les plis du tissu et dans le nez.

« Faire la pute des Italiens, ça va pas te rapporter grand-chose », lui dit l'homme en se penchant sur elle. La rougeur de la pointe incandescente illuminait ses orbites ; deux yeux clairs, minuscules. « Tu es ici avec une mission, et c'est pas celle de te laisser engrosser », ajouta-t-il en enfilant sa main sous sa chemise de nuit et en effleurant le poil rêche de son pubis, nu, comme de coutume, la nuit ; au lieu de profiter d'elle, pourtant, l'homme retira sa main et approcha le tisonnier du visage de Leda. Seulement alors elle se rendit compte que ce n'était pas un tisonnier : sur la pointe chauffée à blanc, on voyait une ligne plus subtile, davantage orange et blanc que rouge ; la pointe de l'outil était forgée selon une forme stylisée.

« Tu as une mission. Rédiger les rapports, suivre les instructions. Faire en sorte que les Italiens te fassent confiance. Tu peux les baiser si ça te chante. Tu sais te faire apprécier. Mais tu n'es pas ici pour devenir une des leurs. Tu n'es pas une des leurs. Tu es à nous. »

Leda y voyait un œil. L'ovale bridé sur les côtés, un cercle en guise de pupille. Sans paupières. L'objet ressemblait à un fer pour marquer le bétail, mais drôlement plus petit ; à dimension humaine. « Tu es morte à Rome. La seule vie qui te reste, c'est celle-là. » Puis une déferlante rouge brouilla la vue de Leda, et tandis que sa peau crépitait au contact de l'œil ardent, la douleur éteignit sa conscience. Noir.

Elle retrouva ses esprits. La nuit résistait, interminable, qui sait combien d'heures encore il fallait attendre avant l'aube. Elle avait les bras et les jambes libres maintenant, un peu rougis par les attaches aux poignets et aux chevilles. Les élancements qui lui traversaient la tête étaient au contraire terriblement plus douloureux.

Elle fit glisser ses jambes sur le côté du lit et, en s'appuyant des mains pour se lever, sentit une douleur lancinante à l'épaule. Elle durcit son abdomen, comme on fait pour mieux supporter, mais elle n'eut pas le courage de regarder. Elle tituba jusqu'à la coiffeuse. La lampe posée là par son bourreau diffusait encore une faible lumière. Elle vit son reflet dans le miroir. D'abord les yeux, qui lui semblèrent fragmentés en vaisseaux sanguins, constellés de points et de petits éclats. Puis la blessure. Un unique caillot qui se détachait de la chair violacée tout autour. Dans la lumière flottante, elle avait quelque chose de monstrueux, le contour déjà se dessinait. Il la regardait en train de l'observer.

Le premier sentiment ne fut pas le désespoir. Plutôt que de céder aux larmes et de crier à l'aide, elle médita le plus froidement possible sur cet œil tatoué au fer rouge sur sa peau. Si elle en guérissait, Leda montrerait cette marque chaque fois qu'elle dévoilerait son épaule. Ils voulaient l'empêcher de vivre à sa guise, ils inscrivaient dans sa chair qu'ils étaient les seuls à diriger son histoire sinistre. En lui donnant une raison d'avoir honte d'elle, ils la contrôlaient. Ils la forçaient à une existence où à chaque instant elle courait le risque d'être reconnue, ils l'obligeaient à se dérober pour ne pas révéler les bassesses dont elle se rendait coupable envers ceux qui lui accordaient leur amitié, leur confiance. Ou elle acceptait qui elle était – une espionne – ou elle se tuait : au fond, cet œil ne voulait rien dire d'autre. Trop difficile d'expliquer qui elle était devenue après une série de hasards. Ils l'auraient répudiée, salie, quand bien même elle aurait prétendu qu'on l'avait obligée à devenir ce qu'elle était.

À l'idée que Michele puisse découvrir la marque, Leda perdit finalement courage. Parce qu'il la déshabillerait, l'embrasserait, la serrerait à nouveau dans ses bras et découvrirait ainsi l'œil, et cette vision éveillerait son imagination, qui jugerait l'incident inattendu, injuste et suspect, puis viendraient les questions, les comptes à rendre. Leda parvint à freiner le flot de ses pensées et à leur redonner un ordre. Peu importait finalement que ces explications soient inventées ou réelles ; il suffisait qu'elles soient crédibles, après tout. Une idée alors surgit, si soudaine qu'elle emporta sur son passage tout ce qui lui évoquait sa douleur. Leda étudia le miroir. Elle imagina. Liquider la marque. Arracher, par une autre brûlure, une couche de peau. Et avec elle l'infâme signature.

Elle s'approcha de la porte. Les gonds grincèrent tristement. La maison était sombre, muette, vouée semblait-il à un calme à la fois éternel et fragile. Dans le salon. Le poêle. Il tirait dans le tuyau de la cheminée avec une flamme plus haute depuis qu'un gamin noir de suie l'avait nettoyé quelques semaines plus tôt. Les carreaux du revêtement de faïence étaient encore chauds. Leda tendit la main vers la partie inférieure où s'ouvrait une bouche carrée. Elle tira vers elle la petite porte. Une lueur de rouges et d'oranges mêlés. Elle saisit la pelle à charbon posée sur le panier à côté ; elle recueillit un peu de charbon, comme elle avait vu faire Jane la domestique tant de fois. On n'en manquait jamais à la maison. Elle souffla fort, les petites pierres noires crépitèrent et craquèrent. Maintenant que la nuit s'approchait du matin, les braises perdaient un peu de vigueur, mais Leda posa la pelle sous les plus beaux tisons. Elle craignait que le bruit n'ait alarmé Margaret ou Jane, mais personne ne vint. Quand elle retira la pelle pour la neuvième fois, elle la trouva brûlante à souhait.

Elle eut l'intelligence de s'asseoir sur le plancher pour éviter de tomber et se faire encore plus mal. Elle approcha la pelle de son épaule. La brûlure hurlait encore, mais c'était comme si Leda s'était habituée au cri ; la seule proximité de l'objet ardent raviva pourtant si violemment la douleur qu'elle perdit conscience pendant quelques secondes. Puis elle se reprit, et précisément au moment où elle avait toute sa tête, pour la première fois depuis qu'elle avait fui le Sud, lui revint en mémoire cette façon qu'avait Vito, son père, de la gronder gentiment quand elle s'ébahissait à regarder l'horizon au-dessus des étendues d'oliviers : « À force de regarder le soleil, tes yeux vont finir par fondre ! »

X

Maintenant, c'était elle qui montait sur la terrasse, toute seule, José avait bien trop à faire pour se ronger les sangs, toujours aux quatre coins de la ville. Lui, il oubliait le temps qui courait en le remplissant, heureux de raconter comment Montevideo résistait à la manière de Troie, et qu'aucun cheval d'Ulysse ne la mettrait jamais à feu et à sang. Aninha, au contraire, malgré la responsabilité des enfants et la quête hasardeuse d'un petit quelque chose, non pour remplir le garde-manger, mais simplement pour calmer la faim quotidienne, elle en trouvait du temps. L'hiver austral était doux, Aninha se sentait faible, mais elle s'emmitouflait dans le poncho à rayures beiges et noires de José pour monter sur la terrasse et s'y asseoir un instant. Elle laissait courir son regard sur la mer, puis vers l'arrière-pays où l'on voyait s'élever les panaches de fumée des affrontements. Où la guerre faisait rage. Une rondeur naissante entre le pubis et le nombril lui disait qu'elle était à nouveau enceinte, et même si elle s'en voulait un peu car chaque grossesse la retenait loin de José, elle en était heureuse, de ce bonheur qui naît de l'accomplissement. Montevideo étouffait, étranglée par l'embargo militaire des Argentins, mais l'idée de mettre un enfant au monde procurait à Aninha un sentiment de bien-être, d'autant que cette troisième grossesse lui apportait une conscience d'elle-même qui était aussi une revanche, spirituelle et physique. Dans un passé enterré en même temps que son premier mari, mais aussi avec José, son récent et éternel époux, Aninha avait eu l'impression très nette que son ventre ne lui appartenait pas pleinement, ou plutôt qu'il lui avait été confié afin que d'autres en disposent une fois la femme conquise. Que ceux qui l'aimaient avaient le droit de s'attribuer la propriété de sa fécondité profonde. Alors qu'elle la découvrait maintenant sienne, seulement sienne. Et cette responsabilité, bien qu'énorme, la gratifiait.

En ville, la viande se faisait rare et l'on manquait même de patates, si bien qu'Aninha, découragée, avait été obligée de demander à Feliciana de lui trouver une nourrice, car vu le peu qu'il y avait à manger, son lait commençait à se tarir. Quelle tristesse de se résigner à l'idée que Rosita tète le sein d'une autre qu'elle, et combien de fois n'avait-elle pas hurlé contre José, quand elle était parvenue à le coincer à table, après avoir fichu à la porte ses inévitables compagnons italiens et, depuis peu, les exilés riograndais qui arrivaient les uns après les autres à Montevideo sur les traces de leur ancien *capitão*, après que l'empire du Brésil avait brisé toutes les révoltes. Aninha avait de véritables coups de folie, elle suppliait José de demander davantage au ministère de la Guerre, de réclamer une autre paye, des privilèges et des rations en plus pour les qualités dont il donnait chaque jour la preuve. Mais José lui sortait toujours la même rengaine : le devoir d'un homme libre dans l'âme est de se battre partout où règne la tyrannie, sans accepter de récompenses ni en exiger, car « l'unique récompense, c'est le sentiment de justice qui surgit au matin quand on le retrouve dans son cœur ». Aninha tapait alors du poing sur la table, se mordait les lèvres, sortait dans la cour, puis revenait sur ses pas et lui renvoyait à la figure leur misère, mais buté comme il était, il ne l'écoutait pas, surtout maintenant que ce satané Mazzini – une sommité, d'après ce qu'en disaient les Italiens, un démon aux oreilles d'Aninha – écrivait depuis l'*Urope* en applaudissant le vertueux Colonel. Aninha en vérité admirait la détermination de José, ce génie dont tant de gens se moquaient comme si c'était de la vanité. Bien sûr, qu'il s'en rendait compte, des conditions de vie d'Aninha et des enfants, et pourtant…

Accepter une nourrice avait instillé en elle un fond de mauvaise humeur qui explosait à l'improviste ; un jour, elle avait carrément attrapé Domío qui chahutait avec sa cape sur le dos, déchirant le précieux cadeau que le petit avait reçu de son père ! Avec une aiguille et du fil à coudre, Aninha avait raccommodé le costume du *capitão* Vesuvio, mais elle n'avait pas su apaiser la frayeur de Domío qui, pendant des jours, l'avait regardée avec des yeux méfiants. Et pour comble, un des premiers soirs où elle avait retiré son sein stérile des lèvres de Rosita – à la plus grande joie de Domío – pour laisser la place à la nourrice, Aninha avait fait un cauchemar qui l'avait obligée à se lever pour boire une tasse d'eau du puits, sous les étoiles, afin de calmer son angoisse. De respirer. Elle se retrouvait d'un coup sur la surface noire d'une mer calme. Au loin, on entendait l'écho des salves d'artillerie, le grondement des canons. La lune avait déserté le ciel. Aninha était assise à la poupe d'une embarcation pourvue d'un mât et d'une minuscule voile, pas plus grande qu'une nappe ; elle naviguait vers une ville en flammes, assiégée : une bulle de clarté flamboyante quelque part au milieu de l'obscurité. Un coup de vent fouettait soudain la voile, attirant sur elle l'attention d'Aninha. Elle n'était ni carrée ni triangulaire. Une forme plutôt semblable à une étoile aplatie, avec quatre branches au lieu de six comme elle avait appris à les dessiner par terre. La couleur. La couleur de la voile rappelait le cuir que son père *chico* Bentão faisait sécher au soleil une fois débarrassé des poils, des fibres musculaires et des débris de chair. Au moment précis où le rêve s'évanouissait, voici que s'ouvrait une brèche sur la voile, révélant une autre scène nettement plus effrayante. Une vision dans la vision. Une vieille femme. Elle maniait une lame scintillante. Entre ses mains, un petit corps humain dont le thorax était déjà ouvert afin que le couteau remonte le long des côtes pour écorcher le dos. À côté de la vieille, un chien noir aux épais sourcils striés de blanc était pelotonné ; il lapait une flaque de sang rouge vif. Le petit corps, le visage de cet être supplicié, étaient ceux d'une petite fille.

Sa grossesse avançait et, malgré la joie qu'Aninha éprouvait au contact de ses mains sur son ventre, deux facteurs contribuaient jour après jour à la lui rendre plus inquiétante que la précédente : la Légion italienne et le siège de la ville par les hommes du général Oribe. Et si cette dernière source d'inquiétude n'était pas imputable à José, son mari avait en revanche une petite responsabilité concernant la première. Ou du moins pouvait-on la lui attribuer.

Il n'était pas directement responsable, puisque l'idée de la Légion italienne ne venait pas de lui, mais de l'incontournable GianFarinata qui avait voulu s'exposer en première ligne. Et c'était encore la faute de Gian-

Farinata si la Légion et José se retrouvaient avec sur le dos ces infâmes tuniques qu'Aninha détestait : un soir de juillet, pour être précis, l'ami de son mari était venu à la calle del Portón et avait expliqué avoir besoin de cinq cents *pesos*, somme très vite récoltée parmi les sympathisants, afin de passer commande auprès d'un notable d'un lot de blouses détournées depuis Buenos Aires, rouges comme le sang – pour rendre moins visibles les éclaboussures qu'on se faisait en travaillant aux abattoirs : « L'allure et le moral de la Légion n'en seront que meilleurs ! » Son José, si beau dans sa veste à double boutonnage qu'il portait jusque-là en sa qualité de commandant de la marine, rentrait désormais à la maison avec cette espèce de tunique qui lui donnait l'air d'un drôle de prêtre, incitant Aninha, un jour, à lui suggérer : « Et si on la raccourcissait un peu ? »

L'idée originelle de la Légion était venue spontanément de la communauté italienne. Quand le général Oribe avait fait circuler l'avertissement qui disait que chaque étranger trouvé en possession d'armes recevrait un traitement adapté à sa situation, c'est-à-dire celle d'un ennemi bon à décapiter, GianFarinata avait rédigé une déclaration pour que « tous les Italiens » montrent qu'ils ne se laisseraient jamais intimider ; d'autres membres de la communauté avaient au contraire saisi l'occasion et, au nom des émigrés les plus nombreux, à savoir les Ligures, les Savoyards, les Pouillais et les Campaniens, ils avaient soumis le 1er avril de l'année 1843 une requête formelle au ministère de la Guerre pour pouvoir constituer un corps armé, à condition que la République orientale d'Uruguay respecte certaines conditions : le service circonscrit aux frontières de la ville et jusqu'à la fin du siège, pas un jour de plus ; un traitement identique à celui réservé à la toute jeune Légion française ; les soins aux blessés ; la pension pour les invalides ; les repas quotidiens et la paye de guerre.

Dès qu'il avait été au courant de l'initiative, GianFarinata en avait informé José et avait fait tout son possible pour convaincre le ministère de la Guerre. Mais avant même que la Légion ne soit officiellement constituée, une querelle était née quant au choix du drapeau, quelqu'un ayant par malheur proposé la croix blanche du royaume sarde. José, qui jusqu'à présent s'était limité à se dire satisfait de la détermination de ses compatriotes, avait été pris à partie : on attendait de lui, fort de l'autorité que ses aventures sur terre et sur mer lui avaient donné, un mot décisif ; dès lors, bien que sa solde lui fût versée pour ses services rendus à la marine, José s'était démené pour rassembler quelque quatre cents hommes qui avaient aussitôt fait de la Légion italienne un des contingents de volontaires les plus importants de la ville. Et voilà qu'en une heure, on avait créé une commission, présidée par le bien-aimé Colonel ainsi que le fidèle Napoleone, qui venait toujours plus souvent à la calle del Portón avec de nouvelles questions à soumettre à l'approbation de José, privant sa famille des attentions du père et du mari. C'était incroyable de voir à quel point les Italiens pouvaient être fainéants puis se transformer en modèles d'enthousiasme et de zèle !

Quelques semaines après sa création, la Légion avait offert une première et piètre image d'elle à l'occasion d'un exercice de marche, incident qui avait fini par retomber sur Aninha, puisque José, fou de rage, avait passé deux nuits à ruminer, l'obligeant à dormir seule. Son époux avait finalement rédigé une lettre destinée à un certain Francesco Anzani, qui l'avait déjà inspiré dans le Rio Grande ; José racontait, plein de reconnaissance, que c'était un homme, un vrai, qui avait rejoint l'Amérique du Sud après avoir connu les geôles autrichiennes : « Un chevalier errant pour la cause de l'humanité ! »

Anzani avait répondu en se disant intéressé et, quand il les avait rejoints, il avait paru très sympathique à Aninha. Il avait un visage creusé et ne baissait jamais les yeux. Inflexible. Tant et si bien que la Légion, qu'Aninha voyait d'un mauvais œil puisqu'elle la privait de la compagnie et des attentions de José, était devenue pour elle une fierté.

De fait, malgré leurs fréquentes bévues et fanfaronnades, les volontaires enrôlés par Anzani s'étaient vite distingués pendant les actions de combat, gagnant l'estime de la population et recevant la mission – eux les « foutraques et les bordéliques » comme les surnommaient par jalousie les membres de la communauté française – de faire respecter l'ordre public. Les légionnaires fermaient souvent les yeux sur le marché noir qui se développait, l'étau du siège doublant les prix des vivres, des céréales aux fruits ; ils se contentaient de jouer les ahuris et, en échange, recevaient quelques compensations, du moment que l'ordre n'était pas troublé, ce qui les aurait inévitablement obligés à intervenir.

« Comme ça au moins, on a quelque chose à manger. »

*

Le Maestro était tellement ému qu'il la prit par les épaules. La blessure était guérie depuis des mois, on était maintenant en automne, et seule une petite excroissance luisante lui rappelait la violence subie et le courage avec lequel, à bout de forces, elle avait effacé la marque en forme d'œil.

« Merci. » Pippo la serra en sachant qu'il ne lui faisait pas mal, mais soucieux tout de même de ne pas y mettre trop de force ; il avait encore un peu de douceur dans les gestes. « Lorenza, tu as été précieuse. L'idée du sable m'a permis de rendre justice aux martyrs. »

Leda lui sourit malgré sa gêne devant l'enthousiasme dont il pouvait parfois faire preuve. Après sa convalescence, elle avait commencé à l'appeler Pippo, comme les amis les plus intimes, croyant ainsi resserrer l'étreinte sur sa proie et réaffirmer son propre rôle d'espionne ; un acte accompli pour soulager la frayeur que le drame avait laissée en elle.

« C'est moi qui te remercie de m'avoir accueillie et de m'avoir offert cette nouvelle vie. Je me suis à peine acquittée de ce que je te dois », dit-elle d'une voix faible. Elle faisait semblant. À moitié seulement.

C'était une journée couverte, on voyait s'approcher sur la ligne d'horizon atlantique un front orageux qui annonçait une pluie capable de convertir la chaussée en bourbier pendant des semaines, avec des éclairs scintillants prêts à embraser les façades des immeubles, et qui en attendant assombrissait toutes les couleurs. Leda portait une robe ivoire, Pippo un complet sombre, ils étaient debout l'un en face de l'autre devant la grande fenêtre du nouveau logis de Devonshire Street, une bâtisse solide et grise où le Maestro s'était installé après son déménagement. En Italie, les frères Bandiera étaient morts, assassinés, depuis plus de trois mois.

« Sans toi, je n'aurais pas eu la force de l'écrire », répéta-t-il avant de relâcher les épaules de Leda et de s'éloigner pour récupérer la liasse de soixante feuilles. Au coin du petit salon William et le petit Ngely attendaient pour sortir. « Le crédit que m'a donné le scandale permettra à ce livre d'être accueilli comme il le mérite. » Il venait de rédiger avec rage un volume entier de notes, intitulé *Souvenirs des frères Bandiera et de leurs compagnons de martyre à Cosenza. Le 25 juillet 1844. Rédigés à partir de leur correspondance*, et il s'apprêtait à l'envoyer dans un paquet en forme de poire à Paris à l'ami Lamberti, afin que celui-ci l'apporte rue d'Enghien et le mette sous presse ; les pages, qui arriveraient en Italie via la Savoie, raconteraient comment le Maestro avait exaucé l'ultime vœu des Bandiera et en quoi, contrairement aux rumeurs, il ne les avait ni trahis ni vendus.

Leda ne considérait pas Attilio et Emilio comme des proches, d'autant qu'elle ne les avait jamais vus, n'avait échangé d'autres lettres avec eux que celles dictées par le Maestro, et n'avait jamais eu pour eux un seul de ces mots qui, dits avec sincérité, durent plus que la pierre, qu'elle soit quartz ou diamant, mais la nouvelle de leur exécution l'avait émue ; et lorsqu'elle s'était retrouvée sur le sofa du nouveau petit salon en présence de Pippo, Michele et des autres, tous en larmes, anéantis pour de bon, tapant du poing de rage et d'impuissance, elle avait senti son cœur se briser. Leda imaginait le plus jeune des deux frères avec une épaisse tignasse, sans moustaches ni barbe, de grands yeux ; il écrivait toujours sur un ton enflammé. L'aîné, Leda lui voyait un visage plus austère, miné peut-être déjà par l'abattement, avec des moustaches pour compenser la récente calvitie. Ils avaient été fusillés en juillet, un jour sous le signe du Lion. L'été londonien avait été capricieux et frais ; qui sait comment il avait été en Italie. Sépulcral, à n'en pas douter.

« Maintenant, on y va », dit Pippo aux personnes présentes.

La nouvelle de l'exécution des deux frères était arrivée en Angleterre au lendemain de leur mort. Les nombreux interlocuteurs de la Péninsule avaient écrit à ce sujet, ainsi que Nicola Fabrizi, réfugié à Malte, impliqué dans une certaine mesure dans le projet d'insurrection. Tous informaient le Maestro parce que c'était à lui qu'incombait la tâche ingrate de dresser le tableau de la défaite et de l'infâme exécution, et le Maestro prêchait le calme, la tempérance. Mais en privé, il était incapable de se calmer. De partout, en effet, ses adversaires l'accusaient, aboyant comme les chiens ridicules qu'ils avaient toujours été, dressés sur leurs pattes, prêts à mordre : le premier fonctionnaire du gouvernement ou ambassadeur que Pippo avait un jour fustigé l'accusait aujourd'hui dix fois de la défaite, dans l'intention de le faire passer pour un fou qui agissait au mépris de la vie d'autrui, pour un terroriste ; ils lui faisaient porter la robe non pas du bourreau mais du juge de tribunal, l'accusant d'avoir été cette main baguée qui, en signant des proclamations, avait prononcé la sentence de mort de neuf hommes : neuf puisqu'en plus des deux frères vénètes, sept autres avaient été fusillés sous les arches de l'aqueduc romain de Cosenza, après avoir naïvement marché sur la Calabre des Bourbons en se fiant aux indications d'un brigand. Meluso : tel était le nom de celui qui avait abandonné Attilio et Emilio après qu'un second traître, corse celui-ci, un certain Boccheciampe, eut préalablement déserté l'expédition pour aller dénoncer ses compagnons à la caserne de Crotone, et il avait fallu du temps aux sbires du royaume des Deux-Siciles pour intercepter les imprudents révolutionnaires.

C'étaient ces faits-là, et non d'autres, qui résultaient du travail d'espionnage de Leda. Mais plutôt que de s'en prendre aux lâches, partout on criait contre Pippo, le seul que les journaux calomniaient et traînaient dans la boue pour se gargariser de son nom et frapper ainsi ceux qui, fièrement, l'exhibaient comme une monnaie. Jamais Pippo ne pourrait sortir indemne du matraquage de la presse ou de ceux qui l'accusaient d'avoir tendu un piège aux deux frères, de les avoir poussés à se livrer à une mort inutile et stupide !

Naturellement, le Maestro avait passé des heures au bureau de son nouveau logis. Il avait répliqué avec une colère inattendue et violente ; chaque jour, il envoyait un article aux quotidiens anglais et français pour se défendre publiquement. En attendant, il arpentait les rues de la ville, le dos voûté, vers des destinations toujours différentes, pour en appeler aux protecteurs les plus éminents, toute une série de grandes dames, professeurs, avocats, penseurs, juristes et poètes, mais se tourmentant sans cesse, en proie à la colère et à l'accablement de voir que sa résistance à la violence réactionnaire avait eu pour effet de faire mourir des hommes qu'il avait estimés comme des frères.

Comble de l'ironie, en ce tragique mois de juillet, un autre bouton purulent était apparu sur sa joue, beaucoup plus gros que les précédents ; la pustule tirait sur la peau, l'empêchait de se nourrir et de savourer son éternel café, et même de fumer, car tirer sur un cigare le gênait, et le seul fait de le tenir entre ses lèvres lui faisait mal ; quant à le mâcher, c'était inimaginable. Il ne pouvait pas non plus sortir de chez lui parce que dans cet état il n'était guère présentable pour frapper aux portes, surtout celles-là. Même effiler sa barbe aux ciseaux pour voir si la grosseur venait d'un poil incarné lui était pénible, aussi Pippo ne se rasait-il pas, et il ne permettait à personne d'autre de le faire à sa place, pas même à Susan, la femme de Pio qui – Leda en était désormais certaine, surtout grâce aux confidences de Michele – était sa maîtresse, et qui s'était elle aussi installée avec son mari dans les environs de Queen Square pour permettre au Maestro de veiller à l'éducation de Procida et d'un autre gamin.

« Viens, Ngely », dit Leda, et tous deux se dirigèrent vers l'entrée tandis que Pippo s'attardait un instant dans le *parlour* pour comploter avec William, très joyeux.

« On va chez Michele ? lui demanda Ngely, impatient.

— Oui », répondit-elle, rassurante, en lui donnant une caresse.

Le découragement du Maestro avait été très douloureux. En trente-neuf années de vie, il avait affronté plus d'un coup dur, mais les journées d'août et de septembre avaient dépassé ses précédentes humiliations ; elles lui avaient donné un air de vierge blessée, qui s'accompagnait d'une inexplicable et stupide manie de répéter les mots : « merci, merci », « je n'ai pas compris, je n'ai pas compris », « pourquoi, pourquoi ? », comme si cette insistance pouvait exprimer le caractère exceptionnel de son mal-être et souligner l'injustice dont il était victime. En se montrant affectueux pendant la convalescence de Leda, Pippo avait inspiré à la jeune femme une forme particulière de compassion, une sympathie un peu tordue, proche de cette pitié que l'on accorde à un désespéré, mais de la sympathie quand même. Elle s'était donc réjouie quand, en partie grâce à elle, Pippo avait retrouvé sa bonne humeur. La trouvaille de Leda avait emballé William : « Une idée simple, efficace. Bravo, Lorenza. Une ruse de femme. Il a bien de la chance, l'homme qui vous épousera ! »

Dans les jours qui avaient succédé à l'horreur venue la surprendre dans l'intimité prétendument inviolable de sa chambre à coucher, sa brûlure avait pris une tournure très grave. Par chance, Jane la domestique avait eu le réflexe de soigner la plaie avec une compresse de lait et, bien que la fleur qui avait éclos sur sa peau brûlée eût évacué un liquide jaunâtre pendant une semaine, paralysant presque son membre et faisant craindre une infection et une gangrène, les contours de la plaie avaient finalement désenflé, apaisés par les compresses d'argile d'un médecin que lui avait envoyé Pippo. Le cratère carbonisé s'était refermé et avait pris une consistance molle ainsi qu'une apparence plus supportable, jusqu'à ce qu'une couche luisante d'aspect peu naturel recouvre l'épaule, en partie insensibilisée. Et surtout, comme Leda l'avait espéré, cette couche cachait la marque, la reléguant à l'inoffensif statut d'incident. Quelle gêne si elle était apparue, comme affranchie de l'épaule ; au contraire, Leda avait su la réduire à une simple infirmité, un petit rien que Michele diminuait encore en réclamant infatigablement sa Lorenza, qui avait vite réappris à s'offrir à son regard, à s'abandonner à la fougue avec laquelle il la déshabillait, ravageait les lacets de son bustier et ses boutons.

L'expérience avait obligé Leda à réfléchir profondément. L'avertissement était par trop caustique pour ne pas être entendu et, de surcroît, le marquage nocturne avait été suivi d'une lettre de Massèi qui la mettait au défi de louvoyer et lui recommandait de se montrer irréprochable si elle ne voulait pas que ses amis italiens découvrent qui elle était vraiment. Leda avait retrouvé les rues boueuses de Londres et la nouvelle maison de Pippo. Le plus heureux de la revoir avait été Ngely : il avait hâte de lui annoncer que Michele lui avait proposé de travailler avec lui pour son affaire d'importation de tissus, ce pourquoi il avait délaissé la baraque aux environs de l'école de Hatton pour l'entrepôt de « ton amoureux, qui m'a embauché comme gardien. Et il me paye comme un roi ! ».

« On y va ? lui demanda à nouveau le garçon.

— Hé, tu es mal élevé, toi, lui murmura Leda. Avant, il faut dire au revoir à Pippo et à William.

— D'accord », répondit à regret Ngely en donnant un coup de pied dans un caillou qui faillit atteindre une dame qui passait avec un cabas.

Leda n'était pas très à l'aise dans la maison de Devonshire Street, moins familière de ces nouveaux lieux, mais plutôt que de vivre cette situation comme un handicap, elle en avait profité pour retrouver la distance initiale qu'elle avait adoptée vis-à-vis des émigrés. Si monstrueuse fût-elle, la peur provoquée par l'avertissement de Massèi avait été apaisée par l'affection de Pippo, Pio, Susan, Giovanni, et surtout de Michele. Lui, il rongeait son frein, il la voulait pour lui donner la preuve d'un sentiment intact malgré la cicatrice, et Leda aussi, bien qu'elle se sentît peu sûre d'elle, laide, avait envie de retrouver leur corps à corps sous les couvertures. Ce jour-là, les choses s'étaient passées ainsi : ils s'étaient allongés sur le lit, maladroitement, l'un après l'autre, comme deux enfants inexpérimentés, puis ils s'étaient aimés, et Leda avait retrouvé la confiance en une issue possible, la même que, cette nuit-là, son bourreau avait voulu lui extirper du corps. Elle pourrait vivre ici, à Londres, et pourquoi pas, épouser Michele, fréquenter les Italiens sans avoir à faire l'espionne, sans devoir habiter chez Margaret et attendre l'argent de Massèi. Elle pourrait s'en libérer. Couper tous les liens qui, parce que sa subsistance en dépandait, la retenaient prisonnière. Et qu'importent les rumeurs que Massèi ferait circuler sur son compte, elle les neutraliserait à force d'abnégation, en feignant d'être aussi ingénue et pure que les Italiens l'imaginaient. Elle voulait se lever le matin et se coucher le soir sans la torture des mensonges à se remémorer, des stratagèmes, de la conscience à soulager. Pourquoi ne pas proposer à Michele de fuir, loin ?

En attendant de saisir le sens de ses délires, Leda avait continué à rédiger les comptes rendus tous les dix jours et à se rendre chez Oliver pour envoyer une copie en double, mais, au fil des mois, elle avait pris l'habitude d'inventer. Plutôt que de rapporter ce qu'elle voyait et ce qu'elle entendait, elle improvisait et remaniait chaque version, une pratique qui lui venait d'un tout nouveau sentiment de pudeur et de protection dont elle se sentait redevable envers Pippo et les autres ; on sait du reste que le malheur soude les êtres. Leda savait quels arguments intéressaient Massèi, et elle avait un vrai talent pour inventer des détails susceptibles de donner une impression de vraisemblance.

Elle commença donc à intercepter et à lire la correspondance du Maestro non plus pour la retranscrire ou la résumer, mais parce que si elle voulait inventer, elle avait besoin d'être informée, elle la première, de tout. Elle profitait de chaque instant, glissait les enveloppes dans sa poche avec l'habileté apprise en observant les gosses qui fréquentaient l'école de Hatton. Mais ce n'était pas tout. Bien avant la funeste nuit, Leda avait corrompu un facteur de la Penny Post, le service qui offrait démocratiquement à chaque citoyen la possibilité de faire parvenir un courrier n'importe où pour un penny. Le facteur empochait volontiers deux schillings en échange de lettres que Leda lui promettait de remettre à ses destinataires, arguant du fait que son amoureux habitait à King's Road et que, folle de jalousie, elle devait le surveiller. C'était justement en interceptant la correspondance politique adressée, selon la règle, à *S. Hamilton, Esq., 4 York Building, King's Road, Chelsea-London* qu'elle avait su comment s'était finie l'expédition des frères Bandiera. Attilio et Emilio avaient espéré en vain un soulèvement concerté des Italiens et des Polonais contre l'Aigle à deux têtes ; ils avaient demandé cinq mille francs pour louer une barque et rejoindre ainsi la Péninsule en abandonnant Corfou, où ils s'étaient réfugiés en attendant les ordres et l'armée que Fabrizi leur promettait de Malte. Mais depuis que Pippo avait décidé de laisser la maison de Chelsea pour s'installer dans les environs de Queen Square, à une dizaine de minutes de l'hospice des innocents, le Foundling Hospital, institution pour les enfants abandonnés qui, quelques années après son inauguration, s'était transformée en refuge pour les miséreux, il était encore plus facile d'intercepter les lettres. Pippo, qui ne voulait recevoir aucun courrier politique à sa nouvelle adresse, en fournissait une autre : *Mess. Thomas Stephens and C., 4, Lime Street Square, City, London*, où un ami gardait les enveloppes que Leda, au-dessus de tout soupçon en tant que femme, allait retirer pour le compte du Maestro.

Mais l'affaire des frères Bandiera n'avait pas été le seul échec de cette période. À Devonshire Street, on commençait à recevoir des publications que Pippo jugeait exécrables et exaspérantes, à tel point qu'un jour, il avait renversé son café sur son bureau, inondant tout le reste, et sombré dans une colère muette, tout cela à cause d'un livre sans intérêt, intitulé *Le Primat moral et civil des Italiens*. Leda avait voulu l'éplucher, curieuse de comprendre la raison d'une réaction aussi excessive, mais elle l'avait aussitôt laissé tomber, vaincue par l'ennui d'un discours tiède et servile. La prodigieuse effervescence éditoriale des intellectuels de la Péninsule agaçait régulièrement Pippo. *Sur les espérances de l'Italie* avait provoqué un véritable cataclysme, fait voler les chaises et trembler les murs : « Les Italiens ne sont même pas dignes de la dernière des putains ! Au lieu d'agir, ils s'accrochent à n'importe quelle espérance ! »

Pour couronner le tout, Pippo était sans le sou ; l'argent que lui envoyaient tous les trois mois ses parents s'évaporait vite, la philanthropie de ses admirateurs ne payait pas assez, il passait donc la plupart de ses nuits à se ronger les sangs, et le fait de se nourrir uniquement de café et des banquets de ses riches amis n'arrangeait ni son état ni son humeur. De temps en temps, il remettait en dépôt la bague en diamants de sa mère, s'accusant chaque fois, s'arrachant, pour se punir, quelques poils de sa barbe à l'idée qu'il risquait de ne pas pouvoir la récupérer et, comme la vie est cruelle, les coups insistants frappés à sa porte n'étaient pas le fait d'émigrés en quête de conseils mais de créanciers venus réclamer l'argent que le Maestro ne pouvait rendre. Pippo avait peur que quelqu'un le dénonce et qu'un officier judiciaire vienne le chercher pour l'emmener à la prison de Newgate, dans le brouillard épais. Mais, avant qu'un tel drame ne l'anéantisse, Leda avait su se montrer précieuse et s'était rendue indispensable. Comme une sœur.

« Je vous appelle une voiture ? lui demanda Pippo.
— Non, nous y allons à pied.
— Attention. Certains jours, les rues sont dangereuses.
— On sait se défendre ! » répondit fièrement Ngely.

Au moment où le Maestro en était encore à demander aux frères Bandiera de gagner du temps, vu que la conspiration tardait à s'organiser – et que c'était le seul moyen d'agir, puisqu'une salve venant d'en bas, de l'Italie, et d'en haut, de la Pologne, surprendrait davantage l'ennemi autrichien qu'un seul foyer d'incendie, violemment et aussitôt éteint –, paraissait un article très informé dans le *Times*, qui ne laissait jamais passer une occasion de s'en prendre à Pippo. Ç'avait été William, le fameux Linton, qui avait semé le doute : quelqu'un interceptait la correspondance du Maestro et laissait filtrer le contenu à la presse ; l'idée avait provoqué chez Leda une vraie panique : William faisait-il allusion à elle ? Était-ce une tentative pour la démasquer ? Mais personne, à Devonshire Street, ne doutait d'elle, aussi Leda avait-elle considéré la situation avec sang-froid, jusqu'à cet après-midi où, occupée à nettoyer les saletés que les mésanges jetaient à travers la volière, elle avait eu l'idée des grains de sable.

L'éventualité que quelqu'un d'autre qu'elle puisse fouiller le courrier du Maestro l'obsédait, en tout cas c'est ce qu'elle avait dit à William, qui proposait d'envoyer deux lettres simultanément du même lieu à la même adresse, l'une portant la signature de Pippo, l'autre pas ; et comme le retard d'une des deux lettres ne suffirait pas à prouver que l'enveloppe avait été ouverte, Leda avait eu cette idée géniale : pourquoi ne pas répandre sur la lettre, pliée dans l'enveloppe, des grains de sable ? Dès qu'on la déplierait pour la lire, le sable tomberait et il suffirait de reproduire l'expérience devant les bons témoins pour dévoiler l'acte criminel au grand jour. C'est ce qu'ils avaient fait. Après quoi, Pippo s'était contenté de porter le fâcheux incident à la connaissance de tous.

Et il en recueillait les fruits maintenant que le scandale de la poste, en plus d'atténuer le rôle qu'on voulait lui faire jouer dans la mort des deux frères, lui avait attiré de nouvelles et plus fortes sympathies, dont la plus douce et la plus sincère expression venait d'une jeune fille fort bien faite, laquelle s'était présentée d'elle-même à la porte de Devonshire Street. Elle s'appelait Emilie, et Leda les avait laissés seul à seule, heureuse que Pippo puisse profiter un peu de la compagnie d'une femme, lui qui s'était entre-temps fait opérer la joue par un chirurgien que lui avait conseillé Jane Carlyle, la femme de l'ami de Chelsea auquel le Maestro rendait visite chaque semaine, mais avec lequel les rapports s'étaient un peu refroidis.

L'extraction des poils à l'origine de l'abcès l'avait soulagé, et en retrouvant sa bonne humeur, le Maestro avait retrouvé la force de dénoncer encore et encore l'injustice dont il avait été victime, allant jusqu'à s'adresser formellement au gouvernement, selon sa légendaire démesure ; l'accusation d'un « comportement honteux, indigne d'une nation libérale telle que l'Angleterre » avait créé un incident qui avait captivé l'opinion publique : la Chambre des lords et la Chambre des communes avaient été obligées d'étudier le cas, puisque certains de ses amis les plus influents – dont, bien sûr Sir Thomas Carlyle, mais également une dame qui venait souvent lui rendre visite, Arethusa, mariée à un des membres du Conseil de la Couronne – s'étaient exprimés et que la presse avait dû en rendre compte. Mais le scandale qui s'était ensuivi s'était révélé beaucoup plus sensationnel que prévu ; interrogés, un ministre et le secrétaire d'État avaient avoué les pressions de Vienne et de Metternich, lequel avait, selon eux, « exigé » le détournement du courrier, méthode à vrai dire inhabituelle, si ce n'est « criminelle » comme l'avaient qualifiée tous les défenseurs du Maestro, dégoûtés par le comportement du ministre des Postes de Sa Majesté : un pays tel que l'Angleterre ! Transformer les services postaux en instrument de police !

En résumé, la guérison de l'acné pilifère avait coïncidé avec le renouveau de l'image publique de Pippo, lequel, en retrouvant un visage enfin humain, avait autorisé de bon cœur la jeune Emilie à le présenter à sa famille, pour finir par s'enflammer d'amour – non pour Emilie, la cadette, mais pour Caroline, une des quatre autres filles de l'éminent avocat Ashurst qui, au dire de William, était une personnalité « appréciable, qui se bat pour la justice, l'émancipation de la femme, un ardent défenseur de la bienveillance de la Penny Post ; un chartiste ». La famille Ashurst possédait une splendide maison en briques à Muswell Hill, avec des bow-windows peints en blanc, et le Maestro n'avait pas tardé à retenir le chemin.

« J'oubliais ! » Pippo revenait. « Lorenza ! Demain soir, je voudrais que tu viennes avec moi.

— Où ?

— Une réception. Et emmène aussi Michele, à condition que ce soit toi qui fasses la conversation. Sinon, il va encore essayer de fourguer aux invités un morceau de velours ! » lui dit-il avec le sourire avant de se mettre en chemin sans attendre sa réponse, ses mains serrant la liasse de feuilles.

Maintenant qu'il avait retrouvé l'envie de vivre, il fréquentait les élégantes *soirées*[1] de la Londres intellectuelle. Il parlait littérature avec le poète Browning et participait aux fêtes à l'exquise invitation de l'acteur Macready, « le meilleur Othello, le roi Lear le plus juste, le Hamlet le plus bouleversant de toutes les mises en scène des pièces de Shakespeare ! Et son Macbeth ! Inoubliable ! ».

Leda regarda Pippo et William s'éloigner. Les nuages s'approchaient et les rayons du soleil filtraient en larges lames obliques depuis la blancheur du ciel jusqu'à la ville haletante. Ngely la prit par la main : « On va voir Michele ? »

La pluie tambourinait doucement. Leda finit de se peigner, arrangea les coussins et se mit au lit. Elle se sentait fatiguée mais voulut quand même ouvrir le livre qui la captivait ; elle l'avait pris dans le bureau du Maestro. *Frankenstein or the Modern Prometheus*. L'opinion de Pippo n'était pas très enthousiaste ; il trouvait que le récit ne brillait ni par ses qualités morales ni par son ambition esthétique, mais il admettait qu'il intriguait, même s'il faisait appel aux instincts humains les plus élémentaires, sans passer par la nécessité du raisonnement ou par la foi. Leda, de son côté, considérait l'avis de Pippo et ses autres arguments comme de pures et simples inepties. Avec lui, elle coupait court : « Moi, à vrai dire, cela me plaît. » Elle préférait une lecture moins « instruite » ou construite, « plus humaine »,

1. En français dans le texte.

sous-entendu plus sensuelle ou moins rationnelle. William lui avait rapporté que l'auteur était une femme, bien qu'on ait gardé le secret, au nom de Dieu sait quelle morale ou par plaisanterie, et les épisodes la laissaient à chaque page abasourdie. Elle avait maintenant du mal à s'endormir dans cette chambre, aussi ne faisait-elle qu'entrer et sortir d'un sommeil trop bref, habité par le séduisant et savant docteur – elle l'imaginait avec une belle, mais courte barbe, et un costume un peu crasseux – et sa monstrueuse créature. Leda avait pris l'habitude de mettre un petit fauteuil contre la porte afin que personne ne puisse entrer sans se faire remarquer et la prendre par surprise. Elle soupçonnait Mrs Margaret, cette horrible nuit-là, d'avoir été au courant de tout, ce qui expliquait justement qu'elle ne l'ait pas trouvée debout.

Les pages de *Frankenstein* procuraient à Leda un sentiment à la fois si étrange et si réaliste qu'elle commença à se comparer à cet assemblage de membres différents, et à en être triste, car elle aussi, d'une certaine manière, avait été obligée de vivre plusieurs vies qui n'étaient pas les siennes. Michele incarnait encore l'espoir d'une vie privée. Le matin où la domestique Jane avait couru le prévenir de l'affreuse nouvelle, il avait été envahi par un doute déchirant : Leda était son aimée et il s'était convaincu que rien de vraiment grave ne pourrait lui arriver, pure comme elle était et, de fait, à lui non plus, s'ils vivaient ensemble. Une passion irrésistible, presque adolescente et aveugle, animait Michele ; aussi, quand il avait grimpé les escaliers et ouvert brusquement la porte, la vue du mal qui avait pris forme sur l'épaule de Leda l'avait profondément troublé. Pendant des jours, il avait murmuré des questions à son chevet, en la caressant, questions auxquelles elle avait répondu à grand-peine, revêtant sa perruque blanche pour jouer les avocates de la fatalité. Elle s'était empressée d'expliquer qu'elle s'était levée au cœur de la nuit, alertée par le parquet qui grinçait, avant qu'un autre bruit, aussi brusque qu'un coup de poignard, ne résonne dans l'obscurité tandis qu'elle s'enfonçait déjà dans le couloir : il ne s'agissait que du claquement d'une matière vivante sous l'effet du froid, les fibres de bois d'un des contrevents de la fenêtre, mais elle avait été si surprise que, de panique, elle s'était pris les pieds dans un tapis et par malheur avait atterri contre le poêle en faïence, l'épaule nue, puisque la chemise de nuit qu'elle portait ce soir-là était sans manches, ou plutôt non, en y repensant, elle avait passé une robe de chambre et le tissu avait fondu sur sa peau ! Jane, la domestique, l'avait jetée, le vêtement rappelait de trop mauvais souvenirs.

Au début, Michele s'était laissé embobiner, mais dès que l'état de santé de Leda s'était amélioré, il avait commencé à s'interroger. Les nombreuses incohérences dans l'enchaînement des faits que Leda lui avait exposés ne lui avaient pas échappé mais, à ce moment-là, son aimée était en train de guérir, elle revenait à la vie ; Michele voulait qu'elle oublie toute sa tristesse et, puisqu'il était un homme, il croyait que tout dépendait de lui, ou qu'il n'était pas étranger à sa guérison, aussi s'était-il promis de la désirer toujours : il voulait qu'elle se sente belle, malgré sa peau brûlée, convaincu que c'était ce qui la rendait malade, au plus profond d'elle-même. Les cheveux de Leda, pourtant aplatis sous sa nuque à cause de la position allongée, lui semblaient splendides par le contraste entre leurs reflets mordorés et la pâleur qui dominait désormais sa carnation bistre. Michele était pur dans ses intentions, il voulait mettre Leda à l'abri des assauts des étoiles capricieuses ; une fortification avant tout, une famille. Rebâtir une paix capable de lui faire croire qu'elle était en sécurité, tel était l'enjeu, aussi avait-il proposé à Leda de quitter sa chambre chez la vieille Anglaise. Du reste, le trajet de chez lui jusqu'à Devonshire Street, où elle se rendait quotidiennement pour donner un coup de main à Pippo, ne dépassait pas les trente pas !

Michele avait tellement insisté que Leda, timidement, avait demandé à Oliver la permission de laisser sa chambre de King's Road pour quelque chose qui convienne mieux à ses exigences ; le dandy lui avait répondu sur un ton sarcastique qu'il y pourvoirait dès que possible, ce qu'il n'avait pas fait. Leda avait alors commencé à passer plus de temps chez Michele qui, après avoir abandonné la pièce qu'il partageait avec cinq Ligures, se payait péniblement un appartement en location, tout ça dans l'espoir que Leda se décide à vivre avec lui. Il y avait un réchaud contre le mur, un évier et une table, une cheminée et un lit pour deux. Michele pensa même à faire de la place à une étagère pour que Leda puisse y mettre quelques-uns des livres qu'elle aimait tant. Ce refuge devint pour Leda le plus vaste des verts paradis terrestres.

*

Où est-il, où peut-il bien être, reviendra-t-il, non, il ne viendra plus, sinon, pourquoi tarder encore ? Et s'il s'était acheté un cheval ou un âne ? À force de penser, il y avait de quoi devenir fou, mais Astolfo avait le soupçon rassurant qu'il était en train de lui venir une maladie, il en était même sûr puisqu'en marchant il perdait presque toute conscience de ses jambes arrière. Pour les sentir, il les sentait encore, de même qu'il savait posséder encore un arrière-train attaché à son bassin par le truchement de ses os et de ses nerfs, mais en traînant la charrette du m'sieur Mandén, voilà qu'il se mettait à trébucher. Quelques mois plus tôt, en posant un sabot devant l'autre, si par malheur il rencontrait un excrément sur sa route, il passait par-dessus sans baisser les yeux ; le fait de sentir ses jambes lui permettait de l'éviter. Maintenant, qu'il s'agisse d'une crotte de chien, de la jambe tendue et raide d'un mendiant, ou d'une marche imprévue, Astolfo trébuchait. Il ne s'humiliait pas à baisser le museau, mais enjambait l'obstacle avec ses jambes de devant, comme toujours, puis, tout à coup, voilà qu'il enfonçait ses sabots dans le tas puant et se cassait la figure. Sans parler des efforts que lui demandait la montée des rues escarpées qui menaient à la colline ; il avait alors l'impression d'avoir perdu la capacité d'embrasser, en un coup d'œil, la hauteur et la profondeur de ce qu'il voyait. Il était donc en train d'attraper la maladie. Tant mieux. Qu'elle l'emmène loin d'ici. Il n'aimait pas Gênes. Tous les matins, il retrouvait l'air libre à contrecœur, forcé à travailler, mais quand il se réveillait bien avant l'aube, dans l'établi, c'était pour tomber nez à nez avec lui-même ; il se sentait imploser de résignation, avec dans la cage thoracique un trou qui aurait pu l'aspirer. Il crevait d'envie de marcher, d'aller ailleurs, mais où, sans personne pour lui indiquer le chemin ? Il aurait bien aimé retourner à Sacconago, être accueilli par Natale et respirer la plaine ; l'iode du climat ligure faisait sans cesse couler ses naseaux. Mandén lui avait construit une petite écurie individuelle, pour se racheter du mal qu'il avait fait à Colombino, mais Astolfo n'appréciait pas ce confort. Il se moquait bien de ne plus partager son foin avec les chevaux noirs du croque-mort. Il s'était laissé bastonner, et il avait bien l'intention de se faire donner d'autres coups encore, de continuer à se rebiffer. Jusqu'à ce que Mandén le mette en pièces. Il se moquait bien de souffrir. Il pouvait tout supporter, sauf ce trou que Colombino, en restant loin, ouvrait dans son cœur. Où était la meilleure, la plus grande, l'innocente créature, à la fois si lointaine et si présente ? Astolfo savait bien à quelles mains et à quelle voix il s'était confié, et jamais il n'oublierait celui qui l'avait nourri et avait voulu lui donner un nom ; celui qui avait prié pour lui chaque soir, en le caressant dans l'écurie du presbytère quand il avait attrapé cette vilaine colique. Il lui manquait. Et s'il avait eu le pouvoir fou de philosopher, il aurait su traduire avec des mots la sensation précise. Une sensation très pure, éprouvée déjà la première fois qu'il avait rencontré son patron à Sacconago, et qui avait perduré. Colombino était un être qui ne sentait pas la mort, mais la terre sous le soleil. À le voir si léger sur ses pieds, on aurait presque dit qu'il n'était pas encore venu au monde. Ou qu'il était né posthume.

*

Réjouissons-nous pour Igino et Giovanna qui ont convolé !
La Rallonge et la Tisonnière ont perdu la tête,
mais ils s'aiment pour de bon : personne ne les a vus éplorés

à la sortie de l'église. En descendant les marches jusqu'au parvis
elle a lancé les quatre pivoines blanches de son bouquet
avec l'impatience de l'enfant qu'elle porte
dans son ventre, ainsi que l'envie de calmer,
par ces noces d'hiver peu communes, ses ardeurs.
Les époux ont voulu un anneau d'or autour de leur doigt
Les pivoines, c'est la Reine des Cœurs qui les a attrapées !
Bice, c'est son nom, cache dans ses cheveux le pouvoir d'ensorceler ;
Elle a déjà conquis Carlo, dit Charles à la française
Alentour, pendant ce temps, Milan est un tintamarre
de cris, voix en vain discordantes, et les soûlards,
poètes et séducteurs, jamais ne manquent de matière.
Personne n'a envie de verser l'ultime goutte de son existence
pourtant, tous sont prêts à te dire : crève.
Les prochaines heures ne seront sans doute pas sereines,
mais nous, on est de Traviole, et on s'en fiche pas mal.

XI

Trimballer la merde n'était finalement pas un sot métier, cette impression d'embrasser, en un seul regard, une réalité tout entière, l'immaculée puanteur d'une infime quotidienneté. La merde, à force de la manipuler, bien sûr qu'elle lui avait occasionné de sacrés contretemps, et dire le contraire aurait été un mensonge éhonté, mais le pied qui va se fourrer dans la pierraille visqueuse, les railleries des villageois fâchés, la plaine à travers laquelle on bourlingue avec son éternelle pestilence de fumier béni dans les narines, c'étaient les risques du métier, affrontés dans l'espace connu depuis toute une vie et non dans le champ d'un monde qui se déployait au-delà des limites du bourg, et se présentait maintenant comme un poids qui pressait de partout contre son corps et ses yeux libres et myopes, puisque accoutumés à la sordide pénombre de sa cellule ; des yeux qui avaient du mal, derrière les paupières mi-closes, à supporter la luminosité : « La mer ! »

Il éprouvait une sensation d'infinie légèreté en descendant vers les rochers, peut-être la même impression que ressentent chaque jour les créatures qui dominent le ciel de leurs ailes, détachées de la pesanteur terrestre, une sensation qui portait aussi en elle l'écorchure du danger, le sens précaire de l'équilibre.

« La mer. »

Une heure au soleil couchant, et le vent soufflait si fort qu'il déchaînait une tempête dans les oreilles. Il s'était écoulé beaucoup de temps depuis que l'oiseau visiteur et messager était venu mourir entre ses mains ; des mois de grisaille, de paumes qui retiennent le menton, de coudes sur les genoux, de membres abandonnés sur la paillasse de sa cellule. Sa barbe maintenant très longue donnait à Colombino l'aspect exotique de ces créatures que certains explorateurs de retour au port de Gênes racontaient avoir rencontrées sur des continents sauvages ; l'écrin de fer forgé par le Tempesta reposait parmi les poux, pas même éraflé par le nœud coulant attaché dans un moment d'impatience suicidaire aux barreaux de sa fenêtre. La pomme de l'espérance. Parce que pour espérer, depuis l'arrivée de l'oiseau, il avait espéré, et même trop, matin, midi et soir, comme si l'expectative, en se déplaçant dans l'air, pouvait se faufiler dans le monde et l'esprit des hommes pour déterminer les événements. Plus d'une fois, Colombino s'était évanoui à cause de ses saignements, dans ses efforts pour échafauder une évasion, mais toujours il avait renoncé à l'idée de s'élancer dans les couloirs et de se frayer un chemin en tapant avec sa cuillère d'étain et en se jetant comme une bête sauvage à la gorge de ceux qui lui feraient obstacle ; la certitude que Jacopo Framassone se débrouillerait pour le faire sortir s'était incrustée dans les replis sourds de son esprit, déjouant la prostration de la captivité, et Colombino avait su tenir jusqu'à ce que, passés les trois derniers jours de janvier, le gentil maton Samuele vienne lui annoncer la révolution. Personne d'autre que lui, un homme incapable de mensonge ou de boniments, qui avait tout fait pour protéger du féroce

Giovanni son détenu préféré. Lequel, ayant cessé de hurler comme un possédé, l'avait aidé dans cette mission qui n'avait rien de simple ni d'agréable.

Samuele avait choisi des mots de la même matière que ceux avec lesquels, chaque jour, il lui avait parlé de ses deux enfants, de sa femme qui lui préparait de bons petits plats et de sa tristesse à la mort de ses vieux parents, afin d'empêcher le détenu de moisir de désarroi. Samuele avait extirpé la barre du verrou de son trou et, entré dans la cellule, il avait vomi le énième flot de paroles, une succession de syllabes qui s'étaient élancées dans l'espace comme un éclair se fracassant violemment contre un figuier : « Colombino, mon gar-çon ! Ils t'ont li-bé-ré ! Tu es LIII-BBRE ! »

Colombino s'était levé lentement, telle une montagne qui s'ébranle, tandis que Samuele restait là, fier comme un coq, à lui répéter la phrase, encore et encore. Le garçon l'avait regardé dans les yeux, il avait dégagé ses oreilles en secouant sa tignasse, et débouché ses pavillons auriculaires en les trifouillant de ses deux index ; après tout, comme le Crapa le lui avait toujours répété, il savait écouter, et il ne fallait pas perdre cette qualité. Il avait donc écouté, convaincu qu'il s'agissait de sa ration journalière de mots, mais quelle surprise lui avait fait Samuele ! Le garçon était allé à sa rencontre, et le geôlier l'avait pris dans ses bras comme un ami qui a échappé par miracle à une catastrophe : « Je te remercie Samuele. Merci. Merci. Merci. »

Quand il avait fait le premier pas au-delà du portail du fort et, au lieu de trouver devant lui les sempiternels blocs de pierre de sa cellule, la misérable petite fenêtre grillagée et la petite porte inexpugnable, il avait pu faire courir son regard sur l'horizon de la ville puis au-delà, sur la mer, Colombino avait plongé ses mains dans sa barbe. Et, en dénichant du bout des doigts la pomme de l'espérance, il avait susurré : « Merci, don Sante. » Puis sa conscience lui avait dit : *C'était ce que tu espérais, fais encore un effort, va jusqu'à cette barque, celle-là, là-bas !* ; alors Colombino s'était retourné. Le gentil maton Samuele se frottait les yeux avec la manche de son uniforme pour ne pas pleurer, et le garçon lui avait fait ses adieux en lui tendant la main. Solennellement. Puis il s'était dirigé vers le quai.

« On prend la mer ?

— Oui. »

Il avait sauté à bord et fait tanguer la barque. La mer étincelait de reflets rouges et orangés, qu'importe si tôt ou tard elle devenait cette bête à la couenne sombre et vibrante, calamité suscitant les plus humaines peurs. Colombino revenait, même pas mis en déroute, il avait une direction à suivre, alors, il pouvait bien s'accorder une petite peur. D'ailleurs, elle lui avait manqué, la peur des choses vraies.

« À Gênes, il y a le *frère* Jacopo qui t'attend », susurra le gros homme à la barre.

Colombino s'assit à la proue, ébahi et reconnaissant : il avait toujours su que l'ami était homme d'honneur et qu'il tiendrait promesse.

Les lueurs du couchant ne tardèrent pas à s'estomper. Le trajet entre Savone et Gênes n'était ni long ni pénible, mais Colombino arriva à destination à la nuit tombée. Les vagues sentaient les écailles argentées, le phare du port resplendissait tout là-haut, clignant de l'œil aux pêcheurs.

L'embarcation s'approcha du quai à la rame, un cordage fut lancé, et parmi les contrebandiers et les douaniers qui grouillaient dans l'obscurité, voici qu'un cri s'éleva : « Colombino ! »

Le garçon aiguisa sa vue, remonta à l'origine de ce cri en s'aidant de ses yeux ; un homme s'approchait. Il tendait le cou. Scrutait. Il était grand, bien planté, le col relevé, des favoris broussailleux. Il cracha dans l'eau. Un son inimitable. C'était l'ami que les deux molaires extirpées lui rappelleraient n'importe où.

« Jacopo ! »

Colombino se leva maladroitement à la proue, fléchit les jambes, sauta, et comme un démon barbu, atterrit si lourdement sur le quai qu'on aurait cru qu'il avait plu du ciel. Tous deux s'embrassèrent.

« Comment tu vas ? lui demanda Jacopo. Je suis désolé de ne pas t'avoir tiré de là plus tôt.

— Mais tu l'as fait, maudite merde et misère de misère ! Tu seras toujours mon ami. » En prononçant cet ultime substantif, pourtant, Colombino devint sombre. Il lui rappelait la bête.

« Et Astolfo ?

— Qui ?

— Mon autre ami : mon mulet ! »

Sans se préoccuper de la ronde des carabiniers royaux, que le boucan aurait pu attirer, ils frappèrent à la porte avec une telle violence qu'il s'en fallut de peu qu'elle ne s'effondre. Une vague fenêtre en face de la maison du croque-mort lança un regard jaune. Mandén se dirigea vers la porte, hésita car une visite au cœur de la nuit est généralement de mauvais augure, et quand il ouvrit la porte, la vue de la créature avec une barbe qui ressemblait à une tignasse à l'envers faillit le faire crever d'un infarctus : il eut peur d'avoir ouvert sa maison à un messager venu de l'autre monde pour récupérer la fortune que le croque-mort s'était faite sur le dos des disparus. Quand enfin il reconnut Colombino, il se calma ; il voulut le serrer contre lui, mais le garçon le tint à distance en plaquant la paume de sa main sur sa poitrine, juste sous le cœur.

« Je suis désolé pour ce qu...

— Où est Astolfo ? » l'interrompit Colombino presque sur un ton de menace, puisqu'il faut dire que pendant sa détention, il avait conçu des théories assez tourmentées sur Mandén – qui s'étaient toutefois évanouies et non pas transformées en obsessions vengeresses.

« Le mulet ? Je lui ai construit une belle petite écurie. » Le croque-mort leur fit signe d'entrer. « Venez, venez, avancez ! »

En réalité, Mandén n'avait guère envie de se séparer du mulet, vu qu'il l'avait nourri, et même si Astolfo préférait les coups de fouet au travail, il récupérerait en le revendant ce qu'il avait dépensé pour l'entretenir ; et cette nuit-là, le croque-mort était prêt à s'inventer mille et une excuses plutôt que de le rendre, sauf que juste avant le Nouvel An, il s'était disputé avec le docteur Giacomo, venu s'assurer de l'état de la bête : « Moi, je ne paye pas pour un fils, et toi qui me fais payer pour un mulet, tu me le rends aussi sec qu'un pendu et écorché par les coups de fouet ? » Il disait à la fois la vérité des yeux et un demi-mensonge familial : parce que Giuseppe, son fils exilé à Londres, il l'avait aidé avec les gains de ses audacieux commerces, et pendant que Colombino était en prison, il avait également pourvu à la subsistance d'Astolfo, mais seulement pour un tiers, vu que le mulet travaillait et qu'il n'y avait donc pas besoin de payer la nourriture et le logement en entier.

« Par ici, tu te rappelles ? » dit le croque-mort en lui ouvrant le chemin à travers la grande pièce où on rabotait les cercueils. Le docteur Giacomo lui avait dit plus d'une fois que c'était sa faute si Colombino avait été jeté en prison, aussi Mandén se résigna-t-il à lui rendre la bête pour se faire pardonner.

« Astolfo ! »

En entendant ce souffle de voix plus rauque que jadis et plus malheureux, Astolfo dressa ses oreilles comme s'il avait entendu le son d'un cor sacré ; si quelque faiblard s'était trouvé là, ce coup d'oreille l'aurait projeté à terre en lui brisant le cou.

« Astolfo ! »

Devant l'insistance de la voix, le mulet bondit sur ses jambes, s'avança vers l'entrée de l'étable et, quand Colombino se fut accroché à son cou, il ne put retenir un élan d'affection. Il traîna sa langue rêche sur sa barbe et son visage crasseux pour retrouver la saveur de son ami et patron, en inspira l'odeur. Enfin il lança un râle, et l'écho de ce cri presque humain se perdit dans la nuit qu'il venait d'éventrer, comme pour dire à Mandén que ce que vous rendent les bêtes est à la mesure de la confiance et du respect qu'on leur accorde.

« Astolfo », répéta alors Colombino pour la troisième fois, presque pour s'assurer, en répétant, de la réalité incontestable de cet amas d'os et de poils. « Tu vas bien ? »

La bête montra ses grandes dents ; elle n'en avait pas perdu, elle, au moins. Colombino inonda sa crinière de larmes et Astolfo fut certain que tous deux se comprenaient encore et, puisqu'ils se comprenaient, il fut certain aussi qu'ils devaient partir sans perdre de temps, alors il mit ses jambes en mouvement et émergea de l'écurie en évitant tout obstacle, avec la sensation retrouvée de ses membres ; il accéléra en direction de la route et tenta d'écrabouiller Mandén avec un coup de sabot pour finir par fracasser un cercueil. « Tu ne perds pas tes mauvaises habitudes », se réjouit Colombino en lui donnant une grande tape sur le dos.

Il y avait dans l'air une odeur de bon pain. Colombino dut frapper fort parce qu'à la maison, ils étaient durs de la feuille, mais à la troisième volée de coups de poing, un cri de femme retentit au deuxième étage ; ce fut pourtant le vieux qui ouvrit la porte en braquant un fusil poussiéreux. La vue du garçon le laissa interdit.

« Ils t'ont libéré ou tu t'es évadé ? » demanda-t-il en en inspectant la rue avec le canon de son arme.

« Libéré. »

Monsieur Giacomo était né l'année 67 du siècle passé, et il n'y avait donc rien d'anormal à ce que ses nombreux printemps lui pèsent sur les épaules. Mais avant que Colombino n'aille en prison, le poids des ans ne lui demandait pas un tel effort, celui d'Atlas ployant sous le fardeau du monde. La vieillesse peut arriver sans crier gare, elle n'est pas qu'une question d'âge, mais sait avec une égale rapidité flétrir l'esprit, et l'ancien docteur était désormais irrémédiablement ratatiné ; sa tête s'enfonçait dans son cou, il semblait plus mince et moins grand qu'avant.

« Allons, entre ! » lui dit-il en baissant son arme.

Il avait soixante-dix-huit ans, mais la furtive lueur qui brilla dans ses yeux quand le garçon l'étreignit sembla illuminer et redresser son corps tout entier.

Astolfo mangeait un peu d'avoine dans le coin le plus tranquille du porche. Comme elles furent glaciales, les ultimes heures de cette nuit de février, mais le poêle de la maison, à peine rallumé, diffusa une chaleur salutaire et, dans cette atmosphère familiale retrouvée, Colombino éprouva le besoin de vomir tout le mal-être qui avait assombri son esprit pendant ces longs mois d'isolement. Et comme tout le monde, quelle que soit son humaine condition, atterrit en cuisine et y reste un bon moment quand vient le besoin de se libérer, de se plaindre ou de se réjouir, monsieur Giacomo demanda à la domestique Benedetta, qu'il avait réveillée sans trop de scrupules malgré ses cheveux gris, d'allumer la pièce. Et tant qu'elle était debout, à seulement quelques heures du chant du coq, de préparer un bon gueuleton pour fêter le retour inespéré : un jeune homme, juste et bon, avait échappé à une injustice ! Le garde-manger n'était guère approvisionné car chez monsieur Giacomo on traversait une sale période, mais le peu qu'il y avait leur suffit à affronter une aube réjouissante.

« Dis-moi, je veux savoir. Nous avons tout le temps qu'il faut.

— Non, vraiment. Je dois partir. »

Sans cesser d'arpenter la cuisine, Colombino se mit à gémir pitoyablement, dans ce miracle de larmes et de morve qui transforme l'angoisse en sérénité, et monsieur Giacomo, du haut de son tabouret, avec son bonnet de nuit sur la tête, sut le comprendre avec la sage patience des vieux ; les récriminations de Colombino contre le mauvais sort lui firent beaucoup de peine et, en consolant son jeune ami, Giacomo s'en prit à lui-même, *je suis désolé que nous n'ayons su faire un monde meilleur*. La sincérité de son chagrin fut désarmante. Authentique comme un homme vidé par une colique, une fripouille poignardée en plein cœur, un malheureux à la gorge rongée par la maladie ; à cette différence près que la douleur de Colombino était libératrice et, en sa qualité de médecin, Giacomo avait appris à supporter la vue des souffrances. Il savait qu'à l'heure de la peine, l'être humain se montre sans inhibition ni arrière-pensées, et il encouragea le garçon à retrouver l'espoir et à donner le meilleur de lui-même, vu qu'il avait encore de bonnes jambes, et la visite qu'il s'apprêtait à faire le lui prouverait d'ici peu. Entre-temps, il lui tendit une paire de ciseaux : « Il y a des poux là-dedans, tu voudrais tout de même pas infester la maison ? Il faut te débarbouiller, ça te fera aussi du bien à la tête. D'abord, tu coupes tout, et après tu prends un bain chaud avec du savon. »

Colombino ne voulut rien savoir, mais monsieur Giacomo parvint au moins à le convaincre que raccourcir un peu ce foisonnement de barbe n'atténuerait ni ne briserait la promesse sacrée que le garçon avait faite par amour pour Vittorina. « Mais qui diable peut-elle bien être cette Vittorina ? » grogna le vieux dans un moment d'impatience avant d'ajouter, plus discrètement malgré l'impudeur de la question : « Mais toi et cette Vittorina, vous vous êtes au moins connus… bibliquement, je veux dire ? » Colombino arqua un sourcil et le vieux docteur, le temps de noter que celui-là aussi aurait besoin d'un coup de ciseaux avant qu'il ne lui retombe dans l'œil, préféra ne pas insister.

Jacopo Framassone revint tandis qu'un soleil froid brillait maintenant au sud et il invita Colombino à se mettre en route dès que possible – après ce qu'il venait de traverser, s'il en avait envie, bien sûr qu'il la méritait, son audience auprès du pape, et comment ! Monsieur

Giacomo n'était pas d'accord, les deux hommes se chamaillèrent quelques instants, puis essayèrent de raisonner le garçon, mais celui-ci était déterminé. Alors les deux conseillers lui expliquèrent qu'au lieu de rejoindre Rome par la terre, et d'avoir à traverser les frontières du grand-duché de Toscane et de l'État pontifical, il valait mieux prendre la mer, de manière à ne s'aventurer que dans un seul port…

« D'accord, je prendrai la mer.

— C'est bien.

— On prendra la mer. Ça te va, mon ami ? » demanda le garçon une fois dehors, les yeux bouffis de sommeil et pourtant vifs. Le mulet, qui avait déjà retrouvé la rudesse qui le distinguait, la rudesse du bien-être relatif et de l'affection, ouvrit ses grandes lèvres et émit un vilain bougonnement. « J'ai toujours su que tu aimais la mer », dit Colombino. Astolfo lui répondit par un hochement d'oreilles, histoire de lui dire que l'ironie est vraiment une sale bête.

Pour célébrer leurs retrouvailles, le mulet et son patron se mirent en chemin dans l'après-midi, encore alertes, et dans le délicieux élan de leurs corps sous ce premier soleil de liberté, ils se retrouvèrent au Castelletto pour admirer l'étendue de la ville fumante de miasmes dans la rigueur de l'hiver. Colombino ne portait qu'un tricot, mais malgré le froid, son corps bouillonnait, sa peau fumait, et ce n'était pas l'effort de la marche, mais plutôt la satisfaction, l'énergie qui, à l'intérieur de lui, commençait à piaffer d'impatience à l'idée du départ. À travers la campagne, les mottes de terre gelée leur rappelèrent les premières semaines de voyage, quand ils avaient quitté Sacconago. Quelle merveille de retrouver le paysage à sa place ; on aurait dit qu'une poussière impalpable était tombée, émoussant la moindre laideur, la moindre forme pointue ; qu'elle avait recouvert la ville entière, les roches et les ruisseaux, les embellissant, les transformant en une prometteuse annonciation.

Jacopo Framassone se chargea des préparatifs pendant que monsieur Giacomo conseillait au garçon de retourner auprès de Mandén, car il n'avait pas eu le temps de récupérer l'argent qui lui revenait avant d'être jeté en prison, et il fallait qu'il lui montre de quel bois il se chauffait ! Ainsi, le croque-mort, qui s'était déjà laissé soutirer un mulet qu'il pensait détenir aux deux tiers, dut céder devant la détermination de Colombino et dénouer les lacets de sa bourse.

Le garçon put compter sur l'hospitalité du vieux docteur et de sa femme Maria, qui se révéla cette fois plus affectueuse et, deux jours plus tard, Jacopo Framassone se présenta avec une besace en cuir remplie de passeports. Il avait tout organisé, mais il était triste à l'idée de voir partir Colombino, aussi voulut-il le retenir un peu en lui révélant comment, une fois sorti de prison, il avait pu honorer sa promesse. Pour commencer, il avait exercé des pressions sur un juge resté *carbonaro* en dépit des nombreuses rumeurs qui donnaient pour certaine la disparition des « cousins » ; il avait demandé que le procès soit rouvert et, cette faveur obtenue, s'était frayé un chemin à travers un écheveau d'alliances et de connaissances si touffu que même un couteau n'aurait pu le démêler. À ce moment-là, Giacomo voulut en savoir plus : « Mais comment cela a-t-il été possible, cher Jacopo ? Le procès avait déjà eu lieu, un débat avec des tas de témoins… » Jacopo Framassone fut donc obligé de raconter pourquoi la procédure judiciaire était repartie à zéro, et comment les nouveaux débats, de manière plutôt inattendue, avaient été confiés à une assemblée de magistrats de Turin, laquelle avait démontré que Colombino n'était absolument pas le garçon qui tirait la charrette avec le faux cercueil, mais un pauvre bougre qui passait par là. Il y avait un témoin oculaire et la déposition des carabiniers royaux, mais les magistrats turinois, pour certains francs-maçons, après avoir écouté l'un et soupesé les procès-verbaux des autres, s'étaient montrés sceptiques : ils avaient fini par mettre en doute l'honorabilité du premier, armurier de métier, une corporation réputée pour tirer des conclusions hâtives ; quant aux carabiniers, il avait suffi de quelques promesses et largesses.

« Il m'a fallu du temps, c'était une affaire compliquée.

— Maudite merde et misère de misère, merci pour avoir pris tout ça sur toi. Si don Sante était là, il te bénirait. Mais je dois partir. Tu m'as trouvé un bateau pour Rome ou je dois y aller à pied ? »

Alors, bien inutiles furent les autres tentatives de Jacopo Framassone, qui aurait voulu garder auprès de lui ce jeune garçon pour le présenter à son cercle de connaissances et le rendre un tantinet plus adapté à la vie en société puis lui trouver une femme habile de ses mains et avoir le plaisir de le retrouver chaque soir pour aborder les sujets les plus variés, chacun assis dans un fauteuil sur un épais tapis taché d'alcools divers ; peut-être qu'au fil de ses élucubrations virevoltantes, on finirait par trouver une solution pour le pays, en plus du plaisir de converser. Bien inutiles aussi furent les yeux tristes de monsieur Giacomo qui, deux jours après avoir retrouvé Colombino, se préparait à le perdre à nouveau. Peut-être pour toujours.

« Oui. »

Il partirait de Quarto, sur la Riviera du Levant, et rejoindrait la mer Tyrrhénienne jusqu'à Civitavecchia. De là, il continuerait à pied. Pour être à temps sur les rochers d'où, le lendemain matin, il sauterait sur la chaloupe qui le conduirait à une goélette amarrée au large, Jacopo Framassone et monsieur Giacomo convinrent que Colombino devait quitter Gênes le soir même et trouver une auberge où dormir, sur la côte. Non que le trajet durait longtemps, mais mieux valait ne pas s'aventurer vers Boccadasse avant l'aube, ni piquer la curiosité des carabiniers royaux. Et comme ni l'un ni l'autre ne voulait se séparer du garçon et de son mulet à la hâte, tous les quatre quittèrent la vieille ville et, en passant le pont qui enjambait le Bisagno, ils franchirent la porta Pila.

« Pars, Colombino. »

*

Un chien bossu trottait avec une insolite harmonie de mouvements à côté du parapet, indifférent à l'ombre qui semait des taches sombres sur son pelage beige. Elle franchit les derniers pas dans le froissement de sa robe couleur paille contre ses genoux ; elle arriva sur la petite terrasse – la deuxième, côté ouest, sa préférée – et se pencha en glissant une de ses bottines entre deux des petites colonnes de la balustrade. La pointe noire de la chaussure resta là, suspendue à trente-cinq pieds au-dessus de la surface gargouillante de vert, de gris et de marron. Derrière Leda, le fracas des voitures à cheval, le claquement des sabots qui se confondait aux sifflements, aux hennissements et aux ébrouements rauques des chevaux. Les flots de la Tamise sauraient accueillir dans une étreinte compatissante le corps de quiconque désirait s'ôter la vie par désespoir, solitude, folie ; ils sauraient s'acquitter du plus ingrat des devoirs avec indifférence, offrant le plus grand et le plus terrible des soulagements.

Chaque jour, Michele l'enchaînait de ses bras nus et lui demandait de venir s'installer chez lui, il se fâchait maintenant devant son hésitation, bien que depuis peu Ngely lui apportât inconsciemment son soutien, heureux comme il était de travailler pour le fiancé de Leda, d'aller et venir auprès des revendeurs du coin, mais surtout d'avoir trouvé deux adultes pour s'occuper de lui comme on s'occuperait d'un fils. La joie avec laquelle il racontait les agressions de délinquants imaginaires auxquelles il avait dû résister dans l'entrepôt où Michele lui avait trouvé une chambrette rien que pour lui faisait plaisir à voir.

La pointe de la chaussure était là, au-delà de la balustrade, au-dessus du fleuve, et Leda toussa. Pour la première fois depuis qu'elle avait débarqué en Angleterre, le froid la dérangeait. Elle était sûre que tôt ou tard, Michele, pour l'obliger à prendre une décision, lui demanderait de l'épouser. Rien que de s'imaginer la scène, avec Michele qui tombait à genoux tel un héros courtois désirant sa main, Leda explosait de joie et de désespoir en même temps ; Michele lui demanderait de lui faire cet honneur, il la respecterait, la vénérerait. « Oui, je voudrais, mais comment ? » susurra-t-elle à la Tamise, et elle se tourna brusquement. La rive nord l'attendait, avec ses bâtisses fumantes.

Elle venait souvent ici, maintenant. Après avoir salué Pippo et les autres à Devonshire Street, au lieu de prendre la direction sud-est, elle s'aventurait au sud-ouest et, arrivée au pont, elle se postait sur l'une des terrasses qui s'enroulaient sur toute la longueur. Elle restait là, sans jamais rejoindre la cathédrale, sur la rive sud. Elle se contemplait elle-même comme si le monde alentour n'existait plus, et quand elle en avait assez ou s'estimait rassasiée, longeait le quai boueux du fleuve, jusqu'à ce que, de fatigue, elle hèle un cocher. Elle serrait contre elle son petit sac et rentrait à contrecœur chez Margaret.

La chambre de King's Road l'oppressait. Elle haïssait les petits bruits de Mrs Margaret quand elle sirotait sa soupe, cette façon d'étirer les mots et de traîner les pieds comme les vieilles, l'hypocrisie de ses bonjours. Elle ne pouvait plus supporter de s'asseoir à côté d'elle, elle la dégoûtait ; elle était certaine qu'elle était de mèche avec Oliver, qu'elle l'espionnait et rapportait ses horaires et les détails de sa journée au dandy, sans compter qu'un matin, elle avait trouvé une des deux mésanges sans vie. La vision de ses doigts noueux l'insupportait désormais ; elle méprisait ses œillades, auxquelles elle répondait en soutenant exagérément son regard jusqu'à ce que la vieille baisse les yeux. Et quand elle apercevait dans le couloir son ombre qui s'attardait devant sa chambre, elle ouvrait tout grand la porte pour lui demander avec une politesse méprisante si elle avait besoin de quelque chose. Et sinon, bonne nuit.

Margaret n'était pas le problème principal. Auprès d'elle elle avait trouvé, parmi les drapés et les froufrous fleuris, un refuge confortable en arrivant à Londres. Mais maintenant, cette tranquillité était perdue. Chaque jour était précaire. Ce n'était pas seulement la crainte d'une nouvelle intrusion, de se savoir observée et de se tenir sur le qui-vive ; ce n'était pas seulement la peur qui prenait le pas sur les autres émotions et envahissait son esprit. Il y avait quelque chose de physique qui avait trait à l'espace, comme si le plafond était devenu tout à coup plus bas, comme si, depuis cette nuit, les murs se rapprochaient et les meubles s'étiraient dans un spasme suffocant. Aucune tanière n'est jamais sûre – c'est la loi naturelle des prédateurs – mais, malgré l'urgence de fuir, Leda était à chaque clair de lune obligée de refuser les propositions de Michele, lequel, par amour, payait la location d'un grand appartement dans le seul but de la pousser à s'installer chez lui et, dans le même temps, devenait plus froid, s'éloignait avec son corps.

Pippo aussi était devenu plus fuyant. Il était de meilleure humeur et malgré les tracas habituels, avait retrouvé une ardeur par trop humaine, tout en fougue et en pathos. Il était pris d'une telle frénésie qu'il écrivait dix lettres à la suite, se lançait dans ses infatigables raisonnements à voix haute avec ses amis les plus chers qui auraient préféré davantage de concision, il se préoccupait de l'école de Hatton, à laquelle Michele consacrait pourtant plus de temps, et ne dédaignait pas les mondanités qui le mettaient en contact avec de nouveaux sympathisants. Mais, à un certain moment de la journée, il saluait ses interlocuteurs et grimpait sur Muswell Hill, vers les bow-windows de la maison de famille des Ashurst, parlant tout seul sur la route, tout de noir vêtu, en deuil du présent mais confiant en l'avenir – à tel point que William, l'ami Linton, l'appelait « le prophète du futur », puisqu'il ne parlait presque plus que de cela. Pippo avait gagné les faveurs de Sir William Ashurst avec lequel il pouvait s'entretenir pendant des heures, à l'abri des épais rideaux du salon qui masquaient les fenêtres et empêchaient d'épier. La seule fois où elle y était allée, Leda avait été frappée par le décor : le piano, la pendule en or sous une cloche de verre, la petite table ronde, conviviale, sur laquelle trônait une lampe d'une facture très raffinée, et les chaises en bois sombre et verni avec leurs sièges capitonnés et leurs dossiers ornés d'arabesques. Pourtant, ce n'était pas le salon qui attirait Pippo vers Muswell Hill, mais le plaisir, et Leda n'avait aucun mal à imaginer son impatience ; il n'était pas dans les habitudes du Maestro de se lasser d'un débat ou de laisser les mots d'autrui sans réponse, et sans doute poursuivait-il chez les Ashurst de très sérieuses discussions, mais Leda imaginait son corps tendu, prêt à toutes les ruses pour se libérer de l'âme qui l'habitait : si Pippo s'asseyait sur une chaise, son corps penchait vers la porte jusqu'à l'obliger à se lever ou à tomber ; s'il arpentait la pièce en bavardant, ses pieds prenaient le chemin du couloir. Telle était sa propre loi de gravitation et, au cœur de ce système, la majestueuse place du soleil n'était pas occupée par la jeune Emilie, cette messagère venue frapper effrontément à la porte de Devonshire Street, et qui se permettait maintenant la familiarité d'appeler Pippo *the black angel*, désireuse d'un contact, dévouée déjà. Le soleil, c'était sa sœur Caroline, mariée à un homme qui possédait une distillerie où Pippo se rendait à des heures très louches pour des réunions secrètes dont il n'osait même pas parler à ses très proches ; l'union conjugale n'avait pas été un obstacle mais avait au contraire pimenté le sentiment que Pippo et Caroline partageaient, une tendresse réciproque si chaste en apparence et pourtant si érotique, du délicieux parfum de l'impossibilité.

Comme ses joues avaient rougi quand, en fouillant dans les papiers du bureau de Devonshire Street, Leda était tombée sur un petit billet de Caroline et le brouillon d'une lettre écrite de la main de Pippo au coin d'un exemplaire de la *Literary Gazette.* Il lui avouait, avec des mots ampoulés, que la vue de son splendide corps de femme le rendait plus *merry;* il lui disait la mélancolie qu'il ressentait à rester seul sur le petit divan occupé un instant plus tôt par eux deux. Dans un autre mot doux parfumé au muguet, Caroline au contraire se morfondait d'une peine de cœur qu'elle s'infligeait à elle-même : à savoir, elle matait ce muscle énergique en l'envoyant au cachot lors même que, insoumis, il réclamait Pippo en dénonçant, par ses palpitations, l'inconvenance de leur relation. Leda n'avait jamais été aussi gênée ; ce sentiment lui avait sauté aux yeux, à tel point qu'elle avait dû à plusieurs reprises se forcer à les baisser pour qu'après chaque tentative de fuite, ils retournent à ces lignes exprimant une passion toujours plus évidente. Mais, une fois sa gêne passée, sensation semblable à celle que peut éprouver une sœur qui surprendrait son frère, fesses à l'air, en train de fricoter avec une femme, Leda avait poursuivi la lecture et s'était retrouvée à son tour à désirer Michele. Comme si le désir d'amour était en soi contagieux, plus infectieux que n'importe quelle épidémie, mais paradoxalement vivifiant.

« De quoi as-tu peur ?

— ...

— Alors tu ne m'aimes pas.

— Si, Michele, je t'aime.

— Eh bien, viens t'installer chez moi. Si tu fais toutes ces histoires, ça veut dire que tu ne veux pas de moi.

— Si, au contraire !

— Alors, pourquoi tu ne viens pas ? Tu ne vas quand même pas me dire que tu apprécies la compagnie de la vieille ? »

*

Elle le surprenait chaque fois, cette Italie, malgré les occasions déjà offertes, elle lui en donnait toujours plus à voir et, bien qu'il n'en ait exploré qu'une infime partie, combien d'aventures et d'émotions y avait-il déjà récoltées, et combien l'attendaient encore… Dans son crâne de gamin élevé comme un paysan, il s'imaginait cet ensemble de terres si inégales, de régions et de gens à la rencontre desquels il allait, comme l'intérieur d'un cochon, et c'était à lui d'incarner la main du boucher qui se frayait un passage à travers les boyaux tortueux, entre les tissus spongieux et symétriques des poumons, les grappes du pancréas, le groin proéminent et tronqué, l'âme profonde dans la queue en tire-bouchon, les os sous les jarrets. Il avançait sous l'épaisse couenne, à travers l'architecture de cet organisme qu'il découvrait différent du sien mais irrigué par le même sang. Imprégné de la même odeur, avec ce même ciel de silence au-dessus de la tête. La même lumière du soleil et du matin.

« On n'est plus très loin, j'en suis sûr ! »

Ils descendaient vers le sud. D'un côté la mer Tyrrhénienne, imperturbable sous l'horizon de cet hiver finissant, de l'autre, au-delà des groupements de maisons, un paysage inconnu qui se déployait. La plaine qui l'avait vu naître possédait la monotonie de l'immensité ; la Ligurie lui avait au contraire appris l'élan des montagnes et des gorges, les rochers qui résistaient à la furie de la mer : ici et maintenant, Colombino contemplait le plateau côtier et les douces collines. Les premières grives gazouillaient et les merles répondaient en sifflant, les perdrix et les bécassines, plus impatientes, sautillaient dans une tiédeur prématurée, suspecte.

Le voyage ne lui avait pas réservé d'imprévus. Le capitaine de la goélette était un Maltais de soixante ans, un vrai frère pour Jacopo, un homme de confiance ; après un brin de conversation sur les motivations qui le poussaient à voyager, « si je peux me permettre la question, mon garçon », Colombino avait pris congé de l'officier et était resté vissé au parapet à contempler, stupéfait, la côte, et à compter les créatures marines translucides sous la surface de l'eau – des méduses, lui avaient dit les marins –, pas moins de deux cent soixante et une de Gênes jusqu'à Civitavecchia. Astolfo avait au contraire maudit l'ingéniosité des hommes qui n'avaient rien trouvé de mieux que d'imiter les poissons, et vomi l'avoine dévorée avant le départ. Mais une fois ses problèmes d'estomac passés, le mulet avait eu l'idée de la remanger, vu qu'il ignorait à quel nouveau jeûne son patron à peine retrouvé l'astreindrait.

« Excusez-moi, pour Rome, brave homme ?

— Quoi ?

— Rome.

— Par là ! »

Ils avaient laissé derrière eux le port de Civitavecchia et ses braillements, les étals du marché croulant sous le poids des tellines, dorades, bars, brocolis, artichauts et navets, puis ils avaient continué le long de la côte pour tomber une heure plus tard sur un second attroupement d'âmes ; un camelot avait dit que c'était le patelin de Santa Marinella.

Colombino eut du mal à s'habituer au dialecte de cette lande, d'autant que les intonations et la gestuelle de cette nouvelle population, ce langage du corps si exubérant, lui firent au premier abord un peu peur. Par chance, monsieur Giacomo l'avait convaincu de ne pas partir avec sa grosse barbe de prisonnier, au risque d'attirer l'indésirable attention des gardes et d'éveiller les soupçons de tous les passants, aussi Colombino l'avait-il raccourcie, débroussaillée et maintenant, la pomme de l'espérance, la boîte du Tempesta, scintillait dans le soleil grâce au vieux docteur et à sa préparation d'acide oléique, de glycérine, d'eau, de poudre de Tripoli et d'ammoniaque. L'aspect de Colombino contribuait donc à ne pas le rendre indésirable.

Mais les gardes de Santa Marinella lui causèrent quelques tracas ; ils s'étaient levés mal lunés, et le garçon, à qui la prison avait appris à ne pas provoquer les messieurs en uniforme, décida de ne pas entrer dans le village. Il eut le malheur de demander à un perfide passant de quel côté se trouvait Rome, et ce dernier ricana, goguenard, pointant son doigt vers la crête de monts, non loin déjà : « Là-bas qu'elle est, derrière les montagnes de la Tolfa, comme une vraie louve. »

Colombino comprit le sens général de la phrase, ou disons qu'il se contenta de regarder le doigt pointé sur le profil des collines et d'en déduire une direction, oublieux du conseil capital mais néanmoins ambigu que Jacopo Framassone lui avait donné au fort de Savone : il ne faut pas oublier que c'est parfois le doigt d'un fou qui indique la lune.

« On y va, Astolfo. Merci beaucoup, brave homme. »

En remontant la pente des monts, Colombino repéra une épaisse troupe de miliciens pontificaux dont il préféra se tenir à distance, et Astolfo, pour une fois, fut d'accord et se mit en chemin presque en trottant ; tous deux finirent ainsi par se perdre irrémédiablement dans ce paysage de mamelles géologiques et sauvages.

La nuit tomba vite, et le garçon et son mulet songèrent à revenir sur leurs pas, vers Santa Marinella, mais voici que, dans leur errance épuisée, ils aperçurent une petite lumière qui vacillait dans le lointain. La lueur disparut avant de réapparaître pour dessiner le profil d'une fenêtre close quelques instants plus tard. « Nous trouverons l'hospitalité pour cette nuit, j'en suis sûr », dit Colombino en éperonnant Astolfo, confiant.

Il frappa, prudent. « Nous venons avec des intentions pacifiques. » La porte était petite, enfouie sous un enchevêtrement de ronces, et ce n'est que le lendemain matin que Colombino découvrirait que sous cet amas d'épines et de plantes grimpantes se cachait un refuge. Cette nuit-là, il n'aperçut qu'un faible rai de lumière sous la porte. La femme qui vint ouvrir, armée d'une carabine, était rousse, les cheveux en bataille. Sa carnation, qui avait dû être claire, était brûlée par le soleil. Et dans cette nuit noire, la seule chose que Colombino réussit à voir fut le vert scintillant de deux yeux d'enfant.

*

C'était le mois de mars de l'année 1845, et une joie bruyante explosa à la calle del Portón. Ce fut le plus évident des enchaînements : le premier vagissement de la petite fut la cause, les hourras provenant de la cour, l'effet. Domío, accompagné de Rosita, quatorze mois, dut se réfugier dans les bras de Sebasta l'Indienne, qui les protégea et les réconforta dans son dialecte si particulier, mélange d'espagnol, de portugais et de mots mystérieux qui puisaient leurs racines dans les forêts de l'arrière-pays. C'était le jour d'après l'équinoxe, le moment d'équilibre entre l'ombre et la lumière qui, ici, au sud du monde, marquait l'arrivée de l'automne, et dans la petite cour de la calle del Portón, l'état-major de la Légion italienne et les amis de toujours faisaient trembler les murs avec leurs ovations et leurs applaudissements.

L'accouchement eut lieu à l'abri du rideau qui séparait le lit du reste de la pièce, tandis qu'Aninha se plaignait du minuscule espace domestique et, ce faisant, de l'indigence que son mari lui imposait : « Putain de misère, à quoi bon les mettre au monde, ces gosses, si c'est pour les faire crever de faim ! » Elle avait refusé la baguette de bois à se mettre entre les dents que Feliciana lui avait donnée pour lui faire passer l'envie de crier et de se mordre la langue par inadvertance. « Faites taire ces bâtards ! » avait-elle hurlé, en plein travail, dans un moment de lucidité, en sachant bien que José, qui faisait les cent pas comme un fantôme derrière le rideau, agirait en conséquence. Il était en effet là, l'oreille tendue, et il sortit aussitôt pour calmer, avec un mot d'esprit, les amis qui asséchaient le puits. Aninha accoucha ainsi dans un silence chargé d'attente, expirant lourdement comme pour éteindre le feu de la douleur qui se propageait dans ses jambes et dans son ventre, sans difficulté, à la grande joie d'Adriana, la sage-femme.

« Elle est née !

— Hourra !

— Ils ont choisi le nom ?

— Teresa. »

C'était une idée de José, en hommage à sa sœur morte en bas âge dans un incendie, mais Aninha préféra aussitôt le diminutif de Teresita, par superstition.

« Hourra !

— Vive Peppino ! Vive Anita ! »

Le joyeux tapage des Italiens explosa comme une bordée de vingt canons et Feliciana devint écarlate : « Mais vous ne pouvez pas avoir un peu de respect, bande d'ivrognes ! »

Adriana la sage-femme dut presque arracher le petit corps des mains de José qui le montrait aux amis et elle l'enveloppa dans un linge de coton tandis que Domío venait saluer sa sœur en faisant voltiger son Vésuve qui, derrière lui, sur sa cape, crachait ses flammes tricolores. Sebasta s'approcha aussi, avec Rosita dans ses bras. Les hourras des Italiens résonnaient dans tout le quartier, ils arrivaient jusqu'au port, à l'océan : « Habillez-la elle aussi du drapeau de la Légion, et faites qu'elle trouve un homme capable de l'honorer, *un bon vaurien* », lança une mauvaise langue, et puis quelqu'un sortit une guitare. On entendit aussi vibrer la peau d'un tambour.

Aninha pendant ce temps secouait la tête, abrutie d'émotion et d'épuisement, désorientée par toutes ces voix, mais, surtout, encore habitée par certains cauchemars, inquiète d'avoir mis au monde une petite fille. Entre ses jambes, l'hémorragie semblait ne pas vouloir s'arrêter, mais Adriana, la sage-femme, sut l'apaiser et, profitant de la douleur qui assourdissait ses nerfs, fit quelques points avec une aiguille et un fil de soie afin que les parois de chair reprennent une apparence normale. José avait insisté pour que le médecin qui officiait maintenant pour la Légion soit présent – Bartolomeo –, lequel, malgré son désir de faire bonne figure et de montrer l'énorme travail que lui avait demandé l'apprentissage du métier, fut pourtant obligé d'admettre, après une défiance initiale et une remarque sur les points de suture, qu'Adriana connaissait son affaire : « Vous êtes mariée ou fiancée, par hasard ? »

« Tous nos vœux ! »

« Vive Teresita ! »

*

Lisander avait appris à l'aimer, cette petite, aussi, à peine réveillé, il annonça qu'il l'emmènerait se promener avec sa mère, à condition qu'elles se mettent toutes les deux sur leur trente et un car ils s'arrêteraient à la pâtisserie, comme les messieurs qui, au lieu de déjeuner, se levaient à midi et sortaient prendre le petit déjeuner dans les pâtisseries, justement, ou dans les cafés, mais seulement après s'être calé l'estomac avec quelques tranches d'un saucisson séché à point dans l'humidité d'une cave ou d'anchois salés sur une tranche de bon pain.

L'idée d'une promenade en famille émouvait toujours Chiarella qui devina pourtant ce matin-là un double dessein ; elle était méfiante de nature et, en dépit d'indices qui auraient pu lui révéler les projets que Lisander cachait sous sa tignasse bouclée, elle sentit qu'il s'agissait de quelque chose d'important. Aussi, quand le calotypiste descendit pour avancer sur certains projets, Chiarella confia Anna Lucia aux bons soins de la domestique Ausilia – une quadragénaire que Lisander avait prise à son service après la fausse couche afin que Chiarella ne s'abîme plus le dos ni les mains et garde une peau douce – et fila à Santa Maria delle Grazie.

De retour, l'esprit plus tranquille, elle embrassa Lisander qui travaillait à quelques calopornies affriolantes à souhait, et monta se préparer. Elle prit son temps, sans compter celui que lui fit perdre Anna Lucia qui, habillée avec le meilleur goût par Ausilia, piaffait pour avoir un trait de vaseline et de cendre au-dessus des yeux, comme sa mère. Quand enfin elle s'éloigna de la coiffeuse, ses cheveux roux rassemblés en un chignon fixé par deux petites baguettes en os, Chiarella voulut jeter un dernier regard dans le miroir au cadre de cuivre ; malgré sa lassitude et le mal de tête qui la faisait horriblement souffrir ces derniers temps, elle se trouva belle, et le reflet, derrière elle, du lit matrimonial en laiton avec ses draps propres et parfumés lui fit venir un sourire aux lèvres. À côté de la coiffeuse, il y avait l'armoire en noyer à trois portes, le petit divan turquoise sur lequel Lisander aimait faire l'amour, un fauteuil de brocart de Catanzaro et le portemanteau en fer : le mobilier favorisait un sentiment de bien-être ; il était si somptueux qu'il tranchait avec la médiocrité extérieure du bâtiment. La lumière dans la pièce lui procurait la même et apaisante sensation que lui inspirait la vue de son corps, enveloppé dans une robe bien ajustée aux hanches, couleur cyclamen, cousue par un tailleur après deux séances d'essayage très méticuleuses et une confection raffinée. Ce jour-là, elle portait également un bustier qui mettait en valeur sa taille fine et son ravissant postérieur que Lisander palpait avec curiosité à la moindre occasion. Avant de sortir, Chiarella fouilla dans l'armoire et opta pour le chapeau léger acheté à son amie Enrichetta, rescapée comme elle du bordel. Elle se pavana devant le miroir. Ainsi mis, presque en équilibre, il lui allait à merveille ; un choix judicieux, se dit-elle : « Je suis prête ! »

À l'étage du dessous, dans le Cabinet de Calotypie, Lisander, qui venait tout juste de reposer quelques-unes des images de pénétration anale à refiler au Mal-Né en vue du trafic hebdomadaire, était lui aussi face au dilemme du chapeau. Ce n'était pas un détail futile ; cela faisait presque un an qu'il s'intéressait aux chapeaux, depuis l'été 44 pour être précis, quand la nouvelle de l'impitoyable exécution de neuf révolutionnaires à Cosenza était arrivée en ville. Milan, si attentive à ce qui se passait ailleurs, avait elle aussi voulu jouer un rôle durant ces mois d'effervescence : non seulement parce que, depuis des générations, elle avait dans la peau un sentiment de tristesse résignée devant l'insupportable réalité quotidienne de la domination, mais surtout à cause de son penchant pour l'enthousiasme, l'adhésion. Aussi, afin de rendre hommage à la bravoure de la cause de Cosenza, et à ces centaines d'hommes – selon les allégations, souvent infondées, des républicains –, on s'était mis à porter le chapeau à la mode calabraise, faisant de ce demi-haut-de-forme à large bord orné d'un panache le symbole de la fraternité italienne. Au début, rares étaient ceux qui le portaient, et encore plus rares ceux qui avaient continué, mais les Romantiques de Traviole avaient adopté la mode avec enthousiasme, incitant tout le monde à prendre exemple sur eux et sur les autres. À la taverne de la Lupa, à la taverne des curés, rebaptisée La Stella, et même sur quelques portemanteaux de la respectable société milanaise, on ne voyait plus que des panaches ; dans les théâtres, aux spectacles de rue, on gardait son chapeau sur la tête avec insolence, gênant la vue des rangs derrière sans que personne ne s'en offusque, hormis les réactionnaires. Tous ceux qui travaillaient derrière le comptoir d'un entrepôt ou d'un magasin devaient esquiver la plume quand celui qui portait l'accessoire calabrais se penchait pour regarder la marchandise ; même au marché, le prix se négociait plus facilement entre vendeur et acheteur si tous deux portaient la plume. Les agents, bien sûr, avaient déjà depuis le mois de juillet interdit cette fanfaronnade subversive et, sur ordre du feld-maréchal cantonné en ville – « la grosse bedaine » autrichienne nommé Radetzky, auquel son uniforme blanc, loin de l'amincir, donnait au contraire l'air d'une meringue – avaient même tabassé et emprisonné tous ceux qui s'obstinaient à afficher ce signe, politique selon eux. Mais comme les Milanais sont des gens têtus, ils étaient loin d'avoir dit leur dernier mot, et l'attitude des Autrichiens avait encouragé l'intervention des plus progressistes d'entre eux, connus dans les salons pour leur engagement dans les sociétés philanthropiques, mais aussi d'autres personnalités connues dans les greniers et les caves des conspirateurs pour leurs penchants radicaux. On aurait dit qu'une fragile conscience commune avait envahi l'atmosphère et que les panaches avaient servi de récepteurs et de propagateurs de cette fibre collective.

Au début, Lisander était indifférent à cette mode, mais au fil des semaines, grâce à l'insistance des R.d.T., il s'était persuadé du bien-fondé de ce modeste geste et de la valeur éthique dont le chapeau témoignait : « Chez soi, tout le monde devrait pouvoir se foutre sur la tête ce que bon lui semble ! » Il avait réussi à convaincre le Mal-Né, qui s'était senti très vite à l'aise avec ce panache, au point d'en faire son signe distinctif pour les calopornies – « ma signature », disait-il, avec suffisance et ignorance. Et, comme si cela ne suffisait pas, dans une dérive beaucoup plus dangereuse, à la mode du chapeau en octobre avait succédé la mise au rancart du drap autrichien, très populaire parce que de facture modeste, et qui habillait d'ordinaire les corps souffreteux des allumeurs de réverbères et des gratte-papier. Les citoyens les plus militants de la *res publica* avaient fait coudre vestes et autres pièces avec le seul velours de fabrication lombarde, et comme on ne pouvait prétendre à ce que les miséreux renoncent à leur quignon de pain pour économiser les lires nécessaires à l'achat d'un bout d'étoffe, on les avait généreusement aidés, un petit bout par-ci, un petit bout par-là, afin qu'eux aussi puissent arborer autour du cou un joli foulard de ce beau velours bien de chez nous : *Todèsch de merda, andì a crepà cont el diàvol e i so troj* – Alboches de merde, allez crever avec le diable et ses putes !

L'effervescence vestimentaire était retombée avec le Nouvel An, personne n'ayant réussi à transformer cette énergie créative en autre chose qu'un acte de mépris isolé ou une mode puis, au fil des premiers mois de l'année 45, la contestation était tombée aux oubliettes. Et quand Lisander se préparait pour quelque mondanité, voilà qu'il replongeait dans le souvenir récent de cette expressivité soigneusement pensée, contrarié de ne plus pouvoir s'inspirer de la dernière tendance contestataire. Ce fut donc avec un certain regret qu'il opta pour le chapeau plat couleur acajou accroché au portemanteau du Cabinet ; il ne lui trouvait rien d'extraordinaire, mais il était presque midi, et le temps c'est de l'argent.

« Vous descendez ? On y va ? »

Un instant plus tard, la famille se mit en route pour le centre. Lisander marchait avec une canne, Chiarella tenait la main d'Anna Lucia ; elles ignoraient le but de la promenade, mais elles savaient qu'elles s'arrêteraient à la pâtisserie, où la petite pourrait choisir sans regarder à la dépense : qu'elle se laisse aller à la gourmandise !

Mais sitôt passée la porte vitrée de l'arrière-boutique de la pâtisserie, Anna Lucia se pétrifia ; elle resta dans l'entrée aussi raide et droite qu'un nougat, désemparée par ce gigantesque amoncellement de bonbons emballés de mille manières, de croquants étincelants, de dragées et de tartes qui débordaient sur des papiers devenus translucides à cause du gras qui s'écoulait des bases de pâtes feuilletées et de génoises, submergées à leur tour par des brioches et des montagnes de beignets imbibés et fourrés, prêts à répandre une avalanche de crème, mais aussi de sucettes et de fruits confits. « Alors, Anna Lucia ? » La question fit réagir la petite, qui se mit à gambader de-ci de-là, en demandant conseil à la vendeuse derrière le comptoir ; quand on lui annonça que ce n'était pas trois, ni deux mais un seul gâteau auquel elle avait droit, parce que autrement le sucre risquait de lui faire tomber les dents, Anna Lucia pleurnicha pour se requinquer aussitôt en s'entendant dire que si elle était sage, elle aurait le droit d'emporter d'autres gâteaux pour le soir. Lisander la laisserait même porter le paquet.

« Celle-là ! »

Une tresse briochée constellée de petits sucres et de raisins confits. Énorme.

« Tu n'arriveras jamais à la manger en entier.

— Eh ben si !

— Anna Lucia, écoute-moi. Je suis ta mère et je sais ce que je dis !

— Non !

— Si tu ne la finis pas, tu t'en prends une, hein ?

— Je veux celle-là. »

Elle eut celle-là, et elle y mit tout son cœur, les doigts cramponnés et la mâchoire infatigable malgré le risque d'étouffement car le gâteau, à vrai dire, était un peu sec, et Chiarella dut lui donner un peu d'eau quand elle la vit devenir toute rouge.

« Mais où on va ?

— Tu verras. »

Lorsqu'ils arrivèrent à l'angle du Coperto dei Figini, Lisander s'arrêta. Les robustes pilastres en pierre de la colonnade contrastaient avec le marbre lumineux de la cathédrale de l'autre côté de la place ; au-dessus du portique, à sept mètres de hauteur, un long balcon filait autour de la bâtisse et, un peu plus haut, de tout petits balcons s'alignaient, pleins de linge et de nippes qui prenaient l'air.

« C'est beau, hein ? »

La rue bourdonnait du va-et-vient quotidien des marchands ambulants, des petits couples, des flâneurs et des mendiants, des notables, des miséreux et des voyous. À l'ombre d'une des arcades du portique, la moue presque moqueuse et le haut-de-forme trop grand pour sa tête, le commis d'un sellier s'accordait une pause ; derrière lui, une petite femme sifflait pour attirer l'attention sur deux paniers d'osier remplis de pommes de terre qu'elle avait posés sur une planche au-dessus de deux chevalets.

« Un logement s'est libéré au premier étage et cette boutique-là, celle du voleur à la tire, se libérera bientôt. On pourrait ouvrir un prestigieux cabinet. Je voudrais que…

— Mais ça, c'est quoi ? » lui demanda Anna Lucia en l'interrompant ; elle pointait son doigt enduit du sucre glace qui recouvrait la tresse briochée. Sur une des colonnes, au-dessus des publicités et des affichettes décolorées par le soleil, quand elles n'étaient pas décollées ou salies par la pluie, on voyait des images très bariolées, des combats entre brigands et paladins en costume. C'étaient des planches ; elles représentaient, en quatre volets, les scènes clés du spectacle de marionnettes, des histoires toujours pareilles et toujours nouvelles qu'un public de grands et de petits dévorait avidement, comme si la grossièreté des mouvements était nécessaire pour expliquer les vicissitudes humaines et la manière dont la vie s'acharne parfois sur les hommes ou leur offre la paix et la gloire – sans compter qu'une voix de pantin risque moins la prison.

« Un théâtre de marionnettes ! » s'exclama Chiarella en lui donnant un baiser sur le front. Anna Lucia ne tenait plus en place ; elle avait assisté à un seul spectacle, sur la piazza di Borgo Vercelli, où se produisaient les Colla, célèbre famille de marionnettistes, avec les aventures d'un faux bouffon sourd-muet qui osait dire la vérité au milieu de décors et de scénographies riches en détails.

Lisander aurait voulu expliquer à Chiarella qu'il avait l'intention, le mois prochain, de prendre en location l'appartement et la boutique qu'il lui avait montrés : ils emménageraient là ensemble, lui qui avait toujours voulu vivre sur cette place où la lumière était amplifiée par les marbres blancs de la cathédrale ; l'enthousiasme d'Anna Lucia l'obligea pourtant à reporter la conversation, sans regret. C'était une belle journée, et Lisander prit la petite par la main. En ville, il y avait un tas de théâtres ambulants : le Lentasio et le Sant'Antonio, le Santa Redegonda, et vers la porta Orientale, le théâtre mécanique. Mais le Gerolamo, c'était vraiment autre chose : « D'accord, on va voir le spectacle de monsieur Fiando ! »

De retour dans le quartier de la porta Vercellina, Lisander resta au rez-de-chaussée, avec l'excuse de devoir contrôler les feuilles traitées le matin même et vérifier les objectifs. Il attendit que mère et fille montent les escaliers et il prit un tabouret ; il grimpa dessus pour atteindre l'étagère la plus haute, où il récupéra un dossier en carton gris. Il sortit le calotype qu'Anna Lucia avait barbouillé : la vieille grand-mère transformée en arbuste, le soleil compact, si jaune. Cela faisait un petit bout de temps qu'il l'observait. Il lui plaisait maintenant. Une « Imagination » : c'est ainsi que l'avait définie Chiarella ; elle demandait à Lisander de s'asseoir sur le sofa de la chambre à coucher, déboutonnait sa chemise tout en lui parlant du génie qu'elle trouvait au calotype retouché par la petite, qui avait permis à tous ces gens tristes et débraillés de se voir différemment et de s'en réjouir. Elle, du temps où elle était putain, Dieu sait ce qu'elle serait devenue si elle n'avait pas eu la force de se raccrocher à une chimère, comme celle de mettre le grappin sur un fripon comme Lisander ? Elle se serait peut-être jetée par la fenêtre, et la pensée de Chiarella, le crâne fracassé sur les pavés, avait fait à Lisander un certain effet, d'où l'idée des « Imaginations » qui, tel un ver, s'était faufilée dans son esprit. Pour les obtenir, il suffisait de modifier les calotypes comme quand il lui arrivait de placer trop négligemment sa chambre optique, avec pour résultat de faire sortir du cadre un bout de jambe au premier plan ; alors, le calotypiste redevenait peintre et il remplaçait lui-même la main ou les pieds coupés. Pour les « Imaginations », si on voulait voir les choses en grand comme il aimait à le faire, on pourrait réaliser des costumes exprès, des scénographies, pour que la représentation colle davantage aux fantaisies de son esprit. C'était tout de même une idée à marquer en rouge, de la même couleur que les dépenses sur le livre de comptes : Lisander n'était pas sûr de pouvoir en tirer profit – qui était prêt à payer pour se faire tirer le portrait déguisé en plante, avec un soleil en carton-pâte dans le dos ?

Quelqu'un frappa à la porte de l'arrière-boutique. Lisander paniqua, prit sa canne dans un coin.

« Qui c'est ?

— Floro. Ouvre. »

Lisander fit glisser le loquet.

« Ben alors ? Je ne m'attendais pas à te voir…

— Ils l'ont fait comte.

— Qui ?

— Le cocu. Celui dont tu sautais la femme.

— Malesani ?

— Ben oui.

— Ils l'ont fait comte ?

— C'est ce qu'on dit.

— Mais il a racheté le titre à un crève-la-faim tombé en disgrâce ?

— Qu'est-ce que j'en sais ?

— Il l'a acheté, c'est sûr ! »

La municipalité avait fait le signor Malesani comte. Et la dernière fois que Lisander s'était pointé au palais, à peine un mois plus tôt, il avait bien senti que quelque chose était en train de se mijoter. Donna Teresa l'avait invité pour se réjouir de son nouveau Cabinet, mais la vraie raison était qu'elle mourait d'envie de remettre le couvert. Lisander n'avait pas cédé, préférant s'attarder en cuisine, pas tant pour grappiller quelque chose, vu qu'il se tapait désormais la cloche à domicile avec tout ce qui sortait des saintes mains d'Ausilia ; non, plutôt pour se régaler des clins d'œil des soubrettes et s'amuser à asticoter la Bini qui, maintenant qu'il se sentait plus épanoui, lui était moins antipathique. Or, dès qu'elle s'était retrouvée en face de lui, la servante lui avait hurlé dessus, rancunière ; il avait intérêt à se tenir à carreau, lui avait-elle dit, parce que monsieur le patron avait été invité à une soirée de gala dans la salle d'argent du palazzo Spinola, à la Società del Giardino, à laquelle avait participé – Bini prit une grande inspiration, pas trop à fond tout de même car elle cachait les premiers symptômes gênants d'un feu de Saint-Antoine – « le comte Sapur, Spaur plutôt, enfin le gouverneur royal des provinces lombardes avec son épouse, la très respectée Amalia, dame de cour décorée de l'ordre de la Croix étoilée. Et même qu'il y avait le comte Alberto di Montecuccoli Laderchi, vice-président du gouvernement et la comtesse Carolina, sa femme, le comte Bernardo Ceccopieri, président du tribunal d'appel avec sa comtesse, Riccarda. Et c'est pas un malappris comme vous, Lisander, qu'ils inviteraient, tenez-vous-le pour dit, rien que des barons, des gens comme il faut, le podestat Gabrio Casati et Gabrio Piola, un grand monsieur. Voyez un peu, même le gros Boche de Radetzky il était là ! » Sans compter que Malesani était encore propriétaire de la société du même nom, de savons, parfums et soufre, et qu'il avait acheté un entrepôt, si grand qu'on ne pouvait même pas l'embrasser d'un seul regard, où il bricolait avec au moins vingt ouvriers des expériences d'avant-garde. Lisander lui devait le respect au signor Malesani, parce que lui, il donnait du boulot aux fainéants et il était respecté par les savants !

Cela correspondait à la vérité. S'il n'était pas respecté, Malesani était tout au moins en affaire avec ces gens-là. En automne, le VIe congrès des Savants italiens s'était réuni à Brera, et Lisander y avait fait des photos, bravant la concurrence de quelques apprentis du Cabinet Duroni, son ennemi daguerréotypiste juré, lequel avait en revanche été invité en tant que représentant de la société scientifique. Lisander, qui avait mal digéré l'affront, avait déniché un petit coin très pittoresque aux environs de l'église du Carmine et là, captant le reflet de la lumière sur des draps blancs, il avait improvisé un petit théâtre *en plein air*[1] que beaucoup de savants avaient apprécié : leur jaquette boutonnée comme il faut, ils s'étaient mis en file indienne et étaient venus réclamer le lendemain leur portrait. Lisander le leur avait remis avec l'adresse du Cabinet au dos de la photo – opération réalisée par les bons soins d'Anna Lucia et de Chiarella. Durant les quelques jours du congrès, un curieux va-et-vient scientifique s'était déroulé au palais Malesani, et certains charretiers familiers du Mal-Né avaient parlé de visites dans l'entrepôt de monsieur Alfio. Un chercheur, en particulier, avait laissé un souvenir impérissable, un Piémontais avec la raie de côté en dépit d'une implantation de cheveux naturellement rebelle, professeur d'université d'un âge pas tout à fait respectable ; une heure après son entrée dans l'entrepôt de Malesani, on avait entendu une explosion fracassante !

« S'ils l'ont fait comte, ça cache forcément quelque chose. Il faut qu'on sache.

1. En français dans le texte.

— Pourquoi ? » lui demanda Floro, avant de plonger ses doigts dans sa tabatière dont il retira une prise de *macubino ;* d'habitude, il fumait du tabac de Lecce, mais ces derniers temps, il le trouvait un peu âcre, aussi avait-il préféré quelque chose de moins corsé.

« Parce que. J'ai une idée. Et j'ai besoin d'un peu de blé pour la réaliser.

— De quoi s'agit-il ?

— Tu n'as pas confiance ? Ce n'est pas grâce à moi que tu es riche ?

— Si, justement. Mais déjà que je risque la taule, je voudrais savoir où on va... »

Un matin d'avril, alors qu'on était déjà dans la constellation du Taureau, Lisander sortit avec le Mal-Né et Floro ; ils allaient à la Senavra. Chiarella les regarda de la fenêtre puis, quand elle les eut perdus de vue, elle revint sur ses pas en se frottant les paupières tant la lumière lui faisait mal aux yeux. Un vertige faillit la faire trébucher, mais elle réussit à atteindre le petit divan turquoise, et s'appuya à l'accoudoir pour retrouver son équilibre avant de s'asseoir. Elle se sentait terriblement fatiguée, mais cela n'avait rien à voir avec le relâchement dû à sa nouvelle vie ; c'était une fatigue funeste, et elle le savait : tout d'abord parce qu'elle avait, comme Lisander, un penchant hypocondriaque et qu'elle était portée à voir tout en noir, et puis, certaines choses se sentent, on ne sait pas pourquoi ; il faut se faire une raison. Elle n'en avait pas parlé à Lisander, et si la fatigue et les maux de tête se dissipaient un peu, elle faisait de son mieux pour avoir l'air en forme. Quand le calotypiste lui reprochait son peu d'appétit, y compris sexuel, elle se contentait de lui parler d'un vague malaise et elle accepta même de se soumettre à une visite quand il l'exigea. Elle refusa en revanche qu'il soit là ; elle préféra la compagnie d'Ausilia, et fit jurer au médecin de ne pas révéler la maladie dont elle souffrait, s'il y en avait une.

« Vous promettez, docteur ? Promettez-le-moi ou allez-vous-en.

— D'accord, madame, mais…

— Jurez ! »

Le médecin accepta, mais il ne resta pas muet sur sa grossesse. Au contraire, devant les questions de Lisander, il en profita pour se sortir au plus vite d'une situation désagréable : « C'est normal, dans son état. Elle fait vivre une autre personne. »

Lisander ne comprit pas tout de suite et prit cela pour une allusion à l'ancien métier de Chiarella ; et s'il pensait ainsi, c'est que lui, en premier, avait eu peur que la fatigue de Chiarella ne trahisse une maladie de putain revenue la faire souffrir, comme un châtiment. Alors, il s'énerva, et quand il exigea du médecin des explications en l'attrapant par le col, celui-ci, très digne, se dégagea et lui dit :

« Monsieur, du calme. Je voulais dire que votre femme est enceinte !

— Ce n'est pas ma femme, lui rétorqua Lisander avec ses airs de crâneur.

— Ce sont vos affaires.

— Peu importe. Vous dites qu'elle est enceinte ?

— Oui, votre femme est enceinte.

— Puisque je vous dis que ce n'est pas ma femme. »

Le docteur tourna les talons et s'éloigna, outré.

« Alors vous feriez mieux de l'épouser avant qu'il ne soit trop tard.

— Trop tard pour quoi ? »

Le docteur descendait les escaliers.

« Pour l'empêcher de partir avec un autre », intervint Chiarella avec un sourire malicieux.

*

Michele était fou d'amour et de jalousie, à tel point qu'un soir, il avait frappé Oliver après l'avoir surpris en train de faire le pied de grue en bas de chez Margaret. Le gandin, qui attendait Leda, avait fait semblant de rien, mais Michele l'avait assommé de questions et mis au défi de harceler sa femme, ce à quoi Oliver avait répondu, sur un ton sarcastique, que les hommes tombent souvent dans l'illusion de la possession. Alors Michele avait perdu patience et, en trois coups de poing seulement, il l'avait laissé sans souffle, le visage horriblement tuméfié. Leda avait dévoré des yeux le sang, les larmes et la bave. Flattée. Elle avait senti l'affinité qui la liait à Michele.

Quand, une semaine plus tard, elle était venue comme d'habitude pour remettre ses rapports, le dandy était encore mal en point ; ils n'avaient ni l'un ni l'autre fait allusion à l'incident et depuis, Oliver n'était plus venu l'attendre en bas de chez elle. Il envoyait un gamin avec un billet. Michele, au contraire, venait toujours plus souvent. On reconnaissait désormais les traces de ses pas dans la gadoue en face du petit immeuble.

« Tu veux m'épouser ? »

Cela eut lieu après le dîner, le premier dimanche de juin. Il se fit violence pour le lui demander, comme si l'envie irrépressible de lui poser la question se heurtait au peu de courage de sa voix. Il avait baissé les yeux. À le voir, on l'aurait presque trouvé ridicule. Une armoire à glace de trente ans aux manières de débutant.

Et pourtant, ce fut précisément cette indécision, cette peur qui provoqua chez Leda le tourment. Une variation de langage, de mots dans le corps de Michele annonçait une sincérité irrésistible. « Je veux venir m'installer chez toi », lui dit-elle finalement dans le soir pâle.

*

Cinq mois s'étaient écoulés depuis son accouchement et, dans l'hiver austral qui approchait, étirant à l'horizon ses longs colliers de nuages, Aninha apparut dans la cour ; elle serra contre elle son châle raccommodé et sourit. De mélancolie. Mais aussi de bonheur. Domío gambadait autour du puits et aidait Rosita à faire ses premiers pas ; les résultats n'étaient pas très encourageants : genoux écorchés pour les deux petits malgré des efforts acharnés. Aninha eut raison de l'appréhension qui lui disait de se précipiter, pour le cas où par malheur les enfants se fracasseraient la tête contre la pierre, et elle ne bougea pas jusqu'à ce que Teresita, la petite dernière, se mette à pleurnicher. Alors elle rentra, s'approcha du lit et la prit dans ses bras. Elle la berça d'abord un peu, puis s'assit sur le lit en la posant sur ses cuisses, ouvrit son châle, fit glisser une bretelle de sa robe. Teresita se jeta sur le sein de sa mère et s'y accrocha avec ses petites gencives sans dents. Elle se mit alors à téter, calmement. Aninha ne put s'empêcher de remarquer le contraste entre les lèvres rosées de la petite et les veines bleu clair qui affleuraient à la surface enflée de sa propre chair. Elle se sentait exténuée. Pas tant de s'occuper et de se soucier des enfants. C'était l'épuisement de la guerre, dont on ne se repose pas.

Le colonel Garibaldi l'avait laissée seule une fois encore. Il était parti avec la flotte. Pendant tout le mois de juillet, il s'était enfermé à l'état-major avec ses conseillers italiens, mais aussi avec les officiers français et anglais en garnison à Montevideo pour protéger les intérêts commerciaux de leurs pays respectifs et, à la mi-août, avec l'arrivée de la marée adéquate pour remonter les fleuves, il était parti à la tête de dix-sept navires, lourds de trente-neuf bouches à feu et d'un bataillon d'infanterie – deux cent vingt-six hommes de la Légion – et d'un escadron de cavalerie. Plus de trois cents marins à ses ordres. Une fierté pour Aninha, mais aussi une souffrance. José emportait avec lui toutes les forces vives de la guerre, ne laissant derrière lui qu'une poignée de charognards et de bouffons.

Feliciana venait de plus en plus souvent, un journal entre les mains, lui parler des légionnaires soudoyés par les Argentins qui fuyaient à Buenos Aires, parmi les « garces et les rôtis arrosés de vin ». De là, on jetait la honte sur José, pour humilier ses hommes de confiance ; on disait que Garibaldi était un profiteur sanguinaire qui avait persécuté un cordonnier de Laguna en lui volant sa femme… « Moi, je ne sais pas lire, alors ça ne me dérange pas », coupait court Aninha qui savait pourtant que les médisances peuvent faire plus de mal qu'une balle, parce qu'une balle, on l'extrait des chairs, on guérit ou on en meurt, mais la médisance, c'est comme la plus fine des échardes ; elle disparaît sous la peau, mais réveille toujours une petite douleur.

Sans compter l'autre, et la plus terrible nouvelle de ces mois-ci. *El Diablo*. Le petit nom dont les Argentins avaient affublé son José pour dire à quel point il était brutal, intrépide, et même omniprésent : il était partout où il y avait des ennemis à écraser. Aninha était superstitieuse, et chaque fois qu'elle entendait ce nom, elle s'imaginait un malheur.

Mais il lui restait ses enfants. Un don du ciel. Un obstacle. Certains soirs, elle priait Dieu pour qu'il la laisse rejoindre José. Puis elle se maudissait. Parce qu'elle savait que pour le rejoindre lui, elle aurait dû les abandonner, eux.

XII

Les maléfices sentent bon l'herbe et le feu qui crépite, ils se présentent sous de délicieuses apparences et sont capables de subjuguer la moindre créature, mais comment ils s'y prennent, mystère. Connaître la formule universelle, l'ultime incantation capable d'arranger ou de pervertir les choses en les dénaturant est sans doute hors des compétences humaines, mais en y regardant bien, la seule chose qui compte c'est de s'y retrouver, ou plutôt de comprendre si le sort qui nous est échu par maléfice est bon ou mauvais, et d'agir en conséquence : « Bon. Si c'est vous qui le dites, je vous crois. »

Colombino au contraire s'était trouvé très perplexe en se réveillant dans le taudis de Sabina ; perplexe bien avant d'être, à son insu, ensorcelé. Mais reprenons dans l'ordre.

En frappant à la porte, le garçon avait expliqué qu'il s'était perdu, qu'il ne voulait pas souffrir encore du froid, lui qui avait bien failli mourir l'hiver où il avait pris la route, même qu'il était tombé dans une fosse… Il s'était tant justifié qu'il avait convaincu Sabina de l'héberger. Pour une nuit. Et comme il avait ronflé, Colombino, après s'être réchauffé au coin de l'âtre ! Sabina, que la rumeur disait ensorceleuse, impitoyable voire violente, s'était comportée comme n'importe quelle bouseuse, respectueuse pour ne pas dire pudique, et quand la méfiance, en se dissipant, lui avait fait baisser le canon de la carabine qu'elle avait braquée sur lui par précaution, elle s'était laissé intriguer par ce jeune garçon d'une candeur angélique malgré son aspect bourru et crasseux. Pour dire la vérité, puisqu'elle n'aimait pas mentir, il lui avait tout de suite inspiré confiance, comme si, en sa présence, on pouvait désarmer sans crainte ; et en l'espace d'une nuit, Colombino l'étranger avait su dissiper le doute et gagner les faveurs de la femme sans recourir à des stratagèmes ni à un obscur breuvage de sorcier.

Sabina non plus n'avait pas usé d'un véritable sortilège dans la manigance qu'elle avait commencé littéralement à ourdir aux dépens de Colombino. Il lui avait suffi d'observer le garçon, d'en deviner le caractère, et de laisser faire l'improvisation pour répondre à la question qu'il ne cessait de lui répéter comme un gamin entêté : « Pour arriver à Rome, vous sauriez me dire par où c'est ? Moi et mon ami, on saura vous remercier sur le chemin du retour. Mais pour l'instant, on ne peut pas perdre de temps. »

« Par là ! » Sabina pointait son doigt vers l'horizon et Colombino, qui l'avait rejointe à la fenêtre, avait fait cavaler son regard le long de vallons et de cours d'eau qui s'engouffraient dans la mer Tyrrhénienne. « Un jour ou deux de marche, d'un bon pas », avait-elle dit en flairant l'odeur du garçon, « c'est la route. » On voyait dévaler un sillon tantôt nu tantôt dissimulé par des pins parasols, un pauvre trait brunâtre sur lequel se réverbérait la lumière du Latium.

« Mais pourquoi tu veux y aller ?

— Je dois rendre visite à Sa Très Sainte Sainteté. »

Sabina avait fait un pas en avant.

« Ah… mais je n'avais pas compris que tu voulais te présenter au Saint-Père. Si c'est ça, il faudrait que tu te fasses un brin de toilette. Et pour demander une audience, tu auras besoin d'un manteau rouge. »

Colombino l'avait dévisagée.

« Tu n'as pas de manteau ? »

Le garçon avait répondu avec un hochement de tête incrédule que non, il n'avait pas de manteau, qu'est-ce qu'il en savait qu'il lui faudrait un manteau ! S'il l'avait su, il aurait demandé à monsieur Giacomo ou à Jacopo Framassone et, puis, de toute façon, qu'est-ce que c'était que cette histoire de manteau ?

« C'est pour être comme il faut », avait dit Sabina dans un soupir en tournant autour de la grossière table pour disposer la bûche qui tenait lieu d'unique chaise ; en un seul et souple geste, elle avait fait asseoir Colombino et lui avait mis sous le nez un quignon de pain : « On ne peut pas aller voir le pape habillé comme on s'habille tous les jours, comme des pauvres gens. » Cela dit, elle avait pris un récipient fermé par un morceau d'écorce de liège ; il préservait un pesto fraîchement préparé d'un vigoureux coup de rouleau et qui sentait l'artichaut, la coriandre et la bourrache ; après avoir ajouté des champignons secs, Sabina l'avait offert à son hôte.

Colombino, malgré l'urgence de partir qui lui tourneboulait les veines et les artères, y avait plongé son quignon de pain, et comme Sabina lui avait fait très bonne impression, il lui avait confié qu'il allait à Rome parce qu'il voulait marier une fille, mais que la mère de celle-ci l'avait repoussé et maltraité : « Voilà pourquoi je suis obligé de demander conseil au pape. » Sabina l'avait écouté et lui avait répété : « Pour demander audience à Sa Sainteté, il faut un manteau rouge. En signe de respect pour la Ville éternelle et pour le Seigneur. » Et en guise de conclusion, elle avait fait un drôle de signe de croix : « Hé hé ! »

L'estomac rempli, Colombino était retourné dans ses souvenirs à un soir de son enfance ; don Sante était vivant, tout rougeaud et excité par la dernière goutte de la prune que lui envoyait de temps en temps un ami, compagnon de séminaire qui officiait dans les environs de Peschiera et qui connaissait par conséquent les occupants croates, non seulement friands de cette liqueur mais également contrebandiers. Le curé se plaignait à cette occasion de ses fidèles, jusqu'à ce qu'il déclare : « *Roma locuta, causa finita* », citant saint Augustin au terme d'une philippique sur l'irrévocable péché d'insolence des habitants de la ferme Borsa qui le contrariaient dès qu'il se permettait, avec ses manières un peu rudes de berger des âmes champêtres, de rappeler que l'Église a besoin d'une obole si on lui demande miséricorde, parce que la miséricorde, elle va pas bien loin sans un sou à redistribuer dans la bonne mesure et les bonnes proportions. Puis, tout excité par l'expression latine qui s'était échappée de sa bouche, il avait dit : « Rome, la ville de notre Berger », avant de se lancer dans un éloge de l'*Urbs*.

Colombino ne se souvenait pas de tout ce qu'avait dit don Sante, mais qu'une allusion au manteau ait pu lui échapper, ça, non, ce n'était pas possible ; il était sûr que ses oreilles, en entendant un tel détail, l'auraient immédiatement enfermé dans son crâne tant l'avait impressionné et l'impressionnait encore l'histoire de Jésus entrant le dimanche des Rameaux dans Jérusalem revêtu d'un beau manteau, accueilli dans la joie, pour se retrouver quelques jours plus tard avec une autre étoffe pour recouvrir les plaies des coups de nerf de bœuf qui lui avaient arraché la peau.

« On fait comme ça : tu me donnes un coup de main pour les travaux de printemps, et moi je te fais un beau manteau. Rouge. Pour que tu entres dans la ville comme un vrai monsieur, comme il faut comme quand on va voir le pape.

— Je ne sais pas trop. »

Colombino s'était tout à coup assombri, jusqu'à ce que les champignons vénéneux, mélangés au pesto, se chargent de délier le nœud de l'indécision. Et si, sur sa route vers Rome, il n'avait pas d'autre occasion de parer à cet imprévu ? Il avait quelques sous sur lui, mais combien pouvait coûter un manteau ? Pas un seul instant il n'imaginait qu'elle puisse mentir. « Bon, si c'est vous qui le dites, je vous crois. D'accord. Affaire conclue, avait-il dit, vous êtes bonne. » Astolfo, qui tendait l'oreille derrière la petite lucarne, avait hoché la tête. Sabina lui était sympathique.

Et voici que le sortilège était jeté, sans qu'il y ait eu besoin de recourir à d'éminentes pratiques occultes ; sans intervention d'en haut ni d'en bas. Rien qu'un peu d'art botanique et de brassage, ajouté à un flair de fripouille. Parce que les sorcières et les magiciens ne sont pas autre chose que la sublimation de l'intelligence humaine et de l'instinct funeste : « Alors tu resteras jusqu'à ce que j'aie fini le manteau. »

Prêt à céder bientôt le pas au printemps, c'était le deuxième hiver que Sabina passait dans sa cahute. Sa vie solitaire sur les monts de la Tolfa avait commencé deux automnes plus tôt, quand la *ciumachella* – la môme –, après vingt-cinq années passées sur les terres d'une famille trop nombreuse, s'était fait la belle. De toute façon, à la maison, on la trouvait trop laide pour attirer un mari mais pas assez sainte pour se faire bonne sœur. Et en dépit du fait que depuis ses treize ans, dans sa réalité physique, Sabina était devenue une belle jeune fille aux cheveux caramel, ses proches disaient qu'elle deviendrait un fardeau en vieillissant, tout ça malgré le zèle dont elle faisait preuve en s'acquittant des tâches qu'on lui confiait. Père et mère, frères et oncles, vagues cousins et parents d'on ne sait quel degré : pas un pour rater une occasion de faire remarquer ce qu'ils trouvaient mal dans tout ce qu'elle faisait de bien : Sabina tissait une paire de chaussettes de laine dans le noir pour éviter de consumer le moindre bout de chandelle, et on lui reprochait le grossier maillage qui permettrait au froid et aux engelures de mordre les pieds en hiver et aux couleuvres d'attaquer en été ; si elle ramassait les œufs, on l'accusait de les avoir cassés et d'avoir gâché les jaunes et les blancs, même si ce n'était pas vrai. Les claques n'avaient jamais manqué, les raisons qui précipitaient la main étant très variées : frustration, envie, jalousie ; simple ennui, parfois. Convaincus que personne n'en voudrait, agaçante comme elle était, deux de ses cousins à la barbe encore tendre s'étaient dit qu'il valait mieux se la faire et l'avaient coincée dans un bosquet de sureaux où, pendant que l'un lui maintenait les épaules à terre, l'autre l'avait pénétrée. Il y avait eu d'autres fois, derrière le poulailler, à l'ombre d'une vigne, sans pourtant que tous ces râles et ce sperme familial ne lui laisse d'enfants. D'autant que les deux violeurs aimaient bien sortir d'entre ses jambes et l'asperger de partout, sur ses habits, sur sa poitrine, mais si par malheur ils décidaient de rester en elle, nul miracle de vie ne se produisait – à croire que la nature, pourtant impitoyable, avait voulu faire preuve d'un minimum d'indulgence envers sa fille discriminée. Un jour, ne sachant s'il valait mieux se jeter avec une pierre autour du cou dans le Fosso Lungo ou trotter jusqu'au lac de Bracciano pour y plonger, Sabina avait choisi une troisième voie : son instinct lui disait qu'il n'y avait rien de mal à refuser une vie atroce, mais qu'il ne fallait pas pour autant fuir définitivement la vie ! Alors, après s'être échappée de la ferme, elle avait trouvé refuge dans une cabane abandonnée sur laquelle elle était tombée par hasard. Les gens du coin avaient pris l'habitude de croire que la cahute portait malheur et qu'elle était même un repaire de fantômes depuis qu'un chasseur, dix ans plus tôt, y avait amené deux compagnons pendant une joyeuse battue de chasse à la perdrix et leur avait tiré dessus une fois à l'intérieur. Un lustre plus tard, un autre chasseur avait répété ce geste – même nombre de personnes, même manière de procéder : deux coups de fusil qui avaient vidé les cadavres de leur sang et les avaient laissés sans visage. L'événement s'était répété, jusqu'à ce qu'un fusil de chasse explose entre les mains d'un groupe d'amis, nullement animé de mauvaises intentions, touchant deux malheureux. Depuis lors, les quatre murs de grosses pierres n'avaient plus abrité âme qui vive pour se transformer en un repaire de serpents et de rongeurs, une cachette pour les lapins et les lièvres ; puis les ronces s'étaient emparées de la bicoque, l'encerclant et n'autorisant que les visiteurs les plus minces à gambader dans ses entrailles hérissées d'épines.

Sabina avait essayé de faire place nette de ses propres mains, et les blessures qu'elle s'était faites l'avaient stimulée, elles lui avaient donné le courage de voler une faucille dans un hameau éloigné, de manière que personne ne vienne se venger. Alors elle avait travaillé d'arrache-pied, avec l'euphorie et le désespoir de celui qui ne peut s'offrir un objectif lointain et doit au contraire composer avec une urgence si proche qu'elle plombe jour après jour le présent. Comme un vrai chirurgien, elle avait taillé un boyau de deux mètres de profondeur dans le ventre de ce chaos et, une fois la petite porte d'entrée libérée, il lui en avait coûté autant pour défricher l'espace intérieur. Si lugubre, dans le silence de la végétation, qu'il faisait trembler le cœur. Mais dès qu'elle avait pu faire trois pas en rond, Sabina avait jubilé comme si elle venait au monde pour la seconde fois. Elle s'était assurée que l'extérieur restait le territoire de la nature ; elle avait creusé un second tunnel pour libérer une petite lucarne, un diamètre de deux pieds, mais rien de plus. Les ronces et les plantes rampantes la protégeraient en inspirant la peur, témoignant de la lente et séculière reconquête de la nature sur l'architecture de l'homme. C'est pour cela que Colombino, la nuit venue, avait fait les derniers pas avec prudence ; il s'était retrouvé face à une bulle de ténèbres épineuses. Sous les rayons du soleil, la bicoque ressemblait davantage à un gigantesque buisson.

Le premier hiver avait laissé Sabina en piteux état. Le froid saisissant l'avait brusquement vieillie et le bois humide – le seul qu'elle pouvait se procurer – lui avait provoqué une toux caverneuse qui, tôt ou tard, risquait de produire un caillot noir, présage de mort. Mais Sabina avait survécu. Se nourrissant de glands et de racines, d'un fromage raflé pendant une incursion nocturne dictée par la faim. Et à la belle saison, finalement, la colline du Latium avait retrouvé des couleurs et Sabina avait construit des pièges et fait bon usage des herbes qui se réveillaient sur le flanc de la montagne ; elle avait commencé à en faire commerce avec les voisins. Onguents et baumes en échange de victuailles. Elle avait hérité ce savoir de sa grand-mère, et chaque fois, elle se découvrait experte bien qu'elle n'ait jamais vu certaines plantes ; feuilles pointues, fleurs velues ou duveteuses : dès qu'elle s'accroupissait, les voir, c'était comme les retrouver. Elle les humait, les caressait pour sentir leur consistance au toucher, mâchait du bout de la langue, savourait les degrés d'amertume, la touche toxique, et elle assimilait tout.

« À l'aide, Colombino ! »

Les pouvoirs de Sabina poussaient les gens à venir en pèlerinage. Avec des onguents réchauffés, elle savait apaiser les contractures lombaires, soulager les os ankylosés à l'aide d'huiles grasses, faire disparaître les rougeurs d'yeux et les poussières résistantes grâce à ses compresses, soigner les amygdalites pustuleuses avec de délicieuses infusions, guérir la toux par de savantes décoctions et des cataplasmes. Tous ceux qui habitaient les chaumières environnantes avaient presque honte de s'approcher, mais quand ils osaient aller jusqu'à sa cahute, c'était pour lui demander de l'aide afin de guérir les maux que des suppliques, des prières et de vagues remèdes ne parvenaient pas à soigner. On ne pouvait pas dire que le voisinage aimait Sabina, mais tant qu'ils l'avaient vue seule, si « folle, possédée par le démon », personne ne s'était donné la peine de la considérer comme un être humain. Ils la confinaient, faisaient appel à elle en cas de besoin, comme on fait avec un génie qu'on enferme dans une lampe et qu'on appelle en secret. Maintenant qu'à la baraque il y avait un grand garçon barbu et un mulet, on ne pouvait plus la regarder comme une simple détraquée. Et voici qu'un beau jour, deux gardes et un curé qui avait la mine et l'attirail d'un exorciste itinérant, se présentèrent devant le boyau de l'entrée : « Colombino ! Viens, à l'aide ! »

Colombino revenait d'une promenade en compagnie d'Astolfo et il prit sa grosse voix parce qu'il n'aimait pas ces manières envahissantes – et surtout, qu'ils se gardent bien de mettre les mains sur le manteau ! Les gardes, déjà influencés par les plaintes qui avaient motivé leur venue, firent marche arrière, convaincus d'avoir affaire à un messager de l'enfer et, en voulant éviter que ce ver de Lucifer ne leur transperce la cervelle, ils faillirent être avalés par les ronces qui engloutissaient la cahute. Le prêtre exorciste ne se laissa toutefois pas impressionner, regarda tout patiemment, prit Sabina par le bras, demanda des comptes sur les onguents et les filtres, voulut savoir comment elle avait atterri dans cet antre qui n'avait rien de chrétien. Il ne trouva rien de mal, ou tout au moins rien d'assez évidemment satanique pour justifier une arrestation. Il se limita donc à prédire grincements de dents et feu de l'enfer. Mais Colombino, qui s'était déjà tapé la prison, ne se laissa pas intimider.

« Sachez que nous vous surveillons.

— C'est ça. Au revoir. »

Un petit jardin potager. Colombino avait défriché, bêché, préparé les billons pour accueillir les graines que Sabina recevait en échange de ses préparations. Elle était très douée pour trouver des noisettes et des fèves juteuses et, avec l'aide de Colombino, possédé par ses potions, elle ajouta des pièges pour les loups, les fouines et le gibier ; chaque soir, à la lumière d'une chandelle,

elle bavardait avec le garçon et reprenait sa couture avec le même dévouement qu'elle avait démontré en famille. Le manteau s'allongeait, mais Dieu sait pourquoi, tandis que les jours devenaient des semaines et les semaines des mois, il n'était toujours pas terminé. Le tissage progressait à vue d'œil, et Colombino s'était à plusieurs reprises demandé ce qui pouvait bien arriver à ce tissu qui chaque matin semblait avoir rétréci. Plusieurs fois, le garçon avait voulu partir, mais Sabina lui avait rappelé leur accord, parce qu'il fallait tout de même bien la dédommager pour son fil et son travail et se montrer convenable. Les jours où l'impatience de Colombino devenait insupportable, il y avait toujours une infusion pour la lui faire oublier : envahi par un sentiment de calme et de renoncement, Colombino sortait alors pour explorer des ravins de tuf et des lieux semblables à des villes en ruine qui abritaient des grottes et des refuges désertés depuis des siècles.

Dieu sait par quelle alchimie, dans la promiscuité, Sabina s'aperçut qu'elle désirait Colombino. Au début, elle n'y prêta pas attention, mais si elle parcourait le boyau menant à l'entrée pour échapper à la chaleur estivale et trouvait le garçon endormi, elle devait freiner l'élan qui la poussait vers lui. Des hommes nus, elle en avait vu, à force, et elle croyait que son propre corps avait renoncé à toute forme d'appétit, une sorte d'autodéfense pour ne pas ouvrir la boîte de Pandore et réveiller le mal ; elle dut pourtant se rendre à l'évidence. Colombino l'attirait. Aussi, au motif de soigner les blessures qu'il se faisait en travaillant, elle commença à le caresser puis, en passant derrière lui, à se pencher afin que ses mamelons sous son vêtement effleurent la nuque du garçon. Ses cheveux durcis par le soleil la chatouillaient alors et Sabina poussait un petit rire à la fois nerveux et timide d'amoureuse débutante.

« À l'aide, Colombino ! »

Cette fois, c'était un cri de terreur. Colombino, qui allait contrôler les pièges, entendit le fracas du tir qui déchira le ciel puis résonna au lointain et se dispersa lentement dans l'air comme un terrible signal. Alors il courut, Colombino, et se dirigea vers la cabane ; Astolfo le suivait, déjà prêt à se battre.

On voyait deux silhouettes sans armes à feu ; le coup avait probablement été tiré par Sabina. Les deux hommes avaient une hache avec laquelle ils essayaient de défoncer la porte de la cahute.

À un autre moment de son existence, Colombino se serait comporté autrement, aurait fait preuve d'amour envers son prochain, mais sa frénésie de partir pas encore calmée malgré les mixtures qui chaque jour lui entraient dans le corps, l'idée que le manteau était indispensable et tout cet affolement d'hormones que la présence de Sabina lui provoquait firent que le garçon lut dans cette scène un danger de mort et réagit.

Le premier des deux hommes ne s'aperçut pas de sa présence avant qu'il ne lui saute sur le dos ; il se retourna alors brusquement, lança un poing que Colombino esquiva en lui refilant un tel coup qu'il le fit atterrir dans la forêt de ronces ; l'homme commença à se débattre, à crier de douleur à cause des grosses épines, longues de plusieurs centimètres. Puis ce fut au tour du second. Avec un à-propos extraordinaire, Colombino s'empara du manche de la hache que l'homme brandissait pour défoncer la porte et lui donna un grand coup ; l'agresseur, pris au dépourvu, tomba à la renverse et, avant de pouvoir retrouver l'équilibre, fut balayé par un coup de sabot d'Astolfo qui le propulsa dans le chaos de ronces avec son compère.

« Qui êtes-vous ? »

En entendant la voix de Colombino, Sabina ouvrit la porte. « Ce sont mes cousins ! Des brutes ! » Puis elle vit la hache et ses yeux envoyèrent un terrible éclair. La femme se jeta en avant, arracha l'arme des mains de son sauveur et la brandit.

« Non ! »

La hache fonça en direction de la cheville, mais la bourrade que Colombino donna à Sabina au dernier moment fit tomber la lame à la hauteur de la jointure entre le pied gauche et les trois premiers doigts : le fer pénétra la chaussure, traversa les tendons et les muscles, brisa l'os et s'enfonça dans le sol. Sabina relâcha ses mains tremblantes.

Colombino n'en croyait pas ses yeux, mais il eut la présence d'esprit de la pousser dans la bicoque pendant que le cousin indemne parvenait à se dégager des ronces, en sang et en lambeaux. Le second, Fulvio, n'arrêtait pas de hurler, approchant ses mains de la blessure d'où le sang jaillissait sans avoir le courage de la toucher. Ce fut Colombino qui le remit sur ses pieds, pris de pitié, tandis qu'Astolfo tenait l'autre à l'œil.

« Je suis désolé. Mais il ne fallait pas venir. »

Les deux hommes s'éloignèrent, et dans le boyau devant l'entrée, il resta trois doigts. Aux ongles épais et jaunes. Colombino les fit disparaître d'un coup de pied, pour ôter cette horreur de la vue.

Ce soir-là, Sabina et le garçon se retrouvèrent autour de la grosse table. Il fit en sorte que ce soit elle qui s'asseye sur la souche la plus large et la plus confortable. Durant ces mois passés ensemble, ils avaient ajouté une seconde souche, plus petite, et Colombino s'y assit ; il y avait assez de place pour une fesse. Sabina avait mis à cuire une caille prise au piège et, entre rire et larmes, elle vidait son sac et racontait comment elle en était venue à vivre ainsi, pourquoi, et à quoi elle avait échappé. Colombino s'émut et la prit dans ses bras pour la consoler. « Je suis désolé. » Puis il se figea ; tout à coup, Sabina lui rendait son étreinte, lui caressait le dos en faisant d'amples mouvements circulaires.

« Colombino… »

Il tenta de se libérer, un peu mal à l'aise, et elle le serra jusqu'à ce que la barbe chatouille son décolleté.

« Moi… »

Sabina comprima son bas-ventre contre le sien. Elle se souleva sur la pointe des pieds. Colombino était grand ; tétanisé, il regardait ailleurs. Elle essaya de l'embrasser, mais dès que le garçon sentit son haleine chaude sur ses lèvres, il recula d'un pas.

« Sabina, maudite merde et misère de misère, mais qu'est-ce que tu fais ? » susurra-t-il beaucoup moins innocemment qu'à l'habitude.

« Rien. »

Elle tentait au contraire de lui enfiler la main dans le pantalon.

« Non !

— Si. »

Colombino prit l'ensorceleuse par les épaules, ses gracieuses épaules blanches. Il l'avait remarqué, qu'elle était belle et affectueuse. Éclatante sous ses cheveux blonds et châtains, avec le subtil duvet de ses bras frissonnant au moindre souffle de vent, comme les épis d'un champ de blé. Pour la première fois de sa vie à la bicoque, il avait osé plonger dans le décolleté de sa robe pour voir ce qui soulevait ainsi l'étoffe à la hauteur de la poitrine. Pendant ce temps, les yeux de Sabina étincelaient.

« Elle a de très beaux yeux de vache, ma Vittorina », dit Colombino dans un souffle, ne sachant que faire pour résister.

Sabina lui prit la main et voulut la poser sur son cœur, par-dessus le sein gauche. Il s'y opposa. La fidélité était un tendre renoncement. Ses sentiments et la promesse faite essayaient d'étouffer les cris de son corps désormais adulte : « Je dois aller à Rome ! »

Sabina renonça. Il était encore et par trop lui-même. Mais il suffirait d'une seule tasse de la bonne mixture pour que, au lieu de se retenir, il l'attrape par les hanches. La femme retourna vers l'âtre ; elle prépara une tasse en quatrième vitesse, la lui tendit, la pressa contre lui.

« Bois.

— Non.

— BOIS !

— NON ! »

Alors, elle lui lança à la figure la boisson bouillante, le gifla, lui sauta dessus pour lui griffer le visage. Colombino ne voulut pas s'échapper dans la nuit là-dehors. Il la laissa se défouler. Il l'avait fait, lui aussi ; c'était utile. Quand Sabina se calma, il lui conseilla de se coucher, car le sommeil arrangerait tout avec une prière. En entendant ses mots, elle commença à frémir et ramassa le manteau dans un coin de la bicoque.

« Tu veux voir ce qu'il va devenir, hein ? Tu veux voir ?

— Sabina, maudite merde et misère de misère, je t'en prie… »

Ils restèrent face à face. Les bras de Sabina tremblaient, prêts à massacrer le tissu. Colombino se força à ne pas ciller, comme si la seule force de sa vue pouvait empêcher que le manteau soit déchiqueté. Il s'écoula beaucoup de temps, au-dehors on entendait le vol grinçant des chauves-souris qui chassaient les moustiques sous la lune marbrée, lorsque Sabina s'agenouilla ; Colombino se pencha à son tour, croyant que les forces lui manquaient et qu'elle commençait à s'assagir. Au contraire, elle recueillit une poignée de terre et la lui jeta en pleine figure. Puis l'assomma avec la crosse de sa carabine.

Au matin, Colombino se réveilla avec le soleil. Le torse nu. Il était si fatigué qu'il ne se rappelait même pas s'être endormi. Sabina était assise à côté de son lit. Elle l'observait. Elle serrait le manteau entre ses mains.

« Je l'ai fini. »

Colombino s'assit et commença à masser la bosse sur sa tête.

« Il faut que tu partes. »

Il tendit les mains pour toucher le manteau, mais elle lui demanda de se lever. Colombino chercha alors son tricot, qu'il ne se souvenait pas d'avoir quitté ; il le trouva au pied de sa paillasse. Il se leva. Sabina tourna autour de lui, lui mit le manteau sur les épaules et l'embrassa sur le dos. Un baiser chaste. « Je t'ai mis quelque chose à manger et un peu de baume, pour ton coup sur la tête », dit-elle en ramassant la besace décousue que le garçon avait héritée de l'ami Jacopo Framassone.

« Mais le voyage ne sera pas long.

— Merci. Et pour hier soir…

— Va ! »

Il alla. Déboussolé, mais avec un manteau rouge et plein d'espérance. Sabina le pressa, le poussa à travers le boyau et embrassa Astolfo. Puis elle resta là à regarder le garçon et le mulet s'éloigner. Elle les salua avec une larme. Joie et peine. Une huppe stridula, il faisait jour ; on aurait dit que quelqu'un l'avait transpercée avec une flèche.

Le jeune vagabond descendait la pente la démarche légère. « Adieu, et au revoir », soupira Sabina. Elle s'en voulait de l'avoir retenu, mais le soulagement de le voir s'en aller la rassura ; l'égoïsme le plus authentique pointa le bout de son nez : « Maudite Vittorina, la malédiction sur toi ! » sans pour autant s'attarder. Elle avait encore la saveur de sa peau sur ses lèvres. Elle avait baisé son torse après l'avoir assommé et déshabillé. Mais elle n'avait pas profité de lui. Elle avait fini de coudre son manteau, fait avec amour à ses mesures bien que ce fût inutile. Et elle lui avait raccommodé son tricot.

« Rome, nous voilà ! » disait pendant ce temps Colombino en dépassant une courbe. « Courage, Astolfo, on va bientôt rentrer à la maison. »

*

Il y avait des fleurs aux pétales d'un violet si dense qu'elles faisaient ployer les tiges et les arbres qui plantaient leurs doigts noueux de racines dans le terrain. Le fleuve décrivait une courbe à l'ouest, au niveau de l'embouchure du río Daymán, un affluent marécageux nettement plus modeste ; les rives étaient fertiles et le gargouillis de l'eau ne cessait jamais, de jour comme de nuit. Le fleuve des oiseaux bigarrés, comme le chantaient les Guarani.

L'expédition était maintenant à plus de trois cents milles de distance de Montevideo, elle remontait le río Uruguay, et le Colonel s'approchait de la ville de Salto le cœur léger. Il laissait derrière lui une campagne de corsaire : Colonia, sur le Plata, l'aventure sur l'île Martín García, les affrontements sur les îlots de Yaguary, les incursions dans l'Entre Ríos jusqu'à la petite ville de Gualeguaychú, où la Légion avait mis la main sur des trésors inespérés, des accessoires nécessaires au soin des chevaux jusqu'aux épices pour relever la viande sans oublier la poudre à canon ; même la compagnie des dames n'avait pas manqué, bien au contraire.

L'humeur était donc au beau fixe, pas seulement et pas tant à cause de la satisfaction et de l'amour-propre que toute victoire met au cœur que grâce au sens que le Colonel, après de longues méditations, commençait à donner à l'expédition. Il y avait déjà réfléchi, à vrai dire ; il avait lu et relu la presse qui le démolissait depuis l'époque du Rio Grande do Sul, avec ses critiques toujours hargneuses où on l'accablait en insistant sur le doute que lui-même gardait, niché au fond de son cœur, et que ses détracteurs ne faisaient que confirmer : ses exploits manquaient-ils de bon sens ? Était-ce pure folie ? Sa carrière de libérateur n'était-elle que l'aventure d'un vantard, d'un abruti porté sur la violence, et qui ne reposait que sur des coups de chance, des « coups de cul », comme s'amusaient à dire avec une pointe de rancœur ses subordonnés, quand ils survivaient aux combats impitoyables auxquels le Colonel les livrait ?

En accumulant les succès lors de cette expédition, José avait enfin découvert une forme de réconciliation avec lui-même ; lui qui s'était presque résigné à l'éventualité de ne jamais l'éprouver, voilà qu'il était en train de se convaincre qu'il avait un peu d'intuition, en plus d'une sacrée chance, pour arriver à battre à plates coutures une colonne ennemie de trois cents unités d'infanterie et des cavaliers avec seulement cent légionnaires. Que les calomniateurs aillent se faire foutre ; de l'intuition, il en avait pour choisir le bon moment et foncer sur ses adversaires, pas vrai ? Et s'il était né avec une lacune quelque part, les étoiles sauraient combler ce manque, puisque José avait maintenant la certitude que la lutte était juste en plus d'être légitime – et sans doute ce fond de justice motivait-il la bienveillance des divinités les plus sincères, qui ne lui infligeraient des défaites que pour le mener au triomphe. Il connaissait maintenant intimement, outre le plaisir, la raison de cette aventure. Il était capable de la traduire avec des mots. La liberté est comme l'air, se disait-il dans les moments de paix. Il faut s'en remplir les poumons et la faire partager à tous, autrement on est complice de l'étouffement. Et il ne voulait pas de cette culpabilité, ni pour lui, ni pour ses enfants, ni pour ses frères de joie et de peine. De ce simple précepte, inaliénable, découlait tout le reste.

Il avançait tranquillement, mais une fois arrivé en vue de Salto, après avoir envoyé les éclaireurs, José se heurta à la désolation : la ville était un nid de fantômes. Il n'y avait pas un souffle de vent, on n'entendait pas une voix. L'unique impression de mouvement venait de la canicule qui vibrait au-dessus des routes de terre battue, de quelques vieux édentés et d'une roulure hors d'âge, les seuls restés aux carrefours, couverts de poussière et circonspects, mais avec une telle tristesse dans l'attitude, pour pleurer la chair fraîche qui s'en était allée. Les jeunes générations n'avaient pas fui pour suivre les oiseaux bigarrés dont parlaient les histoires relatives à ce fleuve qui, depuis des siècles, miséricordieusement, s'offrait aux populations pour que soit préservée une terre soustraite à tous les maux : « Allez savoir où ils ont tous fini ! »

Depuis leur départ de Montevideo et pendant toute la montée, José et ses hommes n'avaient pas croisé l'arc-en-ciel d'oiseaux auquel, bercés par mille rumeurs locales, ils s'étaient attendus ; à peine quelques perroquets étincelants de vert et d'orange et d'autres oiseaux aux queues interminables. Les seules créatures dotées d'ailes qu'ils avaient vues en abondance étaient de grosses perdrix *chicas* qu'ils avaient fait rôtir au feu de bois avant la bataille à l'Hervidero, sur la rive ouest du río Uruguay, quand les légionnaires, aux ordres d'Anzani, avaient écrasé cinq cents fédéralistes argentins. Les hommes de José avaient joyeusement dévoré le gibier, et les *matreros,* qui avaient ajouté avec un peu de commisération que c'était « un repas d'Européens », avaient fini par se joindre au banquet ; eux qui d'habitude préféraient bovins et génisses.

Le Colonel admirait les *matreros* pour leur aisance de cavaliers et pour leur intrépidité, les considérant comme tactiquement indispensables. Juan de la Cruz et José Mundell étaient les officiers qui commandaient cette cavalerie légère, à sa manière pittoresque, et tous deux avaient su s'attirer sur le champ de bataille non seulement l'estime des légionnaires, mais aussi l'amitié de José. Le premier, Juan de la Cruz, était un homme tout en nerfs, prompt à sauter comme le chien d'un fusil, doué pour les cartes et pour chaparder objets précieux et bibelots, mais jamais aux mauvaises personnes ; comme les autres *matreros*, puisqu'il l'était dans l'âme, il vivait en harmonie avec les bêtes, savait lancer les trois poids des *bolas* avec une précision stupéfiante et achever les proies au couteau. José Mundell, lui, était d'origine écossaise, un colosse qui proclamait des idéaux très proches du fameux père de la patrie William Wallace, qu'il citait souvent, louant ses capacités de *condottiere* et de gardien de l'Écosse contre les envahisseurs anglais, et les tactiques insolites grâce auxquelles il avait triomphé à Stirling cinq siècles plus tôt. Mundell en particulier sut inspirer une affection sincère au Colonel, ému par son histoire personnelle : arrivé tout petit du Vieux Continent, il avait été élevé par les gardiens de troupeaux et avait administré une *estancia* avant de céder à l'appel du combat politique ; des deux mondes, le Vieux et le Nouveau, il possédait quelques-unes des aptitudes les plus appréciées par le Colonel.

José avait embrassé Anita et ses trois enfants en août et, tandis que les mois passaient, du printemps austral à novembre, il était resté loin. Souvent, le soir, quand il se jetait sur le lit de camp de sa tente montée en moins d'une heure ou sur le hamac du bateau, il revoyait en pensée Montevideo et veillait jusque tard dans les grandes pièces où il prenait ses quartiers au fur et à mesure de l'avancée. L'éloignement lui faisait désirer Menotti, Rosita et Teresita avec un sentiment plus fort ; il se reprochait plus souvent de n'avoir pas été présent comme il aurait dû, surtout dans la dernière période, distrait par ses préoccupations, d'abord le siège puis l'expédition. Et il désirait la compagnie de sa femme avec plus de force encore. Il repensait à la calle del Portón et rêvait d'y retourner, mais la flamme de la guerre le dévorait : il avait la sensation d'avoir retrouvé le sens perdu ou ne serait-ce qu'oublié dans le Rio Grande do Sul, et bien avant en Europe. Pour l'heure, la netteté avec laquelle il voyait le cours des choses, et lui-même dans ce cours, était adulte.

Pour échapper à la mauvaise humeur, José s'était rabattu sur la compagnie des légionnaires et s'était mis à apprécier tout particulièrement cet officier de quelques années plus jeune que lui, Leggiero, acharné dans les combats au sabre et habile au canon malgré son bras amputé, lui qui de sa Sardaigne natale portait dans son corps la rudesse mélancolique et un goût immodéré pour les raisins secs. Puis il y avait aussi Sandrino, dit Trenta, marin de Chiavari, enrôlé dans la flotte sarde avant d'être déserteur, passionnément dévoué à la cause. Le Colonel aimait toujours plus Anzani, fidèle et inflexible bien que sa toux et l'état maladif qui lui venait de ses blessures à la poitrine et au crâne, souvenir de l'époque des luttes révolutionnaires d'Espagne, le fassent souffrir ; l'officier ne lâchait jamais, encourageant au contraire les légionnaires tel un centurion romain, suscitant chez le Colonel une profonde émotion. Enfin, une ordonnance avait attiré la sympathie de José : Andrea, le Maure affranchi, un vrai Pantagruel qui exécutait scrupuleusement tous les ordres mais en bougonnant, parce que selon sa vision des choses, il aurait toujours fallu faire le contraire. Direct, rustre, il suivait le Colonel comme son ombre et c'était une aubaine, d'abord pour la raison évidente que sa protection personnelle était excellente. La présence d'Andrea était une bénédiction digne d'un samedi saint, quand on jette l'eau sur les souffrances du corps pour les guérir par la force salvatrice de la résurrection. Par un pluvieux soir d'octobre, le Colonel s'était retrouvé pâle comme un mort, à tel point que si on lui avait transpercé un doigt, on se serait attendu à voir jaillir du sang blanc ; son état était dû à un problème urinaire, une petite douleur qui remontait jusqu'au rein et risquait d'empirer. Le médecin français qui accompagnait la flottille lui avait conseillé après le diagnostic de pratiquer une incision pour éviter l'abcès rénal. Andrea le Maure s'était alors avancé et, après avoir demandé l'autorisation de parler, avait émis une opinion a priori incompréhensible : « Si je peux, Colonel, un coup de poing. Vous pourrez me le rendre, si vous le jugez utile. » José, affaibli, avait menacé de le faire fouetter par Anzani puis, comme le Maure insistait, il lui avait demandé de mieux s'expliquer. Andrea lui avait alors raconté comment une de ses tantes soignait les infections rénales : « Ça vous vaudra seulement de pisser un peu de sang, rien de plus. » Le médecin français s'était indigné et José l'avait congédié. Le Maure s'était éclipsé pour revenir avec une giberne dont il avait sorti un petit pot. « S'il vous plaît, faites-moi voir votre dos nu. » Alors, sans sommation, il lui avait décoché un violent coup de poing, et quand le Colonel était tombé à terre, plié en deux de douleur, il l'avait badigeonné de pommade, sous le flanc. Sur toute la zone lombaire. Le lendemain, José s'était réveillé avec la tête aussi lourde qu'un jour de cuite et, au premier jet de pisse, il avait vu sortir un liquide rosâtre. Aucune brûlure. Le picotement avait disparu.

Avec ces mêmes compagnons et d'autres encore, le colonel Garibaldi arriva à Salto le 3 novembre 1845 et il voulut inscrire la date dans le journal de la Légion. Les rayons du soleil chauffaient les tuniques rouges et la peau, exacerbant la puanteur. La ville, à moitié vide et battue par des escadrons de chiens décharnés, éclairs de plaies à peine refermées, fut occupée en quelques heures et ratissée, décrétée en sécurité, mais le Colonel, cantonné dans une petite maison de chaux, comprit malgré lui après quelques interrogatoires et un conseil de guerre que, paradoxalement, pour déclarer Salto prise, il lui fallait quitter la ville ; les cahutes regroupées le long de la rive du fleuve devaient héberger des milliers d'âmes mais la désolation était effroyable. Ceux qui manquaient à l'appel avaient été déportés par le colonel ennemi, Lavalleja, qui s'était retiré avec ses trois cents hommes peu avant que les troupes de la République orientale d'Uruguay ne s'abattent sur Salto, et voilà qu'il était maintenant retranché à une vingtaine de milles de distance. Il envoyait des détachements de la cavalerie en éclaireurs mais, élément nettement plus déterminant, il occupait l'arrière-pays en coupant la route des approvisionnements. Aussi José, après avoir donné des directives afin de fortifier la ville en établissant une batterie (une idée d'Anzani, en réalité), se décida-t-il à agir, et il donna l'ordre à la cavalerie de Mundell et Juan de la Cruz de capturer du bétail à travers les campagnes et d'intercepter un des éclaireurs ennemis. C'est ce que l'on fit, et dès qu'il eut pris connaissance des forces et de la position exacte de Lavalleja, José se décida à lancer l'assaut. Dont il fut le glorieux vainqueur le 25 novembre, malgré quelques embarras, dérisoires si l'on considère le nombre de prisonniers et la liesse de la population de Salto qui, en voyant ses jeunes revenir avec les légionnaires, explosa de joie.

Ce soir-là, José, radieux, rédigea un message pour don Pacheco, le ministre de la Guerre ; en relatant la victoire, il ne fit pas remarquer le courage dont avaient fait preuve les légionnaires et les *matreros* puisque d'autres le feraient. Après avoir scellé l'enveloppe, il ôta enfin ses bottes ; ses talons et son ongle incarné lui faisaient mal. Un instant, la puanteur qui émanait de ses chaussettes se répandit dans la pièce, puis un geste de la main aéra l'atmosphère avec la complicité de la brise qui à cette heure tardive remontait du fleuve. José alluma une autre chandelle et commença à écrire : *Ma chère Anita*. Il lui dit qu'il allait bien, que le combat était noble. Il exagéra la mélancolie qu'il éprouvait loin de ses enfants et la flatta en se disant certain qu'avec l'éducation qu'elle leur donnait, ils deviendraient sains et robustes. Il la désirait. Toujours. Quand il apposa sa signature au bas de la feuille, il poussa un soupir, mais étrangement, ce fut comme si ses poumons refusaient de se dilater complètement. Il avait commencé la lettre avec affection et suffisance, il l'achevait dans l'angoisse. Comme si quelque chose lui avait échappé et que, en l'espace de ces quelques heures, un malheur était en train de se produire.

Le lendemain, à peine réveillé, il se dit que l'impression de la nuit passée n'était pas sans lien avec les mauvaises nouvelles des éclaireurs : l'armée du général argentin Urquiza s'approchait de Salto pour passer à gué le río Uruguay, en direction de l'Entre Ríos, et elle était prête à encercler la ville. Il eut l'impression de se mentir à lui-même. Décembre enfiévrait les âmes.

Il lui avait offert une fleur violette. Elle ressemblait à un myosotis, mais plus que la forme d'une étoile à cinq pointes, elle évoquait un cercle de pétales à peine esquissés. Elle était exubérante, sauvage. Il l'avait cueillie sur la rive du fleuve quand il était sorti se rafraîchir et elle l'étreignait encore. Elle l'étreignait depuis ce matin-là. Elle l'avait serrée entre ses doigts pendant l'étouffante canicule de l'après-midi, dans la pénombre d'une petite chambre blanchie à la chaux et aux volets clos, et elle continuait tandis que dehors la nuit tombait. Avec une telle obstination que la tige avait déteint sur sa main. Les pétales avaient perdu leur parfum douceâtre, la fleur avait penché sa tête.

« Pourquoi ?

— C'est la vie, Anita. Ce n'est pas une punition, rien qu'un malheur. Elle n'avait pas le droit de mourir, mais tu ne peux pas continuer à te faire souffrir comme ça », dit-il. Il était accablé mais déterminé. On ne pouvait pas laisser le dernier mot à la vieille avec sa faux.

« Pourquoi ? »

José plongea ses mains dans ses cheveux, serra sa tignasse entre ses doigts.

« Pourquoi ?

— Pourquoi quoi ? » demanda-t-il agacé, et en levant les yeux, il aperçut le profil d'Aninha dans l'obscurité.

« Pourquoi dois-je vivre ainsi ? »

Il resta interdit. Il posa ses mains sur le matelas, se leva.

« Comment ?

— Toi, toujours ailleurs, moi qui te cours après. »

Il était facile de penser que c'était la souffrance qui la faisait délirer ; mais l'idée qu'elle avait reçu en don – concession indécente – une intelligence singulière incita José à la calmer avec une évidence qui était aussi une misérable espérance : « Tu dois vaincre la douleur. Tu dois le faire pour moi, pour Teresita et Menotti. Ils auront besoin de toi. »

Aninha appréciait la paye de l'armée. Elle appréciait la vie de guerrier du Colonel. Elle était assez flattée à l'idée que son amie Feliciana l'enviait, parce que son José lui garantissait une vie décente, certes pas facile, tout en se souciant du destin de cette entité que tous appelaient l'humanité, mais qu'Aninha ne parvenait pas à se figurer, comme si dans son esprit, il n'y avait pas suffisamment de place pour l'inclure. Elle détestait le devant de la scène, lui non, et il évoluait, frétillant et ambitieux comme un poisson d'exception au milieu d'un banc de créatures beaucoup plus lentes. Il parlait rarement de ses convictions, mais Aninha savait qu'il en avait de profondes. C'est pour cela qu'elle l'aimait, qu'elle l'avait aimé, qu'elle avait deviné son visage dans cette bassine par une nuit de fête. Quand à Laguna elle avait décidé de se donner à lui, malgré la violence des sentiments, elle avait déjà tout accepté consciemment. Les souffrances, la jalousie ; pas la peur qu'une balle ne le lui fauche, parce qu'elle pensait qu'elle mourrait la première. Mais que la petite partirait avant elle, ça, elle ne l'avait pas cru possible, et voilà que le deuil remuait tout, le cœur et les choses.

« Pourquoi vit-on comme ça ? »

Un instant, José éprouva le désir de sortir dans la douceur d'une nuit étoilée, au milieu des moustiques enragés qui se nourrissaient dans les eaux stagnantes des marais. De fuir une femme délirante. Mais il dit : « C'était une petite fille merveilleuse. »

Les enfants ne devaient pas mourir s'ils résistaient à leur naissance : Aninha y croyait dur comme fer. Elle savait que survivre à l'enfance n'était pas une bagatelle et que ceux qui seraient plus forts que les privations et les maladies étaient rares, mais malgré tout, depuis toute petite, quand une amie de sa mère avait perdu son énième enfant à deux semaines de l'accouchement et que le nouveau-né avait atterri dans une minuscule fosse où il allait pourrir, Aninha s'était dit que si le monde était tordu, elle n'était pas prête à l'accepter de bon cœur : quiconque naît ne devrait pas se réveiller si vite du rêve de la vie.

« Elle aurait dû vivre avec nous, insista-t-elle en sanglotant.

— Oui.

— Alors pourquoi ? » Elle se sentait coupable. Lui était parti à la guerre et elle, rêveuse créole, avait brûlé d'envie de le rejoindre. C'était peut-être ce désir que Dieu avait exaucé en lui infligeant la plus atroce des punitions. Voir mourir une créature sur laquelle elle avait répandu son propre sang.

« Parce qu'il ne peut pas en être autrement. J'ai mis quarante ans à comprendre. » Il se souvenait de son père, Domenico. « C'est cette vie que je connais et que je dois vivre. Je ne veux pas d'un monde raté. »

Aninha aurait voulu lui dire qu'elle non plus, elle ne voulait pas tomber dans la résignation. Mais elle ne le fit pas. Le découragement était encore trop fort. Alors elle demanda : « Est-il juste de vouloir le changer à ce prix ?

— Oui. » La petite deuxième n'était plus. Le premier et la dernière étaient vivants, et c'était Rosita, en disparaissant, qui lui avait donné la conscience qu'il cherchait. « Nous avons un compte à régler avec le passé et avec le futur : balayer les années qui nous ont opprimés et offrir une meilleure existence à ceux que nous laissons derrière nous. » Savoir ce que les autres retiendraient de lui dans vingt ans l'angoissait depuis longtemps, mais à ce moment précis, il voulut ajouter quelque chose : « En vivant ainsi, je me justifie.

— De quoi ?

— De tout. Même de chaque mort. »

La première nuit, ils n'avaient pas parlé, mais celle-ci, la troisième depuis qu'ils s'étaient retrouvés, leur permit à tous deux de mesurer leur douleur à travers les mots, et plus encore de méditer sur l'avenir. José allait avoir trente-neuf ans, les rides commençaient à ombrager ses yeux ; Aninha, elle, en aurait bientôt vingt-cinq, et par trois fois elle avait été mère.

« Dis-moi la vérité : tu y crois ?

— Je ne sais pas quoi d'autre croire. Et je n'ai pas besoin de croire à autre chose. On ne le fait pas pour nous deux, Anita, ni pour ceux qui luttent aujourd'hui. On le fait pour que les suivants n'aient pas à se battre demain. Personne ne pourra plus profiter de Menotti et de Teresita, personne n'exploitera leur terre, ici ou en Europe. Il faut un vent de liberté partout pour racheter chaque mort d'aujourd'hui par une renaissance demain. » Il eut envie de fumer ; du tabac épais, du tabac de cigare.

Dans un moment de solitude, à la calle del Portón, pendant qu'il était ailleurs, Aninha avait pensé que l'amour de José pour ses enfants était moins important que celui qu'elle leur vouait, elle. Au contraire, lui l'avait sublimé, il avait modelé ce sentiment afin qu'il adhère aux élans de son âme, il lui avait donné une valeur à sa manière plus grande. Absolue. Aninha pleura à chaudes larmes et l'embrassa.

La fièvre de l'infection avait frappé à la mi-décembre et l'état de santé de la petite avait tout de suite semblé désespéré. C'était le ministre de la Guerre, don Pacheco qui, dans une lettre écrite de sa main, à la suite d'une première missive de félicitations pour sa résistance contre le général Urquiza à Salto, avait eu le triste soin de l'informer qu'un malheur s'était abattu sur la calle del Portón : *Votre fille Rosa est morte.* Rosita, sa deuxième fille, cadavre. Une infection lui avait détruit les reins et le foie, finissant par atteindre le cœur. Après avoir relu les maudites paroles de don Pacheco, José avait bondi : « Non. » Cela voulait tout dire, parce que parfois les choses que l'on voudrait expliquer sont si nombreuses qu'il vaut mieux ne rien ajouter pour ne pas échouer lamentablement. « Non. » Puis il s'était assis et il avait réfléchi au silence d'Aninha ces dernières semaines. Rosita était probablement tombée malade et son état s'était inexorablement aggravé, voilà pourquoi son épouse n'avait jamais répondu à ses lettres. Qui sait ce qui était arrivé à ce petit corps aux cheveux de jais. José avait vu beaucoup de cadavres, connu bien des façons de souffrir et de crever, mais la curiosité avait toujours vaincu la tristesse, le dégoût. La première fois qu'il s'était arrêté pour contempler toute l'étrangeté du corps humain, c'était devant son frère Felice qui s'était retrouvé avec une énorme langue couleur framboise et des papilles grosses comme des têtes d'épingle à cause d'une maladie. Et chaque fois qu'il assistait à la souffrance d'un homme au combat, José s'attardait un instant : il regardait l'abominable mutilation. Une fois, il avait vu de ses propres yeux un Bergamasque touché par une décharge de canon à mitraille survivre pendant des semaines avec trois plaies au ventre, par lesquelles le pauvre homme avait continué à évacuer ses excréments à la place de l'orifice que la nature avait destiné à cet usage. Qui sait ce qui était arrivé à Rosita. Le Colonel avait pleuré et espéré de toutes ses forces, bêtement, que sa fille se soit endormie telle qu'il la voyait encore, potelée et joyeuse. Que rien n'ait défiguré ce petit corps sans défense. Enfin, il s'était levé. Il ne connaissait pas d'autre moyen pour combattre la douleur que de lui sauter à la gorge ; pas pour l'éloigner. Pour la massacrer.

Son ordonnance, Andrea le Maure, lui avait demandé s'il avait besoin de quelque chose, et José avait répondu de tout prévoir afin qu'Aninha arrive à Salto coûte que coûte, même par les airs.

Aninha avait accueilli l'invitation avec un détachement glacé, vidée comme une momie. Parce que perdre un enfant est une douleur inconsolable, comme une bêche qui laboure le ventre, du fer dans la peau et dans les chairs, créant un vide qui ne saurait être comblé ni guérir. Avec la progéniture, s'éteint la plus grande espérance que chacun, en procréant, transmet aux vivants en croyant avoir fait le bien ; mais comme les femmes, plutôt que de se limiter à la transmettre, enflamment cette espérance de leur propre douleur, alors elles souffrent plus. *Tu partiras avec la première expédition pour Salto. Tu me rejoindras.* C'était GianFarinata qui avait dû lire les messages de José, et grâce à l'intervention de l'abbé Paul et de Sebasta aux cent rides, Aninha avait finalement accepté de confier Domío et Teresita à Feliciana. Ainsi elle était partie. Le voyage avait été long, seule femme parmi les hommes, mais pour elle, il n'avait pas eu de durée : seulement un début et une fin, et entre les deux un seul et même étourdissement sans repères. Elle était arrivée tard le soir et la première nuit elle n'avait fait que pleurer. Spasmes du corps, visage ravagé par les larmes et la morve. La seconde nuit, il l'avait embrassée, caressée. Aninha n'avait pas répondu. La troisième nuit, ils s'étaient retrouvés à travers les mots.

Le 6 février, depuis la frontière avec le Brésil, un messager accourut au galop ; il annonça qu'un détachement de cinq cents hommes mal équipés sous les ordres d'Anacleto Medina – un supérieur de José – s'approchait et demandait une couverture à cause des troupes argentines qui se déplaçaient à travers la région. José rassembla quatre bataillons de légionnaires ainsi qu'une centaine de cavaliers, et deux jours plus tard, à l'aube, il quitta Salto. Il endura une marche de cinq milles, et quand il aperçut le profil d'une ferme en ruine, une *tapera* isolée dans les pâturages de San Antonio, juste au pied d'une petite colline, il donna l'ordre de souffler. On ne voyait aucune trace des hommes de Medina, mais avant que le Colonel pût envoyer des éclaireurs, voici qu'explosa au-dessus de la colline un flamboiement de fusils et de lances dans le soleil et l'on entendit s'ébrouer des escadrons de la cavalerie. Les yeux de José constatèrent aussitôt l'impossibilité d'une offensive : la position était trop défavorable, le nombre d'adversaires à pied et à cheval trop important : respectivement trois cents et mille. Déjà, ils fonçaient en hurlant. L'officier de cavalerie qui accompagnait le Colonel conseilla la retraite mais José secoua la tête. Impensable. Les légionnaires ne pourraient pas rejoindre Salto, à moins de se laisser massacrer par les balles ennemies d'abord et par la cavalerie ensuite. Et puisque la vieillesse a cela de bon que les expériences, quand elles ne confondent pas l'inventivité avec le brouillard des habitudes passées, offrent avec le temps matière à réflexion, José se souvint de la défense des deux navires en construction, quand ils cantonnaient dans le saloir du Rio Grande, pas loin du domaine de la Diga qui lui avait offert la compagnie de la belle Manoela. Aussi décida-t-il de partager en deux les soldats et de se barricader dans les deux bâtiments en ruine. Andrea le Maure ordonna de bloquer les entrées, tandis que l'officier de cavalerie retournait auprès de ses hommes qui faisaient paître leurs montures à un demi-mille de là ; mais après une première et désastreuse attaque, il fut contraint de se replier sur Salto, et le plus vite possible.

Les ennemis foncèrent sur la *tapera* et, après trois tentatives d'irruption repoussées par les légionnaires, ils se préparèrent à piéger les retranchés en les affamant. Pour faciliter la chose, ils ouvrirent le feu, dix mille cartouches, et il s'en fallut de peu qu'ils ne réduisent en poussière les deux bâtiments.

À l'intérieur de la *tapera*, la situation dégénérait. Partout le sang coulait, et la poudre vint à manquer. Andrea le Maure, malgré sa taille gigantesque, ne reçut qu'un seul coup de feu en travers du bras, une broutille par rapport aux os fracassés, aux fronts défoncés, aux muscles éclatés par les balles ennemies. Plus incroyable encore, José, par Dieu sait quel miracle, resta sain et sauf alors qu'il donnait l'ordre de tirer une rafale par-ci, une autre par-là, et, à la première trêve, bien que les coups des tireurs d'élite n'aient pas cessé, se mettait à hurler pour qu'on renforce les barricades avec les cadavres, vu que les morts avaient déjà trouvé une sépulture digne de ce nom dans la mémoire de chacun et qu'ils devaient être honorés ainsi, pour ne pas aller encombrer le cortège d'âmes qui trépignait à l'entrée du purgatoire et du paradis ; en enfer, il n'y avait jamais de bousculade, ce n'était pas la place qui manquait.

Il fallut six heures pour tirer les dix mille cartouches, l'été rendait l'atmosphère accablante, et la soif à l'intérieur de la *tapera* devint terrible, elle contaminait les rescapés en rendant les âmes plus noires encore. Quelques-uns, en dernier recours, se pissèrent dans les mains et burent avant de recracher, soulagés d'avoir senti un peu de liquide sur leurs gencives.

Enfin la nuit tomba, muant les cris en gémissements. Tout alors devint plus lugubre. Les fusils ennemis bredouillaient désormais, mais on ne résisterait pas à un assaut à la baïonnette, c'est pourquoi José tint conseil avec Andrea le Maure et Leggiero avant de s'approcher de Sandrino, dit Trenta, un de ses préférés : il était blessé, et il l'acheva d'un coup de sabre. L'homme agonisa un instant, mourut, et ceux qui avaient encore le courage de la miséricorde suivirent l'exemple, supprimant les plus atteints, tandis que les autres se rassemblaient. Les morts étaient plus de cinquante, les survivants, à peine quatre-vingts. « On tente une sortie. Maintenant ou jamais. » Pour avoir la vie sauve, il leur fallait se faufiler hors des bâtiments en profitant de l'obscurité : l'ennemi s'était laissé épuiser, plusieurs fois il avait tenté l'assaut, subissant des dizaines de pertes ; on pouvait supposer que les Argentins attendraient le matin pour risquer d'autres vies.

Derrière les bâtiments délabrés, il y avait un fourré, et José opta pour ce but. Il enjamba une fenêtre, se jeta à terre et rampa en s'écorchant les paumes des mains. Il guida ses hommes en perçant du regard l'obscurité. Les survivants traînaient les moribonds, leur intimaient le silence. On entendait le tintement des sabres traînant sur les cailloux.

Le temps s'écoula lentement quand, tout à coup, quelques cavaliers ennemis s'approchèrent, mais la lune décida de se cacher derrière un voile de nuages. Une bête glapissante et estropiée avait entre-temps suivi les fugitifs ; elle se tenait à distance et voulut attirer l'attention du Colonel. Une balle errante destinée aux Italiens lui avait broyé une patte. José et les rescapés avancèrent, et bientôt le gargouillement du río Uruguay envahit l'atmosphère. Une musique pacificatrice. Et ô combien miraculeuse fut l'apparition des hommes d'Anzani, qui surgirent des profondeurs d'une cannaie le long de la rive ! Le lieutenant-chef, un homme d'expérience, faisait une nouvelle fois preuve d'un grand flair.

La cavalerie, rentrée quelques heures plus tôt à Salto, avait déclaré que le Colonel et la Légion étaient tombés dans une embuscade, mais Anzani avait résisté aux sirènes du désespoir, refusé le mauvais sort et, après avoir lutté contre un assaut d'autres troupes ennemies, il avait quitté la ville avec un détachement d'hommes, certain que José reviendrait. Il avait avancé, protégé par la végétation et la pénombre du soleil couchant sur l'humus de la rive, et là, précisément, en train d'avaler des litres d'eau vaseuse avec à côté de lui un chien qui lapait, il était tombé sur le Colonel. Alors seulement, la lune se décida à jeter un coup d'œil derrière les nuages et, à travers ce rayon argenté, Anzani observa le visage de José. Creusé. Barbouillé de sang et de poudre. Mais éclatant.

Les hommes d'Anzani prirent en charge les moribonds et les légionnaires retournèrent en ville. Aninha était sur une esplanade où l'on entassait les blessés, car les maisons des femmes de Salto en regorgeaient déjà, et quand elle vit José s'approcher, elle comprit à quel point le sinistre sobriquet dont les journaux argentins l'avaient affublé quelques mois plus tôt était juste. *El Diablo*. Et rien ne lui sembla plus contredire la vision d'ange bien terrestre qu'elle avait de lui – au contraire, à voir le scintillement de ses boucles et l'éclat de ses yeux, on aurait vraiment dit l'âme nue du diable. Même ses hommes se passaient le mot de bouche en bouche depuis des heures : « *El Diablo* », gémissaient ceux qui venaient demander de l'aide, « c'est lui qui nous a sauvés », répétaient ceux qui étaient hors de danger. Prononcer ces mots ne lui fit plus craindre le mauvais sort ; un ange de blé et de miel aussi impitoyable qu'un démon. Et il ne revenait pas seul, car, se détachant avec lui dans l'aube déferlante sur les routes de Salto, il y avait une bête qui léchait le moignon d'une de ses pattes avant. Un tout petit Cerbère avec un museau particulier, allongé et orné de longues moustaches, digne compagnon du *Diablo*.

Aninha était agenouillée à côté d'un des nombreux jeunes blessés ; la pestilence était digne d'un abattoir, de la chair vouée à la putréfaction. José l'observait, chassait la nuit en même temps que le jour naissant : l'ange de lumière déchu. Elle ne voulut pas courir à sa rencontre, elle avait à faire ; elle se contenta de savoir qu'il la regardait en train de soigner ses hommes. Puis le chien derrière le Colonel s'avança d'une démarche bancale, douloureuse. José se pencha pour examiner la méchante blessure : « Va, Guerello, fais-toi soigner », susurra-t-il, et le chien se traîna, zigzaguant parmi les corps et s'approcha d'Aninha.

« Va-t'en, tu es plein de tiques et de maladies. Avec un peu de chance, tu as la gale », dit-elle menaçante. Mais Guerello ne l'entendit pas ; il la fixait de ses yeux noirs et langoureux. José souriait.

Aninha se leva d'un bond, les bras ensanglantés, prête à lui donner un coup de pied, mais le chien se dressa sur ses pattes arrière et posa sa patte valide contre sa cuisse. Avec son museau, il chercha ses bras, et le pelage noir devint alors plus rouge.

« Et il faudrait que je te soigne toi et que je fasse mourir un homme ? Attends ton tour », lui dit Aninha en l'écartant gentiment. « Et puis, Guerello, ça vient d'où ce nom ? » demanda-t-elle en jetant un regard à la fois réprobateur et reconnaissant à José.

Un chien, au lieu d'une enfant morte. Une bête, au lieu d'un être humain.

« D'enfant de la guerre. »

*

Addio terra !... Addio gloria mortale ! Alto io volo. Elle voulait qu'ils le lui expliquent, malgré son agacement initial pour ces chœurs auxquels on ne comprenait rien, où on traînait les mots en les hachant en syllabes qui ne voulaient rien dire. Et pourtant Chiarella n'avait jamais renoncé à sa première et excitante impression. Elle avait demandé qu'ils lui parlent du spectacle, elle voulait tout savoir.

Pour des raisons pratiques, étant donné qu'il fréquentait la maison, elle avait commencé par Floro, lequel lui avait répondu de manière très désagréable, comme trahi par son ignorance : « Mais j'l'ai pas vu, moi, ce spectacle, j'sais même pas de quoi ça parle ! » Lisander avait quant à lui coupé court à son insistance le soir même de la représentation ; « Jeanne était une aventurière qui... ? » ne cessait-elle de lui demander, avec sa belle robe de tulle, mais il ne l'avait pas écoutée. Pas le moment de lui casser les pieds, c'était déjà bien assez qu'il l'ait emmenée à la Scala, lui qui avait dû négliger le spectacle pour se concentrer sur les poignées de main, les rendez-vous à prendre, les futures relations à nouer, les allusions à la sensualité de certains calotypes osés ; l'âme du commerce, c'est l'excitation, et il devait avant tout s'occuper du Cabinet de Calotypie Pestagalli, qui pouvait maintenant se vanter d'avoir une vitrine au Coperto dei Figini, à côté du café de monsieur Guido, excellent liquoriste avec lequel Lisander ne détestait pas s'entretenir.

Alors Chiarella, pour dissiper le doute et satisfaire sa curiosité, avait étendu la recherche aux Romantiques de Traviole pendant les soirées particulièrement euphoriques en bas, au rez-de-chaussée, qui servait maintenant de simple entrepôt et de laboratoire. C'était Igino la Rallonge et son épouse la Tisonnière qui lui avaient fourni le contexte et ébauché la toile de fond sur laquelle évoluait ce chant que Chiarella, avec son intelligence à la fois intuitive et désespérée, avait aussitôt accueilli comme un don du ciel. Igino la Rallonge n'avait bien sûr pas lésiné sur les détails, et Giovanna la Tisonnière, avec une complicité plus affirmée depuis qu'elle était sa femme, avait ponctué les argumentations de son mari par de délicieuses friandises ; tous deux avaient fait preuve de délicatesse, vu l'état de grossesse de celle qui les interrogeait, « veuillez nous suivre, madame Pestagalli », et ils l'avaient fait asseoir sur le canapé dans l'angle, qui bâillait maintenant, son rembourrage débordant de tous côtés. Assise, Chiarella s'était laissé émerveiller par l'histoire de Jeanne d'Arc. Bouche bée, regard ébahi. Elle s'éventait avec sa main, le visage rougi par une bouffée d'émotion, et le pourpre de ses joues semblait un incendie tant elle était devenue pâle, cadavérique.

Chiarella adorait ces réunions, quand on bavardait tard dans la nuit, en compagnie de ces jeunes voyous vifs et insolents ; elle avait envie de remercier le Seigneur, car quelques années plus tôt, elle passait ses soirées sous le même croissant de lune entre les mains d'un client du bordel, gâteux ou puceau, cochon ou ingénument licencieux.

Sa grossesse avançait. On ne comptait plus les semaines, mais les jours, sept tout au plus d'après Luisa, la sage-femme. L'idée que l'enfant naisse en avril remplissait Chiarella de joie ; elle avait l'impression que la saison était pleine d'heureux auspices. Luisa venait souvent. Elle était parente d'Ausilia, et Chiarella appréciait sa corpulence, qui lui procurait un sentiment rassurant ; son odeur aigre de sueur la gênait un peu, mais elle évitait d'y prêter attention, et se dérobait à l'occasion en disant qu'elle avait la nausée pour ne pas vexer la sage-femme et s'épargner l'accusation d'être chichiteuse comme seules les putains reconverties le deviennent – et à juste titre, quand on y pense.

Elle sentait que c'était un garçon. Elle se cambrait en marchant, lançait ses épaules en arrière tandis que son gros ventre la propulsait en avant, s'aventurant rarement en bas par l'unique volée d'escalier. Dans les premiers mois de sa grossesse, elle avait gardé l'habitude de sortir une fois par jour, pour soulager ses veines et dégonfler ses chevilles. Enrichetta lui tenait compagnie, toute maquillée et réjouie par la maternité de son amie, elle aimait bien cancaner, mais pas seulement ; la demoiselle avait un faible pour Floro, d'où la régularité intéressée avec laquelle elle venait à la porta Vercellina, tandis que « madame Pestagalli » continuait de son côté à conseiller à son ancienne collègue de mauvaise vie de se fiancer et de ne pas se laisser embobiner en courant le risque de se faire faire un gosse, d'autant que ce Floro ne lui disait rien de bon. Quand elles rentraient, Chiarella obligeait Enrichetta à lui promettre de prendre soin d'Anna Lucia, quoi qu'il arrive : « Ne dis pas ça, même pour rire », la grondait alors son amie et, tout en parlant, elle se pressait le sein gauche pour chasser la poisse et se faisait le signe de croix sur l'autre. Pour ne pas se tromper.

Pendant les longs mois de sa grossesse, Chiarella s'était cantonnée toujours plus souvent dans sa chambre à coucher et dans le salon, et elle sortait rarement maintenant, ou pour de très rapides promenades avec sa fille. Elle appréciait la fraîcheur de Santa Maria delle Grazie ; là, assise sur un banc, elle ne se raccrochait plus à la foi, mais essayait plutôt de se résigner à l'inéluctable et, en sortant sur le parvis, le front humide après le rituel du bénitier, elle regardait le ciel. L'impuissance revenait aussitôt lui étreindre le cœur, lui inspirant une insulte, que Chiarella retenait entre ses dents pour ne pas choquer Anna Lucia. La petite entrait volontiers à l'église. Elle aimait les représentations des saints et les histoires qu'elles racontaient. Chiarella l'autorisait à gambader, à condition de garder une certaine tenue, pendant qu'elle se confessait ; le ton des hommes d'Église, si monocorde, était apaisant. La maladie arrivait à son terme. Elle grossissait. Dans un certain sens, c'était désespérant de réaliser à quel point le corps était miraculeux ; miracle malhonnête, un organisme qui, en donnant la vie, mourait.

Le médecin lui rendait régulièrement visite et avait tenu sa promesse, mais si on l'avait obligé à révéler le secret qu'il gardait, il n'aurait pas su quoi dire. Il avait diagnostiqué la gravité de l'état de Chiarella et avait cru au tout début qu'il s'agissait d'une méningite chronique, ce pourquoi il lui avait prescrit un traitement et des sels, des compresses froides sur les tempes. Puis elle lui avait parlé des caillots de sang dans ses selles, des douleurs d'estomac et des vomissements qui, très différents des nausées de la grossesse, l'empêchaient parfois d'avaler son repas, fût-ce une miette. Même si l'enfant dans son ventre se développait dans le liquide protecteur, Chiarella perdait du poids, quelques grammes par jour, s'épuisait en attendant l'accouchement, et les ressources de la médecine étaient encore incapables de diagnostiquer la spécificité de ce qui était en train de la pousser dans la tombe. « Un vilain mal », se contentait-il de dire, la bouche en coin ; un mal qui grandissait sous l'armature de peau en même temps que son enfant et celui de Lisander. Il ne restait plus qu'à espérer qu'il n'attaque pas le petit à naître avant que celui-ci ne voie le jour ; c'est ce que le médecin craignait, mais par pitié, il se taisait.

Chiarella avait fait mettre le petit divan qu'elle aimait tant à côté de la fenêtre et elle y restait longtemps, angoissée, quand dans les moments les plus divers lui revenait en tête le chant sifflotant qui parlait si légèrement d'une rencontre avec la mort, femme ou plutôt madone : *S'apre il cielo… Discende la pia… che parlar mi solea dalla balza… mi sorride… mi addita una via… pare accenni che seco mi vuol.*

Elle avait assisté au spectacle en février à la Scala. Parmi les interprètes, il y avait la même soprano aux sourcils masculins que Chiarella avait vue chanter dans *Les Lombards à la première croisade,* une certaine Erminia. Elle aimait le contraste entre ses épaules galbées, ses sourcils durs et sa voix gazouillante mais capable d'éclats. Harcelé par l'interrogatoire, Igino la Rallonge s'était senti obligé de resituer le contexte historique du spectacle : des siècles obscurs, le Moyen Âge, c'est là qu'était née la pucelle d'Orléans qui, encouragée par l'écho des voix nées de sa solitude, avait décidé de prendre la tête d'une armée, et qui grâce à une folie inspirée, avait su vaincre et remettre à un dauphin sans courage le trône usurpé. Et tout ça pour finir brûlée comme une vulgaire sorcière en odeur d'hérésie.

La Jeanne d'Arc mise en scène à la Scala n'avait pas fini au bûcher, bien au contraire : dès sa plus tendre enfance, elle se découvrait sainte, guerroyait, triomphait, était capturée, avouait avoir aimé un moment le dauphin et, libérée de prison, repartait en guerre. Ainsi, aux côtés du roi Charles, elle brandissait son épée et écrasait les Anglais avant de mourir : son cadavre était pleuré par ceux qui l'avaient suivie et acclamée. Mais à la fin, Jeanne renaissait de ses cendres, pour un instant, ultime *coup de théâtre*[1], sursaut lyrique : la voilà qui regarde le souverain, son propre père, reconnaît tout le monde et s'empare de son fameux étendard. Pour le laisser flotter au vent. Alors, survient la deuxième mort, avec le chant de l'abandon. Chiarella l'avait entendu une fois, mais elle le chantait en fronçant les lèvres comme si elle le connaissait depuis toujours ; elle s'appuyait contre le dossier, qui à la longue s'était modelé sur elle, entrouvrait ses paupières et, en rythmant les mots, apaisait l'aigreur qui nous contamine toujours à l'heure de la mort : *S'apre il cielo… Discende la pia… che parlar mi solea dalla balza… mi sorride… mi addita una via… pare accenni che seco mi vuol. Ecco !… Nube dorata m'innalza… Oh !* Puis le crescendo, déchirant, *Addio terra !… Addio gloria mortale… alto io volo… già brillo nel sol*, et à peine ce *sol* scandé, après les vertiges soule-

1. En français dans le texte.

vés par les instruments à vent, le tonnerre des cymbales, la détonation des percussions.

Avant de se coucher, Chiarella priait, mais ce n'était pas la pieuse Madone venue appeler Jeanne qu'elle cherchait à atteindre avec ses supplications plaintives. Elle voulait Dieu en personne. La vie lui avait appris à ne pas compter sur les intermédiaires, et elle invoquait le Père éternel pour qu'il s'occupe d'Anna Lucia. Pourquoi ne pouvait-il pas la guérir ? *Tu ne t'es pas suffisamment acharné ?* Alors la prière se transformait en colère, mais d'une certaine manière, l'acceptation de Jeanne récompensait par avance Chiarella de l'imminente disparition.

Anna Lucia n'était pas allée à la Scala ; le soir de la représentation, elle était restée avec Ausilia, et en entendant sa mère demander à tous et si souvent des informations sur la pucelle d'Orléans, elle avait fini par retourner certaines questions contre Chiarella. Elle aimait sa mère au point de l'imiter, et dans l'idée de copier sa curiosité si singulière pour Jeanne, elle avait fait un dessin ; un portrait de Chiarella perchée sur ce qui ressemblait plus à un chien qu'à un cheval, armée d'une épée qui avait l'air d'un couteau de cuisine, et d'un drapeau aussi grand qu'un drap. Chiarella avait fondu en larmes quand la fillette lui avait mis la feuille entre les mains en s'asseyant aux pieds du fauteuil et en demandant des nouvelles de son futur petit frère, car ce serait un garçon, pas vrai ? La tristesse qui envahissait Chiarella à la voir grandir était infinie. Qui l'aiderait à se protéger, qui lui apprendrait à affronter les hommes, à résister ? Arrivée au point de non-retour, sa plus grande peine serait de la laisser. Qu'importait la souffrance physique en comparaison de la terrible conscience d'abandonner sur la terre le fruit de ses entrailles.

Chiarella n'avait plus de proches à qui confier Anna Lucia, et Lisander avait vu mourir les siens, assassinés ; la famille lui aurait offert une garantie supplémentaire, mais la première, la plus importante, elle l'avait voulue et déjà obtenue. Avec prévoyance mais par amour. Une garantie matrimoniale. Ce qu'il y avait de mieux pour Anna Lucia. Elle l'avait protégée de la vie du bordel, elle lui avait évité de prendre un mauvais chemin et, enfin, elle s'était fait épouser par Lisander. Rares avaient été les invités qui avaient assisté à la cérémonie, pour ne pas risquer, en présentant en public la toute nouvelle famille, de reconnaître un client de Chiarella, autrement, avec cette tête brûlée de Lisander et son bras droit le Mal-Né, ça aurait fait du grabuge ; il y avait Ausilia, les Romantiques de Traviole au complet avec un sacré cortège, Floro et quelques amies de Chiarella dont Enrichetta. Anna Lucia avait mis une petite robe jaune achetée pour l'occasion. Cela avait été un mariage sobre, célébré à la va-vite et sans trop de questions, par un prêtre bougon et généreusement payé.

Trois mois plus tard, l'alliance que Lisander avait offerte à Chiarella ne lui tenait plus au doigt. C'est dire à quel point ses mains étaient devenues osseuses, la bague glissant de ses articulations comme pour annoncer la précipitation des événements. Mais Chiarella avait dans l'idée de l'accrocher à une petite chaîne d'argent qu'elle passerait autour du cou d'Anna Lucia : mère et fille avaient déjà essayé, pour rire, histoire de voir comment ce bijou d'adulte allait à la petite. Il ne lui restait plus qu'à attendre le moment pour le lui donner.

Pendant ce temps, les affaires de Lisander allaient à merveille. Les calopornies n'avaient même pas le temps de prendre la poussière dans le magasin de la porta Vercellina ou le sous-sol du nouveau Cabinet. Le Mal-Né était devenu un véritable surintendant. La marchandise était parmi les plus recherchées, elle se vendait aux coins de la rue, et même dans les arrière-boutiques de certains cafés. Tout le monde en demandait, en plus de quelques rares marchandises de contrebande, et Lisander, avec ses manières ambitieuses et expertes, était également réputé pour la qualité de ses portraits et de ses panoramas : il aimait prendre des vues des carrefours les plus intéressants, comme l'entrée de la galerie de Cristoforis, le comptoir de la loterie et la foule de crédules qui se disputaient les derniers chiffres de la fortune, le mont-de-piété avec son va-et-vient de désespérés ; l'ombre élancée des banques derrière le sanctuaire de San Giuseppe. Il aimait fixer Milan sur une feuille de papier salée.

Sur le front professionnel, Lisander n'avait donc pas de quoi se plaindre, et il commençait même à développer un certain savoir-faire : registre et crayon à la main, il avait renoncé à déménager au premier étage du Coperto dei Figini. Les rumeurs y avaient été pour beaucoup, sans cesse démenties puis de nouveau confirmées, que tôt ou tard la place de la cathédrale serait modernisée et que le lancement des travaux commencerait justement par la démolition du quartier des Figini et du Rebecchino. Lisander s'était donc contenté de louer une vitrine pour le Cabinet de Calotypie en attendant de mieux cerner le futur urbanistique.

La vie de famille lui procurait moins de satisfactions. L'idée d'un héritier le galvanisait. Il aspirait à ce que son fils, un jour, marche la tête haute, sans avoir à s'abîmer les mains comme un manœuvre ou un crève-la-faim d'ouvrier, et à ce qu'en tournant son regard vers lui, son père, il reconnaisse l'expression canaille de celui qui lui avait permis ce bien-être. L'envie irrésistible de savoir si c'était un garçon s'amplifiait au rythme du gros ventre de Chiarella, qui d'un côté le rassurait en lui disant qu'il « aurait un zizi » et de l'autre, défaite comme elle était, était incapable de le satisfaire. Même son cul de rêve avait perdu ses formes. Cette seconde grossesse lui avait abîmé les cheveux et épaissi les cuisses, et le désir de Lisander pour elle avait tiédi pour se refroidir totalement. Malgré cela, il avait exaucé le vœu de Chiarella en l'épousant, il avait fait ce qu'il fallait pour qu'Anna Lucia fasse partie de la famille consacrée, geste pour les temps futurs, une gentillesse pour ragaillardir la petite épouse et la rassurer. Lui démontrer que son choix de vivre avec elle était indiscutable. Lisander était sûr qu'il l'aimerait à nouveau une fois qu'elle aurait accouché, et puisque la chance lui souriait dans les affaires, presque trop, il n'imaginait même pas le mal qui était en train de dévaster Chiarella. Trop heureux pour accepter l'idée d'un malheur : « enfin », avait-il pris l'habitude de répéter en savourant une bouffée de bon tabac ou un bain chaud dans la baignoire avec du savon.

Il aimait Chiarella et les noces l'avaient ému. Il n'était ni indifférent ni blasé ; il souffrait du manque de désir charnel. C'est pourquoi il l'avait ravivé avec Enrichetta. Lisander n'avait pas seulement choisi l'amie de Chiarella pour des raisons pratiques – elle était souvent sur place ; le fait est qu'elle avait su le surprendre en lui expliquant qu'elle ne détestait pas « qu'on la lui mette dans le cul » pour reprendre les mots avec lesquels elle s'était gracieusement exprimée en le lui proposant dès leur deuxième rencontre : « Tu veux me la mettre ou non ? Allez, décide-toi. Ben quoi ? Tu l'as jamais fait ? »

Presque blessé dans son orgueil, Lisander ne s'était pas défilé. L'attitude méprisante d'Enrichetta l'excitait. Comme une bête.

La trame des relations dans la maison de la porta Vercellina s'était donc emberlificotée. Lisander avait convolé avec Chiarella, qu'il aimait mais qui ne le satisfaisait pas ; celle-ci aimait son nouvel époux, et aimant infiniment plus Anna Lucia, elle imaginait et planifiait tout dans le but de garantir à sa fille le nécessaire, se fiant aveuglément à Enrichetta, laquelle se cramponnait à Lisander au fil d'incroyables parties de jambes en l'air ; Lisander avait proposé à Floro de prendre une part plus importante dans l'entreprise et l'associé, de son côté, appréciait la compagnie d'Enrichetta, laquelle se laissait foutre vu qu'elle voulait se caser, bien qu'elle préférât batifoler avec Lisander. L'évidente tension qui dérivait de ces intrigues amoureuses, si inoffensive fût-elle, était palpable – œillades et sourires en coin, chuchotements et timides soupçons, justifications et démentis – mais ses répercussions étaient avant tout commerciales. Lisander en effet, vu que le rentre-dedans par-derrière lui procurait un plaisir si intense qu'il en perdait souvent ses moyens, avait voulu maîtriser son ardeur en redemandant à Floro la crème « miraculeuse » que l'ami avait créée du temps où il travaillait comme apprenti à la pharmacie. L'opportunité, alors, s'était révélée ; Lisander s'était dit pourquoi pas, ça ne coûte rien d'essayer, et un nouveau trafic était né : calopornies et crème miraculeuse. En pari couplé. Du reste, les unes n'allaient pas sans l'autre, dans un certain sens. Lisander et Floro n'avaient jamais été aussi riches.

Vint le 25 avril. L'aube s'estompa et il fut bientôt midi, besognes, obligations quotidiennes, puis Chiarella sentit des contractions au bas-ventre, paniqua et envoya chercher Luisa. La sage-femme, qui arriva hors d'haleine et puant toujours autant des aisselles quand Chiarella avait déjà perdu le bouchon muqueux strié de sang, éloigna tout le monde de la chambre à coucher ; elle n'accepta qu'Ausilia, et comme elle ne se contentait pas de transmettre le savoir ancestral de la pratique obstétricale mais l'avait étudiée dans une école, personne ne trouva rien à redire, et surtout pas Lisander.

Tout fut organisé pour le mieux, cuvettes et linge impeccable, eau chaude et langes. Lisander n'eut pas le courage d'attendre devant la chambre et se terra au rez-de-chaussée ; il arpenta l'entrepôt-laboratoire à grands pas, refilant de temps en temps un coup de pied au vieux canapé, quand ce n'était pas à la table ; Floro lui tenait compagnie. Ils fumèrent et ne dirent pas grand-chose ; quelques mots sans entrain. Pour faire taire le silence et les bruits de pas qui trouaient le plafond.

À l'étage supérieur, pendant ce temps, Chiarella accouchait dans la douleur. Anna Lucia attendait derrière la porte, oubliée par son père mais cajolée par Enrichetta ; elle tendait l'oreille, attentive et inquiète. Contre toute attente, Chiarella la fit appeler quand elle comprit que le moment était venu. Anna Lucia resta impassible devant la sage-femme qui fouillait entre les jambes de sa mère, pas plus effrayée que ça par la respiration haletante, les narines dilatées, la peau qui pâlissait à cause de tout ce sang qui passait ailleurs. Ce qui l'effraya, ce fut l'amour désespéré de Chiarella. L'intimité du geste avec lequel sa mère enfilait la petite chaîne d'argent dans la bague de mariage, les mains tremblantes qui la lui remettaient assortie d'une caresse sur sa frange décoiffée. Les yeux grands, blancs. « Tu as de très beaux cheveux. »

Une tache pourpre s'élargit sur les draps, imprégna le matelas, dégoulina sur le sol sans inquiéter la petite ; au contraire du nouveau-né, qui malgré les vigoureuses fessées infligées par Luisa, ne voulait pas crier. « Maman », dit alors Anna Lucia devant le petit corps inerte de son frère. « Maman », répéta-t-elle en s'accrochant au bras de Chiarella qu'elle croyait endormie.

« Maman. »

Quand elle comprit que sa mère était en train de mourir, elle se mit à crier de toutes ses forces, pleura tout près de l'oreille de Chiarella, malgré les tentatives d'Ausilia et de Luisa pour l'éloigner. « Lisander ! » Enrichetta fila pendant que la fillette se vidait les poumons en poussant de violents hurlements, comme si son cri pouvait transpercer l'air à la manière d'une ligne, briser la surface noire de l'au-delà et repêcher sa mère qui sombrait, n'emportant que sa seule âme.

Deux jours après l'enterrement, après avoir déposé un bouquet de jacinthes au cimetière, Lisander emmena Anna Lucia à la gare de Porta Nova. Elle se trouvait de l'autre côté de la ville ; un bâtiment imposant, sévère, avec trois étages de fenêtres. La voie ferrée avait été inaugurée six ans plus tôt, et père et fille prirent deux billets en sortant trois lires vingt de leur bourse. La fillette se taisait, anéantie, et quand elle passa à côté de la chaudière de la locomotive qui commençait à s'ébrouer, un timide sourire plissa ses lèvres. Mais ses gros yeux se gonflèrent aussitôt de larmes. Trop d'émoi ces jours-ci, pour un seul cœur. Lisander posa une main sur son épaule, maladroitement.

Ils montèrent en voiture, en première classe. Des places assises semblables à celles des voitures tirées par les chevaux. Vingt minutes de voyage. Une dizaine de kilomètres de champs cultivés et de fermes, de campagnes coupées par le Lambro et le tracé de rares petites routes. Les roues du train ferraillaient sur les rails et la locomotive courait, emportant avec elle les wagons, Lisander et Anna Lucia. Tous deux restèrent cois pendant tout le trajet, inspirant l'air entré de force avec la vitesse ; les pensées étaient englouties au fur et à mesure que leurs yeux dévoraient le paysage, mais les sentiments résistaient. Ils étaient tristes, profondément. Mais chacun d'une tristesse différente. L'une concrétisée par l'abattement. L'autre par une stupeur furieuse.

En mourant, Chiarella avait aussi emporté l'héritier qu'ils voulaient appeler Tommaso dans l'espoir qu'il ressemble au grand-père de Lisander. Le calotypiste avait bourré de coups de pied les murs du laboratoire et refilé deux claques à Luisa l'accoucheuse pour avoir laissé Chiarella se vider de son sang, mais aussi pour évacuer le sentiment de culpabilité qui lui pesait tout à coup. Il avait demandé à voir le cadavre de son fils, violacé, avant qu'ils ne le jettent. Anna Lucia s'était blottie dans un coin. Sans voix. Les vaisseaux capillaires de ses joues et de ses yeux éclatés comme une toile d'araignée pour témoigner de sa violente tentative de réveiller sa mère. L'accoucheuse Luisa avait pourtant su parler à Lisander sans se laisser intimider et, tirant profit de sa corpulence, l'avait plaqué le dos au mur ; avec elle, il y avait aussi Ausilia, et toutes deux lui avaient redonné du courage. Parce que la fillette avait plus que jamais besoin de lui. Alors Lisander avait regardé Anna Lucia dans les yeux et la petite avait soutenu son regard, candide ; ils seraient unis à jamais par ce jour atroce. Lisander avait ensuite prié Ausilia de s'occuper de la fillette et avait passé la nuit à errer. Il s'était aventuré loin des réverbères à la recherche du danger, armé d'un couteau. Il s'était immergé dans les bas-fonds, parmi les bagarreurs et ceux qui magouillaient pour survivre, et il avait enfilé le dédale de la Stretta Calusca. Il avait trouvé des garçons avec une jaquette de velours vert olive et pourpre, des pantalons larges, un grossier chapeau en poil, et des boucles d'oreille en or comme les pirates des Caraïbes ; tous fumaient des cigares arrivés de Virginie au fond de Dieu sait quelles cales ou mâchaient une poignée de tabac à chiquer. Le repaire de la Calusca abritait un monde à part, et c'est là que Lisander voulut aller, flairer le désespoir et la rage. Cette soif de tout, violente, parce que l'on n'avait rien. Puis il était rentré à la maison au lever du soleil, et il avait pris Anna Lucia dans ses bras.

Quand ils arrivèrent à Monza, ils trouvèrent une gare plus modeste et accueillante. « Ça t'a plu ? » demanda Lisander. La fillette fit signe que oui.

Ils s'attardèrent devant les trois grandes portes, tournant le dos à la gare. Sur l'esplanade, le va-et-vient des voitures et des passants soulevait une épaisse poussière. Anna Lucia renifla, puis elle fit glisser sa main dans la paume gauche de Lisander. Elle le regarda de bas en haut sans qu'il baisse le menton. Son père avait une ombre de barbe. On aurait dit le Messie.

« Qu'est-ce qu'on fait ? » La fillette avait voulu mettre sa petite robe jaune, la même qu'elle portait le jour du mariage ; Ausilia avait essayé de l'en dissuader en lui disant qu'elle risquait de l'abîmer, mais Anna Lucia avait tapé du pied. Avec lucidité et amertume.

Lisander n'avait pas réfléchi à ce qu'il allait faire, mais il suffirait d'une ruse. Lâcher sa main au milieu des passants et allonger le pas, ou bien la pousser sous les roues d'une voiture. Qu'est-ce qu'il pouvait bien en faire, lui, d'une enfant ? Elle tournerait putain. Et il ne voulait pas la mettre au couvent. Avec un peu de chance, elle avait déjà un grain, et finirait comme sa sœur Marta. Le chagrin la rendrait débile.

« Lisander ? » Le plus souvent, elle l'appelait par son nom, et elle se risquait rarement à l'appeler papa. En l'appelant Lisander, elle arrivait plus près de son cœur.

Il continua de fixer la place. Voici que surgit une voiture à cheval. Il n'avait qu'à attendre une poignée de secondes, pousser la fillette – pas sous les sabots, il ne voulait tout de même pas en arriver là – et faire demi-tour, partir en courant ou se cacher dans les recoins de la gare. Une femme charitable la verrait, l'amènerait dans un institut, auprès d'un prêtre. On ne remonterait peut-être jamais jusqu'à lui. Elle serait bien. Elle oublierait Lisander et trouverait quelqu'un pour mettre à profit sa belle imagination.

« Attention ! » cria le cocher tandis que le fiacre leur passait sous le nez. Lisander resta immobile.

Anna Lucia l'observait.

« Où on va ? »

Lisander baissa les yeux.

« À la maison. »

Il acheta deux billets. Ils s'assirent sur un muret. Attendirent la locomotive. Elle balança ses jambes, retourna entre ses doigts l'alliance qu'elle portait autour du cou. Maman était morte.

Lisander méditait. Le soir du mariage, avant de consommer les noces malgré l'état dans lequel elle était, la jeune épouse lui avait avoué une envie. Saugrenue peut-être, mais néanmoins sienne : « Un jour, je voudrais que tu fasses mon portrait avec la chambre optique. Mais à la manière d'Anna Lucia. Tu sais, avec un décor, comme au théâtre. Je sais que je suis bête, mais je voudrais tellement poser sur un cheval, avec une toile de fond peinte comme si j'avais une armée derrière moi. Un drapeau à la main. » En guise de réponse, Lisander l'avait embrassée, il avait fait courir ses mains sur ses cuisses. Quelle absurdité, avait-il pensé en collant son torse contre le dos de Chiarella, allongée sur le côté pour partager avec le matelas le poids de son gros ventre. « Comme Jeanne d'Arc. » Ils avaient fait l'amour malgré la froideur de cette période, et Lisander avait aimé. Bien sûr, il préférait les rencontres avec Enrichetta, mais ce soir-là il s'était senti content, et maintenant qu'il s'apprêtait à retourner en ville avec Anna Lucia, il revoyait la scène avec l'œil de son esprit, et un mot lui traversa l'esprit. Puis un projet. Le Teatrum Imaginationis. Un lieu où donner vie à la fantaisie.

À l'arrivée de la locomotive, Lisander aida Anna Lucia à monter en voiture et ne voulut pas se retourner, si bien qu'il n'aperçut pas la femme qui les avait suivis depuis la place jusqu'au quai. Si mal fagotée qu'on aurait dit une vieille, même si elle avait quelques années de moins que lui. Le visage de Lisander ne lui était pas inconnu.

*

La vie à deux était l'occasion de nombreux bonheurs, et pourtant le déménagement n'avait fait qu'augmenter son inquiétude. Maintenant il lui fallait tout expédier en quelques heures, clandestinement, à un moment où elle était sûre que Michele resterait à l'entrepôt le temps nécessaire. Elle sortait en même temps que lui en disant qu'elle allait voir Pippo à Devonshire Street, le saluait et repartait en sens inverse chez elle où elle écrivait à la va-vite les notes qu'elle transmettait toujours plus irrégulièrement à Oliver au prétexte d'une promenade. Se retrouver le soir, regarder le coucher de soleil derrière la fenêtre et se concentrer sur les aménagements pour rendre les pièces plus accueillantes : c'était une effusion de moments complices, de sentiments qui faisaient souvent désirer le sceau d'une étreinte mais, de refuge paradisiaque, le logis de Michele s'était transformé ces derniers mois en un cul-de-sac qui lui donnait l'impression d'être traquée. Leda savait bien que ce malaise n'avait rien à voir avec la présence de Michele, qu'il était dû à sa mission d'espionne, à sa conscience qui ne cessait de lui rappeler qu'elle était sur le point de tout perdre.

Un soir, pendant que Michele jouait dans un tripot avec des amis, profitant d'un peu de solitude, Leda avait sorti de sous le lit la malle qu'elle avait fermée avec un cadenas en disant qu'elle contenait son linge le plus précieux ; elle y avait mis par écrit le nom des correspondants de Pippo. Il lui avait fallu deux, trois feuilles, et bien qu'elle ait commencé à écrire plus petit et à réduire l'espace entre les noms, enfin une quatrième. Elle en avait compté soixante-sept, tant il y avait de personnes en contact avec le Maestro, en excluant les correspondants occasionnels. En regardant bien, le chiffre était inférieur, mais il aurait fallu que Leda dresse sa liste avec un peu plus de conscience professionnelle, car certains noms revenaient sous différents pseudonymes, dont celui de Nicola Fabrizi – auquel Pippo écrivait encore, en terminant par une formule de politesse toujours chargée d'émotion et d'un sentiment latent de culpabilité, *Adieu, sache que je te suis dévoué ; je t'embrasse : et aime ton Giuseppe ; prends soin de ta santé.* Les correspondants étaient éparpillés aux quatre coins du monde : Giuseppe-Joseph Lamberti à Paris, un bon nombre dans les régions italiennes, un certain de Boni à Lugano, Felice à qui il écrivait à New York, et Gian Battista Cuneo en Amérique du Sud.

La correspondance avec Cuneo, en particulier, s'était intensifiée ces derniers mois, Pippo voulant être informé des événements de Montevideo. Et son interlocuteur lui donnait satisfaction, à chanter les louanges du colonel Garibaldi, qui affichait de grands succès à la tête d'autres émigrés italiens, les fameux légionnaires. Leda ne comprenait pas grand-chose à ce qui se passait à l'autre bout du monde, malgré l'entraînement acquis en fréquentant le Maestro et ses confidents ; en déménageant chez Michele, elle avait même renoncé à comprendre ce que ce Garibaldi avait à voir avec l'effervescence de ces petits États sud-américains qui se faisaient et se défaisaient du soir au matin.

Pippo suivait les hauts faits du Colonel depuis longtemps, mais vers la fin de l'année 45 et durant les tout premiers mois de 46, le sujet avait occupé le devant de la scène et chassé les autres. Une scène sans toile de fond, à dire vrai. Pippo notait les noms et réfléchissait à voix haute pendant qu'en Amérique du Sud Garibaldi triomphait et que ses adversaires lui tiraient dessus par voie de presse : dans les journaux financés par les Argentins ou ceux qui étaient proches des Uruguayens qui conspiraient contre la République orientale, on l'accusait d'être cruel et impitoyable, responsable d'exactions, et les légionnaires en prenaient eux aussi pour leur grade.

La propagande contre le Colonel avait atteint son paroxysme depuis que deux officiers de la Légion avaient commencé à faire circuler le bruit que ce dernier n'était qu'une crapule qui ne s'acquittait pas de ses dettes et n'avait aucune reconnaissance à l'égard de ses hommes, et quand le *Times* avait repris un article publié à Buenos Aires dans lequel on inventait d'autres vacheries, Pippo, qui croyait dorénavant fermement en Garibaldi, était devenu furieux, d'autant que le *Journal des débats* de Paris en avait rajouté, contaminé par la rivalité qui courait à Montevideo entre la Légion italienne et la Légion française. Alors le Maestro avait noué son foulard autour de son cou et s'était enfermé dans son petit bureau avec les exemplaires des journaux incriminés étalés sur sa table de travail. Avoir déjà publié dans l'*Apostolato popolare* les exploits de Garibaldi au fil de comptes rendus très éloignés des récits rocambolesques et méprisables qu'en faisaient ses détracteurs n'avait pas suffi à préserver l'image du Niçois, aussi Pippo avait-il voulu frapper plus fort. Il avait écrit au *Times* une lettre accompagnée de deux documents qu'une presse libre ne pourrait jamais soustraire à l'attention de son public de lectrices et de lecteurs : la proposition du dirigeant politique uruguayen de récompenser les légionnaires en leur offrant des possessions et des crédits pour les actes accomplis ainsi que la lettre dans laquelle le Colonel refusait chaque point en déclarant qu'il était *du devoir de tous les hommes libres de livrer combat pour la liberté, partout où elle était menacée par la tyrannie*. Et pour se faire plaisir, Pippo, dans son article au *Times*, voulut rappeler en outre à ces messieurs les Anglais si subtils que les équivalents français des légionnaires italiens avaient quant à eux profité de semblables propositions en ne pensant qu'à l'argent. Et quand on avait reçu la nouvelle que le Colonel, après une autre spectaculaire – modeste en vérité – victoire à Salto, restait sourd à toute récompense, le Maestro y avait vu un argument politique déterminant : l'intégrité ; *en tant que chef de la Légion italienne, la seule récompense que je peux avoir mérité, je la dédie aux mutilés et aux familles de ceux qui ont perdu la vie. Non seulement les bénéfices, mais aussi les honneurs me pèseraient sur le cœur s'ils devaient être achetés avec le sang de tant d'Italiens.* Après avoir lu ces mots, Pippo avait demandé à la fidèle Lorenza de recopier la réponse de Garibaldi, parce que sa main tremblait, et de la poster pour que Lamberti la reçoive à Paris : « C'est une étape morale décisive. Il faut lui faire un nom en Italie. »

Dans la liste des soixante-sept noms, les destinataires de lettres plus intimes ne manquaient pas. La maison de la famille Ashurst était devenue le second domicile du Maestro, qui ne faisait pas mystère de l'aide, matérielle et spirituelle, fournie par Muswell Hill. Les quatre filles de Sir William Ashurst l'aimaient, lui offraient des cigarettes, l'admiraient, et ces sentiments nobles justifiaient la masse considérable de billets que Pippo leur envoyait.

Pour Leda, la meilleure parmi les dames proches du Maestro était à l'époque Margaret. C'était une Américaine au ventre rond et bien fait ; à presque quarante ans, avec son allure décontractée et ses tresses, elle jouissait d'une assez bonne réputation, surtout pour une femme. Elle était en Europe au titre de correspondante du prestigieux *New York Tribune* et discutait avec courtoisie, ce qui n'ôtait rien à son ton décidé et à l'originalité de ses idées, extraordinaires selon ses dires, et que Leda, qui s'avouait ignorante par rapport à Pippo et à William, avait trouvé accessibles et stimulantes, voire éclairantes. Par sa présence, jamais trop indiscrète et pourtant charismatique, Margaret avait soutenu le récent projet du *Fund of Action* quand Pippo avait menacé de laisser tomber, accablé par les dettes et par les nouvelles en provenance de Romagne et des Apennins où les soulèvements inspirés par la Giovine Italia mouraient dès la naissance, sans compter les épuisantes conversations dans le petit salon avec les amis anglais et les nombreux Polonais, autour du projet de rédiger ce qu'il avait déjà intitulé *Thoughts upon Democracy in Europe*, une série d'interventions à faire paraître dans *People's Journal* afin d'y répéter que la démocratie et la liberté des peuples ne pouvaient pas exister sans l'indépendance nationale de ceux qui étaient asservis, partout dans le monde. Toutefois Margaret, et William naturellement, avaient su lui redonner courage, et pas seulement par affection ; de leur point de vue, très pragmatique étant donné leur formation et leur culture, le *Fund of Action* était une idée précieuse : recueillir des fonds pour un parti italien où les idées se concrétisaient au lieu de se faner au milieu des arguties des modérés et des radicaux ou Dieu sait quel autre courant, était un premier pas, décisif, et Pippo avait voulu que Lorenza lui donne un coup de main en encourageant ses partisans : « La philosophie ne vaut rien, c'est une prison de l'esprit si elle ne permet pas au corps de bouger. »

Leda en convenait à sa manière, même si elle fréquentait maintenant un peu moins Devonshire Street. Il fallait du temps et des efforts pour trouver son rythme dans la vie à deux, où il n'était plus possible de cacher le moindre secret ; défauts, habitudes intimes que nous répétons chaque jour sans nous en apercevoir jusqu'à ce qu'une présence nous tombe dessus, et voilà alors qu'on ne peut plus rien cacher. Les bruits peu élégants du corps et ces boutons d'origine inconnue qui lui sortaient parfois sous le menton, un poil incarné sur la poitrine de Michele : tout était dorénavant partagé, et se peigner le soir devant le miroir n'était plus le même geste ; le va-et-vient de la brosse de soie sur ses mèches était toujours aussi agréable, mais c'était différent. Pourtant, il n'y avait rien à regretter : en comparaison, le présent était plein, le passé, vide. Depuis sa jeunesse, Leda avait appris à vivre en recluse ou en solitaire, il était donc naturel que la vie à deux la mette parfois mal à l'aise ; mais quand elle se couchait avec Michele, elle dormait d'un sommeil ininterrompu et rêvait de sa famille, ce qui lui faisait dire qu'elle ne s'était pas trompée en prenant le risque de s'installer chez lui. Il ne restait que ce vice initial pour entacher l'avènement d'une vie nouvelle.

Sa conscience venait la tourmenter quand elle était seule, surtout. Elle l'importunait pendant qu'elle écrivait, lui faisait craindre le retour de Michele plus tôt que prévu, la troublait tandis qu'elle cuisinait – les rares choses qu'elle avait apprises au Bon-Pasteur lui étaient maintenant utiles – et, en hachant de la viande, il lui arrivait de se couper avec le couteau. Chaque fois, elle lui rappelait qu'elle était sur le point de tout perdre, et que le seul moyen de s'en tirer était d'avouer ; elle éprouvait au fond d'elle-même l'envie de ne plus être un objet de chantage. Michele l'épouserait, elle le voulait, et elle avait même de la sympathie, voire de la passion, pour la cause italienne de Pippo, qui se battait corps et âme pour une idée de la liberté qu'il proférait comme si c'était une religion de jeunesse, et de qui elle avait appris le désir de se sentir libre et de pouvoir choisir avant tout. Néanmoins, elle hésitait, et l'idée d'une confession la terrorisait ; rien que d'y penser, son cœur se mettait à battre la chamade et sa peau à vibrer, l'un baguette, l'autre tambour.

Aux premiers jours de juin, il n'y eut pas de pluie. Une semaine de première chaleur. Un après-midi, Leda rentrait à la maison, heureuse. Elle venait de Devonshire Street où l'on avait reçu d'Italie la nouvelle que le pape était monté au ciel, laissant sa chaire et le trône libres. On en élirait un autre, mais la mort du régnant avait poussé Pippo à croire qu'enfin une mécanique céleste plus équitable commençait à donner une tournure aux événements : « Espérons à nouveau, parce qu'il avait oublié la lumière qu'ont incarnée Rome et la papauté au Moyen Âge », disait-il en parlant du défunt Saint-Père. Il l'accusait d'avoir été un monarque absolu, d'avoir encouragé la richesse des prélats, censuré les livres, empêché l'instruction populaire, et exclu les laïcs du gouvernement ; Leda l'avait écouté distraitement, elle repensait avec angoisse à ce matin-là, quand Michele était sorti en disant qu'il allait à l'entrepôt et était revenu avec une rose ; Leda s'apprêtait à sortir de sous son lit la malle avec de quoi écrire, et elle avait paniqué. Que se serait-il passé s'il l'avait surprise ? Aurait-elle pu lui faire croire qu'au lieu de rédiger ses notes d'espionne, elle écrivait au mystérieux oncle d'Italie qui l'entretenait ? Elle avait cru que Michele avait des mains trop grandes pour offrir une fleur.

Alors qu'elle montait les escaliers, accrochée à la rampe, Leda décida de se donner une échéance ; il n'y avait pas d'autre solution. D'ici le mois d'août, elle essaierait de parler à Michele. Pas toute la vérité. Un demi-mensonge. Quelqu'un la faisait chanter d'Italie et

Oliver avait quelque chose à voir avec cela. Mais quel chantage ? Elle n'y avait pas encore pensé, mais elle trouverait sûrement une histoire crédible. Elle ouvrit la porte de la maison en souriant, confiante, et pour cette raison précise, elle se sentit mourir.

« Michele ? »

Elle fut incapable de faire un pas de plus. Il était sur le sol, aux pieds de la petite table sur laquelle était posée la volière avec la seule mésange qui restait et du sofa qu'ils avaient acheté ensemble après avoir longuement discuté de la couleur ; pour la première fois, Michele avait insisté pour payer. Et maintenant il gisait à terre, un poignard enfoncé dans le cœur. Sur son front, reflétant la lame de lumière qui venait de la fenêtre, une marque en forme d'œil, dessinée avec du sang. Son propre sang.

*

« Tu m'as entendu ? »

Ils étaient au lit. Ils s'étaient réveillés en même temps, avec cette synchronie qui arrivait parfois, et ils étaient restés allongés, les yeux mi-clos.

« Oui. »

Chaque matin, Aninha avait un moment d'égarement ; elle regardait autour d'elle, la vue embuée par le sommeil, convaincue de se trouver à la calle del Portón, prête à descendre du lit pour étreindre Domío et Teresita en remerciant qu'ils aient survécu à la nuit. Mais quand l'horizon se dégageait, elle comprenait qu'elle était encore à Salto, à quatre cents milles de ses enfants, et c'était Guerello qui lui disait bonjour avec son haleine de chien, blotti dans un coin de l'autre côté du lit après s'être faufilé dans la chambre ; ils le lui avaient interdit, mais il était têtu. Et affectueux, à sa manière. Il craignait le Colonel et ne le quittait jamais des yeux ; quant à Aninha, il savait la toucher par sa bonne humeur.

« Nos enfants me manquent.

— Oui, à moi aussi. »

José ne l'écoutait que d'une oreille. Il avait en tête les nouvelles qui arrivaient ces jours-ci de Montevideo. Une guerre entre factions au gouvernement, le bourbier de la politique qui débordait à nouveau avec cette puanteur qui gâche tout ; ici aussi à Salto, pas un jour ne s'écoulait sans atermoiements et stratégies, chacun à faire des sourires polis pour médire aussitôt. Ils l'avaient nommé général, mais son autorité ne servirait à rien, et l'idée de gaspiller ses forces maintenant le décourageait. Il était décidé à ne plus le faire. Il en parlerait aux plus fidèles de la Légion. Il perpétuerait le mouvement pour distancer la vieille qui le poursuivait avec sa faux, mais loin de l'Amérique du Sud.

« José, tu penses à quoi ?

— Je suis en train de me dire que j'ai envie de rentrer. »

Aninha se serra contre lui. « Moi aussi. »

José ne voulait pas dire à Montevideo. Maintenant, s'il fermait les yeux, il voyait déjà l'autre partie du monde, la baie étincelante de Nice, sa mer et l'harmonie triste qui la dominait. La péninsule italienne. Il n'avait plus envie d'attendre.

XIII

C'est le bon sens populaire voire une indiscutable vérité qui veut que, un pape mort, un autre en sort, et heureusement a-t-on envie de dire, parce que autrement Colombino n'aurait jamais pu prendre sa revanche sur ce triste trépas, malgré les années de jeunesse déjà sacrifiées à réduire en miettes les épreuves et les outrages sur l'enclume de la foi et de l'entêtement, sous le marteau d'un mirage féminin – odeur de pluie dans la touffeur, vision encadrée par la lucarne de sa chambrette du presbytère d'abord, puis retrouvée au cachot et dans les étoiles de chaque nuit, dans la terre foulée en chemin. Souvent pourtant, il arrive qu'on se persuade que tout dépend de nous et de la seule détermination avec laquelle on s'engage dans une voie – plus on insiste avec l'intelligence des émotions, plus on réussira, croit-on – alors qu'on devrait admettre que le ciel est par nature casse-pieds, rarement indulgent, et qu'il aime avoir le dernier mot, lancer un autre croûton de pain ou tenter un dernier croche-patte. Si on est né Colombino, on saura affronter toutes les mésaventures ; et se frayer un chemin dans la cohue au risque d'un pieux coup de couteau sera bien peu de chose : « Le v'là ! V'là le nouveau pape ! »

Il était entré à Rome la tête haute, sous un soleil de fin d'été, quand les pierres le long des routes recrachaient la chaleur jusqu'au soir et que les pavés, à y poser ses pieds nus, mordaient comme une brûlure ; il venait avec le manteau rouge cousu par Sabina, son compagnon Astolfo à ses côtés, et sa besace remplie de pommades et de passeports. En marchant, solennel, il ne s'était pas laissé impressionner ni intimider par l'*Urbs*, il pensait au pape, et même si tout le monde le montrait déjà du doigt comme un fou ou un pestiféré, « Mais où tu vas avec ce manteau, déjà qu'on crève de chaud ! », il avait filé droit devant, grandi de quelques centimètres par l'orgueil d'être arrivé. Aux carrefours, sous les édicules pieux, après s'être signé avec respect et espoir, il demandait à ceux qui lui inspiraient le plus de sympathie : « Je cherche le pape. Vous pourriez me dire où je peux le trouver ? » Astolfo pendant ce temps lançait des regards circonspects. « Le pape ? Par là, et tout droit là-haut jusqu'à Monte Cavallo. »

Le passage du Tibre l'avait, si c'était possible, enhardi davantage ; le réconfort qui montait des grosses barques où pères et fils glissant sous le pont rentraient à la maison fatigués par une journée de travail, la fulgurance des nuages à l'horizon, marbrés déjà de violet, le coassement vif des grenouilles : franchir le seuil de la cité des papes et se retrouver devant les sept collines lui avait mis du baume au cœur. Après les épuisantes épreuves qu'il avait dû affronter, il caressait l'idée d'avoir réussi. Que son long pèlerinage était enfin arrivé à son terme.

« Le Quirinal ? Par là. »

Il avait remonté la colline, esquivant chevaux et passants, en se disant qu'on lui avait joué un sale tour, mais les indications des Romains s'étaient révélées beaucoup plus fiables que celles des fripons de province. Il était arrivé au sommet le souffle coupé par la fougue, et après avoir laissé derrière lui un sentier en zigzag et une vaste écurie où résonnaient des hennissements par dizaines, il s'était arrêté à l'ombre des Dioscures. Au pied des corps nus d'argonautes, aussi symétriques et plastiques que leurs destriers, il y avait un abreuvoir rond, et Colombino y avait bu à pleines mains, sans craindre la contamination. Lui aussi, comme les statues qui, de leur piédestal, protégeaient cette sève réparatrice, pouvait se vanter d'avoir fait un long voyage.

Comme il s'était rafraîchi, il avait voulu jeter un regard et la place, si large et en pente, l'avait tout d'abord désorienté. Autour de l'abreuvoir, des messieurs et des garçons se bousculaient, se disputant tous un peu d'eau pour se revivifier et crachouiller, tandis que les dames se promenaient le panier sous le bras en bavardant gaiement, quelque bellâtre traînassait nonchalamment en faisant tournoyer sa canne. Et que de voitures ! Elles filaient sur la chaussée qui côtoyait la Consulta, et les hordes de souris battaient la place de long en large comme un peloton en plein ratissage, couinant, menaçantes. Scène singulière, populeuse et blanche de poussière, mais à sa manière harmonieuse ; elle représentait sa destination.

« Excusez-moi, mon bon monsieur, vous pouvez me dire où habite le pape ?

— Tu te fous de ma gueule ?

— Mais non, pas du tout ! »

Pendant ses années de péripéties, depuis que don Sante était mort, pour autant qu'il ait tourné son regard vers le passé dans les moments de découragement, Colombino n'avait jamais douté du projet qui l'avait poussé à descendre la Péninsule, mais il n'avait pas pensé aux mots à employer. Il avait sur ses épaules un manteau, et il était sûr d'apporter une supplique juste et que, le moment venu, il saurait s'entendre avec le pape. Aussi, quand une femme lui avait révélé que le Saint-Père habitait là, sous son nez, dans le palais pontifical qui fermait le côté nord de la place, Colombino avait ajusté le tricot que Sabina lui avait raccommodé et s'était avancé.

Le portail du majestueux édifice était surveillé par quatre colosses de la garde noble, le corps d'armée de Sa Sainteté, et après avoir monté les marches en croissant de lune qui menaient à l'entrée, Colombino s'était éclairci la voix.

« Salut !

— …

— Euh, je voudrais demander une audience au pape.

— Ah ouais ? »

Deux des gardes, bottes cirées et pantalons bleu ciel, l'avaient dévisagé, à moitié intrigués, à moitié agacés déjà. Colombino n'avait pas hésité, et dans son élan fougueux, il avait commencé à expliquer qu'il avait un besoin urgent de se présenter au pape. Il était venu spécialement du Nord lui rendre visite.

« Qu'est-ce que tu veux ?

— Je voudrais que Sa Sainteté, si elle a un moment à m'accorder, intervienne et m'aide à marier ma Vittorina… »

Plus il parlait, plus les deux gardes s'énervaient, jusqu'à ce que le plus zélé se mette en rage et lui refile une claque à toute volée, de quoi lui laisser la marque des doigts sur le visage malgré sa grosse barbe.

« Ouste ! »

Colombino avait reculé, sonné.

« Mais qu'est-ce que j'ai fait, maudite merde et misère de misère ?

— Ce que tu as fait ? »

Ils s'étaient avancés. À leurs yeux, vu comme il était fagoté, ce n'était qu'un pauvre type dur à la détente et définitivement cloche, aussi les deux hommes s'étaient-ils rués sur lui, bien décidés à lui déboucher les oreilles à coups de torgnoles, histoire de lui apprendre la politesse dont on doit faire preuve avec les gardes de Sa Sainteté ; ils l'avaient malmené avec un professionnalisme martial, et quand Astolfo était venu au secours de son ami et patron, ils avaient dégainé l'épée ; ils avaient convaincu le mulet de laisser tomber en lui piquant le museau.

« Ça te dit de faire un petit tour en prison ?

— Non ! Je veux parler au Saint-Père ! » avait rétorqué Colombino, affalé sur les marches, saignant déjà du nez et de la bouche.

Si ça ne lui suffisait pas, ils lui en donneraient d'autres, s'étaient dit les gardes d'un air entendu, et voilà qu'ils l'avaient attaqué à coups de pied et l'avaient fait rouler jusque dans la rue, pendant que les passants lançaient des coups d'œil furtifs en marchant droit devant eux, indifférents, pour éviter de se prendre une raclée eux aussi, puisqu'on sait que les gardes nobles sont susceptibles. Pour finir, ils lui avaient arraché son manteau.

« Non ! »

Ils l'avaient réduit en lambeaux, bien comme il faut, et chaque déchirure avait été pour Colombino comme un coup de poignard.

« Maintenant, fous le camp. »

Par chance, parmi les indifférents et les trouillards sur la place, il y avait un trentenaire réputé pour son envie de consoler, puisqu'il souffrait dans son cœur plus que tout le monde, et compatissait donc avec ceux qui s'en tiraient encore plus mal que lui ; Cecco, qu'il s'appelait, dit Er Pietà – C'te-Pitié.

« Viens, on s'en va », lui avait-il murmuré en glissant son bras sous le sien quand les gardes étaient retournés devant le portail mais sans relâcher leur vigilance pour être sûrs que Colombino avait compris qu'on ne pouvait pas venir là pour se payer leur tête ; un mot de plus et ils l'auraient envoyé dans les prisons pontificales, à s'écharper avec ses chaînes.

« Mais qu'est-ce que tu leur as dit ?

— Ils m'ont déchiré mon manteau ! avait dit Colombino en pleurnichant, comment je vais faire pour aller voir le pape, maintenant ? »

Sous l'œil furieux des gardes, pendant que C'te-Pitié se tenait à distance, le garçon était retourné récupérer les lambeaux de son manteau à quatre pattes – Astolfo, impavide, était à ses côtés – et il en était sorti indemne. C'te-Pitié l'avait emmené à l'abreuvoir et l'avait aidé à se débarbouiller le visage ; des compresses, il en avait, bien malgré lui, en veux-tu en voilà, et Sabina l'avait ravitaillé comme il fallait en pommades.

« Alors, qu'est-ce que tu leur as dit ? Tu les as insultés ? »

Tout retourné par cet épouvantable accueil, Colombino n'avait pas voulu révéler le but ultime de sa mission, mais comme l'inconnu se comportait charitablement, il s'était plaint de la poisse qui lui collait : C'te-Pitié devait savoir que, désireux de rencontrer le pape pour une affaire très personnelle, il s'en était pris plein la figure, mais ne s'était jamais résigné. « Jamais. » Et quand la nuit était tombée pour chasser la chaleur étouffante, Colombino avait accepté de suivre son sauveur chez son frère

Alberto, dit Nun è Oro – C'est-pas-d'l'Or – puisque, de toute chose, précieuse ou modeste, il avait l'habitude de dire que oui, « c'est rudement bien, mais c'est pas d'l'or » ; c'était un célèbre charretier du Trastevere, un marchand de fourrage tellement malin que personne ne pouvait le rouler, si bien que ses compagnons venaient lui demander conseil à la moindre affaire, et c'est ainsi que C'est-pas-d'l'Or, avec ses cheveux d'argent, se faisait des couilles en or. L'idée de Colombino était de se remettre de ses émotions sans abuser de l'accueil, de dormir parce que le sommeil porte conseil, et de retourner le lendemain chez le pape pour obtenir son audience. Mais les choses s'étaient passées autrement, puisqu'il avait passé à peu près neuf mois en compagnie de C'te-Pitié et de C'est-pas-d'l'Or, jusqu'à la mort du vieux pape et à ce matin où le nouveau s'était présenté au peuple romain.

« Le nouveau pape, hourra !

— Il est beau !

— Jeune !

— On dirait qu'il rit ! »

Durant son séjour dans l'*Urbs*, il avait dû se débrouiller. Au début, grâce au magot récupéré auprès de Mandén, Colombino avait logé dans une auberge qui crissait de cafards, décidé à trouver un plan pour arriver à Sa Très Sainte Sainteté sans avoir affaire aux gardes, puis C'est-pas-d'l'Or lui avait proposé un travail en échange d'une demi-paye et d'un logement – une petite chambre propre et accueillante dans son immeuble, à côté du hangar réservé aux trois charrettes de famille ; pour le couvert, le jeune barbu devait payer de sa poche : « Pendant que tu attends l'occasion de rencontrer le pape, tu me donnes un coup de main et tu gagnes ta vie. Je te paie ce qu'il faut, un bon mulet, t'en as déjà un... » À contrecœur, Colombino avait accepté, car comme il avait eu l'occasion de le constater, rencontrer le pape n'était vraiment pas simple. À quatre-vingts ans, Grégoire XVI sortait rarement, obligé de garder le lit à cause d'une vilaine maladie, et il n'était pas réputé non plus pour sa grandeur d'âme. Au Cercle du Peuple, une sympathique taverne où C'te-Pitié et C'est-pas-d'l'Or emmenaient Colombino déjeuner, on entendait sur son compte des rumeurs peu flatteuses. C'était le tavernier Angelo, dit Ciceruacchio, un petit courtaud entre deux âges, le visage affilé par un bouc poivre et sel et des grosses moustaches, qui les relatait chaque soir avec la même et tonitruante éloquence ; Ciceruacchio haranguait les clients, les exhortant à mépriser l'administration cléricale, enflammant les esprits avec ses grossièretés à propos de la radinerie du Saint-Père, de l'indigence à laquelle il forçait ses citoyens et les sujets des légations, de l'insupportable violence de Sa Très Sainte Police et de la soldatesque, de l'injustice avec laquelle il interdisait « à nous, peuple de Rome » des postes de décision ; bien que semi-analphabète, il en avait même après la censure, et sa rage plus d'une fois avait mis Colombino mal à l'aise, l'obligeant à quitter la taverne. Bref, le Grand Vieux était le sujet le plus prisé au Cercle du Peuple, et s'il n'était pas encore mort, chaque matin on lui faisait sa fête, avec de savoureuses pasquinades, des billets satiriques déposés pendant la nuit sur les porches des églises et le piédestal des obélisques.

Le Nouveau Sardanapale, bienheureux sur son trône
Plus que du Christ, adorateur de Bacchus
Ne pardonne pas aux ennemis.

Après le fâcheux épisode de son arrivée, Colombino, d'une volonté implacable, avait voulu se donner une seconde chance, tout aussi infructueuse. À la troisième fois, en revanche, il avait esquivé de douloureuses conséquences. Cette fois-là, Colombino avait non seulement évité les claques à l'entrée, mais grâce aux conseils de C'te-Pitié – pour commencer, il valait mieux laisser à la maison son manteau en haillons, « j'veux même pas savoir qui t'a mis cette idiotie dans la tête », et emporter plutôt avec lui quelques pièces –, il avait obtenu un entretien avec un clerc au nez crochu et aux lunettes rondes. Mais plutôt que de le conduire au Saint-Père ou au moins à son secrétaire, le clerc l'avait fait asseoir et l'avait interrogé, transcrivant chacun de ses mots, et il s'en était fallu de peu qu'il ne donne l'ordre de le faire boucler avec les fous.

Il y avait eu une quatrième et une cinquième et une sixième et une septième tentative, une huitième plus récente, en mars, très rocambolesque, à l'occasion d'une cérémonie autour de la fontaine de Moïse, mais Colombino n'avait pas pu approcher le pape, escorté par un escadron de gardes costauds et hargneux, et il avait même essuyé des insultes et des coups de la foule venue mendier une bénédiction.

Mais il n'avait pas désespéré. Il avait accepté de travailler à mi-temps pour C'est-pas-d'l'Or en tant que charretier adjoint. Il n'avait aucune envie de perdre du temps, mais la compagnie des deux frères ne lui déplaisait pas – le silence de sa captivité à Savone avait laissé une marque indélébile – et il s'était entendu avec C'est-pas-d'l'Or pour livrer pavés et fourrage tous les matins. Astolfo, de nouveau à l'œuvre et avec un peu d'avoine à se mettre dans l'estomac, n'avait pas dit non, et tous deux allaient et venaient dans Rome. La ville leur donnait le vertige : gaillarde et irascible comme la terre sur laquelle elle se dressait, élan et déclin de petites montagnes et de plateaux, bosses qui partout, à bien y regarder, cachaient un fond de misère en même temps que l'indolente roublardise nécessaire pour y résister. Dans l'après-midi, une fois les livraisons expédiées avec la sollicitude apprise au titre de trimballe-merde, Colombino montait avec Astolfo au Quirinal. Là, il attendait, interrogeait les passants, tout ça pour planifier le moment où surprendre le Saint-Père ; infatigable, il ne perdait pas de vue son but, il le voyait seulement se faire plus lointain qu'il n'aurait cru la première fois qu'il avait passé le Tibre. Mais, terrible catastrophe, le 1er juin de cette année 1846, le pape s'était éteint !

« Pie IX ! »

À la mort de Grégoire XVI, alors qu'une pluie torrentielle inondait les rues et dévalait en petits ruisseaux au pied des immeubles, Colombino s'était réfugié en larmes à Santa Maria dei Miracoli et malgré la structure circulaire du lieu – dans sa vie, il n'avait connu que des églises rectangulaires et beaucoup plus petites –, il avait pu se recueillir, prier, parce qu'un pape qui mourait, c'était la fin du monde. Au soir, quand les maisons commençaient à sécher et à perdre cette grisaille indéfinissable que la pluie leur avait donnée, C'te-Pitié l'avait obligé à manger, « parce que l'Esprit saint ne remplit pas la panse », et n'assouvit rien du tout et, en effet, l'estomac rempli, Colombino s'était laissé réconforter et il avait renouvelé sa confiance en l'unique destin qu'il était capable de s'imaginer. Il ne fallait pas avoir peur, lui avait dit, rassurant, C'te-Pitié, se rendant à l'évidence que l'étranger, malgré le voyage dont il était fier, était au fond un grand nigaud. « Le conclave va venir. » C'te-Pitié avait expliqué qu'il s'agissait de l'élection du nouveau pape, et on était presque sûr que l'élu serait le cardinal Gizzi, le chouchou du Cercle du Peuple, qui ne jurait que par lui, convaincu que s'il accédait au Saint-Siège, il baisserait les impôts, à commencer par ce maudit fouage, et qu'il moderniserait la ville qui s'écroulait que c'en était une honte ; il l'équiperait d'une voie ferrée, grâce à laquelle on ferait des affaires avec la région !

Le 14 juin, sur la place du Quirinal, un petit groupe de fidèles, parmi les plus dévots, s'était rassemblé ; le précédent conclave ayant duré soixante-quatre jours, la plupart des Romains pensaient devoir attendre jusqu'en juillet au moins, et pourtant, dès le soir du 16 juin, une petite colonne de fumée laiteuse était montée au ciel pour annoncer au Seigneur la venue de son nouvel et premier apôtre, et ce panache de guingois avait rappelé à Colombino les lointains feux de la Saint-Joseph à Sacconago. Et comme les domestiques avaient laissé filtrer qu'ils devaient préparer la plus petite des trois parures que l'on époussetait pour l'occasion, tout le monde s'était dit que l'inespéré s'était produit : parmi les préférés, des *papabile* s'entend, le plus maigre était le cardinal Gizzi ! Or le lendemain, coiffé de la tiare, on avait vu se présenter à la fenêtre l'archevêque d'Imola, lequel avait annoncé prendre le nom de Pie IX, et la foule, au lieu de protester, l'avait acclamé, surtout parce que le nouveau pape n'avait pas la réputation d'être un réactionnaire, et puis il était jeune, il venait à peine d'avoir cinquante ans. Et son visage, quand il souriait, répandait des rayons de soleil.

« L'nouveau pape, Colombino ! » lui cria C'te-Pitié en lui donnant des coups de coude. « Il te recevra sûrement !

— Vraiment ? » Le garçon s'avança pour mieux voir l'admirable roi de Rome.

« Regarde-moi c'te gueule : bon comme du bon pain. Un type comme ça peut pas vouloir de mal ! »

Ce soir-là, au Cercle du Peuple, même le tavernier Ciceruacchio emboucha la trompette : une homélie émouvante qui déchaîna les applaudissements et les acclamations répétées. Tout le monde était sûr qu'une nouvelle ère commençait, aussi le lendemain, après avoir livré un nouveau chargement au Palatin, Colombino se présenta-t-il tout optimiste à l'entrée du palais pontifical. C'était la douzième tentative, et de nouveau les gardes l'éloignèrent brutalement.

« T'es vraiment trop impatient ! » lui dit C'est-pas-d'l'Or après le dîner, tandis qu'ils rentraient ; Colombino boitait à cause d'un coup de pied au tibia qu'il s'était pris dans l'après-midi, mais les deux amis firent tout de même quelques pas dans un petit carré de verdure constellé de grosses pierres et ravivé par des étincelles de lumière et les murmures de mystérieux amants. « Il vient à peine d'arriver, laisse-lui le temps.

— Vous trouvez, m'sieur Alberto ? » demanda Colombino qui avait besoin d'être rassuré, fasciné par les touches luminescentes des phalènes sur la toile grumeleuse de la nuit.

Monsieur Alberto lui plaisait. C'était un gars plutôt taciturne, et même s'il luttait chaque jour pour survivre de ses trafics, il possédait une sagesse de philosophe. Il avait cinquante ans et, cinq ans plus tôt, il avait perdu sa chère femme, qu'il évoquait rarement mais toujours avec une lueur dans les yeux, et dont il avait gardé un effroyable portrait dans sa cuisine, pour le regarder quand il faisait ses comptes ; ses deux enfants avaient émigré, et il leur écrivait de nombreuses lettres avec l'aide d'un copiste. C'est-pas-d'l'Or était un champion de la conversation, tant pour parler que pour écouter, et pendant les mois de vie commune, Colombino s'était plusieurs fois épanché sur ses vicissitudes : l'agonie de don Sante, l'hiver dans la fosse, la prison ; aucune allusion à Vittorina, qu'il cachait maintenant comme un grand secret. C'est-pas-d'l'Or, qui n'avait pas l'habitude d'en rajouter, avait été très impressionné par ses histoires ; si Colombino lui racontait la joie que lui avait procurée le maton Samuele au moment de le libérer, C'est-pas-d'l'Or, tout ému, lui donnait une tape sur l'épaule, et quand on passait aux nuits blanches pendant sa rage de dents en prison, voilà qu'il se mettait à rigoler. Il avait soupçonné Colombino d'y aller un peu fort, mais en voyant le petit doigt tordu qui, au dire du garçon, témoignait de la violence de certains carabiniers royaux de Gênes, il avait changé d'avis.

« Moi, j'sais pas ce que t'as dans la tête. Et ct'idée de voir le pape, ça me plaît pas. Mais chaque chrétien a ses raisons, et t'as sûrement les tiennes. » Il aurait voulu ajouter que lui comme son frère C'te-Pitié, ils se doutaient qu'il y avait quelque chose comme une femme là-dessous, mais il préféra remettre son idée à plus tard pour ne pas embêter Colombino. Au milieu des stridulations libidineuses des premières cigales, il dit : « Même si t'es passé par tout ce que tu dis, faut pas faire de tapage. Imite le mulet. Reste calme. »

Colombino se taisait.

« Laisse-lui le temps, au pape, tu verras que d'ici un mois, tu trouveras une occasion. »

Et l'occasion tant attendue se présenta précisément un mois plus tard, précédée par une nouvelle qui fit exploser le Cercle du Peuple et Rome tout entière.

« Tous libres ! »

Le nouveau pape avait décidé de prononcer une amnistie, et bien que l'événement ne soit pas chose rare, puisque chaque sainte élection apportait un geste d'indulgence, deux facteurs concoururent à lui donner un caractère exceptionnel. Tout d'abord, d'après les décrets cloués aux portes, on put lire que c'était une disposition généreuse : chaque détenu, du minable petit voleur à l'assassin parjure, avait droit à une remise de peine à condition de promettre de ne pas abuser de la grâce et d'apposer un X ou sa signature écrite comme il faut au bas d'une déclaration remplie d'avance ; les prévenus, les accusés en attente de jugement, et même les réfugiés politiques bénéficiaient eux aussi de la miséricorde pontificale. Le soir de l'annonce, la rumeur se répandit : au sein de la commission préposée aux décrets, beaucoup s'étaient opposés à une mesure si généreuse, mais le Saint-Père avait tenu bon, inspiré par un bon sens surhumain, si ce n'est divin.

« Au Quirinal ! »

Au Cercle du Peuple, l'enthousiasme fut contagieux, fracas de verres et trépignement frénétique. Tous les clients se mirent en chemin armés de fiasques, et Colombino passa une nuit blanche au milieu de visages auxquels il n'aurait pu donner un nom ; si la générosité de cette mesure ne le concernait pas, il voulut exprimer sa reconnaissance, parce que dire merci rend parfois content et confiant.

Quelques jours plus tard, l'infatigable Ciceruacchio apprit que le nouveau pape allait sortir pour une cérémonie et envoya son fils prévenir les habitués du Cercle ; il avait une blague de potache en tête et ni C'est-pas-d'l'Or ni C'te-Pitié n'osèrent se défiler. Colombino lui aussi fut embrigadé : « C'est peut-être l'occasion ! »

Voici qu'ils se plantèrent à un carrefour sous un soleil torride, et quand le luxueux carrosse pontifical passa sur le chemin du retour, la petite foule discrète courut à sa rencontre, refoulant les gardes qui l'escortaient. Ciceruacchio et C'est-pas-d'l'Or se mirent à crier pour que le quadrille se décroche, et bientôt, à la place des éclatants chevaux fouettés par le cocher, le carrosse fut tiré à bout de bras, au milieu des cris de joie et des bourrades qui secouaient sa carcasse de bois.

À bord, le Saint-Père souriait, en sueur, mais face à l'exaltation du peuple, qui pouvait être mal interprétée, la garde noble dégaina les épées ; elle renonça toutefois à intervenir quand elle comprit que la manifestation était spontanée et inoffensive.

« Vas-y ! » C'est-pas-d'l'Or, sa tignasse d'argent aux quatre vents, désignait la portière. « Maintenant. »

En attendant, Colombino avait bien pensé à la façon d'agir si l'occasion s'en présentait, mais là, il se sentait ahuri. Autour de lui, les gens se bousculaient, criaient afin que Pie IX leur fasse le plaisir de discréditer les infâmes « centurions », ces crapules dont la police se servait pour ses basses œuvres, des coups de bâton d'intimidation aux plus sournoises représailles : « C'est un massacre, Saint-Père ! Une vraie honte, dans votre ville ! »

Astolfo secoua ses grandes oreilles, donna un coup de museau à Colombino. Il lui désigna le carrosse.

« Qu'est-ce qu'il y a ? »

Le mulet lui refila un coup d'oreille et le dévisagea d'un air réprobateur, comme pour lui dire que s'il hésitait encore, il n'était vraiment qu'un couillon.

Alors Colombino rassembla ses forces et, serrant la boîte du Tempesta d'une main, se signa de l'autre. « Don Sante, aidez-moi, soyez avec moi. » Il s'approcha, sourd aux protestations des gens près de lui, pendant que C'est-pas-d'l'Or calmait ses compagnons avec un mensonge : « Laissez-le passer, il a un message important pour nous tous », en essayant entre-temps de détourner l'attention des gardes à côté du cocher sur le siège.

Colombino s'agrippa à la portière et la boîte du Tempesta raya le carreau de la petite fenêtre, que le Saint-Père avait fait baisser à cause de la chaleur étouffante. « Sa Très Sainte Sainteté », dit-il titubant, mais lorsque ce visage rond lui sourit et lui adressa un providentiel et rapide *Je te bénis*, il poussa un soupir. Il le regarda pour se donner du courage. Il était là, en chair et en os, avec ses pommettes proéminentes et triangulaires, ses yeux tombants comme une grimace triste. Il lui parlait.

Astolfo pendant ce temps suivait et surveillait un garde à cheval qui avait repéré Colombino ; C'te-Pitié abrutissait de compliments les deux soldats postés à l'arrière de la voiture : « Ils sont vraiment beaux, ces uniformes… »

À bord, sur les sièges d'étoffe ornés d'arabesques, deux hommes en soutane et un garde personnel s'inquiétaient, irrités par cette intrusion, et quand ils virent Colombino s'avancer plus à l'intérieur, ils perdirent patience et bondirent comme s'ils étaient une seule et même créature.

« Descends immédiatement ! » lui intima le prêtre le plus mince, le visage sinistre, tandis que la grosse croix dorée qu'il portait sur sa poitrine croisait un rayon de soleil et envoyait un scintillement déchirant.

L'autre curé, plus âgé, était assis à côté de la fenêtre. Corpulent, tondu, avec un double menton tout rouge, il commença à taper sur les doigts de l'intrus avec sa main pour essayer de le faire renoncer à son projet. « Allons, mon garçon ! »

« J'ai besoin d'un moment avec Sa Très Sainte Sainteté, je vous en prie. Cela fait six ans que je suis en pèlerinage ! » dit Colombino en levant le menton pour qu'ils remarquent sa barbe, si touffue qu'elle en témoignait.

« Arrière ! » hurla le garde en faisant comme s'il dégainait son épée, quoique gêné par le peu d'espace.

Par chance, le Saint-Père était d'excellente humeur. D'habitude, il ne raffolait pas des fêtes spontanées, mais l'affection des fidèles lui faisait chaud au cœur et allégeait surtout le poids de la responsabilité qu'à un mois de son avènement il sentait encore peser sur ses épaules, et qu'il fuyait par de longues prières à la Madone pendant ses nuits d'insomnie.

« Mes chers frères, allons, c'est une belle journée. Accordons un moment à ce garçon.

— Merci, Votre Très Sainte Sainteté », dit Colombino en montrant involontairement les dents après s'être reçu un coup dans les reins.

« Pourquoi pèlerines-tu depuis toutes ces années, mon garçon ? » voulut savoir le Saint-Père, plus par politesse que par curiosité.

Colombino avait joué et rejoué la scène dans l'étable de C'est-pas-d'l'Or avec Astolfo dans le rôle du pape, aussi, malgré l'émotion, il essaya de respecter son scénario : « Sa Très Sainte Sainteté, je viens demander votre intervention, parce que l'Évangile m'a enseigné que si on a la foi, il faut se tourner vers Dieu et ses apôtres. »

Les deux frocards manifestaient déjà leur indignation, mais le pape se montra plus attentif.

« Continue, dis-moi.

— Je suis orphelin et je voudrais épouser une fille, Vittorina, qu'elle s'appelle, mais sa mère ne veut pas me la laisser. Elle dit que j'ai rien à offrir parce que je suis un bâtard, un pauvre trimballe-merde, mais moi je jure que je l'aimerai et lui ferai honneur… eh ben, dans mes prières j'ai pensé que vous, Très Sainte Sainteté, vous voudriez bien accueillir ma supplique, alors, j'sais pas, peut-être que vous pourriez envoyer en rêve un saint à l'Emilia, pour qu'il lui dise que je traiterai sa fille comme il faut. Comme ça, je pourrai vivre heureux. Nous autres de Sacconago, on l'aime beaucoup saint Joseph ; il nous écoute toujours, et ce serait parfait pour… ?

— Mais qu'est-ce que tu chantes ? » l'interrompit le curé tout mince, horrifié que l'on puisse offenser le Saint-Père avec une frivolité et une demande invraisemblables, hérétiques presque ; si cela ne tenait qu'à lui, ce pouilleux serait le premier pensionnaire des prisons tout juste évacuées en attendant qu'on l'étripe au Vélabre.

« *Stultorum infinitus est numerus* », commentait pendant ce temps le gros curé, biblique, en s'épongeant le front avec un mouchoir.

« Va-t'en, descends ! » menaça à nouveau le maigrichon qui, d'un signe, invita la garde à faire passer par-dessus bord Colombino, cramoisi par son effort pour se cramponner.

« Du calme, mes très chers frères, je vous en prie », intervint alors le Saint-Père, intrigué par l'innocente allusion à saint Joseph. Heureuse coïncidence, il cultivait au fond de lui un très grand amour pour la Sainte Famille, et la moindre référence, exprimée avec un regard franc comme lui semblait celui de ce jeune garçon, l'attendrissait. D'autant que Colombino avait un accent qui disait les lointains dont il venait, que sa voix tremblait d'une très respectueuse crainte, et que ce visage laissait deviner les souffrances qu'il avait endurées le long du chemin. Sincère, en somme, lui apparaissait cet enfant vieilli par une grosse barbe vagabonde. Et puis après tout, on revenait d'une cérémonie et, en rentrant au Quirinal, on avait le temps d'écouter un peu les honnêtes gens, et même les étrangers ; le Saint-Père s'était promis de ne pas oublier sa mission première, pastorale, et encore moins maintenant qu'il portait la tiare. « Viens maintenant, je t'accorderai quelques minutes. Mais explique-toi plus clairement », lui dit-il en souriant et, dans un élan de bonté, il lui ouvrit la portière.

Les curés écarquillèrent les yeux, interloqués et dégoûtés par cet arrangement amiable auquel Colombino s'attendait encore moins, il chavira en arrière et se retrouva pendant quelques instants projeté au milieu de la chair transpirante et grondante de la procession.

« Traître !

— Mais qu'est-ce que tu fais ?! »

Colombino tint bon, ballant, donnant des coups de pied. « Courage mon gars ! », entendit-il crier C'est-pas-d'l'Or, si bien qu'il se donna du mal et, à la force des bras, repassa par-dessus la portière pour atteindre le fond moelleux du carrosse. Il se mit à genoux, tête baissée, ses paumes serrées l'une contre l'autre en signe de prière, la pointe du menton barbu effleurant la boîte forgée par le Tempesta.

« Donc, tu voulais épouser une femme mais la famille n'a pas voulu de toi, je dis vrai ? demanda le Saint-Père.

— Oui, dit Colombino. Vous dites toujours la vérité, Votre Très Sainte Sainteté.

— Tu as essayé de te faire apprécier selon les enseignements de Notre Seigneur ? l'interrogea-t-il, tout à coup sévère. En haïssant le péché ? »

Colombino ne voulait pas mentir et il y réfléchit quelques instants ; aucune infraction grave aux commandements ne lui revint.

« Je crois que oui, Votre Très Sainte Sainteté, j'ai suivi tous les conseils de don Sante, paix à son âme.

— Qui ?

— Le curé de mon village. Il me tenait lieu de père, il m'a élevé, et j'ai toujours cherché à ne pas le décevoir.

— Ah, dit le Saint-Père en fronçant les sourcils.

— Lui aussi, il voulait que j'épouse Vittorina, et je crois qu'il avait réussi à convaincre sa famille. Mais quand il est mort, tout a changé !

— Je comprends.

— La mère de Vittorina au début elle voulait bien de moi, puis un vilain mal a emporté don Sante, et elle n'a plus voulu de moi », résuma Colombino.

Le Saint-Père s'appuya contre le dossier, ferma les paupières. Impénétrable.

Pendant ce temps, à l'extérieur, la foule menée par Ciceruacchio s'échauffait ; la clameur était intarissable, le carrosse résonnait comme un tambour sous les paumes. C'est-pas-d'l'Or devait protéger la portière, parce que malgré l'enthousiasme estudiantin qui animait la procession, la vue d'un inconnu qui voulait jouer les fayots gâchait tout. Astolfo, de son côté, flairait le désastre et surveillait le cavalier de l'escorte, lequel, n'entendant pas de cris d'alarme venant du carrosse, semblait s'être calmé.

Colombino leva les yeux. Le Saint-Père avait encore les paupières closes. Son coup d'œil n'échappa pas à un des curés, le mastoc, qui le gronda et lui donna un coup sur la nuque avec son mouchoir trempé.

Le Saint-Père alors se reprit :

« Et tu as voulu venir jusqu'ici, délaissant ton pays pendant toutes ces années dont tu as parlé ?

— Oui, Votre Très Sainte Sainteté, pour parler avec vous. Si vous saviez ce que j'ai vécu ; mais j'ai rencontré tant de bons samaritains ; je voulais seulement demander votre intervention », dit Colombino avant de se mordre la lèvre. Il avait peur que ce *seulement* puisse sembler irrespectueux, aussi s'empressa-t-il de rapporter de manière incohérente tous les détails de sa propre existence dans l'idée de justifier au mieux sa supplique.

Le Saint-Père l'écouta avec patience, hochant la tête de temps à autre. Pur, le garçon se révélait pur et délirant, de cette pureté qui caractérise les idiots avec quelque chose de la folie inspirée des saints. Il l'observa avec attention. Il était négligé, laissait deviner en parlant le désintéressement et l'ingénuité ; un seul sentiment semblait le dominer, et ce sentiment lui avait probablement causé les malheurs dont il parlait. Il fallait le ramener en sécurité, parmi le troupeau.

« Tu dois reprendre courage. Avec la prière.

— Comment, Votre Très Sainte Sainteté ? »

Le Saint-Père ignorait qui avaient été les nombreuses personnes que Colombino avait rencontrées, mais il était certain qu'au lieu de le détourner de son projet, elles avaient rabaissé sa limpide, stupide espérance, et il n'avait pas le temps de chercher davantage où puisaient les racines de ce garçon. Il se dit que Colombino n'était pas venu à Rome mu par le simple amour pour une femme. Lui, plein de sagesse, comprenait qu'il était venu par foi et dévotion. La mort de ce curé avait indubitablement rompu un accord et avait laissé le garçon errer à la recherche d'un autre guide qui sût donner un sens à la joie et plus encore aux désillusions quotidiennes. C'est pourquoi il ne voulut pas lui mentir. Il voulut lui offrir sa sincérité et, plutôt que de le traiter comme un idiot, lui dire les choses franchement.

« Si cela n'a pas eu lieu, mon garçon, c'est par la volonté de Notre Seigneur.

— …

— Ce n'était pas l'affaire du Seigneur. »

La lèvre de Colombino commença à trembler, et une tristesse suffocante lui remonta à la gorge.

« Comment ?

— Dans l'admirable projet de Dieu, Vittorina ne t'appartient pas.

— …

— Elle ne t'appartient pas, mon garçon. »

Après les affres et la peine qu'il avait endurées, jamais il n'aurait accepté de s'entendre dire ces mots et serait sans doute devenu fou, mais, qui sait par quel mystère, son corps le trahit, la tension qui le portait se relâcha d'un coup. Presque comme si la main d'un fantôme s'était saisie de sa colonne vertébrale et l'avait ôtée sans le prévenir de la douleur. Celui qui lui parlait était Sa Très Sainte Sainteté, celui qui voyait tout depuis que le Père éternel se manifestait à lui. « Ce n'était pas l'affaire du Seigneur. » La voix répandait le calme. Le visage rond s'était maintenant fait magistral. « Tu dois prier, libérer ton esprit au nom de Notre Seigneur. »

Sa vue s'était brouillée, un fourmillement à la nuque lui donnait des vertiges. Il respirait, mais c'était comme s'il ne respirait pas. Sans vouloir se montrer insolent, il fut incapable de retenir les mots qu'il sentait appuyer contre son palais et sa langue.

« Mais moi, Vittorina, je l'aime », murmura-t-il.

Le Saint-Père prit une voix plus douce encore.

« Je sais, mais il ne faut pas gâcher l'amour dont Dieu t'a rendu capable en ne pensant qu'à toi. L'amour est noble, et pour l'être, il doit s'adapter à la volonté de Notre Seigneur. Tu dois vivre selon ses lois et non vouloir connaître ses desseins. Glorifie la vie qu'il t'a accordée. »

Colombino pleurait.

« La famille de cette femme a considéré que tu ne convenais pas, c'est la vérité ?

— C'est la vérité », s'efforça de répéter Colombino, secoué par les sanglots.

« Alors tu dois faire confiance à la sagesse dont le Seigneur les a dotés.

— Mais don Sante...

— Avec le tout le temps qui s'est écoulé, la femme dont tu parles a sûrement été mariée à un autre, qui la respectera autant que tu le souhaiterais.

— Mariée à un autre ? Qui ? » fulmina Colombino.

Le gros curé ne pouvait plus se taire :

« Ne parle pas sur ce ton au Saint-Père ! »

Colombino secoua la tête pour retrouver ses esprits, aspergeant l'assistance de sueur et de larmes.

Le carrosse freina brusquement. On était sur la place du Quirinal. Au-dehors, les voix s'élevaient, acclamaient un salut du pape Pie IX.

« Je voulais seulement que vous envoyiez à l'Emilia une vision, de quoi lui faire comprendre que j'aurais fait honneur à sa fille », balbutia Colombino. Il serrait la boîte du Tempesta ; les veines de ses mains étaient toutes gonflées.

« Regarde-moi. »

Colombino leva les yeux avec une immense peine.

« *Te benedico in nomine Patris, Filii et Spiritus Sancti.* »

Colombino fit le signe de croix. Il espéra ressentir la bénédiction dans son cœur. Cela n'advint pas.

« Ça servira ? susurra-t-il.

— Cela servira », lui répondit le pape, rassurant, bien qu'il n'apprécie pas du tout que l'on doute de la puissance du Seigneur qui descendait par son infaillible main. Mais le jeune barbu cependant avait de la ferveur, et le Saint-Père ne voulait pas le blesser. Il devait l'apaiser en lui indiquant une voie.

« Ne gâche pas ton sentiment. C'est un beau cadeau. Emploie-le pour servir le Seigneur. Ne regarde pas en arrière, trouve sur ma terre la vérité de saint Joseph et de la Madone. Prie dans nos églises. »

Puis son regard tomba sur cette pomme de fer que Colombino serrait contre lui.

« Et libère-toi de tout vice idolâtre. Revêts-toi de ta seule foi. »

Colombino l'écoutait à peine, secoué de frissons semblables à des coups de nerfs. L'espace entre les sièges du carrosse était étroit, à la fois surchauffé et glacial, et il voulut se prosterner. Malgré le respect que don Sante lui avait appris, il osa allonger la main sur la robe du Saint-Père – dans certains passages de l'Évangile, cela suffisait ; un seul contact pouvait parfois guérir tous les maux.

« Mais que fais-tu, malheureux ! » hurla le curé maigrichon.

Colombino ne l'entendit pas. Ses oreilles résonnaient des mots que don Sante lui avait dits au presbytère : *Pense à ce qui te permettra de vivre une vie honnête, dévote, heureuse.* On lui apprenait maintenant que son bonheur ne s'incarnait pas dans Vittorina. Et puisque la quête de ce même bonheur avait nourri son monde, les mots de don Sante, plus sincères que jamais et indubitables pour lui, si croyant, effritèrent la terre et ouvrirent sous ses pieds un gouffre abyssal.

Quand la garde ouvrit grand la portière du carrosse et le ficha dehors sans trop de politesse, Colombino tomba sur le dos. Il ne se sentit pas sombrer. Il avait déjà sombré et, en s'agrippant à la boîte du Tempesta, il parvint enfin à l'abîmer un peu, par la seule et désolante force de sa désillusion.

TROISIÈME PARTIE

Le cœur las

Storta va deritta vene,
Sempre storta nun pò gghì[1].

Proverbe napolitain

1. Ça ne peut pas toujours aller mal.

I

La mouche à merde bourdonne et tournoie opiniâtrement, et pardi, on ne s'explique pas ce qui peut bien l'agiter ou l'exciter ainsi. Toujours est-il qu'Astolfo, pour des raisons de race avant tout, parce que la race, toute bâtarde qu'elle est, reste une race, s'y connaissait en matière d'entêtement. Mais ronde après ronde, le cercle vrombissant que traçait la mouche, toujours le même, ininterrompu, vraiment Astolfo ne le comprenait pas plus, en vérité, qu'il ne le souffrait. Il ne l'avait pas compris dans la touffeur des étés de Sacconago, quand la mouche de service troublait son sommeil dans cette étable qu'il regrettait un peu, et il continuait à ne pas le comprendre là, en ce moment bucolique, tandis que les premières bouffées de l'hiver faisaient chanter les branches à moitié dévêtues et racornissaient les feuilles. Si bien que, avec ses grandes pupilles noires, Astolfo déclinait tout un répertoire de regards qui allait de l'amoureuse appréhension à l'hostilité féroce, à savoir de son patron à la mouche, laquelle tournait pour la énième fois à hauteur de ses naseaux pour reprendre la route vers sa croupe velue et finalement son derrière. Bien sûr, méditait Astolfo, si la mouche s'était lassée de ses œillades farouches, elle aurait pu répliquer sans tourner – cette fois-ci – autour du pot, que s'entêter à reparcourir ce vrombissant itinéraire ne se différenciait pas, ou si peu, de l'entreprise du mulet et de son patron, qui consistait à rebrousser chemin vers le nord. La révélation fut si inattendue que pendant un instant Astolfo se figea, en proie au doute. Heureusement, le mulet ne se laissait pas facilement abattre, aussi secoua-t-il vigoureusement ses grandes oreilles afin d'ôter la poussière de cette idée. Car bien différente était l'essence des deux pérégrinations, déjà par le principe fort élémentaire que la mouche à merde était seule, une entité, alors que lui et Colombino étaient deux. Et peu importait que le verbe fût par une loi de la nature interdit à Astolfo et qu'il eût été dérobé à Colombino après l'humiliation de sa rencontre avec le pape. Tous deux se comprenaient et s'accordaient si bien qu'ils n'avaient pas besoin de mots ; ce qu'ils avaient à savoir l'un de l'autre, ils le devinaient : ensemble ils étaient partis, ensemble ils poursuivraient la route vers Dieu sait où. C'est seul, en fait, qu'à force de zigzaguer et virevolter on finit un jour par se perdre et par sombrer. Ensemble, on est obligés de se regarder, de s'interroger, jusqu'à ce que le regard d'un des deux, en se détachant de son compagnon, rencontre l'horizon, et dans l'horizon, un nouveau but – en la matière, Colombino était passé maître. Un but à conquérir à deux, en se reposant juste ce qu'il faut, parce que les pas conjugués réduisent de moitié la fatigue. Si chagrin partagé ne vaut pas toujours demi-joie, chagrin partagé vaut bien demi-chagrin, et ça, Astolfo en était si sûr qu'il fut presque tenté de braire ses quatre vérités à cet emmerdeur céleste, histoire de l'abasourdir par cette bouffée de bon sens. Mais comme cela aurait dérangé Colombino qui somnolait, il en décida autrement. Et d'un cinglant coup de queue, il tua net la mouche.

*

« Tu débarqueras à Gênes, mais si je devais rester ici plus longtemps que prévu, tu iras à Nice. Il y aura ma mère, ne t'inquiète pas. Elle doit mourir d'envie de vous embrasser.

— Oui. »

Aninha n'osa pas manifester ce qui la troublait et l'embrassa, elle voulait sa saveur sur ses lèvres, puis elle sortit main dans la main avec Domío. Le petit avait eu sept ans en septembre, il débordait de santé, et comme il avait été très attaché à sa petite sœur, il accompagnait volontiers – si l'on peut dire ainsi – sa mère sur la tombe de Rosita. Malgré la touffeur de l'été austral, car décembre touchait à sa fin et le soleil brillait de tout son éclat au-dessus de la baie, Domío voulut cueillir en chemin une immortelle, jaunâtre et velue, en sachant qu'elle se fanerait en une heure.

La pierre tombale reposait dans un cimetière de terre battue aux marges de la ville, une pierre brute et claire, minuscule comme pour évoquer la petitesse physique de la créature défunte tout en rappelant par cette matière dure la douleur de la perte. Aninha y allait toujours à contrecœur, parce que au fond d'elle-même, elle se remémorait Rosita chaque matin, récitait une prière le soir, tandis que la pierre n'exprimait que le trépas et l'agonie, jamais l'allégresse que la petite lui avait procurée par sa présence. Les rires perçants dans la cour de la calle del Portón, les applaudissements frénétiques dès qu'un Italien se mettait à gratter sa guitare, l'odeur de crème acidulée qui émanait de sa peau, ce bruit de succion avide dans les tétées, et ses yeux ronds et noirs comme les siens, cette pose vaniteuse qu'elle prenait quand José avait décidé qu'un brillant peintre émigré réaliserait une miniature de son épouse. La pierre tombale taisait tout cela, mais ce jour-là Aninha y allait d'un pas décidé, comblée d'amour et donc de tristesse, comme quelqu'un qui doit affronter une douleur inconnue mais forcément grande puisque c'est un adieu. C'était le 23 décembre de l'année 1847, la date marquait l'anniversaire de la tragédie qui, deux ans auparavant, lui avait pris sa fille, et le pire, c'est qu'Aninha s'apprêtait à laisser le petit corps croupir là, dans cet hémisphère du monde : elle et ses trois enfants partaient, et José, depuis que le bateau ligure *Carolina* avait jeté l'ancre dans la rade du port, ne faisait rien d'autre que tempêter et la rassurer, lui répétant de ne pas s'inquiéter. En Italie, on l'accueillerait avec les égards qui lui étaient dus.

Ils étaient revenus à Montevideo depuis plus d'un an, mais Aninha avait presque manqué de temps pour dorloter les enfants et reprendre possession de la maison, puisque le cyclone dont José était l'œil tourbillonnant s'était de nouveau abattu, mettant tout sens dessus dessous, un cyclone qui avait pris tant d'ampleur et de puissance qu'il menaçait d'inverser les points cardinaux.

Au tout début, Aninha avait pu opposer à la violence des nouvelles une relative sérénité, presque suffisante, parce qu'elle se sentait physiquement bien malgré le fait qu'elle avait donné entre-temps naissance à un autre petit garçon que José, en hommage à Dieu sait quel héros fusillé dans la ville « italienne » de Cosenza, avait tenu à baptiser Ricciotti. C'était leur quatrième enfant, il incarnait l'exténuante expérience à Salto, la résistance exaltante, le sentiment qui avait réveillé Aninha de la torpeur de la perte. C'était l'enfant des nuits où elle et

José s'étaient retrouvés une fois de plus sur un matelas qui n'était pas le leur et, pour lutter contre la fatigue, s'étaient possédés dans l'obscurité, se décrassant dans les humeurs de la puanteur des jours de guerre sous le regard attentif de Guerello qui, en digne mâtin du *Diablo*, ne le perdait jamais de vue, prêt à bondir et à montrer les dents au premier emmerdeur ou malfaiteur.

Rassurée par sa quatrième grossesse, Aninha s'était sentie tellement forte à son retour à Montevideo qu'elle avait fini par sous-estimer ces effluves de tempête imminente, parfum de pluie violente avant qu'elle ne tombe, trop occupée qu'elle était par les tâches auxquelles elle avait dû faire face. Sebasta l'Indienne, en son absence, avait définitivement clos ses paupières ridées, sans ajouter d'autres rides à celles qui égrenaient les années sur son visage comme les anneaux d'un arbre, puis une semaine après son enterrement, c'était le cœur du mari de Feliciana qui avait lâché ; aussi, entre consoler l'amie et s'occuper des enfants sans l'aide de la vieille nounou, Aninha avait étouffé tous ses doutes malgré elle. Mais elle n'avait pas oublié les mots de José à Salto. Elle savait que c'était là, en Italie, que le destin les mènerait enfin, et depuis son retour calle del Portón, elle avait reconnu des indices évidents qui tous annonçaient l'approche du départ.

Tout d'abord, la liasse de lettres que GianFarinata avait déversée sur la table et qu'il avait lue à voix haute sur l'insistance de José, presque ému à certains passages, furieux à d'autres, tandis que le Général arpentait la pièce, raide et batailleur, claquant des talons pour manifester le bouillonnement du sang dans ses veines, agitant ses mains comme s'il était déjà prêt à s'en servir. Chaque semaine, en même temps que de nouvelles missives, des journaux arrivaient avec des informations en provenance d'*Urope,* vieilles d'au moins deux mois, et il n'était pas rare que sur le quai du port, dans l'attente des pages tant désirécs qui débarquaient avec les cargaisons, on se bouscule tant que quelques Italiens finissaient par tomber à l'eau. Le soir, légionnaires et sympathisants se retrouvaient à l'entrepôt du commandement de la Légion pour se triturer les méninges et rêver de voir se propager les feux qui crépitaient « de par le Continent » ; les plus fidèles venaient toujours boire une dernière goutte calle del Portón, où ils restaient tard et riaient à s'en décrocher la mâchoire, au risque de se faire mordre par Guerello, qui avait très vite pris possession de la cour et pissait généreusement pour marquer son territoire.

Les soupçons d'Aninha s'étaient accentués quand José avait été nommé chef de toutes les forces de défense de la République orientale. La promotion avait fait grand bruit à Montevideo, d'autant que c'était la première fois qu'on proposait ce grade à un étranger, et les mauvaises langues et les opposants s'étaient empressés d'attaquer et d'accuser José, lequel n'avait pas fait preuve de son habituelle réactivité. Comme s'il se désintéressait de ce tapage calomnieux autant que de voir sa solde augmenter ; José lui avait donné l'impression, en fait, de ne plus être capable de se passionner pour le destin de la République orientale, dont il parlait d'ailleurs rarement et avec de plus en plus d'amertume. Il se désolait pour la population à laquelle il se croyait fraternellement lié, et décrivait la capitale comme un nid de serpents et de charognards, une auge pleine de restes disputés à l'infini, autant de récriminations auxquelles Aninha ne comprenait rien, et ne voulait rien comprendre.

Au mois de février de cette année-là, alors que Ricciotti poussait son premier cri dans la clameur de la calle del Portón, une lettre était arrivée pour informer José de la mise en place en Italie d'une souscription publique en vue d'acquérir des médailles d'argent pour les légionnaires qui avaient refusé une récompense du gouvernement uruguayen après les prodigieuses victoires de Salto, mais également une épée en or pour le valeureux « Héros Garibaldi ». Avec la promesse, au cas où il rentrerait dans sa patrie, d'une armée prête à obéir à ses ordres et à se battre courageusement. Cela avait été le début de la fin. Depuis, José était obnubilé par son retour, pris d'une impatience qui l'empêchait de dormir et le glaçait au lit ; il se faisait du mauvais sang, car il espérait pour lui et pour les légionnaires un grand rôle dans la guerre de libération en Italie, et s'ils ne trouvaient pas un moyen pour partir, ils arriveraient trop tard.

« Maman, quand est-ce qu'on reviendra voir Rosita ? » Domío avait déposé la fleur au pied de la tombe et donné un baiser sonore à la pierre pourtant brûlante à cause de la canicule ; il regardait sa mère.

Aninha sentit un voile de larmes mouiller ses yeux. Elle ne voulait pas lui répondre. Elle ne pouvait pas lui dire la vérité. Depuis des années, José parlait de l'*Urope*, et s'il y remettait les pieds, c'était évidemment pour y rester.

« Un jour ou l'autre on viendra dire une prière. »

Lui mentir fut moins pénible que cela ne l'avait été la première fois, dans la cour de la maison, quand elle avait surpris Domío en train de creuser un trou avec un poignard oublié par un ami de José. Le petit plantait rageusement la lame, le corps plié en deux, à genoux, avec à côté de lui un paquet fait avec les journaux laissés par GianFarinata : il avait emballé le manteau de *capitão* Vesuvio pour qu'il ne s'abîme pas. D'après ce que lui avait dit Feliciana, le petit avait arrêté de le mettre quand ses parents étaient à Salto ; peut-être se croyait-il trop grand pour y jouer, et puis ses amis se moquaient de lui s'ils le voyaient ainsi accoutré, mais il le gardait comme le plus précieux des cadeaux. Chaque soir, il le sortait de la malle, où il était entreposé avec le petit cheval de bois de Teresita et quelques jouets offerts par les Italiens, pour le caresser et le replier soigneusement après l'avoir dépoussiéré. « Qu'est-ce que tu fais ? » « Rien. » Il était en train de le cacher. Il l'enterrait pour pouvoir le retrouver. Parce que c'était là qu'il était né. Aninha l'avait laissé faire, effrayée au début qu'il puisse se blesser avec le poignard, puis elle lui avait conseillé d'enduire le paquet avec un peu de saindoux et de le recouvrir de feuilles épaisses, fibreuses, pour qu'il ne s'imbibe pas d'eau après chaque tempête. Cet après-midi-là, elle n'avait pas eu le courage de lui avouer ce qu'elle redoutait et s'était contentée de piquer sa curiosité avec une phrase sibylline, histoire de soulager un peu sa conscience : « Peut-être que tu verras le vrai Vésuve. D'après ton père, il crache le feu. Ce sera si beau que tu en oublieras ton manteau.

— Non. Je l'oublierai jamais. J'irai le chercher dès qu'on reviendra. »

Domío n'avait pas envie de partir, et comme Teresita l'imitait, elle n'en avait pas envie non plus. Ils étaient fils de l'Amérique du Sud, leur maison était là. Ils en possédaient la langue, l'odeur du soleil du Sud imprégnait leur peau, en déterminait la couleur. Ils n'étaient pas prêts à abandonner ce monde, mais Aninha était sûre qu'ils en seraient capables ; elle les guiderait, elle qui la première avait abandonné Laguna et toute une existence, sachant que José la mènerait Dieu sait où, mais loin. On est partout chez soi, tant qu'on a à ses côtés une personne aimée.

« Adieu Rosita, ma petite fille », susurra Aninha en se forçant à retenir ses larmes.

La nuit de la Saint-Stéphane, Aninha et José se retrouvèrent sur la terrasse. Depuis la baie, on sentait monter une bouffée de vent qui rafraîchissait l'atmosphère. Alentour, les cigales stridulaient, des vagues noires haletaient à la surface de l'eau, le ciel crissait de chauves-souris friandes de moustiques. Aninha avait passé l'après-midi à essayer de convaincre Feliciana ; l'année de son veuvage, l'amie avait retrouvé un certain enthousiasme à la vue de ce légionnaire amputé et ami de José, Leggiero, et plus rien ne la retenait ici, à part une mère âgée et isolée à Salinas : « Pourquoi ne viens-tu pas avec moi ? Cela me ferait plaisir, on se tiendrait compagnie. » Mais Feliciana, qui n'avait pas l'esprit d'aventure d'Aninha, n'avait pas accepté.

« Quand nous rejoindras-tu ? »

Domío, Teresita et Ricciotti dormaient à l'étage en dessous ; bientôt, ils allaient se réveiller ; on larguerait les voiles à l'aube.

« Au plus tard d'ici une semaine. Le temps de trouver l'argent pour le bateau.

— Alors pourquoi je ne peux pas attendre ?

— Parce qu'ils pourraient nous attaquer, Anita. Une fois débarqués, il faudra se battre, peut-être même en mer, et je ne veux pas que toi et nos enfants risquiez votre vie.

— Et le chien ?

— Je le prendrai avec moi. Lui et le Maure s'entendent bien.

— …

— Ne sois pas triste. Nous commencerons une nouvelle vie.

— Chaque jour avec toi est une nouvelle vie… »

José prit cela pour un compliment, mais il y avait peut-être dans la voix d'Aninha une pointe d'amertume.

« Si je dois partir, je veux partir avec toi.

— Nom de Dieu, Anita, comment dois-je te l'expliquer ? Ét puis tu ne pars pas toute seule, les femmes des autres légionnaires viennent aussi.

— Je me fiche de ce que font les femmes des autres. »

Ils se turent puis s'enlacèrent, mais avec une certaine gêne et, une fois couchés, ils ne s'accordèrent pas le luxe familier d'une ultime nuit. Dans le demi-sommeil, ils restèrent à s'écouter respirer l'un l'autre au cœur de l'obscurité qui pâlissait d'heure en heure. À l'aube, il fut tard pour tout.

Avant même de frapper à la porte, Andrea le Maure et Leggiero furent annoncés par les aboiements de Guerello qui courait à travers la maison comme un fou.

« Général, vous êtes prêts ? »

Ils avaient insisté bien que ce ne fût pas nécessaire, car l'occasion était grave, et c'est de bon cœur qu'ils traînèrent une carriole jusqu'au quai. On y avait chargé les deux malles, tous les effets personnels de la famille et d'Aninha, laquelle, sans accepter d'excuses, s'était fait donner la longue-vue de José avant de dire adieu à la maison de la calle del Portón en caressant le puits et le chambranle de l'entrée sans que les enfants s'en aperçoivent : « Si tu viens si vite, tu n'en auras pas besoin. » L'idée que l'œil de José puisse intercepter d'autres chairs grâce au diabolique instrument ne la laisserait jamais en paix.

Le *Carolina* était amarré, le soleil se levait sur les flots pourpres qu'il embrasait de biais, et le vent tendait déjà les voiles. Le Gros et Leggiero embarquèrent les malles pendant que les familles des légionnaires en partance faisaient leurs adieux sur le quai.

« Ma mère t'accueillera à bras ouverts.

— Je sais. »

José l'accompagna à bord et donna un baiser à chacun des enfants. Domío et Teresita avaient les yeux rouges de tristesse, Ricciotti faisait un sourire édenté.

« Anita, je…

— Oui, moi aussi », dit-elle en dévorant ses mots et elle se serra contre lui, regardant au fond de ses yeux de miel et de blé.

Ils s'embrassèrent et l'équipage lança quelques commentaires effrontés, suscitant la réaction exubérante de Guerello qui se mit à grogner sur le pont et à pisser sur les amarres et les barils.

« Viens vite.

— Plus tôt que tu ne le crois… et prends ça. »

Il lui tendit une lettre.

« Quand tu arriveras à Gênes, un ami viendra te chercher. Tu la lui remettras. »

Il ne restait plus qu'à se dire au revoir.

« Adieu.

— Au revoir. »

Le claquement des vagues escorta le bateau qui quittait la baie et virait au nord.

« Je viendrai bientôt, dit José à la mer.

— Tu viendras », lui répondit en écho Aninha du haut du pont. Elle tenait Ricciotti dans ses bras et serrait la main de Teresita, qui entrelaçait à son tour les doigts de Domío. Les enfants voyaient Montevideo se transformer en souvenir, glisser au loin à la vitesse de la mer. Pendant ce temps, elle disait : « Tu viendras vers moi, comme tu as fait à Laguna. » Elle revenait au passé, soulagement et tourment, tout en méditant à ce que leur réservait le futur – pirouettes de l'esprit dans un jeu fragile et jonché d'obstacles. Il fallait de la patience. Il ne lui restait plus qu'à espérer en l'*Urope*.

*

Le désœuvrement n'est rien d'autre qu'une recherche insensée, une embardée effrénée entre désillusions et opportunités, puisque, une fois coupé de ses racines, on va comme un fût à la dérive, tout moisi et ramolli, qui s'agrippe dès qu'il peut à une prise, peu importe si elle est fiable ou improbable, pourvu qu'elle soit assez solide pour résister à la merci du courant. Et si, dans son désœuvrement, on se cogne contre deux lèvres tendres et qui embaument l'herbe, la dérive s'intensifiera jusqu'à vaincre l'inertie de la fatigue, cette même fatigue qui s'empare de chaque vivant quand, dépouillé du but qui l'animait et donc du sens de son existence, il se trouve démuni. Privé de l'armature invisible que l'enthousiasme sait bâtir autour du corps de chacun.

« N'y va pas ! »

Cette fois-ci, il partait sans manteau, au cœur d'un nouvel hiver, dans la neige qui craquait. Les mois qui le séparaient de cet août de malheur étaient maintenant en nombre funeste et propice, puisque là, dans la région qu'il laissait, le dix-sept rappelait avant tout le *VIXI* gravé pour défier le temps sur les tombes des Romains qui l'avaient précédé mais, selon une sagesse beaucoup plus ancienne, dénigrée et pourtant enracinée au cœur de la chrétienté, il désignait aussi une mystérieuse prospérité. Colombino n'attribuait pourtant à ce départ aucune signification ; il s'agissait d'une réaction. Épuisé par l'immobilité d'une méditation exsangue et accablé par un sentiment de culpabilité jusque-là inconnu, il s'en remettait au mouvement. Ses membres l'invitaient à se rétablir. Pas encore débridé, mais beaucoup moins timoré.

« Colombino, je t'en prie ! »

Sabina lui courait après le long de la pente qui menait au littoral, mais Colombino s'éloignait, sourd, le dos tourné, enfonçant ses pieds jusqu'aux chevilles dans la neige en soufflant. Astolfo, lui, se retournait de temps à autre ; il avait retrouvé dans la vie champêtre un peu de tranquillité, malgré les grosses mouches tenaces, et il s'affolait déjà à l'idée de ce que lui réservait cette nouvelle aventure avec son patron qu'il n'aurait toutefois jamais abandonné.

Colombino et Astolfo avaient remonté les collines de la Tolfa vers la fin d'un infâme mois d'août. Ce mois, l'un l'avait passé à attendre sur les parvis et dans l'étable de C'est-pas-d'l'Or, l'autre réfugié dans la fraîcheur des églises. La rencontre avec le pape avait assommé Colombino comme une bastonnade au crépuscule, un coup en traître qui nous renvoie à la nuit, abasourdis et sans repères et, depuis le début, à la fois par habitude et pour suivre les conseils du Saint-Père, c'était devant les autels que le garçon était retourné ; Pie IX en personne lui avait suggéré de rester, de chercher la vérité dans les églises de Rome, et Colombino avait bien essayé.

Ç'avait été le sage C'est-pas-d'l'Or qui l'avait sauvé de la foule acharnée qui là, sur la place du Quirinal, l'avait encerclé et malmené à coups de pied pour lui faire payer sa prétention ; monter en voiture et offenser le pontife qu'ils avaient porté à bout de bras à travers la ville ! « La sale race de tes ancêtres ! » Pour le tirer de là, C'est-pas-d'l'Or et C'te-Pitié avaient dû taper et risquer eux aussi un coup de couteau, obligés de hisser le garçon sur le dos d'Astolfo ; Colombino ne tenait plus debout, il sanglotait les yeux fermés, et bien qu'il ait les mains prises par cette absurde pomme de fer-blanc qu'il portait autour du cou, il avait fini par s'accrocher à la bête, laquelle avait fait claquer ses sabots en dévalant la colline : « Attrapez-le ! » C'est-pas-d'l'Or jouissait d'une solide réputation auprès des plus farouches habitants du Trastevere – Ciceruacchio le tavernier le considérait comme un frère –, aussi avait-il su réparer le tort avec les propositions les plus avisées qu'on avait jamais entendues dans l'*Urbs ;* il avait mis deux semaines à rassurer le Cercle du Peuple, et la clairvoyance commerciale qu'il avait dispensée aux autres s'était retournée contre lui ; ses concurrents avaient fini par lui rafler plus d'une affaire.

Réfugié dans l'appartement de C'est-pas-d'l'Or, Colombino avait refusé toutes les gâteries, jusqu'aux meilleurs abats immolés en son honneur, mais C'te-Pitié ne s'était pas résigné, parce que ç'aurait été trahir son nom et, avec un scrupule admirable, il l'avait convaincu de croquer de juteuses tranches de pastèque afin de se désaltérer. C'est-pas-d'l'Or, quant à lui, l'avait interrogé à plusieurs reprises. Il frappait à la porte de la petite chambre de Colombino avec obstination, entrait sur la pointe des pieds et s'asseyait sur le tabouret à côté du lit ; il posait sa main sur le dos du garçon qui inondait son lit de larmes. Il lui parlait pour le convaincre de lui dire ce qui le rendait si triste, histoire de se libérer d'un poids et de trouver du réconfort, mais Colombino se taisait, retranché dans un profond silence.

Au fil des jours, ses sanglots s'étaient transformés en de tendres plaintes et ses membres s'étaient détendus, jusqu'à ce matin – c'était un 15 août – où Colombino s'était présenté dans la cuisine et avait déclaré renoncer à son emploi de charretier : « Je ne peux plus, je suis désolé. » Il avait posé sur la table de C'est-pas-d'l'Or la menue monnaie qui lui restait de monsieur Mandén et avait déclaré, abattu : « J'ai besoin de rester encore, mais je voudrais vous payer le logement, pour moi et pour Astolfo, m'sieur Alberto. Si vous voulez toujours bien m'héberger, même si je ne travaille pas. » C'est-pas-d'l'Or n'avait pas eu le courage d'empocher les économies de ce pauvre garçon qui s'était mis à marcher tout courbatu et épuisé comme un vieillard, malgré l'insistance de Colombino : « Vous êtes bon, et je ne veux pas abuser ; don Sante m'a enseigné que la miséricorde mérite une obole. » Puis il s'était plongé dans la chaleur torride de la rue. Où qu'il tourne son regard, il tombait sur un clocher, si bien qu'il avait couru toutes les églises et plongé ses doigts dans tous les bénitiers de marbre, regardé au-delà de la moindre grille de confessionnal. Mais chacun de ses gestes était boiteux de naissance, comme quand on approche ses lèvres d'un morceau alors qu'on a l'estomac noué. Sur la surface de l'eau bénite, il revoyait le visage blanc de Vittorina envahi par ses cheveux crépus et noirs, et la voix de chaque passant devenait la sienne ; même le grincement des bancs scandait les syllabes de sa voix enrouée par la suie et la poussière de tissu qui montait du métier à tisser. Don Sante l'avait élevé dans la foi et, ne sachant où regarder, c'est à elle que Colombino s'était adressé avec la constance propre à la désespérance pour affronter l'amère vérité que le Saint-Père lui avait révélée. *Ce n'est pas l'affaire du Seigneur. Ne gâche pas ton sentiment. C'est un don important. Emploie-le pour servir le Seigneur. Ne regarde pas derrière toi, trouve sur ma terre la vérité de saint Joseph et de la Madone. Prie dans nos églises.*

Il s'agenouillait : « Saint Joseph, je t'en prie, explique-moi », mais à la différence d'autrefois, ses rotules lui faisaient mal ; s'il fermait les paupières pour se concentrer, le visage du Saint-Père en calèche lui apparaissait, avec ses yeux tristes qui se confondaient avec les yeux radieux et bovins de Vittorina, et alors cette question revenait le hanter : « Mais à qui on l'a donnée à marier, saint Joseph ? C'est pas vrai, dites-moi que c'est pas vrai… » Une plaie s'ouvrait lentement dans son cœur, entre amour et dévotion, et c'était comme si, chaque jour, deux mains – l'une soyeuse, l'autre velue et aveuglante à cause de son anneau d'or – au lieu de le soigner, s'engouffraient dans la trouée sanguinolente, en saisissaient les deux bords pour les écarter toujours plus, exposant les tissus et les nerfs au risque d'une infection. Et quand bien même l'idée de Vittorina mariée à un autre – « Qui c'est, saint Joseph, qui c'est ? Non, non, non… » – le taraudait, Colombino était incapable de saigner. Il ruminait, anéanti et furieux, essayant de s'imaginer celui qui avait revêtu le costume du mari qu'il avait depuis longtemps cousu à sa propre mesure, mais son nez ne versait pas une goutte de sang. C'était une étrange nouveauté, l'évidence que quelque chose s'était brisé : quel que soit le tumulte qui se déchaînait dans son crâne, quel que soit le paysage de pensées qu'il cartographiait dans la solitude, qui que soit l'homme qui endossait le rôle sacré qu'il avait voulu sien, Colombino ne sentait plus la saveur cuivrée d'autrefois, pas plus qu'il ne retrouvait sur la pointe de sa langue le filet qui coulait de ses narines. Souvent, il désirait que le tourbillon noir d'antan s'empare de sa conscience et la fasse disparaître. Il aurait pu accepter la mort, mais il ne songeait pas à s'ôter la vie ; il avait déjà refusé cette idée du temps de la prison, et la boîte du Tempesta, admirable aimant, éloignait de son cœur l'audace de franchir le pas décisif en se jetant au milieu d'une route pour finir écrasé par une voiture, elle faisait taire l'appel mélodieux des pierres le long du Tibre afin que Colombino n'en accroche pas une autour de son cou. La catastrophe était si grande que même Astolfo était abattu. Son patron avait perdu l'odeur de la vie, mais le parfum de la mort ne flottait pas encore autour de lui.

« N'y va pas, je t'en prie ! »

Ç'avait été une merde, une sainte merde, qui l'avait convaincu de partir. Vers la fin du mois d'août, en se promenant en ville pieds nus le long du fleuve, accablé et affligé par le mal de tête, sale comme un peigne, il avait senti tout à coup des tentacules mous et visqueux s'enfiler entre ses doigts de pied et lui avaler la patte. Une averse estivale arrivait de l'ouest, gris et indigo sur la mer, l'odeur de pluie était proche, et la puanteur de l'excrément sous son pied avait fait comprendre à Colombino qu'il ne fallait pas rester. Ç'avait été une prise de conscience douloureuse et son corps l'avait malgré tout supportée. Partir revenait à s'éloigner d'une existence sans embûches, fuir à nouveau le précepte que le pape lui avait donné pour s'engager dans une région peccamineuse, mais la puanteur lui avait redonné courage, lui avait rendu la mémoire, le souvenir des champs de blé de Sacconago et du presbytère, la petite chambre d'où il contemplait la nuit, la vieille charrette qui avait fini Dieu sait où en mille morceaux. La puanteur avait ressuscité la sensation que l'air libre insuffle aux narines, la puissance que le cœur redécouvre en se gonflant tandis que là, dans la ville des églises, il semblait au contraire à bout de souffle et opprimé par l'angoisse. Ainsi, une fois perdus les points grâce auxquels s'orienter, Colombino s'était acheminé vers le lieu qui, si flou fût-il dans ses souvenirs, l'avait accueilli aux portes de Rome. C'est-pas-d'l'Or avait tenté de le dissuader, de peur que le garçon n'ait envie de se tuer, mais en vain : « Reviens, si tu ne sais pas où aller. Ma maison est toujours ouverte ! »

Quand elle l'avait aperçu, Sabina avait pris sa vieille carabine. Elle craignait que Colombino ne revienne pour lui reprocher la ruse du manteau ou qu'en s'éloignant il ait enfin compris qu'il avait été ensorcelé par de puissantes potions ; mais Colombino l'avait saluée tristement et lui avait simplement dit : « Le manteau n'a servi à rien. » Sabina aurait voulu rire de joie car, si Colombino avait échoué avec le pape, elle avait peut-être une chance de le retenir et d'être plus forte que ce fantôme, cette Vittorina, mais elle n'avait pas ri. Parce que Colombino s'en était allé comme un très vieil enfant et qu'il revenait comme un vieillard qui, de l'enfance, avait perdu jusqu'au souvenir. « Tu peux rester, si tu ne sais pas où aller. Je te promets de bien me comporter. »

Sabina l'avait soigné, jour après jour, avec un instinct plus maternel qu'amoureux. Elle lui donnait à manger et lui préparait des tisanes reconstituantes, le bordait le soir, le veillait quand le jeune garçon s'agitait en pleine nuit, déchirant l'obscurité de ses hurlements incompréhensibles : « Les soldats arrivent aux oliviers ! Sauvez-vous ! » L'état de Colombino avait rappelé à Sabina la maladie de sa bien-aimée grand-mère, celle qui s'y connaissait en herbes, la seule de sa famille qu'elle avait adorée ; une intoxication l'avait toute rabougrie jusqu'à ce qu'elle meure après une lente souffrance, abandonnée dans sa petite chambre, comme si l'odeur de son haleine gâtée pouvait contaminer les autres et obligeait à l'enfermer.

Au fil des semaines et des mois, Colombino avait découvert sur sa peau la sensation salutaire et protectrice qui émanait de la guérite hérissée d'épines – une protection qui ne demandait rien en échange, si ce n'est un petit entretien –, puis un beau jour, il avait repris ses promenades, à la plus grande joie d'Astolfo qui entre-temps donnait un coup de main à Sabina pour la remercier des attentions portées à son patron. C'était le matin de l'Épiphanie de l'année 1848, tandis que la neige recouvrait tout de son blanc manteau, les prés, les arbres et les grosses pierres. Colombino avait humé le parfum blanc et pointé le bout de son nez en se protégeant les yeux. Neige, neige qui tombait de là-haut et recouvrait tout, qui gelait les ruisseaux et apaisait tout, transformait la lande en un paysage d'oubli où il était possible de croire à un recommencement.

« Il neige », avait-il murmuré avant de s'éloigner de quelques pas et de se laisser tomber à terre, sur le dos, les bras écartés. L'air mordant lui donnait des frissons, semblait rafraîchir son esprit. « Don Sante, où me suis-je trompé ? Le Saint-Père a raison ? Vittorina a été mariée pour de vrai ? Pourquoi je devrais donner mon cœur à d'autres, et pas à elle en premier ? Pour aimer les autres, je sais que c'est elle que je dois aimer d'abord. Autrement, j'y arrive pas. C'est comme ça, je le jure. »

Quand elle ne tue pas, toute chute mène à la méditation et, si cuisante que fût la dégringolade, Colombino ne s'était pas laissé briser ; il était né paysan, tempérament de terre durcie en mottes par le soleil. Cette neige de janvier ne lui avait pas permis de réapprendre à saigner, de réinvestir son propre sang, mais Colombino avait recommencé à penser. Il passait beaucoup de temps à la belle étoile, les poumons toujours plus encombrés de catarrhe, enflammés. Il ruminait, et pour la première fois de sa vie, il avait osé dire : « Seigneur Jésus, c'est vraiment pas juste. Ce que tu me fais, c'est vraiment pas juste. » Retourner à Sacconago, non, il n'en serait pas capable. Si Vittorina était mariée, il ne reviendrait pas pour lui faire honte : « Je ne dois pas, je ne peux pas. Pas vrai, don Sante ? Moi, je voudrais... »

Malheureusement, la convalescence s'était brusquement interrompue, puisqu'un après-midi, à son retour d'une promenade, Sabina l'attendait. Comme à son habitude, elle avait pris le prétexte du gilet imbibé de neige, et l'avait mis à sécher devant le foyer de la guérite. Puis elle avait offert à Colombino une tasse fumante.

« Comment tu te sens ?

— Je marche.

— C'est bien », lui avait-elle répondu en souriant avant de se blottir contre lui ; puis elle avait aiguisé ses lèvres et piqué les siennes. Ç'avait été un baiser de joie, plus que de passion, mais le mal était fait.

« Non ! »

Colombino l'avait repoussée rageusement. Il ne voulait plus accepter la violence, subir les gens et les choses.

« Vous êtes malfaisante, Sabina ! »

Il n'avait nulle part où aller, mais en ouvrant tout grand la porte de la cahute, il avait posé sa langue au creux du vide laissé par ses molaires arrachées en prison. Alors une idée lui était venue.

*

La volière était vide, poussiéreuse, la dernière mésange s'était laissée mourir, et Leda regrettait immensément l'odeur de la salive de Michele sur sa peau, sa petite touche d'eau de Cologne, la senteur de son sperme. Elle les regrettait tant qu'elle n'avait rien voulu entendre et avait pris en location l'appartement qu'il avait choisi pour eux. Elle vivait là où il avait été assassiné pour le respirer à plein nez. L'empêcher de fondre sous les caresses du souvenir. Elle se jetait sur le lit, enfonçait son visage dans le matelas et respirait à fond, comme elle respirait à quatre pattes sur les lattes du plancher. Elle s'accrochait aux poignées de porte de l'armoire, qui n'en pouvait plus d'être fermée, et elle respirait. Et plus elle respirait, plus elle sentait grandir et gargouiller au fond de sa gorge un cri de vengeance.

Depuis, les pièces étaient trop nombreuses et trop grandes, le silence accablant, la solitude des souvenirs impérieuse, là où l'évier rappelait encore une étreinte affectueuse ou amoureuse, la fenêtre les soupirs des songes partagés et les attentes, la table une dispute ou les lubies commerciales de Michele, le divan les interminables discussions pour s'accorder sur sa couleur, le lit la jouissance et le sentiment d'invulnérabilité, le sommeil paisible tandis que sous le matelas reposait le secret de la malle avec le nécessaire à écriture. Depuis, la solitude était si pesante que Leda avait demandé à Ngely de venir s'installer chez elle. Et le gamin avait accepté. Elle en avait besoin et puis elle ne voulait pas qu'il se retrouve une fois encore dans une baraque sordide où il serait tombé malade. Michele lui avait donné un travail et une petite chambre rien que pour lui à l'entrepôt et, pendant les funérailles et l'inhumation, Ngely l'avait pleuré comme un père. Il avait pleuré plus qu'elle, et quand ils avaient fermé l'entrepôt et permis au propriétaire de garder les tissus de Michele avec l'excuse d'un arriéré de loyer, Ngely lui avait sauté dessus et il s'en était fallu de peu qu'on appelle la police. Il avait fait la promesse, à lui-même et à Leda, de reprendre l'activité, et s'était entre-temps improvisé plongeur au service d'un émigré vénète qui tenait une gargote.

L'assassinat avait suscité émotion et indignation parmi les amis de la communauté italienne, mais personne, même pas Pippo, n'avait eu l'ombre d'un doute. Quand elle avait découvert le cadavre, Leda s'était empressée de nettoyer l'infâme marque en forme d'œil sur le front, et elle s'était mise à hurler, à genoux, jusqu'à ce que les voisins accourent. La police avait examiné la scène, tous les indices semblant appuyer la thèse d'un cambriolage qui aurait mal tourné – la réalisation avait été particulièrement soignée, avec la table renversée et les tiroirs de la commode ouverts, quelques livres sterling par terre, comme tombées durant la fuite rapide du coupable ; un professionnel, indubitablement. Leda n'attendait rien de la police, espérant au contraire que les agents ne fouillent pas les pièces et ne lui demandent pas d'explications ; l'affaire, elle l'avait déjà résolue toute seule et, au baiser qu'elle avait déposé sur le front et les lèvres encore tièdes de Michele, elle avait noué une résolution secrète pour ne jamais l'oublier, de manière à se libérer de la terrible culpabilité qu'elle éprouvait, en vérité. Se venger. Pendant un bref instant, en proie au désespoir, elle avait vu s'ouvrir sous ses yeux une sinistre perspective ; les eaux grises et boueuses de la Tamise, la terrasse sur son pont préféré, un tourbillon prêt à l'accueillir. Plonger pour oublier. Mais elle n'avait pas cédé. « Je te vengerai. » Elle s'était promis de trouver celui qui avait fomenté l'assassinat et de lui arracher les yeux selon l'atavique loi qui veut qu'on rende le mal œil pour œil, dent pour dent, un projet qui lui avait permis de ne pas s'épuiser en se mortifiant à l'idée que c'était elle qui portait malheur à tous les hommes qui la prenaient pour maîtresse. Elle connaissait déjà le fragile équilibre qui permet à une insupportable douleur de se faire plus docile si on lui donne une mission ; c'est ce qui s'était passé à la villa de John John, lorsque Leda avait accepté cette vie d'espionne pour échapper à la dévastation laissée par Lorenzo. Elle désirait maintenant que le bon vieux remède qui consiste à donner un sens à la souffrance l'aide à mettre fin à une existence qu'elle n'acceptait plus.

Ce dandy d'Oliver avait sans doute fourni des détails, l'adresse, les habitudes et les horaires, ou avait en tout cas été informé de l'imminent assassinat. Leda en était certaine, bien qu'il ait continué à faire semblant de ne pas savoir, à éluder : « Je suis sincèrement navré de ce triste événement, une vraie tragédie. Et je regrette, mais depuis Gênes on me demande si tu as l'intention de poursuivre ta mission », lui avait-il dit avec la moue narquoise de celui qui se sent fort de la force des autres, assis dans le confortable fauteuil de son petit cabinet de travail. « Je continuerai. Ma vie, c'est ça, et je ne céderai pas à d'autres distractions », avait-elle lancé, « mais je m'installerai dans l'appartement de Michele. Sa situation se prête mieux à ma tâche. » Et elle s'était efforcée de reprendre sa mission pour de bon, anéantie mais consolée par les amis, car elle ne s'était jamais sentie autant concernée par la cause de Pippo. Elle étudiait chaque lettre, tendait l'oreille et consultait William pour comprendre ce qui se tramait sur l'échiquier européen. Et non pas à cause de l'évidente sympathie qu'elle avait désormais pour le Maestro, ses idéaux et ses partisans. Elle voulait que l'étincelle tant attendue, cette maudite étincelle embrase enfin l'Italie, et que l'incendie la ramène avec Pippo sur la Péninsule, histoire de lui offrir l'occasion de tuer John John et Massèi. Oliver aussi devait mourir et, avec lui, l'assassin qui avait planté un poignard dans le cœur de Michele. Mais en dernier. Les éliminer en premier aurait alarmé leurs supérieurs. Leda devait donc partir en voyage, mais pas seule ; elle avait besoin de l'argent de Massèi pour le bateau et les trajets en voiture ; il fallait que ce soit Pippo qui parte afin qu'elle puisse réclamer de l'argent pour l'accompagner et continuer à l'espionner sans éveiller les soupçons.

Elle était anxieuse et avait commencé à se ronger les ongles. En septembre, quand les interlocuteurs de Pippo l'avaient informée par écrit des troubles en Italie, Leda s'était franchement énervée en présence de William : « Pourquoi êtes-vous toujours en train de disserter ! Passez à l'action ! » Pippo avait pris un papier et un crayon pour écrire au pape avec son habituel ton savant et hautain. Leda avait transcrit la lettre, elle rappelait le cri d'encouragement et de défi : *Unifiez l'Italie, votre patrie.* Elle l'avait confiée aux pigeons d'Oliver, même si elle continuait à cacher certains faits et à en truquer d'autres.

En octobre, Pippo était parti à l'improviste pour Paris, son premier voyage après de longues années londoniennes, et Leda ne l'avait pas suivi ; elle n'avait pas trouvé d'argument suffisamment valable pour le convaincre de la laisser l'accompagner. En son absence, elle avait toutefois reçu la confirmation espérée : on lui écrivait de Gênes pour lui dire qu'elle ne devait l'abandonner sous aucun prétexte, d'autant moins maintenant que les alertes faisaient craindre une année noire.

Au retour de Pippo, d'exténuants conciliabules s'étaient tenus dans le petit salon de Devonshire Street, tellement enfumé à force de vouloir donner corps aux idées que Leda avait fini par attraper un terrible mal de gorge. Le bruit courait que le royaume de Sardaigne, le grand-duché de Toscane et l'État pontifical avaient proposé une ligue douanière, accroissant l'angoisse de Pippo qui ne cessait de souligner la misère, voire le danger de telles initiatives qui conduiraient selon lui les États de la Péninsule à promulguer six Constitutions, six parlements, pour arriver à un fédéralisme « impossible à éradiquer, si ce n'est par la conquête ». Pippo se proclamait partisan de l'unité, il voulait une Italie et une seule, car l'âme de la nation était une à ses yeux, et il la voulait affranchie d'un quelconque monarque ; c'était son objectif. L'idée d'un peuple fractionné, sous le joug de tyrans différents et innombrables, quand bien même italiens, lui faisait injure. « Nous sommes un seul et même peuple, et nous devons avoir un seul et même mode de gouvernement. »

Pippo était retourné à Paris dans les tout premiers jours de mars, avec William, pour la cause de la People's International League. Les journaux parlaient du soulèvement populaire contre Louis-Philippe, et Lamberti, son homme de confiance en France, l'avait en outre informé qu'on l'attendait dans la capitale pour lui remettre une récompense ; autrement dit, les exilés, les émigrés et autres intellectuels réclamaient sa présence au cœur de la révolution. Leda, à regret, n'avait pas pu faire le voyage cette fois-ci encore. La dernière mésange était morte depuis une semaine, et elle, de tristesse, avait été prise d'une fièvre dont Oliver était venu s'assurer en personne : « Si tu n'es plus en condition de faire ton travail, nous te remplacerons. »

Quand, le 10 mars, elle sut que Pippo était de retour, elle se précipita à Devonshire Street malgré les courbatures laissées par la fièvre. Elle dut l'attendre sur le pas de la porte, car le Maestro était allé récupérer la bague en diamants de sa mère.

« Tu es rentré.

— Paris se révolte, ils ont reconquis la République. » Il la prit dans ses bras. « Il fallait que je récupère la bague. Nous y sommes, Lorenza, quelque chose va se passer. En Italie, Palerme s'est soulevée. Depuis Montevideo, on m'écrit que Garibaldi est prêt à partir. Nos frères hongrois se préparent à la révolte, et nos amis polonais nous prêteront main-forte. Si les pourtours de l'Europe s'insurgent, le centre tombera. »

Elle le savait déjà, elle avait lu le courrier en son absence.

« L'étincelle n'est pas éteinte. Elle pourrait bien propager ses flammes.

— Je l'espère pour nous tous, dit-elle. Je l'espère sincèrement. »

*

« Écoute-moi bien : aujourd'hui, tu ne vas pas à l'école, et ne t'avise pas de sortir, quand bien même le monde s'écroulerait ! Compris ? »

Il braillait, les veines du cou gonflées, et la fillette le regardait avec de grands yeux. Il braillait parce qu'il y avait de l'angoisse dans l'air et que la pluie qui cognait depuis hier aux carreaux donnait le cafard, mais aussi parce que depuis qu'il était veuf – rien que de penser en ces termes, une grimace affleurait sur ses lèvres –, protéger Anna Lucia ressemblait toujours plus à une manière pour lui de se défendre, lui et tout ce qu'il avait créé. Il avait appris à l'aimer en souvenir de la putain au cul de rêve, en échange de l'amour confiant que lui témoignait la fillette, et même s'il ne voulait pas l'admettre, ce sentiment le comblait autant que la conscience de se savoir vivant chaque matin.

« Mais qu'est-ce qui se passe ? » demanda Ausilia ; elle n'avait pas mis fin à ses fonctions de gouvernante après les funérailles de Chiarella ; bien au contraire, elle travaillait plus que jamais.

« Je ne sais pas, mais ce matin, j'ai un mauvais pressentiment. »

Cela faisait en vérité des mois qu'on sentait un vent de colère, un vent garibaldien de chapeaux à la calabraise.

« Anna Lucia, sois prudente, lui dit-il plus gentiment.

— Oui, lui répondit-elle, rassurante. Et toi, tu rentres quand ?

— D'ici peu », lui dit-il avant de répéter à Ausilia :

« Si tu la laisses sortir, je te jure que je frappe. »

Il dévala les escaliers et prit sa nouvelle chambre optique, nettement plus commode, envoyée par l'ami Jest de Turin ; quand il eut récupéré une feuille de papier ciré, le trépied et ses dossiers en carton, il jeta un coup d'œil par la baie vitrée au nord : trop souvent ces temps-ci, il apercevait un fantôme venu l'épier. Mais ce matin-là, il ne vit personne, rien que des flaques d'eau et des ruisseaux de pluie. « Maintenant, voyons un peu ce qui se passe », dit-il pour se donner du courage et, emmitouflé dans son pardessus, il quitta le laboratoire avec tout son fatras pour se faufiler entre les grosses gouttes.

C'était Gégé la Clappe qui l'avait prévenu, toujours plus proche des milieux mazziniens et qui se vantait de fréquenter un certain Cesare Correnti, radical flamboyant, avec Igino la Rallonge, lequel, depuis qu'il était marié et père de famille, avait la manie de la politique et entraînait Carlo, dit Charles à la française, dans d'ennuyeuses discussions qui se terminaient souvent par des insultes et des bagarres.

« Metternich a pris la fuite, Vienne se révolte. Demain, on va à l'hôtel de ville et on plante le drapeau tricolore, et puis on fout le podestat Casati dehors. L'objectif : corso Monforte, avec le plus de monde possible. On demande le désarmement de la police étrangère et la garde civile pour nous, les Milanais ; il y aura du boulot pour vous, les calotypistes : tu veux quand même pas tout laisser à Sandro Duroni ? »

Lisander avait senti le coup venir. Quand ils s'étaient salués la veille au soir à La Stella, il avait eu l'impression, malgré les vapeurs de l'eau-de-vie, que cela n'avait rien à voir avec les blagues qu'ils avaient l'habitude de se lancer les soirs de cuite. Des signes, du reste, il y en avait eu ; des signes si transparents que même les blasés et les mollassons se doutaient de quelque chose.

Tout avait commencé par un sinistre mercredi de septembre, quelques jours après le dimanche qui avait marqué l'arrivée du nouvel archevêque venu remplacer ce sale étranger de Gaisruck. Les superbes lampes à gaz installées pour la fête dominicale étaient éteintes, mais cela n'avait pas empêché une foule impressionnante de retourner sur la piazza Fontana pour crier sous les fenêtres de l'archevêque ; la foule avait chanté les louanges du nouveau pape, Pie IX, à l'origine d'une Constitution et d'une garde civile pour les Romains, et tout le monde s'était mis à crier : « Vive l'Italie ! » Jusqu'au moment où les gardes en uniformes autrichiens, qui avaient passé leur journée à affûter leurs épées dans les casernes, s'étaient rués sur les manifestants, aidés par un détachement de dragons hongrois qui, en lançant leurs chevaux à la charge, avaient fait un véritable massacre, sabrant avec une violence telle qu'on aurait cru qu'ils allaient s'arracher le poignet avec le cordon qui ornait le fourreau de leur épée.

Si ignoble fût-il, cet épisode n'avait pas fait déborder la coupe et s'était réglé dans les hautes sphères de la diplomatie à la grande indignation des citoyens. Mais au début du mois de janvier, chapeau calabrais sur la tête, la population avait décrété une nouvelle grève de la loterie pour casser la trésorerie des Habsbourg et, ne s'arrêtant pas là, elle avait suivi les conseils intrépides d'un professeur de Pavie. Il incitait à protester en s'inspirant des Anglais d'Amérique qui, à peine un siècle plus tôt, avaient jeté dans le port de Boston des barils entiers de ce précieux thé venu de la mère patrie pour vider les caisses de la Couronne. Milan avait opté pour le tabac, monopole autrichien, et comme le premier jour de l'an une abominable grêle était tombée sur la ville, la grève des fumeurs avait été reportée au 2. Le feld-maréchal Radetzky, chef des troupes d'occupation, sans même se déplacer de sa demeure de la via Bigli et en bon vieux stratège qu'il était à quatre-vingts ans, avait répondu à l'outrageuse manœuvre par l'affront. Œil pour œil, clope pour clope. Il avait donc donné l'ordre de distribuer des milliers de cigarettes à ses hommes afin qu'ils en aient plein les poches et fument comme des pompiers – trois voire quatre brins de feuilles de tabac collés au bec –, ce qui avait déclenché des bagarres à tous les coins de rue, car les Milanais, déjà agacés par le manque, avaient essayé de leur faire renoncer à cette indécente et réactionnaire provocation.

Le mécontentement devant l'augmentation des taxes et le zèle du gouvernement pour les encaisser n'avait fait qu'envenimer les esprits déjà chatouilleux. Sans compter qu'en février et dans les premiers jours de mars, le vent d'une rébellion plus lointaine qui soufflait depuis les frontières de la ville et s'était faufilé dans les tavernes et les cafés, les clubs et les cercles, les sous-sols et les greniers avait renouvelé les ardeurs de la population. Le 11 février, on avait appris la révolte de Palerme, réprimée par les Bourbons qui s'étaient finalement résignés à une Constitution, qu'à son tour Léopold II avait promulguée dans le grand-duché de Toscane afin de calmer ses gens. Le 28, la nouvelle s'était répandue que Paris était à feu et à sang et que le roi avait dû se débiner comme un pauvre couillon pour échapper à la fureur jacobine qui faisait basculer la monarchie en faveur de la république. Le 4 mars, enfin, le voisin Charles-Albert du royaume de Sardaigne avait accordé un Statut pour apaiser ses sujets. « On est les derniers à se faire encore baiser la gueule ou quoi ? »

Cette semaine de mi-mars avait commencé par une rumeur qui parlait de dizaines de milliers de fusils prêts à soutenir la ville, et les Milanais étaient descendus dans la rue la tête plus haute qu'à l'habitude pour se promener en sifflotant, avec sur les lèvres une mélodie qui disait *Va', pensiero, sull'ali dorate*, un air que Lisander avait reconnu sans pouvoir l'identifier, ce qui l'agaçait. À l'approche de l'équinoxe de printemps, l'odeur de brûlé s'était propagée si haut et si fort que plus d'un hôtel particulier avait dû évacuer les étages nobles, obligeant de gracieuses dames russes, anglaises et teutones à accaparer de tout leur poids les fiacres en sortant des portes Romana et Marengo : les étrangers, amoureux du tout-Milan, prenaient la poudre d'escampette, malgré les somptueuses affiches des théâtres et les ballets qui ne manquaient pas à la Scala.

« Je suis là ! »

Lisander avait donné rendez-vous au Mal-Né devant la petite église de San Tommaso où il le trouva affalé contre la façade sépia, à l'abri de la colonnade. Il regardait la rue de biais.

« Alors ?

— Il y a une heure, des tas de gens sont arrivés, ils sont entrés et ont traîné le podestat dehors. Il y avait même des trompettistes qui jouaient sous la flotte. »

Gégé La Clappe n'avait pas menti, pensa en ricanant Lisander qui avait tout de même eu un petit doute jusqu'à présent, car, à vrai dire, ce que lui avait rapporté l'ami R.d.T. était pour le moins exceptionnel.

« Écoute-moi bien : va retrouver Floro. On doit préparer d'autres feuilles. Celles qu'on a ne suffiront pas. On a un sacré boulot aujourd'hui.

— À la Senavra ? » demanda le Mal-Né en se décollant du mur et en portant une main à la patte de son pantalon aubergine.

« Non, on va dans la rue.

— Quoi ?

— On se retrouve au palais du gouvernement.

— Où ?

— Corso Monforte, crétin.

— Je sais où c'est », maugréa le Mal-Né qui s'éloigna en secouant la tête. Fallait le suivre, ce veuf lunatique. « On se retrouve là.

— Préviens Floro avant ! »

Lisander se dépêcha, le regard braqué sur les étages supérieurs malgré les flaques dans lesquelles il pataugeait à chaque pas, et quand il vit le drapeau tricolore trempé qui flottait sur le toit de la mairie, il sut que la journée se présentait bien. Si les radicaux avaient décidé de se soulever, il y aurait du pain sur la planche, et on sait qu'après, tout le monde est bien content d'avoir une preuve sous les yeux. Mais son esprit volubile, plutôt que de se lancer dans un imprudent calcul des hypothétiques recettes, le ramena à Anna Lucia ; il détestait son devoir de père. « Tu parles d'un cadeau ! » dit-il, les yeux au ciel, à sa Chiarella alanguie sur un lit de nuages gris et, tandis qu'il poursuivait son chemin, il essaya de se concentrer et de chasser ses préoccupations. À contrecœur, il n'y parvint qu'une fois arrivé au poste de garde du pont San Damiano.

Il pleuvait et la lumière était faible, mais il voulut tout de même tenter le coup, alors il écarta le trépied et plaça la chambre optique en la protégeant avec le papier ciré. Une scène immobile, sans personne à enguirlander pour garder la pose, ce n'était pas très compliqué. À dix pas de lui, dégoulinante et renversée sur la route, gisait la guérite qui hébergeait d'habitude un couple de grenadiers dont, chaque passant impulsif le savait, il valait mieux se tenir à l'écart. Par terre il y avait aussi du sang, que les torrents de pluie effaçaient. Mais pas de cadavres.

« Mauvais signe », se dit Lisander en regardant sa montre de poche pour compter les secondes. La technique était maintenant si perfectionnée qu'il en fallait à peine dix, mais comme la lumière était faible, il attendit un peu plus, au risque de surexposer ; il en compta vingt avant de retirer le calotype qu'il reposa soigneusement dans le classeur en bandoulière avec l'espoir d'avoir capturé ce drôle de paysage. Mais au moment où il s'apprêtait à lever le pied et à enjamber la carcasse de la guérite, le fracas d'un canon écrasa le tambourinement sourd de la pluie. Un, deux, sept coups retentirent, écho funeste. Le signal qui donnait l'alarme aux garnisons de l'armée dans des dizaines de casernes.

« Ça va mal finir », se dit Lisander sans savoir s'il fallait le regretter, et il se remit en marche. Fenêtres fermées, ombres furtives qui lançaient des regards pleins d'espoir depuis les porches des immeubles. À cette heure matinale, les messieurs dormaient, mais il manquait les ménagères et les soubrettes, les femmes du peuple. On aurait dit que tout le monde avait oublié le marché et le pain qui attendait dans les arrière-boutiques des boulangeries ; c'était comme si la ville avait proclamé le jeûne ; un rituel païen et prudent, un nœud à l'estomac pour conjurer le mauvais sort.

Quand il s'engagea dans le corso Monforte, il aperçut la foule de loin et pressa le pas avec un air faussement désinvolte, comme un gamin excité qui ne résiste pas à l'appel du ballon sans vouloir le montrer. Arrivé près du palais du vice-gouverneur, il retrouva Floro qui l'attendait, moqueur.

« Mais tu ne devais pas préparer d'autres feuilles, toi ? » lui dit Lisander sur un ton de reproche. Le Mal-Né était là aussi, il fumait en protégeant sa pipe avec sa main pour que le tabac ne prenne pas l'humidité, et le calotypiste lui refila un discret coup de pied dans le tibia : « Qu'est-ce que je t'avais dit ?

— Tes amis cherchent la bagarre », coupa court Floro qui, d'un signe de tête, lui désigna la cohue sous les grilles des grandes fenêtres du rez-de-chaussée. « On voulait pas rater le spectacle. »

D'élégants jeunes hommes portant la redingote, d'autres en tunique de grossier coton, des messieurs habillés à l'espagnole avec le chapeau andalou orné de plumes d'autruches, une veste de velours et des gants : ils étaient des dizaines et parmi eux, Lisander reconnut Igino la Rallonge. Il discutait ferme et arborait sur sa veste ocre une cocarde tricolore. Lisander ne s'approcha pas avant d'avoir confié son matériel au Mal-Né : « Et prends garde à ne pas la faire tomber, autrement, tu payes.

— Lisander !

— Igino », lui répondit le calotypiste en glissant sa main sous l'aisselle de son confrère Romantique pour parler seul à seul.

« Qu'est-ce que vous foutez ? »

Igino la Rallonge résista ; il ne voulait surtout pas s'éloigner du groupe, et prit des grands airs pour lui répondre avant de s'éclaircir la voix : « *Nous demandons, en offrant la paix et la fraternité mais sans craindre la guerre : l'abolition immédiate de l'ancienne police et la réorganisation d'un nouveau système sous l'autorité de la municipalité ; l'abolition immédiate des lois du sang et la libération…*

— Bon, t'abrèges ?

— L'humeur a tourné. On en a plein les couilles. » Il lui donna un prospectus. Les mots qu'il venait à l'instant de déclamer, et d'autres encore, y étaient imprimés.

« C'est le moment !

— De quoi ?

— Je te l'ai dit, le chancelier a été obligé de foutre le camp comme un voleur. Après Vienne, c'est notre tour. »

Il sortit de sa poche une autre feuille, une copie du *Cisalpino*. Lisander parcourut les titres en une : cela lui suffit, il n'eut pas besoin de lire les colonnes. « *Des armes et la liberté pour toutes les nations de l'empire, chacune à l'intérieur de ses propres frontières.* »

Le temps de cette rapide conversation, la foule des manifestants rassemblés aux pieds du bâtiment avait grossi. Affluant de partout, les gens rejoignaient en masse le cortège qui s'amplifiait, se dilatait. Ici et là, on voyait déjà de vieilles piques et des arquebuses, des pièces de musée volées pour repartir en guerre.

« Et maintenant qu'est-ce qui se passe ?

— On a posé nos conditions. Si le vice-gouverneur signe, on fait la fête.

— Et s'il ne signe pas ? »

Des cris s'élevèrent, les pieds martelèrent la chaussée, déjà souillée par la pluie. Le vice-gouverneur O'Donnell, le visage blême, marchant comme un somnambule, était escorté par les meneurs de l'émeute hors du palais du gouvernement.

« Il a signé !

— Hourra !

— Alors, on retourne à l'hôtel de ville ! crièrent à l'unisson les plus impatients.

— Et maintenant ? demanda Lisander.

— On y va », lui répondit, radieux, Igino La Rallonge. Avant de s'éloigner, il lui arracha des mains le *Cisalpino* et le prospectus. « Donne-moi ça. »

Le cortège changea de forme et, dans l'enthousiasme, se concentra ; de sonores tapes sur les vestes trempées soulevaient des éclaboussures.

« Je vous suivrai. »

C'était si évident. Le geste d'Igino lui ôtant des mains la précieuse feuille ne faisait que confirmer l'opportunité : s'ils réussissaient à en tirer quelque chose de bon, tout le monde demanderait sa part. Une relique à enfermer dans un écrin, à montrer aux déjeuners de famille, dont se vanter d'ici cent ans avec le même orgueil qui gonflait la poitrine de Pietro le barbier de la Senavra quand il racontait les virées rebelles de la Teppa.

Lisander retourna auprès de Floro. « Va au laboratoire. Vingt feuilles au moins. Tu peux être sûr qu'elles nous serviront. Toi le Mal-Né, tu viens avec moi. »

Ils rejoignirent le cortège. On voyait aux fenêtres des maisons des gamins qui faisaient de la buée sur les carreaux tant ils s'y collaient. Lisander inséra une feuille de papier salée dans la chambre optique, histoire d'être prêt, puis il se contenta de marcher à côté du Mal-Né et d'écouter.

« Il est temps d'en finir.

— Tu l'as dit !

— Elle est à nous ! » dit l'homme devant Lisander, comme s'il parlait d'une femme.

« Milan aux Milanais ! »

Le trajet depuis le corso Monforte jusqu'au Broletto était court, mais le cortège était lent, poussif, presque au ralenti – un pas à la fois arrogant et indécis, comme si les jambes obligeaient les corps à freiner pour perturber les esprits. La matinée s'étira jusqu'à la mi-journée et la pluie redoubla avec la chaleur. Mais personne ne renonça.

L'estomac du Mal-Né se fit bientôt entendre, et il gargouilla tant que Lisander accepta de s'arrêter pour se mettre quelque chose sous la dent, à l'abri des caprices de l'annonce du printemps. On avait l'impression que l'affront matinal ne serait pas suivi de grands effets ; les Autrichiens laisseraient peut-être les gens se défouler pour en envoyer quelques-uns au trou le lendemain, commença à se dire Lisander, jusqu'à ce qu'il arrive dans le quartier del Monte, où il vit surgir un bataillon de tuniques blanches, fusils braqués. Le calotypiste et le Mal-Né étaient à l'arrière, trop éloignés pour comprendre les hurlements qui retentissaient depuis la tête du cortège jusqu'à eux. Peut-être qu'ils parlementaient.

« Qu'est-ce qu'ils disent ?

— Qu'est-ce qui se passe ? »

Un instant plus tard, une salve dissipa les doutes.

« À l'aide ! »

Les nuages écrasaient le ciel au-dessus des toits, trois heures de l'après-midi venaient à peine de sonner. La foule se disloqua dans le sifflement des balles, les premiers blessés s'écroulèrent dans les flaques, et la milice des Croates se mit en branle, s'avança en chargeant, et tandis que la situation dégénérait, les fenêtres de l'avenue s'ouvrirent tout grand, comme si, en silence, retenant leur souffle, elles n'attendaient que ce signal. Ce fut un feu d'artifice d'avant-bras et de mains de femmes, l'architecture qui prenait vie. Tous les rebords de fenêtre vomirent bahuts et chaises, tabourets et matelas ; ce n'étaient plus des gouttes de pluie qui tombaient, mais des tables et des coffres. Balais et brocs d'argent, couverts d'étain et vases de nuit sifflaient autant que les balles des fusils croates. Lisander enfila une venelle pour ne pas finir écrasé par des soldats ou par un meuble, se cacha un instant, puis avança. Il était impossible de placer son chevalet dans ce chaos, mais plutôt que de rentrer ventre à terre chez lui, il préféra attendre et observer l'affrontement. Des soldats visaient les fenêtres, d'autres se ruaient sur les blessés, les achevaient à coups de pied, s'obstinaient à les pousser avec la crosse de leur fusil. Un cadavre fut abandonné en chemin.

« On va se les arracher », commenta Lisander dans un élan presque orgueilleux tandis que le Mal-Né se débinait derrière lui.

« À plus tard ! »

Il rentra au bercail dans la soirée, trempé et satisfait. Il était retourné près de l'hôtel de ville pour braquer sa chambre optique sur le bataillon bohême qui, depuis le pont Vetero, avec deux pièces d'artillerie, avait canonné la mairie rien que pour faire tomber l'odieux haillon tricolore. Les détonations avaient été terribles, les bouches de canon crachaient un nuage de fumée qui avalait les soldats et déferlait dans la rue comme un brouillard fou. Lisander n'aurait jamais imaginé qu'une balle pouvait emporter un membre d'un coup, défoncer le ventre ou réduire en miettes un portail comme le fait une main d'une coque de noix.

« Mais qu'est-ce qui s'est passé ? » lui demanda aussitôt Ausilia avant de raviver le poêle et de lui tendre un vêtement sec ; elle avait passé presque toute la journée à se boucher les oreilles, forçant Anna Lucia à ne pas quitter le salon.

« La ville se soulève.

— Oh, Sainte Vierge !

— Tu l'as vue, toi, papa ? » La fillette était au pied des marches, les yeux brillants.

« Oui, et cette nuit, toi aussi tu la verras. »

Il était inutile d'ajouter quoi que ce soit. Il se contenta de lui avancer un tabouret et quelques-uns des calotypes qu'il avait gardés dans son carton à dessins afin qu'elle se mette au travail. Elle connaissait maintenant le laboratoire sur le bout des doigts et avait un bon coup de pinceau ; elle pouvait corriger avec des petites touches invisibles à l'œil et, grâce à son agaçante curiosité, elle avait appris à saler, à sensibiliser et à développer les feuilles. Ils restèrent debout à la lumière des chandelles, concentrés et complices, tandis que dans les rues on entendait l'écho d'un pilonnement inlassable.

« On n'y voit rien ! »

Malheureusement, c'était vrai. Il n'y avait pas un seul cliché présentable. Seule exception : une pièce de canon avec deux artilleurs autrichiens qui soutenaient l'affût et quatre autres qui étaient aux roues. Mais la scène était confuse, la mèche était partie trop vite, et l'étincelle de la détonation avait fait reculer le canon. L'image était floue.

Lisander et Anna Lucia contemplèrent l'aurore depuis la grande fenêtre au nord. Ils avaient les yeux rouges et gonflés. La fillette était fatiguée mais contente. C'était la Saint-Joseph, le ciel était d'un bleu profond. « Ça ira mieux aujourd'hui. Il y a plein de lumière. »

Il embrassa sa fille sur le front. « Ne sors pas et dors, parce que cette nuit, j'ai encore besoin de ton aide. Tu verras peut-être Milan. » Il lui fit un signe avant de ressortir dans la rue.

Il se sentait à la fois exalté et indécis. À défaut d'avoir pu se concerter avec les R.d.T. et soutirer des informations, il n'avait pas de destination précise, sauf que cette nuit-là, un doute l'avait assailli : si les enragés – ses concitoyens ou les miliciens, il ne faisait pas de différence – avaient mis à sac le Cabinet au Coperto dei Figini et provoqué une catastrophe ? Il prit cette direction et mit plus de temps que prévu pour y arriver. Aux abords de la porta Vercellina il tomba en effet sur un de ces fatras comme il y en avait tant cette nuit-là. Une pile de petits chariots et de commodes, chiffonniers et buffets, barriques et paniers, prie-Dieu, bancs, confessionnaux ; mais le mobilier et les accessoires de l'église ne gisaient pas pêle-mêle, comme si quelqu'un les avait grossièrement entassés pour allumer un feu. Ils étaient encastrés avec un savoir-faire et une habileté d'artisan, soutenus par des poutres, des tisonniers et des brancards de charrette, le tout renforcé par du fil du fer. En regardant plus attentivement, on voyait des clous, des clous et encore des clous pour consolider l'ensemble. Lisander planta son chevalet et comprit enfin la nature du martèlement nocturne. La ville avait jeté le gant et ne voulait pas retirer la main. Elle était descendue en pleine nuit dans la rue, volant la vedette aux policiers et aux débauchés, laissant Milan pavée d'obstacles.

Quand il eut reposé le calotype dans son carton, Lisander dut faire preuve d'une certaine agilité pour escalader la barricade avec tout son matériel, mais en arrivant devant le Cabinet, il poussa un soupir de soulagement. Le rideau était intact, aussi ne se donna-t-il pas la peine d'ouvrir et, bien décidé à profiter le plus possible du beau temps, il plaça sa chambre optique à l'ombre des colonnades, face à la cathédrale. Sur la place recouverte de boue, il y avait des cadavres, des hommes en tenue de soirée et des femmes avec un fichu sur la tête, avec pour arme leur seul cabas. Un gamin avec le béret des petits orphelins passa à côté de lui, allant vers la piazza dei Mercanti, et lui dit tout bas : « Attention, m'sieur, y'a les *Schützen* aux pieds de la Madonnina ! »

Avec ses deux mains, l'orphelin mima un fusil et s'éloigna en courant. Les *Schützen* étaient les tireurs d'élite, des chasseurs très doués pour atteindre sans le moindre effort une cible en mouvement tout comme pour fracasser les fenêtres d'un coup de fusil. Ils avaient pris position sur la terrasse, sous la flèche la plus haute de la cathédrale, et ils tiraient de là-haut, sûrs de leur coup. Ils avaient déjà laissé à terre des imprudents qui s'étaient aventurés dehors, comme si ce 19 mars était une banale fête de Saint-Joseph ; les corps gisaient au sol, la tête éclatée, répandant sur la place du sang et de la matière grise.

Lisander utilisa cinq feuilles, jusqu'à ce qu'un projectile touche la colonne juste derrière laquelle il s'abritait, lançant des étincelles. Il rassembla son matériel, longea le Coperto et se dirigea vers la porta Marengo en traversant la route ventre à terre. Il savait qu'il prenait un risque, mais l'exaltation était plus forte que tout, malgré la fatigue de l'insomnie.

Les visages qui peuplaient les rues ce jour-là étaient très variés. Ils étaient avant tout plus nombreux qu'hier, mais si la veille on avait vu les rebelles, les Romantiques de Traviole, les radicaux et les mazziniens qui se préparaient à l'action depuis des années dans l'espoir d'une libération – tous ceux qui, en somme, avaient l'habitude ou pouvaient se permettre de rater un jour de travail pour descendre dans la rue et protester –, ce dimanche-là, de partout on voyait accourir des boutiquiers avec leur épaisse blouse, des ouvriers dans leur tenue de travail déjà crasseuse, des repasseuses et des blanchisseuses, des gamins insolents et des bons à rien, des modèles et des artistes, des putains et des curés, voire des séminaristes. Ils hurlaient tous, encourageaient les passants, se saluaient comme jamais ils ne s'étaient salués, s'étreignant franchement, presque intimement, criaient que le feld-maréchal avait donné l'ordre de traîner au château les rebelles et de les traduire en justice à la chaîne, qu'il avait renforcé les garnisons à chaque porte de la ville pour lancer la cavalerie à la charge le long des avenues. C'était donc vers les portes qu'il fallait se diriger, se battre quartier par quartier. « On va lui en faire voir ! » La ville entière était prise d'une démangeaison qui ne pouvait guérir qu'à l'air libre, dans la fraternité et la rébellion.

Du côté de la porta Marengo, Lisander se retrouva devant une autre barricade. Elle était aux mains d'une foule qui arrachait les pavés pour les apporter aux plus hauts étages des pâtés de maisons qui fermaient les deux angles de la rue. Dès que les bataillons de hussards, arrivant de l'autre côté, s'avançaient après avoir chargé au fusil, ils leur balançaient des pavés sur la tête, suivis de récipients ou bibelots en tous genres. Lisander se débrouilla. À vingt pas de la barricade, entre l'écho des ordres autrichiens et les gémissements des premiers blessés, il pénétra sous un porche, monta un escalier et frappa à la porte d'un appartement.

« Qu'est-ce que vous voulez ? »

Une femme de cinquante ans, exaltée, manches retroussées. Lisander désigna sa chambre optique et la femme fronça les sourcils.

« Je vais vous donner un coup de main, passez-moi les munitions », dit-il. Il obtint ainsi l'accord de la patronne et prit position à une fenêtre, tel un vautour. De temps à autre, il tirait quelques petites bûches destinées au poêle et il attendait. Les rares trêves étaient les moments les plus propices, quand les rangs ennemis reprenaient leur souffle et qu'il ne restait, dans la poussière brûlée par le soleil, que les cadavres et les estropiés qui beuglaient. Lisander braquait alors son objectif sur ce chaos et glissait une feuille salée.

La stratégie des Autrichiens était la ténacité, fondée sur la certitude que ces pouilleux d'Italiens ne feraient pas le poids, comme les amateurs dépourvus du plus élémentaire armement et des bases même de l'art de la guerre qu'ils étaient. Les hussards se lançaient au galop, annoncés par une lourde salve de coups de fusil et un tir de mortier, cherchant à percer pour se battre à l'arme blanche, mais s'ils survivaient à la pluie de pierres et de tuiles qui tombait des fenêtres, ils finissaient quand même par s'écraser contre la barricade, suffisamment haute pour empêcher un cheval de la franchir. Le purgatoire ne s'arrêtait pas là. Parmi les révoltés, les plus petits, cœurs impavides ou enragés, se faufilaient sous le ventre des chevaux pour leur trancher les jarrets avec des couperets de boucher, quand ils ne répandaient pas sur la route des éclats de miroir, de bouteilles ou de faïence au détriment des bêtes d'abord, puis des cavaliers désarçonnés. La violence des blessures était bestiale, et pittoresque le bleu du ciel qui surplombait les cadavres, secoué par le grondement des canons et des cloches. On apercevait de minuscules ballons, gracieux et libres. Lisander essaya d'en prendre quelques-uns, sans comprendre de quoi il s'agissait jusqu'à ce qu'il regagne la rue ; un maréchal-ferrant blessé par un coup de baïonnette lui expliqua que les ballons apportaient des messages dans les campagnes. « Si les paysans prennent les Autrichiens par-derrière avec leurs fourches, nous, on avance, et on les écrase, ces bâtards d'Alboches ! » Lisander lui demanda de poser et l'homme, tout en soignant sa blessure, accepta : « Passez me voir au Cabinet Pestagalli quand nous aurons gagné », lui dit Lisander en le saluant. « Je vous ferai un prix d'ami. »

Les rayons du soleil étaient tièdes et renforçaient la puanteur de latrines et d'eaux usées, les résidus de poudre à canon densifiaient l'atmosphère, quand tout à coup, dans l'après-midi naissant, un parfum familier se propagea dans les rangs des combattants. Les boulangeries, qui cette nuit-là n'avaient pas mis le pain à cuire, obligées de renforcer les barricades, venaient d'allumer leurs fours et s'étaient mises à la tâche ; les servantes de toutes les maisons couraient avec des paniers de fortune et livraient des miches chaudes. Aucune d'entre elles ne voulut s'arrêter pour se laisser tirer le portrait ; mais cela n'avait rien à voir avec la timidité ou la pudeur : « Donne-nous un coup de main, dis donc, au lieu de traînasser ! »

Une heure plus tard, Lisander fut obligé de rentrer au bercail. Le poids de la chambre optique était devenu insupportable, le manque de sommeil l'avait épuisé. Il referma la porte du laboratoire derrière lui et s'endormit. Anna Lucia, au-dessus, se reposait elle aussi ; elle s'était réveillée vers midi et avait mangé avec appétit, mais elle devait encore récupérer son retard de sommeil. Dans le clair-obscur du crépuscule, Lisander se réveilla et monta à l'appartement. Il s'approcha du lit de sa fille et la secoua doucement.

« Anna Lucia ? Anna Lucia ?

— Lisander ? »

La fillette se frotta les yeux et s'assit en s'appuyant contre son oreiller.

« Tu dois m'aider ce soir aussi. C'est un travail important. »

De s'entendre parler ainsi, comme si elle était une adulte, Anna Lucia retrouva ses esprits et bondit hors du lit.

« Ne laisse pas tremper les feuilles trop longtemps, et n'oublie pas la cire.

— Je sais, papa.

— C'est bien. »

Il fallait qu'il sache, la situation commençait à l'inquiéter, aussi se mit-il en chemin pour retrouver un de ses compères Romantiques. Avec la tombée de la nuit, la rue s'était calmée, mais à certains carrefours on tirait encore. Il évita les grandes artères et prit les ruelles. Il ne trouva pas Carlino la Ride, ni Gégé la Clappe ; quant à Peppo le Grand Vocabuliste, il s'était blessé la cheville en trimballant un confessionnal, et quand Lisander l'interrogea, il ne fit que se plaindre, soigné par sa vieille mère qui bougonnait : « Un jour ou l'autre, vous y laisserez des plumes ! »

Il dut pousser vers la via del Bollo jusqu'à la maison d'Igino la Rallonge pour se libérer des questions qui lui trottaient dans la tête. Il trouva son ami sur le pas de la porte. Il était revenu pour souffler un peu et boire un bouillon. Pendant les affrontements, il avait enlevé sa veste et sa chemise, et avait troqué sa tenue contre une simple tunique.

« Nous avons pris les postes de police, et même l'état-major de la via Margherita. Demain matin, le conseil de guerre se réunit chez le comte Taverna.

— Qu'est-ce que vous comptez faire ?

— On est en train de voir comment libérer les rues à l'intérieur des bastions. On attend les gens des campagnes, et on dit que les troupes piémontaises sont déjà sur le Tessin pour venir prêter main-forte, même si le roi n'a pas encore décidé d'intervenir. On résistera. »

Il tremblait de tant d'émotion. Lisander n'était pas naïf, il savait bien qu'il y avait une différence entre l'humour potache d'autrefois et le sentiment que lui inspirait maintenant Igino la Rallonge. Jamais il n'avait vu cette lumière au fond des yeux noisette de son ami. Jamais Lisander n'avait prêté l'attention qu'il aurait dû ni cherché à comprendre le sens de ses divagations, ce qu'il allait chercher chaque soir, quand il arrivait à la taverne des curés plus tard que les autres. Mais l'évidence de ce sentiment ne passa pas à travers les mots ou même l'éclat des yeux d'Igino. Il la surprit dans un baiser que Giovanna la Tisonnière vint lui donner sur le pas de la porte avant qu'Igino la Rallonge ne regagne la rue avec Lisander pour s'engouffrer dans l'obscurité. La Tisonnière posa ses lèvres sur celles d'Igino qui répondit à son baiser avec le même frisson. Et lorsqu'il lui dit : « Ne viens pas tant que ce n'est pas nécessaire, ne prends pas de risques, pense à notre enfant », elle lui donna une caresse comme une Andromaque qui retient à grand-peine ses larmes pour son Hector rappelé au combat, comme quelqu'un qui sait que celui qui lutte meurt, et qu'il ne restera qu'à donner un sens, si indigeste soit-il, à cette mort. Lisander n'était ni passionné ni mièvre, mais ce baiser l'obligea à baisser les yeux ; lui, le mordant Observateur, vaincu par la pudeur et la gêne. Démuni. S'il avait eu sa Chiarella, il serait retourné à la maison pour lui réclamer le même baiser, sans trop savoir s'il le méritait. Quand il leva les yeux pour voir Igino et Giovanna encore enlacés, il se damna de n'avoir pas sa chambre optique avec lui. Ce baiser, plus que tout, donnait la mesure des choses.

« Au revoir, Lisander ! Que Dieu soit avec toi, et si tu vas aux bastions, fais gaffe. On dit que le feld-maréchal a donné l'ordre de bombarder les maisons. »

Ils se dirent au revoir tandis qu'un voile malveillant camouflait la lune jusqu'à l'éclipser.

Quand Lisander se faufila dans le laboratoire en bas de chez lui, il y trouva Anna Lucia et Ausilia. La gouvernante n'avait pas voulu laisser la petite seule au milieu des chandelles et des produits inflammables. Elles pleuraient toutes deux sur un calotype. Les teintes étaient encore inversées, il fallait tirer le positif, mais on distinguait malgré tout un cheval. La bête, tombée sur le côté, les jarrets lacérés, avait emporté dans sa chute un jeune garçon menu, une baïonnette plantée dans la poitrine, crachant le sang. Lisander se souvenait de l'épisode. Le fusil et la baïonnette étaient restés coincés dans sa poitrine, car le Croate qui les lui avait plantées s'était reçu une pluie de pierres.

« Anna Lucia, donne-moi ça », murmura-t-il.

La fillette le serra très fort dans ses bras, comme une naufragée qui a enfin trouvé un rocher. Sur le plan de travail, il y avait un second calotype : on y voyait un enfant qui n'avait pas plus de dix ans ; il ricanait sur le cadavre d'un Autrichien. Il avait gardé sa moue moqueuse le temps nécessaire pour que Lisander lui tire le portrait. Il s'était approché du soldat avec l'air désemparé de quelqu'un qui ne comprend pas ce qu'il voit et, à un pas de l'ennemi, il avait sorti un vieux pistolet et lui avait perforé le cœur.

Le lundi vint avec la pluie, une aube d'averses incessantes et violentes. Lisander se sentait assommé, mais il prit de nouveau le chemin du Cabinet pour vérifier que tout était en ordre. Il était arrivé à destination quand il aperçut quatre hommes qui sortaient d'une pâtisserie. Il pressa le pas pour les rejoindre. Ils avaient un drapeau tricolore fait de chiffons et de serviettes cousus à la va-vite. « Où allez-vous ? » demanda-t-il tout en lançant des regards à la Madonnina, effrayé à l'idée de recevoir une balle.

« Sur la cathédrale. »

Lisander revint en courant sur ses pas. Il contrôla le rideau de fer et, après avoir découvert qu'il avait survécu à une autre nuit, se posta derrière la même colonne du Coperto. Il ouvrit son trépied et attendit une heure. Il observa les quatre hommes qui traversaient la corsia dei Servi, les imagina remontant le petit escalier à la gauche du transept pour accomplir l'ascension. Il n'eut pas le temps d'ouvrir son objectif pour capturer le drapeau tricolore qui flottait déjà sur la cathédrale que le dernier coup de fusil tiré par les *Schützen* visa la chambre optique et la perfora. Lisander réussit à la récupérer avant qu'elle ne tombe par terre avec le chevalet, et malgré l'insulte qu'il étouffa entre ses dents, il ne s'en attrista pas outre mesure. Il la réparerait avec un bout de bois et deux ou trois clous. La vue du drapeau flottant sous la dame en or l'enhardit. On allait le voir de tous les coins de la ville. « Ils vont y arriver », se dit-il, réjoui. Encore deux jours de violence et de cadavres, et c'était vrai.

*

Pour le convaincre, elle avait dû faire appel à toute son imagination, défricher sa mémoire et en retourner des mottes entières pour ramener à la lumière certains passages de romans d'aventures lus par le passé. Elle avait tout mis sur la table, sans crainte de renchérir, sans égard pour les risques du jeu, mais Pippo partait, et cette fois-ci elle devait le suivre. C'était l'occasion qu'elle attendait, et elle voulait se présenter devant la tombe de Michele comme une personne neuve. Libre. Elle lui apporterait un mouchoir, le sien, imprégné de leur sang, ou ne serait-ce qu'un lambeau de chair de celui qui avait commandité et perpétré son assassinat. Elle avait déjà préparé sa canne-épée, celle-là même que John John lui avait offerte des années plus tôt pour se défendre. Et qu'elle retournerait contre lui.

À Devonshire Street, le va-et-vient était incessant, des groupes de trois, quatre, cinq personnes frappaient à la porte du Maestro pour se féliciter ; Caroline et Emilie Ashurst ne manquaient jamais à l'appel, on aurait presque dit qu'elles s'étaient installées là, traînant leurs escarpins sur le plancher d'un pas dolent, saluant déjà leur ange. Tout le monde venait lui souhaiter bon voyage, car Pippo s'apprêtait à rompre un exil de dix-sept années ; tandis que l'Autriche se délitait sur son propre sol, les provinces de son empire se soulevaient, et Milan, elle aussi insurgée, avait gagné et proclamé un gouvernement provisoire. Il ne s'agissait plus d'une vague étincelle, mais d'un incendie qui, pour continuer de brûler, réclamait l'oxygène des idéologues, des esprits vifs. Une lettre était arrivée, exigeant la présence de Pippo. Qu'au-delà des mots et de l'encre, il devienne une voix. Un visage. Celui que tant de gens n'avaient qu'imaginé.

« Je me jetterai dans les bras du premier venu, si cela peut être utile. »

Elle avait été très loin pour vaincre ses réticences. Elle l'avait supplié, mais Pippo ne voulait pas lui faire courir de risques et surtout, il craignait qu'on puisse la prendre pour sa maîtresse ; Leda toutefois l'avait rassuré. Il fallait à tout prix qu'elle aille en Italie, elle aspirait à retrouver sa terre, et l'émotion était si grande qu'elle en avait le souffle coupé, elle voulait présenter ses condoléances en personne à la famille de Michele. C'est ce qu'elle lui avait dit, les yeux brillants, sans oublier de fournir un motif beaucoup plus pratique, et par conséquent pressant. De tous ses mensonges, en admettant qu'elle atteigne son but, celui-ci se révélerait le plus vraisemblable. Elle avait inventé que son cher oncle, celui qui jusqu'à présent lui avait assuré de quoi vivre, était mort à Palerme en cette année de troubles, ce qui l'obligeait à retourner en Italie pour s'occuper des paperasses de l'héritage : « C'est difficile de survivre ici, à Londres. » Pippo comprenait mieux que quiconque. À Milan, lui avait-elle dit pour le rassurer, chacun suivrait sa route. « C'est important, Pippo, je t'en prie. » Il avait fini par céder, sans qu'elle ait besoin de lui rappeler qu'il devait bien cela à Michele, qui s'était donné tant de mal pour la cause et pour l'école. « Apporte de quoi te couvrir. Les cols sont encore enneigés. »

Elle l'avait remercié en lui baisant les mains, et la joie de cette permission s'était ajoutée aux autres émotions, puisque, cette fois, la chance lui souriait. Elle croyait que, de Milan, elle devrait partir pour Gênes, mais quand elle avait annoncé à Oliver son départ imminent – avant même que Pippo lui eût donné son accord – une missive était arrivée de Gênes justement. Massèi allait rejoindre la capitale lombarde puisque le roi de Sardaigne, accompagné des troupes piémontaises, et malgré ses atermoiements sur les rives du Tessin, s'était enfin décidé à soutenir l'insurrection et à défier l'Autriche. Espions et intrigants étaient sur le qui-vive, grouillant dans l'ombre et se vendant au plus offrant, et Massèi voulait suivre les événements en personne. À Milan, Leda devrait se mettre en rapport avec lui, et autant la nouvelle de l'engagement du royaume de Piémont-Sardaigne angoissait Pippo, qui dans le petit salon avalait des litres de café pour lutter contre le sommeil et réfléchir aux positions politiques des modérés et des radicaux, autant ce roi inconnu était apparu à Leda comme un messager du destin. Si c'était lui, l'aimant qui attirait Massèi à Milan, qu'il soit béni.

Dans les jours qui précédèrent son départ, Leda écuma les boutiques d'Oxford Street pour s'acheter un manteau bien coupé, un chapeau en fourrure, et des gants assez chauds pour protéger ses mains mises à rude épreuve. Dans l'excitation des préparatifs, Ngely lui tint compagnie, triste et d'humeur changeante. Il quittait avant l'heure l'auberge où il travaillait désormais et, plutôt que de rester avec ses amis, retrouvait Leda pour passer du temps avec elle. Elle en fut heureuse et lui laissa de quoi payer son loyer ainsi qu'un peu d'argent de poche pour qu'il puisse se faire plaisir sans entamer les maigres sous qu'il gagnait en faisant la plonge. La dernière nuit, ils la passèrent ensemble sans dormir, elle sur le lit qu'elle avait partagé avec Michele, Ngely sur la couche près du poêle, comme s'ils étaient incapables du suprême geste d'abandon. Lui se disait qu'il perdait une âme bienveillante, une sorte de mère, et elle qu'elle s'apprêtait à tuer au nom de Michele. À l'aube, ils s'étreignirent. Le garçon tint à porter sa valise ; il traîna ses pieds dans la gadoue jusqu'à l'embarquement sur la rive de la Tamise.

« Je reviendrai bientôt », lui dit-elle avant de le saluer et de lui tendre les clés de la maison.

« Je t'attendrai.

— Je t'écrirai, comme ça tu t'exerceras à la lecture », lui dit-elle, rassurante, en lui ébouriffant les cheveux. Il était devenu grand, mais il accepta ce geste maladroit d'affection ; il crispa ses lèvres pour contenir ses larmes.

« Prends soin de toi.

— Reviens vite. »

Le voyage l'inquiétait. Elle avait peur que Pippo ait dans l'idée de s'informer davantage, d'en savoir plus sur cette femme qu'il s'était résigné à emmener, mais le Maestro se contenta de quelques phrases polies, se taisant la plupart du temps pour laisser parler le clapotis des vagues contre le bateau. Leda en fit autant ; elle avait choisi un livre pour passer le temps et ne pas laisser les émotions transparaître sur son visage, risquant d'éveiller les soupçons. Elle se plongea avec plaisir dans les aventures de Heathcliff et se revit un peu à travers lui, si violent dans sa volonté de détruire.

La traversée de la Manche fut calme, comme le trajet de Calais à Paris. La capitale avait beaucoup changé depuis qu'elle l'avait admirée de la luxueuse calèche de madame Antoinette. L'agitation dans les rues était palpable, presque étourdissante, et Pippo fut accueilli par une telle cohue que Leda en fut toute retournée ; la foule escorta le Maestro jusqu'à l'Hôtel de Ville où il fut reçu comme une sommité pendant que Leda faisait la connaissance de Lamberti dont elle épiait le moindre mot depuis des années. Ils ne s'arrêtèrent pas longtemps dans la capitale. La situation pressait.

La bravoure des chevaux transalpins qu'elle avait déjà eu l'occasion d'apprécier se révéla une fois de plus extraordinaire. La voiture à quatre chevaux se rua vers la Suisse et, en quelques jours à peine, arriva à Flüelen. Le voyage devint alors plus périlleux. On était à la fin du mois de mars, la neige s'agrippait encore aux montagnes et aux plateaux avec toute la force du gel, et bien qu'une route carrossable construite dix ans plus tôt permît au service de poste et aux convois de mulets de faire tranquillement la route du Saint-Gothard, on avait du mal à en suivre le tracé. La voiture fut abandonnée dans un des derniers villages au fin fond de la montagne et remplacée par deux traîneaux tirés chacun par des chevaux trapus aux muscles impressionnants qui, dans l'effort, exhalaient de la vapeur. La remontée vers le col fut épuisante. L'air brûlait les poumons et rendait le bout des doigts tout bleus malgré les gants, les yeux devenaient secs, fouettés par les rafales de neige, et plus d'une fois Leda les ferma, s'abandonnant à la merveilleuse sensation que lui procuraient ses pieds à la dérive sur la neige.

Quand ils arrivèrent aux gorges de la Schöllenen, elle resta sans voix. Les crevasses ténébreuses, une dénivellation d'une centaine de mètres, rocheuse et vierge, un petit chemin étroit et glissant. En passant le pont du Diable, elle regarda en bas et pria pour ne pas tomber sur les petites cascades glacées, prise de vertiges. L'air était d'une pureté absolue, le ciel plus sombre, la poussière de glace dessinait des esquisses d'arc-en-ciel. Tout à coup un oiseau tomba net, mort ; en s'écrasant sur un rocher, il se brisa en éclats de chair dure.

Il faisait nuit quand ils arrivèrent à l'hospice du Passage, et la sensation de la soupe qui descendait le long de son œsophage et propageait sa tiédeur aux membres la réconforta. On leur servit également une délicieuse liqueur au café qui leur redonna des forces.

« J'attends ce moment depuis vingt ans, lui confia Pippo.

— Je sais.

— J'espère revoir ma mère et la trouver en bonne santé.

— …

— Comment sont morts tes parents ? »

Elle n'avait pas envie d'en parler, parce que évoquer le passé, c'était comme revenir là où cette existence avait commencé, et elle ne se sentait pas non plus disposée à improviser ; elle avait peur de se trahir, alors elle hésita, baissa la tête.

« Excuse-moi, je ne voulais pas te faire de peine.

— …

— Nous partirons à l'aube et nous traverserons le canton du Tessin dans la journée. De là à l'Italie, il n'y a qu'un pas. Nous franchirons la frontière à Chiasso », dit-il en se triturant les mains. Il avait épuisé ses provisions de tabac et il était nerveux.

« Bonne nuit. »

Leda s'endormit, agrippée aux couvertures et, inopinément, derrière ses paupières closes, elle vit apparaître son père, Vito. Il lui disait bonjour avec une caresse, avant qu'elle n'aille visiter la ferme en compagnie de l'oncle qui ferait d'elle une orpheline ; avant que la main des fermiers ne saigne le porc. Dans le rêve, elle attendait à côté de son père, contemplait sa saine corpulence et ses moustaches noires qui tombaient dru sur sa bouche. Elles lui donnaient un aspect austère, qui contrastait avec la chaleur dont il savait faire preuve.

« La frontière », lui dit Pippo en indiquant un poste de douane. Il était serein. Dans sa poche, il cachait une petite carabine qu'on lui avait offerte chez les Ashurst, mais il n'en eut pas besoin. Après l'avoir observé, un des douaniers ouvrit lentement les lèvres.

« Votre nom, s'il vous plaît ?

— Giuseppe Mazzini », dit le Maestro en se fiant à son flair et au destin, même si le courage ne dominait pas encore la peur d'être arrêté.

« Giuseppe… », répéta le douanier avant de rester bouche bée. Puis il se retourna et appela : « Venez voir. »

Pippo sortit de sa poche la main qu'il avait gardée sur la carabine.

« Vous êtes identique aux miniatures qu'ils envoyaient avec les tracts », lui confia le garde.

Une heure plus tard, ils longeaient un paisible lac enclavé dans les montagnes. Ils arrivaient en Italie.

*

La méfiance avait pris le dessus et José s'était résigné à passer ses nuits sur la terrasse de la calle del Portón en compagnie de Guerello. L'automne arrivait et le Général ne pouvait plus dormir seul sur le matelas qu'il avait partagé avec Aninha, perclus de rhumatismes qui lui rappelaient qu'il était né en mer et que, de la mer, il garderait toujours les traces. Il montait sur la terrasse, scrutait la baie miroitante d'étoiles pour y voir un signe qui lui dirait enfin que le moment était venu de prendre la route de l'océan. Où étaient les yeux noirs de perle qui tant de fois lui avaient indiqué la direction ? Aninha les avait-elle emportés avec les enfants ? Dans l'obscurité, José s'abandonnait aux souvenirs, dérivait au gré de fragments d'existence auxquels il redonnait une forme qui anéantissait le temps ; il contractait et dilatait à volonté les distances, selon la logique de la sympathie ou de l'antipathie, pour y puiser une force. Il voulait partir, il brûlait de partir, et le jour vint enfin malgré les contretemps.

« Nous partons, mon général », lui dit Leggiero, radieux.

Ce mois de mars avait été interminable, mais avec la venue d'avril, la joie était plus grande. Tandis qu'il attendait sur la jetée de déployer les voiles et de lever l'ancre, José comprit que si l'on veut une chose, et si on continue à la vouloir, la réalité finit par se plier. Ou par s'évanouir définitivement.

Le brigantin qui s'apprêtait à lever l'ancre avait pour nom *Bifronte,* mais José avait demandé au capitaine Gazzolo de le rebaptiser *Espérance*, parce qu'ils en étaient remplis, en plus d'une folle envie de revanche voilée de nostalgie.

« Oui, mon cher Leggiero. »

Derrière eux, aux balcons et aux terrasses qui donnaient sur le port, une foule de curieux et de sympathisants déployait les drapeaux noirs de la Légion qui vomissaient les trois couleurs de l'Italie. Sur le quai, les amis de toujours se bousculaient. Ils ne partiraient pas tous. Ils les accueilleraient dans le cas d'un nouvel et malheureux exil.

« Vive la Légion ! »

Les nouvelles parvenues à Montevideo disaient que le pape avait accordé une amnistie, promulgué une Constitution et rompu avec les Autrichiens, ce qui faisait dire à José et à Anzani que le Saint-Père avait des intentions guerrières. José n'affectionnait guère les prêtres, la seule pensée de cette sale race de prêcheurs qui infestaient sa terre lui donnait la migraine, mais malgré tout, il avait conclu un pacte avec lui-même. Il était tellement déterminé qu'il avait écrit avec Anzani une lettre au nonce apostolique de Rio de Janeiro qui veillait également sur les régions du Rio de la Plata, pour offrir au « grand prêtre » de Rome les services de la Légion italienne.

Puis on avait lancé une souscription pour l'achat d'un bateau ; le premier à y participer avait été l'ami Napoleone, et les *pesos* avaient afflué de toutes parts, hélas insuffisants, alors à la fin du mois de mars on s'était contenté de payer le capitaine Gazzolo pour qu'il prenne la troupe à son bord. Du reste, en attendant le départ, les cortèges de braves s'étaient amenuisés : la plupart envoûtés par le chant de sirène des épouses de Montevideo, d'autres craignant le retour, la peine de mort qui leur pendait encore au nez. José croyait qu'ils seraient mille à partir, et c'est ainsi qu'il avait présenté les choses à Medici, le légionnaire arrivé à Montevideo avec une lettre d'introduction du Maestro : avant qu'il ne parte, José lui avait donné l'ordre d'encourager les patriotes de Gênes, de Florence et de Bologne, et de prévoir un accostage sûr à Livourne car selon toute probabilité, c'est là que l'*Espérance* se dirigerait. Mais des mille du départ, on était arrivé à cent cinquante, dont seuls soixante-trois étaient restés. Parmi eux, on comptait aussi Andrea le Maure : « Je vous suivrai, mon général, je n'ai jamais rencontré un homme aussi libre que vous. » Guerello était le soixante-quatrième brave, mais on ne le mentionna sur aucun registre.

José s'apprêtait donc à faire ses adieux au sol qui, douze années durant, l'avait accueilli, lui offrant la renommée, l'amour et quelques souffrances tout au plus physiques. Il avait lutté pour beaucoup d'hommes, avait parfois attiré l'enthousiasme ou la haine, mais il avait quarante ans, et il ne pouvait pas regarder en arrière. Il fallait écrire le futur sur une feuille vierge. Il regretta ceux qu'il laissait et, tandis que Guerello trottinait à ses côtés, content comme tous les chiens devant la nouveauté, il eut un accès de mélancolie. Edoardo Mutru, mort noyé en même temps que Carniglia, le cher Rossetti dont on n'avait pas récupéré la dépouille, Griggs tué sur le pont dans sa lutte contre l'assaut à Laguna. Il n'était pas né sur cette terre, mais il laissait là, avec les os de ses amis, une partie de lui. Pas seulement dans le cœur de ceux qui restaient, les émigrés qui n'avaient pas eu le courage de partir. Il laissait une partie de lui dans la mémoire de ce pays et, grâce à sa propre mémoire, emportait avec lui le souffle du Sud.

Depuis décembre, il avait souvent écrit à Aninha. Il s'était plaint de l'enthousiasme qui déclinait et l'avait assurée qu'il la rejoindrait bientôt ; ce matin-là, il s'était rendu pour elle sur la tombe de Rosita. Guerello et Andrea le Maure étaient venus avec lui. Ils avaient bêché la terre jusqu'à ce que le fragile caisson qui conservait le corps de la fillette renvoie le son du choc entre le bois et le fer. Il en émanait une puanteur douceâtre, et José avait demandé qu'on l'embarque en faisant croire qu'il contenait les médailles de la Légion. Elle était née ici, Rosita, mais José voulait l'enterrer là où Aninha pourrait lui apporter une fleur.

Le départ était un adieu, pas une fin. C'était un prélude qui, en s'accomplissant, menait enfin au commencement tant désiré. José se sentait plus prêt que jamais.

II

Elle n'avait pas imaginé, même dans la démence de son attente, que la mer pouvait s'étendre ainsi sans limites. Elle avait toujours éprouvé de la joie à laisser courir son regard sur l'étendue salée et se perdre ainsi dans le clair-obscur des courants, et lorsqu'elle y avait nagé, fillette nue puis jeune fille plus entravée dans ses vêtements, elle avait senti toute sa force et avait appris le respect dû à l'immensité. Toutefois, en sillonnant l'océan, jamais elle n'aurait cru qu'elle le verrait non seulement se confondre avec l'horizon mais le repousser toujours plus loin. José avait, une fois déjà, traversé toute cette eau pour venir à Laguna et la trouver. Cette même eau qui maintenant les séparait.

« Viens, n'attends pas davantage. »

La traversée avait duré deux mois. Teresita l'avait très mal supportée, prostrée par les accès de nausée, et le petit Ricciotti avait refusé pendant longtemps de manger. Ils étaient pourtant partis en été, mais un front glacé qui venait du nord les avait vite obligés à se réfugier sous le pont pendant des jours sans jamais leur accorder le bonheur d'un rayon de soleil. Ils se terraient pendant qu'au-dehors les lames fouettaient le bateau, arrachant au bordage d'interminables et sinistres grincements, et si d'aventure Aninha allait sur le pont pour vider et rincer le pot de chambre, elle redescendait le visage tuméfié par les coups de vent, figé, inexpressif. « Qu'est-ce qu'il y a dehors ? » lui demandait alors Domío en devinant dans les yeux de sa mère la méfiance que lui inspiraient les nuages qu'elle avait vus partout, hostiles et impénétrables. Aninha avait beau s'efforcer de cacher ses sentiments, elle avait peur. Elle regardait ses enfants s'engourdir à force de rester immobiles et il lui semblait que les petites jambes de Ricciotti se courbaient tant il restait assis, aussi les avait-elle encouragés à l'exercice ; dès le réveil, elle leur expliquait comment s'accroupir et se relever, ouvrir les bras et étirer le dos en suivant les conseils que lui avait donnés José. Lors des journées les plus tièdes, elle leur faisait prendre l'air, les occupait avec des jeux et des histoires afin que les rayons du soleil libèrent leurs membres de l'humidité. Mais au moment où elle commençait à s'habituer à la monotonie de la vie à bord, une terrible fièvre avait brûlé le front de Domío, et dans ses longues heures de veille, Aninha avait frémi à l'idée que la maladie ne lui enlève un autre enfant. Le premier tant aimé. Elle n'était pas prête à affronter seule la douleur et elle avait regretté la compagnie de l'amie Feliciana ; elle était partie avec des femmes de la même race qu'elle, mais qu'elle connaissait à peine, des épouses d'Italiens avec lesquelles elle se limitait aux politesses quotidiennes, et comme toute mère dans le besoin, elle avait oublié sa gêne et ses réticences pour demander de l'aide et un mot de réconfort.

Quand le *Carolina* était enfin arrivé en vue de l'*Urope*, le mal de mer de Domío avait cessé, et Aninha avait repris confiance ; au passage de Gibraltar, tandis que les enfants bondissaient d'un parapet à l'autre, désignant la terre ferme et laissant échapper des petits rires aigus, elle avait prié et demandé à sa progéniture d'en faire autant. Elle s'était fait des illusions. Elle croyait que ces doigts de roches tendus représentaient la terre promise que José avait tant de fois célébrée, mais il restait encore des milles à naviguer dans de mauvaises conditions ; les pires, parce que les derniers, supplice d'impatience. Les marins avaient égrené des noms, Espagne, France, elle, elle n'avait pas voulu les apprendre ; chaque jour, elle sortait, emmitouflée dans le châle qui embaumait la calle del Portón, regardait la côte et serrait le pendentif ovale que Feliciana lui avait offert pour leurs adieux. Elle était partie en été, elle arrivait en hiver. Elle attendait un cri libératoire qui dirait « Gênes », mais c'était l'euphorie refrénée et familière s'emparant peu à peu de l'équipage qui lui avait fait comprendre qu'on arrivait au port. Alors Aninha avait respiré à fond. Le parfum de cette mer était différent, plus chaud et plus aigre, et la ville s'ouvrait comme la patte d'un monstre marin déployant ses griffes à la conquête des montagnes à l'ombre des maisons. Elle ne lui rappelait rien de connu. « On est arrivés ? On est arrivés ? » demandait Domío tout excité, et Teresita non plus ne tenait pas en place, elle avait tellement trituré son petit cheval de bois que les roues s'étaient détachées ; Ricciotti, lui, pleurnichait, apeuré par l'excitation alentour. Ils avaient dû rester à bord sur ordre du capitaine pour les délais de quarantaine, mais une fois débarqués, aucun officier de santé ne les avait harcelés.

Pourtant, ils avaient dû affronter un accostage à la fois enivrant et effrayant. Imprévu. Sur le quai du port en fête, une foule nombreuse les attendait, des milliers de visages et de mains qui se penchaient sur la mer pour réclamer un salut, qui célébraient les femmes des légionnaires de Montevideo. On voyait flotter des drapeaux noirs et des fleurs, comme pour fêter un deuil enfin passé, et pour se frayer un passage, Aninha avait d'abord fait preuve de politesse puis de fermeté en donnant quelques timides coups d'épaule. C'était elle que la plupart des gens cherchaient, lui souriant et donnant une caresse à ses enfants : « Qu'elle est belle ! Qu'ils sont beaux ! » Ils voulaient se remplir les yeux du visage de la créole, la femme du Général. « Vive Anita ! » C'était donc ça, ce à quoi faisaient allusion les journaux que GianFarinata avait pendant des années déposés sur la table, tachée d'encre à force. « Vive Garibaldi ! »

La lettre que José lui avait remise à Montevideo lui avait valu un accueil courtois de la part d'une connaissance du Général venue se présenter. Aninha avait été escortée au milieu de la foule et guidée à travers un dédale de ruelles si populeuses et exiguës qu'il y avait de quoi se demander si ses enfants n'allaient pas mourir étouffés. Les toits des hautes bâtisses masquaient le soleil, projetant des ombres granuleuses sur les rues et, une fois arrivés à destination, ils avaient pu profiter d'une chambre lumineuse et reprendre leur souffle. Ils avaient été traités avec bienveillance par une gouvernante âgée, et la première nuit, malgré leur émoi, mère et fils avaient sombré dans un sommeil paisible, enlacés l'un à l'autre.

« Il arrive quand, papa ? lui avait demandé Teresita au réveil, déjà tout excitée.

— Bientôt. »

Pendant des semaines, ils restèrent dans cette chambre, victimes du sentiment d'effroi qui submergeait Aninha et rejaillissait sur les enfants, les poussant à se terrer, comme s'ils n'étaient pas descendus du bateau. Tous les jours, à toutes les heures, un nouveau groupe d'admirateurs apparaissait sous les fenêtres : « Vive Garibaldi ! Vive Anita ! » hurlaient-ils, et quand Aninha se penchait à contrecœur à la fenêtre pour les saluer pourvu qu'ils cessent de crier pendant que Ricciotti somnolait, elle se disait peu à peu que José n'appartenait pas à ce lieu. Sur les visages qu'elle voyait s'amasser dans la rue, elle ne distinguait pas un trait commun avec ses yeux à la fois fuyants, tristes et lumineux par leur couleur, avec cette crinière si sauvage et libre. Seule la silhouette de certains hommes de la mer, fluets et nerveux, lui rappelait José. Rien d'autre. La démarche de son mari était plus intrépide, son dos plus droit. Le pas du *Diablo.* « Je t'en prie, viens, viens. »

Trois semaines après leur arrivée, alors qu'elle maudissait José de l'obliger à rester l'hôte d'inconnus, une lettre arriva du port. Aninha fut très gênée de demander qu'on la lui lise, maintenant qu'elle ne pouvait plus compter sur ce GianFarinata qui avait éveillé chez elle tant d'antipathie : *Je veux que tu profites de ce beau coin de terre qui m'a vu naître, qu'il te soit cher comme toujours il le fut à mon cœur. Tu connais mon adoration pour l'Italie, et Nice est certainement un des plus splendides endroits de cette patrie si malheureuse et si belle. Quand tu te promèneras parmi les lieux qui m'ont vu grandir, rappelle-toi le compagnon de tes peines qui t'aime tant, et salue-les en mon nom.*

Ainsi, ils devaient partir pour Nice, car entre les lignes, José avouait rencontrer des résistances et des difficultés à Montevideo ; les légionnaires s'épuisaient et l'on ne trouvait pas de bateau pour les conduire en Italie. Sa tristesse fut telle en entendant ces mots que, pour la surmonter, elle se força à croire qu'entre-temps, pendant que la lettre sillonnait l'immensité de l'océan, son José avait cessé d'atermoyer et était parti. « Je sais que tu es en train d'arriver. »

Ils allèrent à Nice en bateau à vapeur et Domío fut heureux de sauter à bord de cette embarcation si moderne. Il était encore étourdi par l'épreuve de la traversée et les surprises d'une terre que son père lui avait dite belle mais qui, en son absence, semblait inhospitalière, et pourtant il s'émerveilla ; durant tout le trajet, il resta bouche bée à admirer les deux cheminées qui recrachaient dans l'air une épaisse fumée noire laissant un goût amer sur le palais. Aninha, au contraire, commençait à se triturer les doigts et à se montrer irascible envers Ricciotti et Teresita, même si la cause de son agacement n'était pas les enfants ; elle savait être patiente avec eux, mais là, assise dans ce bateau, elle sentait se matérialiser la frayeur qu'elle avait pressentie depuis le départ. José l'avait assurée que Rosa, sa mère, l'accueillerait à bras ouverts, et si Aninha était prête à le croire, elle avait espéré qu'il la présenterait lui-même à sa belle-mère. Arriver seule lui donnait au contraire l'impression d'une défaite, comme si le bateau était en train de la mener, elle, sans défense, devant un juge implacable prêt à abattre son marteau. Elle espérait que Rosa lui accorderait son affection, mais en fermant les yeux et en se bouchant les oreilles pour échapper à l'obsession des enfants, elle voyait une mégère au visage pointu qui se moquait d'elle et la chassait avant même de la laisser entrer, non sans lui avoir confisqué les petits. Aninha ne pourrait même pas se rebeller, par respect pour José. Oui ou non ?

« Teresita, arrête ! » lança-t-elle tout à coup, effrayant la petite qui tirait sa blouse pour attirer son attention. Elle fut obligée de lui donner une caresse et se mordit la lèvre. Et si elle lisait sur le visage de sa belle-mère l'expression d'une fausse joie, comme si Rosa se sentait obligée d'accueillir la famille de son fils déserteur alors qu'en réalité elle ne supportait pas la vue de cette étrangère ?

« Anita ! »

Souvent, bien que fondés, les doutes sont mal placés, ils ne donnent pas la juste mesure des choses ni ne rendent justice aux êtres, ce qu'Aninha comprit en débarquant du bateau. Alourdie par les années, une femme gesticulait sur le quai, aiguisait sa vue sous le crachin froid et, dès qu'elle aperçut les enfants, elle vint à leur rencontre ; elle étreignit Aninha en souriant, la serra contre elle comme si, à travers le corps de la jeune créole, elle pouvait étreindre à nouveau celui de José en personne : « Je n'y croyais plus. »

Ses cheveux ivoire, sa carnation aussi sombre que ses yeux voilés de vieillesse et cette manière de se retourner, de lancer des coups d'œil inquisiteurs à ce qui se passait alentour, de même que son allure et le baiser furtif qu'elle déposa sur le front de ses petits-enfants dont elle ne faisait la connaissance que ce jour-là, avaient quelque chose de lui ; ça ne pouvait être que sa mère, parce qu'on distinguait sur son visage le murmure secret des traits de José.

« Vous devez être Rosa. »

Au début, elles eurent du mal à se comprendre, car aucune des deux ne parlait la langue de l'autre, mais la vieille mère reconnut aussitôt chez sa belle-fille sa propre tendre patience et son orgueil, et elle devina quelle passion cachait son cœur ; la belle-fille sut quant à elle qu'elle avait trouvé une âme sur qui compter.

« *Je suis très contente de te connaître*[1]. Cela me fait plaisir que tu sois venue. Je t'attendais. »

---

1. En français dans le texte.

Grand-mère Rosa tira deux sous de sa bourse décousue pour payer un porteur afin qu'il dépose les malles au quai Lunel. La maison semblait inhabitée, remplie d'images pieuses et de statuettes votives de la Vierge à l'Enfant, mais dès que les petits entrèrent, ce fut la même grand-mère Rosa qui ouvrit les fenêtres pour que la brise qui montait de la mer entre et rafraîchisse l'atmosphère. Domío et Teresita étaient désorientés, égarés par la sonorité grasseyante et douceâtre de la langue dans laquelle la grand-mère s'adressait à eux, mais elle sut toutefois gagner la faveur de l'un et de l'autre avec un succulent plat de macaronis nappés d'une abondante couche de fromage qui fit aussi le délice d'Aninha.

Le matin suivant, Rosa voulut emmener sa bru au marché, où elle lui montra les primeurs de Nice, les légumes et les fruits ; plusieurs fois, elle lui demanda s'ils ressemblaient à ceux de l'autre bout du monde. Il y avait un peu de méfiance dans ses questions, mais pas une ombre de méchanceté ou de malveillance. Et Aninha la comprenait. Elle aussi, de la méfiance, elle en avait beaucoup ressenti envers les émigrés italiens. Elles s'entendirent mieux encore quand la belle-fille commença à se plaindre du prix des pâtes, des olives et du sel qui avait commencé à grimper ces derniers mois, parce que le monde est petit, et que les soucis se ressemblent sous toutes les latitudes.

La ville natale de son José était venteuse et moderne. Elle était traversée par un cours d'eau qui plut beaucoup à Domío ; les enfants descendaient sur la grève aride et sautillaient sur les rochers, non loin du linge que les lavandières mettaient à sécher sous les premiers rayons du soleil. D'un côté, le quartier du port, où Aninha se sentait naturellement chez elle, de l'autre des maisons élégantes. Il y avait des rues bordées de cafés et de boutiques où les gens se promenaient et traînassaient, et des tuiles pour orner les toits d'une architecture très différente de celle, plate, d'Amérique du Sud. Les nombreux réverbères estompaient la nuit et atténuaient la lumière des étoiles. Peut-être qu'elle aurait pu vivre là, songea Aninha, si José était enfin venu.

Elle avait une petite fièvre de rien du tout, et plutôt que le climat tiède et le pollen de saison, c'était sans doute l'humeur qui en était la cause. Deux mois environ s'étaient déjà écoulés, juin avait assombri le ciel, mais chaque après-midi, de frêles rayons de soleil transperçaient les boucles vaporeuses et sombres, illuminant les rues. Aninha avait vécu dans l'attente, et si à Montevideo elle était restée patiente, à Nice elle se consumait. Les rares promenades main dans la main avec Domío et Teresita attiraient encore des salves d'applaudissements qui ne faisaient que lui rappeler à qui cette bienveillance s'adressait en réalité, et tout aussi pénible était la balade du bord de mer, avec ces minuscules bateaux tirés à terre ; elles lui rappelaient Laguna et lui donnaient un vague à l'âme qui lui faisait imaginer son José, enfant, en train de marcher le long de la mer avec son père Domenico, laissant derrière lui un sentier de traces fugaces. Elle l'imaginait en train d'inspirer ce parfum de sel, jeune casse-cou en quête d'aventures, avec une fringale de femmes qui n'avaient pas de nom.

C'était encore une mi-journée de nuages, mais aux premières heures de l'après-midi, le temps se métamorphosa en messager. Au-dessus de la baie, un pan de ciel s'ouvrit, et lorsqu'on aperçut dans la rade du port la voilure d'un brigantin, Aninha comprit que les rumeurs qui avaient couru de place en place cette semaine-là disaient vrai et que l'attente était finie. José lui avait expliqué que l'accostage n'était pas certain, qu'il débarquerait Dieu sait où avec la Légion, les épées dégainées, pourtant ce pan de ciel lui inspira une confiance inébranlable. Aninha courut vers le quai avec grand-mère Rosa ; Domío avait emporté un drapeau tricolore qu'il avait reçu en cadeau à Gênes ; Teresita et Ricciotti s'agitaient. Autour d'eux, les Niçois se pressaient.

« Restez avec grand-mère, je reviens tout de suite. »

Elle fureta, essaya d'en savoir plus, et quand un pêcheur s'aperçut que la femme du Général déjà à l'horizon avait besoin d'un guide, il n'hésita pas à la faire monter à bord de sa barque. Aninha éprouva une étrange sensation de plaisir quand, en s'éloignant de la rive, les vagues la soulevèrent encore et encore et qu'elle reconnut José dont cent coups de rames la séparaient encore. Appuyé au parapet, il souriait, heureux et amaigri, et dès qu'il l'aperçut fit un signe de la main.

« Tu es venu », hurla Aninha et, tandis que le souffle glissait d'entre ses lèvres, une palpitation fit gonfler ses seins et lui donna la chair de poule. L'horizon se dégagea jusqu'à devenir limpide et la silhouette de José se détacha fièrement. Il semblait en émaner de la lumière. « Tu es venu », répéta-t-elle sous les yeux du pêcheur, en faisant semblant de ne pas avoir éprouvé ce frisson jusqu'à la moelle, le pressentiment que les nuages ne se dissipaient pas totalement avant d'avoir déversé leur pluie sur la terre. Elle continua à regarder José, le cœur battant jusqu'à ses oreilles. Elle le connaissait, il était déjà sien, autrement elle aurait pu croire que cet homme venait d'un autre monde.

*

Le hasard est proche de l'initiative, une occasion pour celui qui l'a déjà en lui, parce qu'à errer à travers coteaux et rivages, vallées et récifs, privé d'un horizon vers lequel se tourner et sous le poids d'un péché au goût de lèvres, on s'attend à un signe, et peu importe d'avoir attendu jusqu'à maintenant qu'il vienne de la voûte céleste, pour l'heure effondrée et brisée en mille morceaux. On va à l'aventure, aidé dans sa quête d'une destination par le vide qui a remplacé les molaires du temps de la prison et, le long de la ligne tantôt sablonneuse, tantôt caillouteuse de la côte tyrrhénienne, on médite et on s'apaise, puisque la mer peut accueillir n'importe quel caillou et l'avaler dans un rond. Et sur l'infini miroir d'eau, si majestueux et humble qu'il puise sa couleur dans le reflet de ce qui le surplombe, voici qu'un signe, pour le moins inattendu et vêtu d'un rouge diabolique, apparaîtra puisqu'on l'attendait.

« Vive Garibaldi ! »

Il était enfin arrivé à Gênes. Il avait marché depuis les monts de la Tolfa vers le nord lentement, et avec la venue de la saison du soleil, il avait pu s'installer à l'air libre et discuter avec d'autres pèlerins, se remettre des nuits à la belle étoile grâce à la gnôle brutale de chaleureux gardes-chasse et aux mots que savent échanger les inconnus, chacun ignorant du passé de l'autre et jaloux du sien ; si le temps n'était pas clément, Colombino logeait dans les auberges meilleur marché, parce que être né dans la parcimonie jamais ne s'oublie. Il avait passé sans encombre les frontières et n'avait pas affronté de nouvelles péripéties, car tous ceux qui le croisaient flairaient sa misère et prenaient la poudre d'escampette. Dans sa marche muette avec Astolfo, Colombino avait ruminé tant et plus, serrant ses poings de rage, pleurant de déception. Il se mordait les lèvres pour le péché que Sabina y avait inscrit avec son baiser, et dès que son regard croisait un clocher, il bifurquait, sentant en lui une impatience nouvelle, mais aussi la crainte d'avoir à confesser l'idée qui naissait en lui malgré sa volonté. C'était une ombre qui s'épaississait peu à peu, encore fragile ; il aurait suffi d'un rien pour la disperser et la renvoyer d'où elle venait à peine de sortir, mais Colombino la cultivait, malgré lui, presque scrupuleusement. Il l'effleurait chaque jour ; il s'aventurait dans des délires qui ne faisaient pas jaillir de son nez la moindre goutte de sang, se déplaçait à tâtons dans son propre crâne en cartographiant des certitudes brisées et des ébauches de nouveaux principes, mais il finissait toujours par retomber sur cette idée brumeuse vissée dans un coin de son cerveau. Et quand il la touchait, son cœur se mettait à trembler. Seules les prières à don Sante savaient le ramener à la raison, alors il prenait un caillou et, après avoir regardé ses propres traces que le ressac dérobait aussitôt au sable, le jetait dans la mer de Toscane. « Pourquoi ? demandait-il. Je ne pourrai jamais revenir, don Sante ? Je ne sais plus où aller. Qu'est-ce que je dois faire ? »

Il entra à Gênes par la même porte qui l'avait vu sortir, espérant trouver l'ami Jacopo Framassone ou monsieur Giacomo, enfin quelqu'un à qui se confier pour en tirer un mot non pas de réconfort, mais de clarification. Une indication. Il n'était pas près de se l'avouer, mais il avait l'impression d'avoir entrepris un parcours qui l'éloignait de la route du pape et le menait Dieu sait où, puisque l'unique destination qu'il était capable de concevoir était là où tout avait commencé. Sacconago. Non pour y fonder une famille avec Vittorina et découvrir le bonheur, mais pour trouver refuge dans des lieux qui l'avaient protégé dans l'enfance et vers lesquels il se tournait avec l'angoisse que le futur, écrabouillé contre le présent, lui mettait dans le cœur.

Il arriva dans les environs du port avec l'intention de retrouver la petite plage de galets du côté du phare des marins et d'y enfoncer les pieds pour profiter un peu de cette douce fermeté mais, en se heurtant à la foule qui se bousculait sur le quai, il s'arrêta ; il se mêla à la cohue malgré la terrible odeur qu'il dégageait et l'aspect suspect et sauvage que lui donnait sa barbe qui s'était exprimée librement pendant son errance. Le chemin lui avait fait venir l'envie d'un peu d'humanité.

« Hourra ! Vive le héros ! »

D'un bateau qui avait jeté l'ancre dans la rade débarquaient une centaine de solides gaillards vêtus de rouge, brunis par le soleil, les traits tirés, certains avec les cheveux en bataille, d'autres coiffés d'un chapeau orné de plumes. Ils agitaient des épées et des drapeaux noirs qui crachaient une flamme tricolore, saluaient la foule et claquaient des baisers en s'alignant derrière un homme à l'épaisse crinière et à la barbe blond fauve qui, au fur et à mesure qu'il avançait, humait les fleurs que les femmes lui tendaient, offrant à chacune un sourire aguicheur. Le panache de son chapeau dansait comme un aspersoir au milieu des cris et des applaudissements, et il était escorté par un géant à la peau sombre armé d'une lance et un chien estropié qui aboyait comme un enragé. On aurait dit des créatures revenues de l'enfer ou descendues du paradis le long d'une corde, apparitions d'un autre monde, comme ces touffes de verdure qui poussent obstinément dans les fissures et finissent par les élargir.

« Qui c'est ? » demanda Colombino à un débardeur de trente ans à l'air frénétique avec son foulard noué autour de la tête et qui le fixait, incrédule.

« Mais tu viens de quelle planète ?

— Je ne sais plus.

— Qu'est-ce que tu racontes ?

— …

— Alors, t'as perdu ta langue ?

— De Rome.

— Ah, toi aussi, tu fuis, hein ! Il vous a bien eus, ce pape, vous autres Romains. Ça fait des mois qu'on vous voit arriver comme des misérables », murmura le débardeur, comme s'il détenait un terrible secret. Il faisait allusion à l'allocution dans laquelle le pape avait récusé la cause patriotique italienne après les soulèvements de Milan et de Venise, mais Colombino y lut un sous-entendu à ses propres mésaventures : « Mais comment tu sais ça, toi ? »

Pendant ce temps, l'homme en tunique rouge avait été escorté vers une petite estrade. Il leva les mains pour demander l'attention et la foule lui renvoya un hurlement fracassant avant de se taire d'un coup, comme si des doigts invisibles avaient fait pression sur chaque bouche. L'atmosphère se chargea de tension, un fluide capable de s'insinuer parmi le public et de n'en faire qu'un seul corps. Colombino éprouva une sensation de chaleur à la fois physique et spirituelle.

« Tous ceux qui… » L'homme trébucha légèrement sur les premiers mots, hacha quelques phrases dans une langue que Colombino ne comprenait pas, puis reprit avec plus de conviction. « Tous ceux qui me connaissent savent que je n'ai jamais été indulgent pour la cause des rois. Mais c'était seulement parce que les monarques causaient la ruine de l'Italie. »

Une ovation se leva et Astolfo, abasourdi par le boucan, baissa ses grandes oreilles et refila un coup de museau à Colombino, comme pour lui dire que ce n'était pas la peine de rester.

« Maintenant, je suis réaliste et je viens me présenter au roi de Sardaigne, devenu le régénérateur de la Péninsule, et je suis prêt à verser mon sang pour lui. »

Une nouvelle vague d'enthousiasme secoua la foule. Colombino se retourna vers le débardeur : « Pourquoi il doit verser son sang ?

— Pour chasser les Autrichiens, le pape et tous ceux qui nous oppriment ! lui répondit-il.

— Que les plus valeureux rejoignent ma Légion pour débarrasser la patrie de la présence ennemie ! »

Le débardeur donna une telle tape sur l'épaule de Colombino qu'il faillit bien le faire tomber. Il avait une solide carrure et de sacrés muscles à force de charger sur son dos les entrailles des navires pour les porter au pesage.

« T'as entendu ?

— Oui.

— Moi, j'y vais. Se battre dans l'armée du roi, non, mais avec Garibaldi, oui. Il vient d'Amérique du Sud, il a fait un malheur là-bas, et à Nice, où il a débarqué il y a quelques jours, il a déjà rameuté des centaines de volontaires !

— …

— Alors ?

— Quoi ?

— Tu fais quoi ? Tu viens ? À te regarder, on dirait que t'as pas grand-chose à perdre, et puis un peu de pain de l'armée, ça peut pas te faire de mal, au contraire… »

D'autres jeunes s'approchaient, se saluaient, complotaient avec le type. Colombino baissa les yeux. Le tricot que Sabina lui avait raccommodé était effiloché, on ne comptait plus les trous ; il errait depuis des mois, le cœur las, terrorisé par cette ombre fragile et chaque jour plus épaisse qu'il gardait au fond de lui comme une éclipse.

« Alors ?

— J'sais pas trop. Qu'est-ce qu'on devra faire ?

— Se battre pour la liberté et pour l'Italie tout entière !

— Comment ?

— Botter le cul aux soldats étrangers ! »

Quand il vit le débardeur agiter ses poings avec des gestes belliqueux, il sentit un frisson le parcourir. Un peu de mouvement et de compagnie ne lui ferait pas de mal, et s'il pouvait rendre quelques-unes des volées qu'il s'était prises durant sa longue pérégrination selon le précepte qui veut qu'on tende l'autre joue, ce ne serait pas un grand péché. Du reste, il n'avait pas encore de destination précise.

« J'sais pas.

— Eh ben, en attendant, viens avec nous. Et si le Général veut bien de toi, tu verras si tu pars ou non. »

Le débardeur et ses amis l'entraînèrent en ville en se joignant au cortège mais ils furent obligés d'attendre plusieurs heures car le Général se rendit au Cercle national pour faire un discours officiel et recevoir des honneurs. Ses mots retentirent jusque dans la rue grâce à tous ceux qui, en tendant l'oreille, purent les répéter.

« Nous devons faire tous les efforts possibles pour que les Autrichiens soient chassés rapidement du sol italien et que nous n'ayons pas à alimenter une guerre de deux ou trois années. Mais nous ne pouvons atteindre ce but si nous ne sommes pas dès maintenant profondément unis. Laissons de côté les systèmes politiques, n'ouvrons pas le débat sur la forme de gouvernement, il ne s'agit pas que les partis se soulèvent. La grande, la seule question du moment, c'est l'expulsion de l'étranger et la guerre d'indépendance. Pensons seulement à cela… J'ai été républicain, mais quand j'ai su que Charles-Albert était le sauveur de l'Italie, je me suis juré de lui obéir et de suivre fidèlement son drapeau. En lui seul j'ai vu que reposait l'espérance de notre indépendance ; que Charles-Albert soit donc notre chef, notre symbole. Que les efforts de tous les Italiens se concentrent sur lui. Hors de lui, point de salut. Gare à nous si, au lieu de nous serrer autour de ce chef, nous éparpillons nos forces dans d'autres et vains efforts et, pire encore, si nous commençons à semer entre nous les graines de la discorde. »

Le débardeur demanda à un homme de la Légion comment il fallait faire pour se porter volontaire, puis il emmena Colombino sur l'esplanade devant une caserne où ils se mêlèrent à d'autres. Ils attendirent là, frémissants, tandis que de joyeuses jeunes filles venaient admirer leurs futurs héros. Vers le soir, le Général se présenta pour passer en revue ceux qui voulaient le suivre. Son visage était très sombre, on aurait dit qu'il avait vu un mort.

Colombino était assis à l'angle de la place avec Astolfo ; le débardeur qui l'avait entraîné s'était mis dans les premiers rangs. Le Général commença par interroger au hasard quelques-uns des jeunes et des plus âgés pour connaître leurs motivations, et Colombino resta coi jusqu'à ce que, tout à coup, le Maure qu'il avait aperçu au port s'approche de lui et le prenne par l'épaule.

« Le mulet ne peut pas venir.

— Où ?

— Si tu veux suivre le Général, ton mulet doit déguerpir », expliqua-t-il dans une langue mâtinée d'italien et de Dieu sait quel autre idiome. Colombino dut se le faire répéter plusieurs fois, et le Noir, pour mieux lui faire comprendre, donna une grande tape sur le cou d'Astolfo, lequel s'ébroua, prêt à lui flanquer un bon coup de sabot pour le punir. Ce ne fut pas nécessaire. Colombino s'en chargea lui-même.

« Ne le touche pas », cria-t-il.

Le Noir ne dit pas un mot et se contenta de lui filer une gifle retentissante, mais Colombino réussit à garder son équilibre et il répondit par un autre coup. Maintenant, il en avait vraiment marre de toutes les violences qui, où qu'il aille, étaient prêtes à les accueillir, lui et son ami Astolfo.

La bagarre ne passa pas inaperçue. Le Général s'approcha, la paume de sa main posée sur la garde de l'épée à son ceinturon.

« Andrea, qu'est-ce qui se passe ? »

Le Maure lui parla, Colombino ne comprit pas, mais s'attendit au pire. Le Général sourit, puis le scruta des pieds à la tête.

« D'où viens-tu mon garçon ?

— De Rome.

— Et pourquoi es-tu venu à Gênes ?

— J'ai rencontré le pape, mais j'ai pas trouvé ce que je cherchais. Je savais pas où aller, alors je suis revenu ici.

— Le pape est un traître », lança le Général.

Colombino se tut, mais l'expression de son visage parla pour lui.

Le Général lui sourit.

« Où es-tu né pour parler si bizarrement ?
— À Sacconago.
— Où est-ce ?
— Dans la plaine. District du Haut-Milanais », expliqua Colombino. Il s'en souvenait bien pour avoir vu des tas de papiers arriver au presbytère de don Sante, édits et communications sur lesquels tant de fois il s'était exercé à la lecture.

« Alors, si tu veux venir avec moi, tu seras plus que bienvenu. On doit partir.
— Pour où ?
— Roverbella, qu'on me dit être en Lombardie. Et quelqu'un qui parle le dialecte me sera utile, moi je n'y comprends rien. »

La troupe ricana, mais le Général la fit taire d'un seul regard.

« Et Astolfo ?
— Qui ?
— Mon mulet. Celui-là, là, il a dit qu'il pouvait pas venir », dit Colombino en pointant son doigt accusateur vers le Maure.

Le Général le dévisagea. Ce gamin était si mal en point que sa bête semblait en meilleure santé que lui. Il lui rappela Juan de la Cruz et José Mundell, les cavaliers qu'il avait voulu emmener dans les batailles pour la République orientale, et qui ne faisaient qu'un avec les animaux. Des âmes libres, difficiles à dompter, au cœur pur.

« S'il ne nous emmerde pas, il vient avec toi. Enrôlé volontaire, lui aussi. »

*

Il avait laissé la délicieuse chambre et le matelas moelleux de l'hôtel Bella Venezia, non loin du grand théâtre de la Scala, et il le regrettait un peu, car l'entrée était lumineuse avec son grand lampadaire étincelant et le va-et-vient incessant permettait de sonder l'état d'esprit général et d'écouter les opinions qui circulaient dans la ville insurgée et libérée. Pippo avait pris pension dans cet hôtel dès son arrivée en ville, suivi par une foule de sympathisants ; ils étaient allés au-devant de sa voiture, engloutie par la vague, et Pippo, plus habitué à la solitude et aux réunions en petit comité, avait blêmi de tant d'émotion et de la chaleur étouffante de la plaine ; lui, toujours si austère et mesuré, s'était décomposé comme un enfant pour sa première communion. Sa mère et sa sœur Antonietta l'avaient rejoint à l'hôtel et Leda, comme elle le lui avait promis, l'avait laissé seul se triturer la cervelle et se ronger les sangs avec d'autres intellectuels.

Depuis plus d'un mois, elle s'était installée dans une auberge beaucoup moins fastueuse, voire crasseuse : l'auberge de la Balance, à deux pas de l'église Santa Maria alla Porta ; Leda l'avait choisie justement pour son nom. Elle avait l'impression qu'elle faisait allusion à sa mission : rendre justice d'un meurtre par une vengeance. La chambre qu'on lui avait attribuée était sombre, à peine éclairée par une fenêtre aux vitres malpropres, avec un lit inconfortable et puant, mais comme elle ne pensait qu'à son objectif, elle ne s'en plaignait pas outre mesure. Du reste, elle ne passait jamais beaucoup de temps à l'auberge. Elle rentrait le soir, épuisée, donnait un coup de peigne à ses cheveux emmêlés et se couchait ; le matin, elle sortait aux premières lueurs de l'aube, à l'heure où dans les rues on croisait les charretiers, les maçons et les femmes qui filaient vers les étals du marché en se massant la gorge avant de pousser leurs cris de bonimenteuses. Leda faisait de la concentration une véritable religion, elle semblait avoir perdu toute pensée légère ou joyeuse dans son voyage entre Londres et Milan, et même si les semaines passées dans la ville lombarde se succédaient à toute allure, elle s'imposait quotidiennement une routine de fer, digne de la claustration au Bon-Pasteur. Elle était si respectueuse des préceptes qu'elle s'était fixés, si sobre dans son attitude, qu'elle n'avait pas voulu profiter de l'hospitalité milanaise ; elle ne cherchait pas la ville, pas plus que la ville n'avait su la distraire, si bien qu'elle n'avait pas fait preuve de l'appétit suffisant pour fréquenter les tavernes les plus en vogue. À deux reprises seulement, triste et inquiète, elle s'était laissé tenter par des gourmandises pour se consoler. La première fois en face de la vitrine d'une pâtisserie près de la cathédrale où elle avait découvert un pain de Gênes sillonné de rubans de crème à l'alkermès. Elle l'avait acheté, était rentrée à l'auberge où, assise sur son lit, elle avait mordu à pleines dents la pâte vaporeuse ; sur sa langue, elle avait senti un goût plein, un goût de vanille et de cardamome, d'anis, cannelle et coriandre, et d'autres saveurs au fond du palais qu'elle n'avait pas su reconnaître ; elle n'aurait jamais imaginé que cette liqueur si douce cachait la carapace broyée d'un insecte. La seconde fois, c'était un plat beaucoup moins raffiné, plus rustique. Une assiette de *busècca* servie avec des tranches de pain à tremper qui tenaient lieu aussi de cuillères d'appoint. Elle lui avait presque fait peur, cette grosse soupe de haricots et de tripes, mais, la humant à plein nez, elle l'avait trouvée aussi dense qu'un encens qui se mange, et dès qu'elle l'avait goûtée, toutes ses réserves s'étaient envolées.

Massèi l'avait reçue dans l'atelier d'un céramiste qui, selon toute probabilité, aurait pu s'offrir un nouveau four avec les largesses de son hôte. Leda ne savait pas où dormait Massèi et ne parvint pas à le savoir ; c'était lui qui lui avait fait parvenir un billet à l'auberge de la Balance, deux lignes avec l'adresse et la signature, mais Leda, qui ne s'étonnait plus de rien, ne s'inquiéta pas qu'il sache déjà où elle logeait. Arrivée à l'adresse indiquée dans le quartier de la basilique de Sant'Ambrogio, elle s'était retrouvée face à une énorme grille noirâtre flanquée de deux gros comptoirs chargés de vaisselle, en partie brute, en partie émaillée de jaune et de turquoise. Une jeune fille lui avait dit bonjour et lui avait demandé si un des objets l'intéressait, vantant les prix bon marché, et quand Leda lui avait dit tout bas qu'elle était attendue, la vendeuse l'avait accompagnée d'un pas rapide à l'intérieur, auprès de Gabrio le céramiste, un homme mûr d'une carnation aussi luisante que ses œuvres, durcie par les bouffées de chaleur du four. Le rez-de-chaussée du bâtiment était un labyrinthe constitué de petites pièces et de salons, de marches qui montaient aux pièces à vivre et descendaient dans la moiteur des sous-sols. Après lui avoir demandé son nom et l'avoir contrôlé sur une liste qu'il gardait dans sa poche, Gabrio l'avait guidée à travers une succession de salles où étaient entreposées des tables qui s'incurvaient sous le poids de l'argile, des couleurs et des pinceaux pour décorer, jusqu'à un atelier rempli d'étagères qui atteignaient le plafond, chargées de pièces finement modelées, de brocs et de plats décoratifs, carreaux ornés d'arabesques et soupières aux anses tarabiscotées, visages de madone aux yeux mi-clos et saints avec des barbes ondulant comme des vagues. Massèi attendait dans un réduit pourvu d'un guéridon, de deux chaises et d'une fenêtre étroite, à côté de la grande pièce des fours où l'on faisait cuire les céramiques. La chaleur de ce vestibule insolite était rebutante, elle coupait le souffle.

« Tu ne te serais pas mis de drôles d'idées en tête ? lui avait-il lancé lors de leur première rencontre après l'avoir fait fouiller et laissée entrer.

— …

— La responsabilité de ce qui est arrivé n'appartient qu'à toi. Nous ne t'avons jamais interdit de fréquenter un homme. Du moment qu'il ne perturbe pas ton travail.

— Je sais, lui avait-elle répondu avec une tristesse hypocrite sans le quitter des yeux. Je n'aurais pas dû le mettre en danger. »

C'était donc ça, le visage d'un des assassins de Michele. À Gênes, elle n'avait pas pu le voir, à cause de l'obscurité de la nuit et de la faible lueur de ce cigare venue la surprendre dans son sommeil ; mais voici que Massèi se montrait à la lumière du jour, très probablement parce que la situation était grave, et qu'il avouait sans hésiter être le commanditaire de la mort de Michele. On aurait dit un gamin vieux avant l'âge, imberbe, avec d'épais sourcils noirs. Un visage rendu résolument quelconque, ordinaire.

« Pourquoi n'es-tu pas à l'hôtel Bella Venezia ?

— Mazzini craignait que ma présence ne soit gênante. Qu'elle lui crée des ennuis. » Elle avait failli dire *Pippo*.

Massèi avait réfléchi à sa réponse en se versant un verre d'eau d'une cruche blanche. Il ne lui en avait pas proposé.

« J'ai besoin de savoir quels sont les plans des radicaux. La politique avant tout. Le gouvernement provisoire est favorable à l'annexion au royaume de Sardaigne pour éviter les émeutes et profiter du soutien de l'armée ; mais les républicains sont opposés à cette idée. Qu'est-ce qu'il pense, ton Giuseppe ? Je veux savoir s'il a d'autres plans en tête ; il a reçu un émissaire envoyé par le roi en personne, qu'est-ce qu'il lui a dit ? »

Cette première rencontre l'avait découragée : en effet, si d'un côté elle ne pouvait plus s'approcher de Pippo à cause du mensonge avec lequel elle l'avait amadoué et qui se retournait maintenant contre elle, d'un autre côté, elle avait besoin d'informations à troquer avec Massèi en échange de son temps, histoire de prendre la température avant de décider que faire. Cependant, comme elle l'avait appris en Angleterre auprès du Maestro qui ne cessait de le répéter en citant sa mère : « L'heure la plus sombre de la nuit est aussi la plus proche de l'aube. » Leda avait donc décidé de gagner du temps et se limitait à écouler lentement le peu qu'elle avait appris pendant sa première semaine à l'hôtel, inventant chaque fois une excuse qui faisait appel à toutes ses connaissances : « Je ne sais pas encore. Il m'autorise une visite par semaine. Il participe à l'assemblée du gouvernement et passe beaucoup de soirées chez madame Dal Verme. Il fréquente de vieux amis génois, ou peut-être des admirateurs. Nino Bixio, un certain Mameli. Mais je ne pourrais rien dire de sûr quant à ses décisions. »

L'eau lui manquait. Le pont sur la Tamise, la mer de Gênes, aussi. Elle se contentait de marcher le long des canaux en souriant aux lavandières qui battaient le linge sur les planches de bois, mais elle n'y trouvait pas le même réconfort. Chaque jour, elle retournait dans le coin de Sant'Ambrogio sur le coup de midi, quand les rues étaient plus animées et, sans se faire remarquer, observait l'atelier du céramiste. Elle en avait fait un plan sur une feuille de papier. Certains soirs, la bâtisse lui semblait imprenable et la simple vue du croquis la décourageait, mais elle n'avait pas besoin de la prendre d'assaut. S'y glisser seulement, attendre la bonne occasion, frapper puis s'enfuir en évitant les escaliers ou les tournants qui parasitaient la bâtisse, sans se préoccuper des apprentis à l'œuvre sur les bancs. Si quelqu'un l'empêchait de passer, elle le blesserait, renverserait les étagères et, une fois revenue à l'entrée, enverrait valser les comptoirs de la vendeuse. Comme ça, s'ils se lançaient à sa poursuite, ils tomberaient sur les tessons, se blesseraient et seraient bien obligés de ralentir. Pour mettre au point le plan le plus solide possible et y apporter d'incessantes et minimes variations, Leda se promenait, elle s'entraînait pour cette course qu'elle allait devoir affronter. La force ne lui avait jamais manqué, elle se savait rapide, mais elle voulait être prête.

Massèi n'était jamais seul. Avec lui, il y avait toujours une brute épaisse, la main dans la poche comme pour cacher une arme, dont il ne serait pas facile de se débarrasser, d'autant que dès que Leda franchissait la porte du réduit, le garde du corps lui ôtait des mains sa canne-épée. Massèi cachait probablement un poignard lui aussi.

Elle avait pourtant eu une première occasion, vers la fin du mois de mai, quand le podestat avait annoncé un plébiscite afin que les citoyens s'expriment sur la fusion avec le Piémont. Gabrio le céramiste et la plupart de ses apprentis étaient sortis pour voter, laissant Massèi dans l'atelier avec son garde et quelques hommes. Leda s'était présentée comme d'habitude, s'était laissé fouiller et s'était assise. Elle avait raconté que Pippo soutenait la fusion et qu'il attendait avec impatience le résultat prévu pour le lendemain. Qui sait si elle disait la vérité.

Cette fois-là, dès le début, le cerbère lui avait donné l'impression d'être nerveux, et quelques minutes plus tard, Leda l'avait vu s'approcher de Massèi pour lui murmurer quelque chose à l'oreille. Massèi était alors devenu rouge de colère : « T'as qu'à pisser par la fenêtre, si tu peux vraiment pas te retenir ! » avait-il hurlé et, dans un geste de colère, il s'était versé un autre verre d'eau. Le garde du corps avait rebroussé chemin, puis, un instant après, s'était retourné, avait ouvert les deux battants de la fenêtre et, après avoir baissé son pantalon, s'était soulagé. Le flot qui s'était déversé à l'extérieur sur les mauvaises herbes avait retenti pendant presque une minute. Une éternité. Leda avait observé Massèi, ahuri par le comportement du colosse, et elle avait songé à récupérer la canne dans l'angle où elle l'avait laissée, à dégainer son arme et, d'un seul geste, à transpercer le garde avant de se jeter sur sa vraie proie. Mais elle était restée assise, jusqu'à ce que Massèi lui pose d'autres questions. Quand le garde s'était retourné en rajustant son pantalon, il était trop tard.

Juillet avait apporté une chaleur orageuse, touches de brume à l'horizon avec l'éternelle promesse de la fraîcheur et l'éternel supplice de la canicule. Leda se tenait à l'écart de l'hôtel Bella Venezia pour ne pas risquer de rencontrer Pippo, mais elle devenait nerveuse, elle avait l'impression de perdre le contrôle. Elle nouait ses cheveux avec un ruban, choisissait un vêtement léger qui ne lui colle pas à la peau, et achetait chaque jour la

Gazzetta di Milano en écoutant discrètement les hommes attroupés devant les cafés ou dans la galerie à côté de la cathédrale ; on disait que ce fameux Garibaldi, à propos duquel Pippo avait tant parlé et tant écrit, devait arriver en ville d'un moment à l'autre, et que les troupes autrichiennes retranchées à Vérone allaient bientôt se remettre en route pour lancer la contre-attaque. Leda était à l'affût d'un élément à rapporter à Massèi, arrangé à sa sauce, mais c'était un jeu toujours plus dangereux, une preuve d'imprudence et de roublardise dont elle commençait à se méfier. Elle n'était pas allée à l'atelier depuis plus d'une semaine, mais cet après-midi-là, bien qu'elle n'ait rien de particulier à annoncer, elle se décida à y faire un tour.

« Quelle est la position de Mazzini ? » lui demanda Massèi sans s'embarrasser des politesses d'usage après avoir ôté son frac pour le poser sur le dossier de la chaise. Il but une gorgée d'eau.

Leda eut l'idée d'un mensonge somme toute assez plausible : « Il veut appuyer Garibaldi. Il est prêt à s'enrôler avec lui afin d'attirer le plus de monde possible. »

Massèi écarquilla les yeux, déglutit, commença à tousser. Il se pencha en avant, laissa son verre sur le guéridon et se mit à se frapper la poitrine avec sa main ; l'information l'avait vraisemblablement surpris. Il continua de tousser et devint blême, à tel point que la brute s'approcha et lui donna une tape dans le dos en ricanant effrontément : « Allez, allez ! »

Quelle bêtise, une gorgée de travers ! Mais le destin ne se manifeste jamais gratuitement et s'accomplit à travers les choses concrètes, l'essentiel, c'est de le saisir. Leda avait attendu longtemps la bonne occasion, et bien qu'elle l'ait imaginée de mille manières, elle hésita, presque surprise de la voir apparaître avec une simplicité si désarmante. *Maintenant*. Elle réfléchit un instant, observa la scène avant de se précipiter sur le guéridon, d'empoigner la cruche et de frapper le garde du corps en plein visage. Le choc entre la céramique et les os fut effrayant. Le colosse recula, sonné.

Leda fit un pas, s'empara de sa canne posée dans un recoin. Le garde, qui se couvrait le visage d'une main, tenta de l'autre de l'en empêcher, alors, pour se libérer de son emprise, elle le frappa à la tête avec la canne ; il s'effondra, dos au mur, cherchant un appui pour rester debout.

Massèi toussait toujours lorsque Leda dégaina sa lame. Il la regarda, les yeux écarquillés, terriblement blancs.

« Je l'aimais. »

Elle visa le cœur, mais le premier coup n'atteignit pas son but car Massèi détourna l'arme avec sa main. La lame déchira sa paume. Il essaya de hurler, mais une nouvelle quinte de toux lui coupa le souffle. *C'est facile de mourir*, pensa Leda tandis qu'elle lui enfonçait la pointe acérée dans le thorax. Au contact, les doigts crispés autour de la poignée, elle sentit une côte se briser.

Massèi se figea, émit un hoquet pathétique et étouffé, porta ses mains à sa poitrine, et laissa pendre sa mâchoire tremblante.

Leda retira la lame et se retourna. Le garde se reprenait, elle le poignarda à la jambe, et le type tituba pour s'écraser contre la fenêtre depuis laquelle il avait pissé ; d'un coup de coude, il brisa les carreaux en mille morceaux.

« Mais qu'est-ce qui se passe ? » cria quelqu'un depuis la grande pièce des fours.

Massèi haletait, blêmissait à chaque respiration, puis il tomba enfin de sa chaise comme un pantin. Il essaya de se protéger avec ses mains, mais en vain. *C'est tout ce que tu as dans le ventre ?* Leda se jeta à nouveau sur lui, atteignit ses côtes, la lame s'enfonça de deux empans avec un bruit mou. « Ce n'est pas ma faute, c'est la tienne ! » cria-t-elle. Avant de se retourner pour s'enfuir, elle empoigna le frac de Massèi ; il était tombé avec la chaise et Leda le fit glisser du dossier pendant qu'elle le transperçait de sa lame pour la troisième fois.

« Toi ! »

La brute s'avança en boitant. Il avait le visage rouge du sang qui jaillissait des blessures que la cruche fracassée sur son front lui avait laissées. Leda s'accroupit, visa le ventre. Le garde s'écarta, lui flanqua un grand coup et se pencha pour ramasser la chaise afin de se défendre.

« Putain », beugla-t-il.

Leda ne fit pas attention à lui ; il s'était suffisamment écarté. En deux pas, elle arriva devant la petite fenêtre et se jeta en bas ; la brute essaya de la rattraper par ses vêtements. Il ne put la retenir, mais Leda perdit l'équilibre dans son élan et atterrit lourdement dans les mauvaises herbes ; elle ressentit une douleur déchirante au bras. Un gros morceau de verre avait pénétré sa chair. Sa vue se brouilla, mais en arrachant un souffle à ses poumons, Leda la retrouva. Elle remit l'épée dans son fourreau, ramassa le frac de Massèi, se leva et courut. En longeant la bâtisse, elle entendit des hurlements provenant de l'intérieur.

« Attrapez cette putain ! »

Elle parvint à la grille d'entrée et, comme personne ne la suivait, elle évita de renverser les comptoirs pour ne pas alerter les passants. Elle s'éloignait ventre à terre lorsque brusquement elle sentit naître dans son cœur une joie ancienne, réminiscence des courses en plein air devant la vieille maison familiale, dans le vent léger qui ébouriffait ses cheveux de petite fille stupide et inconsciente. Ce n'est qu'après une quarantaine de pas qu'elle se rendit compte de sa naïveté. Elle ne pouvait pas retourner à l'auberge. *Mais qu'est-ce que tu croyais ?* Le garde avait survécu, il savait sans doute où elle logeait et qui elle était. Ils allaient arriver d'un instant à l'autre. Elle s'était tellement concentrée sur la manière de tuer Massèi, d'être prête pour ce moment-là, qu'elle n'avait pas pensé à sa fuite. « Merde », murmura-t-elle en haletant, quand, au coin d'une ruelle, elle entendit crier : « La voilà ! Arrêtez-la ! »

*

Le soulèvement avait été un tourbillon de plaisir et de complicité, mais maintenant, il en avait plein les bourses. Au sens propre et au sens figuré. Tout d'abord, parce que cela lui avait rapporté un bon petit magot et lui garantissait encore d'honnêtes revenus, d'autant que, comparée aux policiers autrichiens, la nouvelle garde civile de concitoyens était nettement moins efficace pour intercepter les calopornies écoulées par le Mal-Né et son réseau de sous-fifres. Mais malgré cela, Lisander pensait que la grande question de la libération de Milan l'avait détourné trop longtemps d'autres projets de nature beaucoup moins publique, si l'on peut dire, et la situation commençait depuis peu à lui peser vraiment sur les nerfs. Où qu'il aille, on ne parlait que de ça, dans les cafés et sur les places, on se rassemblait et on débattait de l'attitude du gouvernement provisoire, on s'enflammait sans lésiner sur les insultes, et au lieu de l'émotion de la victoire, du sentiment de fraternité éveillé par l'urgence, on sentait un climat de peur qui non seulement faussait la vue, favorisant la suspicion et la superstition, mais commençait aussi à avoir des retombées négatives sur le trafic qui équilibrait ses finances : que les jouisseurs se démènent et paient de leur personne ou qu'au contraire ils finissent par se transformer en bons à rien, l'intérêt pour la gaudriole faiblissait. Pour ne rien arranger, Igino la Rallonge se remettait de la blessure qu'il s'était faite sur les barricades sans qu'il soit besoin de l'amputer d'un bras, et les Romantiques de Traviole le vénéraient ; ils allaient tous ensemble via del Bollo avec une bouteille pour trinquer ou de quoi grignoter, désertant les réunions à La Stella ou à la Lupa et obligeant Lisander à passer des soirées où l'on s'ennuyait, on râlait et on se lamentait.

« Maintenant, écoute-moi bien. »

Il était assis au rez-de-chaussée de son appartement près de la porte Vercellina avec le Mal-Né et il avait confié le Cabinet au Coperto dei Figini à Floro car les clichés des « glorieuses journées de Milan » étaient encore très demandés ; on retrouvait parfois devant l'entrée un petit groupe d'acheteurs en train de se bousculer, tout émus. Lisander n'avait pris que des immeubles endommagés, des barricades détruites par les tirs de canon, et des cadavres – blessures, fractures, moignons, carcasses de canassons – car l'action avait été dévastatrice, le mouvement intense, et les derniers miracles de la technique n'avaient rien pu y faire, mais les images avaient de la gueule. Lisander, qui craignait de les avoir moins bien travaillées qu'à l'ordinaire et développées à la va-vite, pensait qu'elles finiraient par pâlir, mais il s'en moquait.

Il avait déjà une autre idée en tête et, pour que les choses soient claires, il avait commencé à répéter avec ses airs de fanfaron qu'il se fichait bien de celui qui régnait, du moment qu'on ne l'emmerde pas avec les impôts, s'exposant ainsi au risque d'une belle torgnole. Mais pour Lisander, telle était, en substance, la réalité des choses ; il n'avait rien d'un cynique, les idéaux ne l'intéressaient tout simplement pas. Il était fier du flair dont il avait fait preuve, content pour Anna Lucia qui s'était sentie partie prenante de son projet, mais en gros, l'aventure de ces quelques journées de révolte n'avait été qu'un intermède, et le souffle épique du moment s'était évaporé.

« Voici le plan : toi et tes amis, vous allez tous les dimanches à la cathédrale et vous tenez à l'œil les vingt premières rangées. Faites gaffe, n'oubliez pas les visages. Après, vous ferez le tour des bordels pendant toute la semaine, pour voir si vous reconnaissez quelqu'un. »

Il s'était fourré cette idée dans la cervelle depuis que le mari de donna Teresa avait été fait comte, un délire que la mort de Chiarella n'avait fait qu'enfoncer un peu plus dans sa matière grise. S'il voulait trouver l'argent pour fonder le premier Teatrum Imaginationis et réaliser le rêve de sa femme, il lui faudrait oser bien d'autres calopornies ; s'arranger avec les messieurs du grand monde, les vicelards aux airs d'honnêtes hommes.

« Et au cas où un visage concorderait, rappelez-vous avec qui le tombeur de ces dames demande à baiser, et comment il était habillé.

— Pourquoi ? »

Lisander ricana.

« Parce que comme ça, on fera une séance de pose dans la même chambre du bordel, avec la même putain, et toi dans le rôle du tombeur. » Il se déhancha, lubrique.

Le Mal-Né le fixait, dubitatif.

« Et on lui remet le calotype.

— Un chantage ?

— Exact.

— Et s'il ne marche pas dans la combine ?

— On en trouvera un autre. On finira bien par trouver un pigeon. »

Ils conclurent l'accord par une poignée de main, mais pas avant que Lisander n'eût promis un cinquième des gains, peu importe la somme qu'ils réussiraient à extorquer, puisque le Mal-Né avait besoin d'au moins trois associés pour assurer les embuscades, et après toutes ces années à fréquenter le calotypiste, le malfrat s'était dégourdi lui aussi.

« Je dois retourner au Cabinet. Et j'insiste : motus et bouche cousue. »

Lisander ouvrit la porte du laboratoire et, sans se soucier d'être poli, sortit avant le Mal-Né. Sa désinvolture lui coûta cher, car un instant plus tard, une femme qui arrivait en courant le renversa. Ils finirent tous les deux par terre.

« Mais regardez où vous allez ! » dit Lisander en posant une main sur son genou afin de se relever en donnant quelques tapes sur son pantalon pour ôter la poussière.

La femme ramassa une canne brillante et un frac. En sueur, l'air apeuré, elle se releva en regardant derrière elle. Un de ses bras saignait. Elle ferma les paupières, comme hypnotisée, puis les rouvrit en retrouvant l'équilibre.

Il suffit d'un seul regard pour que Lisander comprenne qu'elle n'avait rien d'une pauvre ingénue. « Vous êtes blessée. »

La femme ne lui adressa pas un mot et, sans même s'excuser, s'apprêta à repartir, mais elle blêmit brusquement. Ses yeux verts brillèrent avant de devenir blancs.

« Madame ? »

Lisander eut tout le juste le temps de la rattraper avant qu'elle ne tombe par terre ; il resta ainsi un moment, immobile, avec la femme dans les bras, puis il cria au Mal-Né de s'ôter de son chemin. « Jette un coup d'œil dans la rue. S'il se passe quelque chose, tape aux carreaux et fais gaffe à m'éviter les emmerdes », lui dit-il en traînant la femme dans le laboratoire.

« Mais qui c'est ? »

Une inconnue qui ne devait pas avoir plus de trente ans, le teint bistre et les cheveux brillants noués par un ruban violet. Même évanouie, elle donnait l'impression d'être traquée, et si la règle voulait que les Mal-Nés n'offrent pas l'asile et ne se mêlent pas des affaires des autres, surtout pour s'attirer des ennuis, Lisander l'allongea par terre, retourna dans la rue pour récupérer le frac et la canne, et verrouilla la porte. Il l'observa longuement. Le visage moite, le nez fin et les lèvres subtiles, le frémissement délicat de la poitrine. Ses vêtements cachaient des formes peu généreuses. Un corps gracile, tout en nerfs et en muscles.

« Réveillez-vous. »

Le Mal-Né frappa à la fenêtre et Lisander bondit aussitôt. Il jeta un coup d'œil : une grande brute, le visage en sang, et deux gamins habillés en apprentis, haletants et menaçants. Le Mal-Né ne manqua pas d'à propos et leur indiqua la porte Vercellina avant qu'un passant ne s'en mêle. « Bien ! » s'écria Lisander derrière les vitres et il retourna aussitôt vers la femme. Il s'agenouilla. Elle avait les paupières closes, mais Lisander revit l'éclair que ces yeux avaient envoyé avant de se refermer. Cela l'avait impressionné. Depuis qu'il avait perdu Chiarella, l'envie lui manquait, mais la jeune femme éveillait sa curiosité et son intuition. Pendant un instant, il songea à la retourner, comme ça, évanouie, pour regarder son derrière. Finalement, il lui donna une petite claque.

« Réveillez-vous. Réveillez-vous. »

L'inconnue s'éveilla et porta une main à son front. Quand elle s'aperçut de la présence de Lisander, elle tressaillit.

« Je ne sais pas qui vous fuyez, mais ici vous êtes en sûreté », lui dit-il en lui posant la main sur l'épaule.

« Papa, qui c'est ? »

Ils se retournèrent tous les deux.

*

Elle qui voulait trouver une autre auberge que la Balance, s'inscrire sous un faux nom, encore un, voilà qu'elle se retrouvait Dieu sait où : un entrepôt ? Un laboratoire ? Qu'est-ce que c'était ?

« Tu t'es évanouie ? »

Une petite fille aux boucles cuivrées s'était avancée et se tenait maintenant à côté d'elle, par terre. Elle ne devait pas avoir plus de dix, douze ans. Leda se sentait faible. Elle devait avoir perdu beaucoup de sang à cause de ce morceau de verre ; la blessure palpitait, brûlait, et la course l'avait épuisée. Elle tenta de s'asseoir ; mais elle ressentit une douleur dans les poumons et dans le ventre, sous les côtes.

« Ils ont voulu m'enlever. »

L'homme en face d'elle fit la moue, regarda ailleurs, puis la fixa de nouveau :

« D'après ce que je vois, ils n'ont pas eu de chance. On dirait plutôt que c'est vous qui avez enlevé quelqu'un. À moins que ce ne soit à votre mari, votre fiancé ? » lui dit-il en indiquant le frac de Massèi et la canne qui dissimulait une épée.

« Papa, elle s'est fait mal ! » hurla la fillette. Elle avait remarqué son bras mal en point.

« Cours là-haut et prends des bandes avec une bassine d'eau sans rien dire à Ausilia. »

La petite se leva et disparut aussitôt.

L'homme s'assit sur un tabouret.

« Alors, qu'est-ce que tu as fait ? »

Leda se tut.

« Alors ?

— …

— D'accord », dit l'homme. Il se leva et se dirigea vers l'entrée. Il tira le verrou.

« Si tu veux t'en aller, va-t'en. »

Il était mince, la poitrine saillante, une minuscule fossette sur le menton, la pomme d'Adam en pointe. Il faisait penser à un oiseau. Ses traits étaient affirmés, son visage se concentrait autour du nez, pointu mais pas crochu, et ses yeux étaient perçants. Il n'inspirait pas confiance, mais pas non plus de méfiance.

« Si tu veux rester, je suis sûr qu'on saura s'entendre. Mais j'ai besoin de savoir de quoi nous nous cachons : alors, qu'est-ce que tu as fait ? » répéta-t-il.

*

En deux mois, il avait respiré l'odeur estivale de la Péninsule et retrouvé l'harmonie de ses mers, revu ses jeunes filles et accepté leurs fleurs, mordu à pleines dents les fruits et les délicieuses pâtes maison, et pourtant, dans les rares moments où la succession des événements lui offrait le privilège de la rêverie, il se prenait la tête entre les mains. La désillusion n'est pas un sentiment qui peut s'installer tant qu'existent la violence de la passion et l'obstination d'un projet, mais elle est capable d'égratigner.

« L'Italie que je retrouve est vraiment un cloaque ! »

Tout d'abord, on ne pouvait pas compter sur le pape. Le Général avait quitté Montevideo convaincu que le Saint-Père s'était décidé à incarner le guide tant attendu de l'esprit italien, mais quand l'*Espérance* avait atteint le port espagnol de Santa Pola après soixante jours de mer pour se ravitailler, il avait appris que Pie IX avait renié son soutien aux insurrections. Tant pis, s'était alors dit le Général malgré la contrariété, puisqu'en terre d'Espagne d'autres et plus exaltantes nouvelles circulaient déjà : l'insurrection de Palerme, Milan et Venise, la débâcle de Vienne, la promesse d'une intervention du roi sarde dans les territoires de la Lombardie-Vénétie. Une douce musique à ses oreilles ; cela lui avait donné l'envie d'un air de guitare et d'une chanson, et le piètre état de santé d'Anzani, déjà mal en point au départ et anéanti par la traversée, n'avait pas gâché sa bonne humeur et son enthousiasme.

L'arrivée à Nice avait été plus excitante encore, si possible. Si le Général avait résisté à l'envie de rester à bord de l'*Espérance* pour flirter avec une Aninha aux formes radieuses venue à sa rencontre, ce n'était que pour ces milliers de Niçois accourus pour l'acclamer – peut-être y en avait-il sous l'eau : des sympathisants amphibies – et que José avait aperçus en regardant vers le quai et la darse, dont sa pauvre mère. Il avait refusé d'observer la quarantaine tant l'urgence était grande de poser le pied sur cette terre qui, dans les régions de son esprit dominées par la nostalgie, s'était transformée en un Éden. Il ne pleurait pas souvent, mais quand il avait entendu prononcer par cette mère accablée par le poids des ans et par les soucis le nom de « Peppino », il avait versé une larme enfantine. Et la vue des siens, d'enfants qui déployaient les drapeaux tricolores sur le quai, l'avait guéri d'une minute à l'autre des rhumatismes rapportés d'Amérique du Sud. Le Général s'était promené d'un pas insolent à travers les rues de sa jeunesse qui s'étiraient comme le son d'une trompette, d'où il avait fui celui qui lui reprochait tout et rien, et une crevasse s'était ouverte dans son cœur, de tristesse et de joie mêlées ; son père ne l'avait pas vu revenir en héros.

Le séjour à Nice, à son grand regret, avait été fugace. Un déjeuner de gala à l'hôtel le plus réputé, le York, entre les discussions et les applaudissements, une nuit de luxure brutale avec Aninha au mépris de ses réticences initiales parce qu'elle était chez maman Rosa qui avait l'ouïe fine malgré son âge respectable, puis une caresse aux enfants, des rencontres avec de vieux amis et de récentes connaissances, et enfin le départ pour Gênes depuis le port où il avait eu droit à de fervents adieux. Il partait vers les villes ligures avec des idées de guerre, il voulait se mettre au service du roi, mais il cachait au fond de lui une motivation beaucoup plus intime : Anzani, l'inflexible officier à qui il devait la puissance de la Légion, succombait malheureusement aux coups et à la faux de la vieille et fermait les yeux, alangui sur une montagne de coussins. Encore un ami qui mourait auquel rendre honneur. Heureusement, le Général avait su consoler sa tristesse grâce à la compagnie des jeunes qui ne demandaient qu'à s'enrôler.

Mais depuis lors, des journées inutiles et stupides s'étaient écoulées, puisque le roi s'en était mêlé. José l'avait rejoint, plein de confiance et, en admirant les troupes royales rassemblées le long du Mincio, il avait été saisi d'un antique sentiment de puissance ; les batailles de l'histoire de Rome apprises dans sa jeunesse lui revenaient en mémoire et il croyait les revivre dans l'uniforme du *condottiere*, mais la déception l'attendait au tournant, et il se l'était prise en pleine figure comme seuls les ignorants et les rêveurs en sont capables, se rendant rapidement à l'évidence qu'ils avaient nourri de faux espoirs, lui et ses hommes. Parce que le roi n'était rien d'autre qu'une honte, une offense. Le Général s'était présenté armé des meilleures intentions – et d'une once d'humilité – au quartier général de Roverbella pour lui offrir les services de la Légion, et Charles-Albert avait commencé par tripoter ses grosses moustaches lissées à la cire et à arranger sa raie de côté sur sa chevelure poivre et sel, puis, quand son tour était venu de parler, il avait énoncé des règlements, répété avec autorité que pour faire la guerre, il fallait des bataillons bien formés – et non une troupe folklorique de légionnaires en tunique rouge, sous-entendait-il – et que l'armée d'un souverain avait besoin de certaines règles pour être efficace. Il avait donc renvoyé cet expatrié de Garibaldi à Turin auprès du ministre de la Guerre, afin de trouver un encadrement dans les rangs du corps militaire royal pour les combattants qui venaient de Montevideo. Mais c'était une diversion, et le Général l'avait vite compris. Le premier signe, c'était le visage même du souverain qui le lui avait donné, un visage pâle et maigre, mais aussi la froideur dont il avait fait preuve, avant qu'un autre signe, beaucoup plus pervers, ne se manifeste à travers la plaine marécageuse autour de Roverbella ; José avait été en effet littéralement assailli par une nuée d'impitoyables guêpes et la fièvre qui lui était tombée dessus avait été interprétée comme l'indéniable symptôme de la malaria et de la poisse. À Turin, suprême insulte à l'égard de sa réputation de combattant, on lui avait proposé de se rendre à Venise et de participer aux combats sur la lagune pour exhiber son habileté de corsaire. Il s'en était fallu de peu que le Général ne cède à l'envie de frapper ces bureaucrates et de les passer au fil de l'épée, n'eût été ce sage propos : « Vous êtes encore un condamné à mort, ne tirez pas sur la corde, autrement, ils s'en souviendront », comme s'était permis de le lui rappeler Leggiero. Et Guerello avait aboyé en signe d'approbation.

Le Général avait accepté le conseil à contrecœur mais, brûlant d'envie d'envoyer ses hommes au combat, il avait pris la direction de Milan. Pendant que le roi lui faisait perdre un temps précieux, les troupes royales avaient été battues à Custoza comme un essaim de mouches chassé du cul d'un bœuf par un fatal coup de queue, et ce lâche de roi avait été plus loin encore. Quand l'armée autrichienne avait remonté la plaine du Pô pour prendre Milan, au lieu de se racheter en livrant bataille, il avait demandé l'armistice en reconnaissant l'autorité de Vienne pour s'enfuir de Milan comme un voleur, avant de donner l'ordre à son bras armé le plus violent, un certain d'Aspre, d'obliger le Général à disperser la troupe de volontaires qui le suivait tout en réintégrant les frontières du Piémont pour ne pas provoquer la colère de l'Aigle à deux têtes.

José, qui entre-temps avait offert ses services aux Milanais pour résister et incarner le flambeau de la libération, ne s'était pas laissé faire. Du reste, il avait une certaine expérience en la matière, mais jusque dans la capitale lombarde, la plaie de la politique avait pourri l'action. Le gouvernement provisoire s'enfermait en séances interminables pour des broutilles, mené par le bout du nez par un ministre piémontais que José aurait volontiers confié aux soins méticuleux et énergiques d'Andrea le Maure. Ces atermoiements de bureau l'avaient tellement écœuré qu'il avait finalement décidé de n'en faire qu'à sa guise.

Il se prenait la tête entre les mains, mangeait à peine à cause de la fièvre attrapée à Roverbella et se consolait avec la compagnie de ses hommes, d'autant plus que, dans son errance à travers les Préalpes lombardes, il avait découvert le plaisir de rédiger des proclamations, et les jeunes accouraient par centaines, mal équipés mais prêts à se battre. Il avait l'impression d'être un nouveau Marius, et passer en revue les volontaires lui redonnait courage.

Son dernier problème, c'étaient les paysans du Nord qui, plutôt que de lui montrer leur reconnaissance, dénonçaient ses hommes aux autorités.

« Tu es né paysan, pas vrai ?

— Oui, m'sieur le général. »

Andrea le Maure surveillait la porte. Ils avaient pris leurs quartiers dans une petite baraque à deux étages réquisitionnée sur la route de Côme. Dehors, au milieu des arbustes, Guerello frétillait de la queue ; il flairait, à l'affût de sangliers. Le Général avait invité ce traducteur enrôlé à Gênes pour lui soutirer quelques indications locales. C'était une pratique qu'il avait apprise de l'autre côté du monde.

« Alors, il faut que tu m'expliques quelque chose.

— Si je peux, maudite merde et misère de misère, j'serais bien content pardi. »

Le Général lui fit signe de prendre une chaise. Il lui offrit un grappillon de raisin acide.

« Assieds-toi.

— Merci, m'sieur le général.

— Alors, pourquoi ces paysans de Lombardie me mettent des bâtons dans les roues ? Au lieu de nous aider, ils préfèrent jouer les espions. Nous, mon garçon, en Amérique du Sud, on pillait, des bêtes, il y en avait assez pour tout le monde, on pouvait en vivre. Mais ici, pas moyen, des bœufs au pâturage, on n'en trouve pas, et si on entre dans un poulailler, voilà qu'ils nous menacent avec leurs fourches ! Où je vais trouver un peu de viande pour mes hommes ?

— Il faut l'acheter chez un boucher. »

Le Général fronça les sourcils. Ce Colombino, comme il disait s'appeler, comptait-il peut-être lui manquer de respect ? Dans ce cas, quelques bons coups de nerf de bœuf assené par le Maure calmeraient tout élan d'insubordination et lui apprendraient la discipline.

« Tu n'as pas faim ?

— Si, m'sieur le général, un peu.

— Alors, tu comprends ce que je veux dire ?

— Oui, m'sieur le général.

— Pour faire la guerre, il faut avoir des forces, et pour avoir des forces, il faut manger.

— Vous avez raison, maudite merde et misère de misère. Sacrément raison. »

Le Général cassa une noix, mordit à pleines dents le cerneau bosselé et porta un quignon de pain à sa bouche.

« Il suffirait de quelques poulets, d'une vache bien grasse… Tout ça, c'est de la faute des curés : ils les ont élevés pour les mettre en cage comme des bêtes qu'on lâche contre nous autres républicains.

— Les prêtres ont élevé les poulets pour vous attaquer ? Ou bien les vaches ?

— Non ! Le peuple ! Ils ont élevé le peuple comme des bêtes ! »

Colombino réfléchit. Il n'était pas du tout d'accord.

« M'sieur le général, c'est que si vous leur prenez leurs bêtes, ils risquent de mourir de faim. À Sacconago, on vit du métayage, vous savez…

— Et nous, on risque peut-être pas de mourir ? » lui répondit de but en blanc le Général.

Colombino eut peur, mais il voulut s'expliquer :

« Oui, mais vous, vous avez choisi de mourir. Pas eux. Ils ont pas envie de prendre le risque.

— Mais on parle du destin de l'Italie ! Ils le savent bien eux aussi, non ?

— Moi, avant de connaître Jacopo Framassone et mes amis de Rome, je connaissais rien du tout, m'sieur le général. Et je dis vrai.

— Mais à Milan, on me dit que le peuple s'est battu, et même les paysans des campagnes.

— Moi j'y étais pas, j'en sais fichtrement rien, m'sieur le général.

— …

— Peut-être que vous pourriez leur donner quelque chose en échange ?

— Comment ? »

Le Général le dévisagea, dubitatif.

« Pour la viande. Si vous leur donnez quelque chose en échange, peut-être qu'ils se fâcheront pas.

— Mais on a rien à donner en échange. On manque même d'armes et de munitions !

— Alors, vous pourriez demander un prêt. Mais vous devez promettre de rendre. Don Sante, il me le disait toujours : si quelqu'un sait gagner la confiance et honorer sa promesse, c'est un homme bien. Un bon chrétien. »

Le Général sourit, brisa une autre noix.

« Je vais y penser. Sinon, on sera obligés de tuer les chevaux et de les manger. »

Colombino blêmit.

« Vous mangez les chevaux ?

— À défaut d'autre chose, on se débrouille. »

Colombino se tourna vers le Maure.

« S'il essaye de toucher mon mulet… »

Il se tut. Le Général le fixait. Colombino sentit un frisson lui parcourir le dos.

Ils restèrent immobiles, les yeux braqués l'un sur l'autre, puis le Général se détendit. Le garçon ne cherchait pas la provocation. Il était seulement affectueux. Et lui, qui avait de l'affection pour les bêtes, il l'estimait.

« J'aime ceux qui sont sincères. À partir de demain, tu voyageras avec moi. J'ai besoin d'un peu de compagnie. Je te nomme ordonnance. »

Le Maure fit une grimace.

« Ordonnance ?

— Exactement.

— Et qu'est-ce que je devrai faire ?

— T'occuper de mon service personnel. »

Le Général voulut le congédier ; il avait envie d'écrire à Aninha, de prendre des nouvelles des enfants et de lui parler de la proposition qu'on lui avait faite à Turin pour s'attirer ses bonnes grâces. Un pensionnat prestigieux pour Menotti. Mais on était encore à quelques heures de minuit, et la fraîcheur du soir invitait à la rêvasserie. Aussi, au lieu de le congédier, il offrit à Colombino un verre de vin.

« Alors, ce don Sante dont tu parles, c'est qui ? »

*

« Tu t'en vas déjà ? »

La fillette était une incorrigible bavarde, et elle déployait une telle énergie quand elle parlait que cela mettait de bonne humeur.

« Oui.

— Pourquoi ? »

La tombée de la nuit donnait au ciel une teinte violette, neuf heures avaient déjà sonné, et les rues se rafraîchissaient enfin un peu.

« Parce que je ne peux pas attendre. »

Elle était restée pendant plus de deux semaines et sa blessure au bras, pourtant purulente et douloureuse, commençait à cicatriser grâce aux bons soins d'Ausilia la gouvernante. Et comme l'anonymat est parfois plus salutaire que l'affection des êtres les plus chers, lesquels exigent en échange des attentions données toute une série d'explications, Leda se remettait aussi moralement. Elle se sentait apaisée comme rarement, elle n'avait d'ailleurs pas souvenir d'avoir jamais éprouvé une telle sensation, même quand elle avait fui le Bon-Pasteur ; la mort de Massèi avait donné à la vengeance qu'elle cherchait un avant-goût de victoire, et la violence lui avait laissé dans le cœur une stimulante énergie. Elle avait dormi d'un sommeil paisible sur un confortable matelas au rez-de-chaussée, et malgré l'ombre à la fenêtre qui l'angoissait parfois en lui faisant craindre que quelqu'un l'espionnât, Leda montait chaque matin à l'étage prendre son petit déjeuner avec la petite Anna Lucia. L'homme qui l'avait accueillie et s'appelait Lisander sortait quant à lui de bonne heure et ne déjeunait pas avant midi ; il avait un Cabinet réputé où il s'affairait dans une des branches de la science à la dernière mode et il avait beaucoup de travail. Il avait toutefois trouvé le temps de lui proposer un marché que Leda avait accepté, et Lisander, pour lui prouver ses bonnes intentions, avait demandé à une connaissance peu fréquentable, une frappe surnommée le Mal-Né, de se faufiler à l'auberge de la Balance pour récupérer les affaires de la fuyarde. Le Mal-Né n'avait pu satisfaire la demande, quelqu'un l'ayant précédé, mais il était revenu avec d'autres nouvelles ; il avait découvert que personne n'avait déclaré à la police le meurtre au sujet duquel Lisander lui avait demandé de s'informer, et vu que le retour des Autrichiens avait débarrassé la nouvelle garde civile milanaise de sa mission protectrice, en imaginant même qu'une plainte fût déposée, les policiers ne fouilleraient pas les maisons avant une bonne semaine de repérages.

« Alors, tu nous écriras, parce que je sais lire, lui demanda Anna Lucia. Moi et papa on veut savoir comment tu vas. Pas vrai, papa ? »

Lisander sourit à la fillette.

« Oui. »

Le Mal-Né devait l'escorter jusqu'au bois de la Merlata et l'accompagner un bout de chemin afin d'éviter que des malfaiteurs ne lui jouent un sale tour. Il l'abandonnerait aux premières lueurs de l'aube et Leda se débrouillerait seule. Le feld-maréchal Radetzky avait repris Milan en quelques coups de canon, et Lisander lui avait expliqué que si elle voulait partir, c'était maintenant. Avant que les rangs des occupants ne retrouvent leur énergie d'antan et ne rendent sa fuite plus difficile.

« Je vous écrirai sans faute », dit Leda, et elle se pencha pour déposer un baiser sur la joue d'Anna Lucia, qui l'embrassa à son tour.

« Ausilia, vous avez été très bonne, je vous enverrai du thé depuis Londres. » La gouvernante l'étreignit, avec sur le visage une expression de regret ; elle rêvait déjà que la belle inconnue reste là, et puis, qui sait, qu'elle arrache le calotypiste à un veuvage inexplicablement strict et fasse ainsi office de mère pour la petite ; elle en avait l'âge et les gestes.

« Je te remercie », dit enfin Leda à Lisander, et elle l'embrassa sur ses joues imberbes, non loin de la bouche. « Tu as été généreux et élégant. »

Si insolite fût-il, le marché qu'il lui avait proposé était avantageux. Un refuge en échange d'une pose, sans l'ennuyer avec d'autres questions plus sérieuses : « Tu es belle, j'aimerais faire ton portrait. »

Au début, Leda s'en était voulu de sa propre faiblesse, d'avoir avoué, et la proposition d'une séance de pose lui avait fait soupçonner Lisander de vouloir profiter d'elle, autrement dit, l'obliger à faire des cochonneries sous la menace de dénoncer aux autorités le meurtre de Massèi ; il s'était révélé au contraire d'une grande honnêteté et il n'avait rien voulu savoir. C'était un homme séduisant à sa manière et il avait le regard de celui qui sait quelles bassesses il faut faire pour survivre, mais il s'était contenté de ce que Leda avait bien voulu lui raconter ; il lui avait suffi de savoir qu'elle avait eu le courage de tuer un homme. Il n'avait rien demandé d'autre, bien que, comme il le lui avait confié dans un moment de sincérité, il fût veuf d'une délicieuse fille de joie, et qu'il s'occupât d'un commerce osé fort lucratif, ce qui, de prime abord, aurait dû faire de lui un libertin, si ce n'est un dépravé.

Tandis que Leda se rétablissait, Lisander avait aimablement bavardé avec elle, jusqu'à ce qu'un matin il impose à la fillette de rester à l'étage avec Ausilia : « Je voudrais faire un portrait de toi nue. » Il avait demandé cela avec un tel naturel qu'il l'avait convaincue, d'autant que Leda, qui se sentait encore vibrer après l'heureuse issue de sa mission, éprouvait le besoin de réinvestir son propre corps et elle se disait que Michele ne lui en aurait pas voulu, où qu'il fût ; Lisander avait été pris par une pudeur esthétique, et quand Leda s'était dite prête à répondre à sa demande, il avait précisé ses attentes : « Je voudrais un portrait élégant, très sensuel sans être vulgaire. »

Le calotypiste avait débarrassé méticuleusement un recoin du rez-de-chaussée, nettoyé la fenêtre exposée plein nord et préparé la scène avec des draps blancs, après quoi il avait installé, de manière qu'elle capte la lumière, une chaise incroyable dénichée chez un chiffonnier. Leda devait s'asseoir de trois quarts par rapport à la chambre optique et croiser ses jambes nues en levant une cheville. Elle couvrirait la pointe rosée de ses seins délicats avec une étoffe de soie qu'elle laisserait retomber sur son ventre afin qu'elle se place sur son pubis. « Je voudrais que l'on voie les hanches et les reins, le profil du sein et les cuisses. Et lève le menton, que les épaules et le cou puissent recevoir la lumière. » Lisander avait demandé à prendre aussi la brûlure sur l'épaule, et Leda en avait été flattée. Elle s'était dévêtue devant lui, sur un rythme lent, provocant, et s'était laissé regarder parce que depuis longtemps elle se sentait nue ; la sensation lui procurait un sentiment de liberté. Elle avait permis à Lisander de voir le duvet de son pubis et son derrière en se tournant exprès, mais le calotypiste n'avait pas cédé, bien qu'il ne cessât de lécher sa lèvre supérieure avec sa langue.

« Comme ça, tu es parfaite.

— Tu trouves ?

— Oui… reste comme ça un instant. »

Leda avait voulu suivre les étapes de travail, le trempage dans les vasques de cuivre avec les différentes solutions, éblouie par le procédé et les gestes assurés de Lisander. En se voyant affleurer à la surface du papier salé, elle était restée époustouflée. Le pansement blanc sur le bras (Lisander avait voulu qu'elle le garde, comme une mystérieuse tache de lumière), la brûlure du liquide, tout lui plut. Elle se trouva encore jeune, fine et gracieuse.

Quand il lui avait remis une copie du calotype dans un étui écarlate, tous deux s'étaient effleurés pour aussitôt éloigner leurs mains afin de casser le sentiment que contenait cet attouchement ; au dos du portrait, il avait inscrit l'adresse de la porta Vercellina et avait laissé sa signature.

« Tu es un galant homme.

— Sûrement pas. »

Maintenant, Leda partait, après avoir arraché un lambeau du frac de Massèi qu'elle avait pris avec elle et laissé le reste dans le laboratoire. Lisander vint la saluer sur le pas de la porte. « Écris-nous », lui murmura-t-il avant de déposer dans la paume de sa main une petite bourse. « Ça, c'est pour la séance. Tu as été un modèle incomparable. »

III

La gravitation est un principe universel, nul élément de la création ne peut s'y soustraire, puisque chacun porte en soi un noyau susceptible d'attirer et, dût-il lui résister ou tenter de le faire, il devra à la fin lui céder. C'est une invitation à une danse lente, souvent disgracieuse, une ronde désordonnée qui se resserre peu à peu pour s'adapter au mouvement naturel. La force d'attraction est un don de naissance dont tout le monde n'est pas pourvu et qui, avec le temps, donnera lieu à de surprenants résultats, surtout si l'on va ventre à terre dans la furie de la bataille tout en caressant l'obscure chimère de revenir là d'où l'on est parti.

« La tête me tourne. »

C'est un soir de feu, paysage de vallées alpines. Nous sommes dans une bourgade, perdus dans la constellation de patelins au pied du coteau de Varèse. Alentour, les maquis s'étirent, en l'absence du moindre souffle de vent et, à une lieue de là, un miroir d'eau baigne doucement les rives, les huppes sortent de leur trou et répètent obstinément leur chant, les lièvres provoquent des bruissements en sautillant de-ci de-là. On entend même un hululement sous les étoiles, la chaleur est encore pesante, elle appuie sur les pores, écrase la sueur sur la peau. Dans le lointain, imperceptible à l'oreille, le fleuve Olona se traîne dans le lit rocailleux à la rescousse des affluents ; c'est le même fleuve qui descend jusqu'aux environs de Sacconago, tandis qu'à côté, tout à côté, un incendie flamboie et crépite. Il s'est déclaré avec les premiers éclats du soleil couchant, provoqué par les poursuivants autrichiens, et il dévore les maisons les unes après les autres, élargit sa sinistre étreinte et laisse deviner des coups de canon.

« Selon moi, le Général, il va pas bien. Il a toujours la fièvre. Il a sûrement perdu le nord. »

Colombino avait mal partout, la suie obstruait ses narines et les hurlements terrorisés des habitants le déroutaient, mais la cause de ses vertiges était autre et elle était double : d'un côté l'épuisement des membres contraints à marcher sans s'arrêter, affaiblis par la faim, de l'autre, l'enivrante compagnie et la bataille qui faisaient naître de furieux casse-tête et plongeaient le cœur dans un tourbillon d'émotions. Plus il bougeait, en somme, plus le sang entrait en circulation, et plus il écoutait et se mêlait au chaos des corps, plus la matière grise se revigorait.

« Si on ne part pas bientôt, on va finir sur la broche. »

Il caressait Astolfo car le mulet, malgré l'affection intéressée des volontaires, n'acceptait pas de bon cœur la réalité militaire, pas plus qu'il ne supportait la présence des chevaux à la suite de la troupe, sans compter que l'incendie le terrifiait ; on aurait dit qu'il avait envie de s'échapper, et du reste, c'était l'impression qu'il avait donnée depuis le début. Colombino s'était au contraire trouvé à son aise, parce que se mêler à des inconnus qui avançaient, déguenillés, d'un même pas pour battre centimètre par centimètre une région inconnue à des fins guerrières était une expérience nouvelle. Cela ne faisait pas deux mois qu'il avait rencontré le Général que déjà il lui semblait avoir marché plus que jamais, et Dieu sait qu'il était un marcheur digne de Marathon.

Ils avaient avancé comme une toupie tremblotante, de gauche à droite et de haut en bas à travers la Lombardie, risquant même de déborder sur le Piémont, et voilà qu'ils traînaient maintenant au bord de la frontière suisse pour s'assurer une issue de secours, pressés de toutes parts par les armées en chasse. Le gros de la joyeuse compagnie s'était déjà défilé en sentant le coup venir, le reste avait été envoyé par le Général en personne en bataillons de fortune pour déstabiliser l'ennemi et continuer le « combat d'une poignée d'hommes ». Des milliers de volontaires, il n'en restait qu'une centaine, et Colombino lui-même, sous l'influence de l'astre magnétique, avait du mal à résister. Il n'était plus qu'à quelques milles, et bien qu'il ne disposât pas d'une carte, il lui suffisait de pointer son ventre vers le sud ; il sentait son nombril se tendre vers Sacconago.

Désorienté et démoralisé, il s'était laissé guider depuis Gênes comme un somnambule dans la basse plaine mantouane, terres marécageuses d'où l'on ne voyait plus les Alpes et qui ne ressemblaient en rien à la lande de bruyère qui encerclait son bourg natal ; des terres d'un vert beaucoup plus riche, plus torrides aussi, infestées de taons et de guêpes. Le Général l'avait voulu à ses côtés comme interprète, mais Colombino avait eu beaucoup de mal avec les dialectes locaux et l'hostilité de la population.

« Qu'est-ce qu'ils disent ?

— J'comprends pas bien, maudite merde et misère de misère. Ils se fâchent pour un rien. »

Pendant que le Général s'éloignait avec le roi, Colombino avait réussi à vaincre un peu son inimitié envers Andrea le Maure, et ce grâce au chien pelé qui attendait comme lui le Général. Guerello trottinait comme un éclopé, offrait avec ses coups de folie autant de bonne humeur que de sujets de conversation, et Astolfo, qui méprisait d'habitude la proximité d'autres animaux, avait fini par se prendre d'amitié pour lui ; il laissait le chien s'approcher en grognant puis se replier en frétillant de la queue, multipliant les postures d'attaque. Il ne l'avait même pas chassé d'un coup de sabot.

Andrea le Maure mâchonnait une langue biscornue, aussi nébuleuse que la fumée d'un chaudron, où s'amalgamaient les différentes cultures qui coulaient dans les veines du Sud-Américain et, puisque à force d'insister on finit par faire tomber les murs, Colombino et lui avaient finalement su s'entendre. Le Maure accompagnait le Général depuis des années, racontait des tas d'histoires dans d'irrésistibles éclats de rire et si, quelques semaines plus tôt, Colombino n'avait pas cédé à la curiosité à cause de sa tristesse, en présence d'Andrea, il s'était laissé captiver. Voilà qu'il s'était mis à lui poser des questions, d'abord timidement puis avec plus de conviction, et au moment précis où il commençait à comprendre où se situait cet autre monde et quels gens l'habitaient, s'il y avait des curés et des paysans, des prisons et des papes, et par quelle loi de la nature la peau d'Andrea était noiraude et la sienne claire, le Général était revenu de son entretien avec le roi sarde en crachant par terre : « On dégage. Ici on radote, pire que des bonnes femmes. » Heureusement, personne ne l'avait frappé, s'était dit tout heureux Colombino, qui avait encore en mémoire les coups qu'il s'était pris pour avoir quémandé une audience d'une tout autre nature.

Le roi avait renvoyé le Général à Turin afin qu'il se procure un encadrement pour la Légion. Lui et ses hommes s'étaient donc avancés vers l'autre côté de la plaine. Pendant le trajet, ils s'étaient arrêtés à Milan. La ville était apparue à Colombino comme la copie en grand format de Busto Arsizio, un tourbillon beaucoup plus frénétique et étourdissant, lieu de fastes et de misères qu'il n'avait toutefois pas su apprécier. Le Général déchaînait des cris, des applaudissements et des fanfares qui avaient rappelé à Colombino l'élection du Saint-Père au Quirinal ; avec tout ce tintamarre, la migraine lui était venue, et le débardeur qui l'avait convaincu de s'enrôler n'avait fait qu'empirer la situation. Nicola, c'était son nom, était arrivé à Milan avec d'autres volontaires pour rejoindre une caserne. « T'as déjà fait carrière toi, hein ? Tu joues les couillons, mais en fait t'es un faux jeton. Comment tu les aimes, les femmes ? Par-devant ou par-derrière ? » Il gambadait avec une agilité féline et avait traîné Colombino à travers la ville comme s'il la connaissait déjà ; il se postait un instant aux carrefours, flairait l'atmosphère et disait « par là » avant de repartir, sans cesser de rouspéter contre le mulet : « Toi, tu dois avoir quelque chose qui tourne pas rond ! C'est qui, ta fiancée ? » Le sujet était délicat, et Colombino s'était vexé, mais Nicola l'avait choqué plus encore en l'emmenant au bordel ; les femmes de mauvaise vie se donnaient aux volontaires pour une bagatelle, à la fois exaltées par la proclamation d'indépendance et déjà prêtes à se plaindre que le commerce charnel déclinait. « N'essaie plus jamais ! » avait hurlé Colombino à pleine voix lorsqu'il s'était rendu compte que ces dames habituées au rouge à lèvres avaient des intentions immorales. « Jamais plus, Nicola ! » Au moins, sa déception devant le pape lui avait fait découvrir le bonheur d'élever la voix, surtout après s'être longtemps tu.

Ils avaient logé dans des auberges et des casernes pendant plus d'une semaine, en attendant que le Général revienne de Turin, et Colombino avait évité les églises avec une prudence scrupuleuse. Il avait au contraire essayé de connaître et de gagner l'amitié de la troupe à laquelle il s'était uni si précipitamment. Elle était composée de jeunes baroudeurs et de nostalgiques débordant d'histoires à raconter, mais son cœur était constitué par le petit groupe de combattants venus d'Amérique du Sud. La plupart d'entre eux étaient défigurés par les cicatrices, d'autres avaient les pupilles dilatées par l'excitation et les lèvres grêlées de plaies, tous grattaient la guitare et s'égosillaient en chansons, bavardant sans le frein de la pudeur, s'offrant quelque menu larcin et s'entraînant tels des enragés aux attaques à la baïonnette, au poignard, ou aux corps à corps comme des lutteurs aguerris, aimant pisser ensemble et conter leurs espérances à la nuit ; certains décrivaient d'improbables prouesses et se vantaient d'aventures passionnelles en écartant avec insolence toute objection, d'autres répandaient au contraire le discours de la révolution républicaine et de l'indépendance. Mais de tous, chacun dans sa monstruosité, émanait un mélange de démesure, de bravoure et d'invulnérabilité, en d'autres mots un charisme qui communiquait de l'énergie et imposait le respect. Colombino écoutait et, se trouvant bien naïf par rapport à ses compagnons d'armes, ne disait mot de ses expériences ; il se remplissait plutôt de nouvelles images et de nouveaux songes. On lui avait donné une tunique qui puait la sueur ainsi qu'un fusil, et l'attirail avait suffi pour qu'il se sente un des leurs ; cela lui faisait du bien de savoir qu'il faisait partie de quelque chose.

Vers la fin juillet, une grêle redoutable était tombée : des grains gros comme des boutons de culotte avaient bombardé le régiment du Général au moment précis où il quittait Milan en passant par un énorme bureau d'octroi, provoquant l'affolement. Le Général était à la tête de milliers de volontaires répartis en bataillons : Colombino et Astolfo, perdus au milieu de ce corps, s'étaient vite trouvé une place aux côtés d'Andrea le Maure, et c'est ainsi qu'ils avaient fait la connaissance d'un officier intrépide et au bon cœur. Il s'appelait Leggiero et n'avait qu'un bras.

Le régiment avait pris la direction de l'ouest, vers la localité de Bergame, et une fois là-bas, le Général avait tenu un de ses fameux discours. Colombino les aimait beaucoup. Ils n'avaient rien des homélies que clamait don Sante du haut de la chaire, ni des discours de Ciceruacchio qu'il avait écoutés au Cercle du Peuple ; à dire vrai, ils ne ressemblaient à rien de ce que ses oreilles avaient déjà entendu. Le Général bondissait sur un podium improvisé, surplombait les hommes et les illuminait de mots avant de lever son épée au ciel : « Bergame sera la Pontida de la génération présente et Dieu vous conduira à Legnano. » Il truffait chaque harangue de références dont Colombino ne comprenait pas le sens, si bien qu'il se retrouvait obligé d'interroger Leggiero, lequel, patiemment, lui avait appris que l'exemple de Pontida illustrait un événement mémorable où les villes italiennes avaient uni leurs forces et vaincu leurs différends pour combattre un tyran qui dominait l'Italie tout entière. Colombino n'avait pas trouvé l'histoire aussi intéressante que quelques-unes des biographies de saints avec lesquelles don Sante l'avait captivé ou encore les légendes de la cour des resquilleurs, quand le grand-père du Crapa, m'sieur Italo, distrayait la grande famille ; mais c'étaient des sujets tout frais à retourner dans sa tête, et il en avait plus que jamais besoin.

À Bergame, ils s'étaient arrêtés le temps de se mettre sous la dent une miche de pain odorante et de battre de long en large la place de la Legna, au milieu de la foule qui tenait de grandes réunions publiques toutes les heures. Le régiment, qui devait se diriger vers Brescia, s'était finalement replié sur Milan car le Général avait reçu l'ordre de venir au secours de la résistance ; les hommes s'étaient arrêtés à une dizaine de kilomètres de la ville, le long d'un cours d'eau. Dans le ciel nocturne, avant de s'endormir, Colombino avait contemplé les étranges feux qui adoucissaient les ténèbres. « C'que c'est beau ! Ils font des feux d'artifice ! » Il en avait vu une fois, pendant une foire à Busto Arsizio, et ils avaient tellement pétaradé qu'un pauvre bougre y avait laissé un doigt. « Non, c'est des canons, les Autrichiens bombardent la ville », lui avait répondu Andrea le Maure en secouant la tête. « On t'a volé ta cervelle, ou quoi ! » Ce n'était pas une injure ; c'était un compliment de frère d'armes.

Le lendemain, une très mauvaise nouvelle était tombée, et le Général avait rassemblé ses hommes. Milan était perdue, avait-il expliqué, mais lui, la guerre, il voulait la faire à tout prix, aussi avait-il informé les volontaires qu'il les guiderait vers le nord en dépit de la directive piémontaise de disperser la Légion et des représailles auxquelles les Autrichiens ne manqueraient pas de se livrer. Colombino et ses camarades avaient marché jusqu'à un lac enfoui parmi les montagnes ombragées ; on aurait dit une flaque scintillante au milieu des herbes folles. Sur la rive se blottissait une petite ville, Côme, que le Général n'avait pas appréciée, puisque, en la voyant, il avait déclaré, presque irrité : « Cela demanderait un trop gros travail de fortification de l'extérieur et beaucoup d'hommes pour assurer la défense. Elle est trop enclavée. » Ils avaient donc dû reculer de quelques kilomètres et s'étaient postés sur les hauteurs, où ils avaient placé deux canons. Ils avaient tiré plusieurs coups, plus par vantardise qu'autre chose, et ils étaient restés sur le Lario jusqu'à ce que le Général se présente, la mine sombre, devant ses hommes et enflamme leurs cœurs : « Si le roi de Sardaigne a une couronne qu'il conserve à force de compromis et de bassesses, nous, nous ne voulons pas survivre dans le déshonneur », et tous s'étaient remis en marche, cette fois-ci vers l'ouest, gravissant de périlleuses collines, descendant de tortueux vallons. Pendant le trajet, un messager à cheval était arrivé, une missive à la main. « La guerre royale est finie. La guerre du pays commence. »

« Mais qu'est-ce qui se passe ? avait demandé Colombino au Maure.

— On est bannis. Ça arrive toujours.

— Quoi ? » Colombino n'avait jamais pensé qu'il pourrait passer un jour pour un hors-la-loi, mais lui qui n'avait pas encore combattu ne s'était pas laissé envahir par la peur.

Ils avaient poussé vers l'ouest, jusqu'à ce qu'ils occupent un petit patelin sur la rive d'un autre lac, puisque la Lombardie en comptait beaucoup, comme le découvrait Colombino ; Andrea le Maure en était resté époustouflé malgré ses innombrables expériences : « Y a tant d'eau douce ici que ceux qui puent, ils le font vraiment exprès, moi j'dis, pour emmerder le monde ou pour le simple plaisir de puer… » Le Général avait exigé des habitants qu'ils ravitaillent les volontaires avec mille rations de pain, des sacs d'avoine et de riz, et tout le monde en avait profité ; même Astolfo s'était payé un bon gueuleton, et pour la première fois, il avait fait preuve d'un peu de gentillesse. Après quoi, les légionnaires avaient réquisitionné des bateaux à vapeur et une flopée de navires à voiles pour traverser le lac Majeur : ils débarquaient comme des canards peureux tenus en échec par une patrouille de cygnes, prenaient ce qu'il y avait à prendre et tentaient un assaut, puis rembarquaient ou marchaient dans l'arrière-pays, et c'était justement au cours de cet incessant va-et-vient sur le lac Majeur que le Général avait montré à Colombino comment on faisait la guerre. Depuis lors, les souvenirs du garçon se brouillaient : l'éclat des fusils et les étincelles des épées, les hurlements, la poussière dans la gorge, le cœur qui battait à tout rompre. Mais plutôt que de se défiler, Colombino avait mis du cœur à l'ouvrage. À sa manière, il avait appris à aimer ses compagnons de régiment, qu'il admirait pour cet entêtement plein d'espérance grâce auquel ils supportaient leur existence. Mais pour se battre, il ne s'était pas battu, et quand il avait vu le Général charger au galop avec les légionnaires une avant-garde d'Autrichiens, il avait préféré se terrer à l'arrière et offrir son fusil à un compagnon. Il s'était en revanche distingué comme secouriste. Il se faufilait en quatrième vitesse avec sa tunique rouge de sang, traînait les blessés pour lesquels il avait des mots de compassion et qu'il soignait sans se résigner devant leur pâleur bleuâtre, et il s'entendait bien avec les femmes qui, de village en village, faisaient de leur mieux. « J'ai eu peur que tu sois couard », lui avait dit le Général après avoir gagné le premier assaut. « Mais tu te démènes comme un beau diable : tu as du mérite. »

Depuis cette fois-là, c'était toujours le même scénario. Ils avançaient, réquisitionnaient des maisons et des sacs de riz, s'arrêtaient et reprenaient la route pour semer leurs poursuivants. Le Général se plaignait chaque soir, exigeait la compagnie de Colombino qu'il tenait en éveil, l'informait sur les tactiques à mettre en œuvre le lendemain, puis se laissait aller et, malgré une légère fièvre, lui demandait de lui raconter une de ses aventures. « Tu n'as peut-être jamais quitté l'Italie, mais tu as l'air d'un homme du monde, et mine de rien, d'un philosophe de cœur, en plus », lui avait-il dit quand le garçon lui avait parlé de sa captivité à Savone et de sa terreur indécrottable d'être décapité avec la vie encore à l'intérieur du cou – terreur qui, dans la guerre, avait redoublé. « D'après moi, on reste vivant encore un peu. Je te le jure. J'y ai déjà assisté. »

Astolfo pendant ce temps devenait une célébrité. Le Général avait donné l'ordre d'attacher deux hottes sur son dos, et quand il y avait du pain, c'était le mulet qui le distribuait ; les légionnaires l'avaient surnommé « le boulanger poilu » et Astolfo secouait ses grandes oreilles avec un rare bonheur, soucieux de ne pas trébucher sur Guerello qui escortait l'inestimable chargement.

Enfin, ce fut la nuit de feu. Ces jours-là, la Légion avait sillonné une petite vallée au pied d'une montagne et, après avoir longé la rive orientale du lac de Varèse, elle avait dépassé un bourg du nom de Capolago pour se poser à Morazzone. Quelques légionnaires avaient installé des comptoirs pour la distribution des rations et le Général avait trouvé refuge au rez-de-chaussée d'une maison où il avait siroté un bouillon, anéanti par un nouvel accès de fièvre ; Colombino était avec lui et lui parlait de la méchanceté des carabiniers royaux de Gênes qui lui avaient brisé deux doigts quand, tout à coup, ce fut le chaos. Un corps d'armée autrichien avait déferlé dans la maison après avoir surpris les gardes qui fainéantaient. Le jour tombait et malgré la terreur qui descendait des yeux jusqu'à la poitrine, anticipant la nuit, les valeureux comparses de Colombino s'étaient dispersés et avaient dégainé l'épée, certains gagnant les étages supérieurs des bâtiments pour ouvrir le feu depuis les balcons : « *El Diablo !* criait Andrea le Maure. En avant avec le *Diablo !* » Il désignait le Général et les hommes faisaient comme lui. Il s'était ensuivi une terrible échauffourée, choc des corps et crissement des épées, bruit sourd des balles qui pénétraient le tissu des tuniques pour aller se loger dans la chair. Les légionnaires avaient trouvé la force de repousser les flux et les reflux de l'ennemi jusqu'à ce que les Autrichiens battent en retraite pour reprendre des forces en prévision d'un assaut décisif.

« Barricades ! Occupez les maisons le long de l'enceinte !

— À vos ordres, mon général.

— Colombino, une pièce pour l'infirmerie, bien à l'abri !

— À vos ordres, m'sieur le général », lui avait-il répondu d'une voix tremblotante. Depuis qu'Andrea lui avait enseigné la miséricorde en transperçant la poitrine des moribonds avec la pointe de sa lance, il se mettait à pleurnicher à la veille de chaque bataille. Quand il avait quitté Sacconago, il n'avait pas imaginé qu'il serait obligé de tuer pour soulager la souffrance, même s'il sentait que c'était juste ; enfin disons qu'il y avait beaucoup des choses qu'il n'avait pas prévues et qui étaient arrivées.

À la tombée de la nuit, les incendies avaient éclaté, et la panique s'était emparée des légionnaires.

« Au feu !

— Ils veulent nous obliger à sortir ! »

Si on ne se magne pas, on va finir à la broche ! se disait donc Colombino, tremblotant dans l'attente et déchaussé pour que ses pieds recouverts d'anciennes et de fraîches ampoules puissent respirer. Le Général tardait, réuni en conseil avec d'autres officiers, quand, une heure plus tard, alors que les flammes dévoraient déjà l'oxygène et que les assaillants commençaient à canonner Morazzone, voilà qu'il revint. Il était fatigué, angoissé : « Retraite ! Retraite ! »

Ils tirèrent quelques salves pour tromper l'ennemi et dès la nuit quittèrent le coin. Les hommes encore capables de le faire traînèrent les blessés, rampèrent ventre à terre et se laissèrent guider à travers les maquis et le long de sentiers tout juste praticables. À chaque pas, dans le dos de Colombino, quelqu'un profitait de l'obscurité pour prendre la poudre d'escampette.

« En avant. »

Après de longues heures, les fuyards s'arrêtèrent dans un pré éclairé par la lune pour se compter. À peine une trentaine. Ça sentait la défaite. Nicola, le débardeur, avait filé à l'anglaise.

« Au repos », ordonna le Général avant d'envoyer un éclaireur pour connaître la position de l'ennemi. Les volontaires, rompus de fatigue, attendaient un signe d'encouragement, mais ce qu'ils entendirent les démoralisa. « Je déclare la Légion dissoute, dit le Général. Mais tous ceux qui veulent continuer le combat pourront partir avec moi à Lugano. Nous nous réorganiserons. »

Ce fut à ce moment que Colombino comprit qu'il devait parler. Il regarda Astolfo et, au premier signe de l'ami mulet, se décida. Ces quelques semaines vagabondes et guerrières l'avaient régénéré corps et âme, elles lui avaient appris le courage qui lui manquait jusque-là pour répondre à l'appel de la gravitation. Il avait vu périr des honnêtes hommes en tunique rouge, il s'était laissé ensorceler par le Général et il l'avait à son tour ensorcelé par son honnêteté et par le récit de ses aventures mais, jour après jour, quand bien même il s'efforçait d'accepter sa nouvelle vie, Colombino avait succombé à des spasmes ventriloques, bougonnant et se détachant de la réalité du combat pour se transporter en pensée à Sacconago. Le centre de gravité était là, et il le réclamait.

Ses lèvres brûlaient encore du baiser volé par Sabina, il se sentait encore vidé à l'idée que Vittorina eût été donnée en mariage à un autre, mais s'il y avait bien une chose que lui avait apprise le Général, c'était qu'il ne fallait jamais se résigner.

« M'sieur général, je pourrais vous parler ?

— Bien sûr, mais dépêche-toi, on reprend la route dans une heure.

— Moi, m'sieur général, je vous admire beaucoup, dit-il presque comme s'il avait honte, mais je ne suis pas sûr que je pourrai vous suivre en Suisse. »

Le visage du Général s'assombrit.

« Pourquoi ?

— J'ai eu un signe, se hâta de dire Colombino pour se justifier.

— Quoi ?

— Il y a une chose que je ne vous ai pas dite.

— Mais de quoi tu parles ? T'es un espion ?

— Pour sûr que non, maudite merde et misère de misère !

— Et alors ?

— C'est pas pour vous que je suis venu à Gênes. »
Il empruntait des détours parce qu'il s'était pris d'affection pour le Général.

« Ah oui ?

— J'suis venu parce que Jacopo Framassone, il m'a arraché deux dents, alors je me suis souvenu de lui, et comme j'étais triste, je l'ai cherché. »

L'éclaireur, de retour, rassura le Général, qui s'assit dans l'herbe et invita Colombino à en faire autant. Les cigales stridulaient. Guerello se coucha à quelques mètres, sur ses gardes.

« J'étais allé voir le pape pour lui demander une intercession, mais il m'l'a pas donnée. Je voulais… » C'était la partie la plus délicate, mais la lune rendait les choses plus faciles, elle rassurait, et si le Général avait déjà donné à Colombino la preuve de son effroyable cruauté, il savait aussi inspirer confiance. « Je voulais marier une fille qui s'appelle Vittorina. »

Peu à peu, mot après mot, il sut dire, et plutôt que de désespoir, il commença à frémir d'indignation. Guerello écoutait, langue pendante, et Astolfo aussi était tout ouïe.

« Tu es fou », lui dit le Général pour le consoler une fois que Colombino lui eût expliqué la raison de l'errance qui l'avait mené au Quirinal. « Moi je suis tombé amoureux de mon Anita à Laguna, et elle aussi, elle était déjà mariée, à un cordonnier. Mais ça ne m'a pas arrêté. Alors tu parles, demander la permission à quelqu'un !

— Vous vous moquez de moi ?

— Tu crois ça ? Moi, je ne plaisante jamais avec l'amour. Anita est ma femme maintenant, et on a trois enfants. »

Il dit cela avec un orgueil à peine voilé de nostalgie.

« Trois enfants, m'sieur le général ? Maudite merde et misère de misère, vous avez une sacrément belle famille. Mais comment que vous avez fait ? Si votre Anita elle était déjà mariée, vous avez commis un péché mortel.

— Ne dis pas de conneries. »

Il écouta chaque phrase, s'émut au récit des aventures de l'épouse créole et de José le Sud-Américain, et une chose advint à laquelle il ne se serait jamais attendu.

« Colombino, tu saignes. »

Ce n'était pas lui qui parlait, mais en entendant les mots du Général, il sentit de nouveau son nez le picoter. Il sortit son mouchoir de sa poche et essuya le filet qui effleurait sa lèvre supérieure. Sa blessure enfin guérissait.

« Vous avez une sacrée chance d'avoir trouvé votre Anita.

— Oui, c'est comme ça. Mais ta Vittorina, où est-elle ?

— À Sacconago, pas bien loin d'ici, j'dirais.

— Alors, au lieu de venir en Suisse, tu voudrais retourner auprès d'elle ?

— J'sais pas trop, enfin, je voudrais bien, mais je sais pas si je peux.

— Tu ne sais pas ? C'est comme la guerre, Colombino. À force d'attendre une autorisation, tu finis par te retrouver le cul par terre, sans aucune force, démoli par les événements. Crois-moi, je sais de quoi je parle. Va et dis-lui ton amour.

— Mais le pape il a dit qu'on l'avait mariée.

— Et qu'est-ce qu'il en sait, celui-là ? Tu la regardes dans les yeux, tu la prends dans tes bras. Tu sauras tout de suite si elle veut, elle aussi. Et si c'est le cas, emmène-la. Fais comme moi.

— Mais je lui ferais honte !

— Mais quelle honte ! Tu lui fais honte si tu la laisses croupir comme n'importe quelle bouseuse dans les bras d'un autre ! » lui dit le Général en s'enflammant.

Colombino se tut. Il saignait encore, mais le tourbillon noir qui tant de fois l'avait emporté ne le troubla pas.

« Mais où c'est qu'on vivra après ? On pourra pas rester à Sacconago, sa famille voudra jamais.

— Tu vivras partout, jusqu'au jour où je ferai un pays où toi et ta Vittorina vous pourrez rester ensemble ; une Italie faite pour nous. »

Un pays où vivre avec sa femme Vittorina ? Colombino y croyait à peine, mais cette idée apporta de l'eau au germe de revanche qui depuis longtemps essayait de prendre racine dans sa cervelle.

« Mais je sais pas si don Sante veut que je revienne.

— Oh, mais arrête un peu ! Pour qui tu me prends ? Je te vois, toujours à trébucher à force de braquer ton regard vers le sud. T'étais déjà en train de rentrer, et si tu veux lutter avec nous pour la liberté de notre Italie, il faut d'abord que tu te battes pour ta liberté à toi.

— Mais c'est que je sais pas me battre.

— Si. À ta manière. »

Colombino baissa les yeux.

« Alors d'après vous, je pourrais y aller, m'sieur général ?

— Tu dois y aller. La Légion est dissoute, par conséquent tu es dispensé de ton devoir. »

Le Général se leva et Colombino fit pareil. Il faisait nuit noire, le moment était venu d'y aller, mais il restait une dernière faute à avouer.

« M'sieur le général, j'ai embrassé une autre fille. Enfin, c'est elle qui m'a embrassé, mais…

— Si tu savais combien j'en ai embrassé, moi ! dit le Général sur le ton de la plaisanterie.

— Mais j'ai trahi Vittorina ! »

Le Général le toisa de pied en cap, s'approcha et, visant ses lèvres, le souffleta d'un revers de la main à faire pâlir Astolfo, redresser Guerello sur ses pattes, et effrayer le Maure.

« Et voilà. »

Le Général lui montra la paume avec laquelle il l'avait touché.

« Maintenant, c'est moi qui l'ai pris, ce baiser. Un péché de plus ou de moins, ça ne fait aucune différence pour moi. »

Colombino lécha la fente qui s'était ouverte à la commissure de ses lèvres.

« Si je te revois sans Vittorina, je te jure que je te tranche la gorge. »

La menace laissa Colombino stupéfait, mais l'étreinte avec laquelle le Général lui donna congé le rassura. C'était un geste franc, un geste de complicité – une embrassade qui faisait d'eux des frères. Et lui disait qu'il n'était pas seul.

« Ne voyage que de nuit, ne fais confiance à personne, lui dit le Général. Tu auras de mes nouvelles, Colombino. Il y a une Italie à construire, et toi et ta Vittorina, vous feriez bien de nous donner un coup de main. »

*

« Lorenza, c'est toi ? »

C'était un visage de femme aux yeux creusés par les cernes. Le dernier visage qu'elle s'attendait à voir.

« Susan ? »

La providence avait bien fait les choses, parce que celle qui la dévisageait depuis l'autre banc de ce parc suisse ne pouvait être que Susan, la mère de Procida, le garçon avec lequel Pippo aimait jouer à Londres.

« Mais qu'est-ce que tu fais là ? »

Elle avait longtemps gardé les yeux baissés pour observer le cal sur la première phalange du majeur de sa main droite. C'était une excroissance de la même couleur que sa peau, mais plus dure, et même si Leda n'écrivait plus de lettres depuis des mois, elle résistait, comme pour lui rappeler celle qu'elle avait été. *Et maintenant, qui suis-je ?* Elle continuait à se le demander, cherchant une réponse dans le lambeau du frac de Massèi et le calotype que lui avait offert Lisander.

La fuite n'avait pas été difficile. Le Mal-Né l'avait escortée dans le bois de la Merlata et était resté avec elle pendant la nuit, l'importunant de ses avances grossières ; au lever du soleil, Leda avait rejoint la campagne avant de remonter la Lombardie en suivant à rebours le trajet qui l'avait menée à Milan en avril. Grâce à Lisander, elle avait suffisamment d'argent sur elle pour affronter le voyage, et sa blessure au bras ne nécessitait plus de soins.

« J'essaie de retourner à Londres, en Italie les choses ne se sont pas passées comme je l'espérais.

— Il est là. »

Non loin, le lac murmurait et étincelait, gris sous le ciel.

« Il est en ville ?

— Oui, il m'a écrit pour me demander de le rejoindre. La déception de Milan a été grande, mais il n'a pas l'intention de retourner en Angleterre, du moins pas encore.

— Emmène-moi auprès de lui, je t'en prie. »

Elle lui trouva mauvaise mine. Son visage était décharné, sa calvitie plus prononcée. Il se remettait à peine de ses épreuves, car pendant les dernières journées de Milan, il avait décidé de participer à la lutte et s'était enrôlé comme porte-drapeau dans un bataillon de Garibaldi. Mais, talonné par les Autrichiens, il avait franchi la frontière pour revenir comploter avec les autres exilés, là, à Lugano. Il la regarda comme un fantôme surgi des brumes d'un passé encore proche et déprimant.

« Pippo !

— Lorenza ! »

Il logeait à l'auberge ; l'Empire autrichien et l'État sarde avaient déclenché une offensive diplomatique, intimant à la Suisse de se débarrasser des agitateurs. Mais Pippo avait bien l'intention de rester jusqu'à l'ultime étincelle italienne. Milan était tombée, mais ailleurs, le pays se soulevait. À Rome et dans les légations, la colère commençait à se faire sentir, et le printemps qui venait à peine de s'achever ne pouvait sombrer dans l'oubli.

« Je la déteste, cette vie clandestine.

— Je sais.

— C'est que je vieillis, alors que c'est le moment de résister. D'attendre encore.

— J'attendrai avec toi, si tu veux bien. »

*

Si c'était ça l'Italie, alors elle la détestait, et pas seulement parce que, d'y vivre, elle sentait une sourdine écraser son cœur, comme si son sixième sens, de ce côté-ci du monde, avait perdu sa capacité à communiquer avec les choses et à entrer en syntonie avec elles ; ni parce que l'absence de son José se prolongeait et qu'il envoyait des nouvelles floues, presque comme s'il s'était déjà détourné du chemin qu'il avait tant rêvé de suivre ; quand elle avait pris la route de l'océan, Aninha savait qu'une fois mis le pied en *Urope*, tout serait différent, mais différent à quel point, ce n'était pas un détail. Ce qui provoquait sa haine, ce n'était rien de tout cela, plutôt le sale tour que l'Italie lui jouait maintenant. Parce qu'elle était sur le point de lui voler un enfant, et si la tristesse de voir partir Domío n'était pas comparable à celle qui avait suivi la mort de Rosita, dans un certain sens, elle la lui rappelait.

Un roi qu'elle ne connaissait pas mais qu'elle haïssait du plus profond de son âme avait offert à l'aîné du Général une place dans un pensionnat pour enfants de militaires, dans un pays qu'Aninha ne savait même pas situer géographiquement, et José avait insisté à plusieurs reprises dans ses lettres pour que Domío profite de l'occasion tant qu'elle était valable et tant que lui ne pourrait pas prendre son éducation en charge : « Il doit devenir un homme, il deviendra un défenseur de la patrie. » Aninha avait bien essayé de lutter, mais c'était difficile de faire valoir ses arguments et d'essayer de le dissuader en s'imposant devant des étrangers sans pouvoir regarder, toucher, se mesurer physiquement à José. Il s'était arrogé le droit incontestable de décider pour elle, et Aninha n'était même pas capable de lui en vouloir, le pensionnat étant une excellente opportunité. Il offrirait à Domío une instruction, le nourrirait, et ferait de lui un adulte. Mais l'idée de le voir partir faisait mal.

Quand vint le moment, l'enfant faillit bien s'évanouir sur le seuil de la maison du quai Lunel. Cela faisait des jours qu'il se retournait dans son lit, incapable de se calmer tant qu'Aninha n'allait pas le dorloter ; il était pâle, et bien que mamie Rosa, sentant l'angoisse que chaque réveil annonçait, l'ait rassuré avec de délicates attentions et ait essayé de lui faire comprendre qu'un pensionnat était une vraie bénédiction, parce qu'elle, elle avait dû payer de sa poche pour éduquer José, l'enfant ne l'avait pas écoutée. Il ne voulait pas lui donner raison, il se moquait bien de connaître d'autres enfants, de s'en faire des amis et de trouver des racines. Et quand toutes deux lui expliquaient qu'il pourrait apprendre, il faisait la grimace et se mettait à bouder, comme pour se montrer plus gamin qu'il n'était. Il se mettait à hurler pour briser l'assaut de boniments destinés à le convaincre et, un jour, Aninha avait dû lui courir après jusqu'au port : « Je t'en prie, Domío, ne t'échappe plus. »

C'est elle qui l'accompagna à l'omnibus pour Gênes, toute seule. Elle voulut que Domío dise au revoir à Teresita et à Ricciotti à l'abri des regards indiscrets. Ricciotti n'avait pas encore deux ans et Aninha croyait qu'il n'avait pas eu le temps de s'attacher à son frère au point de le regretter, mais au contraire, le petit pleurnicha et s'agrippa à ses culottes courtes tout juste repassées, comme si Domío était son jouet le plus précieux, voué par un abominable caprice à finir au milieu des flammes d'une cheminée. Teresita, qui avait idolâtré son grand frère depuis ses premières années, se renferma de son côté dans un silence fâché. Elle ne lui dit pas au revoir comme elle l'aurait voulu, car la colère enfantine, quand elle explose, ne fait aucune distinction et consume tout ce qui se retrouve sur son passage ; elle dévisagea Domío comme s'il était responsable de cet éloignement, et malgré les réprimandes d'Aninha et de mamie Rosa, refusa de l'embrasser.

Aninha l'accompagna à l'omnibus, main dans la main. Pendant le trajet, ils furent silencieux, et une fois arrivés sur la place où la voiture attendait, la gêne les saisit. Aninha s'accroupit, planta ses yeux dans les yeux de l'enfant. Il laissa échapper des sanglots étouffés, « maman, je t'en prie », ultime tentative pour rester, et quand Aninha se releva pour ne pas céder, il mouilla sa robe à la hauteur du ventre, là où il était né. Ses pleurs furent déchirants, et pas seulement parce que les enfants sont capables de dramatiser la moindre émotion comme si la fin du monde était proche et qu'il fallait éprouver la quintessence de chaque expression de l'âme ; elles furent déchirantes parce que Aninha y lut une note de défiance.

« Tu dois suivre ton propre chemin, Domío, mais tu n'auras qu'à fermer les yeux, et je serai là, avec toi », murmura-t-elle en lui donnant le pendentif que Feliciana lui avait offert à Montevideo ; c'était une babiole de bonne femme, mais Domío devait le garder comme un trésor, sans le mettre à son cou. « Et je te verrai grandir d'ici. Je saurai toujours qui tu es. » Elle lui prit les mains, fit glisser ses doigts entre les siens et, bêtement, se mit à penser aux canards de Laguna. Retenir son chagrin. « Tu voleras plus haut que nous tous, tu deviendras fort, tu apprendras des tas de choses, tu deviendras plus intelligent que ta mère. Et quand tu reviendras, alors c'est nous qui nous blottirons sous tes ailes », dit-elle en lui caressant les bras. « Tu nous protégeras. Et si jamais tu te sentais en difficulté, pense à ton père. Il croit en toi, il t'attend, pour que tu l'accompagnes. »

L'enfant crispait les lèvres pour ne pas éclater en sanglots. Aninha lui baisa le front, puis les lèvres. Ce fut un baiser amer et, tout en voulant lui dire au revoir, malgré elle, elle dit : « Je t'aime, adieu. »

Quand l'omnibus s'éloigna, il y eut un claquement, inaudible à l'oreille. Telle une corde invisible qui enfin se rompt. Aninha retint son souffle jusqu'à ce que la voiture disparaisse dans un tournant, de frêles veines affleurèrent à son cou. Enfin, elle murmura : « Vole, mon petit oiseau, apprends à voler, mais pour revenir… »

Elle marcha longtemps avant de rentrer à la maison. Une émotion funeste pesait et, pendant un instant, la ville se pulvérisa et elle resta seule au milieu des décombres et de la désolation, face à la mer. Alors elle courut, insouciante des passants, parce qu'elle ne savait pas quoi faire d'autre. Elle avait des jambes jeunes et fortes, des jambes de cavalière.

Quand elle arriva au quai Lunel, elle s'était essuyé le visage et avait retrouvé son souffle. Elle se força à interpréter ce départ comme un signe de bon augure, la preuve d'une vie qui trouvait son équilibre. José reviendrait et il dénicherait une maison rien que pour eux. Parce que mamie Rosa était une femme généreuse, mais la vieillesse la rendait capricieuse, parfois intraitable ; elle imposait à la famille ses horaires, ses habitudes. *José, reviens, je t'en prie*. Dans la nuit noire, quand la maison se taisait, Aninha se mettait devant la petite Madone à l'Enfant que mamie Rosa avait disposée dans le couloir sur une petite table, et elle la suppliait en tenant entre ses doigts un lumignon. La tiédeur qui se propageait sur ses paumes lui redonnait courage. La prière fut exaucée.

José arriva en septembre, seul et sans applaudissements. Aninha eut presque du mal à le reconnaître. Il était malade, épuisé par la fièvre et les rhumatismes. Elle ne l'avait jamais vu courber les épaules à ce point, et la joie des enfants qui couraient à sa rencontre pour l'embrasser se brisa contre l'écueil de sa tristesse. En juillet, il avait eu quarante et un ans, il avait encore de beaux cheveux, ces mêmes yeux merveilleux, mais quand Aninha se serra contre lui, elle se sentit pour la première fois plus jeune que lui. Elle avait donné le jour à quatre enfants malgré les privations, elle était éprouvée par la traversée et le séjour à Nice, et le départ de Domío pesait sur son cœur aussi lourd qu'une pierre, mais elle n'avait pas trente ans, et beaucoup moins de déceptions en elle que José. En posant ses lèvres contre les siennes, elle comprit enfin l'ultime signification de ce « oui » prononcé à Montevideo, quand, acceptant de se marier, elle avait accepté aussi de partager le joug que José avait décidé de porter sur sa nuque, non comme si c'était son destin, mais comme s'il ne pouvait pas faire autrement de par sa nature, et elle en sentit tout le poids.

« Qu'est-ce qu'il t'est arrivé ? »

Même Guerello avait vieilli ; les sourcils plus broussailleux et les oreilles infestées de puces, il n'avait pourtant rien perdu de son allant ; retrouver Aninha et les enfants le rendait joyeux. Il se mit à courir, bouscula les meubles, et en l'espace de deux heures, avec sa patte en moins qui le faisait tanguer, il brisa en mille morceaux la petite Madone à laquelle Aninha adressait ses prières, s'attirant les foudres de mamie Rosa.

Malgré son état déplorable, José rapportait une bouffée de nouveauté. Allongé dans son lit, il voulut aussitôt recevoir des invités et comploter malgré la sécheresse de sa langue à cause de la fièvre, jusqu'à ce qu'il réussisse à obtenir une maison – ce n'était pas Aninha qui le lui avait demandé, c'était un besoin qu'il avait lui-même ressenti. Un pêcheur, Giuseppe Deidery, ami de la famille, en mit une à sa disposition. Aninha en fut heureuse. Le lendemain, elle traîna ses malles et les quelques affaires sans l'aide d'un charretier qu'elle ne pouvait pas se payer et passa la première journée à ranger, à laisser sa propre empreinte entre ces murs. Elle avait tant désiré une maison en l'absence de José qu'à la nuit tombée, elle en avait déjà fait leur logis. Elle n'avait pas laissé de toiles d'araignée dans les recoins, ni de poussière sur les rebords des fenêtres, et elle avait changé la disposition – de peu, pour ne pas sembler mal élevée, mais assez pour que cela se voie – d'une commode et d'un secrétaire, rangé le buffet et fait l'inventaire de son contenu ; même la pitoyable épinette du séjour avait été traînée dans un autre coin. Teresita se précipita sur les touches avec une gaieté qu'elle avait perdue depuis longtemps, et Guerello sautilla au rythme de cette musique discordante ; pendant un instant, ce fut comme si là, à Nice, une brise venue de la calle del Portón soufflait. Malheureusement, il n'y avait pas de terrasse d'où contempler la mer, mais cuisiner pour la famille fut pour Aninha un devoir enchanteur.

La maladie de José la rendit paradoxalement plus heureuse encore, parce qu'elle l'obligeait à garder le lit et lui permettait de reprendre possession de lui. Elle lui consacra des attentions infinies, et lorsqu'un médecin confirma qu'il avait attrapé la malaria et lui prescrivit des soins et une décoction, Aninha sortit dans les rues de Nice avec une envie nouvelle. Elle se rendit chez un pharmacien et un droguiste à la recherche de centaurée, d'écorce de saule et de chêne, d'églantier et de feuilles d'olivier, de sauge et de tomates, et chacun de ses pas transforma cette ville encore inconnue en sa propre ville. Elle veilla José pendant qu'il dormait du sommeil lourd de la maladie et partait dans des délires de trahison et d'impuissance. Il était si mal en point qu'il n'essaya même pas de caresser Aninha qui se baissait pour lui laisser entrevoir le creux de ses seins et appuyait ses hanches contre ses bras quand elle s'asseyait sur le lit pour lui tenir compagnie. José s'en tint à de timides caresses, un vague pinçon ; il sentait le devoir de lui montrer qu'il la désirait encore, mais il n'alla pas plus loin. Il s'endormait sans crier gare, et quand il se réveillait, il importunait Aninha avec ses terribles sautes d'humeur. « Je suis revenu pour faire l'Italie et je me retrouve dans un pays d'opportunistes et de lâches ! »

Un matin de la mi-septembre, d'épaisses nuées surgirent à l'est, rafraîchissant l'atmosphère par un présage d'automne, et José finalement sortit de son lit, délivré de sa fièvre ; il voulut prendre son petit déjeuner avec les enfants et il demanda non seulement que l'on ouvre les fenêtres, mais aussi du papier et un crayon pour écrire au pensionnat de Racconigi et prendre des nouvelles de Domío. Il aborda avec Aninha la fastidieuse question de la nourriture, et dans l'après-midi invita Andrea le Maure et Leggiero pour discuter du cuisant échec de la fuite de Suisse. Ce soir-là, quand Teresita et Ricciotti s'endormirent, Aninha s'assit devant la coiffeuse en face du lit pour se brosser les cheveux. José l'observa quelques instants puis se jeta sur elle et l'attira vers le lit. Les draps sentaient bon la lavande.

« Tu m'as manqué », murmura-t-elle tandis qu'il se taisait et l'embrassait, la déshabillant avec rage. Il étreignit la chair de ses cuisses et de ses hanches, la flaira, lui mordit les seins ; elle aima cette fureur au goût de reconquête. José ne l'avait jamais aimée avec un tel désespoir. Quand enfin ils se séparèrent, il dit seulement : « Anita... », comme si, en prononçant son nom, il redécouvrait qui elle était.

Aninha se blottit contre son torse velu, et elle voulut croire qu'elle pourrait le garder. Ils avaient une maison, elle apprenait à apprécier les denrées exquises du marché de la ville, et José obtiendrait une solde, quelle que soit l'armée pour laquelle il se battrait ; avec un peu de chance, ils pourraient peut-être monter ensemble dans l'omnibus et rendre visite à Domío. Elle avait besoin de savoir où il était, à travers quels couloirs et quelles pièces il errait ; elle voulait pouvoir l'imaginer. Mais José resta à peine deux semaines. La sueur des nuits d'amour cannibale semblait lui faire du bien, mais il était malade dans l'âme plus que dans le corps. Il se mordait les articulations des doigts, et plus ses membres récupéraient, plus lui-même s'éloignait. Il allait se promener, comme pour demander conseil à la mer.

Mamie Rosa confia à sa bru que son père faisait pareil, mais Aninha sentait déjà qu'il n'allait pas tarder à partir. C'était comme cela avait toujours été à Montevideo : se retrouver pour se dire à nouveau adieu ; aussi, quand José embrassa Teresita et Ricciotti en leur annonçant son départ pour Gênes, Aninha protesta et exigea la longue-vue ; la jalousie, avec la guérison de José, revenait la tarauder. Elle lui dit que s'il la trahissait avec une Italienne, elle lui tirerait en pleine figure, et José se moqua d'elle : « Tu n'as pas rapporté le pistolet de

Montevideo ! » Aninha le regretta presque mais le laissa partir. Une guerre et une chimère le lui avaient amené, une guerre et une chimère le lui enlevaient. Elle n'insista pas pour partir avec lui, malgré l'envie de chevaucher à ses côtés, de retrouver l'ivresse de la peur dans la bataille. Les enfants étaient des étrangers à Nice, tout comme elle, et ils n'avaient pas son tempérament. Il lui faudrait s'occuper d'eux. La femme de Giuseppe, le propriétaire de la maison, était une femme respectable, joviale ; Aninha voulait que les enfants commencent à s'habituer à la senhora Deidery. Un jour viendrait le moment de partir, elle en était sûre.

« Je viendrai », murmura-t-elle à Guerello en lui grattant le museau avant qu'il ne s'éloigne pour rejoindre José, déjà en route. Elle ne parlait pas au chien. C'est à son maître qu'elle disait cela.

*

Cela faisait longtemps qu'on ne l'entendait plus rugir
Chiarella disparue, il avait semblé s'assagir,
Mais voilà qu'il va frémissant, complote en cachette,
Sourit comme s'il tenait entre ses dents une proie grassouillette.
On aimerait savoir, mais il n'ouvre pas la bouche
Et le Mal-Né ne lâche pas un mot qui ne soit louche
Qu'est-ce que tu manigances, ô veuf et père,
Tu viens et tu parles, tu fais semblant de rien,
Du secret tu protèges même les tiens.
Mais nous, on est avec toi, il nous suffit d'imaginer
Que tu retournes enfin à ton vrai métier.

IV

La vue est un sens très changeant qui peut conduire tout à coup à la lucidité ou à l'aveuglement, parce qu'y voir, pardi, ce n'est pas qu'une question d'yeux. La vue descend en effet de la cervelle et monte du cœur, ainsi, dans son trajet le long du cou et depuis le front en passant par le nez, il est possible qu'elle trébuche sur un obstacle, se charge de défauts, imperceptibles peut-être mais qui, en s'accumulant, donneront naissance à des perspectives tordues et à des plans trompeurs, des discordances entre l'avant-scène et le fond de scène, alimentant ainsi le débat à jamais irrésolu entre objectivité et humaine perception : un kaléidoscope de couleurs, des étincelles de réalité, de l'humain saisi par éclairs, et en miettes.

« On y est presque ! »

Dans son élan, Colombino voulut ajouter *on est presque à la maison*, mais il n'osa pas. Sacconago était le lieu qui l'avait élevé et protégé, où il avait appris la vie et cultivé à la fois l'espoir et les champs, et l'idée d'une maison avait subi ces dernières semaines quelques minimes et nécessaires ajustements. D'espace physique, elle était en train de prendre la forme d'une condition. Parce que Colombino avait cru que son nombril, admirable boussole, le guidait là où il pourrait redonner un sens à toute une existence, mais voilà que ce trou de chair, se disait-il maintenant, au lieu de se contenter de lui faire rebrousser chemin pour répondre à l'appel de la force d'attraction, lui indiquait peut-être chaque fois une destination différente pour qu'il puisse, finalement, se bâtir une maison à lui, toute neuve, des fondations jusqu'au toit.

Ils avaient voyagé de nuit comme le leur avait conseillé le Général et dans les ultimes heures de ce matin-là, ils franchirent les frontières de Busto Arsizio ; en traversant cette terre de nostalgie, tous deux s'émurent, garçon et mulet, mais le dicton qui voyait la ville comme *mez mondu* – la moitié du monde – lui paraissait maintenant un tantinet exagéré ; lui, la moitié du monde, il ne l'avait pas vue pour sûr, c'est tout juste s'il en avait goûté une tranche, mais c'était comme si, pendant ces années passées au loin, il avait chaussé un lorgnon capable d'arrondir les angles et de rendre les dimensions nettement moins prodigieuses et hostiles. De les réduire. Il reconnut les boutiques, les épiceries et les sabotiers, les gargotes et les tanneurs qui travaillaient sous le soleil et étendaient les peaux sur de gros troncs polis pour les racler, et les hommes qui avançaient, rapides, chacun à sa peine ou à son affaire, et les femmes et les filles qui les suivaient, occupées de leur côté, mais les gens ne semblaient plus aussi nombreux ; le vertige d'antan, l'effroi que Colombino avait éprouvé en venant à la ville pour revendre le bois de don Sante, n'y était plus. Ou plutôt, le lorgnon cachait dans la transparence du verre des images d'autres paysages et d'autres villes, il brouillait la vue et offrait à chaque regard un parallèle rassurant. L'horizon était beaucoup plus proche.

« C'est que tout a rapetissé, maudite merde et misère de misère. »

Astolfo acquiesça sans être pour autant totalement d'accord ; c'était peut-être eux, aurait-il voulu préciser, qui avaient de plus grands yeux.

« En tout cas, c'est toujours aussi beau. »

Le mulet ne savait pas encore s'il fallait céder à la joie ou à l'inquiétude. Il s'imaginait déjà attelé à sa charrette de fumier, harcelé par une nuée de bourdons et de grosses mouches affamées, ou dans la petite étable du presbytère, finalement au repos avec une mangeoire débordante, prêt à filer à bride abattue au cas où son patron l'embarquerait dans une nouvelle mésaventure.

Ils étaient sortis par le sud une dizaine d'années plus tôt et voilà qu'ils rentraient à Sacconago par le nord, par la *via sachonasca*.

« On y est. »

Colombino aperçut le vieux clocher décoloré et cabossé ; il avait perdu de grosses plaques de vernis mais s'élançait toujours au-dessus des tuiles des maisons. La cloche voulut faire entendre son tintement. Une vibration d'acier, inflexible. Un hommage paysan.

« Salut à toi. »

Le soleil grimpait dans le ciel limpide tandis que les mots du Général résonnaient aux oreilles de Colombino, l'exhortant à conquérir sa liberté et, avec elle, le bonheur, mais tout autour, c'était un assaut mélancolique contre ses sens. Colombino revit le petit coin où il avait coutume de s'arrêter pour reprendre son souffle après chaque tournée de fumier béni et, au loin, les propriétés de l'Église qui lui avaient donné tant de peine durant le cycle éternel du travail de la terre. Il rencontra les taillis de robiniers et les rangées de mûriers, les vignes et les figuiers et, en s'avançant en direction de l'église, retrouva sous le bout de ses doigts la sensation de la cire durcie de m'sieur Natale, celle qu'il avait grattouillée des balustrades et des candélabres de l'autel comme le voulait sa fonction de bedeau. Dans ses narines, enfin, la laine cardée, le lin et le coton tendus sur les métiers à tisser, l'odeur aigre de la teinture des étoffes qui se mêlait aux arômes de la végétation, et surtout, l'incomparable fragrance du bombasin et de la futaine. « Ça me fait une émotion », murmura-t-il à Astolfo.

Arrivés au croisement à l'ouest du bourg, ils prirent le chemin qui menait à l'église des très saints patrons Pietro et Paolo. Ils avancèrent du pas lent des voyageurs ; ils sentaient tous deux un fourmillement d'excitation dans la nuque. C'étaient les heures les plus chaudes, les paysans s'étaient calfeutrés dans la fraîcheur des cuisines, dans les granges, quand ils tombèrent nez à nez avec deux vieux. Aucun ne les reconnut. Les années de l'ailleurs avaient fait d'eux des étrangers.

Colombino avait prévu de se rendre à la Formaggiana et de déclarer ses intentions. C'était une idée stupide, mais il se fichait bien de revenir sans garanties à offrir à la famille de Vittorina ; il avait connu la prison, la guerre, et le Général l'avait convaincu que son projet était humain, mieux encore, juste et bon à partager. Plus rien ne lui faisait peur, et pourtant, en foulant les routes qui l'avaient vu naître et en s'enfonçant dans le dédale des ruelles du bourg, il se surprit par sa prudence.

« Peut-être que… oui, c'est mieux de faire comme ça. »

Il trouva plus sage de s'adresser à un ami et d'adopter – à sa manière, s'entend – la tactique apprise auprès du Général tandis qu'ils changeaient sans cesse d'endroit en

Lombardie : s'en remettre aux rapports des éclaireurs pour être prêt à affronter le destin plus sûrement. Mais comme il ne pouvait envoyer Astolfo qui, à son corps défendant, était incapable de communiquer le résultat de leurs séances de guet et d'espionnage, Colombino décida d'interroger la pieuse Adele et son mari Natale. Il passa donc devant le parvis en baissant les yeux, traînant ses pieds dans cette même poussière qui tant de fois l'avait vu s'écrouler à la suite d'une de ses divagations, sans se risquer à regarder à l'intérieur de l'église. L'absence de don Sante semblait avoir privé la bâtisse de son aura spirituelle. Il frappa à la petite porte à côté du presbytère.

« Qui es-tu ?

— C'est moi, m'dame Adele, vous ne me reconnaissez pas ? »

Elle avait les yeux ravagés, l'Adele, un cadeau empoisonné de la vieillesse, aussi fut-elle obligée de regarder longtemps à travers le voilage blanchâtre, et quand elle l'eut reconnu, il s'en fallut de peu qu'elle ne soit terrassée par une attaque d'apoplexie sur le seuil de la porte.

Elle l'étreignit, caressa son visage, palpa son thorax pour vérifier s'il était devenu un homme, observa sa tunique en lambeaux avec en tête l'idée de la repriser, et lorsqu'elle vit le mulet, fondit en larmes ; elle renifla bien fort, grogna presque, et s'essuya la morve avec le mouchoir qu'elle enfilait dans sa manche.

« Qu'est-ce qu'il y a, m'dame Adele ?

— Viens », lui dit-elle en le traînant à l'intérieur de la maison et, comme s'ils s'étaient tout juste quittés la veille, elle posa devant lui un verre de lait puis y versa un filet de vin rouge d'une bouteille qu'elle venait de déboucher. « C'est celui de don Luigi, il est rudement bon. La vendange de rouges et de muscats a été un vrai miracle. »

Astolfo, resté à l'extérieur, lorgnait par la fenêtre. L'Adele lui avait claqué la porte sur le museau, et elle avait ses raisons ; Natale s'était éteint l'hiver dernier, fauché par une inflammation aux poumons, et la vue de la bestiole l'avait rappelé à sa mémoire, du temps où il causait avec Colombino tout gamin, quand il avait encore ses bonnes joues rouges et son ton hautain qui l'avait rendue folle d'amour.

« Je suis désolé », dit Colombino avec une immense tristesse quand il apprit la mort du cirier. « Il était bon, m'sieur Natale. »

La femme chuchota un *Requiem æternam* et commença à arpenter la pièce ; elle boitait et ses cheveux étaient devenus gris : « Faut que je te présente au curé, on verra ce qu'il pourra faire pour toi. » Maintenant qu'elle était veuve, elle était devenue la servante du curé, sans autre distraction.

« M'dame Adele, moi, à dire la vérité…

— Parce que tu as toujours été un garçon poli et croyant. Il ne pourra peut-être pas te redonner ta petite chambre au presbytère, mais il fera sûrement quelque chose pour toi. »

Et au lieu de lui fournir de précieuses informations, l'Adele l'accabla de questions auxquelles Colombino ne put échapper. Il fut obligé de lui raconter sa rencontre avec le pape sans oser lui avouer la déception qu'elle lui avait causée. Il n'eut pas l'audace de lui demander des nouvelles de la Formaggiana et l'Adele se garda bien d'aborder le sujet.

« Et le Crapa ?

— Qui ça ?

— Le fils de *mastro* Gino.

— Ah, dit-elle, soudain sombre. Son père est sous terre, il s'est pris un coup de fusil. Lui et une bande de têtes brûlées ont pris leurs pioches et leurs fourches et se sont mis à courir après les Croates à travers la campagne au printemps.

— Maudite merde et misère de misère… Alors, faut m'excuser m'dame Adele. Je reviens tout de suite. »

Colombino ressortit sur la place et prit le chemin de San Donato ; il se souvenait de chacune des portes de planches grossières qui ouvraient sur les cours. Il arriva à la hauteur de la vieille boutique de son ami. On entendait le frottement d'un rabot. Colombino frappa : « Je peux ? » La respiration lui manqua. L'homme ne pouvait pas être le Crapa. Il avait forci. Le corps était devenu aussi imposant que la tête. C'était un solide gaillard comme son père, avec de belles, de solides proportions.

« *Mastro* Crapa ?

— Colombino, c'est toi ?

— Ben oui, maudite merde et misère de misère.

— Te vl'à encore plus mal fagoté que quand t'es parti », lui dit-il avant de s'élancer contre lui avec une telle fougue que Colombino faillit bien perdre l'équilibre. Ce fut une explosion d'embrassades qui surent leur réchauffer le cœur à tous deux, parce que certaines amitiés n'ont pas besoin d'être reconstruites. « J'arrive à peine à croire que t'es revenu. » Le Crapa le prit sous son bras et l'emmena à la cuisine, au rez-de-chaussée de la cour des resquilleurs. « Faut fêter ça et faut que je te présente ma Renza. »

L'ami glissa une tête dans la cour et cria en direction des escaliers qui menaient au premier étage, où les habitants profitaient d'une heure de repos pour faciliter la digestion, décidément guère difficile : « RENZA ! DESCENDS ! » « La brunette de Busto Arsizio, tu t'en souviens ? » lui dit-il avec un clin d'œil.

« Cette Renza-là ?

— Je l'ai épousée ! J'ai failli me faire casser la tête, mais j'ai fini par l'épouser ! »

Un bruit de pas fit vibrer la rampe d'escalier et, un instant plus tard, la Renza surgit devant la porte. C'était une femme gracile aux hanches pourtant robustes. Elle portait une jupe gris cendré et une blouse brodée. Dans ses bras, elle tenait un petiot tout blond avec des yeux sombres.

« Et lui, c'est Renato. Mon fils », dit le Crapa sans prendre le soin de présenter sa femme à son ami.

« Tu as fait un enfant ?

— J'en ai fait deux, mais le premier est mort. Il s'appelait Italo, comme son grand-père : on a eu le temps de le baptiser », dit le Crapa en caressant le petit. « Mais celui-là, il a une tête au bon format.

— Mais qui c'est ? demanda alors Renza, agacée.

— Mon ami Colombino.

— Le fou qu'était parti ?

— Oui, c'est moi. Mais j'suis pas fou. »

Ils commencèrent à bavarder et, pour fêter ça, coupèrent quelques tranches d'un saucisson tout frais, bien qu'on ait déjà mangé à la maison. Le Crapa lui parla de la balle qui avait refroidi *mastro* Gino pendant les échauffourées avec les Autrichiens après le soulèvement de Milan, et Colombino évoqua les ultimes péripéties en compagnie du Général. L'ami se moqua de lui en croyant qu'il mentait, mais Renza, gourmande et curieuse du monde, voulut en savoir plus ; une question pesait cependant sur la joyeuse assemblée ; et on avait beau tourner autour du pot, il fallait la poser : « Et Vittorina ? »

Le Crapa devint muet et but une longue gorgée de vin. Puis il posa une main sur l'épaule de Colombino et secoua la tête.

« Seigneur, elle serait tout de même pas morte ?

— Mais non ! Qu'est-ce que tu vas imaginer ?

— Ouf ! » dit Colombino en poussant un soupir.

Le Crapa, maintenant que l'ami avait dit le pire, parla plus sereinement, pour ainsi dire :

« Ils l'ont donnée à marier à l'Angelo.

— L'Angelo ?

— Ç'ui de la ferme de la Speranza qui te caillassait », lui expliqua l'ami sans détour ni politesse, parce que certaines nouvelles, il faut les dire comme elles sont. Et de fait, bien qu'aucune pierre n'ait volé, ce fut comme si Colombino en avait reçu une belle, en plein milieu du front.

« Le pape avait raison, maudite merde et misère de misère. »

*

Il y a une jeunette, mais elle est tellement maigre, ses formes sont si peu marquées qu'elle a l'air souffreteuse. Ses mamelons sont à peine plus sombres que la couleur de sa peau, son ventre est tendu malgré quelques vergetures, sa figure large. On la voit allongée sur un matelas, les draps tombent au pied du lit dans une cascade de tissu. Un peu plus loin, un petit meuble sombre sur lequel sont posées une brosse à cheveux et une cruche ; deux chandelles brûlent, mais il y a plus de lumière que cela, elle vient d'une fenêtre hors champ. Les teintes sont ocre, rosées. Couleurs d'un calotype. La gamine a les jambes grandes ouvertes, on dirait qu'elle fait un clin d'œil à l'objectif, elle a des yeux usés, et son expression est contractée, forcée. De dos, on aperçoit un homme robuste, qui donne toutefois l'impression de vouloir sembler plus malingre. Son pantalon est baissé, il a le cul nu et aussi poilu que ses cuisses. Il serre les mollets de la fille et les maintient en l'air pour bien lui écarter les jambes tandis qu'il se penche, en rut. Il la pénètre avec force et, prise de cette manière, dans cette pose brutale, la fille semble subir un viol.

« Elle est bien faite, dit Lisander.

— Ah ça oui », acquiesça le Mal-Né.

Ils étaient dans le laboratoire de la porta Vercellina et le pigeon qu'ils avaient cherché pendant des mois avait été trouvé, pisté. Celle qui s'était prêtée à la combine était une experte en la matière, amie d'Enrichetta, l'ancien béguin de Floro et le passe-temps de Lisander pendant la maladie de Chiarella. La chambre était une alcôve du bordel de la via dei Fiori Chiari ; ils avaient dû payer cher pour pouvoir réaliser la séance de pose là-dedans, mais ça en valait la peine. Ils en étaient vraiment sûrs.

« Alors, on y va ? » demanda le Mal-Né. C'était lui en personne qui avait incarné l'amateur et s'était prêté à la séance de baise en compagnie de la même putain que le malheureux fidèle du bordel et de l'église.

« Tu crois qu'il va tomber dans le panneau ? »

Ils avaient attentivement étudié les vêtements du pigeon ; le pantalon en accordéon sur les chevilles n'était peut-être pas exactement placé comme l'original, mais la chemise, disait le Mal-Né, c'était « la même, la même », et la prostituée avait confirmé que la position était parfaite, plus vraie que vraie. Du reste, Lisander était persuadé que la moindre imperfection passerait pour un défaut du calotype ou de sa coloration. Si un type a quelque chose à se reprocher, il se croit pris en faute au premier avertissement, se disait-il.

« Allons-y, au pire, on recommencera. »

Le Mal-Né acquiesça, Lisander retourna le calotype et alla chercher une plume et une feuille.

Cher monsieur,

Tout le monde a droit à ses vices, mais je suis sûr que votre famille n'aimerait pas du tout découvrir le mauvais exemple que vous donnez, et encore moins vos plus fidèles clients. Je suis certain cependant que nous saurons nous entendre. Un échange équitable. Il vous suffira de brûler la preuve du cocufiage de votre respectable épouse, et nous nous contenterons d'une somme suffisante pour oublier.

« Maintenant, écoute-moi bien : il faut le lui remettre, mais ça ne peut pas être toi. J'insiste : prudence. Si le courrier ne t'inspire pas confiance, trouves-en un autre. Il ne faut pas qu'on remonte jusqu'à nous, compris ? Sinon, t'auras pas une lire. »

Il glissa le calotype dans une pochette. Et le tendit au Mal-Né.

« Mais comment on saura s'il accepte ?

— Pour commencer, on le laisse mariner une semaine. Après quoi, on lui envoie un deuxième billet : on lui dira combien on veut et où nous donner le butin.

— Et combien on veut ? »

C'était le 16 novembre, et comme chaque 16 novembre, Lisander avait en tête de sortir par la porta Tosa pour rejoindre l'Osteria della Cazzuola. Il voulait retourner voir l'orme centenaire, du côté ouest du grand terrain plat, et déposer une fleur comme chaque année, mais Anna Lucia sortait tout juste d'une fièvre de saison qui l'avait plongée dans le délire ; le docteur avait conseillé de ne pas la quitter d'un œil, aussi Lisander ne se sentait-il pas de l'abandonner. Il lui en coûta beaucoup, et quand Ausilia comprit que quelque chose le turlupinait, elle le rassura en lui disant qu'elle s'occuperait elle-même de la petite, mais Lisander ne voulut rien entendre. Il resta toute la journée au chevet de sa fille pour changer ses linges humides. Et il s'endormit sur la chaise à côté d'elle.

Deux jours plus tard, Anna Lucia reprit des couleurs et, après avoir bondi du lit et chaussé ses pantoufles, elle se mit à courir à travers la maison comme pour rattraper le temps perdu. Elle descendit au rez-de-chaussée contre l'avis d'Ausilia et Lisander, au prétexte d'une bonne bouffée d'air, parce que l'air frais c'est bon pour la santé, et lui demanda :

« Ça te dit de faire une promenade ?

— Mais vous la sortez par ce froid ? » objecta Ausilia. L'automne apportait déjà les premiers champignons sur les étals du marché et bientôt il se remettrait à pleuvoir.

« Mais quel froid ? Ouvre plutôt les fenêtres, ça pue l'hôpital ici. »

Une fois sortis des bastions, père et fille cueillirent chacun une fleur, et Lisander raconta à Anna Lucia l'histoire de ses parents et de la chaumière de ses grands-parents où il avait grandi ; cela la pousserait peut-être à se dire qu'elle n'était pas la seule malheureuse au monde, car bien que deux années se soient déjà écoulées depuis la mort de sa mère, la fillette était parfois submergée par des sanglots silencieux.

« J'ai gravé quelque chose sur l'écorce d'un arbre avant qu'ils les assassinent.

— Ah bon ? Qu'est-ce que tu as dessiné ?

— Tu verras. »

Quand ils arrivèrent à l'auberge, il soufflait un vent peu amical et, au-dehors, il n'y avait pas âme qui vive. Les garçons n'avaient pas disposé les tables et les bancs pour déjeuner en plein air, et le minuscule carré de terre battue pour jouer aux boules se taisait lui aussi ; les aubergistes sont inégalables quand il s'agit de prévoir les caprices du climat.

« J'ai habité ici pendant très longtemps.

— C'est beau », lui dit Anna Lucia. Elle était sortie de Milan une seule fois, et maintenant qu'elle découvrait les fermes et l'univers au-delà des bastions, elle ouvrait des yeux émerveillés.

« Voilà l'arbre. »

Anna Lucia s'agenouilla sur les touffes d'herbe entre les racines. Elle fit courir ses doigts sur l'écorce grisâtre du tronc. On distinguait les contours délavés d'un petit garçon et d'une fille plus petite ; une silhouette de femme, plus grande, les tenait tous deux par la main, et derrière les trois personnages, un halo de soleil réchauffait la scène.

« C'est toi, ça ?

— Oui, quand j'avais plus ou moins ton âge. Peut-être un peu plus.

— Et la dame qui te tient par la main c'est ta maman ?

— Oui.

— Mamie Bernardina », dit Anna Lucia, pensive, et elle resta ainsi, le doigt pointé sur la silhouette de la femme. « C'était une gentille maman, comme la mienne ?

— Oui, c'était une gentille maman, comme la tienne », lui répondit Lisander en s'efforçant de chasser le malaise qui l'envahissait chaque fois qu'il repensait au chagrin qu'il avait causé à Bernardina. « C'est elle qui m'a laissé dessiner. Mon père ne voulait pas.

— Pourquoi ?

— J'en sais fichtrement rien… »

Lisander déposa la fleur ; une anémone aux pétales violets. Anna Lucia l'imita.

« Pourquoi tu ne les apportes pas au cimetière, les fleurs ?

— J'aime pas les cimetières. Ici c'est différent. Je me souviens mieux d'elle. »

Anna Lucia soupesa ces mots, trop curieuse pour se taire.

« Moi non plus, j'aime pas les cimetières… Et la petite fille, c'est qui ? »

Lisander hésita.

« Une amie à toi ?

— Ma sœur.

— Tu as une sœur ? Je ne savais pas », murmura Anna Lucia, soudain triste. Elle repensait au petit frère perdu le jour funeste qui lui avait arraché sa mère.

« Comment elle s'appelle ? »

Lisander n'eut pas besoin de lui répondre, car tout à coup, derrière eux, on entendit une voix :

« Je m'appelle Marta. »

*

Parfois, les mots viennent, d'autres fois non, et pourtant il faut bien affronter l'épreuve, vaincre la viscosité qui retient la langue contre le palais et crever la brume qui plombe les pensées, tracer une ligne derrière laquelle les retenir, parce que certaines soirées sont des réunions d'oreilles, d'yeux chargés d'attente, et il faudra bien les satisfaire. Il faut mettre tous ses soucis de côté, fermer les paupières et laisser parler les souvenirs ; rien que d'être écouté, même à contrecœur, donnera lieu à un échange de sentiments.

« Quand je suis arrivé sur le quai de Gênes, j'ai vu la mer, et j'ai rencontré un vieux qui m'a sauvé. Il s'appelait m'sieur Giacomo…

— Gênes ? Et où c'est ?

— La mer ? »

Il avait accepté l'hospitalité du Crapa parce que l'ami avait beaucoup insisté et surtout parce que l'Adele, qui n'en démordait pas, voulait absolument que Colombino fasse la connaissance du nouveau curé, même si le garçon n'en avait aucune envie, pour la bonne raison qu'il ne voulait pas avouer avoir renié les commandements du pape.

Pour ne pas embêter le Crapa et sa femme, il avait décliné l'offre de la chambrette au premier étage pour un petit tas de paille dans l'étable où dormir avec Astolfo. Il restait retranché là, comme si la cour était un bastion ; il assistait le Crapa, devenu maître menuisier, en sciant et en tapant du marteau entre deux brins de causette mélancoliques, mais il ne sortait jamais avant les dernières lueurs du soleil, quand les Alpes se teintaient de mauve. Il avait remarqué que le bourg l'observait d'un air suspicieux ; maintenant que ses anciens protecteurs n'étaient plus là, les nouveaux adultes et les vieux de la vieille attisaient la méfiance et alimentaient la peur que le retour au bourg d'un habitant toqué comme l'était Colombino cause autant d'ennuis qu'en avaient causé les insurrections des premiers mois de l'année, plus désastreuses encore qu'une inondation ou qu'une sécheresse. À tel point que Colombino restait à la boutique ou à l'étable, se promenait dans la cour, écoutait le caquetage des poules et pensait à ses plans, et comme Astolfo adorait baguenauder, après le crépuscule, il s'aventurait au-dehors. Ensemble, le garçon et le mulet poussaient jusqu'à la lisière du bois qui séparait Sacconago du bourg voisin de Magnago dont, sans le faire exprès, Colombino commençait à étudier sentiers, dépressions et abris naturels en prévision du moment où il mettrait à exécution le plan qu'indirectement le Général lui avait soufflé.

Le soir, la cour des resquilleurs se rassemblait à l'étable. Dans l'hiver approchant, la tiédeur des bêtes et la promiscuité des haleines étaient encore le moyen le plus sûr de se réchauffer. M'sieur Italo, inégalable ménestrel aux innombrables histoires et fables, avait passé l'arme à gauche, et les habitants, avides d'anecdotes lointaines, avaient insisté pour que Colombino raconte. Il avait tout d'abord essayé de leur échapper, par pudeur et par respect, puis il avait cédé, avant tout pour s'acquitter de sa dette envers ceux qui le cachaient pour éviter qu'on l'importune, en particulier les habitants de la Formaggiana et de la ferme Speranza qui allaient et venaient depuis le bourg comme une patrouille en action ; le Crapa avait déjà été obligé de les mettre à la porte et de se fâcher, subissant malgré lui le contrecoup commercial de l'affaire, puisque la venue de l'hiver était une période faste.

« À Gênes, m'sieur Giacomo m'avait trouvé du travail chez un croque-mort… »

Il disait vrai, mais souvent les auditeurs ne le croyaient pas, tant ses mésaventures étaient improbables et éveillaient l'incrédulité et la suspicion. Malgré tout, Colombino ne s'énervait pas ; il se contentait de répéter que lui, l'honnêteté, il l'avait apprise une bonne fois pour toutes et qu'il ne l'avait pas oubliée. Si le monde était ainsi, il n'en était pas responsable.

Chaque récit était suivi de son lot de questions, de réclamations, de débats et de précisions à apporter, puis la vieille égrenait le rosaire et la réunion domestique se dispersait pour laisser chacun retourner à son lit, sous les couvertures rêches. Le Crapa restait alors dans l'étable avec Colombino et Astolfo, parce qu'il aimait bien s'attarder un peu, se requinquant la voix avec quelques goulées d'une délicieuse grappa aux herbes. Le Crapa voulait savoir et, sans en avoir l'air, il finissait chaque fois par parler de Vittorina.

« Si tu l'aimes, tu dois lui parler.

— Je sais, mais elle est mariée. Je peux même pas m'approcher. Ceux-là, ils m'attendent avec des pierres, et peut-être bien qu'ils vont se défouler sur elle !

— Mais qu'est-ce que c'est que ces conneries ! Et s'ils te lancent des pierres, nous, on fera pareil. Qu'est-ce qu'il t'a dit ton ami général ? Moi, si j'avais dû écouter ces gens… », ajoutait-il, en faisant un geste vers la cour, avec ce petit sifflement condescendant qu'il s'était entraîné à produire dans sa jeunesse, « à l'heure qu'il est, ma Renza, elle serait mariée avec un petit coq de Busto Arsizio. Eh ben moi, j'ai réussi à la rattraper, je l'ai sortie de la ville et je l'ai convaincue de rester avec moi. Et on a un enfant.

— Moi aussi j'voudrais bien un enfant de Vittorina. »

Le Crapa se calma, se rassit et commença à chipoter un brin de paille. Astolfo tendait l'oreille.

« Et comment que tu l'appellerais ? »

Surpris par la question, Colombino ne voulut pas se dérober ; c'était un pas sur la vieille et joyeuse route des divagations.

« Je sais pas encore.

— Sante ? » lui demanda le Crapa, moqueur.

Astolfo montra ses grosses dents jaunes comme dans un éclat de rire et l'allusion au prêtre eut sur Colombino un effet stimulant car elle lui remit en mémoire un son. Il remontait à la biographie d'un saint, un épisode très court et improbable mais qui l'avait impressionné quand don Sante le lui avait raconté. Un martyr condamné avec sa femme pour avoir offert une sépulture à d'autres chrétiens décapités à Rome. Le prénom lui avait tout de suite plu, il possédait une mélodie enveloppante à la fois légère et solide. Comme une poignée de terre qu'on laisse tomber dans un verre. On aurait dit un prénom destiné à un patriarche sans pour autant qu'il soit grandiloquent.

« Mario.

— C'est un beau nom, lui dit le Crapa, mais si tu trouves personne avec qui le faire, c'te marmot, j'ai bien l'impression que c'est à Astolfo que tu vas finir par le donner, ce prénom. »

Le mulet lui lança un regard noir.

« Lui parler, je voudrais lui parler, à Vittorina, dit Colombino en soupirant.

— Alors, faut qu'on organise une rencontre… et puis », ajouta le Crapa à voix basse comme s'il lui révélait un secret prophétique, « elle a même pas fait d'enfants avec l'Angelo. C'est un signe du ciel. »

Ils se souhaitèrent bonne nuit en se serrant la main. Colombino eut du mal à s'endormir et resta à fouiller l'obscurité par-delà la petite fenêtre de l'étable. Le chant du coq le réveilla bien vite et ce fut ainsi pendant des jours.

*

« Où tu vis ? »

Une échasse toute pointue recouverte d'un sac de toile crasseux en guise de vêtement. Voilà ce à quoi ressemblait le fantôme. Mais le visage était de chair.

« Ici et là.

— Et comment tu fais pour manger ?

— Il reste des beaux légumes au marché, et avec le froid qu'il fait maintenant, ils se conservent mieux. J'arrive à les mettre de côté, quand je ne me les fais pas voler. »

Il n'avait pas osé franchir le seuil de l'Osteria della Cazzuola pour y prendre place, au double risque d'affronter à la fois le passé et le présent, d'autant que la seule apparition de Marta l'avait déjà assommé ou plutôt lui avait mis au cul une douloureuse trouille, et Lisander avait dû lutter contre l'envie de partir avec Anna Lucia et oublier la créature aux cheveux sauvages, aux yeux éteints et abrutis, au front fendu par une cicatrice et aux poignets entaillés par de larges balafres, preuve irréfutable des liens de contention de la Senavra. Mais sa sœur lui avait semblé prête à les suivre, et quand Lisander avait fait en sorte de la tenir à distance, Anna Lucia avait dissipé le malaise avec des mots ingénus. « Tu as l'air plus vieille que papa, mais sur le dessin, tu es plus petite. » Marta s'était agenouillée devant elle dans un mouvement innocent : « Je suis plus petite », avait-elle dit avec une admiration qui devait être le résultat d'une épuisante réflexion. « Lisander a toujours été plus grand et plus fort. Mieux que moi. » Puis elle avait éclaté de rire, d'un rire semblable à ces gribouillis enfantins sur une feuille de papier. Lisander avait soupiré pour afficher sa désapprobation, mais en réalité, il retenait ses larmes. Il l'avait oubliée après avoir dépensé une fortune à la chercher, et voilà que Marta l'avait retrouvé.

Ils étaient assis à une table de l'Osteria del Monte Tabor. Lisander n'avait pas voulu l'emmener dans un de ses repaires, de peur qu'on ne la remarque, mais il n'avait pas eu le cœur de l'abandonner. Ils mangeaient des asperges et Marta lui avait déjà donné du souci ; sur le pas de la porte, un fier-à-bras s'était payé sa tête en la voyant : « Tu pues à vomir, t'es tombée dans la merde ou quoi ? », forçant Lisander à lui répondre aussi brutalement.

« Mais où tu as vécu pendant toutes ces années ?

— À l'hôpital. Puis je me suis échappée, maman m'a dit de partir et m'a aidée à trouver trois sous. J'ai pris le train. *Tchou, tchou, tchou*. J'ai été un peu loin, mais je suis revenue. » Elle aimait imiter le bruit que faisaient les animaux et les choses manifestement ; en s'approchant de l'auberge, elle avait imité un hibou.

Lisander crevait d'envie de lui demander : « Tu m'as cherché ? »

Marta s'enfila une asperge dans la bouche avec un bruit de succion dégoûtant. Elle mangeait avec les mains et cela faisait sourire Anna Lucia qui regardait les doigts sales de sa tante.

« Depuis combien de temps tu vas à la Cazzuola ?

— Depuis que je suis sortie de l'hôpital, avant de prendre le train. Et maintenant que je suis revenue, j'y vais à nouveau.

— Pourquoi tu y vas ? Tu fais comme mon papa ? lui demanda Anna Lucia.

— Aujourd'hui, mon papa et ma maman sont morts. »

Lisander entrouvrit les lèvres puis finalement se tut. Qu'est-ce que ça pouvait bien faire si elle s'était toujours trompée de date ; l'important, c'était qu'elle soit là.

Si elle avait réussi à survivre pendant tout ce temps, ça voulait dire qu'elle n'avait pas perdu toute sa tête, ou du moins c'est ce que voulut croire le calotypiste.

« Et maintenant, tu habites où ? reprit Anna Lucia.

— Ça dépend des saisons. »

Quand Lisander eut payé la note, ils sortirent. Il faisait nuit maintenant. Non loin, le canal vibrait contre les digues, berçant la nuit. Lisander ne savait pas s'il pouvait avoir confiance, mais il ne voulait pas la voir disparaître dans l'obscurité et il avait besoin de savoir encore une chose.

« Alors, bonne nuit. Je suis content de voir que tu vas bien.

— …

— Si un de ces jours, tu ne sais pas où aller, viens nous voir. »

Marta baissa la tête et regarda ses pieds. Lisander la vit raidir ses bras le long de son corps, comme pour couper court à un geste qu'elle allait faire.

« Tu sais où on habite ?

— Oui, répondit-elle innocemment.

— Alors au lieu de rester devant la fenêtre, dit Lisander, frappe à la porte. Je tc donnerai quelque chose à manger. »

La présenter à Floro et aux Romantiques de Traviole ne serait vraiment pas une partie de plaisir, mais maintenant qu'il était le calotypiste Pestagalli, il pouvait se permettre d'être magnanime et reconnaître son passé compliqué sans s'exposer à la dérision.

« Salut, Marta ! » lui dit Anna Lucia en prenant Lisander par la main. Elle était fatiguée et voulait rentrer.

« Tu sais où dormir cette nuit ?

— Peut-être sous ta fenêtre. Il y a un égout, ça tient chaud », murmura Marta.

*

Il avait insisté pour revoir les lieux qui l'avaient accueilli par le passé, exilé déjà, avant qu'il ne s'installe à Londres. Il était abattu. Non qu'il désespérait de la cause italienne, car des nouvelles encourageantes arrivaient de Rome, des Marches et de la Romagne. Dans les États pontificaux, un ministre avait été assassiné, le pape avait fui à Gaète, et le Parlement avait mis en place une Assemblée constituante. On pouvait espérer une nouvelle ère, et certains des camarades de Pippo disaient avoir créé des cercles populaires pour stimuler l'action républicaine. Non, ce qui lui sapait le moral, c'était la nouvelle de la mort de son père, ce Giacomo sur lequel Leda était tombée nez à nez à Gênes. Les journaux n'avaient pas perdu de temps ; ils avaient accusé Pippo, en gros titres et sur des colonnes entières, d'avoir trahi le devoir sacré de la veillée que tout fils doit à son père.

Mais le Maestro avait fait preuve d'un sursaut d'orgueil. Il avait répliqué aux mauvaises langues que si ce cher Giacomo avait résisté quelques années de plus, il aurait peut-être vu s'accomplir ces idéaux de liberté que lui-même avait soutenus dans sa jeunesse et transmis à son fils, lequel s'était toujours battu pour eux. Alors, qu'ils n'osent pas salir la mémoire d'un homme juste avec le venin de l'infamie ! Puis Pippo s'était abandonné d'un cœur plus léger à la tristesse. Leda avait déjà connu ses gestes d'inquiétude : cette manière de se triturer le cuir chevelu, de s'arracher les poils de la barbe, de crisper ses doigts. Mais jamais une larme, seule la mort de Giacomo avait su enfin lui en arracher.

Ils avaient pris la route en direction de Marseille puisque le gouvernement suisse avait laissé entendre qu'il poursuivrait le Maestro ; les pressions extérieures étaient désormais trop nombreuses. Mais pendant le trajet vers la côte française, plutôt que de choisir la route la plus rapide, Pippo avait voulu se rendre hâtivement à Berne et à Granges. Il avait besoin d'un peu de chaleur, la tragique nouvelle lui ayant glacé les sangs, aussi la nostalgie l'avait-elle ramené au passé. Granges était un patelin du nord de la Suisse. De minuscules baraques aux toits en pente. L'horizon au nord était magnifique ; une crête de montagnes qui s'étirait sous une interminable ligne de nuages bas. Pippo avait parlé à Leda de ce beau chat noir au poil lustré qu'il avait gardé avec lui pendant trois ans et qu'il avait tant désiré car depuis son plus jeune âge, sa famille ne lui avait jamais permis d'en avoir un, et durant ses promenades dans la nature sur son déclin, il avait évoqué d'innocents et lointains souvenirs, retrouvant des vérités auxquelles il était parvenu grâce à la lecture de *Macbeth*, et le simple fait d'en parler avait semblé chasser son humeur sombre ; il se remettait à croire en l'avenir.

Leda, au contraire, tournait en rond. Maintenant que l'exaltation du meurtre de Massèi retombait, elle se sentait vidée. Elle avait besoin de retourner en Italie pour combler ce vide, et le seul moyen pour y parvenir était encore Pippo. Car John John la soupçonnait probablement déjà, et Oliver n'était sûrement plus disposé à lui envoyer la confortable somme qui l'avait jusqu'à présent dédommagée de ses activités d'espionne. Elle n'avait plus les moyens de voyager seule, et il lui fallait mettre de côté le peu qu'elle avait. Prendre son mal en patience et profiter du Maestro, voilà ce à quoi la situation l'obligeait.

« Tu as résolu tes problèmes d'héritage ?

— …

— Je ne voulais pas me montrer importun.

— Tu ne l'es pas… Malheureusement, je suis ruinée. »

L'ultime soleil s'évanouissait, englouti par les montagnes ; ils quitteraient Granges le lendemain. « Je pourrais t'apprendre comment te débrouiller », lui avait-il dit avec un petit sourire. Un accès d'ironie. Cela l'avait étonnée.

Elle s'était promis de lui en reparler à Marseille ; elle lui dirait qu'elle devait retourner en Italie pour exiger l'héritage de son père, mais une lettre vint l'en empêcher. Ils étaient assis au rez-de-chaussée d'une taverne enfumée de la ville et prenaient leur petit déjeuner.

« Monsieur. »

Un visage barbu tendait un télégramme. Une feuille. Trois mots, signés de l'ami génois Mameli. *Rome. République. Venez.*

« Qu'est-ce que ça veut dire ? » lui demanda Leda.

Le Maestro lui répondit un jour plus tard, une fois qu'il eut rassemblé des informations.

« J'ai été élu dans la première assemblée populaire romaine », expliqua-t-il, radieux et jubilant.

Leda lui sourit. Il méritait bien son nom de Maestro, lui, l'homme du destin. Massèi et John John l'avaient envoyée à lui, et voilà que Pippo allait la ramener à eux.

« Je dois partir. Rome est le centre de l'unité nationale et, de la tombe qu'en ont fait les prêtres et les courtisans, nous ferons un temple. C'est vers cet objectif qu'il faut attirer les regards et le respect des Italiens, pour qu'ils puissent le propager partout. Il faut la foi.

— J'en ai. Laisse-moi venir avec toi. »

*

IL EST ICI.

« Je suis ici », répéta-t-il du bout des lèvres avant de lisser sa barbe, parce qu'il n'y avait plus ni papes ni rois pusillanimes à contenter, rien qu'une assemblée du peuple, une assemblée républicaine, et cette idée le rendait fort.

Il avait voulu visiter l'amphithéâtre où se battaient jadis fauves et gladiateurs, et voici qu'il était au centre dévasté de l'arène avec Guerello à ses côtés ; il avait observé les murs de décombres, transpercé à chaque regard par les rayons de soleil pâle qui venaient des loges. Là où Rome avait été, il n'y avait plus que des ruines et l'on voyait passer quelques clochards boiteux, voûtés par l'hiver ; mais lui, il voyait tout autre chose. Il tenait entre ses mains la proclamation qui annonçait « IL EST ICI », et ce « il », c'était lui, le « Grand Combattant de Montevideo », comme on l'avait célébré, et ces mots ne pouvaient pas s'effacer de ses yeux, au contraire, ils l'enivraient, prenaient la forme d'une foule en fête qui envahissait toutes les scènes, de cris se levant dans un tonnerre d'applaudissements, de volontaires qui bombaient le torse et se donnaient de grandes tapes dans le dos pour se féliciter, de jeunes filles couchées entre les bras de leurs aimés, recouvertes de fleurs. Un rassemblement enivrant, orgueilleux même, tel était le mirage qui lui faisait tourner la tête : des hommes libérés de tout ce qu'ils étaient obligés de supporter pour pouvoir se mettre sous la dent une misérable bouchée de poisson bouilli, et qui n'en demandaient pas davantage, par pure habitude ou parce que élevés dans la lâcheté. Des gens à qui les bras repoussaient. Parce que telle était l'image qui l'obsédait : s'asseoir à table parmi les domestiques, les parents, les frères et ceux-là qui dans la vie sont devenus des proches par un simple geste de grâce, avoir devant soi sa propre assiette, ses propres couverts, le tout acheté grâce à son travail, et participer au repas dépourvus de bras, à la merci d'un invité d'honneur qui ne possède rien mais s'arroge tout, accordant ou non la faveur d'une petite cuillerée supplémentaire au gré de son souverain caprice. *Le privilège de l'esclave, c'est la conjuration* : c'est ce qu'il avait cru, et il en avait longuement discuté avec Edoardo, l'ami Mutru mort noyé au Brésil, mais quiconque avait fait l'expérience du servage dans sa propre patrie savait bien que le privilège de la conspiration, en réalité, n'était rien d'autre qu'une consolation : des murmures vénéneux de gens privés de bras, d'estropiés. Maintenant, au contraire, on allait se battre à la lumière du soleil de Rome, le plus chaud qui soit, et même s'il était conscient de sa mégalomanie, il s'en moquait. S'il y avait eu Anita avec lui, elle aurait su le freiner, mais il fallait avoir le courage d'en faire trop. « Je suis ici. »

Ils l'avaient élu député à l'Assemblée et il avait pris part aux séances inaugurales, il avait soutenu que Rome, une fois le pape tombé, devait être une république, un point c'est tout, sans qu'il soit besoin de se creuser la cervelle sur des fariboles ni sur le détail de ce que seraient la vocation et la forme du gouvernement, parce qu'il fallait la donner telle quelle aux Romains, et telle ils l'avaient proclamée, la République romaine : pour la servir, José était sur le point de retourner avec la Légion à Rieti afin d'y cantonner et de défendre la frontière sud, tout autant que son orgueil. Il désirait l'*Urbs*, il crevait d'envie de fouler cette antique terre et d'en bouffer la poussière, mais il saurait attendre le moment opportun, conscient qu'ils le rappelleraient. « Nous nous battrons ici aussi », dit-il à Guerello qui, de retour d'une de ses explorations, le ramenait à la réalité en jappant. « Je sais. Mais c'est la seule manière d'y croire vraiment, mon ami. »

Depuis qu'il était entré dans la ville, il avait dans les oreilles le bruit d'un claquement de langue. Il l'avait entendu dans un passé lointain, alors qu'il n'avait que vingt-six ans ; le bruit sortait de la bouche de l'ami Émile, le philosophe qui avait embarqué avec d'autres exilés français sur la *Clorinda*, en route pour la mer Noire, durant l'un des premiers voyages de José, alors jeune marin. En entendant ce claquement, l'énergie chaotique qui bouillonnait en lui avait commencé à prendre forme, une forme qui n'avait cessé de se préciser au fil des ports grecs et russes, partout où il avait trouvé des amis et des confidents avec à la bouche le projet d'une république. C'était Émile qui lui avait inculqué le principe qui, plus que tous les autres, l'avait guidé et qu'aujourd'hui, à Rome, José se sentait enfin capable de réaliser, de tout son corps et toute sa tête. Le philosophe lui avait révélé dans un claquement de langue qu'un soldat, c'est celui qui défend sa propre patrie ou attaque celle de l'autre, charitable dans le premier cas, injuste dans le second, tandis que le héros est celui qui, en devenant cosmopolite, prend l'humanité pour patrie et offre son épée et son sang à tous les peuples qui combattent la tyrannie. José s'était efforcé d'y ajouter foi, il avait mis tout son cœur pour donner chair à cette idée, mais maintenant qu'il s'était battu ailleurs et était revenu ici, il se plaisait à croire que se battre pour l'humanité singulière qui habitait sa propre patrie avait un tout autre prix, une tout autre saveur. Ce n'était pas plus juste, c'était seulement plus naturel.

« Nous ne laisserons pas passer cette occasion », dit-il en faisant claquer sa langue, et Guerello glapit, pour dire qu'il était d'accord avec le *Diablo*. « Il faut rameuter le plus de monde possible. Tout le monde doit venir. Je vais aussi envoyer une lettre à ce Colombino. »

Guerello acquiesça et s'ébroua. Il faisait froid, Noël approchait.

V

« Maman ! »

Teresita n'en croyait pas ses yeux et semblait prête à intervenir, debout sur la pointe des pieds et agitant ses mains. Elle adorait les cheveux d'Aninha, et quand sa mère les dénouait, elle en attrapait quelques mèches pour les laisser courir entre ses doigts.

« Ils repousseront, ne t'inquiète pas. »

Aninha préférait les raccourcir maintenant plutôt que de se les faire couper en voyage par le premier légionnaire ayant des velléités de coiffeur, parce que ici, elle pouvait se regarder dans l'ovale du miroir pendant que la senhora Deidery plongeait ses ciseaux dans ses cheveux. Elle se préparait au départ, et elle ne permettrait pas que José la renvoie à la maison.

Cela s'était passé deux fois déjà et elle était décidée à ne plus l'accepter. La première fois en octobre, quand il l'avait voulue auprès de lui, à Gênes, après sa convalescence niçoise ; avec une centaine de légionnaires, ils avaient embarqué sur un paquebot branlant et avaient accosté à Livourne, mais Aninha avait accueilli la jubilation de cette petite ville avec plus de légèreté et moins d'angoisse. Si l'Italie ne lui avait pas d'emblée fait grande impression et l'avait au contraire dérangée, le premier voyage aux côtés de José la lui avait fait adorer. À Livourne, le Général avait endossé son rôle d'orateur, haranguant chaque jour un auditoire différent et exigeant qu'Anita soit à ses côtés lors de chaque somptueux banquet tandis que, d'une main, il maniait sa fourchette et, de l'autre, apostrophait les invités pour les convertir à la lutte ; elle avait senti leur amour s'affermir – non que leur lien ait faibli, mais de temps en temps, il fallait le nourrir pour savoir l'apprécier pleinement. José avait déployé des trésors de diplomatie, jusqu'au moment où il s'était lassé des bavardages et des atermoiements toscans, de la méfiance face à la petite troupe pittoresque des légionnaires, et il avait décidé de partir à destination de Venise pour soutenir la résistance contre les Autrichiens ; mais, comme aucun gouvernement n'avait fourni d'uniformes plus solides que les habituelles tuniques rouges pour ses hommes et que la traversée des Apennins en hiver apporterait de la neige, des engelures et autres blessures dues au froid, José avait demandé à Aninha de renoncer au voyage vers l'Adriatique et de retourner à Nice auprès des enfants. Qu'elle dicte des messages à Giuseppe Deidery, car José voulait savoir, et elle avait obéi, presque étonnée de ne plus éprouver la jalousie d'autrefois. Elle avait l'impression que sur cette terre, malgré les flatteries que des femmes grimaçantes lui adressaient de chaque balcon, José avait perdu sa fougue d'antan et que ses membres n'étaient plus en accord qu'avec une seule et unique aspiration, sourds aux notes plus voluptueuses.

Elle l'avait aussi rejoint au début de l'année à Rieti, à la mi-février, tandis que José servait la cause de la République romaine, et pour pouvoir rester avec lui elle avait manqué l'anniversaire de Ricciotti ; elle aurait voulu être là car c'était une date importante, en plein hiver sous la grisaille maritime et non le soleil estival de l'hémisphère austral, et la solitude déstabiliserait le petit ; mais elle n'était pas rentrée à Nice. Avec José, elle avait passé des semaines à ne rien faire, encore invitée dans une maison qui n'était pas la sienne, en attente d'une mission pour la Légion ; elle crevait d'envie de le suivre dans le combat, de retrouver la sensation de puissance qu'elle éprouvait en montant en selle et en dominant de la seule force de ses jambes un destrier lancé au galop, le plaisir qu'elle prenait à s'occuper des blessés à l'infirmerie comme si c'étaient ses propres enfants et non des gens de son âge ou de vieilles crapules. Malgré tout, elle avait dû se contenter – volontiers – d'aimer la nuit venue et jusqu'aux premières lueurs de l'aube, avec cette envie silencieuse qui n'a pas besoin de mots ni de rengaines ; elle et José se regardaient un instant, comme s'ils s'étaient rencontrés par hasard, puis ils se sautaient dessus comme des coqs de combat. Ils se picoraient, se possédaient tour à tour ; elle l'avait longtemps gardé en elle, et elle était de nouveau enceinte de quatre mois. À sentir comme il ruait, elle devinait que c'était un garçon.

Maintenant, les télégrammes et les missives qui arrivaient chez les Deidery ne parlaient plus d'atermoiements, mais de guerre, ils suintaient de mots qu'Aninha connaissait déjà. Ils exprimaient l'apaisement, mais on percevait derrière une note de contrariété. José se plaignait de ses misères, il avait été blessé lors d'une victorieuse bataille aux portes de Rome vers la fin du mois d'avril, et l'on entendait entre les lignes l'écho d'une alarme. Il n'admettait pas les craintes, et jamais ne les admettrait, puisque *el Diablo* n'accepte pas sa propre vulnérabilité, mais Aninha, elle, entendait grincer une faille dans la cuirasse, comme si José avait perdu, maintenant que l'âge approchait, son caractère invincible. Depuis le premier regard qu'elle avait posé sur lui, à Laguna, elle avait toujours cru que son mari avait un vide en lui, lié à la méfiance qu'il nourrissait à l'égard des prêtres, à l'indécision de sa foi, un vide spirituel donc, qu'il fallait combler par d'autres voies ; ce trou intérieur ne l'avait rendu vulnérable qu'aux femmes et à l'histoire des hommes, et voilà qu'elle avait la sensation qu'il l'exposait à un danger plus fatal. C'était ce sentiment qui l'avait convaincue de partir, même s'il ne le lui avait pas demandé.

Voilà pourquoi elle se coupait les cheveux. La maison de Nice était accueillante, propre et, au cours du voyage, Dieu sait où elle passerait la nuit ; elle risquait d'attraper des poux.

« Quand je serai de retour, dit-elle à Teresita, ils auront déjà repoussé. »

Après le dîner, elle bavarda avec la senhora Deidery, davantage par politesse que par plaisir, puis elle lui donna congé ; elles se reverraient le lendemain, avant le départ. Elle lui confierait ses enfants une fois encore, et elle voulait passer une dernière soirée avec eux.

Teresita avait maintenant cinq ans ; l'air de Nice donnait à ses joues la couleur et la rondeur de juteuses nectarines. Elle adorait l'épinette du séjour, et plutôt que de maltraiter les touches en leur assenant des claques comme dans les premières semaines, elle découvrait le plaisir de les caresser, d'en tirer des sons musicaux. Ricciotti était encore un bébé, il venait tout juste d'avoir deux ans, et il était docile ; il s'était attaché à la senhora Deidery. Il ne s'écoulait pas une heure sans qu'il essaie de lui arracher le petit foulard sous lequel elle cachait ses cheveux, chaque offensive attirant ses rebuffades.

S'ils ne perdent pas de vue l'étoile qui leur indique le chemin, les enfants savent résister aux injustices, aux retournements et aux tempêtes de l'existence ; ce sont des marins à qui une étoile suffit pour réchauffer le cœur, merveilleuses créatures, et ces enfants étaient les siens, et si Aninha se sentait coupable de les obliger à supporter cela, leurs frimousses enjouées lui donnaient une joie réconciliatrice. Une absolution inconditionnelle.

« C'est quoi ? » lui demanda Teresita.

Aninha reposait la longue-vue de José dans la besace qu'elle allait emporter.

« C'est la longue-vue de ton père. »

C'était un instrument étincelant, en cuivre. Une des deux lentilles était griffée, elle jetait à chaque regard un coup d'épée sur le monde. Elle contenait l'âme de son José.

« C'est avec ça que ton père m'a trouvée. »

Aninha s'en voulut de devoir raconter sa rencontre amoureuse avec José sans que leur aîné soit là, mais chaque chose en son temps. Avant de s'endormir, elle regrettait toujours l'absence de Domío, et maintenant qu'elle s'apprêtait à partir, elle comprenait combien avait été clairvoyant le choix douloureux du pensionnat. Ni la senhora Deidery ni son mari Giuseppe n'auraient pu s'occuper de lui tandis qu'il grandissait ; ils n'auraient pas su le réprimander pour ses excès, le tenir à l'œil pour l'empêcher de sortir dans la rue avec l'envie de chercher la bagarre. Il fallait un père présent, qui ne l'éduque pas qu'avec son affection.

« Je te le ramènerai », murmura-t-elle allongée dans son lit cette dernière nuit, après avoir bordé Teresita et Ricciotti. « Je te le ramènerai, Domío, et papa prendra soin de toi. » Elle le pensait sincèrement, même si elle savait qu'ils n'étaient pas seuls au monde ; son José croyait avoir des obligations envers lui-même et envers tous, et elle et ses enfants, par conséquent, en avaient aussi.

Elle se réveilla de bonne heure, en sueur. Pour la première fois depuis qu'elle avait débarqué en *Urope*, elle se souvint du contenu de son sommeil. Elle avait sillonné un miroir d'eau à bord d'une chaloupe et s'était éloignée de la côte malgré ses efforts à coups de rames pour rejoindre la terre ferme. Dans sa dérive, elle avait aperçu des mains émergeant d'une brume noire ; c'étaient les mains de ses enfants, des mains toutes blanches, enveloppées d'un halo violet, qui lui disaient bonjour. Guerello s'était jeté dans cette mer de rêve pour rejoindre la chaloupe avant de renoncer et de rebrousser chemin en jappant tristement.

« On se reverra bientôt », dit-elle à ses enfants quand le clocher sonna huit heures, avant de les embrasser l'un après l'autre, pour avoir sur elle la sensation de leur peau contre la sienne.

« Ne nous laisse pas », la supplia Teresita, bouffie de larmes. Elle avait dans les yeux la peur de ne plus la voir revenir, et il y a des fois où seuls les enfants savent regarder pour de vrai.

*

Le mois de juin embrasait les routes. Les orages se succédaient, trombes d'eau et grondements de tonnerre, mais le soleil rappelait toujours le ciel au silence et recommençait à durcir le sol, à affoler les sources. Les bâtiments surchauffaient et dès que Leda se remettait en chemin, la boursouflure de chair brûlée sur son épaule semblait se faire plus sensible. Elle palpitait pour lui rappeler le danger, et le danger était maintenant partout, parce que la guerre menaçait.

Dans son voyage de Marseille à Rome, elle avait visité Florence, même si elle se sentait pousser des ailes. Pippo voyait s'accomplir la perspective d'une nation réclamée par la base, une nation populaire, aussi s'était-il donné du mal afin que le grand-duché de Toscane, déjà en proie aux troubles, se transforme en un bastion et s'unisse à la lutte extraordinaire de Rome. Mais finalement, avec le soutien de Leda qui avait du mal à ralentir son pas, le Maestro avait décidé de repartir sans avoir obtenu ce qu'il avait demandé dans une ultime et impétueuse tentative sur la place des Offices. Elle ne l'avait encore jamais vu devant une vraie foule et, si elle crevait d'envie d'accomplir sa vengeance, serrant entre ses mains les lambeaux du vêtement de Massèi comme une puissante relique, Leda avait savouré la scène et en était même restée stupéfaite. À Milan, elle avait bien assisté à un rassemblement depuis le balcon de l'hôtel Bella Venezia, sous les coups de vent qui décoiffaient ses cheveux toujours plus clairsemés, mais là, Pippo s'était métamorphosé. Jusqu'à ressembler à un prédicateur. Il en avait le physique, l'allure, la gestuelle précise et solennelle. La veste sombre devenait robe. Il pouvait être à la fois de chair et de marbre.

Ils étaient repartis du grand-duché vers la fin de février et étaient entrés à Rome par la porta del Popolo aux premiers jours de mars. Leda arrivait dans les vêtements séduisants d'une femme, déterminée, tel un oiseau déjà monté en flèche dans le ciel et qui redescend à pic au milieu des décombres d'une ville après avoir repéré sa proie. Pippo, au contraire, comme un enfant qui voit s'ouvrir devant ses yeux un paysage inespéré et dont l'attitude ne parvient pas à dissimuler la peur que cet horizon illimité et ce passé lui inspirent.

Ils avaient pris pension dans une petite auberge bondée de pèlerins, et pendant que Pippo participait aux premières séances au Campidoglio, à l'Assemblée où on l'avait élu député, Leda avait exploré la ville. Il lui avait fallu des jours pour pouvoir se repérer à nouveau parmi les ruelles et les pâtés de maisons, si misérables par rapport aux demeures des prélats et des étrangers. L'animation des rues, où rôdaient d'intrépides réfugiés lombards, des exilés polonais et des fripouilles qui s'étaient racheté une conduite, lui avait procuré une sensation de triomphe imminent, une envie de passer à l'action. Dans ses promenades avec Lorenzo, la ville n'avait pas su la captiver et, plutôt que de garder le nez en l'air et de contempler les vestiges antiques, elle avait préféré se serrer contre lui. Tout ce qu'elle connaissait de Rome se réduisait aux espaces exigus du Bon-Pasteur et à cette perspective du Janicule qu'elle apercevait depuis sa petite cellule monacale ; le châtiment au Vélabre et sa fuite, à pied, vers le pont Sixte, s'étaient au contraire dissipés dans l'immatérialité du souvenir. Ce dont elle se souvenait le mieux, à l'abri de l'érosion apaisante de l'oubli, c'était des pièces de la maison de John John.

La villa de l'Anglais se trouvait non loin de l'église de l'Esprit-Saint-des-Napolitains, sur la rive du Tibre, à l'intérieur des murs, et comme Leda craignait que des nouvelles de Milan n'aient alarmé John John, elle avait agi avec prudence. Elle se postait à une cinquantaine de pas, observait la grille d'entrée et les rangées de fenêtres des étages supérieurs, et dès qu'elle remarquait une ombre derrière les rideaux, elle s'éclipsait puis, une fois engagée dans une venelle, courait pour réapparaître de l'autre côté de la maison et reprendre sa surveillance. Chaque matin, une carriole s'arrêtait devant l'entrée et la vieille Immacolata venait jusqu'à la grille avec Nando. Elle se souvenait encore de son souffle précipité et de sa saveur, et aussi de cette curieuse manie de lui triturer les doigts de pied. La domestique qui l'avait accueillie avec tant de sollicitude vérifiait la qualité des légumes, des sacs de riz, des provisions exotiques qu'elle reniflait scrupuleusement jusqu'au moment où, à son signe d'approbation, Nando déchargeait tout. En trois semaines d'embuscade, tandis que les premiers symptômes d'angoisse commençaient à perturber son sommeil, Leda n'avait pas réussi à voir l'Anglais une seule fois. Mais il y avait des voitures qui freinaient devant l'entrée et des silhouettes distinguées qui disparaissaient, aussitôt avalées par la villa. John John ne pouvait pas être parti.

Le soir, Leda mangeait paresseusement en buvant un thé dans une tasse poisseuse pour récupérer l'énergie dépensée dans la tension quotidienne. Pendant ce temps, Pippo devenait toujours plus insaisissable. Le Maestro s'attardait au Campidoglio et dans les divers conciliabules auxquels, fidèle à son personnage qui avait inspiré au fil des ans une génération de jeunes révoltés, jamais il ne se dérobait. Il retournait fatigué dans sa modeste pension, en sueur mais encore exalté ; il s'asseyait dans un des petits fauteuils du hall et sirotait un café, saluait ceux qui le reconnaissaient, consultait les journaux et se protégeait des dames qui réclamaient avec une insistance insolente ses attentions, pour enfin s'enfermer dans sa chambre et réfléchir. Durant ses brèves rencontres avec Leda, il se montrait gentil, lui demandait où en était son histoire d'héritage tandis qu'elle se plaignait de l'attente à laquelle l'obligeait un avocaillon qui serait obligé de monter du royaume des Bourbons, car elle n'avait pas l'intention, avec ce qui se passait à Rome, de passer la frontière avec le Mezzogiorno au risque d'être arrêtée. Pippo l'écoutait, tout à ses pensées, puis il commençait à réfléchir à voix haute, lâchait des idées et des impressions en l'air sans qu'il soit besoin de les rendre pertinents et présentables à l'examen de son auditoire.

La situation de la République lui donnait pas mal de fil à retordre, et la nouvelle de la récente humiliation de l'armée piémontaise à Novare à la fin du mois de mars lui en avait donné plus encore. Le roi de Sardaigne, versatile et opportuniste, avait en effet rompu l'armistice signé après les cinq journées de Milan, pour soutenir à nouveau les revendications patriotiques de la Péninsule, mais les Autrichiens l'avaient aussitôt battu à plates coutures, et la défaite avait été si lamentable que le roi avait abdiqué en faveur de son fils. Ce jour-là, Pippo était rentré avec un air sombre et avait demandé à l'aubergiste de lui appeler une voiture pour le lendemain. L'Assemblée l'avait nommé triumvir pour affronter la crise diplomatique : « Je m'installerai au Quirinal. »

Il s'agissait de la résidence pontificale que le Saint-Père avait abandonnée en fuyant à Gaète à la suite des troubles d'avant Noël, et où le gouvernement de la toute jeune République devait s'installer. C'était un bâtiment impressionnant, juché sur les hauteurs du Quirinal, une débauche d'appartements débordants d'or et de tapisseries, un étalage de richesses à la limite de l'indécence, où Pippo détonnait comme un petit grumeau noir et compact qui aurait atterri sur une toile aux teintes vives et baroques. Leda avait préféré rester dans leur modeste auberge.

« Viens me voir. »

Le départ de Pippo s'était confondu avec la montée de son angoisse. Leda descendait dans la rue munie de sa canne, prenait position aux abords de la villa, et malgré son obstination, tous ses efforts se révélaient vains. Un jeu de l'oie. Elle ne pouvait prétendre à être reçue par John John et savait qu'elle n'aurait pas la possibilité d'agir comme à Milan mais, pourtant bien décidée à l'attendre pour le surprendre, elle commençait à douter de son plan. Si John John sortait, elle le suivrait et à la première occasion le transpercerait en le regardant droit dans les yeux ; peu lui importait le nombre de gardes du corps qu'elle devrait mater. Devant le miroir de sa chambre, elle avait même pensé à une réplique avec laquelle célébrer la mort de l'Anglais : « *Farewell*, bâtard, maintenant je vis seule. Et quand tu brûleras dans les flammes de l'enfer, souviens-toi de ce nom : Michele. » Elle manquait d'originalité et n'était pas indulgente avec elle-même, mais tout en imaginant ce jour-là avec une obstination malsaine, elle le voyait s'éloigner et devenir flou, car John John ne réapparaissait pas, et chaque soir, au moment de fermer les yeux, Leda se laissait envahir par une vision. Elle se retrouvait en compagnie de Michele, étendu au sol, un œil de sang sur le front, et au fond de son nez, elle retrouvait cette petite touche d'eau de Cologne qui l'avait rendue amoureuse. Michele lui demandait d'honorer sa promesse, de réparer le mal. « Il faut que je trouve l'occasion, j'attends », gémissait-elle dans le noir. Elle se retournait dans son lit pendant des heures et se consolait un peu en effleurant le bout de ses doigts pour retrouver la sensation de la lame qui entrait dans la chair de Massèi. *Une occasion, une seule. Je ne te décevrai pas, Michele.*

Pendant ce temps, sa bourse était presque à sec. Leda ne pourrait pas rester longtemps ni demander l'aide de Pippo qui, de son côté, ne pouvait compter que sur son récent salaire d'État de trente-deux lires ; aussi s'en était-elle remise au hasard puisque, quand l'occasion tarde à se présenter, il faut savoir la provoquer. Une ruelle obscure longeait la villa de John John sur le côté exposé au Tibre ; le mur d'enceinte était haut, mais pas impossible à escalader. Elle essaierait celui-ci.

Quand elle était arrivée en ville, elle n'avait pas pris la précaution de se couper les cheveux ou de se rendre moins reconnaissable, parce qu'elle se plaisait ainsi et qu'elle avait estimé qu'un tel geste reviendrait à se bafouer de ses propres mains. La décision de passer par-dessus le mur l'avait toutefois convaincue de rassembler sa chevelure ondoyante en un chignon et de la cacher sous un chapeau à large bord, et c'est justement travestie en jeune garçon, vêtue d'un veston et d'un pantalon, que Leda avait inspecté au millimètre près le mur d'enceinte de la villa. Dans la cour, les moineaux qui chantaient en l'honneur de la belle saison lui avaient rappelé le pigeonnier et les oiseaux voyageurs dont elle avait tout appris grâce à Nando, et Leda s'était laissé distraire : un inconnu s'était faufilé derrière elle et elle s'en était aperçue trop tard pour donner le change. Elle avait craint le pire, mais l'homme ne l'avait pas importunée ; il avait poursuivi sa route en chantonnant un air patriotique. Leda avait poussé un soupir de soulagement et avait repris son exploration : elle comptait sur un appui, une cavité où enfiler la pointe du pied, ses doigts et ses ongles rongés, mais elle n'avait rien trouvé. *Réfléchis, réfléchis*.

Dans l'angoisse, parce que en s'éloignant de la villa elle acceptait l'éventualité que John John puisse sortir, elle s'était procuré le nécessaire pour parer à l'obstacle que représentait le mur. Elle avait arpenté les rives du Tibre jusqu'à ce qu'elle trouve un forgeron, auquel elle avait demandé un crochet après avoir admiré ses créations. L'homme l'avait mitraillée de questions : qu'est-ce qu'elle allait en faire ? Un crochet de boucher ou pour haler une barque ?

« Moi j'prends pas les faux billets », lui avait-il précisé. Mais quand Leda avait fait tinter de vraies pièces et non le papier-monnaie qui avait commencé à circuler à Rome, le forgeron s'était montré beaucoup plus arrangeant ; elle espérait bien que cette ultime dépense n'était pas de trop.

Au crépuscule du 16 avril, enfin elle s'était approchée du mur ouest. Elle avait observé les fenêtres qui miroitaient et imaginé que John John était chez lui, c'est pourquoi elle avait attendu l'obscurité totale pour lancer le crochet qui s'était révélé efficace. Elle s'était également munie d'une corde au tressage épais et avait commencé à grimper en priant pour que personne ne prenne la ruelle et ne la surprenne. À la moitié du mur, un de ses bottillons avait lâché prise ; Leda avait essayé de se rattraper d'une main pour finir par tomber lamentablement par terre et se tordre la cheville. « Quelle idiote ! »

La chute l'avait obligée à garder le lit et, dans le vide des après-midi de la convalescence, tandis que les compresses froides atténuaient son hématome, elle avait étouffé son impatience en écrivant une lettre à Ngely pour le rassurer et prendre de ses nouvelles. Elle ne l'avait pas postée, de peur qu'à Londres un des hommes d'Oliver puisse l'intercepter et remonter jusqu'à elle, ou décider de se venger sur le gamin.

Elle avait retrouvé la rue aux derniers jours d'avril, et tandis qu'elle découvrait à quel point une canne peut être utile à une jeune femme claudicante, la guerre était venue compliquer sa mission. Depuis lors, les bouffées de la brise du soir entraînaient dans son sillage le fracas des obus contre les murs de la ville, les rafales des balles de fusil, les hurlements des officiers, le trépignement des volontaires lancés au pas de course avec leurs chevaux, les applaudissements qui se levaient à la moindre résistance. Rome s'était transformée en une île assaillie par un ouragan.

Le mois de juin dans les rues était aussi ardent que Pippo était furieux. Il s'enfermait dans son petit bureau du Quirinal avec un consul français pour négocier les conditions d'une trêve et, en sortant de ces rencontres, vidait son sac. Il avait encouragé une politique de tolérance pour ne pas exposer la République romaine au tir franc des diplomaties étrangères et des « journaux de notes », comme il qualifiait la presse qui critiquait sa méthode à toute heure, luttant afin que l'on ne confisque que les propriétés des ordres religieux pour ne pas indisposer la population ; il avait prêché le respect de la loi, les devoirs avant les droits afin que Rome serve d'exemple et que l'Europe puisse apprécier sa vocation légitime et, en attendant, veiller sur son sort. Encore habité par l'expérience de Hatton Garden, il voulait, dans son projet pour le pays, garantir un plan pour l'instruction, que le gouvernement papal avait au contraire mis à bas pour écarter le danger de voir grandir une horde de « libéraux » ; mais voilà que la France neutralisait tous les projets d'un revers de manche en répondant à l'appel que le Saint-Père avait lancé pour retrouver son Saint-Siège.

« J'ai toujours su qu'il ne fallait pas faire confiance aux Français. »

Ce fut avec amertume que Pippo confia à Leda que lui, les deux autres triumvirs et l'Assemblée avaient permis à une armée de douze mille hommes d'accoster à Civitavecchia, à quarante milles de Rome, convaincu que l'événement déchaînerait des émeutes dans la République parisienne ressuscitée ; hélas, les choses ne s'étaient pas passées comme prévu, et les flèches de Pippo – rongé par le sentiment de culpabilité – s'abattaient sur Louis-Napoléon, le tyran déguisé en président qui, pour gagner les faveurs des catholiques et consolider sa propre influence, était prêt à étrangler la ville.

Le Maestro était surveillé par un garde du corps, et dans son minuscule appartement du Quirinal, depuis le début de la guerre, il recevait des personnalités parmi les plus diverses, dignitaires et petit peuple, conseillers et généraux. Un après-midi, sur le sofa de cuir de l'antichambre, certes peu rafraîchissant mais confortable, Leda retrouva Margaret, l'Américaine qui avait tant soutenu le Maestro à Londres dans les moments de découragement. Elle avait maigri. Elle était venue à Rome deux ans plus tôt et avait été foudroyée par l'amour ; elle avait accouché d'un fils qu'elle avait confié à une nourrice de Rieti et était redevenue célibataire.

« Joseph m'a dit pour Michele, je suis vraiment désolée. »

Elle l'appelait toujours comme ça, à l'anglaise.

« Merci. »

Margaret se mit aussitôt au travail. Les États-Unis d'Amérique étaient la seule nation à avoir reconnu la

République romaine, et ses articles pour le *New York Tribune* étaient par conséquent attendus, mais Margaret était fervente, elle admirait le gouvernement de Pippo et des autres triumvirs, et aux premiers affrontements elle se porta volontaire pour assurer l'ambulance, quitte à écrire la nuit. Elle conduisait les blessés depuis les faubourgs jusqu'à la grande pièce de l'infirmerie du Quirinal. Elle les entassait là, par dizaines.

« Et toi, comment tu vas, Lorenza ? Toujours en train d'aider Pippo ?

— Je suis aussi venue pour une affaire personnelle. »

Elle devait agir. L'aggravation de la situation lui faisait craindre que John John ne quitte la ville pour revenir une fois le climat apaisé. Elle n'eut pas à attendre longtemps. En redescendant du Quirinal après avoir rendu visite à Pippo, Leda passa un après-midi entier au même croisement à observer la villa de l'Anglais en se mordant les lèvres. Elle passa plus de temps qu'elle n'aurait dû. C'était le 28 juin, deux passants avançaient dans la rue, l'ombre d'un chapeau sur le visage. Leda ne se rendit pas compte que l'un d'eux était Nando, jusqu'au moment où le jeune homme se planta devant elle et l'assomma en ricanant d'un seul coup de poing.

« Tu m'as manqué », lui dit-il tandis que Leda s'écroulait sur la chaussée.

*

Et si l'essence crue des songes n'était pas la matière dont ils sont faits, l'enchevêtrement tourbillonnant de sentiments et de perspectives qu'ils suscitent, les mondes possibles qu'ils renferment et en même temps matérialisent, mais plutôt le temps ? Parce que les plus beaux rêves ont une durée, et naissent pour mourir ; autrement, ils sombrent dans la réalité ou finissent embaumés comme de moqueuses chimères. Rome. Un quart de siècle s'était écoulé depuis qu'il l'avait contemplée pour la première fois. Il était venu en compagnie de son père, Domenico, avec un chargement de vin pour le jubilé, et alors ces pierres et ces monuments où pendait du linge à sécher l'avaient exalté, ces ruines qui prenaient vie grâce à l'histoire apprise dans sa jeunesse et à son émotivité qui le poussait à espérer en de grands lendemains. Quelques mois plus tôt, il s'y était promené hâtivement pour se monter la tête et recharger ses batteries, ou disons se laisser gagner par la tension nécessaire. Et voilà qu'il s'approchait comme un général fatigué au moment de la débâcle. Il avait demandé dans le secret d'un billet que l'on revienne à la Rome antique, qu'on le proclame dictateur pour répondre à l'urgence, mais Mazzini, le triumvir, n'avait pas appuyé son idée. José savait qu'il demandait trop, mais trop, parfois, c'est peu. Le siège des Français durait depuis des semaines, et maintenant qu'il courait à travers les ruelles autour de la petite église de San Pietro in Montorio, distribuant des coups d'épée à l'aveugle, il n'y avait aucune stupeur dans ses yeux. Il savait que là, dehors, il y avait une balle de fusil vouée à le briser net, et il ne se battait maintenant que pour le moment présent, privé de cette sensation du vent dans les cheveux que la mer lui avait appris à interpréter comme la foi dans le futur. Parce que cela se passait cette nuit-là, le massacre au nom du pape et des souverains. La main étrangère recommençait son œuvre d'asphyxie : « On résiste ou on meurt ! »

Quelques heures plus tôt, sur les rebords des fenêtres brillait l'éclat d'une torche ou d'un lampion, et au-dessus de la coupole de Saint-Pierre, fusées et feux d'artifice avaient scintillé en l'honneur de la fête de l'apôtre qui tombait le 29 juin. La soirée était une soirée de trêve et d'étoiles, jusqu'à cet orage qui avait poussé les Romains à aller se coucher. La pluie avait estompé la lumière comme l'éveil estompe le plus pénétrant des rêves, et les nuages avaient rafraîchi l'air, apportant une obscurité épaisse ; deux colonnes d'un régiment français en avaient profité. Elles s'étaient approchées d'un pas furtif, dépassant les forteresses de la villa Pamphili et de la villa Corsini, arrachées aux Romains au mépris de nombreuses vies, pour se répandre à travers vignes et champs de blé au-delà des murs, sur les décombres de la villa Spada et à travers les brèches ; ils avaient franchi la porte de San Pancrazio, où se croisaient l'ancienne via Aurelia et la nouvelle. Hurlements de militaires partout. Quand on avait répondu à l'attaque, il était déjà tard.

Depuis longtemps, le Général se sentait las, déchiré entre des élans d'exaltation et de déception, ranimé un temps par les victoires de la Légion et aussitôt accablé par les avertissements qu'elles lui envoyaient. Il avait répondu à tous les ordres, à contrecœur pourtant, puisqu'ils émanaient de l'Assemblée de Rome, et non d'un roi ou d'un pape ; il avait renoncé à se lancer dans la bataille bien que son flair lui intimât d'y aller, et quand son Anita était apparue à cheval quatre jours plus tôt, il l'avait étreinte avec passion, mais l'odeur de ses seins ne l'avait guère apaisé. Elle était de nouveau enceinte et le voyage l'avait épuisée. Depuis la dernière fois, elle s'était coupé les cheveux. Ses yeux étaient plus noirs que jamais et son corps, la taille mince et le bassin plantureux, ne possédait plus l'éclat solaire des autres grossesses. Ses reproches aux incapables de la

Légion avaient eu un effet stimulant et Guerello avait été très heureux de la voir, mais Anita semblait incarner la défaite malgré la force dont elle donnait encore la preuve.

« Pourquoi es-tu venue ?

— Tu as besoin de moi », avait-elle répondu en lui tendant la longue-vue.

Sa présence lui avait inspiré à la fois du courage et de la peur. Parce qu'ils ne résisteraient pas à l'assaut, c'était une question de temps et il le savait. Il était difficile de supporter la peur de la perdre, de la voir ici plutôt que de l'imaginer à Nice, saine et sauve, en train d'aller au marché avec sa mère ou de discuter avec la senhora Deidery du plat à préparer pour gaver les petiots.

« Général ? » hurla Andrea le Maure. Dans l'obscurité, on ne distinguait que ses dents blanches, sa langue rose et cuivrée comme la pointe d'une lance ; ses yeux brillaient comme des agates.

« Il faut reprendre la porte ! »

L'écho du massacre se propageait dans les rues, les légionnaires et les volontaires tombaient, entraînant à terre les vareuses françaises pour se battre au couteau. Les scintillements des fers qui se croisaient éclairaient les grimaces. La fusillade fracassait des colonnes entières, amies et ennemies. José avait les mains souillées de sang et de boue, mais ni l'un ni l'autre n'appartenaient à cette seule nuit.

Le général des Français, Oudinot, avait fait preuve d'une habile patience. En un mois, il n'avait rien fait d'autre que de placer des batteries de canon à trois cents mètres et bombarder le périmètre de la ville pour lancer ensuite des bataillons à l'assaut. Depuis le début du mois de juin, le Général et les autres officiers avaient perdu les bastions les plus cruciaux sur le flanc le plus exposé, le Janicule, sur la rive ouest du Tibre. Les villas sur la colline, de forteresses qu'elles étaient, s'étaient transformées en sépulcres l'une après l'autre, et José en personne avait aidé à entasser cadavres et carcasses de chevaux, lui qui avait lancé les siens à l'assaut à la baïonnette, avec toute l'arrogance apprise à Montevideo ; il avait pris la tête des légionnaires à cheval, orgueilleux de les voir aussi féroces que des tigres et sûrs d'un nouveau succès, mais la bravoure des siens n'avait pas suffi. Les Français étaient équipés, formés et rodés. Ils avaient résisté sans faire marche arrière, et seul l'ami Medici, que José avait envoyé en Italie avant son départ d'Amérique du Sud, avait su tenir la villa du Vascello avec son bataillon.

La victoire d'avril à Castel Guido où il avait été blessé par une balle, puis la résistance à la porta Cavalleggeri et la porta Pertusa n'étaient plus que des souvenirs, tout comme les citoyens et les étrangers appelés au son des cloches à venir prêter main-forte, possédés par une insatiable soif d'adhésion et de violence. Pendant les semaines passées au quartier général de la villa Spada, José avait lu le cours défavorable des événements et envisagé de propager la guerre hors de la ville. Un millier d'hommes pour encercler l'armée française et menacer ses arrières, pour briser l'assaut, mais on l'en avait empêché, et la villa Spada, finalement, s'était écroulée sur sa tête sous les coups de canons ennemis. L'Assemblée, le ministère de la Guerre, les triumvirs : ils avaient tous insisté pour qu'ils restent en ville et défendent les murs comme une chose sacrée. Ce qu'ils étaient. Mais si symboliques fussent-ils, si chaque homme appelé à les défendre mourait, ils ne représenteraient plus que le périmètre d'une cathédrale dans un désert de cadavres et de traîtres.

« À l'attaque ! »

Il donnait des coups, guidé par les bruits. Il empoignait l'épée de ses deux mains, la précipitait sur les trognes des Français avec une telle rage que sa lame pliait. Il tranchait des nez, des oreilles, ouvrait les vareuses bleues en assénant des coups de biais. À côté de lui, Guerello grognait, sautait aux tibias pour déconcentrer l'ennemi et laisser le Général porter le coup fatal. Le Maure, qui les précédait de quelques pas, enfonçait sa lance dans le premier buste qui lui tombait sous la main et protégeait le Général. Leggiero les suivait, blessé. Il boitait.

La nuit dura plus d'une nuit, car parfois le temps décide d'y mettre du sien. Les étincelles de la fusillade se fondaient dans l'obscurité, les cris et les murmures indiquaient la direction où attaquer. Au Trastevere, on montait des barricades, mais les bombes pleuvaient, lézardaient les murs, faisaient tomber du plâtre et des blocs de pierre sur les volontaires, trahissaient les trouillards qui se cachaient à l'intérieur des maisons. Elles broyaient tous ceux qu'elles croisaient sur leur trajectoire. Rome tombait. Et Anita, où était Anita ? Était-elle vivante ?

Il n'avait jamais eu une telle soif. Il avait perdu la faculté de penser. Guerello ne l'abandonna jamais, même quand un boulet de canon s'écrasa sur la route et fit jaillir les pavés et le sable. La force du choc catapulta tout le monde à terre, et quand on put voir à nouveau, le Général aperçut son pauvre mâtin. Guerello jappait, mais ce n'était pas de douleur. C'était un cri de tristesse inconsolable. Il pointait son museau couvert de poussière sans avoir le courage de s'approcher. Andrea le Maure, infatigable compagnon, avait été broyé par une pierre qui lui avait défoncé la poitrine. Il haletait en crachant de l'écume.

« On résiste ou on meurt… », murmura le Général avant de se relever et de retourner assouvir sa soif ; jamais il n'abandonnerait la dépouille du Maure.

*

« Je suis désolé de t'avoir fait attendre. »

Il était devant ses yeux. Elle était plaquée dans le recoin d'une minuscule pièce sans fenêtre, au premier étage. Il n'y avait rien, hormis un pot de chambre. Elle avait les mains attachées dans le dos. Depuis que Nando l'avait surprise, personne n'avait touché à un seul de ses cheveux. On l'avait laissée seule dans le noir. La porte s'était ouverte une fois, la lumière du couloir s'était étirée au-delà du seuil, et Nando avait déposé une assiette à ses pieds avant de la menacer avec une ombre de convoitise sur le visage, sans pour autant la toucher – il tendait la main et la retirait aussitôt, comme par peur de froisser les ailes d'un papillon. Leda avait refusé de manger mais accepté de se désaltérer, et voilà que son estomac commençait à gargouiller. *Où t'es-tu trompée ?* Un crépuscule, une aube et un crépuscule s'étaient succédé, et les rues de Rome résonnaient maintenant du tonnerre des canons et des hurlements de la bataille.

« L'ingratitude est un défaut que je ne tolère pas. La situation me prend beaucoup de temps, mais après les attentions que j'ai eues pour toi, je tenais à m'occuper de toi en personne. »

Devant la porte, il y avait un homme d'une soixantaine d'années. Il portait un veston de coton léger. Ses yeux avaient éclairci et sa peau s'était plissée sous l'effet des ans. Ses grosses moustaches étaient maintenant laiteuses, mais le tabac des cigares avait donné aux poils sous le nez une couleur noisette. Nando apportait deux lanternes et une chaise qu'il installa au centre de la pièce. Sir John Frye s'assit, le jeune homme retourna quant à lui dans le couloir, traîna une petite table au-dessus de laquelle il posa les lumières. Enfin, il se mit derrière l'Anglais.

« Tu excuseras la pauvreté du décor. On ne voulait pas que tu aies l'idée saugrenue de te faire du mal toute seule. »

Leda ne bougea pas, ne décolla pas ses épaules du mur, mais eut un frisson. La vengeance l'avait rendue aveugle à ce point… Elle avait mal calculé son coup, et c'était sa faute, voilà la vérité ; le succès à Milan l'avait exaltée. Elle avait commis une erreur ; tout finissait donc là où cela avait commencé ?

« Leda, Leda, dit John John en secouant la tête. Des avertissements, tu en as eu. Et tu ne sais pas quelle perte représente la disparition de Massèi. Il nous faudra des mois pour le remplacer dans ce chaos. » Il soupira. « L'Europe est sens dessus dessous. »

Un petit sourire de satisfaction affleura sur les lèvres de Leda.

« D'un côté, je m'en réjouis. Avec l'âge, poursuivit John John, on a peur de perdre son flair. Ce que tu as fait démontre au contraire que j'avais deviné ton potentiel. Mais… »

Il laissa la phrase en suspens, comme absorbé par de sombres pensées.

Leda continuait à le fixer.

« Mais il est évident que quelque chose m'a échappé. »

Il y avait maintenant dans sa voix une note de rancœur.

« La situation ne permet aucune hésitation », reprit-il avec un mépris poli. Il désigna le mur à la droite de Leda. Il vibrait sous l'onde de choc des tirs d'artillerie et une minuscule araignée qui s'aventurait sur le crépi dégringola sur le plancher ; elle fila en direction du couloir.

« Les Français entrent dans la ville. Ton Maestro en sera peiné. Lui et ses sornettes républicaines. »

Il s'alluma un cigare ; aspira quelques bouffées jusqu'à ce que le bout s'embrase.

« Tu te souviens de ce jour ? »

Elle avait peur de deviner celui auquel il faisait allusion.

« Quand tu as accepté ce métier, tu as fait un choix de vie. Je t'ai parlé des avantages, et j'ai évoqué les risques.

— Je n'avais pas le choix, murmura Leda.

— Bien sûr que si. Tu pouvais refuser.

— Tu m'aurais abandonnée.

— Tais-toi ! » hurla soudain John John en se penchant en avant, les veines de son cou saillant sous l'effet de la colère, puis il s'adossa à nouveau à sa chaise. « Qui peut le dire ? » ajouta-t-il tout à coup dans un sourire et, d'un geste de la main, il coupa court. « Nando ? Continuons. »

Le garçon s'éloigna.

« Il ne voulait pas s'en occuper, ce cher Nando. Tu dois lui avoir laissé un sacré souvenir. »

Un second frisson parcourut son dos.

« Il se contentera de rester avec moi pour regarder. Tu sais, j'aime toujours regarder, dit-il, et de toute façon, j'avais déjà choisi un professionnel. Nando m'a épargné la peine de refuser son concours. »

Du couloir venaient des pas rythmés par un bruit de ferraille. Nando rentra tandis qu'une ombre s'allongeait par-delà le seuil et qu'un troisième homme faisait son apparition.

« Mathias est vraiment inégalable. »

Sir John Frye salua le nouveau venu qui, d'un signe, lui rendit la politesse avant d'examiner la petite pièce.

Il était pâle, sec, les cheveux blonds. Ses traits étaient fades, presque anonymes, contrairement à ses yeux châtaigne. Il avait une petite mallette de cuir, comme celle dont se servent médecins et droguistes pour leurs instruments, pommades et flacons, et qui déclenchait à chacun de ses mouvements un bruit métallique. Nando portait quant à lui une seconde chaise et une cuvette dont pendait un linge. Elle répandait une odeur de vinaigre.

« Tu te rappelles le bourreau ? Comparé à Mathias, c'est un débutant. »

Sir John se leva, saisit le dossier de sa chaise et la traîna dans un coin.

« Tu me pardonneras, mais je ne voudrais pas salir mon veston. À midi, j'ai des obligations, en espérant que la ville ne parte pas en fumée. »

Mathias s'approcha, et alors, la terreur commença. Leda donna des coups de pied, se démena, mais Nando glissa ses mains sous ses aisselles tandis que Mathias lui donnait un coup de poing dans le ventre. Les deux hommes dénouèrent les liens autour de ses poignets, la firent asseoir sur la chaise en la tenant par les cheveux avant de lui attacher les mains dans le dos. Ils lui laissèrent les jambes libres.

« Je n'ai pas l'habitude de me payer ce genre de spectacle avant le déjeuner, disait Sir John Frye depuis l'angle de la pièce, mais je ferai une exception. On avait mis une grande confiance en toi. Et tu as bien travaillé. Puis tu as préféré l'amour… »

Nando revint sur le seuil, visiblement agité ; Mathias posa sa mallette sur la table, à côté de la cuvette. Il l'ouvrit et en sortit une lame crochue. Elle ressemblait aux serpes dont on se sert pour élaguer les arbustes ; Leda se souvenait d'en avoir vu une semblable entre les mains de son père. Elle essaya de se libérer, mais le lacet de cuir écorcha ses poignets sans céder. Les lampes à huile jetaient sur la lame un reflet hostile.

Mathias s'avança, posa son genou sur ses cuisses et enfila la lame dans l'encolure de la chemise de garçon qu'elle avait mise pour ne pas être reconnue. Leda retint son souffle. Aurait-elle moins souffert si elle s'était rebellée ? La lame, glaciale, descendit par à-coups réguliers et lacéra l'étoffe sans effort. Leda se retrouva torse nu.

« Les années ne t'ont pas abîmée », constata John John. Nando fixait lui aussi ses seins et son ventre.

Mathias s'éloigna, retourna à la petite table, et plongea la lame crochue dans la cuvette ; il la nettoya à l'aide du chiffon. Quand il eut fini, il l'essuya sur sa manche et la remit dans la mallette de cuir, d'où il sortit un couteau recourbé et une pince aux tiges inégales, l'une droite, l'autre tordue. La patience scrupuleuse de ses gestes était terrifiante.

« Ça va prendre du temps », lui confia John John dans un nuage de fumée. « Un sein à la fois. »

Leda baissa le menton pour regarder sa poitrine et, au même instant, elle s'imagina de profil, grâce au souvenir du portrait de Lisander ; était-il vraiment possible de les couper, de les séparer du corps comme une livre de viande bonne à exposer sur l'étal d'un boucher ? Du fond de sa mémoire, une image affleura qui remontait aux années passées à Santa Chiara, ou peut-être au Bon-Pasteur : une sainte, sainte Agathe, tenant un récipient sur lequel étaient posés les seins que, lors d'un supplice, on lui avait arrachés. Leda ne voulait pas supplier, ni offrir à John John la saveur de sa souffrance. Elle serra les paupières, s'efforça de chasser toute image de l'agonie prochaine. Elle se rappela la voix hésitante avec laquelle Michele lui avait demandé de l'épouser et plaqua les semelles de ses bottines au sol. Elle le trouva solide. Si le moment était venu, alors elle voulait disparaître en un éclair, avec l'espoir que dans l'au-delà il y avait une place à côté de son aimé. Où qu'il fût, en enfer, au purgatoire ou au paradis.

Mathias pressa de nouveau son genou contre ses cuisses. Il tâta son torse à la recherche du point où enfoncer le couteau pour trancher la peau et la soulever avec la pince sans pour autant descendre en profondeur dans les tissus. La souffrance n'était pas le but de cette torture, plutôt une méthode.

Leda sentit les doigts du tortionnaire soulever son sein droit et frémit, mais elle sut attendre jusqu'à ce que Mathias écarte l'index et le pouce pour tendre sa peau, prêt à tailler. Alors, elle rouvrit les yeux, vit le couteau. *Adieu*. Elle prit appui sur ses pieds, banda les muscles de ses jambes. Elle n'avait besoin que de la force de se lever, malgré le genou de Mathias, malgré le poids qui l'écrasait sur la chaise.

« Ferme la porte, disait pendant ce temps John John à Nando, je ne veux pas que les hurlements montent jusqu'à la rue. Il y a déjà assez de vacarme comme ça. »

Si elle s'était levée tout à coup et qu'elle avait pressé sa poitrine contre la lame, cela aurait-il suffi pour mourir ? La pointe se serait-elle enfoncée jusqu'à perforer un poumon, ou mieux encore, une artère ? Et si elle mettait plus de force dans sa jambe gauche, la lame atteindrait-elle le cœur ? *Michele, j'arrive*, se dit-elle en jetant ses épaules en avant lorsque, tout à coup, les cloisons à sa droite vomirent briques et gravats, et une déflagration fit tout voler en éclats.

Elle toussa, la bouche empâtée par la poussière, une douleur sur le côté. Ses yeux brûlaient, mais elle essaya d'y voir plus clair. Elle était allongée sur le sol. L'aube pénétrait dans la pièce par une brèche du mur, annonçant le choc des combats et le grondement des canons. Mathias le tortionnaire gisait au sol, le bas-ventre éclaté par une grosse balle de fer. John John était sans connaissance, tombé de sa chaise ; son cigare n'était plus qu'un cylindre de cendre.

Leda essaya de toucher son thorax, mais elle avait encore les mains liées. À chaque respiration, une douleur se propageait depuis sa hanche jusqu'au creux de l'aisselle. Une grosse écharde de bois. Provenant de la chaise en mille morceaux. Elle avait pénétré la chair, juste sous les côtes.

Elle tenta de se relever une fois, deux fois, malgré la douleur puis, au moment où elle laissait retomber sa joue sur les dalles pour reprendre son souffle, elle entendit un râle. Elle chercha le bruit du regard. Nando était recroquevillé contre la porte. Il se massait le front en reprenant connaissance. *Je dois me lever*. Il entrait par la brèche un souffle de vent estival qui débarrassait l'atmosphère de la fumée et de la poussière. Leda fit un effort, mais la tension de ses muscles attisait la douleur. Et l'étourdissait.

Nando se releva plus facilement et regarda incrédule autour de lui avant de s'apercevoir qu'elle était là ; depuis le couloir, on entendait les cris de panique des autres habitants de la villa.

Leda toussa et la douleur lui coupa le souffle : « Je t'en prie, ne me fais pas de mal. »

Nando avança au milieu des gravats, repéra la mallette en cuir de Mathias sous une pierre du mur défoncé et fouilla à l'intérieur ; un vertige le fit trébucher, mais il ne tomba pas.

« Laisse-moi partir. Je ne t'ai rien fait. »

Il s'approcha, armé d'un couteau à lame plate.

« Je t'en prie », implora Leda.

Le garçon s'accroupit, la prit par l'épaule. Dans ses yeux, Leda ne lut ni rancœur ni concupiscence.

« Ne bouge pas. »

Il coupa le lien qui retenait ses poignets, blessant involontairement la paume de sa main.

« Ah ! »

Nando glissa ses mains sous les aisselles de Leda.

« Lève-toi. »

Elle le laissa l'aider et, une fois à genoux, les mains enfin libres, s'apprêta à ôter l'écharde de bois.

« Ne l'enlève pas, lui dit aussitôt Nando en lui prenant les poignets. Ça va saigner davantage. »

Il la releva. Leda avait les seins nus, et Nando ramassa le lien avec lequel il lui avait attaché les mains, fit deux trous de chaque côté de sa chemise déchirée et la referma ; plusieurs fois, il détourna son regard.

« File avant que les autres n'arrivent. Et trouve-toi un médecin. »

— Merci », lui dit-elle et, malgré la douleur, elle se leva sur la pointe des pieds et l'embrassa sur la joue. Puis elle baissa les yeux jusqu'au couteau que le garçon serrait encore dans sa main et elle regarda John John. Elle observa sa poitrine : elle semblait se dilater et se dégonfler au rythme apaisé de sa respiration inconsciente. « Nando », commença-t-elle à dire en tendant la main vers le couteau ; quand il comprit ce à quoi elle pensait, il recula d'un pas, comme s'il ne pouvait s'empêcher de défendre son maître et protecteur. « Vas-y, toi qui peux, vas-y. » Leda comprit qu'il ne fallait pas rater sa chance.

Elle se retourna. Elle aurait pu lui conseiller de fuir, pour lui rendre service à son tour et le duper en même temps, mais l'aube et la brèche du mur l'attendaient. Du premier étage à la cour, il y avait presque trois mètres. Leda se pencha, déjà prête à s'accroupir et à sauter, coûte que coûte, mais elle n'eut même pas à le faire. Il lui suffit de poser les pieds sur la marquise du pigeonnier où Nando élevait les volatiles. Il était juste au-dessous, à sa portée. Le garçon n'eut pas besoin de l'aider. Il se contenta de la regarder disparaître.

*

Il arriva au Campidoglio à midi, épuisé, à bout de souffle ; sa tunique rouge était noire de sang. C'était le premier jour de juillet. Dans trois jours, il aurait quarante-deux ans. On avait proclamé une trêve de quelques heures pour récupérer les blessés et enterrer les morts, mais l'affrontement avait déjà repris et les larmes qu'il avait versées sur le corps du Maure semblaient l'avoir vidé de ses forces. Mais Anita était en vie. L'Assemblée avait voulu qu'il participe à la séance secrète, en pleine action de défense ils l'avaient rappelé, et tandis que Guerello lançait des coups d'œil suspicieux du coin de la salle, les participants avaient expliqué au Général les trois hypothèses dont le conseil de guerre lui avait déjà fait part. Ils pouvaient se rendre ou résister et se barricader jusqu'au carnage, ou encore bouger, quitter la ville et poursuivre le combat. José, qui du reste y avait déjà songé, donna son opinion : « Rome sera là où nous serons. Mais souvenez-vous, messieurs, que vous n'y trouverez plus le confort de Rome. Vos agréables appartements, vos cafés, vos déjeuners. Vous dormirez souvent à la belle étoile, parfois sous la pluie. Vous vous déplacerez sous le soleil brûlant, et pas toujours en fiacre. Vous mangerez ce que vous trouverez, vos chevaux, si besoin. Pensez-y bien et décidez-vous maintenant. » Guerello grogna, comme pour leur dire de se dépêcher, car il fallait repartir au combat ; il voulait planter ses crocs pour venger le Maure. Mais l'Assemblée ne vota pas en faveur de son maître.

« Vous réglerez vos comptes avec l'Histoire », marmonna-t-il entre ses dents. Il était venu à Rome avec la plus grande des espérances, mais l'état-major avait fait la fine bouche devant les héros de la Légion, comme cela avait déjà été le cas dans le Nord, en Romagne, et en Toscane ; des myopes et des crétins, qui ne se fiaient qu'aux seules apparences, agacés par le charisme de ses hommes. Ils l'avaient détaché à Rieti, et quand les Français s'étaient présentés à Civitavecchia, ils l'avaient rappelé et José, avec les volontaires et les bersagliers lombards aux ordres du brillant Manara, avait préparé la défense, repoussé le premier assaut. Mais cela n'avait pas suffi. Ils l'avaient envoyé au-devant de l'armée des Bourbons et la Légion avait remporté la bataille à Palestrina, mais ils n'avaient pas autorisé José à descendre dans le Sud alors qu'il battait déjà le rappel parmi les jeunes Napolitains. Maintenant qu'ils l'avaient fait revenir, à nouveau ils se dérobaient à la mission que les Romains leur avaient confiée. Il connaissait cette exaspération. La politique a ses raisons qui ne sont pas celles de la guerre. Plus d'une fois, il avait chassé ce sentiment de son cœur dans les moments de solitude qu'offre la veille de chaque bataille, quand la moindre pensée s'efface. Il l'avait rencontré en terre étrangère, mais cette terre-ci était l'Italie, et cela faisait d'autant plus mal.

Il quitta l'Assemblée, le visage sombre, et au moment de rejoindre son Anita, il la trouva terriblement pâle : « Il faut partir. »

Aninha s'était occupée des blessés, elle était à bout de forces, mais elle se déshabilla et s'offrit nue à son regard. Elle avait le ventre rond et son nombril saillait à nouveau tel un bouton. Ses seins étaient plantureux mais tressaillaient au rythme de son souffle court par-dessus des côtes trop saillantes. Elle mit une tunique rouge et, avant que le Général pût l'arrêter, elle s'empara du poignard avec lequel elle s'était défendue et coupa ses cheveux déjà courts. « Je préfère un coup de fusil plutôt que la honte de me faire prendre par des soldats. » Une fois déjà, en fuite au Brésil, elle avait failli être violée, et elle ne permettrait plus que cela se reproduise. Comme alors, elle avait un enfant dans le ventre, et elle le protégerait pour jouer son rôle de mère. Ou elle l'emporterait dans la tombe.

Ils arrivèrent place Saint-Pierre le matin du 2, sous un chaud soleil. Le ministère de la Guerre avait donné l'ordre à la Légion de s'installer là, mais le Général avait fait circuler un message d'exhortation. Aninha eut du mal à guider son cheval. La plupart des légionnaires, des milliers d'autres fantassins et cavaliers, des dizaines de charrettes déjà prêtes pour le transport des munitions et des ravitaillements les attendaient. Leggiero, blessé, alla à la rencontre d'Aninha et la salua : « Je n'en espérais pas autant. »

José chevauchait un cheval blanc sous lequel Guerello se cachait pour éviter des coups de pied ; le *Diablo* et son chien s'enfoncèrent dans la masse de chair de la place Saint-Pierre. Le Général en avait gros sur le cœur, on avait perdu une bataille. La guerre était déjà là-dehors, dans l'Italie tout entière. Il fallait battre le rappel, trouver d'autres hommes. Des jeunes qui avaient soif de vivre. Il regarda la basilique, les files de gens qui venaient encourager et étreindre ses hommes avant l'adieu. Ç'aurait été si beau de parler là, plutôt que dans une jungle d'Amérique du Sud.

Elle sanglotait. Quelque chose, au plus profond d'elle, s'était gâté, comme si la mécanique irréprochable de son corps avait fini par se détraquer et bloquait désormais le moindre mouvement, le geste le plus simple, le rythme le plus régulier. Mais José était beau. Aninha lui avait lavé les cheveux la nuit précédente, car Dieu sait quand ils en trouveraient à nouveau le temps. Il descendit de cheval comme autrefois, agile, son épée tordue à moitié engainée.

« Moi, je quitte Rome », cria-t-il ; sa voix ne couvrait pas la place tout entière, mais le silence était stupéfiant. « Que ceux qui veulent continuer la guerre contre l'étranger me suivent. Je n'offre ni solde, ni gîte, ni provisions ; j'offre la faim, la soif, les marches sans fin, les batailles et la mort. »

Les hommes rugirent, les drapeaux tricolores flottaient, on entendit des cris d'approbation. Aninha s'agrippa à la selle et se hissa sur le cheval. Une bête puissante, couleur tabac. Son José donna rendez-vous aux volontaires le soir même à San Giovanni et, en tout début d'après-midi, il refusa la proposition d'un ambassadeur américain qui lui offrait un passeport afin qu'il puisse partir combattre pour l'Amérique du Nord. « Tu as bien fait », lui dit-elle, pleine d'orgueil.

Peu avant le coucher du soleil, ils passèrent la minuscule porte blanche de San Giovanni. Ensemble. Aninha souriait malgré sa faiblesse. Elle ne le laisserait pas l'abandonner. Elle avait dit oui à tout, avant même de devenir sa femme. De nouveau, elle allait accepter la faim, les marches forcées, les batailles. Parce que telle était, désormais, sa vie ; le suivre jusqu'à ce que mort s'ensuive. Elle l'avait encore, cette foi du premier amour. C'est elle qui s'en irait la première.

*

Sur les tombes, une ardeur inhabituelle se libère, éruption des souvenirs et d'un sacré dont on tirera un profit certain si l'on se risque à en canaliser le flux impétueux pour le tourner à son avantage, surtout si, entre-temps, on a retrouvé ses saignements de nez solitaires et si l'on est prêt à renoncer aux atermoiements, vu qu'il ne sert plus à rien de douter. S'il manquait un dernier coup de fouet, en somme, le voilà.

« Je ne sais pas si je dois vous remercier ou vous demander pardon. »

La pierre tombale était brute et à peine dégrossie. Personne ne lui avait fait l'honneur d'une gerbe de fleurs, mais on apercevait maintenant à ses pieds une marque au milieu de l'herbe. Les touffes avaient ployé sous un poids humain, et la forme était celle de Colombino qui avait su gagner l'amitié du gardien, un râleur au bon cœur. « J'étais un fils pour lui », lui avait-il expliqué, et cela avait suffi.

Le cimetière était tranquille, petit lopin de terre à la lisière de Gorla, à quelques lieues de Sacconago. C'était là que don Sante était né, qu'enfant il avait appris l'intelligence des champs et des saisons, qu'il avait répondu à l'appel et que, pour finir, il avait été enterré. Astolfo n'avait pas accompagné son ami et patron puisque l'on refusait aux bêtes le droit d'errer au milieu des âmes des chrétiens.

« Pour vivre une vie heureuse, je vais être obligé d'être malhonnête, maudite merde et misère de misère ! »

Il l'avait rencontrée après des mois passés en clandestin, mais comme il n'avait pas voulu courir le risque de déchaîner la furie des habitants de la ferme de la Speranza, c'était elle qui était venue à l'étable. La Renza, la femme du Crapa, s'était chargée de la convaincre, lui conseillant de profiter de l'absence de son mari Angelo, occupé à étaler au soleil les épis de maïs. « Elle viendra, Colombino, elle viendra. Tu peux être sûr que nous autres, les femmes, on s'y connaît : on est pas des buses, pardi ! » Il avait voulu y croire, et il s'était retourné sur sa paillasse dans l'étable pendant de longues nuits, incapable de trouver le sommeil. Rien que d'imaginer Vittorina en train de venir, il en avait la tremblote, aussi avait-il harcelé Astolfo, le privant lui aussi de sommeil, et comme l'affolement est souvent de mauvais conseil,

Colombino s'était mis dans la tête que Vittorina viendrait pour lui dire de s'ôter de son chemin, parce que des ennuis, il en avait déjà assez causé comme ça, sans compter qu'il lui attirait méchancetés et médisances. « Je t'en prie, je t'en prie », avait-il dit alors en implorant la lune qui volait de ses ailes de cire déjà déployées. Mais Vittorina avait franchi la porte de l'étable d'un pas calme, en silence, dans la fraîcheur du matin, entraînant avec elle le parfum des haies de mûriers à l'arrivée de l'été. Quelque chose de l'écorce et une odeur qu'on ne peut décrire que par la couleur du feuillage. Vert, d'une nuance aussi précieuse qu'une émeraude. Elle les avait toujours, ses grands yeux de vache, mais elle ne les baissait plus comme autrefois ; elle avait perdu sa pudeur et s'était faite pleinement femme. Ses bras nus étaient rouges de soleil, doré le duvet qui les recouvrait, mais son teint n'avait pas perdu sa pâleur originelle. Pour le rendez-vous, elle avait rassemblé ses cheveux crépus sous un fichu bleu ciel.

Colombino avait commencé par bafouiller, bien qu'il eût obligé Astolfo à jouer le rôle de son amoureuse lors d'interminables répétitions ; il semblait avoir perdu la faculté de bouger la langue et la mâchoire au rythme des mots, mais quand il avait pris conscience que l'occasion ne se présenterait pas deux fois, il avait cessé ses atermoiements et s'était donné une bonne claque, parce que Vittorina était venue pour écouter, et qu'elle le regardait émerveillée comme si elle était face à une âme errante qui a enfin retrouvé un corps à travers lequel se manifester. Alors, il s'était forcé, syllabe après syllabe, d'autant que le Général lui avait enseigné les rudiments de cette tactique : dès que l'occasion se présente, attaquer d'abord, et puis charger.

« Je suis revenu, Vittorina… pour toi, lui avait-il confié, les yeux enchâssés dans les siens.

— Tu es parti si longtemps, avait-elle dit, avec une douceur mêlée de reproche.

— Oui. J'ai eu des contretemps ; j'espérais te revoir avant.

— La Renza, elle m'a raconté, elle m'a dit que les enfants sont fous de tes histoires. » Elle avait esquissé un sourire en triturant les plis de sa jupe. Elle avait des chevilles encore robustes, capables de la maintenir bien plantée au sol.

« Vittorina, moi…

— Quoi ?

— Moi j'voudrais t'épouser encore », lui avait-il déclaré avant de lui offrir un brin de paille ; en vue de la rencontre, il en avait choisi un bien solide, dont il avait ouvert une des extrémités, malgré ses doigts qui tremblaient, afin qu'il ressemble à une fleur.

« Colombino… »

Vittorina avait tendu la main et accepté le cadeau, flattée, puis elle avait ajouté :

« Je suis déjà mariée avec l'Angelo.

— Mais moi je t'aime davantage. »

Le timide sourire qu'elle lui avait offert s'était évanoui.

« Je ne veux pas te faire offense, Vittorina, mais je dois savoir si tu veux rester avec lui. »

Elle avait haussé les épaules et, pour chasser son sentiment de gêne, avait dit, d'un trait : « Qu'est-ce que je pourrais faire d'autre ? Je suis bien obligée de l'aimer. Et puis, il n'est pas si méchant. »

Dans la pénombre de l'étable, Astolfo avait baissé ses grandes oreilles ; il respirait à peine, ne voulant pas déranger, imaginant un nouveau drame. Mais son compagnon n'avait pas renoncé et lui avait donné lieu d'être fier ; son entêtement était enfin digne d'un mulet.

« Si tu veux rester avec lui, alors je m'en irai pour toujours. Je ne veux pas te faire de mal, jamais. Mais si c'est pas le cas…

— Tu sais bien que c'est ma mère qui a décidé.

— Oui, mais toi, tu veux rester avec lui ?

— …

— Tu es heureuse ? »

Vittorina l'avait regardé avec des yeux de petite fille vexée devant un gamin qui vient de jouer un sale tour.

« Je… »

Colombino s'était approché d'un pas, il avait fait craquer la paille sous ses pieds.

« Sans toi, j'y arrive pas. » Il gonflait sa poitrine pour dominer le battement fou de son cœur, ce même battement qu'il avait ressenti cet après-midi-là dans la cour, tant d'années plus tôt. L'unisson fragile des cœurs.

« Vittorina…

— Qu'est-ce que tu veux, Colombino ? avait-elle murmuré, démunie.

— Qu'on soit ensemble.

— On ne peut pas.

— Si, qu'on peut.

— Non.

— Si, avait-il rétorqué en élevant la voix.

— Mais qu'est-ce que les gens diraient ?

— On s'en moque.

— Même si tu le voulais, jamais ils nous laisseraient ensemble.

— Vittorina ?

— Maintenant, tout est différent, on ne peut pas. Toi tu es différent, la barbe t'est même poussée », lui avait-elle dit pour changer de sujet avant de baisser la tête. Elle avait une main sur la poitrine, à la naissance de la gorge ; son cou était marbré par l'émotion.

Colombino avait avalé son cafard. Il avait l'impression que rien n'avait changé depuis la dernière fois qu'il l'avait vue ; il sentait en lui la même émotion qu'alors, peut-être plus forte encore.

« Si qu'on peut, et si t'aimes pas la barbe, je me la couperai. Loin d'ici, on pourra rester ensemble.

— Mais je peux pas laisser mes frères, mes parents. Où on ira ?

— On se fera la nôtre, de famille, et moi je prendrai soin de toi. Y a bien un pays où on pourra être ensemble. C'est le Général qui me l'a dit… »

Alors il lui avait montré une lettre, puisqu'il avait finalement été obligé de faire la connaissance du nouveau curé. Aux premiers jours de juin, un courrier était arrivé au presbytère, et l'Adele l'avait prévenu : « Don Luigi t'attend. Il y a une lettre pour toi ! » Le curé était en fait un brave homme, qui n'avait rien voulu savoir de ses péripéties et de ses doutes ; il s'était contenté de quelques questions polies et, pour ne pas décevoir sa servante, il lui avait donné la bénédiction avant de lui remettre une enveloppe jaunie. À la cour des resquilleurs, personne ne savait lire, seul le Crapa avait étudié un peu l'abécédaire, mais Colombino avait quand même montré la feuille écrite à la main et avait fait remarquer la signature du Général. Il lui disait qu'à Rome, la République était née, et qu'il fallait le rejoindre au plus vite, car il devait lui donner un coup de main pour la défendre ; un pays nouveau allait naître.

« Tu comprends, Vittorina ?

— Oui.

— Et si tu savais tout ce qui m'est tombé dessus avant de rencontrer le Général… J'en ai vu, du pays. On m'a mis en prison…

— Je sais tout ! La Renza, c'est une bavarde, je te l'ai dit », avait coupé court Vittorina avant d'ajouter, avec amertume :

« Mais y a pas besoin de partir en balade pour finir en prison.

— Qu'est-ce que tu veux dire ?

— Moi, il m'a suffi de rester ici », avait-elle murmuré, parce que la vie parfois, elle vous met dans la panade même sans bouger d'un pouce, et il n'y a pas besoin de déboires pour s'attirer des ennuis. « Tu crois qu'il y a vraiment un pays où vivre ensemble ? » Elle se sentait tout étourdie par les délires dans lesquels il l'entraînait et, à vrai dire, le désarroi qu'elle découvrait en étant à ses côtés lui plaisait bien. Il détonnait tellement avec l'immobilité qui l'entourait.

« Oui. »

Ils étaient encore debout, l'un en face de l'autre, sans le courage de s'approcher ni de s'éloigner. Vittorina avait porté ses mains à son front, « ma tête explose », puis un nouveau sourire avait illuminé son visage.

« Ça serait beau… » Mais à la seule idée d'abandonner Sacconago, le sol se dérobait sous ses pieds. « C'est peut-être une folie. Mon père me tuera… et le Seigneur nous en voudra, Colombino. Il m'a donnée en mariage…

— Don Sante, il nous avait imaginés mariés. Tu lui faisais confiance, maudite merde et misère de misère, pas vrai ? lui avait-il aussitôt répondu. Moi, je sens que c'est juste. »

Il ne mentait pas, et bien que le Saint-Père eût tenté de le détourner de son but, il ne se sentait pas coupable de désobéir. Il ne pouvait pas rester à Sacconago en la sachant mariée à un autre, et il ne pouvait pas non plus reprendre la route tout seul et désormais sans but. Du reste, il avait la preuve que Vittorina et lui étaient destinés à une vie à deux ; il fallait juste le culot de le lui dire. Rien ne lui avait jamais autant coûté : « Si tu avais des enfants, je n'aurais jamais osé te le demander. Mais le Crapa, il m'a dit que t'en as pas. »

Elle lui avait lancé un sacré regard. Blessée et nue.

« On pourrait les faire ensemble. »

Vittorina avait éclaté en sanglots avant de faire marche arrière pour s'enfuir, puis elle avait bondi et s'était jetée dans ses bras. Le cœur de Colombino n'était resté derrière ses côtes que parce que Vittorina pressait ses seins tout contre. *Tu la regardes dans les yeux, tu la prends dans tes bras. Tu sauras tout de suite si elle le veut elle aussi* : voilà ce lui avait dit le Général et, tandis qu'elle sanglotait, entre larmes et morve – « Je voudrais bien, j'y ai pensé tant de nuits ! J'ai prié la Madone et saint Joseph ! » –, Colombino avait compris.

« Alors, allons-y ensemble.

— Je ne peux pas… » Vittorina avait reculé d'un pas, de deux, de trois et elle avait filé en séchant ses larmes. Colombino ne l'avait pas suivie ; il s'était appuyé aux montants de la petite fenêtre et l'avait regardée piétiner les ombres qui glissaient dans la cour à la vitesse des nuages.

« Don Sante, vous dites que je vais devenir un grand pécheur ? » demanda-t-il en s'adressant à la tombe du vieux curé quand une abeille vint lui bourdonner autour du front.

Il avait perdu et retrouvé connaissance trois jours durant, et il y avait des caillots de sang sur les brins d'herbe. Il était entré et sorti d'un antre aussi noir que le ventre d'un poisson, ou du moins était-ce ainsi qu'il se l'imaginait, lui qui se voyait à la fois comme la prise et le monstre marin qui, après avoir sondé les profondeurs, remonte à la surface pour prendre sa respiration. Parce que sur la tombe, il avait ressassé cette histoire de la Bible qu'il n'avait pas été capable d'avaler. L'idée lui était venue comme savent le faire les idées, en ressuscitant les intuitions ensevelies dans les coins les plus reculés du cerveau. Jonas. Colombino se sentait aussi perdu que Jonas et, comme lui, il implorait un geste qui fût à ses yeux compréhensible et juste. Jusqu'à maintenant, il n'avait pas su faire face à cet événement, mais au cours des nuits passées sur la tombe de don Sante, ballotté entre le monde de l'oubli et la réalité, il avait enfin trouvé une place pour lui dans cette histoire. La justice ne connaît quand même pas que la miséricorde, s'était dit Colombino et, du reste, qu'est-ce qu'il avait gagné, lui, à tendre toujours l'autre joue ? Des taloches, des coups de pied, un petit doigt brisé et, depuis, tordu. Une désillusion très proche de la résignation.

« Merci, et pardonnez-moi, don Sante. »

Il voulait un acte qui le guérisse de son mal-être et, comme personne ne l'accomplirait à sa place, c'est lui-même qui allait l'accomplir. Il voulait sentir sur ses épaules le poids de ses propres actions. Il n'avait pas l'intention d'attendre l'au-delà pour se découvrir méritant et pur, et ainsi s'emparer du bonheur. C'est maintenant qu'il le voulait, et il était prêt à accepter n'importe quel châtiment qui en découlerait. La promesse d'un pays au milieu des nuages où vivre pour toujours en compagnie de ses proches était rassurante mais par trop lointaine. L'odeur de Vittorina était plus que cela.

« Adieu don Sante, dit-il en caressant la tombe, j'y vais. »

Il en parlerait au Crapa. Vittorina le suivrait. Colombino avait reconnu cette même palpitation jumelle découverte dans la cour de la Formaggiana. C'est pour cela qu'elle s'était échappée ; elle l'avait sûrement reconnue elle aussi et avait pris peur.

« Je la libérerai. »

Elle était restée là, sans lui, et il lui avait fallu se marier parce qu'elle ne pouvait pas faire autrement. Colombino savait que c'était beaucoup lui demander, mais en échange, il donnerait tout son être. Il n'était pas sot, il comprenait qu'il ne pourrait pas vivre à Sacconago, mais chez lui, ce serait partout où il pourrait tisser avec Vittorina un nœud de tranquillité.

« Maudite merde et misère de misère, général », dit-il au fantôme qui l'avait guidé jusqu'ici, et de dire ces mots, il se sentit plus léger. « Vous avez raison : je l'embarque avec moi ! »

VI

Sa mère, Bernardina, avait vite deviné ce que pourrait devenir ce fils à la prunelle malfaisante – lueur qui animait cette main prompte à rouer un chien de coups – et comment cet enfant se métamorphoserait peut-être en un séducteur qui ne foutrait que pour dominer et se rassurer ainsi lui-même. Pourtant, jusqu'à ce qu'elle meure assassinée, elle lui avait répété un dicton dans l'espoir que ses sages paroles atteignent son cœur et y ouvrent une brèche. Comme il était inutile d'essayer avec le catéchisme et les curés, pas plus qu'avec les taloches, chose que Bernardina avait sentie avec l'intuition subtile des mères, elle lui avait répété, parfois mal à propos, que « *anca el pu pèsg ladrón gh'a la so devozión* » – « même le plus pire des voleurs, il a un peu de cœur » – ; elle le lui avait répété tant et tant de fois que le sens des mots s'était noyé dans une pure mélodie et qu'il était resté tel, élucubration sonore dans l'entrelacs de ses souvenirs. En tout cas, jusqu'à maintenant. « T'avais raison », se dit Lisander à voix basse pour que personne n'entende, presque ému pour sa mère et pour Chiarella. Le chantage s'était avéré fructueux, et bien que le Mal-Né, magouilleur devant l'Éternel, ait réclamé une plus grosse part, le butin extorqué avait suffi : il s'était payé un hangar dans des conditions modestes sur la route de

Novare, non loin de l'établissement des Parfums, savons et soufre de Malesani que Lisander avait secrètement envié en se vengeant sur donna Teresa. Pour la première Imagination, il avait confié la tâche à Anna Lucia, certain de ne pas se tromper, parce que justement, le pire des voleurs, dans le fond, il a tout de même un peu de cœur.

« Tu te souviens de ce calotype, quand tu as déguisé la vieille grand-mère en plante ? » Il voulait que la fillette retrouve cette dimension à part, d'une valeur inestimable, et qu'elle lui donne vie. « Tu crois que tu peux le faire ? »

Anna Lucia avait préféré battre d'autres sentiers de son imagination. Peut-être étaient-ce les récents bouleversements, le retour des Autrichiens et la mélancolie qui l'avaient influencée. Elle avait pris un crayon, ses mines de couleur, et avait travaillé avec persévérance sous la supervision de son père. « Ça te plaît ? » Elle avait composé une scène de guerre et l'esquisse était plutôt bien faite, quoique peu vraisemblable ; pas très éloignée de la réalité, mais suffisamment.

« Et celle-là, qui est-ce ?

— Moi. »

Anna Lucia incarnerait une nouvelle Jeanne d'Arc chevauchant un destrier blanc, armée d'un étendard et d'une épée. Le Mal-Né, Floro, et les Romantiques de Traviole devraient jouer le rôle des troupes qui se battaient aux pieds du destrier.

Lisander avait voulu économiser sur la mise en scène. C'était la première tentative et, à vrai dire, il n'était pas sûr que ce soit ce qu'il y avait de mieux pour promouvoir sa nouvelle activité – il aurait préféré quelque chose d'accessible à tous, qui fasse à la fois sensation et envie –, si bien qu'il n'avait pas donné à Anna Lucia de cheval ; quelle galère d'avoir la bête à l'œil et de l'obliger à ne pas bouger, et puis quel bazar si elle s'emballait dans le hangar ! Il en avait donc fait esquisser le profil, mais avec une vraie crinière et une grosse bille de verre noire en guise d'œil au lieu d'une touche de peinture ; la gamine monterait au sommet d'un escabeau appuyé au dos de la silhouette du cheval dont elle laisserait pendre une jambe comme si elle était vraiment en selle.

Bien qu'ils se prétendent fins connaisseurs en la matière, ni Igino la Rallonge ni son épouse la Tisonnière n'avaient su fournir de détails sur les uniformes de l'armée de la Pucelle d'Orléans, pas plus que sur ceux de ses adversaires, alors ils s'étaient débrouillés tant bien que mal. Pour les Anglais, ils utiliseraient des vareuses blanches ; elles avaient été volées dans les casernes autrichiennes pendant les mois du gouvernement provisoire et on en écoulait encore hors des bastions, en tant que blouses pour les ouvriers ; pour les Français, on avait en revanche opté pour des vestes grises de facture ordinaire et bon marché. Les épées étaient des modèles en bois, mais il y avait également deux hallebardes oxydées, récupérées chez un armurier qui les collectionnait ; ils avaient dû laisser en gage un bon petit magot.

« Alors, vous êtes prêts ?

— Mais dis-moi, qui est-ce qui va te les acheter, ces Imaginations ? » demanda Floro, qui doutait tant des résultats de la nouvelle entreprise qu'il n'avait pas voulu y mettre une lire.

« Toi, mêle-toi de tes affaires, trouillard ! » Lisander avait seulement besoin de la réaliser, cette première Imagination. C'était l'occasion d'une rédemption.

Le hangar était sens dessus dessous. Le calotypiste avait déjà voulu y transbahuter le gros de l'équipement du magasin-laboratoire de la porta Vercellina. Des bassines en cuivre, des pots remplis de cristaux de nitrate d'argent et d'acide acétique, un jeu de pinces américaines et des rames de papier de qualité, du bromure de potassium et des baguettes de verre, des chambres optiques, de l'alcool et des chiffons pour lustrer, des trépieds, des tabourets, et même la collection entière de calopornies que l'on avait pris soin de cacher dans deux caisses sous une toile cirée. Tout était posé en vrac. Il y avait de grandes tables et des chaises en veux-tu en voilà, mal fichues et bancales, vraisemblablement d'époques différentes ; elles provenaient d'une vente aux enchères. Les objets décoratifs pour les séances de pose à la Senavra – fonds de scène, petites colonnes, panneaux floraux devant lesquels exposer la chair, fausses fleurs – et les outils de menuisier (le Mal-Né refusant désormais une tâche aussi manuelle, ils avaient dû embaucher un apprenti) ne faisaient que renforcer l'impression de désordre. Dans un coin, on avait posé l'enseigne que Lisander avait commandée à la vieille boutique de Narducci pour lequel il avait travaillé en tant que portraitiste. Il ne manquait pas un détail à son projet de rédemption : il avait fait écrire en grand Teatrum Imaginationis, en blanc sur fond bleu, après s'être concerté avec les R.d.T. pour ne pas se tromper sur la déclinaison latine.

Ils étaient au grand complet. Igino la Rallonge et Giovanna la Tisonnière, Peppo le Grand Vocabuliste et sa nouvelle épouse Sofia la Gravide (surnom temporaire, puisque d'ici à quatre mois, elle changerait de statut), Carlino la Ride et Gégé la Clappe, Carlo, dit Charles à la française, et sa fiancée, Bice la Reine des Cœurs, Gerolamo le Grammairien, Floro et quelques-unes de ses amies libertines. Ils avaient même embarqué quelques amis du

Mal-Né, des sales trognes parfaites pour épaissir les rangs et inspirer un peu de brutalité, et puis Marta, la sœur de Lisander ; elle ne voulait pas prendre part à la mise en scène, ou disons que les R.d.T. la mettaient un peu mal à l'aise, alors elle se baladait dans le hangar, heureuse comme quelqu'un qui ne s'est jamais senti protégé et se retrouve tout à coup à l'abri. Elle était chargée d'aider Anna Lucia à rester sur la fausse selle en se cachant derrière le cheval de bois. Dernièrement, Lisander lui avait donné l'autorisation de s'installer au rez-de-chaussée de la maison de la porta Vercellina ; maintenant qu'il était riche au-delà de ses espérances, il pouvait se permettre d'être magnanime, encore qu'il aurait peut-être fait un geste même si le chantage n'avait pas marché car, avec l'âge, il avait perdu un peu de sa vieille frime canaille, il était devenu affectueux à sa manière, et la simple idée d'abandonner Marta dans les rues de Milan le dérangeait. L'heureux hasard de l'avoir retrouvée lui était apparu comme un message, et puis qu'en penseraient ses clients si l'on apprenait que le célèbre Pestagalli négligeait une sœur débile ? Les répercussions commerciales ne manqueraient pas, puisque l'image compte plus que la bonté des actes, comme chacun sait.

Lisander ne devait pas poser, mais actionner la chambre optique.

« Alors, quand j'arrive à trois, vous ne bougez plus. Juste quelques secondes. »

Il avait choisi un hangar avec de grandes fenêtres lumineuses et disposé la petite estrade à côté de la porte d'entrée pour profiter de la moindre lueur du soleil ; autour, il y avait de grands draps, étendus pour réverbérer la lumière. Il retint son souffle, ouvrit l'objectif, et se mit à compter : « Un, deux, trois, quatre, cinq, six, sept…

— C'est fait ?

— Déjà fait ?

— Oui.

— Trois heures pour se préparer et quelques secondes de gloire », bougonna Gégé la Clappe avec son habituel ton cinglant. « L'ironie de la science.

— C'est ainsi que va le monde aujourd'hui », commenta Carlo, dit Charles à la française, coriace détracteur du progrès.

Floro se chargea du développement car, de tous les R.d.T., il était le plus éminent représentant de la gent scientifique. Ils attendirent tous avec impatience, et lorsque l'image latente apparut dans ses teintes inversées, ils restèrent bouche bée.

« Mais regarde-moi quelle tête de con tu as ! » dit Peppo le Grand Vocabuliste en jouant des coudes pour voir Igino la Rallonge qui lançait une attaque contre Carlino la Ride, lequel avait fait semblant d'être touché en cachant la pointe de l'épée en bois sous son aisselle.

« Elle ne me plaît pas, on la refait ? demanda Anna Lucia. Il riait, lui », dit-elle en montrant du doigt le Mal-Né.

Il fallut donc recommencer.

« Un, deux, trois, quatre, cinq, six, sept… » C'était un beau dimanche, et malgré les deux heures déjà écoulées depuis la première pose, la lumière n'avait pas changé ; le temps d'exposition était bon.

« Alors, qu'est-ce que tu en penses cette fois-ci ? »

Anna Lucia observa le résultat pendant un petit moment, juchée sur le tabouret, telle une reine ; le regard attentif, les lèvres pincées, une expression solennelle à laquelle s'ajoutèrent peu à peu d'autres signes de satisfaction. Autour d'elle, les R.d.T. retenaient leur souffle. « Maman aurait aimé ! » décréta enfin la fillette.

Au lieu de déjeuner dans leur habituelle gargote ou à l'auberge, ils restèrent au hangar après le crépuscule. Il fallait l'inaugurer et fêter la première Imagination : tout le monde avait envie de compagnie et malgré une prudence très proche de la radinerie, Lisander avait pris des dispositions auprès de la gouvernante Ausilia afin qu'elle prépare le plus succulent des risottos, et pas avec du persil, mais un risotto aussi jaune que de l'or. On dressa donc la table avec une profusion de couverts et de lampes à huile, et l'on mangea au milieu des rires et des bavardages ; l'allégresse jaillissait des assiettes tout comme le parfum des grains de riz et le craquement du pain rompu. On but abondamment, des caisses de vin et une de madère dégotée par Floro au marché noir.

« Un toast à Lisander le Grand Observateur !

— Hourra !

— *Prosit !*

— Santé, et espérons que cette fois-ci il ait pas mal vu ! » dit Floro.

Après le toast, Lisander s'éloigna pour parler avec Marta.

« Je ne veux plus que tu ailles n'importe où, d'accord ? On n'utilisera plus le magasin au rez-de-chaussée, il est à toi, lui dit-il en décollant péniblement sa langue avinée de son palais. Si on s'est retrouvés, faut rester ensemble. On est encore une famille, non ? »

La tablée leva à nouveau les verres, en brisant plus d'un dans le choc, Carlino la Ride finit par se couper un doigt et, pendant que quelques-uns grignotaient des fruits secs et que d'autres se bâfraient des derniers succulents poivrons à la poêle que Bice, la Reine des Cœurs, avait apportés pour faire honneur à l'invitation, ils entonnèrent leur chant. Au milieu des clins d'œil, ils échangèrent des regards noirs de secrets et de terribles reproches. Ils avaient vieilli, ils habitaient une Milan différente de celle qui les avait vus naître, et pourtant, ils se sentaient encore de traviole dans l'âme.

Elle n'est pas moche la vie,
Qu'à se donner trop de mal, on devient bête
Et nous, on n'est pas des couillons pardi,
On est les Romantiques de Traviole,
Une compagnie sensationnelle !

Marta tapa vaguement dans ses mains et grappilla quelques grains de riz refroidis et gonflés de sauce, égarée et ravie. Elle observait les visages congestionnés, heureuse que son frère ait réussi à s'entourer d'amis aussi gais. Elle resta longtemps assise puis, quand les compères de mauvaise vie du Mal-Né firent leurs adieux et que Sofia la Gravide repartit avec Peppo le Grand Vocabuliste en se plaignant de légères nausées, elle rassembla les assiettes et les déposa dans une corbeille pour les rapporter à la porta Vercellina. Ausilia lui inspirait confiance, elle aimait s'acquitter des tâches ménagères avec elle.

Le monde dans lequel elle se retrouvait était si nouveau ; elle l'avait quitté ce jour fatal, à l'auberge, quand ses parents étaient morts, et après avoir fui la Senavra où elle était internée, elle l'avait seulement espionné depuis les fenêtres des maisons, par-delà les vitrines des cafés. L'allégresse qui régnait dans ce hangar était si différente de la morosité des chambres de l'hôpital des fous et du sentiment de danger inexorable des jours passés dans la rue, à errer en quête d'un trognon de chou, d'un recoin où se nicher pour éviter les coups de couteau des autres désespérés et l'angoisse des désœuvrés qui, pour occuper leurs soirées, déchiraient ses vêtements et la rouaient de coups. Elle se balada en sautillant à travers le grand espace du Teatrum Imaginationis pendant que les R.d.T. s'endormaient sur les chaises ou par terre, assommés par l'alcool, et quand elle s'aperçut qu'Anna Lucia s'était endormie, la tête sur la table, elle l'allongea sur un banc et l'emmaillota dans un des draps utilisés par Lisander.

Un silence fragile était tombé, on entendait des grommellements ensommeillés et le ronflement bourru des ventres pleins. Marta s'approcha furtivement d'un des bancs de travail et attrapa une petite lanterne. Elle avait envie de fouiller dans les caisses remplies de calotypes parmi lesquelles elle avait vu à la dérobée des familles souriantes, d'autres plus sévères et figées, des panoramas avec la cathédrale et le château, des sorties de magasin et des fontaines, des groupes d'élégants messieurs dans les galeries, des vues du marché aux légumes que les boniments assourdissants des vendeurs semblaient faire vibrer. Il y avait aussi des calotypes d'un tout autre genre, avec des cadavres vautrés dans la boue, des barricades écroulées sous les tirs de canon pendant les journées d'émeutes, des mômes aux grimaces assassines et d'autres, le crâne défoncé, des gamines qui enlaçaient des hommes blessés et les embrassaient fiévreusement. Ce fut un vertige d'images qui emporta Marta tandis que la maisonnée somnolait, un vertige si irrésistible qu'elle dut détacher ses yeux pour ne pas s'y noyer.

« Il a fait vraiment plein de choses », susurra-t-elle à la voix qui habitait dans sa tête. « Lisander est un magicien. » C'est ainsi qu'elle se l'imaginait, comme le personnage d'une fable fascinante et terrible que sa mère Bernardina lui avait racontée. « Il sait capturer les gens. »

En y pensant, l'idée aurait pu l'effrayer, comme l'avait effrayée cette façon qu'avait Lisander, gamin, d'arracher avec ses ongles le derrière des lucioles pour voler leur lumière et la garder pour lui, dans un verre, écrasant leurs petits corps sous ses semelles, et pourtant, la curiosité domina toutes les autres émotions. Pendant le dîner, elle avait en effet remarqué deux caisses cachées sous une toile cirée. Elle les avait repérées depuis qu'ils les avaient transportées du magasin de la porta Vercellina à l'entrepôt, et comme les R.d.T. roupillaient avec son frère, Marta en récupéra une et la hissa sur le banc. « Je regarde là, je regarde là ! » chantonna-t-elle en sortant les calotypes un à un, jusqu'à ce que son visage se fronce dans une grimace. Une frayeur tout d'abord inconsciente, voilée de dégoût, qui peu à peu s'intensifia. On voyait des femmes dont certaines ne lui étaient peut-être pas étrangères. Elles gisaient sur un lit, ou bien sur une table recouverte d'un drap clair, nues, les mamelles et le pubis offerts en toute impudeur. Elles se léchaient, écartaient les jambes et ouvraient un peu plus la fente de leurs fesses, accueillaient entre leurs lèvres des turgescences de chair, se laissaient pénétrer, titiller, les seins déformés par des doigts velus et puissants, les mamelons torturés par des rangées de dents. Visions de soumission.

Tout à coup, Marta entendit un bourdonnement. Il ne s'agissait pas de la voix rassurante de sa mère venue lui porter conseil comme c'était souvent le cas, mais plutôt d'une cacophonie infernale ; elle se retourna, en espérant que les amis de Lisander s'étaient réveillés. Au contraire, les R.d.T. roupillaient comme des voyous épuisés par une journée de noce et de vice, et Marta regarda autour d'elle, inquiète. Bourdonnement. De voix. Bourdonnement. La nuit avait désormais obscurci les grandes fenêtres, mais dans l'entrepôt s'ouvraient des trouées de lumière et, à travers la lueur frissonnante des lampes, surgissaient des cloisons tachées et décrépites, des éclaboussures de vomi, des lits en fer, des courroies.

Marta plaqua ses paumes sur ses paupières, s'efforça de ne pas voir, de ne pas entendre, mais la grande salle de la Senavra et les hurlements qui se matérialisaient autour d'elle étaient avant tout dans sa tête, comme l'homme qui chaque mois l'attrapait pour lui couper les cheveux, et l'autre infirmier qui la voulait avec lui pour la tournée de ramassage du linge sale et qui l'avait souvent enfermée dans un réduit à côté de la cage d'escalier, la forçant à se mettre à quatre pattes, la tête qui cognait contre le mur... il lui soulevait sa blouse jusqu'aux épaules, la fouillait avec ses doigts, la bourrant de coups de poing sur la nuque si elle se plaignait, la menaçant d'autres punitions plus terribles encore. Marta serra ses cuisses, encore assise sur le tabouret, en sentant se réveiller la sensation de chaleur entre ses jambes, la moiteur visqueuse qui suivait les grognements et les bourrades plus violentes de l'infirmier. Entre ses cuisses et dans son ventre, lui revenait la soif de chair qu'elle-même avait éprouvée malgré le bromure qui asphyxiait les sens, une soif qui toutefois l'avait plongée dans le désespoir à cause de la violence et de l'obscénité auxquelles l'infirmier l'acculait...

Elle agita ses mains comme pour chasser un essaim de guêpes puis frappa ses paumes sur la table, éparpilla les calotypes, les jeta à terre et, en se levant du tabouret, heurta une lampe à huile et la renversa. Elle s'enfuit en courant.

Quand elle se retrouva à l'extérieur, elle respira à fond, cria pour calmer le démon de la folie, pour faire taire le bourdonnement. Elle regarda le ciel, histoire de retrouver le profil de sa mère parmi les étoiles, de se convaincre que tout cela n'avait été qu'un cauchemar. La flamme de la lampe à l'intérieur de l'entrepôt se déployait pendant ce temps sur le papier ciré des calotypes, le grignotait et, en se propageant, caressait les récipients d'alcool et d'acide acétique, mangeait le bois du plan de travail, frôlait les chiffons pour astiquer les objectifs, les draps pour amplifier la lumière, et commençait à crépiter avec la puissance d'un incendie.

*

Pippo avait décidé de rester une semaine de plus. Il était anéanti par la capitulation, en colère contre tous et d'abord contre lui-même, d'une colère stupide, comme lorsqu'on s'en veut de n'avoir pas réussi à retenir un filet d'eau entre ses mains ; malgré tout, il voulait se montrer fort, indifférent à la nouvelle offensive que lançaient contre lui les journaux. « Je ne peux pas tolérer les commérages des gazettes catholiques et françaises ; elles m'accusent d'avoir exercé la terreur durant le siège pour acculer les hommes à la lutte. » C'était une réaction d'orgueil, une réaction sincère. Il voulait pouvoir marcher la tête haute, sans garde du corps pour le défendre, afin que quiconque se sentait blessé, si jamais il existait, puisse se venger. « Nous avons cru dans le bien de tous, je ne crains personne. Et j'en donnerai la preuve. »

« Fais attention. »

C'était en direction du Quirinal que Leda s'était enfuie après avoir quitté la villa de John John aux premières lueurs de l'aube, et tandis que les Français occupaient Rome, elle s'était fait soigner à l'infirmerie où travaillait Margaret.

« Mais qu'est-ce qui t'est arrivé, Lorenza ? »

Leda avait fait preuve du sang-froid nécessaire. « Un éclat d'obus. J'étais dans la rue quand on a tiré un coup de canon. Un soldat français », avait-elle ajouté en mentant avec de vraies larmes. « Il a essayé d'abuser de moi pendant que j'étais à terre, blessée. »

La débâcle dans la ville hérissée de barricades et de volontaires moribonds avait été si terrible qu'en l'entendant dire cela, Pippo et Margaret avaient poussé un soupir de soulagement, convaincus qu'elle avait eu une sacrée chance. « Tu aurais pu mourir », avait dit Pippo, qui n'était pas loin de la vérité. « Ou te retrouver avec un petit Français dans le ventre », avait ajouté Margaret ; là, elle se trompait.

« Je veux rentrer à Londres, Pippo. J'ai peur. »

Elle ne lui avait pas menti. Elle était trop éprouvée pour faire une nouvelle tentative, et la blessure sous le sein droit que lui avait laissée le couteau de Mathias au moment où l'obus de canon faisait voler le débarras en éclats demanderait du temps avant de disparaître, même si ce n'était qu'une bagatelle. Sans compter qu'en remontant la colline parmi les combattants qui accouraient pour repousser l'invasion française, Leda avait été saisie d'une peur glaçante. Ngely. Et si John John, après l'avoir séquestrée, avait envoyé un ordre à Oliver afin qu'un des assassins qui l'avaient blessée, elle, et qui avaient tué Michele, se charge du gamin ? Elle ne pouvait pas avoir une mort de plus sur la conscience, ni exiger aussi vite une nouvelle intervention de ces esprits qui avaient daigné poser leur regard sur elle en lui offrant l'assistance inespérée de Nando.

Pippo l'avait cachée dans la cave d'un patriote et, le lendemain, l'avait prise dans ses bras. « On se reverra à Londres, mais maintenant, pars. Avant qu'ils ne bloquent les ports. » Il lui avait remis un passeport de la part du consul américain qui l'avait contacté pour lui en proposer un, à lui. Le nom qui figurait sur le document était Caroline Court. Il ne déplut pas à Leda.

« Adieu.

— Adieu, et prends soin de toi. »

Sur le quai du port de Civitavecchia, un bateau en direction de Livourne arriva.

Le chemin du retour était long, mais maintenant, elle le connaissait.

*

Cela faisait des semaines qu'ils marchaient, et Aninha avait perdu le sens du temps et de l'espace, égarée dans le ventre mou de l'Italie, effleurant à peine la montueuse épine dorsale des Apennins. Ils se déplaçaient de nuit pour échapper aux armées à leurs trousses, dizaines de milliers de fusils autrichiens, français, espagnols et napolitains pointés sur eux de toutes parts, sous prétexte de démontrer au Saint-Père la foi des chrétiens alors que ce n'était en réalité que pour assouvir le désir de mettre la main sur les hommes du Général. Ils s'aventuraient par des chemins inaccessibles, dans les pas de guides et de patriotes recrutés en chemin, s'enfonçaient dans la végétation et, quand l'humidité perlait sur les brins d'herbe, ils ôtaient leurs bottes pour se rafraîchir les pieds et calmer la brûlure des ampoules. Huit heures chaque nuit, ils marchaient, au milieu des chauves-souris, des lucanes et des chats sauvages qui attiraient Guerello, lequel revenait toujours bredouille et, le plus souvent, en sang ; son museau apparaissait à Aninha comme le seul visage familier en dehors de José, Leggiero et d'un barnabite qui, depuis Rome, suivait le Général telle une ombre, missionnaire barbu en tunique rouge. Ils s'arrêtaient dans la clarté du matin, spectres inflexibles, tendus tels des fils sur le point de se rompre, se confondant avec les ombres des arbres et la brume des hauteurs ; dans les villages, ils choisissaient des rez-de-chaussée pour pouvoir fuir sans encombre. Ils repartaient encore épuisés, à trois heures, dans l'après-midi naissant, sous la canicule, selon les directions établies au fur et à mesure d'après les observations rapportées par les éclaireurs à cheval que José envoyait pour surveiller les bataillons des poursuivants. Le Général était devenu brutal. Il flairait le danger, il ne voulait rien savoir et se montrait sans pitié. Il exécutait toute personne surprise en train de voler dans les caisses de la Légion, ou de comploter avec des individus suspects sur les places des villages. La chaleur d'août était pénible, la fatigue plus encore. Aninha souffrait des reins, son dos hurlait à cause des reculades du cheval. Au fur et à mesure qu'elle avançait, sa vue baissait, mais elle n'en disait mot. Seul le barnabite lui adressait des paroles de réconfort, sans même qu'elle lui eût parlé de sa souffrance ; on l'appelait le père Bassi, et il stimulait les troupes avec une puissance rhétorique autrement plus sincère que celle d'un prédicateur. Souvent, dans ses bons moments, Aninha criait à l'unisson pour tancer les feignants, et lorsqu'elle s'allongeait avec José sur le lit d'inconnus ou dans une clairière, elle se massait le ventre, pressait son dos contre la poitrine de José. Ainsi seulement, elle pouvait dormir un peu, d'un sommeil torturé par la pensée que ses propres souffrances faisaient du mal au petit qu'elle portait dans son ventre. Un nouveau fils de la guerre, digne frère de Domío ; elle espérait qu'il ne viendrait pas au monde avec une bosse sur la tête ni ailleurs.

Le Général était décidé à se rendre à Venise. D'après lui, c'était le dernier bastion de la lutte pour la nation à laquelle la guerre de Rome avait donné naissance ; il avait promis à Aninha qu'ils trouveraient comment se ressourcer dans la lagune et qu'il la ferait escorter jusqu'à Nice pour qu'elle reprenne des forces ; les légionnaires prêteraient main-forte à ceux qui résistaient encore à l'Autriche.

Les ruisseaux et les fleuves qu'ils rencontraient étaient nombreux, certains à sec, d'autres offrant un fugace réconfort ; la soif était constante, terrible. Les melons récupérés dans les métairies et offerts par les villages les plus charitables apaisaient la brûlure comme une caresse, et lorsqu'une averse apportait un peu de fraîcheur, les hommes s'agenouillaient pour laper les feuilles des plus petits arbustes et les flaques.

Ils s'étaient déplacés vers le nord à la manière d'une anguille ; ils avaient bifurqué tantôt à droite, tantôt à gauche, pour brouiller la piste de leurs poursuivants sans jamais s'écarter de la ligne que le Général voyait briller grâce à ses yeux de guérillero mais tout en faisant courir la rumeur d'une autre direction pour conforter les ennemis dans l'erreur avant de rejoindre Cetona, un bourg aux teintes terreuses niché au flanc d'un joli coteau dans le grand-duché de Toscane. Les habitants avaient accueilli les fuyards avec bienveillance et les autorités leur avaient offert assistance et refuge ; les vieux du coin étaient des gens taciturnes au bon cœur, et Aninha leur en saurait gré pour toujours. Elle et José avaient pu faire un brin de toilette dans une bassine et se reposer une nuit à l'abri, boire un bouillon constellé de gras et se mettre sous la dent un quignon de pain et des figues qui avaient calmé leurs crampes d'estomac. Mais l'accueil, depuis lors, n'avait plus été si bienveillant ; la plupart des gens s'esquivaient ou, pire, les dénonçaient. Le désastre que les légionnaires portaient sur leur visage faisait peur à voir, brisait tout élan de générosité.

Dans les derniers jours, ils avaient remonté le vallon du Tibre et escaladé quelques reliefs des Apennins. Et si Aninha soutenait à grand-peine sa tête et n'arrivait plus à déglutir, la stupeur que ce paysage lui avait mise dans les yeux l'avait poussée à garder les paupières ouvertes ; le contraste entre la roche montagneuse et la palette de verts et de marrons des campagnes avait de quoi couper le souffle. Elle était belle, l'Italie et, de temps en temps, elle lui donnait l'impression d'être revenue en arrière dans le temps, quand José et les *farrapos* avaient grimpé sur la Serra, au Brésil ; Aninha avait murmuré d'inlassables prières en suivant le rythme de sa monture, afin que, comme alors, ils en réchappent, mais la marche était devenue de plus en plus pénible. Les chevaux se traînaient et il fallait les mener par le licou. Ils avaient franchi mille mètres en grimpant des sentiers ébouleux, et une pluie violente, glacée par des rafales de vent, avait trempé les tuniques. Sur le sommet, point de rencontre des courants qui se défiaient entre l'arrière-pays et la côte, Aninha brûlait de fièvre, mais de loin on apercevait la mer, l'Adriatique, impassible et réconfortante.

« Tu tiens bon ?

— Oui. »

La bande de fugitifs était guidée par une avant-garde de cavaliers qui suivaient l'infanterie et les fourgons, une ambulance et un canon. Le gros de la cavalerie fermait la colonne en surveillant leurs arrières, mais ceux qui pouvaient justement compter sur un cheval avaient été les premiers à prendre la fuite. Les fantassins profitaient au contraire des marches nocturnes. Ils repéraient des sentiers ou des chemins muletiers pour filer à toute allure, et lorsque ce n'était pas l'épuisement, c'étaient les poursuivants qui se chargeaient de faucher les volontaires. En débarquant dans la vallée désolée du Foglia, en marche vers l'Adriatique, ils avaient été talonnés par des fusiliers autrichiens qui avaient laissé sur place des dizaines de cadavres.

« On y est, nom de Dieu, on y est.

— J'irai négocier. »

Aninha avait du mal à rester en selle. Ses doigts tremblaient, elle ne se sentait plus de force dans les mains. Elle vit son José gravir les pentes du mont Titano : il allait au-devant de la délégation de la république de San Marino. Ils avaient finalement atteint cette muraille tombée du ciel en même temps que la pluie et la foudre, et comme les Autrichiens les serraient de près, son José s'était enfin décidé à demander asile.

Ils occupaient une chambre au premier étage d'un café. La ruelle sur laquelle elle donnait était pavée et éclairée par un réverbère. Aninha s'était couchée, délirant dans son demi-sommeil. Elle répétait le nom de Menotti en crachant une bave blanche. Elle dépérissait : sous ses vêtements, on apercevait ses côtes saillantes et ses épaules anguleuses.

« Tu dois résister, mon amour. »

L'armée autrichienne avait posé ses conditions et le régent de San Marino les avait exposées au Général ; il allait devoir donner l'ordre à ses légionnaires de remettre les armes qu'ils n'avaient pas abandonnées aux portes de la ville afin que l'ennemi les récupère. On offrait l'amnistie à tous, y compris aux officiers, mais ils seraient raccompagnés sous escorte militaire jusqu'à leurs terres natales. Le Général devait quant à lui s'engager à retourner aux Amériques, d'où il était venu.

« Ce sont les conditions. » Guerello grignotait un grain de café et José en buvait une tasse ; il avait réuni les officiers au rez-de-chaussée. Ils étaient une vingtaine.

« Brûlez-les ! » dit Leggiero avec la rage que fait naître la frustration. Il ne s'était pas encore remis de sa blessure à la jambe, mais un habitant du coin la lui avait soignée.

« On ne peut pas envoyer les volontaires au massacre », objecta le père Bassi, le barnabite en tunique rouge. « Il faudrait le leur dire au moins avant.

— Vous avez raison », acquiesça Ciceruacchio. En vrai meneur du Trastevere, il s'était battu courageusement pendant les jours de la République, et il ne voulait pas davantage de sang sur la conscience. « Mais ces conditions sont inacceptables. »

« Je disperserai la Légion, déclara le Général. Chacun décidera selon sa conscience. » Il laissa courir son regard à travers la pièce enduite d'une peinture jaune délavée. Il les avait déconcertés : les yeux réclamaient un dernier mot. Ils ne voulaient pas se soumettre. « Je ne vous empêcherai pas de me suivre. »

Il dispersa l'assemblée et retourna à l'étage supérieur. Son Anita se réveillait. Par les volets de la fenêtre, des lames de soleil filtraient.

« Comment te sens-tu ?

— Mieux », mentit-elle.

Celui que sa mère appelait Peppino s'installa sur la chaise à côté du lit, lui caressa les bras, tâta son pouls.

« L'Adriatique est à un pas. Je veux rejoindre Venise, mais je laisserai les hommes libres.

— Bien.

— Toi, reste avec eux. »

Aninha se souleva en plongeant les paumes de ses mains dans le matelas.

« Tu veux me laisser ? hurla-t-elle dans un cri de colère et de désespoir. Ici, toute seule ?

— Ils te laisseront rentrer à Nice avec l'amnistie, essaya-t-il de lui expliquer. Mais moi, je ne peux pas rester, autrement je serai condamné à l'exil. »

Les deux perles noires qui l'avaient ensorcelé scintillaient, délavées par la fièvre.

« Quand part-on ?

— Cette nuit. »

Ils n'ajoutèrent pas un mot. Elle le suivrait et il ne trouverait pas le courage de l'en empêcher, ni de l'abandonner. C'est pour cela qu'il l'aimait. C'est une chance rare quand la splendeur de la chair cache une égale beauté des sentiments, se dit-il. Ses lèvres tremblaient, l'atmosphère était chargée de tension, mais Aninha sut la détendre avant de se laisser retomber sur le lit.

« Autrement, je devrai récupérer la longue-vue. »

José l'embrassa avec une amoureuse résignation ; les lèvres de son Anita brûlaient. « Je reviens d'ici peu. »

Il descendit, se procura une feuille et une plume. Il fallait qu'il se promène, autrement il ne tiendrait pas ; la tristesse était trop grande pour pouvoir rester en place. Il sortit de la maison et regarda les flancs de la montagne. L'armée autrichienne se rassemblait. Il ne fallait pas perdre de temps. L'après-midi n'était qu'un ciel limpide et le coucher du soleil exaucerait une nuit de lune et d'étoiles ; ils pourraient marcher facilement. « Il faut quand même le faire. » Le vent qui soufflait ébouriffa sa crinière et lui rappela la brise de la mer, les fois où il était monté sur le mât pour scruter l'horizon et la côte. Il ferma les yeux et retrouva dans sa mémoire le profil fascinant de la *Costanza*, le premier bateau sur lequel il s'était embarqué ; les hanches larges, la mâture svelte, le buste protubérant d'une femme ; une princesse de la Méditerranée. Il avait envie de naviguer, mais il devait écrire, et la tristesse qu'il avait sur le cœur descendit jusqu'aux bouts de ses doigts et noircit sa feuille d'encre.

Soldats, nous sommes sur une terre d'accueil et nous devons le plus grand respect à nos généreux hôtes. Militaires, je vous libère de l'obligation de m'accompagner : retournez à vos foyers, mais rappelez-vous que l'Italie ne doit pas rester dans la servitude et le mensonge. La guerre romaine pour l'indépendance de l'Italie est finie.

Quand, sur la place de la forteresse, il rassembla le millier de volontaires qui avaient résisté à la fuite et qu'il lut l'ultime ordre du jour, il dégaina son épée pour leur rendre hommage ; la lame était encore de travers, on n'avait pas trouvé d'artisan capable de la redresser : « Vous tous, vous incarnez les espérances de notre pays. » À partir de maintenant, ils devraient se débrouiller seuls et ne jamais perdre courage. « On se retrouvera. »

Il ne voulut pas croiser leurs regards, se ferma au désarroi et aux bougonnements. Guerello lui ouvrit le chemin au milieu de ceux qui n'étaient plus ses hommes mais ses compagnons d'infortune, et quand José retourna au café, il resta au rez-de-chaussée, rongé par un léger sentiment de culpabilité. Le père Bassi avait préparé des œufs durs et un bouillon de poule, et le Général partagea la pitance avec Leggiero, Ciceruacchio et les autres officiers, mais pas avant d'avoir apporté un bol de bouillon et un peu de viande à Aninha. Guerello récupéra quelques os qu'il fit craquer sous ses dents.

La nuit tomba et apaisa les rues. Le Général acheva le demi-cigare qu'il avait savouré après le dîner et fila dehors. Rassemblés dans la ruelle du café, sous un réverbère, quelques hommes l'attendaient. « À ceux qui voudront me suivre, j'offre de nouvelles batailles… », commença-t-il par dire, sans pouvoir terminer sa phrase car Aninha apparut sur le seuil.

« Tu t'en allais ? »

José afficha une fausse désinvolture pour cacher sa gêne. Il la trouva pâle. La rondeur de la grossesse contrastait avec la maigreur de sa silhouette et de son corsage. À Nice, elle retrouverait la santé. Elle accoucherait.

« Reste, je t'en prie.

— Alors reste, toi aussi. »

*

Il crépite et craquette, enfle et s'emballe
Éclate enfin, ainsi brûle-t-on, comme dans le sommeil,
Où l'on arpente d'oniriques et impalpables régions,
Ainsi étouffe-t-on, comme dans le sommeil,

Après moult vin et libations.
Qui tergiverse, grand mal lui en prenne,
Voyez comme nous sommes des hères malheureux !
L'âme s'évade en panaches d'ébène,
Car toute chose s'élève de la terre pour être expédiée aux cieux.
Romantiques nous sommes nés, de Traviole nous nous épanouissons
Superbes dans nos inspirations, grands par nos passions,
Cette vie nous dédaignons.
Mais nous voilà incandescents, comme ces brumes de l'aube là-bas,
Marchant pieds nus au milieu des gravats.
Allez-vous-en, vous qui entrez. Et foulez donc
Les cendres de l'Imaginationis en nous adressant un dernier salut
À nous, romantiques épaves,
Qui à la place des oreilles, n'avons plus que des braises.

*

Elle ne savait plus s'ils sillonnaient la terre ou la mer, pas plus qu'elle n'était capable de voir, seules des ombres s'agitaient devant ses yeux. Mais l'odeur était marine, et le soleil, enfin, avait disparu. Depuis San Marino, ils avaient marché de nuit, des heures durant et, une fois l'Adriatique atteinte, il y avait eu un combat, mais elle s'était cachée dans les arbustes qui caressaient la rive, les forces lui avaient manqué pour y participer, et voilà qu'elles lui manquaient pour se souvenir. Elle avait un bourdonnement dans les oreilles, mais il ne venait pas d'un insecte ; c'était le crissement des épées et le sifflement de la fusillade qui l'avaient gravé.

Elle se souvenait d'être montée à bord d'un bateau de pêcheurs réquisitionné sur la plage, puis plus rien que le vent sur sa peau frissonnante, la bourrasque estivale et les torrents de pluie, le tonnerre des canons d'une flotte de poursuivants, des navires de guerre et, enfin, la lune de perle qui revenait briller là-haut dans le ciel et éclaircir la voilure. Qui l'observait. Jamais elle n'aurait cru que son corps pourrait céder, que l'énergie tarirait et passerait de ses pieds à la terre. Où s'était-il perdu, le bon sens qu'elle avait trouvé jusqu'à présent dans sa propre chair ? Qu'était donc ce mal qui la rongeait de l'intérieur ?

« On s'est échoués !

— Putain de misère !

— À la mer ! »

Aninha essaya de parler :

« José... »

Elle entendit un bruit sourd, semblable à un poids tombé dans l'eau et, après un instant, le souffle de son parfum. C'était José, son José. Elle sentit des bras forts glisser sous son dos en sueur ; ils la hissèrent par-dessus le parapet du petit voilier. José gueulait sous l'effort.

« On y va, on y va », disait une voix ; c'était Leggiero, mais il y avait d'autres personnes avec lui, elles murmuraient.

« José... »

Ils guéaient un bas-fond. José la tenait dans ses bras telle une mariée. Les éclaboussures mouillaient son dos, son cou lui faisait mal tant sa tête était lourde, anormalement lourde. Elle ouvrit les paupières et s'efforça de voir. Ils s'approchaient de la rive, Aninha parvenait à distinguer la masse obscure de la végétation plus au fond. Il faisait nuit.

« Qu'est-ce qui se passe ?

— Rien.

— Qu'est-ce qui se passe ? murmura-t-elle à nouveau.

— Rien », lui répéta José, essoufflé.

Le son des pas était doux, les pantalons traînés dans l'eau, une berceuse. José l'allongea sur la plage et Guerello, trempé, se coucha à côté d'elle et lui lécha une main.

« Il faut qu'on se sépare », entendit-elle José dire. « Ils vont nous tomber dessus d'un moment à l'autre. Que chacun tente la fuite : ils seront obligés de choisir ou de disperser leurs troupes.

— Que Dieu veuille bien croiser à nouveau nos routes. » C'était le père Bassi.

« Où que vous vous battiez, général, nous vous rejoindrons. » C'était la voix rauque de ce Romain imposant, suivie par celle, plus fragile, de son fils :

« Au revoir, général.

— Vive l'Italie. »

« Anita… » Un murmure à côté d'elle. Une main sur son front. Elle était glacée, ou peut-être était-ce elle qui brûlait. « *Te benedico in nomine Patris, Filii et Spiritus Sancti.* »

Aninha ouvrit les yeux. Le barnabite. Il la regardait avec un air à la fois tendre et inquiet. Il était tellement penché sur elle qu'il l'effleurait de sa longue barbe noire.

« Adieu.

— Adieu », murmura-t-elle avant d'étouffer un haut-le-cœur. Rester étendue lui donnait la nausée.

José s'agenouilla, soulevant une pluie de grains de sable ; ils atterrirent sur l'avant-bras d'Aninha.

« On doit y aller. Ils sont à nos trousses. »

Elle voulut essayer de se lever, posa un bras sur l'épaule de José et l'autre sur celle de Leggiero. Ils pénétrèrent dans un champ de sorgho. La stridulation des cigales faisait chanter la nuit.

« Va voir si quelqu'un peut nous donner un coup de main », ordonna José tandis que le pas rapide de Leggiero s'éloignait, secousses s'égarant dans le bruissement des tiges de sorgho.

« Il trouvera quelqu'un pour nous mettre à l'abri. »

Aninha le regarda. Dans la lumière de la lune, ses yeux se voyaient à peine, son visage ressemblait à une sculpture du vent sur l'eau. Il était beau, elle l'avait conquis et en avait fait un homme unique, mais maintenant, lui aussi apprenait la peur. Il lui disait un mensonge. « Je te crois », lui répondit-elle alors pour le rassurer. Au bout du champ de sorgho, on apercevait des fleurs, des petites branches pleines de minuscules touffes blanches, si légères qu'on aurait dit des flocons de neige.

José l'embrassa et, en attendant que Leggiero revienne, la veilla, une main sur la garde de son épée. Aninha s'assoupit.

« J'ai entendu les tirs de canon, général, et j'ai couru vers la plage. » C'était un visage ami. Il l'avait connu sur ces terres d'Émilie et de Romagne dans sa marche sur Rome. Il s'appelait Nino. Son frère s'était désespérément battu pendant la chute de la République romaine, avant qu'une blessure à la gorge ne le tue.

« Ma femme va mal, je vous en prie, aidez-nous.

— Il y a une cabane à quelques milles, mais il faut se dépêcher. Le jour ne va pas tarder à se lever. »

La prendre dans ses bras lui coûta plus de peine encore. À cause de l'infâme poids qui se plaît à engourdir les moribonds.

Elle rêvait de Carniça, ce faubourg de misérables à l'embouchure du Tubarão où elle avait habité avec sa mère. Et c'était justement d'elle qu'elle rêvait, alors qu'elle lui demandait qui elle avait vu dans le bassin ce soir de fête et de danse, images éraflées qui évoquaient l'angoisse plutôt que la promesse floue d'un futur. Ce furent les caresses d'un mouchoir qui la réveillèrent. Une main de femme le frottait sur ses lèvres.

« J'ai soif », dit-elle péniblement, même si le sommeil et l'inconscience lui avaient fait du bien. Elle était étendue sur un grabat. « José ? »

Il accourut en entendant sa voix.

« Comment te sens-tu ? »

Elle fut incapable de lui répondre avant de pouvoir boire. Avidement. Une cruche d'eau entière.

« Je suis fatiguée.

— Je sais, mais il faut qu'on y aille. »

C'était le matin. Le soleil resplendissait, puissance éclatante de rayons. Ils avaient fait halte dans une cabane de roseaux où une femme avait pris soin d'elle. Ils l'aidèrent à se lever, Aninha essaya de marcher. Ses genoux tremblaient, à chaque pas son gros ventre la tirait à terre, les taons et les guêpes attirés par la sueur lui tournaient autour, mais, par chance, ils croisèrent un paysan ; il allait au travail, un âne au pelage clair à ses côtés. Guerello grogna, lui barra la route, et José demanda à l'homme un coup de main. Il fut obligé de gueuler et de négocier le prix, mais Aninha put finalement s'asseoir sur le dos de la bête. José la soutint, caressa affectueusement ses cuisses ; tout à coup, il n'avait plus quarante ans, il était redevenu un petit garçon et attendait un signe qui lui dise de ne pas avoir peur. Ils avancèrent à pas lents deux heures durant. L'air était vicié, il puait l'eau stagnant sous la terre, la pourriture végétale. C'est cette odeur qui lui avait rappelé le Tubarão dans son sommeil. Elle était si semblable, malgré les innombrables milles qui la séparaient des marécages de sa jeunesse.

En plus de Leggiero et de Guerello, il y avait un nouveau visage. De grandes moustaches et un petit bouc fourchu.

« Qui est-ce ? murmura Aninha à son José.

— Un ami. Nino. Il nous aidera.

— On fuit encore ?

— Oui. »

Aninha sourit, ferma les yeux et s'abandonna au balancement de l'âne. José s'empressa d'éloigner les guêpes.

Bientôt, ils tombèrent sur la ferme d'un domaine. Les murs solidement bâtis protégeaient des blessures du soleil, et Aninha put se désaltérer, s'installer sur une banquette dans la fraîcheur d'un porche. On lui offrit une pastèque qu'elle n'arriva pas à croquer, mais elle eut l'impression de se sentir mieux, malgré des frissons aux bras et aux jambes. Il y avait des femmes dans la maison, jeunes et vieilles à la mâchoire large, l'ombre d'un duvet sur le visage. Elles furent gentilles. Elles lui parlèrent, la rassurèrent comme des mères, lui demandèrent où en était sa grossesse, l'accompagnèrent pour qu'elle puisse faire pipi, lui rafraîchirent le visage et lui firent boire une décoction. La fatigue sembla céder un peu.

« Il faut qu'on y aille. »

Le soleil maintenant brillait haut en plein midi, œil divin et inclément. Ils s'avancèrent à travers champs, prirent un sentier et, au bout de deux heures, arrivèrent en vue d'un second domaine.

« Leggiero, monte la garde !

— À vos ordres, mon général. »

Aninha le vit grimper sur un gros arbre. Il y avait d'autres gens, des cultivateurs vêtus de gris et de marron. Une femme miséricordieuse, ayant appris qui étaient ces malheureux, accepta de l'installer sur un lit. Elle humecta son front avec un linge.

« Merci.

— Un bateau va venir. C'est moi qu'ils cherchent. Je les entraînerai loin d'ici. Et quand on ne les aura plus sur le dos, je viendrai te chercher, lui expliqua José.

— Ne me laisse pas, dit-elle en pleurant, ne me laisse pas maintenant. »

Pourquoi n'était-il pas capable de l'abandonner ? Il aurait pu la confier aux soins de ces gens, attirer les poursuivants, et pourtant quel tendre, quel irrésistible souci elle lui causait.

« Anita ? »

Elle avait perdu à nouveau connaissance, leur fuite était en train de la tuer. Nino avait proposé de la conduire chez lui, à Comacchio, pour qu'un médecin puisse l'examiner, mais il fallait traverser la lande marécageuse. Le bateau, c'est un gardien des lagunes saumâtres qui le mit à disposition, heureux d'aider le général Garibaldi. Les Autrichiens allaient s'enliser, lestés par leur équipement, et il leur faudrait des heures pour retrouver leurs traces. Ils installèrent Aninha en poupe, sur un matelas récupéré auprès de la dame de la cabane. Ils se mirent en route à l'heure de l'*Ave Maria* et poursuivirent la traversée jusqu'à minuit, après quoi ils débarquèrent et passèrent les heures qui les séparaient de l'aube dans une métairie. « Je vous remercie », disait le Général à quiconque se donnait de la peine, puisque à l'heure la plus sombre il reconnaissait enfin l'essence du sentiment d'humanité. À l'aube, ils se préparèrent pour un nouveau voyage, lorsque les lucioles disparaissaient.

« Anita ? »

Elle se réveillait, le souffle déjà court. Son buste tressaillait.

« José », lui dit-elle en lui prenant la main. « Ne me laisse pas. »

Ils naviguèrent sous un soleil de plomb pendant des kilomètres, à travers la vallée de Mezzano avant de remonter un canal, une dépression, et une autre vallée. Les marécages s'étiraient jusqu'à l'horizon, la terre avait tout à coup perdu sa miséricorde. Il y avait des flamants, des hérons. Guerello les reniflait sans se laisser distraire. Maintenant, ce n'était plus le Général qu'il suivait, mais son épouse.

Un après-midi, elle revint à elle. Dieu seul savait quel jour. Elle était allongée sur un matelas à même une carriole. José tâtait son pouls, il lui faisait mal tant il serrait ses doigts tout en disant « doucement, faites doucement », pour que les hommes amortissent les secousses de la carriole.

« José, lui dit Aninha.

— Tu es réveillée ? Comment tu te sens ?

— La longue-vue.

— Quoi ?

— Ta longue-vue. »

José fouilla les poches du pantalon que lui avait prêté Nino pour lui éviter d'être reconnu ; il l'avait sauvé de la pinasse quand il avait débarqué Aninha dans ses bras.

« La voilà. »

Aninha reconnut le cuivre sous ses doigts. Il était gluant, barbouillé d'une couche saumâtre. Avec les forces qui lui restaient, elle le frotta contre son vêtement pour le nettoyer. Elle sentait sa bouche chargée d'écume et de salive, mais elle fit un effort pour parler, malgré la trahison que lui infligeait son propre corps.

« Aime nos enfants pour moi aussi, je t'en prie. »

Elle se massa le ventre. Elle savait désormais qu'elle ne pourrait donner le jour à cet enfant-là et se mit à pleurer parce qu'elle le tuait, mais la joie salvatrice que lui donnaient ceux qu'elle avait déjà mis au monde empêcha la culpabilité d'envahir son cœur.

« Tu vas aller mieux, lui dit José. Un médecin va venir, il va te guérir.

— Non », dit-elle.

Ils approchaient d'une nouvelle métairie, mais Aninha ne pouvait pas la voir. Devant ses yeux, elle avait le visage de José, sa barbe et ses lèvres et, au-delà, le bleu du ciel. Elle le regarda dans les yeux et s'efforça de maintenir sa tête droite malgré l'allure cahotante de la carriole.

« Elle est à toi », murmura-t-elle.

José approcha sa crinière ébouriffée ; la pointe de ses cheveux lui chatouilla le cou.

« Quoi ?

— Elle est à toi », répéta-t-elle avec un filet de voix. Elle souleva la longue-vue qu'elle avait posée sur son ventre.

« Non, elle est à toi. »

La carriole s'arrêta. José et Leggiero s'éloignèrent un instant, parlèrent à voix basse avec les paysans de la métairie, revinrent, empoignèrent les coins du matelas où ils l'avaient allongée et montèrent un escalier. Aninha s'aperçut qu'elle était mouillée entre les jambes et en eut terriblement honte.

« Tu es mon plus grand amour », murmura-t-elle.

José regardait les escaliers, les veines de son cou gonflées par l'effort ; la blessure qu'il avait rapportée d'Amérique du Sud avait rougi. Elle l'avait toujours aimée.

« Tu es à moi. Tu seras toujours mon José », bredouilla-t-elle à nouveau avant qu'une convulsion n'arrache la lumière de ses yeux. Elle se perdait dans le noir, respirait péniblement, les frissons aux bras et aux jambes lui ôtaient la sensation de son propre corps, et pourtant elle sut qu'il la regardait parce qu'elle ne sentit plus sur son palais le goût amer de la maladie, mais le tendre goût de miel et de blé que répandaient sur elle les yeux de José. Elle n'eut pas peur, elle était la femme du *Diablo* ; elle céda seulement et, un dernier instant, écouta le son de sa propre respiration en paix.

José pleurait. La pièce résonnait des éclats de son cri. Guerello était blotti à côté du lit d'Aninha ; personne ne l'avait jamais vu si tranquille.

Il y avait des visages qui parlaient à voix basse, un médecin affichait l'expression respectueuse d'usage devant les morts. Il n'avait rien pu faire d'autre que constater le décès et s'en désoler auprès du Général.

Je t'aimais donc, je t'aimais, et je t'aime encore d'un amour que nul autre que moi ne peut concevoir. Ces mots qu'il avait lus et appris dans sa jeunesse, voici qu'ils remontaient à la surface, qu'ils remplissaient sa bouche dans ce moment pitoyable. Il serrait la longue-vue entre ses mains, comme si c'était un trésor. Son âme et celle d'Aninha à la fois.

Leggiero fut le premier à s'approcher, à trouver le courage de parler.

« Pour tes enfants, pour l'Italie… partons. »

José posa sa tête sur les seins d'Aninha, respira leur odeur.

« Je ne peux pas.

— Il le faut. »

Quand il la regarda pour la dernière fois, il frotta ses yeux avec les paumes de ses mains pour chasser ce qu'il prenait pour une hallucination. L'ovale cireux devenait livide, de grandes gerçures se déployaient en sillons sur la peau. Ce n'était plus le visage créole qu'il avait adoré, mais celui d'une femme aux yeux noirs de perle, celle-là même qui, ailleurs, lui avait indiqué la voie et le destin. Elle l'avait enfin rattrapé, bien qu'il soit revenu de ce côté-ci du monde, mais plutôt que de le prendre, lui, c'est elle qu'elle avait réclamée à sa place. La vieille ricanait au-dessus du visage d'Aninha, estompant pour toujours le mirage suprême, découvert et dérobé au-delà de l'océan. « Je t'en supplie, fais qu'on soit hier », demanda José dans une ultime caresse, dans l'espoir qu'Aninha respire à nouveau, qu'elle guérisse de cette bave qu'elle avait à la bouche. « Ou fais qu'on soit demain. »

VII

La patience est une vertu dès lors qu'elle n'abrutit ni ne conduit à une muette acceptation, voire à la lâcheté, parce qu'à force de rester tranquille, on s'habitue à son petit train-train, penché sur son verre pour savoir s'il est à moitié vide ou à moitié plein alors qu'il faudrait avoir le courage de boire un grand trait avant de se lever de table, vu que la vie n'attend pas et se contente parfois de nous laisser dépérir, et qu'il faut bien l'attraper par les cornes, cette vie de cocu, et lui donner un tour, au risque de lui casser le cou.

« Toi, tu restes ici. »

Il y avait encore deux heures à attendre le lever du soleil, et l'obscurité commençait à céder au matin dominical lorsque enfin Colombino souffla. Il était en sueur, nerveux. Il était sorti de la cour des resquilleurs au cœur de la nuit, comme les hors-la-loi et les désespérés, si ce n'est les timbrés, et il avait mené Astolfo au bois entre Sacconago et le bourg de Magnago. C'était un fourré luxuriant, envahi par l'âme âpre de la bruyère avec ses petits arbrisseaux mous ; il n'était pas si loin de la petite église Madonna in Longu d'où, en trois pas, il était parti. Il avait pris avec lui une bêche empruntée au Crapa et avait creusé à proximité des hauts tilleuls en profitant d'un vallonnement naturel, dans la nuit noire, avec la peur que le travail de la lame qui s'enfonçait dans la terre puisse alerter un garde forestier, le canon de son fusil prêt à charger, mais il ne s'était rien passé, et quand la profondeur et la largeur de la fosse l'avaient satisfait, il avait camouflé le tout avec les branchages et les ronces arrachés les nuits précédentes ; puis il s'était éloigné en se servant d'une petite lanterne aveugle. Il s'apprêtait maintenant à laisser Astolfo sous la première allée de châtaigniers, arbrisseaux jeunes et clairsemés à la lisière du fourré.

« Je reviens avec Vittorina… j'espère. »

Le mois de septembre étirait l'été et suscitait l'effervescence. Les grains de raisin gonflaient, la peau prête à craquer tant la pulpe était juteuse, et sous la lumière du jour, ils renvoyaient la bonne couleur ; les fermiers les avaient goûtés depuis longtemps, ils avaient examiné les vignes et décrété la vendange, et à Sacconago, chaque vendange était suivie d'une fête, l'occasion de se réjouir et de remercier avec déférence, puisque les paysans sont bien incapables de faire pleinement la fête, si ce n'est avec un fond de culpabilité et d'inquiétude dans le cœur. C'était l'occasion que Colombino attendait.

Il avait mijoté un plan qui avait demandé des modifications et des révisions, et qui exigeait une bonne dose de sang-froid et de chance. Deux semaines plus tôt, il s'était promené le long de la corsia San Donato pour que tout le monde voie qu'il repartait et, histoire de faire davantage illusion, il avait enlacé le Crapa sur le seuil de la boutique dans un geste théâtral et fait ses adieux à l'Adele qui avait éclaté en sanglots au presbytère en lui répétant que le nouveau curé l'aurait sans aucun doute aidé à trouver une situation s'il était resté : « Non merci, je sais m'occuper de moi, maintenant. » Il avait même frappé à l'atelier du Tempesta ; le forgeron avait perdu son embonpoint d'autrefois, il flottait dans sa blouse de travail, et peut-être même qu'il n'était plus capable de faire tomber des taloches dru comme grêle tant il s'était fait vieux, mais ses mains étaient encore solides et il abattait son marteau avec la même force. « Tu repars déjà ? » lui avait-il demandé et, à la vue de la boîte mal fichue qu'il avait lui-même forgée, il avait ajouté : « Ça t'a pas suffi de te prendre ce que tu t'es pris ? » Colombino lui avait souri et avait dit : « Je voulais vous remercier pour ce soir-là, m'sieur 'Quilino », puis il s'était mis en chemin en traînant exagérément des pieds pour que les paysans dans les champs et les femmes le voient. Il était allé vers Busto Arsizio, où il avait passé deux jours dans une auberge sans parler à personne, et il était retourné de nuit à Sacconago pour se cacher sous la paille de l'étable du Crapa. Il n'avait pas emmené Astolfo à Busto Arsizio et l'avait confié à son ami, mais le mulet ne lui en avait pas voulu, devinant sa stratégie. Colombino passerait à l'action au lendemain de la fête du village : quand Vittorina s'approcherait de la boutique du Crapa, il suffirait à Colombino d'ouvrir la petite porte de modestes planches et de l'entraîner à l'intérieur, pendant que les villageois faisaient la noce ; si elle lui pardonnait, ils courraient ensemble jusqu'au grand bois et feraient semblant d'aller vers le nord avant de se replier vers le sud. La tombée de la nuit leur serait d'un grand secours, et si quelque chose clochait ou si quelqu'un les voyait, c'est dans la fosse qu'ils trouveraient refuge où, cachés sous le feuillage disposé là exprès, ils attendraient le moment propice pour s'éloigner. Colombino s'était inspiré du Général pour planifier sa fuite, et pendant des après-midi entiers, il avait ruminé, les yeux rivés aux poutres vermoulues du plafond de l'étable ; il avait imaginé les éventuels obstacles et incidents, avait pesé le pour et le contre. Il s'entraînait à la détermination dont il lui faudrait faire preuve.

C'était la Renza qui avait transmis à Vittorina le message du départ et du retour secret de Colombino. La femme du Crapa, dégourdie comme elle était, avait fait en sorte de la rencontrer et l'avait invitée à venir voir comme le petit Renato poussait pour lui parler sans mystère. À ce moment-là, Colombino poireautait à Busto Arsizio, aussi était-il rentré avec le cœur qui battait la chamade, mais la Renza l'avait rassuré : « C'te Vittorina, elle t'aime, crois-moi. » Colombino l'avait prise dans ses bras. « Merci don Sante, je savais que vous étiez de mon côté. » Mais la Renza, qui n'appréciait guère qu'on lui pique ses bonnes idées, l'avait rabroué : « Oui, mais c'est moi qui lui ai parlé, à la Vittorina, et pour sûr pas ton curé. » Elle avait son petit caractère, la femme du Crapa ; elle était parfaite pour son mari.

Quand il eut laissé Astolfo sous la première haie de châtaigniers, Colombino s'avança vers la cour des resquilleurs. Les habitants du bourg se réveillaient, trayaient les vaches et époussetaient leurs beaux habits conservés avec le plus grand soin dans des garde-robes ou des bahuts pour se préparer à la fête. Colombino dut se dépêcher pour ne pas être découvert, coupant à travers les cours, armé de sa bêche. Plus d'un chien enchaîné se mit à aboyer, et il s'en fallut de peu que Colombino ne tombe dans un poulailler, mais heureusement, personne ne remarqua le fantôme qui se déplaçait dans le cœur du bourg. Le climat de fête, en somme, tuait les soupçons dans l'œuf.

« Tu as tout fait ? s'enquit le Crapa.

— Oui. »

Sur la place de l'église, on amasserait bientôt les grappes sur de longs bancs en sirotant un peu de jus de raisin pendant qu'une fanfare de fortune entonnerait des chansons, jouerait du tambour, et réveillerait même le soufflet d'un accordéon venu de la terre des Magyars en même temps qu'un habitant de Sacconago exilé et revenu au pays sans un sou en poche. Tous les paysans du coin allaient se rassembler, qui pour papoter, qui pour jaser, puis viendrait le temps de la messe et un déjeuner tous ensemble. Colombino attendrait patiemment derrière les volets de la boutique, clos pour l'occasion ; il avait demandé que le Crapa ne participe pas à l'enlèvement. Il avait insisté pour qu'il profite de la fanfare, parce que autrement, on l'aurait accusé et, va savoir, peut-être malmené pour venger l'affront : « Avec tout ce que je te dois, maudite merde et misère de misère, c'est que je voudrais pas te causer d'autres soucis ! » Le Crapa ne craignait pas les représailles, et la Renza avait même dû le convaincre de ne pas dire un mot à Colombino du second plan qu'il mijotait, à savoir rendre Vittorina veuve de manière qu'il puisse lui faire librement la cour, mais pour faire plaisir à son ami, il avait finalement accepté et, avant de sortir, tiré à quatre épingles – en matière d'habillement, sa femme avait un faible pour la mode de la ville en vogue à Busto Arsizio – il lui fit ses adieux, cette fois-ci pour de bon. Il n'avait rien d'une chiffe molle, et pourtant il s'émut :

« La Renza va dire à Vittorina de venir. Tout va bien se passer. Donne-moi de vos nouvelles, quand tu seras à l'abri.

— Je t'aime bien, Crapa.

— Moi aussi je t'aime bien. »

Au milieu de la matinée, Colombino se posta derrière la petite fenêtre de la boutique et vit défiler les habitants de la ferme Speranza avec Vittorina, l'Angelo et les autres paysans ; chacun portait des chaises et des panières pleines de bonnes choses, des tréteaux et des planches qui serviraient de tables. Il vit aussi arriver la famille de la Formaggiana, mais Colombino ne se laissa pas troubler, assez inquiet comme ça. Du reste, il avait déjà revu l'Emilia à l'église, quelques semaines plus tôt ; elle était toute bossue et n'avait plus une dent, on aurait dit que la vieillesse avait adouci sa force hostile, mais Colombino n'avait pas participé à l'office ; il s'était contenté d'écouter le nouveau curé depuis le portail. L'homélie ne lui avait pas plu, il avait perdu l'oreille pour les homélies, et surtout, il ne voulait plus s'approcher de ceux qui lui avaient fait du mal ; Vittorina avait fait de sa famille et de Colombino des ennemis, et ils le resteraient pour toujours.

« Maintenant, il faut que j'attende. »

Quand la corsia San Donato fut déserte et la place bondée, Colombino eut un frisson. Il lui restait un péché à confesser, puisque enfin il avait compris que le Général, ce gros malin, animé de bonnes intentions, l'avait pris pour un imbécile ; une gifle n'effacerait jamais de ses lèvres le baiser de Sabina.

Il resta à regarder la route pendant des heures, caché derrière les volets. De temps en temps, des gamins se lançaient à la poursuite d'un cerceau de bois à pousser avec un bâton, d'autres s'éloignaient au contraire avec un air coquin : ils cachaient dans leur poche quelques grains de raisin ou un morceau de fromage caché au fond de la poche, ricanaient et se répartissaient le butin en se donnant des coups dans de grands éclats de rire. Le vacarme de la noce se mêlait aux pauvres notes de la fanfare.

« Je t'en prie, don Sante, fais que ça marche. »

Six heures de l'après-midi avaient déjà sonné et le crépuscule descendait, prêt à dévorer le ciel dans une lente étreinte. Colombino avait les mains qui tremblaient. Quelques groupes de paysans parmi les plus bourrus et misanthropes avaient déjà rebroussé chemin pour retourner à la solitude de leurs fermes respectives, mais Vittorina ne s'était pas montrée. « Il a dû se passer quelque chose, il a dû se passer quelque chose… », murmurait Colombino depuis un petit moment déjà, hébété, ne sachant que faire, quand, au moment où il croyait devoir se résigner au dernier croche-patte du destin, elle apparut. Comme elle était belle. Elle portait un vêtement couleur aubergine et avait rassemblé ses cheveux sous un fichu bleu ciel. Elle s'approchait, la mine triste, escortée par deux femmes, des vieilles matrones du village. Elle n'avait pas réussi à s'en défaire, et n'avait pas pu arriver plus tôt. « Maudite merde et misère de misère, et qu'est-ce que je fais maintenant ? »

Colombino n'eut pas le temps de donner forme à une pensée que la voix lumineuse du Général retentit aussitôt comme un sursaut de conscience. *Emmène-la avec toi*, lui ordonnait-il, et pendant un instant, Colombino crut voir une tunique rouge derrière la table de travail du Crapa, sous un visage de rides et de barbe au regard exalté et militaire : « Vous avez raison. Je peux quand même pas attendre encore. Maintenant ou jamais. »

Il s'approcha de l'entrée, tendit l'oreille. Le caquetage des femmes s'approchait.

« Je l'ai toujours dit, moi, que don Luigi est un saint homme.

— Oui, oui.

— Vittorina, qu'est-ce qu'il y a ? Tu ne te sens pas bien ? »

Colombino ouvrit la petite porte, prêt à se pétrifier au premier grincement des gonds ; le cœur lui était remonté jusque dans les oreilles, il n'était plus capable d'écouter, mais tout en espionnant, il sourit. Vittorina était maligne, car malgré l'obstacle de n'être pas seule, elle avait pu avancer en rasant le mur tout près de la boutique. « C'est bien », dit du bout des lèvres Colombino à qui il ne restait plus qu'à prendre sa respiration et patienter jusqu'à ce que le trio dépasse d'un pas l'entrebâillement par lequel il regardait à la dérobée pour glisser son bras au-dehors. Le contact entre sa main et l'épaule de Vittorina fut presque douloureux, la rencontre d'une branche sèche et de la foudre. Colombino résista à la secousse, resserra ses doigts autour de l'épaulette du vêtement et tira.

« Mais qu'est-ce qui se passe ? »

Il lui fit descendre l'unique marche dans la pénombre et, sans hésiter, fit glisser le loquet. « Vittorina ! À l'aide ! » criaient les vieilles au-dehors, qui se mirent aussitôt à frapper et à s'affairer contre la porte.

« Ouvrez ! »

Vittorina était paniquée.

« Tu veux venir ?

— Oui.

— Alors, vite, on y va. »

Il en avait rêvé tant et tant de fois que la force lui manqua presque, et pourtant il le fit, il la prit par la main. Brusquement, il se sentit plus courageux.

« Par là. »

Ils traversèrent l'atelier en renversant des marteaux, des scies et une corbeille de clous pour, un instant plus tard, surgir dans la cour des resquilleurs. À côté de l'étable, il y avait une petite grille menant à un passage étroit envahi par les ronces qui débouchait sur une seconde cour. Au départ, le plan était si simple qu'il semblait presque stupide : plutôt que d'avancer à découvert, par les chemins, ils passeraient par les cours pour ne pas se faire remarquer, mais maintenant qu'ils avaient été repérés, la stratégie était peut-être plus efficace ; elle leur permettrait de semer leurs poursuivants et de les obliger à une détestable poursuite à travers le dédale des maisons. Dès qu'ils auraient rejoint les champs, Colombino et Vittorina iraient vers le bois qui les protégerait de son étreinte.

« On y va ! »

Ils coururent en laissant derrière eux des tas de fumier qui répandaient l'odeur sainte et se tinrent à l'écart des porcheries pour ne pas finir déchiquetés par les cochons.

« Ça va ?

— Oui. »

Ils enjambèrent les clôtures bancales et pâlies par le soleil momentanément fermées, contournèrent les petites portes qui résistaient aux coups d'épaule, évitèrent les rondes de chats et de rats qui se coursaient. En ce dimanche de fête, le son était imparfait, il manquait les coups de caisses des métiers à tisser, mais au lointain on entendait la fanfare jouer les dernières chansons, et maintenant, des cris retentir. Un gamin planqué dans une grange avec son aimée les repéra, se gardant bien d'intervenir.

« Par là, viens. »

Colombino et Vittorina longèrent la dernière étable, piétinèrent un jardin potager sans se soucier des rangées de salades et des petits plants de tomates, et tout à coup, la lumière afflua, de jaune et d'orange mêlée ; le soleil cachait déjà son ventre sous l'horizon. Ils refirent surface à la lisière du bourg, devant les champs. Les alignements de mûriers et les figuiers tordus, même les vignes désormais nues les attendaient et, un peu plus loin, Astolfo et le fourré. Colombino était cramoisi, Vittorina haletait ; la sueur lui collait les cheveux au front et sur les joues. Dans sa course, elle avait perdu son fichu bleu ciel.

« Je dois te dire quelque chose. » Il ne pouvait pas l'emmener et lui faire prendre un tel risque s'il n'avouait pas avant. « Près de Rome, j'ai connu une femme si bonne qu'elle m'a aidé. Elle s'appelait Sabina, mais voilà…

— Quoi ?

— Elle m'a embrassé, murmura Colombino.

— Et toi, tu l'as embrassée ? » brailla Vittorina comme si déjà elle le possédait et qu'elle l'avait toujours considéré sien. Elle voulait savoir s'il lui avait rendu son baiser, mais la colère n'était pas un signe de jalousie ; c'était la preuve d'un défaut qui l'habitait au plus profond d'elle-même, parce que l'Angelo l'avait prise la nuit des noces et tant d'autres nuits, alors, en cherchant à dominer sa voix haletante, elle ajouta : « J'ai pas fait d'enfants, mais l'Angelo, il a voulu essayer. »

Colombino écarquilla les yeux Il n'avait jamais pensé à l'éventualité que l'Angelo et Vittorina fussent désormais unis par un lien charnel outre le lien matrimonial, mais il ne céda pas pour autant aux reproches. Ce qui comptait, dans les mots qu'elle lui avait adressés, ce n'était pas le sens, mais l'intonation. Elle disait que tous deux avaient un passé qu'ils étaient prêts à oublier.

« Tu es fâché ? » demanda Vittorina. Elle se sentait bien fautive, mais quand elle vit Colombino secouer la tête et la regarder amoureusement, elle se leva sur la pointe des pieds et approcha ses lèvres des siennes. Elle les effleura, inhala le parfum qu'il avait ramené de la Péninsule pour le répandre jusqu'à Sacconago, et il lui plut tant il était aigre-doux. Mais elle ne put l'embrasser car dans l'air un coup de fusil explosa.

« Là-haut !

— Ne tire pas, il y a ta femme !

— Plutôt morte qu'avec le débile ! »

C'était Angelo, il épaulait une des carabines qu'il avait récupérées au moment où les habitants de Sacconago avaient fichu les Autrichiens dehors avec leurs fourches. Il tirait. Il y avait son frère et quelques amis avec lui. Ils tiraient eux aussi.

*

« Astolfo, cours ! »

Le mulet tendait ses grandes oreilles, affolé par les tirs. Il avait déjà été obligé de chasser à coups de sabot un renard roux et féroce et, au fil des heures, se doutant que quelque chose ne tournait pas rond, s'était avancé en direction du bourg dans l'intention de voir ce qui se passait ; il était revenu ensuite sur ses pas et avait repris son poste, frémissant à l'abri des plus jeunes châtaigniers. L'attente l'avait épuisé, mais dès qu'il avait aperçu Colombino et Vittorina courant à toutes jambes, suivis par des tirs de fusil et des jets de pierre, il s'était ressaisi et, plutôt que d'aller à leur rencontre, s'était retourné, offrant sa queue aux champs que le coucher de soleil faisait rougir. En face de lui, le bois se dressait. Les vagabondages nocturnes avec son maître l'avaient toujours inquiété parce que, dans le noir, au milieu des arbres et des buissons d'orties, s'élevaient des bruits et des cris sinistres, et les frondaisons voilaient la lune et les étoiles. Malgré tout, Astolfo savait qu'ils trouveraient refuge là-dedans, d'autant plus maintenant : les troncs et les branchages sauraient freiner les balles et, du reste, ils n'avaient guère le choix ; Colombino semblait encore s'être attiré des ennuis. Le mulet se secoua un bon coup ; il fallait seulement faire confiance à ce dédale de plantes livrées à elles-mêmes et prêtes à l'avaler et, bien que le galop ne lui ait jamais plu, la proximité avec les chevaux honnis dont il avait fait l'expérience dans ces années de pérégrination lui avait donné à voir de l'action, aussi baissa-t-il son museau pour observer ses sabots de devant. Il avait une envie folle de prouver que le noble mouvement de cette race hautaine était bien peu de chose par rapport à ce qu'il s'apprêtait à accomplir.

« Cours, mon ami, cours ! »

Astolfo se mit en train, faisant craquer les feuilles rabougries par l'été ; il ne se prit pas pour un cheval, car ç'aurait été une offense intolérable, mais il n'en fut pas loin, trottant déjà.

« Vas-y ! Vas-y ! »

Les poursuivants les distançaient d'à peine cent pas et tenaient les fuyards à la merci de leurs tirs, mais la nuit n'allait pas tarder à tomber au fin fond du bois. Vittorina et Colombino le rejoignirent en même temps que le sifflement des balles et le bruit sourd des pierres lancées à l'aveuglette.

« Plus vite, Astolfo ! »

Ses jambes ne voulaient rien savoir ; Astolfo avait l'impression que le trot était sa vitesse maximale, pourtant il y mit tout son cœur, inlassablement, pour obliger le corps à se faire à cette idée de mouvement qui s'affermissait dans son crâne de mulet comme si elle était déjà une réalité.

« En avant ! »

Colombino et Vittorina, qui l'avaient dépassé, franchirent les premières haies de châtaigniers, enfonçant déjà leurs pieds dans les buissons d'aubépine et de petit houx du sous-bois, lorsque tout à coup, son patron lâcha la main de la jeune fille pour lui indiquer la direction à suivre en lui faisant signe de continuer, avant de revenir lui-même sur ses pas. Astolfo le repoussa d'un coup de museau, comme pour lui reprocher de ne pas penser à lui, mais en vain. Colombino était une vraie tête de pioche. « Allons-y ! » lui cria-t-il à l'oreille en lui faisant trembler la cervelle et, après l'avoir pris par le cou, il se remit à courir tant bien que mal en le traînant derrière lui ; Astolfo ne put se dérober et se donna du mal, blessé dans son orgueil. La présence des arbres se faisait plus compacte, l'obscurité plus dense, presque palpable. Les balles criblaient l'écorce de blessures, les troncs ruisselaient de gouttes blanches.

« Vite ! » hurla Vittorina ; elle était un peu plus loin, sa silhouette flottait parmi les longues ombres et les ultimes et fragiles scintillements du ciel, lorsque enfin les jambes de devant d'Astolfo répondirent à l'appel. Elles se soulevèrent dans un élan et, au même instant, sa croupe vibra d'une force nouvelle. Colombino remarqua cette énergie et relâcha le cou d'Astolfo.

« C'est bien ! »

Une sensation à la fois de légèreté et de libération : il était capable de détacher ses quatre jambes du sol, comme si le contact d'une baguette magique les avait libérées tout à coup de bottes de plomb. Il n'était plus un mulet et, d'ailleurs, il ne savait même plus ce qu'il était. Il contracta les muscles de son cou, allongea son museau et le maintint levé, sentit le rugissement de l'air dans ses oreilles. Une ivresse, une ivresse pure. Il entrouvrit ses lèvres, ses grosses dents jaunes étincelaient tel un phare, et il commença à zigzaguer entre les arbres avec agilité, chevaucha les haies d'épines qui ne purent rien contre ses chevilles coriaces, et ses yeux apprirent à s'adapter à la vitesse malgré la faible lumière. Il se sentait téméraire et ne regarda pas en arrière, entendit les poursuivants perdre du terrain, prisonniers de la forêt et de l'obscurité ; ils criaient : « On n'y voit rien ! Il faut les lanternes, que quelqu'un retourne chercher des lanternes ! » Il lui venait une drôle d'envie de parler, d'échapper à sa langue de mulet et de s'exclamer *au galop, parbleu, au galop, regardez, bande d'abrutis !*

Entre-temps, Colombino avait rejoint Vittorina, cachée derrière un arbre ; Astolfo s'élança vers eux. Sûr de sa puissance, il pensait qu'en trois foulées il les dépasserait et les mènerait à la fosse, le bois lui apparaissant maintenant comme un espace plus précis, domptable, voire familier. Mais, tandis qu'il galopait fièrement, une douleur au ventre lui coupa le souffle. Puis une autre. Doigts de fer pénétrant sa chair. S'il avait eu la faculté de parler, il aurait crié *à l'aide*, car cela n'avait rien à voir avec une colique ni avec l'effort. C'était un outrage humain. Un vertige lui ôta la vue pendant un instant, une caresse chaude inonda son pelage. Il ralentit, avec au fond de sa gorge un raclement de douleur. S'il dilatait ses naseaux pour inspirer, son thorax refusait de se gonfler.

Colombino s'aperçut qu'il hésitait et l'encouragea de nouveau, convaincu qu'il s'agissait d'une de ses habituelles sautes d'humeur, mais Astolfo le repoussa méchamment et piétina. Il avait peur. Les arbres devenaient plus épais, les branchages s'enfilaient entre ses sabots, la mousse lui faisait perdre prise. Il devait seulement courir jusqu'au bosquet de tilleuls puis à la fosse. Un pas devant l'autre, rien de plus. Il devait rester sur ses jambes, et pourtant il s'écroula.

« Astolfo ! » cria Colombino qui s'accroupit à côté de lui. Les ennemis étaient loin mais, alertés par la voix de son maître, ils tiraient plus précisément malgré la faible visibilité.

« Qu'est-ce qu'il y a ? » demanda Colombino avant de lui donner une tape sur le ventre pour le secouer et s'apercevoir ainsi de la tache qui souillait son pelage et de l'hémorragie. Alors il pâlit. « Astolfo. » Il comprit immédiatement, car il avait l'expérience des blessures, et posa ses mains sur son ventre pour tenter d'endiguer la plaie avec ses paumes, mais le sang noir se faufila entre ses doigts. S'il avait eu sur lui un bandeau ou un baume de Sabina l'ensorceleuse, il aurait pu tamponner les trous : « Résiste, à Magnago on trouvera un bon vétérinaire. »

Astolfo sentit les bras de son maître s'interposer entre l'herbe et son ventre ; Colombino grogna et essaya de l'aider à se relever. « Mon ami, je t'emmène avec moi ! »

Le mulet lança un râle d'agonie tandis qu'une troisième balle lui perforait une oreille et soulevait des étincelles en provenance de la boîte du Tempesta qui pendait au cou de son patron. Colombino tomba à la renverse, le souffle coupé.

« Colombino ! » hurla Vittorina, alertée par l'éclair funeste dans l'obscurité.

Astolfo haletait, une terreur inconnue remontait le long de son cou, refroidissait ses narines et ses lèvres. Il avait l'impression de devenir plus lourd, d'avoir perdu sa motricité, et pour autant qu'il essayât de tourner la tête, il n'arrivait pas à atteindre des yeux sa blessure ; il voulait savoir si elle ressemblait à ces fleurs de chair qui avaient tué tant et tant de destriers pendant ces semaines de batailles avec le Général, et s'il se sentait étourdi, il ne pouvait permettre à son patron, ce nigaud, de se laisser attraper, pire encore, rouer de coups. Alors il rassembla ses forces, se dressa tant bien que mal sur ses jambes, tomba sur ses genoux noueux et se releva aussitôt pour mordre enfin le chandail de Colombino. Son patron toussotait en se massant le bas du cou, et Astolfo parvint à le relever et le traîna dans le noir, guidé par les gémissements de Vittorina.

« Oh mon Dieu, oh mon Dieu ! Je t'en prie, saint Joseph, aide-nous, toi… »

Quand Colombino reprit une respiration régulière et se remit à marcher tout seul, Astolfo desserra les dents et essaya de garder la cadence. Il ne sentait plus ses jambes, son cœur ralentissait, ses battements s'espaçaient, ses grands yeux perdaient leur langueur habituelle. Autour de lui, le monde devenait plus dur, plus anguleux. Il entendit un chuchotement. « Je suis là. » C'était Vittorina.

« Oh mon Dieu. »

Ils devaient rejoindre les tilleuls, leur feuillage en forme de cœur avec la tête à l'envers. Les cris des assaillants étaient maintenant lointains et s'évanouissaient dans la nuit qui transformait le bois en une forteresse imprenable. Astolfo remua ses paupières velues, renifla l'air, essaya de s'orienter. Ils n'étaient pas loin du trou, il reconnaissait le parfum de terre retournée.

« Arrête-toi, Astolfo », lui chuchota Colombino, mais le mulet avança. Il ne servait plus à rien de fuir, les paysans rentraient chez eux pour prendre des lanternes et il faudrait au moins une heure avant qu'ils reviennent, mais il voulait la fosse, et quand il la trouva après une pénible quête, il se laissa choir sur le bord. Il regarda autour de lui et eut la sensation de pouvoir être partout, ce même partout que Colombino lui avait raconté avoir aperçu depuis la petite fenêtre du presbytère que lui et son compère le mulet avaient occupé pendant de longues années.

« Ami, sanglota le garçon, je ne voulais pas… »

Le poids de sa tête était maintenant insoutenable et Astolfo se laissa tomber sur son flanc intact. Il ferma les yeux et fit en sorte que les caresses de Colombino rendent ce moment moins amer. Malgré tout, il l'aimait encore beaucoup, parce que les bêtes savent quand elles doivent éprouver de la rancune.

« Je ne voulais pas, je suis désolé. »

Sous son ventre, la terre palpitait, l'appelait. C'était un lieu sacré, où survivre et mourir à la fois.

*

Il tombait une petite pluie persistante. La tombe de Michele étincelait dans l'ultime et suffocante clarté de septembre. Ngely était avec elle, personne ne lui avait fait de mal, pas encore, mais Leda sentait qu'elle ne pourrait plus lui mentir ; le garçon devait savoir quel danger il courait à cause d'elle. Londres n'était plus une ville fiable, et peut-être qu'aucune ville ne le serait plus jamais, du moins tant qu'elle n'aurait pas terminé ce qu'elle avait entrepris. Elle avait éliminé Massèi, mais seul le hasard lui avait fait échapper à la torture que John John avait concoctée pour elle, et l'Anglais était à ses trousses. À elle et tous ceux qui lui étaient chers. Et maintenant que Leda ne pouvait plus compter sur le pécule qu'Oliver lui avait fait gagner pendant ses années anglaises, tout allait devenir beaucoup plus difficile.

Elle se baissa, glissa sa main dans sa poche et en sortit le lambeau du frac de Massèi. Elle le baisa, creusa un trou aux pieds de la tombe et l'y enterra. Elle ne versa pas une larme. *Ce n'est pas encore fini mon amour.*

Ngely l'observait sans comprendre, et il ne voulut rien demander. Il était heureux qu'elle soit revenue. Ils restèrent longtemps en silence, absorbés par le tambourinement de la pluie.

Ce que nous sommes est écrit sur notre corps, dans notre corps. La brûlure, la vilaine cicatrice sur l'avant-bras, l'écorchure sous le sein, la blessure pas encore guérie sur la hanche. Elle avait cru pouvoir oublier, une fois libérée de ceux qui dirigeaient sa vie, mais elle ne le pourrait jamais, parce que sa nudité offerte au reflet d'un miroir lui rappellerait toujours qui elle était. En elle, elle gardait les émotions, les souvenirs frémissants du corps de Michele et de Lorenzo, de Nando aussi. Jamais elle n'oublierait, et c'est pour cela qu'elle avait sorti ce matin-là le calotype réalisé par Lisander ; elle s'était longuement contemplée et, avec un crayon, avait noirci sa hanche étroite. Une minuscule tache pour témoigner de cette ultime blessure. Il y en aurait d'autres, probablement.

« Allons-y. »

Pendant qu'ils s'éloignaient, elle ébouriffa les cheveux de Ngely. Il était devenu orgueilleux : malgré la pluie, il n'avait pas voulu mettre son chapeau ; il était trempé. « On va devoir quitter l'appartement, je ne peux plus le payer. Et je vais devoir rentrer en Italie. »

« Pourquoi ? »

Leda appela un voiturier qui attendait sous un réverbère. Elle voulait la Tamise, la mélodie de l'eau. Le fleuve l'aiderait. « Parce que nous sommes en danger, et je dois finir ce que j'ai entrepris pour Michele », dit-elle à Ngely. Elle ne pouvait plus vivre ainsi. Il fallait la vérité, elle devait se délester du poids des mensonges qui l'opprimaient et bouger à nouveau pour pouvoir accomplir sa vengeance ; elle avait besoin qu'il sache, et qu'il choisisse entre rester à ses côtés ou bien la maudire pour toujours. Il fallait commencer par le garçon, sans chercher son indulgence, et peut-être continuer par Pippo. « Mais avant, je dois te raconter quelque chose… »

*

« Papa ? »

Il avait scruté les cendres du théâtre anéanti, les cadavres éteints par les pompiers, inhalé la puanteur jusqu'à la retrouver sur son palais. Il avait pressé ses mains contre ses tempes, tandis que la suie barbouillait son visage de vieillesse, et pourtant il revenait encore là, comme il l'avait fait chaque jour au fil des semaines. Hébété et incrédule.

« Papa ? »

C'était Marta qui avait sauvé Anna Lucia et avait donné l'alarme. Sans craindre les flammes, elle s'était lancée dans l'entrepôt, avait pris la fillette dans ses bras et elle avait foncé, tête baissée ; ses hurlements avaient réveillé les autres, mais l'intoxication par les gaz engourdissait les sens, déjà attaqués par les boissons festives. Après avoir déposé Anna Lucia sur la route, à l'abri de la chaleur, Marta était revenue à l'intérieur pour Lisander, et elle l'avait traîné lui aussi vers la sortie, au milieu des poutres du toit qui cédait déjà, dévoré par les flammes. Peppo le Grand Vocabuliste et sa femme, Sofia la Gravide, et le Mal-Né, qui étaient déjà partis, avaient eu la vie sauve, ainsi que Carlino la Ride, brûlé aux bras. Les autres étaient morts : Gégé la Clappe, Carlo, dit Charles à la française, et sa fiancée Bice la Reine des Cœurs, Igino la Rallonge qui avait résisté aux glorieuses journées de Milan et Giovanna la Tisonnière, qui avait enfin fait honneur à son sobriquet. Floro n'était plus, lui non plus, qu'un morceau de charbon, comme ses amis et ses amantes.

« Lisander ? » demanda Marta ; elle était derrière lui et le surveillait en lançant des regards mauvais aux passants qui s'arrêtaient pour zyeuter.

Le calotypiste était triste et plein de rancune. L'aventure de l'entrepôt lui avait demandé de l'astuce et de la détermination et, pour la première fois de sa vie, Lisander avait agi pour les autres, pour Chiarella et pour Anna Lucia, plus que pour lui-même. Où s'était-il trompé ? Pourquoi une telle punition ?

Chaque fois qu'il s'asseyait devant la carcasse carbonisée du Teatrum Imaginationis, il dessinait. Il trouvait un bâton de bois à moitié brûlé et esquissait dans la poussière les contours noirs de l'entrepôt brûlé, ou les visages de la galerie de ses amis calcinés.

« Ça va, Lisander ? »

Il leva les yeux, et vit le petit visage d'Anna Lucia.

« Non.

— Comment tu te sens ?

— Fatigué.

— Comme hier ? Même pas un peu mieux ?

— Non. »

Les chambres optiques et le matériel, tout ce qu'il avait accumulé durant ses années d'activité était perdu. Il lui restait une modeste somme, les résidus du chantage, mais il ne pensait pas avoir encore l'énergie pour recommencer, le désir d'autrefois lui faisait défaut ; Chiarella lui manquait, l'envie qu'elle avait suscitée, le sens qu'elle avait donné aux choses.

« Alors rentrons à la maison, tu pourras te reposer », lui dit candidement la fillette.

Il aurait pu la frapper, un revers de la main comme il en avait déjà donné, à elle ou à sa mère, mais il l'enlaça au contraire de là où il était assis. Il la serra contre lui, et comme certains jours sont une musique, Lisander entendit une voix si chaotique qu'elle en était grotesque. Une chanson qui ne surgissait pas de son esprit, mais des lèvres de sa sœur Marta. Elle la fredonnait à voix basse, et l'offrait aux oreilles de tous les inconnus, aux nuages, à l'air.

J'ai déjà connu des incendies, j'ai fui un nouvel incendie
De l'hôpital au Teatrum, j'ai assisté
Au même drame. Il ne reste rien,
Si ce n'est les mots, et d'ailleurs c'est le souffle,
Et son éternel soupir, qui peut tout chasser, et chasse tout.

*

Il avait fui en passant par la Romagne et la Toscane et avait enfin rejoint l'État sarde où il croyait pouvoir ruminer en paix, à défaut de quoi il avait été pris en « *liberata et honorata militari custodia* » ; autrement dit, ils l'avaient enfermé dans le palais ducal de Gênes après l'avoir mis aux arrêts avec Leggiero, effrayés à l'idée que l'insaisissable combattant venu de Montevideo mais italien de cœur ne sème le trouble par sa seule présence, et on lui avait expliqué sans précautions ni formalités qu'il devait déguerpir. Aussi, quand José avait à nouveau étreint sa mère, il n'avait rien pu lui dire. Ce fut Rosa, désormais septuagénaire, qui comprit. Son José revenait, le cœur déchiré, anéanti par un amour brisé, sans le courage d'avouer à ses enfants la mort de la créole. Sa mère refusa de le faire à sa place. Elle se contenta de l'étreindre et le serra contre elle car Dieu seul savait si elle le reverrait. Son fils lui parla avec dévotion, il lui confia la souffrance qu'il endurait, l'abattement du désenchantement, et il tint à s'excuser pour les soucis qu'il lui causait encore. Il lui donna deux mille lires comme pour se faire pardonner, une retraite d'État. « Prends soin de toi. »

Il avait dû abandonner le corps de son Anita et disparaître, laissant à d'autres le soin de l'enterrer et de lui faire l'honneur d'une cérémonie, ou tout au moins de conserver ses os, et il avait réussi à filer telle une anguille grâce à l'aide de jeunes Italiens du Nord, patriotes inoubliables et génies des terres de la Maremme, consolé par Leggiero et les femmes des villages qu'ils avaient traversés, mais la fuite n'avait servi à rien. Quand, de la Toscane, il avait débarqué sur la côte ligure, à Porto

Venere, il n'avait eu que quelques jours de liberté avant d'être livré au commissaire royal ; depuis Turin, on lui avait offert une alternative : accepter l'exil avec l'honneur d'un subside pour lui et ses proches, afin que la tempête se calme, ou expier en prison le désordre qu'il avait causé. On lui avait donné vingt-quatre heures pour revenir à Nice avant de prendre la Méditerranée, direction l'Afrique.

Pour l'occasion, Menotti était revenu du pensionnat. Il lui en voulait encore un peu, mais avec le temps il comprendrait : « C'est pour ton bien, tu deviendras un bon général. » Ricciotti, tout petit encore, manifesta sa joie en entendant la voix de son père. Mais la plus heureuse fut Teresita ; elle s'amusa avec Guerello en lui tirant les oreilles, joua de l'épinette, se jeta sur les genoux de José, caressa sa barbe. Tous lui demandèrent des nouvelles d'Aninha, et il mentit en disant qu'il l'avait confiée aux soins d'un certain don Zuan, qui se prénommait Vérité, une personne précieuse qui portait la soutane. Il existait vraiment, ce don Zuan, c'était le curé de Modigliana qui l'avait aidé à traverser la frontière entre Romagne et Toscane ; ironie du sort, aux dernières heures de l'aventure italienne, José avait eu une nouvelle preuve que, parmi les disciples du Christ, certains respectaient la charité et prêchaient la rédemption sur la terre patrie avant même de la prêcher au ciel.

« Votre mère reviendra », répéta-t-il à ses enfants, et il lui fallut fermer les yeux, faire semblant d'être épuisé pour ne pas se laisser submerger par les larmes. Il avait le projet de retourner vers les marais de Comacchio pour récupérer le corps. Et le trésor. Il avait craint de ne pouvoir le faire, d'être capturé et fouillé, aussi avait-il supplié les fermiers de la maudite ferme où Aninha avait poussé son dernier soupir de le garder et d'empêcher les soldats autrichiens de l'effleurer de leurs sales doigts d'étrangers : « Je reviendrai la chercher, et je saurai vous récompenser de votre honnêteté. » C'était la vieille longue-vue, cette même longue-vue qui, un jour de l'autre monde, avait uni son regard à la peau d'Aninha.

Avant de laisser Nice, il confia les garçons aux soins d'un cousin ; la petite, c'est Giuseppe Deidery et son épouse qui s'en occuperaient, eux qui l'adoraient déjà comme leur propre fille. Il but un café en leur compagnie, les remercia pour tout ce qu'ils avaient fait et ce qu'ils allaient faire, leur promit de leur envoyer quelques lires de sa pension de soldat.

« C'est un honneur, général. »

Le matin, il repartit sans trop de politesses, il n'en était plus capable : « Je vous aime mes enfants. Adieu. »

Sur la chaloupe qui le menait au bateau de guerre *Tripoli* ancré dans la rade, il y avait Leggiero et l'inséparable Guerello. José se retourna, scruta la côte hérissée de rochers. Il les abandonnait encore. Destin cruel. Il avait mis quinze années à revenir, et un peu plus d'une pour reprendre la route vers la mer.

« Tu t'es choisi un patron qui a la poisse », murmura-t-il à Guerello.

Le chien aboya, comme pour protester et lui dire qu'il ne devait pas oublier, malgré tout.

« Je sais. »

Il partait, plus vieux de cent ans, mais dépourvu de cette vision désinvolte que l'âge offre aux personnes d'âge respectable. Il devait souffler, se remettre. Lors de sa fuite, caché des jours durant dans la maison d'un médecin toscan, il avait déniché dans la bibliothèque une autobiographie d'Alfieri et s'était mis en tête d'écrire ses mémoires – il pourrait peut-être en tirer quelques sous et, en écrivant, évacuer son mal-être. Parce qu'il lui faudrait revenir avec des forces pour récupérer la longue-vue et retrouver ses enfants, faire taire les médisances qui déjà circulaient sur la mort d'Aninha et que les misérables déverseraient sur son nom – on racontait déjà que c'était un bandit, un voleur de chevaux, un profiteur, un crétin qui se prenait pour un tyran.

« L'arme des lâches et des courtisans est la calomnie... Mais nous reviendrons », confia-t-il à Guerello. Le chien grognait en regardant les poissons frétiller sous la surface de la mer. Le reflet du soleil était aveuglant, mais José résista, les yeux grands ouverts. « J'ai encore quelqu'un à enterrer, et une Italie à faire. »

*

Elle n'est certes pas de papier, la terre nue, dure de pierres et de racines charnues, mais elle cache, elle aussi, un cœur compatissant. Et si, pour la radoucir, viennent à tomber des larmes de tendresse et non de simples gouttes d'eau, elle sait s'ouvrir tel un chrysanthème au soleil, à plus forte raison si c'est un de ses fils ou une bête qui lui revient, et si, sur son corps sans vie, un amour vient au jour, porteur à la fois d'avenir et de mort. Parce que nulle créature n'est amenée à disparaître que pour demeurer sous une autre forme, il n'est pas de mémoire qui ne cache un gramme de matière capable de durer tandis que s'évaporent les souvenirs, ni de malheur, si destructeur soit-il, qui ne porte en lui un germe de renouveau.

« Pardonne-moi », sanglotait Colombino. Vittorina lui caressait le dos sans parvenir à le consoler. « Je l'ai tué, c'est ma faute, maudite merde et misère de misère, ma faute. » Il se frappait la poitrine, s'agrippait à sa tignasse pour ne pas sombrer dans les lamentations, triturait sa barbe. Son visage était sale, de la salive dégoulinait des commissures de sa bouche.

« Calme-toi, Colombino, tu me fais peur, je t'en prie. »

Il avait enfoncé ses doigts jusqu'à se briser les ongles, avait laissé ses larmes et son propre sang attendrir le fond obscur du fourré. Il savait qu'il devait fuir, mais il ne pouvait admettre que le corps de l'ami se transforme en une carcasse rongée par les vers et les fourmis, qu'il rassasie les corbeaux et les renards ou, pire, subisse les moqueries de ceux qui viendraient pour chercher l'ignoble patron qui l'avait acculé à la mort. Aussi avait-il œuvré avec rage, comme si, de la sépulture d'Astolfo, dépendait non seulement la possibilité d'un repos éternel et juste pour l'ami mulet, mais également son propre salut et celui de Vittorina.

« Je ne lui ai même pas laissé le temps de se trouver une mule. »

La fosse était déjà creusée, mais la combler avait exigé une patience à la fois physique et spirituelle. Vittorina l'avait aidé comme elle pouvait, puis elle avait inspecté les environs à tâtons ; elle avait déniché deux petites branches suffisamment droites qu'elle avait unies avec un lambeau de sa jupe pour former une croix toute de guingois qu'elle avait enfoncée avec précaution dans le monticule de terre retournée. Elle avait prié, mélodie de murmures, mais le temps n'était plus à la prière car, de loin, on voyait les faisceaux des lanternes de l'Angelo et de ses compagnons écumer le maquis avec la promesse de nouvelles balles, aussi Vittorina attrapa-t-elle Colombino par les épaules, sensée et déterminée comme seules les femmes savent l'être dans les moments sombres.

« Maintenant, Astolfo est au ciel. »

Colombino se taisait.

« Il court avec don Sante, dit-elle, sans entendre de réponse. Comme ça, il te regarde de là-haut, j'en suis sûre.

— Si c'est vrai, ça va le rendre dingue », murmura enfin Colombino.

Vittorina esquissa un sourire.

« Ce bois, ce sera toujours le sien, on pourra revenir et prier pour lui. »

Colombino était pendu à ses lèvres.

« Le bois d'Astolfo ?

— Oui, le bois d'Astolfo. Mais maintenant, écoute-moi : il faut qu'on y aille. »

Elle prit son visage dans ses mains, malgré la barbe qui chatouillait ses paumes. C'était un geste que jamais elle n'avait offert à son mari Angelo, et qui lui semblait maintenant naturel, évident. Elle l'embrassa. Les lèvres de Colombino avaient un goût de larmes.

« Maintenant.

— Je ne peux pas.

— Bien sûr que tu peux, autrement, on l'a fait mourir pour rien », le gronda-t-elle. Elle pensait déjà qu'ils formaient une famille, prête à partager le poids de chaque faute, le réclamant comme si c'était de son devoir. « On reviendra lui apporter des fleurs. »

Colombino se releva, regarda avec rage le feuillage au-dessus de leurs têtes. On ne voyait pas d'étoiles, mais son regard parvint jusqu'à la voûte céleste et au-delà. « Pourquoi ? » Était-ce ainsi qu'il devait expier ses péchés, l'infraction aux commandements du Saint-Père au nom du bonheur ?

Ce fut Vittorina qui le prit par la main, cette fois, qui mêla ses doigts aux siens, exactement comme il avait fait avec elle dans la boutique du Crapa. Elle lui interdit de céder aux idées noires et l'obligea à se remettre en route. Elle ne connaissait pas le chemin, elle n'était jamais passée par ce bois, mais elle était née paysanne, aussi elle examina la mousse sur l'écorce des arbres du bout de ses doigts et, après avoir décidé où était l'est, se mit en chemin sans hésitation, dans la nuit noire, avec une assurance presque exagérée. Elle guida Colombino en silence, s'arrêtant de temps en temps pour lui donner une caresse tandis qu'à chaque pas elle se sentait bercée par une euphorie de liberté qui la mena loin de Sacconago, des lanternes et des souvenirs les plus cruels et les plus odieux, si loin qu'enfin on n'entendit plus que les bruits de la nuit, le doux chant des branches dans le vent. Vittorina ne renonça pas avant d'émerger de l'ultime haie d'arbres, sur le versant ouest du bois, quand désormais la nuit cédait au matin. Alors seulement, elle lâcha la main de Colombino ; il avait la paume en sueur.

« On y est arrivés », murmura-t-elle, fière d'elle, « mais où est-ce qu'on est tombés ? » Elle n'avait jamais admiré le paysage qui s'offrait à ses yeux et elle chercha le soleil pour s'orienter, mais plutôt que dans le ciel, c'est autour du cou de son Colombino qu'elle aperçut un signe à l'improviste.

« Regarde. »

L'écrin du Tempesta. Il s'était trouvé sur la trajectoire fatale et s'était déformé ; la balle d'un fusil était restée encastrée dans le fer avec un lambeau de peau d'Astolfo.

« Il m'a déjà sauvé la vie une fois », lui avoua Colombino en regardant la vieille pomme d'espérance sans rien ajouter, et elle ne comprit pas s'il parlait du mulet ou de l'écrin.

« Laisse-moi voir. »

Sur le cou de Colombino, il y avait une meurtrissure violacée ; Vittorina se promit de la soigner avec une compresse de lard mais ne creusa pas trop cette idée car Dieu sait quand ils pourraient se procurer un peu de lard et compter sur un toit sous lequel s'abriter.

« Maintenant, on l'enlève, comme ça la peau respire un peu, d'accord ? »

Colombino acquiesça et Vittorina dénoua la cordelette de son cou afin que le soleil sèche un peu sa plaie et que la boîte ne lui crée pas d'autres problèmes en rebroussant chemin. Elle s'aperçut alors que les charnières avaient cédé ; on apercevait quelque chose à l'intérieur.

« Mais qu'est-ce qu'il y a dedans ?

— Je ne sais pas, lui répondit Colombino, je savais même pas qu'il y avait quelque chose. » Et comme, malgré la stupeur, il n'avait pas la tête de quelqu'un qui veut en savoir plus, tant ses pensées étaient nombreuses et trop tristes pour laisser place à la curiosité, Vittorina s'accroupit et inspecta le terrain. Elle trouva un caillou pointu. « Ça devrait faire l'affaire », dit-elle tout bas en l'enfonçant. Le bruit de la pierre contre le fer la fit frémir, mais elle s'obstina tandis que Colombino restait immobile, les yeux vides. Elle ouvrit la charnière juste ce qu'il fallait.

« Donne-moi la main. »

En entendant sa voix, Colombino tressaillit et regarda autour de lui, hagard.

« Colombino, donne-moi la main. »

Il obéit, et Vittorina extirpa du bout des doigts le contenu de la boîte. Il y avait une enveloppe pliée et un minuscule étui de velours violet noué par une cordelette de cuir. Elle déposa les deux choses dans la main de Colombino.

« La boîte, c'est don Sante qui te l'a donnée ? »

L'enveloppe pliée semblait contenir un tampon de bombasin, qui protégeait à son tour quelque chose de solide. Colombino ne faisait rien d'autre que la fixer, hébété, aussi Vittorina la tâta jusqu'à ce qu'elle identifie deux objets jumeaux en forme de cercle. Elle ne voulut pas l'ouvrir et pria Colombino de lui lire les mots qui étaient écrits dessus, parce qu'elle était analphabète. « Je suis ignorante », lui dit-elle, honteuse, « pas comme toi. »

Si ce n'est pas moi qui vous marie, toi et Vittorina, voici mon cadeau de noces. Si tu en avais besoin, n'hésite pas à les vendre. Ils ont de la valeur : or pur.

« Pour nos noces ?

— Garde-la, toi », lui dit Colombino sans lui répondre vraiment tandis qu'un cocorico paresseux se levait à côté du bourg de Magnago. Il lui tendit l'enveloppe.

Vittorina la glissa dans sa poche et demanda : « Et l'étui ? »

Plutôt que de se contenter de le regarder, cette fois-ci, Colombino prit l'initiative et l'approcha de ses yeux. Il était gonflé comme une vessie.

« Alors ? » lui demanda Vittorina, insistante.

Colombino avait mal aux doigts d'avoir tant creusé la terre pour la tombe d'Astolfo mais il parvint à dénouer la cordelette de cuir, et lorsque les deux rebords de velours s'ouvrirent, ce fut comme si un souffle s'échappait et tournoyait dans l'air pour se faufiler dans les narines du garçon. Colombino remua le bout de son nez, le fit presque danser, d'abord en l'air, droit devant, puis en bas, penché contre sa lèvre inférieure. Il inspira à fond, et dès qu'il flaira une odeur très âpre et particulière, il se sentit envahi par une incroyable énergie. C'était l'odeur de la peau de don Sante. À l'intérieur de la pochette, il n'y avait rien qui puisse la répandre, à l'exception d'un petit billet roulé. Colombino le déroula en le tenant entre son index et son pouce, en faisant bien attention à ne pas le froisser. Le papier était jauni, mais les caractères n'avaient pas pâli. C'était la calligraphie de son père bien-aimé.

Tibi Commendo Spiritum Meum.

« Qu'est-ce qu'il dit ? »

Colombino devint écarlate, retenant sa respiration afin de ne pas perdre une seule bouffée du souffle céleste qui s'était échappé du velours violet pour atterrir dans ses poumons. En le voyant ainsi, Vittorina caressa son visage.

« Ça va ? Tu ne veux pas me dire ce que ça raconte ?

— Que don Sante sera toujours avec moi et qu'il me donnera de la force », dit Colombino quand il ne fut plus capable de résister à l'apnée.

Vittorina l'étreignit, fit claquer un baiser sur son front, « Je suis contente, dit-elle, mais je le savais déjà », et Colombino, enfin, sourit. Cette nuit-là, une amitié s'était brisée, ses actes avaient rompu le plus sacré des liens, mais cette même nuit de fin d'été lui avait enfin donné quelque chose qui valait bien plus qu'une bénédiction et, surtout, une compagne, et pour rien au monde il ne permettrait que quelqu'un la lui prenne.

« Et maintenant, on va où ? »

Régénéré par le souffle de don Sante, le fidèle enthousiasme se réappropria la place qui lui incombait : autour du nombril du garçon. Colombino roula le billet, le remit dans la petite pochette et, quand il fut sur le point de le glisser dans la poche de son pantalon – la bonne, pas celle qui était trouée – il sentit sous ses doigts du papier. C'était la lettre du Général. Il l'avait emportée avec lui non seulement par affection, mais aussi pour témoigner que ses années de pérégrinations avaient existé pour de bon, et quiconque en douterait en recevrait la preuve. Ainsi, à cet instant, tandis qu'il remuait ses doigts blessés entre le papier et le velours que don Sante avait caché dans l'écrin du Tempesta, Colombino eut l'irrévocable certitude de son but, de là où il devrait conduire sa Vittorina pour vivre avec elle le bonheur. Parce que c'était cela, ce à quoi il aspirait. Plutôt que d'être réduit à un pion, d'obéir et de devenir une misérable pièce dans un dessein bien plus vaste sur lequel il n'avait pas voix au chapitre, il voulait, avec elle, prendre sens. Il ne voulait pas se résigner à l'absurdité d'une vie qui ne lui appartenait ni à lui ni à elle.

« On ira à Rome », dit-il, tandis qu'un nuage d'une forme étrange voilait avec insolence le soleil naissant – deux hauts cumulus semblables à de grandes oreilles et, plus bas, une tache vaporeuse qui ressemblait à un museau. « Et on trouvera le Général. S'il a réussi sa mission, on pourra rester ensemble. Sinon, il faudra qu'on lui donne un coup de main... La route, je la connais déjà. »

Vittorina avait mal aux jambes, elle s'était foulé une cheville dans sa cavale, la fatigue pesait sur ses épaules. Maintenant que Colombino se ressaisissait, elle se relâchait un peu, et son cœur était submergé d'émotion et de peur. De ses grands yeux de vache rougis par le manque de sommeil, elle demanda seulement : « C'est loin ? »

Avant de poser ses lèvres sur les siennes, Colombino la rassura : « Oui, mais pas trop. »

NOTE DE L'AUTEUR

On ne sait quelles chaussures choisir lorsque l'on arpente l'Histoire. S'il vaut mieux des godillots, acceptant ainsi le risque de laisser ses empreintes, de marquer le pavé, de creuser de nouveaux sillons, ou s'il faut leur préférer des chaussures ailées pour marcher sans quasiment toucher le sol. Si l'on suit le chemin de Colombino, les godillots feront plus souvent l'affaire – le moindre pas est un acte par lequel on donne forme à quelque chose. Si l'on emprunte au contraire les rues de Londres avec Leda et le Maestro, si l'on se promène avec Lisander et sa chambre optique, ou encore sur les sentiers qui ont mené José et Aninha depuis Laguna jusqu'à Rome, il vaut mieux choisir les chaussures ailées pour redessiner la route déjà tracée par ceux qui s'y sont aventurés avant nous. Sans l'abîmer.

Ce roman est né avec Colombino, avec son intuition et, en même temps que lui, les autres personnages ont trouvé presque automatiquement *leur* époque, qui s'est spontanément révélée être la première moitié du XIXe siècle. Milan, la campagne lombarde, Gênes, la Rome populaire et papale, Londres, l'Amérique du Sud. Ce temps, ce temps historique, a exigé des lectures, des recherches, des vérifications. Je suis passé à travers toutes sortes de sources – l'histoire de la photographie et la cartographie, les illustrations populaires et les biographies, les restitutions romanesques d'événements historiques et les récits officiels. J'ai procédé par accumulation et par fascination. J'ai répété et inventé. J'ai cherché la pertinence, mais j'ai éprouvé un plaisir plus grand encore quand, au cœur de la vraisemblance, j'ai senti s'ouvrir la route de l'imagination. J'ai construit et reconstruit des scènes connues et moins connues. J'ai des dettes envers des sources qu'aucun créditeur ne voudrait probablement voir honorer. Mais ici, honorer, c'est jouer. Faire alterner chaussures ailées et godillots.

PAPIER À BASE DE FIBRES CERTIFIÉES

Le Livre de Poche s'engage pour l'environnement en réduisant l'empreinte carbone de ses livres. Celle de cet exemplaire est de :
900 g éq. CO_2
Rendez-vous sur www.livredepoche-durable.fr

Composition réalisée par NORD COMPO

Imprimé en France par CPI
en mai 2017
N° d'impression : 3023180
Dépôt légal 1re publication : juin 2017
LIBRAIRIE GÉNÉRALE FRANÇAISE
21, rue du Montparnasse - 75298 Paris Cedex 06

36/4963/0